BASTEI
LÜBBE

MIKE ASHLEY (Hrsg.)

Räuber Schurken Lumpenpack

Weitere historische Kriminalgeschichten

von
Ellis Peters, John Maddox Roberts,
Joan Aiken und vielen anderen

BASTEI LÜBBE

BASTEI LÜBBE TASCHENBUCH
Band 13 944

Erste Auflage: April 1998
Zweite Auflage: Juni 1998
Dritte Auflage: Oktober 1999

Deutsche Lizenzausgabe 1998 by
Bastei-Verlag Gustav H. Lübbe GmbH & Co.,
Bergisch Gladbach
Originaltitel: The Mammoth Book of Historical Detectives
Übersetzernachweis jeweils am Ende der Geschichten
Lektorat: Marco Schneiders
Titelbild: Ferran/Norma Agency, Barcelona
Umschlaggestaltung: QuadroGrafik, Bensberg
Satz: KCS GmbH, Buchholz/Hamburg
Druck und Verarbeitung:
Elsnerdruck, Berlin
Printed in Germany
ISBN 3-404-13944-5

INHALT

Einführung
Die zweite Chronik des Verbrechens

Mit diesem Band liegt die zweite Sammlung historischer Kriminalgeschichten vor. Die Reaktionen auf den ersten Band *›Von Rittern, Hexen und anderem Gelichter‹* (Bastei-Lübbe Nr. 13 802) waren durchweg positiv. Diesmal umspannen die Erzählungen sogar noch einen weitaus größeren Zeitraum und bieten daher dem geneigten Leser Gelegenheit, noch tiefer in die Geschichte des Verbrechens einzudringen.

Er wird nicht nur (wie im ersten Band) Geschichten aus dem alten Rom, dem Fernen Osten, dem mittelalterlichen England und den amerikanischen Kolonien vorfinden, sondern auch in die fernen Gefilde des Pazifischen Ozeans zu Zeiten der Reisen Captain Cooks entführt werden. Oder in das Australien des Jahres 35 000 vor Christus – wahrscheinlich der bisher älteste Tatort, der in der Kriminalliteratur zu finden ist. Ebenfalls enthalten in dieser Anthologie sind eine Geschichte von Edith Pargeter (= Ellis Peters), die über vierzig Jahre nicht mehr abgedruckt wurde, und eine seit langem in Vergessenheit geratene Erzählung von William Hope Hodgson, die zum letztenmal vor achtzig Jahren erschien. Da einige Leser überrascht waren, daß ich den zeitlichen Rahmen der Chronik *›Von Rittern, Hexen und anderem Gelichter‹* nur bis zum Jahr 1900 steckte (mit einer Ausnahme), habe ich die Grenze hier nicht so eng gezogen, um eine Erzählung aus den zwanziger Jahren dieses Jahrhunderts aufzunehmen. Damit umspannt diese Anthologie also einen Zeitraum von 37 000 Jahren! Sie enthält achtundzwanzig Geschichten, von denen zwölf speziell für diesen Band geschrieben und sieben weitere, die nie zuvor in Buchform veröffentlicht wurden.

Seit der Veröffentlichung des letzten Bandes ist es mir gelungen, viele interessante Neuentdeckungen zu machen. Einige davon sind in dieser Anthologie enthalten: Steven Saylor ist ein junger amerikanischer Autor, der mehrere Kurzgeschichten und Romane um den römischen Detektiv Gordianus verfaßt hat. Eine der älteren Erzählungen aus dieser Reihe ist hier abgedruckt. Kate Sedley, deren Bücher über Roger, den fahrenden Händler, seit 1991 erscheinen, hat mir eine brandneue Geschichte über diesen Abenteurer aus dem 15. Jahrhundert überlassen. Keith Heller hat bisher drei Romane über George Man, den PARISH WATCHMAN, sowie eine ganze Reihe von Kurzgeschichten geschrieben. Eine davon ist hier abgedruckt. Und Amy Myers hat eine neue Geschichte über ihren Meisterkoch Auguste Didier beigesteuert.

Eine Geschichte von Candace Robb werden Sie in dieser Anthologie nicht finden, dennoch möchte ich hier auf diese Autorin hinweisen. Allen Freunden mittelalterlicher Kriminalromane sei die neue Serie dieser Autorin um Owen Archer, Hauptmann der Bogenschützen, wärmstens empfohlen. Bisher erschienen sind: ›*Die Rose des Apothekers*‹ (Bastei-Lübbe Nr. 13 548), ›*Die Kapelle des Erzbischofs*‹ (Bastei-Lübbe Nr. 13 654) und ›*Das Geheimnis der Nonne*‹ (Bastei-Lübbe Nr. 13 736).

All diese Beispiele beweisen, daß historische Detektivgeschichten Konjunktur haben, und wir wollen hoffen, daß es auch so bleibt.

Lassen Sie uns also die Zeit zurückdrehen und den düsteren Schleier lüften, der über den folgenden achtundzwanzig Verbrechen liegt …

Mike Ashley

Tod im Morgengrauen

F. Gwynplaine MacIntyre

Als ich den Inhalt der ersten Anthologie ›Von Rittern, Hexen und anderem Gelichter‹ *(Bastei-Lübbe 13 802) zusammenstellte, suchte ich überall nach einer Detektivgeschichte, die in grauer Vorzeit spielt. Ich wußte, daß ich in einem Magazin aus der Zeit der Jahrhundertwende so etwas mal gesehen hatte, suchte aber vergeblich danach. Ich habe sie noch immer nicht gefunden. Aber während ich an diesem Buch arbeitete, sprach ich kurz mit F. Gwynplaine MacIntyre über meine Idee. Er nahm diese Herausforderung sofort an. Mehr noch: Er verlegte die Geschichte in die vorzeitliche Kultur der australischen Aborigines und nutzte diese Gelegenheit, um sich ein wenig mit den Ursprüngen ihrer Sprache und ihres Denkens zu beschäftigen.*

F. Gwynplaine MacIntyre (geb. 1948), ›Froggy‹ für seine Freunde, wurde in Schottland geboren und wuchs in Australien auf – daher seine Kenntnisse der Eingeborenenkultur. Er hat vorwiegend in England und Wales gelebt, wohnt zur Zeit jedoch in den USA. Er erscheint in den Science-fiction-Magazinen seit 1980 und verarbeitete seine australische Herkunft in einer seiner ersten Stories, ›Martian Walkabout‹ *(Isaac Asimovs SF Magazin, März 1980). ›Tod im Morgengrauen‹ ist seine erste veröffentlichte Kriminalgeschichte. Sie spielt um 35 000 v. Chr., was – da bin ich ganz sicher – der früheste Schauplatz für eine Detektivgeschichte sein dürfte. Oder kann mir jemand das Gegenteil beweisen?*

Der Schrei ertönte nach Sonnenaufgang, drei Tage nach den Regenfällen. Nachtwunsch hatte am äußeren Rand des *ngurupal* geschlafen, des Lagerbereichs, der für die erwachsenen Männer reserviert war – nicht darin, denn mit seinen zwölf

Sommern hatte er noch nicht das *kurini* absolviert, das Ritual der Männlichkeit. Nun weckte ihn der Schrei im Morgengrauen, er sprang auf und rannte auf die qualvollen Laute zu.

Die Schreie kamen aus den Rotsteinhöhlen. Andere Männer der Wuradjeri hatten die Schreie ebenfalls gehört, denn als Nachtwunsch auf die Höhlen zurannte, stieß er auf Männer – Speerflug, Kleckser und Vielsprech –, die das gleiche Ziel hatten. Selbst der alte, lahme Zehweg mit seinem verkrüppelten Fuß war schon vor Nachtwunsch eingetroffen und humpelte zügig auf die Höhle zu. Aber mittlerweile waren die Schreie verstummt. Der rötlich-gelbe Lehm war immer noch feucht vom Regen, und der Morast besudelte die nackten Füße und Beine der Männer, während sie im Gras durch ein Gewirr von Wombathügeln stolperten und sich den Höhlen näherten.

Es gab dort vier Rotsteinhöhlen; zwei waren für rituelle Zwecke reserviert, eine stand leer. Die vierte Höhle war mit einem mächtigen runden Felsblock verschlossen, allerdings nicht vollständig, denn eine schmale vertikale Lücke war am Rand zu erkennen. Die Schreie waren aus dem Innern dieser Höhle gedrungen.

Mit dem scharfen Ende seines Bumerangs stieß Speerflug gegen den Felsblock. »*Ei! Kungah!* Ist jemand da drin?«

Der Felsblock gab keine Antwort.

Andere Männer aus dem *ngurupal* waren nun eingetroffen und auch mehrere Frauen aus dem Weiberbereich. Speerflug deutete auf drei der stärksten Männer. »*Duka.* Helft mir, das Ding wegzuschieben.« Der junge Nachtwunsch erregte seine Aufmerksamkeit, und Speerflug forderte ihn auf, mit anzufassen.

Während sie sich an die Arbeit machten, dachte Nachtwunsch an die vergangenen Tage. Diese Höhle gehörte Raffgriff. Vor fünf Tagen hatte das Nomadenvolk der Wuradjeri auf diesem Platz sein Lager aufgeschlagen. Damals war Raffgriff, der Clan-Bruder von Nachtwunsch, noch bereit gewesen, zusammen mit den anderen älteren Männern im abgetrennten *ngurupal* zu schlafen. Aber zwei Tage später hatte er plötzlich diese Höhle zu seiner persönlichen Behausung erklärt – die Höhle mit dem Felsblock darin, der größer war als der Eingang der Höhle –, und Raffgriff hatte sich jeden Abend eingeschlossen, indem er den Felsblock in die Höhlenöffnung schob.

Der Felsblock gab unvermittelt nach und rollte nach hinten in die Höhle hinein. Speerflug drängte sich daran vorbei. Kleckser und Nachtwunsch folgten ihm. Kleckser hielt den Bild-Zauber des Stammes bereit. Seine Aufgabe war es, das Bild anzufertigen, welches zeigte, was in der Höhle passiert war.

Raffgriff war tot. Er lag ausgestreckt auf der Seite im hinteren Teil der Höhle. Seine weit aufgerissenen Augen starrten leblos nach oben in die Gefilde von Baiama, dem Himmelsgott. Seine Hände waren gekrümmt wie Klauen, die etwas Unsichtbares festhielten.

Heilgesang betastete den Körper. »*Paraka!* Steh auf! Erwache!« Wenn es auf dieser Welt ein Mittel gab, um den Toten wieder zum Leben zu erwecken, dann konnte es nur Heilgesang finden, der Stammesgefährte der Wuradjeri. Aber nun hielt Heilgesang inne und schüttelte den Kopf. »*Warai.* Er ist tot.«

Speerflug stieß die Leiche mit seinem Bumerang an, so daß Raffgriff auf den Rücken rollte. »Jetzt wissen wir, was ihn getötet hat. *Ngana!*« Ein Speer steckte in Raffgriffs Herz. Die untere Hälfte des Schaftes war abgebrochen und fehlte. Es gab keine weiteren Eingänge zu der Höhle und keinerlei Nischen oder Ausbuchtungen, die groß genug waren, um als Versteck zu dienen.

Raffgriff war in einer von innen verschlossenen Höhle ermordet worden. Und niemand war herausgekommen. Die Männer des Stammes hätten dem Mörder begegnen müssen, als sie im Morgengrauen auf die Höhle zurannten.

»Was willst du, Junge?« fragte Speerflug ungehalten, als Nachtwunsch sich nach vorne drängte, um die Leiche zu betrachten. »*Minja wontu agana?* Wonach schaust du? Raffgriff ist tot. Es gibt nichts zu sehen.«

»Oh!« Nachtwunsch deutete auf die Hände des Toten. »SEHT!«

Die Fingerspitzen des Toten waren *verändert*. Irgendein unbekanntes Wesen hatte das Fleisch an den Enden seiner Hände verwandelt, es schwarz gefärbt und einen Schaum aus weißen Bläschen hinterlassen.

Heilgesang erbleichte unter seiner rituellen Körperbemalung. »Etwas hat … etwas hat in seine Hände gebissen«, war die einzige Erklärung, die er im Augenblick finden konnte. Dann mit einem ehrfürchtigen Flüstern: »Das hat ein Geist getan.«

»Ich denke«, sagte Speerflug, »daß wir eine Ratsversammlung einberufen sollten.«

Die Ratsversammlung redete viel und entschied wenig, wie es oft bei solchen Versammlungen der Fall ist. Der alte Zehweg meinte, daß Raffgriff von einem *dzir* oder einem *buginja* ermordet worden wäre. Als unsichtbare böse Geister könnten sie sehr leicht durch soliden Fels gehen, einen Menschen töten und ungesehen entkommen. Speerflug widersprach dem und wies darauf hin, daß Raffgriff durch einen Speer getötet worden war, also mit einer Menschenwaffe. *Dzir* und *buginja* seien zwar böse genug, um Menschen zu töten, aber jeder wüßte doch, daß ihr Todeszauber eine viel stärkere Waffe sei als ein Speer.

Raffgriff sei nicht von Geisterhand, sondern von Menschenhand gestorben, betonte Speerflug, und er erinnerte seine Ratsbrüder daran, daß der Mord unmittelbar vor ihrem Eintreffen stattgefunden haben mußte, denn sie hatten die Schreie des Mannes ja noch deutlich gehört. Aber wie konnte jemand einen Menschen in einer verschlossenen Höhle töten und danach in so kurzer Zeit fliehen?

Und wie kam es, daß Raffgriffs Fingerspitzen auf eine Art und Weise verändert waren, wie noch kein Angehöriger der Wuradjeri es je zuvor gesehen hatte? Heilgesang glaubte, daß Raffgriff einen Gegenstand berührt hatte, der tabu war, und daß dieses Tabu ihm in die Finger gebissen hätte. Konnte das der Grund für seine Ermordung sein?

Am äußeren Rand des *ngurupal* stand Nachtwunsch und platzte fast vor Begierde, sprechen zu dürfen. Er hatte seine eigenen Vorstellungen, wie der Mord aufgeklärt werden konnte. Aber Nachtwunsch hatte noch keinen Rundgang unternommen oder sich dem *kurini* unterzogen. Wenn er es wagen sollte, seine Stimme zu erheben, würden seine Worte an der Grenze des Kriegerplatzes ungehört verhallen.

Eine Hand legte sich auf Nachtwunschs Schulter. »Haben die Bartgesichter noch nicht mit ihrem Geplapper aufgehört?« flüsterte ihm eine weiche Stimme ins Ohr.

Nachtwunsch drehte sich um. Kribbelsüß stand hinter ihm. Das zwölfjährige Mädchen war genauso alt wie Nachtwunsch, und der Junge fühlte sich schon seit langem zu ihr hingezogen. Sie beherrschte seine nächtlichen Träume, Träume, die er nicht laut zu äußern wagte, weil sein Totemtier – das Rote Känguruh – mit demjenigen von Kribbelsüß – dem Bandikot – keine vorteilhafte Kombination ergab. Als Nachtwunschs Blick jetzt auf die prächtig entwickelten Brüste des Mädchens fiel, hielt er schnell eine Hand vor seine Genitalien. Er wollte verbergen, daß er noch nicht die *burumalwu* besaß, die rituelle Schnur aus Emusehne, die die Männer der Wuradjeri sich um die Hoden banden, um ihren Erwachsenenstatus zu dokumentieren.

Kribbelsüß bemerkte die Geste. Sie schlug die Hand des Jungen von seinen nackten Genitalien weg und lachte, als sie den Beweis seiner Unreife bemerkte. »Der Junge ist also noch kein Mann! Ich hatte mich schon gefragt, weshalb du außerhalb des Beratungsplatzes stehst.«

»Weißt du von dem Mord?« fragte Nachtwunsch.

Kribbelsüß deutete mit einem Kopfnicken auf die Ratsversammlung. »Die Bartgesichter plappern in einem fort, während sich der Mörder ins Fäustchen lacht. *Kala*, warum gehen wir beide nicht einfach los und sehen uns den Schauplatz des Mordes an? Wir könnten dort nach Spuren suchen, die uns vielleicht den Namen des Mörders verraten.«

Nachtwunsch warf noch einen Blick auf den *ngurupal.* Vielsprech diskutierte gerade mit Kleckser, und jeder der Männer hatte offenbar seine eigene Theorie. Hier würde in absehbarer Zeit gewiß keine Einigung erzielt. Nachtwunsch streckte eine Hand aus und berührte schüchtern Kribbelsüß' Haar. »*Bilaka,* ich zeige dir den Todesort.«

Der tote Mann war nicht weggegangen. Das war gut, denn es bewies, daß der Geist Jaruta – der sich gerne die Körper von Toten überzieht und dann in ihrer Gestalt umhergeht – in diese Leiche nicht geschlüpft war. Als sie den toten Mann sah, zuckte Kribbelsüß zusammen und schaute hastig weg. Nachtwunsch verspürte eine innere Freude, denn Kribbelsüß war sicherlich zutiefst davon beeindruckt, daß er den Anblick der Leiche nicht fürchtete.

Der Felsblock, der den Eingang zur Höhle versperrte, war zu schwer, als daß Nachtwunsch ihn allein bewegen konnte. Er zeigte Kribbelsüß, wie der Fels in den Höhleneingang gezwängt worden war, als er und die anderen sich dort eingefunden hatten. »*Ngana tu?* Siehst du?« Nachtwunsch tat so, als würde er einen imaginären Stein mit seiner Schulter wegschieben. »In der Höhle hat Raffgriff den Stein jeden Abend zurechtgeschoben, so daß er die Höhlenöffnung versperrte. Und am Morgen schob er den Stein zur Seite, damit er herauskonnte.«

»Schieben, um reinzukommen, und schieben, um rauszukommen.« Kribbelsüß schlug nach einer Sandfliege, dann studierte sie den Felsblock. »Könnte ein Mann diesen Stein auch hinter sich in Position ziehen, wenn er die Höhle verläßt?« fragte sie.

Nachtwunsch überlegte stirnrunzelnd und versuchte dann, den Stein von der Stelle zu bewegen. Aber der Felsblock bestand aus weichem gelbem Sandstein. Als Nachtwunsch einen sicheren Griff suchte, brachen ganze Stücke von dem Felsblock ab. Schließlich gab er auf. »Dieser Stein kann nur geschoben und nicht gezogen werden«, folgerte er. »Und aufgrund seiner Lage, als der Mörder schrie, muß der Stein von *innen* auf seinen Platz bugsiert worden sein. Entweder von dem Toten, ehe er ermordet wurde, oder von dem Mörder.«

Kribbelsüß nickte. »Demnach gibt es also zwei Möglichkeiten. Entweder schleuderte ein Mörder außerhalb der Höhle seinen Speer hinein – durch soliden Fels –, oder ein Mann in der Höhle verübte den Mord und kam dann heraus – ebenfalls durch soliden Fels. Und in beiden Fällen entkam der Mörder unbemerkt.«

Nachtwunsch überlegte angestrengt, und plötzlich fiel ihm etwas ein. »*Tungani!* Ich hab's gesehen! Die Form des Steins entsprach nicht genau den Umrissen der Höhlenöffnung. Da war eine Lücke ... aber sie war zu klein, als daß ein Mann hindurchgepaßt hätte.« Mit den Händen zeichnete Nachtwunsch einen vertikalen Schlitz in die Luft. Er war nicht breiter als der Schaft eines Speers.

»Dann ist ja alles klar«, sagte Kribbelsüß. Sie begann einen Tanz und schlüpfte jeweils in die verschiedenen Rollen. »Der Mord geschah im Morgengrauen, nicht wahr? Weil Kapatader-Mond dem Mörder für seine Tat nicht genug Licht spendete.« Während sie tanzte, wurde Kribbelsüß zum Mörder. Sie blickte zu Kapata-dem-Mond hinauf und stolperte in der Dunkelheit, weil es nicht ausreichend Licht gab. Nun war sie Kapata, der Mond am Himmel, und blickte hinunter auf den Mörder vor seiner Tat. »Und die Höhlenöffnung befindet sich in Richtung Sonnenaufgang, ja? So! Der Mörder wartete draußen bis zum Morgengrauen ...« – sie war wieder der Mörder und tanzte wachsam – »... und sobald er genug Licht hatte, um sein schmutziges Werk zu verrichten, schleuderte er den Speer durch den engen Spalt zwischen dem Felsblock und der Höhlenwand. *Zzzissscccchhh!*« Nun, die Hände über dem Kopf verschränkt, verwandelte Kribbelsüß sich in den Speer. Sie imitierte seinen Flug, tanzte durch die Höhle und bewegte sich summend auf den toten Mann zu. »Da! Der Speer fand sein Ziel und tötete den Mann.«

»Das ist *warai.* Unmöglich«, sagte Nachtwunsch, der die Gelegenheit witterte, Kribbelsüß mit seinem Wissen über

Waffen zu imponieren. Als junger Mann, der sich auf das *kurini* vorbereitete, wußte er mehr über Speere als die weiblichen Stammesmitglieder. »Die Öffnung zwischen Höhle und Stein war nur ein schmaler Schlitz. Niemand könnte einen Speer durch dieses winzige Loch schleudern ... jedenfalls nicht zielgenau. Siehst du? Man kann den Speer dicht vor das Loch halten, aber dann muß man mit dem Arm ausholen, um den Speer nach vorne zu schleudern. Auf diese Weise ist es unmöglich, das Loch zu treffen. Der Speer würde mit Sicherheit das Ziel verfehlen und statt dessen den Fels treffen.«

Während Nachtwunsch redete, richtete Kribbelsüß ihren Blick auf seine nackten Genitalien, die nicht mit der *burumalwu*-Mannes-Schnur versehen waren. Nachtwunsch konnte ihre Gedanken erraten: Da Nachtwunsch noch nicht das männliche Jagdritual absolviert hatte, war Kribbelsüß nicht bereit, ihn als Fachmann in Fragen des Speergebrauchs zu akzeptieren. Deshalb fügte er schnell das in seinen Augen entscheidende Argument hinzu: »Außerdem hätten die anderen Männer und ich den Mörder dann weglaufen sehen.«

Kribbelsüß wiederholte spöttisch seine Worte. »Die *anderen* Männer und du? Ein Junge und einige Bartgesichter meinst du wohl. Und der Mörder entkam tatsächlich, während du auf die Höhle zuranntest.« Sie stand auf und wischte sich den gelben Sand von ihren braunen Oberschenkeln. »Komm, suchen wir nach Hinweisen. Irgend etwas in dieser Höhle verrät uns vielleicht den Namen des Mörders.«

Nachtwunsch und Kribbelsüß inspizierten die Höhle. Das war keine einfache Aufgabe, denn sie wußten ja gar nicht, wonach sie eigentlich suchen sollten. Plötzlich stieß Nachtwunsch einen Schrei aus: »*Ngai!*«

»Hast du etwas gefunden?«

»Ich habe etwas gefunden, das nicht da ist«, sagte Nachtwunsch.

»Deine Gedanken springen wie ein Känguruh«, stellte Kribbelsüß fest.

»Ich meine, ein Gegenstand, der eigentlich da sein sollte, fehlt, und daß er fehlt, ist ein Rätsel«, erklärte Nachtwunsch.

»Und was fehlt nun?« fragte Kribbelsüß gespannt.

»Sieh her.« Nachtwunsch deutete auf das abgebrochene Speerende, das aus der Brust des Mannes ragte. »Die andere Hälfte des Speers – die hintere Hälfte, der Teil, den ein Mann festhält, wenn er zielt – ist nicht da. Ich bemerkte ihr Fehlen, als wir die Leiche fanden, aber ich nahm an, sie läge hier irgendwo in der Höhle. Aber ich kann sie nirgends finden.«

»Der Mörder hat sie mitgenommen«, entschied Kribbelsüß.

»*Warai.* Weshalb sollte der Mörder die halbe Tatwaffe mitnehmen und die andere Hälfte zurücklassen?« Nachtwunsch schüttelte den Kopf. »Nein. Ich bin sicher, daß diese Hälfte des Speers – die vordere Hälfte – das einzige ist, was jemals hier war. Aber wie kann ein Mann mit einem halben Speer durch einen engen Felsspalt zielen? Mit einem abgebrochenen Speer ist das noch schwerer als mit einem ganzen.«

»Ich finde etwas anderes viel wichtiger«, sagte Kribbelsüß. »Weshalb ist Raffgriff ermordet worden? Es muß dafür einen Grund geben.«

Nachtwunsch überlegte einen Moment. Er und Raffgriff waren beide unter dem Totem von Maruwai, dem Roten Känguruh, geboren worden und hatten zusammen gehaust. Kribbelsüß, die unter dem Schutz von Kuru, dem Bandikot, zur Welt gekommen war, konnte Raffgriff nicht sehr gut gekannt haben. »Raffgriff war nicht beliebt«, gab Nachtwunsch zu. »Die älteren Männer haben mir erzählt, daß er sich auf der Jagd stets zurückgehalten und weniger als seinen angemessenen Teil dazu beigetragen habe. Am Ende der Jagd, wenn die Beute des Tages ins Lager gebracht wurde, versuchte Raffgriff stets mehr für sich zu ergattern, als ihm zustand, und dann auch noch die besten Stücke.«

»Das rechtfertigt wohl kaum einen Mord«, stellte Kribbelsüß fest.

Plötzlich hatte Nachtwunsch eine Idee. »Jetzt erinnere ich mich! Während der Regenfälle ging Raffgriff mit all den anderen Jagdmännern und schlief bei ihnen im *ngurupal.* Als wir unseren jetzigen Lagerplatz erreichten, tat er es ebenfalls.

Aber vor drei Tagen trennte er sich plötzlich von uns, schlief in der Höhle und schloß sich nachts darin ein. Während der letzten drei Tage verbrachte Raffgriff viel Zeit damit, an seinen Fingern zu lutschen, als wären sie verletzt.«

Kribbelsüß warf einen Blick auf die blasenbedeckten Fingerspitzen der Leiche und erschauerte. »Vor drei Tagen, sagst du? Dann muß das der Tag gewesen sein, als … dieses göttliche Wesen seine Hände verändert hat. Aber es erklärt nicht, weshalb jemand ihn ermordet hat.«

Nachtwunsch nickte mit dem Kopf. »Ich weiß! Raffgriff muß etwas besessen haben. Etwas, das der Mörder begehrte.« Nachtwunsch war sich jetzt ganz sicher. »Vor drei Tagen hat alles seinen Anfang genommen, als Raffgriff nicht mehr mit uns gehen und bei uns schlafen wollte. Er muß etwas hergestellt oder gefunden haben … einen außergewöhnlichen Gegenstand, den er für sich behalten und niemandem zeigen wollte. Aber der Mörder wußte Bescheid. Er kam in die Höhle, während Raffgriff schlief, nahm den Gegenstand an sich, tötete Raffgriff und rannte davon.«

Kribbelsüß lutschte an einer Haarsträhne. »Aber die Sache hat einen Haken, mein Junge. Wie kam der Mörder aus der verschlossenen Höhle heraus? Und wie konnte er ungesehen verschwinden, während du und die Männer auf die Höhle zurannten?« Sie schüttelte den Kopf. »Das ist nicht des Rätsels Lösung. Laß uns lieber nach weiteren Hinweisen suchen und hoffen, daß sie uns den Namen des Mörders verraten.«

Sie durchsuchten die Höhle. Nachtwunsch hatte eine Idee, äußerte sie aber nicht laut: Wenn er an Raffgriffs Stelle gewesen wäre und etwas so Wertvolles besessen hätte, für das andere Männer sogar einen Mord begehen würden – wo hätte er es aufbewahrt? Er würde es in jedem wachen Augenblick bei sich haben wollen und es in nächster Nähe deponieren, wenn er schlief. Schau unterm Bett nach. Nachtwunsch eilte zu dem Haufen aus trockenem Gras und weichem Moos im hinteren Teil der Höhle, der Raffgriffs Schlafplatz gewesen sein mußte. Außerdem war er …

»SIEH MAL!«

Kribbelsüß näherte sich zögernd der Leiche, um sich anzusehen, was Nachtwunsch gefunden hatte.

Eine dünne Ader *kirapurai* – rötlich-gelber Ton – befand sich im hinteren Teil der Höhle an genau der Stelle neben dem Bett, wo jemand seinen wertvollsten Besitz deponieren würde, damit er nachts danach greifen und sich vergewissern konnte, daß er immer noch an Ort und Stelle war. Aber nicht die Tonader hatte Nachtwunschs Erstaunen hervorgerufen. Jemand hatte etwas in den Ton hineingedrückt, um es zu verstecken. Der Gegenstand war nun verschwunden, aber er hatte seine Form hinterlassen: als Vertiefung im Ton. Kribbelsüß sah es ebenfalls, und auch sie gab einen Laut des Erstaunens von sich.

Der Eindruck im Ton hatte eine Form, für die die Angehörigen des Wuradjeristammes kein Wort besaßen: ein perfekter Kreis, absolut rund, dessen Durchmesser etwa die halbe Länge von Nachtwunschs Daumen hatte. Irgendein runder Gegenstand war in den weichen Ton eingedrückt worden. Nun war er verschwunden, aber die runde Form war erhalten geblieben.

»Ein göttliches Wesen muß hier gewesen sein, und ein göttlicher Gegenstand ist entwendet worden«, murmelte Nachtwunsch und erschauerte. Seine zitternden Finger strichen über die Konturen des Kreisabdrucks. »Siehst du? Jeder Punkt des Randes hat den gleichen Abstand zum Herzen.«

»Nur ein anderes Ding besitzt diese Form«, sagte Kribbelsüß mit bebender Stimme. »Kapata-der-Mond hat diese Form, aber nur in drei Nächten jeden Monats. Es ist ...« Sie versuchte die Mondform mit ihren Händen anzudeuten, und dann – unfähig, das wundervolle Ding mit gebräuchlichen Worten zu beschreiben – erfand sie ein neues Wort, das seine wahre Natur erfaßte. »Es ist ... ein Kreis.«

Nachtwunsch stieß einen langen Pfiff aus, als er diesen Gedanken aufgriff. »Eine Kugel. Raffgriff besaß die einzige Kugel, und jemand hat ihn deswegen getötet. Der Mörder hat die einzige Kugel auf der Welt gestohlen.«

Während des ganzen Rückwegs zum Lagerplatz sang Nachtwunsch Kreise, und Kribbelsüß tanzte sie. Als sie den wuchtigen, weißen Gesang-Stein in der Mitte des Wuradjeri-Lagers erreichten, hatten sich die beiden eine Methode zur Herstellung von Kreisen ausgedacht. Nachtwunsch erklärte den Stammesältesten, was sie entdeckt hatten. »Raffgriff hat einen Kreis besessen, den ein anderer begehrte. Dieser tötete Raffgriff und stahl den Kreis.«

»Sehr interessant.« Speerflug massierte sein Kinn. »Was ist ein Kreis?«

Nachtwunsch besorgte sich schnell eine Emuschnur von Heilgesang und einen Speer von Vielsprech. Es war ein wertvoller Speer, denn seine Spitze war ein Stachel aus dem Schwanz eines Stachelrochens. Vielsprech hatte ihn einst im Tauschhandel von einem Krieger erworben, dessen Stammesland direkt am nördlichen Meer lag.

Nun schauten Männer und Frauen der Wuradjeri neugierig zu, wie Nachtwunsch das eine Ende von Heilgesangs Schnur um Vielsprechs Speer knotete und das andere Ende an einem scharfkantigen Stück *karul*, einem durchsichtigen Quarzkristall, befestigte. »Diese Dinge besitzen einen Kreis«, erklärte er.

Der alte Zehweg, der auf einem Stein hockte und seinen lädierten Fuß ausstreckte, spuckte abfällig aus. »Ich sehe keinen Kreis, was immer ein Kreis sein mag.«

»Alle Dinge haben Kreise in sich«, sagte Nachtwunsch und kleidete das Konzept in Worte, als es in seinen Gedanken entstand. »Alle Dinge besitzen verborgene Kreise ... aber wir können diese Kreise aussingen, so daß sie zu erkennen sind.«

Mit einem lauten Schrei rammte Nachtwunsch die Speerspitze ins weiche Erdreich, so daß sie eine Männerhandbreit tief eindrang. Nun ergriff Kribbelsüß den scharfkantigen Quarz und entfernte sich so weit wie möglich vom Speer ... so daß die Schnur, die Speer und Quarz miteinander verband, straff gespannt war.

Kribbelsüß tanzte und sang das Lied des Kreises, während

sie den Speer umrundete. Sie drehte ihre Runde wie Nguni-pinga-die-Sonne ... die Sonne, die selbst geformt war wie ein zerdrückter Kreis und die nun über dem westlichen Buschlandhorizont stand. Kribbelsüß' scharfkantiger *karul*-Quarz grub sich in den Boden, während sie ihren Tanz aufführte – aber stets im gleichen Abstand vom Speer, so daß die Schnur straff gespannt blieb. Unterdessen ergriff Nachtwunsch den Speer. Als die Emuschnur sich seinen Füßen näherte, stieß er einen Schrei aus und sprang darüber hinweg, damit Kribbelsüß ihre Umrundung beenden konnte.

»Da!« rief sie triumphierend. »*Kalanduku!* Ihr alle! Seht den Kreis!«

Der erste von Menschen gezeichnete Kreis befand sich im weichen Erdreich des Lagerplatzes mit Nachtwunsch in seinem Mittelpunkt und Kribbelsüß auf seiner Kreisbahn. Die Männer und Frauen kamen heran, um diese neue Form zu betrachten.

Vielsprech holte seinen Speer zurück und vergewisserte sich, daß Nachtwunsch die Spitze nicht stumpf gemacht hatte. »Dann ist das also ein Kreis«, sagte Speerflug. »Wozu ist er gut?«

»Er ist schön anzusehen«, sagte Kribbelsüß.

»Aber nicht schön genug, um dafür zu töten«, sagte Speerflug. Er deutete mit einem Finger auf die Außenbahn des Kreises. »Du willst uns weismachen, daß Raffgriff dafür umgebracht wurde?«

Vielsprech stand auf. »Laß mich dieses Ding mal ansehen. *Kurana!* Zeig es mir!«

Johlend und mit höhnischem Gelächter folgten die Stammesältesten Nachtwunsch und Kribbelsüß zurück zum Mordschauplatz. Sogar der alte Zehweg, der den anderen zurief, sie sollten auf ihn warten, humpelte am Ende der Prozession mit. Am Eingang zur Höhle blieben mehrere Frauen zurück. Die Sandfliegen hatten Raffgriffs Leiche entdeckt, und in der Hitze des Buschlands war ihr Geruch äußerst unangenehm. Nachtwunsch rannte in die Höhle und deutete auf den Eindruck im rötlich-gelben Ton. »Da ist es.«

Speerflug sah zum erstenmal in seinem Leben *eine perfekte Halbkugel.* »Es ist eine göttliche Form!« rief er aus.

»Was, dieses Zeichen auf der Erde?« Vielsprech drängte sich nach vorne. Seine verächtliche Miene warnte Nachtwunsch.

»*Wari muluk!*« rief der Junge. »Haltet ihn zurück!«

Vielsprech rammte das hintere Ende seines Speers in den weichen Lehm und verwischte die kreisrunde Spur. »Ich sehe hier nichts Göttliches«, sagte er. »Ich sehe nur einen Kratzer im Erdreich.« Gleichzeitig löste Vielsprech die Emuschnur an seinen Genitalien und urinierte in den Lehm. »Und jetzt sehe ich eine Pfütze auf dem Boden.« Er lachte. »Kein Mann würde wegen eines Zeichens auf dem Erdboden einen anderen Mann töten und den Zorn Baiamis auf sich ziehen. Laßt uns von hier verschwinden.«

Die Männer und Frauen der Wuradjeri entfernten sich lachend und ließen Nachtwunsch allein zurück. Jemand berührte sacht seine Finger, und er drehte sich um. Kribbelsüß stand neben ihm.

»Mir kam gerade eine Idee«, sagte sie. »Raffgriff hat einen göttlichen Gegenstand berührt, der ihm in die Hände gebissen hat, ja? Und ein göttlicher Gegenstand – ein Kreis von der Form des Mondes – wurde von seinem Mörder aus der Höhle entwendet. Vielleicht sind das Tabu, das ihn gebissen hat, und das Ding, das der Mörder gestohlen hat, *ein und derselbe Gegenstand.*«

»Ich verstehe, was du meinst!« rief Nachtwunsch. »Der göttliche Gegenstand biß in Raffgriffs Hände, als er ihn fand. Jemand hat ihn getötet und den Gegenstand an sich genommen. Aber das Ding beißt jeden, der es berührt. Wir müssen jemanden finden, dessen Hände die gleichen Bißspuren aufweisen wie die des Toten. Dieser Jemand muß zwangsläufig der Mörder sein.«

Kribbelsüß nickte. »Suchen wir unsere Totem-Leute. Ich sehe mir die Hände meiner Nandikot-Leute an, und du kontrollierst die Hände der unter dem Zeichen des Roten Känguruhs Geborenen.«

Nachtwunsch verspürte eine zunehmende Erregung. »Falls wir den Mörder dort nicht finden, sehen wir uns bei den anderen Clans des Wuradjeristammes um. Danach treffen wir uns, *ngaku*, am Gesang-Stein. Möge der Wind deine Füße lenken! Beeil dich!« Den Rest des Tages betrachtete Nachtwunsch zahllose Hände. Jägerhände, Sängerhände, Töpferhände, Weberhände, Sammlerhände. Er untersuchte Hände von Männern, Frauen und Kindern, und hoffte dabei, die seltsamen weißen Blasen und die schwarzen Zeichen zu finden, die er an Raffgriffs Händen entdeckt hatte: *den Biß des göttlichen Gegenstandes*.

Bei Einbruch der Dämmerung hatte er die Hände von jedem Mann und jeder Frau und jedem Kind, dessen Eltern zwei verschiedenen Totem-Clans angehörten, untersucht ... aber keine Bißspur gefunden. Kribbelsüß wartete am Gesangs-Stein. Am Ausdruck ihres Gesichtes erkannte Nachtwunsch, daß sie ebenfalls Pech gehabt hatte.

»Vielleicht ist der Mörder gar kein Wuradjeri«, gab Kribbelsüß zu bedenken.

»Nein, ich bin mir sicher, daß der Mörder unter uns ist«, sagte Nachtwunsch. »Aber irgend etwas stimmt nicht. Ein Mann hat einen göttlichen Gegenstand gefunden, und dieser hat ihm in die Hände gebissen. *Warum?* Ein anderer Mann hat ihn getötet und den Gegenstand gestohlen, trotzdem hat das Ding den Mörder nicht gebissen. Warum *nicht*? Ich zerbreche mir den Kopf, aber ich kann dieses Rätsel nicht lösen.«

Die Nacht brach an, und Dunkelheit legte sich über das Land, aber Nachtwunsch wollte nicht schlafen. Er saß wach und grübelte.

Er dachte an Kalwaka, die alte Zeit, die Zeit seiner Vorfahren. Und vor Kalwaka war Ngurukanbu, der Anfang-von-allem ... eine Zeit, so fern, daß Männer und Frauen noch nicht von ihren Totem-Tieren besungen worden waren. Damals gab es keine Geheimnisse, denn Baiami kam vom Himmel herab, sang zu den Tieren und gab ihnen die Antworten auf alle Rätsel dieser Welt. Aber das war lange her, und nun war die Welt viel komplizierter, denn die Rätsel hatten sich vervielfacht.

Kapata-der-Mond tauchte aus einer Wolke über Nachtwunschs Kopf auf und verspottete ihn. Ausgerechnet in dieser Nacht war Kapatas Form ein makelloser Kreis und ähnelte der Zeichnung im Lehm. Der rote Ton in Raffgriffs Höhle war Zeuge des Mordes gewesen, aber er konnte den Namen des Mörders nicht mehr verraten, weil Vielsprech den Ton mit seinem Harn besudelt hatte. Den Ton, der ...

Plötzlich fiel Nachtwunsch etwas ein. Der Ton in der Höhle des Toten war *kirapurai*, rötlich und ockerfarben. Und der Ton vor der Höhle hatte die gleiche Farbe. Demnach waren die beiden Lehmarten identisch, und sie hatten den gleichen Gesang. Der Ton vor der Höhle konnte Nachtwunsch also die Antwort darauf singen, was während des Mordes in der Höhle passiert war.

Behutsam und leise, um niemanden zu wecken, stand Nachtwunsch auf und eilte zur Höhle.

Der Mond spendete ein fahles Licht. Eine Gruppe *wilga*-Holz, schwarze Weide, versperrte Nachtwunsch den Weg. Er ergriff einen Ast und bog ihn zur Seite, so daß er sich hindurchschlängeln konnte. Der *wilga*-Ast, der unter Spannung stand, rutschte ihm aus der Hand und sprang mit einem Pfeifen in seine alte Position zurück. Nachtwunsch erschrak, denn er wollte die anderen ja nicht aufwecken. Niemand rührte sich. Er rannte weiter.

Als Nachtwunsch zu der Höhle kam, erkannte er den Haken an der Sache. Der Ton vor dem Mordschauplatz konnte gar nicht sein eigenes Lied singen, denn er war besudelt worden. Nachtwunsch entdeckte vor der Höhle seine eigenen Fußabdrücke, die der Männer und die der Frauen.

Jeder Fußabdruck schien sein eigenes Lied zu singen. Die Fußabdrücke der Frauen waren schmaler als die der Männer, und die Fußabdrücke der Kinder waren kleiner und unsicherer als diejenigen ihrer Eltern. Und dort drüben – *ngai!* – waren die ungleichen Fußabdrücke Zehwegs. Die Abdrücke seines gesunden Fußes waren tiefer als die des verkrüppelten, denn er verlagerte mehr Gewicht auf den gesunden. Auch die anderen Männer hatten hier ihre Fußspuren hinterlassen. Es müßte doch möglich sein, überlegte Nachtwunsch, jeden Fußabdruck seinem Verursacher zuzuordnen und …

Plötzlich sang ihm das Mondlicht die Antwort.

Ein Paar Fußabdrücke unterschieden sich von allen anderen auf bemerkenswerte Weise. Nachtwunsch sah es ganz deutlich. Ja. Die anderen Fußabdrücke sangen Wahrheit, doch dieses Paar sang Lügen.

Nun wußte Nachtwunsch, wer Raffgriff ermordet und den göttlichen Gegenstand gestohlen hatte.

Aber er wußte nicht *wie*. Und die Ratsversammlung würde Beweise verlangen.

Nachtwunsch kehrte ins Lager zurück. Die älteren Männer schliefen im *ngurupal*, den Nachtwunsch, da er noch ein Junge war, nicht betreten durfte. Er suchte sich eine bettähnliche Stelle auf einem Grasflecken am südlichen Rand des Kriegerbereichs. Als Nachtwunsch es sich für die Nacht bequem machte, streckte er mehrmals die Arme über die Grenze des *ngurupals*. Er war zwar noch kein Mann, aber heute nacht würden seine Hände bei den Kriegern und Jägern liegen. Vielleicht nahm er durch die Finger ein wenig von Jagdzauber auf. Am Morgen würde Nachtwunsch die Hände eines Jägers brauchen. Denn dann würde er Jagd auf einen Mörder machen.

Als der Morgen dämmerte, mußten die üblichen Arbeiten erledigt werden. Nachtwunsch konnte Kribbelsüß nirgendwo entdecken. Die älteren Frauen hatten sie offensichtlich mit verschiedenen Arbeiten betraut. Nachtwunsch hatte seine eigenen Pflichten. Als angehender Krieger mußte er den Tag mit dem Sammeln von Kautschuk verbringen. Ältere Männer der Wuradjeri – Männer, die zwar ein großes Jagdwissen besaßen, aber zu alt waren, um an der Jagd selbst teilzunehmen – saßen mit übereinandergeschlagenen Beinen im *ngurupal* und stellten aus Feuerstein lange Speerspitzen her.

Später benutzten diese Feuersteinmänner den von Nachtwunsch gesammelten Kautschuk sowie Sehnenschnüre toter Emus und Känguruhs, um die Speerspitzen an Schäften zu befestigen, damit die Jäger neue Waffen erhielten.

Nachtwunsch verabscheute seine Aufgabe, denn der Kautschuk verklebte alles und roch unangenehm. Sandfliegen wurden davon angelockt und blieben daran hängen. Heute hatte Nachtwunsch keine Lust, Fliegen zu fangen. Er wollte vielmehr dem Mörder eine Falle stellen.

Die Jäger von Nachtwunschs Totem betrachteten jedes Tier als geeignete Beute für ihre Speere bis auf ihr eigenes *jarajuwa*: Maruwai, das Rote Känguruh. Die Männer brachen in Gruppen oder zu zweit auf, aber es gab auch drei oder vier Männer, die lieber allein der Jagd nachgingen. Nachtwunsch sah, wie einer von ihnen das Lager verließ, und folgte ihm. Dieser Mann war der Mörder.

Der einsame Jäger wanderte nach Nordwesten, entfernte sich vom Lager und drang in eine Gruppe *wilga*-Bäume ein. Nachtwunsch war zufrieden. Hier im Wald und im Schutze der Bäume fiel es ihm leicht, seinem Jagdwild auf den Fersen zu bleiben. Vorsichtig schlich er hinter dem Mörder her.

Als der Wald dichter wurde, fiel Nachtwunsch plötzlich ein, daß er sich vielleicht selbst überlistet hatte. Der Mörder trug ein ganzes Bündel Speere bei sich, und in der linken Hand hielt er eine Tasche aus Bandikotleder, die möglicherweise unbekannte Waffen enthielt ... vielleicht sogar den göttlichen Gegenstand. Nachtwunsch hingegen war unbewaffnet. Für einen kurzen Moment dachte der Junge daran umzukehren. Nein, wenn er jetzt zurückginge, würde Baiami der Himmelsgott Zeuge seiner Feigheit, und Nachtwunsch wäre für immer verflucht. Er setzte daher die Verfolgung fort und drang tiefer in den Wald ein.

Der Mörder wanderte weiter, ließ den Wald hinter sich und gelangte in eine kahle Buschlandwüste. Es war ein offenes Gelände, das nur wenig Versteckmöglichkeiten bot. Es gab ein paar rote Sandsteinblöcke, wenige Grasbüschel und eine einzelne Gruppe belaubter *koolibah*. Wenn Nachtwunsch seine

Beute hier stellte, würde der Mörder ihn schon von weitem bemerken und auf ihn vorbereitet sein.

Nachtwunsch blieb am Rand des Waldes zurück, während der Mörder auf die *koolibah*-Bäume zuging. Im Schatten des Waldes zählten Nachtwunschs Hände die Schritte des Mörders: Einfinger, Zweifinger, Dreifinger, Vierfinger, Hand. Doppelhand. Zwei Doppelhände ... Schließlich erreichte der Mörder die Baumgruppe und ließ sich nieder: Dreifinger-viele Doppelhände plus eine weitere Hand Schritte entfernt. Zu weit, als daß Nachtwunsch ihn hätte überrumpeln können. In seinem Versteck zwischen den *wilga* beobachtete Nachtwunsch, wie der Mörder im hellen Sand des Buschlandes saß und die Speere neben sich legte. Nicht weit von ihm befand sich ein verdorrter Eukalyptusstamm. Diesen legte der Mörder vor sich. Dann hantierte er an seinem Bandikotleder herum, öffnete die Tasche und holte etwas heraus ...

... den göttlichen Gegenstand.

Es mußte vom Himmel gekommen sein, von dem Ort, wo Baiami der Himmelsgott wohnte, denn Nachtwunsch ahnte, daß ein solches Ding niemals in der Welt der Menschen hatte entstehen können. Der Gegenstand funkelte wie Baiamis Kristallfrau, die Göttin Kurikuta. Aber dieses glitzernde Ding hatte eine fremdartige Farbe, die Nachtwunsch noch nie zuvor gesehen hatte. Gras kam der Farbe am nächsten, ohne freilich den Farbton des Gegenstandes auch nur annähernd zu treffen. Und wie Nachtwunsch es sich vorgestellt hatte, besaß dieser Gegenstand die gleiche Form wie der Mond. Das Ding fiel aus der Ledertasche und rollte in die Hand des Mörders.

Nachtwunsch beobachtete alles, konnte sich aber keinen Reim darauf machen. Der göttliche Gegenstand hatte in Raffgriffs Finger gebissen, als er es berührt hatte. Wieso widerfuhr Raffgriffs Mörder jetzt nicht das gleiche?

Der Mörder hob das Ding nun hoch und streckte es Ngunipinga-der-Sonne entgegen. Der Gegenstand leuchtete immer heller, wie ein Stern. Eine Zeitlang geschah gar nichts. Dann, plötzlich, sah Nachtwunsch eine andere Erscheinung.

Sie hatte ebenfalls eine fremdartige Farbe, war nicht so gelb wie die Sonne am Himmel, nicht so rot wie der Sonnenuntergang am Abend. Es tanzte über den Eukalyptusstamm und sang dabei ein völlig schwarz gefärbtes Lied. Und während Nachtwunsch gebannt zuschaute, wurde der Gesang so laut, daß er die Worte hören, aber nicht verstehen konnte: »*Kricka tricka krack, kricka, track* ...«

Und während es tanzte, wuchs das singende Ding. Der Mörder, der anfangs die tanzende Erscheinung recht ruhig und gelassen betrachtet hatte, schien wachsamer zu werden, als das Ding größer wurde. Nun nahm er den ersten Gegenstand – die grüne Kugel – und steckte ihn wieder in den Ledersack. Er schöpfte Hände voll Sand und schleuderte sie auf die zweite Erscheinung. Der schwarze Gesang endete abrupt, und der Tanz wurde verhaltener. Das Ding-wie-die-Sonne versank allmählich im Sand, bis es ganz verschwunden war.

Nachtwunsch hockte in seinem Versteck und spürte, wie seine Nackenhaare sich aufstellten. Er war unbewaffnet hergekommen, um einen Mörder zu fangen, der über gute Speere verfügte. Außerdem besaß der Mörder zwei göttliche Gegenstände, die seinen Befehlen gehorchten. Eine Zeitlang erwog Nachtwunsch, ins Lager zurückzuschleichen. Dann wurde ihm etwas klar. Er hatte den Mörder die ganze Zeit beobachtet, und der Mörder hatte seine Anwesenheit nicht bemerkt. Er besaß die Waffen eines Gottes ... aber nicht die Augen eines Gottes, sonst hätte er Nachtwunsch längst gesehen. Demnach mußte Baiami der Himmelsgott sein Beschützer sein. Aber wenn er jetzt kehrtmachte, würde Baiami ihn im Stich lassen.

Im Stamm der Wuradjeri war der Mann ein Jäger ... oder er war gar nichts. Nachtwunsch, der Junge an der Schwelle zum Mannesalter, hatte sich sein Wild ausgesucht und es bis zu diesem Ort verfolgt. Nun mußte er sich als Jäger bewähren, indem er diesen Mörder fing. Er mußte den Mörder fangen oder bei dem Versuch sterben. Beides würde ihm Ehre und Gotteslohn einbringen. Jetzt zu fliehen würde bedeuten, daß er sich für immer erniedrigte.

Nachtwunsch holte tief Luft. Er trat aus dem *wilga*-Wald heraus und schritt über die kahle Buschlandebene. Der Mörder sah ihn kommen und schaute ihm entgegen, stand jedoch nicht auf. Er blieb sitzen und wartete geduldig unter dem *koolibah*.

»Du hast einen Mann ermordet«, sagte Nachtwunsch. »Du hast Raffgriff getötet, einen Bruder meines Totem-Clans … und auch von dir, denn du und ich und der Tote hatten einen gemeinsamen Totemtanz. Du hast unseren Clan-Bruder umgebracht.«

Der Mann unter dem *koolibah* war Zehweg. Er saß ruhig da und hatte seinen verkrüppelten Fuß ausgestreckt. Er bedeutete Nachtwunsch mit einer Geste näher zu kommen. »Der Junge spricht sehr kühn zu dem Mann«, sagte Zehweg spöttisch. »Hast du es schon vergessen, Junge? Als Raffgriff in seiner Höhle ermordet wurde, war ich im Lager in deiner Nähe. Als sein Todesschrei uns weckte, rannten du und ich gemeinsam zum Ort des Verbrechens … du leichtfüßig und ich humpelnd. Daher konnte ich das Verbrechen gar nicht begangen haben.«

»Das habe ich auch zuerst gedacht«, erwiderte Nachtwunsch. »Aber jetzt erinnere ich mich wieder: Als ich aufwachte und zur Höhle rannte, da warst du vor mir. Wie kann ein humpelnder Mann einen gesunden Läufer überholen? Es gibt nur eine Möglichkeit: Du warst schon wach und längst dort. Du mußtest schon vor Tagesanbruch bei der Höhle gewesen sein, ehe Raffgriff schrie. Und dann, als die Männer angerannt kamen, hast du so getan, als würdest auch du hinlaufen.«

Zehweg lächelte amüsiert, als er nach seinen Speeren griff. »Wer hat dich darauf gebracht, Junge?«

»Der Lehm hat es mir verraten«, antwortete Nachtwunsch. »Ich habe deine Fußspuren im Lehm vor der Hütte gefunden. Die Fußabdrücke sangen Lügen, aber der Lehm sang die Wahrheit.« Während er auf den Mörder zuging, deutete Nachtwunsch über die Schulter auf seine eigene Fußspur im Buschlandsand. »*Ngana tu?* Siehst du es? Wenn ich gehe, drücken meine Fersen sich tiefer in die Erde als meine Zehen. Und die Grashalme in meinen Fußabdrücken sind nach vorne geknickt. Aber vor der Höhle fand ich ein Paar Fußabdrücke, deren Zehen tiefer waren als die Fersen, und Gras, das nach hinten gebogen war. Deine Fußabdrücke unterscheiden sich von allen anderen. Ich dachte anfangs, daß deine Fußabdrücke anders sind, weil du humpelst. Aber das war ein Irrtum, denn sie sind anders, weil du dich rückwärts gehend vom Ort des Mordes entfernt hast.«

»Sehr interessant.« Zehweg zog einen Speer aus dem Bündel und betrachtete dessen Schaft. »Haben dir die Emus das Gehirn gestohlen, Junge? Ich hätte niemals unseren Clan-Bruder töten können. Der Eingang zur Höhle war mit einem Felsblock verschlossen.«

Nachtwunsch ließ sich nicht beirren. »Du hast Raffgriff mit einem Speer getötet, den du durch die schmale Öffnung zwischen dem Felsblock und der Höhlenwand geschleudert hast. Ich begreife allerdings nicht, wie du den Speer so zielgenau werfen konntest – einen halben Speer, meine ich, denn die andere Hälfte fehlt. Aber du hast ihn getötet, und dann bist du rückwärts gegangen, so daß es keine Fußspuren gab, die von der Höhle wegführten.«

Zehweg wog den Speer in beiden Händen und blickte mit einem Auge am Speerschaft entlang, um sich von dessen Geradlinigkeit zu überzeugen. »Du scheinst alles erkannt zu haben.«

»Fast alles.« Nachtwunsch nickte. »Du hast einen Mann getötet, der einen göttlichen Gegenstand besaß, und das Ding an dich genommen. Zuerst habe ich mich gefragt, wie der Mörder es geschafft hat, den Gegenstand aus einer verschlossenen Höhle zu entwenden. Nun weiß ich es: Du hast Raffgriff getötet und bist mit leeren Händen weggegangen. Nachher, als mehrere von uns zusammen in der Höhle waren und als niemand aufpaßte, hast du das Ding von dort weggenommen, wo es im Lehm lag. Nun klage ich dich an, Mörder: Nach dem Gesetz der Wuradjeri mußt du mit mir zum Versammlungsplatz zurückkehren. Komm mit zum *ngurupal* und singe den Ältesten von deinem Verbrechen. Sie werden über dein Schicksal richten, und sie werden entscheiden, was mit dem Gegenstand geschehen soll, den du dem Toten gestohlen hast.«

»Das Ding gehört mir!« Zehweg richtete sich in seiner Wut kerzengerade auf. »Raffgriff und ich haben zusammen gejagt, vor vier Tagen, als der Gegenstand vom Himmel fiel. Wir rannten zu der Stelle hin, wo es gelandet war … aber er war zuerst dort, denn ich kann nicht so schnell rennen.« Zehweg schaute traurig auf seinen verformten Fuß, während er sprach. »Raffgriff und ich sahen das Ding in den Fluß fallen. Und als es fiel, stiegen Wolken – weiße, wallende Wolken, die wie Schlangen zischten – aus dem Wasser auf. Sogar das Wasser selbst schien zu tanzen, als wäre es verhext. *Tungani,* ich sah Raffgriff in den Fluß waten. Er faßte mit beiden Händen hinein, um das Ding herauszuholen. Dann schrie er, denn es hatte ihn gebissen. Ich sah das Blut an seinen Fingerspitzen.«

»Hat das Ding seine Zähne gezeigt?« fragte Nachtwunsch.

»Nein, aber Raffgriff jammerte, das grüne Ding sei so heiß wie die Sonne. Ich konnte die Blasen an seinen Händen sehen. Als das Wasser nicht mehr tanzte und keine zischenden Wolken mehr vom Wasser aufstiegen, versuchte Raffgriff es noch einmal. Diesmal holte er das Ding aus dem Wasser, und es biß ihn nicht mit der Hitze der Sonne.«

Nachtwunsch sagte nichts.

»Das Ding gehört mir!« sagte Zehweg und umklammerte die Tasche aus Bandikotleder. »Als Raffgriff es mir zeigte, war ich es, der die wundervolle Eigenschaft des Gegenstandes entdeckte: Es kann ein Stück Sonne stehlen und hierherbringen. Aber dann nahm Raffgriff das Ding wieder an sich und wollte nicht teilen. Er schloß sich in seiner Höhle ein, denn er wollte diese Entdeckung für sich behalten. Deshalb habe ich ihn getötet.«

Nachtwunsch nickte. Während Zehwegs Mordgesang hatte der Junge sich allmählich dem Mörder bis auf wenige Schritte genähert. »Du mußt mit mir zurückkommen und den Ältesten dein Verbrechen gestehen«, erklärte Nachtwunsch.

»*Kuriapu.*« Zehweg schüttelte den Kopf. »Ich bleibe lieber hier, Junge, damit ich … DIES tun kann!«

Plötzlich warf er seinen Speer. Nachtwunsch wich gerade noch rechtzeitig aus, bevor der Speer in sein Herz dringen konnte. Aber Zehweg hatte schon den nächsten Speer geschleudert, und dieser grub sich tief in Nachtwunschs Bein. Der Junge brach zusammen und sah, wie der Jäger nach einem anderen Speer griff. Auch dieser würde wohl sein Ziel finden …

Irgendwie schaffte es Nachtwunsch, sich aufzuraffen und zu laufen. Der Speerschaft steckte immer noch in seinem Bein und die Wunde blutete stark. Der nächste Speer schoß pfeifend an ihm vorbei. Sofort gab sein verletztes Bein wieder nach, und er stürzte zu Boden.

»*Kalantu palu!*« Die Stimme des Mörders tanzte in Nachtwunschs Ohren. »Du wirst sterben, Junge! *Paraka!* Jetzt steh auf und stirb wie ein Mann! *Kalantu palu!*«

Vor Nachtwunsch befand sich eine Kruste aus rotem Sandstein, die sich vom Wüstenboden hochwölbte. Und neben dieser Sandsteinbarriere, wahrscheinlich von einer unterirdischen Quelle genährt, gedieh eine kleine Gruppe *wilga*-Bäume. Kriechend, stolpernd und getrieben von Furcht, gelang es Nachtwunsch, sich hinter diesen vorübergehenden Sandsteinschutz zu werfen. Aber der nicht enden wollende Blutstrom aus seinem verletzten Bein verriet dem Mörder das Versteck.

»Du kannst dich nicht verbergen, Junge! Bereite dich darauf vor zu sterben!«

Eine Flucht war unmöglich. Nachtwunsch befand sich mitten in der Wüste, unfähig zu rennen, kaum fähig zu gehen. Mit diesem Speer im Bein konnte er dem Mörder unmöglich entkommen. Zehweg humpelte beständig auf Nachtwunschs Versteck zu. »Ich habe genau gesehen, wohin du gelaufen bist, Junge. Danke deinem Gott, daß ich nicht schnell gehen kann, sonst hätte ich dich schon längst erwischt. Wenn ich dein Versteck erreicht habe, werde ich dich töten.«

Eine Waffe! Eine Waffe! Nachtwunsch schaute aufgeregt

hoch und sah, daß die obere Kante der Sandsteinbarriere ein scharfer Grat war. Könnte er dies für sich nutzen? Indem er sich auf das Knie seines unversehrten Beins stützte, packte Nachtwunsch den Grat mit beiden Händen und zog heftig daran. Der brüchige Sandstein brach sofort ab … und dann zerbröselte er ihm zwischen den Fingern. Nutzlos! Schlimmer als nutzlos, denn nun befand sich eine lange vertikale Scharte in der Barriere, die Zehweg genau anzeigte, wo Nachtwunsch sich hinter dem Sandsteinwall verkrochen hatte.

»Du stirbst gleich, Junge …« Durch die Scharte sah Nachtwunsch, wie Zehweg einen neuen Speer hob.

Eine Waffe! Eine *Waffe*! Nachtwunschs verletztes Bein pochte. Er schaute nach unten und sah, daß der Schaft des Speers immer noch in seinem Beinmuskel steckte. Die Sandfliegen umschwirrten ihn bereits, kosteten von dem Blut, wo …

Nein.

Nur der halbe Speer ragte aus Nachtwunschs Bein heraus. Die untere Hälfte war abgebrochen und lag irgendwo da draußen in der Buschlandwüste. Mit einer schmerzhaften Grimasse zog Nachtwunsch die geschärfte Spitze der Waffe aus seinem Bein.

»*Paraka!* Steh auf und stirb!«

Ein *halber* Speer. Konnte Nachtwunsch ihn als Waffe gegen den Mörder verwenden? Nein, der abgebrochene Speer war zu kurz, um damit genau zielen zu können. Nachtwunsch kroch rückwärts und spürte, wie die saftigen *wilga*-Stengel sich bogen, als er sich in die Weidenbüsche drückte. Durch die Scharte im Sandstein konnte er erkennen, wie Zehweg ständig näher humpelte. Nur noch einen winzigen Moment, und der Zeitpunkt für Nachtwunschs Todesgesang würde …

Eine *Idee*, eine *Idee* meldete sich wie ein lauter Ton in seinem Kopf.

Die Scharte im Sandstein war genauso breit wie die schmale Öffnung im Eingang zu Raffgriffs verschlossener Höhle. Der halbe Speer in Nachtwunschs Händen hatte fast die gleiche Länge wie der halbe Speer, den Zehweg benutzt hatte, um Raffgriff zu ermorden. Plötzlich wußte Nachtwunsch, was der Mörder getan hatte, und wie er sich selbst helfen konnte.

»*Kalatu palu!* Nun stirbst du!«

Zehweg war nur noch wenige Schritte entfernt und näherte sich humpelnd. Schnell riß Nachtwunsch einen saftigen Weidenschößling aus der Erde. Mit der Handkante drückte er das Ende des halben Speers dort platt, wo er unsauber abgebrochen war.

»*Paraka!* Steh auf!«

Eilig legte Nachtwunsch den Halbspeer in die Sandsteinscharte ... ebenso wie Zehweg die Mordwaffe in die Lücke zwischen Fels und Höhlenwand gelegt hatte, um Raffgriff zu töten. Die anbrechende Dämmerung war ebenfalls ein Teil von Zehwegs Plan gewesen. Er brauchte das erste Licht der Sonne, damit er seine Beute fand. Nun, nachdem er den verkürzten Speer in die Sandsteinscharte eingeführt hatte, richtete Nachtwunsch die Waffe gegen den herannahenden Feind. Es war jetzt nicht nötig, mit dem Speer genau zu zielen. Er war auf sein Ziel gerichtet, und die beiden Seiten der Scharte hielten den Speer genauso fest wie der enge Schlitz zwischen dem Felsblock und der Wand von Raffgriffs Höhle. Während er zähneknirschend den Schmerz in seinem pochenden Bein ignorierte, legte Nachtwunsch ein Ende des Weidenschößlings gegen das Ende des Halbspeers. Nun bog er die *wilga*-Pflanze auf halbe Länge, bis die beiden Enden des Schößlings sich berührten. Er spürte die Spannung des Weidenschößlings, der sich wieder gerade strecken wollte. Wenn er ein Ende losließ, würde das andere Ende vorschießen und den Speer mit weitaus größerer Wucht seinem Ziel entgegenschleudern, als Nachtwunsch sie mit einem Arm erzeugen konnte.

»Jetzt töte ich dich, Junge!« Das zornige Gesicht Zehwegs schob sich über den Sandsteingrat. Er sah Nachtwunsch, und der Mörder grinste triumphierend, während er den Speer hob, um ein weiteres Leben zu fordern. Und nun, im wirklich allerletzten Augenblick, entdeckte Nachtwunsch den Schönheitsfehler seiner eigenen, improvisierten Waffe: Er müßte Zehweg schon mit dem ersten Speerschuß töten, denn er würde niemals eine zweite Chance bekommen ...

Das Horniman Museum in der Nähe des Lambeth Distrikts im Südosten Londons befindet sich in Privatbesitz. Daher sind die Exponate in den Glaskästen nach den Launen und Vorstellungen des ursprünglichen Museumseigentümers geordnet. Zum Beispiel enthält eine Vitrine – der biologischen Ordnung oder Klassifizierung zum Trotze – die ausgestopften Exemplare eines Känguruhs, einer Grille und eines Frosches ... einfach nur deshalb, weil alle drei Lebewesen gerne hüpfen. In einem anderen Ausstellungskasten sieht man ein Stachelschwein und einen Seeigel neben einer Distel ... weil alle drei über Stacheln verfügen. Die unter Glas ausgestellten Objekte mögen im Grunde überhaupt nichts miteinander zu tun haben, können jedoch nach Mr. Hornimans Vorstellungen durchaus miteinander verwandt sein.

An einem regnerischen Sonntag morgen gelangte ich, nachdem ich das Aquarium des Horniman Museums besucht hatte, in einen Korridor, den ich vorher noch nicht bemerkt hatte. Dort entdeckte ich einen Glaskasten, der zwei seltsame Gegenstände enthielt. Der Gegenstand auf der linken Seite war aus geschnitztem Holz mit einem rohen Griff an einem Ende und einer Einkerbung am anderen. Eine kurze Beschreibung auf der Messingplatte darüber gab Aufschluß über seine Herkunft:

> Das *Woomera* fungierte als Vielzweckwerkzeug: Als Meißel, als Messer, um die Rinde von Bäumen zu entfernen, aber vor allem als Speerschleuder. Indem das *Woomera* als Verlängerung des Arms benutzt wurde, steigerte es die Reichweite und das Flugtempo eines Speers, erschwerte gleichzeitig aber das Zielen. Das hier gezeigte Exemplar wurde von den Aborigines von New South Wales in Australien hergestellt.

Der zweite Gegenstand im gleichen Ausstellungskasten war viel kleiner. Es war eine nahezu perfekt geformte Kugel aus hellem Grünglas, etwa so groß wie die Spielzeugmurmel eines Kindes. Früher nannten wir so etwas Klicker. Auch in diesem Fall stand die Erläuterung auf einer Messingplatte:

> Der Australit (so genannt, weil diese Gesteinsart ausschließlich in Australien gefunden wird) ist eine Form des Tektits oder Glasgesteins mit hohem Siliziumanteil. Tektiten stammen aus dem Weltall und stürzten als Meteoriten auf die Erde. Die meisten Australiten sind kugelförmig, aber einige findet man auch in anderen Formen wie zum Beispiel als Spheroide, Scheiben oder Tränen. Das hier gezeigte Exemplar wurde in New South Wales in Australien gefunden und stammt schätzungsweise aus dem Jahr 35 000 vor Christus.

Es war Nachmittag, als Nachtwunsch ins Lager zurückkehrte, indem er auf dem heilen Bein vorwärtshüpfte und dabei das verletzte Bein nachzog. Mit einem lauten Ruf kam Heilgesang herbeigeeilt und untersuchte die Verletzung des Jungen, um danach eine medizinische Salbe herzustellen. Indem er Gaffer mit einer Handbewegung zurücktrieb, erreichte Nachtwunsch den Versammlungsplatz in der Lagermitte.

Kribbelsüß war dort. Sie und zwei ihrer Clan-Schwestern saßen mit übereinandergeschlagenen Beinen da und hielten schartige Feuersteine in den Händen, mit denen sie die Enden von Weidenschößlingen anspitzten, die als Fischspeere dienten. Ein kleiner Haufen aus Holzspänen und gekringelter Rinde hatte sich vor den Frauen angesammelt. Kribbelsüß sah Nachtwunsch herankommen, und sie deutete mit einem Kopfnicken auf sein verletztes Bein. »Ein Junge, der auf die Jagd ging, hat mehr gefangen als er wollte«, murmelte sie.

»Ich habe noch mehr als das mitgebracht.« Nachtwunsch hob die Tasche aus Bandikotleder hoch, die er bei sich trug, und holte den kleinen Gegenstand heraus. »Seht her! Ich habe euch etwas von den Göttern mitgebracht.«

»Ahhhh ...« Frauen, Kinder und alte Männer der Wuradjeri drängten heran, um die Kugel zu bewundern. Ihre makellose Form und die leuchtende grüne Farbe waren etwas, daß sie noch nie zuvor gesehen hatten. Aber die wenigen anwesenden Krieger, Männer die soeben von der Jagd zurückgekehrt waren, schienen wenig beeindruckt zu sein.

»Das soll von den Göttern stammen?« spottete Vielsprech, und Speerflug neben ihm lachte höhnisch. »Ein hübsches Spielzeug für Säuglinge, aber ansonsten völlig nutzlos. Nur ein Spielzeuggott, ein Kindergott verteilt so etwas. Niemals ein Krieger-Gott.«

Nachtwunsch ignorierte ihn. Er hielt das Ding hoch, wie er es bei Zehweg gesehen hatte, und ließ es die im Überfluß vorhandenen Strahlen der Sonne einfangen. Die Kugel aus konvexem Glas, die funktionierte wie eine Sammellinse, bündelte und lenkte das Sonnenlicht ab. In dem Haufen aus Holzspänen und Rinde dicht bei Nachtwunschs Füßen erschien ein winziger Lichtpunkt. Das Licht wurde noch heller. Qualm kräuselte sich vom Holz hoch. Und dann ...

»Ahhh!« Ein neues Ding, ein wundervolles Ding erschien nun. Zum erstenmal in ihrer Geschichte sahen die Angehörigen des Wuradjeri-Volkes Feuer.

»Faßt dieses Ding nicht an«, warnte Nachtwunsch, »sonst beißt es ... nein, ein neues Wort wird gebraucht. Es wird euch *verbrennen*, wie es Raffgriffs Finger verbrannt hat. Wenn wir dieses neue Ding füttern, dann wächst es. Wenn wir es achten, wird es uns dienen.« Er steckte die hellgrüne Kugel zurück in den Ledersack. Dann hob er vom Boden einen Ast auf und warf ihn in die Flamme. Das Feuer loderte hoch, schwarzer Qualm wallte auf, und nun sang das knisternde Feuer sein Lied: *»Kricka tricka krack, kricka track.«*

»Ein mächtiges Ding!« sagte Kribbelsüß staunend.

Nachtwunsch freute sich, daß er sie endlich beeindruckt hatte. »Es ist jetzt noch ein göttliches Ding«, sagte er. »Aber wenn wir es bändigen und es dazu bringen, uns zu dienen, dann ist es nicht mehr göttlich. Dann gehört es uns!« Er warf ein weiteres Stück Holz in die hungrige Flamme, und das Wunder wuchs. Andere Wuradjeri rannten los, um Holz zu sammeln.

Und während dieser ganzen Nacht war am Feuer die Dunkelheit so hell wie der Tag, während alle Leute ihr Lob der wichtigsten Errungenschaft tanzten, die jemals seit dem Anfang-von-allem zu ihnen gekommen war.

Originaltitel: Death in the Dawntime
Ins Deutsche übertragen von Michael Kubiak

Daniels Urteil

Im ersten Band ›Von Rittern, Hexen und anderem Gelichter‹ *(Bastei-Lübbe 13 802) veröffentlichte ich eine Detektivgeschichte, die von Herodot um das Jahr 440 v. Chr. geschrieben wurde, und äußerte die Vermutung, daß dies wahrscheinlich die früheste historische Detektivgeschichte wäre. Es braucht nicht eigens hervorgehoben zu werden, daß solche Behauptungen schnell widerlegt sind, was durchaus spannend sein kann. Ich wurde an mehrere Kriminalgeschichten in der Bibel erinnert, vor allem im ›Buch Daniel‹. Daniel, einer der berühmtesten Propheten des Alten Testaments, lebte von 630–536 v. Chr. Er wird allgemein als Autor des ›Buchs Daniel‹ angesehen, was letztendlich bedeutet, daß jedes Ereignis, an das er sich erinnert, zu seiner Zeit stattgefunden hat und daher keine historische Darstellung ist. Ich bin mir allerdings nicht ganz sicher, wann der folgende Auszug geschrieben wurde. Er erscheint nicht in der autorisierten Version der Bibel, nachdem er im ersten Jahrhundert n. Chr. aus den jüdischen Texten entfernt wurde, da er nicht in Hebräisch verfaßt worden war. Er mag daher ein späterer apokrypher Zusatz sein, der aufgenommen wurde, um die Weisheit Davids zu belegen. Ich bin Richard Lonsdale von der Sacred Heart Church in Maine dafür dankbar, mich auf diese Episode aufmerksam gemacht zu haben, die der ›New Jerusalem Bible‹ entnommen wurde.*

In Babylon lebte einst ein Mann namens Joakim. Er war mit Susanna verheiratet, der Tochter Hilkiahs. Sie war eine Frau von großer Schönheit. Und sie war gottesfürchtig, denn ihre Eltern waren ehrenwerte Menschen und hatten ihre Tochter in den Gesetzen Moses unterwiesen. Joakim war ein sehr reicher Mann und hatte einen Garten an seinem Haus. Er wurde häufig von vielen Juden besucht, da er weit größeres Ansehen genoß als jeder andere Mann. Zwei ältere Männer waren ausgewählt worden, um in diesem Jahr das Richteramt zu bekleiden. Von den Richtern hatte der Herr gesagt: »Das Böse ist über Babylon gekommen durch die Ältesten und Richter, die sich als Führer der Menschen ausgeben.« Diese Männer hielten sich häufig in Joakims Haus auf, und alle, die einen Rechtsstreit führten, kamen gewöhnlich dorthin. Gegen Mittag, wenn die Leute weggegangen waren, unternahm Susanna einen Spaziergang im Garten ihres Mannes. Die beiden Ältesten, die sie jeden Tag sehen konnten, wenn Susanna ihren Spaziergang machte, fingen an sie zu begehren. Sie vergaßen jegliche Vernunft, bemühten sich nicht, den Himmel um Hilfe zu bitten, und dachten nicht an die Regeln der Tugend. Beide waren vor Leidenschaft entflammt, aber sie verbargen ihr Sehnen voreinander. Keiner wollte zugeben, daß er gern mit ihr schlafen würde, doch sie achteten darauf, sie jeden Tag zu beobachten. Eines Tages, nachdem sie sich mit den Worten »Laß uns nach Hause gehen, es ist Zeit für das Mittagsmahl« voneinander verabschiedet hatten, entfernten sie sich in entgegengesetzten Richtungen, um wenig später umzukehren und plötzlich den anderen wiederzutreffen. Gezwungen, sich zu erklären, bekannten sie ihre Sehnsucht. Sie kamen überein, auf eine Gelegenheit zu warten und Susanna zu überrumpeln, wenn sie allein war. So warteten sie auf einen günstigen Moment, und eines Tages kam Susanna wie üblich heraus, lediglich begleitet von zwei jungen Dienerinnen. Der Tag war heiß, und sie wollte im Garten ein Bad nehmen. Es war niemand zugegen, außer den beiden Ältesten, die sie aus ihrem Versteck beobachteten. Susanna sagte zu den Dienerinnen: »Bringt mir ein wenig Öl und Balsam und schließt das Gartentor, während ich bade.« Sie taten, was ihnen aufgetragen worden war, schlossen die Gartentür und gingen durch einen Seiteneingang ins Haus, um zu holen, worum Susanna gebeten hatte. Sie wußten nichts von den Ältesten, denn diese hatten sich verborgen.

Kaum waren die beiden Dienerinnen verschwunden, sprangen die beiden Ältesten auf und drangen auf Susanna ein. »Sieh«, sagten sie, »das Gartentor ist verschlossen, niemand kann uns sehen. Wir wollen dich besitzen, daher gib auf und laß es zu! Wenn du dich weigerst, werden wir beide erklären, daß ein junger Mann bei dir war, und daß er der Grund war, weshalb du die Dienerinnen weggeschickt hast.«

Susanna seufzte. »Ich sitze in der Falle«, sagte sie, »ganz gleich, was ich tue. Wenn ich nachgebe, bedeutet das meinen Tod; wenn ich widerstehe, kann ich euch nicht entkommen. Aber ich falle euch lieber unschuldig zum Opfer, als daß ich bereit bin, im Angesicht des Herrn zu sündigen.« Danach schrie sie, so laut sie konnte. Die beiden Ältesten begannen ebenfalls zu schreien, beschuldigten sie, und einer von ihnen eilte davon, um das Gartentor zu öffnen. Die Bewohner des Hauses, die die Rufe im Garten hörten, eilten durch den Seiteneingang herbei, um zu sehen, was ihr zugestoßen sei. Sobald einer der Ältesten seine Geschichte erzählt hatte, waren die Diener entsetzt, da von Susanna etwas Derartiges noch nie behauptet worden war.

Am nächsten Tag wurde im Haus ihres Mannes Joakim eine Versammlung abgehalten. Die beiden Ältesten brachten ihre üblen Anschuldigungen gegen Susanna vor, auf daß sie mit dem Tod bestraft würde. Sie wandten sich also an die Versammlung: »Ruft Susanna, Hilkiahs Tochter und Joakims Frau.« Nach ihr wurde geschickt, und sie erschien in Begleitung ihrer Eltern, ihrer Kinder und all ihrer Verwandten. Susanna war sehr graziös und schön anzusehen. Sie trug einen Schleier, daher verlangten die Bösen, sie solle ihren Schleier abnehmen, um sich an ihrer Schönheit zu erfreuen. All ihre Verwandten weinten, und jeder der sie sah, tat es ihnen gleich. Die beiden Ältesten erhoben sich zusammen mit allen anderen Leuten und legten ihr die Hände auf den Kopf. Unter Tränen richtete sie den Blick gen Himmel und war voller Vertrauen zu Gott. Die beiden Ältesten ergriffen nun das Wort. »Während wir im Garten spazierengingen, kam diese Frau mit zwei Dienerinnen. Sie schloß das Gartentor und entließ die Dienerschaft. Ein junger Mann kam plötzlich aus seinem Versteck und ging zu ihr. Dann legten sie sich gemeinsam nieder. Vom Ende des Gartens, wo wir uns aufhielten, beobachteten wir dieses Verbrechen und eilten zu ihnen hinüber. Obgleich wir sie zusammen sahen, konnten wir den Mann nicht festhalten. Er war zu stark für uns. Er öffnete die Tür und flüchtete. Wir konnten jedoch diese Frau festhalten und sie fragen, wer der junge Mann sei. Sie weigerte sich, es uns mitzuteilen. Das ist unsere Aussage.«

Da sie die Ältesten der Versammelten und Richter waren, glaubte die Versammlung ihre Worte. Susanna wurde zum Tode verurteilt. Sie weinte und rief, so laut sie konnte: »Ewiger Gott, du kennst alle Geheimnisse und weißt um alles, ehe es geschieht. Du weißt auch, daß sie falsches Zeugnis wider mich abgelegt haben. Und nun muß ich sterben, die ich doch völlig unschuldig bin und nichts von dem getan habe, was ihr böser Geist gegen mich vorbringt.«

Gott erhörte ihre Klage, und während sie weggeführt wurde, um zu sterben, ließ er den Heiligen Geist über einen jungen Mann namens Daniel kommen, und Daniel sprach: »Ich bin unschuldig am Tod dieser Frau!«

Bei diesen Worten wandten die Leute sich zu ihm um und fragten: »Was meinst du damit?«

Er erhob sich von seinem Platz und erwiderte: »Seid ihr wirklich so dumm, Kinder Israels, eine Tochter Israels ungehört und ohne euch zu bemühen, die Wahrheit herauszufinden, zum Tode zu verurteilen? Geht zurück an euren Versammlungsort. Diese Männer haben falsches Zeugnis gegen sie abgelegt.«

Alle Leute eilten zurück, und die Ältesten sagten zu Daniel: »Komm und setz dich zu uns und erzähle uns, was du meinst, da Gott dir Gaben verliehen hat, die sonst nur die Ältesten besitzen.«

Daniel sagte: »Haltet die Männer getrennt voneinander, denn ich möchte sie befragen.« Als die Männer voneinander getrennt worden waren, ließ Daniel einen von ihnen zu sich bringen. »Du bist in deiner Schlechtigkeit alt geworden«, sagte er, »und nun haben die Sünden deiner früheren Tage dich eingeholt. Deine Urteile sind ungerecht, du klagst eine unschuldige Frau an und zeigst Großmut gegenüber den Schuldigen, obgleich der Herr gesagt hat: ›Ihr sollt die Unschuldigen und Aufrechten nicht zum Tod verurteilen.‹ Nun denn, da du Susanna und ihren angeblichen Liebhaber so deutlich gesehen hast, erzähl mir, unter welchem Baum sie gelegen haben.«

Er erwiderte: »Unter einer Akazie.«

Daniel sagte: »In der Tat! Deine Lüge fällt auf dich selbst zurück. Der Engel Gottes hat bereits von Ihm den Urteilsspruch für dich empfangen und wird dich vernichten.« Er entließ den Mann und verlangte, daß der andere zu ihm gebracht würde. Dann sagte er zu ihm: »Sohn Kanaans, nicht Judas. Schönheit hat dich verführt, fleischliche Begierde hat dein Herz in die Irre geführt! So bist du mit den Töchtern Israels verfahren, und sie haben sich zu sehr gefürchtet, um dir zu widerstehen; aber hier ist eine Tochter Judas, die deine Schlechtigkeit nicht ertragen konnte! Nun denn, sag uns, unter welchem Baum du sie überrascht hast?«

Er antwortete: »Unter einer Espe.«

Daniel sagte: »In der Tat! Deine Lüge fällt auf dich selbst zurück. Der Engel Gottes wartet bereits mit dem Schwert, um dich zu bestrafen und euch beide zu vernichten.«

Daraufhin erhoben die Versammelten ihre Stimmen und priesen Gott, den Retter und Beschützer aller, die auf ihn vertrauen. Und sie wandten sich gegen die beiden Ältesten, die David des falschen Zeugnisses aus ihren eigenen Mündern überführt hatte. Wie das Gesetz Moses verlangt, erhielten sie die gleiche Strafe wie die, die sie ihrem Nächsten hatten auferlegen wollen. Sie wurden zum Tode verurteilt. Und so wurde an diesem Tag das Leben einer Unschuldigen gerettet. Hilkiah und seine Frau dankten Gott für ihre Tochter Susanna, und ihr Mann Joakim und all ihre Verwandten taten das gleiche, denn sie hatte nichts Unehrenhaftes getan.

Von diesem Tag an stand Daniel bei den Menschen in hohem Ansehen.

Originaltitel: The Judgement of Daniel
Ins Deutsche übertragen von Michael Kubiak

Der Tod trägt eine Maske

Steven Saylor

Eine meiner erfreulichsten Entdeckungen nach Erscheinen der Anthologie ›Von Rittern, Hexen und anderem Gelichter‹ *(Bastei-Lübbe 13 802) ist das Werk von Steven Saylor, den ich irgendwie übersehen und im Anhang nicht erwähnt hatte. Edward Hoch war der erste, der mich auf ihn aufmerksam machte. Er ist der Autor von (bisher) vier Romanen und acht Kurzgeschichten über Gordianus, den Sucher, die in der Zeit Ciceros im ersten Jahrhundert v. Chr. spielen. Die Romane sind* ›Roman Blood‹ *(1991),* ›Arms of Nemesis‹ *(1992),* ›Catilina's Riddle‹ *(1993) und* ›The Venus Throw‹ *(1995) (dt:* Das Lächeln des Cicero; Das Rätsel des Catilina; Die Pforten des Hades; Römischer Lorbeer*), und ihre Lektüre ist ein einziges Vergnügen. Gordianus ist kein in die Vergangenheit versetzter Ermittler des zwanzigsten Jahrhunderts, sondern jemand, der in der bizarren Welt des altertümlichen Rom absolut zu Hause ist. Er hat keinerlei Beziehungen zum herrschenden Adel und muß mit Hilfe seiner eigenen Pfiffigkeit und seines Scharfsinns den alltäglichen Überlebenskampf führen. Saylor wurde 1956 in Texas geboren und wuchs in der Nähe von Cross Plains auf, wo Robert E. Howard gewohnt und seine Geschichten über Conan geschrieben hat. Er lebt jetzt in Kalifornien, wo er als Lektor und Autor gearbeitet hat. Seine erste Kurzgeschichte über Gordianus war* ›A Will is a Way‹ *(Ellery Queen's Mystery Magazine, März 1992). Die folgende Geschichte war die zweite.*

»Eco«, sagte ich, »willst du mir etwa weismachen, du hättest noch nie ein Schauspiel gesehen?«

Er schaute mit seinen großen braunen Augen zu mir auf und schüttelte den Kopf.

»Noch nie über die Sklaven auf der Bühne gelacht, die übereinanderfallen und sich gegenseitig mit Keulen aus Kork verprügeln? Noch nie um das Schicksal einer jungen Heldin gezittert, die von Piraten entführt wurde? Noch nie mit Befriedigung festgestellt, daß unser Held kein mittelloser Vagabund ist, für den wir ihn gehalten haben, sondern der heimliche Erbe eines riesigen Vermögens?«

Ecos Augen weiteten sich, und er schüttelte den Kopf noch heftiger.

»Dann muß dieser Zustand gleich heute geändert werden!« verkündete ich.

Es waren die Iden des September, und einen schöneren Tag hatten die Götter noch nie geschaffen. Die Sonne schien warm auf die engen Straßen und sprudelnden Brunnen Roms. Eine sanfte Brise wehte vom Tiber herauf und spendete den sieben Hügeln Kühlung. Der Himmel war eine Kuppel aus reinstem Azurblau, ohne eine einzige Wolke. Es war der zwölfte der sechzehn Tage, die jedes Jahr für das Römische Fest, die ältesten weltlichen Festtage der Stadt, reserviert wurden. Vielleicht hatte Jupiter selbst verfügt, daß das Wetter so makellos sein sollte. Die Festtage wurden ihm zu Ehren abgehalten.

Für Eco war das Fest eine endlose Kette von Entdeckungen gewesen. Er hatte sein erstes Wagenrennen im Circus Maximus gesehen, hatte Ringkämpfern und Boxern auf den öffentlichen Plätzen zuschauen können und hatte seine erste Kalbshirn-und-Mandel-Wurst von einem fliegenden Händler gegessen. Das Rennen hatte ihm gefallen, vor allem weil er Pferde so gern mochte; die Kämpfer hatten ihn gelangweilt, da er schon früher zahlreiche Schlägereien miterlebt hatte, und die Wurst war ihm nicht bekommen, aber vielleicht waren es auch die sauren unreifen Äpfel gewesen, die er anschließend in sich hineingestopft hatte.

Es war jetzt vier Monate her, seit ich Eco in einer Gasse in der Subura vor einer Bande von Jungen gerettet hatte, die mit Knüppeln und wütendem Gebrüll hinter ihm her gewesen waren. Ich wußte ein wenig über seine Vergangenheit Bescheid, da ich ihn im Zuge meiner Nachforschungen für Cicero im Frühling kennengelernt hatte. Offenbar hatte seine verwitwete Mutter sich in ihrer Verzweiflung entschlossen, den kleinen Eco sich selbst zu überlassen, damit er sich irgendwie durchschlug. Was hätte ich anderes tun können, als ihn zu mir nach Hause mitzunehmen?

Er erschien mir für einen Jungen von zehn Jahren als außerordentlich klug. Daß er zehn Jahre alt war, wußte ich, weil er stets zehn Finger in die Höhe reckte, wenn ich ihn nach seinem Alter fragte. Eco konnte sehr gut hören (und rechnen), aber nicht sprechen.

Zuerst war seine Stummheit für uns beide ein großes Hindernis gewesen. Ein Fieber hatte diesen Zustand bewirkt – das gleiche Fieber, an dem sein Vater gestorben war. Eco ist ein geschickter Schauspieler, ganz gewiß, aber Gesten sind nur eine begrenzte Ausdrucksform. Jemand hatte ihn die Buchstaben gelehrt – die Witwe Polia vielleicht oder der Vater des Jungen, ehe er starb –, aber er konnte nur die einfachsten Worte lesen und schreiben. Ich hatte angefangen, ihn ebenfalls zu unterweisen, aber seine Sprachlosigkeit machte dies zu einem höchst schwierigen Unterfangen.

Er kannte sich in den Straßen Roms recht gut aus, aber nur in einem sehr geringen Umfang. Er kannte die Hintereingänge aller Läden in der Subura und wußte, wo die Fisch- und Fleischhändler unten am Tiber gegen Abend ihre Abfälle abluden. Er war jedoch noch nie auf dem Forum oder im Circus Maximus oder in den heißen Quellen von Tarent gewesen, hatte noch nie die Lügen eines Politikers gehört – o du glückliches Kind! – oder einem Theaterstück beigewohnt. Ich habe in jenem Sommer viele Stunden damit verbracht, ihm die Stadt zu zeigen, und konnte dabei viele Schönheiten durch die großen Augen eines zehnjährigen Jungen wiederentdecken.

So kam es, daß ich am zwölften Tag des Römischen Festes,

als ein Ausrufer durch die Straßen zog und verkündete, daß die Schauspielertruppe des Quintus Roscius in einer Stunde auftreten würde, entschied, daß wir uns diese Gelegenheit nicht entgehen lassen durften.

»Ah, die Truppe von Roscius dem Komödianten!« sagte ich. »Der Magistrat, der das Fest organisiert hat, hat wieder einmal keine Kosten gescheut. Es gibt keinen berühmteren Schauspieler als Quintus Roscius und keine bessere Schauspielertruppe als seine!«

Wir gingen von der Subura hinunter zum Forum, wo festlich gestimmte Menschen die offenen Plätze bevölkerten. Zwischen dem Jupitertempel und den Senianischen Bädern war ein behelfsmäßiges Theater aufgebaut worden. Mehrere Bankreihen standen vor einer Holzbühne, die in dem schmalen Raum zwischen den Ziegelwänden errichtet worden war.

»Eines Tages«, sagte ich, »wird ein Demagoge das erste feste Theater Roms bauen. Stell dir das nur mal vor, ein richtiges Theater aus Stein, so stabil wie ein Tempel! Die altmodischen Moralisten werden entsetzt sein, natürlich – sie hassen das Theater, denn es kommt aus Griechenland, und sie denken, daß alle griechischen Dinge dekadent und gefährlich sind. Ah, wir sind früh gekommen – deshalb werden wir gute Plätze haben.«

Der Platzanweiser führte uns zu einer Bank, die fünf Reihen von der Bühne entfernt war. Die ersten vier Reihen waren durch ein Seil aus rotem Stoff abgetrennt und für die Besucher aus Senatskreisen reserviert worden. Gelegentlich kam der Platzanweiser durch den Gang zwischen den Sitzreihen herunter, gefolgt von einem mit einer Toga bekleideten Magistrat und seiner Gesellschaft, und zog das Seil zurück, um ihnen den Weg zu den Bänken frei zu machen.

Während sich das Theater allmählich füllte, erklärte ich Eco die einzelnen Teile der Bühne. Vor der ersten Bankreihe befand sich ein freier Platz, das Orchester, wo die Musiker sitzen und spielen würden. Drei Stufen auf beiden Seiten führten zur Bühne hinauf. Hinter der Bühne – und sie auf beiden Seiten abschließend – stand eine Holzwand mit einer Falttür in der Mitte und mit weiteren Türen in den rechten und linken Flügeln. Durch diese Türen traten die Schauspieler auf und ab. Hinter der Bühne – und von vorne nicht zu sehen – konnte man hören, wie die Musiker ihre Flöten vorbereiteten und Fragmente bekannter Melodien intonierten.

»Gordianus!«

Ich drehte mich um und erblickte eine hochgewachsene, schlanke Gestalt, die sich zu uns hinunterbeugte.

»Statilius!« rief ich. »Wie schön, dich zu sehen.«

»Das Vergnügen ist ganz auf meiner Seite. Aber wer ist das?« Er fuhr mit seinen langen schlanken Fingern durch Ecos dichten braunen Haarschopf.

»Das ist Eco«, stellte ich vor.

»Ein lange verschollener Neffe?«

»Nicht ganz.«

»Ah. Ein Fehltritt aus der Vergangenheit?« Statilius hob vielsagend eine Augenbraue.

»Das auch nicht.« Mein Gesicht wurde heiß. Und trotzdem fragte ich mich plötzlich, was für ein Gefühl es wohl gewesen wäre, sagen zu können: »Ja, das ist mein Sohn.« Nicht zum erstenmal dachte ich über die Möglichkeit nach, Eco offiziell zu adoptieren – und genauso schnell verbannte ich diesen Gedanken wieder aus meinem Kopf. Ein Mann wie ich, der oft sein Leben riskiert, hat nicht Vater zu sein, sagte ich mir. Wenn ich wirklich Söhne wollte, hätte ich längst eine anständige Römerin heiraten können und hätte jetzt sicherlich ein ganzes Haus voll Kinder. Ich wechselte schnell das Thema.

»Aber, Statilius, wo sind dein Kostüm und deine Maske? Weshalb bist du nicht hinter der Bühne und bereitest dich vor?« Ich kannte Statilius seit unserer Kindheit. Er war schon in seiner Jugend Schauspieler geworden, hatte bei verschiedenen Truppen gespielt und dabei stets die Ausbildung bei einem angesehenen Komödianten gesucht. Der große Roscius hatte ihn vor einem Jahr bei sich aufgenommen.

»Ach, ich habe noch genug Zeit, um fertig zu werden.«

»Und wie lebt man in der Truppe des größten Schauspielers von Rom?«

»Wunderbar, natürlich.«

Ich runzelte die Stirn, als ich diesen Unterton gekünstelter Begeisterung in seiner Stimme wahrnahm.

»Ach, Gordianus, du konntest mich schon immer durchschauen. Nicht wunderschön – sondern furchtbar! Roscius ist ein wahres Monster! Als Schauspieler brillant, das ganz gewiß, aber trotzdem eine richtige Bestie! Als Sklave wäre ich jetzt schon mit Blutergüssen und Wunden übersät. Statt dessen prügelt er mich mit seiner Zunge. Was für ein Lehrer! Der Mann ist unbarmherzig und niemals zufrieden. Er schafft es, daß ein Mann sich manchmal vorkommt wie ein armseliger Wurm. Auf den Galeeren oder in den Bergwerken könnte es nicht schlimmer sein. Ist es meine Schuld, daß ich mittlerweile zu alt bin, um Heldinnen zu spielen, und daß ich nicht die richtige Stimme habe, um als alter Miesepeter oder prahlerischer Soldat aufzutreten? Ach, vielleicht hat Roscius ja recht. Ich bin nutzlos – völlig ohne Talent und bringe die ganze Truppe in Verruf.«

»Schauspieler sind alle gleich«, flüsterte ich Eco zu. »Sie müssen noch mehr verhätschelt werden als Kleinkinder.« Dann zu Statilius gewandt: »Unsinn! Ich habe dich im Frühling gesehen, beim Fest der Großen Mutter, als Roscius *Die Brüder Menaechmus* inszenierte. Du hast die Zwillinge ganz hervorragend gespielt.«

»Meinst du wirklich?«

»Ich schwöre. Ich mußte so heftig lachen, daß ich beinahe von der Bank gekippt wäre.«

Seine Miene hellte sich ein wenig auf, dann verfinsterte sie sich wieder. »Ich wünschte, daß Roscius genauso dächte. heute sollte ich eigentlich Euclio, den alten Geizhals, spielen …«

»Ha, dann sehen wir also *Der Kessel voll Gold*?«

»Ja …«

»Eins meiner liebsten Stücke, Eco. Wahrscheinlich die lustigste Komödie des Plautus. Ziemlich deftig, aber sehr unterhaltend und …«

»Ich sollte den Euclio spielen«, unterbrach Statilius mich

ziemlich scharf und riß die Unterhaltung wieder an sich, »als Roscius heute morgen plötzlich einen Wutanfall bekam und sagte, ich verstünde die Rolle völlig falsch, und daß er die Schande nicht ertragen könnte, wenn ich das Stück vor den Augen Roms verderben würde. Statt dessen sollte ich den Megadorus spielen, den Nachbarn.«

»Auch eine schöne Rolle«, sagte ich und versuchte mich daran zu erinnern.

»Pah! Und wer bekommt die schöne Rolle des Euclio? Dieser Parasit Panurgus – ein primitiver Sklave, der noch weniger komisches Talent hat als eine Schnecke!« Er erstarrte plötzlich. »O nein, was sehe ich da?«

Ich folgte seinem Blick zum äußeren Gang, wo der Platzanweiser einen stämmigen, bärtigen Mann zur Bühne hinuntergeleitete. Ein blonder Riese mit einer Narbe auf der Nase ging dicht hinter ihnen – er war der Leibwächter des Bärtigen. Einen gemieteten Schläger aus der Subura erkenne ich auf den ersten Blick. Der Platzanweiser brachte sie zum Ende unserer Bank. Sie traten in die Lücke und kamen auf uns zu, um den freien Platz neben Eco einzunehmen.

Statilius bückte sich, um sich zu verstecken, und flüsterte mir ins Ohr. »Als hätte ich nicht schon genug Sorgen – das ist dieser schreckliche Geldverleiher Flavius und einer seiner Mietschläger. Der einzige Mensch in Rom, der noch schlimmer ist als Roscius.«

»Und wieviel schuldest du diesem Flavius?« wollte ich schon fragen, als sich auf einmal, hinter der Bühne, eine brüllende Stimme über die Pfeifen und Flöten erhob.

»Narr! Dummkopf! Jetzt komm mir nur nicht und sag, du könntest dich nicht an deinen Text erinnern!«

»Roscius«, flüsterte Statilius. »Er schimpft mit Panurgus, hoffe ich. Die Launen dieses Mannes sind schrecklich.«

Die mittlere Tür auf der Bühne wurde aufgestoßen und gab den Blick auf einen kleinen, rundlichen Mann frei, der bereits kostümiert war und einen leuchtenden Mantel aus weißem Stoff trug. Sein verkniffenes, zorniges Gesicht jagte sicherlich jedem seiner Untergebenen schreckliche Angst ein, trotzdem war er, wie allgemein anerkannt wurde, der spaßigste Mann von Rom. Sein legendäres Blinzeln ließ seine Augen beinahe vollständig verschwinden, aber als er in unsere Richtung schaute, hatte ich das Gefühl, als wäre ein Dolch an meinem Ohr vorbei in Statilius' Herz geschleudert worden.

»Und du da!« brüllte er. »Wo steckst du denn die ganze Zeit? Hinter die Bühne – sofort! Nein, du brauchst keinen Umweg zu machen – hinter die Bühne, aber dalli!« Er kommandierte herum, als hätte er einen ungehorsamen Hund vor sich.

Statilius eilte den Seitengang hinunter, sprang mit einem Satz auf die Bühne und verschwand durch die Tür, die sich hinter ihm schloß – aber nicht, ohne noch einen verstohlenen Blick auf den Neuankömmling zu werfen, der sich soeben neben Eco niedergelassen hatte. Ich wandte mich um und musterte Flavius, den Geldverleiher, der meinen neugierigen Blick mit finsterer Miene erwiderte. Er sah nicht aus wie jemand, der sich auf eine Komödie freut.

Ich räusperte mich. »Heute seht Ihr den *Kessel voll Gold*«, sagte ich freundlich und nickte den beiden Neuankömmlingen zu. Flavius zuckte leicht zusammen und runzelte die buschigen Augenbrauen. »Eins von Plautus' besten Schauspielen, meint Ihr nicht auch?«

Flavius öffnete den Mund und fixierte mich argwöhnisch. Der blonde Leibwächter sah mich mit einem Ausdruck größtmöglicher Dämlichkeit an.

Ich zuckte die Achseln und wandte meine Aufmerksamkeit etwas anderem zu.

Auf dem freien Platz hinter uns machte der Ausrufer seine letzte Ansage. Die Bänke füllten sich jetzt schneller. Nachzügler und Sklaven standen nun, wo sie gerade Platz gefunden hatten, und stellten sich auf die Zehenspitzen. Zwei Musiker erschienen auf der Bühne und begaben sich hinunter zum Orchester, wo sie auf ihren langen Flöten zu blasen begannen.

Ein Murmeln des Erkennens ging bei der vertrauten Melodie von Euclio, dem Geizhals, durch die Zuschauermenge. Es war ein erster Hinweis auf das Theaterstück, das wir gleich zu sehen bekämen. Unterdessen liefen der Platzanweiser und der Ausrufer in den Seitengängen auf und ab und baten die unruhigeren Zuschauer mit launigen Bemerkungen um etwas mehr Ruhe und Geduld.

Schließlich war das Vorspiel zu Ende. Die mittlere Tür auf der Bühne öffnete sich knarrend. Heraus kam Roscius in seinem weiten weißen Mantel, den Kopf von einer Maske mit dem Ausdruck grotesker Seligkeit verhüllt. Durch die Löcher gewahrte ich seine blinzelnden Augen. Seine weiche Stimme klang volltönend durch das ganze Theater.

»Falls ihr nicht wißt, wer ich bin, will ich mich euch kurz vorstellen«, sagte er. »Ich bin der Schutzgeist dieses Hauses – Euclios Hauses. Ich versehe hier nun schon seit vielen Jahren meinen Dienst …« Er fuhr mit seinem Prolog fort und lieferte dem Publikum den Ausgangspunkt der bekannten Geschichte – daß Euclios Großvater einen Kessel voll Gold unter den Fußbodenbrettern des Hauses versteckt hatte; daß Euclio eine Tochter hatte, die den Neffen seines nächsten Nachbarn liebte und nur eine Mitgift brauchte, um glücklich heiraten zu können; und daß er, der Schutzgeist, die Absicht hatte, den habgierigen Euclio zu dem Kessel Gold zu führen und damit die Ereignisse in Gang zu setzen.

Ich warf einen Seitenblick auf Eco, der wie verzaubert die maskierte Gestalt betrachtete und sich kein Wort entgehen ließ. Neben ihm hatte Flavius die gleiche unzufriedene Miene aufgesetzt wie zuvor. Der blonde Leibwächter hörte mit leerem Blick und offenem Mund zu und kratzte gelegentlich seine Narbe auf der Nase.

Eine gedämpfte Unruhe war hinter der Bühne zu hören. »Ah«, sagte Roscius nun mit einem theatralischen Flüstern, »da ist auch schon der alte Euclio, der wie immer einen Wutanfall hat. Der habgierige Geizhals muß mittlerweile den Kessel voll Gold gefunden haben, und er will seinen Schatz heimlich zählen, daher schickt er die alte Haushälterin aus dem Haus.« Er trat leise durch die Tür im rechten Kulissenflügel ab.

Durch die mittlere Tür kam ein Mann, der die Maske eines

Greises trug und in ein hellgelbes Kostüm gehüllt war, die traditionelle Farbe für Habgier. Das war Panurgus, der Sklave und Schauspieler, der die tragende Rolle des Geizhalses Euclio erhalten hatte. Er schleifte einen weiteren Schauspieler hinter sich her, der als niedrige Sklavin verkleidet war, und stieß ihn in die Bühnenmitte. »Verschwinde!« rief er. »Hinaus! Beim Hades! Weg mit dir, du alter, neugieriger Haufen Knochen!«

Statilius hatte Panurgus' komödiantische Fähigkeiten zu Unrecht angezweifelt. Ich hörte bereits das erste Gelächter neben und hinter mir.

»Was habe ich getan? Was?« rief der andere Schauspieler. Seine zu einer Fratze verzerrte weibliche Maske wurde von einer furchtbar zerzausten Perücke gekrönt. Sein Gewand hing in Fetzen um seine knochigen Knie. »Warum prügelt Ihr eine arme, leidgeprüfte alte Vettel?«

»Damit du wirklich leidgeprüft bist, deshalb! Und damit es dir genauso schlecht geht wie mir, wenn ich dich nur ansehe!« Panurgus und sein Schauspielerkollege rannten zur Belustigung des Publikums über die Bühne. Eco hüpfte auf seinem Platz auf und nieder und klatschte in die Hände. Der Geldverleiher und sein Leibwächter saßen völlig unbewegt und mit verschränkten Armen da.

HAUSHÄLTERIN: *Aber warum müßt Ihr mich aus dem Haus jagen?*
EUCLIO: *Warum? Seit wann muß ich dir einen Grund für mein Handeln nennen? Du schreist wohl nach frischen blauen Flecken!*
HAUSHÄLTERIN: *Sollen die Götter mich von einer hohen Klippe stoßen, wenn ich mir diese Art von Sklaverei noch länger gefallen lasse!*
EUCLIO: *Was murmelt sie da vor sich hin? Ich habe große Lust, dir die Augen auszustechen, du verdammte Hexe!*

Schließlich trat die Sklavin ab, und der Geizhals kehrte ins Haus zurück, um sein Geld zu zählen. Der Nachbar

Megadorus und seine Schwester Eunomia kamen nun auf die Bühne. Der Stimme nach zu urteilen, schien es mir, als würde die Schwester vom gleichen Schauspieler dargestellt, der die unterwürfige Sklavin gespielt hatte. Offenbar war er auf weibliche Rollen spezialisiert. Mein Freund Statilius spielte den Megadorus recht gut, wie ich fand, aber er war nicht annähernd so gut wie Roscius oder auch wie sein Rivale Panurgus. Seine komischen Augenblicke lösten höfliches Gelächter, aber keine brüllende Begeisterung aus.

EUNOMIA: *Lieber Bruder, ich habe dich nach draußen gebeten, um mit dir über deine Privatangelegenheiten zu sprechen.*
MEGADORUS: *Wie nett! Deine Klugheit und Schönheit sind gleichermaßen bewundernswert. Ich küsse deine Hand.*
EUNOMIA: *Wie bitte? Redest du etwa mit jemandem, der hinter mir steht?*
MEGADORUS: *Natürlich nicht. Du bist die schönste Frau, die ich kenne!*
EUNOMIA: *Rede keinen Unsinn. Jede Frau ist auf die eine oder andere Weise häßlicher als die andere.*
MEGADORUS: *Hm, aber natürlich, wie du meinst.*
EUNOMIA: *Und nun paß mal auf. Mein lieber Bruder, ich möchte, daß du heiratest –*
MEGADORUS: *Hilfe! Mord! Ruin!*
EUNOMIA: *Ach, stell dich nicht so an!*

Sogar dieser Dialog, gewöhnlich ein komischer Höhepunkt für das Publikum, erzeugte nur halbherziges Kichern. Ich konzentrierte mich auf Statilius' Kostüm, das aus blauer, mit gelben Stickereien versehener Wolle bestand, und auf die Maske mit ihren völlig übertriebenen Augenbrauen. Schade, dachte ich, es ist immer ein schlechtes Zeichen, wenn das Kostüm eines Schauspielers von größerem Interesse ist als sein Spiel. Der arme Statilius hatte einen Platz bei der angesehensten Theatertruppe Roms gefunden, aber er konnte dort nicht glänzen. Kein Wunder, daß der herrische Roscius so unnachsichtig mit ihm umsprang.

Sogar Eco wurde unruhig. Neben ihm beugte Flavius, der Geldverleiher, sich zur Seite, um seinem blonden Leibwächter etwas ins Ohr zu flüstern – wobei er ebenfalls seine Geringschätzung für den Schauspieler demonstrierte, der ihm Geld schuldete.

Schließlich ging die Schwester ab. Der Geizhals erschien, um sich mit seinem Nachbarn zu unterhalten. Als die beiden zusammen auf der Bühne standen – Statilius und sein Konkurrent Panurgus –, wurde die Kluft zwischen ihrem unterschiedlichen Talent schmerzhaft deutlich. Panurgus als Euclio beherrschte die Szene eindeutig, und das nicht nur, weil sein Text besser war.

EUCLIO: *Du möchtest also meine Tochter heiraten. Sehr schön – du solltest aber wissen, daß ich kaum eine Kupfermünze habe, die ich ihr als Mitgift schenken kann.*
MEGADORUS: *Ich erwarte noch nicht einmal eine halbe Kupfermünze. Ihre Tugend und ihr guter Name sind völlig genug.*
EUCLIO: *Ich will sagen, es ist nicht so, als hätte ich gerade irgendeinen vergrabenen Schatz in meinem Haus gefunden … zum Beispiel einen Kessel voll Gold, den mein Großvater versteckt hat, oder …*
MEGADORUS: *Natürlich nicht, wie töricht! Sprich nicht weiter. Gibst du mir denn deine Tochter zur Frau?*
EUCLIO: *Einverstanden. Aber was ist das? O nein, ich bin ruiniert!*
MEGADORUS: *Allmächtiger Jupiter, was ist los?*
EUCLIO: *Ich dachte, ich hätte eine Schaufel gehört … jemanden, der gräbt …*
MEGADORUS: *Ach, es ist nur ein Sklave, der für mich im Garten ein paar Wurzeln ausgraben soll. Beruhige dich, guter Nachbar …*

Innerlich schämte ich mich für meinen Freund Statilius. Doch während seine Darstellung ziemlich eintönig wirkte, hatte er zumindest gelernt, den Bühnenanweisungen seines Meisters genau zu folgen. Roscius war dafür berühmt, den alten Komödien nicht nur mit bunten Kostümen und kunstvollen Masken, die das Auge erfreuten, zu neuem Glanz zu verhelfen, sondern auch dafür, daß er die Bewegungen seiner Darsteller genauestens plante und einstudierte. Statilius und Panurgus standen auf der Bühne nicht starr herum wie die Darsteller in schlechteren Theatertruppen. Sie umkreisten einander in einer Art komischem Tanz, einem Wirbel aus Blau und Gelb.

Eco zupfte an meinem Ärmel. Mit einem Achselzucken deutete er auf die Männer neben ihm. Flavius flüsterte erneut ins Ohr seines Leibwächters. Der große Blonde zog verblüfft die Augenbrauen zusammen. Dann erhob er sich und stampfte zum Seitengang. Eco zog die Füße an, aber ich war zu langsam. Das Monster trat mir auf den Fuß. Ich stieß einen Schmerzensschrei aus. Andere Zuschauer taten es mir nach, weil sie annahmen, ich würde die Schauspieler verspotten. Der blonde Riese fand kein Wort der Entschuldigung.

Eco zupfte wieder an meinem Ärmel. »Vergiß es, Eco«, sagte ich. »Man muß lernen, auch im Theater mit unhöflichen Zeitgenossen auszukommen.«

Er verdrehte die Augen und verschränkte die Arme mit einem Ausdruck der Entrüstung. Ich kannte diese Geste: wenn er doch nur sprechen könnte!

Auf der Bühne schmiedeten die beiden Nachbarn ihren Plan weiter, daß Megadorus die Tochter von Euclio heiraten sollte. Begleitet wurde dieser Dialog von schrillem Flöten und klirrenden Zimbeln, und dann traten sie von der Bühne ab, der erste Akt war zu Ende.

Die Flötenspieler stellten ein anderes Thema vor. Nach wenigen Augenblicken erschienen zwei neue Schauspieler auf der Bühne. Es waren Köche, die sich stritten und die Hochzeitsfeier vorbereiten sollten. Ein römisches Publikum findet besonderen Gefallen an Scherzen über Speisen und Völlerei, je geschmackloser, desto besser. Während ich mich bei den schrecklichen Witzchen innerlich vor Schmerzen krümmte, lachte Eco laut heraus und gab dabei rauhe, bellende Laute von sich.

Mitten in dieser Ausgelassenheit erstarrte mein Blut zu Eis. Über dem Gelächter vernahm ich einen Schrei.

Es war nicht der Schrei einer Frau, sondern er stammte von einem Mann. Und es war kein Schrei der Angst, sondern ein Schmerzensschrei.

Ich sah Eco an, der meinen Blick erwiderte. Er hatte es ebenfalls gehört. Niemand sonst im Publikum schien es bemerkt zu haben, aber die Schauspieler auf der Bühne hatten ganz sicher etwas mitbekommen. Sie verhaspelten sich im Text, schauten unsicher zur Tür und traten sich dabei gegenseitig auf die Füße. Das Publikum amüsierte sich über ihre Unbeholfenheit um so mehr.

Die streitenden Köche beendeten ihre Szene und verschwanden hinter der Bühne.

Diese war jetzt leer. Eine Pause trat ein, die länger und länger wurde. Seltsame, schwer erkennbare Geräusche erklangen hinter der Bühne – gedämpfte Seufzer, verwirrtes Scharren, ein lauter Ruf. Das Publikum wurde unruhig und machte Anstalten, seine Plätze zu verlassen.

Schließlich wurde die Tür im linken Flügel lautlos geöffnet. Auf die Bühne trat eine Gestalt, die die Maske des Geizhalses Euclio aufgesetzt hatte. Er trug außerdem ein hellgelbes Gewand, aber es war nicht das gleiche wie vorher. Er reckte die Hände in die Luft. »Eine Katastrophe!« rief er. Ich spürte, wie es mir kalt den Rücken hinunterlief.

»Eine Katastrophe!« sagte er wieder. »Die Hochzeit einer Tochter ist eine Katastrophe! Wie kann jemand sich so etwas leisten? Ich komme soeben vom Markt zurück, und es ist nicht zu glauben, was sie für Hammelfleisch verlangen – für eine Schulter und eine Keule knöpfen sie einem das letzte Hemd ab, ohne mit der Wimper zu zucken ...«

Es war der geizige Euclio, doch der Schauspieler war nicht mehr Panurgus, sondern hinter der Maske steckte Roscius. Das Publikum schien den Austausch nicht zu bemerken oder sich zumindest nicht daran zu stören. Die Leute begannen sofort, über den Anblick des armen Euclio, der ein Opfer seines eigenen Geizes wurde, lauthals zu kichern.

Roscius sprach seinen Text fehlerfrei mit jenem sicheren Gespür für Komik, das man sich erwirbt, wenn man eine Rolle schon sehr oft gespielt hat, aber ich glaubte, in seiner Stimme ein seltsames Zittern wahrzunehmen. Als er sich drehte, so daß ich seine Augen hinter der Maske erkennen konnte, bemerkte ich nichts von seinem berühmten Blinzeln. Seine Augen waren vor Entsetzen weit aufgerissen. Hatte Roscius, der Schauspieler, vielleicht vor etwas sehr Realem große Angst – oder war dies nur Euclio, der befürchtete, daß die streitenden Köche seinen Schatz fanden?

»Was soll dieses Geschrei in der Küche?« rief er. »O nein, sie verlangen nach einem größeren Topf für das Huhn! Oh, mein Topf Gold!« Er rannte durch die Tür hinter die Bühne, wobei er beinahe über seinen gelben Umhang gestolpert wäre. Es folgte ein lautes Getöse herunterfallender Töpfe.

Die mittlere Bühnentür wurde aufgestoßen. Einer der Köche stürmte auf die Bühne und stieß entsetzte Rufe aus. »Hilfe, Hilfe, Hilfe!«

Es war die Stimme von Statilius! Ich erstarrte und machte Anstalten aufzuspringen, aber die Worte gehörten zum Schauspiel. »Es ist das reinste Irrenhaus da drin«, rief er und rückte seine Maske zurecht. Er sprang von der Bühne herunter und rannte zwischen die Zuschauer. »Der Geizhals Euclio ist in Raserei verfallen! Er schlägt uns mit Töpfen und Pfannen auf die Köpfe! Leute, kommt her und rettet uns!« Er stolperte durch den Mittelgang, bis er neben mir anhielt. Er bückte sich und sprach mit zusammengebissenen Zähnen, so daß nur ich ihn verstehen konnte.

»Gordianus! Komm hinter die Bühne! Sofort!«

Ich erschrak. Durch die Maske blickte ich in Statilius entsetzte Augen.

»Hinter der Bühne!« zischte er. »Komm schnell! Ein Dolch – Blut – Panurgus – Mord!«

Von jenseits des Labyrinths aus Wänden, Schirmen und Plattformen hörte ich gelegentlich den Klang von Flöten und die Stimmen der Schauspieler bei ihren Dialogen, gefolgt vom gedämpften Gelächter des Publikums. Hinter der Bühne rannten die Mitglieder von Quintus Roscius' Theatertruppe in Panik herum, wechselten Kostüme, setzten sich gegenseitig Masken auf, murmelten halblaut ihre Texte, beschimpften einander oder machten sich gegenseitig Mut und versuchten um jeden Preis so zu tun, als wäre dies nichts anderes als eine ganz normale Vorstellung mit ihrer üblichen Hektik und als läge diesmal keine Leiche mitten unter ihnen.

Es war die Leiche des Sklaven Panurgus. Er lag in einer abgelegenen kleinen Nische in der Gasse, die hinter dem Jupitertempel verlief. Es war ein öffentlicher Abort, von denen es mehrere rund um das Forum gab. Von zwei Wänden umschlossen, endete ein abschüssiger Fußboden in einem Loch, das in die Cloaca Maxima mündete. Panurgus hatte diesen Ort offensichtlich zwischen seinen Auftritten aufgesucht, um sich zu erleichtern. Nun lag er tot auf dem Boden, ein Messer in der Brust. Über seinem Herzen prangte ein großer runder Kreis auf seinem hellgelben Kostüm. Ein Blutrinnsal schlängelte sich über die Steinplatten und verschwand im Abfluß.

Er war älter, als ich vermutet hatte, fast so alt wie sein Meister, hatte graue Strähnen im Haar und eine faltige Stirn. Seine Augen und sein Mund waren vor Entsetzen weit aufgerissen. Die Augen waren grün und funkelten im Tod wie ungeschliffene Smaragde.

Eco betrachtete die Leiche und griff nach meiner Hand. Statilius kam zu uns geeilt. Er trug wieder sein blaues Kostüm und hielt die Maske des Megadorus in der Hand. Sein Gesicht war aschfahl. »Wahnsinn«, sagte er. »Blutiger Wahnsinn.«

»Sollte das Schauspiel nicht lieber abgebrochen werden?«

»Roscius weigert sich. Nicht wegen eines Sklaven, sagt er. Und er wagt es nicht, das Publikum zu informieren. Stell dir das doch nur mal vor: Ein Mord, hinter der Bühne, mitten während unserer Vorstellung, an einem dem Jupiter geweihten Festtag, direkt im Schatten des Göttertempels – was für ein schlimmes Omen! Welcher Magistrat würde danach Roscius und seine Truppe je wieder engagieren? Nein, die Vorstellung geht weiter – auch wenn wir Schwierigkeiten haben werden, neun Rollen mit fünf Darstellern anstatt mit sechs auszufüllen. O Gott, ich habe den Text des Neffen nicht gelernt ...«

»Statilius!« Es war Roscius, der von der Bühne kam. Er riß sich die Maske des Euclio herunter. Sein eigenes Gesicht wirkte in seinem Zorn noch grotesker. »Was fällt dir ein, dort herumzustehen und zu schwatzen? Wenn ich den Euclio spiele, mußt du die Rolle des Neffen übernehmen!« Er rieb sich die blinzelnden Augen, dann schlug er sich mit der flachen Hand vor die Stirn. »Aber nein, das ist unmöglich – Megadorus und der Neffe müssen gleichzeitig auf der Bühne stehen. Was für eine Katastrophe! Beim Jupiter, warum gerade ich?«

Die Schauspieler benahmen sich wie aufgescheuchte Bienen. Die Kostümhelfer standen unschlüssig herum und waren so nutzlos wie Drohnen. In der Truppe des Quintus Roscius herrschte das Chaos.

Ich schaute hinunter auf das blutleere Gesicht von Panurgus, den das alles nicht mehr interessierte. Alle Menschen werden im Tode gleich, egal ob Sklaven oder Bürger, Römer oder Griechen, Genies oder Schaumschläger.

Schließlich war das Stück zu Ende. Der alte Junggeselle Megadorus hatte den Fesseln der Ehe entfliehen können. Der geizige Euclio hatte seinen Kessel voll Gold verloren und schließlich wiedergefunden; dem ehrlichen Sklaven, der ihn zurückgegeben hatte, war die Freiheit geschenkt worden; die streitenden Köche waren von Megadorus entlohnt und weggeschickt worden; und die jungen Liebenden hatten zueinander gefunden. Wie das alles unter den gegebenen Umständen hatte bewerkstelligt werden können, das weiß ich nicht. Aber durch irgendein Theaterwunder kam alles zu einem guten

Ende. Die Schauspieler versammelten sich unter tosendem Applaus auf der Bühne und kamen dann nach hinten, wo ihre Begeisterung sofort durch die grimmige Realität des Todes in ihrer Mitte gedämpft wurde.

»Wahnsinn«, sagte Statilius wieder und beugte sich über die Leiche. Da ich wußte, wie er über seinen Rivalen dachte, mußte ich mich fragen, ob er sich nicht innerlich freute. Er schien ehrlich geschockt zu sein, aber auch das konnte, trotz allem, ein geschicktes Schauspiel sein.

»Und wer ist das?« bellte Roscius und riß sich den gelben Mantel vom Leib, den er übergeworfen hatte, um den Geizhals darzustellen.

»Mein Name ist Gordianus. Man nennt mich den Sucher.«

Roscius hob eine Augenbraue und nickte. »Ach ja, ich habe von dir gehört, im letzten Frühjahr – der Fall des Sextus Roscius. Zum Glück nicht mit mir verwandt, oder wenn, dann nur sehr entfernt. Du hast dir bei beiden Parteien der Affäre einen Namen gemacht.«

Da ich wußte, daß Roscius ein Freund und Vertrauter des Diktators Sulla war, den ich ziemlich heftig beleidigt hatte, nickte ich nur.

»Und was hast du hier zu suchen?« wollte Roscius wissen.

»Ich war es, der ihm Bescheid gesagt hat«, meinte Statilius hilflos. »Ich bat ihn, hinter die Bühne zu kommen. Es war das erste, das mir einfiel.«

»Du hast einen Fremden hergeholt, der sich dieser Tragödie annehmen soll, Statilius? Narr! Was soll ihn davon abhalten, sich aufs Forum zu stellen und diese Sensation jedem zu erzählen, der vorbeikommt? Es wird einen schrecklichen Skandal geben!«

»Ich versichere dir, ich kann sehr diskret sein – wenn es für einen Klienten ist«, sagte ich.

»Oh, ich verstehe«, sagte Roscius und blinzelte mich verschlagen an. »Vielleicht ist das gar keine schlechte Idee, vorausgesetzt, du kannst wirklich helfen.«

»Ich denke, das kann ich«, sagte ich bescheiden und rechnete mir bereits ein Honorar aus. Roscius war schließlich trotz allem der am höchsten bezahlte Schauspieler der Welt. Gerüchten zufolge verdiente er in einem einzigen Jahr eine halbe Million Sesterzen. Er konnte es sich leisten, großzügig zu sein.

Er blickte auf die Leiche und schüttelte traurig den Kopf. »Einer der vielversprechendsten Schüler. Nicht nur ein begabter Künstler, sondern auch ein wertvoller Besitz. Aber weshalb sollte jemand einen Sklaven umbringen? Panurgus hatte keine Laster, interessierte sich nicht für Politik, hatte keine Feinde.«

»Es kommt äußerst selten vor, daß jemand keine Feinde hat«, sagte ich. Ich konnte nicht anders, als Statilius anzuschauen, der schnell den Blick abwendete.

Zwischen den versammelten Schauspielern und Bühnenhelfern bewegte sich etwas. Die Schar teilte sich, um eine hochgewachsene hagere Gestalt mit einem Wust roten Haars durchzulassen.

»Chaerea! Wo warst du?« knurrte Roscius.

Der Neuankömmling schaute erst auf die Leiche, dann richtete er den Blick auf Roscius. »Ich bin aus meiner Villa in Fidenae heruntergekommen«, antwortete er kurz. »Die Wagenachse ist gebrochen. Es scheint, als hätte ich noch mehr versäumt als nur das Schauspiel.«

»Gaius Fannius Chaerea«, flüsterte Statilius mir ins Ohr. »Er war Panurgus' ursprünglicher Besitzer. Als er sah, daß der Sklave schauspielerische Fähigkeiten hatte, gab er ihn an Roscius weiter, damit er ihn ausbildete.«

»Sie scheinen einander nicht gerade freundlich gesonnen zu sein«, erwiderte ich flüsternd.

»Sie streiten sich ständig darüber, wie sie die Profite aus Panurgus' Auftritten berechnen und unter sich aufteilen sollen ...«

»So, so, Quintus Roscius«, sagte Chaerea spöttisch und reckte die Nase noch höher in die Luft. »So achtest du also auf unseren gemeinsamen Besitz. Schlechte Geschäftsführung, würde ich meinen. Der Sklave ist jetzt wertlos. Ich schicke dir eine Rechnung über meinen Anteil.«

»Wie bitte? Glaubst du etwa, ich bin dafür verantwortlich?« Roscius blinzelte heftig.

»Der Sklave befand sich in deiner Obhut. Jetzt ist er tot. Theaterleute! Verantwortungsloses Volk.« Chaerea fuhr sich mit den Fingern durch seine rote Mähne und zuckte überheblich die Achseln, ehe er kehrtmachte. »Morgen hast du meine Rechnung auf dem Tisch«, sagte er und schritt durch die Menge zu einer Gruppe Helfer, die in der Gasse auf ihn warteten. »Oder wir sehen uns vor Gericht wieder!«

»Unverschämtheit!« schimpfte Roscius. »Du!« Er deutete mit einem dicken Finger auf mich. »Das ist deine Aufgabe! Finde raus, wer das getan hat und warum. Wenn es ein Sklave oder ein Bettler war, dann lasse ich ihn vierteilen. Wenn es ein reicher Mann war, dann klage ich wegen Beschädigung meines Eigentums so lange gegen ihn, bis ihm die Augen tränen. Ich würde lieber in den Hades hinuntersteigen, als Chaerea die Genugtuung zu verschaffen, mir die Schuld in die Schuhe schieben zu können.«

Ich nahm den Auftrag mit einem ernsten Kopfnicken an und hielt mein Lachen zurück. Ich konnte fast spüren, wie die Silberlinge auf meinen Kopf herabregneten. Dann fiel mein Blick auf das verzerrte Gesicht des toten Panurgus, und ich empfand die wahre Last meiner Verpflichtung. Es ist in Rom sehr schwer, für einen toten Sklaven Gerechtigkeit zu finden. Ich würde den Mörder stellen, schwor ich mir insgeheim, und zwar nicht für Roscius und sein Silber, sondern um das Andenken eines Künstlers zu ehren, der auf dem Höhepunkt seines Schaffens grausam ermordet worden war.

»Na schön, Roscius. Ich werde ein paar Fragen stellen müssen. Sieh zu, daß niemand von deiner Truppe sich entfernt, ehe ich ihn mir vorgenommen habe. Wenn es geht, würde ich am liebsten mit dir unter vier Augen reden. Vielleicht kann ein Glas Wein uns beide ein wenig beruhigen …«

Am späten Nachmittag dieses Tages saß ich in einer stillen Straße unweit des Jupitertempels auf einer Bank im Schatten eines Olivenbaums. Eco saß neben mir und studierte nachdenklich das Spiel aus Licht und Schatten, das die Blätter des Baumes auf die Steinplatten zauberten.

»Nun, Eco, was denkst du? Haben wir irgend etwas Wertvolles erfahren?«

Er schüttelte den Kopf.

»Du urteilst zu schnell.« Ich lachte. »Denk doch mal nach. Panurgus haben wir zum letztenmal während seiner Szene mit Statilius gegen Ende des ersten Aktes lebend gesehen. Dann verließen die beiden die Bühne. Die Musiker führten ein kleines Zwischenspiel auf, und als nächstes traten die streitenden Köche auf. Dann ertönte ein Schrei. Das muß Panurgus gewesen sein, als er erstochen wurde. Es löste einige Unruhe hinter der Bühne aus. Roscius schaute nach und entdeckte die Leiche in der öffentlichen Latrine. Die Nachricht breitete sich wie ein Lauffeuer unter den anderen aus. Roscius setzte die Maske des Toten auf und schlüpfte in einen gelben Mantel, die einzigen Sachen, die wenigstens entfernt Panurgus' Kostüm entsprachen, und eilte auf die Bühne, um das Spiel in Gang zu halten. Statilius schlüpfte unterdessen in ein Koch-Kostüm, so daß er unter die Zuschauer springen und mich um Hilfe bitten konnte.

Deshalb wissen wir wenigstens eins, nämlich daß die Schauspieler, die die Köche gespielt hatten, unschuldig sind, wie auch die Flötenspieler, denn sie waren auf der Bühne, als der Mord stattfand.«

Eco verzog das Gesicht, um anzuzeigen, daß er davon nicht sonderlich beeindruckt war.

»Ja, das alles ist sehr grundlegend, aber um eine Mauer zu bauen, müssen wir mit der ersten Reihe Ziegelsteine anfangen. Nun, wer war zum Zeitpunkt des Mordes hinter der Bühne, hat niemanden, der seinen Aufenthaltsort im Augenblick des Schreies bestätigen kann und könnte Panurgus' Tod gewünscht haben?«

Eco sprang von der Bank auf, bereit, das Spiel zu beginnen.

Er führte eine Pantomime auf, wackelte mit dem Kinn und deutete mit den Armen auf sich selbst.

Ich lächelte traurig. Diese wenig schmeichelhafte Darstellung konnte niemand anderen als meinen geschwätzigen und von sich selbst eingenommenen Freund Statilius gemeint haben. »Ja, Statilius muß bei den Verdächtigen an erster Stelle stehen, auch wenn ich das nur ungern zugebe. Wir wissen, daß er Grund hatte, Panurgus zu hassen. Solange der Sklave am Leben war, würde ein Mann von geringerem Talent wie Statilius niemals die besten Rollen erhalten. Wir haben außerdem durch Befragung der Truppe erfahren, daß niemand etwas über Statilius' Aufenthaltsort während des Schreies aussagen konnte. Das könnte ein Zufall sein, wenn man sich das Chaos vor Augen hält, das während einer Vorstellung hinter der Bühne zu herrschen pflegt. Statilius selbst schwört, daß er in einer Ecke damit beschäftigt war, sein Kostüm herzurichten. Für ihn spricht, daß er über den Tod des Sklaven zutiefst geschockt zu sein schien – aber es ist durchaus möglich, daß er nur so tut als ob. Ich nenne den Mann zwar meinen Freund, aber kenne ich ihn wirklich ganz genau?«

Ich dachte für einen Moment nach. »Wer sonst noch, Eco?«

Er hob die Schultern, verzog das Gesicht und blinzelte.

»Ja, Roscius war ebenfalls hinter der Bühne, als Panurgus schrie, und niemand scheint sich entsinnen zu können, ihn in diesem Moment gesehen zu haben. Er war es, der die Leiche fand – oder war er schon dort, als das Messer herabfuhr? Roscius ist ein gewalttätiger Mann. Das erzählen alle seine Schauspieler. Bevor das Stück begann, haben wir gehört, wie er jemanden beschimpfte – erinnerst du dich? ›Narr! Dummkopf! Warum kannst du den Text nicht behalten?‹ Roscius behauptet jetzt, er könne sich an diesen Vorfall überhaupt nicht erinnern, aber andere haben ihn gesehen und erzählten mir, es wäre Panurgus gewesen, den er angebrüllt hatte. Hat die Vorstellung des Sklaven im ersten Akt ihm derart mißfallen, daß er in Zorn geriet, den Kopf verlor und ihn ermordet hat? Das erscheint mir wenig wahrscheinlich. Ich dachte, Panurgus hätte seine Sache recht gut gemacht. Und ebenso wie Statilius scheint Roscius von dem Mord aufrichtig betroffen zu sein. Aber andererseits ist Roscius auch ein sehr geschickter Schauspieler.«

Eco stützte die Hände auf die Hüften, reckte die Nase in die Luft und begann hochmütig umherzustolzieren.

»Ah, Chaerea. Zu ihm wollte ich gerade kommen. Er behauptet, er wäre erst eingetroffen, als das Stück zu Ende war, und trotzdem scheint er kaum verblüfft oder erschüttert gewesen zu sein, als er die Leiche sah. Er war der ursprüngliche Besitzer des Sklaven. Dafür, daß er Panurgus' Talente pflegte, erwarb Roscius die halbe Eigentümerschaft, aber Chaerea scheint mit diesem Arrangement gründlich unzufrieden gewesen zu sein. Hat er vielleicht entschieden, daß ein toter Sklave erheblich wertvoller sein konnte als ein lebendiger? Chaerea gibt Roscius die Schuld an dem Verlust und will ihn zwingen, ihm die Hälfte des Wertes dieses Sklaven in Silber auszuzahlen. Vor einem römischen Gericht und mit Hilfe des richtigen Advokaten dürfte Chaerea wohl am Ende als Sieger dastehen.«

Ich lehnte mich gegen den Olivenbaum. So richtig zufrieden war ich nicht. »Trotzdem wünschte ich, wir hätten in der Truppe jemand anderen mit einem ähnlich starken Motiv gefunden, der auch die Gelegenheit hatte, die Tat zu begehen. Aber niemand scheint gegen Panurgus einen Groll gehegt zu haben, und fast jeder konnte genaue Angaben über seinen Aufenthaltsort machen, als das Opfer aufschrie.

Natürlich kann der Mörder auch jemand von außerhalb der Theatertruppe sein. Der Abort, in dem Panurgus erstochen wurde, ist für jedermann zugänglich, der die Gasse hinter dem Tempel benutzt. Aber Roscius berichtet uns – was auch die anderen bestätigen –, daß Panurgus außerhalb der Truppe so gut wie niemanden kannte – er spielte nicht und besuchte keine Bordelle; er lieh sich kein Geld und vergriff sich nicht an den Frauen anderer Männer. Er lebte nur für seinen Beruf, der ihn völlig ausfüllte – so berichtet es jeder. Selbst wenn Panurgus tatsächlich jemand beleidigt haben sollte, dann hätte der Geschädigte die Angelegenheit nicht mit Panurgus sondern mit Roscius geregelt, da er der Besitzer des Sklaven und insofern verantwortlich für all seine Handlungen war.«

Ich seufzte aus hilfloser Verzweiflung. »Das Messer, das in seinem Herzen steckte, war ein ganz gewöhnlicher Dolch ohne irgendwelche besonderen Kennzeichen. In der Nähe des Opfers waren keine Fußspuren zu sehen. An den Kostümen befanden sich keine verräterischen Blutspuren. Es gab keine Zeugen, zumindest keine, von denen wir etwas wissen. Leider!« Der Regen aus Silbermünzen in meiner Phantasie begann allmählich zu versiegen. Ohne irgendein Ergebnis in Händen konnte ich von Glück reden, wenn Roscius mir für meine Bemühungen wenigstens ein Tageshonorar zahlen würde. Noch schlimmer war, daß ich den anklagenden Blick von Panurgus auf mir spürte. Ich hatte geschworen, seinen Mörder zu finden, und nun schien es, als hätte ich diesen Schwur ein wenig voreilig abgelegt.

An diesem Abend nahm ich meine Mahlzeit im windigen Garten in der Mitte meines Hauses ein. Die Lampen brannten gedämpft. Glühwürmchen tanzten zwischen den Pfeilern des Säulenganges. Das Echo ferner Freudenrufe wehte gelegentlich von den Straßen der Subura am Fuß des Berges zu mir herauf.

»Bethesda, die Mahlzeit war köstlich«, sagte ich und log mit meinem üblichen Charme. Vielleicht hätte ich doch Schauspieler werden sollen, dachte ich.

Aber Bethesda ließ sich nicht zum Narren halten. Sie musterte mich unter ihren langen Wimpern, und ihr Mund verzog sich zur Andeutung eines Lächelns. Sie kämmte sich mit den Fingern einer Hand durch die ungebändigte Flut ihres glänzenden schwarzen Haares, zuckte gleichmütig die Achseln und begann den Tisch abzuräumen.

Während sie sich in die Küche begab, beobachtete ich das geschmeidige Spiel ihrer Hüften unter ihrem weiten grünen Gewand. Als ich sie vor langer Zeit auf dem Sklavenmarkt in Alexandrien gekauft hatte, war es nicht wegen ihrer Kochkünste geschehen. Ihre Fähigkeiten auf diesem Gebiet hatten sich kein bißchen gebessert, aber in anderer Hinsicht war sie absolut vollkommen. Mein Blick verlor sich in der Schwärze der langen Locken, die bis auf ihre Taille herabfielen. Ich stellte mir Glühwürmchen in diesen Locken vor, die darin aussehen mußten wie funkelnde Sterne am blauschwarzen Firmament. Ehe Eco in mein Leben getreten war, hatten Bethesda und ich fast jede Nacht miteinander verbracht. Nur wir beide, in der Abgeschiedenheit des Gartens …

Ich wurde durch eine kleine Hand, die am Saum meiner Tunika zerrte, aus meinen Träumereien gerissen.

»Ja, Eco, was ist?«

Eco, der auf der Couch neben meiner lag, hielt seine Fäuste aneinander und nahm sie auseinander, rauf und runter, so als entrolle er eine Schriftrolle.

»Aha, deine Leselektion. Dazu hatten wir heute noch keine Zeit, nicht wahr? Aber meine Augen sind müde, Eco, und du bist es sicherlich auch. Außerdem gibt es noch andere Dinge, die mich beschäftigen …«

Er schaute mich mit einem Ausdruck übertriebener Niedergeschlagenheit an, bis ich nachgab. »Na schön. Bring die Lampe her. Was möchtest du heute lesen?«

Eco deutete auf sich selbst und schüttelte den Kopf, dann deutete er auf mich. Er legte die Hände gewölbt hinter seine Ohren und schloß die Augen. Er zog es vor (und insgeheim tat ich es auch), wenn ich vorlas und er den Luxus des Zuhörens genießen konnte. Den ganzen Sommer hindurch, vor allem an faulen Nachmittagen und langen Sommerabenden, verbrachten wir zwei viele Stunden im Garten; während ich Pisos Biographie Hannibals las, saß Eco zu meinen Füßen und schaute den Elefanten zwischen den Wolken zu; oder er lag auf dem Rücken und betrachtete den Mond, während ich die Geschichte vom Raub der Sabinerinnen zum besten gab. Er verstand seltsamerweise Griechisch, obgleich er keinen einzigen Buchstaben kannte. In letzter Zeit las ich ihm aus einer alten, abgenutzten Rolle von Plato vor, ein Abschiedsgeschenk Ciceros. Eco verfolgte die Feinheiten des Philosophen-

Diskurses voller Faszination, obgleich ich in seinen großen braunen Augen gelegentlich Traurigkeit darüber schimmern sah, daß er niemals darauf hoffen konnte, selbst an solchen Debatten teilnehmen zu können.

»Soll ich noch mehr von Plato vorlesen? Es heißt, daß Philosophie nach dem Essen die Verdauung anregt.«

Eco nickte und rannte los, um die Schriftrolle zu holen. Er tauchte wenig später aus dem Schatten des Säulenganges auf und trug sie in der Hand. Plötzlich hielt er inne und blieb wie eine Statue mit einem seltsamen Ausdruck im Gesicht stehen.

»Eco, was ist los?« Für einen kurzen Moment glaubte ich, daß er krank war. Bethesdas Fischklöße und Weiße Rüben in Kümmelsauce waren zwar geschmacklich kaum voneinander zu unterscheiden, aber wohl kaum so schlecht gewesen, als daß er davon hätte krank werden können. Er starrte geradeaus und schien mich nicht zu hören.

»Eco? Bist du in Ordnung?« Er stand starr da und zitterte. Ein Ausdruck wie von Angst oder Ekstase huschte über sein Gesicht. Dann kam er schnell auf mich zu, hielt mir die Schriftrolle unter die Nase und deutete mit einer hektischen Geste darauf.

»Ich habe noch nie einen Jungen gekannt, der so wild darauf war zu lernen.« Ich lachte, aber es war für ihn kein Spiel. Sein Gesichtsausdruck war todernst. »Aber Eco, es ist doch nur der Plato-Band, aus dem ich dir den ganzen Sommer hindurch ab und zu vorgelesen habe. Weshalb bist du plötzlich so aufgeregt?«

Eco trat zurück, um sich pantomimisch mitzuteilen. Ein Dolch, der in seinem Herzen steckte, konnte eigentlich nur auf den toten Panurgus hinweisen.

»Panurgus und Plato – Eco, ich sehe da keine Verbindung.«

Eco biß sich auf die Lippen und wiegte sich hin und her, verzweifelt bemüht, sich verständlich zu machen. Zuletzt rannte er ins Haus und kam wieder heraus. Diesmal hatte er zwei Gegenstände in der Hand. Er ließ sie in meinen Schoß fallen.

»Eco, sei vorsichtig! Diese kleine Vase besteht aus wertvollem grünem Glas und hat die weite Reise von Alexandrien hierher hinter sich. Und weshalb hast du mir ein Stück rote Dachpfanne gebracht? Sie muß von einem Dach herabgestürzt sein ...«

Eco deutete mit Nachdruck abwechselnd auf jeden Gegenstand, aber ich konnte nicht erkennen, was er meinte.

Er verschwand erneut und kam diesmal mit meiner Wachstafel und einem Stift zurück, auf die er die Worte *rot* und *grün* schrieb.

»Ja, Eco, ich kann sehen, daß die Vase grün und die Dachpfanne rot ist. Blut ist rot ...« Eco schüttelte den Kopf und deutete auf seine Augen. »Panurgus hat grüne Augen ...« Ich sah sie in meiner Erinnerung, wie sie blicklos in den Himmel starrten.

Eco stampfte mit dem Fuß auf und schüttelte den Kopf, um mir klarzumachen, daß ich mit meinen Überlegungen ziemlich weit danebenlag. Er nahm die Vase und das Stück Dachpfanne aus meinem Schoß und begann damit zu jonglieren.

»Eco, hör endlich auf! Ich habe dir gesagt, daß die Vase sehr wertvoll ist!«

Er legte beide Gegenstände achtlos beiseite und griff wieder nach dem Schreibstift. Er wischte die Worte *rot* und *grün* weg und schrieb statt dessen *blau*. Es schien, als wollte er noch ein anderes Wort schreiben, dessen Rechtschreibung ihm aber entfallen war. Er knabberte an seinem Schreibstift und schüttelte den Kopf.

»Eco, ich glaube, du hast Fieber. Deine Gebärden ergeben überhaupt keinen Sinn.«

Er nahm die Schriftrolle aus meinem Schoß und begann sie auseinanderzurollen und mit hoffnungsloser Miene zu überfliegen. Selbst wenn der Text in Lateinisch gewesen wäre, hätte es ihn unendliche Mühe gekostet, die Worte zu entziffern und herauszufinden, wonach er suchte, aber die Buchstaben waren in Griechisch und ihm völlig fremd.

Er warf die Rolle zu Boden und begann wieder zu tanzen, aber er war zu erregt und unbeholfen. Ich konnte mir aus seinem heftigen Gestikulieren nichts zusammenreimen. Ich zuckte die Achseln und schüttelte verzweifelt den Kopf, und Eco begann plötzlich vor Hilflosigkeit zu weinen. Er ergriff wieder die Schriftrolle und deutete auf seine Augen. Meinte er damit, ich solle die Rolle lesen, oder deutete er auf seine eigenen Tränen? Ich biß mir auf die Lippen und drehte in einer Geste der Hilflosigkeit die Handflächen nach oben, da ich ihm nicht helfen konnte.

Eco warf die Schriftrolle in meinen Schoß und rannte weinend aus dem Raum hinaus. Ein heiseres, ersticktes Schluchzen drang aus seiner Kehle, das nicht wie ein normales Weinen klang. Es brach mir fast das Herz, es zu hören. Ich hätte geduldiger sein müssen, aber wie sollte ich ihn verstehen? Bethesda tauchte aus der Küche auf und musterte mich anklagend, dann folgte sie dem Geräusch von Ecos Weinen bis zu dem kleinen Zimmer, in dem er schlief.

Ich schaute auf die Schriftrolle in meinem Schoß. Da standen so viele Worte auf dem Pergament; welche hatten eine Idee in Ecos Erinnerung geweckt, und was konnten sie mit dem toten Panurgus zu tun haben? *Rot, grün, blau* – ich erinnerte mich vage, einmal einen Abschnitt gelesen zu haben, in dem Plato sich über die Natur von Licht und Farbe geäußert hatte, aber ich konnte mich kaum genau entsinnen, da ich ohnehin nicht allzuviel davon verstanden hatte. Es ging um einander überlappende Kegel, die von den Augen auf einen Gegenstand projiziert werden oder von einem Gegenstand zu den Augen, ich wußte nicht mehr genau was. War es das, woran Eco sich erinnert hatte, und konnte es für ihn irgendeinen Sinn ergeben haben?

Ich überflog die Schriftrolle und suchte nach einem Bezug, konnte ihn aber nicht finden. Meine Augen wurden müde. Die Lampe begann zu knistern und zu zischen. Die griechischen Buchstaben sahen plötzlich alle gleich aus. Normalerweise kam Bethesda, um mich zu Bett zu bringen, aber sie schien sich entschieden zu haben, statt dessen bei Eco zu bleiben. Ich schlief auf meiner Speiseliege unter den Sternen ein, dachte an einen gelben Mantel mit roten Flecken und an grüne Augen, die in einen leeren blauen Himmel schauten.

Eco war am nächsten Tag krank, oder er gab vor, es zu sein. Bethesda informierte mich, daß er sein Bett nicht verlassen wolle. Ich stand in der Tür des kleinen Zimmers und sprach leise mit ihm. Ich erinnerte ihn daran, daß das Fest weiterging. Heute würden wilde Tiere im Circus Maximus gezeigt werden, und eine andere Theatertruppe wollte ein neues Stück aufführen. Er wandte mir den Rücken zu und zog sich die Decke über den Kopf.

»Ich denke, ich sollte ihn bestrafen«, murmelte ich vor mich hin und überlegte, was ein normaler römischer Vater in einer solchen Situation täte.

»Ich glaube, das solltest du nicht tun«, flüsterte Bethesda, als sie an mir vorbeiging. Ihr Hochmut ließ mich klein beigeben. Ich absolvierte meinen Morgenspaziergang allein – zum erstenmal seit vielen Tagen, wie ich erkannte, und war mir plötzlich schmerzlich bewußt, daß Eco nicht bei mir war. Die Subura war ein ziemlich langweiliger Ort, wenn man sie nicht mit den Augen eines Zehnjährigen betrachten konnte. Ich hatte nur meine eigenen Augen zur Verfügung, und die hatten sie schon millionenmal gesehen.

Ich würde ihm ein Geschenk kaufen, entschied ich. Ich würde *beiden* ein Geschenk kaufen, denn es war immer eine gute Idee, Bethesda friedlich zu stimmen, wenn sie die Hochmütige hervorkehrte. Für Eco kaufte ich einen roten Lederball, wie Jungen ihn zum Trigonspiel benutzen, wobei sie diesen Ball mit Ellbogen und Knien einander zuwarfen. Für Bethesda suchte ich einen mitternachtsblauen Schleier, durchsetzt mit Glühwürmchen, entschied mich aber am Ende für ein Exemplar aus Leinen. In der Straße der Stoffhändler fand ich den Laden meines alten Bekannten Ruso.

Ich fragte nach einem Schleier in Dunkelblau. Wie durch ein Wunder zeigte er mir genau den Schleier, den ich mir vorgestellt hatte, ein feines Gespinst, das aus schwarzblauen Spinnenfäden und Silber gewirkt zu sein schien. Es war außerdem der teuerste Gegenstand im Laden. Ich schalt ihn, daß er mich mit einem Luxus in Versuchung führte, der meine Mittel überstieg.

Ruso zuckte gleichmütig die Achseln. »Man weiß ja nie; du könntest gerade beim Würfelspiel ein Vermögen gewonnen haben. Da, diese sind um einiges erschwinglicher.« Er lächelte und breitete eine kleine Kollektion vor mir aus.

»Nein«, sagte ich, da ich nichts fand, was mir gefiel. »Ich habe es mir anders überlegt.«

»Dann vielleicht etwas in einem helleren Blau? Einem Blau wie der Himmel?«

»Nein, ich glaube nicht.«

»Ah, aber sieh doch, was ich dir vorher noch zeigen muß. Felix … Felix! Bring mir einen der neuen Schleier, die soeben aus Alexandrien eingetroffen sind, die hellblauen mit der gelben Stickerei.«

Der junge Sklave biß sich nervös auf die Lippen und schien sich furchtsam zu ducken. Das kam mir seltsam vor, denn ich kannte Ruso als beherrschten Menschen und nicht als grausamen Herrn.

»Nun geh schon – worauf wartest du?« Ruso drehte sich zu mir um und schüttelte den Kopf. »Dieser neue Sklave, noch schlimmer als nutzlos! Ich glaube nicht, daß er sehr klug ist, ganz gleich, was der Sklavenhändler behauptet hat. Er führt die Bücher recht gut, aber hier im Laden – sieh doch, er hat es schon wieder getan! Unglaublich! Felix, was stimmt nicht mit dir? Tust du das, um mich zu ärgern? Willst du eine Tracht Prügel? Mir reicht es endgültig!«

Der Sklave wich zurück und schien verwirrt und hilflos zu sein. In der Hand hielt er einen gelben Schleier.

»Ständig tut er das!« schimpfte Ruso und faßte sich an den Kopf. »Er will mich verrückt machen! Ich verlange etwas Blaues, und er bringt mir Gelb. Ich will etwas Gelbes und erhalte Blau! Hast du schon mal von soviel Dummheit gehört? Ich werde dich noch verprügeln, Felix, das schwöre ich dir.« Und er rannte hinter dem armen Sklaven her und fuchtelte drohend mit einem Maßstock.

Und dann verstand ich.

Wie ich erwartet hatte, traf ich meinen Freund Statilius nicht in seiner Wohnung in der Subura an. Als ich seinen Hauswirt fragte, bedachte der Mann mich mit dem verschlagenen Blick eines Mitverschwörers, der beschuldigt worden war, Hunden die Witterung verdorben zu haben. Er erzählte mir, daß Statilius aufs Land gefahren wäre.

Er befand sich an keinem der üblichen Orte, wo er sich an einem Festtag hätte aufhalten können. Kein Gasthaus hatte ihn bewirtet, und kein Bordell hatte ihn eingelassen. Er würde noch nicht einmal daran denken, sich in einer Spielhölle blicken zu lassen, sagte ich mir – und dann wußte ich, daß genau das Gegenteil der Fall sein mußte.

Als ich mich daran machte, die Spielhallen in der Subura durchzukämmen, fand ich ihn ziemlich schnell. In einer überfüllten Wohnung im dritten Stock eines alten Wohnhauses traf ich ihn inmitten einer Schar elegant gekleideter Männer an, einige trugen sogar ihre Togen. Statilius kniete auf allen vieren auf dem Boden, schüttelte eine kleine Schachtel und murmelte Bittgebete an die Glücksgöttin. Er würfelte, die Schar der Neugierigen rückte kurz zusammen und wich dann mit lauten Rufen zurück. Die Würfel waren zweimal schwarz und zweimal weiß gefallen.

»Ja! Ja!« rief Statilius und streckte die Hände aus. Die anderen gaben ihm ihre Münzen.

Ich packte ihn am Kragen seiner Tunika und schleifte ihn schreiend in die Halle.

»Ich denke, du hast schon genug Schulden«, sagte ich.

»Im Gegenteil!« protestierte er und lachte breit. Sein Gesicht war gerötet, und seine Stirn war mit Schweiß bedeckt wie bei einem Fieberkranken.

»Wieviel schuldest du Flavius, dem Geldverleiher?«

»Hunderttausend Sesterzen.«

»Hunderttausend!« Mir blieb fast das Herz stehen.

»Aber jetzt nicht mehr. Sieh mal, jetzt kann ich ihn auszahlen!« Er hielt die Münzen in den Händen hoch. »Ich habe zwei Säcke voll Silber in einem Nebenraum stehen, wo mein Sklave auf sie aufpaßt, und – kannst du so etwas fassen? – die Besitzurkunde für ein Haus auf dem caelianischen Hügel. Ich habe gewonnen und mich aus der Klemme befreit.«

»Auf Kosten eines anderen.«

Sein Grinsen wurde verlegen. »Oh, du bist also darauf gekommen. Aber wer hätte denn eine solche Tragödie vorhersehen können? Ich ganz bestimmt nicht. Und als es geschah, habe ich mich nicht über Panurgus' Tod gefreut – das hast du selbst gesehen. Ich habe ihn nicht gehaßt, wirklich nicht. Meine Eifersucht hatte rein professionelle Gründe. Aber wenn die Schicksalsgöttinnen sich lieber für ihn als für mich entschieden haben, weshalb sollte ich dann widersprechen?«

»Du bist ein Wurm, Statilius. Weshalb hast du Roscius nicht erzählt, was du wußtest? Weshalb hast du es nicht mir erzählt?«

»Was wußte ich denn schon? Ein völlig Unbekannter könnte den armen Panurgus getötet haben. Ich habe den Mord nicht beobachtet.«

»Aber du hast trotzdem die Wahrheit erraten. Deshalb wolltest du, daß ich hinter die Bühne komme, nicht wahr? Du hattest Angst, daß der Mörder sich nun an dich heranmacht. Was sollte ich sein – dein Leibwächter?«

»Vielleicht. Immerhin ist er nicht zurückgekommen, oder etwa doch?«

»Statilius, du bist ein armseliger Wurm.«

»Das hast du schon gesagt.« Das Lächeln fiel von seinem Gesicht ab wie eine nutzlose Maske. Er riß sich aus meinem Griff los.

»Du hast die Wahrheit vor mir verborgen«, sagte ich. »Aber warum auch vor Roscius?«

»Was, ich sollte ihm sagen, ich hätte enorme Spielschulden, für die ein berüchtigter Geldverleiher mich umzubringen drohte?«

»Vielleicht hätte er dir das Geld geliehen.«

»Niemals! Du kennst Roscius nicht. Ich konnte von Glück reden, daß ich überhaupt in seiner Truppe aufgenommen worden war. Er ist nicht der Typ, der Untergebenen mit hunderttausend Sesterzen behilflich ist. Und wenn er wüßte, daß

Panurgus irrtümlich an meiner Statt ermordet worden ist – oh, Roscius wäre begeistert gewesen! Ein Panurgus ist zehn Statilii wert, so sieht er das. Ich wäre damals ein toter Mann gewesen, mit Flavius auf der einen und Roscius auf der anderen Seite. Die beiden hätte mich in der Luft zerfetzt wie ein Grillhähnchen.« Er trat zurück und strich seine Tunika glatt. Das Lächeln flackerte und kehrte auf seine Lippen zurück. »Du wirst es doch niemandem verraten, oder?«

»Statilius, hörst du jemals mit dem Schauspielern auf?« Ich wandte meinen Blick ab, um nicht in den Bann seines Charmes zu geraten.

»Nun?«

»Roscius ist mein Klient, und nicht du.«

»Aber ich bin dein Freund, Gordianus.«

»Ich habe Panurgus etwas versprochen.«

»Panurgus hat dich nicht gehört.«

»Die Götter aber schon.«

Den Geldverleiher Flavius zu finden war eine einfachere Angelegenheit – ein paar Fragen in das richtige Ohr, ein paar Münzen in die richtigen Hände. Ich erfuhr, daß ihm ein Weinladen in einem Portico unweit des Circus Flaminius gehörte, wo er mittelmäßige Weine verkaufte, die er aus seiner Heimat Tarquinii importierte. Aber an einem Festtag, erzählte mir mein Informant, träfe ich ihn eher in einem Haus zweifelhaften Rufes auf der anderen Straßenseite an.

Der Betrieb hatte eine niedrige Decke, und der modrige Geruch von verschüttetem Wein lag in der Luft. Quer durch den Raum sah ich Flavius, der unter seinesgleichen Hof hielt – Geschäftsleute mittleren Alters mit rohen Bauernmanieren, bekleidet mit teurem Tuch und Mänteln von einer Qualität, die die Ungehobeltheit ihrer Träger um so deutlicher machte. Etwas näher und an der Wand lehnend (dabei sah er aus, als sei er stark genug, um sie auch festzuhalten), wartete der Schläger des Geldverleihers.

Der blonde Riese sah entweder ziemlich betrunken oder

aber außergewöhnlich dumm aus. Er blinzelte träge, als ich auf ihn zukam. Ein Glitzern des Erkennens erschien in seinen trüben Augen und erlosch.

»Festtage sind Tage, an denen man gut trinken kann«, sagte ich und hob mein Glas Wein. Er musterte mich für einen Moment ausdruckslos, dann zuckte er die Achseln und nickte.

»Hör mal«, sagte ich, »kennst du eine dieser faszinierenden Schönheiten?« Ich deutete auf eine Gruppe von vier Frauen, die sich am Ende des Raumes in der Nähe der Treppe herumdrückten.

Der Riese schüttelte düster den Kopf.

»Dann bist du heute ein glücklicher Mann.« Ich beugte mich nahe zu ihm, so daß ich den Wein in seinem Atem riechen konnte. »Ich habe gerade mit einer von ihnen gesprochen. Sie verriet mir, daß sie dich gerne kennenlernen würde. Es scheint, als hätte sie etwas übrig für Männer mit sonnigem Haar und breiten Schultern. Sie sagte mir, daß sie für einen Mann wie dich ...« Ich flüsterte es ihm ins Ohr.

Der Ausdruck der Lust, der über sein Gesicht glitt, ließ ihn noch dümmer aussehen. Er blinzelte betrunken. »Welche?« fragte er heiser.

»Die in dem blauen Kleid«, sagte ich.

»Aha ...« Er nickte und rülpste, dann drängte er sich an mir vorbei und stolperte zur Treppe. Wie ich es erwartet hatte, ignorierte er die Frau in Grün wie auch die Frau in Korallenrot und die in Braun. Statt dessen legte er der Frau in Gelb eine Hand auf die Hüfte. Die Frau drehte sich um und schaute ihn mit einem leicht erschrockenen, aber nicht unfreundlichen Blick an.

»Quintus Roscius und sein Partner Chaerea waren beide von meiner Schlauheit beeindruckt«, erklärte ich Bethesda später an diesem Tag. Ich konnte nicht dem Drang zu einer theatralischen Geste widerstehen, schwenkte den Beutel mit dem Silber hoch in die Luft und auf den Tisch hinunter, wo er mit einem klirrenden Laut landete. »Nicht gerade ein Topf Gold, aber ein reichliches Honorar, das uns den ganzen Winter hindurch über Wasser hält.«

Ihre Augen wurden rund und glitzerten wie kleine Münzen. Sie wurden noch größer, als ich den Schleier aus Rusos Laden hervorholte.

»Oh! Woraus ist er denn hergestellt?«

»Aus Mitternacht und Glühwürmchen«, sagte ich. »Aus Spinnenfäden und Silber.« Sie legte den Kopf zurück und breitete den durchsichtigen Schleier über ihren nackten Hals und ihre Arme. Ich blinzelte und schluckte und entschied, daß der Kauf sich trotz allem gelohnt hatte. Er war seinen Preis wert.

Eco stand unschlüssig in der Tür seines kleinen Zimmers, von wo er mich hatte hereinkommen sehen und wo er sich meine hastige Schilderung der Ereignisse des Tages angehört hatte. Er schien sich von seiner morgendlichen Mißstimmung erholt zu haben, aber sein Gesicht war ernst. Ich streckte meine Hand aus, und er kam vorsichtig näher. Er nahm den Lederball bereitwillig an, lächelte jedoch noch immer nicht.

»Nur ein kleines Geschenk, ich weiß. Aber ich habe noch ein größeres für dich ...«

»Ich verstehe das Ganze noch immer nicht«, protestierte Bethesda. »Du hast zwar gesagt, der blonde Riese wäre dumm, aber wie kann jemand nur so dumm sein, daß er eine Farbe nicht von der anderen unterscheiden kann?«

»Eco weiß es«, sagte ich und lächelte ihn mitleidig an. »Er ist gestern darauf gekommen und hat versucht, es mir mitzuteilen, aber er wußte nicht wie. Er erinnerte sich an eine Passage bei Plato, die ich ihm vor Monaten vorgelesen hatte. Ich hatte sie schon längst vergessen. Moment, ich glaube, jetzt finde ich sie wieder.« Ich griff nach der Schriftrolle, die immer noch auf meiner Schlafliege ruhte.

»›Man kann beobachten‹«, las ich laut vor, »›daß nicht alle Menschen die gleichen Farben erkennen. Obgleich sie ziemlich selten sind, gibt es welche, die verwechseln Rot und Grün, und es gibt andere, die können Gelb nicht von Blau unterscheiden. Und wieder andere scheinen die verschiedenen Grüntöne nicht aufnehmen zu können.‹ Danach folgt eine Erklärung dieser Erscheinungen, aber der kann ich nicht ganz folgen.«

»Dann konnte der Leibwächter Blau und Gelb nicht voneinander trennen?« sagte Bethesda. »Aber trotzdem …«

»Flavius kam gestern ins Theater, um seine Drohung, Statilius zu töten, in die Tat umzusetzen. Kein Wunder, daß er erschrak, als ich mich zu ihm hinüberlehnte und sagte: ›Heute sehen wir *Der Kessel voll Gold*‹ – denn für einen kurzen Moment dachte er, ich meinte die Summe, die Statilius ihm schuldig war! Er saß lange genug unter den Zuschauern, um zu erkennen, daß Statilius den blaugekleideten Megadorus spielte. Zweifellos konnte er ihn an seiner Stimme identifizieren. Dann schickte er den Mörder hinter die Bühne, wohl wissend, daß die Gasse hinter dem Jupitertempel praktisch verlassen wäre, um sich dort auf die Lauer zu legen und auf den Schauspieler *im blauen Mantel* zu warten. Eco mußte Teile der Unterhaltung mitgehört haben, und wenn es nur das Wort ›blau‹ gewesen war. Er dachte über etwas nach, das fehlte, und versuchte es mir zu diesem Zeitpunkt mitzuteilen, aber es gab ein zu großes Durcheinander, als der Riese mir auf die Zehen trat und das Publikum um uns herum in lautes Geheul ausbrach. Habe ich recht?«

Eco nickte und schlug sich mit der Faust in die Handfläche. Und wie er recht hatte!

»Zum großen Unglück für den gelbgekleideten Panurgus ist der Attentäter auch noch ungewöhnlich dumm. Er brauchte noch mehr Informationen als die Farbe Blau, um sicherzugehen, daß er den richtigen Mann umbrachte, aber er machte sich nicht die Mühe, danach zu fragen. Oder wenn er es doch getan hatte, dürfte Flavius ihn spöttisch angegrinst und zur Eile angetrieben haben, unfähig, diese Verwirrung zu begreifen. Der Mörder traf Panurgus allein und in seinem gelben Mantel an, der genausogut hätte blau sein können, erledigte seinen Auftrag – und vermasselte ihn.«

»Statilius wußte, daß Flavius im Publikum saß und ihn

töten wollte. Als er erfuhr, daß Panurgus erstochen worden war, und zur Kenntnis nahm, daß der gedungene Mörder nicht mehr im Publikum war, erriet Statilius die Wahrheit. Kein Wunder, daß er über Panurgus' Tod so erschüttert war, wußte er doch, daß er als nächstes Opfer auf der Liste stand.«

»So wird ein weiterer Sklave ermordet, und das rein zufällig. Und nichts wird getan«, sagte Bethesda düster.

»Nicht ganz. Panurgus war ein wertvoller Besitz. Das Gesetz erlaubt dem Eigentümer, denjenigen, der für seinen Tod verantwortlich ist, mit seinem vollen Marktpreis zur Kasse zu bitten. Ich weiß, daß Roscius und Chaerea je hunderttausend Sesterzen von Flavius verlangen. Wenn Flavius widerspricht und verliert, verdoppelt sich der Betrag. Da ich seine Habgier kenne, nehme ich an , daß er vorsichtig genug ist, seine Schuld einzugestehen, und froh ist, mit dem niedrigeren Betrag davonzukommen.«

»Ein wenig Gerechtigkeit für einen sinnlosen Mord.«

Ich nickte. »Und eine kleine Wiedergutmachung für die Vernichtung von soviel Talent – das ist die einzige Gerechtigkeit, die das römische Recht zuläßt, wenn ein Bürger einen Sklaven tötet.«

Schweigen senkte sich auf den Garten herab. Nachdem er seine Überlegungen bestätigt sah, wandte Eco seine Aufmerksamkeit dem Lederball zu. Er warf ihn in die Luft, fing ihn auf und nickte nachdenklich und zufrieden darüber, wie er sich in seine Hand schmiegte.

»Ah. Aber Eco, ich sagte doch, es gibt noch ein anderes Geschenk für dich.« Er sah mich erwartungsvoll an. »Es ist dies.« Ich tätschelte den Sack voll Silber. »Ich werde dich nicht länger auf meine stockende, unsichere Art Lesen und Schreiben lehren. Du wirst einen anständigen Lehrer bekommen, der jeden Morgen erscheint, um dir Latein und Griechisch beizubringen. Er wird streng sein, und du wirst leiden. Aber wenn er fertig ist, wirst du besser lesen und schreiben als ich. Ein Junge, der so aufgeweckt ist wie du, hat nichts Geringeres verdient.«

Eco strahlte über das ganze Gesicht. Ich hatte noch nie

einen Jungen gesehen, der seinen Ball so hoch in die Luft schleudern konnte.

Die Geschichte ist noch nicht ganz zu Ende.

Viel später in dieser Nacht lag ich mit Bethesda im Bett, und uns trennte nicht mehr voneinander als ein hauchdünner Schleier, der mit Silberfäden durchsetzt war. Für ein paar kurze Augenblicke war ich mit dem Leben und dem Universum völlig zufrieden. In diesem Zustand der Entspanntheit sprach ich murmelnd aus, was ich gerade dachte. »Vielleicht sollte ich den Jungen adoptieren«, raunte ich.

»Und warum nicht?« wollte Bethesda wissen, die sogar im Halbschlaf einen herrischen Ton anschlug. »Welchen weiteren Beweis willst du denn noch von ihm? Der Junge ist doch wie dein eigen Fleisch und Blut.«

Sie hatte natürlich recht.

Originaltitel: Death Wears a Mask
Ins Deutsche übertragen von Michael Kubiak

Der Opferkönig

John Maddox Roberts

Decius Caecilius Metellus, ein Zeitgenosse Gordians, wurde von John Maddox Roberts geschaffen. Von Metellus' Abenteuern handeln die Romane ›SPQR‹ *(1990, deutsch 1992),* ›Die Catilina-Verschwörung‹ *(1991, deutsch 1995),* ›Der Musentempel‹ *(1992, deutsch 1994),* ›Tödliche Saturnalien‹ *(1993, deutsch 1996) sowie* ›Der Fluch des Volkstribuns‹ *(deutsch 1996). Metellus hat gegenüber Gordian einen gewissen Vorteil, denn er ist Mitglied einer römischen Adelsfamilie und zudem römischer Beamter und hat somit Zugang zu Menschen und Orten, der gewöhnlichen Plebejern verwehrt ist. Das macht sein Leben natürlich nicht sicherer, wie das Schicksal vieler adliger Römer bezeugt. Aber hin und wieder ist Metellus' Nase dadurch einfach ein Stück näher dran am Geschehen. Die folgende Geschichte, die speziell für diese Anthologie geschrieben wurde, spielt gegen Ende seines langen Lebens, in den frühen Tagen der Regierung des Augustus.*

Roberts (geb. 1947) ist besser bekannt als Autor der Romanserie um Conan den Barbaren, er schrieb jedoch darüber hinaus an die 30 SF-, Fantasy- und Kriminalromane. 1994 wurde sein zeitgenössischer Kriminalroman ›A Typical American Town‹ *veröffentlicht.*

Der Erste Bürger bestellt mich nicht häufig zu sich. Vielleicht liegt das daran, daß wir uns so abgrundtief hassen. Er hat mich nur deshalb nicht umbringen lassen, weil ich ein Relikt der alten Republik bin, die er wiedererrichtet haben will. Und als ältester lebender Senator habe ich ein gewisses Ansehen. Außerdem bin ich nicht wirklich wichtig. Früher kontrollierte meine Familie die mächtigsten Stimmen im Senat, in der

Volksversammlung und in den Centuriatscomitien. Aber jene ehrwürdige Generation tatkräftiger Politiker starb in den Bürgerkriegen, und die wenigen Überlebenden sind keiner Erwähnung wert.

Immerhin verfüge ich über besondere Talente, und es gab Zeiten, in denen der Erste Bürger ihrer dringend bedurfte. In solchen Zeiten schickt er nach mir, setzt sein falsches Lächeln auf und bittet mich um Hilfe. Eine solche Gelegenheit ergab sich in meinem 73. Lebensjahr.

Ich hatte den Morgen dösend in der Senatsversammlung verbracht. Im gleichen Maß wie die Macht und Bedeutung dieser erhabenen Institution schwand, uferten ihre Reden aus. Ein opportunistischer Niemand nach dem anderen stand auf, um seine Bagatellen vorzutragen. Meine Nachbarn stießen mich ab und zu diskret an, wenn mein Schnarchen allzu störend wurde. Die Sitzung endete gegen Mittag und keinen Moment zu früh. Ich brachte mich mit Hilfe meines Gehstockes auf die Beine und verließ die Versammlung. Eigentlich brauchte ich keinen Stock, aber er verlieh mir eine ehrwürdige Aura. Sobald ich draußen war, blieb ich kurz auf der obersten Stufe stehen, atmete die klare Luft ein und ließ den Blick über meine Stadt schweifen.

Der Anblick war nicht gerade erhebend. Vieles zeugte noch immer vom Alten und Vertrauten, aber die konstante Bautätigkeit seit über zwanzig Jahren hatte die Stadt so sehr verändert, daß sie kaum wiederzuerkennen war. Tempel, die sich einst durch Schlichtheit, Würde und klare Formgebung ausgezeichnet hatten, waren zu Meisterstücken der Konditorkunst verkommen. Ihre Fassaden waren jetzt mit Marmor, zuckergußartigem Stuck und Vergoldungen ausstaffiert. Und einige Tempel hatte man nicht zu Ehren der Götter, sondern zur Verherrlichung einzelner Familien errichtet.

Es gab zum Beispiel den Tempel der Venus Genetrix, jener Göttin, die Caesar zu seiner Ahnfrau erkoren hatte. Eine weitläufige Verwandtschaft unseres Ersten Bürgers, der nur der Enkel von Caesars Schwester war. Und dann gab es da den Tempel des Kriegsgottes Mars. Die Heiligtümer des Mars befanden sich traditionsgemäß außerhalb der Stadtmauern. Aber jetzt hatte man ihm in der Stadt einen Tempel errichtet, um jeden daran zu erinnern, daß der Erste Bürger den Mord an dem großen Gaius Julius gerächt hatte (so behauptete er jedenfalls). Einige der neuen öffentlichen Gebäude waren noch von Caesar begonnen worden, aber die meisten trugen den Namen des Ersten Bürgers oder seiner Kameraden Agrippa und Maecenas. Irgendwie war die ganze Stadt zu seiner Klientel geworden.

Früher verspottete ich meinen Vater, weil er sich in Gedanken ganz der guten alten Zeit verschrieben hatte. Aber jetzt, wo ich alt bin, ertappe ich mich oft dabei, es ihm gleichzutun.

Meine verdrießlichen Betrachtungen wurden durch die Ankunft meines Enkels Decius unterbrochen. Wegen seiner außergewöhnlichen Schönheit trägt er auch den Spitznamen Paris. Aber Schönheit ist für junge Menschen nicht von Vorteil, sie läßt ein Leben voller Schwierigkeiten und böses Ende vorausahnen. All die gutaussehenden Männer, die ich kannte, fanden ein böses Ende: Milo, Marcus Antonius, Vercingetorix – sie alle blühten nur kurz und waren ebenso schnell wieder verschwunden. Aber andererseits hat ein früher Tod auch seine Vorteile.

»Großvater!« Er rannte die Stufen hoch und trieb dabei Senatoren und ihre Anhänger auseinander wie Spreu in einem Wirbelwind. Der Junge zeigte noch keine Anzeichen eines ersten Bartwuchses, besaß jedoch einen beachtlichen Mangel an Respekt gegenüber Autoritäten. Völlig außer Atem streckte er mir eine Rolle entgegen.

»Ein Brief aus dem Palast!«

Ich nahm ihn entgegen. »Von Ihm selbst, nehme ich an?« Ich sprach laut und benutzte den Ausdruck, den seine Schmeichler häufig verwendeten. Es hatte eine Zeit gegeben, als nur Sklaven sich dieses Ausdrucks bedienten, wenn sie von ihrem Herrn sprachen.

»Woher soll ich das wissen?« erwiderte er in aller Unschuld.

»Weil du ihn gelesen hast, du Lauser. Das Siegel ist aufgebrochen.«

Er zuckte mit den Schultern. »Der Bote hat ihn wohl fallen lassen.«

»Was für ein Lügner! Als ich so alt war wie du, konnte ich besser lügen. Also gut, mal sehn.« Ich hielt die Botschaft auf Armeslänge vor mir und las laut, als sei ich schwerhörig:

»*Vom Ersten Bürger an den ehrwürdigen Senator Decius Caecilius Metellus. Sei gegrüßt.*« Tatsächlich verwendete er hier den Titel eines weitaus besseren Mannes, und ich hatte mich bisher konsequent geweigert, ihn zu benutzen. Erst vor kurzem hatte der Senat ihm per Votum den Titel Augustus zugesprochen. Der Senat kann ihm jeden noch so einfältigen Titel zusprechen. Für mich wird er immer der hinterhältige Octavian bleiben.

»*Der Erste Bürger ersucht um die Ehre Deiner Gesellschaft in seinem Heim am heutigen Nachmittag, um über eine Angelegenheit zu sprechen, die das Wohl des Senats und des Volkes von Rom betrifft.*« Ich schnaubte. »Mich wie ein orientalischer Despot zu sich befehlen, wie? Das sieht ihm ähnlich! Hat sich mal wieder eine Suppe eingebrockt, die ich jetzt auslöffeln soll!« Auf den Stufen der Curia begannen Senatoren sich von mir zurückzuziehen, als machten sie eine Einfallsschneise für Jupiters Donnerschlag frei. Immer wenn sie das tun, erfüllt mich eine diebische Freude.

»Papa meint, du solltest nicht so reden«, sagte Paris ohne echte Überzeugung.

»Dein Vater ist in den letzten Jahren sehr auf seinen guten Ruf bedacht. Als er jünger war, konnte ihm in Rom kein Krimineller das Wasser reichen. Komm jetzt.« Ich legte ihm die Hand auf die Schulter. »Wir wollen erst mal essen gehen und ein Bad nehmen. Dann können wir immer noch sehen, was der Erste Bürger von mir will.«

Am Ufer nahe der Ämilianischen Brücke gab es ein interessantes kleines Etablissement, den Nemeischen Löwen. Dieser Distrikt Roms steht ganz im Zeichen des Halbgotts Herkules, daher fanden sich an vielen Stellen Anspielungen auf seine Legende. Die Taverne gehörte einem Mann namens Ulpius, der in seiner Jugend einer von Milos Schlägern gewesen war. Seine Schwiegertochter machte die beste Schweinswurst in Rom. Zu den Saturnalien gab ich ihnen immer ein hübsches Geschenk, damit sie für mich einen Vorrat an feinem, unverwässertem Falerner hielten.

Da es ein schöner Tag war, saßen wir draußen unter der Markise und beobachteten den Verkehr auf dem Fluß, während Ulpius' Enkelinnen den Tisch mit Essen beluden und einen Krug Wein aus meinem Privatvorrat brachten.

»Mutter sagt, du trinkst zu früh am Tag«, sagte Paris, während er sich aufs Essen stürzte. »Sie sagt, du trinkst generell zu viel.«

»So, tut sie das? Drei Generationen meiner Verwandten haben mir genau dasselbe erzählt. Ich habe für die meisten von ihnen die Grabrede gehalten. Ich werde doch dem Ersten Bürger nicht nüchtern gegenübertreten.«

»Warum haßt du ihn so sehr?« nuschelte er mit vollem Mund.

»Weil er die Republik zerstört, eine Monarchie errichtet hat und die besten Männer Roms umgebracht hat – alle echten Republikaner.«

»Und warum hat er dich nicht umgebracht?« fragte diese freche Rotznase.

»Kurz bevor es dazu kommen konnte, hat er seine politische Strategie geändert und trat fortan nur noch als der wohltätige Retter des Staates in Erscheinung. Das ist eine politische Leitregel: Bring deine größten Feinde um, sobald du die Macht ergriffen hast. Die Überlebenden sind dann so erleichtert, daß sie innerhalb eines Jahres alles vergessen haben. Sein Großonkel Julius Caesar vernachlässigte es, seine eigenen Feinde zu töten, und sieh, was ihm passiert ist. Der neue Herrscher begegnet mir nur deshalb mit Respekt und Zuneigung, um von der Öffentlichkeit als der verzeihende Vater gefeiert zu werden. Und es kostet ihn nichts, weil ich politisch bedeutungslos bin.«

Genaugenommen war er nicht der Mörder der Republik. Sie beging Selbstmord. Er hat nur ihren Kadaver so drapiert, daß er ihm besser stand. Und die besten Männer brachten sich gegenseitig um, bevor er dazu die Gelegenheit hatte. Aber ich wollte den Jungen in seinem zarten Alter nicht mit politischen Feinheiten verwirren.

»Und warum willst du ihm dann helfen?«

»Warum ißt du nicht einfach deinen Teller auf?« Nachdem wir uns gestärkt hatten, ließ ich mir die schlimmsten meiner Schmerzen in einer Badeanstalt aus den steifen Knochen massieren. Jetzt fühlte ich mich gewappnet für den langen Marsch den Palatin hoch – und für eine Unterredung mit dem Römer, der mir von allen die geringste Begeisterung entlockte.

Von der ersten Stufe an trafen wir auf Wachen. Octavian präsentierte sich gern als einfacher Bürger, der furchtlos unter Gleichgestellten lebt. Er behauptete auch, daß er den alten römischen Grundsatz, keine bewaffneten Soldaten in die Stadt zu bringen, noch nie verletzt habe. Aber die stämmigen Männer in der Nähe der Residenz fixierten mich auf beunruhigende Weise. Und unter ihren Togen klirrten bei jedem Schritt die Schwerter.

Ein Diener begrüßte mich im Atrium und verschwand im geräumigen Innern des Hauses, um mich anzukündigen. Einige Minuten später erschien eine überaus attraktive und würdevolle Frau.

»Decius Caecilius, wie gut, daß du gekommen bist! Und das muß der hübsche Enkel sein, von dem man mir so Vortreffliches berichtet hat!«

»Ich weiß ja nicht, wem Ihr Gehör schenkt, Livia, aber wenn Ihr irgend etwas anderes gehört habt, als daß er ein fauler Nichtsnutz ist, sollten Eure Spione gekreuzigt werden.«

»Oh, aber die meisten sind Verwandte von dir.«

»Noch ein Grund mehr, sie ans Kreuz zu nageln«, schimpfte ich. Von all den interessanten und gefährlichen Frauen, die ich in meinem langen Leben gekannt habe, war Livia mit Abstand die gefährlichste, die durchtriebenste und intelligenteste. Und dabei hatte ich die Bekanntschaft Cleopatras gemacht, der wohl mächtigsten und gebildetsten Frau, die je gelebt hat. Livia behandelte ich immer mit dem höchsten Respekt.

»Komm herein, mein Gatte ist in seinem Arbeitszimmer. Ich hoffe, du wirst ihm helfen können. Er setzt große Hoffnungen in dich!«

Das kann ja heiter werden, dachte ich.

Octavian saß, umringt von mehreren Sekretären, an seinem Schreibtisch und war offenbar in schwerwiegende Staatsangelegenheiten vertieft. Bei unserem Eintreffen stand er auf und streckte mir seine Hand entgegen.

»Ah, mein alter Freund Decius Caecilius Metellus, ich bin so froh, daß du die Zeit gefunden hast, mich zu besuchen.« Mit seinem dürren Körper und dem großen, haarumkranzten Kopf ähnelte er einer Distel.

»Ich schätze mich immer glücklich, wenn ich Senat und Volk einen Dienst erweisen kann«, entgegnete ich pointiert, doch die Ironie bemerkte er gar nicht.

»Das zeichnet alle guten Männer aus. Bitte, Senator, nimm doch Platz. Das also ist der jüngste Träger deines ehrwürdigen Namens? Was für ein herrliches Exemplar der römischen Jugend.«

Ich bedauerte es allmählich, Paris mitgenommen zu haben. Je weniger diese Leute ihn bemerkten, desto besser. Mein gesunder Menschenverstand hatte mit dem Alter nachgelassen, obwohl mein Scharfsinn nie eine lobenswerte Eigenschaft gewesen war. Ich täuschte Gebrechlichkeit vor, als ich mich auf einem Stuhl niederließ, und legte meine Hände auf den Stockknauf. Ein Sklave brachte ein Tablett mit einem Servierteller und Tassen.

»Bitte, nimm etwas, mein Freund. Es ist ein langer Weg den Palatin hinauf.«

Auf dem Servierteller lagen frische Feigen. Die Tassen enthielten reines Wasser. Die Pose der Einfachheit und Genügsamkeit hatte Livia sich ausgedacht. Sogar seine Bankette waren stoische Angelegenheiten, bei denen es ausschließlich ländliche Gerichte gab. Ich konnte mir gut vorstellen, wie er sich hinterher davonstahl, um sich heimlich über importierte Köstlichkeiten und erlesene Weine herzumachen.

»Nein, danke. Ich muß auf meine Verdauung achten.«

Auf Paris' Gesicht zeigte sich keine Regung. Er besaß offenbar doch ein recht vielversprechendes Talent.

»Ich verstehe.« Er nickte salbungsvoll. »Auch meine eigene Gesundheit läßt sehr zu wünschen übrig.« Er war bekannt dafür, ständig zu frieren und trug selbst im Sommer zwei Tuniken, im Winter sogar drei oder vier übereinander. Den Abschluß bildete dann noch eine riesige Toga. Ich glaube, seine Unfähigkeit, Wärme zu empfinden, war das Ergebnis einer beständigen Angst. Wie alle Tyrannen fürchtete er sich vor Verschwörungen und Gift.

Livia warf ihrem Gatten unentwegt bewundernde Blicke zu, und ich fragte mich, ob sie sich ebenso anstrengte, wenn niemand zusah.

»Mein Gemahl hat seine Gesundheit im Dienst für den Staat und das Volk ruiniert«, flötete sie.

Es gereicht mir zur Ehre, daß ich nicht lauthals losplatzte. »Ich vermute, daß Ihr mich gerufen habt, um etwas von dieser Last auf meine eigenen alten Schultern zu laden«, sagte ich. »Um welches Problem handelt es sich denn?«

»Äh, ja, gut – verehrter Senator, Ihr kennt meine Besorgnis hinsichtlich der schwindenden Moral in der Bürgerschaft, oder?«

Ich zog meine Augenbrauen hoch, sagte aber nichts.

»Also«, fuhr er fort, »es ist ein fürchterlicher Zustand erreicht, einfach schockierend. Die römische Familie ist nicht mehr, was sie in den Tagen unserer Ahnen war, und die Charakterstärke, die Rom einst zu seiner Größe führte, ist derart degeneriert, daß wir befürchten müssen, die angesehensten Familien zu verlieren. Sie werden einfach aussterben, weil die jungen Männer Zerstreuung und fremdländische Laster der Ehe und Familie vorziehen!«

»Wie könnte mir das entgangen sein?« entgegnete ich. »Ihr habt diese Ansprache letzten Monat vor dem Senat gehalten.«

»Um zu beweisen – falls es eines solchen Beweises überhaupt bedurfte –, wie ernst das Problem ist!« Dieser pedantische kleine Moralapostel!

»Ich möchte mich nicht gerade damit brüsten«, sagte ich, »aber mein eigenes Leben war auch nicht immer von Rechtschaffenheit erfüllt. Tatsächlich sind die Worte ›skandalös‹, ›liederlich‹ und ›degeneriert‹ schon in Verbindung mit meinem Namen gefallen.«

»Das war in deiner Jugend, Decius«, entgegnete Livia. »Du hast inzwischen ein ehrwürdiges Alter und das entsprechende Ansehen erreicht. Die Torheiten der Jugend sind schnell vergessen.« Der politische Scharfsinn dieser Frau war verblüffend.

»Meine gewohnheitsmäßige Torheit habe ich nicht aufgegeben«, erwiderte ich.

»Hervorragend«, antwortete sie lächelnd. Da wußte ich mit einem Mal, daß ich das Falsche gesagt hatte.

»Sicher ist dir bewußt«, begann Octavian, »daß das Amt des *Rex Sacrorum* seit einiger Zeit vakant ist.«

»Natürlich«, sagte ich. »Und das war es die meiste Zeit meines Lebens.« Das Amt des Opferkönigs ist ein sehr altes, äußerst ehrenvolles Amt, aber von ähnlich vielen Tabus umgeben wie das des *Flamen Dialis*. Normalerweise wurde der Posten mit einem Senator besetzt, der zu tatterig war, um die einhergehenden Einschränkungen seines Verhaltens überhaupt zu bemerken. In der Regel starb so ein Priester nach wenigen Jahren, und dann war die Position wieder neu zu besetzen.

»Ich hatte einen Kandidaten, der in höchstem Maße qualifiziert war. Er besaß das Einverständnis des Senats und des Priesterkollegiums.«

»Das habe ich schon gehört. Einer von Euren selbstgemachten Patriziern, oder? Skandalöse Sache, wenn Ihr mich fragt, zum ersten Mal seit Romulus wieder neue Patrizier zu schaffen.«

Der Erste Bürger errötete. »Decius Caecilius, du weißt ganz genau, daß das eine notwendige, staatserhaltende Maßnahme war! Aufgrund der alten Gesetze sind die meisten Ämter nun mal mit Patriziern zu besetzen, und es gab einfach nicht mehr genug davon! In den Tagen eines Camillus existierten mehr als hundert Patrizierfamilien. Aber bereits während meines ersten Konsulatsjahres waren nur noch vierzehn übrig. Es mußte etwas getan werden.«

»Auch dir selbst wurde diese Ehre angetragen«, warf Livia ein, »und deinen Nachkommen.«

»Die *gens* Caecilia Metella ist seit Jahrhunderten die größte der plebejischen Familien«, sagte ich verdrießlich. »Ich möchte diesen Status nicht verändern. Es wäre keine Ehre für mich, und es würde meine Ahnen beschämen.« Er begann sich aufzublasen wie Äsops Ochsenfrosch, aber gerade da durchdrang ein bedeutsames Detail meinen alters- und weinvernebelten Geist. »Verzeiht mir, Erster Bürger, aber sagtet Ihr, Ihr ›hattet‹ einen Kandidaten für das Amt des *Rex Sacrorum*? Ich weiß doch, daß Ihr in der Kunst der Rhetorik sehr geübt seid und das Tempus nicht willkürlich verwenden würdet.«

»Der Mann ist tot«, sagte Livia.

»Ah, jetzt kommen wir zum Kern der Sache.« Ich lehnte mich nach vorne und legte das Kinn auf meinem Stock. »Gehe ich fehl in der Annahme, daß dieser neugeschmiedete Patrizier nicht an einem Olivenkern erstickt ist?«

»Er wurde ermordet«, sagte Octavian und schien ehrlich erschüttert zu sein.

»Ohne Zweifel werdet Ihr einen Ersatz für ihn finden«, beruhigte ich ihn.

»Das ist nicht so einfach, wie du denkst«, jammerte er, »nicht einmal für mich. Aber der Ersatz ist nicht das Problem, sondern der Mord. Er wird einen Skandal provozieren!«

Das machte mich hellhörig. »So, so, nicht nur ein Mord, sondern auch noch ein Skandal? Ich hoffe, keiner Eurer Verwandten ist darin verwickelt.« Damit spielte ich auf die skandalöse Lebensführung seiner Tochter an.

»Nein, und dafür gebührt den Göttern Dank. Aber seit Jahren verwende ich meine ganze Energie darauf, den Respekt für die traditionelle römische Familie wiederzubeleben – und nun dies!« Er schlug vor Verdruß mit der Faust auf sein knochiges Knie.

»Und jetzt was?« fragte ich neugierig.

»Wir glauben, daß der Mörder in seiner Familie zu suchen ist«, sagte Livia. »Seine Frau vielleicht, oder eine seiner Töchter oder ein anderer Verwandter. Es gab da gewisse Dinge ... Wir wußten nicht alles über ihn, als wir ihn für die Stellung auserwählten.« Mir entging die Bedeutung dieses ›wir‹ nicht. Octavian entschied wenig, ohne seine Frau zu konsultieren. Gerüchten zufolge sollte er sogar keine Bewegung ohne ihre Erlaubnis machen.

Jetzt wurde es doch langsam interessant. »Was für Dinge?«

»Ich werde hier keine Verleumdungsklage zulassen«, sagte ihr Gatte affektiert. »Solche Gerüchte könnten völlig haltlos sein und sind in jedem Fall nicht besser als die anonymen Denunziationen während der Sullaschen Schreckensherrschaft!« Was für ein Heuchler!

»Senator«, sagte Livia, »du bist bekannt für deine Sachkenntnis in diesen Dingen. Wir möchten, daß du den Mord untersuchst und uns darüber Bericht erstattest.«

»Ich verstehe. Ist schon ein Praetor dafür bestimmt worden?«

»Noch nicht«, erwiderte Octavian. »Sollten deine Nachforschungen genügend Beweismaterial für eine Verhandlung vor einem Praetorengericht erbringen, so sei versichert, daß alle notwendigen Schritte unternommen werden. Schließlich bin ich immer noch der Erste Bürger und nicht Diktator.« Wie bescheiden er sein konnte!

Ich stand auf. »Der Name des Unglücklichen?«

»Aulus Gratidius Tubero. Er wurde heute morgen tot in seinem Haus gefunden.«

»Also gut, ich werde in meiner Eigenschaft als ehemaliger Praetor und Richter diese Untersuchung führen«, sagte ich. Mit voller Absicht berief ich mich auf meine früheren Ämter, denn ich wollte einfach nicht zugeben, daß ich – wie jeder andere auch – Octavians Befehlen gehorchte. Man konnte nicht lange Mitglied seines Senats sein, ohne sich diese

Krankheit geheuchelter politischer Korrektheit zuzuziehen. Livia begleitete mich zur Tür. Sie ließ dabei ihre feingliedrige Hand auf meiner knochigen Schulter ruhen. »Decius, du weißt, daß ich niemals versuchen würde, deine Nachforschungen zu beeinflussen.«

Das hatte ich erwartet. »Was wollt Ihr?«

»Mein Gatte und ich wären *überaus* dankbar, wenn unsere Familie aus diesen Unannehmlichkeiten herausgehalten würde.«

So, so, dachte ich. »Nicht schon wieder Julia?« Livia und Octavian hatten eine beeindruckende Brut herangezogen. Merkwürdigerweise entwickelten sich die meisten von ihnen relativ anständig. Tiberius und Drusus, Livias Söhne aus erster Ehe, waren ausgezeichnete Soldaten. Mit Julia dagegen verhielt es sich anders. Obwohl erst neunzehn Jahre alt, war sie bereits Witwe, nachdem ihr Ehemann und Octavians auserkorener Erbe Marcellus vor ein oder zwei Jahren gestorben war. Sie galt als extravagant, anmaßend und stolz und besaß eine Vorliebe für Liebschaften mit verheirateten Männern. Das bot oft Anlaß für Peinlichkeiten, denn Octavian hatte in seinem Ehrgeiz, die römischen Familienwerte wiederherzustellen, Ehebruch zum Verbrechen erklärt, ein geradezu lächerliches Vorhaben angesichts *dieser* Tochter!

»Ich fürchte ja«, bestätigte Livia. »Es scheint, als sei sie mit einem Fluch beladen.«

Wohl eher mit einem neuen Liebhaber beladen, dachte ich, verkniff mir aber eine entsprechende Bemerkung.

»Immerhin ist sie inzwischen verlobt, mit Vipsanius Agrippa.« Ihre Lippe verzog sich dabei nur minimal. Zwischen ihr und dem loyalen Armeeberater ihres Gatten bestand eine gewisse Feindseligkeit.

»Agrippa? Der Mann ist fast in meinem Alter!«

»Mach dich nicht lächerlich. Er ist so alt wie mein Gemahl. Sie braucht einen reifen Mann, der sie mit einer strengen Hand führt. Diese Heirat ist wichtig, wir können es uns nicht leisten, daß sie jetzt in einen schmutzigen Skandal hineingezogen wird.«

»Ich kann nichts versprechen«, sagte ich. Aber sie durchschaute mich. Deshalb nahm sie meine Unverschämtheit auch hin. Sie wußte, daß ich meine Familie nicht gefährden würde, um meinen verletzten Republikanerstolz zu retten.

»Das würde ich auch nicht von dir verlangen«, erwiderte sie lächelnd. »Denn deine erste Verpflichtung gilt dem Senat und dem Volk.« O ja, diese Frau genoß es, Seitenhiebe auszuteilen.

Als wir nach Hause gingen, sagte Paris: »Also das ist der Erste Bürger. Nicht gerade eine beeindruckende Erscheinung, oder?«

»Das kann man von einem Dolch im Rücken auch nicht behaupten«, antwortete ich. »Aber es wäre in beiden Fällen dumm, sie zu ignorieren.«

Das Haus von Aulus Gratidius Tubero lag an einem Hang des Aventin und bot einen Blick auf den Circus Maximus. Während der Aufstände nach Caesars Ermordung war die ganze Gegend vollständig niedergebrannt worden. Auf den freigewordenen, allseits begehrten Grundstücken hatte man dann eine Vielzahl nobler Villen erbaut, deren Besitzer einen herrlichen Ausblick auf den prächtigen Tempel der Diana im Norden genossen. Vor dem Tor zu Tuberos Haus standen bewaffnete Wachtposten.

»Kein Einlaß, auf Befehl des *Imperators* Augustus«, sagte der eine. Also ließ Octavian sich tatsächlich schon bei seinem neuen Titel nennen. Der Effekt wurde jedoch beeinträchtigt durch den schweren germanischen Akzent des Mannes.

»Ich bin auf Befehl eben jener Person hier«, informierte ich ihn.

»Wer bist du?« Klar, daß Livia sich nicht einmal die Mühe gemacht hatte, einen Boten vorauszuschicken.

»Möglicherweise bin ich der Mann, der deinen Großvater umgebracht hat, als Caesar Prokonsul in Gallien war. Laß mich durch, du teutonischer Ochse!«

Der Mann wurde rot vor Wut, aber der andere legte ihm

seine Hand auf die Schulter. »Erkennst du denn nicht, wenn ein Senator vor dir steht?« Sein Akzent war wenigstens italienisch, obwohl er mit Sicherheit auch nicht aus Rom war. Er warf mir ein oberflächliches, wenn auch halbwegs serviles Lächeln zu. »Entschuldigt, mein Herr, aber die Anordnungen waren strikt. Seid Ihr der *iudex*, der die Untersuchung durchführen soll?«

»Der bin ich. Ich komme direkt vom Palast, aber wenn du dem Ersten Bürger lieber erklären willst …« Ich wandte mich zum Gehen um.

»Oh, ich bin sicher, das geht in Ordnung«, sagte der einheimische Wachtposten schnell. »Jeder kann sehen, daß Ihr ein vornehmer Ehrenmann seid.«

»Das denke ich auch«, erwiderte ich und ging zwischen ihnen hindurch. Hinter mir hörte ich den Germanen grunzen. Der andere sagte mit gesenkter Stimme: »Komm, wieviel Ärger kann so ein alter Weinbeutel von einem Senator schon machen?« Jedenfalls ist mit meinem Gehör noch alles in Ordnung, wenn es mir auch nicht immer gefällt, was ich höre. Der *janitor* war in einer Weise an den Torpfosten angekettet, die auf das ungebrochene Traditionsbewußtsein des Hausherrn schließen ließ. In meinem Haus habe ich das nie getan. Mein *janitor* hat immer einen Haken am Ende seiner Kette. Er legt ihn selbst in den Ring am Torpfosten, wenn Besucher kommen. Der hier kündigte mich an, und eine rundliche gutaussehende Frau erschien von drinnen.

»Willkommen, Senator Metellus«, sagte sie. »Ich wünschte, Euer Besuch hätte einen glücklicheren Anlaß.« Sie war bemerkenswert gefaßt für eine eben erst verwitwete Frau, aber Römer überließen sich im allgemeinen nicht dieser extrovertierten Trauer, wie sie unter Barbaren Sitte ist. Wir haben angeheuertes Trauerpersonal für das ganze Geheule und Haareraufen. Aber trotzdem, die ein oder andere Träne wäre auch hier angemessen gewesen.

»Das ist so ein gräßlicher Vorfall!« sagte sie und klang dabei eigentlich eher verstimmt. »Aber ich finde, der Erste Bürger ist zu streng. Diese abscheulichen Wachen da draußen wollten noch nicht einmal den Bestatter hereinlassen! Ich meine, das geht nun wirklich zu weit! Es gilt schließlich, gewisse Riten zu befolgen!«

Das klang mit jedem Wort schlimmer. Wenn man Octavian auch viel vorhalten konnte, er war ein Pedant bezüglich religiöser Feinheiten. »Der Tote befindet sich also noch an Ort und Stelle!« Da sich ihre Trauer in Grenzen hielt, kam mir die Frage nicht taktlos vor.

Sie schauderte, oder tat so als ob. »Ja, in dieser abscheulichen ... Na ja, Ihr werdet selbst sehen.«

»Dann führe mich bitte hin. Ich möchte die Untersuchung mit ihrem Hauptgegenstand beginnen.« Sie geleitete mich durch einen Hof, in dem sich die Sklaven des Hauses herumtrieben. Sie sahen zwar verwirrt aus, hatten aber keine feuchten Augen. Wenn noch nicht einmal Sklaven einige Tränen vortäuschten, konnte der Verstorbene kein geliebter Herr gewesen sein.

»Mir wurde zu verstehen gegeben«, sagte ich mit gedämpfter Stimme, »daß eine gewisse Person aus dem Hause des Ersten Bürgers involviert sein könnte.« Mit solchen Umschreibungen bemühten wir uns, den Ausdruck ›königlicher Familie‹ zu vermeiden.

»Oh, diese Schlampe!« spie die Herrin des Hauses. Also gab es doch etwas, das ihre Gefühle in Wallung brachte. »Sie und mein Gatte ... Die Sachen, die sie ... Oh!« Die Frau hatte Schwierigkeiten, ihre Sätze zu Ende zu bringen.

Irgendwie schien mir, daß die beiden mehr als eine harmlose Spielerei im Sinn gehabt hatten. Ich sollte recht behalten.

Wir erreichten eine Tür an der Rückseite des Hauses, einen Bereich, der normalerweise als Lager, Speisekammer, Sklavenquartier und Küche genutzt wurde. Die Tür war ungewöhnlich: doppelflügelig, aus massivem Holz gefertigt und mit Bronze beschlagen. Ein Flügel war nur angelehnt. Der Geruch, der aus der Tür drang, war keineswegs angenehm, eine Mischung aus Blut und Weihrauch, wie man sie von Opferungen kennt, aber nicht ganz so frisch.

»Ich kann nicht mit hineingehen, Senator«, sagte die Frau ein wenig gekünstelt. »Es ist zu grauenhaft.«

Ich stieß die Tür ganz auf. Es war zu dunkel, um etwas zu erkennen. »Ich brauche Licht.«

Mit gefalteten Händen wandte sie ihren Kopf ab und brüllte wie eine betrunkene Marktschreierin: »Leonidas! Komm her und bring Lampen, du fauler Schuft!« So viel zu Octavians neuen Patriziern, dachte ich. Der so angesprochene Lakai erschien mit einigen anderen im Schlepptau, die Lampen trugen.

»Du gehst zuerst rein«, sagte ich zu dem Sklaven mit der hellsten Lampe. Er konnte seinen Abscheu nicht verbergen, tat aber, wie ihm geheißen.

Im Licht erschien der Raum so groß wie ein typisches *triclinium*, es war jedoch in einer Weise ausgestattet, die man selten in Speisezimmern antrifft. Zunächst gab es einen Altar. Einen Altar findet man praktisch in jedem römischen Haushalt. Er ist für gewöhnlich den Ahnen oder dem beschützenden *genius* gewidmet aber bei diesem hier handelte es sich nicht um den gebräuchlichen viereckigen Block aus weißem Marmor. Es war schwarz, wie eine riesige, sich windende Schlange geformt und stand vor der Statue einer krokodilköpfigen ägyptischen Göttin. Ich erinnerte mich, daß ihr Name Sobek war. Wie vielen, die sich fremden Kulten hingaben, fand auch Tubero Spaß daran, diese hemmungslos untereinander zu mischen. In einer Wandnische fand sich eine bronzene Hand, aus der eine kleine menschliche Figur neben zahlreichen winzigen Tieren und anderen Symbolen entsprang. Ich glaube, man nennt sie Sabazios Hand, und sie ist das Zeichen für irgendeine dieser abgründigen fremden Sekten. Es gab noch zahlreiche andere Talismane: einen deformierten menschlichen Schädel, einen mumifizierten Pavian, einen Korb voller farbenprächtiger polierter Steine. Neben einem erkalteten Kohlenbecken stand eine Bronzeschale mit Weihrauch. Und dann, natürlich, lag da noch der Tote.

Der verblichene Aulus Gratidius Tubero lag in seiner zerwühlten Toga auf dem Rücken und zeigte den typischen

Gesichtsausdruck eines Toten, nämlich gar keinen. Eine große Blutlache breitete sich um ihn herum aus. Der ganze Boden war davon bedeckt. Aber was für eine Wunde es auch immer sein mochte, aus der das Blut geflossen war, sie war nicht sichtbar. Ich raffte meine Kleider ein wenig hoch, um sie nicht durch das Blut zu schleifen, und bückte mich zu ihm herunter. Sogar über die Gerüche von Blut und Räucherwerk hinweg konnte ich die saure Ausdünstung des Weines wahrnehmen.

»Entfernt seine Toga«, befahl ich den Sklaven. Sie rollten nur entsetzt ihre Augen, denn sie befürchteten, durch die Berührung des Toten, bevor die angemessenen Riten durchgeführt waren, verunreinigt zu werden. Ich erhob mich mit knarrenden Knien und nahm eine Handvoll Weihrauch. »Ich bin ein *pontifex*«, sagte ich wahrheitsgemäß, »und ich bin befugt, die Reinigungszeremonie durchzuführen.« Das war gelogen. Ich warf die gelben Kristalle über den Leichnam, während ich sinnloses Zeug murmelte. »Also«, sagte ich, »er ist gereinigt. Jetzt tut, was ich gesagt habe.«

Ohne weiteren Protest hob ein Sklave die Toga an und rollte den Toten dabei auf den Bauch. Der bleiche Rücken war mit Striemen bedeckt wie der eines gezüchtigten Sklaven. Sie verliefen vertikal, beschrieben aber einen leichten Bogen von der rechten Hinterbacke zur linken Schulter. Sie bildeten flache Rinnen und lagen über älteren Streifen. Keinesfalls hätten sie einen solchen Blutaustritt bewirken können. Ich sah auf die Toga. Sie war blutverschmiert, aber nicht vollgesogen.

»Dreht ihn um«, befahl ich. Sie rollten ihn auf den Rücken. »Ah, hier haben wir die verhängnisvolle Wunde«, stellte ich fest, als die Sklaven entsetzt zurückschraken. Tuberos Genitalien fehlten vollständig.

Die Sohlen meiner Sandalen blieben auf dem blutigen Fußboden haften, während ich den Raum einer genaueren Betrachtung unterzog. Die Statue von Sobek zierte einen runden Sockel, und dieser stand auf einer viereckigen Bodenfläche, die frei von Blut war. Ich ließ meine Hand den Arm des ägyptischen Gottes entlanggleiten. Als ich sie fortzog, war sie mit einer feinen Staubschicht bedeckt. Ein ähnlicher Test mit dem Schlangenaltar zeigte, daß dieser sauber war. Ich verließ den Schrein und begegnete draußen der Gemahlin des toten Gratidius.

»Du hast ihn *so* gefunden?« fragte ich.

»Ja«, antwortete sie. »Das heißt, die Sklaven haben ihn gefunden, nachdem er heute morgen nicht in seinem Bett lag.« Sie sagte das so, als sei es nichts Ungewöhnliches.

»Warum hast du den Ersten Bürger benachrichtigt und nicht einen der Praetoren?«

Diese Frage war ihr offenbar unangenehm. »Na ja, weil diese Frau bei ihm war, letzte Nacht. Julia, die Tochter des Ersten Bürgers.«

»Ich verstehe. Und das geschah nicht zum ersten Mal?«

»Ich habe Gerüchte gehört. Sie besuchten wohl dieselben ausschweifenden Feste. Aber es war das erste Mal, daß er sie mitgebracht hat – in *mein Haus*!« Die beiden letzten Worte schleuderte sie mit einer guten Portion Haß von sich.

»Wann kam sie her, und wann verließ sie das Haus wieder?«

»Sie traf kurz nach Sonnenuntergang hier ein. Ich selbst habe sie nicht gesehen. Ich blieb den ganzen Abend in meinen eigenen Räumen. Ich wollte nicht, daß sie mir auch nur unter die Augen kam. Es ist kaum zu glauben, daß sie ein Kind des Retters unserer Republik ist.« Ich war an solches Gequassel mittlerweile so gewöhnt, daß ich nicht mal mehr mit der Wimper zuckte.

»Oh, übrigens, nimm meine Glückwünsche zum neuen Patrizierstatus entgegen. Ich glaube nicht, daß der tragische Tod deines Mannes daran etwas ändern wird.«

»Ihr seid zu gütig«, sagte sie affektiert.

»Wie bedauerlich, daß er nicht mehr in Amt und Würden des *Rex Sacrorum* eingesetzt werden konnte.«

»O ja. Das wäre eine hohe Auszeichnung gewesen.« Sie klang völlig gleichgültig. Das waren Privilegien, die sie nicht vermissen würde. Als Ehefrau des Rex Sacrorum hätte sie sich ebenso vielen Tabuisierungen unterwerfen müssen wie er. Sie wäre praktisch zur Gefangenen in ihrem eigenen Haus geworden, um zu verhindern, daß sie einem verbotenen Anblick ausgesetzt wäre, wie etwa einem schwarzen Hund oder einem Mann, der seinem Geschäft nachging.

»Bevor ich nun gehe, möchte ich noch ein Wörtchen mit dem Hausdiener wechseln.«

Der Mann war ein Grieche im mittleren Alter, und ich wußte sofort, daß ich wenig aus ihm herausbekommen würde, denn seine Verschlossenheit war ihm deutlich anzusehen. Ich sprach mit ihm, während er mich zur Tür geleitete.

»Hast du die Dame Julia gestern abend eingelassen?«

»Das habe ich, Senator. Das heißt, der Pförtner ließ sie und den Herrn herein.«

»Und wann ging sie wieder?«

»Ich habe nicht gesehen, wann sie das Haus verließ. Ich habe den Pförtner bereits ausgefragt, aber er muß wohl geschlafen haben. Ich werde ihn dafür gründlich auspeitschen lassen.« Wie jedes gute und vertrauenswürdige Faktotum konnte er lügen, ohne eine Miene zu verziehen.

»Wie du meinst. Aber ich rate dir dringend, dein Gedächtnis ein wenig mehr anzustrengen. Es kann nämlich sein, daß du und die anderen Hausangestellten vor Gericht zitiert werden, um auszusagen. Und Sklaven können nur unter Folter gültige Aussagen machen.«

Er zuckte mit den Schultern. »Man hält aus, was man muß.«

Während ich davonging, fragte ich mich, warum die schlechtesten Herren immer die besten Sklaven hatten. Ich wollte meinen Sklaven immer ein Vorbild sein, und infolgedessen waren sie alle nichtsnutzige Faulenzer.

Meine müden Füße trugen mich zu dem Haus auf dem Palatin, wo die Wachen mich zu Livia geleiteten.

»Ich muß mit Julia sprechen«, teilte ich ihr mit.

»Ist das wirklich notwendig?«

»Unbedingt.«

»Nun gut, wenn es sein muß.« Sie führte mich zu einem Flügel des ausgedehnten, aber gezielt karg eingerichteten

Hauses, in dem die Kinder der Familie ihre Räume hatten. Julia saß in einem weitläufigen Zimmer und kämmte Wolle in der späten Nachmittagssonne. Das war genau das, was Octavian von römischen Ehefrauen erwartete, egal wie edel ihre Herkunft sein mochte. Sogar Livia gab vor, Wolle zu kämmen, zu spinnen und zu weben. Ich vermute, daß sie ihre Sklaven mit dieser Arbeit beauftragte, damit sie sich in der Zwischenzeit anderen Dingen widmen konnte.

»Julia«, sagte Livia. »Ich denke, du kennst den ehrenwerten Senator Decius Caecilius Metellus. Er ist der *iudex*, der den Mord an Gratidius Tubero untersucht, und muß mit dir sprechen.« Damit nahm Livia sich einen Stuhl und beobachtete mich mit gorgonenähnlicher* Eindringlichkeit.

»Dürfen wir Euch bitten, Gnädigste, uns allein zu lassen?« fragte ich. »Ich würde ein Gespräch unter vier Augen vorziehen.«

»Das wäre nicht angemessen«, beharrte Livia. »Julia ist schließlich Witwe und gehört einer Patrizierfamilie an.«

»Ich glaube, mein ehrwürdiges Alter macht eine Anstandsdame wohl überflüssig.«

»Nicht, wenn auch nur die Hälfte von dem, was man über deine Vergangenheit munkelt, wahr ist.« Trotzdem erhob sie sich. »Ich denke aber, ich kann zumindest deinem häufig bewiesenen Selbsterhaltungstrieb vertrauen.« Und mit diesen Worten und stolzer Körperhaltung verließ sie den Raum.

»Es ist richtig erfrischend«, sagte Julia, »zur Abwechslung mal jemand zu sehen, der es wagt, ihr die Stirn zu bieten.«

»Ich bin alt«, entgegnete ich. »Egal was ich tue, ich werde nicht mehr sehr lange leben. Du dagegen reizt sie regelmäßig bis aufs Blut. Du bist sehr jung und mußt im selben Haus mit ihr leben.«

»Nicht aus Mut«, sagte sie, »nur aus Verzweiflung.« Unwillkürlich fühlte ich mit ihr. Ich hatte Julia eigentlich

* Die Gorgonen waren drei Frauengestalten in der griechischen Mythologie. Sie hatten schauerliche Fratzen und Schlangenhaare; wer sie erblickte, wurde zu Stein. (Anm. d. Übers.)

schon immer gemocht. Sie war eine temperamentvolle, intelligente junge Frau, die gezwungen war, den falschen Stoizismus des Julisch-Claudischen Hauses anzunehmen und zum Zwecke politischer Allianzen zu heiraten.

»Möglicherweise hast du deine Unabhängigkeit diesmal ein wenig zu weit getrieben. Gratidius Tubero ist tot, und du bist anscheinend die am meisten verdächtige Person. Ich hoffe, du kannst mich von deiner Unschuld überzeugen.«

»Wie ist er gestorben?« fragte sie neugierig. Ich erzählte es ihr, worauf ihre helle Haut noch bleicher wurde.

»Wie kann ich dich überzeugen?« fragte sie, vollkommen ernüchtert.

»Erzähl mir erst einmal, was gestern nacht passiert ist.«

»Ich lernte Tubero auf einer Abendgesellschaft des parthischen Gesandten kennen. Ich hatte ihn schon einige Male zuvor bei ähnlichen Anlässen getroffen. Wir verkehrten in denselben Kreisen.«

»Die obere Gesellschaftsschicht. In meiner Jugend hatte ich auch eine Vorliebe für dieses Milieu. In deiner Position ist das unklug.«

Sie zuckte mit den Schultern. »Exil oder Tod aus Langeweile, was noch schlimmer ist. Jedenfalls waren wir bei Anbruch der Dunkelheit beide angeheitert, und er drängte mich, mit zu ihm nach Hause zu kommen, um mir seine Sammlung fremder Kultobjekte anzusehen. Ich habe an einigen Mysterien teilgenommen … nur den legalen«, fügte sie schnell hinzu. »Ich fand seinen Vorschlag zuerst ganz interessant. Aber der Weg von der Botschaft zu seinem Haus war ziemlich lang, und als wir es schließlich erreicht hatten, war ich nüchtern genug, um es mir anders zu überlegen. In seinem Atrium entschuldigte ich mich, indem ich Übelkeit vorgab. Er war immer noch ziemlich betrunken und hatte einen wilden Blick. Außerdem konnte ich eine Frau sehen, wahrscheinlich seine Ehefrau, die uns von einem Nebenraum aus beobachtete. Also kehrte ich nach Hause zurück, und das war alles, bis ich mich heute morgen praktisch unter Arrest fand.«

Ich stand auf. »Na schön. Ich habe deine Geschichte zur Kenntnis genommen.«

»Du glaubst mir nicht?« Ich konnte die Verzweiflung in ihrer Stimme hören.

»Ich werde über deine Worte nachdenken.« Ein anständiger Schrecken würde ihr gewiß guttun.

»Und?« fragte Livia, als ich Julias Zimmer verließ.

»Ich muß einige Experten zu Rate ziehen. Ich würde mich gerne heute abend mit Euch und dem Ersten Bürger in Tuberos Haus treffen.«

»Aber du bist sicher, daß Julia nichts mit dieser bedauerlichen Angelegenheit zu tun hat?« Sie bettelte fast. Wie ich das genoß!

»Noch nicht ganz. Werdet ihr euch dort mit mir treffen?«

Sie kochte vor Wut. »Ja, gut.« Es war schön, bei diesen Leuten zur Abwechslung einmal die Oberhand zu gewinnen.

Ich verließ das Wohnhaus auf dem Palatin und besuchte zwei Priesterkollegen, die weitaus mehr über religiöse Dinge wußten als ich.

Es war bereits dunkel, als ich das Haus Gratidius Tuberos wieder erreichte. Paris trug eine Fackel vor mir her und war überglücklich, Zeuge einer Morduntersuchung zu werden.

Vor der Haustür hatte sich eine ganze Meute Wachsoldaten versammelt, denen mehrere Liktoren mit geschulterter *fasces* Gesellschaft leisteten.

»Du bleibst hier draußen«, befahl ich Paris. »Diese Sache ist nichts für einen Jungen wie dich.«

»Aber du hast immer gesagt, als du in meinem Alter warst ...«

»Genug. Das waren andere Zeiten. Außerdem scheinen mir diese bewaffneten Gestalten hier gefährlich genug zu sein, um deinen Bedarf an Abenteuern zu decken.«

Ich ging hinein. Der Erste Bürger und seine Gemahlin hatten sich im Hof neben dem Wasserbecken niedergelassen. Dann fiel mein Blick auf Octavians rechte Hand, Marcus Vipsanius Agrippa, dessen zukünftige Einheirat in die Familie vom Ergebnis meiner Untersuchung abhing. Die Witwe

Gratidius' stand dabei und machte ob der Anwesenheit so mächtiger Leute ein ehrfurchtsvolles Gesicht. Dankbar sank ich in einen Stuhl, den man mir unterschob. Langsam wurde ich doch zu alt für diese langen, arbeitsreichen Tage.

»Ich habe dir freien Lauf gelassen, weil ich weiß, wie gut du diese Arbeit beherrschst«, sagte der Erste Bürger. »Ich vertraue darauf, daß du zu einem befriedigenden Schluß gekommen bist.«

»Mit befriedigend meint Ihr vermutlich einen, der Eure Familie von jedem Skandal reinwäscht?« Ich erfreute mich ein wenig an seinem rot anlaufenden Gesicht, dann fügte ich hinzu: »Wenn das so ist, kann ich Euch beruhigen. Julia hat es nicht getan.«

»Was wollt Ihr damit sagen?« platzte die Witwe heraus.

»Sei still, Frau!« bellte Octavian und verriet so ein wenig seiner wahren Natur. »Erklär das genauer, Senator.« Die Erleichterung stand ihm deutlich ins Gesicht geschrieben.

»Wollt Ihr mir bitte in den Raum folgen, in dem der Mord geschah?«

Pietätvoll hob er eine Hand. »Senator, du weißt sehr gut, daß ich als *potifex maximus* von Rom kein menschliches Blut erblicken darf. Livia steht unter demselben Bann.«

»Sollen wir diese Fiktion wirklich aufrechterhalten?« fragte ich verärgert. »Ihr geht zur *munera* wie jeder andere Mensch. Und Gladiatoren pflegen doch eher ausgiebig zu bluten.«

»Das sind aber Trauerspiele und daher ein religiöser Brauch. Das ist ein Unterschied«, gab er zurück.

»Also schön«, sprach ich. »Marcus Agrippa, willst du den Ersten Bürger als Zeugen vertreten?«

»Ja, ich werde es tun«, sagte er. Also traten wir beide in den übelriechenden Schrein, während das königliche Paar vor der Tür wartete. Der Tote war jetzt ziemlich steif. Einige Lampen beleuchteten die groteske Szene.

»Ihr habt alle Julias Geschichte gehört, und ich kann nur bestätigen, daß sie im wesentlichen der Wahrheit entspricht.«

»Ich wußte es!« rief Octavian.

»Aber wer hat ihn dann umgebracht?« fragte Livia herausfordernd.

»Geduldet euch. Wie konntet Ihr nur jemals auf die Idee kommen, einen solchen Mann zum *Rex Sacrorum* zu wählen?«

»Weißt du überhaupt«, fragte Octavian, »wie schwierig es ist, jemanden zu finden, der dieses Amt annimmt?«

»Ich kann es mir vorstellen. Er muß betrunken gewesen sein, als er es annahm. Es sieht so aus, als wäre er oft in dem Zustand gewesen. In jedem Fall war seine Frau zwar hocherfreut, in den patrizischen Status erhoben zu werden, hatte aber nicht das geringste Interesse daran, die Frau des *Rex Sacrorum* zu sein.«

»Also hat eine römische Frau ihren Ehemann ermordet, im Einverständnis mit den Haussklaven? Niederträchtig!« Ein Schauspieler hätte das nicht besser hinlegen können.

»Nein!« kreischte die Frau.

»So sehr es mir mißfällt, diese Frau von irgend etwas reinzuwaschen«, erwiderte ich, »muß ich Euch doch sagen, daß sie es auch nicht war. Tatsächlich nämlich gab es gar keinen Mord.«

»Das ist doch ein Witz!« warf Agrippa ein. »Was passierte denn wirklich?«

»Der dumme Kerl hat es selbst getan.«

Agrippa starrte mich entgeistert an. »Ich habe ja schon davon gehört, daß Leute sich die Venen aufschneiden, aber das hier …«

»Sieh dir die Toga an. Sie ist mit halbtrockenem Blut verschmiert. Wenn der Mann sie getragen hätte, als ihm die Wunde beigebracht wurde, müßte sie blutdurchtränkt sein. Seine Frau und die Sklaven fanden ihn hier, tot und völlig nackt. Sie wickelten ihn in die Toga, denn das Ganze sollte etwas weniger bizarr aussehen. Diese Statue« – hier zeigte ich auf die krokodilköpfige Gottheit – »ist nicht dieselbe, die hier in der letzten Nacht stand. Ihr Sockel ist rund. Das Blut wurde aber in seiner Ausbreitung von einem viereckigen Podest aufgehalten.«

»So sieht es jedenfalls aus«, bestätigte Agrippa.

»Diese Gottheit hinterläßt zwar mit ihrem Reptilkopf einen furchteinflößenden Eindruck, ist aber in Wirklichkeit der Fruchtbarkeitsgott des Nils und relativ harmlos. Der verstorbene Tubero, der ja eine Vorliebe für das Exotische besaß, scheint sich jedenfalls lange nicht mehr mit dieser Statue beschäftigt zu haben, denn sie ist mit einer Staubschicht bedeckt. Der Altar dagegen ist sauber. Wenn Ihr eine Durchsuchung des Hauses unternehmt, werdet Ihr irgendwo eine Statue der Kybele finden, zusammen mit einigen Utensilien, die man zur Anbetung dieser Gottheit benutzt: Zimbeln, eine Peitsche, die mit kleinen Knochen besetzt ist, eine Sichel und anderes. Möglicherweise werdet Ihr sogar die ... äh ... Dinge finden, die diesem Herrn hier fehlen.«

»Findet sie!« bellte Livia. Augenblicklich setzten sich die Lakaien in Bewegung.

»Warum Kybele?« fragte der Erste Bürger.

»Erlaubt mir, das ein wenig näher auszuführen. Vor nun fast zweihundert Jahren wütete Hannibal in Italien. Unsere Ahnen lebten in Furcht und Schrecken, weil es Steine vom Himmel geregnet hatte. Man konsultierte die Sybillinischen Bücher und fand heraus, daß die Gefahr gebannt werden könne durch diese phrygische Gottheit. Der Senat erhielt die notwendigen Kultobjekte von König Attalus, und die Gottheit bekam einen Tempel auf dem Palatin. Hannibal wurde daraufhin aus dem Land vertrieben, und die Anbetung der Kybele wird bis zum heutigen Tag aufrechterhalten, wenn auch in einer schicklichen und gesetzmäßigen Form. Es gibt aber immer noch eine verborgene Seite ihrer Anbetung; eine fremdartige, orientalische, völlig verrufene Seite. Seit langem ist sie in Rom verboten, aber sie erfreut sich einer gewissen Beliebtheit bei denen, die sich gelangweilt von der offiziellen Staatsreligion abkehren. Die *Corybantes*, die ekstatischen Anhänger der dämonischen Seite dieser Gottheit, sind bekannt für ihre flagellantischen Praktiken. Daher die knochenbesetzte Peitsche. In ihrem religiösen Taumel kastrieren sich die Kandidaten für das Priesteramt selbst und werfen die abgetrennten Geschlechtsteile auf den Altar.«

»Barbarisch!« murmelte Octavian.

»In der vergangenen Nacht suchte der arme Tubero, nachdem er von Julia zurückgewiesen worden war, in den Praktiken der Flagellanten Trost. Siehst du die Peitschenspuren? Sie sind fast vertikal, ganz anders als die horizontalen und diagonalen Steifen, die das Ergebnis von der Auspeitschung durch andere Personen sind. Das kommt daher, daß Tubero sich selbst peitschte, indem er die Riemen über die linke Schulter schlug.«

»Ja, so sieht es aus«, bestätigte Agrippa.

»Ich glaube, daß Tubero diese privaten Spielchen liebte. Er ließ seine Fantasien Realität werden. Auf jeden Fall führte er, nachdem er sich betrunken und dann seine Sinne durch die zweifelhaften Freuden der Selbst-Flagellation wieder entflammt hatte, den finalen Ritus durch. Wahrscheinlich hatte er vor, die Handlung nur zu mimen. Ohne Publikum war das Ritual schließlich nur halb so vergnüglich. Aber offenbar hatte er sich nicht mehr unter Kontrolle und ging zu weit. Der Ausdruck auf seinem Gesicht, als er sah, was er in der Hand hielt, muß ein bemerkenswerter Anblick gewesen sein. Da dies keine gewöhnliche Orgie der Kybele war, gab es niemanden, der das Blut hätte stoppen können, und so verblutete er.«

»Ekelhaft!« rief Octavian aus. »Und meine Familie da hineinzuziehen!«

Die Witwe schrie und bettelte um Gnade. Niemand achtete auf sie.

»Das war eigentlich ziemlich gerissen. Julia hatte sich bequemerweise schon auf dem Schauplatz gezeigt, und jeder weiß, was für ein eifriger Verfechter der Reinheit des römischen Familienlebens Ihr seid. Die Frau wollte natürlich vertuschen, daß ihr Gatte – immerhin ein frischgebackener Patrizier – in Wirklichkeit ein idiotischer Schwachkopf war. Indem sie Julia in die ganze Sache mit hineinzog, glaubte sie, dich dazu bewegen zu können, alles unter den Teppich zu kehren.«

»Mich solcher Perfidie zu verdächtigen!« schimpfte der Erste Bürger. »Ich werde die Gesetzestafeln nach einem Passus absuchen, der ihre Hinrichtung möglich macht!« Die Frau heulte jetzt noch lauter.

»Das würde eine Gerichtsverhandlung bedeuten«, warf Livia ein. »Du willst doch wohl deinen Namen nicht mit einer so widerlichen Sache in Verbindung bringen. Es gab keinen Mord, und auch der Versuch, es als solchen auszugeben, ist kein schweres Verbrechen. Du bist der *pontifex maximus*. Belaste sie mit irgendeinem Sakrileg – Entweihung eines Toten zum Beispiel. Schicke sie ins Exil auf eine von diesen grauenhaften kleinen Inseln, die wir für diejenigen reservieren, die nicht zum Tode verurteilt werden können.«

»Ganz wie du meinst, meine Liebe«, erwiderte Octavian zerknirscht. »Aber das ist eine viel zu milde Strafe für das heimtückische Weibsstück.«

»Ihr habt diese Inseln noch nicht gesehen«, sagte ich.

Wir verließen das Haus unter großem Geschrei, inmitten der furchterregenden Eskorte. Octavian legte mir eine Hand auf die Schulter. »Ich kann dir nicht sagen, wie dankbar ich bin, Decius Caecilius. Du mußt die Erhebung in den Patrizierstatus wirklich annehmen.«

Eine weitere Hand legte sich auf meine andere Schulter. »Decius«, schnurrte Livia, »wir brauchen *unbedingt* einen neuen *Rex Sacrorum*.«

Ich schloß müde meine Augen. »Ich nehme an, Ihr habt nicht noch eine von diesen Inseln übrig?«

Originaltitel: The King of Sacrifices
Ins Deutsche übertragen von Karin Diemerling

Die drei Weisen

R. L. Stevens

Es ist längst kein Geheimnis mehr, daß R. L. Stevens das Pseudonym vom Edward Hoch (geb. 1930) ist, dem wahrscheinlich produktivsten Schriftsteller geheimnisvoller Kurzgeschichten, von denen er über siebenhundert veröffentlicht hat. Die meisten von ihnen sind Fortsetzungsgeschichten, aber die folgende ist ein kleines Einzelstück und findet an einem der verheißungsvollsten Augenblicke der Geschichte statt.

Die drei Weisen waren nun schon einige Tage gereist, als sie schließlich auf die Oase von Ziza trafen. Kaspar, der klügste von ihnen, sagte: »Hier können sich unsere Pferde ausruhen. Es ist ein sicherer Ort.«

»Sicher für Pferde und Männer«, stimmte Melchior zu. »Aber was ist mit dem Gold?«

»Auch das Gold ist hier in Sicherheit. Niemand weiß, daß wir es bei uns führen.«

Die Sonne stand schon tief im Westen, als sie sich näherten, und Kaspar hob sich schützend die Hand vor Augen. Bald würde die Dunkelheit hereinbrechen.

Ein junger Hirte kam ihnen entgegen und nahm ihre Pferde. Er begrüßte sie: »Seid willkommen in der Oase von Ziza. Seid ihr weit geritten?«

»Die Länge eines Vollmondes«, antwortete Kaspar in der Sprache der Nomaden. »Wie ist dein Name?«

Der Hirte antwortet: »Man nennt mich Ramoth, mein Herr.«

»Hier ist eine Goldmünze für dich, Ramoth. Füttere und tränke unsere Pferde für die Reise, und morgen wird dir eine weitere Münze gehören.«

»In welche Richtung reist Ihr, mein Herr?«

»Richtung Westen«, sagte Kaspar unbestimmt.

Als der junge Hirte sich mit den Pferden entfernt hatte, sagte der dicke Balthasar: »Das gefällt mir nicht, Kaspar. Zwar bist du unser Führer, aber das Gold untersteht meiner Verantwortung. Und Reisende, die vom Himmel geführt werden, tun gut daran, nachts zu reisen.«

»Die Wüste ist kalt in der Nacht, mein Freund. Laß uns mit dem Gezänk aufhören und uns hier bis zur Morgendämmerung niederlassen.«

Als Melchior und Balthasar gingen, um das Zelt aufzuschlagen, war Kaspar sehr erleichtert. Auf einer so langen Reise, die auch noch längst nicht zu Ende war, schätzte Kaspar die Momente des Alleinseins. Als er bald darauf losging, sich das Nachtlager in der Oase anzusehen, traf er auf einen Fremden, der einen Säbel bei sich trug.

»Seid gegrüßt, Reisender«, sprach der Mann. »Ich bin Nevar von dem nördlichen Stamm. Bereist du diese Strecke häufig?«

»Nicht oft, nein. Mein Name ist Kaspar, und ich komme mit meinen beiden Gefährten aus dem Osten.«

Nevar nickte und strich sich über seinen Bart. »Später, wenn die Sonne untergegangen ist, gibt es Glücksspiele – und Frauen für jene, die genug Gold besitzen, um sie bezahlen zu können.«

»Das interessiert mich nicht«, sagte Kaspar.

»Ihr werdet die Gesellschaft angenehm finden«, sagte Nevar. »Kommt zu dem Feuer am Brunnen. Dort werdet ihr uns finden.«

Kaspar ging weiter und verweilte bei den nomadischen Händlern am Straßenrand, um sich ihre Perlen und Schmuckstücke anzusehen. Als er den Brunnen am entfernten Ende der Oase erreichte, sah er, wie eine Frau einen großen irdenen Krug auf die Schulter hob. Sie war fast noch ein Kind, und während er sie beobachtete, entglitt ihr der Krug, zerschellte an den Steinen und bespritzte sie mit Wasser. Sie brach in Tränen aus.

»Nun, mein Kind«, tröstete Kaspar sie. »Es gibt doch genügend andere Krüge.«

Als sie ihn mit großen braunen Augen ansah, war Kaspar von dem Anblick ihrer einzigartigen Schönheit überwältigt.

»Mein Vater wird mich schlagen«, sagte sie.

»Hier ist eine Goldmünze für ihn. Sag ihm, ein Fremder namens Kaspar habe dich gestoßen und den Krug auf diese Weise zerbrochen.«

»Aber das ist nicht die Wahrheit.«

»Doch es ist wahr, daß ich Kaspar heiße. Wer bist du?«

»Thantia, Nevars Tochter.«

»Ja, deinen Vater habe ich schon getroffen. Du bist sehr schön, mein Kind.«

Aber seine Worte jagten ihr offenbar Angst ein, denn sie lief weg.

Dann kehrte er zu dem Platz zurück, an dem Melchior ihr Zelt aufgeschlagen hatte. Von den anderen Lagern hatten sie gelernt, keine wertvollen Sachen bei den Pferden zu lassen, und Kaspar fragte sofort nach dem Aufbewahrungsort des Goldes.

»Es ist an einem sicheren Ort«, erklärte Balthasar ihm. »Ich habe es auf dem Boden dieses Kornsacks versteckt.«

»Gut. Und das Parfüm?«

»Das ist bei unseren üblichen Vorräten. Niemand wird es stehlen.«

Melchior kicherte. »Wenn jemand es täte, könnten wir den Schuldigen schnell an seinem Duft erkennen.«

Und dann sagte Balthasar: »Heute abend wird gespielt, in der Nähe des Brunnens.«

»Ich weiß«, antwortete Kaspar. »Aber das ist nichts für uns.«

Der dicke Mann streckte die Hände in einer Geste der Unschuld von sich. »Wir könnten ja nur zugucken.«

Kaspar stimmte widerstrebend zu. »Na gut.«

Als am Abend die Feuer angezündet waren und die Bewohner von Ziza sich vor ihren Zelten trafen, gesellten sich die drei Reisenden zu ihnen. Sofort wurde Kaspar von dem Dorfältesten, einem Mann mit runzliger Haut und faulen Zähnen, aufgesucht. »Ich bin Dibon«, sagte er und ließ sich auf dem Platz neben Kaspar nieder. »Kommt ihr aus dem Osten?«

»Ja, aus Persien.«

»Das ist aber eine lange Reise. Was zieht dich denn in diese Ferne?«

Kaspar wollte nicht antworten. Statt dessen ging er zu den Männern, die mit kleinen, glatten Steinen spielten. »Was ist das für ein Spiel?«

»Wir haben es von den Ägyptern gelernt, wie die meisten sündigen Sachen.« Dann beugte sich der alte Mann zu Kaspar hinab, so daß er den faulen Geruch seines Atems riechen konnte. »Manche sagen, du seist ein Magier.«

»Ich habe die Lehren Zoroasters studiert, genauso wie meine Gefährten. In der Tat nennen mich manche einen Magier.«

»Dann seid ihr auf der Suche nach Mazda?«

»Wir sind auf der Suche nach der Wahrheit«, antwortete Kaspar, als er plötzlich die imposante Gestalt Nevars erblickte. Nevars Hand ruhte auf dem Säbel an seiner Seite. »Ich würde gerne ein paar Worte mit dir wechseln, Kaspar.«

»Was beunruhigt dich?«

»Meine einzige Tochter Thantia, ein Mädchen von zwanzig Jahren, erzählte mir, daß du ihr heute eine Goldmünze gegeben hast.«

»Nur weil es meine Schuld war, daß der Krug zerbrochen ist.«

»Kein Fremder nähert sich meiner Thantia! Du wirst Ziza noch heute Nacht verlassen!«

»Wir reisen morgen früh ab«, sagte Kaspar ruhig.

Nevar zog seinen Säbel, und Kaspar wartete nicht länger ab. Er warf sich gegen den kräftigen Mann und riß ihn nieder. Gefährlich näherten sie sich dem Feuer, und die Spieler stoben jäh auseinander. Kaspar entwand den Säbel aus Nevars Griff.

Dann trat Thantia aus der Menge heraus und lief ihrem Vater entgegen.

»Der Fremde hat mir nichts getan!« rief sie aus.

»Schweig, Tochter!« Nevar griff nach einem brennenden Holzscheit und schleuderte ihn in Kaspars Richtung, aber der Holzscheit verfehlte sein Ziel und landete statt dessen auf einem niedrigen Strohdach.

»Der Stall« schrie jemand, und Kaspar sah den Hirten Ramoth, der die Pferde zu retten versuchte. Die anderen halfen, die Flammen mit Wasser zu löschen. Das Feuer konnte aber erst bezwungen werden, nachdem ein beträchtlicher Teil der Futtervorräte zerstört worden war.

Dann suchten Kaspar und Melchior den dicken Balthasar, der während der Aufregung verschwunden war. Sie fanden ihn hinter einer Reihe von Zelten, wo er mit einem halben Dutzend Wüstenreitern in das ägyptische Steinspiel vertieft war. Vor ihm häufte sich ein kleiner Stapel Goldmünzen.

»Das muß aufhören!« befahl Kaspar.

Daraufhin liefen die Nomaden weg, und Balthasar erhob sich mühsam. »Es war doch nur ein Spiel.«

»Unsere Aufgabe ist wichtiger als das Spiel«, erinnerte Kaspar den dicken, einfältig dreinschauenden Mann. »Während du hier Gold verpraßt hast, wäre ich beinahe von Nevar getötet worden.«

»Ein Störenfried«, stimmte Balthasar zu. »Ich werde erst wieder ruhig schlafen können, wenn wir Ziza verlassen haben.«

Als sie auf dem Weg zu ihrem Zelt an dem niedergebrannten Stall vorbeigingen, kam der alte Dibon auf sie zu und sagte: »Für diese Ruine bist du verantwortlich, Kaspar. Du und Nevar.«

»Das ist wahr, alter Mann. Wir werden bis morgen hierbleiben und dabei helfen, den Stall wieder aufzubauen.«

Dibon verneigte sich. »Ein großzügiges Angebot. Wir danken dir.«

Aber als sie allein waren, klagte Balthasar: »Das wird uns einen ganzen Tag kosten!«

»Wir werden eine gute Strecke in der Nacht zurücklegen, ganz wie du es gewünscht hast.«

Als sie ihr Zelt betraten, hörten sie ein leises Wimmern. Kaspar schob sich an seinen beiden zögernden Gefährten vorbei und zündete die Öllampe an. Im hellen Lichtschein sahen sie Thantia, die sich hinter einem Stapel Kleider versteckte.

»Bitte!« schluchzte das Mädchen. »Bitte laßt mich hierbleiben. Mein Vater hat mich geschlagen, und ich fürchte um mein Leben!«

»Und ich um das unsrige, wenn er dich hier findet«, sagte Melchior. Als Kaspar die Öllampe näher hielt, sah er die Verletzungen in ihrem Gesicht und an ihren Armen. »Wir können sie nicht zu ihm zurückschicken. Bleib mit Melchior und Balthasar hier. Ich bin gleich wieder zurück.«

Dann machte er sich auf den Weg zu dem alten Dibon, um ihm zu berichten, was sich zugetragen hatte. Dibon nickte und sagte: »Meine Tochter und ihr Ehemann werden Platz für Thantia haben, bis Nevar sich wieder beruhigt hat. Es war klug von dir, zu mir zu kommen.«

Kaspar und seine Gefährten brachten das Mädchen zu Dibon, der sie bei seiner Tochter unterbrachte. In ihr Zelt zurückgekehrt, schimpfte Balthasar zwar noch ein wenig über die verspätete Abreise, aber schließlich schliefen sie ein. Die Feuer des Lagers um sie herum glimmten.

Als am Morgen die ersten Sonnenstrahlen herauskamen, weckte Balthasar seinen Gefährten Kaspar mit panikerfüllter Stimme. »Wach auf, Kaspar!« bat er. »Jemand hat unser Gold gestohlen!«

Kaspar war mit einem Schlag hellwach.

Der Kornsack mit dem versteckten Gold war nur noch mit Getreide gefüllt. Obwohl es keinerlei Hinweise auf ein gewaltsames Eindringen in das Zelt gab und ihre anderen Vorräte unberührt geblieben waren, war das Gold verschwunden.

»Wie ist das nur möglich?« keuchte Melchior. »Wie kann ein Dieb hier eingedrungen sein, während wir schliefen?«

Kaspar stimmte zu, daß so etwas unmöglich sei. »Das Gold wurde gestohlen, bevor wir uns letzte Nacht hinlegten«, überlegte er. »Wir waren während des Spiels und des Brandes weg, und dann noch einmal, als wir Thantia begleiteten. Diese Gelegenheit hätte der Dieb zum Eindringen ins Zelt nutzen können.«

»Was ist mit dem Parfüm und dem Weihrauch?« fragte Melchior.

»Beides ist noch da«, sagte Balthasar. »Mein Spezialknoten an den anderen Säcken ist unberührt.«

»Nur das Gold«, grübelte Kaspar.

»Es sieht ganz danach aus, als hätte der Dieb genau gewußt, wo er suchen mußte.«

»Das Mädchen!« rief Balthasar aus. »Wir haben sie hier drinnen gefunden! Vielleicht war sie es ja!«

»Möglich«, gab Kaspar zu. »Aber das halte ich eher für unwahrscheinlich.«

»Wir können Ziza nicht ohne das Gold verlassen«, sagte Melchior.

»Laßt uns darüber nachdenken, während wir an dem Stall arbeiten«, sagte Kaspar.

Als sie am Stall ankamen, war Nevar bereits dort und arbeitete mit den anderen. Er hielt in seiner Arbeit inne und zeigte anklagend auf Kaspar. »Du hast mir meine Tochter gestohlen. Ich werde mich rächen!«

»Deine Tochter ist sicher in der Obhut von Dibon und seiner Familie.«

Diese Worte beruhigten Nevar, aber Melchior fragte: »Wenn er so besorgt war, warum kam er dann nicht schon letzte Nacht zu uns?«

Balthasar stimmte zu. »Oder ist er gekommen, um unser Gold zu stehlen?«

Bald darauf traf der alte Dibon mit Thantia an seiner Seite ein. Sie blickte nicht in die Richtung ihres Vaters, und er fuhr mit seiner Arbeit fort, ohne sie zu beachten. Kaspar arbeitete den ganzen Morgen gewissenhaft und unterwies die anderen in der persischen Baukunst. Er ignorierte Nevar, weil er nicht noch mehr Ärger haben wollte.

Als Balthasar zum Wasserholen an den Brunnen gegangen

war, flüsterte Melchior: »Wäre es möglich, daß Balthasar uns betrügt, Kaspar? Hat er vielleicht das Gold gestohlen, um seine Verluste beim Steinspielen zu decken?«

Kaspar wollte davon nichts hören. »Wir dürfen niemals aneinander zweifeln, Melchior. In meinem tiefsten Inneren weiß ich, daß Balthasar genauso unschuldig ist, wie du es bist. Und ich kann mich an die Szene beim Steinspiel erinnern. Vor ihm lagen Goldmünzen. Er war der Gewinner, nicht der Verlierer.«

»Wie sollen wir das Gold wiederfinden, Kaspar?«

»Durch die Macht unseres Verstandes, Melchior. Wir sind zwei weise Männer, und wir müssen unseren Verstand dazu gebrauchen, die Identität des Diebes herauszufinden.«

»Aber es gibt keine Hinweise auf seine Identität!«

»Manchmal ist gerade das ein Hinweis.«

Balthasar kehrte mit dem Wasser zurück, und sie tranken gierig. Als sie später von ihren Vorräten aßen, kam Thantia zu ihnen. »Ich danke euch für eure Hilfe«, sagte sie. »Nach der Unterredung mit dem Ältesten hat mein Vater versprochen, mich nie wieder zu schlagen. Ich werde nun zu ihm zurückkehren.«

»Du brauchst uns nicht zu danken«, versicherte Kaspar ihr.

Dann gesellte der alte Dibon sich zu ihnen. »Wie können wir euch für eure Arbeit am Stall entlohnen?«

»Du kannst unser gestohlenes Gold wiederfinden«, platzte Balthasar heraus.

»Gold? Gestohlenes Gold?«

»Man hat es aus unserem Zelt gestohlen«, fuhr Balthasar fort, bevor Kaspar ihn zum Schweigen bringen konnte.

»Hier in Ziza gibt es keine Diebe!«

»Es muß aber einen geben.«

»Ich werde die Ältesten zusammenrufen. Wir werden nach eurem Gold suchen.«

»Nein, nein«, sagte Kaspar. »Wir werden es schon selber finden.«

»Aber wie?«

»Indem wir den Dieb finden. Am besten sprechen wir gar nicht darüber und versuchen, ihn auf frischer Tat zu ertappen.«

Der alte Dibon neigte den Kopf. »Ich werde es so machen, wie du es vorschlägst.«

»Einen Gefallen könntest du uns erweisen. Würdest du bitte dafür sorgen, daß unsere Pferde zu uns gebracht werden? Es muß aussehen, als ob wir abreisen wollten.«

Daraufhin packte Balthasar ihre Vorräte zusammen und Melchior sagte: »Ich habe nachgedacht, Kaspar. Aber es gibt zu viele Möglichkeiten. Das Mädchen Thantia könnte der Dieb sein, oder ihr Vater Nevar. Oder einer der Glücksspieler.«

»Oder der alte Dibon selbst«, fügte Balthasar hinzu. »Es gibt zu viele Verdächtige.«

Kaspar nickte. »Was wir brauchen, ist ein Orakel.«

»Du willst ein Tier töten, wie es die Römer tun?«

Kaspar schüttelte den Kopf. »Mein Orakel wird ein lebendiges Tier sein.« Er erblickte den Hirten Ramoth, der ihnen ihre Pferde brachte. »Mein Roß wird uns sagen, wer unser Gold hat.«

»Dein Pferd?« lachte der dicke Balthasar. »Wie könnte uns ein stummes Pferd das verraten?«

Kaspar hielt dem Pferd einige Körner hin. »Seht ihr, wie es frißt? Es ist hungrig.«

»Was sagt uns das?« fragte Melchior.

»Daß unser Gold von Ramoth gestohlen wurde!« Nachdem Dibon zu Ramoth gesprochen hatte, gestand der junge Hirte sein Verbrechen und bat um Vergebung. Als das vermißte Gold sich wieder in Kaspars Händen befand, fragten die anderen ihn:

»Woher wußtest du, daß es Ramoth war? Wir haben kaum mit dem Jungen gesprochen.«

»Mein Pferd hat es mir gesagt, ganz so, wie ich es euch prophezeit habe. Das Pferd war hungrig, also wurde es nicht gefüttert. Seht ihr, der Dieb hat weder unsere anderen Vorräte berührt, noch hat er Balthasars Spezialknoten gelöst. Wie konnte er das Gold so einfach finden, ohne danach zu suchen?

Das Gold war ja in dem Kornsack versteckt. Nachdem das Feuer den Stall zerstörte, suchte Ramoth nach Futter für unsere Pferde. Er kam, während wir weg waren, und sah nur in den Kornsack. Als er dessen Gewicht bemerkte, griff er durch das Korn hindurch und fühlte das Gold. Er stahl es, konnte aber somit nicht von dem Korn nehmen, weil wir ihn dann als Dieb entlarvt hätten. So blieben die Pferde hungrig.«

»Du bist ein weiser Mann, Kaspar«, gestand Balthasar.

»So wie wir alle es sind. Kommt, laßt uns aufsteigen.«

»Es wird bald dunkel sein«, sagte Melchior.

Kaspar nickte. »Die Sterne werden uns den Weg weisen.«

Dibon stand am Brunnen, um sich von ihnen zu verabschieden. »Ramoth wird bestraft werden«, versprach er.

»Laß Gnade walten«, sagte Kaspar.

»Reitet ihr nach Westen mit eurem Gold?«

»Nach Westen mit Geschenken für einen König. Gold und Weihrauch und Myrrhe.«

»Gute Reise«, sagte Dibon.

Er sah ihnen lange so nach, bis die drei aus seinem Blickfeld verschwunden waren.

Originaltitel: The Three Travellers
Ins Deutsche übertragen von Manuela Braun

Der Fall des ermordeten Senators

Wallace Nichols

Wallace Nichols (1888–1967) könnte man den Großvater der römischen Detektivgeschichte nennen. Seine Geschichten über Sollius, den Sklaven und Detektiv, wurden erstmals 1950 im ›London Mystery Magazine‹ *abgedruckt; insgesamt sind es über sechzig. Ich habe im letzten Band* ›Von Rittern, Hexen und anderem Gelichter‹ *(Bastei-Lübbe 13 802) die ersten beiden Geschichten noch einmal veröffentlicht, bei der Auswahl dieses Bandes habe ich eine Geschichte übersprungen, und präsentiere Ihnen nun die vierte, die zum ersten Mal 1950 in der Oktober-Ausgabe des obengenannten Magazins erschien.*

I

Gaius Sempronius Platorius war Militärtribun des Heeres, das an der Donaugrenze stationiert war. In den Grenzkriegen des Imperiums war er schon früh befördert worden, und er hatte den Ruf, ein kühner und halsstarriger junger Mann zu sein. Er war ein Wüstling und ein Spieler, aber alle römischen Grenzoffiziere waren Spieler – was hätten sie auch sonst dort draußen in der Wildnis in ihrer freien Zeit anfangen sollen?

Nun hatte er seinen wohlverdienten Urlaub vor sich, und er befand sich auf dem Weg nach Rom. Sein bester Freund Torquatus, ebenfalls ein Offizier, hatte das Lager schon zwei Tage vor ihm verlassen, und sie waren übereingekommen, gemeinsam in Rom ein ausgelassenes Fest zu feiern.

Platorius war sechs Jahre lang fortgewesen, und er fragte sich, wie man ihn wohl im Haus seines Vaters empfangen würde. Er selbst hatte feste Vorstellungen davon, welcher Empfang ihm gebührte, hätte es in seiner Macht gelegen oder von seiner Entschlossenheit abgehangen, seine rechtmäßige Stellung dort wiedereinzunehmen. Er war kein Jüngling mehr, sondern ein Mann mit Erfahrung. Die Legionen respektierten ihn. Der Kaiser selbst hatte sich lobend über seine Diensterfüllung geäußert.

Ob es vielleicht am besten wäre, die Vergangenheit ruhen zu lassen? Er wußte ja, daß er früher alles andere als ein vorbildlicher Sohn gewesen war – aber war das ein ausreichender Grund dafür, daß ihn ein adoptierter Stiefsohn von seinem Platz als Erbe seines Vaters verdrängen durfte? Nun, es mochte legal sein, aber es entsprach nicht der Natur, und als Fleisch von seines Vaters Fleisch zog er allemal die Rechte der Natur den bloßen Gesetzen vor.

Er war nicht bereit, seinem Vater dies zu vergeben, und Quintus gegenüber, dem Sohn der zweiten Frau seines Vaters und von diesem zum Erben ernannt, empfand er ausgesprochene Feindschaft. Denn wer der Erbe des Senators Sempronius war, der war auch der Erbe eines großen Vermögens. Platorius dachte nicht daran, sich in den Verlust des väterlichen Erbteils zu fügen; dennoch ritt er mit einer gewissen sardonischen Freude an der Situation der Heimat entgegen. Während er die Meilensteine passierte, die die Entfernung bis Rom kennzeichneten, dachte er noch einmal sorgfältig über das nach, was er vorhatte.

Über seinen Plänen brütend, ritt er die Apenninische Halbinsel hinunter, bis er schließlich eines Abends zum letzten Mal haltmachte, nur wenige Meilen von Rom entfernt. Es war eine schäbige Taverne, doch während seiner Jahre beim Militär hatte er schon so manches Mal in weit schlimmeren Quartieren genächtigt, und so zuckte er nur in zynischer Gleichgültigkeit mit den Schultern. Die übliche Raststation hatte er schon lange hinter sich gelassen; sie wäre in jeder Beziehung eine weit bessere Herberge gewesen, aber diese düstere, einsame und verkommene Taverne war günstiger für sein Vorhaben. Sie lag etliche Stunden näher an Rom.

Er erreichte sie in der Dämmerung und sorgte als erstes dafür, daß sein Pferd im Stall versorgt wurde.

»Du hast einen anderen Reisenden als Gast?« fragte er überrascht und zeigte auf das andere Pferd, das sich im Stall befand. Es war ein Reitpferd, nicht das übliche, schwerfällige Tier, das nur für die Feldarbeit geeignet war.

»Kein Reisender«, erwiderte der Wirt mürrisch, »nur sein Pferd. Er hat es gestern hier untergestellt, weil er, wie ich vermute, in der Gegend eine Dame besucht.« Ein schmutziges Grinsen zeigte sich plötzlich auf seinem Gesicht. »Er wird es wieder abholen. Ist mir aber auch egal. Er hat mich für den Stall und für das Futter bezahlt – und wenn er nicht mehr auftaucht, dann habe ich eben ein Pferd, das mir überall einen feinen Preis einbringen wird. Ich erkenne ein gutes Pferd, wenn ich es sehe. So oder so habe ich nichts verloren.«

Er tippte sich mit dem Finger auf die Nase, dann kehrten sie beide in die Schenke zurück. Platorius nahm ein wenig schmackhaftes Mahl zu sich, behauptete dann, daß er müde sei, worauf ihn der Wirt zu einem unbequemen Bett führte. Platorius war der einzige, der über Nacht blieb, die anderen Besucher der Schenke waren ein umherziehender Dieb und ein alter Vagabund, außerdem ein paar Feldsklaven aus der Umgebung. Keiner von ihnen blieb nach Einbruch der Dunkelheit noch lange. Abends gab es nur wenige Gäste hier, es war eher ein Ort, an dem tagsüber Maultiertreiber und Fuhrleute einkehrten, die auf dem Weg zu den Märkten Roms waren oder von dort zurückkamen. Platorius gratulierte sich selbst.

Er schlief bis spät in den Tag hinein – schließlich hatte er in den letzten zwölf Stunden einen Gewaltritt hinter sich gebracht – und mußte vom Wirt geweckt werden. Eilig schlang er sein Essen hinunter, dann brach er auf. Während er sein Pferd gesattelt hatte, war ihm aufgefallen, daß das andere Pferd immer noch im Stall stand. Er war zu ihm hingegangen und hatte seine Flanke getätschelt. Er liebte Pferde. Es war ein

Brauner aus einer guten Zucht und sah aus wie ein Soldatenpferd.

Platorius beeilte sich nicht auf der letzten Etappe seiner langen Reise. Vielleicht fühlte er sich ein wenig unbehaglich, nun, da der Zeitpunkt seiner unerwarteten Heimkehr immer näherrückte – unerwartet deshalb, weil er niemanden von seiner Ankunft unterrichtet hatte. Er wollte seinen Vater überraschen, denn in der Überraschung lag vielleicht die größte Aussicht auf Erfolg. Doch nun zögerte er seine Ankunft hinaus, statt sich zu beeilen, und als er endlich das prächtige Stadthaus seines Vaters erreichte, war es kurz nach Mittag.

Es war jedoch nicht die Art von Heimkehr, wie man sie sich normalerweise wünschen mochte. Vor den Toren drängte sich eine neugierige Menge, und im Haus selbst herrschte Aufruhr. Sklaven schluchzten, seine Stiefmutter war völlig aufgelöst. Platorius' Vater war in der vergangenen Nacht ermordet worden, und Quintus, seinen Adoptivsohn, hatte man bereits angeklagt.

2

»Es ist schrecklich, ganz schrecklich, Valeria, ich weiß nicht, was ich dazu sagen soll«, erklärte Titius Sabinus. »Gibt es irgend etwas, was ich tun kann?«

Sempronius' Witwe zögerte und schaute ihren Vetter verbittert und mit tränenlosen Augen an. Ihr Gesicht war blaß und schmerzverzerrt.

»Dein Sklave Sollius ...« sagte sie schwer atmend. »Ich habe mich gefragt, Titius, ob er nicht ... Ich weiß, daß mein Sohn es nicht getan hat, aber alle anderen sind davon überzeugt, daß er es war! Vielleicht könnte dein kluger Sollius herausfinden, wer der wirkliche Mörder ist?«

»Natürlich, Valeria, natürlich!« versicherte Titius aufgeregt und ein wenig irritiert, weil sie seinem Angebot, ihr den scharfsinnigen Sklaven zu überlassen, zuvorgekommen war. »Ich werde nach ihm schicken, und du kannst ihn mit dir in dein Haus nehmen.«

Und so kam es, daß Sollius sich mit der Aufgabe betraut fand, den Mörder des Sempronius zu suchen, der genau wie sein Herr Mitglied des römischen Senats war. Sollius war nicht sonderlich von dieser Aufgabe begeistert. Er war ganz auf sich allein gestellt und besaß als Sklave nicht die notwendige Autorität, um Befragungen durchzuführen. Damals, als der Kaiser persönlich ihn mit einer Untersuchung beauftragt hatte, war es ganz anders gewesen, da hatte er über eine gewisse Machtbefugnis verfügt. Doch nun war er nichts anderes als ein Sklave, der von seinem Herrn an den Haushalt der Herrin Valeria ausgeliehen worden war.

Er stellte fest, daß Soldaten der Stadtgarde das Haus des ermordeten Senators besetzt hatten; der Präfekt persönlich war anwesend, denn Sempronius war ein wichtiger Mann gewesen.

Einer der Soldaten, die die Tür bewachten, erkannte Sollius und wußte, daß er im Ruf stand, alle Geheimnisse lösen zu können. Gratianus, wie dieser Soldat hieß, trat einen Schritt vor und verstellte Sollius den Weg.

»Dieser Sklave dient mir«, erklärte Valeria hochmütig.

»Ich will ihm ja gar nicht den Eintritt verwehren, Herrin«, erwiderte der Soldat. »Ich möchte nur ein Wort mit ihm reden, wenn du erlaubst.«

»Komm zu mir, sobald man es dir erlaubt«, sagte Valeria zu Sollius gewandt. Den Soldaten ignorierte sie. »Einer meiner Diener wird auf dich warten.«

Sie trat durch den Säulengang ins Haus, eine schweigende Rachegöttin mit harten Augen. Gratianus verzog das Gesicht zu einer Grimasse, dann packte er Sollius am Arm.

»Warum bist du hier?« fragte er leise. »Hat sie dich kommen lassen, damit du … den jungen Quintus rettest? Ich bezweifle, daß er unschuldig ist. Die Beweise gegen ihn wiegen zu schwer.«

»Mein Herr hat mich an die Herrin Valeria ausgeliehen«,

erwiderte Sollius und zuckte mit den Schultern. »Ich werde tun, was ich tun kann. Vielleicht werde ich auch gar nichts tun, das allerdings mit dem notwendigen Eifer und der nötigen Energie – falls mir, wie du ja angedeutet hast, wirklich nichts mehr zu tun bleibt!«

Er lächelte entwaffnend und machte einen Schritt auf den Säulengang zu, doch der andere, die Hand immer noch auf Sollius' Arm, hielt ihn zurück.

»Hör zu!« sagte Gratianus mit leiser Stimme. »Der Präfekt da drin ist nicht allzu glücklich. Der junge Quintus ist der Freund seines Sohnes. Er wäre froh, wenn man einen Fehler in den Beweisen entdecken könnte – falls es einen solchen überhaupt gibt –, und wem könnte das eher gelingen als dir? Soll ich ihm sagen, daß du hier bist? Sicher wird er sich an dich erinnern. Vor einiger Zeit hast du ihm doch gemeldet, was bei deinen geheimen Untersuchungen über jene Diebstähle in der Schatzkammer herausgekommen ist. Ich war damals auch dabei, denn ich hatte Dienst.«

»Ich kann mich daran erinnern«, erwiderte Sollius und rieb sich das Kinn. »Ich wäre dir sehr dankbar, Gratianus«, sagte er dann, »wenn du dem Präfekten mitteilen würdest, warum ich hier bin.«

Der Soldat ließ ihn los, klopfte ihm auf die Schultern und bedeutete ihm dann, daß er ins Haus gehen könne. Sollius betrat das Haus mit einem Gefühl der Erleichterung. Nun würde er doch in der Lage sein, alle nötigen Fragen stellen zu können. Doch offensichtlich war es keine einfache Aufgabe, die man ihm aufgezwungen hatte, und ein Hauch von Verzweiflung und Unbehagen schlich sich in seine Gedanken, belastete ihn, so daß sein Hinken mehr als sonst auffiel.

Wie versprochen, erwartete ihn ein Diener im Atrium und führte ihn sofort in ein hohes, reich verziertes Zimmer. Valeria saß auf einer griechischen Liege und vor ihr stand ein ziemlich junger Mann. Da er glaubte, daß dies ihr Sohn und damit der Angeklagte sei, musterte Sollius ihn mit neugierigen Blicken. Er sah einen großen, unerschütterlich wirkenden Mann, der mehr Erfahrung hatte, als es seinem Alter entsprach. Ein dunkler Typ mit Adlernase und schmalen, entschlossenen Lippen, das Gesicht glattrasiert. Er hat die Haltung eines Soldaten, dachte Sollius.

»Dies ist mein Stiefsohn«, erklärte Valeria, »der Sohn meines Mannes. Welch ein trauriger Beginn für seinen Urlaub vom Grenzposten!«

»Ich kam nach Hause, um meinen Vater ermordet vorzufinden«, sagte Platorius. »Ich war seit mehr als sechs Jahren nicht mehr hier – und nun scheint es wahrlich keine glückliche Heimkehr geworden zu sein.«

Sollius drückte sein Mitgefühl aus, während seine Blicke zwischen den beiden hin und her wanderten.

»Ich habe meinem Stiefsohn berichtet, wie geschickt du darin bist, geheimnisvolle Vorfälle aufzuklären«, sagte Valeria, »und daß Titius Sabinus so freundlich war, dich uns zu überlassen, damit du meinen Sohn von dieser lächerlichen Anklage reinwaschen kannst.«

Sollius verbeugte sich, dann sah er Platorius an.

»Mein Name«, begann dieser, »ist Gaius Sempronius Platorius, und ich bin der leibliche Sohn meines Vaters. Quintus ist nicht nur sein Stief-, sondern auch sein Adoptivsohn. Ich denke, es ist besser, wenn wir gleich zu Anfang Klarheit in diese Familienverhältnisse bringen«, fügte er mit einem Lächeln hinzu.

»Je mehr man mir gleich zu Beginn mitteilt, desto besser kann ich das beurteilen, was ich später erfahren mag«, erwiderte Sollius mit gespielter Demut. »Aber ich kann überhaupt noch nichts unternehmen, ehe ich nicht über die näheren Umstände des Mordes unterrichtet bin.«

»Ich selbst kann nichts dazu beitragen«, antwortete Platorius. »Denn als ich hier ankam, war bereits alles vorbei – leider. Wäre ich hiergewesen«, fügte er hinzu, und seine Stimme klang auf einmal heftig, »bei den Göttern, ich hätte den Schurken sein eigenes Blut kosten lassen!«

»Meint Ihr mit Schurken Euren Stiefbruder Quintus?« fragte Sollius. »Verdächtigt Ihr denn auch den jungen Herrn?«

Überrumpelt von der kompromißlosen Direktheit des

Sklaven, antwortete Platorius, daß er den Mörder bestraft hätte, wer auch immer dies gewesen sein mochte.

»Ich weiß überhaupt nichts«, fügte er hinzu. »Ich war kein Zeuge, deshalb kann ich auch niemanden verdächtigen – und schon gar nicht Quintus! Die Anklage kann nur auf einem Fehler der Verantwortlichen beruhen; diese Beschuldigung ist völlig unglaubhaft.«

»Welche Hinweise gibt es denn, daß er der Mörder sein könnte?« wollte Sollius wissen und wandte sich Valeria zu.

»Mein Mann hat stets sehr schlecht geschlafen«, berichtete sie. »Er stand immer schon sehr früh auf, oft noch vor der Dämmerung, und dann pflegte er in die Bibliothek zu gehen und einen Sklaven zu rufen, damit dieser ihm vorlas; wenn es warm war, begab er sich in den Garten. Vergangene Nacht – nein, heute morgen« – sie seufzte traurig – »stand er wie üblich auf, doch da ich selbst noch schlief, hörte ich ihn nicht aus dem Zimmer gehen. Ich wurde erst von dem Geschrei wach, das sich erhob, als man ihn fand. Dann hat mich Cleander geholt, der griechische Sklave, der meinem Mann vorlas, und er sagte mir …«

Sollius hatte keine Hemmungen, sie zu unterbrechen.

»Könnte ich mit diesem Cleander sprechen?« fragte er. »Zeugenberichte aus zweiter Hand, Herrin, sind nicht zu vergleichen mit dem, was der Zeuge selbst zu sagen hat.«

»Du kannst versichert sein, daß meine Stiefmutter die Wahrheit sagt!« brauste Platorius auf.

»Die Wahrheit über das, was sie selbst gehört hat«, erwiderte Sollius ruhig. »Aber wissen wir, ob Cleander ihr alles das mitgeteilt hat, was er gesehen und gehört hat? Daß er sie nicht belogen hat? Es kann auch sein, daß er ihr – in gutem Glauben, das Richtige zu sagen – etwas Falsches erzählt hat. Wie verläßlich er ist, kann ich erst beurteilen, wenn ich ihn seine Geschichte selbst habe erzählen hören. Würdet Ihr, Herrin, nach ihm schicken lassen?«

»Du wagst es, Sklave, hier Befehle zu geben?« schrie Platorius.

»Reg dich nicht auf, Gaius«, bat seine Stiefmutter. »Er ist

mehr als nur ein einfacher Sklave. Der Kaiser selbst hat ihn schon mit solchen Aufgaben betraut. Ich werde nach Cleander schicken. Dorica!« rief sie dann.

Eine Sklavin rannte eilig herbei.

»Schicke Cleander hierher«, befahl ihre Herrin auf griechisch, und das Mädchen, das kaum den Kindesschuhen entwachsen war, rannte genauso eilig wieder hinaus, wie es hereingekommen war.

Ein kleines griechisches Täubchen, dachte Sollius.

»Hat man Euren Sohn festgenommen?« fragte er laut.

»Man ist immer noch dabei, ihn zu befragen«, erwiderte Valeria. »Der Stadtpräfekt ist inzwischen selbst hierhergekommen. Das erste Verhör ist von einem Untergebenen durchgeführt worden, und er hat meinem Sohn ins Gesicht gesagt, daß er ihn für den Mörder hält. Aber hier kommt schon Cleander …«

Der Grieche berichtete, daß sein Herr ihn geweckt und gebeten hätte, in die Bibliothek zu kommen, damit er ihm vorlesen könne. Dieser Raum, die Bibliothek, habe eine Tür zum Säulengang hin, der direkt in den Garten führe. Als er seinen Herrn nicht am üblichen Platz fand, sei er in den Säulengang getreten, um zu sehen, ob Sempronius vielleicht in den Garten hinausgegangen wäre. In dem schwachen Licht – es brannte nur eine kleine Lampe in der Bibliothek – sei er über den Körper seines Herrn gestolpert, der auf den Marmorstufen lag, die hinab auf die mit Statuen geschmückte Terrasse führten. Über den Körper hätte sich der junge Herr gebeugt und gerade ein Kurzschwert, wie die Soldaten sie trugen, aus einer tiefen Wunde an der Seite gezogen. Außerdem sei der vordere Teil seiner Tunika blutverschmiert gewesen. Der junge Herr schien vor Entsetzen wie gelähmt zu sein, und Cleander, dem es nicht gelungen war, einen zusammenhängenden Bericht von Quintus zu erhalten, hätte den gesamten Haushalt geweckt. Mehr wüßte er nicht.

Sollius stellte keine weiteren Fragen mehr, und Cleander war damit entlassen.

»Herrin, hat Euer Sohn Euch eine Erklärung dafür geben

können, daß man ihn unter so verdächtigen Umständen angetroffen hat?« fragte Sollius.

»Er sagte mir nur, daß er seinen Vater so vorgefunden hätte – bereits niedergestochen und an der Schwelle des Todes.«

»Und das Schwert?« fragte Sollius weiter. »War es das Schwert Eures Gatten oder das Eures Sohnes? Oder vielleicht die Waffe einer unbekannten Person?«

»Es war das Schwert meines Sohnes«, murmelte Valeria, blaß bis in die Lippen, doch mit erhobenem Kopf.

Bevor Sollius etwas entgegnen konnte, trat einer der Untergebenen des Präfekten in den Raum und wandte sich an den Sklaven.

»Mein Herr wünscht dich zu sehen und hat mich deshalb nach dir geschickt«, sagte er.

Sollius verbeugte sich vor der Herrin Valeria und folgte dann dem Mann in einen anderen Teil des Hauses. In der Bibliothek, auf der Schwelle zum Säulengang, standen drei Männer: der Präfekt selbst, in Uniform und mit blitzendem Brustpanzer, ein Untergebener, ebenfalls in Uniform, sowie ein junger Mann, blaß, erschüttert; seine modische Kleidung war in Unordnung und blutverschmiert.

Der Präfekt kam auf Sollius zu und begann leise mit ihm zu reden. »Ich kann dir gar nicht sagen, wie erleichtert ich über diese Fügung des Schicksals bin. Ich kenne dein Geschick, Sklave, und niemals hat man es dringender benötigt, um einen Unschuldigen zu retten. Mir bleibt gar keine andere Wahl, als den jungen Mann unter Arrest zu stellen, denn alles deutet auf seine Schuld hin – ich sage, *deutet hin*, denn bewiesen ist sie nicht, und ich kann einfach nicht glauben, daß er es getan hat. Doch solange seine Unschuld nicht festgestellt ist, muß ich mich dem Gesetz beugen und ihn verurteilen. Aber, beim göttlichen Caesar, das wäre furchtbar.«

»Ihr habt den jungen Mann bereits verhört?« fragte Sollius.

»Verhört und noch einmal alles überprüft, Satz für Satz, dreimal insgesamt. Und es ist immer dieselbe Geschichte – eine Geschichte, die ihn ins Unglück stürzen wird, wenn wir nicht irgend etwas finden, was uns auf die Spur des wirklich Schuldigen führen könnte. Aber im Moment liegt die Wahrheit noch völlig im dunklen. Willst du ihn selbst befragen?«

»Ich hatte gehofft, daß man es mir gestatten würde, Herr!«

Der Präfekt lächelte kurz, dann führte er den Sklaven zu den beiden anderen Männern.

»Erzähle noch einmal deine Geschichte«, befahl er dem jungen Mann, den Sollius für den Beschuldigten hielt.

»Es ist keine ›Geschichte‹, Präfekt«, erwiderte Quintus. Seine Stimme klang eher müde und mürrisch als herausfordernd.

»Entschuldige, Herr«, mischte Sollius sich ein, »aber mir wäre es lieber, ich könnte ihm Fragen stellen, statt mir einen Bericht anhören zu müssen, der inzwischen – ob er nun wahr ist oder nicht – wahrscheinlich eine feste Form angenommen hat.«

»Wie du wünschst«, antwortete der Präfekt. In seiner Stimme klang leichte Überraschung mit, doch ob sie davon herrührte, daß seine Anordnung so höflich umgestoßen worden war, oder ob er tatsächlich verblüfft von Sollius' Bitte war, konnte keiner von ihnen sagen.

Der junge Mann starrte den Sklaven an, der Sklave starrte zurück.

»Wer ist das?« wollte Quintus wissen.

»Derjenige, der dich befragen wird«, fuhr der Präfekt ihn an und stellte damit seine Autorität wieder her – gegenüber Quintus *und* gegenüber Sollius.

Quintus blickte den Sklaven an; seine Augen waren blutunterlaufen und wirkten verstört. Mit einem Seufzer bedeutete er Sollius, mit seinen Fragen zu beginnen.

»Ihr wart der erste, der Euren Stiefvater gefunden hat?«

»Das war ich.«

»Seid Ihr aus Eurer Kammer gekommen? So früh?«

»Ich hatte gerade das Haus betreten – von draußen!«

»Durch den Säulengang?«

»Ich habe das Haus oft von dieser Seite her betreten. Das war nichts Unübliches.«

»Wart Ihr die ganze Nacht ausgewesen?«

Quintus zögerte einen Moment, bevor er antwortete, und dann bestand diese Antwort auch nur aus einem knappen Nicken.

»Eine Liebesgeschichte?« wollte Sollius wissen.

Er mochte den stattlichen jungen Mann und hatte ihn bei seiner letzten Frage mit einem Lächeln bedacht.

»Ich bin kein kleiner Junge mehr!« rief Quintus verärgert und wurde rot. »Und daß ich die ganze Nacht nicht zu Hause war – was hat das mit dem Tod meines Stiefvaters zu tun?«

»Es könnte doch sein«, meinte Sollius, »daß Euer Stiefvater Euch ertappt hätte, als Ihr zurückkehrtet. Dann gab es einen Streit und in der Hitze der Auseinandersetzung habt Ihr Euer Schwert gezogen und ihn niedergestreckt!«

»Aber so war es nicht!« erwiderte Quintus hitzig. »Er lag bereits im Sterben, als ich ihn fand. Und er hauchte endgültig seine Seele aus, als ich das Schwert aus seiner Wunde zog.« Kummer verdunkelte sein Gesicht und er wandte den Kopf ab, um seine Tränen zu verbergen.

Sollius konnte nicht erklären, warum er plötzlich einen Hoffnungsschimmer entdeckte, als er mit der Befragung des jungen Mannes fortfuhr.

»Man hat mir erzählt, es sei Euer Schwert gewesen, mit dem der Hieb ausgeführt wurde. Wie könnt Ihr das erklären?«

»Gestern hatte ich Dienst, da eine Parade vor dem Augustus stattfand«, antwortete Quintus. »Und als ich nach Hause zurückkehrte, bat mein Stiefvater mich, mit ihm einige Ausgaben durchzurechnen. Er wartete bereits ungeduldig darauf, damit beginnen zu können. Ich warf mein Schwert, meinen Helm und meinen Umhang dort in die Ecke. Sieh selbst – der Helm und der Umhang befinden sich noch dort. Doch das Schwert hat jemand genommen … und benutzt. Vielleicht war es mein Stiefvater selbst, der einen Dieb überrascht hatte. Dieser könnte ihm das Schwert entwunden und ihn mit eben jener Waffe niedergestreckt haben, die mein Stiefvater zu seiner Verteidigung gezogen hatte.«

»Nun, auch du könntest die Waffe benutzt haben – in genau der Weise, wie du es gerade geschildert hast«, warf der Präfekt ein.

Quintus seufzte tief auf und breitete die Arme aus.

»Herr, ich habe es nicht getan«, versicherte er erneut. Seine Stimme klang fest und ernst, und wieder ertappte sich Sollius, daß er ihm glaubte.

»Der Mörder kann nur wenig Zeit gehabt haben, um zu verschwinden, bevor Ihr gekommen seid«, sagte der Sklave. »Habt Ihr keinen Blick auf ihn erhaschen können? Jemanden gesehen, der floh? Oder vielleicht etwas gehört?«

Quintus schüttelte den Kopf.

»Ist irgend etwas gestohlen worden?«

»Nichts«, erwiderte der Präfekt. »Das hat man mir jedenfalls so gesagt.«

»Es stimmt«, bestätigte Quintus.

»Nun, wenn ich von Eurer Unschuld ausginge, zumindest für den Moment«, meinte Sollius, »habt Ihr dann irgendeinen Verdacht, wer der Mörder sein könnte?«

»Ich habe nicht die geringste Vermutung«, erwiderte Quintus. »Ich kenne niemanden, der sein Feind gewesen wäre. Und falls es ein Einbrecher war, so ist er entkommen. Es ist unvorstellbar, daß irgend jemand aus diesem Haushalt eine so furchtbare Tat begangen hätte.«

»Außer Ihr selbst«, merkte Sollius trocken an.

»Ich kenne mich besser, als meine Ankläger dies tun«, fuhr Quintus ihn an. »Und selbst wenn man mir weiszumachen versuchte, ich hätte schlafgewandelt und die Tat unwissend begangen, ich würde es nicht glauben. Selbst wenn ich nicht bei mir gewesen wäre, hätte ich ihm niemals auch nur ein Haar krümmen können! Ich habe ihn geliebt!«

Sollius betrachtete ihn lange und nachdenklich, dann teilte er dem Präfekten mit, daß er keine weiteren Fragen mehr habe.

»Führ den Gefangenen weg!« befahl der Präfekt.

3

»Du siehst also«, begann der Präfekt, als er und Sollius allein waren, »alles – mit Ausnahme seines Charakters – deutet auf seine Schuld hin. Und obwohl wir keinen anderen Verdächtigen haben, glaube ich immer noch an seine Unschuld.«

»Nun, laßt uns alle vorgefertigten Meinungen beiseite lassen«, erwiderte Sollius. »Wir müssen das Problem in Angriff nehmen, aber nicht unter dem Gesichtspunkt, was uns selbst am liebsten wäre – obwohl ich zugeben muß, daß es auch mir gefiele, wenn wir den jungen Mann von aller Schuld reinwaschen könnten. Wir sollten uns überlegen, auf welche Weise der Mord begangen wurde. Das Schwert war natürlich die Tatwaffe, das Schwert des jungen Herrn, das gibt er auch zu. Laßt uns einmal annehmen, alles wäre so geschehen, wie er es uns berichtet hat. Sein Schwert, der Umhang und der Helm lagen dort in der Ecke und waren dem Angreifer zugänglich. Das würde zumindest darauf hindeuten, daß der Mord aus einem Impuls heraus begangen wurde. Der Angreifer hatte keine Waffe bei sich, sondern griff nach der erstbesten, die in seiner Reichweite lag.«

»Fahr fort«, bat der Präfekt.

»Es war also ein spontaner Mord, in aller Eile ausgeführt, vielleicht nach einem Streit.«

»Das habe ich mir auch schon überlegt«, erwiderte der Präfekt. »Aber auch dies deutet wieder auf Quintus hin. Denn wer sonst außer ihm, der so spät nach Hause kam, hätte das Ziel ärgerlicher Vorwürfe werden können?«

Sollius schlug sich plötzlich mit der Hand vor die Stirn.

»Ich bin wirklich ein Esel!« rief er. »Es hat überhaupt keinen Streit gegeben! Es war doch gar keine Zeit für einen Streit! Cleander wäre hineingeplatzt, bevor die Diskussion sich dermaßen hätte erhitzen können. Nein, nein, es gab keinen Streit. Der Mörder kam, um zu töten, und er hat keine Sekunde gezögert.«

»Aber wenn es so gewesen ist«, argumentierte der Präfekt, »warum hatte er dann nicht seine eigene Waffe dabei?«

»Hatte er ja vielleicht«, erwiderte Sollius atemlos. »Aber als er die andere dort liegen sah, hat er es vorgezogen, Quintus' Schwert zu benutzen – und es als Beweis gegen den jungen Herrn zurückzulassen.«

Der Präfekt begann, im Raum auf und ab zu laufen.

»Es war kein Dieb«, murmelte er. »Es sei denn, Cleander hätte ihn gestört.«

»Wer könnte einen Groll gegen den jungen Herrn hegen?« fragte Sollius.

»Mir fällt niemand ein«, antwortete der Präfekt. »Man könnte sich keinen angenehmeren jungen Mann vorstellen. Mein Sohn würde für ihn durchs Feuer gehen. Sie sind wie Damon und Phintias – einander verbunden in sprichwörtlicher Freundschaft.«

Sollius hustete.

»Und sind die beiden Stiefbrüder ebenfalls wie Damon und Phintias?« fragte er ruhig.

Der Präfekt hielt abrupt inne und wandte sich zu dem Sklaven um.

»Ist dir das Verhältnis zwischen dem leiblichen und dem adoptierten Sohn bekannt?«

»Mein Herr hat mir die Situation erklärt, bevor ich hierherkam«, antwortete Sollius, und die beiden sahen sich an.

»Aber Gaius Platorius war nicht hier«, sagte der Präfekt. »Als er hier eintraf, war der Mord schon längst entdeckt worden.«

Er setzte seinen Rundgang fort.

»Herr, wäre es möglich, seine Reiseroute nachzuprüfen?« fragte Sollius leise.

»Sie wird überprüft werden«, erwiderte der Präfekt mit einem Seufzer. »Das kannst du mir überlassen. Wenn es erledigt ist, werde ich nach dir schicken. In der Zwischenzeit«, fuhr er fort und legte dem Sklaven eine Hand auf die Schulter, »rede noch einmal mit der Herrin Valeria und mit Cleander. Du kannst kommen und gehen, wie es dir beliebt, und du kannst befragen, wen immer du möchtest. Ich bin sehr dankbar für deine Hilfe, denn wir müssen Quintus' Unschuld beweisen, falls das möglich ist. In der Zwischenzeit werde ich ihn in seinem Zimmer einsperren und eine kräftige Wache vor die Tür stellen. Sei gegrüßt, Sollius!«

4

Sollius kehrte in die Gemächer zurück, wo die Herrin Valeria ihn empfangen hatte, und sah, daß ihr Stiefsohn ihr immer noch Gesellschaft leistete.

»Was hat der Präfekt dir gesagt?« fragte sie eifrig. »Ist mein Sohn wieder frei?«

»Quintus, der junge Herr, muß unter Bewachung in seinem Zimmer bleiben.«

»Kann ich ihn sehen?«

»Nein, Herrin.«

»Warum nicht? Was hat der Präfekt gesagt?«

»Er erlaubte mir, den jungen Herrn in seiner Gegenwart zu befragen. Im Moment, Herrin, können wir nichts anderes tun als auf das Ergebnis einer Nachprüfung zu warten, die der Präfekt durchführen läßt – eine Untersuchung, Herrin, die Eurem Sohn helfen könnte.«

»Was für eine Untersuchung ist das?« wollte Platorius wissen – in einem Ton, wie ein römischer Offizier ihn anschlägt, wenn er mit Soldaten der gallischen oder pannonischen Hilfstruppen spricht.

»Herr, nur der Präfekt kann Euch das beantworten!« erwiderte Sollius.

»Wie, du wagst es, Sklave, meinem Befehl nicht zu gehorchen?«

»Beruhige dich, Platorius«, murmelte Valeria.

»Das ist eine Unverschämtheit!« rief Platorius. »Wie kann ein Sklave es wagen, so mit mir zu sprechen?«

»Dieser Sklave ist anders, das habe ich dir doch schon gesagt«, erwiderte Valeria.

»Ein Sklave ist ein Sklave«, antwortete ihr Stiefsohn und wandte sich voller Widerwillen ab. Er schien dem Gespräch aber weiterhin aufmerksam zuzuhören, wie Sollius bemerkte.

»Kannst du mir denn ein wenig Hoffnung machen?« bat Valeria. »Ich bin verzweifelt, Sollius – es kann so schwer sein, in Rom für die Gerechtigkeit zu kämpfen!«

Sollius wog seine Antwort sorgfältig ab, und als er sie endlich aussprach, redete er absichtlich so laut, daß der Tribun des Grenzheeres an der Donau sein Hörvermögen nicht zu überanstrengen brauchte.

»Mir sind einige Ideen gekommen, Herrin, doch ich muß sie erst noch bewerten und nachprüfen, bevor ich sie in Worte fassen kann, selbst Euch gegenüber.« Als er weitersprach, verlieh er seiner Stimme einen gewichtigen Ton, der ihn selbst amüsierte. »Es ist nicht auszuschließen, daß es tatsächlich einen anderen Verdächtigen geben könnte.« Und schnell, bevor Valeria in ihrer mütterlichen Besorgnis ihn unterbrechen konnte, fügte er hinzu: »Fragt mich nicht, wer genau dies sein könnte, denn das weiß ich selbst noch nicht. Der Präfekt hat mir gestattet, in diesem Fall nach meinem Gutdünken vorzugehen, doch ich darf niemandem etwas über den Stand der Dinge berichten, bevor meine Aktivitäten nicht mit den offiziellen Aktionen abgestimmt worden sind. Doch seid guter Hoffnung, Herrin: Nach allem, was ich erfahren habe, halte ich Euren Sohn für unschuldig!«

»Gelobt seien die Götter!« rief sie, und plötzlich strömten ihr Tränen über das Gesicht. »Tu in diesem Haus, was immer du tun möchtest, ich habe bereits Befehl gegeben, daß man dir in allen Dingen zu gehorchen hat!«

Während der Tribun verächtlich vor sich hin murmelte, wandte Sollius sich ab und zog sich zurück. Er wollte noch einmal den griechischen Sklaven aufsuchen, doch er hatte erst die Hälfte des Weges zum Atrium zurückgelegt, als er plötzlich seine Schritte verlangsamte. Er wußte, daß Platorius ihm folgen würde, und so war er nicht überrascht, als dieser ihn einholte.

»Sklave, hast du wirklich gemeint, was du gesagt hast?« wollte der Tribun wissen.

»Daß ich glaube, daß Quintus unschuldig ist? Ja, Herr.«

»Das glaube ich auch!« rief Platorius, dann schaute er sich um und senkte die Stimme, bevor er weitersprach. »Ich schätze es nicht, belauscht zu werden. Bei den Göttern, ich vertraue darauf, daß du es beweisen kannst!«

»Das hoffe ich auch, Herr.«

»Hast du denn einen Hinweis gefunden, der auf jemand anderen deutet?« fragte Platorius und packte den Sklaven am Arm.

»Nein, Herr, nichts. Es gibt nirgendwo direkte Hinweise, nur indirekte, doch auch die könnten absichtlich gelegt oder einfach falsch sein. Doch Vermutungen müssen nicht immer nur auf Beweisen beruhen.«

»Und du hast Vermutungen?« flüsterte Platorius, während sein Griff sich verstärkte.

Sollius zögerte. Er spürte plötzlich, wie eiskalter Schweiß ihm über den Rücken lief. Was sollte er antworten?

»Ich würde sie nicht direkt Vermutungen nennen, Herr«, sagte er ruhig. »Aber – nun, eine vage Idee vielleicht. Ach, da ist ja Cleander – genau der Mann, den ich gesucht habe.«

Er dankte den Göttern für das unerwartete Auftauchen des Sklaven, der seinem Herrn, als er noch lebte, als Vorleser gedient hatte. Sein Erscheinen gab Sollius die Möglichkeit, das Gespräch mit Platorius zu beenden, ohne daß er nach Ausflüchten suchen mußte.

5

»Ich muß mit dir sprechen, Cleander. Wo können wir uns ungestört unterhalten?«

Cleander dachte einen Moment nach, dann führte er Sollius zu einem kleinen Hof mit einem Springbrunnen darin.

»Nun?« fragte er.

Sollius hatte nicht das Gefühl, daß der Grieche ihm ablehnend gegenüberstünde, spürte aber eine gewisse Vorsicht.

»Hast du irgend jemanden im Haus gesehen, bevor du dich deinem Herrn in der Bibliothek anschließen wolltest? Denk gut nach, bevor du mir antwortest.«

»Ich habe niemanden gesehen.«

»Hast du irgend etwas Ungewöhnliches gehört? Stimmen vielleicht?«

»Nein, nichts.«

»Nicht einmal einen Aufprall, als dein Herr niedergestreckt wurde?«

»Ich habe nichts gehört«, wiederholte Cleander, und es gab keinen Grund, an seiner Aussage zu zweifeln.

»Wie lange bist du schon als Sklave hier?« fragte Sollius, abrupt das Thema wechselnd. »Bist du lange genug in diesem Haus, um dich an den Streit zwischen deinem Herrn und seinem Sohn Gaius zu erinnern?«

»Das ist erst sechs Jahre her«, erwiderte Cleander. »Ich kann mich noch sehr gut daran erinnern. Aber es war eher eine Meinungsverschiedenheit als ein richtiger Streit. Ich meine, es gab keine verletzenden Worte zwischen den beiden, nur ein kaltes Schweigen, das damit endete, daß Gaius fortging, um an den Grenzkriegen teilzunehmen. Doch es stimmt, daß er enterbt wurde.«

»Dann muß diese … Meinungsverschiedenheit aber sehr ernst gewesen sein«, stellte Sollius fest.

»Das war sie auch. Sie betraf das unstete Leben, das der junge Mann führte. Mein Herr gehörte noch zur alten Schule, stets zitierte er Cato, den er das einzige Vorbild für einen wahren Römer nannte, und der junge Mann konnte es nicht mehr hören.«

»Ich verstehe«, murmelte Sollius. »War der junge Herr Gaius seitdem noch einmal zu Hause – auf Urlaub, zum Beispiel, oder ist dies sein erster Besuch nach dem Bruch mit seinem Vater?«

»Der allererste«, antwortete Cleander. »Und was für eine schreckliche Heimkehr es war! Sein Herz wird von Reue erfüllt gewesen sein. Warum sonst hätte er heimkommen sollen, ohne uns vorher Nachricht davon zu geben?«

»Ohne jemanden zu benachrichtigen?« warf Sollius ein.

»Wir hatten keine Ahnung, daß er kommen würde. Und er wäre auch niemals von sich aus nach Hause gekommen, wenn die Jahre und die Erfahrung ihn nicht zum Besseren verändert, sondern seine schlechten Eigenschaften noch verstärkt hätten. Und nun ist dies eine zweifache Tragödie für ihn: Er hat nicht nur seinen Vater verloren, sondern auch jede Chance, seiner Reue Ausdruck zu geben. Wir alle bedauern ihn sehr.«

Sollius schwieg einen Moment, dann fragte er: »Wie lange war es her, daß man den Mord entdeckt hatte, als er hier eintraf?«

»Viele Stunden«, sagte Cleander. »Der Mord wurde entdeckt, als der Tag gerade angebrochen war; Gaius jedoch kam erst nach Mittag.«

Sollius nickte.

»Ich sah ihn weinen«, fuhr Cleander fort.

Wieder nickte Sollius.

»Und der andere junge Herr? Quintus?« fragte er. »Hast du *ihn* auch weinen sehen?«

»Nein. Er war völlig schockiert und konnte nur nach Vergeltung rufen!«

»Natürlich«, meinte Sollius spöttisch. »Schließlich war er ja auch nur ein adoptierter Sohn. Es war nicht die Natur, die aus ihm sprach, lediglich Dankbarkeit.«

6

Es dauerte vier Tage, bis der Präfekt Sollius zu sich bringen ließ, und es war eben jener Gratianus, den der Sklave schon kannte, der ihn in das schmucklose Hauptquartier der Stadtgarde brachte.

»Platorius ist unschuldig«, verkündete der Präfekt, kaum daß der Sklave zu ihm geführt worden war.

»Oh!« meinte Sollius nur.

»Ich weiß, daß dich das enttäuscht«, sagte der Präfekt. »Aber es gibt keinen Zweifel daran. Er hat in einer Raststation übernachtet, die zu weit von Rom entfernt ist, als daß er zu dem Zeitpunkt, als sein Vater ermordet wurde, hätte hier sein können. Es ist von meinen Offizieren nachgeprüft worden.«

»Dann ist also Platorius von jedem Verdacht befreit«, sagte Sollius und grub die Zähne in seine Unterlippe. »Und dann bleibt nur noch Quintus übrig – es sei denn, Herr, es wäre Euch gelungen, einen anderen Verdächtigen zu finden«, fügte er hinzu und blickte den Präfekten hoffnungsvoll an.

Der jedoch seufzte und schüttelte den Kopf.

»Es kann nur einer von den beiden gewesen sein«, meinte er. »Beide hatten ein Motiv, doch nur einer hatte die Gelegenheit.«

»Es kann kein Zufall gewesen sein«, überlegte Sollius laut, »daß man versucht hat, Quintus den Mord in die Schuhe zu schieben: Die Verwendung seines Schwertes als Tatwaffe war Absicht, selbst wenn der Täter spontan gehandelt hat. Eine derart rasche Entscheidung ist typisch für einen Soldaten«, fügte er hinzu und sah den Präfekten an.

»Dann bist du also immer noch nicht von Platorius' Unschuld überzeugt«, sagte der Präfekt mit einem schiefen Lächeln. »Obwohl ich dir versichert habe, daß er gar keine Gelegenheit dazu hatte?«

Sollius errötete.

»Verzeiht mir, Herr. Ich habe nicht den nötigen Respekt

gezeigt. Ich hätte mich daran erinnern sollen, mit wem ich rede …«

»Sollius«, unterbrach der Präfekt ihn ernst, »du bist ein sehr außergewöhnlicher Mann, und ich behandele dich nicht wie einen Sklaven. Der Kaiser hat sich letzte Nacht mit mir unterhalten. Ihn hat dieser Mord sehr betroffen gemacht, doch er ist erfreut, daß ich dich als meinen Assistenten eingesetzt habe. Du hast die Erlaubnis von höchster Stelle, jede Untersuchung durchzuführen, die du für nötig hältst, um der Gerechtigkeit zum Sieg zu verhelfen. Und die Gerechtigkeit wird Quintus von diesem Vatermord freisprechen, das ist offensichtlich. Wenn du deshalb irgendwelche Machtbefugnisse brauchst, um deine Untersuchungen durchzuführen, so sollst du sie bekommen. Ich werde sie dir großzügig gewähren.«

»Dürfte ich zuerst erfahren, welche Schritte unternommen wurden, um nachzuweisen, daß Platorius zum Zeitpunkt des Mordes unmöglich in Rom sein konnte?« bat Sollius.

Der Präfekt runzelte die Stirn, dann ermahnte er sich selbst, und schließlich begann er zu lachen.

»Du bist ein hartnäckiger Kerl«, sagte er, »aber deine Hartnäckigkeit dient schließlich einem guten Zweck. Gratianus wird dir alles berichten, schließlich war er es, der diese Überprüfung durchgeführt hat. Ich kann keinen Fehler in den Schlüssen finden, die er gezogen hat. Aber er ist dein Freund und wird sicher ganz offen mit dir darüber reden. Und falls du diese Überprüfung wiederholen möchtest, dann hast du meine Erlaubnis dazu.«

Sollius dankte ihm, dann war er entlassen.

»Was soll das Ganze?« fragte Gratianus, sobald sie allein waren. »Glaubst du vielleicht, ich hätte in solchen Dingen keine Erfahrung? Ich habe Hunderte von Männern überprüft und jeden ihrer Schritte nachvollzogen. Ich habe Übung in solchen Dingen.«

»Ich weiß, ich weiß«, sagte Sollius beruhigend. »Ich will deine Fähigkeiten ja auch gar nicht anzweifeln. Ich frage mich nur, ob es diesem Platorius nicht gelungen ist, dich mit einer schlauen List hinters Licht zu führen.«

»Das muß aber schon eine besonders schlaue List gewesen sein«, brummte Gratianus.

»Nun, dann laß uns alles noch einmal zusammen durchgehen. Zwei Köpfe sind immer besser als einer, und sei es auch nur, daß der zweite die Schlüsse bestätigen kann, zu denen der erste gekommen ist.«

»Dann beantworte aber zuerst *mir* eine Frage«, sagte Gratianus ernst. »Warum verdächtigst du Platorius so sehr?«

»Er hat zwei Motive«, antwortete Sollius. »Rache und Habgier. Außerdem trägt dieser Mord die Handschrift eines Soldaten. Und schließlich – ich habe sein Unbehagen *gespürt*. Es war ein merkwürdiges Gefühl, ein Gefühl, das ich schon öfter empfunden habe – und auf das ich mich stets verlassen konnte.« Ernst fügte er hinzu: »Und wann immer ich es unbeachtet gelassen habe, habe ich es hinterher bereut.«

»Du redest wie ein Weib, Sollius«, antwortete Gratianus spöttisch. »Ich denke anders, weil ich es besser weiß. Wird dir das genügen, Sollius? Platorius hat die Nacht in der Raststätte verbracht, was der Wirt und andere Zeugen bestätigen können. Er hat sich sogar ein Mädchen zur Gesellschaft kommen lassen – ich kann dir dieses Mädchen vorführen! Und außerdem gibt es kein Pferd, das in der Lage gewesen wäre, Platorius nach Rom zu tragen, zurück und wieder nach Rom, und so ausgeruht zu sein, wie sein Pferd es war, als er das Haus seines Vaters erreichte, nachdem dieser Stunden vorher ermordet worden war. Nein, Sollius, das ist unmöglich.«

7

Um in das Haus seines Herrn Titius Sabinus zurückzukehren, nachdem er das Hauptquartier verlassen hatte, mußte Sollius sich seinen Weg durch die engen, überfüllten und lärmenden Straßen Roms bahnen. Er war tief in seine Gedanken versunken und bewegte sich wie im Traum. Um nicht umgerannt zu werden, machte er immer wieder eiligeren Fußgängern Platz, wich Wagen und Sänften mit ihren großen, schnell laufenden Trägern aus, doch dies geschah instinktiv und ohne daß er dabei wirklich jemanden wahrgenommen hätte.

Doch in einer der Sänften saß ein Mann, der *ihn* erkannte, und ein knapper Befehl ließ die Träger abrupt anhalten.

»He, du! Du dort, Sklave!« rief eine tiefe, unverschämte Stimme und riß Sollius augenblicklich aus seinen Überlegungen. »Komm her, Sklave!«

»Herr?« fragte Sollius, als er an die Sänfte trat und hineinschaute. Zwei Männer räkelten sich auf den weichen Kissen.

»Man hat mir einreden wollen, daß du jedes Rätsel zu lösen weißt«, fuhr dieselbe unverschämte Stimme fort. »Zumindest glaubt meine Stiefmutter das, oder sie gibt vor, es zu tun. Aber was hast du bis jetzt über den Mord an meinem Vater herausgefunden? Nichts! Sklave, du bist ein Betrüger! Ich sehe nicht zum ersten Mal ein so schlaues Gesicht wie deines. Du doch auch, Torquatus, nicht? Schlau, weil eine Klugheit vorgetäuscht wird, die gar nicht vorhanden ist. Ich kenne Typen wie dich. Du doch auch, Torquatus, oder?«

Sein Freund lachte, und Sollius dachte, daß beiden Männern das Leben offensichtlich sehr zu gefallen schien. Er war überzeugt, daß Platorius jetzt schon die Freuden genoß, die ihm sein Erbe versprach. Das Erbe, das ihm zugeteilt werden würde, sobald man Quintus hingerichtet hatte. Und mit diesem Freund hier schien er sein Glück zu teilen.

»Herr«, erwiderte Sollius, zumindest nach außen hin mit großem Respekt. »Ich habe gerade eben den Präfekten verlassen, und ich kann Euch berichten, daß der Fall Eures Vaters … kurz vor seiner Auflösung steht.«

Er wußte, daß er mehr gesagt hatte, als er hätte sagen sollen, aber Platorius' Art hatte ihn geärgert. Doch als er den Blick bemerkte, den Torquatus seinem Freund zuwarf, und das düstere Glühen, das in den Augen des anderen aufglomm, bedauerte er seine unbedachte Äußerung nicht länger, sondern setzte noch eine Bemerkung obendrauf, die durch ihren Mangel an Vorsicht bemerkenswert war.

»Ich muß nur noch beweisen, daß das Alibi des wirklichen

Mörders vorgetäuscht war«, sagte er und versuchte dabei so albern und dümmlich wie möglich zu wirken.

Er hatte die Lider halb gesenkt, während er gesprochen hatte, doch nun machte er die Augen wieder weit auf und sah Torquatus an. Doch es war Platorius, der ihm antwortete.

»Was, Sklave, du kennst den Mörder? Warum hat man ihn dann noch nicht festgenommen?«

»Das wird schon noch geschehen«, erwiderte Sollius. »Sobald ich den letzten Beweis zusammengetragen habe – den Nachweis, wo er sich zu einem bestimmten Zeitpunkt tatsächlich aufgehalten hat.«

»Bei den Göttern!« rief Torquatus. »Du wärst wirklich ein kluger Mann, wenn du beweisen könntest, daß ein Mann hier oder dort gewesen wäre, obwohl er das Gegenteil behauptet.«

Wieder richtete Sollius seinen Blick auf Platorius' Begleiter. Er sah einen stämmigen Mann mit kräftigem Hals, einem runden, freundlich wirkenden Gesicht und einer sehr langen Nase; einen Mann, der äußerlich fast das genaue Gegenteil seines schlanken Freundes mit dem schmalen Gesicht und dem sardonischen Ausdruck war.

»Führt denn der Präfekt selbst diese letzte Untersuchung durch?« wollte Platorius wissen.

»Der Präfekt«, antwortete Sollius mit voller Absicht, »weiß noch lange nicht alles, was ich weiß. Ich werde ihm mein Wissen mitteilen, sobald ich es beweisen kann. Das ist nun mal meine Art«, fügte er hinzu, und ihm gelang es dabei, in seiner zur Schau getragenen Selbstzufriedenheit noch alberner zu wirken als zuvor.

»Lauft weiter, ihr faulen Tiere!« rief Platorius den Trägern plötzlich zu, und er warf sich in die Kissen zurück, als die Sänfte einen Satz nach vorn machte.

8

Sollius konnte nicht reiten, und so hatte man einen von zwei Pferden gezogenen Wagen für ihn bereitgestellt. Gratianus kutschierte, zwei Männer der Stadtgarde ritten neben ihnen her.

»Wie weit ist es noch bis zu dieser Raststation?« fragte Sollius, nachdem sie schon eine Weile unterwegs waren.

Gratianus sagte es ihm.

»Es ist die erste Raststätte außerhalb Roms in nördlicher Richtung«, fügte er ein wenig mürrisch hinzu, denn er hatte den Vorschlag des Sklaven, daß Platorius' Reiseroute noch einmal überprüft werden sollte, ohne große Begeisterung aufgenommen, aber der Präfekt hatte es angeordnet. Dennoch machte Gratianus keinen Hehl daraus, daß ihn dieser Auftrag nicht gerade begeisterte.

Es war schon heiß gewesen, als sie beim ersten Tageslicht aufbrachen, und als sie das Wirtshaus erreichten, war es bereits Mittag. Sollius sah auf den ersten Blick, daß dies ein geschäftiger und gutgeführter Gasthof war; doch sein Interesse an diesem Wirtshaus war ganz anderer Art. Auch die Fragen, die Gratianus dem Wirt stellte, interessierten ihn nicht, denn die Antworten bestätigten nur, was sie bereits wußten: daß ein Offizier, der auf Urlaub war und Platorius hieß, in jener fraglichen Nacht hier übernachtet hatte. Und deshalb war es vollkommen unmöglich, daß er zu jenem Zeitpunkt, als Sempronius ermordet worden war, in Rom hätte sein können.

»Möchtest du auch noch das Mädchen befragen, das er sich hat kommen lassen?« fragte Gratianus spöttisch.

»Das ist eine hervorragende Idee«, bestätigte Sollius. »Würdest du bitte nach ihr schicken lassen?«

Gratianus starrte den Sklaven an. Er hatte nicht erwartet, daß Sollius auf seinen Vorschlag eingehen würde, der im übrigen gar nicht ernst gemeint war.

Als das Mädchen dann kam, stellte Sollius fest, daß es zwar hübsch war, für ihr jugendliches Alter aber übertrieben viel

Schminke aufgetragen hatte. In ihren Augen lag bereits ein harter Glanz, und den Angeboten der Männer stand sie nur noch mit resigniertem Mißtrauen gegenüber. Sie näherte sich ihnen vorsichtig, entschlossen, sich nur für einen guten Gegenwert zu verkaufen.

Doch Sollius entwaffnete sie schon mit seiner ersten Frage, die sie nicht erwartet hatte. Auch Gratianus wurde aus seiner schlechten Laune und seinem Groll gerissen.

»Hast du ein gutes Gedächtnis?« wollte Sollius wissen.

Das Mädchen warf den Kopf zurück.

»Ich erinnere mich an jeden Mann, der Geld hat«, antwortete sie.

»Der Mann, nach dem ich dich frage, hatte Geld genug – und er hat dieses Geld für dich ausgegeben«, sagte Sollius.

»Man hat mich schon einmal nach ihm gefragt«, erwiderte das Mädchen. »Daran zumindest kann ich mich erinnern«, fuhr sie fort und wandte sich Gratianus zu. »An dich erinnere ich mich auch. Ich kann beschwören, daß er hier war und daß er Gaius Sempronius Platorius hieß. Er hat mir zwischen den zahllosen Bechern, die er trank, immer wieder seinen Namen genannt. Danach war er ganz schön hinüber, Gott sei Dank«, schloß sie.

»Ja, ja«, murmelte Sollius ein wenig irritiert. »Das hat er getan, damit du seinen Namen auch ja nicht vergißt. Ob du dich *daran* erinnerst, wollte ich aber gar nicht wissen, sondern etwas ganz anderes. Und ich hoffe sehr, daß dein Erinnerungsvermögen wirklich gut ist, denn das Leben eines Mannes hängt davon ab.«

Auf einmal zeigte sie mehr Interesse und benahm sich auch nicht mehr so gekünstelt.

»Was ist denn dieses ›etwas ganz andere‹?« fragte sie leise, und ihre Stimme klang spröde.

»Kannst du dich daran erinnern, wie dieser Gaius Sempronius Platorius ausgesehen hat?« fragte Sollius sanft.

»Daran kann ich mich sehr gut erinnern«, erwiderte sie mit einem Lachen. »Wir Mädchen können uns eben nicht nur die Schlanken aussuchen, wir müssen auch die Dicken nehmen.

Und er war ganz schön fett mit dem runden Gesicht und der langen Nase.«

Gratianus schnappte hörbar nach Luft.

»Da haben wir die Wahrheit«, stellte Sollius fest. »Du kannst gehen, Mädchen.«

9

»Es sind zwei darin verwickelt«, stellte Sollius fest, als sie das Wirtshaus hinter sich gelassen hatten. »Platorius und ein Freund. Ich habe seinen Freund gesehen, aber ich kenne seinen Namen nicht.«

»Den kann ich dir verraten«, erwiderte Gratianus kleinlaut. »Er heißt Torquatus.«

»Torquatus war jedoch nicht der Mörder«, dachte Sollius laut. »Er war hier und hat sich für Platorius ausgegeben. Glücklicherweise kann er das beweisen – das heißt, wir können es für ihn beweisen, was wiederum Pech für den anderen ist. Ich kann inzwischen den ganzen Plan in seinen Umrissen erkennen.«

»Plan?« wiederholte Gratianus.

»Es war ein Plan, und ein sehr kluger dazu«, erwiderte Sollius. »Ich denke mir das Ganze so: Platorius war entschlossen, das Vermögen, das er schon verloren glaubte, zurückzugewinnen. Dafür gab es nur zwei Möglichkeiten: die Versöhnung mit seinem Vater oder dessen Tod. Auf ersteres muß er keine Hoffnung gesetzt haben, sonst hätte er sich nicht zur zweiten Möglichkeit entschlossen.«

»Aber seinen Vater umzubringen hätte doch nur bedeutet, daß Quintus alles erbt und nicht er selbst«, wandte Gratianus ein.

»Ein Mann, der hingerichtet worden ist, kann nichts erben«, stellte Sollius grimmig fest.

»Aber es war doch nur ein Zufall, daß Quintus' Schwert dort lag und benutzt werden konnte«, sagte Gratianus.

»Ich weiß. Aber es war der Soldat in Platorius, der sich innerhalb von Sekundenschnelle eine andere Taktik überlegt hat. Ich habe keinen Zweifel daran, daß er ursprünglich einen ganz anderen Plan hatte, um Quintus den Mord anzuhängen. Aber er glaubte, daß dies eine Fügung des Schicksals sei, und er folgte seinem Glück, genauso, wie es ein Feldherr tut, wenn eine Schlacht ihren kritischen Punkt erreicht hat.«

»Langsam begreife ich alles«, brummte Gratianus. »Du bist wirklich so gerissen, wie alle sagen.«

»Wir müssen also nun nachverfolgen, welche Schritte die beiden unternommen haben«, fuhr Sollius energisch fort.

»Womit fangen wir an?«

»Wir brauchen uns wegen Torquatus keine Sorgen zu machen. Du hast bereits nachgewiesen, daß er die Nacht hier verbracht hat und am Morgen zu einem bestimmten Zeitpunkt aufgebrochen ist. Der einzige Unterschied ist, daß du dachtest, er sei in Wirklichkeit Platorius. Wann Torquatus Rom erreicht hat, ist vollkommen uninteressant. Es war nicht mehr wichtig, nachdem er Platorius ein Alibi verschafft hatte. Doch was hat Platorius während jener Stunden getan?«

»Fragen stellen ist einfach«, brummte Gratianus.

»Dann sollten wir unseren Verstand benutzen«, antwortete Sollius. »Fahr den Wagen dort unter diese Baumgruppe.«

Sie stiegen aus dem Wagen und setzten sich an den einzigen Platz, der über Meilen hinweg ein wenig Schatten bot, denn in dieser trockenen Gegend wuchsen nicht viele Bäume.

Auch die beiden Soldaten der Stadtwache stiegen ab, um sich auszuruhen und ließen ihre Pferde grasen.

»Es scheint klar zu sein«, fuhr Sollius fort, »daß Platorius weiter geritten ist als sein Freund und Rom bereits in der Nacht oder beim Morgengrauen erreicht hat. Gewiß hat er sich an die Gewohnheit seines Vaters erinnert, früh aufzustehen, und war entschlossen, diesen Umstand auszunutzen. Wahrscheinlich begegnete er seinem Vater in dem Moment, als dieser aus dem Säulengang in den Garten treten wollte, und kehrte zusammen mit ihm ins Haus zurück. Dann bemerkte er das Schwert, benutzte es anstelle seines eigenen und schlich sich augenblicklich davon – vielleicht, weil er Quintus heimkommen hörte, was ihm wie ein weiteres Geschenk des Schicksals erscheinen mußte. Er hatte sein Pferd in der Nähe angebunden, und er verließ Rom, um gegen Mittag wieder in die Stadt zurückzukehren, als hätte er gerade eine lange Reise hinter sich gebracht. Es ist dieser Ritt aus Rom, den wir verfolgen müssen, Gratianus. Es muß einen Ort geben, wo er die Zeit zwischen den beiden Ritten verbracht hat. Und wenn wir diesen Ort finden …«

»Niemand ist dabei beobachtet worden, wie er Sempronius' Garten verlassen hat, kein Landstreicher, und schon gar nicht ein Reiter«, sagte Gratianus. »Ich habe wirklich überall nachgeforscht, weil ich hoffte, einen anderen Verdächtigen zu finden, aber … nun ja, der Tag brach gerade erst an, es war dunstig an jenem Morgen, und niemand hielt sich in der Nähe auf.«

»Nur das Glück allein hätte uns einen solchen Beweis verschaffen können«, seufzte Sollius.

Die beiden saßen eine Weile ganz in ihre Gedanken versunken da, genossen das Schweigen und den Schatten. Dann sagte Sollius: »Irgendwo dort ist eine Taverne – *muß* eine Taverne sein, wahrscheinlich eine ziemlich schäbige und vielleicht ein wenig versteckt gelegen, ein Stück abseits der Straße, irgendwo zwischen dem Wirtshaus, in dem wir eben waren, und den Außenbezirken der Stadt. Torquatus ist als Platorius in jener Raststation abgestiegen, und am nächsten Morgen konnte er sich Zeit lassen. Platorius wird an jener Raststation gar nicht angehalten haben. Er muß ein beträchtliches Stück weitergeritten sein und in einem anderen Gasthof Unterkunft genommen haben, in einer Taverne, von der aus er problemlos nach Rom und wieder zurück gelangen konnte. Er wird so getan haben, als wäre er die ganze Nacht dort gewesen. Tatsächlich aber hat er sich fortgeschlichen, seinen Vater ermordet, und ist dann genauso heimlich zu der Taverne zurückgekehrt, wie er sie verlassen hat. Er legte sich schlafen und verließ den Gasthof am Morgen, um seinen Ritt fortzusetzen und gegen Mittag am Haus seines Vaters anzukommen. Doch wir können dies alles nur beweisen, wenn wir dieses zweite Gasthaus finden.«

»Das sind doch alles nur Vermutungen«, klagte Gratianus. »Doch da der Präfekt dich trotzdem unterstützen wird, sollten wir uns besser daran machen, dieses Wirtshaus zu finden. Wir werden die gesamte Gegend absuchen, kreuz und quer, und wenn du mit deinen Vermutungen nicht ins Schwarze getroffen hast, dann werde ich dich persönlich im Tiber ertränken, Sollius!«

10

Doch soweit sollte es nicht kommen, denn sie fanden das schäbige Gasthaus, in dem Platorius an jenem Abend sein Pferd im Stall untergestellt hatte. Der Wirt, der befürchtete, noch weit Schlimmeres könnte bei ihm entdeckt werden, beantwortete mürrisch ihre Fragen. Ja, ein Reiter hatte tatsächlich an jenem Abend in seinem Haus übernachtet, und er war am nächsten Morgen weitergeritten. Er kratzte sich am Kopf, als er gefragt wurde, ob der Mann die Schenke vielleicht während der Nacht verlassen haben könnte; weder hatte er gesehen, daß er weggegangen, noch daß er zurückgekehrt wäre. Sein Pferd? Nein, sein Pferd war am nächsten Morgen ganz frisch gewesen. Nein, sie irrten sich, wenn sie etwas anderes glaubten. Er hatte sich vom Zustand des Pferdes mit eigenen Augen überzeugen können. Doch dann fiel ihm plötzlich etwas ein, er öffnete den Mund und stieß einen erstaunten Laut aus.

»Woran erinnerst du dich, Kerl?« fuhr Gratianus ihn an.

»Da war doch noch ein zweites Pferd. Hab' einen guten Handel damit gemacht«, erwiderte der Wirt und rief sich zufrieden die Hände.

»Was für ein anderes Pferd?« fragte Sollius schnell.

»Das werde ich euch sagen«, antwortete der Wirt grinsend. »Ein Reiter kam am Tag zuvor und ließ das Tier bei mir im Stall, bezahlte für einen Tag die Unterkunft und das Futter, behauptete, er würde in der Nachbarschaft einen Besuch machen. Ich dachte, er hätte irgendwo ein Liebchen«, fügte der Mann hinzu und zwinkerte mit den Augen. »Mir war das doch egal, denn wenn er nicht zurückkam, konnte ich sein Pferd verkaufen – und er kam ja auch nicht wieder. Also habe ich das Pferd verkauft. Für einen guten Preis! Und eines kann ich euch sagen, edle Herren«, er senkte die Stimme, als könnte jemand sie belauschen, »*dieses* Pferd war in der Nacht geritten worden. Es war immer noch schweißbedeckt, als ich am Morgen nach ihm sah.«

»Zwei Pferde also«, murmelte Sollius vor sich hin. »Eins hat Torquatus dort abgestellt. Damit ist Platorius in der Nacht nach Rom und wieder zurück geritten. Zwei Männer, ein falscher und der echte Platorius, der eine bleibt in der Raststation, der andere begeht einen Mord. Sie konnten es sich leisten, ein Pferd dabei zu opfern. Begreifst du nun, mein Freund?«

»Das tue ich«, erwiderte Gratianus brummig, dem der Ärger, daß er selbst dies nicht früher erkannt hatte, deutlich ins Gesicht geschrieben stand. »Aber wie können wir es beweisen?«

»Wir haben zwei Zeugen: das Mädchen und den Wirt«, antwortete Sollius, »und wenn wir wollten, könnten wir sicher auch das zweite Pferd auftreiben.«

Plötzlich erklang von draußen ein Schrei und riß sie aus ihrem Gespräch; dann folgte das Klirren von Stahl. Gratianus eilte hinaus, während Sollius in der Tür stehenblieb und ihm hinterherschaute. Doch die Dunkelheit war bereits hereingebrochen, und alles, was er sehen konnte, war ein schauriger Schatten, der von einer flackernden Fackel geworfen wurde. Die Fackel selbst war außer Sicht, doch ihr zitternder Schein fiel auf die Zweige und Büsche neben dem Tor. Was auch immer da vorgehen mochte, es spielte sich an der Seite des Hauses ab. Hinter ihm begann der Wirt zu jammern und die Hände zu ringen.

Und nun kam Gratianus ins Haus zurück, eine klaffende Wunde an seinem linken Arm; auch sein Schwert war blutgetränkt.

»Versperr die Tür, Wirt!« rief er atemlos und half dem Mann dabei, den schweren hölzernen Balken vor die Tür zu schieben.

»Was ist passiert?« wollte Sollius wissen.

»Platorius und Torquatus sind uns gefolgt, zusammen mit ein paar bewaffneten Lumpen. Wenn sie uns töten, dann wird ihr Verbrechen niemals aufgedeckt. Auch den Wirt hätten sie auf die eine oder andere Weise zum Schweigen gebracht.«

»Wo sind die beiden Soldaten?«

»Einer ist tot, hinterrücks erstochen. Dem anderen, der noch im Sattel saß, als die Schurken sich durchs Tor hereinschlichen, habe ich zugerufen, daß er Hilfe holen soll. Aber wir werden ganz schön zu tun haben, um sie uns vom Leib zu halten, bis diese Hilfe eintrifft!«

»Ich bin kein Kämpfer«, meinte Sollius düster.

Gratianus schnalzte ungeduldig mit der Zunge.

»Diese Tür wird nicht lange halten«, prophezeite er.

»Kann man denn nicht hinten aus dem Haus gelangen?« sagte Sollius. »Wir haben doch immer noch den Wagen ...«

»Ein Weg hinaus ist auch immer ein Weg hinein«, fuhr Gratianus ihn an. »Und sie haben die Wagenpferde ausgespannt. Wir müssen hierbleiben, bis man uns erlöst.«

»Wie viele sind es?« fragte Sollius, mehr aus Neugier als Angst.

»Außer Platorius und Torquatus sind es noch drei. Einen habe ich getötet. Zu viele für uns, das kann ich dir versichern! Dennoch muß es uns gelingen, sie ungefähr eine Stunde lang aufzuhalten. Es ist ein schönes Stück bis Rom und wieder zurück.«

»Platorius hat's auch geschafft«, sagte Sollius grimmig.

»Zweimal in einer Nacht«, fügte Gratianus ebenso grimmig hinzu. »Aber wir müssen uns gegen eine Gefahr wappnen, der *er* niemals ausgesetzt war. Ich kann riechen, daß es brennt!«

Wie aufs Stichwort hörten sie die entsetzten Schreie der Wirtin und der Schankmagd aus dem hinteren Teil der Taverne.

Die beiden Frauen und ein alter Stallknecht stürzten herein.

»Verdammt sollt ihr sein!« schrie der Wirt. »Der ganze hintere Teil meines Hauses steht in Flammen!«

Gratianus ließ sich nicht aus der Ruhe bringen und deutete auf den Knecht und den Wirt. »Ihr da, steht nicht so rum, sondern entriegelt die Vordertür. Dann nehmt den Balken und benutzt ihn als Ramme. Sollius, nimm du das eine Ende und achte darauf, daß der Balken gerade gehalten wird. Wenn ihr fertig seid, öffne ich die Tür. Rennt nach draußen und rammt euch den Weg frei! Ihr zwei Frauen folgt direkt dahinter. Ich werde den Abschluß bilden und euch mit meinem Schwert schützen. Ich denke, wir können den alten Taubenschlag neben dem Tor erreichen, den ich gesehen habe, als ich hereinkam. Ziegel können sie nicht abbrennen – auch wenn sie versuchen sollten, uns auszuräuchern. In jedem Fall werden wir damit Zeit gewinnen – und im Moment ist Zeit unsere einzige Chance!«

Die Verzweiflung gab ihnen Stärke, um das zu tun, was Gratianus ihnen befohlen hatte. Der Rauch und das Knistern der Flammen hinter ihnen trieben sie an, als sie den schweren Balken wegzogen und dann herumschwangen, damit sie ihn wie einen Rammbock halten konnten. Sie waren bereit, sich nach draußen zu stürzen, und dann riß Gratianus, in der anderen Hand sein Schwert, die Tür auf.

Im Schein der flackernden, funkensprühenden Fackel sahen sie, daß Platorius, Torquatus und die anderen sich in einem Halbkreis aufgestellt hatten und sie erwarteten.

»Ich hatte gehofft, sie stünden alle zusammen«, schimpfte Gratianus und stieß einen Fluch aus.

»Es hat keinen Zweck!« rief Platorius lachend. »Wir sind zu viele. Wartet ihr vielleicht auf Hilfe? Wozu? Euer Mann hat sich den Hals gebrochen, als sein Pferd stürzte! Diese Straße läßt es nicht zu, daß man im Galopp reitet – wie ich aus eigener Erfahrung weiß, verdammter Sklave! Willst du herauskommen? Mir ist es sowieso egal. Entweder töten wir euch hier draußen, oder ihr bleibt, wo ihr seid, und sterbt in den

Flammen. Denn du, Sklave, weißt zuviel, als daß man dich weiterleben lassen dürfte, bei Jupiter!«

Die Frau des Wirts schrie auf und fiel ihrem Mann ohnmächtig in die Arme. Die Schankmagd sank jammernd auf die Knie und rief alle Götter an, an die sie sich erinnern konnte. Der Knecht versuchte einen Ausbruch und rannte in Richtung der Ställe, doch einer der Schurken, die Platorius angeheuert hatte, streckte ihn nieder. Gratianus senkte sein Schwert. Er stand unbeweglich da und wußte keinen Ausweg aus dieser Situation. Platorius lachte erneut und zeigte mit dem Daumen nach unten.

»Mithras, Erretter der Welt, nimm mich in dein Reich«, murmelte Gratianus vor sich hin.

Sollius, der eine gewisse Vorliebe für Isis hegte, betete schweigend zu dieser Göttin, doch plötzlich kam ihm der Gedanke, ob der Gott der Christen nicht mächtiger sei; er hatte viel Gutes über den Christengott gehört. Doch dann zuckte er nur mit den Schultern und betete weiter zu Isis.

»Kommt ihr endlich?« rief Platorius ungeduldig. »Oder müssen wir selbst hereinkommen und euch nach hinten in die Flammen treiben?«

»Gibt es denn gar nichts, was wir tun können?« murmelte Sollius.

»Da ich bewaffnet bin, kann ich wenigstens kämpfen«, brummte Gratianus.

»Der Altar wartet auf euch, die Messer sind schon geschärft!« rief Platorius fröhlich.

Dann hörten sie es alle: den Klang im Gleichschritt marschierender Füße, den näher kommenden Gesang aus vielen Soldatenkehlen.

Niemals fürchten wir die Dorier,
die Briten nicht und die Isaurier*,
vergeßt die Hyperboräer**,

* und ** Die Isaurier waren ein räuberisches Volk in Kleinasien, die Hyperboräexr die der griech. Sage nach hoch im Norden wohnenden Völker (Anm. d. Übers.)

wir sind die Prätorianer,
beschützen diesen Staat!

Krieg ist, wo wir kämpfen,
Frieden, wo wir ruhen,
das Schicksal, das sind wir,
wir sind die Prätorianer,
wir sind die Besten hier!

Näher und näher kam es, das Stampfen und Singen, eine Kohorte der Prätorianer auf einem Übungsmarsch. Sicherlich würden sie untersuchen wollen, warum es hier brannte!

»Glaubst du, wir sind gerettet?« flüsterte Sollius.

»Es sei denn, diese Schurken fallen in verzweifelter Rache noch über uns her«, antwortete Gratianus. »Aber einer von ihnen – vielleicht auch zwei – wird dabei sterben, das schwöre ich dir!« fügte er grimmig hinzu.

Die Kohorte der Prätorianer kam nun in Sicht.

»Halt!« schrie eine befehlsgewohnte Stimme. »Was ist hier los?«

»Decius! O Decius!« rief Sollius, halb schluchzend vor Erleichterung.

»Wer nennt meinen Namen?« antwortete dieselbe Stimme. »Bei Castor und Pollux, bist *du* das, Sklave?«

Noch während er sprach, lief Decius auf den Gasthof zu. Decius, der Zenturio, der vor einiger Zeit auf Befehl des Kaisers als Sollius' Leibwächter gedient hatte.

Und im gleichen Moment trieb sich Platorius das eigene Schwert ins Herz, wie es römische Art war und einem Tribun der Grenzarmee geziemte.

Originaltitel: The Case of the Murdered Senator
Ins Deutsche übertragen von Katharina Woicke

Ein Mysterium des Mithraskultes

Mary Reed und Eric Mayer

Im letzten Band ›Von Rittern, Hexen und anderen Gelichtern‹ *(Bastei-Lübbe 13802) habe ich die Figur Johannes' des Eunuchen, eingeführt, der als Haushofmeister im Dienst Justinians stand, jenes letzten großen römischen Kaisers, der im 6. Jahrhundert von Byzanz aus regierte. Eric Mayers Ideen und Mary Reeds Schreibkunst sind wieder einmal zusammengeflossen, um uns ein Rätsel aufzugeben, das sogar noch gefährlicher ist als das erste. Mary hat mehrere Kriminalgeschichten in ›Ellery Queen's Mystery Magazine‹ veröffentlicht, doch meistens schreibt sie Sachbücher, darunter ein Werk über Früchte und Nüsse, von dessen Vorläufer in der folgenden Erzählung die Rede sein wird. Eric schreibt ebenfalls regelmäßig Sachtexte für so unterschiedliche Publikationen wie ›Baby Talk, Festivals‹ und ›Running Times‹. Für letztere hat er einen halben Marathonlauf unternommen, um seine Erfahrungen niederzuschreiben. Die Mitarbeit an der folgenden Erzählung war für ihn, wie er ohne weiteres zugibt, weitaus weniger quälend.*

Obwohl er vier Sprachen beherrschte, fluchte Johannes der Eunuch auf ägyptisch, zumindest bei jenen öffentlichen Anlässen, die es verdienten. Im Privaten ging es dagegen anders zu, und die Sprache, derer sich der Haushofmeister bediente, als ihm der kaiserliche Sekretär Anatolius die neusten Nachrichten überbrachte, hätte die meisten Menschen am Hof von Byzanz empört, weniger wegen der Art der Flüche als wegen des theologischen Hintergrunds.

»Bei der siebensprossigen Leiter des Mithras! Beim großen

Stier! Ich kann's kaum glauben!« Das Stakkato seiner Verwünschungen entsprach dem zornigen Rhythmus der Schritte, mit denen er die lange Wohnhalle durchmaß. Der Tag hatte gerade erst begonnen. Die Sonne, die über dem Bosporus aufging, sandte ihre Lichtstrahlen durch die achteckige Öffnung des einzigen hohen Fensters, das den Raum erhellte, und hinterließ leuchtende Streifen auf dem Jagdmosaik zu Johannes' Füßen. Anatolius nickte traurig. »Ich habe es vom Kommandanten der Excubitores erfahren.«

Johannes schritt wütend aus und trat dabei die prunkvoll gekleideten Jäger ebenso mit Füßen wie ihre phantastische Beute. »Ich muß die Leiche sehen, bevor sie weggeschafft wird. Ausgerechnet im Mithräum*!«

Als Johannes den Raum verließ, schloß sich Anatolius ihm wortlos an. Als jemand, der sich in der Hierarchie der Mithrasjünger noch auf der untersten Stufe der Verborgenen befand, empfand er Ehrfurcht vor Johannes. Weniger vor dessen hoher öffentlicher Stellung als vor der Tatsache, daß der sonnengebräunte Grieche, der wie er ein Mithrasjünger war, als Sonnenläufer die sechste Stufe erreicht hatte und daher nur noch eine Stufe vom siebenten und höchsten Rang auf der Mithrasleiter, dem Vater, entfernt war. Die Ironie, die in der Anwendung dieser Bezeichnung auf den Eunuchen lag, entging Anatolius nicht, obwohl er, anders als die Palastkulis, keine groben Witze auf Johannes' Kosten machte.

Die beiden Männer überquerten die Pflasterstraße, die an Johannes' Wohnhaus vorbeiführte. Eine Schar Möwen hatte sich versammelt, um von dem Abfall zu fressen, der sich sogar im Bezirk des Großen Palastes anhäufte; die Tiere kreischten und schrien ihr Mißvergnügen heraus wie die grünen und blauen Parteigänger im Zirkus. Die beiden Männer schritten am Daphne-Palast, am Pantheon – der offiziellen Residenz der Kaiserin – und an der Stephanskirche vorüber. Durch einen unauffälligen Torweg im dunklen Winkel einer

* Unterirdischer Kultraum des altpersischen Rechts- und Lichtgottes Mithras (Anmerk. d. Übers.)

Waffenkammer hinter einer Kaserne gelangten sie über eine Treppe mit feuchten, glitschigen Stufen in unterirdische Korridore und zum verborgenen Mithräum.

Normalerweise waren diese modrigen Katakomben verlassen, doch an diesem Morgen standen die lanzentragenden Posten der Excubitores überall Wache. Sie schauten finster drein. Johannes identifizierte die meisten von ihnen als Mithrasjünger.

Außerhalb des Eingangs zum Mithräum stießen Johannes und Anatolius auf Otto, den Kommandanten der Excubitores.

»Mithras möge mir vergeben, ich habe vom Oberaufseher selbst den Auftrag erhalten, das Mithräum zu sichern«, sagte Otto und bezog sich damit auf Johannes' direkten Vorgesetzten in der Palastverwaltung.

»Wer hat die Leiche entdeckt?« fragte Johannes.

»Der Aufseher hat es nicht gesagt. Höchstwahrscheinlich ein Spitzel.«

Johannes betrat das Heiligtum. Die heilige Flamme, die wie stets auf dem Altar am Ende des Hauptschiffes brannte, erleuchtete im Hintergrund das marmorne Basrelief, das Mithras im Kampf mit dem Großen Stier zeigte, und im Vordergrund, auf den Stufen vor dem Altar, die Leiche eines Mannes. Bis auf die phrygische Mütze, jene Kopfbedeckung, die auch der Gott selbst trug, war er nackt.

Ohne Zögern ging Johannes die sieben Stufen in den niedriger gelegenen Bezirk hinunter, doch Anatolius blieb zurück. Verborgenen war es nicht erlaubt, an den Mysterien teilzunehmen; sie wohnten ihnen nur auf Holzbänken oberhalb des kultischen Bezirks bei, während ihre Gesichter mit schwarzen Schleiern verhüllt waren.

Als Johannes die Leiche mit seinen schmalen Händen berührte, spürte er, daß sie kalt war. Es handelte sich um einen jungen, schlanken, aber kräftigen Mann von kaum zwanzig Jahren. Wie bei einem mithraischen Initiationsmysterium waren seine Augen verbunden und die Hände mit Hühnerdärmen gefesselt, aber in diesem Fall war der Ritualmord nicht nur vorgetäuscht worden. In seiner Seite klaffte eine blutige

Wunde, und auf dem ansonsten makellosen Marmorboden stand neben der Leiche mit Blut geschrieben: »Auf diese Weise mögen alle zugrunde gehen, die den Gott des Lichtes hassen.«

Johannes' Vorladung zur Privatresidenz von Kaiserin Theodora kam unerwartet. Theodora, eine ehemalige Hure und die Tochter eines Bärenhüters, begrüßte ihn herzlich. Mit ihren goldbestickten Roben, dem beiderseits des Kopfes zu Locken gebundenen Haar, den dünnen, leuchtend rot geschminkten Lippen, die in starkem Kontrast zur Blässe ihres Gesichts standen, war sie eine schöne und begehrenswerte Frau. So hatte man es Johannes jedenfalls erzählt. Wenn er an die zahllosen, häufig wechselnden Affären Theodoras dachte und an ihre Liebhaber, die nach Malaga, Philae oder in irgendeine andere ferne Gegend des Reiches abzureisen pflegten, wenn sie ihre Gunst verloren hatten, dann war er glücklich, daß das Schicksal es für richtig gehalten hatte, ihm ein Leben, wie sie es führte, zu ersparen.

»Wie schön, Euch zu sehen, Haushofmeister«, begrüßte ihn die Kaiserin und ergriff seinen Arm, nachdem die Sklaven sich zurückgezogen und die goldbeschlagene Tür vorsichtig hinter ihnen geschlossen hatten.

Sie war um einiges kleiner als Johannes, der selbst ein Mann von mittlerer Statur war.

»Ich muß noch einmal meinen Glückwunsch für die Zusammenstellung des Banketts für den ägyptischen Gesandten aussprechen«, sagte sie. »Es war eine höchst zufriedenstellende Festveranstaltung.«

Johannes erinnerte sich, daß die Kaiserin zuviel Wein getrunken und die meiste Zeit während des Banketts damit zugebracht hatte, einen außergewöhnlich kräftigen ägyptischen Jüngling dazu zu bewegen, kleine Oliven von ihren geschürzten Lippen zu pflücken. Nachher hatte der junge Mann, der sich durch die Avancen der Kaiserin ermutigt sah, tatsächlich versucht, ihn zu bestechen. »Es ist mir eine Ehre, der kaiserlichen Familie zu dienen«, antwortete Johannes.

»Setzen wir uns.« Sie führte Johannes zu einem der vielen niedrigen Ruhelager, die ungeordnet zwischen geschnitzten Teakholztischchen aufgestellt waren. Der Sitz war unter einem Berg von Kissen verborgen, die in allen Regenbogenfarben schimmerten. Von den Wandbehängen aus purpurroter Seide bis zu den indischen Teppichen in Pflaumenrosa und Azurblau strahlte der Raum einen Hang zum Luxus oder gar zur Prunksucht aus. Johannes hatte einen strengen Geschmack, und der Raum wirkte auf ihn ähnlich wie Theodora – zugleich überwältigend und vulgär.

»Ihr solltet häufiger vorbeikommen und mit mir sprechen«, sagte die Kaiserin und lehnte sich nach vorn, so daß Johannes ihren warmen Atem in seinem Nacken spüren und ihr Moschusparfüm riechen konnte. »Ich habe leider nur selten Gelegenheit, auf intelligente Weise mit einem Mann zu sprechen. Sie sind alle solche Tiere. Wir dagegen könnten Epigramme oder sogar theologische Fragen miteinander erörtern.«

»Aber Ihr habt mich sicherlich nicht rufen lassen, um theologische Fragen mit mir zu diskutieren.«

»Nein, leider nicht. Wie schade.« Die Kaiserin strich mit dem Zeigefinger über Johannes' Wange. »Ich mag glatte Gesichter«, bekannte sie.

Johannes ertappte sich dabei, daß er ihr in die Augen schaute. Aus der Ferne wirkten sie schmal, doch als er sie nun aus der Nähe betrachtete, konnte er erkennen, daß ihre Pupillen winzige Pünktchen waren. Ihr Gesicht erhielt dadurch einen wissenden, fast orakelhaften Ausdruck, als ob ihr Blick auf eine weit entfernte, ideale Wahrheit gerichtet wäre. Fast schien sich in Johannes der Wunsch zu regen, selbst jene Tollheit empfinden zu können, in deren Namen so viele Männer ihr Leben weggeworfen hatten – allein wegen der Freude, die jene Blicke versprachen. Dann erinnerte er sich daran, daß die modisch zusammengezogenen Pupillen nur eine Folge giftigen Belladonnas* waren, und seine flüchtige Neugier erlahmte.

Die Kaiserin schien dies offenbar zu bemerken. Sie rückte

* Tollkirsche (Anm. d. Übers.)

ein wenig von ihm ab. »Es tut mir leid, aber ich muß Euch zu einem unangenehmen Vorfall einige Fragen stellen«, sagte sie. Als sie fortfuhr, schwang in ihrer Stimme Enttäuschung, wenn nicht gar eine Spur von Ärger mit. »Ein Angehöriger der kaiserlichen Leibgarde, also ein Eurem Kommando unterstellter Mann, ist brutal ermordet aufgefunden worden. Offenbar war dies das Ergebnis eines gewissen teuflischen Geheimritus.«

Sie starrte ihn mit ihren giftigen Augen an. Johannes ließ sich seine Überraschung nicht anmerken. Obwohl die Silentiarier ihm unterstellt waren, übte Johannes nicht direkt das Kommando über diese Garde aus, die den Kaiser – entsprechend dem Hofzeremoniell – zu bewachen hatte; er konnte das Opfer also kaum kennen.

»Woher stammt diese Information?« fragte er.

»Vom Oberaufseher. Er hat mir gesagt, daß das Opfer mit Namen Alexander ein Thraker von niedriger Herkunft war, der vor gerade einem Jahr in die Stadt gekommen ist.«

»Und die teuflischen Riten?«

»Von Anhängern des Mithraskults«, sagte Theodora. »Gerüchte zufolge sollen sie Menschenopfer darbringen, auch wenn es ihnen bis jetzt gelungen ist, ihre Greueltaten geheimzuhalten. Probiert doch einmal von diesen Feigen!« Sie wies auf eine filigrane silberne Obstschale, die auf einem Tisch in der Nähe stand.

Johannes nahm eine der Feigen, biß hinein und kaute langsam, während sich in seinem Kopf die Gedanken überschlugen. Da er in die Mysterien eingeweiht war, wußte er, daß solche Riten – entgegen der allgemeinen Meinung – seit Jahrhunderten nicht mehr ausgeübt wurden, wenn es sie überhaupt jemals gegeben hatte. Aber er konnte dieses Wissen der Kaiserin nicht offenbaren. Obwohl der Mithraskult, wie einige andere heidnische Religionen, stillschweigend geduldet wurde, war es undenkbar, daß ein hoher Beamter des christlichen byzantinischen Hofes sich als Anhänger eines offiziell geächteten Kultes offenbarte.

»Aber warum habt Ihr mich wegen dieses Vorfalls herbeizitiert?« fragte er schließlich.

»Das Opfer unterstand Eurem Befehl, wie vielleicht auch der Mörder. Es heißt, daß die kaiserliche Leibgarde eine Brutstätte für diese Nattern sei. Ich möchte Euch bitten, Nachforschungen anzustellen – mit der nötigen Diskretion.«

»Und was ist mit dem Kaiser?«

»Justinian wird seine eigenen Ermittlungen durchführen. Deshalb braucht Ihr ihm nicht Bericht erstatten.«

»Und was ist, wenn er erfährt, daß ich im Spiel bin?«

Theodora lachte kurz mit heiserer Stimme. »Soweit es Euch betrifft, wird er keinen Verdacht schöpfen.«

»Ich verstehe«, sagte Johannes. Sein Gesicht blieb eine ausdruckslose Maske. »Ich werde mir die Sache einmal näher anschauen, aber versprechen kann ich nichts.« Er erhob sich von seinem Lager. »Die Feigen sind übrigens ausgezeichnet.«

»Es freut mich, daß sie Euch schmecken, Haushofmeister. Wenn Ihr zurückkommt, um mir Bericht zu erstatten, werde ich wieder welche für Euch bereithalten.«

Sie stand auf. Golden schimmerte das Gewebe ihrer Robe, ihre zu Locken aufgebundenen Haare und die Ringe am Finger und an den Ohren.

»Sie stammen von einem ganz besonderem Baum«, sagte sie, »unweit von Trapezunt.« Theodoras dünne, scharlachrote Lippen bogen sich zu einem sichelförmigen Lächeln. »Es heißt, daß die Bauern eine Leiter mit sieben Sprossen benutzen, um die erlesenen Früchte zu ernten.«

Der Mithraskult war eine Männern vorbehaltene Soldatenreligion, in der militärische Tugenden wie Disziplin, Selbstaufopferung und Keuschheit ganz oben rangierten. Da ihm die Keuschheit nur zu leichtfiel, war Johannes, der Haushofmeister, eifrig darauf bedacht, auch im übrigen ein tugendhaftes Leben zu führen. So kam es denn auch, daß er sich auf das Kaltwasserbecken beschränkte, als er sich, wie stets unmittelbar nach Verlassen der Kaiserin, zu den Zeuxippus-Bädern begab.

Der Schock des eiskalten Wassers auf seiner nackten Haut

vertrieb den süßlichen Nebel, dessen Schwaden ihm aus den Gemächern der Kaiserin zu folgen schienen. Er schrubbte seine drahtigen Arme und klatschte sich das Wasser ins Gesicht, bis er die letzten Spuren ihres Moschus abgewaschen hatte.

Er schwang sich von dem runden Becken auf den glatten Marmorfußboden und stieß zu seiner Freude auf Anatolius. Das war nicht weiter verwunderlich, denn es war nicht unüblich, daß Männer der höheren Schichten zwei- oder sogar dreimal täglich die Bäder aufsuchten. Das gerötete Gesicht und die Art, wie sich sein schwarzes Haar beiderseits des Kopfes ringelte, deutete daraufhin, daß Johannes' Freund gerade im Dampfbad gewesen war.

»Ich komme direkt von Theodora«, sagte Johannes und setzte sich auf die Kante. Das Becken und die Zellen ringsum waren verlassen, so daß ihn niemand hören konnte, auch wenn seine Stimme oben in den Friesen widerhallte.

Anatolius prüfte das Wasser mit dem Fuß und zog eine Grimasse. »Also ist der Vormittag für dich auf doppelte Weise unangenehm gewesen«, stellte er fest.

»Sie möchte, daß ich hinsichtlich des Mordes meine Ermittlungen anstelle. Insgeheim. Das Opfer war offenbar ein Silentiarier.«

»Er hieß Alexander«, sagte Anatolius, »und war, wie ich, ein Verborgener.«

Johannes versuchte gar nicht erst, seine Überraschung zu verhehlen.

Anatolius fuhr fort: »Nach dem Verlassen des Mithräums habe ich mit einem der wachhabenden Excubitores gesprochen, der ebenfalls den gleichen Rang hat wie ich. Er hatte die Leiche gesehen und identifiziert.«

»Die Sache ist vielleicht noch komplizierter, als ich gedacht habe«, sagte Johannes. »Theodora scheint zu glauben, daß der Mord von Mithrasjüngern begangen wurde.«

»Wir sind keine Mörder.« Anatolius setzte sich neben Johannes. Nun, da sich die Spuren des Dampfbades verloren hatten, erschien sein Gesicht blaß im Vergleich zu Johannes' tief gebräunter Haut. »Und außerdem«, fügte er hinzu, »ist es nur Löwen erlaubt, den Part des Leidenden zu übernehmen. Alexander war von diesem Grad noch zwei Stufen entfernt.«

»Aber das kann ich kaum der Kaiserin erklären.«

»Nein, in deiner Position sicherlich nicht.«

»Und sie hat sich auf die siebensprossige Leiter bezogen. Meinst du, daß sie mich im Verdacht hat?«

»Theodora hatte schon immer ein ungesundes Interesse am Verbotenen«, erwiderte Anatolius, »die geächteten Religionen eingeschlossen. Ein Schreiber, den ich kenne, hat mir eine Geschichte erzählt, die er von einem Dienstmädchen der Kaiserin erfahren hatte. Glaubt man dem Mädchen, dann hat Theodora sie zu einer der Riten des Ashtoreth-Kultes begleitet. Als sie sah, wie so etwas tatsächlich vor sich geht, war sie wohl enttäuscht. Wie auch das Dienstmädchen meinen Freund enttäuscht hat, wenn ich so sagen darf.« Er lächelte.

»Aber warum sollte ihr dann plötzlich daran gelegen sein, Mithrasjünger zu verfolgen?« fuhr Johannes fort.

»Vielleicht will sie die Mithraisten ja gar nicht verfolgen sondern sie möglicherweise nur aus der kaiserlichen Leibgarde entfernen.«

»Oder die Garde untergraben«, sagte Johannes, »um dort ihre eigenen Leute unterzubringen.«

»Dein Verstand geht fast so krumme Wege wie der ihrige«, kommentierte Anatolius. »Zweifellos verfolgt sie vielfältige Ziele, die alle gleichermaßen schädlich und verderblich sind. Sind nicht bestimmte Schichten einhellig der Auffassung, daß sie und Justinian miteinander verschwisterte Dämonen seien, die als Plage der Menschheit auf die Erde gesandt wurden? Es vergeht kaum ein Woche, daß nicht irgendein Kerl aus dem Palast flieht, weil er meint, nachts Teufel ohne Gesichter in den Hallen umgehen zu sehen. Tatsache ist, daß letzte Woche zwei Männer geflohen sind. Wenn du mit deinen spitzfindigen Überlegungen nicht aufhörst, wirst du dich noch selbst zu der Überzeugung bringen, daß du es ihnen nachtun mußt.«

»Vielleicht hat sie es ja darauf abgesehen«, brütete Johannes.

Anatolius erhob sich und stieg ins Becken. In Wahrheit

beunruhigten ihn die Worte und Taten der Kaiserin, aber er sah keinen Sinn darin, seine Besorgnis zum Ausdruck zu bringen. Selbst unter den besten Umständen würde Johannes davon nur ins Grübeln verfallen wie der Held einer griechischen Tragödie.

Johannes blieb am Rand des Beckens. Er genoß die angenehm kühle Luft auf der Haut. Es hatte einmal eine Zeit gegeben, in der er sich geschämt hatte, sich in den öffentlichen Bädern zu entblößen. Obwohl er diese Gefühle schon seit langem beherrschte, wußte er doch zu schätzen, daß Anatolius seinen Blick nicht in übertriebener Höflichkeit abwandte.

Als er ihm beim Waschen seiner schlanken, muskulösen Glieder zusah, fühlte er sich an die anmutigen Skulpturen der griechischen Antike erinnert, stärker aber noch an eine Frau, die er einmal gekannt hatte. War das der Grund, weshalb er sich mit Anatolius befreundet hatte?

»Anatolius«, rief Johannes, »könntest du mir einige Nachforschungen abnehmen?«

Johannes' kleine Küche war vom Gestank der Straße und des Hafens erfüllt. In einigen Monaten, wenn er durch die Kälte des Winters gezwungen sein würde, das einzige kleine Fenster zu schließen, würde der Duft von geröstetem Lamm und gekochter Ente den Raum durchziehen, sobald sein Koch den Holzkohleofen angezündet hätte. An diesem heißen Augustnachmittag setzte sich Johannes jedoch lieber dem üblen Fäulnisgestank aus als einem drohenden Erstickungstod.

Er hatte den Inhalt eines Lederbeutels auf den narbigen Holztisch geleert. Über die Tischplatte gebeugt, untersuchte er die Gegenstände, die er auf dem Boden des Mithräums gefunden hatte. Die Suche im trüben Licht der Altarflamme war mühsam gewesen, und er war sich weder sicher, ob er alles, was es dort zu finden gab, auch tatsächlich gefunden hatte, noch ob das, was er gefunden hatte, mit dem Verbrechen in irgendeinem Zusammenhang stand.

Da gab es beispielsweise die Perlenschließe eines Umhangs. Dann das schrumpelige Kerngehäuse eines Apfels, das – so schien es jedenfalls – erst vor kurzem weggeworfen worden war, denn die Ratten hatten sich noch nicht daran zu schaffen gemacht. Außerdem eine feine Goldkette und ein grobgeschnittener Solidus, auf dessen Vorderseite – ironischerweise, wie Johannes bemerkte – die Kreuzigung des Christlichen Heilands dargestellt war. Und schließlich einen schiefen Würfel, möglicherweise aus Elfenbein. Alle diese Gegenstände könnten die Männer aus dem einen oder anderen Grund am Körper getragen haben. Sie waren so klein, daß man es nicht sofort bemerkt hätte, wenn sie während der Riten heruntergefallen wären.

Johannes wischte sich den Schweiß von den hageren Wangen. Draußen lärmten Kinder, und er hörte das klappernde Geräusch eines Reifens, der über das Pflaster rollte. Die Lage des Mithräums war dem Mörder mittlerweile bekannt, aber kannte er es schon vor der Tat? War er tatsächlich ein Mithrasjünger, oder war er nur dem Opfer gefolgt? Ganz abgesehen davon: Warum war gerade das Mithräum zum Schauplatz eines Mordes geworden?

Sogar in seiner eigenen Küche fühlte Johannes die giftigen Augen der Kaiserin auf sich ruhen. Ungeachtet der Tatsache, daß Alexander zu Tode gekommen war, fühlte Johannes sich als das eigentliche Opfer.

Dieser Geisteszustand trug dazu bei, daß ihn ein ungewöhnlich tiefer Schrecken durchfuhr, als er Schritte auf der vom Hof heraufführenden Holztreppe hörte, doch es war nur Anatolius, der von seinen Nachforschungen zurückkehrte.

»Heute abend werde ich mich wohl lieber nicht zum Essen einladen«, sagte der Freund und betrachtete die Gegenstände auf dem Tisch. »Immer noch irgendwelchen Intrigen auf der Spur?«

Johannes lächelte müde. »Anatolius, meine Stellung am Hofe verdanke ich bloßem Überleben, und mein Überleben verdanke ich vor allem einer Fähigkeit: Ich fühle nicht nur, wenn irgendwelche Augen auf mir ruhen, sondern ich spüre auch, wessen Augen es sind. Was hast du herausgefunden?«

Als Sekretär des Kaisers hatte Anatolius freien Zugang zur Herrscherresidenz, und er hatte Johannes tatsächlich wiederholt Beistand geleistet. Der Haushofmeister war schließlich sein Freund – und, nicht zu vergessen, einer der einflußreicheren Beamten des Palastes. »Wenig«, sagte Anatolius. »Der Oberaufseher behauptet, daß er Kommandant Otto niemals ins Mithräum befohlen habe, und daß er erst von einem anderen Kommandanten erfahren habe, daß ein Mord geschehen sei.«

Johannes runzelte die Stirn und wollte etwas sagen, doch Anatolius kam ihm zuvor.

»Das muß nicht unbedingt etwas bedeuten«, warnte er. »Ich habe auch erfahren, daß der Aufseher letzte Nacht so betrunken war, daß er am Morgen beim Aufwachen nicht wußte, welcher Tag heute ist. Er hat es selbst zugegeben und mich gebeten, dem Kaiser nichts davon zu erzählen.«

»Wenn er wirklich so betrunken war, dann hätte er sich auch nicht daran erinnern können, von wem er seine Informationen über die Leiche hat«, stellte Johannes fest.

»Mir schien er ziemlich fertig zu sein«, sagte Anatolius. »Er war grün wie eine abgehangene Hammelkeule.«

»Aha. Und sonst?«

»Der übliche Klatsch in der Residenz der Kaiserin. Ihr liebster Zuchthengst lahmt. Der große Ägypter, der neuerdings am Hofe herumlungert, steht dagegen den Gerüchten zufolge in vollem Saft. Einige Wandbehänge sind nicht richtig gefärbt worden. Ein neuer Bediensteter – ein Bauernjunge namens Michael – ist letzte Woche geflohen. Überflüssig zu sagen, daß man einen Zusammenhang mit Pulcherias silberner Rougedose vermutet. Das Leben einer Herrscherin ist schwierig.«

»Wohl wahr«, bekräftigte Johannes. »Und offensichtlich auch stumpfsinnig und wenig ausfüllend. Habe ich dir schon erzählt, daß die Kaiserin sich mit mir über Epigramme und theologische Fragen unterhalten möchte?«

»An deiner Stelle würde ich mich in der Bibliothek aufhalten«, sagte Anatolius.

Als Johannes an der Stube des Kommandanten Otto ankam, hörte er ein Krachen und wurde fast von einem riesigen Ägypter umgeworfen, der wie eine Furie durch die Tür stürmte.

Johannes sprang gewandt zur Seite. »Dioscurus«, sagte er, denn er erinnerte sich an den Mann, der ihn nach dem Bankett für den Gesandten zu bestechen versucht hatte. Er war ihm wegen seiner Statur im Gedächtnis geblieben, weniger wegen des Bestechungsversuchs, der ja nichts Besonderes war. Viele versuchten über den Haushofmeister die Gunst des Oberaufsehers zu gewinnen.

»Werter Haushofmeister«, sagte Dioscurus in perfektem Griechisch. Seine schweren Lippen kräuselten sich. »Ich bitte um Entschuldigung dafür, daß ich Euch letzte Nacht zu nahegetreten bin. Ich bildete mir ein, damit den Gebräuchen Eurer großen Stadt zu gehorchen.«

»Schon gut«, antwortete Johannes. »Schließlich hat unsere Zivilisation für Euch etwas Verwirrendes.«

»Beim nächsten Mal werde ich mehr anzubieten wissen«, erwiderte Dioscurus knapp.

Als er dem jungen Ägypter beim Hinausgehen nachschaute, wurde Johannes klar, daß es sich bei dem neuen Begleiter Theodoras, den Anatolius erwähnt hatte, wohl um ihn handelte. Eine interessante Entwicklung, hatte doch vor einigen Wochen das ganze Streben des Ägypters dem faltigen alten Ohr des Oberaufsehers gegolten, und es war ihm nicht einmal gelungen, sich Gehör zu verschaffen. Was hatte er nur in der Stube des Kommandanten Otto zu suchen, fragte sich Johannes.

Er fand den Kommandanten vor, wie er sich grimmig über einen mit Elfenbeinintarsien geschmückten Tisch beugte. Neben seinem Stuhl auf dem Boden verteilt, lagen die Scherben einer Vase aus Porphyr. »Otto«, sagte Johannes und legte eine größere Freundschaftlichkeit in seine Stimme, als er tatsächlich empfand. Otto war der Kommandant der Excubitores, einer Miliz, die innerhalb des Palastes stationiert war, und sie waren gelegentlich aneinandergeraten, da Johannes die

Silentiarier, die im wesentlichen zeremonielle Leibgarde des Kaisers, unterstanden. Und doch, sie waren beide Mithrasjünger, und der Deutsche hatte, wie passend, den Grad eines Soldaten.

Otto antwortete mit einem Grunzen.

»Hat die Kaiserin ihren jungen Mann vorbeigeschickt, um sich zu vergewissern, daß Ihr die Ermittlungen wegen des Mordes vorantreibt?« fragte Johannes.

»Nein, er kam wegen einer anderen Sache vorbei.«

»Offenbar hat er sich ziemlich ungeschickt benommen.«

»Ich hätte die Vase nicht so nahe an den Rand des Tisches stellen sollen.« Johannes bemerkte, daß der Kommandant, der normalerweise offen und ungezwungen war, den Blickkontakt vermied.

Johannes spürte einen kalten Knoten in der Magengrube. Vielleicht hatte Theodora ihren Ägypter ja seinetwegen vorbeigeschickt. Galten ihre Nachstellungen wirklich ihm, Johannes, oder vielleicht doch eher den Mithrasanhängern überhaupt? Oder war er zu voreilig in der Konstruktion von Intrigen und Gegenintrigen, wie Anatolius meinte?

»Was wünscht Ihr, Haushofmeister?« fragte Otto. Obwohl er schon seit einem Jahrzehnt in Konstantinopel lebte, hatte er den Akzent eines Barbaren noch nicht verloren.

»Genau gesagt bin ich nicht als Haushofmeister hier«, entgegnete Johannes, »sondern eher als Mitbruder.«

»Nun denn. Worum geht es?« Obwohl er schon bedrohlicheren Widersachern als den dünnen Eunuchen unerschrocken ins Auge geblickt hatte, blieb sein zerklüftetes Gesicht abgewandt.

»Ihr habt gesagt, daß Ihr vom Oberaufseher ins Mithräum bestellt worden seid. Ich glaube, das entspricht nicht der Wahrheit. Man hat mir erzählt, daß er letzte Nacht vollkommen betrunken war.«

Otto schaute Johannes nun doch an. Er reckte das Kinn vor, und sein Gesicht rötete sich: »Ich bin nicht gerade als Lügner bekannt.«

»Als jemanden, der wie ich die Stufenleiter bestiegen hat,

will ich Euch davon in Kenntnis setzen, daß einige hochgestellte Persönlichkeiten möglicherweise diesen Mord als Waffe gegen uns alle verwenden wollen. Oder habt Ihr das schon von dem Ägypter erfahren?«

»Wie ich schon gesagt habe, erhielt ich vom Aufseher den Befehl, das Mithräum zu sichern.«

»Ich befrage Euch nicht als Euer Haushofmeister, sondern als jemand, der bald den Rang eines Vaters innehaben wird«, erklärte Johannes ohne Umschweife.

Otto zuckte seine breiten Schultern. »Mehr kann ich dazu nicht sagen. Ich bin Soldat und gehorche meinen Vorgesetzten.«

Johannes hatte eine plötzliche Eingebung. »Wie läuft es für Euch bei den Wagenrennen?«

»Meine Wetten haben mir vor kurzem reichen Segen beschert«, sagte Otto. »Aber was hat das damit zu tun?«

»Das weiß ich nicht so genau«, antwortete Johannes. »Vielleicht gar nichts.«

In der Nacht fand Johannes kaum Schlaf. Die Hitze und der Gestank in der Stadt legten sich wie ein Leichentuch auf sein Gesicht und drohten ihn zu ersticken. In seinem letzten Alptraum, an den er sich beim Aufwachen noch deutlich erinnerte, rannte er, verfolgt von brüllenden Dämonen, durch dunkle Katakomben. In seinen dunkleren Träumen nagten unvorstellbare Schrecken leise wie Ratten an der Nachtseite der Wirklichkeit.

Auch nach dem Aufstehen und der Morgenwäsche durchzog noch der Pesthauch des Nachtmahrs sein Gemüt. Nun schaute er vom Fenster seines Wohnraums über den täuschend ruhigen Bosporus. Die einfachen Leute, jene, die beschwören wollten, daß der Kaiser ein Dämon sei, munkelten auch, daß Theodora die Schwarze Kunst praktiziere. Hatte sie seinen Schlaf gestört, an seinem Verstand gezerrt und ihn mit Nebelschwaden verdüstert? Sicherlich würde Mithras ihn vor der Dunkelheit schützen. Aber der Gott des

Lichtes hatte es nicht für richtig gehalten, Alexander zu schützen. Warum war der junge Excubitor umgebracht worden? War er nur deshalb gestorben, weil er Mithras huldigte?

Und was war mit dem Mörder? War er ebenfalls ein Mithrasjünger? Wie sonst hätte er das Mithräum entdecken können?

Johannes dachte auch über Otto nach. Hatte er gelogen, als er davon sprach, daß der Aufseher ihn in das verborgene Heiligtum beordert hatte? Und wenn ja, warum?

Als Johannes das Tor durchschritt, um den Palastbezirk zu verlassen, war es später Nachmittag. Sein Weg führte ihn am Augusteum und am Hippodrom vorbei. Er war einfach gekleidet, doch die Länge seiner braunen Tunika, seine weichen Lederschuhe und sein Auftreten hoben ihn aus der Stadtbevölkerung heraus. Parfüm-, Melonen- und Juwelenhändler wurden auf ihn aufmerksam und sprachen ihn von ihren Ständen aus mit heiserer Stimme an, und die Passanten, die sonst nicht zimperlich miteinander umgingen, rempelten ihn nicht an, sondern machten ihm höflich Platz.

Beim Stand eines Buchverkäufers wartete er auf Anatolius. Unter dem ausdruckslosen Blick der antiken Statuen vor den Zeuxippus-Bädern durchforstete er des Händlers Sammlung alter Papyrusrollen und jüngerer Pergamente.

Er bewunderte gerade einen neuen gebundenen Codex mit Heiligenlegenden, als sein Freund kam. »Sieh dir diese Illuminationen an«, sagte Johannes. »Wenn unsere Künstler es nur mit diesen Christen aufnehmen könnten. Die Motive unserer Religion sind sicherlich weitaus großartiger und dramatischer.«

»Die Christen haben den Vorteil, daß sie nicht im geheimen arbeiten müssen«, bemerkte Anatolius. »Hier, diese neue Sammlung von epigrammatischen Liebesgeschichten des Agathias wird vielleicht von größerem Interesse für dich sein.«

»Keine Sorge, ich habe nicht vergessen, daß die Kaiserin sich mit mir über Literatur unterhalten möchte. Was gibt es Neues über Alexander?« Johannes hatte Anatolius gebeten, weitere Nachforschungen über ihn anzustellen, denn er fürchtete, daß die Kameraden des Toten aus der Silentiariergarde ihrem höchsten Vorgesetzten gegenüber vielleicht nicht wahrheitsgemäß aussagen würden.

»Er war offenbar genau das, was sein Auftreten vermuten ließ«, sagte Anatolius, »ein ungehobelter junger Bursche aus Thrakien, der nach Konstantinopel gekommen war, um am Hof sein Glück zu machen. Die übliche Geschichte.«

»Hatte er irgendwelche gefährlichen Laster? Stand ihm der Sinn nach Glücksspiel, nach Wein oder Streit? Stellte er den Frauen nach? Welche Partei unterstützte er im Zirkus?«

»Er war einfach jung, und ich nehme an, daß er all den üblichen Lastern frönte. Doch nach allem, was ich erfahren habe, war er ein guter Mithrasjünger. Möglicherweise hätte er den Schleier des Verborgenen noch früher zerrissen als ich, um sich den Helm eines Soldaten aufzusetzen.«

Anatolius sah gerade einige zerfledderte Geometrien und lateinischen Grammatiken durch. Beim Sprechen hielt er ein großes Pergament hoch. »Früchte und Nüsse in der Symbolik und bei Festlichkeiten«, las er. »Das könnte dir bei deinen offiziellen Pflichten von Nutzen sein, Johannes.«

»Ja, ja. Aber hast du nicht noch ein paar mehr Informationen für mich?«

Anatolius seufzte. »Ich fürchte, er war in gewisser Weise ein mustergültiger junger Mann. Einer seiner Freunde erzählte mir, daß ein Kontingent der Garde im Juni die Herrscherfamilie in ihr Sommerdomizil in Kleinasien begleitet hat. Die meisten Gardisten kamen mit Geschichten zurück, die eine Schauspielerin zum Erröten gebracht hätte, doch Alexander wollte sich gar nicht äußern. Er meinte, es sei nicht seine Sache, über seine Herrscher schlecht zu sprechen. Einige aus der Garde hielten ihn für eine Schlafmütze. Aber ob das für einen Mord ausreicht, wage ich zu bezweifeln.«

Johannes nickte. »Und Michael, der Bedienstete, der weggelaufen ist? Hast du etwas über ihn herausfinden können?«

»Ich habe die Adresse seines Quartiers bekommen«, lautete die Antwort. »Doch ich würde vorschlagen, daß du dir eine Wache nimmst oder daß ich dich begleite, wenn du dort hingehst.«

»Mir wird schon nichts passieren.« Johannes hoffte, daß seine Stimme zuversichtlicher klang, als ihm zumute war.

»Michael? Den werden Sie hier nicht finden. Dem können sie nichts mehr anhaben, er ist tot.« Die junge Frau berührte das hölzerne Kreuz, das an einer Kette von ihrem Hals herabhing, und starrte Johannes herausfordernd an. Sie sah abgehärmt und älter aus, als sie war. Ihre mageren Schultern zeichneten sich durch die schmutzige, notdürftig geflickte Tunika ab.

»Das tut mir leid«, sagte Johannes. »Ich wollte ihm überhaupt nichts anhaben.«

»Ihr seid doch vom Palast, oder? Ich kann es riechen.« Die Frau zog sich ein wenig zurück. Tatsächlich bot der nackte Raum, der kaum mehr war als ein Verschlag, wenig Rückzugsmöglichkeiten. Bevor Michael in die Dienste des Palastes getreten war, hatte er diese beengte, kahle Räumlichkeit im vierten Stock eines Holzgebäudes bewohnt. Durch das offene Fenster konnte Johannes ein Hämmern hören, das von der mühseligen Arbeit an Justinians neuestem Projekt, dem Bau der Hagia Sophia, der Kirche der heiligen Weisheit, zeugte.

»Wie ist es passiert?«

»Das wißt Ihr doch ganz genau. Man hat ihm einfach die Kehle aufgeschlitzt. Nur ein Tier kann so etwas tun, oder ein Teufel. Irgendein unnatürliches Wesen. Wie Ihr.« Die Augen der Frau funkelten in ihren dunklen Höhlen.

»Bitte, helft mir«, sagte Johannes. »Es ist noch ein anderer Mann umgebracht worden, und vielleicht hat es derselbe Mensch getan.«

»Das war kein Mensch. Es waren Teufel.«

»Wie kommt Ihr darauf?« fragte Johannes beunruhigt. Er spürte, wie als Nachwirkung seiner Alpträume eine dunkle Furcht in ihm emporkroch.

»Das war es doch, worauf er im Palast gestoßen war. Teufel. Wir stammen vom Land und hatten dort ein gutes Auskommen durch die Feldarbeit. Aber er wollte mehr. Die Stadt hat ihn in Versuchung geführt, wie Christus der Versuchung Satans ausgesetzt war. Wir würden dort ein eigenes Haus haben, erklärte er. Ich würde mein Haar mit goldenen Ketten binden und Seidenkleider wie die Damen am Hof tragen können. Doch statt dessen hat er dort Teufel vorgefunden.«

Sie senkte den Kopf und umfaßte das Kruzifix mit beiden Händen, als ob sie betete. Eine Träne rann ihr über die Wange.

»Was meint Ihr damit, daß er dort Teufel vorgefunden hat?« fragte Johannes.

Die Frau hielt die Tränen zurück. »Es war der Kaiser selbst, er ist König der Dämonen. Das hat mir Michael erzählt. Er ist den ganzen Weg vom Palast hierher gelaufen, so daß sein Herz zu zerspringen drohte. Er sagte … er sagte, daß er nicht noch eine Nacht an diesem Höllenort bleiben wolle. Er hatte sie schon vorher gesehen, eine Gestalt, die in den Hallen umging. Nachts treibt dort immer irgend jemand in den Hallen sein Unwesen. Und der führt nichts Gutes im Schilde, darauf geh' ich jede Wette ein. Und es heißt, daß der Kaiser kaum schläft. Doch eines Nachts hat Michael gesehen, wie eine Gestalt zum Schlafgemach der Kaiserin ging. Er kam zufällig vorbei und überraschte das Ding … den Kaiser. Der drehte sich um und schaute ihn im Kerzenlicht an. Er hatte kein Gesicht! Dort, wo eigentlich der Kopf sein sollte, war nur Dunkelheit.«

Als Johannes die Behausung verließ, war die Sonne schon hinter den sieben Hügeln der Stadt untergegangen. Die Säulen von Konstantinopel hoben sich kaum vom Himmel ab, dessen lavendelfarbener Schein allmählich in kaiserliches Purpur überging. Als Johannes zügig durch die immer dunkler werdenden Straßen schritt, meinte er, hinter sich eine Bewegung zu hören. Er hielt an und wandte sich um, aber da war niemand. Dann schaute er nach oben. Er stand am Fuß eines bescheidenen Pfeilers, den ein Säulenheiliger zierte.

Er konnte den schattenhaften Umriß des christlichen Heiligen kaum ausmachen, der Tag und Nacht auf der Spitze der Säule saß, um sich den Elementen auszusetzen und sein Fleisch zu kasteien. Der Gestank, der bis zur Straße hinunterreichte, ließ Johannes die Nase rümpfen. Es war ihm unbegreiflich, wie ein Gott es gutheißen konnte, daß ein nach seinem Bilde geschaffenes Wesen sich einen solchen Schimpf antat.

Stammte das Geräusch, das er gehört hatte, von dem Säulenheiligen, der sein Gewicht auf dem Pfeiler verlagert hatte? Johannes lauschte, doch es war nichts zu hören, und auch von der Spitze der Säule war keine Regung wahrzunehmen.

Erneut bewegte sich etwas, und Johannes sprang rasch beiseite. Eine Metallklinge schlug klirrend gegen den Fuß der Säule, auf der der Heilige saß.

Diesmal konnte er einen Blick auf seinen Angreifer erhaschen. Es handelte sich um einen riesigen Mann mit dem Helm eines Excubitors. Johannes sah ein gezücktes Schwert blinken, warf sich aufs Pflaster und rollte zur Seite. Wiederum schlug die Klinge gegen den Pfeiler.

Der Säulenheilige schrie auf.

Es war ein erstickter, gräßlicher Schrei. Ein ähnliches Geräusch mußte der Große Stier von sich gegeben haben, nachdem Mithras ihn in die Höhe gezerrt und ihm die Kehle aufgeschlitzt hatte.

Johannes konnte Stimmen hören. Menschen rannten auf ihn zu.

Der Excubitor flüchtete in die Dunkelheit, und auch Johannes entschlüpfte der erstaunten Menge, die sich unter dem Mann versammelte, der seit so vielen Jahren keinen Laut von sich gegeben hatte.

Der Mithrasjünger aber, der seinen Weg bedachtsam fortsetzte und seine Behausung ohne weitere Vorkommnisse erreichte, sann darüber nach, ob er sein Überleben nun dem unerforschlichen Gott der Christen zu verdanken habe.

Ungeachtet der Erwartung weiterer furchterregender Träume schlief Johannes einigermaßen fest, bis er durch ein Hämmern an der Tür erwachte. Es war Anatolius, offenbar in heller Aufregung.

»Johannes, hast du schon gehört? Kommandant Otto ist tot. Er hat sich irgendwann in der Nacht von der Arcadiussäule gestürzt.«

»Ich bin letzte Nacht von jemandem angegriffen worden, der den Helm eines Excubitors trug«, sagte Johannes.

»Könnte es sein, daß der Kommandant der Mörder war? Obwohl – nur Mithras weiß, warum er den heiligen Ort hätte schänden sollen. Und außerdem warst du ja gerade bei ihm gewesen. Zweifellos hatte er Angst um seine Sicherheit.« Er hielt inne und dachte nach. »Niemand hat ihm von dem Mord Bericht erstattet – das war ja gar nicht nötig … wenn er der Mörder war.« Seinem Gesicht war anzusehen, daß er von seiner Theorie überzeugt war.

»Das glaube ich nicht«, sagte Johannes, »er war doch ein Mitjünger.«

»Aber warum hat er sich dann das Leben genommen?«

»Eine gute Frage. Wußtest du, daß zweihundertdreiunddreißig Stufen zur Plattform unter der Statue des Arcadius hinaufführen? Ich weiß es, weil wir dort vor langer Zeit eine unvergeßliche Zeremonie abgehalten haben. Denk mal darüber nach: zweihundertdreiunddreißig Stufen bis zur Spitze, das heißt, es bestand zweihundertdreiunddreißigmal die Möglichkeit, umzukehren, den Vorsatz aufzugeben und den bevorstehenden Tod in neuem Licht zu sehen. Was könnte so fürchterlich sein, daß ein Mann zweihundertdreiunddreißigmal zu dem Entschluß kommt, sterben zu wollen?«

»Das weiß ich nicht«, sagte Anatolius. »Ich habe den Tod selbst immer für das Fürchterlichste gehalten – wenn ich einmal außer acht lasse, daß wir alle in Mithras wiedergeboren werden.«

Johannes lächelte matt. »Anatolius, ich betrachte dich als meinen Freund. Gleich rechts von meinem Küchenherd ist ein loser Stein in der Wand, und hinter diesem Stein liegen wichtige Papiere. Falls sich die Notwendigkeit ergeben sollte, wäre ich dir dankbar, wenn du dich dieser Papiere annehmen würdest. Bitte entschuldige mich jetzt, ich muß mich ankleiden. Bald werde ich mit der Kaiserin zusammentreffen.«

Die Kaiserin sorgte dafür, daß es unverzüglich zu dem Zusammentreffen kam. »Ich habe erfahren, daß der Mörder, ein Mithrasanhänger, sich selbst das Leben genommen hat«, sagte sie ohne irgendwelche Präliminarien und starrte Johannes mit ihren durch das Gift zu kleinen schwarzen Punkten zusammengezogenen Pupillen an. »Es heißt, er habe Alexander ermordet. Glauben diese Leute, daß sie der Gerechtigkeit entgehen können, indem sie ein weiteres blutiges Opfer darbringen? Es ist meine Absicht, die Gesetze zu verschärfen. Diese heidnischen Ungeheuer sollen alle direkt in jene Hölle geschickt werden, derer sie spotten.«

Sie trug eine purpurfarbene Robe, auf der kostbare Steine und Goldstreifen glitzerten, und ein gemmenbesetztes Diadem im gelockten Haar. Mit Bedauern stellte Johannes fest, daß sie tatsächlich wie eine Kaiserin aussah und nicht wie die Tochter eines Bärenhüters. Leider blieb ihm nichts anderes übrig, als ihr zu widersprechen.

»Der Mord ist nicht von einem Mithrasjünger begangen worden«, sagte er. »Und er war auch nicht Teil einer Mithras-Zeremonie.«

»Und woher kennt der Haushofmeister Seiner Majestät die Geheimnisse des Mithraskultes?«

Johannes brachte das Zittern, das sich in seine Stimme einschleichen wollte, unter Kontrolle und antwortete: »Ich kenne sie, weil ich daran teilgenommen habe, genau wie Ihr.«

»Ihr setzt Euch doppelt ins Unrecht, durch Eure Selbstbezichtigung und durch Eure unflätige Verleumdung.«

»Meint Ihr wirklich, daß keiner der Männer Euch in Eurer dürftigen Verkleidung erkannt hat?«

»Wovon sprecht Ihr?«

Ohne auf ihre Frage einzugehen, zog Johannes eine feine Goldkette aus dem Umhang. »Kennt Ihr diese Kette? Mit solchen Dingen pflegen Frauen ihr Haar zusammenzubinden. Und doch ist der Mithraskult eine Religion, die den Männern vorbehalten ist. Frauen dürfen das Mithräum nicht betreten.«

»Eine Männerreligion?« Theodora lachte. Es klang rauh und heiser wie das Kreischen einer hungrigen Möwe. »Mir steht es eher zu als Euch, daran teilzunehmen! Aber warum sollte ich das tun?«

»Aus Neugier. Habt Ihr nicht, neben anderen, auch an den Ashtoreth-Riten teilgenommen? Außerdem hattet Ihr Euch schließlich einen Mithrasjünger zum Geliebten genommen.«

Johannes hoffte, daß die Kaiserin die hohe Stimmlage, in der er sprach, nicht als Zeichen seiner Furcht deutete, denn die wollte er unbedingt verbergen. Theodora könnte ihn auf der Stelle umbringen lassen, wenn sie nur wollte, ohne daß er ihr klarmachen konnte, welche Folgen eine solche Tat für sie haben würde. Sie starrte ihn an, als er fortfuhr.

»Vermutlich habt Ihr ein Auge auf den jungen Alexander geworfen, als er Euch mit der Garde der Excubitors vor ein paar Monaten in Euer Sommerdomizil begleitet hat. Er wurde Euer Vertrauter. Nachts kam er in Eure Residenz, wobei er sein Gesicht mit dem Schleier des Verborgenen bedeckte, den er während der Zeremonie trug. Offensichtlich machte er sich keine Gedanken darüber, welche Gotteslästerung er damit beging. Ihr hattet vermutlich Euren Spaß daran, daß Eure abergläubischen Bediensteten in ihm den König der Dämonen sahen. Und als ein Bediensteter, den diese Scharade in Schrecken versetzt hatte, geflohen war, habt Ihr ihn umbringen lassen, um zu verhindern, daß er zuviel ausplauderte.«

Theodoras stechender Blick schien sich in seine Seele zu brennen. Mit gemesseneren Worten fuhr er fort. »Auch Otto habt Ihr umgebracht. Natürlich konnte er mir nicht sagen, wer ihn von dem Mord in Kenntnis gesetzt hatte, denn Ihr wart es, und Ihr hattet ihm geboten zu schweigen. Er mochte weder Euch noch seinen Gott verraten. Deshalb zog er einen schnellen Tod vor.«

»Doch erst, nachdem es ihm letzte Nacht nicht gelungen ist, Euch umzubringen.«

»Davon habt Ihr schon erfahren? Glaubt Ihr wirklich, daß ich den Angriff eines gutausgebildeten Excubitors überlebt hätte? Wohl kaum. Es war ein großer Mann. Euer neuester Liebhaber, der Ägypter Dioscurus.«

Zum ersten Mal zeichnete sich Erstaunen im Gesicht der Kaiserin ab.

»Ein hitzköpfiger junger Mann«, sagte Johannes. »Er geriet in Wut, als er Euch zusammen mit Alexander entdeckte, hier in diesem Haus. Wie lästig, ein Mord in Eurem eigenen Schlafgemach! Deshalb ließet Ihr Dioscurus die Leiche zum Mithräum schaffen. Es war ganz in der Nähe, und Ihr wart ja schon einmal dagewesen. Unter der Leiche vor dem Altar fand sich kein Blut. Deshalb wußte ich, daß der Mord nicht dort geschehen war.«

»Ich fürchte, Euer gebrechlicher Zustand hat Euch in den Wahnsinn getrieben, Haushofmeister.« Theodora kam Johannes so nahe, daß er ihren Moschus riechen konnte. »Ich möchte Euch nicht umbringen lassen«, erklärte sie, während ein Lächeln die Winkel ihres rotgeschminkten Mundes umspielte. »Als eine besondere Güte werde ich Euch die Augen ausstechen lassen, damit Euch nicht noch weitere Halluzinationen quälen. Auch die Zunge soll Euch herausgeschnitten werden, damit Ihr die anderen nicht länger mit Euren verrückten Wahnvorstellungen beunruhigen könnt, und dann werde ich Euch auf einen Felsen im Mittelmeer bringen lassen, wo Ihr den Rest Eures Lebens genießen könnt. Man sagte mir, daß Menschen wie Euch ein langes Dasein beschieden ist.«

»Und damit würde alles, wovon ich eben berichtet habe, auch der Öffentlichkeit bekannt werden.«

Theodora lachte. »Ihr glaubt doch wohl nicht, daß der Kaiser mich für eine Nonne hält? Zittern nicht alle im Palast, wenn sie meine Schritte hören, weil sie wissen, daß ich gemordet habe und daß ich wieder morden werde?«

»Justinian mag sich damit abfinden, daß seine Frau eine

Hure ist, aber was wird er dazu sagen, daß sie in blasphemischer Weise einen verbotenen Gott in dessen Tempel angebetet hat? Wird der Kaiser das dem Patriarchen oder seinen eigenen politischen Anhängern begreiflich machen können?«

»Wer wird denn bezeugen, daß ich dort gewesen bin? Ein paar schmutzige Soldaten und stinkende Bauern! Wer wird es wagen, ihrem Wort größeres Gewicht beizumessen als dem meinigen?«

»Niemand. Aber was ist mit dem Wort des größten Grundbesitzers, der Senatoren und eines überall im Reich hochgeachteten Generals? Habt Ihr diese mächtigen Männer hinter ihren Schleiern und Masken erkannt, meine Kaiserin?«

»Warum sollten sie sich denn jetzt offenbaren?«

»Weil sie Mithrasjünger sind, und weil Ihr Eure Faust gegen unseren Gott erhoben habt.«

»Das glaube ich nicht. Sie haben mehr zu verlieren als ich.«

»Wollt Ihr das Risiko eingehen? Könnt Ihr Euch dessen sicher sein, daß die Entscheidung des Kaisers zu Euren Gunsten ausfallen wird, wenn er durchrechnet, was es ihn kostet? Außerdem, Ihr könnt davon ausgehen, daß Euer Ägypter seine Geschichte herumerzählen wird. Er ist ein zu bedeutender Mann, als daß er wegen irgendeines religiösen Fehltritts in Haft genommen werden könnte.«

Eine Sekunde lang schien Johannes nur darauf zu warten, daß Theodora ihn wie ein Straßenmädchen anspringen würde, aber sie hatte sich in der Gewalt. »Aus meinen Augen«, flüsterte sie mit belegter Stimme. »Und vergeßt nie, Haushofmeister, daß die Frau des Kaisers Euch am liebsten in der Hölle braten sähe.«

»Ich halte es für möglich, daß sie einfach Gefallen daran gefunden hat, die Hände der Leiche mit Därmen zu fesseln, ihr die Augen zu verbinden und die Botschaft mit Blut vor dem Altar niederzuschreiben. Das Perverse daran mag sie gereizt haben. Schließlich war sie früher einmal Schauspielerin.«

Johannes machte eine Pause und goß sich noch etwas Wein in den Becher. Anatolius und er saßen in einem Kaffeehaus unweit des Augusteums an einem Tisch. Eine kühle Brise mit dem salzigen Geruch des Marmarameers umspielte sie.

»Ich habe es immer noch nicht ganz verstanden«, bekannte sein Freund.

»Sie tat es aus einer Laune heraus. Es war das erste, was ihr in den Sinn kam, und es war wahrlich keine schlechte Idee. Das Militär besteht zu einem Großteil aus Mithrasjüngern. Durch die Verfolgung des Mithraskultes hätte sie sich in die Lage bringen können, die hohen Ränge mit Männern zu besetzen, die unter ihrer Gewalt standen.«

»Aber warum hat sie dann dich mit den Ermittlungen beauftragt?«

»Aus blanker Freude am Perversen vielleicht. Oder weil ihr Liebhaber einen Groll auf mich hatte.« Johannes nahm eine Feige aus der Holzschale auf dem Tisch und biß hinein. Sie schmeckte ihm weitaus besser als die Feigen in Theodoras Gemächern. »Oder vielleicht war es eher so etwas wie eine … Prüfung. Ich muß ihr als eine besonders interessante Herausforderung erschienen sein, denn viele ihrer üblichen Waffen mußten sich wegen meiner unfehlbaren Selbstkontrolle als stumpf erweisen.« Sein hageres Gesicht verzerrte sich zu einem schmerzlichen Lächeln.

»Und doch«, sagte Anatolius. »Sie kommt davon, obwohl sie einen Mord begangen oder zumindest Beihilfe zum Mord geleistet hat.«

»So geht es eben zu im Reich, und sie ist die Kaiserin. Man nimmt sich das Recht heraus, das man bekommen kann.«

»Und welche Art Gerechtigkeit hat die Kaiserin deiner Meinung nach für dich auf Lager?«

»Du vergißt, Anatolius, daß der Große Haushofmeister dem Kaiser direkt unterstellt ist. Ich bin einer seiner engsten Vertrauten. Schon bevor sie als Ratgeber oder Beamte im Dienste des Staates standen, waren die Großen Haushofmeister sehr einflußreich, da sie täglich Gehör beim Kaiser fanden – in einer Gesellschaft, in der die meisten Bürger froh sind, wenn sie einmal im Leben einen Blick auf sein Gesicht werfen können. Ich denke, ich kann mich auf seine Protektion verlassen – so wie jedermann.«

»Aber das heißt, daß es dem wirklichen Mörder, Dioscurus, weiterhin freisteht, nach Ägypten zurückzukehren.«

»Ach, du hast noch nichts davon gehört?« Johannes setzte den Becher ab.

Verblüfft sah Anatolius ihn an.

»Und dabei bist doch du normalerweise derjenige, der mich mit Nachrichten versorgt«, sagte Johannes. »Dioscurus ist tot. Es geschah gestern, während eines kleinen Abendessens in der Residenz der Kaiserin. Offiziell spricht man von einer Herzattacke oder vielleicht auch von irgendwelchen verdorbenen Schalentieren.« Johannes nahm einen tiefen Schluck. »Doch der Palastarzt, der ebenfalls ein Jünger ist, hat mir erzählt, daß er in Wirklichkeit vergiftet wurde – mit Tollkirschen.«

Und damit machte sich Johannes, der Eunuch und Mithrasjünger, auf in die Heimat, denn er wußte, daß er sich Theodora zu seiner ärgsten Feindin gemacht hatte.

Originaltitel: A Mithraic Mystery
Ins Deutsche übertragen von Brigitte Beier

Die unheimliche Abtei

Peter Tremayne

Seit der Veröffentlichung von ›Das Schwert der Könige‹ *im Vorgängerband dieses Buches sind Peter Tremaynes Geschichten um Schwester Fidelma noch kraftvoller geworden. Zusätzlich zu den rund einem halben Dutzend Kurzgeschichten (wahrscheinlich werden es noch mehr geworden sein, bis dieser Band erscheint), wurden zwei neue Romane veröffentlicht:* ›Absolution by Murder‹ *(1994) und* ›Shroud for an Archbishop‹. *Schwester Fidelma ist eine Advokatin im irischen Gericht der Brehone, und manchmal hat man sie auch ›die irische Ausgabe von Perry Mason im Mittelalter‹ genannt. Peter Tremayne (geb. 1943) ist ein Experte in keltischer Geschichte und Autor von über fünfzig Büchern, darunter Fantasy- und Horror-Romane. Seine Kenntnisse über das mittelalterliche Britannien helfen ihm, ein wenig Licht auf jene geheimnisvolle Vergangenheit zu werfen und zu zeigen, daß es auch in jenen Tagen Recht und Gesetz gegeben hat, auch wenn wir vielleicht etwas anderes geglaubt haben mögen. (Von Peter Tremayne erscheint 1998 in deutscher Übersetzung:* ›Nur der Tod bringt Vergebung‹.)

Der schwarze Seetaucher mit den auffallenden orangefarbenen Beinen stieß mit einem traurigen, warnenden Krächzen herab und schoß über das Korakel – ein Fischerboot aus mit Häuten überzogenem Weidengeflecht – hinweg. Er war ein einsamer Reisender zwischen all den dreisten schwarzbraunen Sturmvögeln und den großen dunkelgefiederten Kormoranen, die ihre Kreise unter dem sanften blauen Maihimmel drehten, ins Wasser tauchten und sich wieder hinaufschwangen.

Schwester Fidelma saß entspannt im Heck des Bootes und ließ ihre Sinne vom Geruch des Meeres und dem Sprühnebel der Gischt streicheln, während die beiden Bootsleute, die ihr gegenübersaßen, den Rücken im Rhythmus ihrer Arbeit beugten. Die Ruder tauchten im Gleichschlag ein und ließen das leichte Boot auf den Wogen tanzen, die so trügerisch ruhig erschienen. Die gierigen Wellen des hungrigen Atlantiks zeigten sich längst nicht immer so gutmütig, und oft waren die Inseln, zwischen denen sich das Boot seinen Weg suchte, wochen- oder monatelang von allem abgeschnitten.

Sie hatten den felsigen Boden und die karge Vegetation des südwestlichen Irlands hinter sich gelassen und überquerten nun jene große Bucht, die man *Roaring Water Bay* nennt. Wie wahllos von der Hand eines Riesen dahingestreute Brocken aus Erde und Fels wirkten die ›hundert Inseln‹ Cairbres.

Noch war der Tag angenehm, das Wasser ruhig, die Sonne wärmte, und all dies verlieh der Szene eine stille Schönheit.

Während die Ruderer das Boot zwischen den zahllosen Inseln hindurchtrieben, tauchten immer wieder die Köpfe neugieriger Seehunde aus den Wellen auf, die die Eindringlinge in ihrem Wasserreich überrascht betrachteten, bevor sie wieder wegtauchten. Schwester Fidelma wurde von einer Novizin begleitet, einem furchtsamen jungen Mädchen, das neben ihr im Heck kauerte. Fidelma hatte sich verpflichtet gefühlt, das Mädchen während der Reise unter ihre Fittiche zu nehmen. Ihr Ziel war das Kloster von St. Ciaran of Saigher, das sich auf Chléire befand, einem der äußeren Eilande dieser Inselgruppe. Daß sie zusammen reisten, hatte nichts mit Fidelmas Auftrag zu tun; sie sollte dem Abt auf Chléire sowie dem Abt von Inis Chloichreán, der einer kleinen Mönchsgemeide auf einer schwer erreichbaren Insel vorstand, Briefe von Ultan, dem Erzbischof von Armagh, überbringen.

Der erste Ruderer, ein Mann, den das Leben auf See vorzeitig hatte altern lassen, verlangsamte den Schlag seines Ruders und schenkte Fidelma ein Lächeln, das seine Zahnlücken entblößte. Seine Augen, die die Farbe des Meeres hatten, lagen tief eingesunken in dem braungegerbten Gesicht, und bewundernd ließ er den Blick über die große junge Frau gleiten, unter deren Haube sich einige vorwitzige rote Strähnen hervorgestohlen hatten. Er war bisher nur wenigen Schwestern begegnet, die so gelassen mit ihrer Weiblichkeit umgingen oder eine solche natürliche Autorität ausstrahlten.

»Rechts von uns liegt Inis Chloichreán, Schwester.« Im gleichen Augenblick als er mit seiner knorrigen Rechten in die Richtung zeigte, fiel ihm auf, daß sich das Eiland für Fidelma links befand. »Es ist zwanzig Minuten entfernt. Möchtet Ihr zuerst dort an Land gehen, oder sollen wir weiter nach Chléire rudern?«

»Ich werde mich nicht lange auf Chloichreán aufhalten«, erwiderte Fidelma nach einem kurzen Moment des Nachdenkens. »Wir legen zuerst dort an, dann setzen wir unsere Reise fort.«

Der Mann brummte etwas Zustimmendes und nickte dem anderen Bootsmann zu. Erneut tauchten sie ihre Ruder ein, und das Korakel flog über die Wellen auf die Insel zu.

Es war ein hügeliges, felsiges Eiland. Von der See her erschien es, als gäbe es dort nichts als steile, unzugängliche Klippen, deren grauer Granit einzelne bunte Tupfen zeigte, dort, wo sich Geißblatt und Nelken auf kleinen Felsvorsprüngen angesiedelt hatten.

Lorcán, der erste Ruderer, lenkte das Boot geschickt durch die der Küste vorgelagerten Felsen, die spitz aus dem Wasser ragten. Das Boot tanzte hierhin und dorthin, schnitt durch das schäumende Wasser, das um die Felsen zischte und gurgelte und dabei kleine, aber gefährliche Strudel bildete. Vorsichtig manövrierte er das Boot auf einem Zickzackkurs in eine kleine, geschützte Bucht, die einen natürlichen Hafen bildete.

Fidelma bewunderte sein Geschick.

»Nur jemand, der sich gut auskennt, kann es wagen, hier die Küste anzusteuern«, stellte sie fest.

»Ich bin einer der wenigen, die genau wissen, wo man auf dieser Insel landen kann, Schwester.«

»Aber die Mönche dieses Klosters müssen doch auch über

genug seemännische Kenntnisse verfügen, wenn sie hier leben.«

»›Kloster‹ ist ein hochtrabendes Wort für Selbachs Gemeinschaft«, brummte der zweite Ruderer. Er sprach zum ersten Mal, seit sie unterwegs waren.

»Maenach hat recht«, meinte Lorcán. »Abt Selbach kam vor zwei Jahren mit rund einem Dutzend Mönchen hierher; er nannte sie seine Apostel. Aber es sind alles noch halbe Kinder, der jüngste ist vierzehn und der älteste knapp neunzehn. Sie haben sich diese Insel ausgesucht, weil sie so unzugänglich ist, und nur wenige wissen, wie man sicher hierherkommt. Sie haben zwar ein Korakel, aber sie benutzen es nie. Es ist nur für Notfälle da. Vier- oder fünfmal im Jahr komme ich hierher, um ihnen neue Vorräte zu bringen.«

»Nun, dann ist dies sozusagen eine Einsiedelei«, meinte Fidelma. Es gab viel Mönche in Irland, die als Einsiedler lebten oder sich mit einigen wenigen Gefolgsleuten in die Einsamkeit zurückgezogen hatten, damit sie in der Abgeschiedenheit Gott verehren konnten. Fidelma traute weder diesen Eremiten so recht noch jenen anderen Gemeinschaften, die sich bewußt isolierten. Sie mochte nicht glauben, daß dies die Art und Weise war, in der man Gott dienen sollte – indem man sich vor Seiner größten Schöpfung verschloß, dem Menschen.

»Sozusagen«, meinte Maenach trübe.

Fidelma blickte sich neugierig um.

»Es ist keine große Insel. Man hat doch sicher bemerkt, daß wir hier gelandet sind, aber niemand ist gekommen, um uns zu begrüßen.«

Lorcán hatte das Boot gesichert, indem er ein Seil um einen Felsen geschlungen hatte, und nun reichte er Fidelma die Hand, um ihr aus dem Boot zu helfen, während Maenach das Korakel ausbalancierte.

»Wir sollten lieber alle aussteigen«, meinte Fidelma, mehr an die verängstigte junge Novizin, Schwester Sárnat, als an Maenach gewandt. Das junge Mädchen, gerade sechzehn Jahre alt, kletterte eilig hinter Fidelma aus dem Boot und folgte ihr wie ein Küken der Glucke.

Dann kam auch Maenach an Land und reckte und streckte sich.

Lorcán zeigte auf einige Stufen, die in den Felshang gehauen waren, über den man nach oben gelangte.

»Wenn Ihr diese Stufen nehmt, Schwester, dann kommt Ihr zu Selbachs Ansiedlung«, sagte er. »Wir warten hier unten auf Euch.«

Fidelma nickte, dann wandte sie sich an Schwester Sárnat. »Möchtest du auch hier warten, oder willst du mich begleiten?«

Die junge Schwester zitterte, als hätte ein kühler Windhauch sie gestreift, und machte ein unglückliches Gesicht.

»Ich komme mit dir, Schwester«, erwiderte sie furchtsam.

Fidelma seufzte leise. Das Mädchen benahm sich wie eine Zehnjährige; es hatte Angst vorm Leben, und so klammerte es sich stets an den nächstbesten Erwachsenen, als könne dieser sie vor all den Schrecken bewahren, die irgendwo lauern mochten. Dennoch faszinierte das Mädchen Fidelma. Sie fragte sich, was sie dazu gebracht haben mochte, sich so jung einem Kloster anzuschließen, noch bevor sie Gelegenheit hatte, ihre Erfahrungen mit dem Leben und den Menschen zu machen.

»Also gut, dann komm mit«, antwortete sie.

»Ich würde Euch raten, nicht zu lange zu bleiben«, rief Lorcán hinter ihr her und zeigte auf den westlichen Himmel. »Dort braut sich etwas zusammen, und noch bevor der Abend hereinbricht, gibt es Sturm. Je früher wir Chléire erreichen, desto eher haben wir Schutz.«

»Ich werde mich nicht lange aufhalten«, versprach ihm Fidelma und begann den Aufstieg. Sárnat folgte dicht hinter ihr.

»Woher will er denn wissen, daß ein Sturm kommt?« fragte die Novizin atemlos, während sie stolpernd versuchte, mit Fidelma Schritt zu halten. »Es ist doch so ein schöner Tag.«

Fidelma machte eine Grimasse.

»Ein Seemann weiß solche Sachen, Sárnat. Er kann die

Anzeichen am Himmel ablesen. Hast du letzte Nacht den Mond betrachtet?«

Das Mädchen blickte verwirrt drein.

»Der Mond schien hell«, erwiderte es.

»Aber wenn du ihn genauer betrachtet hättest, dann hättest du festgestellt, daß er einen rötlichen Schimmer hatte. Die Luft war ruhig und vergleichsweise trocken. Das ist schon fast eine Garantie dafür, daß von Westen stürmische Winde kommen werden.«

Dann blieb Fidelma unvermittelt stehen und zeigte auf einige Pflanzen, die neben dem Pfad wuchsen.

»Das hier ist ein weiteres Zeichen. Siehst du den Klee? Erkennst du, daß der Stengel angeschwollen ist? Und die Löwenzahnblüten hier ziehen sich zusammen. Beides bedeutet, daß es bald regnen wird.«

»Woher weißt du denn das alles?« fragte das Mädchen verwundert.

»Indem ich die Augen aufhalte und den Alten zuhöre, jenen, die das alte Wissen bewahrt haben.«

Sie hatten inzwischen den Rand des Kliffs erreicht und schauten nun auf eine geschützte Senke herab. Dort, im Zentrum der Insel, zwischen einigen steinernen Hütten, die wie Bienenkörbe aussahen, und einer kleinen Kapelle, wuchsen vereinzelt ein paar kümmerliche, windgebeugte Bäume.

»Das also ist Abt Selbachs Gemeinde«, sagte Fidelma nachdenklich vor sich hin. Stirnrunzelnd betrachtete sie die Ansammlung von Gebäuden. Nirgendwo war eine Bewegung oder sonst ein Lebenszeichen zu bemerken. Sie hob die Stimme. »Hallo, dort unten!«

Die einzige Antwort bestand im ärgerlichen Gekreisch der Vögel, die sich offensichtlich gestört fühlten. Seetaucher, die erst vor kurzem hierhergekommen waren, um auf der Insel zu nisten, stoben in den Himmel. Möwen und Sturmvögel folgten; laut schimpfend kreisten sie über dem Eiland.

Fidelma war irritiert. Irgend jemand mußte sie doch gehört haben, und immer noch kam keine Antwort.

Langsam schritt sie den grasbewachsenen Pfad in die

Senke hinab auf die Hütten zu. Sárnat hielt sich brav an ihrer Seite.

Vor den Hütten blieb Fidelma stehen und rief noch einmal. Und wieder kam keine Antwort.

Sie ging zwischen den Hütten hindurch, und als sie um eine Ecke bog, befand sie sich plötzlich auf einem kleinen, viereckigen Platz. Schwester Sárnat stieß einen Schrei aus.

Genau in der Mitte des Platzes stand ein kleiner Baum, nicht höher als zwölf Fuß, verkrüppelt und gebeugt von den atlantischen Winden. An den schmalen Stamm war ein Mann gefesselt; Lederschnüre an den Handgelenken hatten verhindert, daß er zu Boden sank. Und obwohl er mit dem Gesicht am Stamm lehnte, war offensichtlich, daß der Mann tot war.

Schwester Sárnat wurde von Entsetzen geschüttelt.

Fidelma achtete nicht auf sie und trat vor, um den Körper zu untersuchen. Die Robe, eindeutig die Robe eines Mönches, war blutverschmiert. Über der Stirn war der Kopf kahlgeschoren, bis zu einer Linie, die sich von Ohr zu Ohr zog. Die Haare am Hinterkopf waren lang. Dies war die Tonsur der irischen Kirche, der *airbacc giunnae,* ein Erbe der Druiden. Der tote Mann war in den Sechzigern; sein schmales Gesicht hatte scharfe Züge, die Haut war bläßlich und der Mund zusammengekniffen. Fidelma bemerkte, daß er an einer Schnur um den Hals ein wertvolles Kreuz trug, eine kunstvolle Silberarbeit. Die blutige Kutte hing in Fetzen von seinem Rücken.

Fidelma sah, daß die Kutte an den Schultern aufgerissen war; das Fleisch darunter war von blutigen Striemen bedeckt. Sie bemerkte mehrere schmale Stichwunden auf dem Rücken, doch es war unverkennbar, daß der Mann mit einer Peitsche geschlagen worden war, bevor er schließlich starb.

Fidelmas Augen weiteten sich überrascht, als sie ein Holzstück sah, daß am Baum befestigt war; etwas war in Griechisch darauf geschrieben. »Wenn der Sturm daherbraust, ist der Frevler verloren ...« Sie versuchte sich zu erinnern, warum ihr die Worte so bekannt vorkamen; dann fiel ihr ein, daß sie aus der Bibel stammten, aus dem Buch der Sprichwörter.

Es gab keinen Zweifel daran, daß man den Mann ausgepeitscht und getötet hatte, während er an den Baum gefesselt war.

Das Jammern der Novizin riß Fidelma aus ihren Gedanken, und als sie sich zu ihr umwandte, versuchte sie, ihre Verärgerung zu unterdrücken.

»Sárnat, lauf nach unten zur Bucht und hol Lorcán her.« Und als das Mädchen zögerte, fügte sie ein ärgerliches »Los!« hinzu.

Sárnat drehte sich um und hastete davon.

Fidelma machte einen weiteren Schritt auf den gefesselten Mönch zu und betrachtete prüfend seinen Leichnam, weil sie nach zusätzlichen Informationen suchte. Doch sie entdeckte nichts Neues. Falls der Wert des Kreuzes ein Indiz war, dann mußte der Tote einen gewissen Rang gehabt haben. Schließlich trat sie zurück und schaute sich um. Die Kapelle war klein, gerade groß genug, um hinter ihren Mauern Platz für ein halbes Dutzend Menschen zu bieten. Sie stand im Zentrum der sechs Hütten, in denen die Mitglieder der Gemeinschaft lebten.

Fidelma ging hinüber zur Kapelle und spähte hinein.

Weil es so düster war, dachte sie zuerst, daß ein Bündel Lumpen auf dem Altar läge, doch dann, als ihre Augen sich an das schwache Licht gewöhnt hatten, erkannte sie, daß es der Körper eines jungen Mönches war. Eines Jungen, der die Schwelle zum Erwachsenwerden noch nicht überschritten hatte. Sie stellte fest, daß seine Kleider mit Wasser vollgesogen waren. Das hellbraune Haar war getrocknet und lag flach an den Schläfen. Sein Gesicht zeigte nicht die Ruhe der Toten, es war verzerrt, so, als ob er unter Schmerzen gestorben wäre. Als sie einen Schritt nach vorn machen wollte, um sich den Jungen näher anzusehen, wäre sie beinahe über etwas gestolpert, das ebenfalls einem Lumpenbündel ähnelte.

Es war ein weiterer Mönch; er lag auf dem Bauch, die Arme ausgestreckt – fast wie ein Bittsteller, der sich vor dem Altar zu Boden geworfen hat. Er hatte dunkles Haar und war älter als der Jüngling.

Fidelma kniete sich hin und versuchte, an seinem Hals nach dem Puls zu tasten. Und tatsächlich konnte sie ihn spüren, wenn auch nur schwach, doch der Körper zeigte eine unnatürliche Kälte. Sie beugte sich weiter vor, um sein Gesicht zu betrachten. Der Mann mochte um die Vierzig sein; er sah gut aus, seine Züge wirkten friedlich. Ein angenehmes Gesicht, stellte Fidelma fest. Doch seitlich an der Stirn war eine blutverkrustete Wunde.

Sie schüttelte den Mann an der Schulter, aber er lag in tiefer Bewußtlosigkeit.

Fidelma stand auf und ging nach draußen, um schnell die Hütten zu untersuchen. Überall dasselbe: Die Hütten waren alle verlassen; niemand versteckte sich dort.

Lorcán rannte über den Pfad auf die Hütten zu.

»Ich habe das Mädchen bei Maenach gelassen«, sagte er, als er Fidelma erreichte. »Sie war ganz durcheinander. Sagte, hier wäre ein Toter und …«

Er hielt inne und schaute sich um. Von hier aus war ihm der Blick auf den Baum mit seiner gräßlichen Last verborgen.

»Wo sind denn alle?«

»Einer lebt noch«, sagte Fidelma, statt seine Frage zu beantworten. »Wir müssen uns unverzüglich um ihn kümmern.«

Sie ging ihm zur Kapelle voran, bückte sich, um durch den Eingang zu passen, dann trat sie beiseite, um Lorcán hereinzulassen.

Lorcán schnappte nach Luft und beugte die Knie, als er den Jungen entdeckte.

»Ich kenne ihn. Er heißt Sacán und stammt von Inis Beag. Ich selbst habe ihn vor einem halben Jahr hierhergebracht, weil er sich der Gemeinschaft anschließen wollte.«

Fidelma zeigte auf den dunkelhaarigen Mann auf dem Boden, den Lorcán noch nicht bemerkt hatte.

»Kennst du auch diesen Mönch?«

»Die Heiligen mögen uns beschützen!« rief der Seemann, als er sich bückte. »Das ist Bruder Spelán!«

Fidelma spitzte die Lippen.

»Bruder Spelán?« wiederholte sie.

Lorcán nickte unglücklich.

»Er diente Abt Selbach als *dominus,* als Verwalter der Gemeinschaft. Wer hat das nur getan? Wo sind die anderen?«

»Die Antworten auf diese Fragen können warten. Zunächst müssen wir ihn an einen bequemeren Ort schaffen und zusehen, daß er aus der Bewußtlosigkeit erwacht. Der Junge – Sacán, nicht wahr? – nun, er braucht unsere Hilfe nicht mehr.«

»Schwester, mein Freund Maenach kennt sich ein wenig in den Heilkünsten aus. Laßt mich ihn rufen, damit er uns bei Spelán helfen kann.«

»Es wird zu lange dauern.«

»Nur einen Moment«, versicherte Lorcán, dann zog er eine Schneckenmuschel aus dem Lederbeutel, der an seiner Seite hing. Er ging zur Tür und blies hinein. Der laute, langanhaltende Ton schreckte die Vögel auf, die kreischend protestierten. Lorcán wartete einen Moment, bevor er sich wieder Fidelma zuwandte. »Ich sehe Maenach mit der jungen Schwester oben auf der Klippe. Sie sind auf dem Weg hierher.«

»Dann hilf mir, den Bruder in eine der Hütten zu tragen, so daß wir ihn auf ein Bett legen können.«

Als sie sich bückte, um den Mann zu packen, bemerkte sie plötzlich einen hölzernen Becher, der in der Nähe lag. Sie langte danach und steckte ihn in ihr *marsupium,* den großen Beutel, der an ihrer Taille hing. Später würde sie genug Zeit haben, ihn zu untersuchen.

Gemeinsam trugen sie Bruder Spelán, der ziemlich schwer war, zur nächsten Hütte und legten ihn auf eine der beiden hölzernen Liegen, die sich darin befanden.

Eilig kam Maenach herein, gefolgt von Schwester Sárnat, die sich fast an seinen Ärmel klammerte. Lorcán zeigte auf den bewußtlosen Mönch.

Maenach beugte sich über Spelán, zog eins der Augenlider hoch und fühlte dann den Puls.

»Es ist fast so, als ob er schliefe.« Er untersuchte die Wunde. »Merkwürdig, daß er von dem Schlag, der diese Wunde verursacht hat, in eine so tiefe Bewußtlosigkeit versetzt worden ist. Die Wunde ist nicht tief. Er atmet regelmäßig und ohne Probleme. Ich bin sicher, er wird bald wieder aufwachen.«

»Tu, was du kannst, Maenach«, bat Fidelma. »Und du, Sárnat, hilf ihm dabei«, befahl sie dem blassen, zitternden Mädchen, das unsicher an der Tür stand.

Dann packte sie Lorcán am Arm und führte ihn auf den Platz. Schweigend zeigte sie auf den Mann, der an den Baum gebunden war.

Lorcán machte einen Schritt nach vorn und stieß dann erschrocken den Atem aus. Jetzt erst hatte er den Leichnam bemerkt.

»Gott möge uns beschützen!« sagte er, während er das Knie beugte. »Nun gibt es schon zwei Tote unter Selbachs Mönchen.«

»Kennst du ihn?« wollte Fidelma wissen.

»Ob ich ihn kenne?« Lorcán schien über die Frage verblüfft zu sein. »Natürlich. Es ist Abt Selbach!«

»Abt Selbach?«

Fidelma war erstaunt und schob die Lippen vor, als sie den Leichnam noch einmal untersuchte. Dann blickte sie sich um und suchte erneut die verlassene Landschaft mit ihren Augen ab.

»Sagtest du nicht, daß die Gemeinschaft hier aus dem Abt und weiteren zwölf Mönchen bestünde?« Lorcán folgte unsicher ihren Blicken.

»Ja. Doch die Insel wirkt verlassen«, brummte er. »Was für ein schreckliches Geheimnis mag es hier geben?«

»Nun, das werden wir herausfinden«, erwiderte Fidelma zuversichtlich.

»Wir sollten sofort nach Irland zurückkehren«, riet Lorcán. »Wir müssen nach Dún na Séad zurück und The Ó hEidersceoil informieren.«

The Ó hEiderscεoil war der Stammesführer dieses Gebiets.

Fidelma hob eine Hand, um den Mann aufzuhalten, der sich schon umgewandt hatte, um zu der Hütte zurückzukehren, in der sie Bruder Spelán zurückgelassen hatten.

»Warte, Lorcán. Ich bin eine *Dálaigh,* eine Advokatin, die dem Gesetz des *Fenechus* folgt, und ich habe den Grad einer *Anruth.* Es ist meine Aufgabe, hierzubleiben und herauszufinden, wie Abt Selbach und der junge Sacán gestorben sind und warum Bruder Spelán verwundet wurde. Und wir müssen außerdem herausfinden, wohin der Rest der Gemeinschaft verschwunden ist.«

Lorcán sah die junge Schwester überrascht an.

»Aber das könnte gefährlich werden«, wandte er ein. »Welcher Zauber hat bewirkt, daß sämtliche Brüder verschwunden sind und ihren Abt tot zurückgelassen haben, wie ein Verbrecher an einen Baum gefesselt, während ihr *dominus* verwundet und bewußtlos geschlagen wurde?«

»Das war ein sehr menschlicher Zauber, wenn du es denn einen Zauber nennen willst«, antwortete Fidelma gereizt. »Als Advokatin am Gericht der fünf Königreiche Irlands fordere ich deine Hilfe. Die Gesetze des *Fenechus* geben mir das Recht dazu, unter der Autorität des obersten Brehon. Willst du dich meiner Forderung widersetzen?«

Lorcán sah die Schwester einen Moment lang verblüfft an, dann schüttelte er langsam den Kopf.

»Ihr habt das Recht, Schwester. Aber seht doch, Abt Selbach ist noch nicht lange tot. Was ist, wenn seine Mörder noch in der Nähe lauern?«

Fidelma ignorierte seine Frage und wandte sich wieder dem Leichnam zu, den Kopf leicht geneigt, während sie nachdachte.

»Wieso glaubst du, daß er noch nicht lange tot ist, Lorcán?«

Der Bootsmann zuckte ungeduldig mit den Schultern.

»Der Leichnam ist kalt, aber noch nicht steif. Außerdem haben sich noch keine Aasfresser über ihn hergemacht.« Er zeigte auf die kreisenden Vögel, und als Fidelma ebenfalls zum Himmel hochblickte, erkannte sie unter den Tieren auch die großen Raubmöwen, einige der dreistesten Aasfresser. Und hier und dort bemerkte sie das glänzende Schwarz der Aaskrähen. Es war die Jahreszeit, in der in den Nestern oben auf den Klippen die jungen jener Raubvögel mit den schrillen

Stimmen geschlüpft waren, und die jungen Vögel verlangten lautstark danach, von ihren Eltern gefüttert zu werden. Aaskrähen fressen alles: die Eier anderer Vögel, kleine Säugetiere und oft auch verwesende Kadaver. Fidelma wurde bewußt, daß die kreisenden Möwen und Krähen sich schon bald auf ihr Opfer senken würden, aber es war offensichtlich, daß sie es bis jetzt noch nicht getan hatten.

»Gut beobachtet, Lorcán«, bemerkte sie. »Und wahrscheinlich kann auch Bruder Spelán noch nicht so lange bewußtlos gewesen sein. Aber ist dir vielleicht etwas Ungewöhnliches am Körper des Abts aufgefallen?«

Der Bootsmann sah sie stirnrunzelnd an und richtete den Blick dann wieder auf den zusammengesunkenen Leichnam. Er starrte den toten Abt einen Moment lang an und schüttelte dann den Kopf.

»Selbach wurde ausgepeitscht und dann dreimal in den Rücken gestochen. Ich denke, daß das Messer nach oben gerichtet war, zwischen die Rippen, so daß er sofort gestorben ist. Bei welchem merkwürdigen Ritual würde man einen Mann noch so bestrafen, bevor man ihn umbringt?«

Lorcán schaute genauer hin und seufzte dann tief auf.

»Ich verstehe es nicht.«

»Sieh dir alles gut an«, bat Fidelma. »Es könnte sein, daß ich dich später brauche, um diese Tatsachen zu bezeugen. Ich denke, wir können den Leichnam jetzt losschneiden und ihn in die Kapelle bringen, damit er vor den Aasvögeln geschützt ist.«

Lorcán nahm sein scharfes Seemannsmesser und schnitt schnell die Seile durch. Dann zog er den Leichnam in die Kapelle, wie Fidelma es gesagt hatte.

Fidelma nahm sich nun die Zeit, den Körper des jungen Mönches sorgfältig zu untersuchen.

»Er hat sicherlich eine Weile im Meer gelegen. Nicht allzu lange, aber mindestens ein paar Stunden«, stellte sie fest. »Man kann keine unmittelbare Todesursache erkennen. Er ist nicht erstochen worden, und man hat ihn auch nicht mit einem stumpfen Gegenstand geschlagen.«

Sie drehte den Leichnam herum und hielt den Atem an.

»Aber er ist gegeißelt worden. Siehst du es, Lorcán?«

Durch die zerfetzte Kutte konnte der Bootsmann erkennen, daß der Oberkörper des Jungen mit alten und neuen Peitschenstriemen bedeckt war. »Ich kannte die Familie des Jungen auf Inis Beag recht gut«, flüsterte er. »Er war ein glücklicher, pflichtbewußter Junge. Sein Körper hatte nicht den geringsten Makel, als ich ihn hierhergebracht habe.«

Fidelma durchsuchte die feuchte Kleidung des Jungen, die dort, wo das Salzwasser zu trocknen begann, weiße Linien und Flecken zeigte. Ihre Augen verengten sich, als sie die Kordel, die sein Gewand zusammenhielt, näher betrachtete. Ein kleiner Metallhaken war daran befestigt, an dem eine schmale Lederscheide hing. In der Scheide steckte ein Messer, wie es viele Mönche bei ihren täglichen Aufgaben benutzten. An dem Metallhaken hing ein Stückchen Wollstoff. Sorgfältig zog Fidelma es ab und hielt es hoch.

»Was ist das, Schwester?« wollte Lorcán wissen.

»Keine Ahnung. Ein Stück Tuch, das sich an dem Haken verfangen hat.« Sie betrachtete es genauer. »Es stammt nicht von dem Gewand des Jungen.« Dann steckte sie es zu dem hölzernen Becher in ihrem *marsupium.* Schließlich warf sie einen letzten Blick auf den Leichnam des Jungen, bevor sie ihn bedeckte. »Komm, laß uns sehen, was wir sonst noch finden.«

»Aber was denn, Schwester?« fragte Lorcán. »Was können wir denn noch tun? Bald wird der Sturm kommen, und wenn er uns hier erwischt, dann sitzen wir fest, bis er sich wieder gelegt hat.«

»Ich bin mir bewußt, daß sich ein Sturm nähert«, erwiderte sie ungerührt. »Doch zunächst müssen wir uns noch von etwas überzeugen. Du hast mir erzählt, daß außer Selbach noch zwölf Mönche hier waren. Wir haben bisher nur zwei von ihnen gefunden, Spelán und Sacán. Es ist doch klar, was wir als nächstes tun müssen – wir müssen die Insel absuchen und uns vergewissern, daß sie sich nicht vor uns versteckt haben.«

Lorcán biß sich nervös auf die Lippe.

»Und was ist, wenn das Piraten waren? Ich habe viele Geschichten über sächsische Plünderer in ihren Langbooten gehört, die weiter unten an der Küste die Dörfer zerstört haben.«

»Es wäre eine Möglichkeit«, meinte Fidelma. »Aber keine wahrscheinliche.«

»Wieso denn?« sagte Lorcán. »Die Sachsen überfallen schon seit vielen Jahren die Küsten Galliens, Britanniens und Irlands; sie plündern und töten ...«

»Eben!« Fidelma lächelte grimmig. »Sie plündern und brennen die Dörfer nieder, sie treiben das Vieh fort und nehmen die Menschen als Sklaven mit.«

Sie zeigte auf die verlassenen, aber unzerstörten Gebäude.

Lorcán begriff plötzlich, was sie damit meinte. Es gab keine Anzeichen von Zerstörung, auch nicht davon, daß etwas geraubt oder sonstwie Gewalt angewendet worden war. Auf dem Hang hinter der Kapelle ließen sich drei oder vier Ziegen das Heidekraut schmecken, und eine Muttersau schnaubte und grunzte zwischen ihren Frischlingen. Und dann fiel ihm auch noch ein, daß das Silberkreuz immer noch am Hals des Abtes hing. Nichts war gestohlen worden. Nein, hier war keine wehrlose Gemeinschaft von Piraten überfallen worden. Doch das verwirrte Lorcán nur noch mehr.

»Komm mit mir, Lorcán, damit wir uns gemeinsam die Hütten der Brüder anschauen können«, ordnete Fidelma an.

Auf dem Türsturz der Hütte, die neben der lag, in der sie Spelán gebracht hatten, entdeckten sie eine Inschrift.

Ora et labora. Bete und arbeite. Eine lobenswerte Ermahnung, dachte Fidelma, als sie darunter hindurchging. Die Hütte war fast leer; es gab nur einige wenige schlichte Einrichtungsgegenstände. Der gestampfte Lehmboden war mit Binsen bedeckt; es gab zwei hölzerne Liegen und eine Truhe. Einige lederne *tiag leabhair* – Bücherbeutel –, die an Haken aufgehängt waren, enthielten religiöse Schriften. Ein großes, kunstvoll geschnitztes Holzkreuz hing an einer Wand.

Ein weiterer Sinnspruch fand sich an einer der Wände.

Animi indices sunt oculi
Die Augen betrügen den Verstand.

Fidelma fand diesen Spruch in einer klösterlichen Gemeinschaft ein wenig seltsam. Dann fiel ihr Blick auf ein Stück beschriebenes Pergament neben einer der Liegen, und sie hob es auf. Es war ein Vers aus einem der Psalmen. ›Zerbrich den Arm des Frevlers, bestraf seine Frevel, so daß man von ihm nichts mehr findet.‹ Sie schauderte. Dies war sicher nicht der Ausspruch eines liebenden Gottes.

Dann wandte sie sich der Truhe zu, die am Fußende der einen Liege stand. Auf dem Deckel befand sich eine griechische Inschrift. *Pathémata mathémata.* Durch Leiden lernen wir.

Sie bückte sich und öffnete die Truhe, und ihre Augen weiteten sich vor Erstaunen. In der Truhe lagen Geißeln, Peitschen und Rohrstöcke. Und auch in die Innenseite des Deckels war etwas eingraviert, doch diese Worte waren einfaches Irisch.

Gott gab mir eine Mauer aus Tränen,
damit dahinter meine Sünden verschwinden;
solange keine Tränen fließen,
werde ich keine Erlösung finden.

Überrascht schaute sie zu Lorcán hin.

»Weißt du, wessen Hütte dies war?« fragte sie. »Natürlich«, antwortete er prompt. »Selbach hat diese Hütte mit seinem *dominus* geteilt – mit Spelán. Die Hütte, in der wir Spelán untergebracht haben, gehört zwei anderen Brüdern der Gemeinschaft.«

»Kannst du mir auch sagen, was für ein Mann Selbach war? War er dominant? Liebte er es, andere zu bestrafen? Hat er die Regeln der Gemeinschaft sehr streng gestaltet?«

Lorcán zuckte mit den Schultern.

»Das weiß ich wirklich nicht. So gut habe ich die Brüder hier auch wieder nicht gekannt.«

»Nun, es gibt hier genügend Hinweise auf Strafen und

Schmerzen.« Fidelma spürte, wie ihr ein Schauder das Rückgrat entlanglief. »Ich verstehe das alles nicht.«

Sie hielt einen Moment inne, als sie ein Bord bemerkte, auf dem mehrere Flaschen und Krüge standen, und dann begann sie, den Inhalt jedes einzelnen Behälters zu untersuchen. Sie schnupperte daran oder tunkte ihren Finger in die Tränke, bevor sie vorsichtig davon kostete. Dann langte sie in ihr *marsupium* und holte den hölzernen Becher heraus, den sie vom Boden der Kapelle aufgelesen hatte. Er war erst vor kurzem benutzt worden, denn innen war er immer noch feucht. Sie roch daran, und eine Mischung beißender Gerüche drang in ihre Nase. Dann wandte sie sich wieder dem Bord zu und untersuchte ein weiteres Mal die Krüge und Flaschen. Dabei konnte sie Roten Klee, Roßkastanienblätter und Wollkraut identifizieren.

Lorcán schaute ihr ungeduldig zu.

»Spelán war auch der Heilkundige der Gemeinschaft«, erklärte er. »Als ich einmal hierherkam, hatte ich mich in die Hand geschnitten, und Spelán machte mir einen Kräuterumschlag.«

Fidelma stieß einen kleinen Seufzer aus und schaute sich ein letztes Mal um.

Schließlich verließ sie die Hütte, und Lorcán folgte ihr, als sie die anderen Hütten erneut überprüfte, diesmal jedoch wesentlich sorgfältiger. In ein oder zwei der Hütten konnte man erkennen, daß persönliche Besitztümer hastig zusammengepackt worden waren, aber es gab nicht den geringsten Hinweis auf einen Überfall.

Als Fidelma schließlich wieder auf den kleinen Platz trat, war sie verwirrt.

Lorcán, der neben ihr stand, blickte besorgt zum Himmel hinauf.

Fidelma wußte, daß er sich immer noch Sorgen wegen des herannahenden Sturmes machte, aber sie hatte nicht vor, das Rätsel ungelöst zu lassen. Irgend jemand hatte den Abt dieser Gemeinschaft und einen jungen Mönch getötet, den *dominus* bewußtlos geschlagen und bewirkt, daß die restlichen Mönche verschwunden waren. »Hattest du nicht erwähnt, daß sie ein eigenes Boot besaßen?« fragte sie unvermittelt.

Lorcán nickte betrübt.

»Es befand sich aber nicht in der Bucht, in der wir an Land gegangen sind.«

»Dort konnte es auch nicht sein«, erwiderte der Bootsmann, »weil sie es ein Stück die Küste hinauf an einem geschützten Ort liegen hatten. Hinter der Landzunge gibt es einen kleinen Kiesstrand, an dem man ein Boot an Land ziehen kann.«

»Führ mich dorthin«, forderte Fidelma. »Es gibt ohnehin nichts, was wir tun können, bis Spelán wieder zu Bewußtsein kommt und uns seine Geschichte erzählen kann.«

Ein wenig widerstrebend und mit einem besorgten Blick auf den Himmel ging Lorcán los. Ein Stück folgte er dem Pfad, der zur Bucht führte, doch dann bog er auf einen Weg ab, der die andere Seite des Felsens hinunterführte.

Daß etwas nicht stimmte, wußte Fidelma sofort, als sie eine Hügelkuppe erreichten, von der sich der Pfad zwischen Felsbrocken nach unten wand, bis man schließlich das Meer erreichte. Sie sah die schwarzen Vögel, die über etwas kreisten, das sich unten am Strand befinden mußte.

Es waren Raubmöwen, Vögel, denen man einen gesunden Respekt entgegenbringen mußte. Sie nisteten oft auf solchen felsigen Inseln wie Inis Chloichreán. Sie waren Aasfresser, wilde Raubvögel, die selbst Säugetiere von der Größe einer Katze töteten. Offensichtlich hatten sie dort unten am Strand etwas gefunden. Fidelma sah, daß selbst die Krähen nicht wagten, mit ihren größeren Brüdern zu konkurrieren. Sie kreisten geduldig und warteten auf ihre Chance.

Unwillkürlich preßte Fidelma die Lippen zusammen.

Lorcán stieg vor ihr den Pfad zwischen den Felsen hinunter. Überall nisteten Vögel, die hier die idealen Brutplätze fanden. Die Vogelweibchen kreischten wütend, als sie in ihr Gebiet eindrangen, aber Lorcán ignorierte ihr Schimpfen. Fidelma nahm das Gekreische weniger gelassen hin.

»Genau hier hatten die Brüder ihr Boot ...«, begann Lorcán, als er eine Felsplattform erreichte, die ungefähr zwölf Fuß über dem Strand lag. Doch dann hielt er inne und blickte verdutzt nach unten.

Fidelma entdeckte die hölzernen Böcke, auf denen das Boot geruht hatte. Doch nun war es nicht mehr da.

»Dort unten lag es sonst immer«, sagte er. »Kieloben, damit es gegen das Wetter geschützt war.«

Doch Fidelma betrachtete die zahllosen Vögel weiter unten auf dem Streifen Strand, der nicht breiter als drei und nicht länger als zehn Meter war. Der Anblick entlockte Fidelma einen spitzen Schrei, denn sie wußte, was dort vor sich ging. Ein Dutzend Möwen oder mehr waren dort unten, kreischten und hackten aufeinander ein, während in einem Kreis um sie herum andere Vögel wie interessierte Zuschauer ausharrten. Hier und dort befand sich eine Aaskrähe dazwischen, schwarze Augen lauerten aufmerksam auf eine Chance, während andere Krähen über dem Geschehen kreisten. Die Tiere hatten sich um etwas geschart, was auf dem Kies lag. Und Fidelma war sich ziemlich sicher, was das sein mochte.

»Komm!« rief sie und begann hastig mit dem Abstieg zum Kieselstrand. Dann blieb sie stehen, bückte sich, hob mehrere große Steine auf, und bewarf damit die Aasvögel. Die Tiere stießen wütende Schreie aus und flatterten mit den Flügeln. Lorcán gesellte sich zu ihr, hob ebenfalls Steine auf und warf sie mit aller Kraft.

Es dauerte nicht lange, bis die Vögel aufflogen und von dem Objekt abließen, um das sie sich gestritten hatten. Doch Fidelma bemerkte, daß sie sich nicht weit zurückgezogen hatten. Sie kreisten über ihnen oder hüpften in der Nähe herum; kleine, runde und glänzende Augen blickten wachsam, wartend.

Ungerührt schritt Fidelma über den Kieselstrand.

Der Mönch war noch jung, sehr jung, und hatte helles Haar.

Er lag auf dem Rücken, sein Gewand war in Fetzen gerissen, der Wollstoff blutdurchtränkt.

Fidelma schluckte. Eine Stunde lang hatten die Möwen

sich ungestört an ihre Arbeit machen können. Sein Gesicht war zerpickt und blutig, ein Auge fehlte. Der Schädel war zerschmettert, eine breiige Masse aus Blut und Knochen. Es war offensichtlich, daß ihm diese Wunde nicht von den Tieren zugefügt worden war.

»Kannst du mir sagen, wer er war, Lorcán?« fragte Fidelma sanft.

Der Bootsmann kam näher, während er die Raubvögel mißtrauisch im Blick behielt. Sie hielten Abstand, doch ihre Augen waren bösartig auf die Menschen gerichtet, die es gewagt hatten, sie von ihrem Festmahl zu vertreiben. Lorcán schaute auf den Mönch und verzog das Gesicht bei dem Anblick.

»Ich habe ihn hier in der Gemeinschaft gesehen, aber leider kenne ich seinen Namen nicht. Schwester, ich habe Angst. Dies ist schon das dritte Mitglied der Gemeinschaft, das getötet wurde.«

Fidelma antwortete nicht darauf, sondern wappnete sich innerlich, bevor sie sich über den Leichnam beugte. Die lederne *crumena* – ein Beutel – war immer noch an seinem Gürtel befestigt. Sie zwang sich, nicht in das mit Wunden übersäte Gesicht und das anklagende Auge zu schauen, und griff mit einer Hand in den Beutel. Er war leer.

Sie zog die Hand zurück und schüttelte den Kopf.

Dann kam ihr ein Gedanke.

»Hilf mir, den Körper herumzudrehen«, sagte sie.

Lorcán, der seine Neugier für sich behielt, half ihr.

Die Vögel hatten das Gewebe der Kutte vollständig zerrissen. Fidelma brauchte den Stoff nicht beiseite zu schieben, um die Narben erkennen zu können, die im Zickzack über seinen Rücken liefen; manche waren alt, manche neu, manche hatten noch vor kurzem geblutet.

»Was hältst du davon, Lorcán?« wollte Fidelma wissen.

Der Bootsmann schob die Unterlippe vor, hob die Schultern und ließ sie resigniert wieder sinken.

»Der Junge ist ausgepeitscht worden. Nicht nur einmal, sondern mehrmals, über einen längeren Zeitraum hinweg.«

Fidelma nickte zustimmend.

»Das ist eine weitere Tatsache, die du für mich bezeugen sollst, Lorcán.«

Bevor sie sich aufrichtete, hob sie noch ein paar Steine auf und scheuchte damit zwei oder drei große Möwen fort, die langsam den Abstand verringert hatten. Sie kreischten verärgert, brachten sich aber in Sicherheit.

»Wie groß war das Korakel der Brüder?« fragte sie dann unvermittelt.

Lorcán begriff, worauf sie hinauswollte.

»Groß genug, um die restlichen Brüder von hier fortzubringen«, antwortete er. »Sie dürften schon ein ganzes Stück fort sein. Sie können wer weiß wo zwischen den Inseln sein oder auch schon Irland erreicht haben.« Er hielt einen Moment inne und blickte sie an. »Aber sind sie freiwillig gegangen, oder hat man sie gezwungen? Wer kann das getan haben?«

Fidelma antwortete nicht darauf. Sie machte Lorcán Zeichen, daß er ihr helfen sollte, den Leichnam wieder in seine ursprüngliche Position zu drehen, und starrte den zerschmetterten Schädel an.

»Der Schlag ist absichtlich und mit voller Kraft ausgeführt worden«, stellte sie fest. »Dieser junge Mönch ist ermordet und hier am Strand zurückgelassen worden.«

Lorcán schüttelte verwirrt den Kopf.

»Dies ist ein böser Ort, Schwester.«

»Dem kann ich nur zustimmen«, erwiderte Fidelma. »Komm, laß uns über seinem Körper Steine aufschichten, damit die Aasvögel sich nicht weiter an ihm gütlich tun können – wer auch immer er gewesen sein mag. Denn wir können ihn nicht zu den Hütten hinauftragen.«

»Wäre es nicht das Beste, ihn den Tieren zu überlassen?«

»Nein, denn es könnte sein, daß wir ihn später noch als Beweis brauchen.«

Als sie in die Ansiedlung zurückkehrten, nachdem sie ihre Aufgabe erledigt hatten, empfing Maenach sie auf dem Platz mit einem Ausdruck der Erleichterung.

»Bruder Spelán wacht langsam wieder auf. Die junge Schwester kümmert sich um ihn.«

Fidelma antwortete mit einem grimmigen Lächeln.

»Nun werden uns vielleicht einige unserer Fragen zu diesem mysteriösen Geschehen beantwortet werden.«

Der Mönch lag gegen ein Kissen gestützt. Er wirkte noch ein wenig benommen, und er blinzelte ein paarmal, bevor es ihm gelang, den Blick seiner dunklen Augen auf Fidelma zu richten.

Mit einer Handbewegung bat sie Sárnat, ihr Platz zu machen, dann setzte sie sich neben Spelán auf die Bettkante.

»Ich habe ihm nur Wasser gegeben, Schwester«, berichtete das Mädchen of eifrig, als erwartete es ein Lob dafür. »Der Seemann« – sie zeigte auf Maenach, der neben Lorcán an der Tür stand – »hat die Wunde gewaschen und versorgt.«

Fidelma lächelte den Mönch ermutigend an.

»Du bist Bruder Spelán?«

Der Mann schloß für einen Moment die Augen; seine Stimme klang schwach.

»Ja, ich bin Spelán. Und wer bist du? Was machst du hier?«

»Ich bin Fidelma von Kildare, und ich kam hierher, um Abt Selbach einen Brief Ultans von Armagh zu überbringen.«

Spelán starrte sie an.

»Einen Brief von Ultan?« Er hörte sich überrascht an.

»Ja. Deswegen sind wir hier auf der Insel gelandet. Was ist hier passiert? Wer hat dir einen Schlag über den Schädel gegeben?«

Spelán stöhnte und griff sich an die Stirn.

»Ich erinnere mich wieder.« Seine Stimme hatte inzwischen einen kräftigen, kommandierenden Ton angenommen. »Der Abt ist tot, Schwester. Kehre nach Dún na Séad zurück und bitte darum, daß jemand, der das Gesetz vertritt, hierhergeschickt wird, denn hier ist ein Verbrechen begangen worden.«

»Ich werde mich um die Angelegenheit kümmern, Spelán«, sagte Fidelma zuversichtlich.

»Du?« Spelán sah sie verdutzt an. »Du verstehst offensichtlich nicht. Hier wird ein *Brehon* benötigt!«

»Ich bin eine *Dalaigh* am Gericht der Brehone und trage den Titel einer *Anruth.*«

Speláns Augen weiteten sich ein wenig, denn er wußte, daß dieser Titel die junge Schwester dazu berechtigte, mit Königen zu Gericht zu sitzen.

»Berichte mir, was hier passiert ist«, drängte Fidelma.

Spelán richtete die dunklen Augen auf Sárnat und bedeutete ihr, ihm den Wasserbecher zu reichen, dann trank er ein paar Schlucke.

»Es gab Verderbtheit hier, Schwester. Eine Verderbtheit, die anwuchs, ohne daß ich es bemerkte, bis sie hervorbrach und uns alle verschlang.«

Fidelma wartete schweigend.

Spelán schien einen Moment lang seine Gedanken sammeln zu müssen.

»Ich werde alles der Reihe nach erzählen.«

»Wie man es bei jeder Geschichte tun sollte«, erwiderte Fidelma ernst.

»Vor zwei Jahren begegnete ich Selbach, der mich überredete, ihm hierher zu folgen. Wir wollten eine Gemeinschaft aufbauen, die bestimmt sein sollte von Abgeschiedenheit und Kontemplation über die Werke unseres Schöpfers. Ich war der Kräuter- und Heilkundige eines Klosters in Irland, doch es war ein sündhafter Ort – Stolz, Völlerei und andere Laster waren an der Tagesordnung. In Selbach glaubte ich einen verwandten Geist gefunden zu haben, jemanden, der meine Ansichten teilte. Gemeinsam machten wir uns auf die Suche, und schließlich fanden wir elf junge Seelen, die sich unseren Zielen weihen wollten.«

»Warum mußten sie so jung sein?« wollte Fidelma wissen.

Spelán blinzelte.

»Nur Jugend konnte unsere Gemeinschaft zum Erblühen bringen, denn die Jugend hat die Kraft, der Härte dieses Orts zu trotzen.«

»Sprich weiter«, forderte Fidelma ihn auf, als er schwieg.

»Mit dem Segen Ultans von Armagh und der Erlaubnis des hiesigen Stammesführers, The Ó hEidersceoil, kamen wir zu dieser verlassenen Insel.«

Er machte eine Pause, um erneut einen Schluck Wasser zu trinken.

»Und was war jenes Böse, das in eurer Gemeinschaft wuchs?« fragte Fidelma.

»Darauf komme ich noch. Manche Asketen vertreten den Glauben, daß allein körperlicher Schmerz der Weg zur Erlösung der Menschen ist, der gleiche Schmerz, wie unser Herr ihn ertragen mußte, Schmerz, der das Fleisch peinigt. Kasteiung und Leiden werden als der einzige Weg zur Errettung der Seele betrachtet.«

Fidelma stieß ein mißbilligendes Schnauben aus.

»Ich habe schon davon gehört, daß es solche mißgeleiteten Narren unter uns gibt.«

Wieder blinzelte Spelán.

»Keine Narren, Schwester, keine Narren«, verbesserte er sanft. »Viele unserer gesegneten Heiligen glaubten daran, daß Kasteiung Erlösung brächte. Sie waren zutiefst davon überzeugt, daß sie das Leiden Christi nachempfinden müßten, um für alle Ewigkeit das Paradies zu erreichen. Auch jetzt noch gibt es viele, die bereit sind, die Dornenkrone zu tragen, sich selbst zu geißeln, sich Nägel durch die Hände zu treiben oder sich in die Seiten zu stechen, so daß sie das Leiden unseres Herrn Christi teilen können. Nein, du urteilst zu hart, Schwester. Sie sind keine Narren; Visionäre – ja. Mißgeleitet auf ihrem Weg – das ist durchaus möglich.«

»Nun ja. Wir wollen zum jetzigen Zeitpunkt nicht über dieses Thema streiten, Spelán. Doch was hat das Ganze mit dem zu tun, was sich hier ereignet hat?«

»Versteh mich nicht falsch, Schwester«, antwortete Spelán zerknirscht. »Ich bin kein Verteidiger der *Gortaigid*, jener, die danach streben, sich selbst Schmerzen zuzufügen. Ich verurteile sie genau wie du. Aber ich kann nachempfinden, daß es ihnen ein echtes Bedürfnis ist, jenen Schmerz zu erfahren, den auch der Messias empfunden hat, um uns Menschen zu erlösen. Ich würde sie wirklich nicht als Narren bezeichnen. Aber laß mich nun fortfahren. Eine Zeitlang waren wir eine glückliche Gemeinschaft. Es kam mir nicht in den Sinn, daß es unter uns einen geben könnte, der im Schmerz den Weg zur Errettung sah.«

»Ihr hattet einen *Gortaigid* unter euch?«

Der *dominus* nickte.

»Ich will dir die Ereignisse ersparen, die zu all dem führten, und dir nur sagen, daß es niemand anderer als Abt Selbach selbst war. Doch Selbach war keiner von jenen, die nur sich Schmerz zufügen und sich allein bestrafen. Er überredete jene jungen Brüder, die wir hierhergeführt hatten, sich geißeln und auspeitschen zu lassen – um sein Verlangen danach zu stillen, anderen Schmerz zuzufügen und sie zu verletzen. Nur auf diese Weise – redete er ihnen ein – könnten sie das Leiden Christi teilen. Er übte diese Scheußlichkeiten im Verborgenen aus und ließ die Brüder bei der Unsterblichkeit ihrer Seelen schwören, alles geheimzuhalten.«

»Wann wurde dies entdeckt?« fragte Fidelma, die mit wachsendem Entsetzen zugehört hatte.

Spelán biß sich auf die Lippe.

»Wann es zur Gewißheit wurde? Erst heute morgen. Ich wußte nichts, das schwöre ich. Erst heute morgen wurde die Leiche Sacáns, unseres jüngsten Novizen, gefunden. Er war gerade vierzehn Jahre alt. Die Brüder entdeckten ihn, und sie erfuhren, daß Selbach ihn letzte Nacht zu einem bestimmten Ort am entferntesten Ende der Insel gebracht hatte, um eine rituelle Peitschung durchzuführen. So heftig hat er ihn geschlagen, daß der Junge an einem Schock und den Schmerzen starb.«

Der *dominus* senkte den Kopf.

Fidelma preßte die Lippen zusammen.

»Fahr fort. Wie kam es, daß du, der *dominus* dieser Gemeinschaft, bis heute morgen nichts von den Taten des Abtes wußtest?«

»Er war schlau«, erwiderte Spelán schnell. »Jedesmal ließ er die jungen Brüder von neuem schwören, niemandem etwas von diesen rituellen Auspeitschungen zu verraten. Er nahm jeweils nur einen der Brüder zu jenem Ort am Ende der Insel mit. Ein Mantel des Schweigens lag über der Gemeinschaft. Ich lebte in seliger Unwissenheit.«

»Sprich weiter.«

»Selbach hatte versucht, seine Schuld zu vertuschen, indem er den Körper des armen Jungen letzte Nacht über die Klippen stieß, doch die Flut hat die Leiche an den Strand gespült, genau an einer Stelle, an der zwei unserer Brüder unser tägliches Mahl angelten.«

Er hielt einen Moment inne und trank einen weiteren Schluck Wasser.

Von der Tür her sagte Lorcán ruhig: »Es stimmt, die Flut würde einen Körper von der Landspitze hierher an den Kieselstrand spülen.«

»Ich schlief noch, doch dann weckte mich der Aufruhr. Als ich meine Zelle verließ, kochte der Zorn der Brüder über, und sie packten Selbach und fesselten ihn an den Baum auf dem Platz. Einer der Brüder hatte damit begonnen, ihn auszupeitschen, riß ihm das Fleisch vom Körper ...«

Der *dominus* schwieg wieder.

»Hast du denn nicht versucht, sie aufzuhalten?« wollte Fidelma wissen.

»Natürlich habe ich das versucht«, erwiderte Spelán entrüstet. »Ich protestierte, genau wie Snagaide, ein anderer Bruder, der ihnen sagte, sie dürften das Recht nicht in die eigenen Hände nehmen und Selbach bestrafen. Sie sollten nach Dún na Séad gehen und ihre Beschwerde vor dem Brehon The Ó hEidersceoils vorbringen. Doch die jüngeren Brüder kochten vor Wut und wollten nichts davon hören. Statt dessen packten sie Snagaide und mich, hielten uns fest und ignorierten unser Flehen, während sie Selbach weiter auspeitschten. Ihr Zorn war gewaltig. Und dann, bevor ich wußte, was geschah, hatte jemand sein Messer in Selbachs Rücken gestoßen. Ich konnte jedoch nicht erkennen, wer es war.

Ich schrie sie an, daß es nicht nur ein Verbrechen wäre, das sie begangen hätten, sondern auch ein Sakrileg. Ich forderte sie auf, sich mir und Bruder Snagaide zu ergeben. Ich versprach ihnen, daß ich sie nach Dún na Séad bringen würde, wo sie sich für ihre Tat verantworten müßten, daß ich jedoch zu ihren Gunsten aussagen würde.«

Spelán hielt inne, und als er seine Stirnwunde berührte, verzog er schmerzhaft das Gesicht.

»Sie stritten untereinander, doch dann, Gott möge ihnen vergeben, fanden sie in Bruder Fogach einen entschlossenen Sprecher, der ihnen einredete, daß sie sich nicht für eine Tat bestrafen zu lassen brauchten, die in Gottes Augen gerecht und richtig wäre. Auge um Auge, Zahn um Zahn, so argumentierten sie. Es wäre nur gerecht, daß Selbach sein Leben dafür gegeben hätte, daß er das von Sacán genommen hatte. Er forderte von mir, daß ich einen Eid schwören sollte, nichts über die wahren Ereignisse auf dieser Insel zu verraten, daß ich den Tod der beiden als Unfälle darstellen sollte. Falls ich nicht einverstanden wäre, dann würden sie das Korakel nehmen und an einen Ort flüchten, an dem sie in Frieden und Freiheit leben könnten. Ich und Snagaide würden auf der Insel bleiben müssen, bis Lorcán oder ein anderer Seemann auf die Insel käme.«

»Und was passierte dann?« fragte Fidelma.

»Dann? Wie du dir vorstellen kannst, wollte ich einen solchen Eid nicht ablegen. Sie reagierten überreizt, noch während ich mit ihnen argumentierte. Mehr aus Furcht vor den Konsequenzen denn aus Zorn, denke ich. Einer von ihnen schlug mich bewußtlos. Das nächste, was ich weiß, ist, daß die junge Schwester und der Seemann sich über mich beugten.«

Eine ganze Weile schwieg Fidelma.

»Sag mir, Spelán, was mag deinem Gefährten Snagaide zugestoßen sein?«

Spelán runzelte die Stirn, dann blickte er sich um, als erwartete er, Snagaide jeden Moment in einer Ecke der Hütte zu entdecken.

»Snagaide? Ich weiß es nicht, Schwester. Sie haben laut geschrien und viel gestritten. Dann wurde alles schwarz um mich herum.«

»War Bruder Snagaide noch jung?«

»Die meisten der Brüder, außer Selbach und mir, waren jung.«

»Hatte er helles Haar?«

Spelán schüttelte überrascht den Kopf. Also war es nicht Snagaide, der tot dort unten am Strand lag.

»Nein«, erwiderte Spelán. »Er hatte schwarzes Haar.«

»Da ist noch eine Sache, Spelán, die mich verwirrt. Dies ist eine kleine Insel, mit einer kleinen Gemeinschaft. Zwei Jahre lang habt ihr hier auf engstem Raum zusammengelebt. Und doch behauptest du, nichts von den Praktiken des Abtes gewußt zu haben; jede Nacht hat er eins der jüngeren Mitglieder dieser Gemeinschaft zu jenem Ort am entfernten Ende der Insel gebracht und ihm Schmerzen zugefügt, und dir ist nichts aufgefallen? Ich finde das seltsam.«

Spelán machte ein grimmiges Gesicht.

»Auch wenn es seltsam ist, Schwester, so ist es doch die Wahrheit. Die anderen in unserer Gemeinschaft waren jung. Selbach beherrschte sie. Sie glaubten, daß der Schmerz sie dem Heil näher brächte. Sie hatten auf das heilige Kreuz geschworen, niemals darüber zu sprechen, daß der Abt sie geißelte, und deshalb schwiegen sie. Wahrscheinlich glaubten sie, daß ich die Auspeitschungen billigte. Oh, diese armen Kinder, sie litten still, bis unser sanfter kleiner Sacán starb … der arme, arme Junge.«

Tränen schimmerten in den Augen des *dominus*.

Schwester Sárnat nahm den Becher und reichte ihn Spelán.

Fidelma erhob sich schweigend und verließ die Hütte.

Lorcán folgte ihr, als sie zu dem kleinen Platz ging und dort stehenblieb, in ihre Gedanken versunken.

»Es ist eine schreckliche Geschichte, ganz ohne Zweifel«, bemerkte er und richtete unwillkürlich den Blick auf den Himmel. »Doch dem Bruder geht es inzwischen besser, und deshalb können wir die Insel verlassen, wann immer Ihr wollt.«

Fidelma achtete nicht auf ihn. Sie hatte die Hände verschränkt und blickte auf den Boden, ohne jedoch wirklich etwas wahrzunehmen.

»Schwester?« fragte Lorcán.

Fidelma hob den Kopf, und erst jetzt merkte sie, daß er vor ihr stand.

»Tut mir leid. Hattest du etwas gesagt?«

Er zuckte mit den Schultern.

»Nur daß wir uns bald auf den Weg machen sollten. Der arme Bruder muß möglichst schnell nach Chléire gebracht werden.«

Fidelma atmete langsam aus.

»Ich glaube, daß der arme Bruder …« Sie unterbrach sich und verzog das Gesicht. »Ich denke, daß es hier immer noch ein Geheimnis gibt, das gelöst werden muß.«

Lorcán starrte sie an.

»Aber die Erklärung von Bruder Spelán …«

Fidelma erwiderte gelassen seinen Blick.

»Ich werde einen Spaziergang machen und dabei nachdenken.«

Verzweifelt hob der Bootsmann die Hände.

»Aber, Schwester, der aufkommende Sturm …«

»Wenn der Sturm losbricht, dann werden wir hier abwarten, bis er wieder abgeflaut ist.« Und als Lorcán protestieren wollte, fügte sie schnell hinzu: »Ich erkläre dies als *Dalaigh* vom Gericht der Brehone, und du wirst dich meinen Anweisungen beugen.«

Lorcáns Mund stand offen, dann wandte der Mann sich mit einem Schulterzucken ab.

Fidelma begann dem Pfad zu folgen, der zwischen den Felsen hindurch von der Ansiedlung weg zu den entlegeneren Teilen der Insel führte. Und plötzlich wurde ihr bewußt, daß dies der Pfad sein mußte, den Selbach, zumindest nach Speláns Behauptungen, mit seinen Opfern genommen hatte. Sie fühlte sich abgestoßen von dem, was er berichtet hatte, obwohl sie mit so etwas gerechnet hatte, seit ihr die Peitschenspuren auf dem Rücken der beiden jungen Mönche aufgefallen waren. Sie empfand Abscheu vor jenen Asketen, die sich *Gortaigid* nannten und glaubten, dadurch Erlösung zu finden, daß sie sich selbst und anderen Schmerzen zufügten. Überall verurteilten Äbte und Bischöfe sie, und normalerweise zogen sie sich in abgeschiedene Gemeinschaften zurück.

Es schien, als hätte hier ein einzelner verderbter Mann seinen Willen einigen Jugendlichen aufgezwungen, die kaum den Kinderschuhen entwachsen waren und sich ihm untergeordnet hatten, bis einer von ihnen gestorben war. Nun waren diese jungen Burschen von der Insel geflohen, verängstigt, demoralisiert und wahrscheinlich der wahren Botschaft Jesu Christi, der Liebe und dem Frieden, auf immer verloren.

Obwohl Selbstkasteiung allgemein geächtet war, so wußte Fidelma doch, daß die Äbte und Äbtissinnen in vielen Klöstern ihren Mitbrüdern und -schwestern strenge Regeln aufzwangen, ihnen strenges Fasten auferlegten, sie dazu zwangen, viele Stunden auf den Knien zuzubringen und sich zu Boden zu werfen. Sie wußte, daß Erc, der Bischof von Slane, seine Anhänger aufgefordert hatte, viermal am Tag in eiskaltem Bergwasser stehend ihre Gebete zu verrichten und die Psalmen zu singen, sommers wie winters. Dann hatte es noch jenen Asketen gegeben, Mac Tulchan, der Flöhe auf seinem Körper gezüchtet und sich selbst untersagt hatte, sich zu kratzen, damit die Pein noch größer würde. Und hatte sich nicht Finnian von Clonard absichtlich bei einem sterbenden Kind angesteckt, damit er durch Leiden zur Erlösung gelangte?

Demütigung und Pein. Ultan von Armagh gehörte zu denen, die Mäßigung bei jenen anmahnten, die sich selbst quälten, die jene Asketen verurteilten, die fanatisch sich selbst folterten, die durch unnatürliches Verlangen, durch Belastungen und körperliche Schmerzen ihre Erlösung erzwingen wollten.

Sie blieb stehen und setzte sich auf einen Felsen, die Hände demütig gefaltet, während sie noch einmal über alles nachdachte. Es schien, daß alles in Speláns Erklärung zusammenpaßte – doch warum wurde sie dann das Gefühl nicht los, daß hier etwas nicht stimmte? Sie öffnete ihr *marsupium* und holte das Stück Stoff heraus, das sich an dem Gürtelhaken des jungen Sacán verfangen hatte. Es war offensichtlich aus etwas herausgerissen worden, doch nicht aus dem Gewand des jungen Mönches. Dann war da noch der hölzerne Becher, der inzwischen getrocknet war, und den sie auf dem Boden der Kapelle gefunden hatte. Offensichtlich war ein Kräutertrank daraus getrunken worden.

Plötzlich bemerkte sie aus den Augenwinkeln eine Bewegung zwischen den Felsen. Hastig drehte sie sich um, und einen Moment lang blickte sie in die dunklen Augen eines verwirrten jungen Burschen, der die Kapuze seiner Kutte über den Kopf gezogen hatte. Dann rannte der Junge zwischen den Felsen davon.

»Halt!« Fidelma sprang auf, stopfte Stoffetzen und Becher wieder in ihr *marsupium.* »Bleib stehen, Bruder, ich will dir nichts Böses.«

Doch der Junge war fort und in das Felsengewirr geflüchtet.

Fidelma stieß einen Seufzer der Enttäuschung aus, dann begann sie, dem jungen Mönch zu folgen. Doch sie blieb wieder stehen, als sie jemanden ihren Namen rufen hörte.

Schwester Sárnat eilte auf sie zu.

»Bruder Spelán und Lorcán haben mich zu dir geschickt«, sagte sie. »Lorcán bittet dich inständig, nicht zu vergessen, daß ein Sturm naht.«

Fidelma wollte schon eine spöttische Bemerkung über Lorcáns Besorgnis machen, doch Sárnat redete bereits weiter.

»Bruder Spelán stimmt ihm zu, daß wir so schnell wie möglich die Insel verlassen und dem Abt von Chléire Bericht erstatten sollten. Der Bruder hat sich inzwischen vollkommen erholt und ist willens, die Zügel wieder in die Hand zu nehmen. Er sagt, er erinnert sich an deine Bemerkung, du seist hierhergekommen, um Abt Selbach einen Brief von Bischof Ultan zu bringen. Doch da Selbach tot und er der *dominus* ist, bittet er dich, ihm den Brief auszuhändigen, für den Fall, daß noch eine dringende Bitte erfüllt werden muß, bevor wir die Insel verlassen.« Fidelma vergaß den jungen Mönch, dem sie hatte folgen wollen.

Sie blickte Schwester Sárnat durchdringend an.

Die junge Novizin wartete nervös, fragte sich unwillkürlich, warum Fidelma sie so anstarren mochte.

»Schwester ...« begann sie.

Fidelma setzte sich unvermittelt auf den nächstbesten Felsen.

»Ich war eine Närrin«, murmelte sie, langte in ihr *marsupium* und holte die Briefe heraus, die sie bei sich trug. Sie steckte den Brief zurück, der an den Abt von Chléire gerichtet war, und riß das Siegel von Ultans Nachricht an Selbach auf, wobei Schwester Sárnat sie erstaunt beobachtete. Hastig überflog sie die Zeilen, und um ihre Lippen spielte ein grimmiges Lächeln.

»Geh, Schwester«, befahl sie, dann erhob sie sich und schob den Brief in ihr *marsupium* zurück. »Kehre zu Bruder Spelán zurück und sag ihm und Lorcán, daß ich gleich kommen werde. Ich denke, daß wir die Insel verlassen können, bevor der Sturm ausbricht.«

Sárnat blickte sie unsicher an.

»Ja, Schwester. Aber warum kehrst du nicht mit mir zurück?«

Fidelma lächelte.

»Weil ich zuerst noch mit jemandem reden muß.«

Wenig später betrat Fidelma die Hütte, in der Spelán auf der Liege saß. Lorcán und Maenach standen in der Nähe. Schwester Sárnat saß auf der hölzernen Bank vor einer der Wände. Lorcán blickte erleichtert auf, als Fidelma hereinkam.

»Seid Ihr nun fertig, Schwester? Uns bleibt nicht mehr viel Zeit.«

»Einen Moment noch oder zwei, Lorcán, wenn es dir nichts ausmacht«, erwiderte sie mit einem sanften Lächeln.

Spelán erhob sich.

»Ich denke, wir sollten die Insel sofort verlassen, Schwester. Ich habe dem Abt von Chléire vieles zu berichten. Also ...«

»Wieso hat deine Kutte einen Riß, Spelán?«

Fidelmas Gesichtsausdruck wirkte unschuldig, als sie diese Frage stellte, doch ihr Verstand arbeitete auf Hochtouren, denn sie hatte gerade ihren Eröffnungszug gemacht, einen Schuß ins Dunkle. Spelán starrte sie an, dann blickte er auf sein Gewand. Es war offensichtlich, daß er nicht wußte, ob seine Kutte einen Riß hatte oder nicht. Doch dann blitzten seine Augen auf, als er tatsächlich einen gezackten Riß an seinem rechten Ärmel entdeckte. Er zuckte mit den Schultern.

»Es ist mir nicht aufgefallen«, sagte er.

Fidelma zog den Stoffetzen aus ihrem *marsupium* und legte ihn auf den Tisch.

»Würdest du sagen, daß dieses Stück Stoff in den Riß paßt, Lorcán?«

Der Bootsmann nahm den Stoffetzen stirnrunzelnd in die Hand und hielt ihn an den Riß in Speláns Ärmel.

»Er paßt, Schwester«, antwortete er ruhig.

»Kannst du dich noch daran erinnern, wo wir ihn gefunden haben?«

»Ja. Er hatte sich an dem Haken verfangen, der am Gürtel des jungen Mönchs befestigt war, Sacán.«

Alle Farbe wich aus Speláns Gesicht.

»Ich muß daran hängengeblieben sein, als ich den Leichnam von der Bucht herauftrug …«, begann er.

»*Du* hast den Jungen vom Strand heraufgebracht?« fragte Fidelma mit Betonung. »Du hast uns doch erzählt, daß der Leichnam von den Brüdern, die dort fischten, entdeckt worden wäre und sie ihn zurückgebracht hätten. Und daß das alles passiert wäre, bevor du dadurch geweckt wurdest, daß sie Selbach an den Baum banden und ihn töteten.«

Spelán öffnete den Mund, aber kein Ton kam über seine Lippen.

»Ich will dir erzählen, was auf dieser Insel passiert ist«, sagte Fidelma. »Es gab in der Tat einen *Gortaigid* hier. Einen, der sein Leben der Freude am Leiden und der Demütigung geweiht hatte, doch nicht, weil er einem religiösen Ideal folgte, sondern weil er ein verdorbener Mensch war. Und wo hätte er diese abscheulichen Praktiken besser ausüben können als in einer abgeschiedenen Gemeinschaft, an jungen Menschen, die er beherrschte und für die er sich Qualen ausdenken konnte, während er behauptete, daß sie nur durch diese Schmerzen zum wahren Heil finden könnten?«

Spelán schaute sie bösartig an.

»In bestimmten Punkten stimmt deine Geschichte durchaus. Es gab eine Verschwörung des Schweigens zwischen den Jugendlichen. Ihr Peiniger pflegte einen nach dem anderen, die Jüngsten und Verletzlichsten, zu jener abgelegenen Stelle zu führen, wo er sie seiner Bestrafung unterwarf und ihnen versicherte, daß dies der Weg zur ewigen Erlösung sei. Doch eines Tages hat er einen der Jungen, den armen kleinen Sacán, so schwer geschlagen, daß dieser starb. In seiner Panik versuchte der Peiniger, seine verderbte Tat zu vertuschen, indem er den Körper über die Klippen warf. Während er dies tat, riß ihm der Haken am Gürtel des Jungen ein Stück Stoff aus der Kutte. Und am nächsten Morgen wurde der Junge an den Strand gespült.«

»Nichts als Unsinn. Es war Selbach, der ...«

»Es war Selbach, der langsam dahinterkam, daß es einen *Gortaigid* in seiner Gemeinschaft gab.«

Spelán runzelte die Stirn.

»Das sind doch alles nur Vermutungen«, sagte er verächtlich, doch in seinen Augen lauerte Furcht.

»Nicht nur«, erwiderte Fidelma, die keine Gefühlsregung zeigte. »Du bist ein sehr schlauer Mann, Spelán. Die Jungen versammelten sich am Strand, nachdem Sacáns Körper entdeckt worden war. Sie wußten nicht, daß Selbach, ihr Abt, ein sanfter Mann war, der erst vor kurzem bemerkt hatte, was wirklich in seiner Gemeinschaft vor sich ging, und der dies ganz sicher nicht billigte. Wie du selbst sagtest, war diese Verschwörung des Schweigens so wirksam, daß die jungen Burschen glaubten, du handeltest mit Selbachs Einverständnis. Sie glaubten, daß Kasteiung zu den Regeln der Gemeinde gehörte. Und sie entschlossen sich, augenblicklich von der Insel zu fliehen. Acht von ihnen schoben das Korakel ins Wasser und ruderten fort, weit fort von diesem Ort, der ihnen nun mit einem Fluch beladen schien ...«

Lorcán, der erstaunt Fidelmas Worten gelauscht hatte, stieß einen leisen Pfiff aus.

»Und wohin mögen sie sich gewendet haben, Schwester?«

»Das kommt drauf an. Wenn sie genügend Verstand besaßen, dann sind sie nach Chléire gerudert oder vielleicht sogar nach Dún na Séad, um dort Bericht zu erstatten. Aber vielleicht dachten sie auch, daß ihnen doch niemand glauben würde, wenn ihr Wort gegen das des Abts und des *dominus* stünde. Vielleicht glaubten sie sogar in ihrer Unschuld, daß Kasteiung zu den allgemeinen Geboten unseres Glaubens gehört.«

»Darf ich dich daran erinnern, daß ich von diesen ›Unschuldigen‹ bewußtlos geschlagen wurde?« zischte Spelán.

Maenach nickte.

»In der Tat, Schwester, so war es. Oder wie sonst wollt Ihr dies erklären?«

»Ich werde gleich dazu kommen. Laßt mich erst weiter erzählen, was hier passiert ist. Die acht jungen Mönche verließen die Insel, weil sie glaubten, daß alle anderen hier das Gebot der Kasteiung unterstützten. Dann fand Bruder Fogach den Leichnam und trug ihn in die Kapelle – und alarmierte dich, Spelán.«

»Warum sollte er das tun?«

»Weil Bruder Fogach nicht dein Feind war, genausowenig wie Bruder Snagaide. Sie waren deine ausgewählten Schüler, die dir dabei geholfen hatten, deine abscheulichen Taten auszuführen. Sie waren jung und naiv genug, um deinen Behauptungen über den Glauben und das Wort Gottes zu trauen. Ihre Brüder zu strafen, war eine Sache, Mord jedoch eine ganz andere.«

»Es wird dir schwerfallen, dies zu beweisen«, sagte Spelán abschätzig.

»Vielleicht«, erwiderte Fidelma. »Zu diesem Zeitpunkt waren Fogach und Snagaide noch bereit, dir zu helfen. Aber du wußtest, daß dir nicht mehr viel Zeit blieb. Falls die entflohenen Brüder sich an einen Kirchenoberen wandten, dann würde ein *Dalaigh* auf die Insel geschickt werden. Du mußtest deine Verteidigung vorbereiten, und so dachtest du dir einen schändlichen Plan aus. Es war früh am Morgen. Selbach schlief noch. Irgendwie konntest du Snagaide und Fogach davon überzeugen, daß Selbach deine Taten gutgeheißen hat – genau wie du es auch ihren Brüdern eingeredet hattest. Du hast behauptet, es wäre Selbach gewesen, der Sacán in der Nacht ausgepeitscht hatte – nicht du –, und daß er deshalb, als Buße, selbst ausgepeitscht werden müsse. Zusammen habt ihr Selbach geweckt, nach draußen gezerrt und an den Baum gebunden. Du hattest da schon vor, ihn zu töten, aber vorher wolltest du noch, daß der ehrwürdige alte Mann gepeitscht würde.

In seinem Schmerz schrie er alles heraus und erzählte deinen Kumpanen die Wahrheit. Sie hörten zu, entsetzt darüber, wie schändlich man sie getäuscht hatte. Und dann hast du den Abt erstochen, um ihn am Weiterreden zu hindern. Dabei hattest du den alten Mann eh schon zum Tod verurteilt, indem du die Beweise fälschtest, um von dir abzulenken, und vorgabst, du hättest dich von Selbach täuschen lassen.

Fogach und Snagaide rannten davon, und nun mußtest du auch sie zum Schweigen bringen. Du hast Fogach erwischt und ihn umgebracht, indem du ihm den Schädel einschlugst. Aber als du dich gerade auf die Suche nach Snagaide machen wolltest, hast du bemerkt, daß sich ein Boot der Insel näherte, Lorcáns Korakel. Doch du dachtest, daß jemand käme, um die Aussagen der acht verschwundenen Brüder zu überprüfen.

Du hast selbst zugegeben, daß du in der Kräuterheilkunde ausgebildet bist. Du bist in deine Hütte gerannt und hast dir einen Kräutertrank gemischt, einen kraftvollen Schlaftrunk, der dich für eine Weile bewußtlos machen würde. Doch zuerst nahmst du einen Stein und hast ihn dir so fest gegen die Schläfe geschlagen, daß eine Wunde entstand. Aber Maenach, der sich ein wenig in der Heilkunst auskennt, sagte uns, daß er nicht wüßte, warum du von so einer leichten Wunde ohnmächtig geworden wärst. Dann, nachdem du dir die Verletzung zugefügt hattest, nahmst du den Trank zu dir und legtest dich auf den Boden der Kapelle, wo ich dich gefunden habe. Du warst nicht ohnmächtig, du lagst lediglich in tiefstem Schlummer. Und du hattest dir bereits jene Geschichte ausgedacht, die du uns erzählen wolltest. Dein Wort würde gegen das der armen, bemitleidenswerten und verwirrten jungen Burschen stehen.«

Langsam zog Fidelma den Becher hervor und stellte ihn auf den Tisch. »Dieser Becher lag ganz in deiner Nähe auf dem Boden der Kapelle. Er riecht immer noch nach Kräutern, nach Roßkastanie und Rotem Klee, aus denen man einen starken Schlaftrunk brauen kann. Und in dieser Hütte habe ich Krüge mit diesen getrockneten Kräutern entdeckt.«

»Du kannst diese absurde Geschichte immer noch nicht beweisen«, antwortete Spelán.

»Doch, ich denke, das kann ich. Denn Abt Selbach hat nicht nur vermutet, daß es einen *Gortaigid* in seiner Gemeinschaft gäbe, er hat seinen Verdacht auch Bischof Ultan mitgeteilt.«

Sie zog den Brief Ultans von Armagh heraus.

Speláns Augen verengten sich. Fidelma bemerkte, daß sich auf seiner Stirn kleine Schweißperlen gebildet hatten, zum ersten Mal, seit sie mit ihrem Bluff begonnen hatte. Quälend nah hielt sie den Brief vor Speláns Augen.

»Verstehst du, Spelán, als du so ängstlich darauf bedacht warst, diesen Brief in deine Finger zu bekommen, habe ich begriffen, daß er genau der Beweis ist, nach dem ich gesucht – nein, den ich übersehen hatte. Der Inhalt ist bemerkenswert informativ, eine Antwort auf Selbachs Befürchtungen in bezug auf dich.«

Speláns Gesicht war kreideweiß. Er starrte bestürzt auf den Brief, den Fidelma nun auf den Tisch legte.

»Selbach hat meinen Namen Ultan gegenüber erwähnt?«

Fidelma zeigte auf den Brief.

»Lies doch selbst.«

Mit einem Wutschrei, der alle überraschte, und mit ausgestreckten Händen, stürzte Spelán auf Fidelma zu, während alle anderen vor Schreck erstarrten.

Doch er hatte gerade erst ein paar Schritte gemacht, als er so plötzlich stehenblieb, als wäre er gegen eine Mauer gelaufen. Seine Augen traten hervor, Überraschung lag darin, dann sank er schweigend zu Boden.

Erst da sahen sie den Messergriff, der aus Speláns Brust ragte; Blut durchtränkte sein Gewand.

An der Tür bewegte sich jemand. Zögernd trat ein junger, dunkelhaariger Mann ein, der die Kutte eines Mönchs trug.

Lorcán, der sich als erster von seinem Schrecken erholt hatte, kniete sich neben Spelán und fühlte nach dessen Puls. Dann hob er den Blick und schüttelte den Kopf.

Fidelma wandte sich dem zitternden jungen Mann zu, der das Messer geworfen hatte, und legte beruhigend eine Hand auf seinen Arm.

»Ich mußte es tun«, murmelte der Mönch. »Ich mußte es tun!«

»Ich weiß«, sagte sie sanft.

»Es ist mir egal. Ihr könnt mich bestrafen.« Er straffte sich.

»Die quälenden Gedanken, die dich heute verfolgt haben, waren Strafe genug, Bruder Snagaide«, erwiderte Fidelma. »Diese Leute hier …«, sie zeigte auf Lorcán, Maenach und Sárnat, »können bezeugen, daß Spelán durch sein Verhalten seine Schuld eingestanden hat. Dein Fall wird vor den Brehon von Chléire gebracht werden, und ich werde dich verteidigen. Sagt nicht das alte Gesetz, daß jeder, der sich außerhalb des Gesetzes stellt, dessen Schutz verliert? Du hast jemanden getötet, der das Gesetz verletzt hat, und deshalb wird deine Tat durch das Gesetz des *Fenechus* gerechtfertigt.«

Sie zog den jungen Mann beiseite. Er schien noch jünger zu sein als die gläubige und lebensunerfahrene Schwester Sárnat. Fidelma stieß einen tiefen Seufzer aus. Falls sie eines Tages dem Gerichtshof Irlands ein Gesetz vorschlagen könnte, so würde sie bestimmen, daß niemandem unter Fünfundzwanzig erlaubt werden sollte, einem Orden beizutreten. Die jungen Leute sollten zuerst erwachsen werden, das Leben genießen und es zu verstehen lernen, bevor sie sich vor der Welt in Klöstern verbargen. Solch verabscheuungswürdige Männer wie Spelán konnten nur dann junge Menschen beherrschen, wenn diese lebensunerfahren, autoritätsgläubig und von aller Welt abgeschnitten waren.

Tröstend legte sie dem jungen Mann einen Arm um die Schulter, als er in herzzerreißendes Schluchzen ausbrach.

»Komm, Lorcán«, sagte sie über die Schulter hinweg. »Laß uns hinunter zum Korakel gehen, damit wir Inis Chléire noch erreichen, bevor der Sturm losbricht.«

Als Schwester Sárnat aus der Hütte trat, hielt sie den Brief in der Hand, den Fidelma auf den Tisch gelegt hatte.

»Schwester ...« Sie schien Schwierigkeiten zu haben, die richtigen Worte zu finden. »Dieser Brief von Ultan an Selbach ... Speláns Name wird darin doch gar nicht erwähnt. Selbach hat Spelán überhaupt nicht verdächtigt. Ultan schreibt darin, daß er diese Kasteiungen nur für eine vorübergehende Torheit unter den jungen Mönchen hält.«

Fidelmas Gesicht blieb völlig ungerührt.

»Nun, Selbach hat es offensichtlich nicht übers Herz gebracht, seinen Mitbruder zu verdächtigen. Was für ein Glück, daß Spelán das nicht ahnte, nicht wahr?«

Originaltitel: Abbey Sinister
Ins Deutsche übertragen von Katharina Woicke

Die richtige Methode

Charles Ardai

Charles Ardai (geb. 1969) lebt als Schriftsteller und Herausgeber in New York, wo er neben eigenen Geschichten in ›Ellery Queen's Mystery Magazine‹ und ›Alfred Hitchcock's Mystery Magazine‹ mehrere Anthologien veröffentlicht hat, unter anderem ›Great Tales of Madness and the Macabre‹ *(1980) und* ›Great Tales of Crime & Detection‹ *(1991). Außerdem hat er als Berater die Drehbücher diverser Fernsehserien bearbeitet, darunter* ›The Hidden Room‹ *und* ›The Hitchhiker‹. *Sein Interesse an der Geschichte Chinas im 11. Jahrhundert wurde geweckt, als er an der Columbia Universität die Dichtung der englischen Romantik studierte und lehrte. Damals reizten ihn die lebendigen Charaktere seiner Protagonisten Ch'eng I und Ch'eng Hao, und er entdeckte die Geschichte um Richter Dee. »Die Charaktere schrien förmlich danach, in einer Geschichte verarbeitet zu werden«, so Ardai, »und die Romane von Guliks haben mich dazu angeregt, mal in einem manierierteren Stil zu schreiben als sonst.« Hier ist das Ergebnis. Ich danke dem Schriftsteller Lawrence Schimel dafür, daß er die Geschichte für mich bearbeitet hat.*

›Wissen erwirbt man, indem man den Dingen auf den Grund geht. Denn nur, wenn man die Dinge untersucht, erweitert man seinen Horizont …‹

Ta Hsueh, Das Große Lehrbuch

Ch'eng I saß in einem Bambushain und untersuchte Tee. Vierundzwanzig verschiedene Sorten lagen wie die Farben auf der Palette eines Malers vor ihm. Jede Sorte war säuberlich beschriftet und mit ein wenig Leim befestigt. Ch'eng I betrachtete die winzigen Abweichungen in Form und Konsistenz der Blätter, während er die Ränder der Blätter mit einem feinen Pinsel auf das Holz drückte.

Neben ihm trank sein Bruder Ch'eng Hao Tee und sah schweigend zu.

Ch'eng I wählte einen der vierundzwanzig Beutel zu seinen Füßen aus. Er nahm eine Prise Tee heraus und streute sie auf seine Palette, wobei er die Blätter mit der Pinselspitze auseinanderschob. »Siehst du, Bruder«, sagte er, ohne von seiner Arbeit aufzusehen, »der Lung-Ching ist flach wie die Kante eines scharfen Schwertes und ölig wie nasses Haar.«

»Er schmeckt ausgezeichnet«, erwiderte Ch'eng Hao und trank seine Tasse leer, »ganz und gar nicht nach nassen Haaren. Mehr kann ich dazu nicht sagen. Was ist an Tee sonst auch wichtig? Es kommt doch nur darauf an, wie er schmeckt und ob man ihn mag. Du bist kein Tee-Pflanzer, der sich um die Ernte sorgen muß. Du bist nicht Lu Yu und mußt kein zweites *Ch'a Ch'ing* schreiben. Du ruinierst dir die Augen, wenn du den Tee untersuchst, statt ihn zu trinken.«

Ch'eng I nahm eine zweite Prise aus einem anderen Beutel und streute sie auf sein Brett. »Pi Lo-Chun trocknet spiralförmig. Er hat die kleinsten Teeblätter, die ich je gesehen habe.« Er kratzte noch ein wenig mit dem Pinsel über das Holz, dann legte er den Pinsel beiseite und sah seinen Bruder an. »Sei doch nicht so selbstsüchtig. Es geht nicht nur darum, ob der Tee dir schmeckt. Tee existiert auch ohne deinen Mund. Du darfst Tee nicht mit deinen Maßstäben messen. Du mußt dich nach den Maßstäben des Tees beurteilen.«

Ch'eng Hao schüttelte den Kopf. »Du kennst dich selber nicht. Du verstehst nichts von Tee. Du vergeudest die Tage damit, Dinge zu untersuchen, aber es wird immer mehr Dinge als Tage geben. Dein Tee, dein Beutel, dein Pinsel, deine Kleidung – das alles sind Werkzeuge. Du solltest sie nicht untersuchen, sondern benutzen: Trink deinen Tee, schreib mit deinem Pinsel, trag deine Kleidung, wenn du dich schon hinsetzt, um nachzudenken, solltest du es lieber *darüber* tun.« Ch'eng Hao tippte sich mit dem Finger an die Stirn.

Ch'eng I sammelte seine Sachen zusammen, steckte die Palette in ihre Seidenhülle und befestigte die Beutel an seinem Gürtel. »Nein, Bruder, du irrst dich.« Er tippte sich an den Kopf. »Das ist das Werkzeug. Du solltest es nutzen, um darüber ...«, er machte mit der offenen Hand eine ausholende Geste, »– darüber –«, er hob einen der Tabaksbeutel an, »– und darüber nachzudenken.« Er fuhr mit der Hand über den Stamm eines nahen Baumes. »Wachse, bis dein Geist die Größe der Welt hat. Versuche nicht, die Welt auf die Größe deines Geistes zu reduzieren.«

»Aber es gibt mehr Dinge in der Welt, als du je im Leben kennenlernen wirst«, wandte Ch'eng Hao ein.

»Dann soll ich also lieber gar nichts kennenlernen?«

»Ich sage nur, was Chuang Tzu sagt: ›Wenn man das Unbegrenzte mit begrenzten Fähigkeiten verfolgt, lernt man den Kummer kennen.‹ Die Welt ist groß, wir aber sind klein, und das Leben ist kurz.«

»Seit wann bist du Taoist, daß du Chuang Tzu zitierst?« fragte Ch'eng I.

»Ich bin kein Taoist, ich bin Realist.« Ch'eng Hao hatte genug von diesem Gespräch. »Das mußt du selbst herausfinden. Es könnte durchaus möglich sein, zur vollkommenen Selbsterkenntnis zu gelangen. Wenn man sich selbst versteht, kann man auch alles andere in der Welt verstehen.«

»Nein, Bruder. Das *Große Lehrbuch* sagt, daß die Selbstfindung aus der Untersuchung aller Dinge kommt, nicht aus der Untersuchung des Selbst.«

»Alles kann im Selbst gefunden werden«, sagte Ch'eng Hao.

»Jetzt redest du wie ein Buddhist«, sagte Ch'eng I.

»Wenn du nicht mein Bruder wärst«, erwiderte Ch'eng Hao, »würde ich jetzt eine Entschuldigung verlangen.«

»Wenn ich nicht dein Bruder wäre«, entgegnete Ch'eng I, »würde ich mich vielleicht entschuldigen.«

Ch'eng Hao wollte gerade antworten, als Schritte erklangen und ein Bote in den Hain gestürzt kam. Der Bote verneigte sich tief. Die beiden Brüder erwiderten den Gruß und ließen ihre Diskussion erst einmal ruhen.

»Verzeiht die Störung«, sagte der Bote, »aber ihr seid doch die Brüder Ch'eng, nicht wahr? Hao und I?«

Ch'eng I nickte. »Ja, die sind wir.«

»Dann kommt mit. Der Siebente Patriarch verlangt eure Anwesenheit.«

Die Brüder sahen einander erstaunt an. Der Siebente Patriarch war das Oberhaupt des Buddhistentempels im Ch'an-Distrikt und hatte noch nie Außenstehende in sein Heiligtum gebeten. Schon gar nicht Anhänger des Konfuzius.

»Er will uns sehen?« fragte Ch'eng Hao. »Warum?«

Der Bote versuchte, Ch'eng Hao in die Augen zu sehen, mußte aber den Blick abwenden. Er sah zu Boden und senkte den Kopf.

»Was ist los, Mann?«

Der Bote antwortete sehr ruhig: »Es hat einen Mord gegeben.«

Der Tempel des Siebenten Patriarchen ragte aus dem flachen Land auf wie eine Nadel aus einem Stück Stoff. Er hatte die Form eines Turms, der fünfmal so groß war wie ein Mensch, besaß eine grobe Spitze und Wände aus Lehm und Holzbrettern. Das Gebäude sah baufällig und unsicher aus, aber Ch'eng Hao wußte ja, daß es ihn an Alter übertraf.

Der Bote, der sich als Wu Han-Fei vorgestellt hatte, führte sie zum Eingang und trat dann beiseite. »Ich darf nicht hinein«, erklärte er ihnen.

Ch'eng Hao und Ch'eng I traten vorsichtig ein.

Auf dem Boden lag mit den Füßen zu ihnen eine Leiche – eindeutig die eines buddhistischen Mönches, denn das grobe Gewand und die wächserne Haut, die schon zu Lebzeiten an den Tod erinnerte, waren untrügliche Hinweise.

Ch'eng I kniete sich neben den Körper, um ihn genauer zu untersuchen, während Ch'eng Hao sich umsah.

Der Ausschnitt der Mönchsrobe hatte sich mit Blut vollgesogen – tatsächlich ergoß es sich über die ganze Brust. Als Ch'eng I das Gewand öffnete, entdeckte er ein schartiges Loch in der Kehle des Mannes. Er hob seinen Kopf an und zog die Kapuze herunter. Der Kopf des Mönches war glattrasiert, wie Ch'eng I es erwartet hatte. Der saubere Schnitt durch seine Kehle war an den Rändern gezackt und endete mit einem runzeligen Loch im Nacken. Die Leiche lag in einer Blutlache, die mittlerweile eingetrocknet war, und die Bretter der gegenüberliegenden Wand waren blutbespritzt. Ch'eng I ließ den Kopf des Mannes zu Boden sinken und bedeckte ihn wieder mit der Kapuze.

Ch'eng Hao schritt die Peripherie des Raumes ab. Er war nicht groß, obgleich die hohe Decke ihn groß wirken ließ. Der Raum war leer und ohne jeden Schmuck. Zweifellos ein Meditationsraum, denn der Tote war ein Ch'an-Mönch. Im weltlichen Bereich waren nur Gefängniszellen so karg ... und Gräber.

Ch'eng I erhob sich und ging zur gegenüberliegenden Wand, an der die dunklen Blutspritzer waren. Er untersuchte sie von oben bis unten und stutzte. Er löste einen Pinsel vom Gürtel und kniete sich hin, um mit dem Stil etwas Kleines aus der Wand zu kratzen. Ch'eng I mußte aufpassen, daß er den Pinsel nicht zerbrach, aber er arbeitete so schnell, wie er es wagte. Ch'eng Hao stand hinter ihm und sah ihm zu.

»Was hast du gefunden?« fragte er.

»Ich weiß es noch nicht. Ich muß es mir erst ansehen.«

Ch'eng I kratzte an den Rändern des Loches herum und holte schließlich etwas heraus. Es fiel auf den Boden. Ch'eng I hob es auf und drückte prüfend einen Fingernagel hinein. »Ein Stück weiches Metall«, verkündete er und hielt es auf der ausgestreckten Hand seinem Bruder hin. Der Klumpen war dunkel und flach und nicht größer als eine Cashew-Nuß. Dann hielt er seinen Daumennagel dagegen. »Siehst du, voller Blut. Dieses kleine Ding scheint den Unglücklichen zu unseren Füßen getötet zu haben.«

»Der Krümel?« Ch'eng Hao konnte es nicht glauben. »Wie kann das sein?«

Ch'eng I trat zum offenen Eingang. »Es kam hier hinein, durchschlug die Kehle des Mönches und tötete ihn.«

»Aber das ist unmöglich!« wandte Ch'eng Hao ein. »Denk doch an die Kraft, die dafür nötig wäre! Überleg mal, wie kräftig man es werfen müßte, um damit den Hals eines Mannes zu durchschlagen!«

Ch'eng I schüttelte den Kopf. »Es ist schlimmer als das. Das Metall wurde mit genügend Kraft geworfen, um den Hals des Mannes zu durchschlagen und dann noch weiterzufliegen und in der gegenüberliegenden Wand drei Finger tief steckenzubleiben. Und es ist sehr wohl möglich. Unsere Sinneswahrnehmungen beweisen es.«

Ch'eng Hao betrachtete das blutige Metall, dann die Leiche, und schwieg.

Wu Fan-Hei erschien wieder am Eingang. »Der Siebente Patriarch will euch jetzt sehen«, sagte er.

»Will er das?« Ch'eng I nahm seinem Bruder das Metallstück wieder ab und steckte es in einen der kleinen Beutel an seinem Gürtel. »Wie edel von ihm.« Er verließ den Tempel, gefolgt von Ch'eng Hao. Diesmal sah sich Ch'eng I die Umgebung genauer an. Der Tempel war weit und breit das einzige Gebäude, rundum von Wald umgeben. Er erhob sich wie ein Obelisk aus einer flachen Senke. »Wo finden wir den Siebenten Patriarchen?« fragte er.

»Folgt mir«, antwortete Wu Han-Fei. Er wandte sich Richtung Wald.

»Moment«, rief Ch'eng I. Wu Fan-Hei blieb stehen und drehte sich um. »Ich weiß, daß wir Euch folgen sollen. Aber ich habe gefragt, *wo* wir ihn finden, nicht *wie* wir ihn finden.«

Wu Han-Fei war verwirrt. »Dort«, er deutete in die Richtung, die er eingeschlagen hatte.

»Im Wald?«

Er schüttelte den Kopf. »Auf einer Lichtung, wie dieser hier.«

»Wie weit?«

Er zuckte unbehaglich die Achseln. »Nicht weit. Ihr werdet es sehen.«

»Ja, das glaube ich. Aber vorher ...«

»Laß«, unterbrach ihn Ch'eng Hao. »Du wirst später noch

Zeit genug für deine Fragen haben.« Dann wandte er sich an Wu Han-Fei: »Bitte verzeiht meinem Bruder. Er will alles wissen, was es zu wissen gibt.«

Diese Erklärung besänftigte den Boten anscheinend; er wandte sich wieder um und schritt erneut in den Wald hinein.

»Ich will mich nicht in deine Untersuchung einmischen«, sagte Ch'eng I, während sie dem Boten folgten, »und ich bitte dich höflich, dich auch nicht in meine einzumischen.«

»Bruder«, erwiderte Ch'eng Hao, »wenn ich nicht eingegriffen hätte, würdest du den armen Kerl immer noch mit Fragen bombardieren. Du hättest damit weitergemacht, bis wir alle an Altersschwäche gestorben wären.«

»Vielleicht«, entgegnete Ch'eng I, »vielleicht hätte ich die Wahrheit schon eher herausgefunden.«

»Die Wahrheit? Du hast ihn gefragt, wie weit es bis zur Lichtung ist! Was sollte das für Konsequenzen ...«

»Du glaubst, daß die Wahrheit sich auf Denken, Verstand und Ursachen beschränkt«, unterbrach ihn Ch'eng I ruhig, »und das ist falsch. Wahrheit umfaßt auch Entfernung, Größe, Gewicht und Kraft. Such du die Wahrheit auf deine Weise, ich suche sie auf meine.«

»Meine Herren«, sagte Wu Fan-Hei, »wir sind da.«

Sie waren nach ihrem Marsch durch den dichten Wald auf einer zweiten Lichtung angekommen, auf der ein Dutzend kleiner Häuser stand. Der Bote deutete auf eines davon. »Dort findet ihr den Patriarchen.«

»Und was ist mit Euch?« Ch'eng I sah sich den Mann zum erstenmal genauer an. Das war kein Buddhist – er hatte lange schwarze Haare und eine dunkel getönte Haut, und wenn sein Gewand grob war, dann nicht aus Frömmigkeit, sondern aus Armut. Vor allem aber sah er den anerkannten Autoritäten Ch'eng I und Ch'eng Hao aus Respekt nicht in die Augen, während ein wahrer Buddhist selbst den Kaiser niedergestarrt hätte, auch wenn es den Tod bedeutete. Es war tatsächlich so, wie Hui-Yuan geschrieben hatte: ›Ein Mönch verneigt sich nicht vor einem Kaiser.‹

»Ich gehe nicht weiter«, sagte Wu Han-Fei.

»Was tut Ihr hier?« fragte Ch'eng Hao mit plötzlicher Neugier. »Ihr seid kein Mönch.«

»Nein«, bestätigte Wu Han-Fei. »Ich bin ihr Bindeglied zur Außenwelt.«

»Ich dachte, das brauchen sie nicht«, sagte Ch'eng Hao.

»Das dachten sie auch.« Wu Han-Fei breitete die Hände aus. »Mord ändert das.«

»Erzählt mir noch einmal genau, wie Ihr Kung gefunden habt«, verlangte Ch'eng Hao. Er ging dabei auf und ab und sah den alten Mann nicht an, als er zu sprechen begann.

»Kung hat meditiert«, begann der Patriarch. Seine Stimme war tief und wohlklingend. Ch'eng Hao war Schönheit gegenüber nicht unempfänglich, er schätzte den Klang einer weisen und ernsten Stimme. Aber er war auf der Hut, um auch das zu hören, was unausgesprochen blieb. »Kung hatte schwerwiegende Dinge zu bedenken. Sehr schwerwiegende.«

»Worum ging es da?« fragte Ch'eng Hao.

»Das hat Kung nicht gesagt.« Der Tod seines Mönches schien den Patriarchen wirklich zu bekümmern, aber Hao wußte, daß offensichtliche Trauer auch gespielt sein konnte. Die Menschen verstellen sich auf eine Weise, wie es die Natur nicht kann, hatte er seinem Bruder schon oft gesagt. Nur wenige sind aufrichtig, und auch die kommen manchmal vom Wege ab.

»Warum nicht?«

Der Patriarch erwiderte Haos Blick. »Ssu-ma Ch'ien wurde Selbstmord nahegelegt, aber er wählte die Kastration. Er wußte, daß ein ehrenvoller Tod seinen Auftrag auf Erden beeinträchtigen würde. Deswegen hat er seine persönliche Ehre um der höheren Sache willen geopfert.«

»Und ...?«

Der Patriarch sprach nicht weiter. »Ich will nicht Eure *koans* hören«, schnappte Ch'eng Hao. »Sprecht offen oder schweigt.«

»Schweigen entsteht, wenn ein Mann offen spricht«, erwiderte der Patriarch. Und er schwieg.

Nachdem das gespannte Schweigen eine Minute lang angehalten hatte, sprach Ch'eng I. »Es würde uns helfen, wenn Ihr die Umstände beschreiben könntet, unter denen die Leiche Kungs gefunden wurde.«

Der Patriarch nickte. »Kung ist sehr früh morgens zum Tempel aufgebrochen. Etwa eine Stunde später kam Lin-Yu zu mir. Er erzählte mir, daß er zum Tempel gegangen und Kungs Leiche in dem Zustand, den ihr gesehen habt, entdeckt habe.«

»Wer könnte ihn umgebracht haben?« fragte Ch'eng Hao.

»Jeder von uns«, erwiderte der Patriarch, »mich eingeschlossen.«

»Wart Ihr es?«

Der Patriarch bedachte Ch'eng Hao mit einem herablassenden Lächeln. »Ich glaube nicht … glaubt Ihr es?«

Hao schüttelte den Kopf. »Nein, wenn Ihr ihn getötet hättet, wäre es ein leichtes für Euch gewesen, seine Leiche verschwinden zu lassen, ohne daß es jemand merkt. Die Welt draußen weiß nicht, was hier vorgeht. Und außerdem kann ich nicht glauben, daß gerade der Mörder uns bitten würde, in dieser Sache zu ermitteln. Wieso sollte er sich selbst eine Grube graben? Nein, Ihr habt Kung nicht getötet. Aber«, und hier unterbrach sich Ch'eng Hao, um seinen Worten mehr Gewicht zu verleihen, »aber es würde mich sehr überraschen, wenn Ihr nicht wüßtet, warum er getötet wurde.«

Der alte Mann schüttelte den Kopf. »Dann habe ich das Vergnügen, Euch zu überraschen, Ch'eng Hao. Denn ich weiß nichts, außer daß ich so unglücklich war, es nicht verhindern zu können. Einer meiner Männer hat einen anderen getötet: Ein Sohn hat seinen Bruder getötet. Ich will wissen, wer es war und warum er es getan hat.«

»Und wie«, ergänzte Ch'eng I.

Der Patriarch nickte langsam. »Wie und warum sind grundsätzlich miteinander verbunden. Ihr werdet die eine Antwort mit der anderen finden.«

»Dann fangen wir mit der Untersuchung an«, sagte Ch'eng I. Er verließ abrupt den Raum und machte sich auf in Richtung Wald.

»Wenn ich mit den Mönchen sprechen dürfte«, sagte Ch'eng Hao, »mit allen auf einmal, gewinne ich vielleicht Erkenntnisse, die zur Aufklärung des Mordes beitragen.«

Der Patriarch erhob sich. »Es soll geschehen.«

Ch'eng I schritt die Entfernung zwischen Waldrand und Tempel ab und zählte dabei die Schritte. Von den ersten Bäumen bis zum Eingang waren es genau vierzig. Die Umstände des Mordes waren äußerst ungewöhnlich, dachte er. Höchstwahrscheinlich hatte der Angreifer sich im Wald versteckt – Kung mußte mit dem Gesicht zu seinem Mörder gestanden haben, als er in die Kehle getroffen wurde, und er hätte sicher nicht stillgestanden, wenn er etwas gemerkt hätte. Aber daß ein Stückchen Metall, noch dazu ein kleines, vierzig Fuß durch die Luft geschleudert werden konnte, den Hals eines Mannes durchschlug, danach noch drei Finger breit in einer massiven Wand aus Lehm und Brettern steckenblieb ... das war in der Tat unglaublich.

Aber es hatte im Laufe der Geschichte schon so manches Unglaubliche gegeben. Hatte der Gelbe Kaiser nicht eigenhändig eine ganze Armee in die Flucht geschlagen? Hatte der Herzog von Chue nicht dem Zorn des Himmels getrotzt und weitergelebt? Eine Metallkugel war mit großer Kraft geworfen worden? Nun gut. Blieb nur zu klären, wie das vor sich ging.

So starke Arme gab es nicht, entschied Ch'eng I, zumindest nicht bei Menschen. Ein nichtmenschlicher Arm war eine Möglichkeit, die er gar nicht erst in Betracht zog. Mord, das wußte er, geschah nicht durch Geisterhand. Mord war etwas, was Menschen einander antaten.

Wenn ein Mensch die Tat begangen hatte, dann hatte er es tun *können*, so unmöglich es auf den ersten Blick auch schien. Und wenn ein Mensch die Tat begehen konnte, dann würde er, Ch'eng I, herausfinden, wie. So einfach war das.

Die Mönche versammelten sich unter der Leitung des Siebenten Patriarchen in ihrem größten Haus, das sie normalerweise zum Kochen und Essen benutzten. Ch'eng Hao stand neben dem Patriarchen, als dieser die Mönche anwies, alle Fragen des Ermittlers zu beantworten.

Entgegen Ch'eng Haos heimlicher Befürchtung schien niemand etwas dagegen zu haben. Aber, so fiel im ein, das Gesicht eines Mannes verriet nicht immer das, was er in Wirklichkeit dachte. Es blieb abzuwarten, ob die Mönche tatsächlich seine Fragen beantworten würden oder ob sie ihn mit ungelösten Rätseln und Anekdoten abspeisen würden, wie ihr Meister es getan hatte.

»Ein Mann ist ermordet worden«, sprach Ch'eng Hao die versammelten Mönche an. Es war am besten, gleich zur Sache zu kommen. »Wie die meisten von euch sicher schon wissen, war es euer Mitbruder Kung.« Es ärgerte Ch'eng Hao, daß er nur den Ordensnamen des Toten kannte. Der Mann hatte einst Vor- und Zuname gehabt wie jeder andere auch, und keiner davon war ›Kung‹ gewesen. Aber er hatte den Namen Kung angenommen, als er in den Orden eingetreten war, und als Kung kannten ihn seine Mitbrüder. Ch'eng Hao schluckte seine Verachtung hinunter und fuhr fort. »Kung wurde auf höchst ungewöhnliche Weise getötet. Mein geschätzter Bruder Ch'eng I untersucht diesen Aspekt des Mordes. Mich bewegt nur eine Frage, nämlich: *Wer hat Kung ermordet*?« Ch'eng Hao, der um die Wirkung von Gesprächspausen wußte, schwieg. »Es war mit an Sicherheit grenzender Wahrscheinlichkeit jemand aus diesem Raum«, fuhr er dann fort.

Keiner rührte sich. Ch'eng Hao fand ihre stoische Reaktion auf diese Anklage entnervend. Jede andere Versammlung hätte mit Wut und Sorge reagiert. Aber nicht diese Männer. Sie würden nicht einmal mit der Wimper zucken, wenn ihre eigenen Eltern sie beschuldigten, ihre Kinder getötet zu haben. Natürlich müßten sie dafür erst einmal Kinder haben, was für die meisten von ihnen – traurig genug – nicht zutraf.

»Ich werde mit jedem von euch sprechen«, kündigte Ch'eng Hao an. »Wenn einer von euch irgend etwas über

Kungs Tod weiß, möchte ich euch dringend nahelegen, es unverzüglich zu sagen.« Noch immer keine Reaktion. »Ihr«, sagte er und sprach aufs Geratewohl einen Mann in der ersten Reihe an, »Ihr seid der erste.«

Ch'eng I beugte sich über die Leiche und sog tief den Atem ein. Es war nicht nur Tod, was er da roch, auch wenn der Duft des Todes überwältigend war; da war noch etwas Scharfes in der abgestandenen Luft des Tempels auszumachen, ein Geruch nach Feuer und Asche. Weihrauch war das erste, woran Ch'eng I dachte, aber er fand keinerlei Hinweis auf ein Weihrauchgefäß im Tempel: weder zeigte der Boden Abdrücke noch waren Rauchspuren an den Wänden. Auch fehlte dem Geruch die süße Schwere des Weihrauchs. Aber, da war er sicher, irgend etwas hatte gebrannt.

Er schob den Gedanken erst einmal beiseite und fing an, den Körper Kungs ganz genau zu untersuchen. Zentimeter für Zentimeter besah er sich die Leiche und merkte sich dabei alles, was ihm auffiel. Der Mönch war in einem guten Allgemeinzustand gewesen, vielleicht etwas unterernährt, aber wer war das nicht in diesen Zeiten?

Die erste Auffälligkeit bemerkte Ch'eng I an Kungs rechter Hand. Dort war das Fleisch an den Fingern versengt, als hätte Kung etwas Brennendes in der Hand gehalten und nicht rechtzeitig losgelassen. Das bestätigte Ch'eng Is früheren Eindruck, aber darüber hinaus trug es nicht zur Erhellung der Umstände bei.

Die zweite Auffälligkeit war folgende: Kung hatte zwei Narben am Kopf, eine im Nacken und eine unter dem Kinn. Sie waren offensichtlich schon Jahre alt und mittlerweile nur noch Erhebungen in der Haut, weißes Gewebe, das gegen die braune Haut Kungs abstach. Mit Sicherheit waren die Narben nicht das Ergebnis eines Unfalls, denn sie waren identisch und hatten die Form eines Schriftzeichens *wang* – drei kurze horizontale Linien mit einer Senkrechten hindurch.

Ch'eng I dachte eine Weile darüber nach und kam zu dem

Schluß, daß es sich um eine Einritzung aus der frühen Kindheit handelte, eine weit verbreitete Praxis in den einfacheren Familien. Kungs Vater konnte seinen Sohn mit der Zeichnung versehen haben, wie es der Vater des Vaters einst mit ihm getan haben mochte, und der Urgroßvater mit jenem. Ch'eng I fragte sich unwillkürlich, ob diese schmerzhafte Tradition den jungen Kung vielleicht in seinem Entschluß bestärkt hatte, der Familie um des Mönchtums willen den Rücken zu kehren.

Aber er mußte sich beeilen. Schon bald würde die Zersetzung der Leiche einsetzen, und dann war eine genaue Untersuchung nicht mehr möglich. Ch'eng I wandte seine Aufmerksamkeit der Wunde zu. An diesem Punkt machte er seine dritte ungewöhnliche Entdeckung: In der Kapuze von Kungs Gewand befand sich kein Loch.

»Würdet Ihr sagen, daß Kung ein allgemein beliebter Mann war?«, fragte Ch'eng Hao.

»Ich würde sagen, daß Kung ein Mann war.« Ein schwergebauter Mönch namens Tso saß Ch'eng Hao gegenüber wie eine Wand.

»Hatte Kung Feinde?«

»Ist jemand, der Euch etwas Böses wünscht, ein Feind?«

»Ich denke schon.«

»Dann hatte er mit Sicherheit zumindest einen Feind«, sagte Tso.

»Aber Ihr wißt nicht, wer das sein könnte.«

Tso antwortete nicht. Er ist gut, dachte Ch'eng Hao. Buddhismus besteht zur einen Hälfte darin, den Eindruck zu erwecken, alle Antworten zu kennen, und zur anderen Hälfte darin, die Antworten nie zu geben. Da war ja sogar der Patriarch hilfreicher gewesen.

»Ihr könnt gehen«, sagte Ch'eng Hao. Tso machte absichtlich Schwierigkeiten, aber das taten die anderen Mönche auch, die er befragt hatte. Es gab keinen Grund zu der Annahme, daß Tso irgend etwas über Kungs Tod wußte.

Als Tso hinausging, schickte er den nächsten hinein.

Bo-Tze war mindestens zehn Jahre älter als die anderen Mönche. Er war nur deshalb nicht so alt wie der Patriarch, weil *niemand* sonst so alt war. Dem Vernehmen nach war der Patriarch vierhundertunddrei, aber selbst wenn das übertrieben war, war er doch sicher Ende Neunzig und ging auf die Hundert zu. Bo-Tze, so schätzte Ch'eng Hao, war vielleicht um die Sechzig.

Die Haut seines Gesichtes war sonnengegerbt und sein Gewand abgetragener als die der anderen, die Ch'eng Hao gesehen hatte. Bo-Tze sah reichlich verlebt aus, worauf er sich, wenn den Mönchen Stolz erlaubt wäre, sicher eine Menge einbilden würde, dachte Ch'eng Hao. Im Gegensatz zu den anderen Mönchen, mit denen Ch'eng Hao gesprochen hatte, saß Bo-Tze ihm gegenüber, ohne eine Spur Nervosität zu zeigen.

»Mister Ch'eng«, sagte Bo-Tze und betonte dabei verächtlich den Familiennamen, »Kung kannte keine Disziplin. Das war ein echtes Problem. Wißt Ihr irgend etwas über den Ch'an-Buddhismus, Mr. Ch'eng? Ch'an ist nicht das, was die Leute außerhalb der Klöster darüber denken. Ch'an bedeutet Meditation, und Meditation ist unsere Übung. Schweigende Meditation: innere Ruhe, äußere Harmonie.« Der alte Mönch zog rasselnd den Atem ein. Ch'eng Hao wartete, daß er fortfuhr.

»Kung war ein Träumer und hatte Visionen. Wir *haben* keine Visionen, Mister Ch'eng. Wir sind nicht die egozentrischen Mystiker, für die Ihr uns haltet.«

»Dafür halte ich euch keineswegs«, entgegnete Ch'eng Hao. Dann fügte er hinzu: »Kung hatte Visionen?«

»Ununterdrückbare Visionen«, sagte Bo-Tze. »Oder *unbezähmbare.* Jeder betet auf seine Weise; Kung dachte, daß seine Gebete beantwortet würden. Wenn er meditierte, hatte er Visionen. Er verwandelte seine Visionen in Kunst – in Kunst und Kunstwerke. Dann beschloß der Himmel, ihn niederzustrecken. Das soll uns sicher etwas sagen.«

»Was sagt uns das?«

»Daß Kungs Visionen nicht gern gesehen waren von ...« Bo-Tze suchte nach Worten.

»Von …?« bohrte Ch'eng Hao nach.

»Von einer Kraft, die mächtig genug war, das zu tun, was ihm zugestoßen ist.«

»Nämlich?«

»Ich weiß es nicht.« Bo-Tze blieb äußerlich unberührt, aber Ch'eng Hao hörte doch eine Spur Ärger aus seiner Stimme heraus. »Aber es hat ihn getötet. Ich bedaure seinen Tod natürlich …« Natürlich, dachte Ch'eng Hao, »… aber nur, weil er ohne Erleuchtung sterben mußte. Er wird zurückkehren und sich wieder und wieder auf der Erde plagen, bis er das Nirvana erreicht, was nie geschehen wird, wenn er so weitermacht. *Visionen*!« Bo-Tze spuckte das Wort förmlich aus.

Ließ man die Schmähungen mal außer acht, waren das die wertvollsten Informationen, die Ch'eng Hao bislang über den Toten erhalten hatte. Kung hatte Visionen gehabt? Das war immerhin eine Spur, die man weiterverfolgen konnte.

»Wo ist diese ›Kunst‹, von der Ihr gesprochen habt?« fragte Ch'eng Hao. »Die, in der Kung seine Visionen ausgedrückt hat?«

Bo-Tze wischte die Frage beiseite. »Sicher in seiner Zelle. Aber Ihr versteht nicht. Kung hat Dinge getan, die er nicht tun durfte. Darum mußte er sterben.«

»Ihr meint, deswegen habt Ihr ihn getötet«, warf Ch'eng Hao ein.

Bo-Tze zuckte nicht mit der Wimper. »Ich habe Kung nicht getötet«, sagte er. »Ein Mönch tötet nicht.«

»Mönche töten sehr wohl«, wollte Ch'eng Hao dagegenhalten, zumindest hatte es einer getan, denn ein Mann war tot, und es sah nicht so aus, als wäre es Selbstmord gewesen. Aber er schwieg. »Ihr könnt gehen.« Bo-Tze stand bedächtig auf und ging. Jetzt war nur noch Lin-Yu übrig.

Lin-Yu bewegte sich mühsam und nur unter Schmerzen, eine groteske Figur, deren Beine fast bis zur Unbrauchbarkeit verkümmert waren, die es aber dennoch schafften, den unförmigen Körper aufrecht zu halten. Ein Ärmel seines Gewandes hing leer herab, und ihm fehlte ein Auge. Die leere Höhle starrte Ch'eng Hao entgegen. Er sah weg.

»Bo-Tze hat mir gesagt, daß Kung Visionen hatte«, sagte Ch'eng Hao. »Wißt Ihr etwas darüber?«

»Bo-Tze ist ein alter Mann. Er redet zuviel und denkt zuwenig.« Lin-Yu sprach sanft, fast mit der Stimme einer Frau. »Kung war ein glücklicher Mann, denn er besaß den großzügigsten Fluch des Lebens: eine kreative Seele. In einer Nacht hat er größere Werke geschaffen als andere in ihrem ganzen Leben. Kung war von allen hier der beste.«

»Wovon handelten seine Visionen?« fragte Ch'eng Hao.

»Von allem.« Das hatte Ch'eng Hao erwartet: eine typische, ausweichende Ch'an-Antwort. Aber Lin-Yu erklärte: »Manchmal einfach nur Bilder. Mandalas mit tausend Buddhas im Auge des Tausendundersten. Einige davon könnt Ihr sehen – der Patriarch bewahrt sie in seiner Zelle auf. Er förderte Kungs Talent.«

»Aber da war doch sicher mehr als Mandalas ...«

»Ja, natürlich!« Lin-Yus Gesicht belebte sich vor Begeisterung. »Er träumte von Maschinen und Werkzeugen – was glaubt Ihr wohl, warum wir in der Lage sind, dieses karge Land zu bebauen? Kung hat Werkzeuge für uns entwickelt. Buddha hat durch ihn zu uns gesprochen und ihm das Wissen vom Unbekannten gegeben ... Beispielsweise ...«

Lin-Yu stand auf und hob den Saum seines Gewandes. Seine verkümmerten Beine steckten in Schienen aus Metall und Leder, die an den Knien mit Stoffstreifen befestigt waren. »Kung hat das für mich gemacht. Er war ein Genie und ein mitfühlender Mann. Diese Kombination trifft man nicht oft bei Menschen an.«

»Ich glaube Euch«, sagte Ch'eng Hao. »Ich wünschte nur, die anderen hätten ebenso offen mit mir gesprochen.«

»Die anderen verstellen sich«, sagte Lin-Yu. »Wie oft haben sie schon die Gelegenheit, daß ein Außenstehender zu ihnen kommt? Sie wollen einander beweisen, wie gut sie das Spiel beherrschen. Sie haben noch viel zu lernen. Aber haben wir das nicht alle?«

Viel zu lernen. Ja, dachte Ch'eng Hao, wir haben noch viel zu lernen. Ich muß zum Beispiel in Erfahrung bringen, wer diesen mitfühlenden, visionären Mönch getötet hat – bisher habe ich dabei wenig Fortschritte gemacht. »Danke«, sagte Ch'eng Hao. Er hoffte, daß es aufrichtiger klang als sonst. »Ihr könnt gehen.«

»Einen Moment bitte noch!« Ch'eng I kam durch die Vorhänge vor der Tür ins Zimmer gestürmt. Er legte Lin-Yu die Hand auf die Schulter. »*Ich* habe auch noch ein paar Fragen, Bruder.« Ch'eng Hao nickte.

»Was wollt Ihr wissen?« fragte Lin-Yu.

Ch'eng I half Lin-Yu dabei, sich wieder hinzusetzen. »Beschreibt mir bitte, in welchem Zustand Ihr Kungs Leiche gefunden habt.«

»Kung war tot«, sagte Lin-Yu. Seine Stimme schwankte, und sein verbliebenes Auge füllte sich mit Tränen. »Er hatte eine Wunde am Hals. Der ganze Boden war voller Blut.«

»Ihr sagt ›Hals‹«, fragte Ch'eng I nach. »Meint Ihr damit den Nacken?«

Lin-Yu bestätigte das. »Nacken kann man genauso sagen. Ich habe Hals gesagt, weil er auf dem Rücken lag.«

»Er lag auf dem Rücken«, wiederholte Ch'eng I. »Faszinierend. Hatte er seine Kapuze auf?«

»Ja«, sagte Lin-Yu. »Er hatte die Kapuze auf.«

»Bruder«, wandte Ch'eng Hao ein, »bist du verrückt geworden? Das weißt du doch alles schon. So war es doch auch, als *wir* die Leiche gesehen haben.«

Ch'eng I wandte sich seinem Bruder zu. »Sei nicht so vorschnell mit deinen Anklagen, Hao. Ich bin nicht verrückt, nur neugierig. Wißt Ihr«, und er wandte sich wieder an Lin-Yu, »als wir Kung gesehen haben, lag er da, wie Ihr es beschrieben habt. Aber so lag er nicht, als er getötet wurde.«

Lin-Yu hob fragend eine Braue; es war die über der leeren Augenhöhle, und Ch'eng Hao mußte wieder den Blick abwenden.

»Ich habe viel Zeit damit verbracht, Kungs Leiche zu untersuchen«, sagte Ch'eng I. »Davon wurde er getroffen.« Er holte den Metallklumpen hervor und zeigte ihn Lin-Yu. »Aber er wurde nicht in die Kehle getroffen, sondern in den Nacken. Er fiel nicht auf den Rücken, sondern nach vorne. Und zu dem Zeitpunkt hatte er seine Kapuze nicht auf.«

»Woher weißt du das alles?« fragte Ch'eng Hao halb bewundernd, halb zweifelnd.

»Ganz einfach.« Ch'eng I begann, die Punkte an den Fingern abzuzählen. »Die Kugel durchschlug Kungs Nacken und flog bis zur gegenüberliegenden Wand. Aber in Kungs Kapuze war kein Loch. Wie kann das sein? Kung hatte die Kapuze nicht auf.

Zweitens: Die Vorderseite von Kungs Gewand war voller Blut, ebenso die Rückseite. Wenn die Kraft des Angriffs ihn auf den Rücken geschleudert hätte, wäre vorne nur relativ wenig Blut drauf. Wenn er aber nach vorne in sein Blut gefallen ist, könnte das den Zustand seines Gewandes erklären. Also ist er nach vorne gefallen.

Drittens schließlich: Die Wunde in seinem Nacken ist kleiner und schärfer umschrieben als die in seiner Kehle. Das legt nahe, daß letztere die Austrittswunde ist, nicht die Eintrittswunde. Deshalb muß er in den Nacken getroffen worden sein.«

»Sehr gut«, sagte Ch'eng Hao. »Das ist nachvollziehbar. Aber warum lag Kung dann nicht ohne Kapuze auf dem Bauch, als Lin-Yu ihn gefunden hat?«

»Jemand hat die Stellung der Leiche verändert«, sagte Ch'eng I. »Ihn umgedreht und seinen Kopf bedeckt.« Und das weggenommen, was im Tempel brannte, sowie alle Zeichen seiner Anwesenheit entfernt, dachte Ch'eng I. »Warum jemand das tun sollte, ist mir ein Rätsel. Wie auch immer, zumindest wissen wir jetzt, daß jemand bei Kung war, als er starb.«

»Ja, der Mörder«, sagte Ch'eng Hao. »Das wissen wir schon.«

»Nein«, entgegnete Ch'eng I, »ein Dritter. Denn der Mörder lauerte am Waldrand gegenüber dem Tempeleingang – wo ich gesucht und das hier gefunden habe.« Er zog die Bänder des größten Beutels an seinem Gürtel auf und nahm zwei Dinge heraus, die er auf den Boden legte: ein kleines metallenes Schlagholz und eine abgeflachte Metallkapsel, die nicht viel größer war als die Kugel, die Kung getötet hatte.

»Was ist das?« fragte Lin-Yu. Er hob das Schlagholz auf und drehte es in seinen Händen. Der Kopf des kleinen Werkzeugs war bemerkenswert schwer.

»Das ist Teil der Mordvorrichtung«, erklärte Ch'eng I. »Ich versuche noch herauszufinden, wie die Vorrichtung funktioniert. Es wäre hilfreich, wenn ich sie komplett hätte. Immerhin haben wir so einen Anfang. Riecht an der Kapsel.«

Ch'eng Hao nahm die gezackte Metallkapsel auf. »Meinst du das?« Ch'eng I nickte. Ch'eng Hao roch daran. »Es riecht nach ...« Er zögerte. »Ich kann es nicht einordnen. Aber ich kenne den Geruch.« Er gab die Kapsel an Lin-Yu weiter.

»Schwarzpulver«, sagte Lin-Yu sofort, als er gerochen hatte. »Wir nutzen es von Zeit zu Zeit für bestimmte Zeremonien, Feuerwerk zum Beispiel.«

Ch'eng I nickte begeistert, als sein Verdacht bestätigt wurde. »Ein Bambusrohr«, überlegte er, »mit Schwarzpulver gefüllt. Ein Ende offen, das andere bis auf ein kleines Loch verstopft. An letzterem ist ein Zünder befestigt. Im Rohr befindet sich ein explosives Projektil vor dem Schwarzpulver. Der Zünder wird in Brand gesetzt. Die Explosion des Pulvers schleudert das Projektil heraus, das seinerseits in der Luft explodiert. Habe ich recht?«

»So funktioniert das Feuerwerk, ja«, bestätigte Lin-Yu, »obwohl ich nicht begreifen kann, wie Ihr das herausgefunden habt. Es ist ein Geheimnis unter den Mönchen ...«

»Ich habe selber Experimente durchgeführt«, schnitt Ch'eng I ihm das Wort ab. »Das Prinzip liegt auf der Hand. Weniger klar ist, wie so etwas zum Töten umfunktioniert werden konnte.« Er durchdachte laut das Problem. »Ich nehme an, das Rohr war enger, damit das kleinere Projektil paßte ... und es wurde natürlich auf ein Ziel gerichtet und nicht in den Himmel ... statt des Zünders diese Kapsel ... diese Kapsel war mit ein wenig Schwarzpulver gefüllt, das explodierte, als es durch den Schlag mit diesem Schlagholz zusammengepreßt wurde, die Hauptladung Schwarzpulver im Rohr wurde entzündet ... schließlich noch ein Dreifuß, um das Rohr zu stabilisieren, was auch die drei kreisförmigen Eindrücke im Boden erklären würde, wo ich das Schlagholz und die Kapsel gefunden habe.« Ch'eng I verschränkte die Arme vor der Brust und wartete, was sein Bruder dazu sagen würde.

»Feuerwerk als Waffe«, flüsterte Ch'eng Hao. »Raffiniert.« Plötzlich kam ihm ein Gedanke, und er warf Lin-Yu einen Blick zu. Dessen Gesicht verriet, daß er dasselbe gedacht hatte. Ch'eng Hao faßte es für sie beide in Worte. »Eine von Kungs Erfindungen.«

»Niemand sonst hätte das erfinden können«, bekräftigte Lin-Yu.

Ch'eng I war verblüfft. »Ihr denkt, Kung hätte die Waffe erfunden, die ihn getötet hat? Das halte ich für unwahrscheinlich ...«

Ch'eng Hao brachte ihn zum Schweigen. »Ich will dir sagen, was *ich* erfahren habe, während du weg warst«, sagte er. »Aber wir sollten uns Kungs Zelle ansehen. Ich erzähle dir alles unterwegs.«

Die Zellen, an denen sie auf dem Weg zu Kungs Zelle vorbeikamen, waren so karg wie der Tempel. Die einzigen Möbel waren Holzpritschen ohne Decken, und die Wände waren kahl. Aber Kungs Zelle war anders. Auch da gab es die unbequem aussehende Pritsche – aber jeder Quadratmeter der Wände war mit Tintenzeichnungen und erlesenen Kalligraphien bedeckt. Eine ganze Wand beispielsweise war Bildnissen Buddhas und den komplizierten Verbindungen zu seinen Anhängern gewidmet. Die Malereien waren einfarbig und naiv, aber äußerst fesselnd.

Die anderen Wände offenbarten Kungs wahre Begabung, denn da hingen Dutzende von Konstruktionszeichnungen für die komplizierten Werkzeuge und Geräte. Dort hing die Skizze für Lin- Yus Bandagen und daneben Zeichnungen spezieller Pflüge und Brunnen, die Kung für die Mönche entworfen hatte. Manche Skizzen zeigten Geräte, deren Nutzen die

Brüder nur vermuten konnten. Die Zeichnung, die verdächtigerweise fehlte, war die der Mordwaffe. Keine Zeichnung erinnerte nur im entferntesten an das Gerät, das Ch'eng I beschrieben hatte.

»Das alles sind Geräte«, erklärte Lin-Yu auf Ch'eng Haos Frage, »die Kung wirklich gebaut und uns gegeben hat. Vielleicht war die Waffe noch nicht fertig.«

»Sie hat aber gut funktioniert«, erwiderte Ch'eng Hao trocken.

»Das wissen wir *nicht* genau«, korrigierte Ch'eng I seinen Bruder. »Wir wissen bislang nicht, was passiert ist.«

»Wenn das hier Kungs fertige Erfindungen sind«, fragte Ch'eng Hao Lin-Yu, »wo sind dann die Zeichnungen für neue Erfindungen?«

»Auf dem Boden«, antwortete Lin-Yu. Er deutete auf einen zugespitzten Stock, der an der Bettstelle lehnte, und von da auf eine zerkratzte Stelle auf dem schmutzigen Fußboden. Es sah aus, als hätte Kung den Bereich zu diesem Zweck genutzt – Ch'eng I konnte hier und da ein Schriftzeichen erkennen –, aber es wäre ein fruchtloser Versuch gewesen, etwas ›lesen‹ zu wollen.

»Hatte er sonst nichts?« fragte Ch'eng I.

Lin-Yu kniete sich vor die Bettstelle und griff darunter. Nach kurzer Suche zog er eine flache Metalltafel hervor. »Manchmal hat er das benutzt. Wenn er beispielsweise dem Patriarchen eine Idee zeigen wollte. Er spannte ein Stück Stoff darüber und zeichnete dann darauf.« Lin-Yu deutete auf vier Haken in den Ecken des Brettes. »Das Brett hat er auch entworfen.«

»Vielleicht ist ja irgendwo eine Stoffzeichnung der Waffe …«, begann Ch'eng Hao – aber Ch'eng I hatte schon die Zelle verlassen.

Ch'eng Hao rannte hinter ihm her. Lin-Yu folgte, so schnell er konnte. Vor Bo-Tzes Zelle holten sie ihn ein. Ch'eng I stürmte hinein, ehe sie ihn daran hindern konnten.

Bo-Tze saß in der Lotusposition auf einer Pritsche, die Beine ineinander verschränkt, die Hände ausgestreckt auf den Knien. Bei Ch'eng Is Eintritt riß er die Augen auf und ließ seine Hände an den Seiten herabfallen.

»Ihr habt Euren Mitbruder verachtet«, sagte Ch'eng I ohne Einleitung. Dann, als er die Verwirrung des alten Mannes sah: »Mein Bruder hat mir berichtet, was Ihr über Kung gesagt habt. Daß er ›Visionen‹ hatte – und daß Ihr ihn dafür gehaßt habt. Daß Ihr der Meinung seid, die Welt würde *Euch* wegen Männern wie ihm verachten. Daß Ihr bis zu einem gewissen Grad sehr eifersüchtig auf ihn wart.«

»Ich war nie auf diesen Mann eifersüchtig«, knurrte Bo-Tze. In der Hitze des Gefechts fiel es ihm schwer, seinen Ärger zu verbergen. »Er war eine Schande für uns.«

»Warum?« fragte Lin-Yu traurig. »Wegen seiner Phantasie?«

»Ja«, sagte Bo-Tze, »wenn du es so nennen willst. Aber nicht nur das. Er hat sich mit der Welt draußen befaßt!«

Lin-Yu schüttelte den Kopf. »Das ist doch lächerlich.«

»Mag sein«, sagte Bo-Tze. »Es ist lächerlich. Aber es ist auch eine Tatsache. Kung hat nicht nur Dinge für unseren Gebrauch erfunden. Er hat sie auch an die Welt draußen verkauft. Er war kein Mönch, sondern ein Händler!«

»Nein«, beharrte Lin-Yu. »Du weißt doch, daß er nie unser Gebiet verlassen hat. Wie könnte er ...«

»Bist du jetzt völlig erblindet?« brüllte Bo-Tze ihn an. »*Wu* hat die Sachen für Kung verkauft.«

»Wu Han-Fei?« fragte Ch'eng Hao. »Der Bote?«

»Unsere Verbindung zur Außenwelt«, bestätigte Bo-Tze sarkastisch. »Es war ein Fehler, ihn zu beschäftigen, das habe ich gleich gesagt. Aber wer hat den Patriarchen dazu überredet? Kung! Verstehst du nicht? *Versteht es denn keiner von euch*?«

»Ich verstehe, daß Ihr unbedingt recht haben wollt«, sagte Ch'eng I. »Seid Ihr deswegen heute morgen zum Tempel gegangen, weil Ihr wußtet, daß Kung dort sein würde?«

Jetzt verlor Bo-Tze völlig die Fassung. »Ich war nicht in der Nähe des Tempels«, sagte er.

Ch'eng I streckte die Hand aus und ergriff Bo-Tzes rechte

Hand. Bo-Tze widersetzte sich, aber Ch'eng I war viel stärker als er. Langsam drehte Ch'eng I die Handfläche des Mönchs nach oben. Das Fleisch an Bo-Tzes Fingern leuchtete rot. »Seht die versengten Finger«, sagte Ch'eng I. »Vergleicht sie mit den versengten Fingern an Kungs Leiche. Identisch.«

Bo-Tze riß seine Hand zurück. »Ja«, sagte er und brach nun doch zusammen, »ja, ich war da! Ich war da, weil es meine letzte Chance war, Kung vor euch allen zu entlarven!« Ch'eng Hao war überrascht – es war kaum zu glauben, daß er denselben Mann vor kurzer Zeit ohne jeden Erfolg befragt hatte. Treib einen Löwen auf dem Feld in die Enge, und er greift an, erinnerte er sich, aber treib ihn in seinem Bau in die Enge, dann fällt er dir zu Füßen.

»Ich habe Wu vor dem Eßsaal zur Rede gestellt«, sagte Bo-Tze wütend. »Er ist ein Feigling! Ich habe gedroht, ihn zu verraten, und das machte ihn sehr gesprächig. Er teilte mir mit, Kung sei zum Tempel gegangen, um alle Beweise für ihre Machenschaften zu verbrennen. Ich bin hingegangen, um mir die Beweise zu sichern. Natürlich war Kung da. Er hatte ein Stück Stoff über sein Metallbrett gespannt und es schon angezündet. Ich griff danach, er auch. Wir haben uns darum gezankt – da gab es plötzlich eine laute Explosion. Kung fiel nach vorne, Blut spritzte ihm ins Gesicht, und ich bin so schnell ich konnte hinausgelaufen ...« Bo Tze weinte jetzt und war außer Atem, seine Brust hob und senkte sich unter den schweren Atemzügen. Er senkte den Kopf, bis er fast seine Knöchel berührte. Ch'eng Hao zog seinen Bruder und Lin-Yu aus der Zelle. Bo-Tze war nicht der Mörder, den sie suchten, das wußte Ch'eng Hao, und in Momenten wie diesen verdiente selbst ein Buddhist eine Privatsphäre.

Die Zelle des Patriarchen war nicht größer als die der anderen. Er schlief auf dem gleichen Bettgestell. Aber auch hier waren die Wände, wie bei Kung, nicht kahl. Auch hier zierten Kungs Zeichnungen die Zellenwände: reich gestaltete Tintenzeichnungen, leidenschaftliche Versuche, das transzendente

Universum dem menschlichen Auge näherzubringen – als Buddhist hätte Ch'eng Hao das alles sicher sehr bewegend gefunden. So konnte er zumindest das Talent des Malers bewundern.

»Wir haben alle unsere Schwächen«, bemerkte der Patriarch. Er betrachtete Kungs größtes Bild, und seine Stimme verriet die Begeisterung. »Kung war ein Künstler durch und durch, ich ein Kenner. Beides schickt sich nicht für einen Mönch: Ein Mönch muß sich von den weltlichen Dingen lösen, weil sie in ihrer Vergänglichkeit nur Trauer erzeugen. Je schöner etwas ist, desto mehr Leiden erzeugt sein Fehlen.« Der Patriarch seufzte. »Und doch, wenn Leben Leiden heißt, können wir uns dann nicht wenigstens den kleinen Freuden widmen, die das Leben zu bieten hat? Wie hätte ich Kung das Malen erbieten können? Das hätte sein Leiden vergrößert – *das* ist mit Sicherheit nicht unser Ziel.«

»Es geht um mehr als nur die Kunst«, sagte Ch'eng Hao.

»Ja«, bestätigte der Patriarch. »Die Werkzeuge. Hätte ich meine Brüder lieber verhungern lassen sollen, statt Kungs Werkzeuge zu benutzen? Bo-Tze meint ja, aber er ist ein Narr. Wenn wir aus diesem Grund Kungs Werkzeuge nicht benutzen dürften, dürften wir überhaupt keine Werkzeuge benutzen. Wir müßten wie unsere Vorfahren mit den Händen in der Erde graben. Vielleicht sollten wir überhaupt keine Landwirtschaft betreiben, weil unsere Ahnen das auch nicht getan haben. Neuerungen sind nichts Böses; neue Werkzeuge sind nicht schlechter als alte. Himmel, es ist einfacher, mit vollem Bauch zu meditieren, als mit leerem. Das hat Gautama selbst gesagt – der Buddha höchstpersönlich! Verhungern ist für Buddhisten nichts anderes als Dekadenz.«

»Ich verstehe«, sagte Ch'eng Hao, »und ich sehe es auch so. Aber es bleibt die Frage nach Kungs Handel mit der Welt außerhalb des Klosters.«

Der Patriarch schwieg lange.

»Bo-Tze sagt ...«

»Er hat recht«, wisperte der Patriarch. »Ich habe die Augen davor verschlossen.«

»Ihr wußtet …«

»Ch'eng Hao, wie hätte ich es nicht wissen sollen?« In dem Moment sah der Patriarch sehr alt und hilflos aus. »Ich habe mich einfach dafür entschieden, es zu dulden. Kung war etwas Besonderes, zu wertvoll für uns, für mich, um ihn wegen so einer Kleinigkeit zu verlieren. Er hat seine Erfindungen also an Leute wie euch geschickt? Es gibt schwerere Verfehlungen. Vielleicht hat er sogar ein paar Konfuzius-Anhänger dazu gebracht, zweimal nachzudenken, ehe sie uns verfluchen. Er hat mit Sicherheit keinen Schaden angerichtet.«

»Das nicht«, sagte Ch'eng Hao, »aber Kung ist jetzt tot.«

»Ja«, sagte der Patriarch. »Das ist er. Das kommt davon, wenn man sich mit der Weltlichkeit einläßt – wir leiden, jetzt, wo wir ihn verloren haben.«

Ch'eng Hao dachte einen Moment nach. »Als wir das erstemal miteinander sprachen, habt Ihr angedeutet, daß Kungs Gewissen belastet war. Wenn er doch aber wußte, daß Ihr seine Geschäfte mit der Außenwelt duldet, hat er sich darum doch sicher keine Sorgen gemacht?« Der Patriarch schüttelte den Kopf.

»Worum dann?«

»Ich wiederhole, was ich Euch schon einmal gesagt habe: Ich weiß es nicht.«

Ch'eng Hao verfolgte das Thema nicht weiter. »Eine Frage noch«, sagte er. »Wenn Kung seine Waren durch Wu Han-Fei vertrieben hat, was hat er dafür bekommen? Geld ja sicher nicht, dafür hatte er keine Verwendung.«

Der Patriarch zuckte die Achseln. »Diese Frage habe ich mir nie gestellt.« Ch'eng Hao konnte am Gesicht des Patriarchen ablesen, daß er wirklich nie darüber nachgedacht hatte. »Vielleicht zog er daraus einfach die Genugtuung, daß seine Erfindungen zu einem guten Zweck eingesetzt wurden.«

Zu einem guten Zweck. Die Formulierung klang in Ch'eng Hao nach. Ja, dachte er, für einen guten Zweck. Aber das war bestimmt nicht alles.

Lin-Yu führte Ch'eng I zu einem kleinen Haus am Rande des Klosterbereichs. Es war nicht mehr als eine Hütte, aber solide und durchdacht gebaut. Während Ch'eng I hineinging, stand Lin-Yu draußen Wache.

Wenige Minuten später kam Ch'eng I wieder heraus und trug ein versengtes Stück Stoff und ein Bambusrohr in der Hand.

Ch'eng I drückte den Dreifuß, den er mitgebracht hatte, tief in die feuchte Erde am Waldrand. Das Bambusrohr war festgeklemmt und die reparierte Kapsel in das kleinere Loch des Rohres eingeführt. Lin-Yu hatte das notwendige Schwarzpulver besorgt und ein Mönchsgewand im Tempeleingang mit Stroh und Zweigen ausgestopft. Ch'eng Hao hielt die kleine Zuschauermenge in Schach, die sich um ihn versammelt hatte: der Patriarch, Bo-Tze, Tso und eine Handvoll anderer Mönche. Wu Han-Fei war nicht dabei.

»Ich bin fertig«, kündigte Ch'eng I an.

Lin-Yu gesellte sich zu den anderen. Alle richteten ihr Augenmerk auf die Attrappe, die Ch'eng I aufgestellt hatte.

Ch'eng I zielte genau mit dem Bambusrohr. Er steckte den kleinen weißen Stein, den er sich als Projektil ausgesucht hatte, hinein und vollführte ein paar Übungsschwünge mit dem Schlagstock. Dann holte er zweimal tief Luft, um sich zu sammeln. »Los«, sagte Ch'eng Hao.

Wieder schwang Ch'eng I den Schlagstock. Diesmal traf er mit einem scharfen Knacken und schlug die Kapsel flach. Dieser kleinen Explosion folgte eine viel stärkere, die alle Zuschauer zusammenfahren ließ. Selbst Bo-Tze, der doch wußte, was zu erwarten war, schreckte bei dem Geräusch zusammen.

Aber die Attrappe fiel nicht um. Nachdem sich die Rauchwolke um sie gelichtet hatte, inspizierte Ch'eng I das Rohr. Das Projektil *war* herausgeschleudert worden. Er rannte zum Tempel hinüber und untersuchte schnell die gegenüberliegende Wand. Der weiße Stein, den er für dieses Experiment ausgesucht hatte, ragte deutlich erkennbar aus der dunkelbraunen Fläche aus Holz und Erde, in die er sich eingegraben hatte.

»Kommt her«, sagte er. Die anderen versammelten sich im Tempel und stießen die Attrappe beiseite. Sie betrachteten den Stein in der Wand, als wäre er eine religiöse Reliquie, die ihre ungeteilte Aufmerksamkeit verdiente. Ch'eng I drängte sich durch die Menge, bis er wieder draußen bei seinem Bruder stand.

»Du hast danebengeschossen«, sagte Ch'eng Hao.

»Stimmt. Ich hatte nicht bedacht, daß der Schlag mit dem Stock das Rohr verreißt.«

»Mach dir nichts draus«, tröstete Ch'eng Hao. »Es spielt keine Rolle. Du wirst dieses verfluchte Instrument nie wieder benutzen müssen.«

»Damit hast du sicher recht«, sagte Ch'eng I, »aber ich stimme dir nicht zu, daß es keine Rolle spielt. Sieh mal ...«

In dem Moment wurden sie durch den Patriarchen und Bo-Tze unterbrochen, die aus dem Tempel kamen und sich zu ihnen gesellten.

»So ist der Mord also begangen worden« sagte der Patriarch und schlug Ch'eng I mit der Hand auf den Rücken.

»Wu hat Kungs eigene Erfindung gegen ihn gerichtet, als er dachte, Kung würde ihn verraten«, bemerkte Bo-Tze voller Abscheu. »Im Lager von Dieben schläft keiner mit geschlossenen Augen. Kung hätte wissen müssen, daß Wu ihn zum Schweigen bringen würde, sobald es nötig wäre.«

»Wir wissen jetzt also, wie und warum der Mord begangen wurde«, stimmte Ch'eng Hao ihm zu. »Jetzt habt ihr eure Antworten. Dank Ch'eng I, der den Großteil der Ermittlungen geführt hat – seine Methode hat sich als die richtige erwiesen.«

»Geschätzter Bruder«, sagte Ch'eng I und hob schweigengebietend die Hände, »ich verdiene dein Lob nicht, und auch nicht das eines anderen, wenn ich gestatte, daß die Untersuchung hiermit beendet ist.«

»Was soll das heißen?« fragte der Patriarch. »Wir haben den Beweis gesehen – oder denkt ausgerechnet Ihr, daß das nicht die Mordwaffe war?« Er deutete auf den Dreifuß in einiger Entfernung.

»Das war die Mordwaffe«, stimmte Ch'eng I zu.

»Habt Ihr nicht die Waffe und anderes belastendes Material in der Hütte von Wu Han-Fei gefunden?« fügte Bo-Tze hinzu.

»Das habe ich«, bestätigte Ch'eng I.

Selbst Ch'eng Hao war verwirrt. »Hast du nicht Wu Han-Fei einsperren lassen? Das hättest du doch nicht getan, wenn du nicht genauso davon überzeugt gewesen wärest wie wir, daß er der Mörder ist.«

»Ja, das stimmt«, erwiderte Ch'eng I, »aber das ist nur ein Teil der Antwort auf die Frage, was heute morgen hier vorgegangen ist. Ihr klagt einen Mann zu Unrecht an, wenn Ihr ihm Motive unterstellt, die er nicht hatte.«

Ch'eng Hao legte Ch'eng I eine Hand auf die Schulter. »Bruder, ich bewundere deine Kompetenz in wissenschaftlichen Belangen, aber sei so gut und billige mir meine Kenntnis des menschlichen Charakters zu. Es muß so gewesen sein, wie ich es dir erklärt habe.

Kung hat seine Erfindungen so weit wie möglich verbreitet, weil er es gut meinte. Lin-Yu kann das bestätigen. Wu Han-Fei dagegen hatte ein weltlicheres Motiv, um sich mit Kung einzulassen: Er hat Kungs Erfindungen verkauft, um sich persönlich daran zu bereichern.« Das Wort ›bereichern‹ sprach Ch'eng Hao immer mit besonderer Verachtung aus, und diesmal machte er keine Ausnahme.

»Vor kurzem«, fuhr Ch'eng Hao fort, »ersann Kung die außerordentliche Waffe, die ihr gerade in Aktion erlebt habt. In seiner anfänglichen Begeisterung übergab er ein erstes Modell an Wu. Aber Kung war ein mitfühlender Mann, der sich zum Ziel gesetzt hatte, die Leiden in der Welt zu lindern – denkt an seine anderen Erfindungen: Geräte, um die Feldarbeit zu erleichtern, Lin-Yus Beinschienen und so weiter. Jetzt hatte er zum erstenmal eine Waffe gebaut. Diese schreckliche Erkenntnis lastete gemeinsam mit der Tatsache, daß er sie einem skrupellosen Mann überlassen hatte, schwer auf seinem Gewissen. Deswegen ging er zum Tempel: um die Pläne dieser Erfindung zu zerstören. Der Mörder hat diese Pläne vom Tatort entwendet – handelt es sich nicht um eben diese, die du halbverbrannt in Wu Han-Feis Hütte gefunden hast?

Mehr brauchen wir über diesen Mord nicht zu wissen.«

»Mehr nicht?« fragte Ch'eng I die drei Männer, dann wandte er sich an seinen Bruder. »Du enttäuschst mich, Hao. Wenn Wu Han-Fei geplant hat, Kung zu ermorden, warum hat er dann Bo-Tze als Zeugen in den Tempel geschickt? Du kannst jetzt sagen, daß Bo-Tze Wu ja gezwungen hat, ihm zu sagen, wo Kung ist – aber wenn das der Fall war, warum hat Wu dann den Mord nicht auf einen günstigeren Zeitpunkt verschoben? Und wie erklärst du die veränderte Position der Leiche?«

Ch'eng Hao erwiderte nichts.

»Es gibt nur eine Antwort«, sagte Ch'eng I. »Wu Han-Fei wußte, daß Bo-Tze vorhatte, Kungs Geschäfte mit ihm zu enthüllen, deshalb hat er Bo-Tze mit der Geschichte zum Tempel gelockt, daß Kung ›Beweismaterial zerstören‹ würde. Dann hat er sich mit der Absicht im Wald versteckt, Kungs Waffe zu benutzen, um Bo-Tze zum Schweigen zu bringen.« Bo-Tze sog scharf den Atem ein. »Wu Han- Fei wollte gar nicht Kung treffen. Er wollte Bo-Tze treffen.«

»Ich verneige mich vor deiner größeren Kombinationsgabe«, würdigte Ch'eng Hao die Argumentation Ch'eng Is. »Du sagst, daß Wu Han-Fei Bo-Tze töten wollte – daß auf eine Entfernung von vierzig Fuß zwei Männer in brauner Robe einander aber so ähnlich sehen, daß er den falschen Mann getötet hat.«

»Nein«, sagte Ch'eng I. »Trau deinen eigenen Augen. Siehst du nicht, daß Bo-Tzes Gewand viel abgetragener ist als Kungs und daß er viel älter aussieht? Du wirst dich erinnern, daß zumindest einer von beiden keine Kapuze aufhatte.«

»Wahrscheinlich keiner von beiden«, gestand Ch'eng Hao zu. »Aber ein kahler Kopf sieht wie der andere aus ...«

Ch'eng I schüttelte den Kopf. »Sie sehen völlig unterschiedlich aus.«

»Aber aus vierzig Schritt Entfernung ...«

»Völlig unterschiedlich«, wiederholte Ch'eng I bestimmt. »Bo-Tze sieht nicht nur älter aus, Kung hatte auch ein unverwechselbares Kennzeichen. Eine deutliche Narbe im Nacken. Habe ich recht?« Das fragte er den Patriarchen.

»Ihr habt recht«, sagte der.

»Eine Narbe?« fragte Ch'eng Hao.

»Nicht irgendeine Narbe«, sagte Ch'eng I, »ein Familienzeichen. Auf vierzig Fuß klar erkennbar, besonders, wenn man danach sucht. Was Wu Han-Fei sicher getan hat. Bedenke: Angenommen, du hast recht, und Wu Han-Fei konnte die beiden Männer wirklich nicht voneinander unterscheiden – glaubst du, daß er unter solchen Umständen die Waffe benutzt hätte?«

Nach einem Moment schüttelte Ch'eng Hao langsam den Kopf. »Was ist dann aber passiert?«

»Die Waffe war noch nicht perfekt«, sagte Ch'eng I bedeutungsvoll. »Wu Han-Fei wußte, welchen Mann er treffen wollte. Er hat einfach danebengeschossen.«

Ch'eng I, Ch'eng Hao, Bo-Tze und der Siebente Patriarch standen draußen vor Wu Han-Feis Hütte. Sie standen davor, weil keiner der Männer eintreten wollte.

»Wenn das stimmt, was Ihr behauptet«, sagte Bo-Tze, »dann sind wir die Opfer eines noch größeren Betruges, als ich dachte.«

»Es ist unmöglich«, sagte der Patriarch.

»Euch kann nur eine Gegenüberstellung überzeugen«, sagte Ch'eng I und trat in die Hütte.

Die anderen folgten ihm. Drinnen saß Wu Han-Fei, an Armen und Beinen gefesselt. Der Raum war besser möbliert als die Mönchszellen: Es gab kleine Sprossenfenster mit Fensterläden, die man von innen bedienen konnte, eine Matratze mit Riedgrasmatten und einen Schemel, auf dem eine Schüssel und einige Utensilien standen. Ch'eng I wies sie darauf hin, während Wu Han-Fei schweigend zusah.

»Das ist Wu Han-Feis persönliche Ausbeute«, sagte

Ch'eng I. »Dinge, die Kung speziell für ihn erdacht hat. Wenn er Kungs Erfindungen gegen Geld verkauft hätte, hätte er nichts davon behalten. Vielleicht hat er alles ... an seine Familie geschickt.«

Ch'eng I trat hinter Wu Han-Fei und legte dem knienden Mann die Hand auf den Kopf. »Schöne Haare. Er ist kein Buddhist, also kann er seine Haare behalten – und darf hier in einiger Entfernung von den Mönchen leben. Eine gute Vereinbarung. Wenn sie etwas aus der Außenwelt brauchen – zum Beispiel einen Mann, der einen Mord untersucht – besorgt er es ihnen. Ansonsten bleibt er für sich.

Aber warum sollte ein Mann, der nicht Buddhist ist, sich so an ein Kloster binden? Das ist doch ein Leben, bei dem man von beiden Seiten verachtet wird? Um so ein Leben zu wählen, muß man schon einen guten Grund haben. Warum«, fragte Ch'eng I Wu Han- Fei, »habt Ihr das getan?«

Wu Han-Fei antwortete nicht.

»Das war eine der Fragen, die mich beschäftigt hat«, sagte Ch'eng I. »Warum lebte er hier? Und: Warum würde er töten, um einen Mönch zu schützen? Was war das Schlimmste, was ihm geschehen konnte, falls seine Tätigkeit ans Licht kam? Er konnte weggejagt werden. Kaum eine schwere Bestrafung für einen Mann, der sich ohnehin nicht dem Mönchstum verbunden fühlt. Nein, der Mann, der Angst vor Strafe haben mußte, war Kung – aber warum würde das einen weltlichen Händler kümmern?

Schöne Haare«, sagte Ch'eng I wieder und ließ seine Finger durch Wu Han-Feis schwarze Locken gleiten. »Lebenslanges Wachstum verbirgt eine Kopfhaut, die dreißig Jahre lang kein Licht gesehen hat.« Er wandte sich an Ch'eng Hao. »Weißt du noch, als wir Wu das erstemal getroffen haben, habe ich gedacht, daß er den Blick aus Respekt vor uns senkt, vielleicht auch aus Angst. Aber dann habe ich erkannt, daß beides nicht der Grund war. Er wünschte sich einen Bart.«

Er beugte sich über Wus Schulter. »Sieh hoch«, befahl er.

Wu Han-Fei sah kurz zur Decke hoch.

»Nein«, sagte Ch'eng I, »heb den Kopf.« Wu Han-Fei reagierte nicht. »Ihr *Kopf,* Meister Wu ...« Ch'eng I griff fest in die Haare des jungen Mannes und zog seinen Kopf zurück – »... oder sollte ich Meister *Wang* sagen?«

Bo-Tze starrte auf das Schriftzeichen, das weiß in die Unterseite von Wu Han-Feis Kinn gegraben war. Der Patriarch saß auf der Kante der Matratze und ließ den Kopf in die Hände sinken. Ch'eng I ließ Wu Han-Feis Kopf los. »Wie hieß Kung mit richtigem Namen?« fragte er.

»Wang«, antwortete der Patriarch mit schwerer, trauriger Stimme. »Wang Deng-Mo.«

»Wang Deng-Mo«, wiederholte Ch'eng I. »Und das hier ist, so denke ich, *Wang,* nicht Wu, Han-Fei.«

»Ich verstehe nicht«, sagte der Patriarch, »warum ...?«

»Warum?« sagte Ch'eng I. »Weil die Familienbande stärker sind, als Ihr denkt. Kung nahm eine neue Identität an, als er Euer Kloster wählte – und das tat auch sein ... Bruder?«

»Ja«, preßte Wu Han-Fei zwischen zusammengebissenen Zähnen hervor.

»Sein Bruder«, sagte Ch'eng I. »Das dachte ich mir. Um die Familienbindung trotz allem beizubehalten. Um die Familie zu unterstützen, um dem Rest der Familie überleben zu helfen, um für einen Bruder zu leben, zu sterben und zu töten, weil er der Bruder ist – *darum.*«

»Aber Bruder«, fragte Ch'eng Hao mit vor Ärger gerötetem Gesicht, »wie konntest du das alles wissen? Was hat dich auf diesen Gedanken gebracht?«

»Die Frage, die die einfachste und zugleich die schwierigste war«, antwortete Ch'eng I. »Warum war Kungs Leiche bewegt worden? Bo-Tze hatte keinen Grund dazu, denn er hätte an den Tatort zurückkehren müssen. Lin-Yu hätte es tun können, aber er hätte es uns nicht verschwiegen. Also mußte es der Mörder gewesen sein. Aber warum sollte der Mörder Kungs Leiche bewegen? Das habe ich mich immer wieder gefragt.

Dann habe ich plötzlich begriffen. Kungs Leiche war nicht einfach nur bewegt worden. Du erinnerst dich sicher, daß Bo-Tze angab, Kungs Gesicht sei voller Blut gewesen, als er getroffen wurde. Aber als wir die Leiche fanden, war es sauber, die Kapuze war ordentlich zurechtgelegt, und er lag in einer würdigeren Position auf dem Rücken. Es ist nicht schön für einen Mann, mit dem Gesicht nach unten in seinem eigenen Blut gefunden zu werden – aber daß das den Mörder störte, war höchst ungewöhnlich. Daran konnte ich erkennen, daß der Mörder Mitleid mit seinem Opfer hatte. Mehr als Mitleid – Liebe, und mehr als Liebe, Pflichtgefühl.«

Ch'eng Hao hatte noch weitere Fragen, und Ch'eng I beantwortete sie ausführlicher, als nötig gewesen wäre. Bo-Tze und der Patriarch gingen, so schnell sie konnten, und niemand achtete darauf, daß Wu Han-Fei in einer Ecke den Kopf hängen ließ und zu weinen begann.

Ch'eng Hao nahm einen Schluck von der Markknochensuppe, die Ch'eng I zubereitet hatte. Schmeckte er da unter dem vollen Geschmack etwa Tee heraus? Vielleicht. Ch'eng Hao kannte die Neigung seines Bruders, in alle Richtungen zu experimentieren. Er setzte die Tasse ab.

»Ich hätte ihn nicht freigelassen«, sagte er.

Ch'eng I hörte kurz auf zu rühren und fuhr dann damit fort. »Warum, Bruder? Weil er ein Mörder war, und Mörder nicht ungestraft davonkommen sollen?«

»Nein«, sagte Ch'eng Hao. »Er hat seinen Bruder getötet. Das war für beide Strafe genug.«

»Warum dann?«

»Weil du hättest wissen müssen, daß er sich umbringen würde.«

Ch'eng I kippte den Topf und füllte seine Tasse. Die dicke Suppe dampfte, und er wärmte seine Hände im Wasserdampf. »Ihn zum Weiterleben zu zwingen, wäre die grausamste Strafe gewesen. Er wäre seinem Gewissen nie entkommen, egal, wo er hingegangen wäre. Die größte Freiheit, die ein Mensch hat«, erklärte Ch'eng I, »ist die, sein Leben so zu führen, wie er will.«

Ch'eng Hao konnte ihm nicht zustimmen. »Das Traurige

daran ist, daß ein Mann wie Kung lügen mußte, um zu leben, wie er wollte, daß sein Bruder lügen mußte, um bei ihm zu sein, und daß diese Lügen mit einem Mord endeten. Ein sinnloser Mord …« Er wandte sich anderen Überlegungen zu, die weniger schmerzten, weil sie abstrakter waren. »Ich verstehe immer noch nicht, Bruder, warum Wu – Wang – an oberster Stelle auf deiner Liste der Verdächtigen stand. Selbst wenn man voraussetzt, daß du den Verdacht hattest, daß ein Familienmitglied der Mörder war – warum er?«

»Du hast die Mönche befragt und dabei nichts herausbekommen«, sagte Ch'eng I. »Ich war mir sicher, daß du etwas erfahren hättest, wenn etwas zu erfahren gewesen wäre. Also bin ich von der Annahme ausgegangen, daß du in die falsche Richtung ermittelt hast. Was ja auch stimmte.«

»Aber mein Ansatz war der logische …«

»Ja, das war er«, gab Ch'eng I zu, »aber nicht der richtige. Darin verbirgt sich eines der großen Geheimnisse des Lebens.«

Ch'eng Hao beugte sich wieder über seine Suppe. Der Novemberwind blies kalt über die Ebene, da war ein bißchen Wärme angenehm. Die Kälte in seiner Seele konnte er nicht so leicht vertreiben. »Wenn es je soweit käme, würdest du töten, um mich zu verteidigen?«

Ch'eng I sah hoch. »Ich bin dein Bruder«, sagte er. Er führte die Tasse an die Lippen. »Der Himmel möge mir helfen, daß ich richtig ziele.«

Originaltitel: The Investigation of Things
Ins Deutsche übertragen von Bettina Albrod

Die Hebamme

Margaret Frazer

In der vorangegangenen Anthologie habe ich die erste Kurzgeschichte um Schwester Frevisse publiziert, einer Nonne aus dem 15. Jahrhundert, die in der Abtei von St. Frideswide, Oxfordshire, lebt. Bisher sind vier Romane erschienen, in denen Schwester Frevisse die Hauptfigur ist: ›The Novice's Tale‹ *(1992),* ›The Servant's Tale‹ *(1993; nominiert für den Edgar Award),* ›The Outlaw's Tale‹ *(1994) und* ›The Bishop's Tale‹ *(1994). Der nächste Roman in dieser Reihe,* ›The Boy's Tale‹ *dürfte gleichzeitig mit der vorliegenden Anthologie erscheinen. (dt:* Die Novizin; Die Magd; Der Vogelfreie; Der Bischof; Die Knaben*)*

Die Morgendämmerung tauchte den Horizont in ein zartes goldenes Licht, stieg zwischen den langen blauen Schatten der Häuser auf und ergoß sich über die Felder und Hecken, in denen bereits das erste Vogelgezwitscher ertönte. Ada Bychurch stand im Türeingang von Martyn Fishers niedrigem Haus. Sie fror ein wenig in der Kühle des Morgens und hüllte sich in ihren Umhang, denn sie hoffte, daß die abgetragene graue Wolle ihr etwas Wärme spenden würde.

Sie wünschte, der Umhang hätte sie auch vor der Trauer in dem hinter ihr liegenden Haus geschützt. Sie war die Hebamme des Dorfes und hatte getan, was in ihrer Macht stand. Aber das war nicht genug gewesen, und nun blieb nur noch die Hoffnung, daß, nachdem Pater Clement seinen geistlichen Beistand geleistet hatte, Cisilys Seele jener Segen zuteil wurde, den sie sich in ihrem kurzen Leben verdient hatte. Aber trotz ihrer tiefen Gläubigkeit konnte Ada sich nicht des Gedankens erwehren, daß Cisilys Erdendasein zu kurz gewesen war. Viel zu kurz für die jetzt mutterlose neugeborene Tochter und den trauernden Ehemann, den Cisily zurückließ, auch wenn sie bald von all ihren irdischen Sorgen erlöst sein würde.

Martyn Fishers Haus lag am Ende des Dorfes, wo die Straße einen Bogen beschrieb und dann eine Viertelmeile durch die Felder zu den Toren des Nonnenklosters führte. Cisily hatte oft erwähnt, wie sehr sie es liebte, daß auf der gegenüberliegenden Seite keine Häuser standen und sie von ihrer Türschwelle aus durch das Feldgatter hindurch unmittelbar auf die Wiesen und Felder blicken konnte. Und es hatte ihr auch gefallen, daß auf der linken Seite der Dorfanger und die Geschäfte lagen.

Priors Byfield war ein vergleichsweise großes Dorf und verfügte über alles, was für das Leben in der Gemeinschaft notwendig und angenehm war. Ada richtete ihren Blick auf den Dorfanger, wo sich die letzten Rauchschwaden des Mittsommernachtsfeuers der vergangenen Nacht vor der aufgehenden Sonne verflüchtigten. Die Dorfbewohner hatten wie immer bis zum Morgengrauen gefeiert, und Ada zweifelte daran, daß zu dieser frühen Stunde schon irgend jemand auf den Beinen war und den Acker pflügte. Der Vogt würde große Mühe haben, die Leute bis zum späten Vormittag oder frühen Vormittag zur Heuernte zu bewegen, obwohl es ganz danach aussah, als sollte dies der zweite schöne und klare Tag nach einer Woche Nieselregen werden. Den Dorfbewohnern war es als ein Zeichen Gottes erschienen, daß es sich gestern plötzlich aufgeklart hatte und die jungen Leute in die Wälder und Wiesen ziehen konnten, um Mittsommergrün zu sammeln, während die Älteren für das abendliche Tanzvergnügen und die sportlichen Wettkämpfe Freudenfeuer aufschichteten.

Vergangenen Sonntag hatte Pater Clement wie gewohnt eine scharfe Predigt gegen die in seinen Augen unchristlichen Gepflogenheiten gehalten, aber das Freudenfeuer zur Mittsommernacht und die anderen heidnischen Feste waren so etwas wie das Rückgrat des Dorfes – niemand konnte sich ein Leben ohne sie vorstellen. Und Ada bezweifelte, daß Pater

Clement Cisily Fisher in diesem Jahr für ihre Teilnahme am Mittsommerfest gezürnt hätte, wenn auf diese Weise verhindert worden wäre, daß sie allmählich im Kindbett verblutete. Sie war kein Jahr verheiratet, als dies geschah. Die Liebe ihres Gatten war so groß, daß er sich getraute, die Krankenschwester des Nonnenklosters um Hilfe zu bitten, als immer deutlicher wurde, daß Adas Fähigkeiten als Hebamme erschöpft waren. Sein Anliegen mußte das Mitleid der Krankenschwester erregt haben, denn sie schickte nicht nur eine Mischung aus Heilpflanzen, sondern kam selbst und blieb bei der Sterbenden. Für Cisily gab es keine Rettung mehr, nur die Hoffnung auf einen möglichst schmerzfreien Tod. Die Angehörigen konnten nur noch Trost spenden.

»Verzeihung, würdet Ihr mich bitte hinauslassen?« ertönte eine leise Stimme hinter Adas Rücken. Ada blickte sich um, trat auf den breiten flachen Stein, der als Stufe diente, und machte Platz für die Nonne, die gemeinsam mit Krankenschwester Claire hierhergeeilt war.

Die Nonne bedankte sich mit einem Kopfnicken, trat ins Freie, streckte ihr Gesicht dem aufhellenden Himmel entgegen und atmete tief ein. Ihr Gesicht war fast genauso bleich wie die weiße Haube, die sie unter ihrem schwarzen Schleier trug. Ada vermutete, daß die Frau die stickige, blutgeschwängerte Luft im Haus nicht länger ertragen konnte. Ihr selbst war es ähnlich gegangen.

Ada versuchte sich an den Namen der Nonne zu erinnern und fragte dann zögernd: »Ihr seid doch Schwester Frevisse, oder?«

Die Nonne nickte höflich, sagte aber kein Wort. Und das war richtig so, dachte Ada. Im Kloster wurden die Nonnen zu stiller Einkehr erzogen, und diese Schweigsamkeit behielten sie auch außerhalb der Klostermauern bei. Und als Nonne war Schwester Frevisse von höherer Abkunft als Ada, vielleicht sogar adlig. Für eine Frau war sie sehr groß, mit hagerem Gesicht und gepflegten, langgliedrigen Fingern. Ihre Benediktinertracht war in schlichtem Schwarz gehalten, aber weitgeschnitten und aus feingewebter Wolle gefertigt. Die

Farbe war gleichmäßig, obwohl Schwarz dafür berüchtigt ist, beim Färben Schattierungen zu hinterlassen. Unzählige kleine Knöpfe zierten die Ärmel des schwarzen Unterkleides vom Handgelenk bis zum Ellbogen. Es waren gewiß mehr Knöpfe, als zehn Frauen des Dorfes zusammen besaßen, dachte Ada. Aber abgesehen von dem Goldring an ihrem linken Ringfinger und dem am Gürtel befestigten Rosenkranz aus poliertem Edelholz besaß sie keinen Zierrat, der sich, wie Ada gehört hatte, unter Nonnen normalerweise großer Beliebtheit erfreute. Sie schien auch nicht hochmütig zu sein, sondern einfach nur müde und traurig, und Ada mochte sie dafür um so mehr.

Sie standen schweigend Seite an Seite, während das Tageslicht die letzten Schatten vertrieb und die Vögel in den Hecken zwitscherten, als kehre die Freude auf die Erde zurück, bis sich im Haus, wo für längere Zeit Stille geherrscht hatte, einige der Anwesenden zu regen begannen, um leise miteinander zu sprechen oder einem weinenden Mann Trost zu spenden. Die Zeit des Wartens war vorüber, jetzt mußte man sich der nächsten Aufgabe zuwenden und sich um die Tote kümmern. Es war eine Aufgabe, mit der jede Frau aus dem Dorf bestens vertraut war, und alle gaben ihr Bestes, denn sie wußten, daß früher oder später jeden das gleiche Schicksal erwarten würde.

Das Neugeborene gab ein Wimmern von sich und wurde beruhigt. Es schien gesund zu sein und war bereits getauft worden. Johane, die in der Nähe wohnte und selbst erst vor kurzem Mutter geworden war, hatte sich bereit erklärt, die Kleine zu stillen. Sie verfüge über genug Milch, um ein ganzes Kalb zu stillen, hatte sie gesagt. Dafür war also gesorgt.

Ada wußte, daß sie besser wieder ins Haus gehen sollte, und sie hatte sich innerlich gerade darauf vorbereitet, als jemand hinter ihr im Türeingang erschien. Sie und Schwester Frevisse traten beiseite und machten den Eingang frei. Ada dachte zunächst, es sei Schwester Claire, die das Haus verlassen wollte, da es jetzt für Nonnen nichts mehr zu tun gab. Aber es war Elyn Browster, die ins Freie trat, Cisilys Nachbarin. Sie wohnte zwei Häuser weiter, ganz am Ende des Dorfes. Obwohl sie selbst keine Kinder bekommen konnte, war Elyn bei nahezu jeder Geburt anwesend und nahm sich einen Verlust wie den jetzigen stets sehr zu Herzen; aber diesesmal schien es sie ganz besonders zu treffen. Normalerweise war sie eine energische und lebhafte Frau, aber heute waren ihre Gesichtszüge von Müdigkeit und Kummer gezeichnet. Sie wäre gewiß wortlos zwischen Ada und der Nonne aus dem Haus gegangen, wenn Ada sie nicht angesprochen hätte. »Es ist schrecklich. Wie es aussieht, nimmt Martyn es sich sehr zu Herzen.«

»Es gibt genügend, die sich seiner annehmen werden«, sagte Elyn und ging schnurstracks weiter, ohne den Blick vom Weg abzuwenden, den ihre Füße beschritten. Ada wußte, daß dies die Art und Weise war, wie Elyn ihren Schmerz zeigte. Sie war eine äußerst gefühlvolle Frau, aber sehr darauf bedacht, dies nicht nach außen zu kehren.

»Mußt du dich um Jenkyn kümmern?« rief ihr Ada hinterher.

»Ja«, antwortete Elyn, eine Frau mit breiten Hüften und müden Beinen, während sie auf dem vom Regen der vergangenen Tage aufgeweichten Wegesrand entlangschritt.

»Elyn Browster ist eine gute Frau«, sagte Ada, nicht weil sie glaubte, Schwester Frevisse müsse das unbedingt wissen, sondern um ihre Gedanken mit etwas anderem als der toten Cisily zu beschäftigen. »Jenkyn, ihr Gemahl, taugt nicht viel, und er wäre noch weniger wert, wenn es sie nicht gäbe. Die meiste Zeit muß sie die Rolle des Mannes übernehmen, weil er es nicht tut. Ich glaube nicht, daß sie sich das so vorgestellt hat, als sie ihn heiratete, aber sie hat nie ein Wort darüber verloren. Sie ...«

Ada hielt inne, als sie bemerkte, daß Schwester Frevisse sie mit einem scharfen Blick bedachte, dessen Bedeutung ihr sofort klar wurde. Sie tratschte hier mit jemandem, der solchen Dingen nicht nur kein Interesse entgegenbrachte, sondern sie am liebsten gar nicht erst hören wollte.

Während sie noch überlegte, was sie als nächstes sagen

könnte, trat Claire, die Krankenschwester, aus dem Haus. Sie war eine zierliche Frau und wirkte neben Schwester Frevisse noch schmächtiger. Sie sah genauso müde und traurig aus wie Elyn Browster, und ihre ungewöhnlich tiefe Stimme klang erschöpft, als sie das Wort ergriff. »Ich glaube, Ihr solltet jetzt besser hineingehen, Mrs. Bychurch. Pater Clement versucht gerade, Martyn Fisher zu trösten.«

Da Ada wußte, was das zu bedeuten hatte, verneigte sie sich tief vor den beiden Frauen und eilte ins Haus. Pater Clement war gewiß ein guter Priester, aber er war steif und verfügte nicht über die Gabe, Trost zu spenden. Martyn brauchte jetzt wirklichen Beistand, eine Schulter, an der er sich ausweinen konnte. Er wollte hören, wie leid es allen tat, und nicht einer Predigt über die Unsterblichkeit der Seele lauschen.

Genau wie Schwester Frevisse, wandte auch Schwester Claire ihr Gesicht dem klaren, hellen Himmel zu und atmete tief ein. Die Sonne schien jetzt stärker und durchflutete die Landschaft wie geschmolzenes Gold; die dicken Tautropfen auf dem Gras funkelten silbern.

»Die Kleine wird wohl durchkommen«, sagte Schwester Claire.

»Und die Frau, die sie stillen wird, scheint sauber und gesund zu sein.« Frevisse spendete diesen Trost mit all der Milde, über die sie verfügte. Das Kloster St. Frideswide war klein, bestand nur aus elf Nonnen und lag abgeschieden in der Landschaft Oxfordshire. Die Nonnen waren ganz auf sich gestellt und mußten daher über möglichst viele Fähigkeiten verfügen. Aus diesem Grund assistierte Frevisse seit etwa einem halben Jahr Schwester Claire bei ihrer Tätigkeit als Krankenschwester, um von ihr zu lernen. Obwohl Schwester Claire sie mit ihren Kenntnissen über Heilkräuter und Heilverfahren nach wie vor übertraf, hatte Frevisse sich wacker geschlagen. Sie tat, was immer man ihr auftrug, und war offen für jedwede Belehrung. »Du mußt versuchen«, hatte Schwester Claire ihr anfangs gesagt, »zu verstehen, was sich innerhalb und außerhalb des menschlichen Körpers abspielt und was das zu bedeuten hat. Andernfalls wirst du nie wirklich die Verletzungen oder Krankheiten der Menschen heilen können, sondern immer nur vorgeben, es zu tun.«

Im Moment verstand Frevisse etwas ganz anderes: Schwester Claire trauerte um die Frau, die für sie bis vor ein paar Stunden eine Fremde gewesen war, und deren Leben sie nicht hatte retten können. Frevisse suchte nach Worten, um Schwester Claire zu trösten, aber da ihr außer der nichtssagenden Formel ›Du hast getan, was in deiner Macht stand‹ nichts einfiel, blieb sie lieber still. Nach einer Weile seufzte Schwester Claire. »Komm jetzt«, sagte sie, »ich glaube, wir gehen besser.« Dann trat sie aus der Tür und machte sich auf den Weg in Richtung des Klosters.

Soweit es ihnen möglich war, gingen sie Seite an Seite auf dem Grasstreifen neben der aufgeweichten Straße und kamen an den letzten Häusern des Dorfes vorbei. Sie gingen sehr schnell, um sich einerseits gegen die morgendliche Kühle zu wappnen, andererseits in der Hoffnung, noch rechtzeitig zum Frühstück und zur Messe einzutreffen, nachdem sie das erste Morgengebet bereits versäumt hatten.

Der Morgentau weichte ihre Schuhe auf und benetzte die Säume ihrer schwarzen Trachten. Die beiden Nonnen hatten das letzte Haus bereits hinter sich gelassen, als sie die verzweifelte Stimme einer Frau vernahmen, die ihnen offenbar gefolgt war. »Schwestern! Ich bitte euch, kommt zurück!« Die Worte spiegelten unverhohlenes Entsetzen wider, und die beiden Nonnen machten beinahe gleichzeitig auf dem Absatz kehrt.

Elyn Browster war aus ihrem Haus, dem letzten des Dorfes, herausgetreten und stand auf der schlammigen Straße. Sie hatte die Hände in ihren Rock gekrallt, als sie auf die Nonnen einredete. »Kommt, bitte. Beeilt euch! Er ist verletzt. Er ist ...« Sie fand nicht die richtigen Worte. »Er ist ...« Sie zeigte auf den Hauseingang. »Dort. Ich kann nicht ... Er wird nicht ... Oh, bitte, meine Damen!« Ihr Finger, der eben noch zitternd auf das Haus gewiesen hatte, wanderte nun zu dem Grasstreifen neben der steinernen Türstufe. Obwohl die Stufe bereits mit schlammigen Fußabdrücken beschmutzt war, bat

Elyn die Eintretenden, ihre Füße abzutreten. Frevisse wußte, daß man sich zuweilen an Vertrautes hielt, um seine Furcht zu unterdrücken. Deshalb kam sie Elyns Aufforderung gerne nach und wischte ihre schmutzigen Schuhe an dem feuchten Gras ab, bevor sie Schwester Claire ins Haus folgte. Elyn ging als letzte hinein.

Die Fensterläden standen offen, um das Morgenlicht hereinzulassen, aber im Vergleich zu draußen wirkte der Raum insgesamt dunkel. Frevisse und Schwester Claire hielten einen Moment inne, um ihre Augen an die Dunkelheit zu gewöhnen, konnten sich aber erst nach einer Weile in dem Zimmer orientieren. Wie in den meisten Häusern des Dorfes war auch hier die Eingangstür in der Mitte der Hausfront. Zu ihrer Linken lag der eigentliche Wohnbereich. Dort standen der Herd und ein großer, schwerer Holztisch, zwei Bänke und einige verstreute Stühle. An der gegenüberliegenden Wand befand sich ein Bett mit einer großen Truhe am Fußende. Auf der rechten Seite lag der Teil, der für gewöhnlich den Tieren vorbehalten war, aber Schwester Frevisse konnte keinen entsprechenden Geruch wahrnehmen, bis sie bemerkte, daß es gar keine Ställe gab, sondern einen zweiten Raum, der durch eine Holzwand abgetrennt war.

»Er ist hier«, rief Elyn den beiden Nonnen hinterher. »Gleich dort drüben. Nur zu.« Aber sie selbst kam nicht näher, sondern blieb, wo sie war, und deutete mit dem Finger auf den Boden links von der Tür. Nein, nicht auf den Boden. Frevisses Augen hatten sich inzwischen den neuen Lichtverhältnissen angepaßt und machten im Schatten die Gestalt eines Mannes ausfindig, der mit ausgestreckten Beinen flach auf dem Rücken lag und die Arme fest an seine Seite gepreßt hielt. Abgesehen davon, daß er aussah wie jemand, der gerade zur Arbeit ging – er trug sogar eine Stoffkappe, deren Schnüre ordentlich unter seinem Kinn zusammengebunden waren –, glich die Gestalt einer aufgebahrten Leiche.

Aber der Mann lebte, denn als die beiden Schwestern sich bekreuzigten, da sie schon das Schlimmste befürchteten, vernahmen sie ein heiseres, krächzendes Atmen.

»O gnädiger Gott«, sagte Schwester Claire, machte ein paar Schritte nach vorn und kniete sich neben den Mann.

»Ist er betrunken?« fragte Frevisse.

»Er trinkt nicht viel!« erwiderte Elyn. »Und im Haus gibt es nichts, womit er sich betrinken könnte.«

»Hast du ihn so hingelegt?« fragte Schwester Claire. Ihre Hände wanderten vorsichtig über den Mann, tasteten nach Brüchen und nach dem Puls an Hals und Handgelenk.

»Er lag in dieser Stellung, als ich ihn gefunden habe. So und nicht anders.« Elyn verkrampfte ihre Hände noch fester in ihrem Rock. »Jenkyn ist ein rücksichtsvoller und vernünftiger Mann. Er ... er ist ...« Ihre Stimme klang zunehmend verzweifelter. »Bring sie nach draußen«, sagte Schwester Claire, ohne ihren Blick von Jenkyn abzuwenden.

Frevisse faßte die Frau am Arm und geleitete sie nach draußen. Elyn hatte in etwa ihre Größe und war kräftig genug, um das Leben zu meistern, aber als sie das Haus verlassen hatte, sank sie vor Schwäche auf die Türstufe nieder und neigte sich nach vorn, als verspüre sie Schmerzen. Sie zog den Rock hoch, um ihr Gesicht darin zu verbergen. »Er wird sterben, nicht wahr?« fragte sie mit gedämpfter Stimme.

»Schwester Claire wird bald Bescheid wissen.« Mehr Trost wagte Frevisse nicht zu geben. Erleichtert stellte sie fest, daß eine der Frauen, denen sie bei den Fishers begegnet war, die Straße entlangkam, um zu ihrem eigenen Haus zu gelangen, das sich gleich nebenan befand.

Gerade als Frevisse die Hand gehoben hatte, um sie herbeizuwinken, merkte die Frau von selbst, daß etwas nicht in Ordnung war. Sie wandte den Kopf, um irgend jemandem hinter der Straßenbiegung etwas zuzurufen, und ging dann schnurstracks an ihrem eigenen Haus vorbei. »Elyn, was ist mit dir? Was ist denn passiert?« fragte sie von weitem, während sie auf Elyn und Frevisse zulief.

Elyn hatte ihr Gesicht immer noch im Rock verborgen, so als schäme sie sich ihrer Tränen. »Es geht um Jenkyn. Er hat sich irgendwie verletzt.«

»Ist es schlimm?«

»Ich weiß es nicht. Er atmet sehr merkwürdig und ist nicht bei Bewußtsein.«

Zwei weitere Frauen kamen herbeigeeilt und gesellten sich zu ihnen. Eine davon war die tatkräftige und liebenswürdige Hebamme, die Frevisse schon bei den Fishers getroffen hatte.

»Alles wird gut«, sagte Ada, die gleich begriff, wie die Dinge standen, und legte Elyn den Arm um die Schulter. »Schwester Claire ist bei ihm, und sie wird alles tun, was in ihrer Macht steht. Sie kennt sich aus in diesen Dingen.«

Die anderen Frauen murmelten ihre Zustimmung, während eine von ihnen tröstend Elyns Knie tätschelte.

Frevisse hatte sich zurückgezogen, denn sie wußte, daß die Frauen aus dem Dorf mehr für Elyn tun konnten als sie selbst. Sie wandte sich erleichtert dem Türeingang zu, als Schwester Claire erschien. Doch ihre Erleichterung schwand, kaum daß sie in das Gesicht der Krankenschwester geblickt hatte. In Schwester Claires Antlitz spiegelte sich gezwungene Gelassenheit wider. »Ich brauche Euch hier drinnen, Schwester.«

Elyn hob den Kopf und wollte sich erheben. Schwester Claire gab ihr mit einer Handbewegung zu verstehen, daß sie draußen bleiben sollte. »Jetzt noch nicht. Später.« Dann richtete sie sich an die anderen Frauen. »Eine von euch sollte besser Pater Clement herbeiholen.«

Elyn entfuhr ein Schrei. Die Hebamme schlang den Arm noch fester um sie und neigte ihren Kopf, während sie Elyn tröstende Worte ins Ohr flüsterte.

Frevisse folgte Schwester Claire ins Haus. Dort war alles unverändert, nur daß das Atmen des Mannes in der Zwischenzeit noch lauter und ungleichmäßiger geworden war. Schwester Claire beugte sich über den am Boden Liegenden. »Er hat sich den Schädel gebrochen«, sagte sie unverblümt.

»Ist es schlimm?«

»Ich kann deutlich spüren, wie sein hinterer Schädelknochen nachgibt. Er ist zerschmettert, und ich kann mir denken, wie es dazu gekommen ist.« Sie deutete auf die Wand, vor der er lag – eine ganz gewöhnliche Wand aus Lehm und Flechtwerk, die zum Abschluß mit einer weißen Kalkschicht überzogen war. Ungefähr auf Augenhöhe war in dem getünchten Lehm eine handtellergroße, offensichtlich erst vor kurzem eingedrückte Stelle zu sehen.

Frevisse blickte sich in dem ordentlich aufgeräumten Zimmer um. »Worüber könnte er gestürzt sein?« fragte sie. Keines der Möbelstücke befand sich in unmittelbarer Nähe, auch die Stühle waren weit entfernt. »Glaubt Ihr, daß er betrunken war, obwohl seine Frau das Gegenteil behauptet?«

»Er riecht nicht nach Bier. Es könnte ein Anfall gewesen sein, aber es ist schwer vorstellbar, daß ihn dieser mit solcher Gewalt gegen die Wand geschleudert hat ...«

Schwester Claire sprach nicht weiter, sie scheute sich offenbar, eine andere Ursache in Erwägung zu ziehen. Auch Frevisse machte vor diesem Gedanken halt, und es vergingen einigen Minuten, in denen nur Jenkyns fürchterliches Röcheln zu hören war, bis sie das Wort ergriff. »Wann ist es passiert?«

»Das kann ich nicht sagen. Mit einer Verletzung wie dieser kann man auf der Stelle tot sein, oder erst in einer Stunde. Manche sterben erst nach einem Tag. Er kann hier nicht lange gelegen haben, denn er trägt seine Arbeitskleidung, und die Sonne ist eben erst aufgegangen.«

»Wird er es überleben?«

»Das wäre ein Wunder, denn wenn der Schädel derart verletzt ist ...«

Frevisse hörte von draußen die Stimme eines Mannes, der Elyn Mut zusprach. Sie solle auf Gottes Gnade vertrauen, sagte Pater Clement, bevor er ins Haus trat. Er brauchte einen Moment, bis sich seine Augen an das schummrige Licht im Innern gewöhnt hatten. Dann trat er auf Jenkyn zu und blieb abrupt stehen, als er den am Boden Liegenden erblickte.

»Gütiger Gott!« Pater Clement verwandelte seinen Aufschrei in einen Segen, indem er schnell das Kreuzzeichen über Jenkyn schlug.

Frevisse und Schwester Claire bekreuzigten sich ebenfalls. »Man sollte ihm die Beichte abnehmen«, empfahl Schwester Claire.

Elyn war Pater Clement in das Haus gefolgt. Ihr verzweifelter Schrei riß den Geistlichen aus seiner Erstarrung. Augenblicklich wurde Pater Clement sich seiner Rolle bewußt und verfiel in das förmliche Gehabe, das denjenigen auszeichnet, der plötzlich an seine leitende Funktion erinnert wird. »Dann wird es wohl das Beste sein, wenn ich mich darum kümmere. Ada, würdest du Elyn dort hinüberführen. Und die anderen Damen schließen sich bitte an. Betet. Ein Vaterunser, ein Ave Maria, das Glaubensbekenntnis. Und Schwester Claire und Schwester Frevisse gehen mir bitte hier zur Hand.«

Die Frauen drängten Elyn auf die andere Seite des Zimmers vor den Kamin, ließen sie auf einem Stuhl Platz nehmen und redeten leise auf sie ein. Elyn weinte jetzt fast unhörbar, und Tränen glänzten in ihrem Gesicht, als sie ihren Blick an den Frauen vorbei auf den Priester richtete. Pater Clement stellte seine Tasche ab und nahm die geweihten Gegenstände heraus – Kerzen, Salböl und all die Dinge, die er benötigte, um Jenkyns Seele dem Himmel zu überantworten. Mit der Unterstützung der Nonnen war diese Angelegenheit schnell erledigt. Das Ergebnis ließ nicht lange auf sich warten, denn als Pater Clement seine Stola zusammenfaltete und wegpackte, schöpfte Jenkyn tief Luft und atmete so geräuschvoll aus, daß er die Blicke der Anwesenden auf sich zog. Dann atmete er wieder ein, diesmal weniger intensiv, aber mit den gleichen gurgelnden Geräuschen, als er die Luft wieder ausstieß.

»Was hat er denn?« wisperte eine der Frauen.

Schwester Claire öffnete den Mund, um zu antworten, aber Pater Clement kam ihr zuvor. »Er vertreibt die Teufel, die sonst seine Seele in die Hölle gebracht hätten.«

Wieder schöpfte Jenkyn tief Luft. Elyn stöhnte und hielt sich mit zitternden Händen die Ohren zu. Jeder der Anwesenden, Pater Clement eingeschlossen, bekreuzigte sich.

Ada Bychurch hätte nie und nimmer geglaubt, daß es bei Jenkyn Browster soviel Böses auszutreiben gab. Er war ihr immer als ein ruhiger und tüchtiger Mann erschienen. Aber wer – außer Gott – kannte schon das Herz eines Menschen?

Ada wußte, daß die Situation für alle leichter zu ertragen

war, wenn sie sich irgendwie nützlich machen konnten. »Kann man ihn jetzt, da Pater Clement ihm die Beichte abgenommen hat, nicht irgendwo anders hinlegen? Wäre es nicht besser, wenn er in seinem Bett stürbe?«

»Das wird ihm gewiß nicht schaden«, stimmte Schwester Claire zu.

Ada bemerkte, daß Pater Clement der Nonne einen erbosten Blick zuwarf. Er ärgerte sich darüber, daß Schwester Claire die Erlaubnis erteilt hatte, anstatt die Entscheidung ihm und seiner ungleich größeren Autorität zu überlassen. Er hatte sich schon seit langem eine gewisse Selbstgefälligkeit zugelegt, vor allem was seine Stellung im Dorf betraf, aber die Dorfbewohner hatten sich inzwischen daran gewöhnt. Er fand stets die passenden Worte, aber aufrichtige Anteilnahme fiel ihm schwer, und er konnte es auf den Tod nicht ausstehen, wenn ihm jemand in die Quere kam.

Jetzt blickte er sich um. »Wo steckt eigentlich Pers?« fragte er, als ihm einfiel, daß zwei Männer den armen Jenkyn wohl leichter tragen könnten als einer, obwohl Jenkyn beileibe keine stattliche Erscheinung war.

Zum ersten Mal fragte sich auch Ada, wo Pers wohl steckte. Er war Jenkyns Neffe und sein Erbe. Vor zwei Jahren war er bei seinem Onkel und seiner Tante eingezogen, als sein Bruder geheiratet hatte und das Haus, das die Geschwister sich teilten, für sich und seine Frau beanspruchte. Pers hatte sich gefügt, und die Browsters hatten ihn mit Freuden aufgenommen, denn er war ein stattlicher, humorvoller junger Mann, der überall dort Hand anlegte, wo es etwas zu tun gab. Im Haus der Browsters war genügend Platz, seit sie vor einigen Jahren das Nachbargrundstück gekauft und dort einen Viehstall errichtet hatten, so daß sie die Tiere nicht mehr im eigenen Haus unterbringen mußten. In diesem hatte Jenkyn auf Elyns Drängen eine neue Wand gezogen und auf diese Weise einen zusätzlichen Raum geschaffen, der zunächst als Lager diente, bis Pers bei ihnen einzog. Und wo steckte nun dieser Pers, als die letzte Stunde seines Onkels geschlagen hatte?

»Er ist nicht … hier«, antwortete Elyn schluchzend.

»Aber wo ist …«, begann Pater Clement, hielt aber sogleich inne, weil ihm etwas einfiel. Ada hatte den gleichen Gedanken.

Gestern war Mittsommerabend gewesen, und Pers war gewiß mit den anderen jungen Leuten im Ort in die Wälder gezogen, hatte Feuerholz gesucht und später am Freudenfeuer getanzt.

»Wahrscheinlich ist er bei den Pollards«, sagte Ada. »Er arbeitet dort seit einigen Tagen, weil es hier im Moment nichts zu tun gibt. Außerdem hat er ein Auge auf Pollards Tochter Kate geworfen.«

»Und sie auf ihn«, fügte Mary Cedd, eine der anderen Frauen, hinzu. »Ganz bestimmt ist er dort. Ich werde ihn holen.«

Sie ging. Mit Adas Hilfe hob Pater Clement Jenkyn hoch, und gemeinsam trugen sie den Bewußtlosen zu seinem Bett an der gegenüberliegenden Wand. Schwester Claire stützte seinen Kopf. Sein Atem ging nun stoßweise, und die mit Stroh gefüllte Matratze knisterte unter dem Gewicht seines Körpers, als Ada und der Priester ihn auf dem Bett niederlegten. Schwester Claire bettete seinen Kopf so sanft wie nur irgend möglich auf das Kissen.

Jenkyn holte noch einmal tief Luft. Dann hörte er auf zu atmen.

Totenstille erfüllte den Raum. Niemand rührte sich. Alle Blicke richteten sich auf Jenkyn, und jeder wartete darauf, daß seine Atmung wieder einsetzte. Sie warteten und warteten, bis sie endlich begriffen, daß es vorbei war.

Aber plötzlich zog er mit einem gurgelnden Geräusch wieder Luft in seine Lungen, die er dann beinahe explosionsartig wieder ausstieß.

»Ich habe schon mal miterlebt, wie ein Mann an einem gebrochenen Schädel stirbt«, verkündete Schwester Claire mit bemerkenswert ruhiger Stimme. »Die Atmung hört plötzlich auf und stellt sich dann wieder ein, aber die Atemzüge werden immer kürzer, bis sie endgültig aufhören.«

Elyn seufzte und verbarg das Gesicht in den Händen. Ada murmelte etwas, das wie eine Mischung aus Gebeten und Zaubersprüchen klang, und bekreuzigte sich. »Komm, setz dich zu ihm«, sagte sie zu Elyn und legte ihr den Arm um die Schulter.

Ohne die Hände vom Gesicht zu nehmen, schüttelte Elyn den Kopf.

Für Ada war das nichts Neues – die Vorstellung, daß man das Unausweichliche in Schach halten konnte, indem man einfach nicht tat, was von einem erwartet wurde. Bevor sie Elyn von der Unsinnigkeit dieses Verhaltens überzeugen konnte, das auf lange Sicht keinen Trost brachte, ergriff Pater Clement das Wort. »Du mußt auf Gottes Gnade vertrauen, Elyn. Wir alle sind in Gottes Hand und müssen begreifen, daß er uns jederzeit und unvorbereitet vor seinen Richterstuhl berufen kann. ›Ihr kennt weder den Tag noch die Stunde.‹ Allein Gottes Wille entscheidet und …«

»Vielleicht handelt es sich in diesem Fall aber nicht um Gottes Willen«, sagte Schwester Frevisse. Sie war die ganze Zeit über so schweigsam gewesen, daß Ada schon geglaubt hatte, die Nonne spreche im stillen ein Gebet für Jenkyns Seele. Jetzt betrachtete sie die Wand, wo Jenkyns sich den Kopf eingeschlagen hatte.

»Was wollt Ihr damit sagen, Schwester?« fragte Pater Clement verärgert, denn er war es nicht gewohnt, daß man seinen Redefluß unterbrach.

Frevisse nahm von diesem unterschwelligen Vorwurf keine Notiz, als sie antwortete. »Seht Euch die Wand an. Jenkyn ist nicht besonders groß, er ist sogar kleiner als ich.« Das entsprach der Wahrheit; Jenkyn war kleiner als seine Frau, und Schwester Frevisse überragte ihn um eine Kopflänge. »Aber seht Euch die Stelle an, wo er sich den Kopf gestoßen hat.« Sie deutete auf die Delle in der Wand. »Die Stelle befindet sich ungefähr dort, wo ich mich gestoßen hätte, wenn ich gegen die Wand gestürzt wäre. Und ich hätte sehr energisch stürzen müssen, über irgendeinen Gegenstand zum Beispiel, um die Mauer auf diese Weise zu beschädigen. Aber selbst dann dürfte die Delle nicht auf Kopfhöhe sein, sondern tiefer, weil ich ja gestürzt wäre. Falls Jenkyn tatsächlich mit dem Kopf gegen die Wand geschlagen ist, dann müßte die Delle *tiefer* sein, als es hier der Fall ist. Folglich kann er nicht gegen die Wand gestürzt sein.«

»Er ist nicht gestürzt?« wiederholte Pater Clement ihre offenbar groteske Behauptung. »Aber wie soll er sich denn dann den Kopf an der Wand eingeschlagen haben?«

»Er muß auf etwas gestanden haben und hinuntergestürzt sein«, sagte Ada prompt.

Etwas zu vorschnell, denn sie erkannte gleich, wo der Haken an der Sache war. Schwester Frevisse hatte den gleichen Gedanken. »Auf was soll er denn gestanden haben? In der unmittelbaren Nähe der Wand steht doch gar nichts, worauf er hätte klettern können. Es sei denn – Elyn, hast du irgend etwas verrückt, als du hereingekommen bist?«

Elyn starrte sie an. »Nein«, antwortete sie unsicher. Sie überlegte einen Moment. »Ich kam hinein und rief nach Jenkyn. Als ich keine Antwort erhielt, dachte ich, er wäre schon zur Arbeit gegangen. Dann öffnete ich überall die Fensterläden, um ein wenig Licht in die Stube zu lassen, und fand ihn erst, als ich den Fensterladen öffnen wollte, in dessen Nähe er lag. Ich habe nichts verändert.« Ihre ursprüngliche Unsicherheit war verschwunden. »Nein, alles ist so, wie ich es heute morgen vorgefunden habe.«

»Dann ist er nicht gegen die Wand gestürzt«, sagte Schwester Frevisse.

»Aber gewiß doch«, entgegnete Pater Clement. Er wurde zusehends ungehaltener und machte aus seinem Ärger keinen Hehl mehr. »Da ist die Stelle, an der Jenkyn sich den Kopf gestoßen hat. Diese Delle in der Wand war noch nicht da, als ich gestern hier vorbeigeschaut habe. Was gibt es denn sonst für eine Erklärung?«

»Irgend jemand könnte ihn gestoßen haben.«

Die Antwort auf diese Feststellung bestand zunächst in überraschtem Schweigen, bis Pater Clement seine Stimme erhob. »Völliger Unsinn!«

»Wie denn sonst?« fragte Schwester Frevisse.

»Aber es war doch niemand hier«, protestierte Elyn. »Er hält nichts von den Mittsommerwanderungen. Wir sind daheim geblieben, und er lag schon im Bett, als ich zu Cisily gerufen wurde.«

»Aber jetzt ist er vollständig angekleidet und trägt sogar seine Kappe, die er nur aufsetzt, wenn er das Haus verläßt«, betonte Schwester Frevisse.

»Wir haben doch Mittsommer, und da geht er immer in aller Frühe aufs Feld, um Disteln zu schneiden.«

Weil Disteln, die vor dem Mittsommertag geschnitten werden, dreimal so schnell nachwachsen, warteten geduldige Männer bis zu diesem Zeitpunkt.

»Aber dazu ist Jenkyn nicht mehr gekommen«, sagte Pater Clement. »Gottes Hand …«

»… hat ihn gewiß nicht gegen die Wand geschleudert«, fuhr Schwester Frevisse dazwischen. Pater Clements Miene verdüsterte sich augenblicklich, aber die Nonne ließ sich nicht aus dem Konzept bringen. »Als wir hereinkamen, waren auf der Eingangsstufe die schmutzigen Fußabdrücke eines Mannes zu sehen, einer neben dem anderen, als ob dort jemand gestanden und an die Tür geklopft hat.«

»Es könnten aber auch Jenkyns Fußabdrücke sein«, entgegnete Pater Clement. »Er könnte nach draußen gegangen sein, um zu sehen, wie das Wetter wird.«

Selbst wenn er das getan hätte, dachte Ada, wäre Jenkyn doch bestimmt nicht so dumm gewesen, seine Schuhe und die Stufe vor der Haustür schmutzig zu machen. Aber Schwester Frevisse konterte den Einwand des Priesters auf andere Weise. »Seine Schuhe sind gar nicht beschmutzt.«

»Das sind auch seine Hausschuhe«, sagte Elyn, die froh war, daß sich das Gespräch um Dinge drehte, von denen auch sie etwas verstand. »Seine Hausschuhe macht er nie schmutzig. Draußen trägt er andere Schuhe, und die stehen immer vor der Hintertür.«

Ada blickte zu der Tür, die zum Garten hinter dem Haus führte. »Da stehen aber keine Schuhe.«

Elyn riß sich von den Frauen los, die sich um sie geschart hatten, machte ein paar unsichere Schritte auf die Hintertür zu und starrte auf die Stelle, an der Jenkyn normalerweise seine Schuhe stehenließ. »Wo sind sie?« fragte sie verwirrt. »Sie stehen doch sonst immer hier.« Dann kam ihr ein Gedanke. »Jemand muß sie weggenommen haben! Irgend jemand hat sie gestohlen!«

Ada ging zu Elyn hinüber, um ihr diesen Gedanken auszureden. »Es ist gut möglich, daß die Schuhe woanders stehen. Du kennst doch die Männer. Sie werfen die Schaufel in die Rübenkiste, anstatt sie dorthin zu hängen, wo sie eigentlich hingehört. Wir werden die Schuhe suchen, irgendwo müssen sie ja sein. Komm jetzt, Elyn, setz dich zu Jenkyn ans Bett und sag ihm Lebewohl.«

Aber Elyn blieb wo sie war und beharrte auf ihrem Standpunkt. »Er würde seine Schuhe niemals woanders hinstellen. Wo sollte er sie denn hintun? Er hat sie immer dort hingestellt. Sie sind weg, das sage ich euch. Irgend jemand ist hiergewesen und hat die Schuhe mitgenommen!« Dieser Gedanke schien sie zu alarmieren. »Unser Geld!« Sie stürzte zum Herd, bückte sich schwerfällig und lockerte mit geübten Fingern einen der Steine.

Warum bilden wir uns ein, das sei ein günstiger Ort, um Gegenstände zu verstecken? fragte sich Ada. Viele Leute wählten dieses Versteck, sie selbst eingeschlossen, wenn etwas Geld übrigblieb, das nicht sofort ausgegeben wurde. Das war kein großes Geheimnis.

»Nein«, rief Elyn erleichtert, als ihre Hand die kleine Tasche fand, die in der Mulde verborgen war. »Es ist noch alles da.« Sie setzte den Stein wieder in die Öffnung und hielt einen Moment inne. »Aber der Stein liegt falsch herum. Seht euch das an.« Elyns Stimme klang irgendwie verändert.

»Das war sicher Jenkyn«, sagte Ada.

»So etwas hätte er nie getan.« Elyn erhob sich schwerfällig und blickte sich verzweifelt im Zimmer um. »Hier muß ein Einbrecher gewesen sein. Er hat Jenkyns Schuhe gestohlen und war hinter unserem Geld her!«

»Aber er hat es nicht genommen«, entgegnete Pater Clement. »Du mußt dich beruhigen. Niemand ist hiergewesen. Ein Dieb würde niemals das Geld dalassen.«

Mit weit aufgerissenen Augen wandte Elyn sich an den Priester. »Ich habe ihn verscheucht, bevor er das Geld nehmen konnte! Er hat Jenkyn verletzt, aber als er mich kommen hörte, ist er davongelaufen! Er muß hiergewesen sein, als ich nach Hause kam!«

»Selbstverständlich!« rief Ada, die sofort begriff, was Elyn meinte. »Und dann hat er das Haus durch die Hintertür verlassen. Als er dich am Vordereingang hörte, ist er durch den Hintereingang entschwunden!«

Sie machte sich auf in Richtung Hintertür, mit den Frauen und Pater Clement im Gefolge. Aber Schwester Frevisse stellte sich ihnen in den Weg und hinderte sie mit ausgebreiteten Armen am Weitergehen. »Was immer passiert sein mag, er ist längst weg, und ihr zerstört die Spuren, die er möglicherweise hinterlassen hat. Ich werde nachsehen, ob ich irgend etwas finden kann.«

Der Anflug von Entrüstung, den Ada empfand, löste sich in Nichts auf, als sie Pater Clements Gesicht sah. Zuerst schien er bloß überrascht zu sein, aber als ihm bewußt wurde, daß eine Frau – noch dazu eine Nonne – sich anmaßte, ihm vorzuschreiben, was er zu tun oder zu lassen habe, stieg ihm die Zornesröte ins Gesicht. Aber bevor er etwas entgegnen konnte, war Schwester Frevisse schon verschwunden. Ada drängte sich an ihm vorbei und steckte den Kopf aus der Tür, um zu sehen, was die Nonne vorhatte. Als er sich wieder einigermaßen gefaßt hatte, machte Pater Clement auf dem Absatz kehrt und kümmerte sich um Elyn.

Frevisse plagten keine Gewissensbisse, weil sie Pater Clements Pläne durchkreuzt hatte, und sie kümmerte sich auch nicht um das, was die anderen Frauen von ihr denken mochten. Sie stand auf der Stufe des Hinterausgangs und ließ den Blick über den Garten schweifen, der sich von der Hintertür bis zu einem Zaun aus geflochtenen Weidenruten erstreckte. Der Garten war lang und schmal, genau wie der Fußweg, der von der hinteren Tür durch dichtbewachsene Erbsen- und Bohnenbeete führte. Frevisse suchte den Weg nach irgendeinem verlorenen Gegenstand oder Fußabdrücken ab, konnte aber rein gar nichts entdecken.

Das Törchen am Ende des Weges war vergleichsweise neu, und ein Lederriemen diente als Verschluß. Es stand einen Spaltbreit offen, weit genug, um eine schlanke Person mühelos hindurchzulassen. Zwischen dem Spalt hatte eine Spinne ihr Netz gespannt, auf dem Tautropfen silbern glitzerten.

Aus dem Stall, dem man ansah, daß er vor noch nicht allzu langer Zeit als Wohnhaus gedient hatte, tönte das klagende Muhen einer Kuh, die nicht gemolken worden war. Hühner gackerten aufgeregt in ihrem Gatter und scharrten mit den Füßen. Frevisse blieb, wo sie war, und inspizierte den schlammigen Hof, bevor sie ins Haus zurückkehrte.

Die beiden Dorffrauen machten keinen Hehl daraus, daß sie die Nonne beobachtet hatten. Als Schwester Frevisse näher kam, traten sie schnell den Rückzug an, und Frevisse folgte ihnen ins Haus. Dann berichtete die Nonne, was sie herausgefunden hatte.

»Im Garten gibt es keine Hinweise, aber hinter dem Türchen zum Stallhof habe ich eine Reihe von Fußabdrücken entdeckt. Der Größe nach zu urteilen stammen sie von einem Mann. Sie sind deutlich zu erkennen, müssen also einigermaßen frisch sein, und führen direkt zum äußeren Tor. Dieses und das Türchen zum Garten stehen offen«, fügte sie mit einem fragenden Seitenblick auf Elyn hinzu.

Elyn schüttelte energisch den Kopf. »Wir lassen sie nie offenstehen. Sie sind immer geschlossen.«

»Dann hat er gewiß diesen Weg genommen!« erklärte die Hebamme. »Erst den Feldweg entlang und dann in die Wälder hinein! Wir müssen einen Suchtrupp zusammenstellen!«

Wenn ein Dorf es versäumte, im Falle eines Verbrechens sofort einen Suchtrupp aufzustellen, dann drohte den Dorfbewohnern eine saftige Strafe. Aus diesem Grunde – und weil es vielen Leuten Vergnügen bereitete, einen Verbrecher zu jagen – gab es nie Probleme, einen solchen Trupp zusammenzustellen. Aber zu so früher Stunde und dann noch am Tag nach den Mittsommer-Feierlichkeiten war es gewiß nicht leicht, die männlichen Dorfbewohner aus den Betten zu holen.

Frevisse registrierte mit einer gewissen Schadenfreude, daß sich die Frauen und Pater Clement um derlei Dinge nicht scherten. Sie hatten die ganze Nacht kein Auge zugetan, und das war gewiß nicht auf die Feier zurückzuführen. Nach einer kurzen Unterredung und dem zustimmenden Nicken der Hebamme machten sich Pater Clement und eine der Frauen auf den Weg, und innerhalb kürzester Zeit war die ganze Umgebung vom Geschrei und Gezeter des Suchtrupps erfüllt.

Die Hebamme hatte sich inzwischen wieder zu Elyn umgedreht und ihr den Arm um die Schulter gelegt. »Jetzt solltest du aber an der Seite deines Mannes ein Gebet sprechen«, sagte Ada. »Komm, setz dich ans Fußende des Bettes.«

Mit nach vorn geneigtem Kopf und hochgezogenen Schultern sank Elyn auf den nächstbesten Stuhl. Die Arme hatte sie fest um ihren Leib geschlungen. »Er wird sterben«, murmelte sie mit gebrochener Stimme. »Pater Clement hat getan, was zu tun war. Meine Gebete haben doch gar keinen Sinn mehr, oder?«

Ada fiel keine Antwort ein, die in Elyns Ohren auch nur halbwegs vernünftig geklungen hätte. Selbst die Nonnen, deren Gesichtsausdruck tiefempfundenes Mitleid widerspiegelte, brachten kein Wort heraus. Das einzige Geräusch, das den Raum erfüllte, war Jenkyns laut rasselndes Atmen. Nach einer Weile schloß Elyn die Augen und begann, sich stumm hin und her zu wiegen. Ada blieb nichts anderes übrig, als sich danebenzustellen, um nötigenfalls weiteren Trost zu spenden.

Schwester Frevisse begab sich zu Schwester Claire. Sie steckten die Köpfe zusammen und tuschelten eine Weile, bis Schwester Frevisse zur Seite trat. Sie ging ans andere Ende des Zimmers und bedeutete Ada näher zu treten. Da Elyn im Moment mit sich selbst beschäftigt war und nichts um sie herum wahrzunehmen schien, kam Ada der Aufforderung nach. Sie war neugierig und ein wenig besorgt, weil sie nicht wußte, was die Nonne von ihr wollte.

Die Besorgnis erwies sich als ungerechtfertigt, denn Schwester Frevisse wollte nur ein bißchen mit ihr tratschen. Daran fanden also sogar Nonnen Gefallen, dachte Ada, als Frevisse im Flüsterton mit ihr sprach; offenbar sollte Elyn nichts davon mitbekommen. »Hier schien doch bis vor kurzem alles in Ordnung gewesen zu sein; schrecklich, daß es zu so etwas kommen mußte. Waren die beiden glücklich miteinander?«

Ada dachte darüber nach. Nach so vielen Ehejahren war es nicht mehr entscheidend, ob die Beziehung glücklich oder unglücklich genannt werden konnte. Wichtig war, daß man sich bemühte und zusammenraufte. Und das hatten Elyn und Jenkyn gewiß getan, dachte Ada. »Ja, sie kamen gut miteinander aus«, sagte sie schließlich. Getrieben von dem Wunsch, nicht andauernd an Jenkyns entnervendes Röcheln denken zu müssen, fuhr sie fort: »Und das war zum größten Teil Elyns Verdienst. Jenkyn ist – war – ist« – es war nicht einfach, in dieser Situation die richtigen Worte zu finden – »ein so bequemer Mensch, daß er von allein wohl nie auf die Idee gekommen wäre zu heiraten. Aber sie hat Gefallen an ihm gefunden und sich ein Herz gefaßt, vor fünfzehn Jahren ...« Sie hielt inne, um einen Moment bei dem Gedanken zu verweilen. »Nein, eher vor zwölf Jahren. Oder dreizehn.«

»Eine lange Zeit«, sagte Schwester Frevisse.

Ada nickte mit dem Kopf. »Ja, das stimmt. Elyn fand an ihm Gefallen, obwohl ihr Vater Zweifel hatte und ihre Mutter glaubte, sie könnte eine bessere Partie machen. Aber Elyn wußte, was sie wollte, und schleppte Jenkyn vor den Traualtar. Danach ging es ihnen gut. Dafür hat in erster Linie Elyn gesorgt, und das ist nicht nur meine Meinung. Jeder hier im Dorf wird das bestätigen können. Aber Jenkyn ist ihr auch stets ein guter Ehemann gewesen.«

Elyn saß immer noch mit geschlossenen Augen und um den Leib geschlungenen Armen auf ihrem Stuhl. Ada ließ sie nicht aus den Augen, als sie weitersprach. »Mit der einzigen

Ausnahme, daß sie keine Kinder hatten, und das ist jammerschade, denn Elyn hat sich immer welche gewünscht. Und sie hätte damals auch noch Kinder kriegen können, als sie Jenkyn drängte, sich um das brachliegende Nachbargrundstück zu kümmern. Dort wollte sie die Tiere halten, damit sie in diesem Haus hier mehr Platz hätten. Aber die Kinder kamen nicht, und ihre ganze Aufmerksamkeit galt fortan nur noch Jenkyn. Er hätte sich damit zufriedengegeben, in einer Scheune zu schlafen und gerade soviel zu arbeiten, daß es zum Leben reichte. Aber sie war die treibende Kraft, und das hat ihnen beiden nur Gutes gebracht. Selbstverständlich war Pers eine große Hilfe, als er vor zwei Jahren hier einzog, um mit ihnen zu leben. Elyns Tatkraft waren eben gewisse Grenzen gesetzt, solange sie mit einem Mann zusammenlebte, der nicht« – Ada suchte die passenden Worte – »besonders groß und stark war. Und auch nicht mehr so jung wie früher.«

»Pers ist der Neffe, von dem im Augenblick niemand weiß, wo er steckt?« fragte Schwester Frevisse.

»Nein, nein. Wir wissen schon, wo er sich herumtreibt. Er ist bei den Pollards und hofiert deren Tochter Kate.« Ada schmunzelte bei dem Gedanken daran. »Es wird nicht lange dauern, bis die beiden ein Paar sind. Sie passen wirklich gut zueinander.«

»Aber Pers ist nicht erbberechtigt, falls Jenkyn stirbt, oder?« fragte Schwester Frevisse.

»Nein. Das ganze Erbe geht auf Elyn über. Obwohl Pers wahrscheinlich so lange hierbleiben wird, bis er heiratet. Aber da er vorhat, mit Kate Pollard den Bund fürs Leben zu schließen, braucht er sich um seine Zukunft keine Sorgen zu machen. Kate ist eine gute Partie, denn sie ist das einzige Kind der Pollards und wird irgendwann einmal den gesamten Besitz erben.«

»Aber Pers verfügt nicht über ein eigenes Erbteil?«

»Nicht, solange Elyn lebt, und sie ist Gott sei Dank noch sehr rüstig«, erwiderte Ada. Als sie einen Blick über Schwester Frevisses Schulter warf, erkannte sie Pater Clement, der die beiden Frauen mit seinen dunklen Augen fixierte. Ada wußte, daß sie tratschte, empfand aber keine Schuldgefühle dabei. Und die Nonne, die ihr ganzes Leben hinter Klostermauern verbrachte, hatte gewiß nicht oft Gelegenheit, sich so zwanglos zu unterhalten.

Doch bevor sie das Gespräch wieder aufnehmen konnte, wurde die Vordertür mit einem heftigen Schlag aufgestoßen, und fünf Männer stürmten in den Raum. Elyn, die bis jetzt in ihrer Trauer versunken war, sprang abrupt auf und stieß vor Schreck einen Schrei aus. Ada trat hastig auf sie zu, um sie zu stützen. Dann wandte sie sich verärgert an die Eindringlinge. »Will! Nab! Und ihr übrigen auch! Hier liegt ein Mann im Sterben. Habt ihr den Verstand verloren?«

Verlegen blieben die Männer stehen. »Verzeihung«, murmelte Will. »Tut uns aufrichtig leid. Man hat uns nur gesagt, wir sollten schleunigst hierherkommen und …«

»Ja, ja«, stimmte Dickson zu. »Meine Frau sagt, es würde ein Suchtrupp zusammengestellt. Also, in welche Richtung sollen wir ausschwärmen?«

»Hinten raus. Dort. Nur zu.« Ada brachte sie zur Hintertür. »Im Hof gibt es Fußabdrücke, das ist eure Spur.«

»Ich werde die anderen holen«, sagte Nab und ging zur Vordertür hinaus. Will und die anderen bekreuzigten sich schnell, als sie an Jenkyns Bett vorbeigingen. Ihren Mienen war deutlich zu entnehmen, daß ihnen Jenkyns Aussehen und sein merkwürdiges Atmen nicht geheuer waren.

Pater Clement folgte ihnen nach draußen, um dem Suchtrupp seinen Segen zu erteilen. Jetzt waren im Zimmer nur noch Jenkyns unstetes Atmen und die gedämpften Stimmen der Männer zu hören, die sich schon im Hof eingefunden hatten. Plötzlich klopfte es einmal kurz an der Vordertür, und zwei Männer traten ins Zimmer. Der eine war ein älterer Herr mit massigem Brustkorb, der andere ein hochgewachsener Jüngling, der beim Eintreten den Kopf einziehen mußte.

»Du bist ganz schön spät dran, Tom Pollard«, sagte Ada vorwurfsvoll. »Geh schnell wieder nach draußen, sonst ziehen sie ohne dich los.«

»Du brauchst mich nicht anzutreiben, Ada«, knurrte Pollard, bevor er sich an Elyn wandte und sein Beileid bekundete. Dabei ließ er seinen abschätzenden und neugierigen Blick durch das Zimmer schweifen. Das war typisch für Tom Pollard, dachte Ada. Eine Hand am Pflug und in Gedanken schon bei der Ernte. »Du bleibst besser hier, Pers«, sagte er. »Bei deinem Onkel und bei deiner Tante. Sie wird deine Hilfe nötig haben. Wir sind genug Männer und brauchen dich nicht bei der Suche.« Pers' Gesichtsausdruck war deutlich zu entnehmen, wie sehr es ihm widerstrebte zurückzubleiben. Ada konnte es ihm nicht verdenken. Er war gerade mal sechzehn Jahre, und das ist nicht das richtige Alter, um jemandem beim Sterben zuzusehen. Aber er blieb, und Pollard ging, als das Stimmengewirr vor dem Haus lauter wurde. Pater Clement hatte seinen Segen erteilt, und der Suchtrupp setzte sich in Bewegung.

Ein wenig zögernd blickte Pers sich in dem Zimmer um, dann trat er verunsichert an das Bett seines Onkels.

»Er kann uns nicht mehr wahrnehmen«, sagte Schwester Claire sanftmütig. »Ich glaube nicht, daß er etwas spürt.«

Pers nickte, ohne sie anzusehen. Er starrte wie gebannt auf seinen Onkel, und die anfängliche Besorgnis wich allmählich einem immer stärker werdenden Entsetzen, als er das rasselnde, stoßweise Atmen des Sterbenden vernahm, das mit jedem Atemzug schwächer zu werden schien. Schwester Claire versuchte ihm gerade zu erklären, daß die merkwürdige Atmung mit dem gebrochenen Schädel in Zusammenhang stand, als Pater Clement wieder ins Haus kam. Er hatte Pers sogleich erkannt, trat auf ihn zu und legte ihm die Hand auf den Arm. »Mein aufrichtiges Beileid. Die Männer sind schon unterwegs. Sie werden alles tun, um dieses Unrecht zu sühnen.«

Pers nickte stumm, ohne seinen Onkel aus den Augen zu lassen. Jenkyns Atmung wurde immer schwächer, dann setzte sie ganz aus. Bedrückende Stille legte sich über den Raum, alle standen reglos da und warteten. Dann hob sich Jenkyns Brust plötzlich wieder, und er atmete schwerfällig ein. Aber jeder Atemzug war schwächer als der vorherige.

Elyn fiel auf ihrem Stuhl immer mehr in sich zusammen. Pers riß sich schließlich von Pater Clement los. »Ich kümmere mich lieber um die Tiere«, sagte er mit erstickter Stimme. »Clover muß gemolken werden. Ich bin gleich zurück.«

Ohne auf eine Antwort zu warten, verschwand er durch die Hintertür. Frevisse wartete, bis Pater Clement sich über Jenkyns beugte und ein Gebet sprach, ehe sie Pers leise nach draußen folgte.

Die Sonne stand inzwischen über den Hecken, und der Himmel war wolkenlos. Genau der richtige Tag, um das Heu einzufahren. Dort, wo die Sonnenstrahlen noch nicht hingelangt waren, glitzerten Tautropfen im Gras. Obwohl er es kaum hatte erwarten können, das Haus zu verlassen, war Pers nur bis zum Ende des Gartens gegangen, hielt sich am Törchen fest und ließ seinen Blick in die Ferne schweifen. Frevisse folgte ihm auf leisen Sohlen und stellte sich neben den Jungen. Er warf ihr einen kurzen Blick zu und nickte mit dem Kopf. Keiner von ihnen brachte ein Wort heraus, sie standen einfach da und blickten in die Ferne. Frevisse bemerkte gleich, daß der Suchtrupp die Fußspuren unbrauchbar gemacht und das äußere Tor offengelassen hatte. Irgend jemand hatte sich allerdings die Mühe gemacht, das Gartentor wenigstens ein Stückchen zu schließen, und die Spinne begann erneut, ihr Netz zu spinnen. Im Moment spannte sich nur ein einziger Faden über den Spalt, aber der nächste sollte gleich folgen. Schwester Frevisse beobachtete die Tätigkeit der Spinne, bevor sie sich an Pers wandte. »Die Sache mit deinem Onkel tut mir sehr leid. Es ist schlimm, daß wir nichts mehr für ihn tun konnten.«

»Dann stimmt es also, was alle sagen. Gibt es wirklich keine Hoffnung mehr?«

»Ich fürchte, nein.«

Pers atmete tief ein und seufzte. »Er ist immer gut zu mir gewesen.«

»Er wäre gewiß sehr stolz auf dich, wenn er wüßte, daß du dich um deine Tante kümmern und nach ihr das Erbe antreten wirst.«

»O ja«, antwortete Pers, als sei dieser Gedanke völlig neu für ihn.

»Aber deine Tante wird hier zweifellos das Sagen haben, solange sie lebt.«

»Ja, das wird sie!« bekräftigte Pers.

»Und du wirst ihr weiterhin hilfreich zur Seite stehen.«

»Gewiß doch. So muß es sein«, antwortete Pers, der in Gedanken ganz woanders war. »Ich hätte mich doch dem Suchtrupp anschließen sollen, auch wenn Pollard anderer Meinung war. Ich würde den Kerl, der das hier getan hat, zu gerne in die Finger kriegen!«

»Sie werden ihn hierherbringen, falls sie ihn erwischen.«

»Allerdings, *falls* sie ihn erwischen. Aber es ist nicht weit bis zum Wald, und wenn er tatsächlich dorthin gelaufen ist, dann werden sie ihn vielleicht nie finden. Dieser dreckige Mistkerl verschwindet einfach, während mein Onkel stirbt!« Erst jetzt wurde Pers bewußt, daß er mit einer Nonne sprach. »Oh, ich bitte um Verzeihung, Schwester.«

Frevisse war nicht geneigt, ihm daraus einen Vorwurf zu machen. »Glaubst du, daß es sich so abgespielt hat? Ein Fremder kommt hier vorbei und nutzt die Gelegenheit, um einen Diebstahl und einen Mord zu begehen?«

Er blickte sie fragend an. »Wie sollte es sonst gewesen sein? Es gibt hier niemanden, der meinem Onkel etwas antun würde. Er hat sich nie mit jemandem gestritten, und niemand hat sich mit ihm gestritten.«

»Auch nicht seine Frau?«

»Tante Elyn?« Pers ließ sich die Frage durch den Kopf gehen. »Sie hat sich vielleicht mal mit einem Nachbarn gezankt, aber niemals mit ihm. Dazu hat er ihr auch nie einen Grund gegeben; er machte immer genau das, was sie von ihm verlangte.«

»Und wirst du in Zukunft auch so verfahren? Tun, was sie verlangt?«

Pers errötete leicht. »Eine Zeitlang schon«, antwortete er zögernd. »Aber ich werde bald heiraten.« Er versuchte, seine Freude darüber zu verbergen, aber das gelang ihm nicht. »Kate und ich haben uns gestern nacht dazu entschlossen.

Aber verratet es bitte nicht! Niemand weiß bisher von unseren Plänen. Wir wollen es heute ihrem Vater sagen. Nun ja, ob er damit einverstanden ist. Aber das ist er bestimmt, und freuen wird er sich auch, da sind wir uns ganz sicher.«

Seine Freude war ihm deutlich anzusehen, und sie verdrängte im Moment den Zorn und die Trauer, die in seinem Innern loderte. Pers war noch jung, und der Tod war in seinen Augen ein Schicksalsschlag, den andere erleiden mußten, nicht er oder seine geliebte Kate. Frevisse mußte unwillkürlich an Martyn Fisher denken, der vor einem Jahr sicher das gleiche gedacht hatte, und nun um seine tote junge Frau weinte.

»Ich werde es niemandem verraten«, versprach Schwester Frevisse. Dann wandte sie ihre Aufmerksamkeit wieder der Spinne zu, die ihr Netz zwischen dem Tor und dem Pfosten spannte. Es war eine hübsche Spinne, goldbraun und beinahe so groß wie ihr Fingernagel. Die Kreatur hatte den Rahmen ihres Netzes beinahe fertiggestellt. Als nächstes würde sie den spiralförmigen Mittelteil in Angriff nehmen. Die Spinne arbeitete schnell und präzise, getrieben von dem Wunsch nach Beute und aus Angst, ihr Werk könnte durch die Kräfte der Außenwelt wieder zunichte gemacht werden.

Aus dem Stall drang das Muhen der Kuh, und Pers streckte seine Hand nach dem Törchen aus, um es zu öffnen und hindurchzugehen. Aber Frevisse hielt ihn zurück. »Geh außen herum«, sagte sie. »Oder steig über den Zaun.« Pers blickte sie verständnislos an und nötigte Frevisse zu einer Erklärung. »Ich beobachte die Spinne«, sagte die Nonne.

Pers machte einen Schritt zurück. »Oh, ja«, entgegnete er, konnte aber offenkundig keinen Sinn in den Worten der Schwester finden. »Aber ich muß mich um die Tiere kümmern, und das hier ist der einzige Weg zum Stall.«

»Steig doch einfach über den Zaun.«

»Er ist zu hoch, um hinüberzuspringen, und wenn ich hinaufklettere, wird er zusammenbrechen«, erklärte Pers so ausführlich, als wäre Schwester Frevisse ein wenig zurückgeblieben. Aber natürlich hatte er recht. Der Zaun war tatsächlich zu hoch, um hinüberzuspringen, und das Weidengeflecht würde höchstens dem Gewicht eines kleinen Kindes standhalten.

»Dann geh zurück zum Haus, durch die Vordertür raus und außen herum«, sagte Frevisse. »Ich beobachte derweil die Spinne.«

Pers verneigte sich und ging. Er wunderte sich über das Verhalten der Nonne, wagte aber nicht, ihr zu widersprechen. Immerhin gehörte das halbe Dorf dem Kloster, vielleicht sogar der Besitz der Browsters. Diese Tatsache verlieh Schwester Frevisse in Pers' Augen eine gewisse Autorität, obwohl sie eine Frau war. Eine Autorität, die Frauen normalerweise nicht zustand, erst recht nicht gegenüber Männern. Elyn war eine Ausnahme gewesen, denn in ihrer Ehe mit Jenkyn hatte sie sich stets als die Stärkere erwiesen, obwohl selbst das auf lange Sicht keine große Macht darstellte.

Aber als Witwe würde sie über einen gewissen Wohlstand verfügen und, nachdem sich die erste Trauer gelegt hatte, ihr neues Leben vielleicht in vollen Zügen genießen. Andererseits hatte sie dann niemanden mehr, über den sie gebieten konnte. Jenkyn würde tot sein, und auch Pers würde sie bald verlassen. Natürlich könnte sie einen neuen Ehemann finden, wenn sie wollte, aber ob dieser sich genauso ihrem Willen unterordnete wie Jenkyn, war zumindest fraglich.

Ada hätte nicht gedacht, daß Jenkyns Atmung so lange intakt bleiben würde. Die Atemstöße wurden immer kürzer, die Pausen dazwischen immer länger, aber die Atmung selbst hörte nicht auf. Pater Clement stand am Fußende des Bettes und betete. Er hatte die Hände fest zusammengepreßt, als koste es ihn eine enorme Willenskraft, dort auszuharren. Schwester Claire stand schweigend am Kopfende. Weder Pers noch Schwester Frevisse waren zurückgekehrt, und Elyn saß immer noch auf dem Stuhl neben dem Herd. Sie hatte die Ellbogen auf die Knie gestützt, den Kopf in den Händen verborgen und starrte auf ihren Schoß. Ein halbes Dutzend andere Frauen hatte sich eingefunden, nachdem die Männer gegangen waren. Sie wollten Elyn in ihrer Trauer beistehen, doch Elyn konnte aus dem Beileid der anderen keine Kraft schöpfen. Denn obwohl ihr die eine oder andere Frau auf die Schulter klopfte und tröstende Worte sprach, schien Elyn nichts davon zu bemerken. Es war eine große Erleichterung, als die Männer zurückkehrten und das Gewirr ihrer Stimmen allmählich ins Haus drang. Die Suche war offenbar erfolglos verlaufen, aber die Ankunft der Männer beendete zumindest das zähe und gespannte Warten. Als Ada zur Vordertür eilte, um sie zu öffnen, trat Schwester Frevisse durch die Hintertür in den Raum und nahm den Platz neben Schwester Claire ein. Unmittelbar danach stand auch Pers im Hintereingang, kam aber nicht ins Innere des Hauses, da seine Schuhe noch mit Stallmist beschmutzt waren. Er blieb draußen, als Ada die Vordertür öffnete.

Die meisten Männer standen etwas abseits auf der Straße, und einige hatten sich schon auf den Heimweg gemacht, als Pollard zur Tür trat und sich räusperte. »Da wären wir wieder, aber …«

»Nun komm schon rein, Mann«, drängte Pater Clement. »Wir sind alle neugierig, was du zu sagen hast.«

Pollard drehte sich zu seinen Kameraden um. Sie winkten ihm zu und gaben ihm auf diese Weise zu verstehen, daß sie ihm die heikle Mission überließen. Pollard betrat das Haus, warf einen kurzen Blick auf das Bett und sah dann Elyn an, die aber offenbar keine Notiz von ihm nahm. »Die Suche war reine Zeitverschwendung«, sagte er. »Sobald wir den Hof verlassen hatten, hörten die Spuren auf. Und außerdem waren wir ziemlich müde, und es wurde immer heißer. Auch die Heuernte durften wir nicht vergessen. Wir haben getan, was wir konnten, aber es war vergebliche Mühe.«

Pollards Bericht war eine einzige Sammlung von Entschuldigungen, aber Pater Clement war nicht geneigt, ihn dafür zu tadeln. »Ihr habt getan, was ihr konntet. Der Sheriff und der Coroner werden zufrieden sein.« Vor allem die Dorfbewohner konnten zufrieden sein, denn jetzt drohte ihnen keine Strafe mehr. »Aber wir sollten einen Boten in die umliegenden Dörfer schicken, um die Bewohner zu warnen. Immerhin treibt hier in der Gegend ein Dieb und Mörder sein Unwesen.«

»Das wird nicht nötig sein«, erwiderte Schwester Frevisse mit leiser Stimme. »Der Täter ist nicht weggelaufen.«

Pater Clement runzelte ungläubig die Stirn. »Selbstverständlich ist er weggelaufen.«

»Durch die Hintertür«, fügte Pollard hinzu. »Er ist durch die Hintertür abgehauen, als er Elyn hörte, und dann durch den Hof. Wir haben doch seine Fußabdrücke gefunden. Sie zeigen deutlich, wie es sich abgespielt haben muß.«

Schwester Frevisse schüttelte den Kopf. »Die Fußspuren im Hof sind eine falsche Fährte. Kein Mensch ist heute morgen in diese Richtung gegangen.«

»Das ist doch völliger Unsinn«, erwiderte Pater Clement streng. »Derlei Dinge solltet Ihr Leuten überlassen, die etwas davon verstehen, Schwester.«

Ada folgte dem Wortwechsel zwischen Nonne und Priester mit größtem Erstaunen. Nonnen waren offenbar verwegener, als sie gedacht hatte. Schwester Frevisse jedenfalls war kühn genug, um dem Priester auch jetzt noch zu widersprechen. »Es gibt noch eine ganze Reihe von offenen Fragen, Pater Clement.« Sie wandte sich an Schwester Claire. »Darf ich Jenkyns Kopf ein wenig anheben, oder wird ihm das Schmerzen bereiten?«

Pater Clement konnte seinen Protest nicht zurückhalten. »Schwester, das ist kaum ...«

Schwester Claire beachtete ihn gar nicht, als sie Frevisse antwortete. »Ich glaube nicht, daß er etwas spüren wird. Kann ich irgendwie helfen? Was habt Ihr vor?«

»Ich möchte ihm die Kappe abnehmen.«

Schwester Claire hob Jenkyns Kopf vorsichtig an und verharrte einen Moment, bis es Schwester Frevisse gelungen war, die Kappe von seinem Kopf zu nehmen. Frevisse legte sie beiseite und betastete dann mit ihren langen Fingern Jenkyns Hinterkopf.

»Ja«, sagte sie zu sich selbst, bevor sie das Wort an Pater Clement richtete. »Würdet Ihr Euch das bitte mal ansehen,

Pater. Und du auch, Ada.« Ada, die ihre Neugier im Gegensatz zu dem Priester nicht zügeln konnte, trat sofort an das Bett. Mit äußerster Vorsicht nahm Schwester Frevisse Jenkyns Kopf in ihre Hände und drehte ihn leicht zur Seite, so daß der Hinterkopf freilag. »Hier kann man ganz deutlich Blut sehen, das die Haare verklebt.«

Pater Clement war offenbar nicht geneigt, sich den blutigen Schädel allzu genau anzusehen. »Das war ja wohl auch nicht anders zu erwarten«, sagte er spöttisch. Elyn seufzte und hielt sich die Ohren zu.

»Aber in der Kappe ist kein Blut«, entgegnete Schwester Frevisse. Sie bettete Jenkyns Kopf wieder auf das Kissen und griff nach seiner Kopfbedeckung. »Seht euch das an. In seinen Haaren ist jede Menge getrocknetes Blut, aber in der Kappe ist keine einzige Spur davon.«

Ada verstand, worauf die Nonne hinauswollte. »Dabei müßten auch in der Kappe deutliche Blutspuren zu finden sein.«

»So ist es«, stimmte Schwester Frevisse zu. »Elyn, wann hast du deinen Mann eigentlich gestern abend verlassen?«

»Gestern abend?« wiederholte Elyn, während sie ihren Kopf hob. Es bereitete ihr offenbar Schwierigkeiten, sich zu erinnern. »Wir gingen zum Freudenfeuer auf dem Anger und sahen den Tanzenden zu. Jenkyn tanzte nicht, das hat er schon seit Jahren nicht mehr getan. Wir standen einfach da und sahen zu. Irgendwann sind wir dann nach Hause gegangen, und er hat sich schlafen gelegt.« Elyn ließ die vergangene Nacht vor ihrem geistigen Auge Revue passieren, und das schien ihr irgendwie Kraft zu spenden, denn sie wurde zunehmend sicherer. »Er ging ins Bett, während ich noch eine Weile wachblieb. Ich wollte gerade das Feuer löschen, als Ada kam und mir erzählte, daß Cisily im Sterben lag. Also habe ich Jenkyn schlafen lassen und bin mit Ada zu den Fishers geeilt.«

Ada nickte eifrig. »Das stimmt. Ich kam hierher, als es sehr schlecht um Cisily stand, und ich bin nicht ins Haus gegangen, weil Elyn fürchtete, daß ich Jenkyn aufwecken könnte.«

»Also hast du ihn gar nicht gesehen?«

»Nein, natürlich nicht. Ich war ja die ganze Zeit draußen.«

Elyn hatte sich inzwischen wieder gefangen. »Er schlief, als ich ging. Er wollte im Morgengrauen aufs Feld, um Disteln zu schneiden. Er lag im Bett, und als ich am Morgen zurückkam, habe ich ihn so gefunden.« Sie warf einen raschen Blick auf das Bett und wandte die Augen dann gleich wieder ab. »Er lag auf dem Boden und war vollständig angekleidet«, sagte sie mit tränenerstickter Stimme.

Ada legte ihr die Hand auf die Schulter. »Ist schon gut, meine Liebe. Ist schon gut.«

Pollard, der bisher geschwiegen hatte, konnte seine Empörung nicht länger zurückhalten. »Ist das denn so schwer zu begreifen? Jenkyn wollte gerade das Haus verlassen und aufs Feld gehen, als der Einbrecher hier eindrang und ihn tötete. Als er dann Elyn hörte, ist er durch die Hintertür verschwunden. So einfach ist das.«

»Schön wär's, aber so leicht ist es nicht«, entgegnete Schwester Frevisse. »Wenn es sich tatsächlich so abgespielt hätte, dann müßten wir in Jenkyns Kappe auf Blutspuren stoßen. Aber dort sind keine. Und als ich heute morgen vor allen anderen in den Garten ging, bemerkte ich ein Spinnennetz, das zwischen dem geöffneten Türchen und dem dazugehörigen Pfosten gespannt war. Das Netz war völlig intakt und voller Tautropfen. Niemand ist heute in der Morgendämmerung durch dieses Törchen gegangen.«

»Dann ist er eben über den Zaun geklettert«, sagte Pollard ungehalten. Mit einem Seitenblick auf Schwester Frevisse und der Mentalität eines Schülers, der seine artig gelernte Lektion zum besten geben wollte, ergriff der junge Pers das Wort. »Der Zaun ist zu hoch, um hinüberzuspringen, und nicht stabil genug, um hinaufzuklettern.« Er errötete, als er Pollards wütenden Blick spürte.

»Und im übrigen«, sagte Schwester Frevisse, »zeigen die Fußspuren ganz deutlich, daß er durch das Tor gegangen ist und nicht über den Zaun.«

»Eben habt Ihr noch behauptet, er sei nicht durch das Tor gegangen«, bemerkte Pollard.

»Jedenfalls nicht in der Morgendämmerung«, entgegnete Schwester Frevisse. »Wer auch immer Jenkyn das angetan hat, er ist mit Sicherheit nicht bei Tagesanbruch durch das Tor gegangen. Denn dann hätte er zwangsläufig das Spinnennetz zerstört, aber es ist ja völlig intakt. Alles spricht dafür, daß Jenkyn vergangene Nacht niedergeschlagen wurde.« Frevisse wandte sich an Pater Clement. »Gibt es unter Jenkyns Bekannten irgend jemanden, der seinen Tod wünschen könnte? Wer würde in diesem Fall am meisten von seinem Tod profitieren?«

Zu ihrem Entsetzen bemerke Ada, daß sie fast automatisch zu Pers blickte und daß alle Anwesenden das gleiche taten. Pers starrte zurück, brachte aber kein Wort heraus. »Nein!« rief Elyn. »Er würde Jenkyn kein Haar krümmen! Welchen Sinn hätte das denn? Das ganze Erbe fällt an mich. Das weiß doch jeder.«

»Aber er wäre dann der Mann im Haus«, sagte Schwester Frevisse. »Ihr beide könntet dann den Haushalt so führen, wie es euch paßt, und es gäbe keinen Jenkyn mehr, der euch in die Quere käme.«

Elyn erkannte die indirekte Anklage, die in den Worten der Schwester mitschwang, und lief vor Scham rot an. Pater Clement, der inzwischen von beiden Frauen genug hatte, meldete sich zu Wort. »Jetzt reicht's aber! Kein Mensch ist jemals auf einen solchen Gedanken gekommen!«

»Es ist nichts zwischen Pers und mir«, wisperte Elyn. »Weder jetzt noch früher.«

»Das ist die Wahrheit!« stimmte Pers augenblicklich zu.

Pollard war außer sich vor Empörung. »Immerhin wird er meine Tochter heiraten!«

Schwester Frevisse ignorierte die allgemeine Entrüstung. »Pers«, fragte sie, »hast du gestern nacht mit Kate Pollard am Feuer getanzt?«

»Ja, natürlich«, antwortete er keck.

»Und hast du auch die Nacht mit ihr verbracht?«

Bevor Pers antworten konnte, mischte sich Pollard ein. Zuvor warf er jedoch Pater Clement einen ängstlichen Blick zu. Väter mußten eine Strafe zahlen, wenn ihre Töchter vor der Ehe allzu leichtfertig mit ihren Männerbekanntschaften umgingen. »Er hat die Nacht in unserem Haus verbracht. Mit der ganzen Familie. Deshalb wissen wir ja auch so genau, wo er die Nacht über gewesen ist, und daß er überhaupt keine Gelegenheit hatte, seinem Onkel etwas anzutun.«

Schwester Frevisse wandte sich jetzt an Ada. Der direkte und fragende Blick der Nonne beunruhigte Ada, noch bevor die Schwester ihre Fragen stellte. »Hat Elyn unverzüglich das Haus verlassen, als du gestern nacht zu ihr kamst? Oder mußtest du einen Moment auf sie warten?«

»Sie sagte, sie müsse noch das Feuer löschen, und ich solle schon mal zu Cisily zurückgehen.« Ada verstand nicht, inwiefern diese Dinge von Bedeutung waren. Außerdem ging ihr das Ganze irgendwie zu schnell. »Sie versprach, kurz nach mir einzutreffen, und so ist es dann auch tatsächlich gewesen.«

»Kam sie etwas später oder viel später?«

Allmählich begann Ada zu verstehen, worauf die Nonne hinauswollte, auch wenn sie sich dagegen sträubte. »Ich war mit Cisily beschäftigt«, antwortete sie zögernd. »Ich kann es nicht mit Bestimmtheit sagen. Eine Weile vielleicht.«

»Zeit genug, um sich Jenkyns Schuhe anzuziehen und die Fußabdrücke auf der Stufe zur Eingangstür und im Hof zu hinterlassen?«

Ada wollte diese Möglichkeit schon mit Bestimmtheit ausschließen, aber als ihr Blick auf Elyns erstarrtes, fahles Gesicht fiel, brachte sie kein Wort heraus.

Schwester Frevisse, die neben dem Bett stand, fuhr in ihren Ausführungen fort. »Die Fußabdrücke glichen denen, die ein Kind hinterläßt, wenn es die Schuhe von Erwachsenen trägt. Im Fersenbereich sind die Abdrücke tief, und dort, wo die Zehen sind, kaum wahrnehmbar. Du hast sehr kleine Füße, Elyn, gemessen an deiner Körpergröße, und Jenkyn hat große Füße. Wo hast du die Schuhe versteckt, damit du behaupten konntest, jemand hätte sie gestohlen?«

Elyn starrte vor sich hin, gab aber keine Antwort. Es war Pers, der nach einer Weile das betretene Schweigen brach. Zweifel und Schmerz lagen in seiner Stimme. »Aber warum?«

Elyn schwieg und verzog keine Miene. »Warum, Elyn? Was war der Grund?« fragte Schwester Frevisse.

In Elyns Augen, die bisher völlig ausdruckslos gewesen waren, schimmerte plötzlich etwas wie eine Gefühlsregung. »Weil ich ihn nicht mehr ertragen konnte.«

»Jenkyn?« fragte Ada ungläubig. »Du konntest Jenkyn nicht länger ertragen?«

Während sie weiter vor sich hin starrte, nickte Elyn. »Er war einfach ein Nichts. Ich konnte machen, was ich wollte, er blieb ein Nichts. Und letzte Nacht, während des Freudenfeuers, beobachtete ich Pers.« Sie warf ihm einen kurzen Blick zu, senkte die Augen aber gleich wieder auf den Boden vor ihren Füßen. »Ich sah, wie er mit Kate tanzte. Beide waren so schön anzusehen und schienen so glücklich zu sein. Und dann mußte ich mit Jenkyn nach Hause gehen, weil er nicht tanzen wollte. Das war ihm einfach zu mühsam. Außerdem blieb er abends nicht gern lange auf, und die Wanderungen in der Mittsommernacht mochte er auch nicht. Eigentlich gefiel ihm gar nichts, was auch nur die geringste Anstrengung kostete.«

Lang gehütete Bitterkeit, Verachtung und Zorn schnürten Elyn die Kehle zu. »Ich wollte mit ihm darüber reden, als wir wieder zu Hause waren. Ich versuchte ihm klarzumachen, daß unsere Beziehung besser, harmonischer sein könnte. Aber selbst das war ihm zu mühsam. Eine Woche lang mußte ich normalerweise auf ihn einreden, bis er sich dazu bequemte, einen Tag mit Arbeit zu verbringen. Egal um was ich ihn bat, ständig beklagte er sich darüber. Er ...« Elyns Hände verkrampften sich in ihrem Schoß, und die Knöchel traten weiß hervor. »Plötzlich konnte ich ihn einfach nicht mehr ertragen. Er stand auf, um sich ins Bett zu legen, und ich ... ich packte ihn und schleuderte ihn ... er wiegt ja kaum mehr als mein großer Eisenkessel ... rückwärts gegen die Wand. Es geschah aus purer Absicht. Ich wollte ihm etwas antun ... ihm weh tun ... schon seit Ewigkeiten. Ich weiß nicht, ich wollte ihn nicht ...« Sie hielt einen Moment inne. »Oder vielleicht wollte ich es doch. Vielleicht wollte ich ihn umbringen. Ich weiß es nicht.«

Schwester Frevisse nickte bedächtig. »Er lag also vor dir auf dem Fußboden, und als Ada hier aufkreuzte, um deine Hilfe in Anspruch zu nehmen, da mußtest du dir etwas einfallen lassen, um ungeschoren aus der Sache herauszukommen.«

»Genau so war es«, erwiderte Elyn. »Plötzlich kam mir eine Idee, und ich wußte, was ich zu tun hatte. Es mußte so aussehen, als sei hier ein Einbrecher eingedrungen und habe Jenkyn getötet. Mit den Fußabdrücken verhält es sich genauso, wie Ihr es dargestellt habt, Schwester Frevisse. Die Schuhe sind im Misthaufen neben dem Stall versteckt. Dann machte ich mich auf den Weg zu Cisily. Ich dachte, er wäre tot, wenn ich wieder nach Hause käme. Aber er lebte noch, und das war schrecklich. Obwohl er nicht mehr blutete, gab es auf dem Fußboden überall Spuren davon. Ich nahm also die blutdurchtränkten Binsen und versteckte sie unter den unbefleckten. Später wollte ich sie dann ganz loswerden, damit niemand Verdacht schöpfen konnte. Und schließlich setzte ich ihm noch seine Kappe auf, damit niemand das Blut in seinen Haaren bemerkte. Ich hätte ihn ja für die Beerdigung zurechtgemacht, und niemand hätte also irgend etwas bemerken oder auch nur vermuten können.« Sie hob den Kopf und warf der Nonne einen vorwurfsvollen Blick zu. »Aber Ihr habt meine Pläne zunichte gemacht. Ich hätte warten sollen, bis Ihr wegwart, ehe ich auf die Straße lief und um Hilfe rief. Dann wäre alles wie am Schnürchen gelaufen.«

Betretenes Schweigen legte sich über den Raum. Pater Clement fand als erster die richtigen Worte. »Du hast gesündigt, Elyn. Und das Schlimmste ist, daß du ihn sterben lassen wolltest, ohne daß er vorher die Beichte ablegen konnte. In diesem Fall wäre seine Seele auf der Stelle in die Hölle gekommen.«

Ada lief ein Schauder über den Rücken, und sie war nicht die einzige, die sich bekreuzigte. Aber Elyn empfand nur noch Verbitterung. »Er hat nicht genug gesündigt, um in die Hölle zu kommen. Und das Fegefeuer hätte ihm kaum mehr Schmerzen bereitet, als er mir in all den Jahren zugefügt hat. Aber« – jetzt schlang sie die Arme um ihren Leib und blickte vorwurfsvoll zum Bett – »aber ich hätte nie gedacht, daß er so lange am Leben bleiben würde. Und dann dieses Atmen. Wird er jemals damit aufhören?«

Das tat er ein wenig später. Er nahm einen letzten Atemzug, und dann war es vorüber. Das anschließende Schweigen zog sich scheinbar endlos hin, bis alle davon überzeugt waren, daß Jenkyn nie mehr atmen würde.

Die beiden Nonnen machten sich auf den Nachhauseweg zum Kloster. Sie gingen schweigend auf dem schmalen Grasstreifen neben der Straße, und Schwester Frevisse paßte ihre langen Schritte den wesentlich kürzeren von Schwester Claire an. Frevisse suchte verzweifelt nach einem Gebet, das ihr für die vergangenen Stunden ein wenig Trost spenden würde. Auch Schwester Claire war in Gedanken nicht mit dem beschäftigt, was vor ihnen lag, sondern mit dem, was sie gerade erst hinter sich gelassen hatten. Nach einer Weile brach sie das Schweigen. »Hättet Ihr den Fußspuren auch dann soviel Aufmerksamkeit gewidmet, wenn es nicht wegen des Spinnennetzes geschehen wäre?«

»Nein, das bezweifle ich. Möglicherweise hätte ich mich dann mit den Spuren überhaupt nicht beschäftigt, oder mit dem Blut.«

»Es waren also nicht die Fußspuren oder das Blut, die Elyn überführt haben.«

»Nein. Es war das Spinnennetz.« Und die Tatsache, daß Schwester Frevisse darüber nachgedacht hatte.

Ein Spinnennetz und ein flüchtiger Gedanke. Zwei winzige Dinge, die eine solche Bedeutung gewannen.

So winzig wie der schmale Grat zwischen Geduld und Verzweiflung im Herzen einer Frau.

Originaltitel: The Midwife's Tale
Ins Deutsche übertragen von Marco Schneiders

Herzogin und Hexe

Edith Pargeter (Ellis Peters)

Zweifellos hat der Erfolg von Ellis Peters' ›Bruder-Cadfael-Romanen‹ entscheidend dazu beigetragen, daß historische Detektivgeschichten heutzutage so populär sind. Ellis Peters hat nur drei Kurzgeschichten über ihren listigen Mönch geschrieben, die alle in dem Buch ›A Rare Benedictine‹ *(1988; dt:* Das Licht auf dem Weg nach Woodstock*) veröffentlicht sind. Da sie also problemlos erhältlich sind, erschien es mir unnötig, eine davon an dieser Stelle abzudrucken. Der Erfolg der ›Bruder-Cadfael-Geschichten‹ hat Ellis Peters' früheres Werk ironischerweise vollkommen in Vergessenheit geraten lassen, vor allem ihre frühen Kurzgeschichten, die sie meist unter ihrem eigentlichen Namen Edith Pargeter geschrieben hat. Eine dieser Geschichten mit dem Titel* ›Herzogin und Hexe‹ *wurde seit 1950 nicht mehr veröffentlicht. Es handelt sich dabei weniger um eine Detektivgeschichte als vielmehr um die Nacherzählung eines historisch belegten Falles von Hexenwerk und Ketzerei zur Zeit der Regentschaft von Henry VI.*

Es ist Sonntag, der 23. Juli 1441 zur Zeit der Frühmesse, als diese unsere Geschichte in Paul's Cross beginnt:

Eine Menschenmenge hatte sich um ein Schafott versammelt. Es war ein hohes Podest und einzig und allein zu dem Zweck errichtet, jedem Zuschauer einen guten Blick auf den bedauernswerten Zeitgenossen zu gewähren, der dort oben bestraft werden sollte. Die Gedankengänge der Richter waren nachvollziehbar: Wenn man ein Exempel statuiert, sollte man es in aller Öffentlichkeit tun – wer würde sich ansonsten die

Warnung zu Herzen nehmen? Zwar war die Predigt gegen Hexerei nicht nur lang, sondern auch ausgesprochen eloquent gewesen und hatte jedermann im Publikum daran erinnert, daß die Schattenwelt der Teufel und Dämonen selbst am hellichten Tage hinter jeder Ecke lauert, doch Worte verfliegen rasch, sofern nicht eindrucksvolle Bilder deren subtile Botschaft im Gedächtnis einprägen.

Die Menge starrte nicht den Priester an, sondern den Bußfertigen, einen Mann mittleren Alters, eingehüllt in einen Umhang voller mysteriöser, erschreckender Symbole. Sein Name war Roger Bolingbroke. Er saß auf einem Stuhl, an dessen vier Ecken Schwerter mit kleinen aufgespießten kupfernen Götzenbildern emporragten. Man hatte ihm ein Schwert in die rechte Hand gedrückt; in der linken hielt er ein Zepter. Die brütende Julihitze ermüdete ihn, und so schwankte das Zepter unstet hin und her. Sein Gesicht war unbewegt wie eine Maske, doch seine Augen spiegelten den maßlosen Schrecken, der sich dahinter verbarg. Bisher war er nur befragt und zu einem Geständnis sowie einer öffentlichen Abschwörung seiner dunklen Künste bewegt worden; der Prozeß stand ihm noch bevor, ebenso das Urteil und dessen Vollstreckung. Die Zeit seiner Leiden hatte erst begonnen.

Die Hilfsmittel, mit denen er seine dunklen Künste ausgeübt und versucht hatte, in die Zukunft zu schauen oder gar in diese einzugreifen, waren um ihn herum auf dem Schafott ausgebreitet. Sie wirkten ebenso schreckenerregend und mysteriös wie die Zeichen auf seiner Kleidung. Unter all den Gegenständen gab es nur einen, dessen Bedeutung sich auch dem Auge des Laien sofort erschloß: eine kleine, grob geformte Wachsfigur, die einer Puppe ähnelte. Jene, die etwas weiter hinten in der Menge standen, reckten die Hälse, um die Puppe besser sehen zu können; jene, die weiter vorne standen, gaben Informationen darüber nach hinten weiter: Sie ähnelte eindeutig einem Menschen, sagten sie; sie stelle ein männliches Wesen dar, und Gesichtszüge seien erkennbar. Doch *wem* die Puppe ähnelte? Wer könne das schon sagen.

Eine Ähnlichkeit zwischen Abbild und Opfer wurde allgemein auch nicht als nötig erachtet. Nicht jeder, der die Hexerei ausübte, hatte schließlich einen Künstler zur Hand. Viel wichtiger war es, das Abbild zu taufen. Und dieses Männlein, so flüsterte man, mochte zwar keine Krone tragen, doch sehr wohl den Namen Henry Plantagenet. Kaum hatten diese Worte die Runde gemacht, begannen die Gerüchte zu brodeln: Wozu genau war die Puppe wohl verwendet worden? War sie ins Feuer gelegt worden? Es war nicht bekannt, daß der König in letzter Zeit über mehr als die üblichen Leiden geklagt hatte. Vielleicht war der faule Zauber aber auch nur zu früh aufgedeckt worden. Vielleicht war Roger Bolingbroke entdeckt, nach Paul's Cross und vor Gericht gebracht worden, bevor die widernatürliche Behandlung abgeschlossen gewesen war.

Solcher Art Magie durfte nur vorsichtig und schrittweise ausgeübt werden. Der Zustand des Opfers mußte sich so langsam verschlechtern, daß ärztliche Hilfe erst dann in Anspruch genommen wurde, wenn es für die Rettung bereits zu spät war. Vielleicht war die Puppe nur leichter Glut und Hitze ausgesetzt gewesen, bevor der Hexer und seine Gehilfen gefangengenommen worden waren. Weder seine sterndeutenden Künste noch seine Instrumente und auch nicht die Dämonen, die er mit ihrer Hilfe heraufbeschwören konnte, hatten ihm den Galgen gezeigt, die Anklagebank oder den Block des Scharfrichters. Jetzt allerdings vermochte er sie sehr wohl zu sehen, klar und deutlich und ganz ohne Hilfe von Tinte und Kristallkugel.

Einige Zuspätgekommene versuchten sich weiter nach vorne zu drängen und stellten neugierig Fragen:

»Wer ist das? Was hat er getan?«

»Das ist Roger Bolingbroke, ein Hofkaplan von Duke Humphrey, sagt man. Ein Astrologe – aber auch in anderen Künsten soll er bewandert sein. Er hat schwarze Magie ausgeübt; und er hat ein Geständnis abgelegt.«

»Hat er seiner Kunst abgeschworen? Was hat er gesagt?«

»Er behauptet, er wäre gegen seine innere Überzeugung zu der Tat verleitet worden.«

»Von wem?«

»Von der Lady of Gloucester«, kam die geflüsterte Antwort.

So wurde sie im Volk geheißen, das es nach Möglichkeit vermied, sie beim vollen Titel zu nennen. Eleanor Cobham, die Duchess of Gloucester. Was sie auch sein mochte: des Königs angeheiratete Tante, die erste Dame im Staat – das Volk verachtete sie. Sie wußte es, und sie kannte auch die Gründe dafür. Das Volk haßte sie, weil sie eine der ihren war, von Geburt nicht edler als die Frau eines einfachen Straßenhändlers, und dennoch hatte sie sich den großen Duke of Gloucester geangelt, einen Prinzen aus dem Hause Plantagenet. Dazu war es ihr noch gelungen, ihn einer Rivalin auszuspannen, einer hochwohlgeborenen Prinzessin. Sicher gründete Eleanors Unbeliebtheit auch darin, daß sie des Herzogs Mätresse gewesen war, bevor sie seine Frau wurde. Hauptsächlich lag es jedoch daran, daß sie sich nie dazu herabgelassen hatte, dem Volk – in dem Versuch, ihr Ansehen zu verbessern – schönzutun. Die dreistesten Angriffe auf ihren Ruf und ihre Stellung hatten bloß kurze Anfälle von Verachtung ihrerseits hervorgerufen. Nun schien die Zeit gekommen, da diese hochnäsige Dame erfahren sollte, wie tief jene fallen können, die so hoch gestiegen waren.

»Hat er behauptet, sie hätte die Figur geformt?«

»Er sagt, sie habe sie anfertigen lassen.«

»Dann wird sie also des Verrats beschuldigt?«

»Des Hochverrats.«

»Duke Humphrey scheint ihr nicht genügt zu haben.«

»Offensichtlich fehlte ihm noch etwas Entscheidendes: die Krone.«

Dies und all die anderen wilden Gerüchte, die in der Stadt kursierten, erreichten schließlich auch Ihre Gnaden die Duchess of Gloucester, jene stattliche, herrschsüchtige und unbeliebte Frau. Sie hörte alles schweigend an und zeigte sich einen ganzen Tag lang unbeeindruckt. Nichts von allem war ihr neu, denn seit Bolingbroke verschwunden war, hatten böse Alpträume sie geplagt und das Schlimmste befürchten lassen. Nun hatten diese Befürchtungen bedrohliche Ausmaße angenommen: ihre Freiheit, ja ihr Leben war in Gefahr. Auch hatte sich die gnadenlose Dolchspitze des Schicksals nicht nur auf ihre eigene Brust gesetzt. Mann und Frau, vereint in der Ehe, sind ein Fleisch und Blut. Der blanke Stahl würde sich ebenso in das Herz ihres Mannes bohren: in das Herz von Humphrey Plantagenet, dem Duke of Gloucester. Und nach Ansicht jener, die die Gunst der Stunde nutzten und zum Schlage ausholten, hatte er es seit langem verdient. Doch keiner seiner Feinde, weder Kardinal Beaufort noch Suffolk noch Stafford, hatte die Waffe geschmiedet, die Humphrey zu Fall bringen würde. O ja, sie stürzten sich darauf wie Bluthunde und würden sie auch zu nutzen verstehen, doch sie, die Herzogin, sie war es gewesen, die ihnen die Waffe geliefert hatte. Sie brauchten nur noch zuzustoßen.

War das alles, was sie am Ende für ihren Ehemann getan hatte? Sah so das Andenken aus, das sie ihm nach mehr als zehn Jahren Ehe hinterließ, ganz zu schweigen von den Jahren der Liebe? Kein Erbe, kein neuer Glanz auf seinem Namen, kein Land, kein Reichtum? Nur ihr Körper für eine kurze Zeit der Leidenschaft und dann, am Ende, dieser Todesstoß? Ihr ganzer Ehrgeiz, all ihr Stolz, hier kamen sie nun zu Fall. Und ihr Leben stand ebenfalls auf dem Spiel. Würde ihr Tod überhaupt eine Rolle spielen? Was war das für eine Herzogin, deren Tod keinen Rachefeldzug verursachen und deren Hinterlassenschaft keinen neuen Streit heraufbeschwören würde in einem Land, das seit langer Zeit durch Erbstreitigkeiten zerrissen war?

Ja, für die strahlende Jacqueline, die erste Frau ihres Mannes, geschmückt mit den königlichen Insignien der halben Niederlande – den Grafschaften Hennegau, Holland und Seeland – mochten Schwerter gezogen werden und Armeen in die Schlacht ziehen, doch für Eleanor Cobham von Sterborough, die Tochter eines unbedeutenden englischen Edelmannes, deren Abstammung mehr als fragwürdig war, würde nicht einmal eine Rauferei in den Straßen von London stattfinden. Mochte sie auch die erste Dame des Landes sein, solange sie noch im Glanze stand, beim ersten Anzeichen heraufziehender Schatten würde sie nackt dem kalten Windhauch der Gerechtigkeit ausgesetzt werden – und niemand würde zu ihrer Verteidigung eilen.

Es war lange her, daß Eleanor an Jacqueline gedacht hatte. Doch jetzt, da sie rastlos in ihren Räumen auf und ab schritt und nach dem ersten Hufschlag auf der Straße lauschte, jetzt, da ihr Herz vor Furcht zu zerspringen drohte, erinnerte sie sich ihrer: Welch edle Dame Jacqueline doch gewesen war, als sie vor zwanzig Jahren zum ersten Male englischen Boden betreten hatte. Einige fanden ihre Schönheit unwiderstehlich, andere ihre drei Grafschaften in den Niederlanden. Wieder andere verzehrten sich nach ihr aufgrund des Unrechts, das ihr widerfahren war und sie in einem romantisch verklärten Licht erscheinen ließ, das die Ritterlichkeit eines jeden wahren Edelmannes ansprach. Gleichzeitig bewunderte man ihren Mut und Feuereifer, wenn es darum ging, ihre Ziele selbst gegen die größten Widerstände durchzusetzen. Welcher ihrer vielen Vorzüge zuerst das Interesse Humphrey Plantagenets geweckt hatte, wußte wohl nur er zu sagen, aber seinem ausgeprägten Scharfblick war mit Sicherheit kein einziger davon entgangen. Schönheit und Reichtum ließen ihn keineswegs kalt, doch muß man ihm zugute halten, daß wahrscheinlich auch allein ihr trauriges Los ausgereicht hätte, seinen Stolz zu entfachen und einer bedrängten Maid zu Hilfe zu eilen. Denn bedenke, lieber Leser, Jacquelines Schicksal:

Kaum war Jacquelines erster, schwächlicher Gatte, der Dauphin Johannes, verstorben, erbte sie die Ländereien ihres Vaters und brachte diese in ihrer Unschuld in eine neue Ehe mit einem weiteren Schwächling ein, dem Herzog Johannes von Brabant. Dieser war ein Cousin Philipps von Burgund und gleichzeitig eine seiner Marionetten. Und so kam es schon nach kaum zwei Jahren zur ersten großen Demütigung, als sie mit ansehen mußte, wie ihr geschätzter Gemahl einen Großteil ihrer Ländereien an Philipp den Guten verschacherte.

Dies war Jacqueline Zeichen genug für das bevorstehende

Ende, und so wandte sie sich voller Entrüstung von ihrem Gatten ab und suchte Asyl in England. Dort ernannte die Ratsversammlung sie zur Patin des noch minderjährigen Königs und bewilligte ihr ein Jahrgeld, das sie in die Lage versetzte, zumindest annähernd ihren früheren Lebensstil aufrecht zu erhalten. Schon bei diesem Arrangement hatte Humphrey wohl seine Hände mit im Spiel. Er war ein Mann, der sich ohne Umschweife jeder Herausforderung stellte, ja, ihr manchmal sogar entgegeneilte. Schon im nächsten Jahr erklärte Benedikt XIII, der spanische Gegenpapst, Jacquelines Ehe mit Brabant für nichtig, und im darauffolgenden Herbst heiratete sie zum dritten Mal, diesmal keinen Schwächling, sondern Humphrey, den Duke of Gloucester. Zweifellos hatte sie mit diesem Plantagenet, Lordprotektor des englischen Königreiches und zweiter in der Thronfolge, einen mächtigen, willigen und ehrgeizigen Verbündeten gewonnen. Und zweifellos hatte ihr ein Blick auf diesen Mann genügt, um sich zu verlieben: Dreißig Jahre war er alt, stattlich und noch immer wohl anzusehen trotz seiner zahllosen Eskapaden, belesen, gebildet, ein Förderer der Künste und Wissenschaften, galant und von makelloser Eleganz.

Beide gaben sich in der Folge redlich Mühe, Englands Interessen in Frankreich zunichte zu machen. Dem Duke of Bedford, Bruder des damaligen englischen Königs und Regent von Frankreich, war sehr am Wohlwollen des Herzogs von Burgund gelegen, und nun war dieser aufs heftigste aufgebracht angesichts der Verbindung zwischen Gloucester und der auf zweifelhafte Weise geschiedenen Frau seines Cousins Brabant, die zudem noch Ansprüche in den Niederlanden hatte. Die Niederlande – einem Knochen vergleichbar, um den sich zwei Hunde mit scharfen Fängen stritten – waren auf dem besten Wege, zu einem Zankapfel zu werden, der Englands Einfluß auf dem Festland entscheidend schwächen konnte.

Und so hatte jener »Feldzug« begonnen, in dessen Verlauf sich zum ersten Male die Wege von Humphrey und Eleanor kreuzten. Philipp, der Herzog von Burgund, hatte die Gelegenheit begierig beim Schopfe gepackt und den brodelnden Konflikt noch geschürt. Mit Hilfe gefälschter Papiere versuchte er zu beweisen, daß niemand anderes als Bedford selbst zusammen mit seinem leicht beeinflußbaren Bruder ein Komplott gegen Philipp schmiedete und ihm nach dem Leben trachtete. Bedford bemühte sich natürlich, den Streit zu schlichten, und rief Papst Martin V. als Friedensstifter an, während Humphrey Philipp schnell zum Verstummen brachte, indem er zusammen mit seiner Frau und ihrer gesamten weiblichen Gefolgschaft eine Armee nach Hennegau führte. Sie stießen auf keinerlei Widerstand, und Gloucester wurde unterwürfig als Graf empfangen. Auf dem Schlachtfeld war kein Blut vergossen worden, dennoch verlor Jacqueline auf diesem Feldzug all ihre Hoffnung:

Denn da war ihr Gefolge! Unter ihren Zofen befand sich eine, die alle anderen an Schönheit übertraf und die keinen Augenblick zögerte, als Humphreys Einsatzeifer für die Interessen seiner Frau zu ermüden begann. Diese Zofe war eine Frau bescheidener, möglicherweise sogar unehelicher Herkunft, die jedoch zuzupacken wußte, wann immer ihr das Glück über den Weg lief. Was Hochmut und Dreistigkeit betraf, konnte sie Humphrey jederzeit das Wasser reichen. Ihre Launenhaftigkeit gefiel ihm, und ihre Heißblütigkeit verschaffte ihm mehr Befriedigung als Jacquelines königliche Vornehmheit. Ihr Name war Eleanor, Tochter von Lord Cobham of Sterborough, und ihr Ruf war so zweifelhaft wie ihre Herkunft, ihr Ehrgeiz so groß wie ihre Schönheit. Noch immer stahl sich ein Lächeln auf Eleanors Lippen, wenn sie an diese erste Zeit dachte und an das Feuer, das in Humphreys Augen loderte, jedesmal wenn sein Blick auf ihr ruhte.

Arme Jacqueline! Wohin entschwindet sie, jene Leidenschaft der ersten Jahre? Was wird aus all den heißblütigen Bezeugungen, wenn die Fanfaren der Leidenschaft verklingen, die prachtvollen Banner der Begierde verblassen und die Lorbeeren der Liebe verwelken? Durch welchen faulen Zauber war Humphrey, der ausgezogen war, ein Königreich für seine Braut zu gewinnen, und der ganz England in die Waagschale des Schicksals geworfen hatte, durch welchen faulen Zauber war er jener neumodischen Krankheit namens Gleichgültigkeit verfallen, noch bevor die Fanfarenstöße seiner Leidenschaft für Jacqueline ganz verklungen waren?

Humphrey, gewöhnt an seine königlichen Privilegien und unfähig, dort Anstand zu wahren, wo er seine Würde verloren hatte, machte keinen Hehl daraus, daß er das Interesse an seiner Frau verloren hatte, und bedeckte die nackte Begierde nach seiner neuen Liebe höchstens mit einem leichten Mantel geheuchelter Schicklichkeit. Dabei war ihm der Herzog von Burgund unerwartet zur Hilfe gekommen mit seinem großsprecherischen Angebot, ihren Disput im Kampf Mann gegen Mann auszutragen. Mit ernster Miene hatte Humphrey seiner Frau erklärt, daß er erst seine Angelegenheiten in England ordnen müßte, bevor er sein Leben in einem Duell aufs Spiel setzte. Dabei war er im Innern felsenfest davon überzeugt, daß Bedford ein solches Duell niemals zulassen würde, doch der Vorwand, nach England zurückzukehren, kam ihm sehr gelegen, und so blieb Jacqueline nichts weiter übrig, als hilflos mit anzusehen, wie ihr Gemahl sie alleine in den Niederlanden zurückließ. Wohingegen er nicht allein nach England segelte. Die Zahl der Zofen seiner Frau hatte sich in jener Nacht um eine vermindert: um Eleanor. Innerhalb eines Monats war Jacqueline die Gefangene des Herzogs von Burgund.

Doch wer hätte geglaubt, daß die neue Liebe des Duke of Gloucester länger Bestand haben würde als die alte? Hätte Eleanor selbst darauf gewettet, ihm mehr als nur eine kurze Sommerliebschaft zu sein? Sie erinnerte sich lebhaft an jene Heimreise im April, an den schon unverschämt anmutenden pompösen Einzug in London, an das verwirrte Volk, das zu überrascht war, um »Hoch lebe Herzog Humphrey« zu rufen, weil die Frau an seiner Seite nicht jene war, die es erwartet hatte. Eleanor erinnerte sich auch an das zornige Gesicht des alten Beauforts und daran, wie ihm die Worte im Halse stecken geblieben waren, als er seinen Neffen begrüßte. Oh, sie hatten Eleanor damals schon gehaßt, und sie haßten sie auch heute noch, gleich welchen Standes sie waren. Doch niemand ahnte damals, wie weit sie es bringen würde. Selbst als der Papst Humphreys Ehe mit Jacqueline annullierte, glaubte niemand, daß der Herzog es wagen würde, seine Mätresse zu einem Mitglied der königlichen Familie zu machen, geschweige denn, daß diese die Ehre und Herausforderung annehmen würde.

Hatten jene rechtschaffenen Londoner Hausfrauen, die im Jahre 1428 den Rat anriefen und gegen Humphrey, den Lordprotektor des Königreiches, klagten, weil er seine Frau ihrem bedauernswerten Schicksal überließ, während er sich – und das waren ihre Worte, Gott verdamme sie! – »mit einer Dirne wie Eleanor vergnügte«, hatten diese rechtschaffenen Hausfrauen damals ahnen können, welch wundervolle Rache diese »Dirne« wenig später für all die Schmach nehmen würde? Nein, dies konnte selbst Jacqueline in Holland nicht vorausgesehen haben, die nach langem Kampf schließlich doch aufgegeben, Philipp als Erben und Mitregenten ihrer Grafschaften akzeptiert und sich verbittert in die Annullierung ihrer kurzen Ehe mit dem englischen Herzog gefügt hatte. Nein, auch sie konnte nicht geahnt haben, daß jene »Dirne« sich der ganzen Welt bald als Herzogin präsentieren würde. Doch Humphrey hatte sie schließlich tatsächlich zur Frau genommen. Und mehr noch: Es war Eleanor gelungen, ihn an sich zu binden, doppelt so lange, wie es Jacqueline gelungen war. Trotz seiner zahllosen Eskapaden war er ihr am Ende stets treu geblieben, ja, war es immer noch. Sein Herz und seine Gedanken gehörten Eleanor. Wenn er einer der anderen Frauen überdrüssig wurde, kam er stets zu ihr zurück und barg sein Haupt an ihrer Brust.

Lag es an den Liebestränken, die sie ihm heimlich verabreichte? In all den Jahren hatte Eleanor es nie gewagt, ganz darauf zu verzichten, und so hatte er immer wieder, ohne es zu wissen, magische Zusätze in seinem Wein getrunken. Was würde geschehen, wenn dies nun ans Tageslicht kam? Eleanors Herz begann wie wild zu schlagen, als sie an das hämische Grinsen der selbstgerechten Londoner Bürger dachte, wenn diese erfuhren, daß es nicht an Eleanors Liebreiz, sondern an teuer erkauften Zaubertränken gelegen hatte, daß Humphrey ihr so sehr verfallen war. Doch dies waren unbedeutende Nebensächlichkeiten. Eleanor mußte sich wegen Hochverrats verantworten und hatte mehr als nur den Spott der Bürger zu fürchten. Bolingbroke hatte seiner Kunst abgeschworen und die Herzogin beschuldigt, die Drahtzieherin der ketzerischen Verschwörung zu sein. Margery Jourdemayne war gefangengenommen worden, ebenso wie Hume und Southwell – sie alle saßen im Gefängnis. Bis auf Eleanor Cobham, die Anstifterin und Hexenmeisterin.

Welch eine Närrin sie doch gewesen war! Warum hatte sie es nicht bei den Zaubertränken belassen? Dabei hatte alles so harmlos begonnen: Der Duke of Bedford war vor sechs Jahren in Frankreich gestorben, und der König war noch keine Zwanzig, ein anfälliger, unverheirateter junger Knabe, der seine Nase viel zu oft in Bücher steckte. War es da nicht natürlich, daß die Gemahlin des direkten Thronfolgers neugierig wurde und sich bemühte, etwas über das eigene Schicksal zu erfahren? Eleanor hatte nur einen Blick in die Zukunft werfen wollen, um bereit zu sein für alle Aufgaben, die ihrer harrten. War es denn schon Verrat, wenn sie ein Orakel befragte: »Werde ich diese letzte große Pflicht erfüllen müssen? Ist dies mein Schicksal?«

Doch Eleanor wußte nur zu genau, daß ihre Feinde alles in einem anderen, viel düstereren Licht sehen würden. »Werde ich noch höher aufsteigen?« Dies ist eine gefährliche Frage für jemanden, der dem Throne schon so nahe ist; vom Gedankenspiel zur Tat war es nur ein kleiner Schritt. Und abgesehen von den Mitteln, mit Hilfe derer sie in die Zukunft hatte blicken wollen, sowie der Messe, die darüber abgehalten worden war, gab es noch die Wachspuppe.

Was hatte Bolingbroke darüber ausgesagt? Wenn Eleanor wußte, wie er ihre Existenz zu erklären versucht hatte, gab es vielleicht noch einen Ausweg für sie. Wie klar konnte ein Mann denken, der einem gnadenlosen Verhör ausgesetzt war?

War Bolingbroke gewitzt genug gewesen, das unselige Wachsmännchen als Abbild eines anderen als des Königs auszugeben? Sicher war er auch unter Androhung der Folter nicht so weit gegangen, seinen Peinigern in allem nach dem Mund zu reden, ihnen nur zu sagen, was sie hören wollten: daß jenes Ding aus Wachs den Namen des Königs von England trug. Aber wenn er es doch getan hatte? Oh, in diesem Falle würde die ferne Jacqueline sich in der Tat über eine königliche Rache freuen können!

Southwell war Eleanors größter Fehler gewesen. Er war das schwache Glied in der Kette, das zu ihrer Entdeckung geführt hatte. Bolingbroke hatte darauf bestanden, daß ein Priester seine Instrumente segnete, damit die Vorhersagen wahr und eindeutig wären. Aus diesem Grunde hatten sie den Kanonikus von St. Stephens hinzugezogen, einen alten, feinsinnigen und ehrwürdigen Menschen, dem man vertrauen konnte, dessen Diener jedoch hellhörig waren und stets bereit, einen Blick durchs Schlüsselloch zu riskieren. Wer konnte schon mit Sicherheit sagen, daß die Messe in Hornsey Park nicht beobachtet worden war? Auf jeden Fall wußten inzwischen alle davon, und Southwell saß im Tower, den er wahrscheinlich nur noch einmal verlassen würde: um das Urteil zu vernehmen und als Verräter hingerichtet zu werden. Ja, so überlegte Eleanor, es waren zu viele Menschen in die Sache verwickelt gewesen. Zuerst Bolingbroke, dann Southwell und schließlich Margery aufgrund ihres Wissens um die Zutaten für harmlose Zaubermixturen und den Gebrauch von Wachs. Margery Jourdemayne, die Kräuterhexe von Eye, die Eleanor über die Jahre mit den Liebestränken versorgt hatte und die ihr nun einen weitaus gefährlicheren Dienst hatte erweisen sollen. Ja, viel zu viele Eingeweihte für solch ein brisantes Geheimnis!

Einer der Mitwisser hatte schon alle Schuld auf Eleanor geschoben, und die anderen würden seinem Beispiel folgen. Das war der einfachste Weg, sich zu entlasten: Jene von allen gehaßte Frau, jene emporgekommene Herzogin, sollte sie doch die Verantwortung für alles tragen! Es war die letzte

Hoffnung – der Schatten einer Hoffnung – auf Gnade und Vergebung; und diese Hoffnung lächelte nur jenem, der Eleanor Cobham der Meute zum Zerreißen vorwarf.

Bolingbroke hatte es ihnen vorgemacht, und Margery würde nicht zögern, es ihm gleichzutun, denn außer diesem einen Ausweg war ihr keiner geblieben, ihre Aussicht auf eine milde Strafe gering. Schon einmal hatte sie vor dem Tribunal gestanden, vor zehn Jahren zwar, doch die Erinnerung des Gesetzes reicht ebenso weit wie sein Arm. Auch damals war sie von ihrem kleinen Landgut in Eye, in dem sie ihr florierendes Geschäft mit Kräutern und Amuletten betrieb, fortgebracht worden, um in Windsor der Hexerei angeklagt zu werden. Und damals wie heute hatten sich Geistliche in ihrer Gesellschaft befunden: damals Bruder Ashewell und John Virley, heute Roger Bolingbroke und der Kanonikus Southwell. Der einzige Unterschied bestand darin, daß ihre jetzigen Mitgefangenen in der Kirchenhierarchie einen höheren Rang bekleideten. Der einzige? Damals hatte man alle Angeklagten aus Mangel an Beweisen freilassen müssen, und ein jeder war nach und nach zu seinen alten Praktiken zurückgekehrt. Doch diesmal sah es anders aus.

Eleanor seufzte. Nein, von ihnen hatte sie ganz sicher keine Hilfe zu erwarten: Sie würden die Herzogin auf ihrem Weg in die Hölle mitnehmen wollen – oder wo immer sie ihr Weg hinführen mochte. Was also war zu tun? Eleanor blieb nichts anderes übrig, als einen kühlen Kopf zu bewahren und ihrem üblichen Tagwerk nachzugehen, als sei nichts geschehen. Vielleicht boten ihr der Name und die Macht des Herzogs am Ende ja doch Schutz vor den Häschern.

Sie ertrug die Spannung zwei Tage lang. Dann, am Dienstag abend, kam mit der Dunkelheit schließlich auch die Panik. Des Wartens überdrüssig, floh sie Hals über Kopf nach Westminster, um dort Asyl zu suchen. Und als wären Bluthunde von der Leine gelassen worden, hefteten sich alle Dämonen, die sie in ihrer Furcht heraufbeschworen hatte, auf ihre Fersen: Ihre Feinde hatten nur auf diesen einen falschen Schritt gewartet. Eleanor wurde vorgeladen und offiziell der Nekromantie, der Hexerei, der Ketzerei und des Hochverrats beschuldigt.

Ein Asyl läßt sich nicht ewig aufrechterhalten, und unbemerkt entkommt man einem solchen nie; eine Kirche ist der letzte Ort, an dem ein weiser Mensch Zuflucht sucht. Eleanor lernte dies zu spät, doch sie bemühte sich, ihren Fehler so gut es ging wieder auszugleichen: Sie war wie eine schuldbewußte Dienerin in ihr Versteck geflohen, doch sie kam wie eine Herzogin wieder daraus hervor. Gefaßt und würdevoll stellte sie sich ihrer ersten Anhörung.

Man hatte ihr befohlen, sich in der St. Stephen's Chapel in Westminster vor zwei Männern einzufinden, die zu ihren ärgsten Gegnern zählten: Henry Beaufort, Großonkel des Königs und Kardinalbischof von Winchester, der schon seit langem in Fehde mit Humphrey lag und nun endlich eine Möglichkeit sah, seinen alten Feind loszuwerden; sowie dem Erzbischof Ayscough, der – wie alle seines Standes – Beaufort treu ergeben war. Von zwei solchen Männern durfte Eleanor kaum Mitleid erwarten. Immerhin war es möglich, daß dieser Prozeß ihnen und ihren Anhängern die alleinige Herrschaft über England einbrachte.

Dennoch behandelten sie die Angeklagte mit angemessenem Respekt und väterlichem Verständnis, wie es sich für zwei Männer gebührte, denen das Seelenheil der ihnen Anvertrauten oblag. Der alte Kardinal, ein Nachfahre John of Gaunts und selbst ein entfernter Verwandter der Plantagenets, war nicht weniger ehrgeizig als Humphrey. Während Humphrey sich allerdings dem Weltlichen zuwandte, hatte Beaufort seinem Hang zum Geistlichen nachgegeben und die Kirchenlaufbahn eingeschlagen. Der Hauptunterschied zwischen den beiden bestand jedoch darin, daß Beaufort eine weitaus größere Erfahrung hatte, die ihn umsichtiger und geschickter in der Kunst des Verstellens gemacht hatte. O ja, er beherrschte jede Geste, wußte, wie er den Kopf auf die Hände stützen mußte, wie er Eleanor mit einem väterlichen Blick mitleidsvollen Verständnisses anzusehen hatte – während er sie gleichzeitig der Ketzerei und des Hochverrats beschuldigte und sich in Gedanken die Szene ausmalte, wie er Humphrey in allen Einzelheiten von ihrer Schmach berichtete. Er, dessen Handlanger in den Straßen von London noch vor kurzem Händel mit den Soldaten Gloucesters gesucht hatten und der den geplagten Bedford aus Frankreich hatte kommen lassen, um den Streit zu schlichten! Er, der sich so listig und schlau vorkam, weil er größeren Einfluß auf den jungen Henry gewonnen hatte, als Humphrey je gehabt hatte! Nun, Beaufort würde bald feststellen, daß er es in diesem Verfahren nicht mit einem unsicheren Heranwachsenden, halb Mönch, halb Gelehrter, zu tun hatte, sondern mit einer Frau, die wußte, was sie wollte, und zu allem entschlossen war.

Zwei habgierige Kirchenmänner sollten also über Eleanor richten: der eine der Großonkel des Königs, der andere dessen Beichtvater. Wie sollten sie zu einem gerechten Urteil gelangen? Wie sollten sie unvoreingenommen darüber urteilen, ob die Wachsfigur tatsächlich Ähnlichkeit mit Henry hatte und geformt worden war, um seinen Tod zu bewirken? Doch Eleanor wußte, welchen Weg sie einzuschlagen hatte, und obwohl sie sich auf unsicherem Boden bewegte, war sie bereit, alles zu riskieren.

Sie hatte wieder etwas Zutrauen zu dem Namen Gloucester gewonnen. Leugne alles ab, sagte sie sich, doch laß dir Schlupflöcher offen, so daß du später alles zugeben kannst, was du zugeben mußt, ohne unglaubwürdig zu wirken oder dich in Widersprüche zu verstricken. Die Wachsfigur ließ sich schlecht verleugnen, denn die Ankläger hatten sie gesehen und in der Hand gehalten. Eleanor konnte nur versuchen, eine harmlose Erklärung zu liefern. Vielleicht gab es noch andere eindeutige Beweise, doch auch diese konnte man nach eigenem Gutdünken deuten, ohne dabei ihre Existenz abzustreiten. So muß ich vorgehen, dachte sie: einen Schritt nach dem anderen. Und meine Ankläger müssen dabei stets den ersten Schritt tun.

Doch der alte Henry Beaufort konnte, wenn er wollte, ebenso behutsam und raffiniert vorgehen wie eine Frau, und er hatte Eleanor gegenüber einen entscheidenden Vorteil: Er hatte keine Angst. Die eiskalte Faust des Todes hielt Eleanor umklammert, noch bevor die erste Anhörung vorüber war, und das obwohl sie einen klaren Kopf behielt und ihrem Entschluß treu blieb. Sie gab zu, daß sie unbesonnen gehandelt und andere zu Taten verleitet hatte, die möglicherweise mißdeutet werden konnten. Ja, sie hatte Interesse gezeigt an Astrologie und anderen obskuren Künsten, die jedoch nur dem Uneingeweihten diabolisch erscheinen mochten; schließlich habe Gott selbst die Sterne am Himmel angeordnet, und er ließ alle Pflanzen sprießen und blühen. Böse Absicht oder gar Hochverrat leugnete Eleanor strikt ab.

Ob sie Dämonen heraufbeschworen habe, die ihre Fragen beantworten sollten? Nein. Ob sie veranlaßt habe, daß die Instrumente gesegnet wurden, mit denen die Weissagungen vorgenommen werden sollten? Es wäre doch sicherlich die Pflicht eines jeden ratsuchenden Gottesfürchtigen, nichts zu unternehmen, ohne zuvor den Segen des Herrn zu erbitten?

Eleanor blieb standhaft: Keine ihrer Taten hätte heimlich stattgefunden oder der Heimlichkeit bedurft. Das Schriftstück mit den Zahlen, das Bolingbroke zur Last gelegt worden war, wäre nicht mehr als das, was es auf den ersten Blick zu sein schiene: eine Tabelle mit Berechnungen für ihr, Eleanors, Horoskop. Die Kirche hatte solche Studien nicht verboten.

Und das Geständnis des Kanonikus? Eleanor war auf der Hut, denn sie wußte nicht, *was* Southwell gestanden hatte. Sie wiederholte nur noch einmal, daß sie keinen Verrat begangen und einen solchen auch nicht geplant habe. Was ein Mensch wie Southwell, der um sein Leben fürchtete, alles behauptete, um sich zu retten, könne sie nicht sagen, noch wolle sie auch nur ein Jota von der Wahrheit abweichen, nur um solche fragwürdigen Behauptungen zu bestätigen oder abzustreiten. Sie hätte den Kanonikus niemals wissentlich zu einer strafbaren Handlung verleitet. Alles, was sie habe wissen wollen, wäre ihre eigene Zukunft gewesen – doch nicht um den Preis, einem anderen damit zu schaden.

Und die Wachspuppe? Ob auch sie ein Teil ihrer Zukunft

sei? Eleanor bejahte dies und behauptete, diese Figur sei ein Symbol ihrer größten Hoffnung. Seit zehn Jahren sei sie schon verheiratet und habe noch immer keine Kinder. Die Puppe diene alleine dem Zweck, ihr zu dem Erben zu verhelfen, den sie dem Herzog so innig zu schenken wünsche. Kein Feuer hätte die Figur erwärmt, nur ihre Hände und ihr Körper, da sie die Puppe ständig bei sich getragen habe: ein verzweifeltes Heilmittel gegen ein »Gebrechen«, wie sie es ausdrückte, das sie an den Rande der Verzweiflung gebracht habe. Möglicherweise habe sie die Sache falsch eingeschätzt und sich zu sehr von ihren Gefühlen leiten lassen, doch sicherlich habe sie – außer sich selbst – niemandem Schaden zugefügt.

Auf welchen Namen die Puppe getauft worden sei, wurde sie daraufhin gefragt. Eleanor erwiderte mit Nachdruck, daß die Wachsfigur niemals einen Namen hatte, denn ein Kind könne erst einen Namen tragen, wenn es geboren sei.

An dieser Version der Ereignisse hielt Eleanor fest, denn sie sah keine bessere Möglichkeit, sich zu verteidigen. Dieser Weg verhieß keine Erlösung und rettete ihr möglicherweise nicht einmal das Leben, aber mehr konnte sie nicht tun. Und dies war nur der Anfang; ihre Ankläger hatten es nicht eilig, sie vor das Tribunal zu bringen, das sie entweder freisprechen oder verdammen würde. Solange alles offen blieb, konnten sie Humphrey nach ihrem Willen lenken. Eine lange Zeit des Wartens lag vor Eleanor. Sie fragte sich, wo sie diese verbringen würde.

Am 11. August brachte man sie nach Leeds Castle in Kent, wo sie bis Oktober bleiben sollte, vielleicht sogar länger, je nachdem wieviel Kraft Humphrey noch aufbrachte, ihre Sache vor Gericht durchzufechten. Zu diesem Zeitpunkt erreichte Eleanor nur noch spärliche Kunde von ihm – die zudem noch meist belanglos war. Wichtige Nachrichten zu übermitteln war gefährlich, da die Beauforts überall ihre Spitzel hatten.

Es kam Eleanor vor, als lägen nicht nur die wenigen Meilen, die ihr Gefängnis von London entfernt war, zwischen ihr und Humphrey, sondern ganze Welten. Manchmal dachte sie ganze Tage nicht an ihn, und je weiter das Jahr fortschritt, um so weniger war sie mit ihrem eigenen Los beschäftigt.

Doch immer wieder tauchte sein Bild vor ihren Augen auf – nicht so, wie er in Wirklichkeit aussah, sondern so, wie sie ihn sich in ihrer Angst und Einsamkeit wünschte: nicht der intelligente, zu Ausschweifungen neigende, zynische, fünfzigjährige Mann, der vorzeitig gealtert war angesichts der Schmach, unter der seine Frau leiden mußte; sondern der junge Humphrey Plantagenet in der Blüte seiner Jahre, der edle Herzog, Protektor von England, der voller Zorn das Schwert gegen seine Feinde und die seiner Gemahlin zog. Eleanor steigerte sich zuweilen dermaßen in diese Vorstellung hinein, daß sie tatsächlich davon überzeugt war, Humphrey sammle eine Armee um sich, um seine Gemahlin aus ihrem Gefängnis zu befreien. In solchen Augenblicken rechnete sie fest damit, daß er kommen würde, und lauschte schon auf die ersten Trompetensignale, die an den Toren Alarm schlugen. Jene südländische Heißblütigkeit, die seine Neugier, seinen Ehrgeiz und seinen Hochmut so unersättlich machte, hätte jetzt in einem Ruf zu den Waffen gipfeln müssen; wie ein reißender Strom hätten seine Worte in die Mühlen des Prozesses eingreifen müssen, Worte, die das Rasseln von Schwertern erahnen ließen.

Doch in dieser Beziehung war er ein typischer Engländer. Er kam nicht. Er sandte ihr kein Wort, nur die wohlformulierte, zurückhaltende Botschaft, daß er sie liebe, daß sie Hoffnung fassen und in ihrer Verteidigung Vernunft wahren sowie dem Gesetz Folge leisten solle, wie er, für seinen Teil, es auch täte.

Eleanor hatte geglaubt, daß Humphreys Gesinnung ebenso gesetzlos wäre wie ihre eigene, doch im Grunde war er ein vehementer Verfechter von Recht und Ordnung. Er mochte gegen das Gesetz verstoßen haben, doch er hatte es nie grundlegend in Frage gestellt. Kühn war er seinen Interessen nachgegangen, doch was immer er auch getan hatte, er hatte nie gänzlich die Achtung vor dem Gesetz des Landes verloren: zumindest nicht vor jenem Bild, das er sich – je nach Bedarf – davon zurechtgebogen hatte. Er hatte sich den Glauben an den Staat mit derselben Vehemenz bewahrt wie den Glauben an die Kirche. Gotteslästerer hatte er auf dem Scheiterhaufen verbrannt; die Lollards waren vor seinen Augen den Flammen anheimgefallen. Wie konnte er da die Stimme erheben zur Verteidigung einer rückfällig gewordenen Hexe, zweier abtrünniger Priester und jener Frau, die sie zu ihrem schändlichen Tun angestiftet hatte, selbst wenn diese aus demselben Holz wie er geschnitzt war?

Eleanor brach darüber immer wieder in heftige Wut aus, schimpfte Humphrey einen Feigling und Überläufer, weil er sie schutzlos der Gnade ihrer Feinde überließ, und weinte bitterlich über das eigene Schicksal, bis sie vollkommen blind für *seinen* Kummer geworden war. Sie verbrachte ihre leidvollen Tage im ständigen Wechsel zwischen Hoffnung, daß er doch noch kommen würde, und Verzweiflung, wenn er nicht kam. Jacqueline mußte es in Holland ähnlich ergangen sein, während sie auf das Geld und die von Humphrey versprochenen Truppen wartete und hilflos mit ansehen mußte, wie Philipp sein Netz immer enger um sie zog. Irgendwann hatte Jacqueline wohl alle Hoffnung fahren lassen und sich von dem Bild getrennt, das sie von Humphrey hatte, wie man von einem Toten Abschied nimmt. Und so erging es am Ende auch Eleanor. Ein Teil der Schuld an jenem alten Verrat war getilgt. Die Umgebung, in der Eleanor sich aufhalten mußte, bot ihr genügend Komfort, und ihre gesellschaftliche Stellung hatte sie noch nicht verloren – wie damals Jacqueline. Dennoch war Eleanor eine Gefangene, im Stich gelassen von ihrem Gemahl, dem Herzog – wiederum wie Jacqueline. Jacquelines alte Wunde hätte sicher weniger geschmerzt, wenn sie gewußt hätte, wie angemessen sie gerächt worden war.

Anfang Oktober waren Eleanors Ankläger bereit, mit der Anhörung fortzufahren, zumal sie sich inzwischen sicher sein konnten, daß sie keinen bewaffneten Überfall zur Befreiung der Herzogin zu befürchten hatten. Ein eigener Ausschuß war gegründet worden, der den ganzen Fall untersuchen sollte, und von diesem Gremium wurden alle Angeklagten schließlich des Hochverrats bezichtigt: Bolingbroke und Southwell als Rädelsführer, Eleanor Cobham und Margery Jourdemayne als Helfershelfer.

Nun endlich sah die Herzogin ihre Handlanger wieder, und sie fragte sich, ob sie selbst sich auch so stark verändert hatte. Innerhalb der wenigen Wochen war Southwell, zuvor schon ein alter Mann, noch stärker gealtert und weiß wie ein in der Erde lebender Wurm geworden, düster im Gemüt und mit zusammengekniffenen Augen, die Mühe hatten, noch etwas zu erkennen. Ein Windhauch, und er wäre gestrauchelt; eine starke Bö, und er wäre entzweigebrochen. Die Senilität hatte sein Gesicht so ausdruckslos werden lassen, daß man kaum abschätzen konnte, ob er dem Geschehen voller Furcht, voller Gelassenheit – oder überhaupt noch folgte. Die Ankläger würden sich beeilen müssen, dachte Eleanor, wollten sie Southwell noch lebend an den Galgen bringen.

Anders stand es um Bolingbroke. Er war stets ein Mann sowohl der Tat als auch des Geistes gewesen. Jeglicher Handlungsmöglichkeit beraubt, war er hager und unruhig geworden und wirkte wie ein in die Enge getriebener gerupfter Falke. In seinem Gesicht stand der Schrecken der vergangenen Wochen geschrieben; es wirkte hart und unbewegt, doch hinter dieser Maske brodelte das Feuer. Eleanor vergaß keinen Augenblick, daß wahrscheinlich er es gewesen war, der sie verraten hatte. Er hatte den Tod verdient, und mochte dieser auch noch so grausam sein – solange sie, Eleanor, nicht mit in den Abgrund gerissen wurde.

Was die Weisfrau von Eye betraf, so hatte diese offensichtlich so viele Tränen vergossen, daß ihr Gesicht sich in eine aufgedunsene, rote Maske der Verzweiflung verwandelt hatte. Eleanor wandte verächtlich den Blick ab. Margery wurde langsam alt, und zweifellos hatte sie gehofft, einmal in ihrem Bett zu sterben. Doch selbst nach der Warnung, die sie damals in Windsor erhalten hatte, war es ihr unmöglich gewesen, sich von ihren Kräutern und Tränken fernzuhalten. Machtvoll brannte jenes Verlangen in ihrem Blut, mehr zu wissen als ihre

Mitmenschen. Und selbst wenn der Handel mit magischen Substanzen ein großes Risiko in sich barg: Von irgend etwas mußte eine Frau schließlich leben.

Eleanor schüttelte unmerklich den Kopf. Allein am Aussehen ihrer Mitangeklagten konnte man deren Schuld ablesen. Und wie stand es um sie selbst? War es möglich, daß sie einen ebenso elenden, schuldbewußten Eindruck machte? O ja, dachte die Herzogin, ich habe viel geweint; ich bin blaß von den vielen Tagen des Eingesperrtseins. Doch ist auch mein Gesicht von der Furcht so gezeichnet? Eleanor sah sich fragend um, und ihr Blick begegnete so manchem, der früher einmal in ihrem Haus an ihrer Tafel gesessen hatte. Die Menschen starrten Eleanor an, als würden sie sie tatsächlich nicht wiedererkennen. Neugier sprach aus ihren Augen, denen nichts entging; Neugier und gespannte Erwartung, gepaart mit – wie Eleanor glaubte – unverhohlener Schadenfreude.

Nun also war der Herzogin von Gloucester das Glück nicht mehr hold, und es war nicht mehr die Mühe wert, sie freundlich anzulächeln. Alle hatten sie stets nur aus einem Grunde hofiert: um sich in ihrem Glanz zu sonnen. Nun, da der Schatten des Hochverrats auf ihr lastete, brachten sich alle flugs in Sicherheit, um Eleanors Untergang genußvoll zu verfolgen.

Nur Eleanors Untergang? So glaubte sie zumindest, bis sie sich umdrehte, um herauszufinden, wem die vielen Seitenblicke der Zuschauer galten: Abseits der Menge saß, einem Ausgestoßenen gleich, der Duke of Gloucester, Humphrey, ihr Mann.

Erst da begriff sie das ganze Ausmaß der Genugtuung dieser Menschen. Nein, sie haßten die Herzogin nicht um ihrer selbst willen, und die tiefe Freude, die sie angesichts Eleanors Schande empfanden, galt nicht alleine ihr. Eleanor war nicht länger ein eigenständiges, unabhängiges Wesen, ob nun schuldig oder nicht; sie war zu einem Werkzeug geworden, zu einem Dolch, der sich tief in Humphreys Rücken bohrte und ihn am Ende vernichten würde: zuerst seinen Ruf und schließlich ihn selbst.

Und er war erst fünfzig Jahre alt! Es war zwei Monate her,

daß Eleanor ihm zum letztenmal begegnet war. Ihr Herz krampfte sich zusammen, als sie sein stark gealtertes Gesicht sah. Hatte sie ihm das angetan? Sicher, er hatte ein bewegtes Leben geführt, mit der Ruhelosigkeit eines Sturmwindes. Schon mit acht Jahren war er zum Ritter geschlagen worden, und vor Eleanor hatten zahlreiche andere Frauen ihn körperlich und seelisch beansprucht. Doch nie zuvor hatte sie diesen stumpfen Ausdruck in seinen Augen bemerkt oder die tiefen Furchen, die Alter und Erschöpfung in seine Stirn gegraben hatten. Zuviel Liebe und zuviel Haß hatten ein Gutteil seiner ungewöhnlichen Energie aufgezehrt, schon bevor Eleanor ihn kennengelernt hatte. Den Rest hatte sie dann entflammt – allerdings lange bevor die Zeit dazu reif gewesen wäre –, um ihn ausgebrannt und leer zurückzulassen. Und wofür? Für einen Zauber, der wirkungslos geblieben war und sie vor dieses Tribunal gebracht hatte. Als sie Humphrey nun erblickte, ergriff ein tiefer Schmerz ihre Seele, denn auf ihre Art hatte sie den Herzog geliebt, inniger und leidenschaftlicher als alle anderen Frauen zuvor.

Wie immer hatte er sich prächtig herausgeputzt. Stolz und aufrecht saß er da, denn der Stolz war ihm zur zweiten Natur geworden, und es bedurfte keiner Willensanstrengung, ihn zur Schau zu tragen. Doch seine Stattlichkeit wirkte nun farblos und kalt, eine zerbröckelnde Maske, hinter der man den alten, kranken Mann erkennen konnte, gefangen in seiner Einsamkeit, abgeschnitten von seinen Mitmenschen. Und sie, Eleanor, hatte ihn zu diesem Mann gemacht.

Für einen Augenblick vergaß sie all die Furcht um sich selbst und den Zorn darüber, daß er sie im Stich gelassen hatte. Eine Welle des Mitleids überrollte sie; Mitleid, das allein ihm galt. Doch nur für einen Augenblick. Denn hier ging es nicht um sein Glück oder das ihre, hier ging es um Eleanors Leben. Alles andere spielte nur eine untergeordnete Rolle. Dennoch wanderte ihr Blick immer wieder zu Humphrey hinüber, selbst als die Befragung schon angefangen hatte, so daß Eleanor manchmal unsinnige Antworten gab und ihr dieselbe Frage noch einmal gestellt werden mußte. Und jedesmal, wenn ihre Gedanken zu ihm abschweiften, packte sie Furcht, ja, beinahe Zorn darüber, daß er noch immer solche Macht über sie hatte, obwohl er ihr nicht mehr beistehen konnte oder wollte. Daß sie noch Liebe für jemanden empfinden konnte, der ihr nicht mehr nützlich war, war eine ganz neue Erfahrung für Eleanor.

Der Ausschuß stellte eine recht repräsentative Auswahl der Feinde Gloucesters dar, abgesehen von einigen wenigen Richtern, die, wie Eleanor vermutete, nur berufen worden waren, um die ganze Befragung nicht von vornherein als Farce zu entlarven. Huntingdon war da, ebenso Stafford und William de la Pole, der Earl of Suffolk, der ein ernstes, grimmiges Gesicht aufgesetzt hatte und zufrieden wie eine schläfrige Katze wirkte, die sich den Bauch mit Sahne vollgeschlagen hat.

Selbst ein Beaufort hätte Humphrey nicht mehr hassen können als dieser Mann. Konnte es bei solchen Untersuchungsrichtern überhaupt noch Hoffnung für Eleanor geben? Wieder und wieder würde man die ganze verfluchte Geschichte bis zur Erschöpfung, bis zum Überdruß durchgehen. Zuerst kamen die harmlosen Fragen über Eleanors Horoskop, dann die ernsteren, die sich unmittelbar daran anschlossen: nach der nächtlichen Messe im Hornsey Park, über die Mittel, mit denen die Weissagung vorgenommen werden sollte, über die Wachspuppe. Eleanor mußte standhaft bleiben und weiterhin behaupten, daß letztere nur einem Zweck gedient habe: ihr zu einem Kind zu verhelfen. Und Eleanor mußte leugnen, daß die Figur getauft worden war; denn hätte man sie getauft, würde man unweigerlich daraus folgern, daß sie den König oder eine andere lebende Person darstellte. Ungeborene Kinder trugen noch keine Namen.

Ja, an dieser Version mußte sie festhalten, ungeachtet dessen, was die anderen behaupteten. Falls Southwell dem Druck nicht standhalten und erklären würde, er hätte die Puppe getauft, würde sie anführen, daß die Ankläger den alten Mann bereits so weit getrieben hätten, alles zuzugeben, was sie ihm vorwarfen, in der Hoffnung, so endlich Ruhe vor ihren Fragen zu finden.

Falls Bolingbroke das gleiche behauptete, würde sie dagegenhalten, daß er log, um ihr zu schaden. Schließlich glaubte er, daß allein sie, Eleanor, die Schuld an seinem Leiden trug, und er wollte sie ebenso leiden sehen. Falls Margery – doch Margery befand sich inzwischen in einem solch erbarmungswürdigen, jämmerlichen Zustand, daß wenig von ihr zu befürchten war. Wenn nur die anderen zum Schweigen gebracht werden konnten! Im schlimmsten Falle mußte Eleanor bei ihrer Version der Geschichte bleiben, selbst wenn alle drei sich gegen sie verschworen. Einen Vorteil hatte sie immerhin gegenüber Margery: Die Richter würden es nicht wagen, eine Herzogin der Folter auszusetzen, um sie zu einem Geständnis zu zwingen.

Und so erzählte Eleanor immer wieder dieselbe glaubwürdige Geschichte ihrer Sehnsucht nach einem Kind. Sie habe dem Herzog einen Erben schenken wollen. Die Zukunft, in die sie hatte schauen wollen, war ihre eigene gewesen – als Mutter eines Sohnes. Als Eleanors Blick erneut auf Humphrey fiel, sah sie, daß er sich nach vorne gebeugt und die Stirn in die Hand gestützt hatte, so daß er sein Gesicht selbst vor ihr verbarg. Die Ringe an seinen Fingern reflektierten das Licht, in seinem Haar sah Eleanor deutlich die Nester grauer Strähnen. Humphrey blieb bei allem, was sie sagte, stumm; selbst die Bewegung, mit der er sein Antlitz verborgen hatte, war von einer unauffälligen Eleganz gewesen. Wozu noch all diese Mühe? Warum noch die angeschlagene Würde aufrechterhalten, koste es, was es wolle, da doch selbst dem Stumpfsinnigsten unter den Zuschauern klar sein mußte, daß hier ein Mann mit gebrochenem Herzen saß? Und wieder fragte sich Eleanor: »Ist das alles, was von unserer Liebe übriggeblieben ist?«

Es hatte einmal eine Zeit gegeben – und Eleanor konnte sich gut daran erinnern –, da konnte Humphrey nicht durch London reiten, ohne daß sich das Volk um ihn gedrängt und ihm zugejubelt hätte. »Unser guter Herzog Humphrey!« Er hatte die Würde, die dem alten Henry Beaufort fehlte, und bei jeder sich bietenden Gelegenheit protzte er diesem gegenüber mit der Bewunderung, welche die Massen ihm entgegenbrachten. Meist genügte es, wenn er einfach nur auf die Straße hinaustrat. Eleanor erinnerte sich an den spontan entstandenen Festzug, als sie sich damals – Eleanor noch im Gefolge Jacquelines – nach Flandern eingeschifft hatten. Eleanor hatte die geradezu beiläufig wirkende Anmut des Herzogs bewundert, als er dem Volk wie ein König zuwinkte und den Menschen links und rechts am Wegesrand großzügig sein Lächeln schenkte, ganz das Ebenbild des Königs, seines Bruders Harry. Und die Untertanen seines Bruders bewunderten ihn dafür. Von dem schwächlichen, kleinen Henry redete zu jener Zeit noch niemand. Hier, in der Gestalt des Protektors, ritt die Verkörperung der Königswürde selbst. Humphrey hatte gelacht, als sie ihm jenen Titel verliehen. Selbstlosigkeit – und ein solches Amt erforderte diese – lag ihm so fern wie den meisten anderen Menschen, und er verspürte keinerlei Bedürfnis, sich eine solch uneinträgliche Tugend anzueignen, nur weil es schicklich gewesen wäre. Dennoch war es ihm stets mühelos gelungen, den Eindruck von Selbstlosigkeit aufrechtzuerhalten, und so war ihm der Jubel stets vorausgeeilt, sobald er sich auf den Straßen blicken ließ.

Bis zum gegenwärtigen Zeitpunkt war Humphrey stets von einem Menschenmeer umringt gewesen. Wann hatte die Ebbe eingesetzt? Das Meer war jetzt weit entfernt, und es würde nicht mehr zurückkehren. Eleanor mußte an die Londoner Hausfrauen denken, rechtschaffene und angesehene Frauen, die vor dem Rat erschienen waren, um gegen den Herzog zu klagen, der seine Frau wegen einer Hure in der Fremde im Stich gelassen hatte. War dies nicht ein deutliches Zeichen gewesen? Für diese Frauen war Eleanor immer eine Hure geblieben, selbst als sie Jacquelines Stelle eingenommen hatte. Seitdem hatte das Volk ihm die Eskapaden, die er sich im Privatleben leistete, nicht mehr vergeben; selbst Humphreys königliche Würde vermochte daran nichts zu ändern. Oh, sicher, er hatte es sich selbst zuzuschreiben, daß sein Privatleben überhaupt zu einem Gegenstand des öffentlichen Interesses geworden war, doch sie, Eleanor, war schuld, daß es sich zu einem öffentlichen Skandal ausgeweitet hatte.

Was war dann geschehen? Die unruhige Zeit der Streitereien zwischen Kardinal Beaufort und dem Herzog von Gloucester hatte sicher dazu beigetragen, daß sich ein gewisses Ressentiment unter den Menschen ausbreitete, was sowohl den Namen Beaufort als auch Plantagenet betraf. Die Ratsversammlung war der Regentschaft Humphreys so überdrüssig geworden, daß sie den kleinen Henry bereits im Jahre 1429 zum König krönte, als er gerade erst acht Jahre alt war. Damit war Humphreys Protektorat beendet, und man hatte sich auf elegante Weise seines Einflusses entledigt. Und obwohl er diesen kurzfristig zurückgewann, während Henry in Frankreich gekrönt wurde, sorgten Erzbischof Kemp und andere aus Beauforts Klüngel dafür, daß Humphreys Macht nie wieder ihre alte Größe erlangte.

Dem gemeinen Volk hatte die rigorose Art gefallen, mit der der Herzog gegen die ketzerischen Lollards vorgegangen war und mit der er die Interessen der Briten in Frankreich vertreten hatte, wobei es allerdings nicht bemerkte, daß letztendlich er selbst der Durchsetzung dieser Interessen im Wege stand. Doch auch die Zügel, mit denen Humphrey das Volk gelenkt hatte, waren ihm entglitten, als er Eleanor zur Frau nahm. Schon lange hatte er keine Einladung mehr zu öffentlichen Veranstaltungen erhalten, der Jubel in den Straßen war immer leiser geworden; und nun fiel auch noch der Schatten des Hochverrats auf ihn und verdunkelte sein Antlitz. Dort saß er und schirmte seine Augen mit der Hand ab, ein alter Mann, der Glanz seiner alten und gegenwärtigen Titel verblaßt, ein Scherbenhaufen: Humphrey Plantagenet, Duke of Gloucester, Earl of Pembroke, Veteran der Schlachten von Harfleur und Agincourt, Verwalter der Grenzmark von Llanstephan unweit von Carmarthen, Gouverneur von Cinq Ports, Konnetabel von Dover, Herr über die Isle of Wight, von Carisbrooke und zahlloser anderer Ländereien. Ja, er hatte ein erfülltes Leben geführt – bis Eleanor gekommen war und alles zerstört hatte.

Tränen machten Eleanor blind, so daß sie kaum die Gesichter ihrer Richter erkennen konnte, als diese das Urteil fällten.

Und das Tosen in ihren Ohren, das Tosen der Flut, die Humphreys Glück mit sich fortriß, machte sie taub für die Worte. Später erklärte man ihr, daß sie zusammen mit Margery Jourdemayne dem Kirchengericht vorgeführt werden sollte, Southwell und Bolingbroke jedoch in den Händen der weltlichen Richter verblieben. Außerdem würde sie nicht lange auf die Verhandlung zu warten brauchen. Trotz der tiefen Verzweiflung, die sie abgestumpft hatte, verspürte sie zumindest darüber Freude. Ihr war zumute wie jemandem, den man lange der Folter ausgesetzt hatte und der dem nahenden Tod inzwischen mit Freude entgegenblickte.

Eleanor war zu großen Gefühlsausbrüchen nicht mehr fähig und verbrachte die Tage in stumpfer Gleichgültigkeit, die nur in jenen wenigen Augenblicken durchbrochen wurde, wenn Kunde über Humphrey sie erreichte. Alle anderen Neuigkeiten interessierten sie nur am Rande. Als sie vernahm, daß der Kanonikus Southwell tot im Tower aufgefunden worden war, beneidete sie ihn bloß um sein gütiges Schicksal. Und wenn sie milder gestimmt war, wünschte sie Margery, daß auch sie soviel Glück haben und vor der Urteilsverkündung sterben möge. Was die Liebestränke betraf, hatte man sich auf die Kräuterfrau schließlich stets verlassen können – und Humphreys Treue war Eleanor stets wertvoll gewesen, auch wenn sie auf diese obskure Weise erkauft worden war.

Am 21. Oktober wurde Eleanor erneut in St. Stephen's einem Tribunal von Bischöfen vorgeführt. Man verlas ihr die volle Anklageschrift: alle achtundzwanzig Beschuldigungen bezüglich Hochverrat, Verschwörung, Hexerei und Ketzerei. Erneut leugnete sie alle Punkte, die Hochverrat und Ketzerei betrafen, war aber so klug, bei einigen minder schweren Anschuldigungen ihr unüberlegtes Verhalten einzugestehen.

All das war ihr inzwischen so vertraut, daß es ermüdend wurde und sie Schwierigkeiten hatte, alles noch einmal zu wiederholen. Wozu noch einmal der ganze Stumpfsinn und die ganze Qual? Und dennoch stellten die Bischöfe ihre Fragen, und Eleanor mußte antworten. Sie konnte es sich nicht erlauben, zusammenzubrechen oder sich in Tränen aufzulösen wie die arme Margery, die halb wahnsinnig vor Angst war. Jedem Zeugen, der gegen sie aussagte, mußte sie mit der gleichen Gelassenheit und Haltung begegnen. Zumindest soviel schuldete sie Humphrey. Ach, wenn Southwell seine verfluchten Diener nur besser im Griff gehabt hätte, wäre es zu diesem ganzen Drama gar nicht erst gekommen! Eleanor mochte nicht daran denken. Sie hatte genug damit zu tun, trotz Erschöpfung und Überdruß ihre Geschichte zu wiederholen über die Wachspuppe und ihren Plan, ein Kind mit Hilfe geheimwirkender Kräfte zu empfangen. Das war der alles entscheidende Punkt. Mehr konnte sie nicht zu ihrer Verteidigung tun, und sollte diese keinen Erfolg zeigen, würde sie zumindest Würde und Haltung bewahren und ihre Richter nicht um Gnade anflehen. Erneut beteuerte Eleanor vor Zeugen ihre Unschuld und fügte noch hinzu, daß sie sich, was ihre minder schweren Vergehen beträfe, willig dem Urteil der Bischöfe fügen würde; dann schwieg sie.

Beide Angeklagten wurden für schuldig befunden. Eleanor hatte im Grunde nichts anderes erwartet.

Das Strafmaß wurde erst bei ihrem letzten Erscheinen vor dem Tribunal am 13. November verkündet: Die rückfällig gewordene Hexe Margery wurde in Smithfield dem Feuer überantwortet, auf Eleanor wartete ein dreitägiger öffentlicher Bußgang. Danach sollte sie für den Rest ihres Lebens eingesperrt werden. Sir Thomas Stanley wurde als ihr Aufseher bestimmt, und da sie die Gemahlin eines Prinzen war, wurde ihr die Summe von einhundert Talern pro Jahr als Leibrente zugestanden. Nichtsdestotrotz kam dies für Eleanor einem Todesurteil gleich, und die Summe für die Leibrente war der Preis für eine Beerdigung.

Als sie wieder in die Einsamkeit ihrer Unterkunft zurückgeführt wurde, erkundigte sie sich nach Bolingbroke und erfuhr, daß er den Tod eines Hochverräters sterben würde. Hume, der schon lange begnadigt worden war (Eleanor konnte sich gut vorstellen aufgrund welcher Dienste), freute sich sicher, daß er diese Plage los war. Vielleicht würde er morgen auf den Straßen sein, wenn der öffentliche Ausrufer nach Eleanor schellte und ihr die Kerze in die Hand drückte.

Eleanor wagte nicht daran zu denken, wie Humphrey diese Schande verkraften würde. Mochte er doch zumindest für diese drei Tage vergessen, daß er sich je eine zweite Frau genommen hatte! Morgen würde sie zum erstenmal allein durch die Straßen ziehen, umringt von Menschen, die neben ihr herliefen und ihr zuschrien. Doch es würde kein Triumphzug sein, und die Menschen würden ihr nicht zujubeln – auch wenn sie diesmal mit »ihrer« Herzogin sicher zufrieden sein würden.

Eleanor nahm ihre Strafe auf sich. Drei Tage lang wurde sie auf ihrem Bußgang durch London geführt, bekleidet mit dem losen, weißen Gewand der reuigen Sünderin, barfuß und ohne Kopfbedeckung, in der Hand eine zwei Pfund schwere Kerze. Das Volk drängte sich an den Straßenrändern. Ein solches Schauspiel war es immer wert, gesehen zu werden, wer auch immer das Opfer sein mochte. Für Eleanor Cobham jedoch ließ ein jeder mit Freude die Arbeit für einen ganzen Tag lang ruhen.

Es gibt Erfahrungen, die sich einem Menschen unauslöschlich einprägen und sein ganzes Wesen verändern, nicht wie der vergängliche Abdruck einer Hand auf einem weichen Kissen, sondern wie ein Rostfleck auf Eisen, der sich langsam ausbreitet und erst dann verschwunden ist, wenn er das ganze Material zerfressen hat. Eine solche Erfahrung machte Eleanor in jenen drei Tagen. Ihr Gesicht war so bleich wie ihr Büßergewand, als sie barfuß durch die Straßen zog.

Sie sah aus wie aus Schnee geformt – oder wie ihre wächserne Puppe. Ob diese ein ungeborenes Kind oder einen König darstellte, was spielte das nun noch für eine Rolle? Wenn die Puppe geschaffen worden war, um Gevatter Tod herbeizulocken, so hatte sie ihren Zweck erfüllt: Drei Menschen waren bereits ihretwegen gestorben, und niemand wußte, wie viele noch folgen würden. Die Puppe hatte kein neues Leben geschaffen, nur Schmerzen, Zerstörung und Verzweiflung gebracht. Nein, es spielte jetzt keine Rolle mehr.

Wichtig war nur noch, daß Eleanor weiterging, nicht stehenblieb. Ihre Augen waren blind, ihre Lippen blutleer. Sie blickte weder nach rechts noch nach links aus Angst vor all den Gesichtern, die sie anstarrten, und all den schrillen Stimmen, die sie anschrien. Nur noch der nächste Schritt zählte. Sie konzentrierte sich ganz auf ihre schmutzigen Füße, die sie vorsichtig auf das Pflaster setzte und die jedesmal einen blutigen Abdruck hinterließen; auf die ausgestreckte Hand, die unter dem Gewicht der Kerze zitterte; und auf ihr Herz, das wie ein glühend heißer Stein in ihrer Brust brannte.

Drei lange Tage der Erniedrigung und Erschöpfung! Doch Eleanor hielt durch, zeigte sich demütig und sagte ihre erzwungenen Gebete auf, stellte die Kerze auf den Altar und starrte, während ihre Hände, vom Gewicht befreit, unkontrolliert zuckten, stumm in die Flamme, die nun aufhörte zu flackern und ruhig abbrannte. Und wenn sie sich auf den Rückweg machte, wagte sie noch immer keinen Blick nach rechts und links, aus Angst, unter den vielen Gesichtern, die sie anstarrten, jenes zu entdecken, vor dem sie sich am meisten fürchtete.

So büßte Eleanor also unter strenger Bewachung den schlimmsten Teil ihrer Strafe ab. Nachts lag sie wach, geplagt von blanker, bitterer Verzweiflung.

Bevor die Herzogin in ihr Gefängnis nach Chester Castle gebracht wurde, gestattete man ihrem Gatten, sie zu besuchen. Die beiden sahen sich an, wohl wissend, daß es ihre letzte Begegnung sein konnte.

Nun, da sie Zeit und Gelegenheit hatten, stellten sie fest, daß sie einander nicht viel zu sagen hatten. Es war zu spät für Vorwürfe oder falsche Hoffnungen. Das Gesetz hatte gesprochen, und Eleanors Mutmaßungen und Torheiten gehörten ebenso der Vergangenheit an wie Humphreys unritterliches Verhalten, als er sie hilflos eben jenem Gesetz überlassen hatte. Nein, es blieb nicht mehr viel zu sagen. Ein drückendes Schweigen lastete auf beiden, während sie sich anstarrten, als wären die Augen beredter denn ihre Zungen.

»Ich werde nicht aufhören, beim König vorzusprechen, bis

ich deine Begnadigung erwirkt habe«, sagte Humphrey schließlich.

»Der König wird dich nicht vorlassen«, erwiderte sie. »Du stehst mir viel zu nahe, als daß sich ein König in deiner Gegenwart noch länger sicher fühlen könnte.«

»Auch ihm habe ich früher einmal sehr nahegestanden, und es war nicht zu seinem Schaden. Wir sind vom selben Blute; das wird er nicht vergessen haben.«

»Und wir sind aus demselben Stoff gemacht«, entgegnete Eleanor. »Seelenverwandte. Auch das wird er nicht vergessen haben. Rette dich. Ich bin verloren.«

»Wie soll ich mich retten, wenn wir doch ein und dieselbe Seele haben? Doch zweifle nicht, meine Herzogin, daß ich den König auf die ein oder andere Weise erreichen werde. Solange ich lebe, soll er stets an deinen Fall erinnert werden, bis er schließlich nachgibt. Mehr kann ich nicht versprechen, doch schwöre ich dies bei allem, was mir lieb und teuer ist.«

»Nähre keine Hoffnung in mir. Der Tod steht zwischen uns, und ich glaube nicht, daß ich mich noch einmal an ihm vorbeidrängen kann, um deine Hand zu halten.« Mit einem Male begann sie zu zittern. Sie mußte an Margery denken, wie sie schreiend auf dem Scheiterhaufen stand, und an Bolingbroke, dessen abgeschlagener Kopf auf der London Bridge in der Sonne verwesen und dessen zerstückelter Leichnam in ganz England verteilt werden würde, ein Glied als Warnung in jede große Stadt.

Als Humphrey schließlich aufbrechen wollte, blickte sie zu ihm auf und sagte: »Du sagst nicht, daß du an meine Unschuld glaubst, noch fragst du mich danach, was ich getan habe.«

»Was hätte das für einen Sinn?« erwiderte Humphrey. »Wie immer auch die Antwort ausfallen würde, ich gehöre dir. Wir kennen einander zu gut, um viel auf Tugend und Treue zu geben. Geburt, Tod – am Ende läuft alles auf dasselbe hinaus.«

»Aber hältst du mich für schuldig?«

»Ich halte dich weder für schuldig noch für unschuldig. In solchen Kategorien denke ich schon lange nicht mehr.«

Und so trennten sie sich voneinander. Sehr viel später stellte eine der Zofen, die Eleanor aufwarteten, unter dem Siegel der strengsten Verschwiegenheit jene Frage, die der Herzog sich zu stellen weigerte: »Madam, sagt mir ehrlich, war die Wachspuppe tatsächlich ein Symbol für das Kind, das Ihr zu empfangen hofftet, oder war es das Abbild des Königs?« Und Eleanors Lippen zuckten, denn zu diesem Zeitpunkt war sie bereits wieder zu einem düsteren, schwermütigen Lächeln fähig; sie lächelte, doch sie gab keine Antwort.

Eleanor sollte recht behalten: Der Sommer des Herzogs war vorüber. Von jener Zeit an weigerte sich der König, den allein schon der Name Gloucester unruhig machte, Humphrey vorzulassen. Jedermann durfte Humphrey furchtlos öffentlich anklagen, dieses oder jenes Fehlverhalten in den Jahren seines Protektorats zur Sprache bringen oder damit drohen, ihn für alte Sünden büßen zu lassen. Eleanor hörte in der Abgeschiedenheit von Chester Castle, später dann in Kenilworth, Gerüchte darüber, wie man ihrem Gatten zusetzte, und sie wußte auch, wer die Schuld daran trug: sie beide, Eleanor und Humphrey. Sie hatten unrühmliche Dinge getan; vielleicht nicht unrühmlichere als andere auch, die die Macht korrumpiert hatte, doch nichtsdestotrotz waren es Machenschaften, die ihnen nicht zur Ehre gereicht hatten. Und am Ende mußten sie beide dafür bezahlen.

Im Jahre 1447 wurde schließlich die letzte Rate der Vergeltung fällig. Eleanor befand sich inzwischen in Peel Castle auf der Isle of Man, wo sie bis zu ihrem Tode bleiben sollte. Dort erreichte sie die Kunde über Humphrey:

Das Parlament versammelte sich in diesem Jahr am 10. Februar in Bury, und einige von Humphreys Feinden nutzten die Tatsache, daß der Herzog von Gloucester an diesem Tag nicht anwesend war, schamlos für ihre Zwecke aus. Er sei in Wales, behaupteten sie, um dort eine Revolte gegen den König anzuzetteln. Und sie redeten so lange auf Henry, den armen Teufel, ein – wie gefügig war er doch in den Händen Margarets, seiner hitzköpfigen, Gloucester schon immer feindselig gesinnten jungen Frau, vor allem wenn William de la Pole sie unterstützte –, bis er dem Herzog schließlich seine Männer entgegensandte, um ihn noch vor den Toren der Stadt abzufangen und ohne Umwege zu seiner Unterkunft in North Spital of St. Savior in der Thetford Road zu bringen. Noch am selben Abend suchten ihn dort Buckingham, Beaumont und einige andere auf, um ihn auf Befehl des Königs festzunehmen, ein Schicksal, das daraufhin auch die meisten seiner Anhänger ereilte.

Was danach geschah, vermag wohl niemand genau zu sagen. Die einzigen, die Humphrey noch zu Gesicht bekamen, waren seine Wärter. Man behauptete, er wäre krank geworden, und das mag durchaus der Wahrheit entsprechen. Nur eines steht fest: Am 23. Februar des Jahres 1447, zwei Wochen nach seiner Festnahme, starb Humphrey Plantagenet, Herzog von Gloucester.

Der Tod ist unwiderruflich, wie unsicher und gewunden die Pfade auch gewesen sein mögen, die zu ihm führen. Man begrub Humphrey am 4. März auf der Nordseite der Abtei von St. Alban, wo er einst ein Weihnachtsfest mit Jacqueline von Hennegau gefeiert hatte und zusammen mit ihr in die Bruderschaft der Abtei aufgenommen worden war. So schließt sich der Kreis am Ende. Und auch wenn Jacquelines Leichnam nicht neben dem seinen begraben werden würde, so hatte sie damals doch sicher ein Stück ihres Herzens an jenem Ort gelassen und war nun wieder mit ihrem Herzog vereint.

»Ist es wahr, daß er bewaffnet gegen Bury geritten ist?« fragte Eleanor nachdenklich.

»Es ist wahr, Madam, daß er an der Spitze einer Truppe Bewaffneter ritt, doch es war keine große Truppe.«

Immerhin groß genug, um Henry einzuschüchtern, dachte Eleanor. Humphrey hatte sie wissen lassen, daß er entschlossen war, die Zusammenkunft des Parlaments zu nutzen, um vor dem König Gehör zu finden und so lange auf ihn einzureden, bis er Eleanor begnadigte. Auf ihn einzureden? Oder vielleicht doch auf ihn einzuschlagen? Humphrey war immer dann am überzeugendsten gewesen, wenn er ein gezücktes

Schwert in der Hand hielt. Eleanor würde wohl nie herausfinden, ob Humphrey ermordet worden war und ob er tatsächlich Hochverrat begangen hatte. Doch spielte das überhaupt noch eine Rolle? War Humphrey am Ende an seiner Eitelkeit zugrunde gegangen? Hatte sein Herz, müde geworden aufgrund seines unsteten Lebenswandels und seines alles verzehrenden Kummers, hatte sein Herz sich geweigert, jene letzte Schmach zu ertragen? Es war eine von vielen Möglichkeiten. Ein Kissen über dem Kopf während des Schlafes, ein Tropfen Gift im Wein eines Gefangenen: All das war schon vorgekommen.

Doch ob nun ein kalter Wind die Flamme zum Erlöschen gebracht hatte oder ob sie einfach ausgebrannt war: Das Ergebnis war dasselbe. Und ob er ein Verräter gewesen war? Warum sollte Eleanor sich fragen, was er sich selbst nie gefragt hatte? Am Ende bleibt jeder mit seinen Geheimnissen allein. Sollten die seinen mit ihm in Frieden ruhen. Was Eleanor betraf: Nun, da Humphrey nicht mehr war, hatte auch sie jede Bedeutung verloren. Niemand würde sich wegen ihr noch Gedanken machen. Sie hatte keine Ansprüche mehr auf den Thron. Man würde sie nicht einmal beseitigen müssen. Sie würde einfach Stück um Stück aus dem Gedächtnis der Menschen verschwinden, bis sie am Schluß ganz vergessen war und wieder in jenem Dunkel verschwand, aus dem sie einst gekommen war. Sie war jetzt schon tot, obwohl sie noch lebte.

Und so endet die Geschichte der Herzogin zusammen mit der ihres Gemahls am 4. März des Jahres 1447 in einer kalten Gruft auf der Nordseite der Abtei von St. Alban.

Originaltitel: The Duchess and the Doll
Ins Deutsche übertragen von Stefan Bauer

Feuerprobe

Mary Monica Pulver

Mary Pulver, bekannt als Teil des Autorenduos mit dem Pseudonym Margaret Frazer, stellt hier auch als eigenständige Krimiautorin ihr vielseitiges Talent unter Beweis. Die folgende Kurzgeschichte ist eine Fortsetzung der Anthologie über Pater Hugh, einen Priester, der im 15. Jahrhundert durch seine unorthodoxen Methoden bei der Aufklärung und Bekämpfung von Sünde und Verbrechen von sich reden machte.

Pater Hugh, Messepriester in der St. Osburga Abtei, ließ die drei Besucher in sein kleines Häuschen jenseits der Klostermauern eintreten und bot ihnen einen Platz in seinem bescheidenen Wohnzimmer an. Das von ihm anberaumte Treffen fand zwischen Vesper und Abendmesse statt, und das ohnehin fahle Abendlicht wurde durch leichten Nebel getrübt. Der Pater hatte auf dieser Zusammenkunft bestanden, denn für ihn war sie von äußerster Wichtigkeit. Allerdings hatte er den anderen versichert, daß er es kurz machen werde.

Die laue Mailuft wurde durch den Nebel erheblich abgekühlt, und Pater Hugh hatte einen Topf Wein auf dem Herdfeuer warm gestellt, von dem er seinen Gästen nun anbot. Als die Besucher Platz genommen hatten und von ihrem Wein tranken, ließ der Pater sich auf einem niedrigen Stuhl vor dem Herd nieder.

Pater Hugh, ein kleinwüchsiger Mann, dessen alljährliche Tonsur aufgrund seiner Größe ein Kinderspiel war, eröffnete die Konversation. »Robin, ich möchte dir danken, weil du neulich den Flammen getrotzt und Annie Bridges aus ihrem brennenden Haus gerettet hast. Ein Segen, daß du zufällig in der Gegend warst! Sonst wäre die arme Annie wohl in ihrem Bett verbrannt.«

Robin Fitzralph senkte verlegen den Kopf und errötete bis in die Haarwurzeln. Er saß in der Mitte des engen Raumes und machte den Eindruck, als wüßte er nicht recht, ob er sich lässig ausstrecken oder mit angewinkelten Knien in seiner unbequemen Haltung verharren sollte, um möglichst wenig Raum einzunehmen. »Ich wünschte nur, ich hätte von den Ferkeln gewußt. Zwei kleine Ferkel hätte ich doch ohne weiteres mit Annie zusammen aus ihrer Hütte tragen können«, murmelte Robin. Robin Fitzralph, zweiter Sohn eines wohlhabenden Freisassen, war für seine siebzehn Jahre sehr groß und kräftig. Doch der Schein trog, denn tatsächlich war er schüchtern wie ein junges Mädchen.

»Letztendlich erweist das Feuer sich für Annie doch als Segen. Ist etwa jemand anderer Meinung?« fragte Pers herausfordernd. Er hatte sich auf der Bank niedergelassen, und sein Unmut stand ihm deutlich ins Gesicht geschrieben. Hier, im Wohnzimmer des Paters, ließ er seinem angestauten Ärger freien Lauf und schlug mit seiner von harter Arbeit gezeichneten Faust kräftig auf den Tisch. Pers, ein hagerer Mann mit auffälliger Hakennase, hatte schwer geschuftet, um sich als Leibeigener emporzuarbeiten und sich in nächster Zukunft seine Freiheit zu erkaufen. In diesem Jahr hatten die Dorfbewohner ihn zum Vogt ernannt, und die Bürde dieses Amtes machte ihm schwer zu schaffen.

»Gottes Pfade sind verschlungen«, bemerkte sein Banknachbar, Pater Clement, Pfarrer im nahe gelegenen Dorf St. Marys. Er war ein großer Mann mit markanten Gesichtszügen, der sich in erster Linie durch seine Einfalt auszeichnete. Menschen, die über sich selbst hinauswuchsen, verunsicherten ihn zutiefst. Eine fragwürdige, im Jahre 1451 jedoch sehr geachtete und weitverbreitete Charaktereigenschaft.

Nachdem Annies Mann vor zwei Jahren gestorben war, wußte sie häufig weder ein noch aus und hatte größte Mühe, sich über Wasser zu halten. Irgendwo hatte sie zwei kränkliche Ferkel abgestaubt und hoffte, sie durch ihre aufopferungsvolle Pflege durchzubringen. Aus diesem Grund hatte Pater Clement ihr letztlich auch beigestanden, als sie weinend vor der Asche ihres Hauses stand. Dennoch hatte er es sich zuvor nicht nehmen lassen sie zu schelten, da sie seiner Ansicht nach ihre Feuerstelle nicht ordentlich abgedeckt hatte.

»Sieh nur, wohin deine Gier dich geführt hat! Du wolltest mehr, als Gott dir zugedacht hat, und jetzt stehst du hier vor den Trümmern deines Hauses«, hatte er zu ihr gesagt. »Du wolltest die beiden Ferkel unbedingt behalten, darum hast du das Feuer brennen lassen, als du ins Bett gingst, statt es mit Sand abzudecken. Nun schau, was passiert ist! Aufsteigende Funken haben dein Dach in Flammen gesetzt!«

Diese Version hatte Annie natürlich heftig bestritten. Manche Leute zeigten sich eben nur dann einsichtig, wenn sie auf frischer Tat ertappt wurden. Annies Verzweiflung hatte auch dann nicht nachgelassen, als die gesamte Dorfbevölkerung sich zusammentat, um ihr ein neues Häuschen mit soliderem Dach und Fundament zu errichten. Robins Versuch, den Verlust der beiden Ferkel durch einen kräftigen jungen Eber wettzumachen, verschlimmerte die Lage nur noch.

Annie war durch nichts davon abzubringen, daß ihr kein neues Schwein zustand. Diese Meinung ließ sie in Pater Clements Achtung wieder erheblich steigen. Ihre Äußerung setzte im Nu eine hitzige Debatte in Gang, deren Lautstärke die Neugier der Dorfbewohner weckte und das halbe Städtchen zum Ort des Geschehens strömen ließ. Robin hatte verlegen und beschämt zu erklären versucht, daß schließlich er die Ferkel hatte verbrennen lassen, und der Eber kein Geschenk sondern eine Wiedergutmachung sei. Die Zuschauer amüsierten sich köstlich über die absurde Diskussion, in deren Verlauf Robin sich nach Kräften bemühte, ihr ein wertvolles Schwein aufzuschwatzen, und sie sich standhaft weigerte, das Geschenk anzunehmen. Die Geschichte machte schnell die Runde. So wurde Robin, der tapfere Einfaltspinsel, durch seinen Großmut, indem er nicht nur Annies Leben rettete sondern ihr obendrein noch ein wertvolles

Schwein geben wollte, schnell zu einem Volkshelden. Dies hatte unweigerlich zur Folge, daß sein Gesicht von einer immerwährenden Schamesröte überzogen war. Und Annie hatte mehr Freunde als jemals zuvor.

»Das ist wahr, sie braucht nicht länger um ihren Besitz zu bangen«, erwiderte Pater Hugh. Annie Bridges hatte von ihrem Mann jeweils einen kleinen Streifen Land in den drei Feldern rund um das Dorf geerbt, von denen jährlich einer brachlag. Die beiden übrigen warfen Jahr für Jahr gerade soviel Getreide und Bohnen ab, daß Annie mehr schlecht als recht über die Runden kam. Im vergangenen Winter war dann noch ihr alter Ochse verendet, so daß sie sich nicht an der gemeinschaftlichen Feldarbeit des Dorfes beteiligen konnte. Und sie selbst war auch nicht kräftig genug, um ihren Verpflichtungen auf andere Art nachzukommen. Es schien nur noch eine Frage der Zeit, bis sie ihr Recht, auf den gemeinschaftlichen Feldern zu säen und zu ernten, endgültig verlieren würde. Pers Ackerland grenzte an Annies Felder, und sein geräumiges Haus befand sich in nächster Nachbarschaft zu ihrer Hütte im Dorf. Mit drei Söhnen und vier starken Ochsen war Pers durchaus in der Lage, seinen Besitz zu halten und falls nötig zu erweitern. Es hatte ganz danach ausgesehen, daß Annies Landstreifen ihm bald zugesprochen werden würden. Annie hätte sich unweigerlich dem Heer von Bettlern anschließen müssen, das Tag für Tag zu den Klostermauern pilgerte, um etwas von den kärglichen Essensresten der Nonnen zu erheischen.

Pers Ansicht wich von der vorherrschenden Meinung, daß dies ein wirklich bitteres Ende für Annie wäre, nur insofern ab, daß er der Überzeugung war, auf ihre Ländereien trotz allem dringend angewiesen zu sein. Denn der König und seine verschwenderische Gemahlin hatten sich selbst und obendrein das Staatsvermögen völlig verausgabt. Dieses Defizit versuchten sie auf Kosten der Bevölkerung durch höhere Steuerforderungen auszugleichen. In den letzten Jahren waren die Steuereintreiber ungewöhnlich gründlich gewesen, und überdies hatte auch noch Pers Fronherr die Not seiner Bauern ignoriert und höhere Abgaben von ihnen verlangt. Zur gleichen Zeit ergoß sich eine Flut von Regierungsbeamten auf der Suche nach möglichen Verrätern und Staatsfeinden über das Land. Pers ältester Sohn sympathisierte seit einem Jahr mit der Jack Cade Rebellion, und Pers befürchtete, daß er Bestechungsgelder würde zahlen müssen, um den einen oder anderen Regierungsschnüffler loszuwerden. Dieses Geld konnte er nur aufbringen, indem er seinen Besitz vergrößerte.

Doch nun würde er sich, solange Annie Bridges lebte, nicht um die Übernahme ihrer Ländereien bewerben können. Denn die Dorfbewohner bemühten sich redlich, Annie trotz oder gerade wegen ihres albernen Verhaltens bei der Sache mit dem Schwein über Wasser zu halten.

Wäre Pater Clement nicht zutiefst davon überzeugt gewesen, daß Annies Habsucht die Wurzel allen Übels gewesen war, so hätte der plötzliche Edelmut der Dorfbewohner ihn zweifellos an einen weiteren verschlungenen Pfad Gottes glauben lassen.

Pater Hugh füllte seine Tasse nach und bemerkte ganz nebenbei: »Wie ich hörte, reitest du auch nachts. Dein Pferd muß ja Augen haben wie ein Luchs.«

»Ach, es ist nur ein einfaches altes Pferd«, erwiderte Robin. »In der Dunkelheit hebt es seine Hufe kaum an und kommt darum nicht so schnell ins Stolpern. Man sitzt sogar bequemer im Sattel als bei Tageslicht.«

»Hoffentlich läßt du dein Pferd wenigstens tagsüber ausruhen, wenn es schon nachts arbeiten muß«, warf Pater Hugh ein, der ein Herz für Tiere hatte.

Pater Clement räusperte sich verhalten, bemerkte jedoch den fragenden Blick des jungen Mannes und fuhr fort: »Was sagt denn dein Vater dazu, daß du in der Gegend herumreitest, während jeder ordentliche Christ im Bett liegt?«

»Ach, nichts weiter« erwiderte Robin. Dann, als ob er sich für das ›nichts weiter‹ rechtfertigen müßte, brachte er Argumente für seine nächtlichen Ausritte vor. »Ich habe doch sowieso nichts Besseres zu tun. Mein Bruder ist der Erbe. Er ist es, der sich nachts von der Arbeit erholen muß. Außerdem haben meine nächtlichen Streifzüge der armen Annie das Leben gerettet, und das war es ja wohl wert!«

»Amen«, schloß Pater Hugh.

»Mein Pferd würde sogar am hellichten Tag in ein Loch von der Größe einer Kirche fallen«, erwähnte Pers, um anzudeuten, daß er stolzer Besitzer eines Reitpferdes war. »Wenn ich nachts fort muß, gehe ich zu Fuß.«

»Wart Ihr auch in der Nacht unterwegs, als Annies Haus abbrannte?« hakte Pater Hugh nach.

Pers verneinte die Frage und blickte ihn verständnislos an.

»Ihr müßt nämlich wissen, daß Annies Haus angezündet wurde!« sagte Pater Hugh.

»Das ist doch wohl nicht Euer Ernst!« entfuhr es Pater Clement.

Robin erhob sich pathetisch von seinem Stuhl in der Mitte des Zimmers und wandte sich dem Mönch zu:

»Natürlich ist das nicht sein Ernst. Der Klosterbruder ist doch bekannt für seine Späße. Dieser war ziemlich schlecht, Pater Hugh. Und nun verratet Ihr uns wohl besser den Zweck dieser Unterredung. Ihr sagtet doch, Ihr hättet einen guten Grund!«

»O ja, den habe ich. Ich will herausfinden, wer Annies Haus angesteckt hat«, erwiderte Pater Hugh bissig. Der Mönch, der sonst immer ein Lächeln auf den Lippen hatte, blickte Robin scharf an. Es wurde mehr als deutlich, daß Pater Hugh Sünden jedweder Art, sowohl bei sich selbst als auch bei anderen, verabscheute und offen zu dieser Einstellung stand. Niemand konnte sich erklären, warum gerade dieser Mönch mit seinen groben Manieren und seinen hitzigen Predigten die Messen in einem Kloster sanftmütiger Nonnen las. Es überraschte jedoch niemanden, daß er ein außergewöhnlich starkes Interesse für die weltlichen Belange in der Umgegend an den Tag legte.

Robin hatte sich inzwischen soweit beruhigt, daß er sich mit hochrotem Kopf wieder auf seinen Stuhl setzte. Erst kürzlich hatte sein Vater sich mit dem Mönch in Verbindung gesetzt und ihn um Unterstützung gebeten, weil er seinen Sohn nach Oxford ins Priesterseminar schicken wollte. Pater Hugh hatte dieses Ansinnen jedoch kaum vorangetrieben. Er war der Überzeugung, für Fitzralph sei es wesentlich leichter, aus einem Schweinsohr eine Seidenbörse herzustellen, als Robin die Tugenden eines Priesters einzubleuen.

Robin hatte ein zu schlichtes Wesen, um jemals ein Gelehrter zu werden. Ein Junge seines Schlages hätte sich problemlos in jedem herrschaftlichen Haushalt verdingen können. Zu Pater Hughs Bedauern wollte Robins Vater von diesem Vorschlag nichts wissen. Der Mönch war der Ansicht, daß man Robin als livriertem Diener schon seine Flausen austreiben würde, und seine Eltern überdies ein hungriges Maul weniger zu stopfen hätten. Zumal der Besitzer desselben nichts Besseres zu tun hatte, als seinem Pferd beizubringen, nachts in der Gegend rumzustreichen.

Pers riß Pater Hugh mit barscher Stimme aus seinen Überlegungen. »Wie kommt Ihr zu der Überzeugung, daß das Feuer gelegt wurde?«

Pater Hugh nippte an seinem Wein, bevor er antwortete.

»Zunächst einmal steht fest, daß das Feuer außerhalb des Hauses ausgebrochen ist. Mehrere Leute, die auf Robins Hilferuf herbeigeeilt waren, berichteten mir, das ganze Dach habe in Flammen gestanden, als Robin mit Annie in den Armen aus der Hütte wankte. Wäre der Brand im Inneren ausgebrochen und hätte das Dach in Flammen gesetzt, wäre Robin niemals lebend aus der Hütte rausgekommen.«

Pater Clement setzte zu einer Erklärung an – »Funken eines offenen Feuers gelangen ohne weiteres durch den Rauchabzug ...«

»Annie hatte ihr Feuer vorschriftsmäßig abgedeckt«, unterbrach Pater Hugh ihn ungeduldig.

»Behauptet Annie, doch diese Ferkel, die sie sonstwo ergattert hat ...«

»... waren nicht am Feuer, sondern lagen mit Annie zusammen im Bett.«

»Darüber hat sie nie ein Wort verloren ...«

»Sie schämte sich dafür. Sie nahm ihre Schweine mit in ihr Bett, ganz wie der reuige Sünder. Sie gab sich wirklich alle Mühe, diese Tiere zu retten. Ganz so, als wären es ihre eigenen Kinder, mit denen Gott sie zu ihrem Leidwesen und ihrer Schande nie gesegnet hat.«

Es folgte ein betretenes Schweigen. Kinder waren ein großer Segen. Sie wuchsen heran und kümmerten sich um ihre Eltern, wenn diese alt wurden, wie sie einst von ihnen versorgt worden waren. Und später wurden sie wiederum von ihren eigenen Kindern versorgt. So war der Lauf der Welt, und so war es gut und richtig. Es sei denn, man hatte keine Kinder – wie Annie Bridges.

Pers beendete die Stille – »Das Feuer in Nabs Scheune ist auch außerhalb des Gebäudes ausgebrochen. Wollt Ihr etwa behaupten, das sei auch das Werk von Brandstiftern gewesen? Wollt Ihr uns etwa weismachen, sämtliche Brände, die hier in letzter Zeit ausgebrochen sind, seien gelegt worden?«

Zu jener Zeit hatten die Häuser Ried- oder Strohdächer, und im Inneren brannten offene Feuerstellen. Zwischenfälle dieser Art waren an der Tagesordnung. Ein Wunder, daß nicht mehr Menschen in ihren Betten verbrannten.

»Ich bin davon überzeugt, daß mindestens drei Brände von Menschenhand gelegt wurden: Nabs Scheune, Annie Bridges Hütte und das Haus von Robins Vater.«

Robin erhob sich erneut mit einer übertriebenen Geste und protestierte lauthals – »Nein, nein! Der Koch hat sich draußen bei den Bauernlümmeln rumgetrieben und das heiße Fett zu nahe am Feuer stehenlassen. Das Fett spritzte in die Flammen, und die ganze Küche geriet in Brand.« Mit schreckgeweiteten Augen erinnerte sich Robin an das Feuer im Haus seines Vaters.

»Als ich nachsehen wollte, wann das Abendessen fertig ist, hörte ich unsere Magd Jennie schreien. Ich rannte kurzerhand in die Küche und schleppte sie hinaus. Dabei habe ich mir meine Augenbrauen versengt und die Hand verbrannt.« In einem Reflex strich er sich über den Handrücken.

»Jennie beteuerte, sie habe Pastinaken gewaschen und sich dabei weder dem Herdfeuer noch dem Öltopf genähert.«

»Das war sehr tapfer von dir, Jennie aus der brennenden Küche zu retten«, lobte ihn Pater Clement mit sanfter Stimme.

»O ja, die Leute sind ganz hingerissen von deinem Mut, Robin«, bekundete Pater Hugh seine Zustimmung.

»Ach, vor so einem kleinen Feuer hab' ich doch keine Angst«, entgegnete Robin abwehrend. Sein Gesicht glühte jedoch vor Stolz über das Lob.

»Ich gerate schon bei einem Freudenfeuer in Panik«, warf Pers schaudernd ein. »Diese gräßlichen Funken, die überall in der Gegend rumfliegen. Ich würde lieber erfrieren oder verhungern als verbrennen.«

»Der Mensch ist zur Mühsal geboren, wie Feuerfunken, die hochfliegen«, zitierte Pater Hugh das Alte Testament, während er Pers nicht aus den Augen ließ.

»Ich möchte auch nicht unbedingt verbrennen!« entgegnete Robin auf Pers Bemerkung. »Ich war eben zufällig in der Nähe. Hätte ich etwa zusehen sollen? Wenn man rasch handelt und sich schnell bewegt, können die Flammen einem nichts anhaben. Ich wünschte, ich könnte bei jedem Feuer sein, um die Menschen zu retten!«

»Gott schütze dein tapferes Herz!«, sagte Pater Clement und hob die Hand zum Segen.

Robin versuchte, seine Schüchternheit zu verbergen und wandte sich ab. Dabei geriet er aber in Pater Hughs Blickwinkel, was ihn vor Scham noch tiefer erröten ließ. Doch dann richtete er sich auf, blickte Pater Hugh fest in die Augen und sagte: »Um auf Ihren Verdacht der Brandstiftung zurückzukommen: Ich habe nie jemanden flüchten sehen, weder als die Küche meines Vaters in Flammen aufging noch als Annies Haus niederbrannte.«

»Hast du denn darauf geachtet, ob jemand davonlief?«

»Nein, ich glaube nicht«, kam die zögerliche Antwort. Durch Pater Hughs prüfenden Blick sichtlich verunsichert, begannen Robins Augen auf der verzweifelten Suche nach einem möglichen Themenwechsel im Zimmer umherzuwandern. Doch der enge Raum gab bis auf einen Tisch, eine Bank, zwei Bücher in einem Regal und ein Paar Stühle nicht viel her, was das Interesse der Anwesenden von dem Thema hätte ablenken können. »Was ist denn das?«, fragte Robin, wobei er mit dem Fuß auf ein schwarzes, schmales Eisenstück neben dem Herd deutete. Die rauhe Oberfläche des Metalls ließ darauf schließen, daß es lange Zeit nicht benutzt worden war, bis sich jemand die Mühe gemacht und den Rost entfernt hatte.

»Das ist das Eisen für die Feuerprobe aus St. Frideswide in Oxford«, entgegnete Pater Hugh. »Es sollte als Material für Hufeisen zum Schmied gebracht werden. Doch das habe ich nicht zugelassen. Zu seiner Zeit war es weithin bekannt.«

»Bekannt? Wofür?«

»Als die Menschen noch auf das Urteil Gottes vertrauten, wurde die Anklage gegen einen Verdächtigen vor dem Altar erhoben«, erklärte Pater Hugh, wobei er in den exaltierten Singsang verfiel, den er sich sonst für seine Predigten vorbehielt. »Stritt er dort weiterhin seine Schuld ab, wurde das rotglühende Eisen mit einer Zange aus dem Feuer geholt. Der Angeklagte mußte mit dem heißen Eisen in seinen nackten Händen zehn Schritte gehen; dann erst durfte er es fallen lassen. Nach dieser Prozedur wurde eine Messe gelesen und zu Gott gebetet, auf daß er ein gerechtes Urteil fälle. Die Hände des Beschuldigten wurden sauber verbunden und nach drei Tagen nahm man den Verband ab. Heilte die Wunde gut, war der Angeklagte unschuldig. Hatte die Wunde sich entzündet, bewies das seine Schuld.«

»Nichts als purer Aberglaube«, empörte sich Pers, der für seine aufgeklärten Ansichten bekannt war.

Pater Clement stimmte hierin mit ihm überein. Gott war für ihn jedoch allgegenwärtig, so daß er Pers' These ein wenig abschwächte – »Es ist Gottes Wille, daß wir auf der Suche nach bösen Machenschaften unser Herz und unseren Verstand benutzen. Schon Jesus Christus sagte: ›Und führe uns nicht in Versuchung!‹ Darum wird die Feuerprobe nicht mehr durchgeführt.«

»Bin ich denn der einzige unter uns, der an Wunder glaubt?« sagte Pater Hugh vorwurfsvoll.

»Nein, nein. Wir wissen alle, daß Gottes Macht unermeßlich ist. Pater Hugh, Ihr wißt doch selbst, daß meine Tante Elisabeth eine Geschwulst in ihrem Hals hatte, die auf wundersame Weise verschwand, nachdem sie zu St. John gebetet hatte und ihn bat, bei Jesus Fürsprache für sie einzulegen. An Erntedank ist sie zu einer Pilgerfahrt nach Compostella aufgebrochen. Ihr selbst habt oft genug betont, daß Gott über uns alle wacht«, entgegnete Robin.

»Und das tut er auch«, bekräftigte Pater Clement.

»Wenn dem so wäre, müßte die Hand eines Unschuldigen, der das glühende Eisen berührt, doch völlig unversehrt bleiben«, stellte Pers die Theologie in Anwesenheit zweier Pater kühn in Frage.

»Pers, wenn ich das Eisen in Eurem Dorfofen zum Glühen brächte und Euch bäte, zehn Schritte mit dem heißen Eisen zu gehen, würdet Ihr das tun und darauf vertrauen, daß Gott Eure Hand schützt?«

Pers' Antwort fiel zögernd aus – »Das ist nicht fair. Ich bin kein Brandstifter. Dennoch bin ich sicher, daß ich mir die Hände an dem glühendem Eisen ebenso verbrennen würde wie jeder andere auch. Und da schließe ich Euch nicht aus, Pater Hugh!«

»Pers, sagtet Ihr nicht selber, daß Euch Annies Landbesitz übertragen werden sollte, wenn ihre Hütte den Flammen zum Opfer fiele?«

Pers wurde sich plötzlich seiner mißlichen Lage bewußt. »Das habe ich doch erst gesagt, *nachdem* ihre Hütte niedergebrannt war. Niemals habe ich gesagt: ›*Wenn* Annies Hütte abbrennt, werde ich mich um ihr Land bewerben.‹ Die Idee kam mir erst, nachdem das Feuer vorüber war.«

»Das hört sich nach einer ehrlichen Antwort an. Sei's drum: Reich mir doch bitte das Eisen, Robin.«

Eifrig beugte sich der Junge hinab und hob das Eisen auf. Er ließ es jedoch mit einem Aufschrei wieder fallen, so daß alle Anwesenden erschrocken hochfuhren und auf das Metall zu Robins Füßen starrten.

»Was ist denn nur los?« wollte Pater Clement wissen und ergriff Robins Arm.

»Meine Hand, ich habe mir die Hand an dem Eisen verbrannt!« schrie Robin und umfaßte sein Handgelenk. Pater Clement nahm seine Hand und drehte sie herum, so daß die rote Brandwunde in Robins Handfläche für alle deutlich sichtbar war.

»Ja, warum hast du es denn aus dem Feuer geholt?« fragte Pers.

»Es war doch gar nicht im Feuer.« Robins Blick wanderte von dem Eisen zu seiner Hand.

Pater Hugh bückte sich und hob das Eisen auf. Dabei ignorierte er Robins warnenden Ausruf. »Also ich finde es ganz und gar nicht heiß«, bemerkte der Mönch, während er das Gewicht des Metalls in seinen Händen abschätzte, bevor er es mit lautem Poltern wieder zu Boden fallen ließ. Pater Clement starrte ihn mit offenem Mund an, doch Pater Hugh beachtete ihn nicht weiter und begutachtete statt dessen Robins Hand. »O je, was für eine scheußliche Brandblase! Schwester Agnes hat eine Salbe gegen Verbrennungen. Pers, machen Sie die Tür frei.«

Pers rührte sich nicht vom Fleck, während er seinen Blick fassungslos von Pater Hugh zu Robin wandern ließ. »Was soll denn das Theater?« fragte er barsch.

»Sieht das etwa aus wie Theater?« fuhr Robin ihn an und streckte ihm seine Hand entgegen. »Ihr seht doch, daß ich mir die Hand verbrannt habe und Pater Hugh nicht. Wir brauchen keine Salbe. Keine Salbe dieser Welt wird diese Hand vor einer Entzündung bewahren. Denn diese Hand war es, die Nabs Scheune ansteckte und das kochende Fett auf den Herd schüttete. Diese Hand hat das Dach von Annie Bridges Hütte angezündet. Gott war mein Zeuge und hat sein Urteil gefällt!«

Pers bekreuzigte sich und Pater Hugh fragte: »Robert Fitzralph, sprichst du die Wahrheit?« wobei er Robin bei seinem Taufnamen nannte.

»Ja, ich schwöre. Ich sage die Wahrheit!«

»Das ist Gottes Werk!« deklamierte Pater Clement. »Wie ließe es sich sonst erklären, daß sich ein Mann an kaltem Eisen die Finger verbrennt?«

»Aber warum nur? Hattest du Streit mit Annie Bridges?« fragte Pers.

»Ja, erkläre es uns!« verlangte Pater Hugh mit nervöser Stimme. »Warum hast du die Scheune, die Küche deines Vaters und Annies Hütte angezündet?«

»Ich hatte mit niemandem Streit«, erklärte Robin. »Es begann alles als harmloser Scherz. Eines Nachts ritt ich aus und sah die Scheune einsam und verlassen auf dem Feld stehen; da habe ich sie mit meiner Laterne kurzerhand angezündet. Ohne Grund, einfach nur zum Spaß. Ich versteckte mich hinter einem Baum, um das Feuer zu bewundern. Zwei Knechte rannten in die brennende Scheune und retteten einen Teil der gelagerten Wolle vor dem Feuer. Und sie wurden über Nacht zu Helden. Ich wußte genau, eine solche Chance wünschte ich mir auch, denn dann hätte ich beweisen können, daß ich genauso mutig bin. Darum goß ich das heiße Fett in die Flammen, und als Jennie zu schreien anfing, rannte ich in die Küche und rettete sie aus den Flammen. Es war nicht einmal ein richtiges Feuer. Doch nie zuvor bin ich so bewundert und anerkannt worden. Um meinen Ruhm und mein Ansehen zu vergrößern, setzte ich Annies Hütte in Brand und rief zunächst um Hilfe, damit möglichst viele Leute meinen Mut bewundern würden, bevor ich in das Feuer lief, um Annie aus den Flammen zu befreien. Es war wirklich nicht leicht, doch ich hab's geschafft! Wohin ich auch ging, ich wurde nicht länger als Trottel behandelt, sondern als der Mann, der ich bin.«

»O ja, wir sind jetzt vollkommen darüber im Bilde, was für ein Mann du bist«, bemerkte Pater Hugh mit gezwungener Stimme. »Wir haben genug gehört. Sobald wir deine Wunde versorgt haben, nehmen wir dich in Gewahrsam und warten auf den Coroner. Pers, macht die Tür frei! Entschuldigen Sie mich bitte. Ich gehe jetzt zum Kloster rüber und rufe nach der Krankenschwester.«

Nachdem sie Robins Wunde versorgt hatten, sperrten sie ihn in eine leere Speisekammer. Pater Clement nahm Robins Pferd und ritt los, um dessen Familie zu informieren. Es hatte noch immer nicht zur Abendmesse geläutet, und die Äbtissin bat Pater Hugh um eine Unterredung.

»Zuerst verdächtigte ich Pers. Er hatte das stärkste Motiv und ist mit dem, was er hat, nicht zufrieden. Dann fiel mein Verdacht auf Robin. Er ist nachts häufig mit dem Pferd unterwegs und außerdem ein solcher Einfaltspinsel, der alles tut, um sich im Ruhm sonnen zu können. Nachdem ich ihm die Geschichte von Annies Ferkeln erzählt hatte, war er geradezu versessen darauf, ihr ein neues Schwein zu schenken.«

»Als Ihr Robin in Euer Haus einludet, wart Ihr also schon von seiner Schuld überzeugt«, schlußfolgerte Schwester Margaret.

»Nein, mein Verdacht erhärtete sich erst während des Gespräches. Erst da wurde mir klar, daß nur Robin für alle drei Brände verantwortlich sein konnte. Das Feuer in der Küche konnte nur er gelegt haben, denn bis auf Jennie war niemand anwesend. Und sie würde ja wohl kaum ein Feuer in der Küche entfachen, in der sie zur selben Zeit arbeitet. Was Annies Haus betrifft, hatte Pers das beste Motiv, doch seine Furcht vor Feuer ist viel zu groß. Er gehört zu denen, die niemals das Dach anzünden würden, unter dem sie stehen. Denn sie selbst könnten ja den Flammen zum Opfer fallen. Robins plötzliche Begeisterung für nächtliche Ausritte erweckte in mir den Verdacht, daß er bei seinem Tun nicht beobachtet werden wollte. Als er mir beschrieb, wie sein Pferd sich bei Dunkelheit bewegt, erkannte ich, daß es daran gewöhnt sein muß, sich nachts ohne das Licht einer Laterne seinen Weg zu bahnen.«

»Hätte Gott mit Ihrer Beweisführung nicht übereingestimmt, und Robins Hand wäre unversehrt geblieben, hättet Ihr das Eisen an Pers weitergereicht?« lautete Schwester Margarets spitzfindige Zwischenfrage.

»Schwester, an dem Eisen hätte sich jeder die Finger verbrannt.«

»Es gab also gar kein Wunder?«

»O nein, ich habe das Eisen den ganzen Nachmittag in meiner Feuerstelle erhitzt. Dann zögerte ich das Gespräch solange hinaus, bis ich die Wärme mit meinem Fuß kaum noch spüren konnte. Erst darauf bat ich den Schuldigen, mir das Eisen zu reichen. Niemals hätte ich zugelassen, daß der Brandstifter sich die Hände bis auf die Knochen verbrennt! Um sicherzugehen, daß er seine Schuld auch wirklich gesteht, mußte ich das Eisen natürlich nach ihm in die Hände nehmen und mir dabei nichts anmerken lassen.«

Schwester Margaret runzelte argwöhnisch die Stirn, und Pater Hugh fuhr hastig fort. »Ein Priester braucht seine Hände zum Arbeiten. Ich dächte nicht im Traum daran, meine Finger aufs Spiel zu setzen. Pater Clement und Pers können bezeugen, daß Schwester Agnes meine Hand ebenfalls verarztet hat.«

Als der Verband drei Tage später gewechselt wurde, war Pater Hughs Wunde gut verheilt.

Originaltitel: Ordeal by Fire
Ins Deutsche übertragen von Susanne Helker

Der Baum der Verdammnis

Kate Sedley

Ich entdeckte die Romane um Roger, den Hausierer, von Kate Sedley erst, nachdem ich die Anthologie ›Von Rittern, Hexen und anderem Gelichter‹ *(Bastei-Lübbe 13 802) schon abgeschlossen hatte. Die Reihe beläuft sich bisher auf vier Romane, von denen der erste den deutschen Titel* ›Die letzte Rast‹ *(1994) trägt. Er spielt im Jahre 1471, und wir begegnen Roger, einem neunzehnjährigen ehemaligen Benediktiner-Novizen, der als ›chapman‹, d. h. als Hausierer oder fliegender Händler, durch das Land wandert, nachdem er entdeckt hat, daß er nicht für das Klosterleben geschaffen ist. Er steckt bald mitten in einem Fall, bei dem er das Verschwinden von gleich zwei Personen aufzuklären versucht. Seine Abenteuer werden in den Büchern* ›Gefährliche Botschaft‹ *(dt. 1995),* ›Der zerrissene Faden‹ *(dt. 1995), und* ›Fromme Unschuld‹ *(dt. 1996) fortgesetzt, wobei wir im Laufe der letzten Erzählung erst das Jahr 1475 erreicht haben, so daß es sicher noch mehr aus Rogers langem und aktivem Leben zu erzählen geben wird. Die folgende Geschichte ist die erste Kurzgeschichte über Rogers Reisen und detektivische Ermittlungen und wurde extra für diese Anthologie geschrieben.*

Kate Sedley ist das Pseudonym von Brenda Clarke (geb. 1926), die zahlreiche Liebesromane geschrieben und unter ihrem Mädchennamen Brenda Honeyman außerdem sechzehn historische Romane veröffentlicht hat. Sie wurde in Bristol geboren, dem Schauplatz vieler von Rogers Abenteuern, und begann zu schreiben, nachdem sie eine Zeitlang im öffentlichen Dienst und während der letzten Jahre des Zweiten Weltkriegs beim britischen Roten Kreuz gearbeitet hatte.

Obwohl der Wind auf meiner Zunge schon salzig schmeckte, war das Meer noch nicht in Sicht. Ich ging durch einen dichten, zähen Septembernebel, und in der Ferne konnte ich das sanfte Schluchzen der Wellen hören.

Das Hausiererbündel wog schwer auf meiner Schulter, denn ich war seit dem frühen Morgen unterwegs und hatte nur ein einziges Mal eine Rast in einem Wirtshaus eingelegt, das inzwischen einige Meilen hinter mir lag. Der Wirt hatte sein Bestes getan, um mich davon abzubringen, noch weiter zu reisen. »Du könntest dich in diesem Wetter leicht verirren, Hausierer«, warnte er mich in seinem schnarrenden Devonshire-Dialekt. »Und in diesen Fischerdörfern gibt es wenig Leute, die die Reise lohnenswert machen, wenn du erst einmal dort bist.«

Ich zuckte die Achseln. »Es wird auch dort Frauen geben, denke ich, die Nadeln und Garn brauchen. Und ich bin noch nie einem weiblichen Wesen begegnet, das nicht die eine oder andere Münze für eine Schleife oder ein Stück Spitze auszugeben bereit wäre, egal wie abgeschieden ihr Leben auch sein mag. Ich bin schon früher durch die South Hams gewandert, wenn auch nicht durch diesen Teil.«

Der Wirt zuckte ebenfalls die Achseln und ließ es dabei bewenden. Vielleicht hätte ich seinen Rat befolgt und wäre ins Landesinnere umgekehrt, wenn sich nicht der Himmel vorübergehend aufgeklärt und mich in meinem Entschluß bestärkt hätte, weiterzueilen und mein Ziel zu erreichen. Ich war allerdings erst ein paar Meilen gewandert, als sich der Nebel herabsenkte und mein Fortkommen erschwerte. Jetzt lichtete er sich jedoch plötzlich, wie es häufig in dieser Gegend geschieht, und nach wenigen Schritten trat ich aus der grauen Nebelwand in helles, wenn auch etwas blasses Sonnenlicht. Vor mir konnte ich den Rand einer Klippe erkennen, und wenige Augenblicke später blickte ich hinunter auf einen leuchtenden Streifen sandigen Ufers. Ich stand auf einer Landzunge, einem hochgelegenen Vorsprung zwischen zwei Buchten, von denen jede eine Anhäufung schiefergedeckter Häuschen beheimatete. Dort waren Fischernetze zum Trocknen ausgelegt. Einige Rotschenkel wateten im seichten Wasser und pickten mit ihren schwarzen Schnäbeln hungrig an Stücken von Treibgut herum. Über ihnen kreiste schreiend ein Schwarm Möwen, deren Leiber und Unterflügel in der Sonne leuchteten und sie in die Feuervögel der alten Sage verwandelten. Spärliches Gras bekränzte die Dünen und bot den umgedrehten Fischerbooten Schutz, und die Steine waren mit Streifen von gelbem Seegras überzogen. Was aber vor allem meine Aufmerksamkeit erregte, war eine Insel, die etwa zweihundert bis dreihundert Meter vor der Küste lag und mit dem Festland durch einen Damm aus fest geschichtetem Sand verbunden war; ein Damm, der bei Flut offensichtlich überspült wurde, denn er war vom ständigen Wechsel der Gezeiten zerfurcht und ausgehöhlt. Auf der Spitze dieser felsigen Erhebung stand eine Kapelle, die zu einem näher am Wasser gelegenen kleinen Klostergebäude gehörte. Schafe weideten auf dem Hang, und der Mann, der sie hütete, trug die weiße Tracht der Zisterzienser, was darauf hindeutete, daß dies eine Zelle der Abtei von Buckfast oder der von Buckland war. Es gab auch ein kleines Steinhaus, das den Fischerhäusern ähnelte und von einem Zaun aus Rutenflechtwerk umgeben war. Das Ganze bot einen friedvollen Anblick.

Ich merkte auf einmal, daß jemand neben mir stand, und erblickte ein dünnes, barfüßiges Mädchen mit einem Korb voller Pilze.

»Möchtest du welche kaufen?« fragte sie. »Sie sind ganz frisch. Ich habe sie gerade gepflückt.«

»Es ist laut Gesetz verboten, Wiesenchampignons zu verkaufen«, entgegnete ich. »Sie sehen dem Grünen Knollenblätterpilz zu ähnlich.«

Das Kind schnaubte verächtlich. »Die Stadtgesetze gelten hier nicht, Master. Wir machen unsere eigenen.« Sie zeigte auf einen einsam stehenden, windgebeugten Baum, der wenige Meter vom Rand der Klippe entfernt wuchs und an seinem abgeschiedenen Platz irgendwie düster anmutete. »Das dort ist der Baum der Verdammnis.« Sie sah mit ihrem spitzen kleinen Gesicht zu mir auf, die farblosen Augen leuchteten vor schauerlicher Erregung. »Heute morgen wird dort was passieren. Sie werden den Fremden und Colin Cantilupe an diesem Baum aufhängen. Und dann werden sie Rowena verbrennen.« Eine kleine, nervöse Zunge fuhr heraus und benetzte die hübschen Lippen. »Das macht man mit Frauen, die ihre Männer ermorden.«

Ich drehte die Kleine zu mir um, um ihr ins Gesicht zu sehen, und konnte dabei die zarten Knochen unter der Haut fühlen.

»Wovon redest du?« fragte ich argwöhnisch. »Wer sind ›sie‹? Und welche Befugnis haben sie, Menschen ohne Prozeß zu töten?«

»Laß mich los!« Sie wand sich heftig, um sich aus meinen Händen zu befreien. »Mit ›sie‹ meine ich die Ältesten. Und wenn du mir nicht glaubst, sieh dort hinunter!«

Sie zeigte triumphierend auf den Strand unter uns, und ich bemerkte, daß die ursprüngliche Ruhe und Friedlichkeit einer Art Prozession gewichen war, die sich gerade von der Insel aus über den Damm bewegte. Zwei Männer und eine Frau mit straff gefesselten Armen, die verzweifelt protestierten, wurden von etwa zwanzig anderen in Richtung Festland gezerrt. Einer ihrer Bewacher trug ein dickes Hanfseil um die Schulter gewickelt, während einer der weißgekleideten Mönche an ihrer Seite trottete, hilflos mit den Händen fuchtelte und einen halbherzigen Versuch machte, der Prozession Einhalt zu gebieten. Die übrigen Brüder sahen von der sicheren Entfernung der klösterlichen Einfriedung aus zu.

Ich ließ das Mädchen so plötzlich los, daß sie hinfiel und mich mit ihren Schmähungen verfolgte, während ich den steinigen Pfad hinunterrannte, der vom Rand der Klippe zum sandigen Ufer führte. Das Bündel schlug gegen meinen Rücken, aber ich bemerkte es kaum in meiner Entschlossenheit, das Bevorstehende zu verhindern. Ich raste schreiend auf die finstere Prozession zu, und nach und nach blieben die Anführer stehen. Ich hielt direkt vor ihnen mit ausgebreiteten Armen an, und nach einem kurzen Moment trat ein großer grauhaariger Mann mit wettergegerbtem Gesicht aus der Menge hervor und fixierte mich mit stechend blauen Augen.

»Wer bist du«, fragte er, »und warum stellst du dich uns in den Weg?«

Ich deutete mit dem Kinn auf die Gefangenen. »Welches Verbrechen ihr diesen Leuten auch vorzuwerfen habt, ihr könnt sie nicht einfach so hinrichten. Ihr müßt nach den Beamten des Sheriffs in Plymouth schicken. Die Angeklagten haben das Recht auf eine anständige und faire Verhandlung.« Ärgerliches Gemurmel erklang, und mehrere der Männer bewegten sich mit drohenden Gesten in meine Richtung, aber der ältere Mann hob einen Arm, und sofort verstummten alle.

»Ich frage dich noch einmal, wer bist du? Und wie kannst du es wagen, dich in unsere Angelegenheiten einzumischen?« Ich hielt seinem Blick stand, obwohl ich mich auf einmal fürchtete. Es ging etwas Bedrohliches von der kleinen Menschenmenge aus, ein Eindruck, der noch durch die Einsamkeit des Ortes und die grauen, sich unablässig überstürzenden Wellen verstärkt wurde.

»Ich bin ein Hausierer«, antwortete ich, »und gekommen, um euren Frauen meine Ware anzubieten. Aber ich kann nicht einfach dabeistehen und zusehen, wie ihr drei Menschen umbringt, die nicht nach Recht und Gesetz verurteilt wurden.« Ich wandte mich hilfesuchend an den Mönch, der unglücklich seine Hände rang. »Bruder, ihr Mönche hier könnt unmöglich dieser Vorgehensweise euren Segen erteilen.«

»Mein Sohn«, antwortete er, »wir müssen unter diesen Menschen leben, und unser Widerspruch wird nicht gehört. Es ist eine wilde, abgelegene Gegend, und sie haben ihre eigene Art, mit Verbrechern umzugehen. Wir sind friedliebende Männer.«

Und ängstliche Männer, dachte ich. Zu ängstlich, um euren Abt darüber zu informieren, was hier vorgeht, aus Furcht vor dem, was sie mit euch machen könnten. Ich wußte, daß es viele Gemeinschaften wie diese der Fischer hier gab, die vom Leben der Städte abgeschnitten waren und nur ihren eigenen Gesetzen gehorchten. Ihre Strafen waren meist streng und wurden unverzüglich in die Tat umgesetzt. Ich warf einen

Blick auf die drei Angeklagten; ich sah die entsetzliche Angst auf dem Gesicht der halb ohnmächtigen Frau, die grenzenlose Verzweiflung des jüngeren Mannes und die Mischung aus Angst und Resignation in der Miene des älteren. Ich schwang meinen Knüppel, umfaßte ihn mit beiden Händen und wog ihn langsam und entschlossen in meinen Handflächen.

»Ich bin bereit, als Fürsprecher für diese Leute einzutreten«, sagte ich. »Wenn ihr sie ohne Prozeß töten wollt, müßt ihr zuerst mich umbringen.«

Mein Herz schlug heftiger, während ich darauf wartete, daß jemand mich beim Wort nahm. Hätte ich wirklich mein Leben für drei Fremde hingegeben, die, nach allem, was ich in diesem Augenblick wußte, sehr wohl des Verbrechens hätten schuldig sein können, dessen man sie anklagte? Ich habe mich das oft gefragt, denn im Herzen bin ich ein Feigling, wie die meisten Menschen. Ich verließ mich, wie schon so oft in der Vergangenheit, auf meine Größe und meine kräftige Gestalt, um mein Publikum zu beeindrucken. Ich hob leicht meine Fersen an, so daß ich sie alle überragte, einschließlich ihres Anführers, der selbst kaum weniger als einen Meter achtzig maß.

Ich nutzte ihre momentane Verunsicherung und fuhr fort: »Sagt mir wenigstens, was ihr euren Gefangenen vorwerft.« Es war die gefangene Frau, die ihre verängstigten Sinne zusammennahm und ermutigt von dem plötzlichen, unerwarteten Hoffnungsschimmer meine Frage beantwortete.

»Sie sagen, Colin und ich hätten diesen Mann hier bezahlt, damit er meinen Mann umbringt!« Ihre Stimme wurde hysterisch schrill. »Aber das haben wir nicht! Wir haben es nicht getan!«

»Bei Gott, das haben wir nicht!« wiederholte der junge Mann.

»Michael Cantilupe war ein guter Mann, und mein Onkel. Ich hätte ihn niemals umbringen lassen können.«

Eine weibliche Stimme kreischte: »Aber du hast dich nicht gescheut, ihm Hörner aufzusetzen, oder?«

Zustimmendes Gemurmel erklang aus der Menge, und die

Stimmung wurde wieder bedrohlich. Der Grauhaarige sagte: »Wir verschwenden unsere Zeit! Bringt die Männer hinauf zur Klippe und hängt sie auf! Dann sammelt Holz für das Feuer.«

Die Frau heulte auf wie ein Tier in Todesangst und fiel diesmal wirklich in Ohnmacht. Ich schwang meinen Knüppel und behauptete meine Stellung.

»Hört mich an!« rief ich. »Wenn ihr keinen Respekt vor dem Gesetz der Menschen habt, so achtet doch wenigstens das Gesetz Gottes! Denkt an die Gefahr für eure unsterblichen Seelen, wenn auch nur einer von diesen dreien unschuldig sein sollte an dem, was ihr ihnen zur Last legt. Bruder! Sag ihnen, daß sich jeder einzelne hier des Mordes schuldig macht, wenn sich dies herausstellen sollte.«

Der Zisterzienser nickte bekräftigend, denn aus der Gegenwart eines Verbündeten schöpfte er Mut. Die Gruppe wich, von Zweifeln ergriffen, ein wenig zurück und blickte ratsuchend auf den älteren Mann. Der jedoch ließ sich nicht so leicht einschüchtern.

»Michael Cantilupe war mein Freund. Ich werde es nicht zulassen, daß seine Mörder freikommen.« Seine Augen blitzten mich herausfordernd an.

»Dann schick jemand nach Plymouth und laß den Sheriff holen.«

Er schürzte ärgerlich seine Lippen.

»Wir brauchen hier keine Stadtgesetze! Seit unzähligen Generationen sprechen wir unser eigenes Recht.« Er drehte sich zu den anderen um. »Bringt sie hinauf!«

»Wartet!« flehte ich verzweifelt. »Hört zuerst, was ich zu sagen habe. Eure Gefangenen mögen schuldig sein, aber laßt uns um der Heiligen Muttergottes willen sichergehen. Ich habe schon hier und da ein wenig Erfolg dabei gehabt, Rätsel zu lösen und die Wahrheit ans Licht zu bringen. Es ist ein Talent, das der Herr, unser Gott, mir in seiner Weisheit verliehen hat. Gebt mir Zeit bis morgen mittag, um mit ein paar von euch zu reden und Fragen zu stellen. Wenn ich nach Ablauf dieser Zeit nichts zu dem, was ihr bisher wißt, hinzuzufügen habe, werde ich meiner Wege gehen und euch keinerlei Schwierigkeiten mehr machen. Das verspreche ich euch hoch und heilig.«

Der Grauhaarige betrachtete mich feindselig.

»Du verstehst nicht, Hausierer.« Er zeigte auf den ältesten der Gefangenen. »Dieser Mann, der sich Baldwin Zouche nennt, wurde von Bruder Anselm dabei ertappt, wie er sein Messer aus Michaels Rücken zog, und er hat gestanden, daß Rowena und Colin Cantilupe ihn bezahlten, um die Tat auszuführen. Das Geld, sechs goldene Engelstaler, wurde bei ihm gefunden.«

»Das ist eine Lüge!« schrie Colin Cantilupe. »Wir haben ihn nicht bezahlt, um irgend jemand zu töten. Woher hätte ich überhaupt soviel Geld nehmen sollen?«

»Habe ich gesagt, daß es deine Taler waren?« fragte der ältere Mann grimmig. »Michael war ein genügsamer Mann, der sein ganzes Leben lang hart arbeitete und sein Geld sparte. Wer würde besser wissen, wo er es aufbewahrte, als seine Frau?«

Mrs. Cantilupe, die rechtzeitig das Bewußtsein wiedererlangt hatte, um diese Anschuldigung zu hören, spuckte Gift und Galle.

»Er hat mir nie verraten, wo er seinen kostbaren Schatz aufbewahrte!«

Ich sah, daß sie eine Frau war, die bei anderen nicht viel Sympathie hervorrief. Sie mußte einmal sehr hübsch gewesen sein, aber die Unzufriedenheit hatte tiefe Linien um ihre Augen und ihren Mund gegraben. Es war ein schwaches Gesicht, wie auch das des jungen Mannes, und ich vermutete, daß sich hier zwei unglückliche Menschen durch die gemeinsamen Bande von Hoffnungslosigkeit und Unzufriedenheit zusammengefunden hatten.

Ich lenkte meinen Blick auf Baldwin Zouche, den einzigen der drei, der den Mord gestanden hatte. Aber warum sollte er die anderen beiden beschuldigen, wenn sie unschuldig waren? Ich betrachtete ihn genau und bemerkte, daß trotz seiner Furcht vor dem bevorstehenden Ende ein Ausdruck heimlicher Befriedigung in dem leichten Lächeln lag, das um seine Mundwinkel spielte. Ich war schon früher Menschen seines Schlags begegnet; Menschen, die es genossen, anderen Böses zuzufügen. Selbst wenn sie am Rand der Ewigkeit standen, konnten sie noch ein hinterhältiges Vergnügen an dem Gedanken finden, noch mehr Böses anzurichten. Von diesem Moment an war ich von Rowena und Colin Cantilupes Unschuld überzeugt. Aber wen schützte Baldwin Zouche mit seinen Lügen? Ich wandte mich wieder an den Anführer der Fischer.

»Einen Tag nur«, bat ich. »Das ist alles, was ich verlange, um der Wahrheit auf die Spur zu kommen. Eine kurze Zeit, wenn man bedenkt, daß die Unversehrtheit eurer unsterblichen Seelen auf dem Spiel steht.«

Ein kleiner Seufzer ging durch die Versammlung, und die gemeinsame feste Entschlossenheit ließ plötzlich nach. Ich konnte dieses Nachlassen spüren, und der Grauhaarige ebenso. Er zögerte noch einen Moment länger, aber er wußte, daß die anderen seine Zustimmung verlangten. Widerwillig gab er nach.

»Also gut, einen Tag, nicht länger. Wenn du uns morgen um diese Zeit keinen Beweis liefern kannst, der dagegen spricht, wird das Feuer angezündet, und der Baum der Verdammnis wird seine Frucht empfangen.« Er wandte sich wieder an seine Gefolgschaft und deutete auf die Gefangenen. »Bringt sie zurück in Michaels Haus, schließt sie ein und stellt anschließend eine Wache vor die Tür. Niemand außer dem Hausierer und einer Hausfrau, die ihnen etwas zu essen bringen wird, darf hinein.« Er fuhr zu mir herum. »Also schön, du hast deinen Willen bekommen. Ich bin Jude Bonifant, der Älteste dieser Gemeinde.« Seine falkenartigen Züge entspannten sich ein wenig. »Bist du hungrig?« Und als ich nickte, fügte er hinzu: »In dem Fall kommst du am besten mit zu mir. Meine Goody wird uns etwas zu essen machen, und währenddessen werde ich dir von Michael Cantilupe und dem, was letzte Nacht auf der Insel geschah, berichten.«

Bei einer guten Fischsuppe und frischem Brot aus Goody Bonifants Ofen erzählte mir ihr Mann die Geschichte des Ermordeten.

»Michael Cantilupe wurde hier geboren und nach dem Erzengel Michael, dem Schutzheiligen der Seefahrer, getauft, dessen Kapelle du oben auf der Insel sehen kannst. Cantilupes, Shapwicks und Bonifants haben seit Menschengedenken an diesem Gestade und auf der anderen Seite der Landzunge gelebt. Die meisten von uns bleiben hier und sind damit zufrieden, aber Michael wurde unruhig als junger Mann und verschwand für eine Weile. Als er drei oder vier Sommer später zurückkehrte, sagte er, er habe als Soldat in Frankreich gedient.« Jude Bonifant nahm einen Schluck von seinem Ale. »Er sprach nicht viel darüber, aber ich erinnere mich, daß er einmal sagte, er habe unter dem Grafen von Shrewsbury gekämpft.«

»Hat gewußt, daß es ein Fehler war, wegzugehen«, warf Goody Bonifant ein. »Is' aber zur Vernunft gekommen, als er noch jung war, und wieder nach Hause zurückgekommen. Hat dann Jane Shapwick geheiratet, ein Mädchen, das genauso hübsch war wie er selbst. Sie war'n ein schönes Paar, so ein schönes hat man hier lange keins gesehen.«

Jude Bonifant überhörte die Unterbrechung und fuhr fort. »Michael Cantilupe war ein guter Mann, ein treuer Freund, ein erfahrener Fischer und ein großzügiger Nachbar. Du wirst keinen auf beiden Seiten der Landzunge finden, der ein böses Wort über ihn zu verlieren hätte. Als er älter wurde – und er hatte zu der Zeit schon mehr als vierzig Sommer gesehen ...«

»Eher fünfzig«, verbesserte seine Frau.

»... wurde er vom Abt dazu bestimmt, den Mönchen auf der Insel zu helfen. Er bekam das Haus neben der Einfriedung, und es war seine Aufgabe, in stürmischen Nächten die Lampe im Turm der Kapelle anzuzünden. Er half auch mit den Schafen und im Gemüsegarten. Seine Frau kochte für die Brüder.«

»Bis sie gestorben is'«, schnaubte Goody Bonifant. »Die da ...«, sagte sie giftig, »diese Rowena, die kann nich' kochen!

Hat sie in Plymouth aufgegabelt, bei einem von seinen Ausflügen. Hat ihn umgarnt, schätze ich, mit ihrem Hexenzauber.«

Ich dachte an das müde, erschöpfte Gesicht der Frau, die ich gesehen hatte, und fragte: »Wann haben sie und Michael Cantilupe geheiratet?«

»Vor acht Jahren oder mehr. Ein Winter und ein Sommer nachdem die arme Jane gestorben war.« Jude rieb sich das Kinn und blickte auf einmal verwirrt drein. »Als das geschah, erwarteten wir alle, daß Michael wieder heiraten würde. Ein Mann kann nicht ohne eine Frau leben, die für ihn sorgt, aber wir dachten, er würde eine Base von mir heiraten, Anne Bonifant, eine ordentliche, gute Seele, deren eigener Mann im Frühjahr zuvor ertrunken war. Sie hätte ihn auch genommen, und mit Freuden, aber nein! Er sah Rowena bei einem seiner Besuche in Plymouth, und keine andere kam mehr in Frage, er mußte sie haben. Das war das einzige Mal, daß wir uns stritten. ›Die alten Narren sind die schlimmsten‹, sagte ich ihm, aber er hatte sie sich in den Kopf gesetzt, und nichts konnte ihn davon abbringen.«

»Ist Master Cantilupe oft weggegangen?«

»Hin und wieder. Er hatte manchmal das Bedürfnis, sich davonzumachen, aber nur für eine Weile, und er ging nie weiter als bis nach Plymouth.«

»Ist er vor kurzem dort gewesen?«

Goody Bonifant fand, daß sie jetzt lang genug geschwiegen hatte, und mischte sich ein, ehe ihr Mann antworten konnte. »Vor einer knappen Woche is' er zuletzt gegangen und zwei Nächte lang weggeblieben. Sagte zu mir, er hätte Rowena angeboten, mitzukommen, aber sie wollte nich'.« Die gute Goody fauchte. »Natürlich wollte sie nich' mitkommen! War doch eine gute Gelegenheit für sie, ihn mit seinem Neffen zum Gehörnten zu machen!«

»Sie und Colin Cantilupe, sind sie schon lange ein Liebespaar?«

»Ein Jahr, vielleicht auch länger.« Jude Bonifant wischte den Rest seiner Suppe mit einem Stück Brot aus der Schale und leckte sich die Finger. »Mehrere von uns haben versucht, Michael vor dem, was da hinter seinem Rücken vorging, zu warnen, aber er wollte uns nicht glauben. Es hat noch andere vor Colin gegeben, schätze ich. Sie war schon immer ein ruheloses, unzufriedenes Stück.«

»Es muß hier sehr einsam gewesen sein für ein junges Mädchen, das in der Stadt aufgewachsen ist«, versuchte ich einzuwenden, aber ich sah an ihren Gesichtern, daß ein solcher Gedanke über ihr Verständnis ging. Dieses Leben hier war alles, was sie kannten, diese wilde, windgepeitschte Küste ihr einziger Horizont. Ich sprach schnell weiter. »Erzählt mir von den Ereignissen der vergangenen Nacht.« Jude Bonifant zuckte mit den Achseln. »Da gibt es nicht viel zu erzählen. Kurz vor der Abendessenszeit, als die Sonne schon tief im Westen stand, sah ich Michael über den Damm auf die Insel zugehen. Colin war bei ihm, und Michael hatte seinen Arm um Colins Schultern gelegt, denn er wollte nichts Schlechtes von ihm glauben, genausowenig wie von Rowena. Ich glaube, daß Colin sich selbst zum Abendessen eingeladen hat, weil er wußte, was geschehen würde. Die Flut setzte gerade ein. Sie steigt von beiden Seiten aus an, bis sie in der Mitte des Dammes zusammenströmt und die Insel vom Ufer abschneidet. Wegen der Gegenströmung wäre es selbst für den geschicktesten Ruderer gefährlich, zu versuchen, mit dem Boot zurückzukehren, besonders bei Dunkelheit.«

»Colin hätte also über Nacht bleiben müssen?«

»Das hätte er. Und dann, wenig später, als ich ging, um meine Netze einzuholen, sah ich den Fremden über den Damm gehen. Zu dieser Zeit war er schon fast überflutet, aber es war gerade noch genug Sand in der Mitte vorhanden, daß ein Mann trockenen Fußes hinübergehen konnte, wenn er sich vorsah.«

»Wie konntest du erkennen, daß es ein Fremder war?«

Jude sah mich mit mildem Erstaunen an.

»Ich kenne jeden Mann, jede Frau und jedes Kind in dieser Gemeinschaft. Ich kann ihre Gestalt und ihre Art zu gehen aus noch viel weiterer Entfernung erkennen, als ich gestern abend von diesem Mann entfernt war. Außerdem war ich nicht der einzige, der ihn bemerkte.«

Goody Bonifant beeilte sich, dies zu bestätigen.

»Ich hab' ihn auch gesehen, Hausierer. Jude hat mich aus dem Haus gerufen. ›Ein Fremder, der um diese Tageszeit auf die Insel geht‹, hat er gesagt. ›Was kann er dort nur wollen?‹«

»Und zu welchem Schluß seid ihr gekommen?« fragte ich.

»Daß er ein Bote vom Abt von Buckfast mit einer Nachricht für die Brüder sein mußte.« Jude saugte die letzten Überbleibsel von Fisch aus einem hohlen Zahn. »Es kommen hin und wieder Boten, und manche von ihnen sind Laien.«

»Und dann?« fragte ich weiter, als mein Gastgeber schwieg.

»Ein plötzlicher, böiger Wind kam auf, etwa eine Stunde später. Wir wollten schon zu Bett gehen, denn die Nacht kommt früh in dieser Jahreszeit. Wir merkten, daß der Wind stärker wurde, machten uns aber keine Gedanken darüber, bis wir Rufe hörten. Wir gingen nach draußen und sahen Leute am Strand hin und her laufen. Dann entdeckte ich ein Boot draußen auf See, das in Not war. Jemand sagte, das sei Stephen Shapwick mit seiner Tochter Marianne, die nach einem Besuch bei seinem Bruder um die Landzunge herum nach Hause ruderten. Der böige Wind hatte sie abgetrieben, und sie liefen Gefahr, an den Felsen der Insel zerschmettert zu werden.«

»Ich sah einen der Brüder runter zum Wasser laufen«, fügte Goody Bonifant hinzu, als Jude Atem holte. »Dann rannte er schnell zurück zu Michaels Haus und schrie und fuchtelte mit den Armen. Nach einer Weile kam Michael heraus. Man konnte ihn gar nich' verwechseln in seinem weißen, wollenen Friesmantel, den er immer trug. Ich hab' ihn noch nie was anderes tragen sehen. Sagte, er hätte ihn einem Franzosen abgenommen. Sagte, er würde sein ganzes Leben lang halten.« Tränen traten in ihre schnupfengeröteten Augen. »Nie hat er ein wahreres Wort gesagt.«

»Schon gut, schon gut, mein Mädchen.« Jude tätschelte ihr die Hand. »Er ist geradewegs in den Himmel gekommen. Das kannst du mir glauben.« Seine Lippen wurden zu einem schmalen, rachsüchtigen Strich. »Aber wir werden seine Mörder hängen und diese Mörderin verbrennen, keine Angst.« Plötzlich erinnerte er sich wieder an meine Gegenwart. »Wenn sie schuldig sind«, fügte er hinzu. Aber es war leicht zu erkennen, daß für ihn in dieser Hinsicht nicht der geringste Zweifel bestand.

»Was geschah danach?« drängte ich. »Wie wurde Master Cantilupe ermordet?«

Jude bedeutete seiner Frau mit einer Geste, still zu sein und nahm den Faden der Geschichte wieder auf.

»Zu diesem Zeitpunkt hatte Stephen Shapwick dank seiner eigenen Kraft und Geschicklichkeit und der Tatsache, daß der Wind sich genauso schnell wieder gelegt hatte, wie er aufgekommen war, das Boot sicher in den Windschatten der Insel gebracht und es geschafft, es festzumachen. Ein Pfahl ist dort zwischen zwei Felsen tief in den Sand gegraben und ragt auch noch bei Flut halb aus dem Wasser. Michael war gerade dabei, hinunter zum Boot zu klettern, um Stephen und seiner Tochter dabei zu helfen, an Land zu springen, als eine Gestalt aus der Dunkelheit auf ihn zutrat und ihm ein Messer in den Rücken rammte, das direkt durchs Herz drang. Bruder Anselm und zwei andere Mönche, die herausgekommen waren, um Hilfe und Beistand zu leisten, haben alles als Zeugen mit angesehen.«

Die Ebbe hatte ihren niedrigsten Stand erreicht, und der Damm war daher am breitesten. Meine Stiefel hinterließen deutliche Abdrücke auf dem festen, nassen Sand. Drei oder vier kräftige Fischer standen vor Michael Cantilupes Häuschen Wache und beobachteten mich feindselig, als ich den kurzen, steilen Pfad hinaufkletterte, der zur Eingangstür führte. Ich begehrte jedoch nicht sofort Einlaß. Statt dessen wandte ich mich zur Seite, um die Einfriedung der Mönche zu betreten. Einen der Brüder konnte ich oben auf dem Hügel Schafe hüten sehen, aber die anderen waren im Haus, darunter Bruder Anselm. Jude Bonifant hatte ihn mir beschrieben – »klein, untersetzt, Doppelkinn« –, und ich hatte keine Schwierigkeiten, meinen Mann zu erkennen. Ich bat ihn, mir ein wenig von seiner Zeit zu schenken, was er auch bereitwillig tat, da es bis zur Vesper noch lange genug hin war.

Wir gingen zu unserem Gespräch nach draußen, setzten uns auf einen einzeln herausragenden Felsen und starrten über das Wasser zu den entfernten Buchten und Einschnitten in der Küste.

»Eine schreckliche Sache! Eine ganz schreckliche Sache!« erklärte Bruder Anselm, und sein Doppelkinn bebte vor Entsetzen. »Was unser Herr Abt sagen würde, wenn er je davon hören sollte, wage ich gar nicht zu denken. Ein Mord auf Kirchenland ist schon schlimm genug, aber daß die Gemeinde die Bestrafung der Übeltäter in die eigene Hand nimmt, ist noch schlimmer.«

»Könnt Ihr oder einer der anderen Brüder die Dorfbewohner nicht von ihrem Vorhaben abbringen?«

Der kleine Mönch schüttelte traurig den Kopf.

»Was können wir schon tun? So wenige von uns gegen so viele. Und sie haben es schon immer so gemacht in dieser Gegend. Der Sheriff und seine Beamten wissen genau, was hier geschieht, ziehen es aber vor, Unwissenheit vorzutäuschen. Das spart die Kosten eines Prozesses und des Transports von Zeugen nach Totnes oder Plymouth. Sie würden es niemandem danken, der sie auf diese Angelegenheit aufmerksam machte.«

»Den ersten Mord können wir nicht mehr ungeschehen machen«, sagte ich, »aber laß uns versuchen, wenigstens zwei weitere zu verhindern. Willst du mir erzählen, was du über diese Geschichte weißt?« Und ich faßte schnell zusammen, was ich bereits von Jude Bonifant erfahren hatte.

Bruder Anselm breitete seine kleinen, rundlichen Hände aus. »Dann weißt du etwa soviel wie ich. Nachdem die anderen Brüder und ich diesen Mann niedergezwungen hatten, zerrten wir ihn ins Haus und banden ihn mit dem Seil, das Michael mitgebracht hatte. Der Bösewicht leistete noch nicht einmal viel Widerstand und schien sich bereits in sein Schicksal ergeben zu haben.«

»Und wo waren Mrs. Cantilupe und der Neffe des Toten, als all dies geschah?«

»Colin Cantilupe half uns bei unseren Bemühungen. Als Mrs. Cantilupe begriff, was geschehen war, rannte sie schreiend aus der Tür und suchte im Dunkeln nach ihrem Mann, und Bruder Jerome folgte ihr, um sie zurückzuholen, damit sie sich nichts antat. Er ist ein kräftiger junger Bursche, und das war auch gut so, denn er war gezwungen, sie zu tragen. Master Cantilupe ging dann zu ihr, um sie zu trösten, und sie setzte sich auf einen Schemel in der Ecke und schluchzte bitterlich.«

»Nicht gerade ein Verhalten, das man von ihnen erwarten würde, wenn sie den Mord geplant hätten, oder?« warf ich ein.

Bruder Anselm sah mich mit kleinen, schlauen Äuglein an, die in rosige Fettwülste eingebettet lagen.

»Oder genau die Art von Verhalten, die man erwarten würde, wenn sie den Verdacht von sich ablenken wollten.«

Ich erkannte seinen Hieb lächelnd an, konnte ihn aber parieren.

»Erscheint Euch das Ganze nicht als eine sehr ungeschickte Methode, einen unerwünschten Ehemann loszuwerden, Bruder? Mit dem Meer direkt vor der Tür wäre ein ›Unfall‹ durch Ertrinken sehr viel einfacher gewesen. Und wo und wann sollten Rowena oder Colin Cantilupe diesen Baldwin Zouche getroffen haben? Wann haben sie ihm das Geld gegeben, das bei ihm gefunden wurde? Und warum sollte er sich bereit erklären, Michael Cantilupe für sie umzubringen?«

»Meine Antwort auf deine erste Frage lautet, daß Menschen in solchen Situationen nicht immer vernünftig handeln. Was die zweite und dritte betrifft, so weiß ich keine Antworten darauf. Und zu deiner letzten Frage kann ich nur sagen, daß manche Leute, so traurig es ist, für Geld einfach alles tun.«

»Aber Baldwin Zouche mußte mit ziemlicher Sicherheit gefangen werden«, wandte ich ein. »Soweit ich es sehen kann, hatte er keine Chance zu entkommen.«

»So, wie die Umstände zusammentrafen, nicht«, stimmte Bruder Anselm zu. »Aber der plötzliche Sturm kam unerwartet, genauso wie das Auftauchen von Stephen Shapwick.«

Ich schüttelte den Kopf. »Irgend etwas an dieser ganzen Sache ergibt keinen Sinn. Aber erzählt mir mehr über die Ereignisse vor dem Mord. Wart Ihr es, der das Boot zuerst entdeckte?«

»Allerdings. Ich wollte mich davon überzeugen, daß der Schafspferch sicher verschlossen war. Der Schließhaken des Gatters ist kaputt, und ich hatte Angst, daß es bei dem Wind aufspringen könnte. Dabei sah ich das Boot und hörte die Schreie von Stephen und seiner Tochter. Sie waren schon beinahe auf die Felsen aufgelaufen, und ich rannte zu Master Cantilupes Haus.«

»Und was taten er, seine Frau und sein Neffe gerade, als Ihr hereinplatztet?«

Bruder Anselm blinzelte. »Ich bin mir nicht sicher. Sie saßen einfach da, glaube ich, und redeten.«

»Und als Ihr ihnen sagtet, was draußen geschah?«

»Michael schnappte seinen Mantel und ein Seil und rannte hinaus.«

»Sofort?«

»Ja, na ... natürlich.« Die Stimme des Mönches klang jedoch unsicher, und ich sah ihn scharf an. Er fuhr nachdenklich fort. »Nun, wo du danach fragst ... es gab da ein kurzes Zögern, denn ich erinnere mich, daß ich ihn antrieb, sich zu beeilen. Master Shapwick und Marianne werden ertrinken!« sagte ich. »Komm schnell!«

»Und dann?«

»Oh, dann sprang er auf und warf seinen Mantel über. Das Tau nahm er von einigen Seilrollen in der Ecke.«

»Folgte ihm sein Neffe?«

»Nicht auf der Stelle. Ein oder zwei Minuten später vielleicht. Zu der Zeit dachte ich mir nichts dabei, aber jetzt glaube ich, daß er wohl nicht den Mord an seinem Onkel mit ansehen wollte.«

»Michael Cantilupe war schon tot, als Colin auftauchte?«

»Er wurde niedergestochen, ehe er zum Wasser gelangen konnte. Ich war ein paar Schritte hinter ihm und rief Bruder Jerome und Bruder Mark herbei, die herausgekommen waren, um nachzusehen, was mich so lange aufhielt, als plötzlich ein Schatten aus der Dunkelheit huschte und sich auf den armen Michael stürzte. Er sank mit einem lauten Schrei nieder, fiel mit ausgestreckten Gliedern auf die Felsen, und der Mann, den wir jetzt als Baldwin Zouche kennen, kniete neben ihm und zog den Dolch aus seinem Rücken. Danach ging alles drunter und drüber. Die Brüder und ich warfen uns auf den Angreifer, und unterdessen hatte Master Shapwick sein Boot an dem Anlegepfahl festgemacht und kämpfte sich mit Marianne an Land. Colin war inzwischen auch da und half Bruder Jerome, den Täter ins Haus zu zerren, wo wir ihn mit dem Seil fesselten, das Michael mitgebracht hatte. Aber das habe ich dir ja schon erzählt. Bruder Mark, der bei Michael geblieben war, kam kurz zur Tür und sagte, daß er tot sei, und dann rannte Mrs. Cantilupe schreiend hinaus.«

»Und was war mit Master Shapwick und seiner Tochter?«

»Sie waren anfangs natürlich noch zu erschüttert von ihrer eigenen Begegnung mit dem Tod, um aufzunehmen, was geschehen war. Bruder Mark führte sie ins Haus und half Jerome dabei, das Feuer neu zu entfachen. Später trugen Mark und Jerome Michaels Leiche hinauf zur Kapelle.«

»Und wie verhielt sich Baldwin Zouche die ganze Zeit über?«

»Er saß nur schweigend in der Ecke, wo wir ihn gefesselt hatten, und beobachtete uns mit seinen seltsam farblosen Augen. Einmal bat er darum, sich erleichtern zu dürfen, und wir banden seine Beine los, damit er vors Haus gehen konnte. Jerome und Mark gingen mit ihm, obwohl er mit seinen gefesselten Händen und der immer noch hohen Flut wenig Chancen hatte zu entkommen, wie du selbst schon gesagt hast. Das war alles. Wir konnten nichts weiter tun, bis der Damm wieder passierbar war.«

»Baldwin hat Rowena und Colin Cantilupe nicht sofort

beschuldigt, ihn für den Mord an ihrem Ehemann angeheuert zu haben?«

»Nein. Erst als die Dorfbewohner am folgenden Morgen alle auf der Insel versammelt waren und die Ältesten ihn befragten, brachte er seine Anschuldigung vor.«

»Und sie glaubten ihm?«

Bruder Anselm stand steif von seinem steinigen Sitzplatz auf und rieb sich sanft sein Gesäß. Ich stand ebenfalls auf, froh, meine Glieder strecken zu können.

»Seine Aussage wurde fraglos hingenommen, zum Teil, vermute ich, weil es das war, was jeder hören wollte. Michael Cantilupe war ein geachteter und beliebter Mann, der erst vor kurzem in den Rang eines Dorfältesten erhoben worden war. Im Dorf hatten sie schon lange den Verdacht, daß Rowena ihn mit seinem Neffen betrog, und nur Michaels strikte Weigerung, auch nur ein einziges böses Wort gegen einen von beiden zu dulden, hatte verhindert, daß sie offen wegen Ehebruchs angeklagt wurden. Deshalb fielen ihre Unschuldsbeteuerungen nun auf taube Ohren. Sie wurden auf der Stelle zusammen mit Baldwin Zouche verurteilt und geradewegs zu ihrer Hinrichtungsstätte geschleppt, als du durch die Gnade Gottes dazwischentratest.«

»Haltet Ihr sie für schuldig?«

»Ich möchte, daß sie einen gerechten Prozeß bekommen«, lautete die vorsichtige Antwort, doch darüber hinaus wollte Bruder Anselm sich nicht äußern.

Michael Cantilupes Haus, in dem sich die drei Gefangenen befanden, wurde von kräftigen Fischern bewacht, die alle mit Stöcken und Knüppeln bewaffnet waren. Ich mußte die drei jedoch einzeln befragen und bat daher, daß Colin und Rowena Cantilupe und Baldwin Zouche einer nach dem anderen zu mir herausgebracht werden sollten.

Doch zuerst ging ich um das Häuschen herum und kletterte die Anhöhe an seiner Rückseite hinauf, wo die Insel sachte zu ihrem höchsten Punkt anstieg. Unter mir konnte ich etwas an einem der Felsen in der Nähe des Wassers hängen sehen, allem Anschein nach ein Mantel oder Umhang, der sich durch die sprühende Gischt und den Regen der letzten Nacht in einen schwarzen, vollgesogenen Lumpen verwandelt hatte. Ich hielt es für wahrscheinlich, daß er Stephen Shapwick gehörte.

Ich ging zurück zum Haus und bat einen der Fischer, Baldwin Zouche hinaus zu dem Felsen zu bringen, auf dem ich zuvor mit Bruder Anselm gesessen hatte. Die beiden jungen Männer, die den Gefangenen begleiteten, zögerten, ihn mit mir allein zu lassen, aber ich wies sie darauf hin, daß sie ja in Sichtweite, wenn auch außer Hörweite ihres Anbefohlenen bleiben konnten. Außerdem waren seine Arme nach wie vor gefesselt.

Baldwin Zouche war, wie ich schätzte, schon in fortgeschrittenem Alter, er zählte vielleicht zwischen fünfundvierzig und fünfzig Sommer. Er hatte eine bläuliche Narbe im Gesicht, die sich von der rechten Schläfe bis zum Kinn zog und die faltige, wettergegerbte Haut seiner Wange runzlig zusammenzog. Seine Augen waren, wie Bruder Anselm sie beschrieben hatte, von einem so hellen Grau, daß sie fast farblos wirkten. Seine Kleider, die schon bessere Tage gesehen hatten, waren grob geflickt, und einer seiner Stiefel hatte ein Loch am großen Zeh. Sein Verhalten war höflich aber kalt, fast höhnisch, und er blickte häufig auf das ferne Ufer und den Baum der Verdammnis, der hoch oben auf der Klippe aufragte. Er wußte, daß er seinem grausigen Ende nicht entgehen konnte, und blickte dem Tod mutig entgegen.

Er gestand, daß er angeheuert worden war, Michael Cantilupe zu töten, beharrte aber darauf, daß Colin sein Auftraggeber gewesen war. Das kleine, hinterhältige Lächeln, das sein Geständnis begleitete, überzeugte mich erneut davon, daß er log, doch bei den meisten meiner anderen Fragen blieb er stumm, weigerte sich zu sagen, wo er Colin getroffen hatte oder wann oder wo sie ihren mörderischen Kontrakt ausgehandelt hatten. Über seine Vergangenheit schwieg er sich ebenso aus, abgesehen von einer einzigen herausgerutschten

Bemerkung, die besagte, daß er erst vor kurzem aus dem Söldnerheer des Herzogs von der Bretagne entlassen worden war.

»Nachdem du auf die Insel gelangt warst«, bohrte ich nach, »wo hast du dich versteckt?«

Wieder antwortete er nicht direkt, deutete aber mit einer ruckartigen Kopfbewegung auf eine Ansammlung von Felsen und einen verkrüppelten Baum in der Nähe.

Mir kam dies unwahrscheinlich vor, aber ich widersprach ihm vorerst nicht.

»Wie konntest du bei dem Regen und der Dunkelheit sicher sein, daß es Michael Cantilupe war, der aus dem Haus kam?« Zouche entblößte seine Zähne zu einem Totenkopfgrinsen. »Der weiße Friesmantel, den er immer trug, war mir beschrieben worden.«

»Aber warum hast du ihn ausgerechnet dann getötet, als drei der Brüder als Zeugen zugegen waren?«

»Ich habe sie nicht gesehen.«

»Du mußt gesehen haben, wie Bruder Anselm ins Haus lief, oder zumindest seine Hilferufe gehört haben. Durch diesen Messerstich in aller Öffentlichkeit hast du deine Flucht selbst unmöglich gemacht.«

Aber Baldwin Zouche hatte sein letztes Wort gesagt, er senkte das Kinn auf die Brust und schloß die Augen gegen eine Welt, von der er sich bald für immer verabschieden würde. Ich machte den Fischern ein Zeichen, ihn fortzuführen, doch als sie ihn grob vor sich herstießen, rief ich noch: »Master Zouche! Bist du jemals in Castillon, in Südfrankreich gewesen?«

Er blickte sich erschrocken zu mir um, gab aber keine Antwort. Dennoch war ich mir sicher, daß der Pfeil, den ich aufs Geratewohl abgeschossen hatte, ins Schwarze getroffen hatte.

Ich bat, Colin Cantilupe als nächsten zu mir zu bringen. Seine Wächter hatten ihn von seinen Fesseln befreit, da sie offenbar nichts von ihm befürchteten. Man konnte sich tatsächlich nicht vorstellen, daß er versuchen würde sich zu befreien, denn er zitterte wie Espenlaub vor Angst und jämmerlichem Selbstmitleid. Es dauerte einige Minuten, ehe ich ein paar vernünftige Antworten aus ihm herauslocken konnte, aber schließlich gelang es mir, ihn zum Sprechen zu bringen.

»Du mußt ... verstehen«, sagte er zuerst zögerlich, um dann die Worte wie in einem Sturzbach hervorzustoßen, »daß ... Rowena und ich meinen Onkel nie hintergangen haben. Wir lieben uns, das stimmt, aber wir haben ihn nie betrogen! Nie!« Tränen schossen ihm in die Augen, und er wischte sie mit einer Hand fort. »Ich kann nicht glauben, daß Gott uns für etwas bestrafen wird, das nur in unseren Herzen ist!«

Ich konnte nicht für Gott antworten, also forderte ich ihn sanft auf, weiterzusprechen. »Erzähl mir mehr von gestern abend.«

Er schniefte und putzte sich die Nase mit den Fingern. »Mein Onkel kam gegen drei Uhr nachmittags zu meinem Haus und lud mich ein, mit ihm und Rowena zu Abend zu essen. Er wußte, daß ich in den letzten Tagen krank gewesen war und nicht zum Fischen hinausfahren konnte. Meine Eltern sind beide tot«, fügte Colin als Erklärung hinzu, »und Michael ist – war – mein nächster Blutsverwandter in der Gemeinde.«

»Und du bist mit ihm gegangen.«

»Ja, mit Freuden, und nicht nur, weil ich dann Rowena sehen und in ihrer Nähe sein konnte. Ich achtete meinen Onkel und war dankbar, für eine gute Stunde jemand anderen als nur mich selbst zur Gesellschaft zu haben. Ich wollte nach dem Essen wieder nach Hause zurückkehren.«

»Und warum hast du das nicht getan?«

»Das Abendessen verzögerte sich aus verschiedenen Gründen – einmal mußte mein Onkel seinen Mantel umwerfen und hinausgehen, um die Lampe im Kirchturm anzuzünden, weil der Wind auffrischte –, und als wir schließlich mit dem Essen fertig waren, hatte die Flut den Damm schon überspült. Mein Onkel wollte nichts davon hören, daß ich nach Hause ruderte, denn die Gegenströmung ist sehr gefährlich.«

»Ja, das hat Master Bonifant mir schon erzählt. Sprich weiter! Was geschah dann?«

»Wir saßen zu dritt beim Feuer und unterhielten uns, als Bruder Anselm hereinstürzte und schrie, daß ein Boot in Seenot geraten sei. Mein Onkel griff sich seinen Mantel und ein Tau und rannte aus dem Haus.«

»Er zögerte nicht?«

Colin sah leicht überrascht drein. »Na ja, einen Moment vielleicht, wie ein Mann es tun mag, wenn ein Ereignis ihn unvorbereitet trifft.«

»Und du bist ihm gefolgt?«

»Ja. Es dauerte etwas länger, weil ich meinen Mantel nicht finden konnte, und schließlich mußte ich ohne ihn hinausrennen.« Colins Stimme versagte. »Zu ... zu diesem Zeitpunkt ... war es schon passiert. Mein Onkel war getötet worden. Der Mann kniete neben seiner Leiche, und dann zwangen ihn die drei Brüder zu Boden.«

Der Rest von Colins Geschichte deckte sich größtenteils mit der von Bruder Anselm, und als er geendet hatte, bestritt er erneut jede Schuld am Tod seines Onkels.

»Ich habe diesen Baldwin Zouche noch nie zuvor in meinem Leben gesehen«, wimmerte er.

Wieder machte ich den beiden jungen Fischern, die uns aus einigem Abstand unablässig beobachteten, ein Zeichen, aber ehe sie uns erreicht hatten, fragte ich noch: »Wie sieht dein Mantel aus? Aus welchem Material ist er gemacht?«

Colin starrte mich einen Moment lang verwirrt an, bevor er antwortete. »Aus dunkelbraunem Tuch.«

»Und hast du ihn gefunden?«

»Nein. Aber ich hatte auch keine Gelegenheit, nach ihm zu suchen.« Seine Stimme wurde ganz hoch, und er gab ein hysterisches Lachen von sich, das mittendrin abbrach. »Jetzt ist es wohl auch egal. Ich werde ihn nicht mehr brauchen.«

Seine Wächter brachten ihn zurück zum Haus und führten Rowena zu mir.

Ich konnte immer noch die Spuren von Schönheit in einem Gesicht sehen, das durch das erbarmungslose Wetter inzwischen faltig und rauh geworden war. Wahrscheinlich hatte es eine Zeit gegeben, als diese ledrige Haut so weich und zart wie die eines Pfirsichs gewesen war. Ich befragte sie nicht über die Ereignisse des vergangenen Abends. Statt dessen wollte ich von ihr wissen, wie sie Michael Cantilupe kennengelernt hatte.

»Ich lebte in Plymouth bei meinem Vater. Michael sah mich bei einem seiner Besuche. Seine Frau, sagte er uns, sei todkrank, und er suche nach einer neuen Gattin. Mein Vater wollte mich gerne loswerden und zwang mich, Michael zu heiraten, sobald seine erste Frau gestorben war. Ich hatte keine Mutter, die für mich eintreten und die Heirat hätte verhindern können.«

»Das tut mir leid«, murmelte ich. »Du hast deinen Mann nicht geliebt?«

Rowena zog eine Grimasse. »Er war zu alt. Und fordernd!« sagte sie grimmig. »Aber wer war ich, mich zu beklagen? Er hatte seine ehelichen Rechte.«

»Ein schönes Mädchen wie du hatte doch sicher noch andere Verehrer. Warum hat dich dein Vater Master Cantilupe gegeben?«

Ihr Ton wurde bitter.

»Weil Michael ihm mehr Gold für mich bot als die anderen.«

»Weißt du, woher dein Mann dieses Geld hatte?«

»Er sagte, er hätte einen Gefangenen gegen Lösegeld freigegeben, als er Soldat in Frankreich war.« Ihre Lippen kräuselten sich verächtlich. »Vielleicht hat er das. Vielleicht hat er es auch irgendeinem armen Franzosen gestohlen. Er dachte, ich wüßte nicht, wo er seinen Schatz versteckt hat, aber ich wußte es. Er war unter einem Stein in einer Ecke der Kapelle vergraben.«

»Ist das das Geld, das bei Baldwin Zouche gefunden wurde?«

»Ja.« Als sie merkte, was sie da gesagt hatte, sah Rowena mich mit großen, verängstigten Augen an. »Aber ich habe es ihm nicht gegeben! Ich habe es nie angefaßt!«

Ich tätschelte ihr beruhigend die Hand. »Nein, ich glaube nicht, daß du das getan hast. Wie hat Master Cantilupe dich behandelt?«

»Am Anfang ganz anständig. In den ersten Jahren war er freundlich und aufmerksam, aber seit längerer Zeit schon hat er mich überhaupt nicht mehr beachtet, außer um seine Rechte als Ehemann einzufordern. Ich bin nicht mehr hübsch, wie du sehen kannst.«

»Und du und Colin Cantilupe, seid ihr ein Liebespaar?«

»Nein!« Ihre Antwort kam heftig. »Er ist eine freundliche, sanfte Seele, und wir lieben uns, aber er hätte seinen Onkel nie hintergangen.«

Es war dieselbe Antwort, die Colin mir gegeben hatte.

Ich mußte noch zwei Dinge erledigen, ehe ich den Dorfältesten am nächsten Morgen das Ergebnis meiner Überlegungen mitteilen konnte. Ich ließ mir von einem der wachhabenden Fischer die Lage von Stephen Shapwicks Haus beschreiben und ging dann über den Damm, der unter der hereinrollenden Flut schmaler wurde, aufs Festland zurück. Ich klopfte an Shapwicks Tür und wartete darauf, daß jemand öffnete.

Ich hatte Glück, denn die Person, die mir aufmachte, konnte niemand anderes als Stephen Shapwicks Tochter sein. Die Augen des Mädchens waren vom Weinen gerötet, und sie wirkte insgesamt ziemlich aufgelöst, aber nichts von dem konnte ihre jugendliche Schönheit beeinträchtigen. Sie war ungefähr fünfzehn Jahre alt und hatte große, dunkle Augen, sanft geschwungene, kirschrote Lippen und eine Mähne schwarzer Locken, die sich um ihre Schultern ringelten.

Eine Stimme rief von drinnen: »Wer ist es, Marianne?« und eine ältere Frau erschien an der Tür. »Was willst du?« fragte die Hausfrau herausfordernd. Und ohne mir Zeit für eine Antwort zu lassen, fügte sie hinzu: »Verschwinde! Wir wollen hier keine Fremden. Dies ist ein Trauerhaus.«

Ich protestierte nicht. Ich hatte herausgefunden, was ich wissen wollte, und ging auf dem Pfad am Fuß der Klippe zum

Haus der Bonifants. Goody Bonifant bereitete gerade das Abendessen zu, und wieder wurde ich eingeladen, daran teilzunehmen. Auch ein Bett für die Nacht wurde mir angeboten, und ich nahm Mahlzeit und Schlafplatz dankbar an. Der Gedanke, die klösterliche Kargheit der Brüder auf der Insel teilen zu müssen, hatte mich nicht sonderlich erfreut. »Nun, was hast du für Fortschritte gemacht, Hausierer?« wollte Jude Bonifant wissen, als ich meinen Mantel und meine Bündel ablegte und meinen Knüppel in einer Ecke abstellte.

Ich nahm mir einen Schemel und setzte mich zu ihm an den Tisch.

»Genug, denke ich, um dich und den Rest eurer Gemeinde morgen früh davon zu überzeugen, daß Colin und Rowena Cantilupe keine Schuld an dieser Verschwörung trifft.« Mein Gastgeber hob bei diesen Worten die Augenbrauen, und ich nickte. »O ja, ich bin sicher, daß es eine Verschwörung gegeben hat, aber sie waren nicht die Anstifter.«

»Hast du Beweise?« fragte er streng.

»Ich hoffe, Baldwin Zouche dazu bringen zu können, die Wahrheit zu gestehen, und ich hoffe außerdem, daß man mich in Ruhe ausreden lassen wird.«

Master Bonifant sah mich mit harten, glänzenden Augen an. »Solange Michaels Mörder seine gerechte Strafe erhält, werden wir zufrieden sein. Gibt es noch etwas, das du wissen willst?«

»Ja, das ist auch der Grund, weshalb ich gekommen bin.« Ich stützte meine Ellbogen auf den Tisch und legte mein Kinn in meine Handflächen. »Ich brauche ehrliche Antworten auf zwei Fragen.«

Jude Bonifant maß mich mit einem plötzlich wachsamen Blick, aber nach einer Weile antwortete er zögernd: »Also gut. Ich werde mein Bestes tun, dir zu helfen.«

Wir waren alle versammelt, die Gefangenen, die Brüder, ich selbst und alle Bewohner von beiden Seiten der Landzunge. Der nasse Strand, auf dem wir standen, schimmerte wie die bleiche Haut einer Leiche im Licht des frühen Morgens, während über uns auf der Klippe der Baum der Verdammnis seine windgepeitschten Äste ausbreitete. Jemand hatte schon einen Strick um einen davon geschlungen, und Baldwin Zouche fuhr sich mit der Zunge über seine trockenen, aufgesprungenen Lippen.

Jude Bonifant und die übrigen Ältesten standen uns anderen in einem Halbkreis gegenüber. Keine Boote waren bisher zu Wasser gelassen worden, denn alle wollten dabeisein, wenn Michael Cantilupes Mörder die Strafe für ihr abscheuliches Verbrechen empfingen. Ein hungriger, beutegieriger Ausdruck lag auf all ihren Gesichtern, ein Ausdruck, den ich schon einmal bei Jägern kurz vor dem Beginn der Jagd gesehen hatte. Ein erwartungsvolles Murmeln ging von der Versammlung aus.

Jude Bonifant hob die Hand, und sofort waren alle still. Er nickte mir zu.

»Hausierer, du kannst beginnen.«

Ich räusperte mich.

»Freunde«, sagte ich, »ihr werdet vielleicht nicht gerne hören, was ich euch zu sagen habe, aber ich bitte euch im Namen Gottes und der Gerechtigkeit, daß ihr mich bis zum Ende anhört. Ich bin nicht hier, um als Verteidiger von Baldwin Zouche zu sprechen. Er tötete Michael Cantilupe, daran kann kein Zweifel bestehen, aber er tötete den falschen Mann. Er hätte Colin töten sollen. Und sein Mitverschwörer war Michael selbst.«

Ein ungläubiges Knurren wurde laut, und Mrs. Shapwick, die einen tröstenden Arm um die Taille ihrer Tochter gelegt hatte, schrie: »Das ist eine Lüge! Schnappt ihn! Er ist genauso schlimm wie die anderen!«

Ich warf einen Blick auf Master Bonifant, der mich zwar mißtrauisch von der Seite ansah, jedoch vortrat und von neuem Schweigen befahl.

»Wir werden den Hausierer ausreden lassen. Erst dann werden wir über ihn und seine Geschichte urteilen. Fahr fort, Hausierer.«

Ich machte tapfer weiter. »Michael Cantilupe hatte, so wie ich es sehe, eine Schwäche für junge, schöne Frauen, doch wenn sie älter wurden und ihre Schönheit verging, verlor er das Interesse an ihnen. Seine erste Frau, Jane Shapwick, war, wie mir der Älteste Bonifant und seine gute Frau berichteten, ein sehr hübsches Mädchen und ungefähr so alt wie ihre Verwandte jetzt, als Michael sie heiratete. Aber Jane wurde mit den Jahren unansehnlicher, so wie es uns allen ergeht.

Michael Cantilupe ging also zweimal im Jahr nach Plymouth, und es war bei einem dieser Besuche, daß er Rowena sah, die zu dieser Zeit so jung und hübsch war wie einst ihre Vorgängerin. Würde dem jemand widersprechen? Als er sie nach dem Tod seiner ersten Frau heiratete und sie hierherbrachte, war sie da nicht schön?«

Niemand sprach. Kein einziger Laut war zu hören, außer dem Rauschen des Meeres, wenn die kleinen Wellen auf den Sand schlugen. Aber ich konnte ihren Widerstand gegen meine Rede förmlich spüren, so stark war ihr Wunsch, nichts Schlechtes von Michael Cantilupe glauben zu wollen, der stets so geachtet unter ihnen gewesen war. Ich hob kämpferisch mein Kinn.

»Inzwischen jedoch hat auch Rowena viel von ihrem jugendlichen Zauber verloren. Es ist ein hartes Leben, das ihr führt, immer dem Wind und den Stürmen ausgesetzt. Aber Marianne Shapwick ist noch nicht alt genug, um von den Unbilden der Witterung geprägt zu sein. Sie ist jung und lieblich und beginnt gerade erst, zur Frau zu erblühen. Früher oder später mußte sie die Aufmerksamkeit Michael Cantilupes erregen.« Ich hob meine Stimme. »Und bevor jemand unter euch versucht, es zu leugnen, sage ich euch, daß der Älteste Bonifant selbst mir gestern abend bestätigte, daß Michael in letzter Zeit häufig im Haus der Shapwicks anzutreffen war, viel öfter als in früheren Tagen.«

Viele Köpfe wandten sich Jude Bonifant zu, der ein wenig betreten aussah. Aber zu seiner Ehre muß ich sagen, daß er meine Worte nicht abstritt.

»Freunde, Verwandte, es ist wahr. Ich gebe zu, daß ich bis

jetzt keinen anderen Anlaß hinter Michaels Besuchen vermutete, als eine enger gewordene Freundschaft mit Stephen. Aber fahr fort, Hausierer. Wir haben versprochen, dich zu Ende anzuhören.«

Ich dankte ihm und sprach mit wachsendem Selbstvertrauen weiter.

»Der Älteste Bonifant erzählte mir außerdem, daß Jane Cantilupes Tod nicht auf eine lange Krankheit zurückzuführen war, wie Michael Rowena und ihrem Vater gegenüber vorgegeben hatte. Sie starb sehr schnell, und zwar an einem giftigen Pilz. Ein schlichter Unfall, werdet ihr sagen, aber genau deshalb verbietet das Gesetz das Sammeln von Wiesenchampignons, weil sie so leicht mit dem Grünen Knollenblätterpilz verwechselt werden können; ein Gesetz, das ihr, wie so einige andere, in dieser Gegend nicht zu beachten scheint. Und genau aus diesem Grunde stellte niemand Jane Cantilupes Tod in Frage. Ihr alle hieltet ihn für einen tragischen Unfall. Aber wenn es keiner war? Wenn der Todespilz ihr von ihrem Mann mit Absicht verabreicht worden war, weil er sie loswerden wollte, damit er seine neue Liebe, Rowena, heiraten konnte?«

Hier gab es einen Aufschrei, und Jude Bonifant fragte streng: »Kannst du das beweisen?«

Das war die Frage, die ich befürchtet hatte. Ich mußte nun alles darauf setzen, daß Baldwin Zouche die Wahrheit sagte. Ich wandte mich ihm zu.

»Also?« fragte ich. »Hat dir dein alter Waffengefährte nicht sein Herz ausgeschüttet, als er dich anheuerte, seinen Neffen umzubringen?«

»Waffengefährte?« fragte einer der anderen Ältesten scharf.

»Willst du damit sagen, daß dieser gemeine Verbrecher ein Freund von Michael war?«

Ich zwang mich, mit Bestimmtheit zu sprechen, um meine Zuhörer davon zu überzeugen, daß meine Vermutungen wirklich Tatsachen waren.

»Sie haben zusammen als Soldaten gedient. Michael Cantilupe kämpfte, wiederum nach Aussage des Ältesten Bonifant, in Frankreich unter dem Banner des Grafen von Shrewsbury. Als ich diesen Mann fragte, ob er je in Castillon, in Südfrankreich, gewesen sei, leugnete er es nicht. Shrewsbury ist dort zu Tode gekommen. Außerdem stand Zouche, wie er selbst zugab, vor kurzem noch im Sold des Herzogs der Bretagne. Als er nach England zurückkehrte, wo ist er da wohl an Land gegangen? Nun, in Plymouth, wo Michael Cantilupe ihn vor ungefähr einer Woche rein zufällig wiedertraf. Dieses Treffen brachte ihn auf die Idee, sowohl seine Frau als auch seinen Neffen loszuwerden, ohne seinen eigenen unbefleckten Ruf zu beschmutzen.«

Der Älteste Bonifant wollte in diesem Moment einschreiten, aber ich bat ihn dringend, mich zu Ende reden zu lassen, ehe er den Gefangenen befragte.

»Verschiedene Dinge«, fuhr ich fort, »gaben mir bei den Ereignissen von vorletzter Nacht, so wie sie mir berichtet wurden, zu denken. Erstens ging sein Onkel nach Colins Aussage während des Abends einmal hinaus, um die Sturmlampe in der Kapelle anzuzünden. Er trug seinen weißen Friesmantel, von dem Baldwin Zouche selbst sagte, daß er ihm beschrieben worden sei. Warum hat er sein Opfer also nicht zu diesem Zeitpunkt getötet, als niemand zugegen war, der das Verbrechen bezeugen konnte, und er die Leiche einfach hätte ins Meer werfen können? Zweitens, als er die Nachricht erhielt, daß ein Boot in Seenot geraten war, rührte sich Master Cantilupe nicht sofort. Habt Ihr es mir nicht so berichtet, Bruder Anselm?«

»Ja … ja, das stimmt«, räumte der kleine Mönch ein.

»Aber als Ihr ihm sagtet, daß Stephen Shapwick und seine Tochter in dem Boot waren, rannte er sofort hinaus?«

»Ja, ja. Aber was beweist das?«

»Es sagt mir, Bruder, daß es Michael Cantilupe sehr zuwider war, das Haus zu verlassen, bis er hörte, daß Marianne Shapwick in Gefahr war, und alle anderen Überlegungen dadurch beiseite gewischt wurden. Und der Grund für seinen Widerwillen war, daß er wußte, daß Baldwin Zouche draußen auf der Lauer lag und auf einen Mann in einem weißen Friesmantel wartete.«

Jude Bonifant trat empört einen Schritt vor. »Was ist das für ein Unsinn?« fragte er. »Wie hätte er das wissen sollen?«

Ich behauptete meine Position und ließ mich nicht verunsichern.

»Weil er derjenige war, der Baldwin auf die Insel brachte. Wartet! Laßt mich zu Ende berichten! Bruder Anselm, als Colin aus dem Haus rannte, trug er da einen Mantel?«

Der Mönch überlegte einen Augenblick und schüttelte dann langsam den Kopf. »Nein, er trug keinen Mantel.«

»Und zwar deswegen, weil er ihn nicht finden konnte. Von diesem Mantel fehlte bisher jede Spur. Aber ich weiß, wo er sein könnte. Er hängt unten zwischen den Felsen hinter Michaels Haus. Aber wer hat ihn dorthin geworfen, und warum? Nur Michael ging nach der Ankunft seines Neffen noch mal aus dem Haus, nachdem er ihn überredet hatte, über Nacht zu bleiben. Er konnte den Mantel leicht unbemerkt nehmen, während die anderen beiden sich unterhielten, und ihn, wie er dachte, ins Meer werfen.«

»Aber warum?« Die Verblüffung ließ Colin Cantilupe selbst diese Frage stellen.

Ich sah ihn an. »Ich bin sicher, daß du später unter irgendeinem Vorwand dazu gebracht werden solltest, das Haus zu verlassen, wenn die Flut zurückgegangen und der Damm wieder passierbar war. Und wenn du deinen Mantel nicht hättest finden können, hätte dein Onkel dir seinen angeboten. Du wärest dann mit einem Dolch zwischen deinen Schulterblättern ins Jenseits befördert worden, und Baldwin Zouche hätte das Geld kassiert und sich davon gemacht.«

Jude Bonifant sprach für alle, als er sagte: »Ich verstehe immer noch nicht.«

»Baldwin machte kein Geheimnis aus seiner Anwesenheit auf der Insel. Er überquerte den Damm, als es noch hell war, und kümmerte sich nicht darum, wer ihn sah. Es war Teil des Plans, daß man von ihm wissen sollte. Michael Cantilupe hätte euch dann erzählt, daß seine Frau und sein Neffe jemanden gedungen hatten, ihn umzubringen, daß der Plan aber schiefgelaufen war, weil Colin Michaels Mantel trug. Also genau das Gegenteil von dem, was dann tatsächlich passierte. Mit scheinbar größtem Widerstreben und tiefstem Kummer hätte er dann die Beteiligung seiner Frau an dem Komplott zugeben müssen. Er hätte nichts mehr für ihre Rettung tun können, wenn ihr wie immer das Gesetz in eure eigenen Hände genommen hättet, um sie zu bestrafen.«

Einen Augenblick lang herrschte Schweigen. Dann rief Jude Bonifant aus: »Das ist doch alles Unsinn! Ich glaube kein Wort davon. Hausierer, du bist nicht bei Verstand.«

»Fragt diesen Mann«, sagte ich, mich an Baldwin Zouche wendend. »Baldwin, denke daran, daß du das Leben zweier unschuldiger Menschen in deinen Händen hältst. Ehe eine Stunde vergangen ist, wirst du deinem Schöpfer gegenübertreten. Denke an deine unsterbliche Seele! Gestehe die Wahrheit.«

Er antwortete nicht gleich, und mein Mut wollte mich schon verlassen, als er plötzlich aufblickte und mit den Achseln zuckte.

»Also schön ... alles war so, wie du es gesagt hast. Ich begegnete Michael vor etwa einer Woche in Plymouth, und wir erkannten uns sofort wieder, obwohl wir uns viele Jahre lang nicht gesehen hatten. Ja, wir haben in Frankreich zusammen gekämpft.« Er lachte höhnisch auf. »Von unserer ersten Begegnung an erkannte ich in ihm einen Gleichgesinnten. Der einzige Unterschied zwischen uns bestand darin, daß ich mich nicht darum kümmerte, wer mich für einen Bösewicht hielt, während Michael seine Laster lieber geheimhielt. Nur nicht mir gegenüber. Er wußte, daß er mir nichts vormachen konnte. Bei unserem Treffen in Plymouth, im Wirtshaus ›Zum Türkenkopf‹, erzählte er mir alles; wie er seine erste Frau umgebracht und keiner je etwas geahnt hatte. Und wie er jetzt auch seine zweite loswerden wollte, es aber nicht wagte, wieder den Knollenblätterpilz zu verwenden. Also dachten wir uns gemeinsam diesen Plan aus und legten einen Tag fest, an dem die Flut am frühen Abend kommen würde und sein

Neffe überredet werden konnte, die Nacht über auf der Insel zu bleiben.«

»Aber warum«, fragte ich, »hast du den falschen Mann getötet? Du mußt gewußt haben, daß es noch zu früh war für den abgesprochenen Zeitpunkt des Mordes und daß noch andere Menschen auf der Insel herumliefen. Und vor allem mußt du erkannt haben, daß der Mann in dem weißen Friesmantel tatsächlich Michael und nicht Colin, sein Neffe, war.«

»Ich habe vor Wut den Kopf verloren. Ich wußte immer, daß das einmal mein Verderben sein würde. Michael hatte versucht, mich um einen Teil meines Gelds zu betrügen, als er in die Kapelle kam, wo ich mich versteckte. Da erinnerte ich mich an all die Gelegenheiten, bei denen er mich früher schon betrogen hatte, an die Mädchen, die er mit Lügen und falschen Versprechungen von mir weggelockt hatte, die Bestrafungen, die ich für Fehltritte erhalten hatte, die in Wirklichkeit er begangen hatte. Und dieser Mantel! Er gehörte mir. Er mußte ihn an dem Tag gestohlen haben, an dem wir uns in Frankreich getrennt hatten. Er hatte schon meinem Vater und davor meinem Großvater gehört. Er war mein Talisman, und seit ich ihn verlor, hat mich das Unglück verfolgt. Ich wußte nicht, daß er ihn mir gestohlen hatte, bis ich ihn in Plymouth wiedertraf. Aber ich hätte es mir denken können.«

»Also hast du einem plötzlichen Wunsch nach Rache nachgegeben und dich dadurch in dein eigenes Verderben gestürzt. Aber warum hast du vorgegeben, daß Rowena und Colin dich für den Mord angeheuert hätten?«

Wieder zeigte Baldwin sein Totenkopfgrinsen.

»Es machte mir Vergnügen. Ich hatte keinen Zweifel daran, daß ich direkt zur Hölle fahren würde, also konnte ich mich genausogut für ein Schaf statt für ein Lamm hängen lassen. Aber jetzt schwöre ich euch beim Tod unseres Erlösers am Kreuz, daß sie so unschuldig an der Herbeiführung von Michaels Tod sind, wie er schuldig am Plan für ihren Tod war. Das ist alles, was ich zu sagen habe.«

Ich hatte Rowena und Colin Cantilupe das Leben gerettet, aber für Baldwin Zouche konnte ich nichts mehr tun. Er würde mit dem Leben für seine Taten büßen müssen, so wie sein verzweifeltes Bedürfnis nach Rache, ein Bedürfnis, daß Gott hin und wieder in uns allen weckt, dafür gesorgt hatte, daß sein Mitverschwörer seine Schuld ebenfalls mit dem Leben gebüßt hatte.

Ich überließ ihn seinem Schicksal und ging meiner Wege, froh, diesen wilden und trostlosen Ort verlassen zu können. Doch als ich den Gipfel der Anhöhe erreicht hatte und über meine Schulter zurückblickte, sah ich, daß der Baum der Verdammnis bereits seine schaurige Frucht trug.

Originaltitel: The Chapman and the Tree of Doom
Ins Deutsche übertragen von Karin Diemerling

Mord in der Taverne

P.C. Doherty

Paul Doherty ist derzeit der produktivste Autor historischer Kriminalromane. Er hat sowohl unter seinem richtigen Namen als auch unter mehreren Pseudonymen etwa zwanzig Romane veröffentlicht. Einer seiner bekanntesten Protagonisten ist Hugh Corbett, im dreizehnten Jahrhundert Gerichtsdiener jener Abteilung des obersten Gerichts, die sich mit Kriminalfällen befaßt. Außerdem agiert Corbett als Detektiv und Spion für König Eduard I. Zu seinen Abenteuern gehören ›Die Legende vom Teufelskult‹, ›Der Prinz der Finsternis‹, ›König der Bettler‹, ›Kapuzenmörder‹ *und* ›Tod auf der Themse‹. *Unter dem Pseudonym Paul Harding hat er Bruder Athelstan geschaffen, einen Gemeindepfarrer im Southwark des vierzehnten Jahrhunderts, der dem Leichenbeschauer der City of London, Sir John Crawston, hilfreich zur Seite steht. Seine Abenteuer sind erschienen in:* ›Die Galerie der Nachtigallen‹ *(1991),* ›Das Haus des roten Schlächters‹ *(1992),* ›Sakristei des Todes‹ *(1992) und* ›Der Zorn Gottes‹ *(1993). Als Michael Clynes verfaßte er eine Romanserie um Sir Roger Shallot, einen ziemlich falstaffschen Spitzbuben zur Zeit Heinrichs VIII. Seine Ermittlungen wurden aufgezeichnet in* ›Im Zeichen der weißen Rose‹ *(1991),* ›Das Mysterium des vergifteten Kelches‹ *(1992),* ›Die Morde des heiligen Grals‹ *(1993),* ›Die Verschwörung von Florenz‹ *(1994) und* ›Das Geheimnis der verschollenen Prinzen‹ *(1995). Inzwischen hat er unter dem Pseudonym C.L. Grace eine neue Serie geschaffen, die Kathryn Swinbrooke präsentiert, eine Ärztin und Drogistin im Canterbury des fünfzehnten Jahrhunderts. Bislang sind erschienen:* ›Die Heilerin von Canterbury‹ *(1993),* ›Die Heilerin von Canterbury sucht das Auge Gottes‹ *(1994) und* ›Die Heilerin von Canterbury und der Becher des Todes‹ *(1995). Und damit ist Dohertys literarische Produktion noch längst nicht erschöpft!*

Als ich bei Paul anfragte, ob er für diese Anthologie eine Geschichte beisteuern könne, entschloß er sich, eine neue Heldin zu schaffen, die in einer etwas späteren Epoche lebt, in den ersten Jahren der Herrschaft Elisabeths I. Daher ist es mir vergönnt, den ersten Auszug aus den wahren Memoiren von Mary Frith (›Moll Flanders‹) zu veröffentlichen, der in ihrer Jugend angesiedelt ist, lange vor ihrer stürmischen Laufbahn im Elisabethanischen Geheimdienst.

Gestern habe ich drei Männer gehenkt. Als High Sheriff des Grafschaftsgerichts fuhr ich mit der Kutsche zu der Kreuzung, an der das Schafott steht. Die Gefangenen, drei Messerstecher, hatten auf einer einsamen, windgepeitschten alten Straße im Moor zwei drallen Dirnen aufgelauert. Nachdem sie die Frauen grausam geschändet und dann getötet hatten, vergruben sie die Leichen im Straßengraben. Als High Sheriff blieb ich natürlich in der Kutsche sitzen und sah zu, wie die drei Gefangenen auf das Schafott geschoben wurden. Als die Leiter zurückgezogen wurde, schaute ich weg. Ich verspürte kein Mitleid: Es waren Verbrecher, und sie hatten ihr Schicksal verdient. Als ich danach zurückfuhr, bewölkte sich der Himmel über den strahlend grünen Feldern: Tiefe, schwarze und bedrohliche Wolken zogen von Norden auf. Die Männer meines Geleitschutzes baten mich, die Reise zu unterbrechen, und so hielten wir in einem kleinen Dorf an. Ich bezog Quartier im *Kestrel*, einer kleinen Herberge, in der die Kammer gefegt und das Bett sehr schmal war. Aber es gab saubere Laken, die nicht von Flöhen wimmelten.

Einer meiner Diener machte Feuer; ich saß da, wie ich es oft tue, und dachte über die Vergangenheit nach. Tavernen bringen so viele Erinnerungen zurück; wenn man im eigenen Bett schläft, zwischen den eigenen Laken, ist man geborgen und kommt sich vor wie ein Kleinkind in seiner Wiege. Man hängt den üblichen Gedanken nach. Aber ein neues Bett führt den Geist zu versponnenen Dingen, und wenn man alt ist, gibt es nichts Neues mehr unter der Sonne, und so reist man in der Zeit zurück. Das *Kestrel* erinnerte mich an eine andere

Taverne, das *Bishop's Mitre* in Smithfield, in dem ich und mein ehrwürdiger Vormund, Pfarrer Snodgrass, Vikar von St. Botolph in Islip, Kent, abstiegen. Jedes Jahr reiste Pfarrer Snodgrass nach London, um sich in der Nähe von St. Paul mit dem Laienrichter des kirchlichen Appellationsgerichts zu treffen: er wohnte immer im *Bishop's Mitre* in Smithfield. In diesem Jahr, als in England das Schweißfieber wütete und Elisabeth erst seit zwei Jahren auf dem Thron saß, nahm Pfarrer Snodgrass mich mit. Mich, die arme Molly Frith, Findelkind der Pfarrkirche, das der Pfarrer in seine vielgerühmte liebevolle Obhut genommen hatte.

Nun ist Smithfield eine große, offene Fläche zwischen der großen Abtei von St. Bartholomew und dem Fleischmarkt von London. Die Häuser um diesen großen, offenen Platz stehen dicht an dicht, gelegentlich getrennt von dunklen, unauffälligen Gassen. Zu meiner Zeit ein schmutziger, übelriechender Ort: Nachttöpfe wurden durch die Fenster geleert, und Innereien quollen aus den Fleischerbuden und glitten zum Hinrichtungsplatz hinüber, auf dem Männer gehängt oder Frauen, an einen großen, geschwärzten Balken gefesselt, verbrannt wurden. Sogar die Bäume stanken nach Tod: Die Greifvögel bauten, wenn sie nicht gerade damit beschäftigt waren, frisch abgetrennte Köpfe zu hacken, mit Lumpen und Eingeweidebrocken ihre Nester auf den Ästen. Das *Bishop's Mitre* lag all dem gegenüber, eine geräumige Taverne mit eigenem Garten, Höfen und sogar einem Balkon: Hier konnten an einem Hinrichtungstag Gäste stehen und einen guten Blick auf den unglückseligen Schurken werfen, der in seiner Hanfschlinge erstickte. Wir wohnten im ersten Stock. Der ehrwürdige Vormund hatte eine eigene Kammer; ich und eine Tavernenmagd teilten uns daneben ein schmales Kabinett. Ich habe den Namen des Mädchens vergessen. Es hatte rosige Wangen und leuchtende Augen und flüsterte Geschichten von lüsternen Stallburschen und ihren ständigen Einladungen, mit ihnen auf den Heuboden der Taverne zu gehen.

Nun, am zweiten Morgen unseres Aufenthalts dort, waren Pfarrer Snodgrass und ich hinabgegangen, um unser Fasten mit Streifen gebratener Ente und einem Korb frisch geschnittenen Brotes zu brechen. Es waren noch andere Gäste anwesend, doch der Pfarrer blieb, wie es seine Art war, für sich und hieß mich, es ihm gleichzutun.

»Du bist zu aufgeweckt, Moll«, sagte er immer. »Und deine Zunge ist so schnell und scharf wie dein Verstand.« Dann fuhr er mit dem Daumen über mein Gesicht, die einzige Gelegenheit, bei der er mich je berührte oder mir irgendwie seine Zuneigung zum Ausdruck brachte.

Ich zwang mich dann immer zu einem Lächeln, und die Augen des ehrwürdigen Vormunds nahmen einen wehmütigen, verträumten Blick an. Er war ein kluger, feinsinniger Mann mit einem tiefgründigen Wissen über Kräuter und Tränke, der immer auf größere Pfründe mit einem stattlichen Haus und geräumigen Gärten gehofft hatte, in denen er sich nach Herzenslust betätigen konnte. Wie dem auch sei, an jenem hellen Sommertag, als der Sonnenschein durch die offene Tür fiel, drang von der Treppe ein furchtbares Geschrei. Es folgte lautes Gepolter, und ein junger Mann stürmte in den Frühstücksraum. Er hatte blondgelocktes Haar, trug einen ordentlich gestutzten Bart und rief nach dem Gastwirt.

»Was gibt es, Sir?« Pfarrer Snodgrass erhob sich und stieß dabei das Kelchglas um, aus dem er genippt hatte.

Das Gesicht des jungen Mannes war totenbleich und seine Augen weit aufgerissen. Er kratzte sich an seinem kurzen Bart und spielte dann mit der Schnalle des Gürtels, den er trug. Er hatte sich offensichtlich nicht vollständig angekleidet; er trug nur einen Schuh, die Enden seiner Kniehosen waren nicht zugebunden, und der Kragen seinen Wamses saß schief.

»Mein Onkel!« rief der Jüngling.

Er bemerkte, daß er nur einen Schuh trug und errötete vor Verlegenheit. Der Gastwirt kam herbeigeeilt; er hatte gerade einige Hühner geköpft und wischte seine blutigen Finger an der schmutzigen Schürze ab.

»O weh, o weh, Sir, was habt Ihr?«

»Es ist mein Onkel. Sir Nicholas Hopton.«

Ich erinnerte mich verschwommen an den Vorabend. Gestern war der junge Mann gelassener gewesen; er hatte in einer Ecke der Taverne an dem Tisch gesessen, der eigens von einer hölzernen Trennwand abgetrennt war. Sein Begleiter war ein älterer Mann gewesen, untersetzt, mit rotem Gesicht, hervorquellenden Augen, silberweißem Haar, das zurückgekämmt war, um eine kahle Stelle zu bedecken, und tiefer und sonorer Stimme. Der junge Mann war gegangen, und als Snodgrass und ich uns verpflichtet sahen, den Älteren zu seiner Kammer hinaufzubringen, war er mir wie ein Mensch vorgekommen, der viel vom Wein des Lebens gekostet und jeden Tropfen genossen hatte.

»Ich bin Pfarrer«, warf mein ehrwürdiger Vormund ein. »Wenn auch nicht aus dieser Gegend.« Er ergriff den jungen Mann an den Schultern. »Was ist mit Eurem Onkel?«

»Ich kann ihn nicht aufwecken«, erwiderte der junge Mann. »Ich habe an seine Tür gehämmert, aber er hat nicht geantwortet.«

»Master Charles«, unterbrach der Gastwirt. »Euer Onkel hat, wie stets, gestern abend einen tiefen Schluck genommen.«

»Unsinn!« erwiderte Charles Hopton und wandte sich bittend an den ehrwürdigen Vormund. »Onkel war kein Zecher, und unter der Tür sickert Blut hervor.«

Der Gastwirt eilte davon, lief flink wie ein Wiesel die Treppe hinauf, und der verunsicherte junge Mann trottete hinter ihm her. Pfarrer Snodgrass folgte ihnen, und ich natürlich auch. Die Hoptons hatten die Kammern in der ersten Etage mit Blick auf den süß riechenden Garten, weit weg vom Schmutz und den üblen Gerüchen von Smithfield. Die Tür zur Kammer des jungen Mannes stand offen. Ich stellte fest, daß sie aus dicker, geschwärzter Eiche war, verstärkt mit Metallstreifen und eisernen Beschlagnägeln. Die zweite Tür war von ähnlicher Beschaffenheit, und eine Blutpfütze sickerte unter dem Rand hervor und bildete einen dunklen, anklagenden Teich auf dem Parkettboden. Pfarrer Snodgrass und der Gastwirt schlugen gegen die Tür, aber die Toten können natürlich nicht antworten. Charles Hopton tanzte von einem Fuß auf den anderen und lief dann zu seiner Kammer zurück, um, wie er mir sagte, seinen anderen Schuh zu suchen.

»Es ist vergebens«, rief mein ehrwürdiger Vormund, als der Gastwirt nicht aufhörte, gegen die Tür zu hämmern.

Der Herbergsvater, ein verschlagener Heuchler, rang seine blutigen Hände und jammerte untröstlich.

»Hängt die Tür aus!« rief Pfarrer Snodgrass.

»Unmöglich!« Hopton kam auf den Flur zurück, und der Gastwirt wiederholte die Worte des jungen Mannes.

»Um Himmels willen, die Türen sind aus massiver Eiche, und die Scharniere aus Stahl und nicht aus Leder!« klagte Hopton.

»Fürwahr, fürwahr!« jammerte der Gastwirt. Er ging in die Hocke und spähte durch das Schlüsselloch. »Und der Schlüssel steckt noch im Schloß, ich kann sie nicht öffnen!«

»Die Kammer hat einen Blick auf den Garten?« fragte Pfarrer Snodgrass. »Kommen Sie mit, meine Herren!«

Wir stiegen die Treppe hinab und gelangten auf einen Kieselweg, der um die Taverne herum in einen süß riechenden Blumengarten führte. Dahinter lagen die Ställe, und auf die Bitte meines ehrwürdigen Vormunds eilte der Gastwirt davon und kam mit einer Leiter zurück. Er lehnte sie vorsichtig gegen die Wand.

»Seht.« Der Gastwirt zeigte zu einem Flügelfenster hoch, dessen von Stabwerk geteiltes Glas im Sonnenlicht glänzte. »Das ist Sir Nicholas' Kammer.«

Der junge Hopton setzte einen Fuß auf die Leitersprosse, doch Pfarrer Snodgrass winkte ihn zurück. Er zeigte auf seine hohen Lederstiefel.

»Das ist sicherer.« Er lächelte und zerzauste mein schwarzes, lockiges Haar. »Wie die junge Mary Euch bestätigen wird, bin ich es gewöhnt, die Leitern meines Glockenturms hinaufzusteigen oder mein Dach zu flicken.«

Ich nickte ernst. Das war er in der Tat: Pfarrer Snodgrass konnte so flink klettern wie ein Eichhörnchen.

»Ich steige hinauf«, erklärte er nachdrücklich und winkte die Pferdeknechte und Stallburschen fort, die sich mittlerweile eingefunden hatten.

»Ihr werdet einen Meißel brauchen«, rief der Gastwirt. »Wartet, ich werde einen holen.« Kurze Zeit später kam der Wirt zurück.

Mein ehrwürdiger Vormund nahm den Meißel entgegen und flitzte so geschickt die Leiter hinauf wie ein Affe im Zoo. Oben angelangt, drückte er sein Gesicht gegen das Fenster.

»Was könnt Ihr sehen?« rief der Gastwirt.

»Nichts«, erwiderte der Pfarrer. »Die Schlagläden sind von innen geschlossen.«

Er holte mit dem Meißel aus, wies uns an, ein paar Schritte zurückzutreten, und zerschmetterte eine der kleinen Glasscheiben. Dann steckte er die Hand vorsichtig hinein und hob den Riegel. Schließlich hörten wir das Geräusch von zerbrechendem Holz, als mein ehrwürdiger Vormund gegen die inneren Schlagläden schlug. Diese flogen auf, und er kletterte hinein. Wir warteten eine Weile, und dann steckte Pfarrer Snodgrass den Kopf wieder zum Fenster hinaus. Sein Gesicht war ganz blaß.

»Euer Onkel ...« Es war eher ein ersticktes Schluchzen denn ein Schrei. »Nehmt die Leiter weg!« drängte er sie dann. »Kommt herum. Ich werde die Tür öffnen!«

Der Gastwirt gehorchte, und wir eilten zurück in die Taverne und die Treppe hinauf. Wir waren kaum oben eingetroffen, als wir hörten, wie die Riegel zurückgeschoben und der Schlüssel gedreht wurde. Dann schwang die Tür auf. Dahinter bot sich uns eine Szene, auf die jeder drittklassige Stückeschreiber stolz gewesen wäre: Chaos, Blut und Gemetzel! Trotz des offenen Fensters und der zurückgeworfenen Schlagläden roch es abscheulich. In der Ecke stand ein Nachttopf, über dem fette schwarze Fliegen wie Kobolde aus der Hölle summten. Die Laken auf dem Himmelbett waren zerwühlt. Eine Truhe war umgestoßen worden, doch Sir Nicholas' Leiche zog alle Blicke auf sich. Er lag mit gespreizten Gliedern auf den Binsen, die Kehle von einem Ohr bis zum anderen aufgeschlitzt. Das Blut war wie das eines ausgenommenen Schweins aus dieser Wunde geströmt, zwischen den Binsen versickert und schließlich über die Steinplatten und unter der Tür hinaus geflossen.

»Gott sei uns gnädig!« flüsterte mein ehrwürdiger Vormund.

Ich starrte das Gesicht des alten Hopton an, den der Tod offenbar überrascht hatte: Der weiße, sich sträubende Schnurr- und Vollbart, die eingefallenen Wangen, die Zunge, die sich wie die einer Schlange hinauswand. Die Augen waren entsetzlich: Sie quollen hervor, als hätte Sir Nicholas vor seinem Tod eine Vision der Hölle und all ihrer Grausamkeiten gesehen. Der Boden unter meinen Füßen war klebrig, und ich mußte eine Hand auf meinen Mund drücken, die Augen schließen und beten, daß mein Magen mich nicht im Stich ließ. Der junge Charles, der am ganzen Leib zitterte, setzte sich auf einen Schemel.

»Ich bin durch das Fenster geklettert«, erklärte Pfarrer Snodgrass. »Sir Nicholas lag genau dort.« Er lächelte matt. »Man möge mir jede Verzögerung nachsehen, aber« – er schaute sich ängstlich um – »ich dachte, der Mörder sei noch hier.« Er zeigte auf die Tür. »Der Schlüssel steckte noch im Schloß, und die Schlagläden vor den Fenstern waren verriegelt ...«

»Wie ist es also passiert?« blökte der junge Charles.

Der Aufruhr begann von neuem, denn eine Durchsuchung war unvermeidlich: Der Becher, den Sir Nicholas aus dem Schankraum mit hinaufgenommen hatte, lag auf dem Boden; der Wein war getrunken worden, doch das Wasser in der Schüssel und dem Krug war noch sauber und unbenutzt. Während alle anderen durcheinander tollten und redeten, ging ich zum Bett. Mich hatte schon immer fasziniert, wie die Menschen schlafen: Wie sie sich hinlegen und was sie tun, wenn die Dunkelheit sich senkt. Ich fuhr mit der Hand über das schmutzige Laken. Das Bett war kalt, aber dann entdeckte ich ihn, einen Frauenstrumpf, blau und mit goldenen Haarkelchen verziert. Ich zog ihn hervor und hob ihn hoch, um ihn zu bewundern.

»Der Eures Onkels?« fragte ich.

Hopton wirbelte herum und ließ die Kinnlade herunterfallen; hinter ihm hob der Gastwirt die Hand vor den Mund.

»Anscheinend war mein Onkel gestern abend nicht allein. Hier, Bursche« – Hopton wandte sich wieder an den Gastwirt – »Sir Nicholas war kein Hund. Helft mir, ihn aufs Bett zu heben.«

Der Gastwirt half ihm wie ein Stummer, dem es die Sprache verschlagen hatte. Während Hopton die Leiche seines Onkels unter den Achselhöhlen ergriff, hob der Gastwirt ihn an den Füßen hoch, nahm dabei aber nicht den Blick von dem Strumpf, den ich noch in der Hand hielt.

»Er ist so kalt«, flüsterte der junge Hopton. »Er muß schon seit Stunden tot sein.«

Pfarrer Snodgrass kam zu mir, riß mir den Strumpf aus der Hand und sah sich im Zimmer um: Sir Nicholas` Kleider hingen an einem Haken an der Wand, und seine Stiefel standen darunter.

»Fehlt irgend etwas?« fragte mein ehrwürdiger Vormund.

»O Gott, steh uns bei!« rief Hopton jammernd.

Dann zog er das Laken über das Gesicht seines Onkels und lief wie ein verrückter Bettler ohne Sinn und Verstand im Raum hin und her, während er leise vor sich hin brummelte. Truhen und Schatullen wurden aufgerissen, Kleidungsstücke durchwühlt, ein Paar lederne Packtaschen aufgeschnallt, ihr Inhalt über den Boden verstreut.

»Was ist?« fragte Snodgrass.

»Der Geldgürtel!« rief Hopton und fuhr mit der Hand durch sein Haar. »Zweimal im Jahr, zwei Tage nach Mariä Verkündigung und dann wieder nach dem Sankt Michaelstag und Allerheiligen, brachte Onkel sein Gold zu den Händlern in Cheapside. Er wollte es heute auf die Bank geben, aber jetzt ist es fort!«

Der Gastwirt, dessen Gesicht gelb wie ein Teigklumpen geworden war, stürmte aus dem Zimmer und verschwand den Balkon entlang. Hopton ließ sich auf einen Schemel am Fuß des Bettes sinken.

»Mein Onkel wurde ermordet!« rief er. »Jemand kam letzte Nacht in sein Zimmer. « Er zeigte den Strumpf. »Irgendeine Hure hat den Geldbeutel meines Onkels gestohlen und ihm die Kehle durchgeschnitten.«

Mein ehrwürdiger Vormund ging, ganz christliche Betroffenheit, zu ihm und tätschelte ihm sanft die Schulter.

»Seid Ihr Euch dessen sicher?« fragte er.

»Natürlich!« rief Hopton. »Onkel war gesund und munter, als ich ihn verließ.«

»Und habt Ihr ihn wieder aufgesucht?«

Der junge Mann schaute verlegen zu ihm hoch. »Ich ging aus«, stammelte er. »Die Vergnügungen der Stadt, Sir. London ist etwas ganz anderes als die Felder und Wälder von Sussex.«

»Und Euer Onkel?«

»Er war ein Frauenheld«, gestand Hopton. »Er war bei den Frauen der Stadt gut bekannt.«

Oh, dachte ich, ein prächtiges Paar, diese beiden, Onkel und Neffe, mit Sinn für die guten Dinge des Lebens. Sie kamen reich gewandet in die Stadt, die Bäuche voller Wein und Apfelkuchen, und dann ging's ins nächste Bordell, um eine Dirne oder frische Junghenne zu besteigen. Der junge Charles mußte sie sich selbst suchen, doch ein Mann wie Sir Nicholas würde verlangen, daß man ihm das zarte Fleisch aufs Zimmer brachte.

»Wo ist der Gastwirt?« fragte Hopton plötzlich und sprang auf. »Wo ist dieser Laffe?«

Er lief aus dem Zimmer und den Balkon hinab. Mein ehrwürdiger Vormund folgte ihm, doch ich blieb. Obwohl ich dem schwächeren Geschlecht angehöre, hatte ich ein hartes Herz und eine neugierige Nase. Die Kammer war nun verlassen. Ich betrachtete das Blut, das dick und verkrustet auf den Binsen geronnen war; die umgestürzten Truhen; das zerbrochene Fenster und die zertrümmerten Schlagläden; den Schlüssel im Schloß. Ich ging auf Zehenspitzen zum Bett und zog das Laken zurück. Sir Nicholas lag mit geöffneten Augen dort, die Hakennase in der Luft. Ich fragte mich beiläufig, wo seine Seele sei; wenn er gestorben war, nachdem er eine Hure genommen hatte, hatten die Kobolde sie bestimmt bekommen! Ich betrachtete neugierig die Wangen und bemerkte, daß dort kleine Adern geplatzt waren, ein stilles Zeugnis für Sir Nicholas' Liebe für roten Bordeauxwein und junge Mädchen. Dann hielt ich die Nase tiefer, schnüffelte und roch das billige Parfum, das noch auf dem zottigen grauen Haar der Schläfen und dem blutbefleckten Nachthemd lag.

»Mary!« rief mein ehrwürdiger Vormund über ein immer lauter werdendes Stimmengewirr hinweg. »Mary, wo bist du? Komm jetzt herunter!«

Natürlich gehorchte ich ihm nicht und verweilte noch ein paar Minuten, denn dies war das erste Mal, daß ich mich in einem Raum befand, in dem jemand gestorben war. Ich erinnerte mich an die alten Geschichten, daß der Geist gern noch etwas blieb. Fürwahr, mit fünfzehn Jahren war ich schon recht starrsinnig und hatte meinen eigenen Kopf. Pfarrer Snodgrass rief erneut, und so eilte ich hinab. Der Schankraum war voller Menschen, die gestikulierten und durcheinanderriefen. An der gegenüberliegenden Wand saß der Gastwirt zusammengesunken auf einem Stuhl. Dann und wann hob er den Kopf und heulte wie ein Hund, bevor er das Gesicht wieder in den Händen verbarg. Neben ihm stand der High Constable, ein wackerer, strammer Bursche mit seinem Amtsstab und einem breitkrempigen Hut: Ein bedeutender Mann, der sorgsam darauf achtete, jedem klarzumachen, daß er ein Gesetzeshüter war, ein Mann der Königin. Dem Gastwirt gegenüber stand ein dralles Mädchen mit goldenen Locken. Das Mieder ihres flaschengrünen Kleids war so tief geschnitten, daß ihre Brüste, reife junge Birnen, so hoch hervorragten, daß sie fast hinausgequollen wären. Doch ihr Gesicht hatte sich vor Zorn gerötet, und ihre Augen blitzten, während sie unentwegt schimpfte.

»Ehrwürdiger Vormund.« Ich versuchte meinem Gesicht einen möglichst frommen Ausdruck zu verleihen. »Was geschieht hier?«

»Master Hopton und der Constable befragen die Dienstmagd.« Pfarrer Snodgrass bückte sich. »Anscheinend gehört ihr der Strumpf.«

»Wie heißt du?« fragte der Constable; sein Gesicht war nur ein paar Zoll von dem des Mädchens entfernt.

»Sarah«, erwiderte die Magd am ganzen Leib zitternd; trotz ihrer Aufsässigkeit mußte Sarah die Kante des Bierfasses umklammern, um nicht ohnmächtig zu werden.

»Sarah und weiter?«

»Bartholomew. Ich war ein Findelkind.«

»Was ist hier los?«

Ein junger Mann kam durch die Hintertür; er hatte fettiges Haar und ein schmutzverschmiertes Gesicht. Er warf einen Blick auf die zitternde Sarah und hätte sich auf den Constable gestürzt, wäre der Gastwirt nicht dazwischengegangen und hätte ihn zurückgezogen.

»Wer ist das?« Hopton trat zurück. Offenbar hatte er Angst vor diesem wütenden jungen Mann mit seinem knurrenden Mund, in dem einige prächtige Zahnlücken zu sehen waren, und den Dreschflegeln als Hände.

»Er ist mein einziger Sohn«, jammerte der Gastwirt. »Simkin.«

»Und er hat eine Schwäche für Sarah«, flüsterte ich meinem Vormund zu.

Die ganze Szene wäre in eine Schlägerei übergegangen, hätte Pfarrer Snodgrass nicht eingegriffen. Er zog den Constable am Mantel und flüsterte ihm etwas ins Ohr, und der Bursche nickte unheilvoll.

»Daraus wird nichts Gutes erwachsen«, trompetete der Constable und zeigte auf einen Tisch. »Ich muß meine Ermittlungen führen. Ich kann meine Fragen hier stellen«, fuhr er fort, »oder im Torhaus von Newgate.«

Die Aussicht, dieses üble und verderbliche Gebäude betreten zu müssen, bewirkte, daß alle sich schnell um den Tisch scharten. Ich trat hinter den Stuhl meines ehrwürdigen Vormundes und sah mit offenem Mund zu. Nichts in meinem bisherigen, äußerst langweiligen Leben war dieser Szene gleichgekommen. Weder die Pantomimen, die unser Dorf besucht hatten, noch die lautstarke Tirade der Witwe Grayport gegen Gutfrau Cuthbertson vor der Pfarrkirche konnten diesem schrecklichen Henkersdrama in dem Schankraum jener Taverne vor so vielen Jahren das Wasser reichen. Der Constable war trotz seiner Großspurigkeit ein scharfsinniger Mann, und der Anblick des Knüppels auf dem Tisch, den er dann und wann hob, um Schweigen zu gebieten, bewahrte die Ordnung. Die nervöse Sarah weinte, warf Simkin ängstliche Blicke zu und gestand plärrend.

»Ich war bei dem alten Gentleman«, jammerte sie. »Er hat mir ein Silberstück geboten.«

»Wofür?« fragte der Constable.

Ich hätte boshaft kichern sollen, blieb aber still wie eine Statue stehen, damit mein ehrwürdiger Vormund sich nicht daran erinnerte, daß ich noch da war.

»Um ihn zu begleiten«, murmelte Sarah.

Das war zu viel für Simkin, der auf einem Schemel vor und zurück schaukelte. Ich hielt ihn für einen Narren. Wenn Sarah mit ihren baumelnden Titten seiner Vorstellung von Keuschheit entsprach, dann geschah es ganz recht, daß man ihm Hörner aufsetzte.

»Er gab mir eine Münze«, fuhr Sarah fort. »Ich schlüpfte in die Kammer des alten Mannes, um ... um ...« stammelte sie. »Um für eine Weile Spaß mit ihm zu haben.«

»Und?« bellte der Constable.

»Der alte Mann war betrunken, und deshalb ging ich wieder.«

»Hat er die Tür verschlossen, nachdem du gegangen bist?«

»O ja, aber sicher!«

Sarah beugte sich auf dem Tisch vor, und der Constable leckte sich die Lippen, bis ihm wieder einfiel, wer er war, und versuchte, nicht mehr in ihr Mieder zu starren.

»Bleib hier!« befahl der Beamte, nahm den Gastwirt am Arm und zerrte ihn vom Tisch fort.

Es folgte ein geflüstertes Gespräch, und der Schankwirt führte ihn die Treppe hinauf, ging dabei wie ein Schurke, der auf dem Weg zu Jack Ketch in Tyburn war.

Eine Weile saßen wir schweigend da, Sarah zitternd, Simkin zusammengesunken, den Kopf in den Händen. Hopton trommelte nervös mit den Fingern auf den Tisch. Mein ehrwürdiger Vormund schaute über die Schulter und lächelte mir zu.

»Master Charles«, brabbelte ich in der Hoffnung, die Aufmerksamkeit des Pfarrers ablenken zu können. »Wie lange wolltet Ihr in der Stadt bleiben?«

»Oh, noch einen Tag«, erwiderte er. »Ich beabsichtigte hier zu warten, während Onkel nach Cheapside ging.«

Ich wollte ihn fragen, wohin er am vergangenen Abend gegangen war, als auf der Treppe ein Gepolter erklang. Der Constable rauschte in die Küche und hielt triumphierend einen blutbefleckten Dolch hoch.

»Den habe ich gefunden.« Er deutete auf die zitternde Sarah. »Hinter ein paar Wäschestücken in deinem Schrank.«

»Und das Geld?« Der junge Hopton sprang auf.

Der Constable schüttelte den Kopf. »Keine Spur.« Er marschierte zu ihr und legte eine Hand auf Sarahs Schulter. »Sarah Bartholomew«, intonierte er, »ich verhafte dich im Namen der Königin wegen der schrecklichen Verbrechen des Mordes und Raubes.«

Er zerrte die junge Frau hoch und blies gleichzeitig auf seiner Pfeife. Zwei Büttel kamen herein, abscheuliche Männer mit fettigem, strähnigem Haar, vom Bier aufgequollenen Gesichtern und trüben Augen. Der eine fesselte die Hände des Mädchens auf ihrem Rücken, während der andere sich gewisse Freiheiten erlaubte, ihre Brüste begrapschte und dabei leise kicherte. Der Constable hob drohend seinen Stab.

»Sie ist eine Gefangene der Königin und kein Sack Mehl!« warnte er.

Ohne weiteres Aufheben verließ der Constable die Taverne, und die beiden Büttel trugen die schluchzende Sarah hinaus. Ich sah mich schnell um. Der Gastwirt zeigte trotz seiner Furcht einen berechnenden Blick und etwas, das ich für ein Grinsen hielt. Simkin schien nicht allzu zerknirscht zu sein, während Pfarrer Snodgrass, mein ehrwürdiger Vormund, die Ellbogen auf die Stuhllehnen setzte und die Hände wie zum Gebet faltete.

»Fürwahr«, murmelte er, »Die Freude am Reichtum ist die Wurzel allen Übels.«

Hopton zog den Stuhl hinüber, kniff die Augen zusammen und starrte den Pfarrer an. »Sir, habe ich Sie schon einmal gesehen?«

»Möglich«, erwiderte Snodgrass. »Ich hatte eine Pfarrstelle in Sussex. Vielleicht war es dort.«

Hopton blinzelte und murmelte leise etwas vor sich hin.

»Und was werdet Ihr nun tun, Sir?« fragte mein ehrwürdiger Vormund, als der Gastwirt und sein Sohn sich schwerfällig erhoben und vorgaben, sie müßten wieder an die Arbeit. Sie schlurften in die Küche und unterhielten sich flüsternd. Hopton sah ihnen nach.

»Ich werde eine Weile hier bleiben«, erwiderte er langsam. »Onkels Leiche muß angekleidet, einbalsamiert und nach Tidmarsh zurückgefahren werden, bevor das Wetter zu warm wird.«

»Und das Geld?« fragte ich und schlüpfte neben meinem Vormund auf einen Stuhl.

»Oh, ja, das Geld. Das muß auch gefunden werden.«

Pfarrer Snodgrass schüttelte traurig den Kopf. »Die Magd hat es versteckt.«

»Ich halte sie für unschuldig«, platzte ich heraus.

»Aber Mary, Liebste.« Pfarrer Snodgrass sah mich überrascht an. »Wie kommst du darauf«

»Sie ist zwar groß und muskulös«, erwiderte ich, »aber die arme Sarah hat nicht den Verstand, um so ein Verbrechen auszuführen. Euer Onkel war ein wohlhabender Mann?«

Hopton nickte und beobachtete uns genau.

»Er war ein alter Bock«, fuhr ich fort und ignorierte, daß mein ehrwürdiger Vormund überrascht nach Luft schnappte. »Kein Mann, der dem Mörder die Kehle hinhält. Es hat keinen Kampf gegeben, man hat kein Geräusch gehört, und doch sollen wir glauben, daß sie Eurem Onkel die Kehle durchgeschnitten, den Geldgürtel genommen hat und, ach ja!, in ihre

Kammer zurückgekehrt ist. Sie war offensichtlich intelligent genug, um das Geld zu verstecken, aber nicht den Dolch, der sie an den Galgen bringen wird.« Ich legte eine Pause ein. »Und niemand hat erklärt, wie sie die Tür von innen zusperren konnte.«

»Fürwahr«, sagte mein ehrwürdiger Vormund, »aber sie könnte einen Komplizen gehabt haben.«

Hopton zog seinen Stuhl näher. »Was sagt Ihr da?«

Ich zeigte zur Spülküche. »Es ist wohl am besten, wenn Ihr Euch mit dem Gastwirt und seinem Sohn Simkin unterhaltet.«

Pfarrer Snodgrass hatte die Finger vor dem Mund gefaltet und betrachtete mich eine Zeitlang.

»Aus den Mündern von kleinen Kindern ...«, intonierte er. »Bleibt noch eine Weile, Master Hopton.«

Und Snodgrass schritt in die Spülküche, rief nach dem Gastwirt und Simkin und führte sie in den verlassenen Schankraum zurück. Alle anderen Zecher und Gäste waren schon längst fort. Selbst die Viehtreiber und Schlächter vom Smithfield-Markt hatten, wie die Priester des Altertums, die Zeichen gedeutet. Ein Mord war im *Bishop's Mitre* geschehen, eine blutige Leiche war gefunden worden, und der Constable ermittelte. Alle, die sich in der Nähe eines solchen Todesfalles befanden, konnten darin verwickelt werden. An einem Ort wie Smithfield hatte wohl jeder etwas zu verbergen.

Der Tavernenbesitzer und sein Sohn setzten sich an das eine Ende des fettverkrusteten Tisches, Pfarrer Snodgrass, Hopton und ich an das andere. Ich mußte ein Lächeln unterdrücken; wir sahen aus wie drei Richter, die den Bezirk bereisten, während der Gastwirt und sein Sohn mit ihren speckigen Gesichtern und verschlagen wirkenden Augen in einem Karren, der zum Galgen fuhr, nicht fehl am Platz gewesen wären.

»Haltet Ihr Sarah für schuldig?« begann Pfarrer Snodgrass. »Sie steht in Euren Diensten.«

»Nur ein Findelkind«, erwiderte der Gastwirt herzlos.

Oh, im Herzen war ich bei ihr. Dennoch lächelte ich selig

und warf meine Ringellöckchen zurück; innerlich jedoch verfluchte ich diesen schmutzigen Kübel Schweinefett, der zulassen würde, daß ein Mädchen auf dem Schafott baumelte, nur weil es ein Findelkind war.

»Und Ihr, Simkin?« fragte Hopton. »Ihr hattet eine Schwäche für das Mädchen?«

Der junge Mann öffnete den Mund und zeigte dabei gelbe, faulende Zähne.

»Wir hatten eine Liebschaft«, stammelte er. »Ich lernte sie vor drei Jahren auf dem Markt von St. Bartholomew kennen. Mein Vater gab ihr Arbeit.«

O ja, damit sie eure Betten wärmt, dachte ich, hielt aber den Mund.

»Was«, fuhr Pfarrer Snodgrass fort, »ist gestern abend in der Taverne passiert?«

Der Gastwirt spreizte die schmutzigen Hände; die Fingernägel waren dick mit Dreck verkrustet. Ich schwor mir insgeheim, in dieser Taverne nichts mehr zu essen.

»Sir, Ihr wißt genausoviel wie wir«, erwiderte er. »Sir Nicholas und sein Neffe haben Lammeintopf gespeist. Ihr und Euer …«

»Mein Mündel«, warf mein ehrwürdiger Vormund ein.

»Ja, ja, Ihr habt sie hier gesehen.«

»Und was ist dann geschehen?«

»Nun ja, ich ging in die Stadt«, erwiderte Hopton.

»Und Euer Onkel blieb noch eine Weile hier unten«, sagte der Gastwirt. Er zeigte auf meinen Vormund. »Ihr erinnert Euch doch, Sir?« sagte er.

»Natürlich, wir haben ein paar Worte mit ihm gewechselt«, erwiderte Pfarrer Snodgrass. »Aber er war schon ziemlich angetrunken.«

»Pfarrer Snodgrass und ich haben ihn auf seine Kammer gebracht«, fügte ich hinzu.

»Und die junge Sarah?« fragte mein ehrwürdiger Vormund.

Erneut streckte der Gastwirt die schmutzigen Hände aus. »Wenn das Tagwerk getan ist«, erwiderte er, »und alle Pflichten erledigt sind ... wer bin ich dann, daß ich sagen kann, wer wohin geht oder was tut?«

»Hat Sarah öfter alte Männer unterhalten?« fragte Hopton barsch.

»Alte Männer, junge Männer«, erwiderte der Gastwirt. »Was für eine Rolle spielt das? Das Mädchen war auf Silberstücke aus.«

»Habt Ihr sie zu ihm geschickt?« fragte ich.

Der Gastwirt warf mir einen verächtlichen Blick zu, während sein Sohn Simkin das Gesicht verzog.

»Nun, habt Ihr es?« fragte Hopton. »Ihr hättet sie doch sicher in der Spülküche oder im Schankraum vermißt.«

»Was wollt Ihr damit sagen?« fragte der Gastwirt.

»Wir wollen gar nichts sagen«, warf Pfarrer Snodgrass ein. »Wir können aber einfach nicht glauben, daß Sarah kräftig genug war, um einen Mann wie Sir Nicholas zu ermorden. Wir haben uns auch über ihre Torheit gewundert, den Geldgürtel zu verstecken, den Dolch aber nicht. Und woher hat sie so ein Messer?«

»Ich wollte dieselbe Frage stellen.«

Wir fuhren herum; der Constable stand auf der Schwelle. Er kam gemächlich zu uns, legte ein ledernes Säckchen auf den Tisch, öffnete die Schnur am oberen Ende und ließ das Messer mit der langen Klinge hinausfallen. Wir alle starrten es an.

Der Constable wandte sich an den Gastwirt. »Erkennt Ihr es, Sir?« fragte er.

»Natürlich«, stammelte der Tavernenbesitzer. Er faßte es am abgenutzten Holzgriff; es funkelte im Licht, und Blut befleckte noch die gefährlich aussehende Spitze. »Es ist eins unserer Fleischmesser«, erklärte der Gastwirt. »Wir haben mindestens zwanzig davon in der Küche. Jeder hätte ganz leicht eins nehmen und hinausschmuggeln können.«

Das lederne Gesicht des Constables verzog sich zu einem Lächeln. »Sehr richtig!« Als er sich setzte, wurde sein Grinsen noch breiter. »Wie ich sehe, tagt hier eine Untersuchungskommission, und ich würde mich gern dazugesellen. Die arme

Sarah ist in Newgate. Aber das heißt nicht, daß sie schuldig ist.« Seine Worte hingen wie eine Schlinge in der Luft. »Als ich die Giltspur Street hinaufging«, fuhr der Constable fort, »und sah, daß die arme Sarah wie ein nasser Sack zwischen den beiden Bütteln hing, fragte ich mich, wie solch ein Mädchen einen gewieften alten Mann wie Sir Nicholas so verschlagen und leise töten konnte.« Sein Lächeln verschwand. »Und ich bin kein Narr. Warum sollte ich das Messer finden, das Geld aber nicht? Also« – er öffnete seinen Mantel und legte ihn ab – »habe ich ihr in der Pförtnerstube von Newgate ein Angebot gemacht. Sag mir, wo das Geld ist, und du bekommst eine Begnadigung.« Er schlug wie ein Trommler mit der Hand auf den Tisch. »Jeder Mann und jede Frau, die in ein Todesloch geschmissen werden, gefolgt von einer Fahrt im Höllenkarren nach Tyburn, hätte bei so einem Angebot mit beiden Händen zugegriffen.« Er hörte mit dem Klopfen auf. »Sie behauptete, sich keines Verbrechens schuldig gemacht zu haben. Überdies«, fuhr er fort, »gibt es da noch ein Problem mit dem Schlüssel, nicht wahr? Er steckte im Schloß; der alte Mann muß ihn umgedreht haben, wäre mit durchgeschnittener Kehle aber wohl kaum dazu imstande gewesen.« Er verneigte sich spöttisch vor meinem ehrwürdigen Vormund. »Pfarrer Snodgrass, Ihr seid tapfer in die Kammer eingestiegen. Wie habt Ihr sie vorgefunden?«

»Die Schlagläden waren verschlossen«, erwiderte mein Vormund. »Genau wie das Flügelfenster selbst.« Er verzog das Gesicht. »Die Tür war sowohl verriegelt als auch verschlossen, der Schlüssel im Schloß herumgedreht. Der arme Sir Nicholas lag auf dem Boden, sein Hals war völlig zerfleischt.«

»Und die Leiche war kalt?« fragte der Constable.

»Wie Eis«, erwiderte der junge Hopton. »Wir brachen um zehn Uhr morgens in das Zimmer ein. Onkel muß seit mindestens acht Stunden tot gewesen sein.«

Der Constable betrachtete ihn eindringlich. »Und Ihr, Sir, wart sein geliebter Neffe und seid nun sein Erbe?«

»Ja«, erwiderte Hopton. Er bog die Schultern gerade und

streckte die Brust heraus. »Dem Testament meines Onkels zufolge werde ich sein Herrenhaus und seine Güter erben. Warum, Sir?«

»Honi soit qui mal y pense«, erwiderte der Constable trocken. »Böses dem, der Böses denkt.«

»Ich habe das *Bishop's Mitre* gestern abend verlassen«, fauchte Hopton und errötete. »Mein Onkel war hier, im Schankraum, leicht betrunken, aber sehr lebendig. Ich ging die Giltspur Street hinauf zu einem Dirnenhaus in der Cock Lane. Fragt die Hausherrin dort, Nan Twitchett.«

»Ich kenne sie sehr gut«, erwiderte der Constable mit einem leisen Lächeln.

»Ich habe gewürfelt.« Hopton biß sich auf die Lippe und schloß die Augen. »Eine Partie Hazard. Dann hat mich eine junge Dame mit pechschwarzem Haar und einem Gesicht wie dem einer Zigeunerin bis in die frühen Morgenstunden unterhalten. Ich ging wieder hinab und nahm ein Frühstück zu mir. Helles Ale, Brot, Butter und etwas köstliche Marmelade.«

»Genau, genau.« Der Constable grinste mir zu. »Mrs. Twitchetts Süßigkeiten sind wohl bekannt. Und als Ihr zurückgekommen seid, Sir?«

»Bin ich auf mein Zimmer gegangen, habe mich gewaschen und gebadet. Dann wollte ich meinen Onkel wecken und entdeckte das Blut. Den Rest kennt Ihr.«

»Und Ihr, Sir?« Der Constable wandte sich an meinen ehrwürdigen Vormund.

»Wie ich es Euch gesagt habe«, erwiderte Pfarrer Snodgrass so ruhig und gelassen wie eh und je; in diesem Augenblick hatte mein Vormund das Gesicht eines Heiligen, wie Salomon, der ein Urteil fällt, mit grauem, sorgfältig in der Mitte gescheiteltem Haar, das bis auf den schneeweißen Kragen über dem schwarzen Talar hinabfiel. »Die kleine Mary hier und ich selbst, wir haben im Schankraum gespeist. Sir Nicholas war stark angetrunken, und wir haben ihm die Treppe hinaufgeholfen. War es nicht so, Mädchen?«

Ich nickte.

»Sir Nicholas war guter Dinge, hatte einen Krug mit Rotwein in der Hand. Wir brachten ihn auf sein Zimmer. Danach habe ich ihn nicht mehr gesehen.«

»Womit der Gastwirt übrig bliebe«, erklärte der Constable.

»Wir leben und arbeiten hier«, erwiderte der Bursche. »Und weder mein Sohn noch ich sind auch nur in die Nähe von Sir Nicholas' Kammer gegangen. Und selbst wenn – wie hätten wir hineingelangen können? Die Tür war verschlossen und von innen verriegelt, der Schlüssel steckte, die Fenster waren zu, und, bevor Ihr fragt, es gibt hier keinen verborgenen Tunnel oder Geheimgang. Ihr könnt den Raum selbst durchsuchen«, sagte der Gastwirt seufzend. »Er ist so, wie Ihr ihn gesehen habt, mit einem Fenster und einer Tür.«

Der Constable atmete lautstark aus. »Also haben wir Sir Nicholas, der den Schankraum verläßt. Wo war übrigens der Geldgürtel?«

»Er hatte ihn, wie immer, um die Taille geschnallt«, erwiderte Hopton. »Er ging sogar mit ihm zu Bett. Mein Onkel war nicht der Großzügigste und mißtraute seinen Mitmenschen. Das erklärt auch, weshalb die Fenster verschlossen und verriegelt waren.«

»Also«, wiederholte der Constable. »Er ging auf sein Zimmer und zog sich aus. Zuvor hatte er ein Stelldichein mit der jungen Sarah verabredet, die sich nun zu ihm begab, um ihm zu Diensten zu sein. Sie sagt, er sei betrunken gewesen. Es gab ein Gerangel auf dem Bett, das aber zu kaum etwas führte. Sie ging, und er schloß die Tür hinter ihr ab. Nun könnte Sir Nicholas von einer anderen Person aufgesucht worden sein, die ihm die Kehle durchschnitt und den Geldgürtel abnahm. Aber wie konnte so etwas geschehen, wenn die Tür verriegelt blieb, der Schlüssel weiterhin steckte und die Fenster verschlossen waren?« Der Constable erhob sich. Er warf seinen Mantel über einen Arm und ergriff den Stab. »Es bleibt mir nichts anderes übrig, als der jungen Sarah noch einen Besuch abzustatten.«

»Wir alle sollten gehen!« rief ich.

Mein ehrwürdiger Vormund drehte sich zu mir um, und seine Augen waren groß vor Erstaunen.

»Kind, Kind«, intonierte er. »Die Schrecken von Newgate sind nichts für dich.«

»Sie ist ein Findelkind«, erwiderte ich. »Genau wie ich. Man hat sie zu Unrecht beschuldigt, und sie muß entsetzliche Angst haben.« Mir kam ein Gedanke. »Es ist besser, wenn wir alle gehen, Sir. Hat der liebe Gott uns nicht gesagt, wir sollten die Gefangenen besuchen?«

Pfarrer Snodgrass lächelte wohlwollend. »Ich habe zu tun, Kind.«

»Ich könnte sie mitnehmen«, bot der Constable freundlicherweise an.

Ich erwiderte sein Lächeln und fühlte mich schuldig wegen des übereilten Urteils, das ich über ihn gefällt hatte.

»Aber das schickt sich nicht«, brauste Pfarrer Snodgrass auf.

»Ich werde auch gehen«, bot Hopton sich an.

Mein ehrwürdiger Vormund faltete die Hände wie zum Gebet.

»Nun gut«, erklärte er. »Aber nicht allzu lange. Spendet dem armen Mädchen so viel Trost, wie ihr könnt.« Er warf Hopton einen Blick zu. »Wolltet Ihr Euch nicht um die Leiche Eures Onkels kümmern?«

»Ich kann im Augenblick sehr wenig tun«, erwiderte der junge Mann. »Aber ich kann beim Vikar von St. Sepulchre vorbeischauen und eine Gebühr bezahlen, damit mein Onkel ins dortige Totenhaus gebracht werden kann.«

Pfarrer Snodgrass pflichtete ihm bei. Der Constable und ich verließen die Taverne. Wir blieben vor dem Tor stehen, direkt neben den Ständen der Fleischer, während der junge Hopton zurück auf sein Zimmer ging, um sich für die Stadt anzukleiden. Der Constable lehnte sich auf seinen Amtsstab und hielt meine Hand. Er schaute zu mir hinab und blinzelte. Ich errötete vor Verlegenheit und wandte mich ab. Ein Fleischerlehrling kam hinter einem Stand hervor. Er griff den Kopf eines Schafs, das vor Angst blökte, und schnitt dem armen Geschöpf mit einem Aufblitzen seines Messers den Hals durch. Die Beine des Tiers gaben nach, und es stürzte in die Pfütze seines eigenen, heiß herumspritzenden Blutes. Das Zeug strömte wie Wasser aus einem Brunnen. Der Constable sah meinen Blick.

»Die Welt ist grausam, Kind«, sagte er. »Und du wirst nach und nach noch Schlimmeres sehen.« Er tätschelte meinen schwarzen Haarschopf. »Das arme Geschöpf ist mausetot: Die Welt ist verderbt, und der Teufel hat überall seine Finger im Spiel. Ah, da kommt ja unser reicher, junger Erbe.«

Hopton kam großspurig hinausstolziert; er hatte einen blauen Wappenrock mit einem erbsengrünen Wams und bunten Hosen angezogen. Jetzt trug er seinen Schwertgürtel und einen Stock mit silberner Spitze und ging mit dem ganzen Stolz eines reichen, jungen Höflings.

»Ganz der eitle Geck«, flüsterte der Constable aus dem Mundwinkel. »Und kaum der trauernde Neffe.«

Hopton bedachte uns mit einer spöttischen Verbeugung, und wir gingen über den Marktplatz von Smithfield. Wir bahnten uns den Weg durch das Gewühl, vorbei an den Warenständen, die alle überfüllt waren von solchen Menschen, die anderen etwas andrehen wollten, und solchen, die sich übers Ohr hauen ließen. Einige der Schurken grüßten den Constable, und er erwiderte den Gruß, indem er seinen Hut hob.

Am Anfang der Giltspur Street mußten wir eine Weile warten, während zwei Katzenfänger, die ihre Beute mit Innereien angelockt hatten, sich darum stritten, wem die buntgemischte Sammlung von Katzen, die nun um sie herumstrich, eigentlich zustand.

»Warum tun sie das?« flüsterte ich.

»Wer die Katzen bekommt«, erwiderte der Constable schroff, »bekommt auch ihre Felle.«

»Menschen, die Katzenfelle tragen!« rief ich.

»Natürlich«, erwiderte der Constable. »Einige Leute schwören darauf, besonders, wenn es regnet.«

Wir gingen die Straße entlang. Ich betrachtete mit großen Augen die Szene, die sich mir bot: Höflinge in Seide und Taft, die wie Pfauen herumstolzierten; nacktärschige Kinder, die um Münzen bettelten. Ein verrückter oder sich verrückt stellender Bettler führte, nackt bis auf ein Stück Tuch um sein Geschlechtsteil, vor dem Krankenhaus von St. Bartholomew einen seltsamen Tanz auf. Zwei Huren wurden, Rücken an Rücken gefesselt, die Röcke so hoch gehoben, daß sie schmutzige Schenkel und Knie entblößten, von einem Büttel mit verschwitztem Gesicht zum Pranger geführt. Ein Arzt, dessen Gesicht von einer Maske bedeckt wurde, ging mit einem Stab in der Hand vorbei. Die Maske schien einem Alptraum entsprungen zu sein: Sie bedeckte gänzlich sein Gesicht und den Hals, die Gucklöcher der Kapuze waren mit Glasstücken bedeckt, und sie hatte einen seltsamen, vogelähnlichen Schnabel, der, wie der Constable mir erklärte, mit Parfüms gefüllt war, die die ansteckende Luft fernhalten sollten. Endlich kam die große, dunkle Masse von Newgate in Sicht, deren Steintürme sich über die eisenverkleideten Tore erhoben. Ich dachte, wir würden dorthin gehen, doch der Constable blieb vor einer schmalen, dunklen Gasse stehen. An der Ecke befand sich die Taverne *Ship*, und davor stand eine hübsche junge Frau mit hochgezogenem Rock über einer Schüssel mit Holzkohle. Hopton sah dies und grinste.

»Was tut sie da?« flüsterte ich.

»Sie ist eine Hure. Sie räuchert sich gegen die Syphilis aus«, erwiderte der Constable. »Und du, meine Liebe, bleibst jetzt mit diesem Gentleman hier.«

Der Constable verbeugte sich spöttisch vor Hopton. »Das ist die Cock Lane, Sir, und ich werde bald wissen, ob Mrs. Twitchett Eure Geschichte bestätigt.«

Der Constable ging die Gasse entlang, schwang dabei seinen Amtsstab und schien unempfänglich für die Rufe und Pfiffe zu sein, die aus den Türen und Fenstern kamen, an denen er vorbeiging. Hopton sah ihm mit zusammengekniffenen Augen nach.

»Ein seltsamer Bursche«, sagte er gedehnt und schaute verdrossen an mir hinab. »Was glotzt du mich so an, Katzenauge?«

»Das ist meine Sache«, erwiderte ich in scharfem Ton.

Er tat einen drohenden Schritt auf mich zu.

»Ich schreie!« warnte ich ihn.

Hoptons Lippen kräuselten sich. »Bleib ruhig hier und warte auf deinen Constable.« Er zeigte auf die Turmspitzen von St. Sepulchre. »Ich kann nicht hier verweilen und darauf warten, daß dieser niedriggeborene Schurke mir bestätigt, daß ich die Wahrheit gesagt habe.«

Und er schwang seinen Stock und schlenderte davon. Ich hatte keine Angst. Mein Bauch kribbelte, und unter dem Sergekleid, das ich immer trug, zitterten meine Beine, aber das lag daran, daß ich frei war. Kein ehrwürdiger Vormund, keine Gemeindedamen, die mir sagten, wie glücklich ich mich schätzen könne, und keines ihrer Kinder, die mit erhobenen Nasen an mir vorbeifegten. Ich, Mary Frith, oder Moll, wie ich lieber genannt wurde, war für eine kurze Weile an einem fremden Ort wirklich allein.

Ich stand mit offenem Mund da und nahm den Anblick begierig in mich auf. Ein Reisender spazierte vorbei, ein Tablett um den Hals gebunden. Er blinzelte mir zu, während er rief: »Elixiere, Heilmittel, kommt, kauft mein Pestwasser!« Er versuchte, einen jungen, daherstolzierenden Gecken aufzuhalten, dessen Hosenlatz vor ihm wie eine Standarte hochstand. »Kauft Horn vom Einhorn, das macht Euch zügellos wie einen Eber! Oder Ihr, meine Lady.« Er versuchte, den Ärmel einer Frau festzuhalten, die an ihm vorbeiging. »Froschschenkel!« rief er. »Gebt sie Eurem Gatten, und Ihr braucht keinen Liebhaber mehr!«

Er ging weiter. Ein junger Knabe mit einem kleinen Käfig in der Hand lief zu mir. Ich betrachtete den elenden kleinen Hänfling, der auf einer Stange kauerte, und wandte mich ab. Pfarrer Snodgrass gab mir nie ein paar Münzen. Ich fühlte eine Hand auf meiner Schulter: Ein alter Mann, die blauen Augen wäßrig und trübe, das Gesicht gerötet, der Atem schwer von Ale, schaute zu mir hinab und fuhr mit seiner nassen Zunge über die Lippen.

»Ein hübsches kleines Ding«, lispelte er. »Läßt du mich für einen Shilling ran?«

Seine Hand senkte sich und drückte eine meiner Brüste. Ich konnte mich nicht bewegen, doch plötzlich sauste der Stock des Constables an meinen Augen vorbei und traf den Burschen hart auf den Handrücken. Der alte Mann jaulte auf wie ein Hund und sprang zurück. Der Constable versetzte ihm noch einen Hieb und stieß ihm das spitze Ende seines Stabs gegen die Brust.

»Verschwinde, du Zecher, und laß das Kind in Ruhe!«

Der alte Mann stolperte gegen eine Hure, die aus der Cock Lane kam. Die Frau, eine richtige Schreckschraube, fuhr kreischend herum. Der Constable, dessen Hand noch auf meiner Schulter lag, führte mich davon.

»Wo ist Hopton?« knurrte er.

Ich hielt den Atem an. Der Constable drückte sanft meine Schulter.

»Mach dir keine Sorgen um den alten Angsthasen«, sagte er. »Einige glauben, hier in der Stadt könne man einfach alles kaufen, und«, fügte er vorsichtig hinzu, »vielleicht haben sie sogar recht.«

»Hopton ist nach St. Sepulchre gegangen«, erwiderte ich.

»Er hätte dich nicht allein lassen sollen!« Der Constable führte mich in die süß riechende Dunkelheit eines Bäckerladens und kaufte mir ein Stück Pfefferkuchen.

»Was hat Mrs. Twitchett gesagt?« fragte ich mit vollem Mund.

»Hopton war dort, wo er gewesen sein will«, erwiderte der Constable. Er führte mich zur Vorderseite von St. Sepulchre herum, hob seinen Stab und zeigte auf die Tür. »Dorthin wird sie gehen«, erklärte er. »Nachdem man die arme Sarah verurteilt hat, wird man sie dorthin bringen und zwingen, sich auf ihren Sarg zu setzen, während ein Pfarrer ihr aus der Bibel vorliest. Dann wird man sie in den Todeskarren stecken und nach Tyburn bringen.«

»Glaubt Ihr, sie wird hängen?«

»Natürlich. Ein Mann wurde getötet, und sie hatte das Messer.«

Er führte mich über die belebte Durchfahrtsstraße, wich

Karren und Packpferden aus und zog an dem Glockenseil des Gefängnisses Newgate. Eine Nebentür schwang auf, und der Constable führte mich in ein echtes Höllenloch. Gänge und Korridore, in denen die steinernen Wände feucht waren und grün vor moosigem Schleim. Dunkel wie die Nacht war es, abgesehen von den Talgkerzen, deren Flammen niedrig und verdrossen brannten, als würden sie von der stinkenden, üblen Luft niedergedrückt. Der Constable ergriff meine Hand, und ich stolperte über die sauren Binsen und versuchte, nicht zusammenzufahren oder zu schreien, als dunkle, pelzige Leiber aus allen Ecken und Winkeln hervorgeschossen kamen, die Augen hell wie die Sonne – die Ratten von Newgate auf der Suche nach Nahrung.

Wir gingen an Zellen vorbei, aus denen rauher Lärm drang: Schreie, gebrüllte Flüche, der Gesang der Geistesgestörten und manchmal das schiere Heulen der Vergessenen und Verzweifelten. Der Kerkermeister ging vor uns, den Kopf zwischen die Schultern gezogen. Er ähnelte einer abscheulich watschelnden Kröte; dann und wann schlug er mit seinen Schlüsseln gegen die Eisengitter der Türen. Schließlich blieb er vor einer Zelle stehen, schob einen Schlüssel in das Schloß und führte uns in die stinkende Gruft von Newgates Todeszelle, einen schmalen Raum von etwa acht Fuß Höhe und drei Fuß Breite. Sarah saß auf einem Stapel nasser Binsen in der Ecke, an den Hand- und Fußgelenken mit metallenen Fesseln angekettet. Ihr hübsches Aussehen war verblichen. Sie schien in ein paar Stunden gealtert zu sein: Ihre Wangen waren eingefallen, Schatten umringten ihre Augen. Sie betrachtete den Constable ängstlich und versuchte mich anzulächeln. Ich steckte ihr den restlichen Pfefferkuchen in den Mund. Sie kaute ihn gierig.

»Ob ich etwas Wasser haben könnte?« murmelte sie.

»Ich sorge dafür, wenn ich gehe«, erwiderte der Constable. »Wir sind gekommen, um dir ein paar Fragen zu stellen.«

»Was nutzt das noch?« erwiderte das Mädchen. »Ich werde hängen.« Sie blinzelte und sah sich um. »Ich habe nichts getan«, murmelte sie. Sie beugte sich vor, doch ihre Ketten zerrten sie zurück. »Ich bin ein gutes Mädchen, Sir. Ich ...« Sie lehnte sich gegen die Wand zurück, und Tränen strömten ihr Gesicht hinab. »Ich habe den alten Mann nicht umgebracht«, schluchzte sie. »Und auch nicht sein Silber geraubt.«

»Sag mir«, fragte der Constable, »als du gestern abend bei Sir Nicholas warst ... trug er da den Geldgürtel um die Hüfte?«

Sarah schloß die Augen. »Ja, ja, sicher. Ich erinnere mich daran, weil er mir damit weh tat.«

»Und habt ihr kopuliert?« fragte der Constable geradeheraus.

»O nein«, erwiderte sie. »Obwohl Sir Nicholas leidenschaftlich sein konnte.«

»Wirklich?« fragte der Constable.

»O ja, er wohnte zweimal jährlich im *Bishop's Mitre*, immer an denselben Tagen.« Sie zwang sich zu einem Lächeln. »Ich habe ihn nicht zum erstenmal auf seinem Zimmer besucht. Immer dieselbe Leier. Er war meist angetrunken, sein junger Neffe stets unterwegs, um die Vergnügungen der Stadt zu genießen. Sir Nicholas und ich ritten dann auf dem Bett.« Sie zuckte mit den Achseln, daß die Ketten rasselten. »Aber an diesem Abend war es anders. Er war müde, also ging ich. Er schloß die Tür hinter mir ab, und ich ging auf meine Kammer, eine kleine Mansarde unter dem Dach der Taverne.«

»Und am Morgen?« fragte der Constable.

»Ich stand früh auf und ging meinen Pflichten nach.« Sie wischte über ihr schmutziges Gesicht und musterte den Constable eindringlich. »Ihr wißt das.« Sie flüsterte heiser. »Ihr kehrt oft in der Taverne ein.«

»Der Gastwirt und Simkin werden dich vermissen«, erwiderte ich verschlagen.

Sarah warf stolz den Kopf zurück. »Nein, das werden sie nicht. Sie sind froh, daß ich weg bin.«

»Warum?«

»Ich habe ihnen gesagt, ich sei schwanger«, entgegnete Sarah. »Aber das bin ich nicht. Ich hatte gehofft, Simkin würde mich heiraten.« Sie schlug die Hände vors Gesicht und schluchzte. »Ich wünschte, ich wäre es«, platzte sie heraus. »Ich wünschte, ich wäre es, dann würde ich nicht hängen.« Sie hob ihr schmutziges, tränenverschmiertes Gesicht. »Der Pfarrer«, flüsterte sie. »Vikar Snodgrass, bitten Sie ihn, mich zu besuchen. Er weiß, daß ich ein gutes Mädchen bin.«

Ich beugte mich zu ihr und tätschelte ihre Hände. »Natürlich werde ich das.«

Kurz darauf gingen wir. Der Constable verweilte noch einen Moment, um anzuordnen, daß man der armen Sarah ein Trinkkännchen mit frischem Wasser und einige Lebensmittel brachte. Dann führte er mich zum *Bishop's Mitre* zurück, gab mir einen Stups unters Kinn und trug mir auf, ein gutes Mädchen zu sein.

Ich ging in den Schankraum. Er war verlassen, die sauren Binsen waren entfernt worden, der Boden gefegt und geputzt, und es roch nach frischer Seife. Simkin kam hereingeschwankt, in jeder Hand einen Eimer Wasser. Ich fragte ihn, ob mein ehrwürdiger Vormund schon zurück sei, aber er schüttelte verdrießlich den Kopf. Ich ging hinaus und setzte mich in den Garten. Es war einer jener wunderschönen, sonnigen englischen Nachmittage: Die Luft duftete nach Blumen, Bienen summten träge auf ihrer Suche nach Nektar, und Grillen zirpten im hohen Gras. Der Garten erinnerte mich an den Friedhof von Pfarrer Snodgrass' Kirche. Dorthin war ich immer geflohen, um mich vor ihm und seiner scharfzüngigen Frau zu verstecken. Gott stehe mir bei, aber ich habe mehr Christentum in einer Kröte als in diesem aufgeblasenen Windbeutel gesehen. Kein Wunder, daß mein ehrwürdiger Vormund gern London besuchte, um den Richter des kirchlichen Appellationsgerichtes zu sprechen. Ich starrte die Kräuter an. Pfarrer Snodgrass liebte Kräuter und verstand sich darauf, Breiumschläge und Tränke zu machen. Ich saß mit dem Rücken gegen eine Wand gelehnt, schloß meine Augen und träumte von dem, was geschehen war: Pfarrer Snodgrass, der die Leiter hinaufklettert; die im Gefängnis verzweifelnde Sarah; der große und fürsorgliche Constable; das Schaf, dem man auf dem Markt von Smithfield die Kehle durchschnitt; das hinausspritzende

Blut; das Gesicht des alten Hoptons. Wie war er ermordet worden? Wie hatte jemand diesen Raum betreten können, obwohl der Schlüssel noch im Schloß steckte?

»Mary?«

Ich drehte mich um. Der ehrwürdige Vormund stand auf der Schwelle. Er war mit seinem besten Gewand bekleidet und trug gute spanische Lederschuhe mit hohen Keilabsätzen.

»Mary, geht es dir gut?«

»Ja, ehrwürdiger Vormund«, erwiderte ich.

Er lächelte wohlwollend und ging hinein. Ich erinnerte mich daran, wie das Blut aus dem Hals des Schafs schoß – das war es, was nicht stimmte! Ich fühlte ein Prickeln der Aufregung in meinem Bauch. Ich wartete eine Weile, ging wieder in die Taverne und schlich die Treppe zur Kammer des alten Hoptons hinauf. Die Tür war nicht abgeschlossen, ich schob sie knarrend auf. Saure, übelriechende Luft schlug mir entgegen. Die grausige Leiche lag noch unter einem schmutzigen Laken auf dem Bett. Ich trat hinein, untersuchte das Blut auf dem Boden und versuchte mich daran zu erinnern, wo Sir Nicholas gelegen hatte. Mit der Spitze meines Schuhs schob ich die Binsen beiseite. Dann betrachtete ich den Blutfleck, der unter der Tür hindurchgesickert und nun zu einem rostigen Rot eingetrocknet war. Ich stand da und dachte nach, und plötzlich kam mir ein Gedanke. Ich verließ das Zimmer und kehrte zu Pfarrer Snodgrass' Kammer zurück: der Raum war leer, also griff ich in seine Stiefel und tastete vorsichtig ihr Inneres ab. Als meine Hand die klebrige Nässe, berührte, hätte ich vor Erleichterung schreien können. Ich wusch mir die Hände in der Schüssel und beobachtete gerade, wie das Wasser eine trübe, rote Färbung annahm, als ich die Schritte hinter mir hörte.

»Mein Kind, was machst du da?«

Pfarrer Snodgrass stand auf der Türschwelle.

»Ich weiß, wer Sir Nicholas ermordet hat.« Ich lächelte und faltete vorsichtig das Tischtuch zusammen, in der Hoffnung, er würde es nicht bemerken.

Pfarrer Snodgrass kam auf mich zu. Ich wich zurück, und er setzte sich auf das Bett. Sein Gesicht wurde von glatt herabhängendem, grauem Haar eingerahmt. Mit seinem gütigen Lächeln, das nie jene wachsamen, dunklen Augen erreichte, war er die Scheinheiligkeit und Gelassenheit in Person. Er saß da, die Hände im Schoß gefaltet, die Beine an den Knöcheln übereinandergelegt, wie ein Sektierer, der sich anschickte, das Lob des Herrn zu verkünden.

»Die junge Sarah hat Sir Nicholas getötet«, erklärte er langsam, als mangele es mir an Vernunft und Verständnis.

»Ehrwürdiger Vormund«, erwiderte ich. »Wie hätte sie das anstellen sollen? Wie könnte ein junges Mädchen einen Mann wie Sir Nicholas ermorden und auf keinen Widerstand stoßen? Sie tummelte sich mit ihm auf dem Bett; wo hätte sie dann das Messer verstecken sollen, das sie mitgebracht hatte, um ihn damit zu töten? Und wenn sie ihm den Hals durchgeschnitten hat ... warum ist er dann freundlicherweise aufgestanden, um die Tür hinter ihr abzuschließen und zu verriegeln?«

»Was willst du damit sagen, liebstes Kind?«

»Ihr kommt ziemlich oft nach London«, erwiderte ich. »Ihr wohnt hier im *Bishop's Mitre*. Der junge Hopton hat sich an Euch erinnert, wußte aber nicht mehr, wann und wo er Euch gesehen hatte. Ihr wußtet von Sir Nicholas und seinem schweren Gürtel mit Gold. Ihr kanntet seinen Tagesablauf, seine Vorliebe, tief ins Glas zu schauen, und jene Fleischeslust, über die Ihr uns jeden Sonntag eine Predigt haltet.«

Das Lächeln verblich von Pfarrer Snodgrass' Lippen.

»Ihr habt den Mord an ihm geplant«, fuhr ich aufsässig fort. »Ihr habt mich als Euren Handlanger mitgenommen. Wer würde schon den heiligen Snodgrass verdächtigen? Den frommen Pfarrer, der aus reiner Herzensgüte ein junges Mädchen in seine Obhut genommen hat?«

»Aber du warst dabei!« rief der ehrwürdige Vormund und legte den Kopf auf die Seite, als wäre ich das dümmste Kind in seiner Sonntagsschule. »Du hast gesehen, wie das Blut unter der Türschwelle hindurchsickerte. Du hast den Schlüssel im Schloß gesehen, und daß ich hinaufgeklettert bin und die Schlagläden aufgestemmt habe. Hat der Besuch in Newgate dir den Verstand geraubt?«

»Gestern abend blieben wir im Schankraum«, erwiderte ich. »Ihr und ich, wir haben Sir Nicholas die Treppe hinauf und ins Bett geholfen, und derweil habt Ihr ein Pulver oder einen Trank in seinen Rotwein geschüttet. Was war es, ehrwürdiger Vormund? Etwas Bilsenkraut, etwas Schierling oder ein wenig Nachtschatten? Sir Nicholas wird schwach und müde. Die kleine Sarah kommt zu ihm, wird aber wieder fortgeschickt. Sir Nicholas schließt die Tür hinter ihr ab und fällt kurz darauf in eine tiefe Ohnmacht, aus der er nie mehr erwachen sollte.«

»Und?« Pfarrer Snodgrass lehnte sich entspannt auf dem Bett zurück.

Doch ich erkannte an der Blässe seines Gesichts, daß ich ins Schwarze getroffen hatte.

»Früh an diesem Morgen«, fuhr ich fort, »brachtet Ihr einen kleinen Beutel Blut hinauf, den Ihr auf dem Markt draußen gekauft habt, und habt ihn unter der Tür hindurchgestoßen. Sobald er an Ort und Stelle war, habt Ihr ihn mit einer Nadel aufgestochen, und das Blut sickerte hinaus. Dann eiltet Ihr zur Mansarde der kleinen Sarah weiter: Das Fleischmesser, das Ihr am Vortag in der Taverne stibitzt und mit Viehblut verschmiert hattet, habt Ihr in ihrem Schrank versteckt. Und damit hattet Ihr alles in die Wege geleitet.«

»Wofür?«

»Master Charles kommt zurück und sieht das Blut, das unter der Tür seines Onkels auf den Flur sickert. Er schlägt Alarm, und Ihr habt dafür gesorgt, daß wir alle im Schankraum sind und eingreifen können. Es kam mir seltsam vor, daß Ihr Eure Reitstiefel angezogen habt. Warum sollte ein Pfarrer, der sein bestes Gewand angelegt hat, um nach St. Paul zu gehen, Reitstiefel anziehen? Es sei denn, Ihr beabsichtigtet von vornherein, eine Leiter emporzusteigen. Das würde niemanden wundern, denn – wie hattet Ihr es formuliert? – ein Mann Gottes ist daran gewöhnt, die Leitern seines

Glockenturms hinaufzusteigen.« Ich lächelte. »Ihr wart gut vorbereitet: Ihr wußtet, wie dick und schwer die Türen dieser Taverne sind. Man kann nur durch ein Außenfenster in eine Kammer einbrechen. Der Gastwirt gibt Euch einen Meißel, und Ihr steigt hinauf. Ihr zwingt sowohl die Schlaglade als auch das Fenster auf und steigt ein. Sir Nicholas liegt tot auf dem Boden. Während wir warten, tut Ihr drei Dinge. Ihr schneidet mit dem Messer, das Ihr in Eurem Stiefel verborgen habt, Sir Nicholas die Kehle durch. Ihr nehmt ihm den Geldgürtel ab und legt ihn um Eure Taille, und Ihr sammelt die Überreste des kleinen Beutels mit dem Blut ein und steckt ihn in den stinkenden Nachttopf, wo keiner nachsehen wird. Den vergifteten Wein schüttet Ihr in die Binsen. Ihr säubert im Wasserkrug Eure Hände, zieht die Riegel zurück und öffnet dann die Tür. Wer würde schon Verdacht schöpfen? Alle dachten, man hätte Sir Nicholas den Hals durchgeschnitten, bevor Ihr die Leiter hinaufgestiegen wart. Und da Euer Trank sein tödliches Werk schon getan hatte, war seine Leiche natürlich kalt.«

»Aber liebstes Kind, wie hätte ich das alles tun können? Ihr alle standet doch draußen!«

»Ihr wart vorbereitet«, antwortete ich. »Das Messer in Eurem Stiefel, Ihr klettert in die Kammer, Hoptons Kehle wird durchgeschnitten, das Messer zurückgesteckt, der zerfetzte, blutige Beutel kommt in den Nachttopf, der Becher wird entleert, schnell die Finger gewaschen, das Wasser auf die Binsen gespritzt, wer wird schon darauf achten? Und schließlich bindet Ihr Hoptons Geldbörse um Eure Hüfte, wo Ihr sie sorgsam unter Eurem Wams und dem Priestergewand verbergt.«

»Aber das würde doch so lange dauern!«

»Unsinn!« spottete ich. »Ehrwürdiger Vormund, ich habe langsam bis sechzig gezählt, Ihr hattet Zeit genug, all das zu tun, was ich beschrieben habe. Vergeßt nicht, wir haben eine Weile auf dem Hof gewartet, bevor Ihr zum Fenster zurückkamt. Und dann mußten wir um das Haus laufen, die Treppe hinaufsteigen und wieder warten. Oh, Ihr hattet Zeit genug!«

»Und welchen weiteren Beweis hast du, liebes Kind?« Pfarrer Snodgrass' Lippen waren zurückgezogen wie die einer Bulldogge, die zum Angriff ansetzt.

»Oh, ich bin in Sir Nicholas' Kammer zurückgegangen. Mir ist aufgefallen, daß das Blut aus der Kehle des alten Mannes durch die Binsen auf den Boden gesickert ist, doch da war eine Lücke von mindestens fünf bis sechs Zoll zwischen diesem Blut und dem Fleck unter der Tür. Wie soll die entstanden sein? Zweitens war ich ratlos, wieso Ihr Stiefel getragen habt, und so bin ich auf Euer Zimmer gegangen und habe die Stiefel untersucht. Wo das Messer verborgen war, ist noch ein Blutfleck.« Ich schaute mich in der Kammer um. »Und irgendwo ist hier Sir Nicholas' Geldgürtel versteckt, ganz zu schweigen von den Strümpfen, die Ihr später gewechselt habt, bevor Ihr zum Richter gingt.«

»Sehr scharfsinnig, mein liebes Kind!«

»Danke, ehrwürdiger Vormund.«

»Du hast gründlich nachgedacht.«

»Genau wie Ihr, ehrwürdiger Vormund. Sir Nicholas war ein Gewohnheitstier – schäbig, geizig und ein Zecher. Ihr habt ihn genau studiert und wußtet, daß er säuft und sich mit Huren vergnügt. Er hielt sein Fenster stets geschlossen, und um sein Geld nicht in Gefahr zu bringen, achtete er darauf, daß die Hure, die ihn besuchte, nicht die ganze Nacht lang blieb. Es brauchte Stunden, bis die Wirkung Eures giftigen Gebräus einsetzte, doch Sir Nicholas würde keine Hilfe von seinem lieben Neffen bekommen, der so schnell in die Cock Lane aufbrach, wie ein Windhund sich einen Knochen schnappt.«

»Ich habe sehr viel riskiert!« schnaubte er.

»Nein, ehrwürdiger Vormund, das habt Ihr nicht: Die Türen in dieser Taverne sind aus massiver Eiche und können nicht aufgebrochen werden. Ihr mußtet nur das Risiko eingehen, daß vielleicht ein anderer die Leiter hinaufsteigt. Und selbst, wenn Ihr diese Gelegenheit verpaßt hättet, wäret Ihr noch ungefährdet gewesen. Wer hätte Verdacht geschöpft? Sobald Ihr in der Kammer wart, wart Ihr allein und konntet tun, was Euch beliebte. Und wer hätte Euch in dem Aufruhr danach schon verdächtigt?«

Pfarrer Snodgrass erhob sich.

»Wenn Ihr näher kommt«, flüsterte ich und lächelte selig, »werde ich schreien.« Ich nahm die Wasserschüssel aus dem Zuber. »Und die hier mit solcher Kraft durch das Fenster werfen, daß jeder in Smithfield weiß, daß etwas nicht in Ordnung ist.«

Pfarrer Snodgrass setzte sich wieder. »Was willst du also, liebes Kind?«

Während meine Gedanken rasten, starrte ich ihn an. Ich erinnerte mich an die Freiheit, die ich zuvor an diesem Tag genossen hatte, die warme Hand des Constables, die köstlichen Anblicke und Gerüche der Stadt, und verglich sie mit meinen freudlosen Tagen im Pfarrhaus.

»Einen Teil des Goldes«, lispelte ich.

»Und?«

Ich zeigte auf die Tür. »Ich werde hier hinausgehen, und Ihr werdet mich nie wiedersehen.«

»Ganz allein in London bleiben? Das ist gefährlich!«

»Nicht so gefahrvoll«, erwiderte ich, »wie bei einem Pfarrer zu bleiben, der einen Raubmord begeht und plant, in naher Zukunft seine langweilige kleine Gemeinde und sein scharfzüngiges Weib zu verlassen und zu neuen Weiden aufzubrechen.«

Pfarrer Snodgrass erhob sich. »Wer bittet, wird auch erhört werden«, intonierte er fromm, schob das Bett zurück, hob eine lockere Bodendiele hoch und zog Sir Nicholas' Geldgürtel hervor, dessen fette Börsen sich an den Rändern wölbten. »Wie viel?« fragte er.

»Drei der Börsen«, erwiderte ich. »Legt das Geld auf den Tisch«, verlangte ich. »Und vergeßt nicht, ich kann noch immer schreien.«

Pfarrer Snodgrass gehorchte.

Ich bat ihn, zurückzutreten und sich auf das Bett zu setzen, während ich die Münzen auf das Tischtuch legte und mein kleines Bündel schnürte.

Ich warf einen Blick auf das Gesicht meines ehrwürdigen Vormunds und sah, daß der Haß in seinen Augen loderte.

»Und was ist mit der armen Sarah?«

»Ach, die kann hängen!« erwiderte ich leichtfertig. »Und nun, ehrwürdiger Vormund, legt Euch bitte auf das Bett.«

Noch immer den Geldgürtel umklammernd, gehorchte er. Ich rannte wie ein Windhund zur Tür, nahm den Schlüssel aus dem Schloß, zog die Tür zu und schloß sie ab. Dann lief ich, die Schreie meines ehrwürdigen Vormunds ignorierend, mit dem Bündel in der Hand die Treppe hinab und eilte zum Marktplatz, um die Hilfe des Constables zu suchen.

Originaltitel: The Murder of Innocence
Ins Deutsche übertragen von Uwe Anton

Cassandras Schloß

J.F. Peirce

Das England der Renaissance ist ein geeigneter Schauplatz für Geschichten über internationale Intrigen und Geheimnisse. 1964 verfaßte J.F. Peirce ›The Great Shakespeare-Mystery‹ *(Ellery Queen's Mystery Magazine, Mai 1964), eine Satire auf die Shakespeare-Forschung, die sein immenses Wissen über den großen Barden erkennen ließ. So ist es nicht erstaunlich, daß er wenige Jahre später zu Shakespeare als der zentralen Hauptfigur in einer Reihe von Krimis zurückkehrte. Die Reihe begann mit* ›The Double Death of Nell Quigley‹ *(EQMM, Dezember 1973). Es folgten vier weitere Erzählungen, deren letzte* ›Cassandras Schloß‹ *(EQMM, Mai 1975) ist. Peirce (1918 geb.) ist emeritierter Professor für Englisch an der Texas A&M University, an der er über siebenunddreißig Jahre lehrte.*

»Der Grund, weshalb ich Euch rufen ließ«, sagte Lord Burleigh an den jungen Dramatiker Will Shakespeare gewandt, »ist ein vollkommen anderer als beim letzten Mal, da ich Eure Unterstützung wegen der zunehmenden Zahl von Schurken und Vagabunden in der Stadt erbat. Im Vergleich dazu handelt es sich diesmal eher um eine Kleinigkeit. Es hat mit einem Skandal am Hof zu tun – einem Rätsel, das unsere Neugier plagt.«

Er hielt inne und deutete auf die drei Männer, die mit ihnen in der Runde saßen – William Davison, der schottische Sekretär Königin Elisabeths, Sir Francis Walsingham, der Staatssekretär Ihrer Majestät und Henry Herbert, der Earl von Pembroke und Minister für Wales.

»Offen gesagt«, fuhr der Königliche Schatzmeister fort, »habe ich mit diesen Herren hier um eine ansehnliche Summe gewettet, daß Ihr seine verzwickte Angelegenheit klären werdet. Schafft Ihr es, so wird die Hälfte meines Gewinnes Euch gehören. Aber egal, ob Ihr gewinnt oder verliert – ich werde alle Ausgaben bezahlen.«

»Seine Lordschaft hat Euch gewaltig gerühmt«, sagte Walsingham. »Wir waren ganz gespannt darauf, Eure Bekanntschaft zu machen.«

Davison und der Earl nickten zustimmend.

»Doch zunächst laßt mich Euch die Fakten mitteilen, wie sie uns bekannt sind«, sagte Lord Burleigh und zupfte an seinem Bart. »Zweifellos habt Ihr von der Gräfin von Chommondley gehört, die für ihre Größe berühmt ist. Sie ist über ein Meter achtzig groß, und ihr ständiger Begleiter, ein häßlicher Zwerg, der nicht größer als ein Kind ist, wird ›der Affe‹ genannt.«

Shakespeare nickte.

»Er war Zauberkünstler, als sie sich zum ersten Mal trafen. Noch heute spielt er den Unterhalter auf den Festen der Gräfin. Die Frauen fühlen sich von seinem Äußeren eher angezogen als abgestoßen – vielleicht weil im Vergleich mit ihm selbst die häßlichste aller Frauen noch attraktiv wirkt.«

»Nicht, daß die Gräfin eines solchen Vergleiches bedürfte«, sagte der Earl. »Sie ist eine äußerst attraktive Frau mit einer gertenschlanken Figur.« Er hüstelte und fügte dann hinzu: »Das sagen zumindest diejenigen, die sie in etwas anderem als ihrem Reifrock gesehen haben.«

Lord Burleigh lächelte und zwirbelte die Enden seines Schnurrbartes. »Es ist der Fluch unseres Zeitalters, daß die Frauen ihre untere Hälfte in bodenlangen Kleidern verstecken.«

»Ich muß gestehen, daß ich Euch zustimme«, sagte Shakespeare.

»Obwohl der Affe unzählige Möglichkeiten hatte, die Gräfin mit jüngeren, attraktiveren Frauen zu betrügen«, fuhr Burleigh fort, »blieb er ihr bis vor kurzem treu. Vor wenigen Monaten jedoch traf er die Kurtisane Cassandra ...«

»Die auch ›die Riesin‹ genannt wird, Euer Lordschaft?«

Burleigh nickte. »Sie ist über 1,90 Meter groß. Überdies türmt sie ihr Haar auf und trägt diese italienischen *chopines*. Dadurch kommen noch weitere fünfzehn Zentimeter hinzu. Ihr wißt, was *chopines* sind?«

»Ja. Schuhe mit einer dicken Plateau-Sohle aus Kork«, sagte der Dramatiker. »Schauspielerknaben, die Frauenrollen spielen, tragen solche Schuhe, um größer zu wirken.« Er hielt inne und fragte dann: »Wie kam es, daß der Affe Cassandra traf, Euer Lordschaft? Ich dachte, sie führt ein Bordell in Southwark?«

»Das tut sie«, sagte Burleigh, »und zwar mit großem Erfolg.« Er runzelte die Stirn und fuhr dann fort: »Der Hof zieht alles mögliche an. So mancher des Lebens Überdrüssige umgibt sich mit Kurtisanen und Kriminellen, um seinem Dasein ein wenig Abwechslung zu verleihen. Einer dieser Dummköpfe führte Cassandra am Hof ein. Und da sie die Gräfin überragt und stattlich ist, verliebte sich der Affe in sie – und sie erwiderte seine Gefühle. Von da an verbrachte er die meiste Zeit mit ihr, sehr zum Mißfallen der Gräfin.«

»Warum verläßt er die Gräfin nicht, Euer Lordschaft?«

»Weil sie eine vermögende Frau ist und seine Vorlieben ausgefallen und teuer sind.«

»Ich würde annehmen, daß Cassandra ebenfalls sehr vermögend ist, sie führt ja schließlich ein berüchtigtes Bordell.«

»O nein. Im Vergleich zum Reichtum der Gräfin ist sie arm.«

»Habt Ihr jemals ihr Bordell gesehen? – Es wird ›das Schloß der Cassandra‹ genannt«, sagte Walsingham.

»Nur aus der Ferne, Sir Francis.«

»Dann werde ich es Euch beschreiben. Es erinnert an eine Insel, denn es ist von einem Graben umgeben. Man kann nur über eine Zugbrücke dorthingelangen, die von einem bewaffneten Kuppler in voller Rüstung bewacht wird. Das dreistöckige Gebäude hat eine beschlagene Tür, in die ein vergittertes Fenster eingelassen ist.«

Er zögerte und fuhr dann fort. »Ich kann nicht für Lord Burleigh sprechen, aber wir anderen waren alle schon aus dem ein oder anderen Grund dort. Es ist ein eleganter Ort – um zu sehen und gesehen zu werden. Die Insel hat einen langen, wunderschön angelegten Garten für romantische Spaziergänge und eine Laube für Plauderstündchen an der frischen Luft. Es wird dort das beste Essen weit und breit serviert, man kann sich von Musik unterhalten lassen, Lesungen von Theaterstücken und Poesie beiwohnen und nachts aufwendige Feuerwerke bewundern.«

»Glücklicherweise ist es außerhalb der Stadt gelegen«, warf Davison ein. »Andernfalls hätte unser puritanischer Freund, der Bürgermeister, schon längst mit der Schließung gedroht.«

Lord Burleigh hustete, und Walsingham und Davison bedeuteten dem Königlichen Schatzmeister, mit seiner Geschichte fortzufahren.

»Mit der Zeit«, sagte Burleigh, »geriet die Gräfin zusehends außer sich. Jedesmal wenn der Affe ausging, veranlaßte sie, daß ihm einige Lakaien folgten. Letzte Woche, nach einer heftigen Auseinandersetzung mit ihm, entschloß sie sich, eine Entscheidung herbeizuführen. Sie ließ ihn von zwanzig verkleideten Lakaien verfolgen. Zuerst schien er nicht zu ahnen, daß er verfolgt wurde, denn er ging geradewegs Richtung Southwark.

Aber sobald er die London Bridge überquert hatte, bemerkte er offensichtlich, daß man ihm auf den Fersen blieb, denn er versuchte, sie abzuhängen – jedoch ohne Erfolg. Als er das Schloß erreicht hatte, umstellten sie es, wie bei einer Belagerung. Kurze Zeit später kam die Gräfin in ihrer Kutsche in wildem Tempo herausgeschossen.«

Lord Burleigh hielt inne und fuhr sich mit der Hand über die Enden seines Schnurrbartes. »Als der Wachposten die Gräfin sah«, fuhr er fort, »benachrichtigte er Cassandra, die daraufhin keinen Aufwand scheute, um ihre ›Gäste‹ vergessen zu lassen, daß sie in gewissem Sinne Gefangene waren: Es wurden erlesene Speisen aufgefahren, Wein aus den Kellern geholt, und zur Unterhaltung spielten Musikanten fröhliche Weisen. Ein ausgelassenes Fest nahm seinen Lauf. Doch niemand erhaschte bei all dem Treiben auch nur einen flüchtigen Blick auf den Affen.

»Die Gräfin ihrerseits traf Vorkehrungen, daß ihr ein Haus in der Nähe zur Verfügung stand. Sie schickte nach Speisen und Getränken und noch mehr Lakaien. Als diese ankamen, ließ sie sie zusammen mit den anderen rund um das Schloß Aufstellung nehmen. Der Abstand zwischen den einzelnen Wachposten betrug nicht mehr als sechs Meter.

Die Dämmerung brach herein. Die Gräfin schickte nach Fackeln, und jede Wache erhielt ausreichend davon, um die Nacht durchzuhalten. Auf der Insel wurden Laternen und Fackeln angezündet. Tänze, Wasserspiele und Feuerwerke wurden dargeboten. Raketen erhellten den nächtlichen Himmel mit farbigen Sternen. Lichtreflexe tanzten über das Wasser.«

Der Königliche Schatzmeister hielt erneut inne. »Der Trubel dauerte die ganze Nacht lang. Die Gräfin und ihre Männer hielten unermüdlich ihre Nachtwache ab. Dann, als der Morgen heraufdämmerte, wurde die Zugbrücke heruntergelassen, und Cassandra schritt majestätisch in einem roten, samtenen Gewand hinüber. Ihr Wächter folgte ihr steifbeinig in voller Rüstung.

›Was wollt Ihr?‹ fragte Cassandra grob, als sie schließlich bei der Gräfin angelangt war.

›Meinen Affen! Meinen kostbaren Affen!‹ antwortete die Gräfin voller Kummer.

›Geht nach Hause‹, befahl Cassandra. ›Dort werdet Ihr ihn finden.‹

›Ihr lügt, denn er schläft bei Euch im Schloß!‹

›Nein. Ich schwöre, daß er nicht unter meinem Dach ist, obwohl er sich unter meinem Schutz befindet. Geht nach Hause! Da werdet Ihr ihn finden. Er ist dort zu Hause, wo er gerade ist.‹

›Laßt mich Euer Schloß betreten und selbst nachsehen!‹ verlangte die Gräfin.

›Nun gut‹, antwortete die Kurtisane und deutete auf den offenen Eingang.

Die Gräfin ließ die Hälfte ihrer Männer die Insel weiterhin umzingeln und führte die übrigen Lakaien über die Zugbrücke. Sie durchsuchten das gesamte Gebäude und ebenso den Garten und die Laube. Aber der Affe war verschwunden, wie die Nacht mit der Morgendämmerung.

Nachdem sie sich schließlich davon überzeugt hatte, daß er nicht dort war, trat die Gräfin niedergeschlagen den Rückweg über die Zugbrücke an, ohne Cassandra, die mit ihrem Wächter am Ufer stehen geblieben war, anzusehen oder gar mit ihr zu sprechen. Sie ließ einige ihrer Männer da, um das Schloß zu bewachen und kehrte nach Hause zurück. Dort fand sie den Affen schlafend in seinem Gemach. Ein seliges Lächeln lag auf seinem Gesicht.

Bei seinem Anblick brach die Gräfin zusammen und weinte. Als ihr Weinen ihn geweckt hatte, bat sie ihn um Verzeihung, und während sie sich so der Gnade des Schurken auslieferte, stimmte sie einem schändlichen Handel zu: Sie gestattete ihm, seine Zeit zwischen ihr und Cassandra aufzuteilen.«

»Und nun fragen wir uns«, sagte der Earl und neigte sich nach vorn, »wie der Affe von der Insel entkommen konnte?«

Shakespeare runzelte die Stirn. »Wäre es nicht möglich, daß er floh, bevor die Wachen aufgestellt wurden, Euer Lordschaft?«

»Nein. Die Männer sahen, wie er das Schloß betrat, und sie umzingelten die Insel, bevor er fliehen konnte.«

»Hat irgend jemand das Schloß verlassen, *nachdem* er es betreten hatte, Euer Lordschaft?«

»Niemand. Kurze Zeit nachdem der Affe im Schloß verschwunden war, erschien ein Junge mit einem Sack auf den Schultern, überquerte die Brücke zum Schloß, und sobald er drüben war, wurde die Zugbrücke hochgezogen.«

Shakespeare runzelte die Stirn. »Was hat denn ein Junge auf der Insel zu tun, Euer Lordschaft?«

»Es gibt zwei Jungen, die dort arbeiten. Sie kümmern sich um den Garten, machen Botengänge für die Mädchen und so was.«

»Aha. Könnte man einen der Lakaien bestochen haben, wegzusehen, während der Affe floh, Euer Lordschaft?«

»Ich glaube nicht. Zu viele andere hätten ihn gesehen.«

Shakespeare zog nachdenklich die Augenbrauen zusammen, während die anderen schweigend darauf warteten, daß er etwas sagte.

»Es gibt drei Fluchtmöglichkeiten von der Insel«, sagte Shakespeare schließlich. »Durch die Luft, durch das Wasser und über die Brücke. Vier Möglichkeiten, für den Fall, daß sich unter dem Graben ein Tunnel befindet.«

Shakespeare kniff die Augen zusammen und fuhr sich mit den feingliedrigen Fingern durch das zurückgestrichene kastanienbraune Haar. »Ich denke, wir können ausschließen, daß er wie ein Feuerwerkskörper durch die Luft geflogen ist. Kann er schwimmen? Vielleicht hat er den Graben durchschwommen und ist entkommen, während eine der Wachen einen Moment abgelenkt war.«

»Er ist ein ausgezeichneter Schwimmer«, sagte Burleigh. »Er ist kräftig und drahtig und hat schon weitaus größere Männer, die abschätzige Bemerkungen über sein Aussehen und seine Größe gemacht hatten, im Wettkampf geschlagen. Aber der Graben wird von zwei Krokodilen bewacht, die mindestens drei Meter lang sind. Es heißt, daß sie wohlgenährt sind, aber ich bezweifle, daß er dieses Gerücht gerne hätte überprüfen wollen.«

»Sicherlich sind sie nicht ständig im Graben, Euer Lordschaft.«

»Nein. Es gibt Rampen, die sie hochklettern können, und Laufgänge auf beiden Seiten des Grabens, damit sie herauskriechen und sich sonnen können. Die Laufgänge sind durch Zäune mit Eisenspitzen gesichert, hoch genug, damit die Krokodile nicht auf die Straße oder in den Garten entkommen können. Gelegentlich werden die Tiere mit Stangen auf den Boden gepreßt und an den Zaun gekettet, damit die Mädchen und ihre Gäste im Graben schwimmen gehen können. Aber in dieser Nacht waren sie nicht angekettet. Einige der Wachen sahen sie im Wasser schwimmen.»

»Dann muß er über die Zugbrücke entkommen sein, Euer Lordschaft.«

»Aber wie? Sie war bis zum Morgen hochgezogen.» Nachdenklich zupfte er an seinem Bart. »Nun, glaubt Ihr, das Rätsel lösen zu können?«

»Ich kann es versuchen, Euer Lordschaft. Wie lange habe ich Zeit?«

»Eine Woche«, sagte Burleigh und sah zu den anderen hinüber, die zustimmend nickten.

»Könnte man Cassandra überzeugen, daß ich die Flucht des Affen nachstelle?«, fragte Shakespeare.

Lord Burleigh wandte sich zu dem Earl um.

»Ich denke, das ließe sich einrichten«, sagte der Earl. »Mein Sekretär Peregrine ist ein häufiger Besucher des Schlosses. Cassandra mag ihn ganz gerne.«

Nachdem Shakespeare den Aufenthaltsort des Sekretärs erfahren hatte, erhob er sich und sagte: »Dann sehe ich Euer Lordschaft und die anwesenden Herren nächste Woche um diese Zeit an dem Schloß.« Er verbeugte sich und ging.

Am nächsten Morgen ging Shakespeare, begleitet von Dick Burbage, dem talentierten Schauspieler, und Peregrine, dem habichtähnlichen Sekretär des Earls, zu Cassandras Schloß. Die Insel war genau so, wie man sie beschrieben hatte. Zwei Krokodile schwammen träge im Wasser. Eines öffnete sein großes Maul und enthüllte scharfe, weiße Zähne; dem Dramatiker schauderte es bei diesem Anblick.

Über ihren Köpfen erstreckte sich ein dünner Draht von einem Fenster im dritten Stock des Schlosses zu einem Fenster im zweiten Stock eines Gebäudes am Ufer. Der Draht neigte sich in einem 15-Grad-Winkel. Shakespeare bemerkte, daß der Draht offensichtlich nicht stark genug war, um das Gewicht eines Jungen, selbst das eines Kleinkindes tragen zu können.

Ein Feuer-Drache schwebte über dem Draht. Der geflügelte Drache war aus dünnen Holzstreifen gebaut, die zu der

Form eines Drachens gebogen und verschnürt worden waren; dies erkannte der Dramatiker sogleich, denn er hatte als Junge schon einmal bei einer solchen Konstruktion geholfen. Das Gerüst war mit Papierschuppen bedeckt worden, und diese Schuppen hatte man dann bemalt.

Metallkanister, die ein langsam brennendes Schießpulver enthielten, waren in Maul und Schwanz des Drachens deponiert, so daß es aussah, als würde der Drachen Feuer speien, wenn das Pulver angezündet wurde. Ein größerer Kanister mit Schießpulver hing unterhalb des Drahtes, um den Drachen zum einen auszubalancieren und zum anderen mit Triebkraft zu versorgen. Shakespeare bemerkte, daß weder der Kanister noch der Drachen groß genug waren, um den Affen zu verstecken. Daher verwarf er den Gedanken an den Drachen als Fluchtmittel sofort wieder.

Die Wache steckte in einer Rüstung, die aus dickem, schwerem Leder gefertigt war. Als sie sich näherte, öffnete der Mann sein Visier und grinste. Peregrine sprach ungezwungen mit ihm, und die Männer erhielten die Erlaubnis, die Zugbrücke zu überqueren und das Bordell zu betreten. Drinnen wurden sie von Cassandra begrüßt, die alle überragte. Shakespeare fühlte sich von ihr angezogen und abgestoßen zugleich.

Nachdem ihnen die Erlaubnis dazu erteilt worden war, nahm Peregrine mit dem Schauspieler und dem Dramatiker einen Rundgang durch das Schloß vor. Als Shakespeare in Cassandras Räumen ihre Garderobe nach einem möglichen Geheimgang durchsuchte, fand er zwei Anzüge des Affen, beide in hellem Orange, unter der Kleidung der Kurtisane versteckt; er konnte sich ein Schmunzeln über die Unterschiedlichkeit der Kleidungsgrößen nicht verkneifen.

Später im Garten stellte Peregrine Shakespeare und Burbage den Mädchen von Cassandra vor. Die Kurtisanen waren von verschiedener Hautfarbe, Statur und Größe, und Shakespeare war erstaunt über die Vielfalt.

Nachdem der Rundgang beendet war, teilte Shakespeare seinen Freunden mit, was er von ihnen erwartete.

»Das ist zu viel für eine Woche!« protestierte Burbage. »Ich glaube nicht, daß wir das schaffen.«

»Laß dir von Cuthbert und den anderen helfen. Geld spielt keine Rolle – ihr werdet entlohnt werden.«

»Wenn du darauf bestehst«, grummelte der Schauspieler. »Ich werde es versuchen.«

»Guter Junge! Ich wußte, daß du es schaffen kannst«, sagte der Dramatiker.

Burbage und Peregrine verließen das Schloß kurze Zeit danach, aber Shakespeare blieb noch ein Weilchen länger, um ein Gefühl für die Atmosphäre auf der Insel zu bekommen.

Später am Morgen erschien Shakespeare im Herrenhaus der Gräfin von Chommondley. Einige Silbermünzen für den Koch erlaubten ihm den Zutritt zur Küche und Antworten auf einige Fragen. Weitere Münzen ermöglichten es ihm, das Schlafzimmer und die Garderobe des Affen zu durchsuchen. Beim Anblick der vielen pastellfarbenen Anzüge stieß der Dramatiker unwillkürlich einen Pfiff aus. Er pfiff erneut, als der Diener ihm den Anzug zeigte, den der Affe an dem Tag seines Verschwindens getragen hatte. Der Anzug war hellorange und hatte ein auffälliges Muster.

Nachdem er den Namen des Schneiders erfahren hatte, suchte Shakespeare einen der Lakaien auf, die den kleinen Mann seinerzeit verfolgt hatten. Für einige Silbermünzen ging der Lakai mit Shakespeare den Weg ab, den der Affe genommen hatte.

Er war zuerst direkt in Richtung Southwark gegangen; als er bemerkte, daß er verfolgt wurde, hatte er einen verschlungenen Weg durch schmale Gassen und Seitenstraßen genommen. Die letzten hundert Meter lagen jedoch im Freien. Bei Tageslicht hätten seine Verfolger somit weder die Farbe seines Anzuges noch das auffällige Muster übersehen können.

Später an diesem Tag war Shakespeare wenig überrascht, von dem Schneider zu erfahren, daß der Affe für gewöhnlich mehrere Anzüge auf einmal bestellte. Und da der Schneider von allen Anzügen die Schnittmuster aufbewahrte, stimmte er bereitwillig zu, sechs Kopien des hellorangefarbenen Anzugs anzufertigen, und setzte sofort seine Lehrlinge an die Arbeit.

In der darauffolgenden Woche traf Shakespeare wie vereinbart Lord Burleigh und die anderen Herren an der Zugbrücke von Cassandras Schloß. In Begleitung des Dramatikers befanden sich vier Knabenschauspieler, die Burbage für ihn aus dem Children of the Royal Chapel in Blackfriars geholt hatte. Jeder der Jungen trug einen orangefarbenen Schlapphut, einen hellorangefarbenen Anzug sowie einen Affenschwanz und eine Maske, die Dick Burbage angefertigt hatte. Die Jungen waren aufgeregt und unruhig, und Shakespeare mußte sie mehrfach zur Ordnung ermahnen.

Einige Momente später näherte sich der Schauspieler Will Kemp der Gruppe. Er trug Cassandras rotes Samtgewand, dessen Rock eilig hochgesteckt worden war, damit er nicht über den Boden schleifte. Obwohl Kemp ein großer Mann war, war er dennoch fünfzehn Zentimeter kleiner als die hünenhafte Kurtisane.

Die vier »Affen« hüpften aufgeregt um ihn herum. Sie bewegten sich nach vorne gebeugt, ihre Handknöchel berührten den Boden und sie schnatterten: »Chi! Chi! Chi!« mit ihren grellen Stimmen, bis Shakespeare sie zur Ruhe brachte.

Nachdem alles bereit war, schickte Shakespeare Kemp über die Brücke zurück auf die Insel. Dann ließ er einen der Jungen die Maske und den Schwanz abnehmen, so daß man ihn erkennen konnte. Der Junge hatte ein großes rotes Muttermal auf seiner rechten Wange, und Shakespeare wies Burleigh und die anderen an, es genau zu betrachten, um sicherzugehen, daß es echt war und nicht geschminkt.

Dann führte Shakespeare Burleigh, Davison, Walsingham, die vier Affen und die vierzig Lakaien zu dem Ort, an dem der Affe bemerkt hatte, daß er verfolgt wurde. An diesem Punkt schickte Shakespeare den Jungen mit dem roten Muttermal los, um den Affen zu spielen, und der Junge nahm den Weg, den der Affe genommen hatte, dicht gefolgt von den anderen.

Hier und da verschwand er aus dem Sichtfeld, etwa wenn er plötzlich um eine Ecke bog. Schließlich jedoch befand er sich im Freien, wo er sich nicht verstecken konnte, rannte über die Zugbrücke und verschwand im Schloß.

Daraufhin bat Shakespeare dann Walsingham, die Rolle der Gräfin zu übernehmen. Walsingham gab den Lakaien genaue Anweisungen und ließ sie um den Graben herum Aufstellung nehmen.

Kurz danach überquerte ein Junge, der einen Sack über der Schulter trug, die Zugbrücke und betrat das Schloß. Shakespeare, in Begleitung der restlichen vier Affen, überquerte die Zugbrücke ebenfalls. Dann wurde die Brücke wieder hochgezogen.

Sogleich begann die Feier im Garten. Aber während Kemp, der als Cassandra verkleidet war, und Shakespeare ständig zu sehen waren, fehlte von den vier Jungen in organgefarbenen Anzügen oder dem Jungen mit dem Sack jede Spur. Shakespeare tauchte kurz an einem Fenster im dritten Stock auf, um die Feuerwerkskörper für die Abendvorstellung zu überprüfen. Wenig später sah man ihn am Ufer des Grabens entlanggehen, als wollte er den Standort der Krokodile nachprüfen.

Die Nacht brach herein. Raketen ließen Regenbögen sich über den Himmel wölben oder ergossen sich in einen Regen von fallenden Sternen. Der stolze Feuerdrache flog auf der Suche nach einer schönen Jungfer über den Graben. Ein Springbrunnen wurde zu einer flüssigen Vase mit flüssigen Blumen. Die Leute auf der Insel feierten in die Nacht, das Fest dauerte bis zum Sonnenaufgang.

Dann wurde die Zugbrücke heruntergelassen, und Kemp, als Cassandra gekleidet, stolzierte über die Brücke. Ihm folgten der Dramatiker und der steifbeinige Wächter in voller Rüstung. Kemp strauchelte einmal und fiel beinahe hin, als er auf den Saum des Reifrocks trat, aber Shakespeare fing ihn glücklicherweise auf.

Der große Schauspieler hatte sich anscheinend in seine Rolle hineingefunden, denn als er mit Walsingham den zornigen Wortwechsel zwischen der Gräfin und Cassandra wiederholte, waren seine Gesten entsprechend geziert und seine Stimme überzeugend hoch.

Nachdem der Wortwechsel zwischen den beiden beendet war, rief Walsingham zwanzig seiner Männer zu sich und führte sie über die Brücke. Wie zuvor wurde das Schloß vom Keller bis zum Dach durchsucht, ebenso der Garten und die Laube. Doch keiner der vier Knabenschauspieler wurde gefunden. Der Junge, der den Sack getragen hatte, war ebenfalls nicht auffindbar. Nachdem er schließlich die Niederlage eingestehen mußte, sammelte Walsingham seine Männer und kehrte zum Ufer zurück.

»Nun, meine Herren, seid Ihr zufrieden?«, fragte Burleigh.

»Verdammt noch mal, nein!« rief der Earl aus. »Und ich werde es nicht sein, bis ich eine Erklärung für ihr Verschwinden erhalten habe.« Er wandte sich dem Dramatiker zu. »Mein Kompliment, junger Mann. Ich bin sicher, wir sind uns alle einig, daß Seine Lordschaft Eure Talente zweifellos untertrieben hat.«

»Ich gestehe, daß ich ebenfalls ganz gespannt auf Eure Erklärung warte«, fügte Burleigh hinzu.

»Gestattet mir statt dessen, eine Vorführung zu geben«, sagte Shakespeare. Er pfiff, und die vier Knabenschauspieler, nunmehr ohne die orangefarbenen Schlapphüte, die sie vorher getragen hatten, und der Junge mit dem Sack kamen aus einem nahe gelegenen Haus. Gefolgt von Kemp und dem Wächter mit dem Visier, hüpften sie über die Zugbrücke, die erneut hochgezogen wurde.

»Ihr werdet euch erinnern«, sagte Shakespeare, »daß ich erklärt habe, es gäbe drei Fluchtwege von der Insel – durch die Luft, durch das Wasser und über die Brücke. Vier Wege, wenn es einen Tunnel gibt – dieser kann aber nach Aussage des Baumeisters und meiner eigenen Untersuchung des Schlosses und der Insel ausgeschlossen werden. Nun laßt mich zuerst zeigen, wie der Affe durch die Luft hätte entkommen *können*.«

Der Dramatiker deutete auf das Fenster im dritten Stock

des Schlosses, wo einer der Jungen den Feuerdrachen an dem Draht befestigte, der von der Insel zum Ufer ging.

»Nun«, sagte Shakespeare, »seht, was im Schutz der Dunkelheit geschah, während Eure Aufmerksamkeit auf das lustige Treiben im Garten gerichtet war, bevor das Feuerwerk begann.«

Der Dramatiker stieß einen Pfiff aus, und Peregrine und Dick Burbage traten zu dem Jungen ans Fenster. Burbage entfernte den Feuerdrachen und zog vorsichtig an dem Draht, der von Cuthbert Burbage gelöst wurde, der im zweiten Stock des Hauses am Ufer stand.

Am Ende des Drahtes befestigte Cuthbert zwei Seile – ein schweres und ein leichtes. Sobald das schwere Seil im Schloß sicher angekommen war, zog Peregrine an dem dünneren Seil und zog einen größeren, stabileren Feuerdrachen aus dem Fenster des Hauses am Ufer. Als der Drache das Schloß erreichte, öffnete man die Klappe an der Oberseite und der Junge kletterte hinein.

Das Schießpulver wurde entzündet, der Drache flog das Seil entlang nach unten und wurde von Cuthbert Burbage gefangen, der dem Jungen aus dem Inneren des Drachens heraushalf.

»Unglaublich«, rief Lord Burleigh aus.

»Es ist wie ein *deus ex machina*, eine Maschine, in der die Götter auf die Erde herunterkommen, um die Angelegenheiten der Sterblichen in Ordnung zu bringen – genau wie es in den Maskenspielen am Hof geschieht«, sagte Davison.

Shakespeare nickte. »Und nun stellt euch vor, daß das Feuerwerk aufhört. Die Augen der Wächter sind durch einen plötzlichen Ausbruch von Trubel auf die Leute im Garten gerichtet. Aber behaltet *eure* Augen auf das Fenster des Schlosses gerichtet und seht, was im Schutze der Dunkelheit hätte geschehen *können*.«

Shakespeare stieß einen Pfiff aus. Ein zweiter Junge kletterte aus dem Fenster. Er ergriff das dicke Seil und hangelte sich daran hinunter, um unter dem Applaus der Beobachter in dem Haus am Ufer zu verschwinden.

Das Seil wurde sofort ins Fenster zurückgezogen und der Draht wieder an seinem Platz angebracht.

»Nun zieht die Möglichkeit der Flucht durch das Wasser in Betracht. Bitte seht auf das Krokodil im Wasser«, sagte Shakespeare. »Erinnert euch daran, daß es Nacht ist und es nur flackernde Fackeln und schimmernde Reflexionen gibt, die das Auge verwirren.«

Der Dramatiker pfiff, und auf das Zeichen hin schwamm das Krokodil durch den Graben und krabbelte über die Rampe zu dem Laufgang entlang des Ufers.

»Blickt weiterhin auf das Krokodil«, sagte Shakespeare, »aber stellt euch vor, daß das riesige Feuerwerk selbst den Blick des pflichtbewußtesten Beobachters zum Himmel lenken würde.«

Wieder pfiff der Dramatiker, und das Krokodil richtete sich auf und offenbarte ein muschelähnliches Gerüst, daß den dritten Jungen, der schwarz gekleidet war und dessen Gesicht und Hände mit einem angebrannten Korken geschwärzt worden waren, verborgen hatte. Der Junge schob die Krokodilhülle schnell ins Wasser, sprang über den Zaun und lief geduckt zu dem Haus am Ufer.

»Wo kam er her?« fragte Burleigh.

»Er setzte die Hülle auf und glitt leise ins Wasser, während ihr darin vertieft wart, den Feuerdrachen auf seinem Weg durch die Luft zu beobachten. Genauso wie der Feuerdrache, Euer Lordschaft, ist auch das Krokodil von Dick Burbage entworfen und unter seiner Aufsicht gebaut worden. Die echten Krokodile sind am Ende des Gartens angekettet.«

Wieder pfiff er. »Der Tag bricht an«, sagte er.

Während er sprach, wurde die Zugbrücke heruntergelassen, und Kemp, gefolgt von dem steifbeinigen Wächter, schritt über die Brücke auf sie zu. Als er sie erreicht hatte, spielte Kemp so kokett, daß Shakespeare die Stirn runzelte und ihn so dazu brachte, ein schicklicheres Verhalten anzunehmen.

»Nun laßt uns die Möglichkeit einer Flucht über die Zugbrücke prüfen«, sagte Shakespeare. »Stellt euch das Gespräch zwischen Cassandra und der Gräfin vor. Stellt euch vor, wie ihre Männer über die Brücke zum Schloß gehen. *Seht!* Seht auf die offene Tür!«

Obwohl Burleigh und die anderen wie befohlen zur Tür sahen, geschah nichts – niemand erschien. Dann, als sie sich dem Dramatiker wieder zuwandten, schnappten sie nach Luft. Denn der vierte Junge stand neben ihm.

»Du meine Güte!«, rief Burleigh aus. »Wie haben Sie denn *dieses* Wunder vollbracht?«

Shakespeare ging auf Kemp zu, hob den Saum seines roten Samtreifrocks hoch und enthüllte die *chopines*, die ihn um fünfzehn Zentimeter größer machten. Auf sein Nicken hin, schlüpfte der Knabenschauspieler zwischen Kemps Beine, und Shakespeare ließ den Rock wie einen Vorhang fallen.

»Also *so* ist der Affe von der Insel geflohen!«, rief Burleigh. »Apollo gab der trojanischen Cassandra das Geschenk der Weissagung, dann belegte er sie mit einem Fluch: Wenn sie nicht mit ihm schliefe, würde ihr niemand glauben. Wie ihre Namensschwester sprach Cassandra die Wahrheit, und die Gräfin glaubte ihr nicht. ›Er ist nicht unter meinem Dach‹, sagte sie, ›obwohl er unter meinem Schutz steht … Er ist dort zu Hause, wo er ist.‹ Er *stand* unter ihrem ›Schutz‹ – denn er war unter ihrem Kleid, das beide beschützte. Und ebenso *war* er ›zu Hause‹ zwischen ihren Beinen.«

»Meine Güte!« rief Walsingham. »Welch entzückender Fluchtweg!«

»Aber wo ist der fünfte Junge?«, fragte Davison.

Shakespeare wandte sich dem Wächter zu, der sein Visier lüftete und sich als der fünfte Junge offenbarte.

»Er trägt kurze Stelzen unter seiner Rüstung«, sagte Shakespeare. »Und seine Handschuhe sind mit falschen Händen gebaut, damit seine Arme länger wirken.«

»Aber wo ist der orangefarbene Anzug des Jungen mit dem schwarzen Gesicht?«, fragte Pembroke. »Sie waren alle weiß und gleich gekleidet, als sie nach der Flucht zur Insel zurückkehrten.«

Shakespeare deutete auf den Sack neben ihm. »Der Junge,

der zwischen Kemps Beinen entkam, trug den orangefarbenen Anzug«, sagte er.

Burleigh runzelte die Stirn. »Aber auf welchem Weg ist der Affe denn nun tatsächlich entkommen?«, fragte er.

Shakespeare antwortete lächelnd. »Auf gar keinem, Euer Lordschaft.« Er stieß einen Pfiff aus, und der Junge mit dem roten Muttermal trat aus dem Schloß heraus. »Ich schickte ihn mit den anderen über die Brücke in das Schloß, als der als Wache gekleidete Bursche seine Verkleidung bei der ersten Flucht nicht ablegte.«

Die Betrachter wirkten verblüfft.

»Seine Lordschaft hatte recht«, fuhr Shakespeare fort, »als er sagte, Cassandra habe wie ihre Namensschwester, die reine Wahrheit gesprochen. Aber Ihr habt Euch in der Auslegung geirrt. Der Affe *war* zu Hause – im Herrenhaus der Gräfin. Er aß dort zu abend und schlief auch dort, während die Gräfin einen trübseligen Tag und eine schlaflose Nacht damit verbrachte, das Schloß zu beobachten.«

»Du meine Güte!« sagte Burleigh. »Haltet uns nicht im ungewissen! Wie hat er das angestellt? Woher wußtet Ihr es?«

»Ich *weiß* es«, sagte Shakespeare, »weil ich den Koch der Gräfin und den Diener des Affen befragt habe – etwas, worum sich niemand sonst gekümmert hat. Sie erzählten mir, daß der Affe an dem Morgen, an dem er verschwand, einen Streit mit der Gräfin provoziert hatte: Er stachelte sie dazu an, ihm Männer folgen zu lassen, indem er drohte, er würde Cassandra aufgeben, wenn es der Gräfin gelänge, ihn auf der Insel zu fangen. Sollte ihr Versuch jedoch mißlingen, würde er *sie* aufgeben.«

»Ungeheuerlich!« sagte Burleigh.

»Zuvor entdeckte ich, unter Cassandras Kleidern versteckt, zwei orangefarbene Anzüge, die dem Affen gehören. Später entdeckte ich einen dritten orangefarbenen Anzug in der Garderobe des Affen. Dies und die Tatsache, daß er auf dem Weg zu dem Schloß, jedesmal wenn er dem Blickfeld der Verfolger entkommen war, hätte fliehen können. Daß er aber offensichtlich keinerlei Anstalten dazu machte, weckte in mir einen Verdacht.«

Burleigh nickte.

»Dann erinnerte ich mich an den Burschen mit dem Sack über der Schulter und die seltsame Tatsache, daß, sobald er die Zugbrücke überquert hatte, diese wie auf ein Zeichen hin hochgezogen wurde. ›Wie wäre es‹, fragte ich mich, ›wenn der Affe die beiden Jungen, die im Schloß arbeiten, angestellt hätte, sich in Türeingängen entlang seines Weges zu verstecken, angezogen mit identischen orangefarbenen Schlapphüten und orangefarbenen Anzügen – könnte er, nachdem er um eine Ecke gebogen war, nicht in einen dieser Türeingänge, in dem einer der Jungen versteckt war, geschlüpft sein, und der Junge übernahm dann die Rolle des Affen in der Verfolgungsjagd?‹«

»Aber warum *zwei* Jungen?« fragte Pembroke.

»Um die Flucht doppelt zu sichern, Euer Lordschaft, denn er spielte um einen hohen Einsatz. Folgten ihm die Verfolger zu dicht, wenn er das Versteck des ersten Jungen erreichte, konnte er seinen Vorsprung vergrößern und mit dem zweiten Jungen den Platz tauschen. Dann, egal an welchem Jungen er vorbeilief, konnte dieser seinen orangefarbenen Anzug ausziehen, da er darunter seine normale Alltagskleidung trug, den Anzug in den Sack stecken und mit dem Sack über der Schulter zum Schloß zurückkehren.«

»Aber warum sollte der Affe solch einen Plan aushecken?«, fragte Davison.

»Um die Zustimmung der Gräfin zu erhalten, daß er seine Zeit zwischen ihr und Cassandra aufteilen darf. Auf diese Weise würde er das Beste beider Welten erhalten – Liebe *und* Geld.«

Burleigh runzelte die Stirn. »Ich verstehe allerdings nicht, *warum* Sie, obwohl Sie wußten, daß der Affe nicht von der Insel geflohen war, trotzdem so komplizierte Vorstellungen gemacht haben.«

»Aus zwei Gründen, Euer Lordschaft. Zum einen, weil Ihr um eine so beträchtliche Summe mit diesen Herren gewettet habt und ich ihnen gerne etwas für ihr Geld bieten wollte.«

»Und der andere Grund?«

»Wenn ich ganz ehrlich bin, Euer Lordschaft, so wollte ich herausfinden, auf welche Weise *ich* geflohen wäre, wenn *ich* auf der Insel gefangen gewesen wäre.«

Walsingham lachte. »Und welche Methode hätten Sie angewandt?« fragte er.

»Gibt es darüber auch nur den geringsten Zweifel, Sir Francis?« entgegnete der Dramatiker.

Lord Burleigh lächelte, und die anderen applaudierten.

Originaltitel: Cassandra's Castle; or, The Disappearances
Ins Deutsche übertragen von Manuela Braun

Unerwünschte Erbschaft

Keith Heller

Nachdem ich die Anthologie ›Von Rittern, Hexen und anderem Gelichter‹ *(Bastei-Lübbe 13 802) veröffentlicht hatte, erreichte mich ein Brief von Jonathan Edwards, der mich auf den Autor Keith Heller aufmerksam machte. Als Herausgeber von Büchern empfinde ich es als besondere Freude, wenn ich durch Leser solche Entdeckungen mache. Heller (geb. 1949) hat mehrere Romane über George Man, einen Londoner Nachtwächter, geschrieben. Das erste Buch,* ›Man's Illegal Life‹ *(1984), spielt im Jahre 1722 und beschreibt das damalige Londoner Leben sehr anschaulich. Man, der in diesem Roman fünfundvierzig Jahre alt ist, wird als ehrlicher, kluger und äußerst gewissenhafter Wächter dargestellt. Heller veröffentlichte noch zwei weitere Romane mit der Figur George Man:* ›Man's Storm‹ *(1985) spielt im Jahre 1703 und* ›Man's Loving Family‹ *(1986) im Jahre 1727. Mit Begeisterung stellte ich fest, daß es außerdem zwei Kurzgeschichten mit dem Protagonisten Man gibt. Die erste davon ist hier abgedruckt.*

Heller hat auch zwei Geschichten unter dem Pseudonym Allan Loyd geschrieben, in denen der chinesische Friedensrichter Ti Jen-Chin auftritt, dem Robert van Gulik seinen Richter Dee nachempfunden hat. Vor kurzem hat er mit einer neuen Reihe von Kriminalgeschichten begonnen, in denen der Maler und Visionär William Blake (18. Jahrhundert) eine zentrale Rolle spielt.

1729 war die York Street eine kleine, finstere Straße und einer der schmutzigsten Ausläufer Covent Gardens, den London zu bieten hatte. George Man – fünfzig, heiser und müde –, der die meisten Zeit seines Lebens als Nachtwächter gearbeitet hatte und jetzt steif und erschöpft mit Stab und Laterne dastand, beschloß, Feierabend zu machen.

Er hätte heute gar nicht nach draußen gehen sollen. Es war Ende Januar und bitterkalt. Wahrscheinlich wäre es klüger gewesen, bei den anderen auf der warmen Wachstube zu bleiben und einen zu trinken. Heute nacht hatte ihn niemand gebraucht. Kaum jemand war so unvernünftig gewesen, bei diesem Wetter rauszugehen, nicht einmal die laut grölenden Kneipengänger, die sich nachts für gewöhnlich in Covent Garden herumtrieben. Es war zwei Uhr; gerade hatte er die Stunde in der menschenleeren Straße ausgerufen. Die ganze Nacht über war er nicht mehr als einer Handvoll Leute begegnet. Genau wie er waren sie viel zu sehr damit beschäftigt, nach Atem zu ringen und eine Tür zu finden, die sie vor der Kälte schließen konnten, als daß sie es darauf angelegt hätten, Ärger zu machen. Und waren sie erst einmal zu Hause, würden sie nur noch den Schlaf herbeiwünschen, der während eines Schneegestöbers im Januar am besten und tiefsten ist.

George Man beneidete diese Menschen, die ihre Fenster vor der Kälte schließen konnten und sich unter dicken Wolldecken wärmten. Heute nacht hatte er lange genug gegen schneidenden Wind und stechenden Schnee angekämpft. Er hatte sich durch unzählige kalte und harte Schneeverwehungen geschlagen und gegen schwindelerregende Windböen angefochten; seine Stiefel waren rissig, seine Nasenspitze erfroren und die Lider so geschwollen, daß er seine Augen kaum noch öffnen konnte. Er war ein Narr. Heute würde nichts mehr passieren.

Es grenzte fast schon an ein Wunder, daß er trotz des Sturms und des Wassers in seinen Ohren hörte, wie ein Fenster geöffnet wurde. Irgendwo im Dunkeln über sich hörte er einen Knall, und eine durchdringende Stimme, vom Wind gedämpft und abgeschwächt, drang an sein Ohr.

»Hierher, Mann! Zu Hilfe! Hierher!«

Der Wächter hob seine Laterne höher, konnte aber nur peitschendes Schneegestöber sehen. »Hier ist der Wächter, der Nachtwächter! Wer ist denn da?« George Man befürchtete, daß seine Stimme zu schwach war und vom Wind davongetragen wurde.

»Wartet!« rief der Mann, »ich kann Euer Licht sehen! Ich komme runter, Sir. Geht doch zur Tür, da – zum Geschäft.«

Suchend hielt George Man seine Laterne nach vorn und entdeckte die vergitterte Tür eines geschlossenen Geschäfts. Das verwitterte Schild über der Tür konnte er nur mit Mühe entziffern: *Edmund Cowley, Juwelier*. Ein Kupferstich, der von einigen losen Steinen umgeben war, zeigte einen Löwen mit einem Ring im Maul. Gefährlich schaukelte das Schild an einer verbogenen Stange.

Eine Schneeverwehung erstreckte sich bis zur Tür. Man bemerkte die unscharfen Konturen von Fußstapfen darin, die schon fast wieder zugeweht waren. Aus dem Innern des Hauses drang das Knarren von Riegeln und Schlössern, dann erschien eine Laterne, die wie das Spiegelbild seiner eigenen aussah. Eine zitternde Hand streckte sich ihm entgegen.

»Wollt Ihr heraufkommen, Sir?« George Man hörte das Beben in einer sonst kräftigen Stimme. »Mein Vater. Er ist oben. Ich glaube, er ist tot.«

Der Mann führte den Wächter durch einen stickigen Geschäftsraum zu einer verborgenen Treppe. Der Nachtwächter hatte seine Laterne gelöscht und folgte nun dem wegweisenden Licht, vorbei an den Schatten düsterer Regale und Schränke, einem imposanten Schreibtisch, auf dem mehrere Waagen thronten, niedrigen Türen, die wie Eingänge zu Lagerräumen aussahen – all dies verriet den klugen, gewitzten Geschäftsmann. Hätte sich dieses Geschäft in einem neueren Haus und einer besseren Gegend befunden, wäre es vielleicht eines der Londoner Geschäfte gewesen, die von der High Society frequentiert wurden. George Man spürte die hier herrschende Knappheit, die jedoch nichts mit Armut zu tun hatte. Es schien eher so, als ob alles eng zusammengeschnürt worden wäre, abgeschirmt von äußeren Einflüssen, als müsse man sich vor allgegenwärtiger Habgier und Mißgunst schützen. Im Licht der Laterne konnte der Wächter einen Blick auf den Mann vor ihm erhaschen. Dieser war etwa vierzig Jahre alt, korrekt bekleidet mit einem zweckmäßigen Mantel und einer billigen Perücke; schlank, ja fast hager und ausgemergelt, hatte er die zähe Biegsamkeit einer sorgfältig geschnitzten Weidenrute. Im gelblichen Kerzenlicht wirkte sein verzerrtes Gesicht unnatürlich fahl. Seine Bewegungen waren von einer Spannung geprägt, die sowohl Ausdruck seiner Charakterstärke als auch seiner Beharrlichkeit sein konnte; im Moment schien es aber eher mühsam unterdrückte Erregung zu sein. Als Man die Stufen zur Hälfte erklommen hatte, war sein Gastgeber schon oben und redete noch schneller, als er gelaufen war.

»Ich bin heute abend spät nach Hause gekommen, wegen des Sturms. Ich dachte schon, ich würde es gar nicht mehr schaffen; gewaltige Schneewehen haben mich aus dem *Strand* vertrieben. Der heutige Tag hat dort zu empfindlichen Geschäftseinbußen geführt.«

Sie hatten den oberen Treppenabsatz erreicht und hielten in einem kleinen Flur an, von dem drei Türen abzweigten. Alle waren geschlossen. Die abgestandene Luft war sehr kalt.

»Ich kam hier hoch, um meinem Vater eine gute Nacht zu wünschen, bevor ich mich selbst schlafen legen wollte. Das Licht war aus, aber ich weiß ja, daß er nur sehr wenig schläft. Und – er wollte mich auch noch einmal sprechen.« Der Wächter lauschte der Stimme des Mannes, die Angst, Freude oder Wahnsinn zu verbergen schien. »Ich fand ihn an seinem Tisch vor – und dachte, er schläft. Aber dann, als ich ihn berührte«, das schwache Licht seiner Laterne zitterte, »ich kann es immer noch nicht fassen.«

Man sah ihn fragend an, setzte seine Laterne und seinen Stab ab und ging an ihm vorbei in das Zimmer.

Es war sehr klein; auf engstem Raum befanden sich gleichzeitig Schlafzimmer und Arbeitszimmer. Ein niedriges, mit einem Vorhang abgetrenntes Bett, nahm fast den ganzen Platz an einer Wand ein. Es war alt und morsch; heute nacht war es unbenutzt geblieben. Zwei Armstühle standen mit dem Rücken zum Bett vor einem massiven Schreibtisch, der gleichmäßig mit Büchern und Papierstapeln beladen war. Eine schiefe Buchstütze stand oben drauf, neben einer gebeugten Gestalt, die irgendwie deformiert aussah. Es war kurios, daß Man als erstes das Auf und Ab der weißen Nackenhaare auffiel, die sich im Luftzug bewegten. Dann sah er den weggeworfenen Federkiel neben der Hand und die leere Schreibtischfläche.

»Hat er gerade etwas geschrieben?«

Die Frage des Nachtwächters lenkte den Mann von der aufmerksamen Betrachtung der Geschäftsbücher ab, die sich auf einem Regal hinter dem Schreibtisch befanden. Beiläufig sah er den Federkiel an.

»Was? Geschrieben?«

Man blickte sich um. »Ihr habt nichts verändert? Nichts weggenommen?«

»Sir, ich versichere Euch, ich habe nichts angerührt.«

Man beugte sich über den Toten, der mit einem groben, grauen Nachthemd bekleidet war, und stellte fest, daß der Hals merkwürdig verrenkt war. Das spitze Gesicht war zuerst im Leben und nun auch im Tod von einem harten Ausdruck gezeichnet worden. Seine Wange fühlte sich so kalt an wie Papier.

»Das ist also Euer Vater?«

»Er war es, Sir.« Diese Richtigstellung stand zwischen den beiden Männern im Raum. »Das war Edmund Cowley, der Juwelier. Ich bin sein ältester Sohn, Harold Cowley.«

Der Wächter suchte unter seinem Überzieher nach der Pfeife, mit der er sich wärmen wollte. Draußen hörte er den Sturm toben, der das alte Haus schüttelte.

In der Manteltasche fand er einen Strohhalm und steckte mit dem Feuer der Laterne seine Pfeife an.

»Ihr habt noch einen Bruder?«

»Ja, Christopher.«

»Der lebt nicht hier im Hause Eures Vaters?«

Harold Cowley hatte flüchtig einige Papiere berührt, die neben dem Ellbogen seines Vaters lagen. Bei Mans Frage richtete er sich auf und erstarrte.

»Mein Bruder ist verheiratet, Sir, und hat eine eigene Familie. Er wohnt in der Rood Lane, direkt neben dem Geschäft, in dem er als Tischlergeselle arbeitet. Dort lebt er jetzt schon seit beinahe zehn Jahren, mit seiner Frau und seinem Sohn.« Mit einer Spur Schadenfreude fuhr er fort: »Nicht gerade üppig, fürchte ich.«

Man rauchte und ging langsam in der Stube auf und ab. »Und sonst lebt niemand hier?«

»Nein, niemand, Sir.«

»Keine Dienstboten?«

»Mein Vater konnte Dienstboten mit ihren Ansprüchen nicht ausstehen.« Nach einer kurzen Pause fuhr er stolz fort: »Ich habe immer alles selbst für ihn erledigt, Sir.«

Der Wächter blieb hinter dem bewegungslosen Vater stehen. Vorsichtig nahm er seine Pfeife aus dem Mund, betrachtete sich die feine Asche im Pfeifenkopf und steckte sie wieder in die Tasche. Er schaute auf einen Punkt zur Linken des jüngeren Mannes und sagte ernst, ja fast förmlich: »Euer Vater, Sir, ist heute nacht ermordet worden, soviel steht fest. Ich bin nur ein einfacher Nachtwächter. Mehr kann ich dazu nicht sagen, geschweige denn irgend etwas tun. Was den Mörder betrifft, so haben wir keinerlei Anhaltspunkte. Hier gibt's keinen Verbrecher, den ich festnehmen und auf die nächste Wache bringen könnte, wie es meiner Aufgabe entspräche.« Der Nachtwächter richtete einen fragenden Blick auf Harold Cowley. »Ihr habt sicher Verständnis dafür, Sir, daß wir Euren Vater nicht in der Dunkelheit und bei diesem Schneesturm wegbringen können. Es wird uns so schon schwer genug fallen, durch den hohen Schnee zu kommen.«

»Ich soll Euch also begleiten?« Der älteste Sohn des Juweliers klang so, als wolle er nie mehr in seinem Leben einen Fuß vor den anderen setzen, obwohl er offensichtlich nicht müde war.

»Wo müssen wir denn hin?«

Man überlegte.

»Wachtmeister Marlowes Haus ist wohl am nächsten – in *White Hard Yard*, wenn ich mich recht erinnere. In einer guten halben Stunde müßten wir eigentlich dort sein. Das ist auf jeden Fall besser als die Wache im *Strand*. Und Marlowe ist ein umgänglicher Mann, dem wird es nichts ausmachen, wenn wir ihn aus dem Schlaf reißen. Er hat mir erzählt, daß ihm seine Träume mehr zu schaffen machen als das wirkliche Leben.«

Ein letztes Mal blickte sich der Nachtwächter gründlich in dem Raum um. Dann schob er den Juwelierssohn sachte zur Tür hinaus.

»Falls der Sturm nachläßt, wird der Coroner* morgen kommen und sich um diesen Todesfall kümmern«, sagte er, während er die Tür öffnete. »Habt Ihr einen Schlüssel?«

»Natürlich«, versicherte Cowley, »für jedes Zimmer und für die Haustür.«

Als sie den Raum verließen, kam Man noch ein Gedanke.

»Glaubt Ihr denn, daß irgend etwas fehlt?«

Der andere schaute suchend umher, überlegte, konnte sich nicht entschließen. »Ich habe mich schon die ganze Zeit umgesehen. Ich denke nicht. Aber ...«, er bemühte sich, die Frage korrekt zu beantworten, »hier gibt es ja gar nicht soviel, und ich bin mit allem natürlich sehr vertraut. Ich glaube, es fehlt nichts. Es ist nichts abhanden gekommen, da bin ich sicher. Aber trotzdem – schon ganz zu Anfang kam es mir heute nacht so vor, als ob sich hier irgend etwas verändert hätte. Irgend etwas stimmt nicht. Alles scheint an seinem Platz zu stehen, aber trotzdem hab' ich so ein Gefühl. Ich weiß nicht.« Harold Crowley stockte. »Vielleicht ist es auch nur sein Tod, der mir das Zimmer irgendwie fremd erscheinen läßt.«

»Ja«, stimmte Man zu. »Das hat der Tod so an sich.«

Am nächsten Tag – es war kalt, aber windstill und sonnig – saß George Man in Wachtmeister Marlowes Haus und genehmigte sich einige Gläser Glühwein. Der Nachtwächter schlief morgens meistens lange, aber heute hatte ihn seine Frau Sarah zusammen mit dem Staub aus den Zimmerecken auf die Straße gekehrt. Der Umzug in die neue Wohnung

* Beamter, der Todesfälle untersucht, die nicht eindeutig eine natürliche Ursache haben. (Anm. d. Ü.)

stand unmittelbar bevor. Sie zogen aus den Räumen in der *Ironmonger Row*, die nördlich der Stadt von der *Old Street* abzweigte, und in der sie viele Jahre gelebt hatten, in eine etwas kleinere und günstigere Wohnung in der *Bow Street*. Für einen Umzug waren die Jahreszeit und das Wetter gleichermaßen ungeeignet: Wie oft hatte Man seiner Frau das gesagt! Aber wenn Sarah einmal etwas angefangen hatte, setzte sie es unbeirrt fort. Zufrieden und erschöpft stand sie jetzt also bis zu den Hüften versunken zwischen verschnürten Kisten und geöffneten Truhen. Die wenigen Gegenstände, die sie ihr eigen nannten, schienen sich über Nacht vermehrt zu haben und bedeckten fast den ganzen Fußboden. Dieses Chaos hatte Man am Morgen verlassen. Der Tod des Juweliers hatte seine Neugier geweckt, und mit Wachtmeister Marlowe tauschte er immer gerne Neuigkeiten bei einem Glas Wein aus.

Humphrey Marlowe war ein knochiger, mürrischer Messerschmied mit gelblichem Gesicht. Dieses war recht unglücklich geraten. Die Einbuchtung in seiner Oberlippe verdankte er der Gewohnheit, sich den alltäglichen Sorgen aufs Ausgiebigste zu widmen, die vorspringende Stirn war seiner mißtrauischen Natur zuzuschreiben; er fürchtete Zufriedenheit so wie andere Leute Krankheit und Tod fürchten. Marlowe traute der Freude nicht, ganz besonders nicht seiner eigenen – er fühlte sich einfach nicht wohl damit. Neben seiner üblichen Arbeit bekleidete er jetzt auch noch das unbezahlte Pflichtamt des Gemeindewachtmeisters, das ihn viele Stunden seines Tagewerks kostete und in die ärmlichsten Gegenden Londons führte.

Er saß mit dem Nachtwächter an einem schäbigen Tisch, der zwischen dem gemütlich lodernden Kaminfeuer und einem Fenster stand, vor dem kaltes Sonnenlicht glitzerte. Das krächzende Geräusch eines Mühlsteins drang durchs Hinterzimmer zu ihnen, aber der Wachtmeister war durch jahrelange Übung daran gewöhnt, seine Stimme so zu heben und zu senken, daß sie mit diesem Geräusch harmonierte.

»Nun, George«, sagte er, »Coroner Dicey sitzt jetzt sicher

im Haus des Juweliers in der York Street und wirft mit Paragraphen um sich, daß einem Hören und Sehen vergeht. Das ist ein ganz Genauer, jawohl.« Wachtmeister Marlowes spitze Nase schniefte unanständig. »Ich schätze, der hat den Kerl schon durchsucht und auf Knien vor sich.«

»Hätten Sie nicht auch dabei sein sollen?«

Der Wachtmeister schaute noch trüber aus der Wäsche als üblich.

»Meine Arbeit ist hier, Sir, und sie wird gewiß nicht weniger, während wir hier sitzen und reden. Außerdem mag ich Mr. Dicey nicht besonders, das sage ich auch allen, die es hören wollen. Wir verstehen uns nicht so gut, der Coroner und ich. Ich habe halt meine eigenen Ansichten«, sagte er trocken.

»Was wird denn bei der ganzen Sache herauskommen?« Man fragte vorsichtig, denn er war sich seiner eigenen niedrigen Position in der Gemeinde bewußt und kannte die Unzufriedenheit des Wachtmeisters, der dieses Amt nicht wollte und auch nicht besonders gut ausübte. »Glauben Sie an einen Raubmord?«

Der hagere Messerschmied erwärmte einen Schluck Wein und nahm gedankenverloren seine übergroße Pfeife vom Tisch.

»Geben Sie uns bitte etwas Feuer, George?«

Man ging zum Kamin und kam mit einem brennenden Strohhalm zurück. Innerhalb weniger Minuten schwebten dicke blaue Dunstwolken über den Köpfen der beiden Männer, und das Licht drang nur noch gedämpft durchs Fenster.

»Nun ja, was den Vorfall vergangene Nacht angeht, gibt es ja wohl kaum noch Fragen, oder?« fragte Wachtmeister Marlowe. »Ich weiß einiges über dieses Geschäft in der *York Street* und auch über den Gründer, Edmund Cowley. Seine Frau ist kurz nach der Geburt des zweiten Sohnes gestorben, und es ist ein Wunder, daß er für die Beerdigungskosten aufgekommen ist. Das war vielleicht ein Geizkragen! Ich kann mir vorstellen, daß seine Jungs zweimal auf dem gleichen Happen Brot rumkauen mußten. Ich hab' gehört, daß er nachts kein

Auge zumachte, weil er Angst hatte, die Einnahmen vom Tage könnten abhanden kommen. Tja, das Geld hat er geliebt wie unsereins 'ne gute Pfeife. Und sein Ältester ist geradewegs in seine Fußstapfen getreten; er ist sogar noch knickeriger als sein Vater.«

»Die Geschäfte gingen also gut?«

»Kaum ein Geschäft in dieser Gegend geht besser. Der Vater hat Schmucksteine für Leute angefertigt, mit denen er sich bei Tageslicht nicht sehen lassen würde. Das hat er dann später Harold überlassen – man müßte wohl sagen, Harold hat diese Kundschaft einfach übernommen. Da soll der Junge angeblich auch letzte Nacht gewesen sein. Er hat den Damen in *Golden Square* einen Beutel voller Ringe gebracht. Für den Nachhauseweg will er dann mindestens eine Stunde gebraucht haben, weil ihn der Sturm nicht schneller vorankommen ließ.«

»Sie zweifeln daran, Mr. Marlowe?«

»Natürlich. Auch Coroner Dicey und einige andere Männer kaufen ihm diese Geschichte nicht ab. Ist ja auch kein großes Rätsel, oder?« fragte Marlowe den Nachtwächter leichthin. »Es stimmt ja wohl, daß der älteste Sohn genau wie sein Vater mit allen Wassern gewaschen ist. Er kennt sich in dem Handwerk sogar noch besser aus und hat Spaß daran; einen Haufen Geld könnte er damit verdienen. Er ist ein zweiter Edmund. Und zu lange war er jetzt schon der Laufbursche gewesen, der den Kram von Westminster nach Wapping bringt und nur darauf wartet, daß der Alte endlich ins Gras beißt. Und dann so was, das würde schließlich jeden aus der Fassung bringen. Er ist der Erstgeborene, der sich täglich für das Geschäft des Vaters abrackert, und dann taucht auf einmal ein Testament auf, das so gemein …«

»Von welchem Testament sprechen Sie denn da?« unterbrach ihn Man.

Der Messerschmied erlaubte sich einen leicht triumphierenden Blick.

»Nun ja, das Testament, das der Juwelier letzte Woche aufgesetzt hat!«

»Das hat man also gefunden?«

»Wie? Nein, noch nicht ganz. Aber drüben in Gray's Inn sitzt ein Advokat, der sein Wort darauf gibt, daß Vater Cowley es verfaßt hat. Und dieses Testament überträgt den gesamten Besitz, das Geschäft, jeden Stein und jeden Penny auf den zweiten Sohn – diesen Christopher, der's in seinem Leben zu nichts mehr gebracht hat, als für seinen Meister Stühle und Tische zusammenzuhämmern. Also, ob er das alles wollte! Als ob der überhaupt was damit anzufangen wüßte!«

»Der Ältere bekommt nichts? Gar nichts?«

»Nicht einen Penny.«

Diese Auskunft überraschte den Nachtwächter sehr. »Aber warum nur?«

Der Wachtmeister schwieg eine Weile und starrte trüb in seinen Pfeifenkopf, dann klopfte er die Asche auf den Fußboden aus. Das Geräusch des Mühlsteins verstummte.

»Soviel ich weiß, hat der Alte den jungen Tischler gar nicht besonders gemocht. Er hat es ihm nie verziehen, daß er sich davongemacht hat, die Familie im Stich ließ und auch das Handwerk. Das kann ich auch verstehen – schließlich möchte man ja, daß alles, was man hinterläßt, an die eigenen Nachkommen fällt. Aber der Junge war genauso unnütz wie ein Kropf. Er hat sich einfach davongemacht, lebt in einer anderen Straße und hat allem, was sein Vater für ihn erarbeitet hat, den Rücken zugekehrt.« Er schüttelte den Kopf über soviel geschäftsschädigende Undankbarkeit. »Trotzdem, es sieht so aus, als hätte der Junge ihm letztlich das beschert, was der alte Kerl mehr liebte als alles andere – mehr noch als sein Geschäft.«

Man nickte. »Einen Enkel«, murmelte er.

Wachtmeister Marlowe zeigte sich enttäuscht darüber, daß Man so schnell im Bilde war.

»Ganz richtig. Einen Enkel, der den Namen sogar noch länger weiterführen wird als das Handwerk – das ist etwas, was dem Älteren nicht gelungen ist. Und deshalb beschloß der Alte, alles dem zu vermachen, der es gar nicht will, bis ...«, hier machte er eine dramatische Pause, »... bis der Sohn, dem es eigentlich zusteht, Wind davon bekommt, den Vater geschwind um die Ecke bringt und das Dokument verschwinden läßt. Er weiß, daß es ihm als Erstgeborenen zufallen wird und wählt eine stürmische Nacht, um den Juwelier umzubringen …«

»Worauf er aus dem Fenster ruft, mich als Zeugen heraufholt und sich damit an den Galgen in Tyburn bringt. Sehr schlau!«

Der Wachtmeister warf Man einen langen, mißtrauischen Blick zu und rückte dann seinen Stuhl zurück. »Nun ja, allemal schlau genug, um einen einfachen Nachtwächter in die Irre zu führen, oder? Aber nicht schlau genug, um uns alle hereinzulegen!«

Humphrey Marlowe begleitete ihn zur Tür. Es kam Man so vor, als fiele die Tür hinter ihm fester als gewöhnlich ins Schloß. Aber vielleicht lag das auch nur an der Kälte oder dem Wind, der wieder an Stärke zugenommen hatte. Es gab viele Erklärungen dafür.

Fest stand, daß Mans Lieblingsstuhl dringend repariert werden mußte. Er war schon immer etwas schief gewesen; gab es denn eine bessere Gelegenheit, als ihn jetzt auf dem Rückweg in die *Bow Street* ausbessern zu lassen? Die *Rood Lane* lag zwar nicht gerade auf seinem Weg, aber er hatte gehört, daß der Tischler dort gute Arbeit leistete.

Wenn die Straßen schneefrei gewesen wären, hätte Man sich einen Schubkarren ausleihen können; so war er gezwungen, den Stuhl zu tragen, und als er in der *Rood Lane* ankam, schmerzten seine Arme. Während er an die Geschäftstür klopfte, überlegte er, ob der Tischler vielleicht einen Wagen hatte, den er heute nicht mehr brauchte.

Den Tischlermeister konnte er nirgends finden. Ein staubbedeckter Arbeiter führte ihn samt seinem Stuhl in einen länglichen, niedrigen Raum, in dem sechs oder sieben Männer ihr Tagwerk verrichteten. Die Luft roch nach heißen Sägespänen und aromatischen Holzabfällen. Der Raum war weder übervoll noch unübersichtlich; die Männer schienen mit ihrer Arbeit zufrieden zu sein. Auf dem Fußboden sammelten sich die frischen Holzabfälle, und es roch so gut wie im Wald. Solche Orte hatten Man schon immer am besten gefallen – Orte des Schaffens und der Ruhe –, und als er den Stuhl absetzte, stellte er fest, daß er es mit der Befragung des freundlich grüßenden jungen Mannes, der auf ihn zukam, nicht besonders eilig hatte. Christopher Cowley war ein robuster, kräftiger Mann in den Dreißigern; er strotzte vor Gesundheit und machte den Eindruck, als ließe er sich von niemandem hetzen, und als sei er durch nichts aus der Ruhe zu bringen. Er trug eine Lederschürze, von der matt glänzendes Werkzeug baumelte, ein grünes Tuch um den Hals und eine enganliegende Mütze; dem Nachtwächter kam der Gedanke, daß er gerade die kräftigsten Hände Londons vor sich sah.

Zuerst begrüßte der Tischlergeselle den Stuhl.

»Er ist ein bißchen wacklig auf den Beinen.«

Man erklärte, daß seine Frau diesen Stuhl ganz besonders mochte, und daß sie mitten in Umzugsvorbereitungen steckten.

»Bringen Sie ihn mal hier rüber in die Ecke, da können wir uns das in aller Ruhe ansehen«, sagte der Tischler und hob den Stuhl liebevoll hoch.

In der Ecke beugte sich der Nachtwächter über Christopher Cowley, um seine Arbeit zu bewundern. »Ich möchte Ihnen mein aufrichtiges Beileid bekunden, Sir«, sagte er mit gedämpfter Stimme.

Der Tischler blickte ihn an, ein Schatten flog über sein Gesicht.

»Sie sind doch Mr. Christopher Cowley?«

»Man nennt mich Kit, Sir.«

»Also Kit, ich bin George Man. Ich weiß von Ihrer Familie und diesem – Verlust.«

Er bemerkte, wie der Tischler zusammenschreckte und seine Hände schneller arbeiteten.

Der Nachtwächter, der sowohl an dem Mann als auch an seinem Handwerk interessiert war, hockte sich neben ihn.

»Das ist eine harte Prüfung, Kit, wenn ein Mann auf einen

Schlag Vater und Bruder verliert – der Vater tot und der Bruder der Mörder. Ich spreche nicht von der Schande, das müssen Sie mir glauben«, versicherte ihm Man, »nein, es ist viel schlimmer.« Kit Cowley zögerte und richtete sich dann an den Nachtwächter.

»Sir, mein Bruder ist nicht schuldig.«

»Sie vergeben ihm vielleicht. Aber er liegt bereits in Ketten im *Newgate*-Gefängnis. Grundlos kommt da eigentlich kaum jemand hin.«

»Er ist unschuldig.«

»Möglich, aber trotzdem befürchte ich ...« Man wurde in seiner Rede unterbrochen.

»Reichen Sie mir bitte den kleinen Hammer dort?«

Der Tischler wandte sich wieder dem zu, was er am besten beherrschte. Kit Cowley war schüchtern, ängstlich und abweisend; der Nachtwächter gab sich mitfühlend und beharrlich. Er verlagerte sein Gewicht, kam etwas näher und machte einen weiteren Versuch.

»Sie müssen wissen«, begann er seine Lüge, »daß ich den Friedensrichter sehr gut kenne. Vielleicht könnte ich ja ein Wort für ihn ...«

»Das würden Sie tun?«

»Wollen Sie, daß Ihr Bruder von diesem Verdacht reingewaschen wird?«

»Ja, natürlich.« Der Tischler schenkte seiner Arbeit jetzt nur noch wenig Aufmerksamkeit und vertraute ganz auf das mechanische Können seiner geübten Hände. »Ich habe mich mit meinem Bruder nie verstanden – fast so, als kämen wir aus verschiedenen Familien –, aber er ist trotzdem mein älterer Bruder, und als Bruder habe ich ihn immer geliebt. Als ich vor mehr als zehn Jahren das Hause meines Vaters verließ, hatte er nur böse Worte für mich übrig, schlimmer noch als die meines Vaters, und die hatten es schon in sich. Die beiden haben mich nie verstanden, sie kennen mich auch gar nicht richtig. Das Geschäft hat mir nie was bedeutet, für mich war es eher eine erdrückende Last, die dem Namen Cowley anhaftete. Und Edelsteine sind so kalte, leblose Dinge – sie sehen nur schön aus.« Der junge Mann fuhr mit der Hand über ein Stuhlbein, fühlte die Maserung und folgte der sanften Krümmung. »Ich habe ein Handwerk gefunden, das ich gerne und mit Stolz ausübe. Ich kann das Holz nach meinem Willen bearbeiten und verändern. Es ist lebendig. Außerdem kann ich damit das Leben von anderen Menschen bereichern und erleichtern. Aber schon bevor ich mich von meinem Vater abwendete, habe ich jemanden gefunden, mit dem ich mein Leben teilen wollte.«

»Ihre Frau?«

Cowley nickte. »Sie mochten sie nicht. Und sie konnten nicht glauben, daß meine Frau sie mochte. Mein Bruder dachte immer, sie wolle unsere Familie entzweien. Vielleicht liegt das daran, daß er sich noch an unsere Mutter erinnern konnte – eine schreckliche Sache. Er kannte sie ja noch.«

Man wartete einen Augenblick und fragte dann: »Sie haben es also zu etwas gebracht?«

»Ich glaube schon, Sir«, antwortete er mit einem zufriedenen Lächeln. »Meine liebe Frau hat mir einen großen Jungen geschenkt und erwartet jetzt das zweite Kind. Ich glaube, ich bin mit größeren Gütern gesegnet als die meisten Menschen.«

»Eigentlich wollte ich wissen, ob Sie es in Ihrem Handwerk weit gebracht haben«, sagte Man.

Verlegen fingerte der junge Mann an einem Verbindungsstück des Stuhles herum.

»Ich glaube, ich habe mein möglichstes erreicht. Meine Fähigkeiten sind beschränkt; manchmal kommt es mir vor, als hätte ich zwei linke Hände.«

Aus dem Munde eines anderen hätte sich das vielleicht verlogen angehört, bei Kit Cowley wußte man, daß es die ehrliche Klage eines Mannes war, der dem Erfolg niemals trauen würde.

Man beobachtete, wie Kit den Stuhl zurechtbog, und bewunderte, mit welch präzisen Bewegungen er seine Arbeit verrichtete.

»Das stimmt nicht, Kit. Sie sind genauso begabt wie andere Männer, wahrscheinlich sogar noch mehr. Ich kann mir vorstellen, daß Sie eines Tages Ihr eigener Herr und Meister mit einer eigenen Werkstatt sind.«

Der Geselle lehnte sich zurück und senkte seine Stimme. Er sprach zu dem Stuhl, als hätte er die Gegenwart des Wächters ganz vergessen.

»Meister? Um mich jede Nacht voller Angst ins Bett zu legen, weil ich befürchten muß, am nächsten Tag alles zu verlieren? Ständig geplagt werden von den Gespenstern des Mißerfolgs und der Schande? Meine Familie vernachlässigen, weil es mir wichtiger ist, noch mehr Geld zu scheffeln?« Er hielt inne und sackte in sich zusammen. »Nein, Sir. Ich habe die Kälte und das Elend kennengelernt, die mit einem vollen Geldbeutel einhergehen. Das kann einen Mann zugrunde richten – seine Frau, seine Kinder, sein ganzes Lebensglück.«

Der Stuhl stand nun fertig vor ihnen. Beide Männer erhoben sich und versuchten, dem Blick des anderen auszuweichen. Der Holzgeruch im Raum war so durchdringend und rein, daß es dem Nachtwächter für einen Augenblick schwindlig wurde. Er wußte, was zu sagen war.

»Jeder Mann ist seines Glückes Schmied, Kit. Auch ein voller Geldbeutel kann mit Leichtigkeit getragen werden. Das werden Sie schon selbst feststellen, wenn das Testament gefunden wird.«

»Welches Testament?«

»Das Ihres Vaters natürlich. Sie wissen doch davon.« Der letzte Satz war keine Frage, sondern eine Feststellung. »Sie wissen mehr davon als Ihr Bruder, stimmt's?«

»Was soll das heißen? Harold wußte überhaupt nichts davon!«

»Sind Sie sich da sicher?« fragte Man.

»Ja, ja natürlich. Ich selbst habe erst zwei oder drei Tage vor dem Tod unseres Vaters davon gehört, als ich das reparierte Schreibpult zurückbrachte. Er wollte es meinem Bruder irgendwann später erzählen.«

Die Stimme des Tischlers wurde immer schwächer und unsicherer, aber Man glaubte ihm trotzdem. Es war durchaus möglich, daß der Juwelier seinem ältesten Sohn erst später von dem Testament erzählen wollte.

»Können Sie meinem Bruder helfen?« fragte Kit bekümmert.

Man wandte sich ihm abrupt zu. »Ich hoffe es. Ich wünsche ihm nicht den Tod. Niemand tut das. Denken Sie daran, Kit«, sagte er nachdrücklich, »wenn er gehängt wird, werden Sie das Geschäft übernehmen müssen.«

Kits junges Gesicht erbleichte – aus dieser Perspektive sah er die ganze Angelegenheit zum ersten Mal. Er war wie ein wilder Vogel in einer dunklen, immer enger werdenden Höhle gefangen.

»Aber was kann man da denn bloß machen?« fragte er.

Das Treiben in der Werkstatt näherte sich der Mittagspause. Einige Arbeiter hatten schon ihre Käsebrote ausgepackt und Bierflaschen geöffnet. In der staubigen Werkstatt verbreitete sich eine friedvolle Stille. Ein alter, mit Narben übersäter Mann schnitt sein Brot mit einer Säge in mundgerechte Stücke. Der Tischlermeister hatte sich bisher nicht blicken lassen.

Der Nachtwächter nahm die Umgebung in sich auf: der gleichbleibende Rhythmus der Werkstatt, die beständige innere Ausgeglichenheit der Arbeiter, die Sicherheit, die Sorgen und die Unentschlossenheit des jungen Schreinergesellen. Alles fügte sich zu einem Ganzen.

Seufzend stellte er seinen Stuhl hin und beugte sich leicht nach vorn.

»Ich befürchte, Kit, es wird Ihnen nichts anderes übrigbleiben, als den Mord zu gestehen.«

Endlich waren die Mans in ihrer Wohnung in der *Bow Street* eingerichtet, und George Man hatte sich inzwischen mit dem Umzug abgefunden. Ihr altes Heim in der *Ironmonger Row* war zwar etwas größer und heller gewesen, aber die Straße selbst war so weit im Norden und in der Nähe der Äcker gelegen, daß man vom Leben in der Stadt nicht viel mitbekommen hatte. In der *Bow Street* war alles ganz anders, dort gab es tagsüber Handel und Geschrei, nachts Krawalle und Schlägereien. Hier traf man Leute aller Klassen; es ging zwar nicht immer friedlich zu, aber George Man fühlte sich in diesem städtischen Treiben sehr bald heimisch.

Sarah Man ging es ebenso, obwohl sie das nie zugegeben hätte. Sie beklagte sich über die kleinen, dunklen Räume, den Lärm und die gefährliche Straße. Sie vermißte die freundliche Bäckerei und war überzeugt davon, daß einer ihrer Nachbarn mit seiner Mätresse lebte. Aber das Leben auf der Straße hatte sie schon fast so sehr eingenommen wie ihren Ehemann, und manchmal verbrachte sie ganze Nachmittage damit, sich aus dem Fenster zu lehnen und alles zu betrachten.

Heute saß Man in der Nähe des Fensters auf dem reparierten Stuhl und erfreute sich an dessen Stabilität. Außerdem genoß er den Anblick Sarahs, die sich an dem kleinen Backofen zu schaffen machte und Brot backte.

Der Nachmittag war ungewöhnlich mild, und aus einem tiefhängenden grauen Himmel fielen vereinzelte Schneeflocken. Sarah hatte gerade das Brot zum Abkühlen nach draußen gestellt, als es an der Tür klopfte. Man hatte schon den ganzen Tag darauf gewartet.

Harold Cowley hatte sich verändert; ein trauriger Schatten lag über ihm, und er war gealtert, seit Man ihn das letzte Mal gesehen hatte. Das war erst vor zwei Tagen gewesen, als sie zugesehen hatten, wie der zitternde Körper Christopher Cowleys in der eisigen Kälte am Galgen in *Tyburn* baumelte. Die Brüder hatten sich nie ähnlicher gesehen als in diesem Augenblick.

Jetzt saß der Juwelier Man gegenüber und nahm dankend einen Brandy entgegen. Der Nachtwächter fragte sich, ob seine Hände je aufhören würden zu zittern.

»Wachtmeister Marlowe sagte mir, daß ich Ihnen mein Leben verdanke.« Cowley machte eine förmliche Verbeugung. »Dafür möchte ich Ihnen danken, Sir.«

Man nahm den Dank mit einem kurzen Nicken entgegen.

»Aber ich verstehe einfach nicht, warum mein Vater und mein Bruder sterben mußten …« Vor dem Fenster wurde es kurz dunkel: Ein großer Brocken Schnee war vom Dach gefallen.

»War Ihr Vater denn sehr krank?« fragte Man plötzlich.

»Ja, und er wußte es. Die Ärzte hatten ihm gesagt, er würde dieses Jahr nicht mehr überleben. Ich dachte, er würde sich darauf vorbereiten.«

»Das hat er ja auch. Ein alter Mann, der sein ganzes Leben lang gearbeitet und etwas geleistet hat und bisher noch keinen Gedanken an den Tod verschwendet hat, merkt auf einmal, daß es noch einiges zu tun gibt, bevor er aus dem Leben scheiden kann. Er sieht die Dinge plötzlich mit anderen Augen, bemerkt daß ihm etwas fehlt, was er vorher nie vermißte. Wie schnell vergißt man da ein früher gegebenes Versprechen.« Man schenkte dem Geschäftsmann einen freundlichen Blick. »Wenn Ihr Vater vorgehabt hatte, all seine Habe Ihrem Bruder zu vermachen, wollte er Sie damit nicht kränken. Er befürchtete nur, nichts als Geld und Edelsteine zu hinterlassen. Ein alter Mann sehnt sich manchmal nach mehr.«

Sarah Man füllte das Zimmer mit häuslicher Geschäftigkeit, als sie das Brot nun in ein sauberes Tuch einschlug.

Harold Cowley berichtete von der Krankheit seines Vaters, aber Man hörte nur mit halbem Ohr zu. Er dachte daran, wie er Kit Cowley aus der Werkstatt in die *Rood Lane* geführt hatte. Der junge Tischler warf zum letzten Mal einen Blick auf seine Arbeitsstätte. Er schien sich das alles einprägen zu wollen – die gelbliche Luft, das Holzgeklapper, das stete Arbeiten der anderen Schreiner. Seine Schürze samt Werkzeug hatte er in einer Ecke abgelegt. Als er an der Tür ankam, schaute er auf diese Gegenstände zurück und man konnte ihm ansehen, wieviel ihm daran lag. Die letzten Worte, die er an einen seiner Arbeitskollegen richtete, waren kaum hörbar: »Sagen Sie Mr. Singleton bitte, daß ich meinen Platz morgen nicht mehr brauchen werde.«

Man schenkte Harold Cowley noch einen Brandy ein und ignorierte aus Höflichkeit seinen verzweifelt fragenden Blick.

»Sie wußten also gar nicht, daß Ihr Vater sein Testament machen wollte?«

»Davon hatte ich keine Ahnung, das versichere ich Ihnen. Ich wußte wohl, daß es ihm in letzter Zeit schlechter ging – besonders an jenem Nachmittag – aber ich wußte nicht, was er vorhatte.« Unsicher runzelte der Juwelier die Stirn und studierte eine braune Schramme im Fußboden. »Es tat ihm sicher leid, meinen Bruder in dieser stürmischen Nacht zu sich bestellt zu haben. Und ich war nicht bei ihm.«

Man ließ ihm etwas Zeit, um sich zu fangen, und erklärte dann: »Ich glaube, es war die Angst, daß er zu lange gewartet hatte und keine Zeit mehr haben würde, das Testament abzufassen und Ihrem Bruder zu geben. Deswegen bat er ihn zu sich, egal wie stürmisch es draußen war. Sie sollten sich wegen dieser Nacht nichts vorwerfen, Sir. Schließlich gingen Sie ja den Geschäften Ihres Vaters nach.«

»Hätte ich doch nur gewußt, daß Kit bei ihm war.«

»Auf eine gewisse Weise haben Sie es ja gespürt, erinnern Sie sich? Sie sagten doch, daß irgend etwas im Raum verändert wirkte. Es war das Pult Ihres Vaters, sein Lesetisch, auf dem seine Bücher lagen. Es war also nur eine Kleinigkeit, das stimmte, aber trotzdem wichtig.«

»Aber als ich Sie in jener Nacht rief, war es doch da, auf dem Schreibtisch. Das weiß ich noch, Sir!«

»Natürlich war es da«, stimmte Man aufgeregt zu, »aber es hätte nicht da sein sollen, verstehen Sie? Ihr Bruder hatte es doch abgeholt, um es zu reparieren. Können Sie sich daran erinnern, daß er es zurückgebracht hat?«

Cowley überlegte eine Weile. Schließlich sagte er: »Nein, davon weiß ich nichts.«

»Weil er es an jenem Abend zurückbrachte, als Ihr Vater starb. So muß es gewesen sein. Sie selbst waren mit Sicherheit so sehr an den Anblick dieses Pults gewöhnt, daß Ihnen gar nicht auffallen konnte, daß es eigentlich in der Werkstatt sein mußte. Es fehlte also nichts in dem Zimmer, aber es war etwas hinzugekommen – und Ihr Bruder hatte es gebracht.«

»Es muß sich so zugetragen haben, wie Sie sagen. Aber woher wissen Sie das alles?«

»Ich habe es nicht gewußt, ich vermutete es nur«, gab Man

bitter zu. »Und später, in der *Rood Lane* stellte ich fest, daß Kit ein guter Handwerker ist.« Unwillkürlich fuhr seine Hand über ein Verbindungsteil des reparierten Stuhls.

Der Juwelier sagte mehr zu sich selbst: »Aber warum hat Kit ihn bloß umgebracht? Ich hätte doch eher derjenige sein sollen.«

Man hörte aus dieser Stimme ein schwaches Echo des Leids und Bedauerns Kit Cowleys heraus, der hinter Gittern im Dunkeln des *Newgate* Gefängnisses versuchte, die verworrenen Gründe für seine Tat zu gestehen.

»Davon waren ja auch viele überzeugt.« Man verstand ihn absichtlich falsch. »Aber Sie, Sir, ähneln Ihrem Vater viel zu sehr; und welcher Mann, der bei Sinnen ist, bringt sich schon selbst um? Ihr Bruder allerdings war anders. Er ging früh aus dem Hause Ihres Vaters fort, ließ den Reichtum hinter sich und wählte die Kargheit. Sein Glück bestand darin, ein einfacher Arbeiter zu sein und ein gewöhnliches, bescheidenes Leben zu führen. Er wollte nie im Rampenlicht stehen – in seinem Beruf hätte er es zu mehr bringen können, aber er wollte keine Aufmerksamkeit. Mister Singleton, der Tischlermeister, erzählte mir, daß Kit schon lange seine eigene Werkstatt hätte haben können – einige Leute hatten ihm Geld angeboten, als Startkapital. Aber er hatte Angst und wollte nicht auffallen; er wollte auch nicht erfolgreich sein und so werden wie sein Vater.«

Man blickte in das getrübte und in die Ferne gerichtete Augenpaar vor ihm. »An jenem Abend, als er von den Plänen seines Vaters erfuhr, ihn mit dem Geschäft zu belasten, hat er wahrscheinlich den Verstand verloren. Er konnte es nicht mit ansehen, als Ihr Vater das Testament aufsetzte. Ich bin überzeugt davon, daß es ein Unfall war, und er Ihren Vater nicht so hart anfassen wollte. Er sagte mir, daß in seinen Händen viel mehr Kraft war, als er ahnte. Er konnte sich kaum daran erinnern.«

Harold Cowley wandte sich mit einem gequälten Seufzen ab und sagte: »Dafür danke ich Gott.«

Man begleitete den Juwelier hinunter auf die Straße und

versuchte, ihn mit leerem Gerede über das Wetter und die nun fallenden Schneeflocken auf andere Gedanken zu bringen. Als der Nachtwächter davon erfuhr, daß Harold Cowley die Familie seines Bruders in der *Rood Lane* aufgesucht hatte, wußte er, daß sich alles zum Guten wenden würde. Es ist für niemanden leicht, mit dem Tod umzugehen, dachte er, als er in einer hohen Schneewehe in der *Bow Street* stand. Für Kit Cowley mußte es besonders schwer gewesen sein, vor den Augen Hunderter Schaulustiger in *Tyburn* zu sterben. Dort, und auch schon während der Fahrt nach *Holborn* in einer offenen Kutsche, war aus seinem schlimmsten Alptraum Wirklichkeit geworden. Für einige wenige Stunden war er der bekannteste Mann Londons gewesen.

Ohne sich umzuschauen, ging der Nachtwächter wieder nach oben. Er wollte nicht an die letzten Augenblicke im Leben des jungen Tischlers denken. Wie er sich schließlich von der gaffenden Menge abgewandt hatte und auf den Galgen zuschritt; wie er eine kräftige Hand ausstreckte, als suche er Halt am Schafott. Aber dann fuhr der Tischler mit zitternden Fingern liebkosend über das Holz – ein Handwerker, der ein dauerhaftes Werkstück begutachtete.

Man hoffte nur, daß ihm das Trost gespendet hatte.

Originaltitel: Man's Inherited Death
Ins Deutsche übertragen von Kristin Ruppert

Der Fluch der Turmuhr

S. S. Rafferty

Im ersten Band ›Von Rittern, Hexen und anderen Gelichter‹ *(Bastei-Lübbe 13 802) veröffentlichte ich* ›Tödliches Maskenspiel‹, *eine von Raffertys Geschichten, in denen der Verwaltungsbeamte Captain Jeremy Cork durch die amerikanischen Kolonien streift und Verbrechen aufklärt. Die folgende Geschichte spielt acht Jahre nach* ›Tödliches Maskenspiel‹, *und Rafferty macht Gebrauch von einem meiner liebsten Tricks – dem Kryptogramm.*

Ich habe mich mit der Tatsache abfinden müssen, daß mein Arbeitgeber Captain Jeremy Cork sich lieber mit der Aufklärung von Verbrechen beschäftigt, als einer gewinnbringenden Arbeit nachzugehen. Darunter habe ich zu leiden, trotzdem führe ich dieses Leben unermüdlich weiter. Die verschrobenen Methoden, derer er sich bedient, um zu vermeiden, daß ich aus ihm den reichsten Mann der amerikanischen Kolonien mache, sind ausgesprochen frustrierend, andererseits entbehren sie nicht einer gewissen Genialität.

Es gibt wohl kaum ein besseres Beispiel dafür, wie er seiner Arbeit gewitzt aus dem Weg geht und statt dessen ein Verbrechen aufklärt, als jenen Herbst des Jahres 1762, als wir wieder beim *Oar and Eagle* an der Küste Connecticuts landeten. Cork betrachtet dies als seinen Heimathafen, obwohl wir uns dort nicht länger aufhalten als an anderen Orten. Der einzige Grund dafür, daß er diesem gemütlichen Gasthaus Heimatstatus gibt, ist das große Bett – einzigartig in Amerika –, das seinen zwei Metern genügend Platz bietet. Dieses riesige Schlafsofa befindet sich in einem Raum, der wie eine Schiffskabine eingerichtet ist und den er das ganze Jahr über mietet. Er liegt im Erdgeschoß, hinter der Schankstube. Mein Zimmer ist einen Stock höher; tagsüber arbeite ich allerdings unten an den Büchern und nehme dort auch meine Mahlzeiten mit Cork ein.

An jenem klaren Oktobervormittag machte ich den Vorschlag, Apfelpunsch herzustellen und in den Kolonien zu vertreiben. Corks Apfelpunsch ist ein schmackhaftes Getränk und wird von seinen Freunden sehr geschätzt. Ich hatte mir überlegt, daß man daraus ansehnlichen Profit schlagen könnte.

»Ich glaube, wir würden mehr verdienen, wenn wir ihn in Schläuche abfüllten statt in große Fässer«, schlug ich vor, nachdem ich meine recht brillanten Überlegungen zu Ende geführt hatte. »Der Transport pro Gallone wäre dann günstiger für uns ...«

»Sie wollen, daß ich Handel treibe?« brüllte er. »Alkohol *verkaufen*? Um Gottes willen, lieber Oaks, Sie sind ja gewissenlos. TEDDERHORN!«

Bertram Tedderhorn ist der Wirt des *Oar and Eagle,* und Cork kommt für ihn gleich nach dem lieben Gott. Wenn man bedenkt, wieviel Geld Cork für die Miete und die großzügigen Mahlzeiten daläßt, hat er vielleicht recht. Sekunden nach Corks Schrei kam er schon ins Zimmer gestürzt.

»Ja, Captain?« fragte er außer Atem, denn seine Leibesfülle war an schnelle Bewegungen nicht gewöhnt.

»Ab sofort werden wir den Punsch nach dem Winterrezept brauen.« Cork nahm einen Federkiel zur Hand. Tedderhorn blickte verwirrt.

»Aber mein Herr. Es ist doch erst der 30. Oktober, es sind noch Wochen bis zur Wintersonnenwende.«

»Das stimmt, Tedderhorn«, sagte Cork, während er etwas auf einem Stück Papier notierte, »da wir Menschen eh schon Gewohnheitstiere sind, sollten wir uns davor hüten, daß aus Gewohnheiten Rituale und aus Ritualen Dogmen werden – das ist weder für den Geist noch für den Körper gut. Das Rezept ist das gleiche, ich habe nur eine Zutat hinzugefügt; ich habe sie hier notiert, so daß nur wir beide wissen, worum es sich handelt.«

Tedderhorn warf mir einen betroffenen Blick zu, als Cork

ihm den Zettel reichte. Daran tat er recht, denn immerhin bin ich Corks vertrauter Gehilfe und vor mir wird eigentlich nie etwas geheimgehalten. Ich hielt meinen Mund und versuchte, dem Wirt nicht zu grollen. Schließlich war er ja auch nur eine bloße Schachfigur im Spiel meines Herrn.

Das sah Cork wieder ähnlich. Er hätte ja nur ›Nein‹ zu meinem Vorschlag sagen brauchen, aber das wäre nicht dramatisch genug gewesen. Eine einfache Verneinung hätte ihn um die Gelegenheit gebracht, mich auf den Arm zu nehmen.

Tedderhorn war schon auf dem Weg nach draußen, als er sich noch einmal umdrehte: »Das hab' ich jetzt ganz vergessen, Captain. Da ist ein Mann, der Sie sprechen will. Als Sie nach mir riefen, wollte ich Ihnen das gerade mitteilen.«

»Bringen Sie ihn ruhig herein.« Cork wandte sich mit einem selbstgefälligen Gesichtsausdruck seinem Buch zu.

Ich verschwende meine Kräfte grundsätzlich nicht darauf, beleidigt zu sein. »Ich kann Ihnen versichern, daß ich mir nicht den Kopf zerbrechen werde, um das neue Rezept herauszufinden«, sagte ich. »Ich habe ja schließlich nur einen Vorschlag gemacht.«

»Aus Ihren Vorschlägen werden aber häufig beschwerliche Tatsachen, Oaks. Außerdem stehen Leute, die Alkohol verkaufen, für mich auf derselben Stufe wie diejenigen, die Liebe anbieten. Man kann nicht mit Huren Handel treiben, ohne selbst eine zu werden. Guten Tag, Sir, kommen Sie doch herein. Ich glaube, wir sind uns schon einmal begegnet.«

Die letzten Sätze galten dem Mann, der gerade den Raum betrat. Mir wurde schwer ums Herz, denn nachdem zuerst mein Plan vereitelt worden war, stand hier nun also ein verwirrter und hilfsbedürftiger Mensch. Das war mir schon klar, bevor er etwas sagte, denn mittlerweile kann ich neue Probleme ganz gut vorhersehen.

»Ja, Captain, wir haben uns vor einigen Jahren bei der Witwe Chandler in Fairfield kennengelernt. Ich heiße Gerret Hull.«

»Natürlich! Was kann ich für Sie tun, Mr. Hull?« Cork deutete auf einen Stuhl, und Hull setzte sich. Er war ein kleiner

Mann in einem schlichten Anzug und trug, offensichtlich für diesen Anlaß, ein frisches Hemd.

»In meinem Leben hat sich vor kurzem eine große Tragödie ereignet. Bis heute dachte ich, daß es Gottes Wille war, und nahm diesen Schicksalsschlag demütig hin. Aber nun ...«, er zog etwas aus seinem Mantel hervor, es war ein Schreibheft, »... also, ich bin nicht mehr überzeugt davon, daß es sich beim Tod meines vierzehnjährigen Sohnes um einen Unfall handelte, der bei einem Schuljungenstreich passiert sein soll.«

Cork fragte nach den Einzelheiten, und ich hörte interessiert zu, als der Vater die traurige Geschichte erzählte.

Gerret Hull fuhr fort: »Ich bin kein reicher Mann, meine Herren. Ich besitze nur ein kleines Gut und eine Böttcherei. Mir hat das Leben zwar Schranken gesetzt, meinem ältesten Sohn Chad wollte ich allerdings mehr bieten. Obwohl mir das finanziell nicht leichtgefallen ist, habe ich ihn auf die Schule nach Fenway, nördlich von New Haven, geschickt und hoffte, daß er vielleicht später nach Yale gehen und dort einen Beruf erlernen könnte. Chad hatte es nicht leicht in seinem ersten Jahr in Fenway, weil er als armer Junge unter lauter Söhnen reicher Familien war. Besonders glücklich war er also nicht. Er blieb seinen Büchern aber treu und ging diesen September mit neuer Hoffnung nach Fenway. Angeblich ist er bei einem dummen Streich ums Leben gekommen, als er mitten in der Nacht den Glockenturm hochgeklettert ist. Die Jungens stellen manchmal als Jux nachts einen Nachttopf oder eine Unterhose auf die Turmspitze, so daß man sie am nächsten Morgen sehen kann.«

»Ist er abgestürzt?« fragte ich.

Der Vater schloß die Augen, als würde er gerade von schrecklichen Bildern heimgesucht. »Nein, Mr. Oaks, er ist von einem Jacamart erdolcht worden.«

Für einen Augenblick sah auch ich das schreckliche Bild vor mir. Ein Jacamart ist eine lebensgroße Statue, meistens ein Ritter in Rüstung, die sich vor dem Zifferblatt einer Turmuhr hin- und herbewegt und zur vollen Stunde mit einem Schwert oder einer Lanze die Glocke schlägt.

»Mir wurde von der Schule mitgeteilt, daß Chad genau um ein Uhr auf dem schmalen Sims vor dem Zifferblatt gestanden haben muß und vom Schwert des Jacamarts aufgespießt wurde, als er noch höher klettern wollte.«

»Wie unheimlich«, sagte ich, »und was für ein Unglück, daß der arme Junge gerade zur vollen Stunde da war.«

»Genauso habe ich es auch gesehen, Mr. Oaks. Ich habe angenommen, es sei Schicksal. Chad war zwar kein Wildfang, aber vielleicht wollte er sich beweisen, um von den anderen Jungen akzeptiert zu werden, und fiel dabei dieser verfluchten Uhr zum Opfer.«

»Und jetzt glauben Sie nicht mehr, daß es sich um einen Unfall gehandelt hat? Was hat Sie denn mißtrauisch werden lassen?« wollte Cork wissen.

»Mißtrauen ist ein heftiges Wort, Captain, ich will auf keinen Fall dem Ruf Fenways schaden. Ich habe eher das Gefühl, daß ich noch nicht die ganze Geschichte kenne.« Er öffnete das Schreibheft und zog ein Blatt Papier hervor. »Anfang dieser Woche erhielt ich einen Brief von Chad. Ein pflichtbewußter Sohn, der seinem Vater mitteilt, wieviel Mühe er sich gibt.« Er reichte Cork den Brief, der ihn durchlas und dann an mich weitergab. Er war in einer ordentlichen Handschrift abgefaßt, ohne die Schnörkel, die man sonst oft bei Akademikern sieht.

Fenway School
Derby, Connecticut
21. Oktober, 1762

Lieber Vater,
hier ist alles beim alten, aber ich halte durch. Ich bin etwas auf der Spur, das vielleicht die finanzielle Last, die meine Erziehung für Euch darstellt, von Euren Schultern nehmen wird. Seid frohen Mutes, Sir, und wünscht mir Glück. Beste Grüße an alle.

Euer Sohn
Chad

P. S. Ich werde alles tun, um dieser Aufgabe gerecht zu werden.

»Sie müssen wissen, meine Herren, daß Chad schon früher einmal erwähnt hatte, daß man Gelder für gute schulische Leistungen bekommen kann. Ich ging davon aus, daß er sich für ein Stipendium beworben hatte. Das hätte die finanzielle Belastung natürlich sehr gemindert.«

»Das scheint eine vernünftige Interpretation zu sein«, sagte ich und gab ihm den Brief zurück.

»Nur auf den ersten Blick, Mr. Oaks. Gestern raffte ich mich endlich auf und überwand meine Trauer soweit, daß ich Chads Sachen durchsehen konnte, die ich von Fenway mit nach Hause gebracht hatte. In diesem Schreibheft hier entdeckte ich einige merkwürdige Notizen, äußerst rätselhaft. Ich habe von Ihrem besonders scharfen Verstand gehört, Captain Cork, und vielleicht gelingt es Ihnen ja, da etwas herauszulesen.«

Cork nahm das Schreibheft entgegen, und ich schaute über seine Schulter, während er es durchblätterte. Es handelte sich um ein gewöhnliches Aufgabenheft, mit einer täglichen Aufgabe pro Seite.

»Fenway scheint einen guten Lehrplan zu haben«, bemerkte Cork, während er Seite um Seite lateinischer Übersetzungen, Alter Geschichte, Mathematik und Physik durchsah.

»Ja, es ist eine der besten Schulen. Die Notizen befinden sich am Ende des Heftes, dort, wo die Jungs knifflige Probleme lösen können und rumschmieren dürfen.«

Cork schlug die letzten Seiten auf und entdeckte die merkwürdigen Eintragungen. Da stand:

Blandersfield Programm
19. September
EF/FG/GA/AH/HC/CD/DE/EF?
10. Oktober
78-34=44=GH?
78-32=46=GA?
20. Oktober
VI=EF!

Mit gerunzelter Stirn studierte der Captain eingehend diese Zeichen. »Das ist allerdings sehr rätselhaft«, sagte er schließlich, »aber oft vertreiben sich Schüler doch einfach die Zeit damit, Geheimschriften zu erfinden, Mr. Hull. Warum haben Sie diese Notizen denn stutzig gemacht, und wie bringen Sie das mit dem Tod Ihres Sohnes in Verbindung?«

»Die Überschrift ›Blandersfield Programm‹, Captain. Die Jungen in Fenway nennen den Jacamart nämlich auch ›Sir Jack Blandersfield‹.«

Nur selten habe ich beobachten können, wie Corks erst schwaches Interesse so schnell in intensivste Aufmerksamkeit umschlug. »Äußerst interessant. Sagen Sie mir, an welchem Tag ist Chad denn gestorben?«

»Dann ist es Ihnen also auch aufgefallen. Am 21. Oktober, einen Tag nach der letzten Eintragung, oder – genauer gesagt – am 22. Oktober, denn er starb ja um ein Uhr nachts. Wenn Sie mich fragen, hatte Chad was anderes als einen Streich mit Blandersfield vor.«

»Da haben Sie sicher recht«, stimmte Cork zu, »wenn er wirklich nur einen Nachttopf auf die Turmspitze stellen wollte, wozu dann dieser ganze Hokuspokus mit den Zeichen?«

»Vielleicht hat er versucht, die genauen Uhrzeiten zu berechnen, zu denen sich der Jacamart bewegt«, warf ich ein. Cork sah mich mit einem verschmitzten Lächeln an. »Bestimmt nicht, Oaks. Das könnte ja ein kleines Kind. Bei diesen Notizen handelt es sich um eine Gedankenentwicklung. Die erste Eintragung am 19. September führte offensichtlich zu keinem Ergebnis, deshalb das Fragezeichen. Am 10. Oktober hat er dann spezifischere Überlegungen angestellt, kam aber immer noch zu keiner Lösung. Aber am 20. Oktober fand er etwas heraus; deswegen steht hinter der Gleichung VI=EF ein Ausrufungszeichen. Und dann starb er wahrscheinlich, als er seine Theorie in der Praxis erproben wollte.«

»Aber was bedeutet denn diese letzte Eintragung, Captain?« fragte Hull.

»Da gibt es sicher mehrere Möglichkeiten. Im Moment könnte ich allerdings nur Mutmaßungen anstellen, da ich zu wenige Fakten habe. Es sieht so aus, als müßten wir wieder mal die Schulbank drücken, Oaks.«

»Dann glauben Sie also auch, daß an der Sache etwas faul ist, Captain?« Hull war offensichtlich erregt.

»Nein Sir, das wage ich noch nicht zu behaupten. Der Verstand eines Jungen kann wie ein Labyrinth sein, mit Umwegen und Verästelungen, die einen Erwachsenen verwirren, sobald er versucht sie nachzuvollziehen. Aber eines will ich sagen, Mr. Hull. Zuerst fand ich es sehr merkwürdig, daß Chad sich genau um ein Uhr auf dem Sims vor dem Zifferblatt befand. Dieses Blandersfield-Rätsel macht die ganze Sache noch geheimnisvoller. Sie müssen allerdings auch wissen, daß meine Nachforschungen Seiten ihres Sohnes aufdecken könnten, von denen Sie vielleicht lieber gar nichts wissen wollen. Nehmen Sie das in Kauf?«

Hull senkte seinen Kopf wie zum Gebet; mit leiser Stimme sagte er andächtig: »Chad war ein guter Junge, das schwöre ich bei seiner Seele.«

»Sagen Sie, war Chad musikalisch, oder hat er irgendein Instrument gespielt?«

Der Vater lächelte, als käme ihm eine Erinnerung in den Sinn. »Nein Sir, er war gänzlich unmusikalisch. Meine Frau hat unsere Kinder im Gesang unterrichtet, aber der arme Chad hörte sich immer an wie ein Vogel, dem der Hals rumgedreht wird.«

»Ich verstehe. Nun ja, das wäre es dann wohl. Gehen Sie ruhig wieder Ihren Geschäften nach Sir, und versuchen Sie, Ihren Kummer zu lindern. In ein paar Tagen werde ich Ihnen bestimmt mehr sagen können.« Nachdem der Böttcher gegangen war, machte ich mich wieder an die Bücher. Tedderhorn kam mit einem Tablett herein, auf dem zwei Humpen standen. Einen setzte er vor mich und einen vor den Captain. Ich trank von dem Punsch und fragte: »Glauben Sie, es könnte ein Mord gewesen sein?«

Cork zuckte mit den Schultern und genehmigte sich einen

großen Schluck. »Was ich über Schuljungs gesagt habe, trifft auf jeden Fall zu. Die können ganz schön gerissen sein. Vielleicht ist Chad von seinen Kameraden angestiftet worden. In dem Brief erwähnte er doch auch, in kurzer Zeit zu Geld zu kommen.«

»Sie meinen das Stipendium.«

»Ich glaube nicht, daß er ein Stipendium erwartete. Seinem Heft nach zu urteilen, war er nur mittelmäßig intelligent, sicher kein besonders begabter Schüler. Nein, das Geld, mit dem er rechnete und mit dem er die finanzielle Belastung seines Vaters zu erleichtern hoffte, sollte aus einer anderen Quelle kommen.«

»Vielleicht Erpressung?«

»Gut beobachtet, Oaks. Das wäre eine Möglichkeit. Jungs haben gute Augen und Ohren, und manchmal schlagen sie ihren Nutzen daraus.«

»Aber wen könnte er denn erpressen?«

»Vielleicht einen Lehrer? Oder einen Mitschüler? Die sind ja anscheinend alle recht wohlhabend.«

»Aber diese Blandersfield-Notizen, die sind ziemlich verwirrend.«

»Aber Oaks, das sind doch nur einige Rosinen mehr im Kuchen. Die Buchstabenfolge stellt irgendeine Entwicklung dar. Schauen Sie sich die Abfolge am 19. September an. Zuerst EF, im zweiten Paar wird der letzte Buchstabe wiederholt und ein neuer kommt hinzu, daraus wird FG. Im dritten Paar wird aus dem G der erste Buchstabe und ein A kommt dazu. Eigentlich kommen nur die Buchstaben E, F, G, A, H, C und D vor und das Muster wiederholt sich.«

»Vielleicht muß man die Buchstaben richtig anordnen, damit ein Wort dabei herauskommt.«

»Ich glaube kaum, wenigstens kein sinnvolles Wort. Und Chad scheint das auch nicht vermutet zu haben, denn am 10. Oktober versucht er es ja mit was ganz anderem, mit zwei Subtraktionen. Aber wo hat er nur die Zahlen her? Na ja, ist im Augenblick auch egal. Es ist offensichtlich, daß er mit den beiden Ergebnissen, 44 und 46, wieder an die Buchstabenfolge vom September heranging und den vierten und achten Buchstaben abzählte, so daß 44=GH und 46=GA herauskam.«

»Und da sagen Sie, Chad sei kein kluger Schüler, Captain? Da war doch ein wißbegieriger, scharfsinniger Verstand am Werk.«

»Ein verwirrter Verstand, Oaks, der sich in seiner komplizierten Herangehensweise verstrickt hat. Das kommt nicht nur bei Schülern vor. Oft können ganz intelligente Leute eine Lösung nicht sehen, die direkt vor ihnen liegt. Chad bemerkte seinen Fehler anscheinend am 20. Oktober und hat einen weiteren Bestandteil des Rätsels gefunden. ›VI‹ fiel ihm ein. Die Notizen vom 19. September und 10. Oktober sind einfach Zeugnisse seiner verworrenen Logik. Ich bin sicher, daß es sich bei dem Einfall am 20. Oktober um einen Glücksfall gehandelt hat. Er versieht ihn ja auch extra mit einem Ausrufungszeichen, so wie jemand der zurücktritt und sagt, ›Na endlich, da hab ich's.‹ Nein, der Junge war kein Genie, vielleicht sogar eher ein Narr. Wie schmeckt der Punsch?«

Ich kostete und stellte fest: »So wie immer.«

»Es ist auch eine besonders dezente Zutat. Nun, wir werden uns also im Morgengrauen in Richtung Fenway aufmachen. In New Haven können wir eine kleine Rast einlegen.«

»Um dort zu Mittag zu essen?«

»Nein, mein Lieber. Ich glaube, es ist an der Zeit, daß Ihre Uhr gesäubert wird.«

Ein Holzschild, das eine Uhr darstellte, deren Zeiger für alle Ewigkeit auf zwanzig Minuten nach acht standen, kündigte das Handwerk Jared Elliots an. Der Laden mit den Erkerfenstern lag versteckt in einer kleinen Seitenstraße der *High Street*. Inhaber war ein kleinwüchsiger, weißhaariger Mann mit dicken Brillengläsern und krächzender Stimme. Im Innern des Ladens gab es Zeitmeßinstrumente aller Art, Laternen aus Messing und Standuhren mit wunderschönen Intarsien. Ein besonderes Unikat war eine Elefantenuhr, deren Zifferblatt und Glocke sich in der Howdah, dem überdachten Sitz auf dem Elefantenrücken, befanden; die Augen des Tieres bewegten sich beim Ticken jeder Minute. Cork beobachtete, wie der Uhrmacher das Gehäuse meiner Taschenuhr öffnete und sich das Laufwerk durch eine Lupe ansah.

»Sie müssen viel herumgekommen sein, Mr. Oaks. An dieser Uhr haben schon verschiedene Uhrmacher gearbeitet.«

Ich war so fasziniert von den Augenbewegungen des Elefanten, daß ich nur mit einem kurzen Nicken bejahte. Cork dagegen zeigte großes Interesse für Jared Elliots Arbeit und verwickelte ihn in ein Gespräch. Als er den alten Mann so befragte, wurde mir langsam der Grund unseres Besuches klar.

»Sie scheinen wirklich ein Meister Ihres Faches zu sein. Sagen Sie, kennen Sie sich auch mit Turmuhren aus?«

»Diese großen Dinger«, brummelte Elliot, »die baue ich nicht. Viel zu alt.«

»Ich habe gehört, daß die Fenway-Schule eine sehr interessante Turmuhr hat, die man sich unbedingt ansehen sollte.«

»Dieses alte Monstrum! Das ist aus dem 14. Jahrhundert, mein Lieber.«

»So alt? Dann muß sie ja aus Europa herübergeschifft worden sein.«

»Nein, das war ein Scherz, so alt ist sie gar nicht. 25 Jahre oder so. Ist von einem alten Pfuscher namens deJoonge gebaut worden.«

»Der hat wohl sein Handwerk nicht gekannt?«

»Das kann man wohl sagen. Er hat ein Foliot eingebaut, um die Zeit zu messen, als hätte er noch nie etwas vom Pendel gehört. Das gibt es ja auch erst, seit Christian Huygens es 1656 erfunden hat.«

»Ich fange gerade an, einiges über Uhren zu lernen. Sagen Sie, was ist denn ein Foliot?«

»Die alten Uhrmacher haben sie vor Jahrhunderten verwendet. Es handelt sich dabei um eine hin und her schwingende Stange, und die Länge der Schwingungen sind unterschiedlich und nicht vorhersehbar. Erst durch das Pendel sind die moderneren Uhren so genau geworden. Der alte deJoonge besaß die Frechheit, sich als Uhrmacher auszugeben. Dieses Monstrum hat Gewichte aus Stein«, er schmunzelte und schüttelte seinen Kopf, um seiner Ungläubigkeit Ausdruck zu verleihen, »so etwas habe ich vorher noch nie gesehen.«

Cork versuchte, ihm noch mehr Informationen zu entlocken. »Ich habe gehört, diese Uhr besäße einen genialen Jacamart.«

»Genial! Das ist eine schamlose Übertreibung. Es ist überhaupt kein richtiger Jacamart, weil er nicht selbst die Glocke schlägt. Die befindet sich nämlich in der Turmspitze über der Uhr. Der Jacamart kommt bloß zu jeder vollen Stunde aus seinem Wachhäuschen raus, läuft vor dem Zifferblatt auf die gegenüberliegende Seite, wo er sein Schwert in eine Öffnung des Stützpfeilers steckt. Er ist auch ein Pfuscher, genau wie der alte deJoonge.«

»Ist dieser deJoonge weitergezogen, nachdem er die Turmuhr gebaut hatte?«

»Nein, mein Guter. Er ist in Fenway geblieben. Er ist immer noch dort, jetzt allerdings sechs Fuß unter der Erde. Er starb, kurz nachdem er die Uhr fertiggestellt hatte.« Elliot schloß den inneren Domdeckel meiner Taschenuhr und ließ die silberne Rückwand zuschnappen. »Nur ein bißchen Staub, das war alles. Dafür kann ich Ihnen kaum etwas berechnen.«

»Vielleicht können wir uns ja auf eine andere Art erkenntlich zeigen. Würden Sie mir die Bücher da drüben im Regal ausleihen?«

Der alte Uhrmacher wandte sich um und sah sich die beiden Bände an. »Sie müssen wirklich ein großes Interesse an Uhren haben, Sir. *Das Horologium* von Huygens ist auf Latein und ziemlich schwer zu lesen. Das andere, *Das Uhrmacher-Handbuch*, liest sich leichter.«

»Ich gebe Ihnen für jedes Buch zwei Pence pro Tag«, schlug Cork vor.

»Verschwenden Sie Ihre Zeit aber nicht mit dieser Uhr in Fenway. Von der können Sie nichts lernen.«

»Wahrscheinlich nicht.« Cork gab ihm einige Münzen. »Ich

habe gehört, daß sich dort vor kurzem ein Unglück zugetragen hat.«

»Kann sein. Ich beschäftige mich fast nur mit meinen Uhren. Die sind verläßlicher als Menschen. Was für ein Unglück denn?«

»Einer der Jungs wurde von dem Jacamart getötet. Es soll ein Unfall gewesen sein«, sagte ich.

Ein Schatten fiel über das schrumplige alte Gesicht, und die Augen hinter den Brillengläsern wurden auf einmal ganz groß. »Vom Jacamart getötet? Um Gottes willen, genauso ist ja auch der alte deJoonge umgekommen. Einen Tag nachdem er die Uhr fertiggestellt hatte. Er wollte noch irgend etwas am Zifferblatt einstellen, als der Jacamart loslief und ihn umrannte.« Für einige Augenblicke schweifte sein Blick in die Ferne und wandte sich dann wieder uns zu. »Ach du liebe Güte, vielleicht stimmt es ja doch, daß ein Fluch auf dieser Uhr liegt. Uhren haben tatsächlich ein eigenes Herz, und auch ihre eigene Logik. Du liebe Güte!«

Captain Cork ist ein Mann mit vielen Fähigkeiten. Eine seiner merkwürdigsten ist die, daß er lesen kann, während er reitet. Das habe ich auch einmal ausprobiert, das Ergebnis waren allerdings fürchterliche Kopfschmerzen. Auf dem ganzen Weg nach Fenway studierte er die beiden Bücher, die er sich von dem alten Uhrmacher ausgeliehen hatte. Es war schon fast vier Uhr nachmittags, als wir bei einem windschiefen Schild, das nach Nordwesten zur Schule zeigte, vom *King's Highway* abbogen. Während unseres schweigsamen Ritts grübelte ich den ganzen Nachmittag über das Geheimrezept nach, das Captain Cork kreiert hatte. Vielleicht war es Muskatnuß, oder Zimt, ich konnte es aber beim besten Willen nicht herausfinden. Hätte er wenigstens das Rezept für den Sommerpunsch abgeändert, hätte man die neue Zutat einfacher herausschmecken können, weil die Sommerformel weder Butter noch Zucker enthält, von denen dezentere Zusätze verdeckt werden.

»Oaks, Sie erstaunen mich«, sagt er, als wir Richtung Nordwest abbogen. »Da nähern wir uns also einem unwiderstehlichen Rätsel, und Sie verschwenden Ihre Zeit damit, über das Punschrezept nachzudenken.«

Verblüfft sah ich ihn an. »Steht in diesen Büchern da etwa, wie man Gedanken liest?«

»Nein, aber Sie haben Zunge und Lippen so bewegt, als würden Sie versuchen, sich an irgendeinen Geschmack zu erinnern. Wenn man eine versteckte Zutat oder Bedeutung herausfinden möchte, ist es besser, man verläßt sich auf Tatsachen statt auf vage Erinnerungen. Holla, da unten im Tal taucht ja der Ort unserer Bestimmung auf.«

Wir kamen über eine kleine Anhöhe, und dort unten, in einer sanften Erdmulde, befand sich ein quadratisches Areal, aus dem sich ein Glockenturm etwa vierzig Fuß hoch emporreckte. Ich vermutete, daß die Uhr auf den Innenhof ausgerichtet war, denn die uns zugewandte Turmseite bestand aus solidem Stein; ein drohender, grauer Finger, dessen Konturen in der diesigen Dämmerung immer unschärfer wurden. Wir ritten gerade ins Tal hinab, als das Vier-Uhr-Geläut bedrohlich vom Glockenturm erschallte.

»Stimmt die Uhrzeit?« fragte Cork, und ich schaute auf meine frisch gereinigte Uhr.

»Nein, auf meiner Uhr ist es schon fünf Minuten nach vier.«

Cork lächelte und gab seinem Pferd die Sporen. »Komm, alter Junge«, sagte er, als er davongaloppierte, »ich möchte den Jacamart bei der Arbeit sehen.«

Wenige Sekunden später ritten wir klappernd durchs Tor von Fenway und sahen gerade noch, wie der Jacamart neben der Außenseite des Zifferblattes schwebte. Jack Blandersfield war gekleidet wie ein Ritter aus dem vierzehnten Jahrhundert, den Oberkörper bedeckte eine Brustplatte mit einem Wappen, an den Handgelenken befanden sich eiserne Schienen und an den Füßen Eisenschuhe. Im rechten Panzerhandschuh hielt der todbringende Ritter ein zweischneidiges Schwert, das er jetzt aus der Öffnung des äußeren Stützpfeilers zog, bevor er sich langsam auf den Rückweg zu seinem Wachhäuschen machte. Wir blickten noch hinauf zu dem

Todesboten, als der alte Pförtner brüllend auf uns zugerannt kam. »Halt, was fällt euch denn ein, hier wie ein Wirbelwind einzufallen? Ihr Burschen werdet euch beim Schulleiter verantworten müssen!«

Er hatte es bestimmt sein ganzes Leben lang nur mit Schülern zu tun gehabt, so daß er jeden wie ein Kind behandelte. Cork glitt von seinem Pferd; seine beachtliche Körpergröße bewies nun, daß er kein Halbwüchsiger mehr war. Der Pförtner gab sich weiterhin unerschrocken: »So was aber auch, dafür setzt es eine Tracht Prügel. Und ich hoffe, daß Mr. Crisp sie verabreichen wird, der ist dafür nämlich der beste.«

»Ist Mr. Crisp der Schulleiter?« fragte Cork.

»Hört auf mit diesem Unfug. Ihr wißt doch alle, wer der Schulleiter ist. Kommt mit, ihr Halunken, Hochwürden wird sich schon um euch kümmern.«

Hochwürden Obadiah Travistock, der Schulleiter von Fenway, hatte Ähnlichkeit mit einer Weide im Winter. Seine Gliedmaßen und sein Körper waren dünn und grau, aber ihnen wohnte eine gewisse Unverwüstlichkeit inne, was für die Geistlichen Neuenglands recht ungewöhnlich ist. Er war sicherlich streng, zweifellos auch sehr engagiert, aber in den vielen Jahre, in denen er Jungs zu Männern erzogen hatte, war er abgeklärt geworden und sah das Leben auch von der humorvollen Seite. Sein Zimmer war eine Mischung aus religiöser Schlichtheit und wissenschaftlichem Durcheinander. Überall lagen Stapel von Papier herum.

»Meine Herren, Sie müssen Amos verzeihen. Er versieht seine Aufgabe als Pförtner schon so lange, daß er darüber die Zeit vergessen hat. Als ich vor fünfzehn Jahren die Nachfolge meines Vaters antrat, hat es sehr lange gedauert, bis er mich akzeptierte. So, Sie beschäftigen sich also mit alten Turmuhren.«

»Ja«, sagte Cork überzeugend und ohne jegliches Zögern, obwohl er gerade dabei war, einem Geistlichen eine Lüge aufzutischen. »Ich spiele mit dem Gedanken, eine Abhandlung über Turmuhren in den Kolonien zu schreiben. Mr. Oaks ist mir bei den Recherchen behilflich.«

»Ein bewundernswertes Vorhaben, Captain. Aber ich will ehrlich sein und möchte Sie bitten, es sich gut zu überlegen, ob Sie über die Fenway Turmuhr schreiben wollen.«

Cork täuschte einen überraschten Gesichtsausdruck vor. Der Schulleiter lächelte. »Sie müssen wissen, daß diese Uhr eine ziemlich schändliche Geschichte hat. Vor kurzem hat sie erneut traurige Berühmtheit erlangt, und es könnte dem Ruf der Schule schaden, wenn das bekannt würde. Ehrlich gesagt, hatte ich schon vor, das verfluchte Ding abzureißen, aber die anderen Lehrer haben mich davon abgehalten. Vielleicht haben sie ja auch recht. Ein Unfall kann immer einmal vorkommen.«

»Ein Unfall?« fragte Cork. »Der etwas mit der Uhr zu tun hat? Hochwürden Travistock, über alles, was Sie mir sagen, werde ich Stillschweigen bewahren.«

Der Schulleiter teilte uns also all das mit, was wir schon längst wußten. Außerdem erzählte er uns noch von einem anderen Schüler, der vor zwölf Jahren bei dem Versuch, Damenunterwäsche an der Wetterfahne zu befestigen, vom Turm gestürzt war.

»Was wollte denn der Junge … Hull hieß er, glaube ich … was wollte er denn für seinen Streich benutzen?«

Der Schulleiter wurde etwas verlegen. »Leider muß ich Ihnen gestehen, daß es sich um einen Nachttopf handelte. Man fand ihn auf dem Absatz vor dem Zifferblatt, wo er anscheinend hingefallen war, als der Jacamart zuschlug.«

»Sagen Sie«, Cork beugte sich etwas nach vorne, »gibt es denn keine andere Möglichkeit auf die Turmspitze zu kommen, als von außen hochzuklettern?«

»Doch, die gibt es. Im Innern des Turms gibt es eine Stiege, die bis zum Uhrwerk führt. Dort geht eine Tür hinaus zum Zifferblatt. Aber der Turm ist nachts verriegelt, dann kommt man also nur von außen nach oben.«

»Kannten Sie eigentlich deJoonge?«

»Ich war noch ein Kind, als er den Turm und die Uhr baute. Er war Holländer, kam eines Tages hier vorbei. Er schlug meinem Vater vor, für Kost und Logis zu arbeiten. Gerade als er mit allem fertig war, starb er. Ich weiß immer noch nicht, ob man den Turm nicht doch besser abreißen sollte.« Er blickte auf zu der Frau, die gerade mit dem Teegeschirr hereinkam. »Ach, das ist aber lieb von dir, Manites. Meine Herren, das ist meine Schwester Manites Travistock.«

Manites sah ihrem Bruder sehr ähnlich, ihre Augen waren allerdings schwärzer und ihre Haltung noch aufrechter. Sie nickte, als wir uns verbeugten, dann setzten wir uns alle wieder. Ich beobachtete sie, als sie den Tee einschenkte und uns die Tassen reichte. Ihren Worten wohnte eine gewisse Härte inne, was darauf schließen ließ, daß es sich bei ihr um eine wortkarge Person handelte. Die flinken Bewegungen ihrer schwarzen Augen drückten ein gewisses Mißtrauen aus.

»Mein lieber Obadiah, ich hoffe, du hast unsere Gäste nicht mit den Geschichten über diese Uhr gelangweilt«, sagte sie. »Sie müssen das meinem Bruder nachsehen, meine Herren. Manchmal plappert er drauflos wie einer seiner Schüler.«

»Aber nein, Miss Travistock«, Cork trank einen Schluck Tee, ohne das Gesicht zu verziehen. »Wie viele Schüler haben Sie denn hier in Fenway?«

»Vierundvierzig, Captain«, sagte sie. »In vier verschiedenen Klassen. Nur aus den besten Familien, möchte ich noch hinzufügen.«

»Aber Manites«, der Schulleiter drohte ihr mit dem Finger, »im Himmel gibt es keine Rangunterschiede, da sollten wir hier auf Erden auch darauf verzichten.«

»Ich sage ja nur, daß es unsere Pflicht ist, denen zu Diensten zu sein, die ihren Platz in der Welt kennen. Diese Emporkömmlinge haben hier nichts zu suchen. Als nächstes werden wir noch die Söhne von Hufschmieden aufnehmen.«

Der Schulleiter wollte sie gerade zurechtweisen, als ein lauter Gong durch den Raum schallte. Miss Travistock zog ihre Uhr hervor, die an einer Gürtelkette befestigt war. Sie überprüfte die Zeit und murmelte: »Sieben Minuten zu spät – diese Uhr!«

Verwirrt nahm auch ich meine Uhr hervor. Es war Viertel nach fünf, die Turmuhr hatte aber nur einmal geschlagen.

»Sie scheinen sich über unsere merkwürdige Uhr zu wundern, Mr. Oaks«, der Schulleiter schmunzelte. »Der alte deJoonge war ein sparsamer Holländer. Statt des gewöhnlichen Glockenschlages baute er ein römisches System ein.«

»Was ist denn ein römisches System?« fragte ich.

Cork nickte wissend. »Ja, Hochwürden, das ist genial und äußerst selten. Beim römischen System, Oaks, verwendet man zwei Glocken; eine ist tief gestimmt und die andere höher. Die tiefgestimmte Glocke bedeutet fünf Schläge, wenn sie zweimal erklingt ist es also zehn Uhr.«

»Aha«, sagte ich, »um elf Uhr würde sie also zweimal tief und einmal hoch erklingen.«

»Einen Augenblick«, Cork stellte eine schnelle Berechnung im Kopf an. »Ja, das ist tatsächlich ein sehr sparsames System. Statt der üblichen achtundsiebzig Schläge, die man braucht, um die einzelnen Stunden zu läuten, benötigt das römische System nur vierunddreißig Schläge.«

Hochwürden lächelte. »Nun, das stimmt so nicht ganz. Sie müssen noch wissen, daß diese Uhr um sechs Uhr überhaupt nicht läutet, es gibt also hier in Fenway insgesamt nur zweiunddreißig Schläge, denn sechs Uhr wäre ja ein tiefer und ein hoher Schlag.«

»War das denn schon immer so?« fragte Cork.

»Ja, deJoonge hatte sie vor seinem Tod nicht ganz fertiggestellt. Mit den Jahren haben wir uns natürlich alle daran gewöhnt.«

Cork wandte sich Miss Travistock zu. »Aber Sie sagten doch, Ihre Uhr ginge falsch.«

»Die geht immer falsch, Sir.« Sie schob die Zeiger der Uhr mit einem Stift auf die richtige Position. »Ich werde nie begreifen, wie deJoonge es geschafft hat, eine Turmuhr zu bauen, die immer richtig geht, und eine Taschenuhr, die immer vor oder nach geht.«

»Was Sie nicht sagen!«

»Darf ich mal sehen?«

Sie löste ihre Uhr von der Kette und reichte sie dem Captain. Sie war kunstvoll gearbeitet und befand sich in einem schön gearbeiteten Etui, das an einem Metallstift hing, an dem auch der Schlüssel zum Aufziehen befestigt war.

»Die ist ganz bezaubernd«, der Captain gab ihr die Uhr zurück, »aber es ist gar nicht so merkwürdig, daß sie nicht so gut ist wie die Turmuhr, denn Turmuhrenbauer kennen sich mit den kleinen Uhrwerken meistens nicht so gut aus. Haben Sie eigentlich einen Musiklehrer an der Schule, Hochwürden?«

»Musik! Um Gottes willen, nein. Es ist schon schwer genug, den Jungs Latein, Griechisch, Geschichte und Mathematik einzutrichtern. Aber meine Schwester hat ihnen einige Tonleitern beigebracht, für die Chorstunden. Warum fragen Sie? Interessieren Sie sich auch für Musik, Captain?«

»Erst seit neuestem. Ich kann mir vorstellen, daß Sie für vierundvierzig Jungen ziemlich viele Lehrer brauchen.«

»Tja, wenn wir nur die Mittel hätten.« Der Schulleiter schaute wehmütig drein. »Abgesehen von mir gibt es da noch Mr. Crisp, den Mathematiklehrer, Mr. Goselow, der Sprachen unterrichtet, und den jungen Biggard, der für alles andere zuständig ist. Auf Biggard sind wir besonders stolz. Er ist einer unserer eigenen Jungs. Er war in Yale und ist wieder zurückgekehrt, um an seiner Alma Mater zu unterrichten. Ich habe eigentlich immer gehofft, daß aus ihm ein Geistlicher wird. Nun ja, ich sehe, daß es dunkel wird. Die Schüler kommen in wenigen Minuten zum Abendessen. Wir essen dann später. Im Dunkeln können Sie die Turmuhr heute natürlich nicht mehr inspizieren. Ich möchte Ihnen daher unsere bescheidene Gastfreundschaft anbieten. Ich mache in der Zwischenzeit meine Abendmeditation, und meine Schwester hat die Aufsicht im Speisesaal. Vielleicht möchten Sie sich ja noch etwas in unserem Gemeinschaftsraum aufhalten. Die Lehrer bereiten dort ihren Unterricht vor oder treffen sich einfach zum Reden. Kommen Sie, ich mache Sie bekannt.«

Der Gemeinschaftsraum mit den bloßgelegten Holzbalken war sehr geräumig. In der Mitte stand ein langer Mahagonitisch, der den Lehrern offensichtlich als Eßtisch diente. In jeder der vier Ecken befand sich eine Nische mit einem Pult samt

Stühlen, und wir erfuhren, daß dies die Arbeitsplätze für die Lehrer und Miss Travistock waren. Die Wände jeder Nische waren mit Büchern bedeckt, wie auch der größte Teil des Gemeinschaftsraumes. Im Kamin loderte ein Feuer. Diese Harmonie hatte aber keinen Einfluß auf die eher laue Begrüßung der zwei Menschen, die sich im Raum befanden. Tom Biggard, so sagte man uns, hatte im Außenflügel Aufsicht beim Abendessen der Schüler. Mr. Moses Crisp und Mr. Alonzo Goselow waren damit beschäftigt, Schulhefte zu korrigieren.

»Das sind einfach Dummköpfe, wahre Dummköpfe«, sagte Mr. Crisp und überreichte seinem Kollegen einen Teil der Schulhefte. »Ich hoffe für Sie, Goselow, daß sie bei den Deklinationen heute besser waren als beim Bruchrechnen.« Crisp war ein kräftiger Mann mit frischer Gesichtsfarbe und mochte so um die vierzig Jahre alt sein, die letzten sechs davon hatte er in Fenway verbracht. Alonzo Goselow war auf jeden Fall jünger als Crisp, an Pedanterie stand er ihm aber nicht nach.

»Ich kann mir das heute abend nicht mehr ansehen«, sagte er, »aber der Antike bin ich schließlich verpflichtet. Sie sind hier, um sich die Uhr anzusehen, Captain?«

»Ja, anscheinend gerade noch rechtzeitig. Wie ich gehört habe, trägt sich Hochwürden seit dieser unglücklichen Geschichte mit dem Gedanken, den Turm abreißen zu lassen.«

»Der Schulleiter hat sich da zu sehr aufgeregt«, sagte Goselow mit einem gezierten Lächeln. Er war nicht älter als dreißig und so dünn und blaß wie der Bauch einer Flunder. »Das ist doch lächerlich, oder? Eine gutfunktionierende Uhr abzureißen, nur weil irgendein Schlingel einen Streich plant und dabei umkommt. Hull war ein gewöhnlicher Junge – ein Bauer. Was er hier überhaupt suchte, das werde ich …«

»Er war hier wegen seiner Ausbildung, Mr. Goselow, das ist ja schließlich kein Exklusivrecht«, sagte der junge blonde Kerl, der gerade den Raum betreten hatte.

»Aha«, sagte Goselow und wandte sich dem Neuankömmling zu, »Mr. Biggard, das große Idol unserer Schüler. Sind Ihre Lieblinge gefüttert und zu Bett gebracht worden?«

Tom Biggard ignorierte Goselow und kam auf uns zu.

»Sie müssen Captain Cork und Mr. Oaks sein«, sagte er und schüttelte unsere Hände. »Meine Herren, haben Sie Nachsicht mit meinen Kollegen. Ihre Menschlichkeit ist vom Staub der Antike verschüttet.«

»Schüler haben nichts Menschliches«, sagte Crisp gähnend. »Wann gibt's was zu essen?«

Es klopfte, und ohne daß irgend jemand reagiert hätte, öffnete sich die Tür. Amos der Pförtner kam mit einem riesigen Schlüsselbund hereingeschlurft.

»Es ist alles abgeschlossen, Tommy«, sagte er. »Der Turm, der Schlafraum und das Eingangstor.« Er hängte den Schlüsselbund an einen Haken links von der Tür. »Gute Nacht, Tommy und ihr anderen«, murmelte er im Gehen.

»Ich werde nie verstehen, warum Sie diesem alten Tolpatsch gestatten, Sie mit Vornamen anzusprechen«, sagte Crisp. »Das ist eine Schande.«

»Das macht mir nichts aus, Mr. Crisp, Amos kennt mich schließlich schon, seit ich Schüler hier war.«

»Habe ich richtig gehört, das Eingangstor ist abgeschlossen?« Cork erhob sich. »Wissen Sie, Oaks und ich müssen noch fort.«

»Ich dachte, Sie würden die Nacht über bleiben. Hochwürden Travistock teilte mir das gerade mit.«

»Er hat uns das angeboten, Mr. Biggard, aber ich muß dankend ablehnen. Wir haben im Norden noch etwas zu erledigen und werden auf dem Rückweg noch einmal vorbeischauen, um uns die Uhr anzusehen. Morgen, oder spätestens übermorgen. Richten Sie dem Schulleiter und seiner Schwester bitte die besten Grüße aus. Nein, meine Herren, machen Sie sich keine Mühe. Wie ich sehe, kommt da gerade Ihr Essen. Geben sie mir doch einfach die Schlüssel. Sobald wir draußen sind, geben wir sie dann Amos.«

»Aber es ist doch schon dunkel«, sagte Mr. Crisp warnend.

»Manchmal ist es bei Mondschein interessanter. Kommen Sie, Oaks, wir nehmen uns ein paar warme Brötchen mit auf die Reise.«

Ich fand es ziemlich unhöflich, wie er einige Brötchen aus

dem Korb nahm, den eine Bedienstete auf den Tisch gestellt hatte. Dann ergriff er den Schlüsselbund, und wir machten uns auf den Weg. Amos schloß gerade das Tor hinter uns, als Cork sein Pferd zum Stehen brachte und fragte: »Sagen Sie, gibt es in der Nähe einen Hufschmied? Unsere Pferde haben immer noch den Sommerbeschlag, und es sieht so aus, als gäbe es bald Frost.«

»Ja ihr Nachtschwärmer, eine Meile gen Norden. Paßt auf, daß ihr nicht die ganze Nacht im Freien verbringt. Nachts neue Hufeisen, wer hat so was schon mal gesehen! Haltet Ausschau nach dem Gasthaus *Inn of the Hanging Dog*, dann seid ihr schon da.«

Als wir ankamen, stand der Mond schon ganz oben am Himmel. Das Gasthaus war ein kümmerliches, eingeschossiges Gebäude, ganz anders als die Unterkünfte, die wir sonst gewohnt waren. Der Wirt war ein mürrischer Kerl namens Jobbot, der sich nicht erfreut darüber zeigte, hungrige und müde Gäste vor seiner Tür zu finden. Einige Münzen aus Corks Geldbeutel brachten das bißchen Gastfreundschaft, das dieser Schurke je besessen hatte, wieder zum Vorschein. Er teilte uns mit, daß er nur einen Schlafraum habe, denn eigentlich sei sein Gasthaus eher eine Kneipe als ein Hotel. Er schickte seine Frau los, das Zimmer herzurichten.

Der Captain und ich setzten uns an einen Tisch im leeren Schankraum. Man hatte uns Schweinefleisch mit Bohnen versprochen. Cork ist ein gerissener Hund; er bestellte sich Rum pur, so daß er nicht in die Verlegenheit kam, seine geheimnisvolle Mixtur in meinem Beisein preisgeben zu müssen.

»Herr Wirt, gibt es hier in der Nähe einen Schmied?« fragte Cork, als uns die Teller vorgesetzt wurden.

»Jawohl, Lemuel Stroud hat nicht weit von hier eine Schmiede.«

Als er uns mit unserem Mahl allein gelassen hatte, fragte ich: »Einen Schmied? Ich dachte, Sie suchten einen Hufschmied, um die Pferde zu beschlagen, und wo ich gerade dabei bin, Sir, gehen wir jetzt eigentlich davon aus, daß Hulls Tod ein Unfall war?«

»Daß wir einen Schmied brauchen, sollte Ihre Frage eigentlich beantworten.« Er langte in seine Tasche und holte eines der Brötchen hervor, die er mitgenommen hatte. Er hatte es in der Mitte geteilt, und in dem weichen Brot war ein merkwürdiger Abdruck zu sehen.

»Der Schlüssel, Sie haben auf dem Weg zum Tor einen Abdruck vom Schlüssel gemacht. Warum denn? Und falls irgend etwas an der Geschichte dran ist, hätten wir dann nicht lieber dableiben sollen?«

»Es ist besser, jedes Mißtrauen zu beschwichtigen. Ich bin überzeugt davon, daß der Junge umgebracht wurde, aber ich weiß noch nicht warum. Sonst kann ich mir alles erklären, aber der Grund ist mir noch schleierhaft.«

»Mir ist die *ganze* Sache schleierhaft. Warum sind Sie sich so sicher, daß er getötet wurde … Au! …« Er hatte mir seinen Ellbogen heftig zwischen die Rippen gerammt, und ich ließ meinen Krug Rum fallen. »Was zum Teufel soll …?«

»Genau das ist der springende Punkt, mein Lieber. Wenn Sie einen Nachttopf in der Hand hätten, würden Sie ihn sicher fallen lassen, wenn Sie vom Schwert eines Jacamarts rücklings erstochen werden. Er wäre in tausend Stücke zersprungen. Chad hätte den Nachttopf fallen lassen müssen, und doch wurde er direkt neben ihm gefunden.«

»Möglich, aber das hätte doch auch sein können.«

»Außerdem müssen Sie bedenken, daß der Turm abgeschlossen war, er mußte also das Gebäude von außen erklimmen – mit Nachttopf. Das scheint mir unmöglich.«

»Aber falls es sich nicht um einen Streich handelte, weshalb hätte er denn auf den Turm klettern sollen?«

»Nun benutzen Sie doch bitte einmal Ihren Verstand! Der Junge schreibt einen Brief nach Hause, in dem er erwähnt, daß er bald zu Geld kommen wird. In seinem Aufgabenheft steht eine rätselhafte Gedankenfolge, deren Sinn ich langsam verstehe.«

Er sah plötzlich zum Wirt hin, der gerade mit einigen Krügen auf einem Tablett die Theke verließ. »So ist das also. Das hätte ich mir doch gleich denken können.«

»Was denken können? Was die Notizen bedeuten?«

»Nein, weshalb der Wirt schon zum dritten Mal in einer Stunde vier Krüge Apfelwein zapft.«

»Es ist ja schließlich eine Wirtschaft, oder?«

»Eine leere Wirtschaft, Oaks, und außerdem hat sie nur ein Stockwerk. Wenn man hier so sitzt, kann man allerdings Geräusche hören, die aus dem Dachstuhl kommen müßten.«

»Sind bestimmt Eichhörnchen.«

»Nun ja, irgendein Nest scheint da zu sein. Kommen Sie, Oaks.«

Ich folgte ihm aus der Schankstube hinaus und blieb im Korridor in seinem Schatten stehen. Auf einmal schien es, als würde sich die Decke des Korridors senken, und tatsächlich, dort war eine versteckte Stiege, die sich an Tauen herabsenkte. Der Wirt kam nach unten. Wir ließen ihn im Halbdunkel vorübergehen, dann rannte Cork los, um die Stiege festzuhalten, bevor sie wieder in der Decke verschwand. Langsam stiegen wir die Treppen hinauf; Stimmen waren zu hören. Es lief mir kalt den Rücken herunter, als ein einstimmiger Gesang erklang:

Finde den Lösungssatz,
Entdecke den großen Schatz,
Das Leben wird zur Hatz,
Tod, Tod, Tod

»Jetzt«, schrie Cork; wir rasten die zwei letzten Stufen empor und hinein in den ungewöhnlichsten Raum, den ich je gesehen hatte.

Von einem runden Tisch aus verbreitete sich Kerzenlicht und warf schaurige, flackernde Schatten an die Wände und auf ein Bild in Lebensgröße. Mir entfuhr ein Stöhnen, denn auf dem Gemälde war Blandersfield, der Jacamart, dargestellt. Als wir so einfielen, sprangen die vier Gestalten erschrocken vom Tisch auf.

»Bitte setzen Sie sich wieder, meine Herren«, befahl Cork. »Ich glaube, ich habe die Ehre, mich an die führenden

Schüler der vierten Klasse von Fenway zu richten, ist das korrekt?«

Die Worte des Captains lösten eine allgemeine Panik aus, und er hatte große Mühe, die aufgebrachten Schüler zu beruhigen. Als er die Burschen davon überzeugt hatte, daß er ihnen nichts Böses wollte, setzten sie sich wieder hin, stellten sich vor und erklärten das Ritual. Wie Cork richtig vermutet hatte, waren sie alle Schüler der vierten Klasse: Lemfent Pieterse, Pardee Davis, Edmund Edwards und Jonathan Lott. Pieterse war mit sechzehn Jahren der älteste, Lott mit vierzehn der jüngste.

»Wir tun nichts Böses, Captain Cork«, sagte Pieterse. »Die Blandersfield Ba ...«, er unterbrach sich, und sah zu seiner Gruppe hin.

»Sie sind unter Männern, Mr. Pieterse«, sagte Cork schmunzelnd.

»Also, diesen Klub, die Blandersfield Bastards, gibt es schon seit Jahren. Unsere Väter haben schon dazugehört. Es ist nur ein Spaß.«

»Und was hat es mit dieser Beschwörungsformel auf sich?«

»Nun, Captain«, Pardee Davis meldete sich zu Wort, »das ist so eine Geschichte, die ist so alt wie die Schule selbst.«

Der Junge erzählte die Geschichte, die über die Jahre von Mitglied zu Mitglied weitergegeben worden war. Hector deJoonge, so besagte die Legende, war ein holländischer Pirat, der sich in der Schule zu Fenway vor seinen mordlustigen Kumpanen, denen er einen Sack voll Gold gestohlen hatte, versteckt hielt. Da er in seiner Jugend als Uhrmacher ausgebildet worden war, gab er sich als gütiger Mensch, der der Schule etwas Gutes tun wollte und baute die Turmuhr. Weiterhin besagte die Legende, daß er den Schatz irgendwo in oder bei der Uhr vergraben hatte und Jack Blandersfield hinstellte, um ihn zu bewachen.

»In all diesen Jahren hat niemand den Schatz gefunden, aber den Klub gibt es immer noch, einfach zum Spaß«, beendete Pardee Davis seine Geschichte.

»War Chad Hull auch Mitglied?«

»Hull!« rief Jonathan Lott. »Dieser Trottel?«

»Er war in Ordnung, Johno«, berichtigte ihn Pieterse, »nur ein bißchen unbeholfen.«

»Kann es trotzdem sein, daß er von der Legende wußte?«

»Aber sicher, Captain«, Pieterse antwortete für alle. »Die meisten der Kleinen haben davon gehört, aber das mit dem Schatz glaubt eigentlich niemand.«

»Ich glaube, Chad Hull hat es doch geglaubt, und das hat ihn das Leben gekostet. Hört zu Jungs, hättet ihr Lust, mir dabei zu helfen, einen Mörder zu stellen?«

Sie blickten ihn mit großen, staunenden Augen an und antworteten mit einem beherzten Ja.

»Gut. Wer von euch Jungs ist denn der beste Anschleicher? Keine falsche Bescheidenheit, bitte.«

»Das ist ganz sicher Johno«, sagte Pieterse mit Bewunderung in der Stimme. Alle Augen richteten sich auf den jungen Lott.

»Der Neid deiner Kameraden ist tatsächlich ein Kompliment, Johno. Glaubst du, daß du morgen im Gemeinschaftsraum heimlich den Schlüsselbund mitnehmen könntest?«

Das zustimmende Lächeln des Jungen bewies, daß diese Aufgabe kein Neuland für ihn war.

Cork erwiderte das Lächeln. »Sehr gut. Sagt mal, gebt ihr eure Schulhefte am Ende jedes Tages ab?«

»Um Punkt drei Uhr«, versicherte Johno.

»Da liegen ja Papier und ein Stift. Darf ich? Also, Johno, morgen wirst du genau das, was ich hier aufschreibe, auf die letzte Seite deines Hefts schreiben und es dann wie immer abgeben. Nachts, kurz nach dem Zehn-Uhr-Läuten, holst du die Schlüssel im Gemeinschaftsraum und gehst zum Turm. Du gehst hinein und kletterst bis zu dem Sims vor dem Zifferblatt.«

»Aber warum nur, Captain?«

»Du wirst Mr. Oaks vorfinden, der dort auf dich wartet. So, das ist also die Notiz, und paß auf, daß du sie genauso abschreibst.«

Ich betrachtete sie auch, als die Jungen sie lasen:

BLANDERSFIELD PROGRAMM 31. Oktober

DO

TI

LA

SO

FA

ME

RE

DO

V I!

»Ich kann daraus nichts ersehen«, sagte ich, nachdem die Schüler gegangen waren und wir uns wieder in unserem Zimmer befanden. »Und wie soll ich auf den Turm kommen ... ach so, ich verstehe, deswegen der Schlüsselabdruck und der Schmied. Und wo werden Sie sich aufhalten, wenn ich fragen darf?«

»Ich stelle die Falle.«

»Eines begreife ich nicht. Sie haben in der Schule gefragt, ob die Jungen Musikunterricht bekommen, und heute abend haben Sie für Johno das do-re-mi aufgeschrieben, damit er es abschreibt. Wir wissen jetzt also, daß Chad nach diesem legendären Schatz suchte und ihm dabei irgend jemand in die Quere kam.«

»Wer sagt denn, daß es nur eine Legende ist?«

»Aber Captain, die Jungs sagten doch, daß es nur eine alte Geschichte ist, die in diesem Geheimklub weitergegeben wird.«

»Menschen werden in der Regel nicht wegen eines Märchens umgebracht, Oaks. Mit den Jahren hören sich diese alten Geschichten zwar wie Mythen oder Märchen an, aber manche sind trotzdem wahr.« Er nahm die geliehenen Bücher hervor und fing wieder an zu lesen.

»Und Sie glauben, daß der Schatz in der Turmuhr versteckt ist?«

»Ich *weiß*, wo der Schatz ist. Deswegen brauche ich keine Falle zu stellen. Warum legen Sie sich nicht ein wenig hin? Schlaf wird Ihnen guttun.«

»Ja, sicher. Aber eines noch. Wenn die Schüler jede Nacht eingeschlossen werden, wie zum Teufel haben sich diese vier denn davongestohlen?«

Er grinste mich wieder schelmisch an und sagte: »Mein lieber Oaks. Mittlerweile bin ich überzeugt davon, daß Sie als Erwachsener mit Akten unter den Armen auf die Welt gekommen sein müssen. Es gibt zwar unter den Menschen viele Regeln und Gesetzmäßigkeiten, aber die gelten nun mal nicht für Jungs, denn die Jugend ist der Inbegriff der Klugheit. Heute nacht gelten sowieso keine Regeln. Es ist doch Allerheiligen, oder?«

Ich ging mit dem Gedanken zu Bett, daß heute nacht ein Junge mehr zu den Blandersfield Bastards gestoßen war.

Als ich am nächsten Morgen aufwachte, stellte ich mißmutig fest, daß ich verschlafen hatte. Zu meiner Überraschung war Cork schon weg. Auf meinem Nachttisch lagen ein Zettel und ein großer, eiserner Schlüssel.

Oaks:

Anbei der Schlüssel für das Tor und den Turm. Bleiben Sie bis neun Uhr hier und machen Sie sich dann auf nach Fenway. Gehen Sie in den Turm, nachdem es zehn Uhr geläutet hat, und warten Sie auf dem Sims vor der Uhr auf Johno. Ich muß mich noch um etwas anderes kümmern, werde aber da sein, sobald Ihr mich braucht. Denken Sie daran, das Tor und den Turm hinter sich zu verschließen.

Mit Gottes Hilfe,
Cork

Meine Uhr zeigte zehn nach zehn, als ich frierend vor dem Zifferblatt kauerte. Der Wind kam nicht mehr von Westen, sondern von Nordwesten, und der nahende Winter war schon zu spüren. Der Mond versteckte sich ab und zu hinter den Wolken, so daß ich abwechselnd von Mondlicht und dann wieder von völliger Dunkelheit umgeben war. Ich war ziemlich nervös. Ich hatte also die gefährliche lange Stiege im Turm erklommen und im Dunkeln die Öffnung nach draußen gefunden. Als wäre das nicht schon anstrengend genug gewesen, stand ich jetzt auf dem sehr schmalen Sims und blickte hinunter in den Hof, der meilenweit weg zu sein schien. Zur rechten Seite des Zifferblatts befand sich das Wachhäuschen des mysteriösen Jacamarts, dessen bedrohlichen Schatten ich in dieser Todesstille immer dann zu sehen bekam, wenn das Mondlicht ihn streifte.

Plötzlich ergriff mich Panik. Wenn nun der junge Lott nicht an die Schlüssel gekommen war, oder ich versehentlich zur falschen Zeit hier stand, konnte mich das gleiche Schicksal wie Chad Hull ereilen. Ich spitzte meine Ohren. Von unten hörte ich undeutliche Geräusche, und kurz darauf vernahm ich das Knarren der Stiege. Mein Herz schlug heftig, und das Knarren kam immer näher.

»Mr. Oaks«, flüsterte jemand, »ich bin's, Johno.«

»Hier draußen, mein Junge«, sagte ich, »paß auf den Sims auf.«

»Wo ist denn der Captain?« fragte der Junge, als er mich erreicht hatte. »Ich dachte, er würde auch hier sein«, sagte er enttäuscht. Er war sehr aufgeregt. Auf einmal durchfuhr mich der Gedanke, daß dieses Küken der Mörder sein könnte. Hatte Cork mich etwa als Köder für seine Falle verwendet? Wo zum Teufel war Cork überhaupt? »Komm mir nicht zu nahe, mein Junge«, sagte ich behutsam, »der Sims ist nur sehr schmal.«

»Ich weiß, Sir, ich war schon einmal hier oben.«

»Wann denn?«

»Letzte … was ist das? Da kommt jemand die Stiege rauf!«

Ein Glück, Cork hatte mich nicht im Stich gelassen. Zu zweit würden wir den jungen Mörder schon überwältigen können.

»Johno«, flüsterte jemand, »bist du draußen, mein Junge?«

»Ja, wer ist da?«

»Wo ist der Schatz, mein Junge? In der Domkuppel? Wir könnten ihn doch teilen.«

»Teilen!« hörte ich mich auf einmal sagen.

»Wer ist denn da bei dir?« fragte der Mann, als er nach draußen kam. In diesem Augenblick trat der Mond hinter einer Wolke hervor und beleuchtete Tom Biggard, der mit einem Schwert in der Hand auf uns zukam.

»Sie sind also wieder zurück, Mr. Oaks. Nun, um so besser. Es wird ganz einfach so aussehen, als hättet ihr beide euch um die Beute gestritten und einander getötet.«

Er kam näher, und ich schnappte Johno, um ihn hinter mir zu verstecken, damit er wenigstens vor dem ersten Stoß der Klinge sicher war. Biggard stand nun genau vor dem Zifferblatt, als ich sah, daß sich etwas bewegte. Der Jacamart kam angerannt und stieß sein Schwert in Biggards Leib.

»Stehen Sie nicht nur so rum, Oaks«, sagte der Jacamart zu mir. »Halten Sie den Feind fest. Ich will nicht, daß er in Einzelteilen da unten in Hochwürdens Hof landet.«

Tom Biggard war schwer verletzt. Er lebte aber noch, als der Friedensrichter kam, um ihn mitzunehmen. Wir befanden uns alle im Gemeinschaftsraum. Cork stand vor der Tafel.

»Was für eine Schande«, sagte Hochwürden Travistock. »Einer unserer eigenen Absolventen.«

»Wer sonst hätte es sein können, Sir? Er war Schüler hier, kannte die Legende und war sicher auch Mitglied eines Geheimklubs gewesen, dessen Namen ich hier nicht nennen will.«

»Aber ich verstehe diesen ganzen do-re-mi Unsinn nicht. Warum Lott das in sein Heft schreiben sollte.« Crisp gähnte zwar, langweilte sich aber offensichtlich nicht.

»Um diese ganze Sache richtig zu verstehen, muß ich Ihnen sagen, daß ich Sie anfangs alle verdächtigte. Langsam ergab sich aus den Einzelteilen jedoch ein ganzes Bild. Dies hier ist die Notiz Chad Hulls vom 19. September.« Er schrieb folgendes an die Tafel:

EF/FG/GA/AH/HC/CD/DE/EF?

»Mr. Crisp, Sie sind doch Mathematiklehrer. Können Sie damit etwas anfangen?«

»Ja, das ist eine Progression, wobei der zweite Buchstabe

des ersten Paares immer zum ersten Buchstaben des nächsten Paares wird, und so weiter. Aber das ergibt für mich keinen Sinn.«

»Kann es auch nicht, außer sie wüßten, daß Chad versuchte, den Schatz des Jacamarts zu finden. Bei dieser Buchstabenfolge handelt es sich um die Noten der Tonleiter. Ich glaube, Chad hatte die Besonderheit des römischen Systems erkannt und versuchte mittels der Tonleiter etwas herauszufinden, denn er fängt beim tiefen E an und kommt schließlich zum hohen F. Aber das führte zu nichts, er war also äußerst verwirrt. Am 10. Oktober sieht es ähnlich aus, aber er kommt der Lösung schon ein bißchen näher. Statt der Tonhöhe widmet er sich jetzt dem römischen System selbst.« Cork schrieb die Notiz vom 10. Oktober an die Tafel.

78-34=44=GH?
78-32=46=GA?

»Damit hat er eigentlich nicht mehr herausgefunden als den Unterschied der Anzahl der Schläge beim regulären System und beim römischen System. Diese Zahlen überträgt er auf seine Noten. Eigentlich unsinnig. Aber in der zweiten Reihe wird es ein bißchen klarer. Chad berechnete hier den Unterschied zwischen der normalen Anzahl der Schläge und dem römischen System inklusive der zwei Schläge, die um sechs Uhr fehlen. Chad tappt immer noch im dunkeln, aber er denkt jetzt wenigstens so wie der alte deJoonge. Wenn jemand einen Schatz versteckt, würde er doch nicht so einen vertrackten Pfad für seine Kumpanen legen. Er würde es ihnen doch möglichst leichtmachen wollen. Ich glaube, Chad verstand einfach nichts von Musik.«

Das wußte er sogar mit Sicherheit, denn Chads Vater hatte es uns ja erzählt. Miss Travistock bestätigte es uns jedoch noch einmal, so daß wir auch unsere Verbindung zu den Hulls geheimhalten konnten.

»Hört«, sagte Cork, »die Uhr schlägt elf.«

Wir lauschten alle den zwei tiefen Tönen und dem darauffolgenden hohen Ton. »Um welche Noten handelt es sich bei diesen beiden Tönen?«

Miss Travistock lächelte. »Das wußte ich schon als Mädchen. Das ist ein E und ein G, der erste und der dritte Ton der Tonleiter.«

»Hochwürden erzählte uns ja, daß das ganze System nur zwei Töne hat, die verschieden kombiniert werden. Der fehlende Sechs-Uhr-Schlag VI, ein tiefer und ein hoher Ton, wäre also EG. Chad mit seinen Blechohren dachte zuerst, es handele sich um EF, die erste und zweite Note der Tonleiter. Dann hätte man aber den hohen kaum von dem tieferen Ton unterscheiden können. DeJoonge vergrößerte also den Abstand zwischen den Tönen und verrät uns, wo sich der Schatz befindet, indem es um sechs Uhr überhaupt nicht läutet.«

»Ich weiß nicht, was wir mit EG anfangen sollen«, sagte Crisp, der Mathematiklehrer.

»Sie dürfen sie nicht als EG betrachten. Aber stellen Sie sich vor, Sie singen sie in den do-re-mi Silben wie ein Kind.«

»Do und Mi«, sagte Miss Travistock.

»Und darin versteckt sich das Wort Dom. Der Schatz befindet sich unter dieser kuppelförmigen Abdeckung, dem Dom. Deshalb ließen Sie den jungen Lott das do-re-mi in sein Schulheft schreiben«, sagte ich.

»So würden es alle Lehrer sehen und mußten annehmen, daß Chads Notizen dechiffriert worden waren. Der Mörder würde Lott nicht mehr aus den Augen lassen, und so war es dann auch.«

Hochwürden starrte benommen auf die Tafel. »Sie meinen also, daß sich da tatsächlich ein Schatz oben im Turm befindet? Ich erinnere mich daran, daß kurz nach deJoonges Tod, als ich noch ein Kind war, einige hartgesottene Burschen auftauchten, die nach ihm fragten. Damals log mein Vater zum ersten und letzten Mal. Er sagte ihnen, daß der Holländer sich gen Süden aufgemacht hätte, nach Carolina. Dahin gingen die Kerle dann auch. Mein Vater hat nie wieder darüber geredet, obwohl ich während meiner Schulzeit noch so einiges hörte.«

»Den Sohn des Schulleiters sucht sich ein Schüler ja nicht

gerade als Vertrauensperson aus, Hochwürden.« Mich überkam eine riesengroße Freude. Da Cork das Rätsel gelöst hatte, stand ihm doch rechtmäßig der Schatz zu. »Nun, wollen wir den Turm gründlich durchsuchen?« schlug ich vor.

»Ich befürchte, Oaks, wir würden umsonst suchen.«

»Es gibt also doch keinen Schatz?«

»Doch, alter Freund. Ich denke schon. Aber überlegen Sie mal, der Turm hat ja keine Domkuppel, er hat eine Spitze. Sie erinnern sich doch noch daran, daß uns der Uhrmacher in New Haven auf die Einfachheit der Fenway Uhr hingewiesen hat. Sie zeigt nicht einmal die Zeit akkurat an. Trotzdem hat der gleiche Mann dieses wundervoll präzise Gerät angefertigt, das an Miss Travistocks Gürtelkette hängt.«

»Dieses alte Ding?« fragte sie und hob die Uhr hoch. »Ich stelle sie immer nach der Turmuhr.«

»Sie sind dem Holländer also auf den Leim gegangen. Darf ich sie noch einmal ansehen, bitte? Oaks, Sie haben nicht richtig aufgepaßt, als Ihre Uhr in New Haven gesäubert wurde. Der Uhrmacher sagte doch, daß in den letzten Jahren schon mehrere Leute an Ihrer Uhr gearbeitet haben müssen. Wissen Sie, wie er darauf kam? Sie wissen es nicht, da Sie, wie die meisten Leute, Angst davor haben, ein Präzisionsgerät zu öffnen, weil Sie es ja kaputtmachen könnten.« Er fuhr mit dem Daumennagel unter den Verschluß auf der Rückseite, und der Deckel öffnete sich.

»Sehen Sie diesen inneren Deckel? Das ist der Domdeckel, nicht wahr, und wenn wir ihn öffnen, finden wir … ah ja, eine Gravur, an der Stelle, an der sonst Uhrmacher ihre Initialen anbringen, wenn sie an einer Uhr gearbeitet haben. Hochwürden, sagt Ihnen das etwas: ›am Fuß der westlichen Eiche‹? Ich glaube, daß Sie dort Ihren Schatz finden werden.«

Mr. Goselow, der Latein- und Griechischlehrer, betrachtete Cork mit unverhohlener Bewunderung. »Sie sind ja der reinste Sokratiker, Sir. Mein Kompliment.«

Komplimente waren dann auch alles, womit wir belohnt wurden. Am nächsten Abend waren wir wieder im *Oar and Eagle*. Ich saß über den Büchern und starrte Cork wütend an.

»Wir hätten wenigstens die Hälfte der Juwelen verlangen sollen«, klagte ich, »Stipendien für arme Jungs, was soll ich dazu sagen.«

»Warum denn nicht? Damit ist wenigstens aus dem Übel des alten deJoonge etwas Gutes geworden. Außerdem wird ja vielleicht einmal einer dieser genialen Burschen, die so zu einer Ausbildung kommen, ein Arzt oder ein Anwalt, der Sie von einer Krankheit heilen wird oder mich vorm Galgen rettet. Kommen Sie herein, Tedderhorn. Schön, Sie haben den Punsch dabei, den habe ich schon vermißt.«

Halbherzig ergriff ich meine Tasse und trank.

»Nun Oaks, haben Sie es endlich herausgefunden?« feixte Cork.

»Nelken, ich bin mir sicher«, sagte ich.

»Gut. Tedderhorn, geben Sie Oaks den Zettel, den ich Ihnen neulich überreicht habe.« Ich las ihn und kochte vor Wut:

Tedderhorn:
verändern Sie den Punsch überhaupt nicht. Sagen Sie aber Oaks nichts davon.

Cork

»Das ist ja Betrug, ein faules Spiel«, schrie ich.

»Unsinn, mein Lieber, das ist nur Irreführung, sonst nichts.«

»Und finden Sie nicht, daß Irreführung Betrug ist?«

»Nicht wenn Ihnen alle Tatsachen zugänglich sind. Sie haben schließlich Ihren Geschmackssinn. Ich habe Sie nur ein wenig hinters Licht geführt. Wie sagte schon Shakespeare: ›Wollt ihr meinem Geheimnis das Herz entreißen?‹«

Ich beharre auf meinem Standpunkt.

Originaltitel: The Curse of the Connecticut Clock
Ins Deutsche übertragen von Kristin Ruppert

Es riecht nach Mord

Theodore Mathieson

Von Captain Cork zu Captain Cook. 1960 veröffentlichte Theodore Mathieson (geb. 1913) unter dem Titel ›The Great Detectives‹ *einen Band mit zehn rätselhaften Fällen der Weltgeschichte, die von berühmten historischen Persönlichkeiten, von Alexander dem Großen bis zu Florence Nightingale, gelöst wurden. Die Erzählungen sind insofern genial konstruiert, als das gewählte Thema auf die vorgestellte Persönlichkeit hervorragend paßt und das mysteriöse Geschehen sich tatsächlich so hätte ereignen können. Von diesen Erzählungen wurde die folgende zuerst geschrieben. Die Reihe übte auf Frederick Dannay (der mit Ellery Queen ein Schreibteam bildet) eine solche Faszination aus, daß er sie als ›eines der ambitioniertesten literarischen Projekte, das je ins Auge gefaßt wurde‹, bezeichnete.*

In der Nacht des 11. Juni 1770, 14 Monate nachdem die *Endeavour* – ein Schiff Seiner Majestät – England verlassen hatte, sah sich Kapitän James Cook während der Erforschung der Gewässer 300 Meilen vor der Küste Neuhollands plötzlich mit einem Problem konfrontiert, das er weder mit dem Quadranten noch mit dem Zirkel lösen konnte.

Es war zwei Glasen*, der Großteil der Mannschaft war unter Deck, und der Kapitän schritt langsam das Achterdeck auf und ab. An der Steuerbordseite angelangt, hielt er sich an der Reling fest und blickte nach oben, wo sich die drei Masten des mächtigen Seglers schwarz gegen das Mondlicht der Tropen abzeichneten. Plötzlich hörte er von der Leiter einen Schrei.

* Glas bezeichnet in der Seemannssprache eine halbe Stunde. (Anm. d. Übers.)

»Käpt'n, Sir«, drang eine zittrige Stimme aus den Schatten.

»Komm her, Blore«, sagte Cook, der die Stimme des wachhabenden Steuermanns erkannt hatte.

»Es geht um Prout, Sir, den Bootsmannsmaat. Er ist tot. Ich habe ihn gerade mittschiffs gefunden. Er hing über der Reling und hatte ein Messer im Rücken. Ich habe ihn nicht angefaßt, Sir.«

Cook zögerte einen Augenblick und schaute in die tiefen, alles verhüllenden Schatten auf dem Hauptdeck. Vielleicht handelte es sich um einen Trick. Die Männer hatten ihm Probleme gemacht. Nachdem sie Neuseeland erreicht hatten, wollten sie gleich umkehren und beriefen sich darauf, daß er den Auftrag der Admiralität erfüllt habe, nämlich den Durchgang der Venus vor der Sonne zu beobachten. Sie hatten recht. Vor drei Monaten hatte er auf Tahiti diese Beobachtung gemacht, die es – in Verbindung mit den Messungen von Wissenschaftlern an anderen Punkten des Erdballs – erstmals in der Geschichte ermöglicht hatte, den Abstand zwischen Erde und Sonne zu bestimmen.

Aber nun verspürten die Männer Heimweh. Alkohol und Ärger hatten dazu beigetragen, daß es auf dem Vorderdeck zu einem Tumult gekommen war. Der Kapitän hatte sich daraufhin gezwungen gesehen, die tägliche Ration Rum auf ein Viertel der üblichen herabzusetzen. Die Stimmung war angespannt und bedrohlich.

»Prout hatte getrunken, Sir«, erklärte Blore und schnalzte mit der Zunge, »er hat eine Fahne, als ob er ein ganzes Faß geleert hätte.«

Cook hatte sich entschieden. »Bring ihn her«, ordnete er mit scharfer Stimme an. »Hicks, der Koch, soll dir dabei helfen. In seiner Kombüse ist ja noch Licht.«

»Ja, Sir, nur ...«, Blore wandte sich halb ab.

»Nur was?«

»Ich kann mir vorstellen, daß Hicks es getan hat, Sir, nach dem, was heute morgen passiert ist.«

»Hol Hicks, damit er dir hilft«, wiederholte Cook.

Der Schiffschirurg Monkhouse, ein Schrank von einem

Mann, stand neben dem Kapitän. Cook preßte die Lippen fest zusammen, als Blore und Hicks die Leiche vorsichtig auf dem Deck ablegten. Sie war noch nicht starr und noch warm, auch wenn das bärtige Gesicht des Bootsmannsmaats inzwischen so glatt geworden war, daß es ganz friedlich aussah und keine Spuren seines plötzlichen und gewaltsamen Todes darin zu erkennen waren. Vermutlich hatte er seinen Mörder vor seinem Tod nicht einmal gesehen, und selbst dann hätte er ihn in der Verfassung, in der er gewesen war, wohl kaum erkannt.

»Der Rum mußte ihm eigentlich aus den Poren kommen«, meinte Monkhouse. »Riechen Sie nur.«

»Eine fürchterliche Geschichte«, sagte der schwachbrüstige, käsebleiche Koch, der direkt aus der Kombüse gekommen war. Seine weiße Schürze leuchtete im Mondlicht.

Auf Anordnung des Kapitäns bückte sich Monkhouse und machte sich daran, das Messer aus dem Rücken des Toten zu ziehen. Dabei gab es ein paar Probleme, woraufhin Blore ein Würgegeräusch von sich gab und zur Reling rannte.

»Ein ganz normales Küchenmesser«, erklärte der Kapitän. »Eins von denen, die du auch benutzt, Hicks, nicht wahr?«

»Ich hatte mich schon gefragt, wo es abgeblieben ist«, antwortete der Koch und strich sich mit der Zunge über die Lippen. »Es war seit letzter Nacht verschwunden.«

Der Kapitän musterte den kleinen Cockney kurz, während die Dünung des Ozeans die Takelage zum Knarren brachte. »Kommt alle mit in die Kajüte«, ordnete er an.

In der Kapitänskajüte war es angenehm warm, aber eng. Durch die Heckfenster konnte man den Schimmer des Mondlichts auf den Wellen sehen. Der Kapitän, ein hagerer, stattlicher Mann mit eingefallenen Wangen und langer Nase, schien die Männer um einiges zu überragen, als er einen Augenblick im Achteralkoven stand. Dann setzte er sich an seinen Schreibtisch. Die Gesichter der Männer, die sich um ihn versammelten, wirkten bleich und angespannt im Schein der Lampe, die in ihrer Messing-Kardanaufhängung über dem Tisch schaukelte. Orleans, die Katze des Kapitäns, sprang ihrem Besitzer auf den Schoß und machte es sich dort bequem.

»Ihr könnt euch ruhig setzen«, erklärte der Kapitän, doch als Blore mit grünlich-krankem Gesicht ein wenig später dazukam, meinte er: »Du bleibst vielleicht besser in Türnähe.« Der Kapitän wandte sich an den Koch.

»Was hat sich heute morgen zwischen dir und Prout abgespielt?«

Die Frage kam so unerwartet, daß Hicks erst mal nach Luft schnappte. Dann verengten sich seine kleinen schwarzen Augen zu schmalen Schlitzen, und er warf Blore einen mörderischen Blick zu.

»Ich weiß nicht, was Sie meinen, Käpt'n«, sagte Hicks und entblößte grinsend seine gelben Zähne. »Prout und ich waren nicht gerade Freunde, aber ...«

»Ich will wissen, was heute morgen passiert ist.«

»Wir hatten einen kleinen Streit, weiter nichts«, murmelte Hicks.

»Vielleicht kann ich weiterhelfen«, schaltete sich Monkhouse, der Schiffschirurg, ein. »Während der Mittagsmesse ging ich nach unten, um einen Kranken zu besuchen. Prout hat – hatte – ja eine ziemlich freche Schnauze. Ich denke, viele der Männer werden Ihnen das bestätigen. Er schickte Hicks immer das Essen zurück und verlangte anderes.«

»Dem konnte man's ja nie recht machen«, giftete Hicks.

»Das ging schon seit sechs Monaten so, Sir«, tönte Blore von der Tür. »Doch heute trieb es Prout ziemlich heftig. Er ließ das Essen gleich zweimal zurückgehen. Erklärte, daß Cooky der größte Ochse unter den Köchen sei, die je im Dienst Seiner Majestät gestanden hätten. Cooky drehte durch und zielte mit der eisernen Bratpfanne auf Prouts Kopf. Er hätte ihn damit umgebracht, wenn Prout nicht schnell ausgewichen wäre. Die Bratpfanne schlug ein handgroßes Stück aus dem Tisch.«

»Aber ich hab' ihn doch nicht umgebracht, oder?« protestierte Hicks mit schriller Stimme.

»Du hast es versucht«, sagte der Kapitän ruhig. »Und was

deine miserablen Kochkünste angeht, auch ich habe schon einige Teller an dich zurückgehen lassen müssen, wie du dich erinnern wirst.«

»Ich tu' mein möglichstes«, jammerte Hicks. »Mehr ist bei einem Kerl wie mir einfach nicht drin. 'Tschuldigung, Käpt'n.«

»Es gibt nur einen Grund, weshalb ich glaube, daß du es nicht warst«, erklärte der Kapitän und zielte mit seinen Blicken auf Hicks wie auf eine Küchenschabe auf dem Tischtuch. »Es stimmt zwar, daß du ihn gehaßt hast – das ist für uns alle sonnenklar. Aber ich glaube, du hättest ihn lieber für all die Schikanen der letzten sechs Monate noch ein bißchen leiden lassen. Das Messer ist einfach eine zu schnelle Lösung.«

Der Koch nickte eilfertig: »Genau.«

»Vor allem wenn man bedenkt, daß du Prout, der ja ganz offensichtlich ein Faß Rum angestochen hatte, nur hättest verpfeifen müssen. Dann wäre er am Bugspriet festgeschnallt worden, und du hättest zusehen können, wie er langsam an Hunger und Entkräftung gestorben wäre. Dieses Schicksal erwartet jeden, den ich dabei erwische, daß er sich unbefugt am Faß zu schaffen macht.«

Der Chirurg setzte seinen schweren Körper in Bewegung und wollte sich erheben, lehnte sich dann aber wieder zurück. »Es gibt noch jemanden, der es getan haben könnte«, sagte er, »obwohl ich ...«

»Bitte jetzt keinen Kurswechsel«, warnte der Kapitän.

»Ich mein' den kleinen William Backus. Es ist seine erste Fahrt, und er hat sich schnell eingefunden. Ein vielversprechender Junge ... Ich erwähn' es ungern, aber allein schon aus Fairneß gegenüber Cooky ...«

»Backus würde das nie tun«, fiel Blore rasch ein. »Er ist ein viel zu netter Kerl. Liest regelmäßig in der Bibel.«

»Aber mir traust du es zu«, heulte Hicks auf. Der Kapitän brachte ihn mit einer Geste zum Schweigen und wandte sich wieder an den Chirurgen.

»Der Junge haßte Prout?«

»Ich fürchte schon. Die beiden hatten ihre Hängematten

nebeneinander, und immer wenn er nachts schlafen wollte, stieß Prout mit dem Fuß gegen seine Hängematte. Prout schlief nicht besonders gut, und so bekam auch Will nicht viel Schlaf ab. Er versuchte von ihm wegzukommen, aber Prout wußte es zu verhindern. Schließlich wandte sich der Junge an mich, aber ich hab' ihm gesagt, er müsse die Sache selbst auskämpfen. Das hat er auch getan, aber Prout hat ihn fast zu Brei geschlagen und dann sein Spiel mit der Hängematte fortgesetzt.«

»Prout forderte einen Mord ja geradezu heraus, Käpt'n«, brach es plötzlich aus Blore heraus. »Keiner der Männer kam mit ihm zurecht.«

»Mit deiner Ausnahme«, schmeichelte der Chirurg. »Ich hab' euch beide hin und wieder zusammen gesehen. Ihr schient mir sehr freundschaftlich miteinander umzugehen.«

»Ich versuche immer auch die Sache des anderen zu verstehen«, erklärte Blore mit würdevoller Ruhe. »Außerdem, ich hab' schon bemerkt, was für ein Maulheld er war, und ihm nie etwas abgenommen. In der ersten Woche, nachdem wir aus Plymouth ausgelaufen waren, hatten wir unsere Schlägerei miteinander, und ich hab' ihn flach aufs Deck gelegt. Danach sind wir gut miteinander ausgekommen, aber ich hab' seine Gesellschaft nicht gerade gesucht.«

Der Kapitän seufzte. In einer so gereizten, aus dem Ruder laufenden Crew durfte er den Mord keinesfalls ungesühnt lassen, das wußte er. Er würde nachforschen und Fragen stellen müssen, um den Mörder zu entlarven und ein Exempel an ihm zu statuieren.

»Hol Backus hierher«, sagte er zu Blore.

Blore ging mit deutlichem Widerstreben hinaus. Der Kapitän hatte sich gerade an Hicks gewandt, um ihn zu entlassen, als der wachhabende Steuermann mit offenem Mund und schwer atmend wieder in die Kabine trat.

»Was gibt's?« fragte der Kapitän.

»Es ist wegen Prout, Sir. Wir haben ihn draußen auf dem Deck gelassen, doch nun fehlt von ihm jede Spur. Die Leiche ist verschwunden, Sir.«

Auf Befehl des Kapitäns machten sich Monkhouse und

Blore daran, das Schiff unauffällig nach der Leiche zu durchsuchen. Vom klobigen Bug bis zum kastenförmigen Heck durchkämmten sie das Schiff auf und unter Deck, sie schauten in die Höhlungen im Innern der Tauwerksrollen aus Hanf, zwischen dem aufgeschichteten Segeltuch und den aufeinandergestapelten Eichenfässern. So geräuschlos, wie es ihnen möglich war, stolperten sie über Sparren und Haufen, über Taljen und herumliegende Bolzen. Auf allen vieren krochen sie in der Back in dem Gestank herum, den die in ihren Hängematten schlafenden Seeleute verbreiteten. Und nach zwei Stunden Arbeit kamen sie zu dem Schluß, daß die auf der Hand liegende Lösung auch die richtige war: Die Leiche des Bootsmannsmaats war über Bord geworfen worden.

Während der Nachforschungen überprüfte Blore den Zapfen des Rumfasses und stellte fest, daß er unangetastet war, aber hinter einem Schott verborgen war ein weiterer Zapfen in das Faß getrieben worden. Prout hatte seinen Rum an Ort und Stelle getrunken und sich nicht getraut, ihn abzufüllen und mitzunehmen – ein zu einem Viertel gefüllter Krug hinter dem Faßkeil ließ keinen Zweifel daran. Aber bei all seinen Vorsichtsmaßnahmen hatte der Bootsmannsmaat wohl seine Aufnahmefähigkeit überschätzt, und wenn er nicht seinem Mörder zum Opfer gefallen wäre, dann zweifellos dem Alkohol.

Kapitän Cook mußte feststellen, daß ihm der junge Will Backus auf Anhieb gefiel. Er war groß, kräftig und blond, ungefähr 19 Jahre alt, hatte rote Wangen und klare Augen, obwohl die dunklen Ringe unter ihnen Bände sprachen. Er betrat die Kapitänskajüte mit sichtlicher Beklemmung, hatte sich aber in der Gewalt.

»Setz dich, Backus«, sagte der Kapitän knapp. »Blore hat dir sicher schon erzählt, was mit Prout passiert ist.«

»Ja, Sir.«

»Wie ich höre, wart ihr beide nicht gerade die besten Freunde.«

Der Junge schlug die Augen nieder, und seine Lippen bebten. »Nein, das wohl nicht, Sir.«

»Würde es dir etwas ausmachen, mir den Grund dafür zu nennen?«

Backus' Erklärung für die Schwierigkeiten zwischen ihm und dem Bootsmannsmaat unterschied sich nicht wesentlich von Monkhouses Darstellung. Als er damit fertig war, legte der Junge flehentlich seine Hand auf den Kapitänstisch.

»Sie müssen mir glauben, Sir«, sagte er, »daß ich mich bemüht habe, Mr. Prout nicht zu hassen, obwohl ich allen Grund dazu hatte.«

»Das verstehe ich. Du bist ein eifriger Bibelleser, wie mir Mr. Blore erzählt hat.«

»Ja, Sir. Ich habe meinem Vater versprochen, sie zu lesen und ihren Geboten gewissenhaft zu folgen. Ich versuche, niemanden zu hassen.«

»Aber du mußt zugeben, daß Prout sich bei den meisten Männern entschieden verhaßt gemacht hat. Und abgesehen von dir wohl besonders bei Hicks, dem Koch?«

»Die Bibel sagt nicht, daß man das Böse nicht als solches erkennen sollte, wenn es einem begegnet. Ich glaube, daß Mr. Prout böse war.«

»Und es verdient hat, umgebracht zu werden?«

»Das wäre Gottes Entscheidung, Sir.«

»Und du würdest dich nicht als sein Werkzeug ansehen?«

Der Junge sah den Kapitän an. Er wurde blaß, antwortete aber nicht.

»Antworte auf meine Frage!«

»Ich glaube, Kapitän Cook, daß Gott sich oft Werkzeuge aussucht, um – bestimmte Taten – auf Erden auszuführen. Aber ich schwöre Ihnen, Sir, daß ich Mr. Prout nicht umgebracht habe.«

Kapitän Cook griff nach der Pfeife und stopfte sie, und als sie gut zog, fragte er: »Wußtest du, daß Prout völlig betrunken war, als er umgebracht wurde?«

»Mr. Blore hat es erwähnt, Sir.«

»Und wenn du ihm nachgestiegen wärst, um ihm etwas anzutun, und ihn im Rausch angetroffen hättest, hättest du deinem vorgesetzten Offizier Bericht erstattet, damit Prout nach den Regeln der Schiffsordnung bestraft wird?«

»Darauf kann ich nicht antworten, Sir. Ich weiß es nicht.«

»Du weißt nicht, ob Gottes Gerechtigkeit damit Genüge getan wäre, ihn am Bugspriet tagelang Qualen von Hunger und Durst erleiden zu lassen?«

»Nein, nein!« schrie es plötzlich aus dem Jungen heraus. »Das hätte ich nicht gewollt. Und das wäre auch nicht Gottes Wille.«

Kapitän Cook wies mit dem Pfeifenstiel auf die Kajütentür. »Das wär's fürs erste, Backus«, sagte er.

Am nächsten Morgen setzte sich der Kapitän müde an seinen Schreibtisch und nahm das Logbuch aus der Schublade. Mit der Sonne im Rücken hielt er den Federkiel über die Seite und starrte zu Orleans herüber, die zusammengerollt in der Koje lag.

Es gab noch so viel zu tun, wenn die Männer das doch nur begreifen würden! Hier in der Südsee gab es Inseln, die weder Spanien noch Portugal, Frankreich oder Holland für sich beanspruchten. Es galt, noch unbekannte Gewässer kartographisch zu erfassen, und, das wichtigste von allem, es bestand die Möglichkeit, einen neuen Kontinent zum Ruhme Britanniens zu entdecken.

Er seufzte und begann zu schreiben: »Nachdem ich die halbe Nacht aufgeblieben bin, um die Männer und die Offiziere zu befragen, bin ich zu einem einzigen Ergebnis gekommen. Es gibt nur zwei Männer, die unter Prout so sehr *gelitten* haben, daß sie als Mörder in Betracht kommen – Backus und Hicks. Die anderen konnten mit ihm umgehen, und einer, Blore, scheint ihm sogar wohlgesonnen gewesen zu sein. Blore ist ein Problem. Obwohl er keinen ersichtlichen Grund hatte, Prout umzubringen, und mit ihm gut zurechtkam, war er unter den Männern, die zuerst von dem Mord erfuhren (Monkhouse, Hicks und ich), der einzige, der lange genug außerhalb der Kajüte war, um die Leiche verschwinden zu lassen. War ihm tatsächlich übel, als der Chirurg das Messer herauszog, oder hat er es nur gespielt? Je länger ich darüber nachdenke, desto verwirrender wird alles. Ich werde Blore im Kopf behalten und ihn zunächst mit auf die Liste möglicher Täter setzen.

Der Schlüssel zum Mord an Prout scheint mir darin zu liegen, wie jeder dieser drei Männer – Hicks, Backus und Blore – *spontan* reagieren würde, wohl wissend, daß der Bootsmannsmaat durch die bloße Meldung seines Pflichtversäumnisses zu einem langsamen Tod verurteilt worden wäre. Sicher ist, daß man die meisten Menschen in zwei Kategorien einteilen kann – es gibt solche, die Schmerzen zufügen, und solche, die Schmerzen ersparen wollen. Prout wurde plötzlich und rasch umgebracht, während er vollkommen betrunken war. Ohne Frage kannten alle drei Männer die Strafe für das Anstechen des Fasses. Das heißt, daß Prouts Mörder – wer auch immer es war – es vorgezogen hat, ihn rasch umzubringen und ihm Schmerzen zu ersparen, obwohl er wußte, daß ihm das Dahinsiechen Prouts am Bugspriet vielleicht viel größere Befriedigung verschafft hätte. Der Mörder war also von der Sorte Mensch, die Schmerzen ersparen wollen. Und wer unter diesen drei Männern gehört nun zu denjenigen, die Schmerzen zufügen, und wer zu denjenigen, die Schmerzen ersparen wollen? Der junge Backus sagt, er würde Schmerzen ersparen wollen. Hicks ist offensichtlich jemand, der Schmerzen zufügt. Blore mit seiner ruhigen Art und seinem empfindlichen Magen scheint eher Schmerzen ersparen zu wollen. Und trotzdem, es kommt oft genug vor, daß man mangels Selbsterkenntnis keine zutreffende Beschreibung seiner eigenen Neigungen geben kann. *Ich kann mich nicht auf das verlassen, was diese Männer über sich selbst sagen, und auch nicht auf den Eindruck, den ich von ihnen habe.*

Die einzige Lösung besteht darin, eine Art Prüfung vorzunehmen und ihre Reaktionen zu beobachten.

Die Idee, wie diese Prüfung aussehen könnte, stellte sich rasch ein – als Cook seine Katze Orleans beim Spiel mit einem Federkiel, der vom Schreibtisch gefallen war, beobachtete.

Der Kapitän traf seine Vorbereitungen und bestellte Hicks am folgenden Abend in seine Kabine.

Der Koch hatte die Schürze abgelegt und mit Rücksicht auf den Anlaß sein Haar zurückgestrichen. Mit einem freundlichen Lächeln stand er in der Tür.

»Komm herein«, sagte der Kapitän leutselig. »Du sollst dich bei mir wohl fühlen, Hicks. Du mußt nicht mit irgendwelchen Anklagen rechnen. Ich will nur genauer herausfinden, was in der letzten Nacht passiert ist, und wäre dir für deine Hilfe dankbar. Möchtest du einen Brandy?«

In seiner Verwirrung über diese ungewöhnliche Behandlung verlor Hicks sein Lächeln, faßte sich dann aber so weit, daß er die Einladung mit einer Kopfbewegung annehmen konnte.

Während der Kapitän sorgsam zwei Brandy einschenkte, wurde Hicks' Aufmerksamkeit auf ein Kratzen aus der Holzkiste gelenkt, die auf dem Tisch des Kapitäns stand.

»Orleans spielt hin und wieder gern mit einem Mäusebaby«, sagte Cook beiläufig. »Und ich seh' ihr bei diesem Sport gern zu. Du kannst ruhig hineinschauen.« Hicks nickte und lugte voller Eifer nach unten. Orleans hielt ihren kleinen Feind leicht unter ihrer linken Pfote fest.

»Natürlich halte ich auch hier die Regeln der Fairneß hoch«, sagte der Kapitän. »Wenn die Maus es schafft, so lange am Leben zu bleiben, bis der Sand in diesem Stundenglas bis zu dieser Marke gestiegen ist – das sind fünf Minuten – dann lass' ich die Maus frei.«

»Damit sie auf dem Schiff ihr Unwesen treibt, Käpt'n?«

»Wenn sie in eure Hände gelangt, ist das natürlich ihr Pech. Von mir hat sie jedenfalls eine Gnadenfrist bekommen.«

Hicks nickte nichtssagend und setzte seine eifrige Beobachtung der Katze und ihrer Beute fort. Der Kapitän ließ sich nieder und stellte Hicks Fragen über die letzte Nacht – Fragen ohne Belang, die er schon einmal gestellt hatte, aber Hicks, dessen Aufmerksamkeit geteilt war, schien davon nichts zu bemerken. Ein- oder zweimal jagte Orleans die kleine Maus von einer Ecke in die andere, so daß die Kiste von der Erschütterung umzukippen drohte, aber der Kapitän achtete nicht darauf und setzte seine Befragung fort. Hicks wurde immer aufgeregter.

»Die Uhr ist abgelaufen«, erklärte der Kapitän schließlich und drehte das Stundenglas um.

»Oh, bitte noch nicht, Käpt'n!« flehte Hicks. »Die Katze hat mit dem Spiel noch gar nicht richtig angefangen.«

»Aber die Zeit ist um.«

»Bitte, Käpt'n«, wiederholte Hicks, der die Augen nicht von der Kiste lassen konnte.

Der Kapitän zögerte mit Absicht noch ein wenig, und ein paar Sekunden später stieß Orleans noch einmal zu – mit einem Quieken hauchte die Maus ihr Leben aus.

»Na also! Die ist hin, alles klar!« schrie Hicks triumphierend.

»Wir haben zu lange gewartet«, seufzte der Kapitän und brachte die Kiste an Deck.

»Hicks ist genau das, was er zu sein scheint – jemand, der Schmerzen zufügt«, schrieb der Kapitän spät in der Nacht in sein Logbuch. »Und Backus hat die Idee mit der Katze und der Maus von Anfang an nicht gefallen. Er wollte nicht einmal hinschauen, und ich bin überzeugt, daß er mir nichts vorgemacht hat. Auch er hat sich über sich selbst nicht getäuscht. Blore schien als einziger unter den dreien zu bemerken, worum es mir ging, und ließ es mich durch sein Verhalten spüren. Er ist ein kluger Mann, und ich kann seinen Reaktionen nicht trauen. Er schaute ohne große Gefühlsregung zu und erklärte sich, als die Zeit um war, ganz ruhig damit einverstanden, daß ich den Kampf beendete.

Die Richtung, in die mein Argwohn damit gelenkt wird, gefällt mir nicht. An erster Stelle müßte ich den jungen Backus verdächtigen, Blore stünde in der Mitte und Hicks am Ende. Wenn ich meinen Ermittlungen keine neue Richtung geben kann, dann werden wir die Wahrheit über den Mord an Prout wohl nie aufdecken, fürchte ich.«

Gleich am nächsten Morgen hatte der Kapitän die Lösung.

Er saß beim Frühstück und blickte durchs Heckfenster auf eine riesige Insel, die sich wie eine große Wolke am Horizont abzeichnete. Er konnte den Singsang des Handloters in den Wanten hören. »Die Karten, die es gibt, verzeichnen hier keine Insel«, dachte der Kapitän. »Wir müssen sie erforschen.« Dann brach sein Gedankenfaden jäh ab. Mit noch vollem Mund schmetterte er die Teetasse auf die Untertasse, stand auf und eilte zur Tür seiner Kajüte.

»Monkhouse!« donnerte er den Chirurgen an, der draußen an der Reling stand. »Hol die drei her zu mir – Backus, Hicks und Blore. Auf der Stelle!«

Der Chirurg, dem es vor Schreck die Sprache verschlagen hatte, nickte und steuerte den Aufgang zum Hauptdeck an. Der Kapitän zog sich wieder in seine Kajüte zurück, schenkte drei kleine Gläser voll und stellte sie in einer Reihe auf dem Tisch auf.

Als erster kam Blore, der sich noch die Hände an einem Lappen abrieb. Er hatte den Botanikern beim Umpflanzen ihrer Proben in der Kajüte geholfen.

»Sie haben mich rufen lassen, Käpt'n?« fragte Blore mit sanfter Stimme.

»Euch alle drei, ja«, entgegnete der Kapitän grimmig. »Ich glaube, ich habe einen Weg gefunden, wie ich den Verbrecher entlarven kann.«

»Wird er so schnell aufgeben, Sir?«

»Zwei von euch werden mir helfen, ihn festzuhalten, falls er gewalttätig werden sollte«, erklärte der Kapitän mit einem Lächeln.

Backus erschien. Seine Hände waren noch voller Seife, denn er hatte gerade die Niedergangstreppe zum Vorderdeck geschrubbt. Seine Haare waren zerzaust, die Augen vor Aufregung weit geöffnet.

»Ich bin auf der Stelle gekommen, Sir«, erklärte er beflissen.

»Ja. Gib ihm deinen Lappen, Blore, damit er sich die Seife von den Händen wischen kann.«

»Danke, Sir«, sagte Backus und nahm den Lappen.

Und dann tauchte Hicks auf. Er hatte sich diesmal nicht die Mühe gemacht, die Schürze abzunehmen, und auch das Haar nicht zurückgestrichen.

»Zu Ihren Diensten, Käpt'n«, sagte er leichthin, denn er vermutete beim Kapitän die gleiche Freundlichkeit ihm gegenüber wie am Abend zuvor. Der Kapitän schloß die Tür und stellte sich vor den dreien auf.

»Ich möchte, daß ihr drei mit mir anstoßt – ein kleiner Toast auf die Insel, die vor uns aufgetaucht ist. Sie ist auf keiner Karte verzeichnet und möglicherweise unbewohnt.«

Der Kapitän reichte den Männern die drei Gläser.

»Nicht trinken, bevor ich die Erlaubnis gegeben habe«, sagte er scharf. »In ein oder zwei Minuten sollten wir den Verbrecher gefunden haben, der Prout umgebracht hat. Und wenn uns das gelungen ist, dann hat er die Wahl, ob er am Rahnock baumeln oder auf jener Insel ausgesetzt werden will.«

»Sie wissen, wer es war?« fragte Backus.

»Ja, ich glaube schon, Backus. Das einzige, was ich jetzt noch brauche, ist ein Beweis.«

»Wie wollen Sie den bekommen, Käpt'n?« fragte Blore.

Hicks sagte nichts; sein Blick war schwer zu deuten.

»Ich werde deine Frage beantworten, nachdem wir angestoßen haben«, antwortete der Kapitän. »Doch zunächst einmal: Ich wäre ziemlich verletzt, wenn ihr das Bouquet dieses feinen Brandys nicht zu schätzen wüßtet.« Der Kapitän führte das Glas an die Nase und schnupperte, und die anderen taten es ihm gleich.

»Nun könnt ihr trinken«, sagte er und schluckte den Inhalt seines Glases schnell hinunter. Er schaute zu den anderen und sah, daß zwei der Männer mit den immer noch vollen Gläsern dastanden und ihn verwundert anstarrten. Der dritte leerte mit Mühe und Tränen in den Augen sein Glas.

»Magst du keinen Essig, Hicks?« fragte der Kapitän ruhig. »Wenn du ihn hättest riechen können, als du am Glas schnuppertest, hättest du ihn vielleicht nicht getrunken. Die anderen haben es nicht getan. Du hast Prout umgebracht, nicht wahr?

Du hättest es der Schiffsordnung überlassen, sich seiner auf langsame und schmerzhafte Weise anzunehmen, wenn du in jener Nacht bemerkt hättest, daß er betrunken war. Da du das aber nicht bemerken konntest, hast du ihn auf schnelle, barmherzige Weise umgebracht, was so gar nicht zu dir paßt.«

»Sie wissen nicht, wovon Sie sprechen, Käpt'n«, sagte Hicks. Seine Wangen waren naß von den Tränen, die ihm der Essig in die Augen getrieben hatte. »Ich war bei Ihnen in der Kajüte, als die Leiche weggeschafft wurde. Das hat der Mörder getan, also bin ich nicht der Mörder.«

»Doch, das bist du«, erwiderte Backus ruhig. »Ich habe gesehen, wie du es getan hast. Doch weil du von Prout so schikaniert worden bist wie ich, habe ich die Leiche über Bord geworfen, damit man dich nicht beschuldigt. Ich dachte, das sei mein gutes Recht, aber es hat mir wie eine furchtbare Last auf der Seele gelegen. Nun, da Gott Kapitän Cook die Wahrheit erkennen ließ, kann ich nicht länger schweigen.«

»Du kleine Ratte!« schrie Hicks und stürzte sich wütend auf Backus. Blore packte den kleinen Mann am Kragen, hielt ihn fest und ohrfeigte ihn so lange, bis er keinen Widerstand mehr leistete.

»Du hast mein Frühstück einmal zu oft anbrennen lassen«, sagte der Kapitän. »Jemand, der das Essen so häufig anbrennen läßt wie du, Hicks, muß einen gestörten Geruchssinn haben. Siehst du, auf diese Weise hast du dich verraten.«

Später, als Blore und Backus gegangen waren und Hicks sicher im Laderaum eingeschlossen war, sagte der Kapitän zum Chirurgen: »Wir haben ein Rätsel gelöst und uns dafür ein neues eingehandelt, Monkhouse.«

»Wie meinen Sie das?«

»Wo zum Teufel kriegen wir einen neuen Koch her?«

Originaltitel: The Scent of Murder
Ins Deutsche übertragen von Brigitte Beier

Das Wirtshaus zur Schwarzen Krähe

William Hope Hodgson

Die Wiederentdeckung der Werke William Hope Hodgsons (1877–1918) in den sechziger und siebziger Jahren hat ihn fast in den Stand eines Kultautors von Gruselgeschichten erhoben. Er gehört sowohl als Autor von Kurzgeschichten als auch von Romanen zu den einfallsreichsten Science-fiction-Autoren, die es Anfang unseres Jahrhunderts gab. Tatsächlich gibt es zu seinem Hauptwerk ›The Night Land‹ *(1912) (dt.:* Das Nachtland*), das Millionen Jahre später auf einer sterbenden Erde spielt, nichts Vergleichbares. Alle seine Romane, insbesondere* ›The House On The Borderland‹ *(1908) (dt.:* Das Haus an der Grenze*), sind eine lohnende Lektüre. Das gilt auch für die Kurzgeschichten, deren Themen hauptsächlich die Schrecken der See sind, die er so gut kannte. Auch wenn Hodgson für seine tiefgründigen Detektivgeschichten bekannt ist, die in* ›Carnacki the Ghost-Finder‹ *(1913) (Einige der Geschichten sind in der deutschen Anthologie* ›Das Haus an der Grenze‹ *enthalten) zusammengefaßt sind, verbindet man den Namen des Autors nicht an erster Stelle mit Detektiv-Geschichten. Da Hodgson in den Jahren vor dem Ersten Weltkrieg versuchte, sich seinen Lebensunterhalt allein mit Schreiben zu verdienen, wandte er sich allmählich allen Genres zu, teils sehr originell, teils in Nachahmung anderer. Den Autor, den Hodgson hier imitiert, wird kaum einer kennen, aber nichtsdestotrotz ist es eine glaubwürdige Geschichte. Seit ihrem ersten Erscheinen 1915 ist die Geschichte nicht wieder abgedruckt worden, und ich danke Jack Adrian für die entsprechende Kopie.*

27. Juni. Ich kann nicht sagen, daß ich meinen Wirt besonders mag. Wenn er mehr trinken und häufiger reden würde, hätte ich ihn lieber. Aber er trinkt nicht und sagt nicht mehr als unbedingt nötig.

Vielleicht ist er auf Kunden nicht angewiesen. Aber wenn dem so ist, wie will er dann seinen Lebensunterhalt verdienen? Immerhin zahle ich doch zwei Guineen die Woche für Unterkunft und Verpflegung, die nicht besser sind als im Gelben Schwan von Dunnage, wo es nur eineinhalb gekostet hat. Ich kann mir auch nicht vorstellen, daß er mich kennt oder mehr in mir vermutet, als ich zu sein scheine, denn ich bin nie näher als hundert Meilen an dieses Nest Erskine herangekommen. Hier weht kein frischer Seewind. Hier gibt es nur graues Moor, durchzogen von trüben, schlammigen Bächen, wo sich nachts merkwürdige Dinge ereignen. Vielleicht erklärt das auch den seltsam zermalmten Körper des armen James Naynes, des Steuereintreibers, den man vor sechs Wochen tot im Moor gefunden hat. Ich bin hier, um diskret zu untersuchen, ob es sich dabei um gemeinen Mord handelt oder nicht.

30. Juni. Jetzt habe ich den Beweis dafür, daß ich recht hatte: Jalbrok, der Wirt, ist ein Schurke. Ich würde das Quartier wechseln, wenn es nicht die einzige Herberge diesseits von Bethansop wäre, und das liegt fünfzehn beschwerliche Meilen entfernt.

Ich kann auch nicht in eine der Katen in der Gegend ziehen, weil ich meine Privatsphäre brauche und mich nicht so bewegen könnte wie in einem Wirtshaus, wo ich kommen und gehen kann, wann ich will. Hier habe ich angegeben, daß ich wegen meiner Gesundheit aus London gekommen sei, weil ich kurzatmig wäre, und daß ich wie mein Freund Walton – von dem hier noch nie jemand gehört hat – gerne angele. Nachdem ich das erzählt hatte, hat man mich meiner Wege gehen lassen, ohne daß ich von den mürrischen Männern dieser Gegend mehr als ein Kopfnicken im Vorübergehen erhalten hätte. Denn für sie bin ich ein ›Fremder‹, der deshalb eher einen Stein an den Kopf als ein freundliches Grußwort verdient hätte. Wie auch immer, in dem kleinen Fluß Dowe-Fleet gibt es Forellen, die einen Mann seine Einsamkeit vergessen lassen.

Ich muß zwar so lange in diesem Wirtshaus bleiben, bis meine Arbeit erledigt ist und ich meinen Bericht für die Behörden fertig habe, aber ich treffe bereits Vorsichtsmaßnahmen, indem ich keinen Fuß vor die Tür setze, ohne ein Paar Pistolen bei mir zu tragen.

Wie dem auch sei, jedenfalls habe ich Jalbrok, den Wirt dieser Herberge, als Schurken überführt und das sogar in zweierlei Hinsicht: Heute morgen habe ich ihn und seinen Handlanger dabei erwischt, wie sie den Dowe-Fleet mit Netzen abfischten und dabei einen riesigen Fang machten. Ein paar Fische waren über drei Pfund schwer, aber die meisten nicht länger als ein Finger. Jeder gute Angler hätte die noch nicht ausgewachsenen Fische wieder in die Freiheit entlassen; Jalbrok dachte gar nicht daran.

Diese Verletzung der Regeln erzürnte mich so sehr, daß ich Jalbrok zur Rede stellte. Aber er sagte mir, ich solle den Mund halten, was ich schweren Herzens auch tat, denn ich erinnerte mich daran, daß es jemandem mit Kurzatmigkeit nicht anstand zu kämpfen. Also setzte ich mich statt dessen ans Ufer, atmete schwer und spuckte ein bißchen aus. Dann ließ ich mich auf die Seite sinken, als hätte ich einen Anfall. Dieses Schauspiel kam mir selbst sehr überzeugend vor, und ich war froh, daß ich mich beherrscht hatte. Wie sonst hätte ich meine angebliche Krankheit glaubhaft machen können?

Der Wirt schien von alldem nicht sehr beeindruckt zu sein; er nahm seinen Fang und überließ mich meinem Schicksal. Das war das zweite, was ihn als Schurken auswies. Offenbar wollte er mich loswerden, denn sonst hätte er mich, den er ja für einen kranken Mann halten mußte, nicht so liegenlassen. Ich behaupte, daß jemand, der gegen die Regeln des Angelns verstößt und einen kranken Mann sich selbst überläßt, ein echter Schurke ist – und als solchen werde ich ihn entlarven.

2. Juli (nachts). Ich habe den Verdacht, daß der Wirt etwas gegen mich im Schilde führt. Die Blicke, die er mir zuwirft, werden immer merkwürdiger, und so habe ich die Sicherheitsvorkehrungen in dieser Nacht verstärkt. Nach dem Abendessen bin ich noch einmal hinuntergegangen und habe mich in den leeren Schankraum gesetzt, um eine Pfeife zu rauchen und mir die Füße am Kaminfeuer zu wärmen. Die Nacht war für die Jahreszeit ungewöhnlich kühl, weil ein scharfer Wind übers Moor blies. Ich konnte hören, wie das Wasser des Erskine-Creek an die Außenwand des Schankraumes schwappte, denn das Wirtshaus steht direkt am Ufer.

Als ich so an meiner Pfeife zog und ins Feuer sah, kam ein großer Mann in den Schankraum und rief laut nach Jalbrok, der auf seine langsame Art aus dem Hinterzimmer geschlurft kam.

»Mir ist der Stoff ausgegangen«, sagte der Mann in einem Dialekt, der ebensowenig aus der Gegend stammte wie meiner. »Ich würde einen Goldengel gegen etwas von deinem guten Weingeist tauschen, Jal. He, he! Wir, die wir einen guten Schluck zu schätzen wissen, mögen ihn frisch von der See wie jungen Kabeljau. He, he!«

Vom Kamin aus ragte durch den halben Schankraum einer dieser Wandschirme, wie man sie in Küchen findet, mit einer Sitzbank daran. Weder Jalbrok noch der große Seemann konnten mich sehen, weil der Schirm mich verbarg. Ich aber konnte hindurchspähen, wenn ich den Kopf neigte.

Das Gespräch interessierte mich außerordentlich, denn der Fremde hatte den Goldengel erwähnt, eine Münze, die immerhin eine halbe englische Guinee wert ist. Wie sollte der Mann an eine solche Münze gekommen sein und warum sprach er mit einer Gleichgültigkeit davon, als handelte es sich dabei nur um einen gewöhnlichen Shilling? Danach hatte er seine Vorliebe für Alkohol erwähnt, der wie frischer Fisch aus der See kam! Ich begriff sofort, was damit gemeint war.

Ich hörte, wie Jalbrok die Münze auf der Theke klingen ließ. Dann sagte er, es handele sich um dünnes Gold, und das verärgerte den Fischer.

»Du würdest deine eigene Mutter verkaufen!« brüllte er. »Du Knochenkratzer!« Das war ein Ausdruck, den ich noch nie gehört hatte. »Du würdest noch aus einem Toppmast das Öl herauswringen! Wenn du dich nicht änderst, wird so mancher sein Messer genauso knochenkratzend gegen dich handhaben wie du selbst, und gut möglich, daß du beim französischen Brandy dann einen anderen Ton anschlägst!«

»Halt den Mund!« ertönte die Stimme des Wirtes. »Hier ist nicht der Ort, darüber zu reden, mit Fremden ...«

Er unterbrach sich, und es herrschte etwa dreißig Sekunden lang absolutes Schweigen. Dann hörte ich, wie jemand auf Zehenspitzen ein paar Schritte über den Boden schlich, und rasch schloß ich die Augen und ließ meine Pfeife aus dem Mundwinkel hängen, als wäre ich eingenickt. Als die Schritte verstummten und jemand den Atem ausstieß, wußte ich, daß der Wirt mich entdeckt hatte.

Im nächsten Moment packte er meine Schulter und schüttelte mich, daß mir die Pfeife aus dem Mund und auf den Steinfußboden fiel.

»He!« brüllte er mich an. »Was tut Ihr hier?«

»Laßt meine Schulter los, verdammte Unverschämtheit«, schimpfte ich und riß mich aus seinem Griff los, vielleicht etwas zu kräftig, als ich ihm hätte zeigen sollen, denn ich spielte ja den Kranken.

»Verflucht sollt Ihr sein!« wiederholte ich wütend, aber jetzt hatte ich mich wieder unter Kontrolle. »Verflucht sollt Ihr sein, wenn Ihr Eure dreckigen Fäuste an mich legt. Erst fischt Ihr mit Netzen und verderbt mir das Forellenangeln, und jetzt weckt Ihr mich aus dem besten Schlaf, den ich seit drei Monaten gehabt habe.«

Als ich geendet hatte, sah ich, daß der große Fischer ebenfalls um den Wandschirm herumspähte. Deshalb markierte ich einen Hustenanfall und begann zu keuchen.

»Laß ihn, Jal, laß ihn!« hörte ich den großen Fischer sagen. »Er ist nur ein armer Wicht. Niemand, vor dem man Angst haben müßte. Ehe der Winter zu Ende ist, wird er das Gras von unten wachsen sehen. Komm, gib mir den Stoff, und ich verschwinde.«

Der Wirt musterte mich wortlos, dann wandte er sich ab und folgte dem Fischer zur Theke. Ich hörte noch eine kurze, gemurmelte Unterhaltung und Feilscherei um den Engel, der aus dünnem Gold sei, aber offensichtlich einigten sie sich, denn Jalbrok maß etwas Alkohol ab, dem Duft nach guten französischen Brandy, und wenig später ging der Fischer.

5. Juli. Gut möglich, daß ich das Dienstmädchen des Wirtshauses gelegentlich etwas zu herzlich geküßt habe, aber sie hat nie dagegen protestiert. Aber Llan, der Knecht und Handlanger mit den X-Beinen, schimpfte mit der Kleinen. Der Flegel hatte sicher selber ein Auge auf sie geworfen, da bin ich sicher. Nie werde ich vergessen, wie dieser häßliche und zerlumpte Schurke seinem Herrn half, einen guten Angelfluß mit dem Netz zu leeren. Damals hatte es ihm großen Spaß gemacht, als ich hustend und stöhnend am Boden lag, und mir macht es gleichermaßen Vergnügen, die Jungfrau zu küssen – und ich denke, sie ist eine – wenn ich weiß, daß er in der Nähe ist und zusieht.

Mit Vergnügen stelle ich dann fest, wie der Lümmel mich anstarrt und dabei noch Angst hat, einen kranken Mann anzugreifen. Aber ich bin auf der Hut, denn diese Sorte Mensch stößt einem Mann hinterrücks ein Messer zwischen die Schultern, wenn die Gelegenheit günstig ist.

7. Juli. Ein guter Kuß lohnt sich immer, und in diesem Fall ganz besonders, denn die Jungfer gibt sich große Mühe, mein Essen zu verbessern, wofür ich wirklich dankbar bin. Gestern abend ist sie sogar noch weiter gegangen, denn als sie mir mein Abendessen servierte, flüsterte sie mir ins Ohr, ich sollte nachts meine Kammer verschlossen lassen. Als ich nach dem Grund fragte, lächelte sie, legte den Finger an die Lippen und antwortete mit dem alten Sprichwort, daß eine verschlossene

Tür keine Ratten hinein und kein Korn heraus lasse. Dieser Hinweis reichte völlig, und ich belohnte die Magd in einer Weise, die ihr zu gefallen schien. Auch die halbe Guinee, die ich ihr zusteckte, lehnte sie nicht ab.

Ich habe ein großes Zimmer, etwa dreißig Fuß lang und zwanzig Fuß breit, mit vielen schweren Eichenmöbeln darin, die es nachts für meinen Geschmack mit allzuviel Schatten füllen.

Die Zimmertür ist aus Eiche, sehr schwer und solide, und aus einem Stück gearbeitet. Ein Holzgriff dient als Klinke, und ein Holzriegel sichert sie nach außen. Der Raum hat zwei verriegelte Fenster.

Im Schlafzimmer stehen zwei große, schwere Kleiderschränke aus Eiche, zwei Sofas, ein großer Tisch, zwei gewaltige Holzbetten, drei verschlissene alte Stühle und drei Truhen aus geschwärzter Eiche. Darin hebt die Dienstmagd aber kein Leinen, sondern alles mögliche auf: Haselnüsse, Kohlen für den Ofen, gute Federkissen und einen Sack Daunen. Außerdem lagern darin zwei kleine Fäßchen mit französischem Brandy, den sie sicherlich aus dem Keller meines Wirtes beiseite geschafft hat, um ihn als Willkommenstrunk einem bevorzugten Freier anzubieten oder ihrem Vater, falls sie einen hat. Außerdem mußte sie ein bißchen einfältig sein, denn sie hatte sich nicht die Mühe gemacht, die Truhen zu verschließen.

Ich kenne mich mittlerweile gut aus, denn jede Nacht mache ich den beschwerlichen Gang, öffne erst die großen Kleiderschränke und schaue hinein, ehe ich die großen Schlösser einschnappen lasse. Danach sehe ich in die Wäschekästen und lächele über die zwei Fäßchen Brandy, denn die Magd ist mir wegen ihrer Freundlichkeit doch recht ans Herz gewachsen. Dann blicke ich unter die beiden Sofas und die zwei Betten, bis ich mich schließlich überzeugt habe, daß nichts im Zimmer ist, was meinen Schlaf stören könnte.

Die Betten sind einfach, schwer und rustikal. Sie haben weder Bettvorhänge noch Pfosten dafür, so daß sie grob und häßlich aussehen. Aber mir gefallen sie gut, denn ich kenne aus Büchern und aus eigener Erfahrung andere: Betten, die schwere, dicke Bettvorhänge und einen Himmel zum Herablassen haben, wie bei einer Presse, um den Schläfer im Schlaf zu ersticken. In den Herbergen an den Seitenwegen sind sie eine teuflische Vorrichtung, in der schon mancher Reisende einen furchtbaren Tod gefunden hat. In meiner Eigenschaft als Geheimagent des Königs sind mir derartige Fälle mehrfach untergekommen. Es gibt nur wenige solcher Tricks, die ich nicht auf den ersten Blick durchschaue, denn ich bin im Umgang mit Gesetzesbrechern erfahren.

Im Wirtshaus Zur schwarzen Krähe fürchte ich mich nicht vor Todesfallen, auch nicht vor Gift und Dolch, wenn man mich enttarnen sollte, denn dafür braucht man Übung. Außerdem bereitet die Magd meine Speisen zu, und sie ist eine gute Freundin, denn ich sorge immer dafür, die Frauen auf meiner Seite zu haben. Damit hat ein Mann schon die Hälfte aller Kämpfe im Leben gewonnen. Wovor ich Angst hatte, war, daß der Wirt oder irgendeiner der gemeinen Lumpen aus dem Moor versuchen könnte, mich im Schlaf zu überwältigen, und sich zu diesem Zweck in einem der großen Schränke oder in den Truhen verstecken würde. Das ist der Grund für meine nächtliche Durchsuchungsaktion.

Diese Nacht war ich noch sorgfältiger als sonst vorgegangen und hatte sogar die Wand hinter den Bildern untersucht, aber sie war aus dickem Stein wie die Zimmerwände.

Die Tür sicherte ich zusätzlich, indem ich eine der Wäschetruhen davorschob, und nun fühlte ich mich geschützt.

Erfüllt von einer bedrückenden Vorahnung, daß in dieser Nacht etwas passieren würde, zog ich mich noch nicht aus, sondern saß noch eine ganze Weile am Tisch und schrieb an meinem Bericht.

Nach einiger Zeit hatte ich das Gefühl, beobachtet zu werden. Ich stand auf, trat an die verschlossenen Fenster und zog die schweren Vorhänge vor, die mich vor neugierigen Blicken bewahrten.

Schließlich sagte ich mir, daß ich mir das alles nur wegen der freundlichen Warnung der Magd beim Abendessen einbildete. Trotzdem war mir unbehaglich zumute. Ich ergriff meine Kerze und streifte die Schuhe ab, so daß man meine Schritte unten nicht hören konnte, und durchsuchte erneut den Raum. Ich öffnete die Schränke und Truhen und sah noch einmal unter Tisch und Betten nach, aber da war nichts und konnte auch nichts gewesen sein.

Ich beschloß, mich auszuziehen und zu Bett zu gehen. Der erholsame Schlaf würde mir die düsteren Gedanken schon austreiben. Zuvor aber ging ich zu meinem Koffer und öffnete ihn. Ich entnahm ihm meine beiden Pistolen und mein großes Messer, außerdem eine Laterne mit einer Klappe und einer metallenen Haube über dem Abzug, so daß ich die Lampe bei Bedarf abdunkeln, aber auch wieder hochdrehen konnte.

Dann zog ich die Pfropfen aus den Pistolen, nahm die Kugeln heraus und schüttete das Pulver aus. Ich prüfte die funkelnden Läufe und lud die Pistolen neu, diesmal mit einem kräftigeren Schießpulver und mit je zwölf Kugeln. Schließlich verstopfte ich die Pistolen wieder.

Danach griff ich in meinen Stiefel und zog eine kleine Waffe heraus, die ich stets bei mir trage, eine kunstvoll gefertigte Pistole von Chamel, dem Waffenschmied neben dem Tower. Für diese Waffe habe ich sechs Guineen bezahlt, aber die Ausgabe hat sich gelohnt, denn in vier Jahren habe ich bereits elf Männer damit getötet, die mich sonst beseitigt hätten. Diese Pistole funktionierte einwandfrei, und sie war außerordentlich zielsicher, denn der Lauf hatte genau die richtige Länge. Auch sie lud ich neu, aber nur mit einer einzigen Kugel.

Dann trug ich einen Stuhl neben das Bett und legte meine drei Pistolen und das Messer darauf. Ich entzündete meine Laterne, drehte das Licht herunter und stellte auch sie auf den Stuhl.

Ich brauchte lange, um mich auszuziehen, weil ich immer wieder forschende Blicke in die Schatten des Zimmers warf und mir dabei wünschte, ich hätte Dutzende von Kerzen. Ich lauschte auf das Heulen der unheimlichen Moorwinde, die durch die Ritzen der Fenster bliesen, und auf das seltsame

Geräusch des Erskine-Creek, der unten an das Haus schwappte.

Als ich endlich in das große, schlecht gemachte Bett kletterte, ließ ich die Kerze auf dem Tisch brennen und lag noch lange wach.

Schließlich fiel ich in einen tiefen Schlaf, aus dem ich unvermittelt erwachte. Die Kerze war heruntergebrannt und der Raum stockdunkel, zumal ich entgegen meiner sonstigen Gewohnheit die Vorhänge zugezogen hatte.

Ich lag still da und überlegte, was mich geweckt haben könnte. Mein Unterbewußtsein sagte mir, daß ein Geräusch der Grund gewesen sein mußte. Aber im Raum herrschte Totenstille, denn der Wind hatte sich inzwischen gelegt.

Aber im Schankraum unter mir waren Geräusche zu hören, und ich stellte mir vor, daß eine rauhe Gesellschaft von Fischern und Männern aus dem Moor dort trank und Späße trieb, denn während ich so dalag und lauschte, drangen dann und wann die Zeile eines Liedes oder ein gebrüllter Fluch oder unverständliche Gesprächsfetzen zu mir herauf. Einmal klang es auch nach einem Kampf, und einige Bänke stürzten um, denn ich hörte splitterndes Holz.

Nach einer Weile herrschte plötzlich Ruhe, die die Stille in meinem Zimmer noch unheimlicher machte. Dann erhob sich die Stimme einer Frau, die ein paar Worte sagte, gleich darauf riefen heisere Stimmen durcheinander, und es klang, als würden Bierkrüge zersplittern.

Ich stützte mich auf einen Ellenbogen und lauschte, denn es herrschte ein solcher Tumult, daß ich nicht wußte, was ich davon halten sollte. Plötzlich schrie die Frau mehrere Male, ob aus Angst oder aus Wut, vermochte ich nicht zu sagen. Erst jetzt rutschte ich an die Bettkante, um die Flamme hochzudrehen und das Zimmer auszuleuchten. Während ich die Hand nach der Lampe ausstreckte, verstummten die Schreie der Frau und wurden durch heftiges Weinen abgelöst. Da wußte ich aus einer plötzlichen Eingebung heraus, daß es meinetwegen war – daß mir ein Leid zugefügt werden sollte, vielleicht schon seinen Lauf nahm.

Rasch streckte ich die Hand nach der Lampe aus, aber meine Finger griffen ins Leere, und mich beklomm das schreckliche Gefühl, daß irgend jemand mit mir im Zimmer war und den Stuhl mit der Lampe und all meinen Waffen neben dem Bett fortgezogen hatte.

In meiner Angst fiel mir dann aber ein, daß ich auf der falschen Seite des Bettes nach dem Stuhl gesucht hatte.

Ich stellte mich im Bett auf, als plötzlich zwei scharfe Schläge dicht neben mir erklangen. Schnell warf ich mich zur Seite, denn das ganze Bett schien unter mir zu schwanken. Etwas Riesiges ergriff mich an Füßen und Knöcheln, während gleichzeitig irgend etwas auf den Boden krachte und das ganze Wirtshaus erschütterte. Ich schlug nach hinten und stieß mir die Schulter an dem schweren Holz, aber der furchtbare Griff lockerte sich nicht. Ich erhob mich, indem ich Bauch- und Beinmuskeln anspannte, und als ich in der Dunkelheit aufrecht stand, bückte ich mich schnell und tastete nach dem Ding, das mich so eisern an den Füßen gepackt hielt.

Meine Füße schienen zwischen zwei gepolsterten Kanten festzusitzen, die so eng waren, daß ich nicht einmal meine Hand dazwischenklemmen konnte.

Ich richtete mich wieder auf und versuchte wie ein Verrückter, meine Füße zu befreien, aber es gelang mir nicht; ich schürfte mir bei meinen verzweifelten Bemühungen nur die Haut auf.

Einen Moment lang hielt ich inne und lauschte intensiv in die Dunkelheit hinein. Aber es herrschte beängstigende Stille, im ganzen Haus war kein Laut zu hören, und ich vermochte nicht zu sagen, ob ich noch in meinem Schlafzimmer war oder ob ich mitsamt dem Bett in irgendeine verborgene Falle gestürzt war.

Ich hob die Hände über den Kopf und streckte sie zur Seite, um irgend etwas zu ertasten. Nichts. Meine Hände griffen ins Leere.

Die ganze Zeit über sagte ich mir, daß ich noch im Schlafzimmer sein müßte, denn direkt darunter lag der Schankraum, und das Bett konnte sich höchstens ein Stück abgesenkt haben.

Dann, während ich vor Angst und Ungewißheit fast wahnsinnig wurde, entdeckte ich einen schwachen Lichtstrahl vor mir, kaum breiter als die Klinge eines kleinen Messers.

Wieder bückte ich mich zu meinen gefesselten Füßen hinunter und griff nach dem schwachen Licht, aber es war verschwunden. Ich bewegte meine Hände hin und her und auf und ab und berührte plötzlich einen Holzbalken, der etwa auf gleicher Höhe sein mußte wie der Gegenstand, der meine Füße umklammerte.

Ich griff nach dem Balken und zog und zerrte daran, aber er rührte sich nicht, also stützte ich mich mit meinem ganzen Gewicht darauf und beugte mich weiter vor, als ich auch schon einen zweiten Balken berührte.

Ich prüfte, ob er mein Gewicht trug, und er erwies sich also, ebenso stabil wie der erste. Ich verlagerte mein Gewicht auf ihn, indem ich mich auf meine linke Hand stützte, und zog mich mit der rechten nach vorne, bis ich plötzlich das Licht wieder vor mir sah und nahe an meinem Gesicht Wärme spürte.

Ich streckte die Hand nach dem Licht aus und berührte etwas. Es war meine verdunkelte Laterne. Fast hätte ich vor Freude laut aufgeschrien. Ich schob die Verdunklungsklappe beiseite, und sofort war alles in meiner Nähe in Licht getaucht.

Ich befand mich tatsächlich immer noch im Schlafzimmer und war froh darüber, daß Lampe und Waffen nach wie vor auf dem Stuhl lagen. Meine Füße wurden vom Bett eingeklemmt, denn die beiden Balken, die ich ertastet hatte, waren die Stützen einer Seite des schweren Bettgestells, während die Matratze wie ein gewaltiges Buch zugeklappt war. Ihr Mittelteil lag jetzt auf dem Fußboden zwischen den Balken des Gestells, während die äußeren Hälften sich fest über meinen Füßen geschlossen hatten, so daß ich wie eine gefangene Ratte in der Falle saß. Diese große Bettstatt war ein raffiniertes und brutales Hinrichtungsinstrument, das mir Luft und Leben aus dem Leib gepreßt hätte, wenn ich ausgestreckt gelegen hätte, wie es ein Schlafender gewöhnlich tut.

Als mir das alles mit wachsendem Ärger klar wurde, hörte ich plötzlich – als hätte sich eine Tür geöffnet – das Weinen einer Frau. Dann verstummte das Schluchzen, als hätte sich die Tür wieder geschlossen.

Ich begriff, daß ich zwei Dinge tun mußte. Zum einen durfte ich keinen Laut von mir geben, der verraten hätte, daß ich noch am Leben war. Andererseits mußte ich mich so schnell wie möglich befreien. Als allererstes aber ergriff ich meine Lampe und leuchtete den ganzen Raum und die Tür ab, bis ich sicher war, daß niemand hereingekommen war. Aber dann fiel mir ein, daß es eine Geheimtür geben mußte, denn wie sonst hätten die Ganoven bei verschlossener Tür hereinkommen und die Leichen wegschaffen können?

Wie auch immer, als erstes versuchte ich meine Füße zu befreien. Zu diesem Zweck nahm ich das Messer vom Stuhl und schnitt an der Stelle in die große Matratze, wo das Polster mit dicken Nägeln befestigt war.

Die ganze Zeit über lauschte ich gespannt, ob sie vielleicht kämen, um die erwartete Leiche zu holen. Ich arbeitete schnell, aber lautlos, und konnte mir ein grimmiges Lächeln nicht verkneifen: Eine seltsame Leiche würden die Verbrecher vorfinden und eine sehr lebendige dazu!

Plötzlich vernahm ich das Geräusch knackenden Holzes von der gegenüberliegenden Seite des großen, dunklen Zimmers, wo einer der großen Kleiderschränke stand. Rasch steckte ich das Messer in den senkrechten Spalt der Matratze, so daß es im Dunkeln in meiner Reichweite blieb, und verdunkelte die Laterne, die ich neben das Messer stellte. In der Dunkelheit griff ich dann nach meinen Pistolen auf dem Stuhl und steckte den Lauf der kleinen neben das Messer, so daß ich auch sie griffbereit hatte.

Die großen Pistolen hielt ich in den Händen, und dann sah ich mich um, leicht geduckt, während ich gleichzeitig lauschte. Denn mir war klar, daß ich um mein Leben kämpfen mußte und man mich vielleicht am nächsten Morgen wie den armen James Naynes weit draußen im Moor finden würde. In einem war ich mir sicher: Diese Nacht würden zwei oder drei zur Hölle fahren oder in den Himmel, das war nicht meine Entscheidung, ich wollte nur zusehen, daß die Erde sie los war.

Für einen Moment herrschte absolute Stille, dann hörte ich wieder das Quietschen an der gegenüberliegenden Wand. Ich sah angestrengt dorthin und blickte mich dann im ganzen Zimmer um, denn ich wollte sichergehen, daß meine Ohren mich über die Richtung des Geräusches nicht getäuscht hatten.

Als ich meine Augen wieder dem Schrank zuwandte, drang ein schwacher Lichtschein durch seine Türritzen.

Nun wußte ich, daß dort ein Geheimgang sein mußte, der durch die Schrankrückwand ins Zimmer führte. Aber ich machte mir keine Sorgen, denn mir fiel ein, daß ich die Schranktür ja verschlossen hatte. Und sie hatte ein gutes Messingschloß.

Aber schon bald mußte ich einsehen, daß das kein Hindernis für die Männer war. Nachdem sie zunächst erfolglos gegen die Tür gedrückt hatten, hörte ich sie murmeln, dann hantierten sie an der Tür. Gleich darauf quietschte das Holz, und ein Teil des Schrankes schwang auf. Licht fiel heraus und erhellte das Schlafzimmer.

Als sich die Schrankwand öffnete, fiel mir ein, daß ich so lange nicht zu sehen sein durfte, bis alle Mörder im Zimmer standen, anderenfalls würden sie sich sofort in den Schrank flüchten, ehe ich sie töten konnte. Wenn sie dann eine Schrotflinte holten und zurückschossen, hatte ich keine Chance. Sie brauchten ja bloß um die Ecke des Eichenschranks zu schießen, während ich hilflos mit gefesselten Füßen und leergeschossenen Pistolen in der Falle saß.

All diese Überlegungen stellte ich in einer Sekunde an, und gleichzeitig sah ich mich um, denn das Licht aus dem Schrank reichte aus, um mich meine Umgebung erkennen zu lassen. Ich bemerkte, daß die Hälfte des Bettuchs zwischen den Rändern der großen Falle hervorsah. Ich griff danach und hatte mich im Nu darunter verborgen, still auf die Matratze gekauert, als wäre ich nur ein Haufen Bettzeug.

Ich hatte mich kaum hingehockt und zugedeckt, als die Männer auch schon ins Zimmer traten.

»Das hat sicher gut geklappt!« hörte ich den X-beinigen Llan sagen.

Und er stieß sein schrilles, närrisches Lachen aus.

»Jetzt gibt es einen Agenten des Königs weniger«, grollte die Stimme Jalbroks.

»Verfluchtes Schwein!« ertönte die bekannte Stimme des Fischers. »Ich werde ihm mein Messer hineinrammen, um ganz sicherzugehen. Ich fresse einen Besen, wenn er nicht genug weiß, um uns alle hinter Gitter zu bringen.«

»Messer werden nicht mehr nötig sein«, erwiderte Jalbrok, »und wenn doch, werde ich derjenige sein, der es benutzt. Er ist mein Gast!«

»Die Beute wird geteilt! Die Beute wird geteilt!« schrie eine andere Stimme aus dem Schrank.

Dann näherten sich schwere Schritte, und es klang, als ob sie ihre schwerfälligen Körper hastig ins Zimmer zwängten, um zu sehen, ob die Todesfalle auch zugeschnappt war.

Sobald die Männer nur noch fünf oder sechs Fuß vom Bett entfernt waren, schleuderte ich das Bettuch beiseite und erhob mich, wobei ich die großen Pistolen hinter dem Rücken versteckte, denn nun waren sie mir ausgeliefert.

Ich glaube, im ersten Moment hielten sie mich für einen Geist, so erschrocken heulten sie auf. Diesen niederträchtigen Haufen hätte jeder ohne die geringsten Skrupel niederschießen dürfen, und doch zögerte ich, denn ich wollte sehen, was sie nun tun würden. Alle waren mit Messern bewaffnet, und ihre Bereitschaft, augenblicklich zuzustoßen, war unverkennbar. Der Wirt trug in der einen Hand eine Laterne und in der anderen ein Schlachtermesser, das vielleicht zwei Fuß maß, und in seinen Augen stand die blanke Mordlust.

Als ich aufstand, rührte sich keiner. Dieses einfältige Pack hielt mich tatsächlich für ein Gespenst und fürchtete nun meine Rache.

Aber Jalbrok hielt die Laterne höher und preßte die Messerklinge an seinen Schenkel.

»Guten Morgen, meine Freunde«, grüßte ich freundlich. »Was soll dieser Mordsspaß? Darf ich daran teilhaben, oder benötigt der Fischer meine Hilfe beim Ausladen von Alkohol?«

»Schlitzt ihn auf!« brüllte Jalbrok plötzlich mit greller Stimme. »Schlitzt ihn auf!«

Dann stürzte er mit dem Schlachtermesser auf mich zu, und der ganze Mörderhaufen hinterher. Ich aber zog die beiden großen Pistolen hinter dem Rücken hervor und hielt sie ihnen fast ins Gesicht. Obwohl sie so blutrünstig waren wie wilde Hunde, wichen sie sofort zurück.

»Im Namen von James Naynes, den ihr in diesem Zimmer zerschmettert habt«, sagte ich ruhig.

Und damit feuerte ich die rechte Pistole auf Jalbrok ab. Ich beobachtete, wie sein Gesicht sich verzog und er mit der Lampe zu Boden fiel, wobei ein anderer Mann über ihn stolperte. Die Lampe erlosch, und das Zimmer hallte wider von Geräuschen, wie verängstigte Tiere sie machen. Im Dunkeln drängte alles zum Schrank, und ich feuerte die linke Pistole mitten in den Lärm hinein. Sofort erklangen ein paar Aufschreie, und die Hölle brach los. Ich hörte, daß Möbelstücke ziellos herumgeschleudert wurden und Scheiben zerbrachen, als einige der Männer offensichtlich die Orientierung verloren und in die Fenster liefen.

Dann hielt ich meine Laterne und die dritte Pistole in der Hand. Ich drehte die Flamme hoch und brachte Licht in die Szene, und als sie wieder sehen konnten, kämpften sie noch wilder darum, durch den Schrank zu entkommen.

Ich schoß nicht noch einmal, sondern ließ sie entkommen, denn ich war mir sicher, daß sie mich genügend kennengelernt hatten, um für diese Nacht genug von mir zu haben. Wie zur Bestätigung hörte ich, wie sie über den Flur davonrannten. Dann herrschte Stille im Wirtshaus.

Ich leuchtete die Männer am Boden an. Jalbrok und der andere Halsabschneider schienen tot zu sein, aber drei andere stöhnten noch. Sie waren jedoch nicht schlimm verletzt, denn als ich ihnen zurief, sie sollten verschwinden, bevor ich sie erschießen würde, krochen sie auf den Knien in den Schrank und aus meinen Augen.

Nach einer knappen halben Stunde hatte ich meine Füße befreit und ging zu den Männern am Boden, die den Tod verdient hatten.

Dann lud ich meine Pistolen neu und trat in den Schrank, wo ich, wie erwartet, eine Leiter entdeckte, die aus einer der großen Truhen ragte. Meine ursprüngliche Vermutung, der Schrank hätte eine falsche Rückwand, war also falsch gewesen.

Ich fand das schlafende Küchenmädchen in einer Ecke der Küche. Als sie erwachte und sah, daß ich am Leben war, schrie sie erst und küßte mich dann so herzlich, daß ich ihr eine Guinee gab, damit sie verschwand und weil mich ihre Sorge rührte.

Ich untersuchte das Bett genau und entdeckte, daß das große Gelenk in der Mitte der Matratze von einem Pfeiler gestützt wurde, der durch den zentralen Deckenbalken in den Schankraum hinabführte und durch einen Eichenpflock am Platz gehalten wurde, der durch den Pfosten und den Stützpfeiler führte. Als sie den Pflock herausschlugen, hatte die Magd geschrien, und die zwei Schläge, die ich vernommen hatte, waren die des Hammers am Pflock gewesen.

So habe ich herausgefunden, auf welche Weise der arme James Naynes den Tod fand. Und um der Gerechtigkeit zum Sieg zu verhelfen, habe ich die Mörder bestraft, wie sie es verdienten.

Aber ich bin hier noch nicht fertig – nicht, bis ich nicht mit Stumpf und Stil das ruchlose, blutdürstige Lumpengesindel ausgerottet habe, das in diesem einsamen Teil des Königreiches sein Unwesen treibt.

Originaltitel: The Inn of the Black Crow
Ins Deutsche übertragen von Bettina Albrod

Der Geist des Jahres '76

Lillian de la Torre

Nur wenige Tage nach der Veröffentlichung der Anthologie ›Von Rittern, Hexen und anderem Gelichter‹ *(Bastei-Lübbe 13 802) erfuhr ich vom Tod Lillian de la Torres, die im September 1993 im bemerkenswerten Alter von 91 Jahren gestorben war. Die Nachricht betrübte mich sehr. Sie hatte im Laufe von fünfzig Jahren gewissenhaft (und leider viel zu selten) eine Reihe wohldurchdachter Geschichten geschrieben, in denen Samuel Johnson Kriminalfälle und Geheimnisse seiner Zeit löste, und dessen Ermittlungen von einem Pendant zu Mr. Watson, James Boswell, getreulich niedergeschrieben wurden. Die Geschichten, die ursprünglich alle in Ellery Queens Mystery Magazine veröffentlicht wurden, waren in vier Bänden zusammengefaßt:* ›Dr. Sam: Johnson, Detector‹ *(1946);* ›The Detections of Dr. Sam: Johnson‹ *(1960);* ›The Return of Dr. Sam: Johnson‹ *(1985) und* ›The Exploits of Dr. Sam: Johnson‹ *(1987), wobei zwei nachfolgende Geschichten nicht in die Sammlung einbezogen wurden. Obwohl sich die Reihe auf dreißig Jahre verteilt, umfaßt sie nur dreiunddreißig Geschichten, und nun wird es keine mehr geben.*

*Gelegentlich hielt es Miss de la Torre recht frei mit der Geschichte. Sam Johnson und Bejamin Franklin sind sich nie begegnet, aber diese Geschichte versucht darzustellen,. was vielleicht geschehen wäre, wenn sie sich kennengelernt hätten. Anscheinend war Franklin Johnson aufgrund des antiamerikanischen Pamphlets, das er 1775 geschrieben hatte, (*Taxation No Tyranny*) gegenüber sehr ablehnend eingestellt. Im Dezember 1776 befand sich Franklin auf See mit Kurs auf Frankreich, und es hätte also nicht viel dazu gehört, seine Route ein wenig zu ändern, so daß er in England an Land gehen konnte. Hier lebt ein kleines Stück Geschichte wieder auf.*

»Frei und gleich!« knurrte Dr. Sam Johnson aufgebracht. »Alle Menschen, wirklich alle Menschen gleich erschaffen! Was wird aus der vernünftigen Ordnung und Unterordnung einer Gesellschaft, wenn solch übersteigerte Gleichheitsdoktrinen sich durchsetzen? Frei und gleich! Unterschrift: John Hancock! Merken Sie sich meine Worte, Sir, wir werden den Kopf dieses Kerls noch an Temple Bar* aufgespießt sehen.

»Ist er der einzige Autor dieser Unabhängigkeitserklärung?« fragte ich, denn insgeheim bewunderte ich sie.

»Nein, Sir. Dieses verräterische Manifest stammt, wie mir gesagt wurde, aus der Feder eines Pflanzers mit Namen Jefferson unter Beihilfe von Benjamin Franklin.«

»Dr. Franklin!« sagte ich. »Nun, das ist ein Kopf, der sich an Temple Bar schlecht ausnehmen würde. Vor einigen Jahren speiste ich einmal in seiner Gesellschaft zu Abend, Sir. Er ist ein angenehmer Gesellschafter und darüber hinaus ein genialer Erfinder von Geräten, die den Menschen ihr Los erleichtern, wie seine Pennsylvania-Feuerstelle, sein Blitzableiter, et cetera.«

»Auch ich, Bozzy, bin dem Kerl begegnet. Er hatte den Vorsitz bei einer Zusammenkunft wohltätiger Herren, die sich darum bemühten, den unglücklichen Negern in der Neuen Welt Bildung zu verschaffen. Er schien damals ein aufrichtiger Verfechter humanitärer Gedanken zu sein und keineswegs versessen auf diesen republikanischen Nonsens. Um so trauriger ist es, Sir, daß er ein Verräter des Königs ist und zusammen mit seiner ganzen Anhängerschaft aufs Schafott gehört!«

»Würden Sie ihn dort hinbringen?«

»Natürlich würde ich das tun, und noch zwanzig mehr von der Sorte, wenn ich sie nur zu fassen kriegte!«

»Was wohl kaum geschehen wird«, bemerkte ich. »Auf der anderen Seite des Ozeans sind sie sicher. Warum sollte irgendeiner von ihnen seinen Kopf in das Maul eines Löwen legen?«

»Eine gute Frage, Sir, denn besagter Franklin befindet sich,

* Londoner Stadttor, das 1879 entfernt wurde (Anm. d. Übers.)

wie man uns sagte, genau zu diesem Zeitpunkt auf hoher See und auf dem Weg nach Frankreich ...«

Ich glaubte ihm. Dr. Johnson hatte erst kürzlich dem Ministerium seine Dienste erwiesen, und seine Informationsquellen waren verläßlich.

»... so können wir nur hoffen, daß ein Sturm ihn an unsere Küste wirft. Dann werden wir ihn suchen und ergreifen.«

Das hoffte ich keineswegs, doch ich sagte nichts dazu. Was den Disput mit unseren Mitbürgern auf der anderen Seite des Meeres anbelangte, so gingen die Meinungen von Dr. Johnson und mir weit auseinander. Jetzt, da die Unabhängigkeitserklärung verkündet worden war, hegte mein Freund den leidenschaftlichen Wunsch, den Aufstand in den nordamerikanischen Kolonien mit Waffengewalt niederzuschlagen. Ich dagegen war auf der Seite der Aufständischen und hegte große Sympathie für ihre Sache.

Diese Unterhaltung ereignete sich im Dezember des Jahres 1776 in der geräumigen Wohnung meines Freundes in der Fleet Street. Groß, breit und massig, bekleidet mit einem grauen Schoßrock und weiten Kniehosen, die kleine, braune Perücke tief in die Stirn gezogen, stand er vor dem Schiebefenster und blickte in den Hof des Gerichtsgebäudes hinunter. Wie so oft fühlte ich auch in diesem Moment einen gewissen Stolz, daß ich, James Boswell, ein britischer Anwalt und seit dreißig Jahren Johnsons Juniorpartner, so häufig das Privileg genoß, seiner Arbeit als Ermittler in Kriminalfällen beizuwohnen. In diesem Moment allerdings beschäftigte Johnson sich ausschließlich mit dem Verrat der fanatischen amerikanischen Revolutionäre. Das sollte sich nach kurzer Zeit ändern.

Während ich neben ihm stand und auf den Hof hinuntersah, hielt dort unten plötzlich eine Kutsche, und eine Frau, eingehüllt in ein graubraunes Kapuzencape, stieg heraus. Nach wenigen Minuten stand sie vor uns. Kaum daß sie eingetreten war, sprudelten die Worte aus ihr hervor: »Bitte verzeihen Sie meinen Mangel an Förmlichkeit, Dr. Johnson. Ihre Güte ist so weithin bekannt, daß ich mir erlaube, Sie zu bitten – das Kind ist gestohlen worden, Dr. Johnson! Es ist erst sieben Jahre alt. Was soll ich nur tun?«

Sie unterdrückte ihr Schluchzen. Dr. Johnson nahm ihre schmale Hand in die seine und führte unseren Gast behutsam zu dem Sessel am Feuer.

Sie war eine zierliche, nicht mehr ganz junge Person. In ihrem weichen Gesicht zeigten sich die ersten Fältchen, und ihre klaren blauen Augen waren jetzt von Tränen gerötet.

»Beruhigen Sie sich, Madam, wir werden das Kind schon finden«, sagte Dr. Johnson besänftigend, »aber Sie müssen mir alles über die Angelegenheit erzählen, was Sie wissen.«

»Ich werde es versuchen. Mein Name ist Margaret Stevenson. Ich wohne in der Craven Street, in Strand, und genau dort ist Benny verschwunden.«

»Ihr Enkelsohn, Madam?«

»Nein, Sir, doch er wurde meiner Obhut überlassen, und ich liebe ihn sehr.«

»Vielleicht ist er fortgelaufen«, warf ich ein.

»Nein, Sir, Benny war gerade vor der Tür und spielte mit seinem Kreisel, als zwei Männer kamen und ihn forttrugen. Ein Dienstmädchen hat das vom Fenster aus gesehen.«

»Warum ist sie ihnen nicht nachgelaufen?«

»Nun, diese Magd ist nicht besonders klug. Sie war der Meinung, daß Benny von Gerichtsdienern festgenommen worden sei, und wußte nicht, was sie tun sollte. Ich war gerade ausgegangen und hörte von dem Ereignis erst bei meiner Rückkehr. Was könnten die von dem Jungen wollen? Ich habe kein Geld, um ihn zurückzukaufen.«

»Wenn es um Geld geht«, bemerkte Dr. Johnson, »dann werden wir bald von ihnen hören. Inzwischen sollten wir uns ein wenig auf dem Grundstück in der Craven Street umsehen.«

Die Magd in der bescheidenen Wohnstatt in der Craven Street war einfältig und störrisch, eine Sorte Mensch, die Dr. Johnson für gewöhnlich mit ›dummer Maulesel‹ bezeichnete. Sie hatte sich ihre Meinung gebildet und wich nicht mehr davon ab. Master Benny befand sich in den Händen des Gesetzes. Das Gespräch mit ihr schien Zeitverschwendung zu sein, bis sie sich an ihre Herrin wandte: »Ach ja, Madam, hier ist eine Nachricht, die für den Herrn abgegeben wurde …«

Mrs. Stevenson ergriff das Schreiben, las es und reichte es dann meinem Freund. Auf seinen Wink hin rückte ich zu ihm heran, und wir studierten gemeinsam die kurze Nachricht.

Sehr geehrter Herr Doktor,

wenn Sie sich für Benny interessieren, kommen Sie heute nachmittag um fünf Uhr zum Cat & Fiddle in der Bow Street. Dort werden Sie mehr erfahren. Kommen Sie allein, und machen Sie keinen Fehler auf Bennys Kosten.

Mit ergebensten Grüßen,
ein Freund

Dr. Johnson drehte den Schrieb in seinen kräftigen, wohlgeformten Fingern hin und her.

»Hm – Papier von bester Qualität – eine ansehnliche Schreibschrift – dies wurde niemals von einem einfachen Gerichtsdiener geschrieben. Nun gut, Mrs. Stevenson, ich werde als Ihr Beauftragter an dem angegebenen Treffpunkt vorstellig werden, um Genaueres zu erfahren. Wir sollten uns nun nicht länger aufhalten.«

»Oh, Sir, Sie sollten nicht allein gehen!«

»Das muß ich, wenn Benny nichts zustoßen soll. Aber Boswell wird in der Nähe sein, falls man versucht, uns zu täuschen.«

So kam es, daß ich mich noch vor fünf Uhr dem Cat & Fiddle näherte. Es war schon dunkel, und dichter Nebel erschwerte die Sicht. Als ich mich der beleuchteten Tür näherte, fiel mein Blick auf eine große, kräftige Gestalt im Schatten. Zuerst dachte ich, es sei Dr. Sam Johnson in einer absonderlichen Verkleidung, denn der Kerl glich ihm in Größe und Breite aufs Haar. Sein kraftvoller Körper steckte in einem weiten Mantel, in dem man einen Stier hätte verbergen können, und eine große Pelzkappe war tief über seine widerspenstigen grauen

Locken gezogen. Er trug eine Brille, deren gesprungene Gläser in einem Drahtgestell befestigt waren, und hielt ein aufgewickeltes Seil in Händen. Als ich näher kam, tauchte er in der Dunkelheit unter, und ich betrat das Cat & Fiddle.

Ich saß bereits mit einem Glas Bier auf der Bank am Kamin, als sich mit einem Quietschen die Tür öffnete und eine Gruppe rauhbeinig aussehender Kerle in die Schenke trat. Vielleicht war Katty nicht ganz so dumm gewesen, denn sie sahen tatsächlich wie Gerichtsdiener aus. Und wie Gerichtsdiener nahmen sie ihre Positionen auf beiden Seiten der Tür ein. Der Servierjunge warf einen Blick auf die Männer und verzog sich unauffällig.

Wieder quietschte die Tür, und Dr. Sam Johnson stand im Raum. Er war in seinen langen dunkelgrauen Überzieher gewickelt, und sein Hut wurde von einem gestrickten Schal fest auf dem Kopf gehalten.

Von links und rechts traten die beiden Kerle an ihn heran und packten ihn.

»Wir verhaften Sie«, rief der kleinere von beiden triumphierend, »im Namen des Königs!«

»Mich verhaften, ihr Trottel!« schrie Dr. Johnson. »Welchen Grund habt ihr, mich zu verhaften? Jeder kennt mich. Ich bin Dr. Johnson.«

»O ja, Dr. Johnson, Dr. Brown, Dr. Robinson, das ist alles ein und dasselbe. Wir kennen Sie gut genug, Doktor, also kommen Sie mit uns.«

»Ich komme mit euch bis zum Friedensrichter in der Bow Street, und keinen Schritt weiter«, knurrte Dr. Johnson.

»Sie werden anderweitig verlangt.«

»Wie lautet die Anklage?«

Der Große mit dem dummen Gesicht blähte sich auf, um sie zu verkünden, aber der Kleine mit der Frettchennase zupfte ihn am Ärmel.

»Sieh mal, Ned, da ist Unterstützung, wir sind nicht allein«, und er machte eine Bewegung in meine Richtung. »Es ist ein ordentlicher Preis auf den Kopf dieses Kerls ausgesetzt. Wollen Sie sich beteiligen?«

»Bringt mich zu Sir John Fielding«, insistierte Dr. Johnson. »Wir werden sehen, ob auf meinen Kopf ein Preis ausgesetzt ist!«

Sie drängten ihn hinaus. Ich setzte meinen Humpen ab und folgte ihnen. Bis zum Friedensrichter waren es nur ein paar Schritte durch die Bow Street. Neben dem Eingang flackerte eine Laterne. Als wir näher kamen, entwand Dr. Johnson sich plötzlich mit einer kraftvollen Bewegung dem Griff der Gerichtsdiener. Im selben Moment wurde der größere der beiden mit Hilfe einer Seilschlinge zu Boden gerissen, die der Unbekannte, der mir vor der Taverne begegnet war, ausgelegt hatte.

Dr. Johnson schnappte sich den Kleinen mit der Frettchennase und zog ihn hinein. Ich folgte, und wenige Augenblicke später standen wir drei im Amtszimmer des Friedensrichters.

Sir John Fielding, der berühmte blinde Kadi aus der Bow Street, saß ruhig in seinem Sessel, eine stattliche Persönlichkeit mit ehrwürdigen weißen Locken und einer schwarzseidenen Binde über den blicklosen Augen. Er wandte uns sein Ohr zu, als wir eintraten, und sagte in scharfem Ton: »Sind Sie es etwa, Greentree? Bei dieser Mischung aus schmutzigem Leinen und Gin kann man sich kaum täuschen. Was für Mißgeburten haben Sie mir gebracht?«

»Ich habe einen Verräter aufgegriffen, Sir, er wird vom Ministerium gesucht.«

»Sir John«, sagte Dr. Johnson ruhig, »der dumme Kerl verwechselt mich.«

Sir John, ein alter Freund, erkannte Johnsons Stimme sofort.

»Dr. Johnson, zu Diensten! Und wo ist Boswell? Nicht weit fort, schätze ich.«

»Hier, Sir John, zu Ihren Diensten.«

Dr. Johnson verzichtete auf Förmlichkeiten und brachte die Rede auf unsere Angelegenheit.

»Dieser Greentree«, sagte er eindringlich, »hat mich hierher gehetzt, indem er ein Kind gestohlen und folgende Nachricht geschrieben hat.«

Er las sie vor.

»Ich weiß nichts von Ihrer Nachricht«, murrte Greentree. »Das ist Sache des Ministeriums. Ich sollte nur das Kind einfangen und den Doktor festnehmen, sobald er aus seinem Versteck hervorkommen würde. Danach sollte ich ihn beim Ministerium abliefern.«

»Welchen Doktor?«

»Das hat Mylord nicht gesagt.«

»Hat er Ihnen eine Befugnis erteilt?«

»Nun, nein, Sir, es sollte heimlich vonstatten gehen.«

»Gesetzwidrigkeit über Gesetzwidrigkeit!« bemerkte Sir John. »Wo ist das Kind? Ich mache Sie dafür verantwortlich.«

»In der Water Lane«, sagte der Mann widerwillig.

Unverzüglich geleitete uns ein Aufgebot von Polizisten, die Greentree in ihrer Mitte eingezwängt hielten, zur Water Lane. Greentree führte uns zu einer armseligen Hütte am Flußufer, wo uns eine liederliche Alte erwartete.

»Ich habe ihn hier verwahrt, wie Sie mich gebeten haben. Er ist in der Dachkammer eingesperrt, die auf den Fluß hinausgeht. Hier entlang, meine Herren, Sie werden sehen, er ist in Sicherheit.«

Der rostige Schlüssel kreischte im Schloß, die Tür öffnete sich knarrend. Dr. Johnson stürzte in die Kammer, aber außer einem kleinen Paar Schnallenschuhe war der Raum leer. Ein zerbrochener Fensterflügel hing in seinem Scharnier. Wir sahen bestürzt auf das braune Wasser der Themse hinab. Hatte man sich in dieser Räuberhöhle des Kindes entledigt?

Sir Johns Männer packten die fluchende Alte und brachten sie mit Greentree ins Gefängnis, wo sie verhört werden sollten. Uns blieb nichts anderes übrig, als zur Craven Street zurückzukehren und die Nachricht von unserem Mißerfolg zu überbringen.

Schweren Herzens stiegen wir den Abhang hinauf. Die Gegend gefiel mir ganz und gar nicht. Der Fleetgraben stank. Straßenkinder strichen umher oder schliefen in den Hauseingängen. Huren lungerten herum, und junge Rabauken stolzierten durch die Straßen. Einen Moment lang dachte ich, ich hätte den kräftigen alten Mann mit seinem Seil gesehen, aber dann war er wieder in der Dunkelheit verschwunden.

Als die Straße weiter anstieg, trat ein Straßenkind aus dem nebligen Dunkel hervor. Er kam vertrauensvoll auf uns zu, ein kräftig gebauter kleiner Junge mit sandfarbenem Haar, ohne Schuhe und triefend vor Nässe. Als wir stehenblieben, sprach er uns mit klarer Stimme an: »Bitte, Sir, mein Name ist Benjamin Franklin Bache, ich wohne in der Craven Street bei Mrs. Stevenson. Könnten Sie mich zu ihr bringen?«

»Was, Junge, sagtest du Benjamin Franklin?«

»Er ist mein Großvater.«

»Nun, Bozzy, wie es scheint, steckt mehr dahinter, als sich auf den ersten Blick erkennen läßt. Wo ist dein Großvater, Junge?«

»In der Craven Street, Sir.«

»Dann«, sagte Dr. Johnson, »im Namen des Königs, laßt uns zur Craven Street gehen!«

Wir wickelten das zitternde Kind in meine Weste und eilten unserem Ziel entgegen. Während er zwischen uns trabte, erzählte er uns bereitwillig, was sich zugetragen hatte.

»Die Männer sagten, sie seien Polizisten und ich müsse mit ihnen kommen. Ich mochte sie nicht. Die alte Hexe mochte ich auch nicht. Ich wartete und wartete, daß mein Großvater kommen würde. Ich war hungrig, und mir war kalt. Deshalb ging ich fort.«

»Du gingst fort? Wie denn?«

»Durch das Fenster, Sir.«

»Ins *Wasser*?« schrie ich verblüfft, da ich selbst nicht einen Zug schwimmen konnte. »Sag, kleiner Junge, kannst du etwa schwimmen?«

»Mein Großvater«, berichtete das Kind stolz, »ist der beste Schwimmer der Welt, und er hat es mir beigebracht. Es waren nur ein paar Züge bis zur nächsten Ufertreppe. Ich kann sogar noch weiter schwimmen. Als die Schaluppe* im Sturm unterzugehen drohte, sagte mein Großvater, ich bräuchte mich

* Großes Beiboot (Anm. d. Übers.)

nicht zu fürchten, denn wir könnten ja schwimmen. Aber die *Reprisal* schaffte es bis zum Ufer in Hoy Cove, und sobald die Männer von Westcombe sie instand gesetzt haben, fahren wir weiter nach Frankreich.«

»Tatsächlich, mein Junge?« sagte Dr. Johnson trocken.

»Ja, wirklich, Sir. – Ich bin müde«, fügte er mit einem gewaltigen Gähnen hinzu und verfiel in Schweigen.

Als wir die Craven Street erreichten, wollte Mrs. Stevenson das Kind voller Freude an sich drücken, aber Dr. Johnson hielt den Jungen fest.

»Ich beanspruche das Privileg«, sagte er, »Dr. Franklins Großenkel persönlich in seine Arme zurückzugeben.«

Mrs. Stevenson sah ihn erschrocken an, widersprach jedoch nicht. Sie führte uns in den höher gelegenen Salon.

»Benny!« Der kräftige alte Herr am Feuer streckte seine Arme aus, und der Junge stürzte sich hinein.

Ich starrte ihn an. Der weite Mantel und das Seil waren verschwunden, aber die Pelzkappe und die Brille waren noch da und sagten uns, daß der alte Mann, der uns bei unserem Auftrag verfolgt hatte, niemand anderes als Dr. Franklin gewesen war. Ich betrachtete das von Lachfalten geprägte Gesicht. Es war mit den Jahren gereift, nicht gutaussehend, aber doch gewinnend. Sein Blick verriet freudige Überraschung, als staune er unentwegt über das Schauspiel der Welt in seiner unendlichen Vielfalt. Über den goldbraunen Locken des Jungen richtete er seinen Blick auf uns.

»Dr. Johnson, nehme ich an?«

»Zu Diensten, Dr. Franklin.«

»Ich stehe in Ihrer Schuld, Sir«, sagte Franklin steif, »mehr als mir lieb ist. Ich bedaure, daß Margaret so impulsiv war, um Ihre Hilfe zu bitten.«

»Ben!« rief Mrs. Stevenson sanft, »wir stehen tief in Dr. Johnsons Schuld. Er hat große Mühen auf sich genommen.«

»Dr. Franklin weiß das«, bemerkte Dr. Johnson, »denn er schenkte mir sehr wenig Vertrauen. Er überwachte jeden meiner Schritte in der Verkleidung eines Lastenträgers.«

»Vertrauen?« rief Franklin aus. »Warum sollte ich einem

Mann vertrauen, der gegen uns geschrieben und dem Ministerium geraten hat, die Roten und die Schwarzen auf uns zu hetzen?«

»Sie mißverstehen mich, Sir«, sagte Johnson ruhig. »Selbstverständlich würde ich den Schwarzen die Freiheit schenken, damit sie ihren Beitrag zur Verteidigung des Landes leisten können. Wenn ich mich recht entsinne, sind Sie selbst dieser Auffassung nicht ganz abgeneigt. Und was die Angriffe der Roten anbelangt – was haben Sie denn erwartet, wenn Sie den Schutz der britischen Waffen ablehnen?«

»Den Schutz der britischen Waffen!« wiederholte Franklin bitter. »Es waren britische Waffen, die während des Bostoner Massakers unschuldige Leute niedergeschossen haben!«

»Das bedauern wir alle, Sir«, räumte Johnson ein.

Franklin nahm den Jungen von seinem Schoß.

»Mach einen Diener, Benny, und nun geh mit der Oma.«

Der wohlerzogene Junge verneigte sich feierlich vor jedem von uns und ging hinaus. Als Dr. Franklin sich mit leicht abweisendem Blick wieder uns zuwandte, betrat jemand den Raum. An seiner hochgewachsenen Figur, dem langen, dunklen Gesicht und den teuflisch gebogenen, schwarzen Augenbrauen erkannte ich Sir Francis Flashwood, der in den Höhlen unter Hoy Head Schwarze Messen zelebrierte. Zu diesem Hexenzirkel – dessen Angehörige sich die ›Westcombe Blacks‹ nannten – gehörte auch seine Tochter, der ich einst den Hof machen wollte. Im Jahre 1768 war es Johnson und mir gelungen, diesen Hexereien in Westcombe ein Ende zu bereiten (alles darüber habe ich ausführlich in meinen Aufzeichnungen über ›Die Hexe von Westcombe‹ festgehalten).

Später hatte Sir Flashwood mit seinem Freund Benjamin Franklin das Gebetbuch ›reformiert‹, war als Lord LeSpenser in die Politik gegangen und hatte dort das Amt des Postministers bekleidet, mit dem Erfolg, daß er nun ein respektabler Mann war und man von den Schwarzen Messen in Westcombe nichts mehr hörte.

Jetzt schenkte er uns nicht die geringste Beachtung, sondern lief auf Franklin zu und schrie: »Auf, Ben, wir dürfen keine Minute mehr verlieren! Im Ministerium ist eine Verschwörung gegen Sie im Gange. Ich weiß es aus sicherer Quelle. Da man Ihrer schwer habhaft werden kann, wollen sie sich an Benny vergreifen und Sie auf diese Weise zwingen, zu ihnen zu kommen, und wer weiß, welches Schicksal Sie dort erwartet.«

»Nun, Francis«, sagte Franklin ruhig, »ich danke Ihnen, aber diese Pläne hat Dr. Johnson bereits zunichte gemacht.«

Zum ersten Mal blickten Mylords Augen auf uns, die wir am Feuer standen.

»Dr. Johnson«, sagte er ironisch. »Ja, er hat schon so manche Absicht durchkreuzt. Und Mr. Boswell ebenfalls. Wie geht es Ihnen, Herr Höllenschwefel?«

»Nun, danke gut, Sir«, sagte ich und ignorierte seine Anspielung auf meine diabolischen Mißerfolge in den Höhlen von Westcombe, »und wie geht es Ihrer lieblichen Tochter, Miss Fan?«

»Fan ist mit ihrem Cousin Talley verheiratet. Sie lebt in West Country und erzieht dort ihre zahlreiche Nachkommenschaft. Aber wir haben keine Zeit zu schwätzen. Dr. Franklin befindet sich in höchster Gefahr. O Ben, Ben, in Westcombe wärst du sicher gewesen, warum hast du nur darauf bestanden, nach London zu gehen?«

»Geld, Geschäfte und Liebe«, lächelte Franklin, »welche anderen menschlichen Motive kann es noch geben? Ich kam hierher, um das zu holen, ohne das unser Kampf für die Unabhängigkeit aussichtslos ist. Außerdem wollte ich meine Papiere wiedererlangen und die liebe Mrs. Margaret noch einmal sehen.«

»Wir wollen hoffen, daß Sie durch Ihren Leichtsinn nicht alles verloren haben. Wir müssen mit größter Eile nach Westcombe abreisen. Meine Reisekutsche wartet vor der Tür, und die Männer der Westcombe Blacks sitzen bereits auf ihren Pferden, um uns zu begleiten.«

»Eine hoffnungslose Bande«, bemerkte Dr. Johnson. »Ich dachte, ich hätte sie für die Seite des Gesetzes gewonnen.«

»Nun, Sir«, lächelte Sir Francis dünn, »nicht so ganz, wenn

das Leben meines Freundes auf dem Spiel steht. Für ihn würden sie ihr Äußerstes geben. Und Sie, Dr. Johnson, was werden Sie für uns tun? Diese Sache hier ist ein bißchen schwerwiegender als ein paar französische Kröten. Werden Sie schweigen?«

Johnson sagte nichts, und so schaltete ich mich ein: »Sie haben mein Wort, Sir. Ich wünsche den Amerikanern nur Gutes.«

»Dann dürfen Sie gehen, Mr. Boswell.«

»Nicht, wenn Dr. Johnson hierbleibt.«

»Er bleibt«, sagte Sir Francis energisch. »Wir können es nicht riskieren, daß er hinter unserem Rücken zu Lord North läuft.«

»Aber, aber, Sir, ich habe Ihnen schon einmal gesagt, daß ich kein Gerichtsdiener bin.«

»Und ich glaube Ihnen, Dr. Johnson«, sagte Franklin ruhig.

»Nein, Ben, wir können es nicht riskieren. Er muß mit uns nach Westcombe kommen.«

Ich protestierte, aber Dr. Johnson sah mich an und schüttelte den Kopf. Ich zuckte die Achseln und bereitete mich auf die Reise vor.

Nun herrschte geschäftiges Treiben. Papiere wurden eingepackt, Handkoffer geräuschvoll geschlossen, Körbe mit Essen gefüllt. Benny, wieder vollständig trocken und warm angezogen, wurde in Schals eingewickelt und in eine Ecke der Reisekutsche verfrachtet, wo er auf der Stelle einschlief. In dem ganzen Getümmel hätten wir mit Leichtigkeit Reißaus nehmen können, aber unerklärlicherweise blieb Dr. Johnson ruhig lächelnd sitzen.

Schon bald darauf standen wir in der Tür und nahmen Abschied. Franklin nahm die kleine Margaret Stevenson herzlich in die Arme und hielt sie liebevoll fest.

»Lebewohl, meine Liebe, noch einmal Lebewohl. Danke für die wolkenlosen, sonnigen Jahre mit dir. Laß uns dem Sturm danken, der mich hierhergeführt und unser Wiedersehen ermöglicht hat. Und wenn wir uns nie mehr wiedersehen sollten, so denke an mich.«

Margaret stand weinend in der Tür, als wir sie verließen und in der Nacht verschwanden. Die dunkelgekleideten Gestalten der Westcombe Blacks geleiteten uns mit leisen Hufen, und so gelangten wir unbemerkt aus der Stadt hinaus und auf die Straße, die zum Meer führte. Bennys Mißgeschick hatte bei den Bediensteten des Ministeriums offensichtlich Verwirrung gestiftet. Wenn wir ihnen nur entkommen würden, bevor sie sich sammelten!

Bis zum Hafen von Westcombe, wo die *Reprisal* vor Anker lag, hatten wir noch einen langen Weg vor uns. Doch die Westcombe Blacks hatten unsere Reise gut vorbereitet. In den Posthaltestellen erwarteten uns frische Pferde, und während die Stallburschen eifrig ihre Pflicht taten, konnten wir uns erfrischen, wobei die Männer aus Westcombe uns bedienten – und mit größter Aufmerksamkeit bewachten.

Den ersten Teil unserer gemeinsamen Reise verbrachten wir in Schweigen, das sich schließlich in Schlaf auflöste, als unsere erschöpften Geister ihr Recht forderten.

Bei Tagesanbruch schien die Sonne. Wir erforschten den Inhalt der Körbe und lehnten uns schließlich frisch gestärkt zurück. Die Kutsche war neu und geräumig, sie roch nach Leder und Pferdefleisch und quietschte sacht in ihren leichten Federn. Ich betrachtete meine Begleiter. Sir Francis, der in einen flaschengrünen Umhang mit mehreren Pelerinen gekleidet war, hatte sich lässig in seiner Ecke zurückgelehnt. Seine wachsamen, dunklen Augen ruhten auf Dr. Johnson, der seinerseits mit wohlwollendem Lächeln dasaß und, wie immer, die zügige Fahrt der Kutsche genoß.

Dr. Franklin in seinem tabakfarbenen Überzieher trug weder Perücke noch Hut, sondern immer noch dieselbe Pelzmütze, die er wie einen braunen Bienenkorb bis knapp über seine Brille hinuntergezogen hatte. Aufmerksam betrachtete er die vorbeiziehende Landschaft. Neben ihm saß der kleine Benny, der inzwischen aus seinem Kokon geschlüpft war. In der heiteren Form seiner kleinen Oberlippe und dem Leuchten der Augen war die Ähnlichkeit zu seinem Großvater unverkennbar. Es war unmöglich, die Reise in verdrießlichem

Schweigen fortzusetzen. Meine Begleiter waren geistreiche und witzige Männer, und sie hatten einander viel zu sagen, wenn das Eis zwischen ihnen erst einmal gebrochen war. Und wer hätte besser den Anstoß geben können als ihr bescheidener Diener James Boswell? War ich in der Lage gewesen, meinen strengen Freund mit diesem Teufel, Jack Wilkes, auszusöhnen – wie ich es kürzlich getan hatte – so würde ich trotz aller Schwierigkeiten auch Johnson und Franklin zusammenbekommen.

Angewärmt durch mein Frühstücksschnäpschen, versuchte ich zunächst, die Atmosphäre mit einem meiner eigenen Leider aufzulockern. Ich zog die derben Strophen von ›Gunters Chain‹ in Betracht: Sir Francis würde gewiß Gefallen daran finden, und Dr. Franklin mit seinen fröhlich gebogenen Mundwinkeln sah aus, als sei er ebenfalls dafür empfänglich. Doch dann warf ich einen Blick auf das stolze Antlitz meines moralischen Mentors und schmetterte statt dessen eine Strophe meiner Weise zu Ehren von ›Johannisbeergelee‹.

Danach revanchierte sich Franklin mit einem selbstkomponierten, fröhlichen Trinklied, das er, wie er sagte, vor dreißig Jahren geschrieben hatte, um der Freundschaft und dem Wein zu huldigen. Seine Stimme war heiser, aber die Töne kamen gerade.

Trinkt aus eure Humpen und verachtet die Lumpen
Die den Kern verschmäh'n und die Schale verzehr'n.
Was sind Liebe, Herrschaft, Reichtum? Der weise Salomon
sagt punktum
Sie sind Eitelkeit, Eitelkeit und nicht viel mehr.
Denn die reine Seele weiß,
Freunde und die Flaschen, machen den Wert.

»Dem stimmen wir alle zu«, rief ich aus, »wie Dr. Johnson zu sagen pflegt, ›Haltet eure Freundschaft in Ehren.‹«

»Und in meinem Land«, erwiderte Dr. Franklin, »haben die Indianer ein Sprichwort, ›Erhalte den Glanz an der Kette der Freundschaft.‹«

»Was ist, hat Benny kein Lied zu singen?« schlug Flashwood vor und lächelte den helläugigen kleinen Jungen an.

Sofort begann Benny, eine Volksweise mit dem Titel ›Yankee Doodle‹ zu johlen.

Vater und ich gingen hinunter aufs Feld
zusammen mit Käpt'n Good'in,
da sahen wir Männer und Jungs,
die aßen den Maismehlpudding.
Yankee Doodle, weiter so,
Yankee Doodle Dandy,
Hör Musik und tanz den Schritt
und mit den Mädels sei geschickt!

»Mit den Mädels!« wiederholte Dr. Johnson, der ein Lächeln nicht unterdrücken konnte. »Ein reifer Junge, Yankee Dandy Benny, ja wirklich!«

Ermutigt durch die Anerkennung meines Freundes, plapperte Benny mit seiner hohen Stimme weiter: »Ich werde in Frankreich zur Schule gehen«, erzählte er Dr. Johnson stolz, »und wenn wir den Krieg gewonnen haben ...«

»Gewonnen, mein Junge?«

»Ja, Sir, natürlich werden wir gewinnen«, ertönte laut seine klare Stimme. »Wir werden die Rotröcke an den Stränden, auf den Straßen und, wenn es sein muß, in der Wildnis aufspüren. Das haben wir bei unserem Leben, unserem Schicksal und unserer heiligen Ehre geschworen!«

»Nun denn«, sagte Dr. Johnson immer noch lächelnd, »was für ein wortgewandter junger Rebell dies ist!«

»Ein wortgewandter junger Papagei«, bemerkte Mylord. »Dieser letzte Satz wurde, wenn mein Gedächtnis mich nicht trügt, von Thomas Jefferson aus Virginia geschrieben.«

»Unter Mitwirkung von Benjamin Franklin aus Pennsylvania«, fügte der Amerikaner hinzu.

»Und das«, ergänzte Flashwood, »ist der Geist des Jahres '76!«

»Hohles Gerede!« murmelte Johnson, und ich wechselte hastig das Thema.

»Sagen Sie, Dr. Franklin, welche Pläne verfolgen Sie zum Wohle der Menschheit?«

Das Lächeln auf seinen Lippen vertiefte sich, und einen Moment lang dachte ich, er würde sagen: »Freiheit!« Statt dessen antwortete er bescheiden: »Nun, Sir, ich habe neue Erkenntnisse über den Golfstrom, über den Aurora Borealis und im Bereich der Optik gewonnen.«

»Dazu, Sir, wünsche ich Ihnen allen Erfolg«, sagte Dr. Johnson, »denn meine Augen sehen schlecht, und ich habe keine Gläser gefunden, mit denen ich sowohl lesen als auch die Welt um mich herum betrachten kann. Ich habe überlegt, ob nicht jemand in der Lage wäre, die beiden Funktionen zu kombinieren, indem er zwei Glasstücke zusammen in einen Rahmen setzt, das untere zum Lesen und das obere für die Fernsicht.«

»Nun, Sir«, erwiderte Franklin lächelnd, »das ist nicht nur möglich, sondern ich habe es bereits verwirklicht, wie Sie an den Gläsern, die ich trage, sehen können.«

Er nahm sie ab und reichte sie herüber. Johnson hielt sie dicht vor seine kurzsichtigen Augen und betrachtete sie ausführlich. Ich sah nun, daß das, was ich im Halbdunkel der Bow Street für Sprünge im Glas gehalten hatte, in Wirklichkeit die Linien waren, an denen die beiden Halbkreise zusammentrafen.

»Genial!« sagte Dr. Johnson und setzte die Gläser auf. Doch nach einem kurzen Moment gab er sie zurück und schüttelte bedauernd den Kopf.

»Bei mir funktionieren sie nicht.«

»Natürlich nicht«, sagte Franklin, »die Gläser müssen jedem Auge individuell angepaßt werden. Falls ich es tatsächlich bis nach Frankreich schaffen sollte, dann werde ich die dortigen Linsenmacher mit der Herstellung solcher Gläser beauftragen. Wenn alles gutgeht, werden Sie bald davon hören.«

Den Rest des Morgens verbrachten wir freundschaftlich mit weiteren Gesprächen über wissenschaftliche Themen.

»Sie hatten recht, Bozzy«, flüsterte mein Freund mir bei der nächsten Posthaltestelle ins Ohr, »dieser kluge Kopf sollte keineswegs Temple Bar zieren!«

Die Sonne hatte den Meridian schon weit überschritten, als wir mit einer gewissen Erleichterung das Dorf Westcombe erreichten. Dort hielten wir im Admiral's Head Einkehr, bevor unsere Reisenden an Bord der *Reprisal* gingen. Der Schiffbaumeister erwartete uns mit der guten Nachricht, daß sie repariert und seetüchtig war. Seine Männer trugen bereits das Gepäck an Bord, während wir noch ein Glas zusammen tranken.

Das Geräusch hastig aufschlagender Hufe unterbrach unser friedliches Beisammensein, und ein atemloser junger Mann hastete auf uns zu.

»Die Rotröcke, Mylord!« schrie er. »Wir sind verraten worden! Jemand hat in Carnock Castle geplaudert, und die Kavallerie ist auf dem Weg, um uns festzunehmen. Sie können keine zehn Minuten hinter mir sein!«

»Halte die Augen auf, Gannett!« befahl Sir Francis. »Auf, Ben, wir gehen zu den Höhlen. Auf diesem Weg sind wir in nur zwei Minuten in Sicherheit!«

Ich erinnerte mich der Höhlen von Westcombe mit ihrem Geheimgang zum Hafen und faßte Mut. Aber schon im nächsten Moment war Gannett wieder im Raum und schrie: »Sie kommen, Mylord, sie sind schon oben auf der Straße. Wir sitzen alle in der Falle!«

Dr. Sam Johnson stand entschlossen auf.

»Noch nicht. Geben Sie mir ein Pferd. Ich werde sie fortlocken.«

»*Sie*, Dr. Johnson«, rief Franklin aus, »Sie wollen soviel für Amerika tun?«

»Sagen wir, ich tue es für Benny. Schnell, Doktor, hier ist eine Perücke für Ihre Pelzkappe und ein grauer Mantel für Ihren braunen …«

Sie tauschten ihre Sachen, und die Täuschung fiel sehr überzeugend aus, denn obwohl die Gesichter der beiden großen, gesetzten alten Männer sich keineswegs glichen, so waren doch beide im selben Alter und einander sehr ähnlich in Gestalt und Haltung.

Nach einem äußerst knappen Abschied bestiegen wir im Hof der Schenke unsere Pferde, die Tore wurden geöffnet, wir gaben den Pferden die Sporen und jagten auf die Straße. Keine hundert Meter entfernt erkannten wir die Rotröcke, die mit klirrendem Geschirr auf uns zutrabten. Johnson wendete mit Gebrüll sein Pferd, und fassungslos hörte ich die Worte, die er schrie: »Lang leben die Vereinigten Staaten von Amerika!«

»Nicht schießen!« rief der anführende Offizier. »Ihm nach! Er soll lebendig gefangengenommen werden!«

Jetzt erwies es sich als Glück, daß wir 1768 die Gegend von Westcombe kennengelernt hatten. Über einen Seitenweg verließen wir die Stadt und galoppierten über das Hügelland hinweg. Dr. Johnson pflegte zu sagen, daß er auf Fuchsjagden schneller als jeder andere reite, und auch jetzt ritt er wie der Teufel. Ohne mein schnelles Pferd und den exzellenten Sattel hätte ich nicht mit ihm Schritt halten können. Doch nur allzubald waren unsere Reittiere erschöpft, und die Soldaten holten uns in einer Bodensenke ein.

»Benjamin Franklin«, schrie der junge Offizier, »ich verhafte Sie wegen Hochverrats! Und dasselbe gilt für Ihren Komplizen«, fügte er hinzu, indem er zu mir herübernickte.

»Wohin bringen Sie uns?« fragte ich.

»Nach London, Sir, und das, so schnell es geht.«

Johnson sagte nichts. Je seltener er in seinem Litchfield-Akzent sprach, um so weniger würden unsere Häscher die Täuschung erahnen, und je länger wir unentdeckt vorankommen würden, um so höher würden die Chancen der *Reprisal* sein, unbemerkt nach Frankreich zu entkommen. Die Soldaten nahmen uns in ihre Mitte, und so traten wir unseren beschwerlichen Rückweg nach London an.

Als wir die Hügelkuppe überquerten, erhaschten wir einen Blick auf die blaue Meeresbucht und den Schoner, der alle Segel gesetzt hatte und Richtung Frankreich fuhr. Ich sandte ihm einen wortlosen Wunsch nach: Möge diese Mission von Erfolg gekrönt sein!

Die Rückreise schien sich endlos hinzuziehen, doch schließlich erreichten wir London. Wohin würden unsere Häscher uns nun bringen? Bow Street, Newgate-Gefängnis, den Tower? Hatten wir die Sonne zum letzten Mal gesehen?

Statt dessen steuerte der junge Leutnant das moderne Viertel der Stadt an und zügelte sein Pferd vor einem hübschen Haus am Grosvenor Square. Mit steifen Beinen stiegen wir von unseren Pferden ab und folgten ihm ins Haus. Er klopfte an eine Tür, stieß sie weit auf und verkündete schwungvoll:

»Mylord, ich habe die Ehre, Ihnen zu präsentieren – Dr. Benjamin Franklin!«

Ein Mann mit einem Stern auf seinem Mantel erhob sich lächelnd hinter einem mit Intarsien geschmückten Schreibtisch. Sein kräftiges Gesicht und seine hervorquellenden Augen ließen mich ihn einen erschreckenden Moment lang für den König halten. Dann erkannte ich ihn als Lord North, den ersten Minister des Königs, über dessen Ähnlichkeit mit dem König die Höflinge hinter vorgehaltener Hand zu tuscheln pflegten.

»Mylord!« Dr. Johnson, der sich stets rühmte, einem Ehrenmann die Förmlichkeit zu zollen, die ihm gebührte, nahm den pelzbesetzten Bienenkorb ab und verbeugte sich würdevoll. Mylord fuhr zusammen und starrte ihn an. Sein Lächeln verwandelte sich in ein Stirnrunzeln.

»Was ist das für ein Unsinn, Leutnant? Dieser Mann ist nicht Dr. Franklin, sondern Dr. Sam Johnson. Als Verfasser von politischen Druckschriften genießt er ein hohes Ansehen; ich bin ihm sehr zu Dank verpflichtet. Bei Gott, von was für Trotteln bin ich nur umgeben! Lassen Sie uns allein, junger Mann! (Kleinlaut verzog sich der Soldat.) Und Sie, Dr. Johnson? Was tun Sie hier in einem Rebellenmantel? Sie haben doch nicht im Ernst den Mantel gewechselt?«

Dr. Johnson warf ihm einen finsteren Blick zu. Obwohl er die Politik von Lord North unterstützte, verachtete er ihn als Person.

»Ich bin ein Überläufer, Mylord«, antwortete er unerschütterlich. »Ich lehne die Rebellion genauso ab, wie ich es immer getan habe. Und doch, wenn ein Mann heimlich gefangengenommen werden soll – ein Mann, der ein Wohltäter der Menschheit ist – ohne gesetzliche Grundlage und auf Kosten eines Kindes, für welchen geheimen Zweck soll dies gut sein? Einen konspirativen Mordanschlag vielleicht?«

»Nicht doch!« schrie North gequält, aber Johnson fuhr fort: »Dann werde ich tun, was ich kann, um mein Vaterland vor einer solchen Schandtat zu bewahren. Wenn meine Anwesenheit Schutz bieten kann, gleich wie, dann werde ich diesen Schutz auch gewähren.«

»Das erklärt wohl«, rief ich in plötzlicher Erkenntnis, »weshalb Sie behauptet haben ...«

Johnson warf mir einen Blick zu, der mich verstummen ließ, und fuhr ungerührt fort: »Der Fehler des Leutnants hat mich sehr viel Kraft gekostet, Mylord; ich bitte um die Erlaubnis, mich zurückziehen zu dürfen.«

Würde uns der Rückzug gewährt werden? In einer kurzen Vision sah ich den Tower und das Schafott vor mir aufblitzen. Dann lächelte Mylord kalt.

»Wie Sie sich denken können, Dr. Johnson, würde diese Transaktion, wenn sie bekannt würde, mein Ministerium zum Gespött der Leute machen. Sie können gehen, aber halten Sie Ihre Zunge im Zaum.«

»Zu Befehl, Mylord. Aber lassen Sie mich sagen, daß ich, nachdem ich Stunden in der Gesellschaft des Amerikaners und seines Enkelsohnes zugebracht habe, das Ende prophezeien kann. In ihrer Entschlossenheit, Tapferkeit und Klugheit haben die Amerikaner stets ihresgleichen gesucht, und ich fürchte, Eure Lordschaft wird Schwierigkeiten haben, über den Geist des Jahres '76 zu siegen!«

Originaltitel: The Spirit of the '76
Ins Deutsche übertragen von Renate Kunze

Das tödliche Testament

Ron Burns

Während ich die letzten Vorbereitungen für die Veröffentlichung der ersten Anthologie traf, fiel mir eine Ausgabe von ›Roman Shadows‹ *(dt.* Römische Ausschweifungen*) in die Hände. Der Autor, Ron Burns, hatte darin die historischen Ereignisse im Rom des Jahres 43 v. Chr. zum Ausgangspunkt einer spannenden Romanhandlung genommen. Später erfuhr ich dann, daß Burns einen weiteren Roman geschrieben hatte,* ›Roman Nights‹*, der im zweiten Jahrhundert n. Chr. spielt, kurz nach dem Tode Mark Aurels. Leider konnte ich bisher dieses Buch nirgendwo auftreiben. Wenig später schuf er einen neuen Charakter und eine andere Serie:* ›The Mysterious Death of Meriwether Lewis‹ *(1993) und* ›Enslaved‹ *(1994), beide mit Harrison Hull als Hauptfigur, einem Vertrauten von Thomas Jefferson. Als ich Ron Burns kontaktierte und ihn bat, einen Beitrag für diese Anthologie beizusteuern, stimmte er auf der Stelle zu und schrieb eine neue Geschichte um Harrison Hull. Wie in seinen beiden Romanen basiert auch diese Geschichte auf realen Ereignissen in Virginia zu Beginn des 19. Jahrhunderts.*

Ich hocke in der Dunkelheit, in einer winzigen Kammer im oberen Stockwerk eines kleinen Hauses in Richmond, Virginia. Neben mir auf dem Fußboden liegen zwei geladene Pistolen, und in meinem Gürtel steckt ein Dolch.

Dies ist die vierte Nacht, die ich so verbringe … wartend. Meine Gedanken werden zunehmend schriller – falls Gedanken schrill sein können. Ich habe das Arsen gefunden. Ich habe das Verbrechen aufgedeckt und mit dem Finger auf den Schuldigen gewiesen. Warum muß *ich* also in diesem Versteck kauern? Warum zum Teufel muß ich überhaupt hier sein?

Ein plötzliches Geräusch! Undeutlich und weit entfernt, aber mein Puls rast, und ich lausche atemlos. Ich warte bis ... Nichts. Nichts weiter. Ist wohl nur eine leichte Brise oder das Haus selbst. Mit dem Handrücken wische ich mir die Schweißperlen von der Stirn. Die Hitze in der Kammer ist unerträglich, wie überall in Richmond.

Richmond! Dort nahm dieser Alptraum seinen Anfang ... Mein Gott, ist das jetzt schon zwei Monate her? Ich wollte bloß für ein paar Tage hier sein, um die Hochzeit meines Cousins zu feiern. Und es hätte auch bei einem kurzen Aufenthalt bleiben können, das gebe ich zu. Meine Familienangelegenheiten waren schnell erledigt, und der Vorwurf ist berechtigt, daß mich das, was mich hier festhielt, streng genommen nichts anging. Aber es hat mir nie gefallen, den Dingen ihren Lauf zu lassen, schon gar nicht, wenn es um einen Freund geht oder auch nur um den Freund eines Freundes. In diesem Fall stand ein Mann namens George Wythe im Mittelpunkt von Ereignissen, die uns alle mitrissen. Wythe war einstmals Rechtsberater von Präsident Jefferson gewesen und außerdem einer der heiligen Unterzeichner der amerikanischen Unabhängigkeitserklärung von 1776. Man hatte ihm gerade erst einen kleinen Empfang bereitet – am Tag vor der Hochzeit meines Verwandten –, um den dreißigsten Geburtstag dieses historischen Ereignisses zu begehen, und ich suchte ihn in seinem Haus auf, um ihm meine Anerkennung und meinen Respekt zu zollen. Zwar hatte ich ihn nur zweimal gesehen, aber sein außergewöhnlicher Charakter – eine seltene Mischung aus Weltklugheit und großväterlicher Milde – machte es leicht, ihn zu bewundern, und unmöglich, ihn zu vergessen. Als der Ärger begann, konnte ich nicht einfach die Achseln zucken. Es war irgendwie unvermeidlich, in die Sache hineingezogen zu werden.

Was ist das? Ein weiteres, entferntes Geräusch läßt mich aufschrecken, allem Anschein nach eine knarrende Treppenstufe oder Holzdiele. Sofort greife ich nach einer der beiden Pistolen, erkenne aber, daß es bloß Duval ist, der in seinem Nachthemd zur Toilette schlurft. Um selbst die kleinste Möglichkeit, belauscht zu werden, auszuschalten, habe ich ihn angewiesen, nach Einbruch der Dunkelheit nicht mit mir zu sprechen. Aber in dieser Nacht, auf seinem späten Spaziergang, hört er mein erregtes Atmen und hält vor der Tür zu meiner Kammer inne.

»Alles in Ordnung mit dir, Harry?« fragt er flüsternd.

Ich bejahe seine Frage, und er schlurft davon. Ich kann mir ein verstohlenes Lächeln über die feine Ironie seines unbedingten Gehorsams nicht verkneifen. Denn das hier ist schließlich Duvals Haus, und es ist seine Kammer, in der ich die vergangenen Nächte in Wartestellung verbracht habe. Überhaupt ist er es, der all das möglich gemacht hat. Denn William Duval ist ein bekannter Kalligraph und nebenbei der Konstrukteur von Jeffersons berühmter Polygraph-Kopiermaschine; auch einige Schreibtische hat er für den Präsidenten angefertigt.

Ja, mit mir ist alles in Ordnung, sage ich Duval. Aber ich spüre die wachsende Anspannung meiner Nerven. Einmal mehr schweifen meine Gedanken zu dem Unglück, von dem der Haushalt Wythes heimgesucht wurde, gleich nach dem Abendessen am siebten Juli, zwei Tage nach der Hochzeit. Zunächst dachte man, es sei die Cholera – was für ein Witz! –, aber das wurde rechtzeitig dementiert. Die Ärzte äußerten ihre Zweifel, der Anwalt öffnete das Testament, und dann erlangte der alte Wythe sein Bewußtsein wieder und erzählte uns die ganze Geschichte. Mit einemmal war alles so simpel und offenkundig erschienen. Trotzdem war es irgendwie schief gelaufen.

Abgesehen von Wythe waren noch zwei andere betroffen: Wythes schwarze Haushälterin, Lydia Broadnax, und ein hellhäutiger Negerjunge von fünfzehn Jahren, Michael Brown. Der Junge starb im Laufe weniger Stunden, während Wythe und Broadnax tagelang bewußtlos waren, mehr tot als lebendig. Die Neuigkeiten drangen in die Stadt – das Gerücht sprach von Cholera, wie ich schon erwähnte –, und so begab ich mich am nächsten Tag zu Wythes Anwesen, um mir ein Bild zu machen. Dort traf ich die Ärzte, die zunächst sprachlos waren, dann aber einräumten, es gäbe immer noch offene Fragen, selbst hinsichtlich der Diagnose. Ich traf auch Duval, der mir bei den weiteren Nachforschungen half.

Die Häuser – Wythes und das meines Cousins – lagen an der prächtigen Kingman-Avenue, einer Allee mit hübschen Häuserfronten aus Backstein, die den Geschmack Virginias widerspiegelten. Die lauen Sommerwinde waren erfüllt von kultivierten, südlichen Stimmen, zwitschernden Vögeln und dem gelegentlichen Klirren von Glaskristall. Alles in allem war das ein Ort, der von Gewalt und Mord so weit wie irgend möglich entfernt schien.

Insbesondere Wythes Haus war angefüllt mit den Erinnerungsstücken eines langen Lebens: Schriftrollen der William-und Mary-Universität, die ihm seine juristischen Abschlüsse verliehen, ein eingerahmter Dankesbrief von Jefferson, eine Gedenktafel des Gouverneurs von Virginia und außerdem zahllose Trophäen, Briefe und Auszeichnungen dieser oder jener Stadt, aus Kaufmannskreisen oder von Farmervereinigungen. Schattenrisse seiner verstorbenen Frau schmückten jeden Raum und jeden Korridor, und überall gab es aufeinander abgestimmten Zierat und Antiquitäten. Im vorderen Empfangszimmer hing schließlich ein Porträt von Wythe, das seinem wahren Aussehen aber nicht gerecht wurde. Es hatte zwar den imposanten grauen Kotelettenbart recht gut getroffen, formte aber seine lebendigen, leuchtenden Augen trüb und düster und ersetzte sein gewinnendes Lächeln durch einen schmallippigen, wortkargen Mund.

Mit Duval an meiner Seite ließ ich meine Augen über all das gleiten, und entdeckte schließlich die kleine Flasche auf dem Fußboden einer Kammer im oberen Stockwerk (nicht unähnlich der, in der ich mich momentan befinde, wie mir jetzt in den Sinn kommt). Die Flasche lag versteckt hinter einem riesigen Haufen alter Kleider, merkwürdiger Papiere und anderem zusammengetragenem Abfall. Ich wußte sogleich, worum es sich handelte, denn obwohl die Flasche verkorkt war, hatte sich ein Teil der Flüssigkeit über den Rand ergossen, und der Geruch war unverkennbar. Auch Duval wußte sofort Bescheid.

»Arsen«, stieß er hervor, und sein Gesicht nahm eine schneeweiße Farbe an.

In Wythes Arbeitszimmer fanden wir außerdem ein versiegeltes Paket mit Dokumenten, allem Anschein nach sein Testament. Da der alte Mann im Stockwerk unter uns um sein Leben rang, wies Duval jeden Gedanken an ein Öffnen des Pakets zurück. Ich sagte nichts dazu – ich war nicht bereit, auf einen derart radikalen Bruch mit der Gewohnheit zu drängen (radikal selbst in meinen Augen). Trotzdem erörterte Duval die Sache weiter, mehr mit sich selbst als mit mir, wie ich bemerkte, bis er schließlich einen Ausweg aus dem Dilemma fand.

»Genau! Ich werde einen Anwalt rufen«, sagte er mit erregter Stimme. »Um das zu öffnen, muß ein Anwalt zugegen sein.«

Ohne zu zögern, eilte er in das Büro von Wythes Anwalt, Edmund Randolph, das etwa eine Meile entfernt lag.

Während ich wartete und mich weiterhin beiläufig umblickte, betrat ein neuer Gast das Haus, jemand, dem ich nie zuvor begegnet war, dessen Name an diesem Tag aber schon mehrfach gefallen war.

»Kenne ich Sie, Sir?« fragte George Sweney. Er trat in Wythes Salon auf mich zu und starrte mich für ein oder zwei Minuten an. Ich stierte zurück und blickte in ein Gesicht, das von Selbstgefälligkeit und Snobismus gezeichnet war: boshafte, eng zusammenstehende Augen und ein Mund, der sich nur in den Winkeln zu öffnen schien; ein Anblick, der mir in meinem Leben oft begegnet ist und mit dem ich umzugehen gelernt hatte. Diese Erfahrung machte ich mir nun gegenüber Sweney zunutze und – um die Wahrheit zu sagen –, ich genoß diese Überlegenheit. Mein offensichtliches Vergnügen schien seine Selbstgefälligkeit ein wenig zu untergraben, obwohl immer noch ich der Eindringling war. Denn Sweney war Wythes Neffe und wohnte in dem Haus.

»Ja, ich heiße Harrison Hull, und wir haben uns vor einigen Tagen kurz getroffen«, log ich. »Während des Empfanges Ihres Onkels. Das war ein fröhlicherer Anlaß.«

Ich streckte ihm meine Hand zum Gruß entgegen, während er mich mit seinen neugierigen Blicken noch eine ganze Weile von oben bis unten musterte, etwas zu genau, wie mir schien. Dann sagte er »O-o-o-o-o, ja«, und auch das kam mir überzeichnet vor. Sein Hang zur Übertreibung war von Anfang an kennzeichnend und störend. Schließlich schüttelte er meine Hand mit geschickt überspieltem Widerstreben, und ich hatte große Mühe, mir ein Lachen zu verkneifen.

Das ist jetzt aber wirklich ein bedrohliches Geräusch, denke ich und schnelle empor. Klingt wie ein Fenster, das irgendwo unten gewaltsam geöffnet wird. Diesmal greife ich mir tatsächlich eine Pistole und springe auf die Füße. Ich lausche, kann aber nur meinen eigenen Pulsschlag und mein Atmen vernehmen. Wer auch immer das sein mag, er läßt sich Zeit und bewegt sich mit äußerster Vorsicht, soviel ist sicher. Aber was habe ich auch erwartet? Der Einsatz war immer noch sehr hoch, und er hatte lange darauf hingearbeitet, hatte keine Mühen gescheut, um seinem Ziel näher zu kommen. Ich lausche und warte, aber die Stille ist bedrückend, wie in einer Gefängniszelle oder im Grab der Pharaonen. Immer noch fällt es mir schwer, meine Gedanken von den Ereignissen zu lösen, die mich in diese Situation, in diese Kammer geführt haben.

»Ich habe von der Krankheit hier gehört und bin gekommen, um nach Ihrem Onkel zu sehen«, erwiderte ich Sweney mit der grimmigsten Miene, die mir möglich war. Ich sagte es einerseits aus Höflichkeit, andererseits, um ein Lachen zu verhindern. »Eine schreckliche Sache«, fügte er hinzu.

»Schrecklich, in der Tat«, entgegnete er. Sein gekünsteltes Auftreten war plötzlich verschwunden, und sein Gesicht zeigte einen gequälten und hilflosen Ausdruck. Ich rief mir meine Geschichte in Erinnerung: wie der kinderlose Wythe den verwaisten Sweney bei sich aufgenommen und ihn großgezogen hatte. Beide waren weit weniger Onkel und Neffe als vielmehr Vater und Sohn.

»Ich glaube, Sie sollten Gott danken, daß Sie sich nicht wie die anderen angesteckt haben«, sagte ich.

Sweney, der sich abgewandt hatte und irgendeinen Zierat auf dem Kaminsims befingerte, blickte mich unvermittelt an. Und für einen kurzen Moment sah ich ein wildes, wütendes Leuchten in seinen Augen. Ich fürchtete, meine unbedachte Äußerung habe ihn verärgert.

»Verzeihen Sie meine Gedankenlosigkeit, ich wollte auf nichts Bestimmtes hinaus«, fügte ich hastig hinzu und neigte meinen Kopf. Sweneys Ärger war auf der Stelle verflogen.

Im selben Moment flog Wythes Eingangstür auf, und Duval trat ein, etwas außer Atem und gefolgt von Edmund Randolph.

»George? Alles in Ordnung? Wie geht's den anderen? Irgendwelche Veränderungen? Was ist mit deinem Onkel? Und wie steht's um Miss Lydia?« Die Fragen des Anwalts kamen wie aus der Pistole geschossen und zwangen den armen Sweney zu einem unbeholfenen Stottern.

»Ich … ich weiß nicht. Die Ärzte sind sich nicht …«

Erneut schlug die Tür auf. Diesmal waren es die Ärzte, die von einer Schar Träger und einer Krankenschwester begleitet wurden. Durch das Fenster konnte ich eine Ambulanz sehen, die draußen wartete.

»Was … was hat das zu bedeuten?« fragte Sweney. Seine Augen füllten sich wieder mit Zorn, und sein Mund kräuselte sich empört.

»Wir sind natürlich gekommen, um nach unseren Patienten zu sehen«, erwiderte einer der Ärzte. Seine Stimme hatte einen süßlich-melodischen Klang, und ich verspürte einen Anflug von Verwirrung. War das noch so einer, der zu Übertreibungen neigte? Ich war baff. Oder lag es etwa an mir? Hatte ich mich so lange und so eindringlich mit den Feinheiten – den sogenannten Nuancen – des menschlichen Verhaltens beschäftigt, daß jeder Laut oder Ausdruck in mir ein Gefühl tiefen Spottes auslöste?

»Ja, ja, ich weiß«, begann Sweney, »aber was machen all die …«

»Die Krankenschwester wird hierbleiben. Zur Pflege der …«

»Ich verstehe, das ist gut, aber …«

»Und die Träger sind gekommen, um Michael Browns Leichnam mitzunehmen.«

»O nein, nein, nein«, stieß Sweney plötzlich hervor. »Der bleibt bis zur Beerdigung hier.«

Der Arzt schüttelte unerbittlich den Kopf. »Ich habe eine entsprechende Anordnung des Richters«, entgegnete er und zog ein Papier aus der Innentasche seiner Jacke. Als er es Sweney zeigte, führte der andere Arzt die Träger bereits ins obere Stockwerk.

Sweney starrte auf das Papier, dann gab er es Randolph, der sich räusperte und nickte. »Es ist alles legal. George«, sagte er.

»Wir wollen seine Leiche obduzieren«, fügte der Arzt hinzu.

Sweney schien erneut Protest erheben zu wollen, gab aber nach, als Randolph ihm eine Hand auf die Schulter legte. In wenigen Minuten waren die Mediziner verschwunden, und die Ambulanz rollte die Kingman-Avenue hinab.

»Warum war das hier nicht unter den Akten in meinem Büro, George?« fragte der Anwalt plötzlich und fuchtelte mit einer ganzen Lage von Papieren vor Sweneys Gesicht.

Der Neffe öffnete und schloß seinen Mund. Das war offensichtlich nicht sein Tag. »Ich habe keine … was … was ist das?«

»Es ist der letzte Wille Ihres Onkels und sollte nicht irgendwo im Haus herumliegen«, brummte Randolph und strich sich übers Kinn.

Sweney atmete schwer, schien ein- oder zweimal etwas sagen zu wollen, blieb aber letztendlich stumm. Duval hatte die ganze Zeit über geschwiegen, und ich tat es ihm gleich.

»Und wer sind Sie?« fragte Randolph. Mit einemmal war ich das Objekt seiner Aufmerksamkeit und mußte schlucken. Ich konnte nichts dagegen tun, aber ein unangenehmes Vorgefühl beschlich mich. »O ja, Duval hat mir von Ihnen erzählt. Hull, nicht wahr?«

»Harrison Hull, ja, Sir«, antwortete ich.

»Und was führt Sie hierher, Mr. Hull?«

Ich blickte in seine dunklen, strengen Augen, die einen Zug von Grausamkeit verrieten. Randolph war eine imposante Gestalt, beinahe einschüchternd. Er wußte genau, wer er war, und genoß diesen Effekt, diese Wirkung auf andere Menschen. Um ihn zufriedenzustellen, hätte ich sogar ein Stammeln vorgetäuscht, wenn mir nicht tatsächlich die Worte gefehlt hätten. Ich war überwältigt, und das kam nicht oft vor. Deshalb war ich froh, als Duval an meiner Statt antwortete.

»Nun, Mr. Hull ist beim Militär.«

»So ist es«, sagte ich schnell, »Captain in der Armee der Vereinigten Staaten. In der Vergangenheit habe ich einige Spezialaufträge für meinen Freund, Meriwether Lewis, erfüllt. Und ebenso für den Präsidenten.«

Randolph nickte bedächtig, und ich könnte schwören, ein winziges Lächeln hätte seine Mundwinkel umspielt.

»Lewis? Der Entdecker? Immer noch nicht aus der Wildnis zurück, oder?«

»Nein, bis jetzt nicht, Sir. Wir erwarten aber baldige Nachricht von ihm.« Ich hielt inne, er aber legte den Kopf schräg, und seine Augen weiteten sich. »Jedesmal wenn Mr. Jefferson erfuhr, daß ich nach Richmond kam, bat er mich, bei Mr. Wythe vorbeizuschauen. Und da war es selbstverständlich, als ich von seiner Krankheit hörte ...«

Ich ließ meine Worte mit erhobenen Händen verklingen, während Randolph einfach vor sich hin starrte und sich das Kinn rieb.

»Nun ja«, sagte er schließlich, beinahe im Flüsterton. »Was das anbelangt ...« Sein Blick fiel auf das Testament. »Es zu öffnen kommt natürlich nicht in Frage, da Wythe noch am Leben ist.« Er schnaufte und murmelte noch etwas, dann zog er eine Zigarre hervor und zündete sie an. »Es bleiben aber immer noch ... gewisse Fragen ...« Er murmelte wieder und paffte an seiner Zigarre. Dann sagte er plötzlich im Kommandoton: »Kommen Sie in mein Büro. Alle drei. Morgen früh um zehn Uhr.«

Damit machte er auf dem Absatz kehrt und verließ das Haus.

Das Treffen am nächsten Tag war voller Überraschungen. »Lassen Sie mich zunächst feststellen, daß ich mit den zuständigen Ärzten gesprochen habe und nun feststeht, daß Cholera definitiv *nicht* die Ursache von Michael Browns Tod war«, verkündete Randolph mit einer Spur von Ehrwürdigkeit.

»Was war es dann?« fragte Sweney. Aber Randolph überging die Frage einfach und setzte seine Ausführungen mit schwungvollem Tonfall fort. »Was ich nun tun werde, ist nicht nur ungewöhnlich, sondern widerspricht auch den juristischen Gepflogenheiten.« Nach einer kurzen Pause – offenbar um die Dramatik der Szene zu steigern – brach er das Siegel von Wythes Testament und las die entscheidenden Verfügungen. Die Haushälterin, Lydia Broadnax, sollte Wythes Haus und andere Besitzungen erben. Michael Brown war als Erbe der Hälfte von Wythes Bankkapital vorgesehen. Die andere Hälfte sollte Sweney zustehen.

Der große Schock war das, was unausgesprochen blieb. Denn das Testament bestätigte in Wirklichkeit ein seit langer Zeit bestehendes und wohlgehütetes Geheimnis; ein Geheimnis, von dem nur im Flüsterton und in schummrigen Ecken gesprochen worden war. Jetzt, in Erwartung von Wythes Tod, würde es an die Öffentlichkeit dringen; es würde – um das gefürchtete Wort zu benutzen – offiziell werden. Denn Lydia Broadnax war seit Jahren Wythes Geliebte und der Mulatte Michael Brown ihr gemeinsamer, unehelicher Sohn. Um dem Ganzen die Krone aufzusetzen und den Skandal zu vergrößern, gab das Testament den jungen Brown in die Obhut keines Geringeren als des Präsidenten der Vereinigten Staaten von Amerika, Thomas Jefferson, der für ›Unterhalt, Erziehung und andere Wohltaten‹ Sorge tragen sollte.

Mir war das Geheimnis nicht verborgen geblieben, ich hatte aber nicht viele Gedanken darauf verschwendet und es nur halb geglaubt. Jetzt, da das Ganze offenkundig war, war ich doch bestürzt und mußte erst mal nach Luft schnappen. Duval dagegen wirkte wie stets gefaßt, und seine Züge verrieten eine gewisse Selbstgefälligkeit, so als wolle er andeuten, er habe all das längst gewußt. Sweney, in seiner verächtlichen und höhnischen Art, konnte seinen Ärger, seinen unbändigen Zorn nicht verbergen.

»Verdammt!« hörte ich ihn zischen, aber es gab keine Zeit, um die Sache zu diskutieren. Just in diesem Moment stürzte einer von Wythes schwarzen Hausdienern ins Zimmer und teilte uns mit erregter Stimme mit: ›Massa Wythe‹ sei wieder bei Bewußtsein und wolle uns auf der Stelle sehen. Weil weder Pferde noch Fuhrwerke bereitstanden, rannten Randolph, Duval und ich die eineinhalb Meilen zu Wythes Haus. Als wir dort ankamen, waren wir völlig außer Atem. Erst als wir die kleine Veranda betraten und die Eingangstür öffneten, fiel mir auf, daß wir Sweney weit hinter uns zurückgelassen hatten.

Noch vor wenigen Tagen war mir Wythe als Mann voller Energie und Tatendrang erschienen. Jetzt lag er abgezehrt und zitternd in seinem Bett und sprach mit schleppender Stimme. »Vergiftet«, flüsterte er in dem Moment, als wir sein Zimmer betraten. »Arsen.« Er hielt inne, offensichtlich hatten ihn die Worte überanstrengt. Oder war er bloß überwältigt? Von Zorn vielleicht? Oder Reue? »Wie mein eigener Sohn«, sagte er.

In diesem Moment trat Sweney ins Zimmer, und das schien Wythe auf seltsame Weise zu beleben. »Sweney hat es getan«, sagte er, und seine Stimme war plötzlich klar und unmißverständlich. Es war eine Anklage von außergewöhnlicher Energie, in der die Hoffnung mitschwang, nun werde der Gerechtigkeit genüge getan.

»Er kam dahinter, daß er das Erbe würde teilen müssen«, fuhr Wythe fort. »Er geriet außer sich vor Wut, drohte und fluchte. Ich dachte, er würde zur Vernunft kommen. Aber ich schätze, das war ein Irrtum.«

Ein anderer Diener hatte in der Zwischenzeit die Ärzte informiert, und als Wythe geendet hatte, traten sie in das längst überfüllte Schlafgemach. »Michael Brown starb an einer Arsenvergiftung«, sagte einer der Ärzte.

»Ja«, antwortete Wythe mit immer noch geschwächter Stimme, in der aber – so schien es mir jedenfalls – Erleichterung mitschwang. »Es geschah beim Abendessen. Das Gift war in den Erdbeeren und im Kaffee.«

Die Ärzte nickten. »Sehr wahrscheinlich«, sagte einer von ihnen.

Dann schien es für einen Moment so, als hätte sich eine düstere Wolke über das Zimmer gelegt. Wythe lehnte sich erschöpft zurück, und wir standen einfach nur da, stumm und hilflos.

»Wie geht es den anderen?« fragte Wythe schließlich. Das war die Frage, die wir alle gefürchtet hatten.

Randolph sah zu mir, und ich blickte auf Duval, der schließlich ans Bett herantrat. »Lydia ist immer noch bewußtlos, George«, sagte er, dann hielt er inne. »Michael ist tot.«

Ein unmenschlicher Laut drang aus Wythes Kehle – ein Laut voller Wut, Verzweiflung und unsagbarer Trauer. »Ein neues Testament, Edmund«, sagte er kraftlos, und Randolph zückte auf der Stelle seinen Füllfederhalter und sein Notizheft.

Während Wythe diktierte und der Anwalt schrieb, zog ich mich mit Duval in eine finstere Ecke des Zimmers zurück. Fast unbemerkt hatte Sweney sich aus dem Staub gemacht. Wie vorauszusehen war, zog Wythe das Erbe für seinen Neffen zurück und übertrug nun sein gesamtes Erbe auf Lydia Broadnax, falls sie überleben sollte.

Später, als wir im unteren Wohnzimmer beisammensaßen, kam es mir vor, als würden einige wichtige Punkte in unserer Unterhaltung ausgeklammert. Zum Beispiel das weitere Schicksal Sweneys. Oder die Benachrichtigung der örtlichen Polizeibehörde. Immerhin war ein Junge ermordet worden. Und war es da nicht üblich, die Justiz einzuschalten? Warum war das nicht geschehen? Ein Verdacht keimte in mir auf. Allein der Gedanke verursachte mir Übelkeit. Ich ahnte nicht, daß alles Bisherige nur ein schwaches Vorspiel war.

Am nächsten Morgen starb George Wythe. Der berühmte Jurist, Ratgeber Thomas Jeffersons und Unterzeichner der

Unabhängigkeitserklärung, erlag einer Arsenvergiftung, herbeigeführt von der Hand seines Neffen. Jetzt wurde die Polizei eingeschaltet, die üblichen Untersuchungen eingeleitet und George Sweney wegen Mordes verhaftet. Beinahe gleichzeitig erwachte Lydia Broadnax aus ihrem Koma. Am frühen Abend erlangte sie wieder ihr vollständiges Bewußtsein, und die Ärzte verkündeten, sie sei außer Lebensgefahr. Am nächsten Tag, als sie wieder bei Kräften war, bestätigte sie Wythes Bericht über Sweneys Taten. Die Gerechtigkeit schien schnell, sicher und unstrittig zum Zuge zu kommen.

Die erste dunkle Ahnung war demgegenüber nicht so gewiß, sondern zunächst nur eine Art Hirngespinst, das in meiner stets sprühenden Phantasie herumspukte. Da waren etwa die unfreundlichen Blicke von Wythes Nachbarin, die auf ihrer Veranda stand. Zunächst zweifelte ich an meiner Sehkraft, denn ich konnte nicht glauben, daß diese an sich liebenswürdige Frau derart gehässig in meine Richtung blicken würde. Aber als ich dann der Nachbarin zur Rechten einen guten Tag wünschte, erwiderte die Frau meinen Gruß nicht, und ihr Mann schüttelte nur traurig den Kopf.

In der Zwischenzeit hatten die Zeitungen die Geschichte tagelang hinausposaunt, und als ich sie genauer las, wurde mir mit einemmal bewußt, daß der ursprüngliche Schock über Sweneys Morde dem Schrecken und der Empörung über Wythes Rassenmischung gewichen war. Ich beruhigte mich zunächst mit dem Gedanken, daß ich mir all das nur einbildete. Denn wie hätte man die entsetzliche Tat verdrängen können, daß sich ein geliebter Neffe just an der Hand verging, die ihn so lange genährt hatte?

Am ersten Tag der Gerichtsverhandlung wurden meine Befürchtungen bestätigt. Edmund Randolph wies auf einen Umstand hin, der jedem in Richmond wie selbstverständlich erschien: In Virginia durften Schwarze nicht gegen Weiße aussagen, und daher wurde Lydia Broadnax *nicht* vor Gericht geladen, um ihre Version der Ereignisse zu geben, die zu den Morden geführt hatten. Aber das war noch nicht alles, denn der Richter, so erzählte Randolph, prüfe derzeit einen Antrag der Verteidigung, wonach unsere Version von Wythes Anklage auf seinem Totenbett nicht zugelassen werden sollte, da sie angeblich nur auf Hörensagen beruhe.

So brach schließlich die ganze Anklage zusammen. Und über unzähligen Drinks hing ich an diesem Abend der Frage nach, wo zum Teufel ich in den letzten Wochen gewesen war. In welcher Traumwelt hatte ich gelebt? In einer Schenke in Richmond, wo sich natürlich jedes Gespräch um den Prozeß drehte, teilte Duval mein Bedauern. »Der alte Wythe wollte sein Erbe dahin stecken, wo es nicht hingehörte, oder?« gab einer der Männer zum besten. Sein Begleiter grinste als Antwort und fügte dann hinzu: »Das war eine schwere Beleidigung; der arme Sweney tat, was er tun mußte.«

Ich drehte mich zu den beiden herum und hätte sie am liebsten auf der Stelle getötet. Aber Duval belehrte mich eines Besseren und trieb mich hinaus. Wir nahmen unsere Drinks in dem stillen Wohnzimmer seiner kleinen Junggesellenwohnung.

»Du weißt, auf welcher Seite ich stehe«, sagte er mit Nachdruck. Das wußte ich tatsächlich; er hatte es mir gegenüber deutlich genug geäußert und mir sogar die Kopie seines Briefes an Jefferson gezeigt. »Ich teile Ihre Trauer und Ihren Schmerz über diese schrecklichen Ereignisse«, hatte Duval geschrieben, »und ich werde alles in meiner Macht Stehende tun, um George Sweney seiner gerechten Strafe zuzuführen.«

»Auf meinen Freund Harry«, sagte ich mit erhobenem Glas.

In den nächsten Tagen, während der Prozeß voranschritt, durchstreifte ich die Nachbarschaft auf der Suche nach irgendeinem Hinweis oder einem Zeugen, der möglicherweise zur Wahrheitsfindung beitragen konnte. Dieses Anliegen machte ich sogar öffentlich bekannt, aber alles, was ich für meine Mühen erhielt, war ein Stein, der das Frontfenster meines Cousins zertrümmerte, und drei Briefe, die mir auf unterschiedliche Weise mitteilten, ›die Stadt zu verlassen‹, ›meine Finger von der Sache zu lassen‹ oder gar ›mich aufs Sterben vorzubereiten‹.

Neun Tage nachdem ich meinen Standpunkt klargemacht hatte, gerieten die Zeitungen förmlich in Raserei. »George Wythes skandalöses und vollkommen unvernünftiges Verhalten ist eine schwerwiegende Beleidigung aller freiheitsliebenden Bürger von Virginia«, empörte sich ein Herausgeber. »Und obwohl wir den Mord selbstverständlich nicht gutheißen wollen, kommt einem im Falle George Sweneys der Begriff ›berechtigter Totschlag‹ in den Sinn.«

Meine Zeugenaussage beschränkte sich auf die Wiedergabe der Ereignisse, die meiner Entdeckung des Arsens vorangingen. Angeleitet durch die Fragen des fleißigen und leutseligen Anklägers, erwähnte ich peinlich genau jedes Detail. Dann, als der Gerichtshof gelangweilt und im Halbschlaf versunken war, rief ich, entgegen den vorangegangenen Anweisungen des Richters: »Mr. Wythe beschuldigte auf dem Totenbett seinen Neffen. George Sweney hat seinen Onkel vergiftet.«

Damit wachte jedermann auf, soviel war sicher. Andererseits brachten mir meine Bemühungen wieder nichts ein, abgesehen von zwei Gefängnistagen wegen Mißachtung der Gerichtsordnung. Just in dem Moment, als meine Entlassung kurz bevorstand, trat die ausschließlich aus Weißen bestehende Jury wieder zusammen. Sie hatte für ihre Entscheidung weniger als eine halbe Stunde gebraucht: George Sweney war nicht schuldig.

Aber es sollte noch schlimmer kommen. Zwei Tage später wurde die Anklage hinsichtlich der Ermordung Michael Browns ohne Gerichtsverfahren fallengelassen, und in der folgenden Woche setzte das Gericht sogar Wythes neues Testament außer Kraft. Jetzt war Sweney nicht nur frei, sondern auch reich, denn der Richter sprach ihm Michael Browns Erbteil zu.

Eine Zeitlang trug ich mich mit dem Gedanken, Sweney zu töten.

Wie sonst konnte ich der Gerechtigkeit zum Sieg verhelfen, an einem Ort, wo Recht und Unrecht vertauscht wurden? War das der Lauf der Welt? Ich wollte Gerechtigkeit. Aber ein Blick in die Geschichte der Menschheit zeigt, daß es stets nur die absolut Bösen oder die uneingeschränkt Guten waren – Ausnahmen also –, die der Welt Gerechtigkeit aufzwangen. Ich zählte weder zu den einen noch zu den anderen.

Nach einigen weiteren, trübsinnig durchzechten Nächten mit Duval schlug ich mir die Mordabsichten aus dem Kopf.

Und schließlich – erschöpft, leergepumpt und niedergestreckt von den hiesigen Anschauungen von Recht und Unrecht – sagte ich meinen Verwandten auf Wiedersehen, wünschte Duval und Randolph alles Gute, stellte sicher, daß ein oder zwei Zeitungen von meiner Abreise erfuhren und verließ Richmond für immer.

So sah es jedenfalls aus.

In meinem Versteck in Duvals Kammer dringt von unten leises Rascheln an mein Ohr; irgendwo knarrt eine Diele. Duval wälzt sich aufgekratzt in seinem Schlafgemach, offensichtlich schläft er genausowenig wie ich. Bleib ruhig, William, sage ich zu mir selbst; sei endlich still. Und das ist er dann glücklicherweise auch, denn die Geräusche aus seinem Zimmer verstummen.

Sie werden fragen, warum ich in dieser Kammer hocke. Habe ich Richmond verlassen, oder nicht? Und falls nicht, aus welchem Grund bin ich noch hier?

Nun, die Antwort ist einfach: Ich habe die Stadt verlassen, bin aber noch in derselben Nacht zurückgekehrt – zurückgeschlichen, sollte ich wohl besser sagen. Und seither bin ich hier. Ich schlafe tagsüber, esse bloß sporadisch, spreche nur, wenn es unbedingt nötig ist, und nach Anbruch der Dunkelheit kommt kein Wort über meine Lippen.

In all der Zeit hält mich Duval mit Informationen über bestimmte Vorkommnisse auf dem laufenden. Anscheinend hatte ein Bote wenige Tage nach meiner Rückkehr eine rätselhafte Sammlung von Dokumenten an Edmund Randolph übergeben, und nachdem der Anwalt einen Blick darauf geworfen hatte, rief er Sweney und Duval in sein Büro. Er zog auch einen bekannten Richter für Zivilrecht hinzu, einen gewissen Phillip Lewiston, der mit George Wythe seit Jahren bekannt gewesen war. Randolph erklärte den dreien dann, daß er, in Anbetracht der Zeichen und Hinweise auf dem äußeren Umschlag, die Herkunft der Dokumente auf ein kleines Kopierbüro zurückführte.

»Ich habe persönlich mit dem Direktor des Büros gesprochen«, sagte Randolph, »und er bestätigte mir, daß einer seiner Mitarbeiter George Wythe beobachtet hat, wie dieser ungefähr um sieben Uhr am Tage seines Todes – etwa drei Stunden bevor er starb – diese Worte eigenhändig unterschrieben habe.« Der Direktor, so berichtete Randolph, habe ihm auch erzählt, daß der erwähnte Mitarbeiter inzwischen seinen Dienst quittiert und Richmond verlassen habe. Der Schreiber habe ihm aber versichert, daß Wythe das Dokument von eigener Hand verfaßt habe. Später sei es dann von dem Mitarbeiter in die offizielle und rechtsgültige Form übertragen worden.

Dann brach Randolph das Siegel und zeigte das Papier herum. Alle stimmten darüber überein, daß es tatsächlich Wythes Handschrift war. Randolph holte auch die professionelle Transkription hervor und las die maßgeblichen Passagen vor. Es war, wie alle vermutet hatten, ein neues Testament. Wythe ernannte darin seinen ›edlen und vertrauenswürdigen Freund, William Duval, zum Erben meines gesamten Besitzes, meines Hauses, meines Bankkapitals, all meiner weltlichen Besitztümer‹ – allerdings mit der Bestimmung, daß im Falle von Duvals Tod alles wieder an Sweney fallen würde.

Sweney (so erzählte mir Duval) habe währenddessen mit buchstäblich offenem Munde dagesessen, seine Augen vor Zorn gerötet. »Nein«, sagte er mehrfach und schüttelte dabei ununterbrochen den Kopf. Aber Randolph erklärte das Testament für echt, und Richter Lewiston stimmte ihm zu.

»Es ist ganz eindeutig seine Handschrift«, sagte der Richter, »und den Zeichen ist klar zu entnehmen, wann er es geschrieben hat.« Dann hielt er für einen Moment inne, nahm das Dokument auf und erklärte: »Es gibt keinen Zweifel, daß das hier George Wythes letzter Wille ist.«

Sweney stürmte hinaus und begab sich, wie Duval später erfuhr, auf der Stelle zu seinem eigenen Anwalt, der, nachdem er Randolph konsultiert hatte, seinem wütenden Klienten mitteilte, daß er nichts für ihn tun könne. Während der nächsten zehn Tage hatte man Sweney in fast allen Saloons in Richmond angetroffen. Sein Alkoholkonsum und seine Verbitterung stiegen, und Nachbarn berichteten, er habe des Nachts im Hause seines Onkels randaliert, Flüche ausgestoßen und die Einrichtung demoliert.

»Dieser alte Dummkopf«, hörte man ihn mehr als einmal sagen.

»Dieser Freund von Niggern und Bastarden.«

Dann wurde es ruhig um ihn, und das war der Moment, der mich alarmierte. Und jetzt warte ich mit einer geladenen Pistole in der Hand in Duvals winziger Kammer im oberen Stockwerk.

Plötzlich, nachdem ich so viele Nächte ausgeharrt habe, höre ich endlich das ersehnte Geräusch: ein verräterisches Knarren am Fuß der Treppe. Dann ein weiteres Knarren. Dann noch eins. Wie besessen lausche ich diesem Geräusch. Weder mein Atmen noch mein Herzschlag dringen in mein Ohr, nur die Schritte dieses Mannes auf der Treppe, der in der Dunkelheit leise näher schleicht.

Warum tut ein Mensch so etwas? Ich kann es nicht fassen. Ich habe ihm diese alberne Falle gestellt, und er ahnt nicht das Geringste davon. Die Habgier hat ihn verblendet. Und der Haß. Er sieht sich als ... Opfer. Dessen bin ich mir ganz sicher.

Die Geräusche von der Treppe kommen immer näher. Jetzt höre ich ihn die letzte Stufen nehmen und seinen Weg in den Flur einschlagen. Die Kammertür war die ganze Zeit über nur angelehnt, und ich kann beobachten, wie er sich an Duvals Schlafzimmer heranschleicht.

Ich richte mich auf und spanne den Hahn der Pistole behutsam und leise. Aber ich warte so lange, bis er das Schlafzimmer betreten hat. Dann erst trete ich hinter ihn in den Flur.

Er steht am Fußende von Duvals Bett, mir den Rücken zugewandt. Er ist genau in meiner Schußlinie. Ich beobachte, wie er ein Messer emporhebt, bereit, es jeden Augenblick mit voller Kraft niederzustoßen. Ich richte meine Waffe auf ihn und brülle: »Halt, du Dieb!« Mit voller Absicht bezeichne ich ihn als Einbrecher, denn das ist ein Teil meines Planes und geschieht für den Fall, daß uns ein einsamer mitternächtlicher Spaziergänger belauschen sollte. »Halt!« wiederhole ich meinen Befehl und für einen kurzen Moment hält er tatsächlich inne, läßt aber sein Messer nicht sinken. Er hält es immer noch erhoben und dreht sich langsam in meine Richtung. Aber ich gebe ihm keine Gelegenheit, sich vollständig zu mir umzuwenden. Ich warte nicht länger; die Wartezeit ist vorbei. Mit einem gezielten Schuß strecke ich ihn zu Boden. Dann gehe ich auf ihn zu, knie mich nieder und blicke ihn an. Vor mir liegt George Sweney, und ich habe ihn mit einem einzigen Schuß in die rechte Schläfe getötet.

Duval zittert am ganzen Leib und ist totenbleich, aber ich drücke die Pistole in seine Hand. »Denk an dein Versprechen, William«, sage ich im Scherz, aber er nimmt es für bare Münze.

»Natürlich, ich gebe dir ein paar Minuten, bevor ich Alarm schlage«, erwidert er.

»O ja, das auch«, antworte ich mit einem schwachen Lächeln. »Aber ich spreche von der Sache mit dem Geld.« Ich erinnere ihn daran – eigentlich unnötig und, wie schon gesagt, im Scherz – , sein gesamtes Erbe auf Lydia Broadnax zu übertragen.

Einen Moment lang starrt er mich an, er weiß offenbar nicht recht, was er damit anfangen soll, dann lächelt er dünn. Er hat sich ein wenig entspannt, und das ist genau das, was ich bewirken wollte. »Selbstverständlich, Harry«, sagt er. »Ich könnte Wythes Geld nicht behalten, das weißt du. Welche Wahl habe ich also? Entweder ich gebe es Lydia, oder … was? Soll ich etwa zugeben, daß ich Wythes letzten Willen gefälscht habe? Wie soll ich deine Anwesenheit hier erklären, und was würde man wohl dazu sagen, daß mein Schwager der Besitzer des Kopierbüros ist?«

Ich schüttelte den Kopf und lache leise. »Nein, nein«, sage ich, und er stimmt in mein Lachen ein.

Dann gehe ich wortlos aus dem Haus, sattle ein schnelles Pferd und verlasse Richmond.

Und dieses Mal verlasse ich die Stadt wirklich. Für immer.

Originaltitel: Deadly Will and Testament
Ins Deutsche übertragen von Marco Schneiders

Der Prophet aus den Bergen

Melville Davisson Post

Ich muß gestehen, daß ich eine Vorliebe für die Onkel-Abner-Geschichten von Melville Davisson Post (1869–1930) hege. Obwohl sie in einer ungewöhnlichen Epoche spielen und typisch amerikanisch sind, geben sie sehr anschaulich die von Gottesfurcht, aber auch Gesetzlosigkeit geprägte Atmosphäre in den ländlichen Gegenden von Virginia zu Beginn des 19. Jahrhunderts wieder. Die Originalgeschichten wurden 1918 unter dem Titel ›Uncle Abner, Master of Mysteries‹ *(dt:* Onkel Abner, der Meisterdetektiv*) veröffentlicht. Die nächsten vier Geschichten um Abner erschienen erst zehn Jahre später und sind weitaus düsterer als die ersten. Denn zu diesem Zeitpunkt befand Post sich in einem Zustand tiefster Depression, ausgelöst durch den Tod seiner Frau und seines Vaters, dem er sehr nahestand und auf dem die Figur Abners möglicherweise basiert. Diese späteren vier Geschichten, zu denen auch* ›Der Prophet aus den Bergen‹ *gehört, erschienen erst 1974 in Buchform, als der Verlag* Aspen Press *sie unter dem Titel* ›The Methods of Uncle Abner‹ *herausgab. Soweit ich weiß, sind diese Geschichten noch nie in Deutschland erschienen.*

Abner pflegte zu sagen, daß das Schicksal eines Reisenden in Gottes Händen ruhe.

Niemals konnte man wissen, was vor einem lag: vielleicht der Tod, unsichtbar wie einstmals bei dem Propheten, oder gar ein Königreich, wie im Falle Sauls.

Man brach auf mit seinem unbedeutenden Vorhaben und

sah sich plötzlich im Mittelpunkt einer verwickelten Angelegenheit.

Mein Onkel ahnte mit Sicherheit nicht, in welche Sache er hineingeraten würde, als er sich an jenem Sommermorgen in aller Frühe auf den Weg zu Richter Bensens Haus machte. Es lag ein gutes Stück hinter den Bergen, und mein Onkel brach schon in der Dämmerung auf. Er wollte Bensen noch sprechen, bevor dieser in die Bezirkshauptstadt ritt; denn Bensen war der wandernde Bezirksrichter und hatte einen Gerichtstermin.

An dieser Einrichtung hielt man in Virginia auch nach dem Ende der Kolonialherrschaft König Georgs noch fest.

Die Wanderrichter waren vermögende und vornehme Leute. Sie reisten in ihrem Gerichtsbezirk umher und hielten Gericht, wo immer es nötig war. Innerhalb eines solchen Bezirkes lagen in der Regel mehrere Verwaltungsgebiete, und die Bezirkshauptstadt verdankte ihren Namen nicht selten dem Umstand, daß sie der Sitz jener Wandergerichte war. Manche dieser Namen haben sich erhalten: Culpepper Gerichtsgebäude zum Beispiel.

Landbesitz war das wichtigste Zeichen der Würde in Virginia.

Die Bedeutung eines jeden maß sich an seinem Grund und Boden.

Wer seinen Mitmenschen Achtung gebieten wollte, besaß ausgedehnte Ländereien.

Richter Bensen lebte einige Meilen von der Bezirkshauptstadt entfernt. Er hatte von seinem Vater 1000 Morgen Land geerbt und es verstanden, den Besitz zu mehren. Er hatte niemals geheiratet. Er lebte allein, besaß jedoch einige Negersklaven, die in ihren weißgetünchten Unterkünften in der Nähe seines alten Hauses wohnten. Seine Einnahmen und die Staatsbesoldung dienten stets dem Landerwerb.

Er hatte das Hereford-Vieh eingeführt und züchtete ausschließlich Jungvieh, anstatt den Mastochsen für den Markt fettzumachen, wie es bisher üblich war. Mit der Zeit wurde Bensens Jungvieh einzigartig. Wenn man von ihm ein Stück

Vieh kaufte, konnte man schon bald eine Herde erstklassiger Ochsen erwarten und mußte nicht befürchten, einige Bastarde an kleine Händler zu verscherbeln. Von dieser Sorte Vieh besaß Bensen 200 Stück zum Verkauf. Und mein Onkel hatte sich an jenem Sommermorgen in aller Frühe aufgemacht, um die Herde zu begutachten und, falls möglich, ein Rindvieh zu kaufen, bevor Bensen mit seinen juristischen Unterlagen in der Satteltasche zum Gerichtshof reiten würde.

Der Tag war kaum angebrochen, als Abner in das ausgedehnte Tal hinabritt, welches sich nördlich der Bezirkshauptstadt erstreckte und in dem die Ländereien Bensens lagen. Am Fuße des Berges, wo die Straße in das Tal mündete, traf er einen Reiter. Es war früh, eine Stunde vor Sonnenaufgang, und Nebel lag über dem Tiefland.

Der Mann und sein Pferd wirkten gigantisch.

Hinter ihnen konnte man durch eine Allee die massigen Umrisse eines Hauses wahrnehmen, das völlig im Dunkel lag und in dessen Mauern das Leben noch nicht erwacht war.

Die ganze Erde war verdorrt und die Straße mit Staub bedeckt. Mein Onkel erkannte den fremden Reiter erst, als er ihn fast erreicht hatte. Es war Adam Bird, ein Wanderprediger aus den Bergen, auf seiner grauen Stute. Der hochgewachsene alte Mann saß reglos in seinem Sattel und blickte durch die Ahornallee auf das im Schatten liegende, düstere Haus. Der weiche Staub dämpfte die Schritte von Abners Pferd, und der Prediger bemerkte es erst, als es auf seiner Höhe war. Seine Hände ruhten auf dem Sattelknauf, und sein Gesicht spiegelte tiefe Nachdenklichkeit wider.

Als er meinen Onkel erblickte, rief er ihm zu: »Abner, siehst du dieses Haus dort?«

Er hielt inne, weder um eine Antwort Abners abzuwarten noch zum Austausch der üblichen Begrüßungen. Er fuhr ohne Umschweife fort, sich über das auszulassen, was ihn beschäftigte.

»Dort lebte Caleb Greyhouse, bis ihn der Teufel holte. Er hielt um die Hand von Virginia Lewis an, und sie sagte zu – denn eine Frau ist in ihrer Jugend eine Närrin. Sie ist lange tot, aber sie hinterließ eine Tochter, die auch eine Lewis ist – und nicht eine Greyhouse, dank der Gnade Gottes! Und jetzt, Abner«, und er ließ eine seiner großen, geballten Fäuste auf den Knauf des Sattels niedersausen, »und jetzt sind diese verfluchten Richter dabei, dem Mädchen ihr Erbe zu rauben!«

Mein Onkel wußte, wovon der Mann sprach; es war allgemein bekannt. Caleb Greyhouse hinterließ ein Testament, das er schon vor Jahren verfaßt hatte, als das Mädchen noch klein war. Er hatte damals verfügt, daß die Erbschaftsmasse, Häuser und Ländereien, seiner Tochter zufallen sollten. Auch sein Bruder erhielt Aussicht auf einen Erbteil und war zudem als Vormund des Mädchens und Nachlaßverwalter des Erbes vorgesehen. Das Testament war von Coleman Northcote verfaßt, einem der besten Anwälte in Virginia, und es blieb unverändert, bis das Mädchen heranwuchs. Dann, als sie sich verliebte und den Sohn eines Nachbarn zu heiraten wünschte, mit dem Greyhouse über einige Morgen hügeligen Landes in Streit geraten war, fügte der jähzornige alte Mann dem Testament einen Zusatz an, der das gesamte Erbe seinem Bruder übertrug und dem Mädchen keinen einzigen Dollar und nicht einen Morgen Land ließ.

Der Fall kam vor das Bezirksgericht, welches nun tagte, denn das Mädchen hatte sich einen Anwalt genommen und eine Klage eingebracht.

Aber sie hatte kein Geld und kaum Aussicht auf Erfolg.

Northcote hatte das Testament allzu sorgfältig aufgesetzt und mit großer Umsicht für jede Einzelheit. Der von Greyhouse selbstverfaßte Zusatz folgte exakt dem Muster in Mayos juristischem Leitfaden. Er war vom Erblasser verfaßt, unterzeichnet und damit einwandfrei. Es gab offensichtlich nichts, was ein Gericht hätte tun können. Nichtsdestotrotz hatte Bensen einen Richter aus dem benachbarten Gerichtsbezirk hinzugezogen, um in diesem Fall gemeinsam zu entscheiden. Jetzt lag der Fall den Richtern vor. Das also war es, was den Wanderprediger aus den Bergen so beschäftigte.

»Hat Bensen den Fall entschieden?« wollte mein Onkel wissen.

»Nein«, antwortete Bird, »aber der andere Richter drängte auf eine rasche Entscheidung, da er so schnell wie möglich in seinen eigenen Gerichtsbezirk zurückkehren wollte. Bensen zog die ganze Sache ein wenig in die Länge, denn er verfolgt einen eigenen Plan in dieser Angelegenheit. Er sagte, er wolle ein Gutachten verfassen und man würde daher erst heute eine Entscheidung treffen. Aber das war bloß ein widerwärtiger Vorwand, Abner. Sie werden das Mädchen enteignen … es sei denn, der allmächtige Herrgott wird etwas in dieser Angelegenheit unternehmen.«

Wieder schlug er mit seiner wuchtigen Faust auf den Sattelknauf, wie auf das Pult einer Kanzel.

»Und Er wird etwas unternehmen! So steht es in der Heiligen Schrift: ›Wenn mich die Witwen und die Waisen rufen, werde ich ihre Klagen erhören.‹«

Er streckte seine Faust empor und senkte die Stimme.

»Sie kam zu mir und fragte, ›Onkel Adam, wirst du für mich beten, damit ich meinen Fall gewinne?‹ Und ich antwortete, daß ich nicht beten würde; denn ich will den Allmächtigen nicht anflehen, Gerechtigkeit zu üben. Ich werde Seine Aufmerksamkeit auf dieses Unrecht lenken … Und ich stand auf und rief Ihn! Und der Herr sprach zu mir. Und ich sattelte mein Pferd, ritt hierher und stellte Bensen zur Rede. Er kam mir mit Ausflüchten und dem üblichen Juristengeschwätz. So sei das Gesetz. Er habe keinerlei Machtbefugnis. Da könne er gar nichts tun. Und außerdem sei es eine Mißachtung der Gerichtsordnung, wenn ich mit ihm über den Fall reden wolle.

Eine Mißachtung der Gerichtsordnung, Abner!«

Und erneut vollzog der alte Mann seine kraftvolle, dramatische Bewegung.

»Ich, Diener Gottes, sollte gegen die Gerichtsordnung verstoßen, wenn ich gegen das Unrecht aufbegehre! … Ich erwiderte Bensen, daß er gegen die Ordnung Gottes verstoße, und daß, wenn er mit dieser Ungerechtigkeit fortfahre, Jehova ihn mit der ewigen Verdammnis strafen werde, die auf jedes Unrecht folgt.«

Er hielt inne und sah meinen Onkel an.

»Denn Bensen ist nicht unschuldig in dieser Sache, Abner. Er will davon profitieren. Wir alle wissen, daß er die Greyhouse-Ländereien seit langem begehrt und versucht hat, sie zu erwerben. Der alte Caleb Greyhouse wollte nicht verkaufen. Aber sein Bruder wird es tun. Und Bensen bekommt endlich die Ländereien, nach denen er trachtet.«

Und wieder ließ der alte Mann dramatisch die Faust auf den Sattelknauf niedersausen.

»Aber er wird der Verdammnis nicht entrinnen, die schon Ahab traf, den König von Samaria; denn auch dieser kam durch einen Gehilfen zu dem Land, das er begehrte.

Weder die Urkunden der Juristen noch die Siegel der Gerichte können diesen Landerwerb gerecht machen, ebensowenig wie die besiegelten Schreiben Isabels die Aneignung des Landes durch Ahab rechtfertigten ... Ich gehe jetzt zu Bensen, Abner, wie einstmals Elias zum König von Samaria! Und wenn er wie jener andere fragen wird, ›Hast du mich gefunden, o mein Feind?‹, so werde ich antworten: Ja, ich habe dich gefunden!«

Mit einer heftigen Bewegung riß er sein Pferd herum, in Richtung des Tales. Er ritt allein durch den Nebel, der, vom Tiefland aufgestiegen, über den Feldern hing und sich wie ein Schleier über ihm ausbreitete.

Der alte Mann hatte meinen Onkel nicht gefragt, wohin er reite und in welcher Absicht.

Er ritt allein, wie jemand, der eine wichtige Mission zu erfüllen hat.

Abner folgte ihm. Der Wanderprediger hatte Licht in die ganze Erbschaftsfrage gebracht. Daß auch Richter Bensen ein Gewinn daraus erwachsen könnte, hatte mein Onkel bisher nicht geahnt. Nun aber, da dieser Punkt berührt worden war, erinnerte sich Abner. Es war allgemein bekannt, daß Bensen begierig danach trachtete, seine Ländereien auszudehnen. Er hatte sich in der Vergangenheit große Mühe gegeben, den Greyhouse-Besitz zu kaufen. Und während Caleb Greyhouse nicht verkaufen wollte, war sein Bruder, dem das Erbe gemäß des Nachtrages zum Testament nun zufallen sollte, tatsächlich ohne Zögern bereit, alles zu verkaufen. Er hatte schon das Erbe seines Vaters veräußert, abgesehen von einigen Morgen Land und einem Haus an der Straße in der Nähe von Bensens Anwesen.

Ein Hang zur Ausschweifung und zum Leichtsinn zeichneten diesen Mann aus; Charakterzüge, die Caleb Greyhouse nicht besessen hatte.

Er wünschte sich politischen Einfluß, und da ihm die Bevölkerung das notwendige Vertrauen nicht entgegenbrachte, knüpfte er sein Fortkommen an einflußreiche Persönlichkeiten. Auf diese Weise hatte er es bis zum Angestellten beim hiesigen Gericht gebracht. Außerdem war er ein Winkeladvokat, der in den Urkundenbüchern nach Formfehlern suchte, um dann eine Klage oder eine Erpressung in die Wege zu leiten.

In diesen Dingen hatte er einen ausgesprochenen Ehrgeiz entwickelt.

Während der Verhandlung über das Testament hatte er keine Gelegenheit ausgelassen, seine Selbstgefälligkeit vor aller Augen zu entblößen. Für ihn gab es in diesem Fall auch keinerlei Risiko, denn das Mädchen, das sich keinen kompetenten Anwalt leisten konnte, wurde nur von einem Winkeladvokaten, wie er selbst einer war, verteidigt. Das Gericht hatte daher über einen Fall zu entscheiden, der auf den ersten Blick vollkommen klar schien. Bensen würde sich das Land unter den Nagel reißen. Und er, Barnes Greyhouse, endlich bei Kasse, konnte sich um einen Sitz im Repräsentantenhaus von Virginia bewerben. Und mit dem Geld würde er vielleicht Erfolg haben. Es gab hier, wie in jedem Land, Teile der Wählerschaft, die von einem Demagogen leicht überzeugt werden konnten; ein wenig Geld tat dann das übrige.

Mein Onkel folgte dem alten Prediger; sein Brauner trabte lautlos durch den dichten Nebel.

Abner war bestürzt.

Die Gestalt des Mädchens trat scharf umrissen vor sein geistiges Auge: blond und schlank, mit der Zuversicht und dem

Zauber des unvergänglichen Morgens. Es gab überhaupt keinen Grund, warum sie ihren Geliebten nicht heiraten sollte, um glücklich zu werden.

Er kam aus einer besseren Familie.

Bloß weil dieser jähzornige alte Greyhouse mit dem Vater des Jungen über einige Morgen steinigen Landes gestritten hatte, war jeder aus dieser Sippe verworfen. Alle wurden zu Feinden, und diese Feindschaft verdarb ihre Herzen.

Der alte Greyhouse wollte keine Verbindung mit seinem Feind.

Schon bei der Erwähnung der Heiratspläne verfiel er in ein wüstes Gerede. Und eines Nachts, in der Hitze der Raserei, hatte er jenen bedeutungsschweren Nachtrag zum Testament verfaßt, mit dem er seine Tochter enterbte. Es war nicht sicher, ob er diesen Schritt im Grunde seines Herzens wirklich wünschte.

Hätte er Zeit zum Nachdenken gehabt, etwa während einer Krankheit, hätte er seine Entscheidung vielleicht widerrufen. Blut, wie schon die alte Sage weiß, ist dicker als Wasser, wenn der Tod naht und die materiellen Dinge bedeutungslos werden, die man in seinem Leben zusammengerafft hat.

Aber Greyhouse blieb keine Zeit mehr.

Der Tod überfiel ihn auf dem Feld.

Er starb an einem Hitzschlag während der Erntezeit. Die Landarbeiter trugen ihn ins Haus, aber es war schon zu spät. Er lag noch einige Stunden im Koma, in den Armen seiner Tochter. Einmal, so erzählten die Landarbeiter, habe er versucht, dem Mädchen über das Haar zu streichen und ihm etwas mitzuteilen, das ihm in der Stunde des Todes auf dem Herzen lag.

Aber seine letzte Stunde hatte geschlagen, und es gab kein Erbarmen.

Was er geschrieben hatte, stand geschrieben.

Der Tod gab ihn nicht frei, damit er es widerrufen könne.

Es war die alte, ewig gleiche Geschichte.

Menschen lassen sich im Zorn dazu verleiten, Böses zu tun, als hätten sie das Privileg des Lebens auf ewig gepachtet; als wäre, wenn es sich zum Ende neigt, ein Aufschub ihres Todes möglich, um ihre Angelegenheiten zu ordnen und begangenes Unrecht wieder gutzumachen.

Der Tag brach an.

Der Nebel im Tal begann sich in einzelne Schwaden zu verflüchtigen. Im Morgenlicht traten die Konturen der fernen Berge scharf und deutlich hervor. Bald würde die Sonne erscheinen. Das Vieh weidete bereits auf den Feldern.

Mein Onkel hatte den Wanderprediger eingeholt.

Und im selben Moment, als Abners Pferd die graue Stute des Alten erreicht hatte, hub dieser an zu sprechen. Wie bei der ersten Zusammenkunft begann er ohne jede Einleitung.

»Abner«, sagte er, »dein Vater lebte lange Zeit in diesem Land, und er tat Gutes im Angesicht des Herrn und niemals Böses. Und ich könnte Hunderte von Männern nennen, die wie er für Rechtschaffenheit stehen. Aber unter ihnen ist kein einziger Greyhouse. Der alte Caleb war noch der Beste von ihnen. Er war hart und geizig, aber er war weder ein Lügner noch ein Dieb. Aber dieser andere, Barnes Greyhouse, ist der Schlimmste dieses sündhaften Geschlechts. An seinen Händen klebt nur Böses. Hat sich nicht der kleine Benny Wilmoth vor lauter Verzweiflung in seinem Haus erschossen, nur weil diese Kreatur in den Urkundenbüchern irgendeinen kleinen Makel fand und eine Klage einreichte, um Wilmoth seiner Farm zu berauben? Auch so etwas ist Mord, Abner!«

Er streckte seine geballte Faust aus.

»Es gab kein Gesetz, um Barnes Greyhouse vor Gericht zu zerren und ihn zu hängen. Aber war er deshalb weniger schuldig? Die Arme des Gesetzes konnten ihn nicht erreichen. Aber kann er auch den Armen Gottes entfliehen? Mit einigem Geschick kann sich ein gewiefter Mann dem Gesetz entziehen, nicht aber der Vergeltung Gottes.«

Mit seiner geballten Faust machte er eine Bewegung, als wollte er eine Schwade vor ihm beiseite wischen.

»Abner«, sagte er, »ich werde zu diesem Unrecht nicht schweigen. Ich werde Bensen zur Rede stellen und ihn warnen. Ich habe alles in einem Traum gesehen. Er ist an dieser

Freveltat beteiligt, und der Herr wird mit seinem Hause ebenso verfahren wie mit dem Jerobeams, Sohn des Nebat ... und so wird es auch Barnes Greyhouse ergehen!« Er spreizte die Finger seiner ausgestreckten Hand, als verkündete er einen Fluch. »Wie die Hunde das Blut Ahabs aufleckten, im Teich von Samaria, so sollen die Hunde sein Blut lecken! ... Denn mit Schimpf und Schande soll er eines gewaltsamen Todes sterben!«

Mein Onkel gab keine Antwort. Dieser alte Mann aus den Bergen stand für Rechtschaffenheit, wie alle, denen die Ehre ein hohes Gut war. Er stand auf der Seite des Guten, und er hatte keine Furcht. Weder Gerichtshöfe noch Richter konnten ihn einschüchtern.

Mein Onkel war in Gedanken versunken. Er kannte die Sache nur den kursierenden Gerüchten nach. Und bis zu diesem Morgen hatte er nichts von der weittragenden Bedeutung jenes Zusatzes gewußt, den Caleb Greyhouse seinem Testament angefügt hatte. Abner hatte vermutet, es handele sich um eine Art Vormundschaft des Bruders über das Erbe des Mädchens, bis sie ein rechtsfähiges Alter erreicht hatte, oder um eine Form von Treubesitz. In einem solchen Fall hätte es durchaus Hoffnung gegeben. Aber mit einem ausdrücklichen Vermächtnis an den Bruder war für das Mädchen alles verloren.

Abner war fassungslos, und den eigentlichen Grund seiner Reise hatte er völlig vergessen.

Es war nun hellichter Tag, und die Sonne kam zum Vorschein. Sie näherten sich Bensens Haus.

Nahe der Straße, die zum Bächlein führte, weidete Bensens Vieh auf der Wiese. Die Tiere waren vortrefflich; sie glichen einander in Gestalt und Farbe, ganz so, als wären sie auf wundersame Weise am gleichen Tag desselben Jahres von einer Mutter geboren, großgezogen und gesäugt worden. Kein Viehzüchter aus den Bergen konnte an dieser Herde vorbeiziehen, ohne sein Pferd anzuhalten und die Tiere zu bewundern, die jedermann wie ein Vorbild in Erinnerung behalten mußte.

Mein Onkel aber hielt sein Pferd nicht an.

Die beiden Männer zogen schweigend weiter und erreichten, nachdem sie einer scharfen Biegung der Straße gefolgt waren, das Haus des Richters. Verwundert hielten sie an. Das Haus war offen; die Schwarzen rannten in Panik umher. Randolphs Einspänner stand vor der Tür. Er selbst trat ins Freie, als er die beiden Reiter erblickte.

»Abner«, sagte er, »da bist du ja! Ich wollte just nach dir schicken. Bensen ist tot!«

»Und auch du bist gekommen, Adam«, sagte Randolph, »wie auf Gottes Geheiß. Es ist das Haus des Todes, wohin du kamst, und es ist die Pflicht des Predigers, den Toten aufzuwarten. Kommt herein.«

»Ich gehe nicht hinein«, antwortete der alte Mann, »denn ich komme nicht im Frieden. Aber ich werde von meinem Pferd steigen und mich vor die Tür setzen.«

Mein Onkel aber rief erstaunt: »Tot! Bensen ist tot. Wie ist das passiert?«

»Nun ja«, antwortete Randolph, »genau das ist das Rätsel, zu dessen Lösung ich nach dir schicken wollte. Bensen wurde in der vergangenen Nacht ermordet, als er bei der Arbeit in seiner Bibliothek über den Büchern saß.«

Auf dem Weg nach drinnen offenbarte Randolph meinem Onkel die Einzelheiten über das Geschehene.

Das Gericht hatte getagt.

Der Fall des Testamentes von Caleb Greyhouse stand zur Verhandlung.

Aus irgendeinem Grund wollte Bensen die Unterstützung eines anderen Richters in dieser Sache, und so bat er Richter West aus dem benachbarten Gerichtsbezirk, den Fall mit ihm gemeinsam zu entscheiden. Dafür habe es, so Randolph, gar keinen vernünftigen Grund gegeben, denn es schien unmöglich, das Testament anzufechten. Coleman Northcote hatte es vor einigen Jahren verfaßt. Northcote war zweifellos der beste Anwalt in Virginia, und ihm unterliefen keine Fehler bei der Abfassung rechtsgültiger Papiere. Das Testament war korrekt gezeichnet, vom Erblasser eigenhändig unterschrieben und beglaubigt, genauso, wie es das Gesetz verlangte.

Später hatte Caleb Greyhouse dann einen Zusatz in seiner eigenen Handschrift angefügt, und zwar auf einem unbeschriebenen Blatt des Testamentes. Dieser Zusatz entsprach exakt dem Muster in Mayos juristischem Leitfaden und war, gemäß dem Gesetz, unterschrieben, datiert und besiegelt.

Selbstverständlich machte dieser Zusatz das eigentliche Testament zunichte. Es war juristisch einwandfrei, vom Erblasser eigenhändig verfaßt und unterzeichnet. Es wurde so, gemäß den Gesetzen von Virginia, zu einer Urkunde, deren Gültigkeit auch ohne Beglaubigung durch Zeugen bestand.

West wollte den Fall so schnell wie möglich entschieden haben, damit er in seinen Gerichtsbezirk zurückkehren konnte. Aber Bensen sagte, man solle bis zum Morgen darüber beraten.

In dieser Nacht begaben sich die Schwarzen von hier zu einem ausgelassenen Fest in die Bezirkshauptstadt.

Sie verließen den Richter über seiner Arbeit in der Bibliothek und zogen in die Nacht hinaus.

Während der Gerichtszeit saß der Richter gewöhnlich bis tief in die Nacht über seinen Papieren. Deshalb hatten die Sklaven die Ständer auf seinem Tisch mit neuen Kerzen bestückt und entzündet, bevor sie das Haus verließen. Sie hatten sich verspätet, und als sie sich endlich auf den Weg machen wollten, war der Richter ihnen bis zur Tür gefolgt, um ihnen aufzutragen, unterwegs bei Barnes Greyhouse haltzumachen und ihm auszurichten, daß er ihn zu sehen wünschte.

Greyhouse wohnte weniger als eine Viertelmeile von ihm entfernt.

Die Schwarzen überbrachten Greyhouse die Botschaft und sahen noch, wie er nach Hut und Spazierstock griff und sich auf den Weg machte.

Das Fest hatte bis tief in die Nacht gedauert. Es dämmerte schon, als die Schwarzen endlich zurückkehrten.

Weder in Bensens Bibliothek noch sonstwo im Haus brannte Licht, und so hatten sie wie selbstverständlich angenommen, daß der Richter die Lichter gelöscht habe und zu Bett gegangen war.

Am Morgen, als sie das Haus betraten, entdeckten sie dann die Tragödie, und in ihrem Schrecken riefen sie Randolph herbei.

Er fand die Bibliothek in genau dem Zustand vor, wie der Mörder sie verlassen hatte, denn die Schwarzen hatten sie nicht betreten.

Der Richter war ermordet worden, als er an seinem Tisch saß. Man hatte ihn hinterrücks erschlagen, offensichtlich in völliger Überraschung. Es war ein fürchterlicher Schlag gewesen, denn er hatte den Schädel zertrümmert. Bensen mußte seitwärts unter den Tisch geglitten sein, denn ein zweiter Schlag, der ebenfalls für ihn bestimmt war, hatte den Tisch getroffen und eine Kerbe in dem Walnußholz hinterlassen.

Der eiserne Schürhaken lag auf dem Fußboden, hinter dem Stuhl des Richters.

Die Tat mußte zu später Stunde geschehen sein, denn die Kerzen waren fast vollständig abgebrannt, bevor man sie ausgelöscht hatte.

Randolph wies mit Nachdruck auf den eisernen Schürhaken, die Kerbe im Tisch und die Blutspuren auf dem Holzfußboden, wo man die Leiche des Richters gefunden hatte. Abner sah sich sorgsam im Zimmer um. Und während er so den Ort des Verbrechens untersuchte, gab Randolph seine Sicht der Dinge kund.

»Dies hier, Abner«, sagte er, »ist die Tat eines rachsüchtigen Sträflings. Unsere Wanderrichter müssen sich stets in acht nehmen vor solchen Kreaturen, wenn diese ihre Strafe verbüßt haben. Ich habe sie mehrfach während ihrer Verurteilung beobachtet. Sie richten ihre finsteren Blicke auf den Richter und murmeln, daß sie sich rächen werden, wenn sie die Freiheit wiedererlangen.

Das hier ist die Tat einer solchen Kreatur. Bensen hat in seinem weitläufigen Gerichtsbezirk alle möglichen Leute für die verschiedensten Vergehen verurteilt.

Die Arbeit des Richters ist zwar gefährlich, aber auch ehrenvoll. Und wer bei der Ausübung seiner Pflichten umkommt, der stirbt im Dienste für sein Vaterland, ähnlich denen, die im Kampf für die Heimat ihr Leben lassen.«

Mein Onkel gab keine Antwort.

Da ertönte eine Stimme durch die geöffnete Tür und antwortete.

Es war die Stimme des alten Wanderpredigers, der in der Sonne saß.

»Er starb keinen ehrenvollen Tod, Randolph. Bensen starb wie ein Hund!«

Randolph machte eine Bewegung, ähnlich jener, mit der man über die Grillen eines Kindes hinwegzugehen pflegt, mit dem man nicht streiten möchte. Er holte einige Blätter Papier hervor, setzte sich an eine Ecke des Tisches und begann, sich Notizen über alle Einzelheiten der Tragödie zu machen, so wie sie sich ihm an diesem Morgen dargestellt hatte.

Abner blieb am Tisch stehen, strich sich mit der kräftigen Hand über das Kinn und blickte auf die beiden langen Kerzenhalter mit den Kerzenresten darin. Die Kerzen waren fast völlig abgebrannt.

In der vergangenen Nacht hatte man die Halter mit neuen Kerzen bestückt. Diese Kerzen brannten sehr lange, beinahe bis zum nächsten Morgen. Es waren ganz neue Kerzen gewesen, und als der Mörder sie auslöschte, waren nur noch Reste davon übrig.

Es dauerte eine Zeitlang, bis mein Onkel sich regte. Dann nahm er die Dochtschere und hob mit ihrem geschärften Ende die Kerzenreste aus den Haltern.

Ansonsten aber ließ er die Kerzen unberührt.

Er setzte sie wieder in ihre Halter, legte die Dochtschere an ihren Platz zurück und begab sich in die hintere Ecke des Raumes.

Dort drüben lag etwas, das ihm aufgefallen war, ohne daß er jedoch ein Wort darüber verloren hatte.

Es war ein kleines Stückchen Holz.

Zunächst hatte er geglaubt, es sei ein Splitter von dem Tisch und auf den heftigen Schlag zurückzuführen, der für Bensen bestimmt war. Aber der Tisch war aus Walnußholz gefertigt, und dieses Holzstück hier war schwarz und hatte eine andere, dichtere Maserung. Mein Onkel hob das Holz nicht auf und veränderte auch sonst nichts, aber er beugte sich darüber und betrachtete es aufmerksam.

Dann erhob er sich und schritt hinüber zum Kamin.

Er nahm den eisernen Schürhaken auf und drehte ihn in seiner Hand.

Der Schürhaken war mit Asche überzogen, von der Spitze bis zur Hälfte des Griffs. Und darüber klebte das Blut des Ermordeten.

Abner setzte den Schürhaken ab und verweilte einen Augenblick am Kamin.

In der vergangenen Nacht war hier kein Feuer entfacht worden. Aber dort, wo einstmals Feuer gebrannt hatte, war ein Haufen Asche übriggeblieben.

Abner sah sich um.

Randolph saß, mit dem Rücken zu ihm, schreibend am Tisch. Der alte Wanderprediger war nicht sichtbar hinter der geöffneten Tür. Die Schwarzen hatten sich verängstigt in Grüppchen hinter das Haus zurückgezogen.

Es gab also niemand, der ihn hätte fragen können, was er da tat .... und in diesem Moment hätte er darauf auch keine rechte Antwort gewußt.

Er kniete sich vor den Kamin und griff mit der Hand in den Aschehaufen.

Dann zog er die Hand wieder heraus, glättete die Oberfläche des Haufens so, wie sie gewesen war, strich die Asche von seiner Hand und erhob sich.

Vorbei an Randolph schritt er zur Tür und ging nach draußen.

Es war früher Morgen.

Bisher war niemand eingetroffen, denn die Sklaven hatten, als sie Bensen tot auffanden, einzig Randolph benachrichtigt. Und Abner und der alte Adam waren zufällig aufgetaucht.

Mein Onkel schritt weiter über den Rasenplatz, bis zur Straße. Dort hielt er an und sah sich aufmerksam um.

Dann ging er nordwärts die staubige Straße entlang, in

Richtung der Bezirkshauptstadt. Er ließ sich Zeit, hielt hier und da an und machte bisweilen einen Schritt zurück. Schließlich blieb er stehen.

An dieser Stelle war ein Lattenzaun, und mein Onkel hielt ein Stück Eichenholz aus dem umliegenden Gestrüpp in seiner rechten Hand. Er kletterte über den Zaun und begann, das Gestrüpp zu durchsuchen.

Es verging einige Zeit, vielleicht eine halbe Stunde, bevor er zum Haus zurückkehrte.

Drinnen stand ein Sofa, gegenüber dem Bücherschrank in der hinteren Ecke des Raumes. Abner schritt an Randolph vorbei auf das Sofa zu, beugte sich über die Rückenlehne und ließ irgend etwas fallen, das er, verborgen unter seinem langen Mantel, mitgebracht hatte.

Er kehrte zum Tisch zurück, wo Randolph über seinen Papieren saß.

Der Mann war derart beschäftigt mit seiner Schreibarbeit, daß er die Abwesenheit meines Onkels gar nicht bemerkt hatte.

Abner streckte seine Hand aus und ergriff, hinter Randolph, ein Buch mit einem zerbrochenen Rücken. Es war ein Band mit alten juristischen Gutachten.

Das Buch öffnete sich in der Mitte, genau dort, wo der Rücken gebrochen war.

Und als mein Onkel die aufgeschlagene Seite erblickte, veränderten sich seine Gesichtszüge.

Er las, und seine Miene verdüsterte sich.

Er wollte gerade etwas sagen, als ihn die Stimme eines Mannes von der Straße her innehalten ließ.

Es war Barnes Greyhouse.

Er war ein hochgewachsener Mann, und sein Gesichtsausdruck barg eine Mischung aus Brutalität und kriecherischer Freundlichkeit. Er hinkte ein wenig, denn er war vor einigen Jahren, während einer Streiterei im Suff, verletzt worden.

Randolph erhob sich, als der Mann eintrat, und mein Onkel drehte sich um, in Richtung der Tür.

Aber er bewegte sich nicht von der Stelle.

Greyhouse platzte förmlich heraus mit einem Wirrwarr von Begrüßungen und erstaunten, nichtssagenden Bemerkungen.

»Gütiger Gott!« rief er aus. »Bensen ermordet. Wer könnte das getan haben?«

Mein Onkel gab keine Antwort.

Aber Randolph machte eine kleine Geste, wie jemand, der etwas durchschaut hatte, was anderen verborgen geblieben war.

»Es muß die Tat irgendeines Sträflings gewesen sein, den Bensen ins Zuchthaus geschickt hatte. Solche Kreaturen sinnen immer auf Rache an ihrem Richter, als wäre dieser für die Strafe allein verantwortlich.«

»Völlig richtig, Randolph«, sagte Greyhouse. »Das ist die Erklärung.«

Er hatte die Worte so geäußert, als sei diese Schlußfolgerung unanfechtbar und stelle eine endgültige Erklärung dar. Aber es lag auch eine Art von Ungeduld in Stimme und Verhalten des Mannes.

Dann ergriff mein Onkel das Wort.

»Greyhouse«, sagte er, »Sie sind vergangene Nacht hiergewesen.«

Der Angesprochene drehte sich mit einer Geste der Zustimmung herum.

»Ja«, sagte er, »am frühen Abend. Bensen ließ mir durch seine Sklaven mitteilen, daß er mich zu sehen wünsche, und so ging ich zu ihm. Aber ich war nur für kurze Zeit hier. Der Richter wollte mir bloß mitteilen, daß er und West den Fall entscheiden würden, wenn sie am nächsten Morgen zusammenträfen. Und ich sollte früh im Gerichtshof erscheinen. Ich verließ den Richter, wie ich ihn angetroffen hatte. Er saß an seinem Tisch, und ich ging nach Hause. Es war noch früh; es dämmerte gerade erst.«

»Brannten die Kerzen auf Bensens Tisch?« wollte mein Onkel wissen.

»Ja«, antwortete Greyhouse, »sie waren, glaube ich, gerade erst entzündet worden, als ich eintrat; wie gesagt, es dämmerte gerade.«

»Und die Kerzen, Greyhouse, waren das neue, lange Kerzen, wie die Schwarzen behaupten?«

»Ja«, antwortete er, »das kann ich bestätigen. Es waren neue, lange Kerzen, denn ich bemerkte das Flackern der Dochte, wie üblich bei frisch entzündeten Kerzen.«

Abner beugte sich über den Tisch und nahm Randolphs Bleistift.

»Das ist ein wichtiges Faktum«, sagte er, »denn nur noch Reststücke dieser Kerzen brannten in den Ständern, als der Mörder sie nach der Tat löschte. Ich finde, wir sollten eine Notiz über Ihre Beobachtung machen, um die Aussage der Schwarzen zu bestätigen.«

Er begann, etwas in Randolphs Memorandum zu notieren. Aber er drückte zu fest auf, und die Spitze des Stiftes brach ab. Er wandte sich Greyhouse zu, mit dem Stift in der Hand.

»Borgen Sie mir Ihr Messer«, bat er.

Der Mann zog ein Taschenmesser aus seiner Gesäßtasche und reichte es meinem Onkel. Abner klappte das Messer auf und kehrte zum Tisch zurück. Den Bleistift aber spitzte er nicht. Statt dessen legte er Messer und Stift auf den Tisch und erhob sich dann.

Mein Onkel sah Greyhouse scharf an.

»Sie glauben also, Bensen sei in der vergangenen Nacht von einem rachsüchtigen Sträfling hinterrücks ermordet worden. Ist das Ihre Ansicht, Greyhouse?«

»Nun, selbstverständlich. Das ist die einzig logische Erklärung. Hier haben wir die völlig abgebrannten Kerzen und dort den blutbefleckten Schürhaken. Das sind eindeutige Beweise. Bensen wurde von irgendeinem entlassenen Sträfling ermordet, der den Richter haßte, sich hier hineinschlich und sein Opfer von hinten mit dem Schürhaken tötete.«

Er wurde von einer dröhnenden Stimme unterbrochen, die den ganzen Raum erfüllte.

»Bensen ist nicht mit dem Schürhaken getötet worden.«

Die drei Männer wandten sich gleichzeitig um.

In der Tür stand der alte Wanderprediger. Bei dessen Worten schrie Greyhouse auf.

»Woher wissen Sie das?«

Der alte Wanderprediger musterte sein Gegenüber scharf.

»Ich weiß es«, antwortete er, »so wie Gott es weiß.«

Dann schloß er den Mund und schwieg.

Mein Onkel Abner brach die Stille.

»Adam hat recht«, sagte er, »Bensen ist nicht mit dem Schürhaken getötet worden. Und auch nicht zu dem Zeitpunkt und auf die Art und Weise, wie uns diese Spuren hier weismachen sollen. Denn sie sind trügerisch und absichtlich so gelegt worden, uns zu täuschen. An diesem Schürhaken klebt Blut. Aber Bensens gebrochener Schädel wies keine Blutspuren auf, so daß auch das Werkzeug, mit dem der tödliche Schlag ausgeführt wurde, keine Blutflecken haben kann. Die einzigen Blutspuren rühren vom Gesicht des Toten her und finden sich dort unter dem Tisch, wo er lag. Der Schürhaken aber lag nicht an dieser Stelle; er lag hinter dem Stuhl auf dem Fußboden. Folglich ist er nachträglich und absichtlich mit Blut befleckt worden.«

Er hielt inne und wandte sich dem Tisch zu.

»Aber das«, sagte er, »war nicht der erste Punkt, der mir zu denken gab. Der erste Punkt betraf die Sache mit den Kerzenleuchtern. Falls darin tatsächlich neue Talgkerzen bis zum Boden gebrannt hätten, wären die Schäfte der Leuchter mit tropfendem Talg bedeckt gewesen. Das war aber nicht der Fall. Die Schäfte der Kerzenleuchter waren vielmehr so sauber, wie sie jetzt vor uns stehen. Wie war das möglich? Die Dochte der Kerzenreste wurden ausgelöscht. Das war klar. Aber wie konnten diese Kerzen bis zu den Dochten niedergebrannt sein, ohne Talgtropfen zu hinterlassen?

Dafür gab es einen Grund. Und ich weiß auch, welchen.«

Er nahm die eiserne Dochtschere und hob mit deren spitzen Enden die Kerzenreste aus den Haltern heraus. Diese Vorführung schaffte Klarheit. Die Kerzen waren mit einem Messer abgeschnitten worden.

Es herrschte völlige Stille, bis mein Onkel fortfuhr.

»Was ist aus den Kerzen geworden? Ich habe diesen Raum

danach abgesucht. Ich habe auch etwas gefunden, aber nicht die Kerzen.«

Er wies in eine entfernte Ecke und sprach weiter.

»Ich sah mir noch mal den Schürhaken an. Er war ein wenig mit Asche überzogen, als wäre er in den Haufen dort drüben im Kamin gesteckt worden. Dort hineingesteckt, bevor man ihn in Bensens Blut tauchte, denn die Ascheschicht befand sich unter dem Blut … Dann fand ich die Kerzen.«

Er durchquerte den Raum mit großen Schritten, ergriff den Schürhaken, stocherte damit in dem Aschehaufen im Kamin herum und brachte so zwei lange Kerzen zum Vorschein, deren Spitzen abgeschnitten waren.

Er legte den Schürhaken nieder und erhob sich.

»Die ganze Sache ist jetzt klar. Bensen ist sehr früh in der Nacht ermordet worden, als die Kerzen noch nicht lange gebrannt hatten. Er wurde mit einem anderen Gerät als diesem Schürhaken getötet, von jemandem, der sich plötzlich zu dieser Tat entschlossen hatte und danach alles unternahm, die Spuren zu verwischen. Er schnitt die Kerzen ab und löschte sie aus. Mit dem Schürhaken formte er eine Grube in der Kaminasche und verbarg die Kerzen darin. Dann, als er sich darauf besann, daß eine Tatwaffe gefunden werden mußte, fiel ihm der Schürhaken in seinen Händen ein. Er tauchte ihn in das Blut des Toten und legte ihn hinter dem Stuhl auf den Boden.«

Mein Onkel wandte sich nun an Greyhouse.

»Greyhouse«, sagte er, »Sie waren derjenige, der früh am Abend hierherkam!«

Die Gesichtszüge des Ertappten wurden schlaff, und Schweiß bedeckte seine Stirn. Noch aber war ein Funken Mut in ihm.

»Abner«, brüllte er, »Sie sind wohl verrückt. Warum sollte ich Bensens Tod wünschen? Ich vor allen anderen wünschte sein Leben; denn heute hätten er und West diese Erbschaftsangelegenheit zu meinen Gunsten entschieden.«

Wieder ertönte die gewaltige Stimme des Wanderpredigers und erfüllte das Zimmer.

»Greyhouse«, dröhnte er, »Sie sind ein Lügner! … Ich sah

diese Dinge in einem Traum; nicht alles, aber Teile davon. Ich sah Sie und Bensen in diesem Zimmer streiten. Er schlug mit seiner geballten Faust auf ein Buch ein, das offen vor ihm auf dem Tisch lag. Und Sie näherten sich ihm von hinten, mit irgend etwas in Ihren Händen ... aber nicht mit dem Schürhaken, denn dieser lehnte am Kamin. Sie sind ein Lügner!«

Greyhouse wankte.

Als der alte Mann geendet hatte, ergriff Abner das Wort.

»Ja, Greyhouse«, sagte er, »Sie sind ein Lügner. Nun begreife ich alles, obwohl ich keinen Anteil an Adams Vision hatte. Auch das bisher Verborgene ist nun ans Licht gebracht. Bensen begehrte die Ländereien und wollte den Verkauf erzwingen; einen Verkauf, der so etwas wie die Teilung der Beute sein sollte.«

Er ging hinüber zum Tisch und schlug das Buch mit den Virginia-Gutachten genau an der Stelle auf, die sich dank des gebrochenen Buchrückens wie von selbst öffnete.

»Sehen Sie her, Randolph«, sagte er, »genau auf dieser Seite steht der Text einer Entscheidung des Obersten Gerichtshofes von Virginia, welche bestimmt, daß ein Testament und dessen Nachtrag unbedingt in einheitlicher Form abgefaßt sein müssen, um rechtskräftig zu sein. Es darf nicht teils in dieser, teils in jener Form verfaßt sein. Wenn das eigentliche Testament nicht vom Erblasser selbst geschrieben wurde, sondern von einer anderen Person und deren Unterschrift und Beglaubigung trägt, dann muß auch der Nachtrag genau auf diese Art und Weise verfaßt und beglaubigt sein.

Jetzt begreife ich alles ... Bensen stieß in der vergangenen Nacht auf diesen alten Fall, schickte nach Barnes Greyhouse und hielt ihm seine Entdeckung genüßlich unter die Nase, um den Verkauf seiner Ländereien zu einem Spottpreis zu erzwingen. Greyhouse mußte das Angebot akzeptieren, oder Bensen würde seine Entdeckung bekanntmachen. Aus diesem Grunde stritten sie, und Bensen schlug auf das Buch, um seinen Ausführungen Nachdruck zu verleihen. Unter seiner geballten Faust zerbrach der Buchrücken ... Schließlich tötete Barnes Greyhouse den Richter, wohlwissend, daß West von der Entdeckung seines Kollegen nicht die geringste Ahnung hatte und daher zu Barnes' Gunsten entscheiden würde, während sich das mittellose Mädchen nicht an eine höhere Instanz wenden konnte.«

Völlige Stille trat ein. Dann fuhr mein Onkel fort.

»Wo ist Ihr Spazierstock, Greyhouse?«

Der Mann gab keine Antwort, aber sein aufgedunsenes Gesicht zitterte merklich.

»Ich werde an Ihrer Stelle antworten«, sagte Abner. »Hören Sie gut zu, Greyhouse. Ich bin Ihrer Spur auf der staubigen Straße gefolgt. Es war eine sehr deutliche Fährte, und neben ihr, ebenfalls im Staub, entdeckte ich den runden Eindruck Ihres Stockes. Die Spur fand sich auf dem ganzen Weg von Ihrem Haus bis hierher, aber auf dem Rückweg konnte ich die Spur des Stockes nur ein bestimmtes Stück lang verfolgen. Bei dem Unterholz aus Eichen, rechts von der Straße, war sie plötzlich verschwunden. Was hatte das zu bedeuten, Greyhouse? Es bedeutet, daß Sie an dieser Stelle Ihren Spazierstock fortgeworfen haben ... Und warum taten Sie dies? Weil Sie genau dort entdeckten, auf Ihrem Weg von der Stätte des Verbrechens, daß der Stock, mit dem Sie Bensen ermordet hatten, einen Schaden davontrug, den Sie vielleicht hätten erklären müssen. Passen Sie auf, ich werde Ihnen den Stock zeigen, denn ich entdeckte ihn im Gestrüpp abseits der Straße.« Er nahm den Stock aus seinem Versteck hinter dem Sofa und präsentierte ihn dem Beschuldigten.

»Sehen Sie ihn an, Greyhouse«, brüllte er. »Sehen Sie ihn genau an! An der Krümmung des Stockes, fehlt ein Stückchen Holz. Es ist abgesplittert, als der Stock den Tisch traf unter jenem heftigen Schlag, der für Bensen bestimmt war, ihn aber verfehlte, da er schon aus seinem Stuhl gefallen war. Der Holzsplitter liegt dort drüben in der Ecke des Raumes.«

Mit großen Schritten durchmaß er das Zimmer, hob das Bruchstück vom Boden auf und fügte es in die Stelle an der Krümmung des Stabes ein.

»Sehen Sie nur, Greyhouse, wie die Teile zusammenpassen!«

Er machte eine bedeutungsvolle Geste.

»Es gibt noch andere Gründe, die gegen Sie sprechen. Wahrhaftig, mein Herr, es schreit förmlich nach Vergeltung wie das Blut Abels ... An Ihrem Messer dort auf dem Tisch haften Talgspuren von den Kerzen, die Sie abgeschnitten haben!«

Panik erfaßte den Entlarvten, und er stürzte hinter meinem Onkel aus der offenen Tür.

Aber er strauchelte auf der Schwelle und fiel kopfüber nach draußen, auf den gepflasterten Fußweg. Sein Kopf schlug auf das spitze Stück einer Kandare, und ein schmales Rinnsal Blut trat aus der Wunde. Dann kam er schwankend wieder auf die Beine und wollte die Flucht fortsetzen. Doch mein Onkel überwältigte ihn, und die Schwarzen eilten ihm zur Hilfe, um Greyhouse festzuhalten.

In dem Durcheinander waren zwei Hunde, die sich draußen herumtrieben, näher gekommen und begannen nun, das Blut auf der Kandare zu lecken.

Der alte Wanderprediger, reglos in der Sonne sitzend, sein weißes Haupt unbedeckt, sein massiger Körper in einen groben, rostfarbenen Wollstoff gekleidet, streckte die Hand aus und wies auf die Hunde.

Seine Prophezeiung hatte sich erfüllt.

So wie die Hunde das Blut Ahabs aufleckten, im Teich von Samaria, so sollten die Hunde Barnes' Blut lecken.

Originaltitel: The God of the Hills
Ins Deutsche übertragen von Marco Schneiders

Die Frau des Admirals

Joan Aiken

Joan Aiken (geboren 1924) ist den meisten Lesern wohlbekannt. Seit mehr als vierzig Jahren schreibt sie Fantasy- und Gruselgeschichten sowohl für Kinder als auch für Erwachsene. Am bekanntesten dürfte ihre Serie um Dido Twite sein, die in einem alternativen England spielt, das noch immer unter der Regentschaft der Stuarts steht. Das erste Buch dieser Reihe erschien unter dem Titel: ›Wölfe ums Schloß‹ *(deutsch 1974). Inzwischen ist die Serie auf sechs Bände angewachsen. Joan Aikens zahlreiche Horror- und Gruselgeschichten sind in über einem Dutzend Anthologien zusammengefaßt. Zu diesen gehören:* ›Ein Hauch von Frost‹ *(dt. 1986),* ›Ein Kichern in der Luft‹ *(dt. 1988),* ›Ein Schaudern auf der Haut‹ *(dt. 1991) und* ›Wie es mir einfällt‹ *(dt. 1994). Wenn man sich diese interessante Mischung aus düsteren Kriminalgeschichten und Alternativwelt-Erzählungen ansieht, ist es verwunderlich, daß Joan Aiken bisher noch keine einzige historische Kriminalgeschichte geschrieben hat. Und doch ist es so. Hier also ein Erstling:* ›Die Frau des Admirals‹, *ein Originalbeitrag für diese Anthologie.*

Wenn jemals ein Inhaber des altehrwürdigen Richteramtes es verdient hat, ein Pfennigfuchser genannt zu werden, dann der Herzog von Towcester. Sieben Stunden hatte ich Ihrer Gnaden, der Herzogin von Towcester, bei der Niederkunft geholfen und mich mit dem bescheidenen Honorar von fünf Guineen zufriedengeben müssen (Der Gedanke, daß die Schmerzen Ihrer Durchlaucht kaum mehr Belohnung erfahren hatten, tröstete mich keinesfalls. Die Neugeborene wog nur knapp fünf Pfund und glich weder Herzog noch Herzogin, sondern zeigte verblüffende Ähnlichkeit mit dem Grafen von Derwentwater). Es kann also nicht sonderlich verwundern, daß ich später, zurück in meinem bescheidenen Heim in der Half Moon Street, wenig erfreut war, als ich nach kaum zwei Stunden Schlaf durch ein lautes Klopfen an der Haustür geweckt wurde.

»Wer immer das sein mag, jag ihn zum Teufel!« befahl ich meinem Diener Joseph, doch dieser zeigte keine Spur von Gehorsam.

»O nein, Mr. Donovan, unmöglich, Sir, das geht nich'.« Joe stammte – wie ich selbst – aus Cork, hatte sich aber – genau wie ich – so schnell in London eingelebt wie eine Maus in einem reifen Stilton. »Nein, nein, Sir«, wiederholte er, »das geht nich'. Es ist der Admiral allerhöchstpersönlich. Admiral Crawford tut nach Euch schicken, Sir, und er bittet Euch aufs Dringlichste zu kommen. Hobbs, der Kutscher, der vor der Tür wartet, meint, 's wär' 'ne Notlage, Sir. Eine Notlage, oder ich hätt' Euch nich' geweckt.«

»Oh, na gut. Wenn's der Admiral ist. Ich fürchte, in dem Fall muß ich wohl aufstehen.«

Admiral Sir Mark Crawford war einer meiner treusten und einträglichsten Patienten. Sein Hang zu einem ausschweifenden Lebenswandel ging einher mit Anfälligkeit für Gicht und Gallsucht, was bei ihm in letzter Zeit zu immer häufiger wiederkehrenden und äußerst schmerzhaften Anfällen führte.

»Nun, wenigstens wohnt der Admiral in der Nähe. Bis zur Hill Street ist es nicht weit«, murmelte ich, während ich mir hastig das Halstuch umband und Joseph die Phiolen mit den Mitteln gegen Nesselfieber in meiner Medizintasche verstaute, zusammen mit Kolchizin, Küchenschelle und *ledum palustre* sowie einem Beutel Eis zum Fiebersenken.

Ich war seit etwa fünf Jahren der Arzt des Admirals, und unser erstes Treffen hatte rein zufällig stattgefunden. Damals, an einem Sommerabend, der so lau wie der heutige war, befand ich mich auf dem Nachhauseweg, als ich aus einem offenen Fenster in der Hill Street eine Reihe wilder Schreie vernahm, die mich veranlaßten, an die Tür zu klopfen und nachzufragen, ob ich mich nützlich machen könne. Das Angebot wurde von Henry Crawford, dem Neffen des Admirals, dankbar angenommen, einem freundlichen und wohlerzogenen Jüngling, der damals sechzehn oder siebzehn Lenze zählte. Sein unglücklicher Verwandter litt an jenem Abend unter derartigen Schmerzen in seinen unteren Gliedmaßen, daß er schrie, als würde er aufs Rad gespannt. Ich war in der Lage, seinen Zustand zu lindern, und so gewann ich das Wohlwollen der Familie. Selbst Lady Crawford, eine Dame von außerordentlich frostiger und abweisender Natur, ließ sich von Zeit zu Zeit dazu herab, mich bezüglich ihres Pudels Bouillabaisse um Rat zu fragen, ein fetter, behäbiger Köter, dessen Wesen dem seiner Herrin nicht unähnlich war. Obwohl ich zugeben muß, daß Lady Crawford es nicht leicht hatte.

(Die Frau des Admirals war Verwalterin eines eigenen, recht stattlichen Vermögens von über 60 000 Pfund in Staatspapieren. Die Lady war also keinesfalls eine unbedeutende Persönlichkeit innerhalb des illustren Crawfordschen Familienkreises. Doch ich schweife ab.)

»Ho, Kutscher! Wo fahren wir hin? Das ist nicht der Weg zur Hill Street!« rief ich nach einigen Minuten im Landauer* des Admirals.

»Wer hat was vonner Hill Street gesacht? 's geht nach Twitnam«, erwiderte Hobbs, der Kutscher. »Un en verflucht langer Wech ist's für meine armen Klepper hier. Ham erst heut' mittach durch 'n ganzen Richmond Park müssen, mit der Miss und der hochwohlgebornen Lady.«

»*Twickenham?* Zum Teufel, wenn ich gewußt hätte, daß Sir Mark mich dorthin beordert hat, wäre ich zu Hause geblieben. Außer, er hätte den Styx bereits halb überquert.«

»Weiß nix von 'nem Stücks. Aber's geht nich' um'n Admiral, Mr. Donovan«, informierte mich Hobbs. »Der's munter wie'n Fisch im Wasser. Geht um meine Herrin. Die hat's erwischt. Und ganz schön schlimm, wenn's stimmt, was man sacht.«

* Viersitzige Kutsche (Anm. d. Übers.)

»Um Himmels willen, was mag ihr fehlen?«

Ich war wirklich überrascht, denn mir war noch nie zu Ohren gekommen, daß Lady Crawford auch nur an einer kleinen Magenverstimmung gelitten hätte. Bisher kannte ich sie ausschließlich als eine stets nach der allerneusten Mode gekleidete Frau, die sich allerbester Gesundheit erfreute, mit kerzengerader – um nicht zu sagen: stocksteifer – Haltung. Sie ignorierte die Anfälle ihres Mannes so gut es ging, führte ein ruhiges, ausgeglichenes Leben und sah hochnäsig auf alles herab, was in ihren Augen unter ihrer Würde war.

Wäre mir von Anfang an klar gewesen, daß ich *ihretwegen* aus meinem wohlverdienten Schlaf gerissen und zu einer Fahrt nach Twickenham genötigt worden war, hätte ich mich heftiger zur Wehr gesetzt, zumal ich mir nicht vorstellen konnte, daß Lady Crawford ernsthaft krank war. Nun war es zu spät, und so ergab ich mich in mein Schicksal und versuchte, das Beste daraus zu machen. Während die Pferde sich mühsam zwischen Hyde Park und Putney an die zweite Hälfte ihrer zwanzig Meilen langen Fahrt machten, bemühte ich mich, den verlorenen Schlaf nachzuholen – jedoch erfolglos. Zu viele Gedanken gingen mir durch den Kopf.

Es war das erste Mal, daß ich in das Landhaus der Crawfords in Twickenham beordert wurde. Meines Wissens hatte die Familie dort noch nie eine Nacht verbracht. Vor etwa drei Jahren hatte der Admiral das Haus als Sommerresidenz erworben, in der Hoffnung, dort dem hektischen Treiben der Stadt zu entfliehen. Und möglicherweise – so vermutete ich – auch seiner Frau.

»Das Haus wird seinen Zweck schon erfüllen«, verkündete der Admiral beim Kauf des Landsitzes. »Die Anlagen müssen ein wenig erweitert werden, und die Front zum Fluß hin bedarf der Ergänzung durch ein, zwei Terrassen. Und wenn ich dann die Fassade noch ein wenig malerischer gestalten lasse – hier und da ein Bogen und ein paar gotische Türmchen –, wird man es im Sommer schon aushalten können.«

Doch die Arbeiten schienen nur sehr langsam voranzugehen.

»Es liegt daran«, erklärte mir Henry Crawford einmal mit einem hilflosen Schulterzucken, »daß mein Onkel alle zwei Tage seine Meinung ändert. Seit der Friede verkündet worden und Onkel aus dem aktiven Dienst ausgeschieden ist, mangelt es ihm an Beschäftigung. Und so bleibt das Landhaus, in dem meine Tante und meine Schwester angenehme Nachmittage verbringen sollten, eine ewige Baustelle voller Schutt und Staub: kein einziger Gartenpfad, über den man lustwandeln könnte, keine Bank, um sich auszuruhen. Onkel Mark erteilt fortwährend Anweisungen, die einander widersprechen. Er hat schon zwei Architekten entlassen, und meine Tante hat jegliche Geduld mit ihm verloren. Was mich betrifft, so bin ich froh, daß ich meinen eigenen Landsitz in Norfolk habe, wohin ich mich zurückziehen kann, wenn das Durcheinander unerträglich wird. Doch ich bedaure meine Tante und Mary. O ja, das tue ich.«

Was mich betraf, so glaubte ich nicht, daß Lady Crawford des Mitleids bedurfte. Allzeit bereit, und zudem mit der nötigen Eloquenz ausgestattet, lauthals kundzutun, wenn sie mit ihrer Umgebung unzufrieden war, gehörte sie nicht zu jenen Menschen, die im Stillen litten. Und ihre Nichte, Miss Mary Crawford … nun, sie verkehrte in anderen Kreisen als ich. Sie und ihr Bruder Henry waren vor gut zwölf Jahren nach dem Tod ihrer Eltern in der Familie aufgenommen und vom Admiral und seiner Frau großgezogen worden, ein Arrangement zur Zufriedenheit aller. Henry und Mary waren wohlhabende junge Menschen. Dem Bruder gehörte ein Haus in Norfolk, der Schwester ein eigenes kleines Vermögen. Da beide ein angenehmes Äußeres, Intelligenz und ein heiteres Gemüt besaßen, hatten sie viele Freunde und verbrachten inzwischen mehr Zeit mit der *beau monde* der Stadt als mit Onkel und Tante. Miss Mary kannte ich nur als gut gekleidete junge Dame mit modischer Haube und Sonnenschirm, die in einer offenen Kutsche eilig durch die Hill Street oder über den Berkeley Square chauffiert wurde.

Ich war also nicht wenig erstaunt, als ich bei meiner Ankunft in Twickenham – es war inzwischen fast Morgen –

Miss Mary ganz aufgelöst vorfand. Ihr lockiges dunkles Haar war zerzaust, Schweißperlen standen ihr auf der Stirn, und ihre Kleider waren in Unordnung. Sie kniete am Bett der leidenden alten Tante, während die Dienerinnen theatralisch die Hände rangen und Bouillabaisse, der Pudel, kläglich heulte und ungehindert im Zimmer umherlief. Das Zimmer lag im Erdgeschoß und war offensichtlich in aller Eile als notdürftiges Krankenlager hergerichtet worden. Man hatte Krüge mit Wasser und eine Waschschüssel herbeigeschafft sowie Handtücher bereitgelegt und einige Bündel Minze und Lavendel aufgehängt, die Wohlgeruch verbreiten sollten.

»Was fehlt ihr?« fragt ich, als ich die Szene betrat.

»Ha, Donovan, endlich! Sie haben lange gebraucht!« bellte der Admiral und kam mir wutschnaubend entgegen; dann erinnerte er sich wohl daran, daß es seine eigene Kutsche gewesen war, die mich hierhergebracht hatte. Ich überlegte, warum er nicht nach einem Arzt geschickt hatte, der in der Nähe wohnte; sicherlich gab es mehr als einen in der Nachbarschaft, nun, da Twickenham ein solch beliebtes Refugium für ruhesuchende Stadtmenschen geworden war.

»Äh … hmm … nun, Hauptsache, Sie sind hier. Was halten Sie von der Sache?«

Es war offensichtlich, daß die Frau auf dem Bett unter einem schweren Anfall litt. Ihr Gesicht war stark gerötet, und sie atmete nur unter größten Mühen.

Ich kühlte ihr die Füße mit Eis und ließ Senf in heißem Wasser auflösen, um später Brust und Rücken damit einzureiben. Außerdem legte ich ihr eine kalte Bauchkompresse an und wollte ihr jede Viertelstunde in Wasser aufgelöstes *arsenicum album* einflößen, doch es erwies sich als unmöglich, die Patientin zum Schlucken zu bewegen. Kehle und Luftröhre waren dick geschwollen und fast vollständig blockiert. Mit Schrecken stellte ich fest, daß ich möglicherweise eine Tracheotomie würde durchführen müssen.

»Können Sie mir die Krankengeschichte von Mylady erzählen, Sir? Wann hat dieser Zustand eingesetzt? Hat Ihre Frau vorher irgendwelche Beschwerden gehabt?«

»War putzmunter beim Essen«, antwortete der Admiral. »Nicht wahr, Mary?«

Miss Crawford nickte. »Meine Tante fühlte sich wohl – wie immer. Wir verließen heute morgen die Hill Street, um den Tag hier in Twickenham zu verbringen. Nach unserem Ausflug in den Richmond Park ließen wir ein Mahl zubereiten, an dem auch meine Tante teilnahm; es bestand aus kaltem Fleisch, Früchten und Kuchen. Tantchen hat sich nur über den Tee beschwert, der anschließend serviert wurde – sie behauptete, er wäre nicht heiß genug ...«

»Und das war er auch nicht. Spülwasser war's«, stimmte der Admiral zu. »Mir unerklärlich, wie ihr Frauenzimmer euch die Eingeweide mit solchem Zeug verderben könnt. Wenn ihr's zufrieden wärt und beim guten alten Port bliebet ...«

»Und dann? Hat Lady Crawford über Schmerzen geklagt – Übelkeit – Schwindelgefühl?«

»Nein. Sie sagte bloß, daß sie sich nach dem Tee ein wenig ausruhen wolle. Sie zog sich mit einem Buch in dieses Zimmer zurück, das wir für gewöhnlich als Salon benutzen. Mein Onkel ging, um dem Architekten Anweisungen zu geben, und mein Bruder und ich beschlossen, einen Spaziergang entlang der Anlegestellen zur Eel-Pie-Insel zu unternehmen. So gingen wir alle unserer Wege, und als wir zurückkamen, fanden wir meine Tante in diesem Zustand vor.«

»Waren Diener im Haus? Hat sie gestöhnt, gerufen oder geschrien?«

»Nein – zumindest sagt das Maule, ihr Dienstmädchen ...«

Das heiße Wasser wurde gebracht, und ich bereitete die Senfpflaster vor. Doch bevor ich sie anlegen konnte, rötete sich das Gesicht der Patientin noch mehr. Die Frau des Admirals versuchte noch einmal krampfhaft, Atem zu schöpfen – und hauchte schließlich vor unser aller Augen ihr Leben aus.

»Verdammt, sie ist tot!« stellte der Admiral fest, während der Körper seiner Gattin ein letztes Mal zuckte und schließlich für immer erstarrte. »All die Mühe, Sie hierherzubringen, und dann kommen Sie zu spät!«

»Ich bedauere es zutiefst, Sir – obwohl man mir kaum Vorwürfe machen kann ...«

In diesem Augenblick brach der Admiral zu meiner größten Verwunderung in Tränen aus und mußte von Mr. Henry aus dem Zimmer geführt werden. Ich hatte Henry Crawford einige Monate nicht gesehen. Nun fiel mir auf, daß auch er sehr mitgenommen und hager wirkte. Gleichzeitig fielen mir Gerüchte ein, die besagten, daß er tief in Spielschulden steckte.

»Kommen Sie, Sir«, forderte er seinen Onkel sanft auf. »Kommen Sie. Es ist besser, Sie legen sich eine Weile im Wintergarten hin und ruhen sich aus.«

Der Wintergarten lag im rückwärtigen Teil des Hauses, der auf den Garten zuging. Schleppenden Schrittes machten sich Onkel und Neffe auf den Weg.

»Sie war so ein hübsches Ding – damals, als sie jung war ...« schluchzte Sir Mark.

Da ich für Lady Crawford nichts mehr tun konnte, folgte ich den beiden Männern und verabreichte dem Admiral einen Beruhigungstrunk, sobald wir den kleinen Raum mit den Glaswänden erreicht hatten. Ächzend sank der alte Mann auf eine Chaiselongue aus Korbflechten und schlief bald darauf ein. Ich bemerkte, daß der Wintergarten ausgesprochen staubig war. Überall lagen tote Insekten, vor allem Bienen. Es mußten mehrere hundert sein.

Henry Crawford sah sich mit angewidertem Gesicht um und sagte: »Dieser Raum befindet sich in einem wirklich unwürdigen Zustand. Bartlett muß ihn unbedingt säubern!«

Er öffnete die Tür, die dorthin führte, wo sich eines Tages ein Garten befinden würde (und wo zur Zeit nur aufgehäufte Erde, Backsteine, Müll, Eimer und Leitern zu finden waren), und rief: »Bartlett? Wo bist du? Komm sofort in den Wintergarten und bring einen Besen mit!«

Daß sich zu solch früher Stunde bereits Gärtner auf dem Gelände befinden sollten, überraschte mich. Doch ein Blick auf die Uhr verriet mir, daß es bereits nach sieben war. Bald darauf erschien ein junger Bursche mit Besen und Schaufel und begann, mit einer gemurmelten Entschuldigung auf den Lippen, die toten Insekten aufzufegen. Ich bemerkte, daß der Mann ein Holzbein hatte.

»Das hätte schon gestern erledigt werden sollen, Bartlett«, tadelte Henry. »Du wußtest doch, daß mein Onkel kommen würde.«

»Tut mir leid, Sir, Mr. Henry«, erwiderte der junge Mann leise, »aber Sir Mark wollte, daß wir noch vor seiner Ankunft die Terrasse fertigstellen ... Wir waren gestern den ganzen Tag damit beschäftigt ...«

Als er sich mit seiner Schaufel voller toter Bienen abwandte, sah ich, daß er sein Haar im Nacken zu einem Pferdeschwanz gebunden hatte, wie es bei der Marine üblich war.

»Er diente unter Onkels Kommando«, erklärte Henry, der meinen Blick bemerkte. »An Bord der *Trush.* Wurde als untauglich entlassen, nachdem er sein Bein in der Schlacht bei Trafalgar verloren hatte; er hat bei meinem Onkel um Arbeit nachgefragt und wurde als Hilfsgärtner eingestellt.«

»Sehr großzügig von Ihrem Onkel«, kommentierte ich.

Henry Crawford warf mir einen scharfen Blick zu.

»Das war es in der Tat«, sagte er. »Denn der Mann hat einen fragwürdigen Charakter. Kurz vor der Schlacht, in der sein Bein zerfetzt wurde, hat man ihn an den Mast gebunden. Dreißig Hiebe mit der neunschwänzigen Katze.«

»Wirklich? Was hat er sich zuschulden kommen lassen?«

»Er hatte ein Stück Brot aus der Offiziersmesse mitgehen lassen.«

Mein Bruder war Schiffsarzt auf einem Kriegsschiff. Er hatte mir von den Auspeitschungen erzählt, die den Rücken eines Mannes in rohes Fleisch verwandeln oder das Opfer gar töten konnten. Und kurz danach war es zu einer Seeschlacht gekommen? Nun, die Chancen für Bartlett, seiner Pflicht nachzukommen und dabei unversehrt zu bleiben, waren wahrhaft gering gewesen. Wahrscheinlich konnte er noch von Glück reden, daß er nur ein Bein verloren hatte. Und all das, weil er ein Stück Brot gestohlen hatte ...

»Lassen Sie uns nach draußen gehen«, unterbrach Henry

meinen Gedankengang. »Meine Schwester sieht im Dienstbotentrakt nach dem Rechten. Ich hoffe, daß man uns bald eine Tasse Kaffee servieren wird … Was geschieht nun, Mr. Donovan? Wird es eine Leichenschau geben?«

»Ich fürchte, das ist unumgänglich. Möglicherweise muß sogar eine Autopsie vorgenommen werden. Wie Sie wissen, hat sich ein solches Vorgehen bei plötzlichen und unerklärlichen Todesfällen als sehr nützlich erwiesen.«

»Das wird meinen Onkel sehr mitnehmen.«

Wohl kaum mehr als der Tod seiner Frau selbst, dachte ich, doch ich schwieg.

Nachdem wir eine Weile die wenig erbauliche Aussicht auf Sandhaufen, Holzstöße und allerlei Bauschutt genossen hatten, eilte Henry Crawford zurück ins Haus, um das Frühstück richten zu lassen. Ich selbst suchte mir einen Weg durch das Chaos, hin zu einem kleinen, nur in Ansätzen erkennbaren Ziergarten, der in der Nähe des Flusses angelegt worden war. Eine Backsteinterrasse (ganz neu und möglicherweise jene, derentwegen man den Wintergarten nicht gesäubert hatte) begrenzte ein paar ungepflegte Blumenbeete, in denen junge Rosen, Lavendel und Rosmarin angepflanzt worden waren – was ihrem welken Aussehen nach zu urteilen noch nicht lange her sein konnte.

»Diese Pflanzen könnten einige Eimer Wasser gebrauchen«, wandte ich mich an Bartlett. Der junge Bursche mit dem Pferdeschwanz war nun damit beschäftigt, eine rustikal wirkende kurze Holztreppe zu zimmern, die einmal zur Terrasse führen sollte. Er warf mir einen gequälten Blick zu.

»Ich kann nicht alles auf einmal machen, nicht wahr?« Dann drehte er sich um und rief: »He, Jem, Junge – sei mal so nett und gieß die Rosen!«

Ein kleiner, barfüßiger Pimpf stolperte aus einer Hütte, von der ich annahm, daß es sich um den Geräteschuppen handelte. Der Junge kaute an einem Stück trockenen Brot und gähnte, als wäre er soeben erst aus dem Schlaf erwacht. Er griff sich eine Gießkanne und füllte sie, um die vernachlässigten Pflanzen zu benetzen, mit bräunlichem Wasser aus dem Fluß, der hier träge und still dahinfloß.

Auf dem Weg zurück zum Beet stieß der Junge plötzlich einen lauten Schrei aus und begann wild auf einem Bein zu hüpfen.

»Ich bin gestochen worden! Ich bin gestochen worden!«

»Setz dich und laß mal sehen!« sagte ich, und Jem ließ sich auf einem Holzklotz nieder, den sein Vater gerade verarbeiten wollte. Ich untersuchte den nackten (und sehr schmutzigen) Fuß, und tatsächlich hatte sich eine Biene in der dicken Haut der Fußsohle verhakt. Glücklicherweise hatte ich eine Pinzette in meiner Tasche, und so gelang es mir, sowohl das Insekt als auch den Stachel zu entfernen, der in der winzigen Wunde steckengeblieben war.

»Komm mit ins Haus. Ich werde dir etwas kohlensaures Natrium auf den Stich reiben, und schon werden die Schmerzen verflogen sein«, tröstete ich das Kind, das noch immer schluchzte.

»Ich wünscht', die Mistviecher wärn nie hergekommen«, knurrte der Junge auf dem Weg zum Haus. »Fielen wie 'ne schwarze Wolke vom Himmel. Letzte Woche war das. Pa war ziemlich froh drüber. Sagt, wir können den Honig an Missis Propert für der ihre Süßigkeiten verkaufen – und der alte Sir Mark hat sogar nix dagegen gehabt. Sagte, die Bienen könnten bleiben. Aber mich ham se jetzt zum dritten Mal gestochen ...«

»Wohnst du hier, Jem?«

»Ay, in der Hütte. Seit Ma tot is' und Pa nich' mehr zur See fahren tut – Miss Maule, die nach der Miss Mary guckt, ist von meinem Pa die Kusine ...«

Im Haus war in aller Eile ein Frühstück mit Kaffee, Brot und kaltem Schinken bereitet worden.

Nachdem ich Jems Wunde behandelt hatte und er sich ein Stück Brot und eine Scheibe Schinken nehmen durfte, war für den kleinen Jungen die Welt wieder in Ordnung, und er kehrte humpelnd zu seiner Arbeit zurück.

»Jems Mutter starb im Armenhaus, während Bartlett auf See

war«, erzählte Mary Crawford und reichte mir eine Tasse Kaffee. »Jem kam ins Waisenhaus. Bartlett, müssen Sie wissen, war ein Opfer der Preßpatrouille, aber als er sein Bein verlor und aus dem Dienst schied, konnte er den Jungen zu sich nehmen. Bartlett ist ein hart arbeitender Bursche und macht sich bei vielerlei Dingen nützlich – wie Seeleute das oft tun. Er scheint sich sogar mit Bienen auszukennen. Den Schwarm, der letzte Woche hier einfiel, hat er in einem Strohkorb gefangen und angesiedelt. Sie wissen doch: Ein Bienenvolk im Juni früh, bringt Lohn ganz ohne große Müh!« Sie lachte perlend – ein entzückender Laut. »Meine arme Tante hielt gar nichts davon, Bienen zu züchten, und sah den Schwarm als eine wahrhaft unnütze Erweiterung unseres Haushaltes. Aber mein Onkel war entzückt – es gibt ihm das Gefühl, ein Landbesitzer mit Viehbestand zu sein.« Sie lachte erneut. Mir kam es vor, als erhole sie sich recht schnell vom traurigen Verlust ihrer Tante.

Schließlich entschuldigte ich mich höflich und verließ das Anwesen. Bevor ich nach Hause ging, wollte ich noch mit einem Kollegen Rücksprache halten, und tatsächlich fand ich einen Arzt in der Grotto Road, nicht weit entfernt vom Landsitz der Crawfords.

Die Dinge nahmen ihren Lauf, so wie es üblich ist und wohl auch sein muß. Es wurde eine Autopsie vorgenommen, und zu jedermanns Überraschung – mich ausgenommen – wurde eine Biene in der Kehle von Lady Crawford entdeckt. Die Frau des Admirals hatte sie wohl verschluckt, die Biene hatte zugestochen, und die daraufhin einsetzende Verengung und Entzündung von Kehle und Luftröhre hatten zum Tod durch Ersticken geführt.

Ich selbst untersuchte zusammen mit Dr. Hugh Palliser und Sir Ormsby Murdoch Luft- und Speiseröhre der Dahingeschiedenen, und da sowohl beide Herren als auch der Leichenbeschauer mit dem Ergebnis der Untersuchung zufrieden waren, lautete das Urteil: Tod durch Unfall.

»Die bedauernswerte Dame muß durch Zufall einer Biene

Einlaß in ihren Schlund gewährt haben«, verkündete Sir Ormsby pompös und umständlich. »Eine seltene, aber nicht ganz unbekannte Todesursache. Wenn, sagen wir, ein Mensch zum Beispiel in ein Brot … äh … hineinbeißt, das mit, sagen wir, Marmelade bestrichen ist … und eine Biene sich plötzlich auf der Marmelade niederläßt … wie es nun einmal in der Natur der Bienen liegt … und so in die Kehle des Unglücklichen gelangt, bevor dieser es bemerkt …«

Wohl wahr, dachte ich, doch hatte Lady Crawford, wie allgemein bekannt war, nicht kurz vor ihrem Tod ein reichhaltiges Mahl eingenommen, bestehend aus kaltem Huhn, Sandkuchen, Pfirsichen, Erdbeeren und Sahne? Warum sollte sie also – kaum eine halbe Stunde später – Gelüste nach einem Marmeladenbrot verspürt haben?

Kein Mitglied des Haushaltes erwähnte bei der Befragung, daß Lady Crawford ein solches gegessen oder nach einem solchen verlangt hatte.

Lady Crawfords Letzter Wille wurde verlesen. Ich weiß nicht, ob er besondere Überraschung hervorrief: Ein Teil ihres Nachlasses ging an die Nichte, ein Teil an den Neffen, eine Lebensrente an das Dienstmädchen Maule, der größte Teil ihres Vermögens jedoch – wie es sich gehört – an den trauernden Ehegatten.

Ich verspürte noch immer ein leichtes Unbehagen. Die gegebenen Erklärungen stellten mich nicht zufrieden. Für mich war Lady Crawford von allen Menschen der unwahrscheinlichste Kandidat für einen solch plötzlichen und gewaltsamen Abgang von der Bühne des Lebens. Konnte ihr Tod *geplant* gewesen und irgendwie *absichtlich* herbeigeführt worden sein? Und von wem? Von Bartlett, dem Seemann? (Um ehrlich zu sein, war es mir ein wenig merkwürdig erschienen, daß er ausgerechnet jenem Mann seine Dienste angeboten haben sollte, der für seine Auspeitschung und der damit zusammenhängenden Verkrüppelung verantwortlich war.)

Doch angenommen, Bartlett hegte tatsächlich einen Groll gegen den Admiral, und angenommen, der Sinn stand ihm wirklich nach Rache, wie war es dann möglich, jemanden eine

Biene schlucken zu lassen, ohne daß das Opfer etwas davon bemerkte? Nun, wenn überhaupt jemand das Geschick und die Gelegenheit zu einer solchen Tat hatte, dann, so nahm ich an, Bartlett. Zu deutlich war mir noch Mary Crawfords Bemerkung in Erinnerung, Bartlett kenne sich mit Bienen aus …

Die Tage vergingen, während ich angestrengt über die Vorfälle nachdachte und mich fragte, was meine Pflicht war. Sollte ich weitere Nachforschungen anstellen? Dann erinnerte ich mich plötzlich an einen Namen, den der kleine Jem erwähnt hatte und der eine andere Lösung des rätselhaften Todesfalles bot. Etwa eine Woche nach der Beisetzung von Lady Crawford begab ich mich also zu Fuß nach Shepherd's Market, jenem Labyrinth kleiner Straßen, das in einer Senke unmittelbar südlich vom Berkeley Square lag. Und in einem Winkel dieses Labyrinths, in der White Horse Mews, fand ich, was ich suchte: Mrs. Properts Süßwarenladen. Hier, in diesem winzigen Geschäft, das nicht größer war als ein Konzertflügel, gab es alles, was Kinderherzen höher schlagen läßt: Pfefferminzkugeln, Zuckerstangen, gefüllte Bonbons, Lutscher, Plätzchen, Zitronenbonbons und Zuckerpflaumen. Über dem ganzen Laden hing der süße Duft karamelisierten Zuckers.

»Wo finde ich Mrs. Propert?« fragte ich die alte Frau, die über all die Köstlichkeiten wachte. Meiner Erinnerung nach war Mrs. Propert eine elegante, stattliche Erscheinung mit funkelnden blauen Augen und goldfarbenen Locken – ja, sie war der Galionsfigur eines vornehmen Segelschiffs nicht unähnlich.

»Is' nich' mehr hier. Warum? Was woll'n Se denn von ihr?« erwiderte die alte Frau.

»Nun, es würde mich interessieren, ob Sie noch immer dieses Zuckerkonfekt herstellen, das Mrs. Propert so berühmt gemacht hat – die Goldenen Bonbons, hießen sie nicht so? – Sie wissen schon, eine kleine Kugel, etwa so groß wie ein Fingerhut, aus Karamel gemacht und mit einer Kirsche oder etwas Ähnlichem gefüllt?«

»Ne!« erwiderte die Alte unwirsch. »Ham'mer nich' mehr. War 'ne Spezialität von Mrs. Propert.«

»Wie hat sie sie gemacht? Hat sie eine abgekühlte Karamelmasse benutzt und diese in zwei kleine Kugelhälften gefüllt? Und hat sie dann die Füllung hineingetan und die Hälften zusammengefügt?«

»Keine Ahnung«, antwortete die Alte brüsk. »War ihr Geheimrezept. Hat keinem was verraten.«

Aus einer Tür hinten im Laden trat ein Mädchen mit einem Tablett voller Plätzchen. Sie hatte eine weiße Schürze umgebunden, die an den Säumen mit Spitze besetzt war, und trug eine Morgenhaube mit kirschroten Bändchen.

»Haben Sie sich nach den Bonbons von Tante Chrissie erkundigt? Die, auf die sie so stolz war? Sie hat nie erzählt, wie sie sie gemacht hat. Die Frau des Admirals war ganz verrückt danach«, verriet mir das Mädchen. »Alle paar Tage kam Miss Maule in den Laden, um ein Pfund für ihre Herrin zu kaufen. Sogar an dem Nachmittag noch, wo die arme Mrs. Crawford dann gestorben ist. War richtig unersättlich, die Lady, wenn's stimmt, was Miss Maule gesagt hat. Nach dem Abendessen hat sie immer 'ne ganze Tüte voll gegessen. Ganz allein. Wenn sie nicht in Gesellschaft war.«

»Oh, hat sie das?« fragte ich. »Nun – wenn die Bonbons tatsächlich so köstlich sind, wie ich sie in Erinnerung habe … Schade, daß das Geheimnis ihrer Herstellung verlorengegangen ist.«

»Na, vielleicht verrät Tantchen das Geheimnis ja irgendwann«, tröstete mich das Mädchen mit der Morgenhaube, während sie die Plätzchen sorgfältig auf weißem Konditorpapier auslegte.

»Wo hält sie sich denn zur Zeit auf?« fragte ich.

»Oh, die hat ihr Glück gemacht!« erwiderte das Mädchen und ließ die kirschroten Bändchen fröhlich hüpfen. »Wohnt jetzt in der Hill Street und führt den Haushalt von dem alten Admiral Crawford.«

Originaltitel: The Admiral's Lady
Ins Deutsche übertragen von Stefan Bauer

Das Auge Shivas

Peter MacAlan

Peter Berresford Ellis alias Peter MacAlan wurde 1943 geboren. Der Autor publiziert seine Werke unter mehreren genrebezogenen Pseudonymen. Unter seinem richtigen Namen Ellis schreibt er wissenschaftliche Abhandlungen über keltische Geschichte, als Peter Tremayne entspringen Fantasy- und Mystery-Stories seiner Feder, und als Peter MacAlan bringt er Thriller zu Papier. Irgendwie erscheint das Pseudonym MacAlan wie geschaffen für die vorliegende Geschichte, die in den Tagen der englischen Kolonialherrschaft in Indien spielt.

Heftig rüttelte der Monsun an den geschlossenen Fensterläden der britischen Residenz. Das Gebäude selbst stand ungeschützt auf einem kleinen Hügel oberhalb des von der Strömung ausgehöhlten Ufers des Viswamitri, dessen aufgewühlte Wassermassen sich schäumend ihren Weg durch die Stadt Baroda bahnten, um sich in den breiten Golf von Khambhat zu ergießen.

Die Lampen brannten, und die männlichen Gäste verweilten immer noch im Eßzimmer, unbeeindruckt von der zunehmenden Gewalt des Sturms. Die Damen hatten sich unter der Obhut von Lady Chetwynd Miller, der Frau des britischen Gesandten, zurückgezogen, während bei den Herren eine Karaffe Portwein die Runde machte. Beißender Zigarrenrauch breitete sich im Raum aus.

»Nun …« Royston erhob fordernd seine Stimme. Er war ein professioneller Großwildjäger, der einige Tage in Baroda verbrachte, bevor er sich in Richtung Osten in die Satpura-Berge aufmachte, um Raubkatzen zu jagen. »Nun«, wiederholte er, »ich denke, daß Sie uns nicht länger auf die Folter spannen sollten, Exzellenz. Wir alle wissen, daß wir hier versammelt sind, um *es* zu sehen. Also, wo ist *es*?«

Begeistert stimmten die anderen zu.

Lord Chetwynd Miller hob eine Hand, und auf seinem Gesicht zeigte sich ein breites Lächeln. Er war ein lebhafter Mann von sechzig Jahren, ein Mann, der sein Leben im Dienst der britischen Regierung in Indien verbracht und nun den Posten eines Gesandten in der Stadt Baroda in der Provinz Gujarat innehatte.

Er befand sich in diesem Amt seit dem Sturz des früheren despotischen Herrschers. In Baroda herrschten immer noch einheimische Fürsten, die die Oberherrschaft der britischen Kolonialherren in Indien anerkannten, aber die Unabhängigkeit in allen inneren Angelegenheiten, die ihr Fürstentum betrafen, bewahrt hatten.

Fünf Jahre zuvor hatte Savaji Rao III. als neuer Herrscher die Macht ergriffen. Theoretisch hätte er seinen Vorgänger mit britischer Hilfe absetzen können, denn jener Fürst war niemals von der Verwaltung in Delhi anerkannt worden. Außerdem hatte er den früheren Gesandten, Colonel Phayre, ermorden lassen. Aber die Briten wollten nicht den Eindruck erwecken, als ob sie sich direkt in die Angelegenheiten Barodas einmischen würden. Die Provinz sollte ihre Unabhängigkeit gegenüber der britischen Oberherrschaft bewahren.

In der Tat lag das Erfolgsgeheimnis der britischen Macht in Indien gerade darin begründet, die Herrschaft über diesen riesigen, bevölkerungsreichen Subkontinent niemals direkt, sondern mit Hilfe der etwa 600 indischen Fürsten auszuüben. So war es zu erklären, daß ein Großteil der indischen Regierungsmacht in den Händen von einheimischen Erb-Prinzen lag, die die Hälfte des Landes und ein Viertel der Bevölkerung unter den billigenden Augen der britischen Kolonialherren kontrollierten.

Seit Savaji Rao III. die Macht übernommen hatte, war aus Baroda eine friedliche Stadt mit prächtigen Bauwerken, Palästen, reich verzierten Toren, Parks und Alleen geworden, ein

Verwaltungszentrum mit einer blühenden Textilindustrie, gelegen am Rande von baumwollreichen Ebenen. Zudem besaß die Stadt einen Hafen mit Anschluß an die wichtigsten Seehandelsrouten und einen Eisenbahnknotenpunkt, so daß Verbindungen in alle Teile des Subkontinents bestanden.

Nachdem der neue Herrscher Fuß gefaßt hatte, entschied die britische Regierung, einen Botschafter nach Baroda zu entsenden, der die Interessen des Vereinigten Königreichs in dieser Region aufrechterhielt. Die Wahl fiel auf Lord Chetwynd Miller, denn er versah seinen Dienst schon seit vielen Jahren in Indien. Es sollte sein letzter Posten auf dem Subkontinent sein. Er hatte beschlossen, den Dienst zu quittieren und sich zur Ruhe zu setzen, und traf bereits alle Vorbereitungen für seine baldige Rückkehr nach Shrewsbury nahe der walisischen Grenze. Noch vor Ablauf des Jahres wollte er Indien verlassen.

»Kommen Sie schon, Chetwynd«, drängte Major Bill Foran vom 8. Infanterie-Regiment aus Bombay, das in erster Linie für den Schutz der in Baroda lebenden britischen Kaufleute verantwortlich war. Foran war ein alter Freund des Gesandten. »Schluß mit dem Katz-und-Maus-Spiel«, sagte er. »Sie brennen genauso darauf, es uns zu zeigen, wie wir darauf brennen, es zu betrachten.«

Ein verschmitztes Lächeln spielte um Lord Chetwynd Millers Mund. Beschwichtigend hob er die Hände. Er hatte seine Gäste in der Tat eingeladen, um ihnen das ›Auge Shivas‹ zu zeigen. Sie hatten lange genug warten müssen, denn er hatte das Ereignis absichtlich hinausgezögert.

Er betrachtete die Männer. Er konnte nicht behaupten, daß er seine Gäste gut gekannt hätte, abgesehen von Bill Foran. Es gehörte zur Pflicht des Gesandten, angesehene britische Bürger, die sich auf der Durchreise befanden, zum Essen einzuladen, und dies war eine jener typischen Dinnerparties. Sein Adjutant, Lieutenant Tompkins, hatte die Gästeliste zusammengestellt.

Royston kannte der Lord vom Hörensagen. Ein weiterer Gast war Pater Cassian, ein dunkelhäutiger, geheimnisvoll aussehender katholischer Priester, der ganz und gar nicht dem Bild entsprach, das man sich von einem Missionar zu machen pflegte. Der Lord hatte erfahren, daß Cassian ein Mann mit vielen Interessen war, der sich vor allem mit dem Hinduismus und dessen Mythologie beschäftigte.

Der nächste in der Runde war Sir Rupert Harvey, ein schroffer, arroganter Zeitgenosse, der gerade erst in Baroda angekommen war und sich in verschiedenen Geschäften versuchte.

Dann gab es noch James Gregg, ein Schotte, der sich durch seine beeindruckende Statur auszeichnete. Ansonsten war er zurückhaltend und schweigsam. Er starrte die Gäste an, als würde er geradewegs durch sie hindurchsehen. Laut Gästeliste war er von Beruf Bergbauingenieur, doch wie Tompkins früher am Abend bemerkt hatte, war es recht erstaunlich, daß ein einfacher Bergbauingenieur es sich leisten konnte, im besten Hotel Barodas zu logieren; es schien ihm jedenfalls nicht an Geld zu mangeln.

Der letzte Gast saß am unteren Ende des Tisches, ein wenig abseits von den anderen. Es handelte sich um Inspektor Ram Jayram, den einzigen Inder in diesem Kreis. Obwohl er von Geburt Bengale war, hatte die Regierung in Baroda ihn zum Polizeichef ernannt. Ram Jayram war bekannt für seinen trockenen Humor und verfügte über einen reichen Schatz an faszinierenden Geschichten. Überall war er ein willkommener Gast, der es verstand, die Langeweile aus so mancher Abendgesellschaft zu vertreiben.

Doch an diesem Abend war er aus einem besonderen Grund eingeladen worden. Gerüchten zufolge sollte sich in dieser Nacht in der Residenz ein Diebstahl ereignen, und deshalb hatte Lord Chetwynd Miller der Bitte Jayrams zugestimmt, als Gast am Diner teilnehmen zu dürfen, damit er ein wachsames Auge auf die Geschehnisse haben könne. Jayram hatte dem Lord gegenüber auch angedeutet, daß möglicherweise einer der Gäste der Dieb sein könnte – eine Vermutung, die der Gastgeber entschieden zurückgewiesen hatte.

Daß sich dieser berühmte Rubin – das ›Auge Shivas‹ – im Besitz des Gesandten befand, hatte in der Stadt Anlaß zu Gerede und vielen Spekulationen gegeben, und Lord Chetwynd Miller hatte der Versuchung nicht widerstehen können, den Rubin an diesem einen Abend, an dem er über ihn verfügte, seinen Gästen zu präsentieren.

Lord Chetwynd Miller räusperte sich.

»Gentlemen«, begann er zögernd, »Gentlemen, Sie haben recht. Ich habe Sie lange genug auf die Folter gespannt. In der Tat habe ich Sie nicht nur eingeladen, weil ich Ihre Gesellschaft schätze, sondern weil ich Ihnen die Möglichkeit geben wollte, einen Blick auf das berühmte ›Auge Shivas‹ zu werfen, bevor der Stein morgen an Bord der SS Caledonia gebracht wird, um nach London transportiert zu werden.«

Die Herren hatten sich zurückgelehnt und betrachteten ihren Gastgeber erwartungsvoll. Chetwynd Miller nickte Tompkins zu, der daraufhin in die Hände klatschte.

Auf dieses Zeichen hin wurde die Tür des Eßzimmers geöffnet, und Devi Bhadra, der Majordomus des Gesandten, trat ein. Auf der Schwelle hielt er inne und blickte den Lieutenant fragend an.

»Bring ihn jetzt herein, Devi Bhadra«, befahl der Adjutant.

Bhadra deutete eine Verbeugung an, kaum mehr als ein leichtes Nicken, und zog sich zurück.

Kurz darauf kehrte er mit einem reich verzierten Tablett zurück, auf dem sich ein Kästchen aus rotem indischen Gold, durchbrochen von winzigen Glaseinsätzen, befand. Durch diese Glaseinsätze konnte man ganz deutlich ein weißes Samtkissen erkennen, auf dem ein großer roter Stein ruhte.

Totenstille herrschte, als der Diener das Kästchen feierlich vor Lord Chetwynd Miller auf den Tisch stellte und sich dann leise wieder entfernte.

Als wäre dies ein Signal gewesen, beugten sich die Männer vor, nachdem sich die Tür hinter dem Majordomus geschlossen hatte, und betrachteten staunend und neiderfüllt den Rubin, der sich in das Kissen zu schmiegen schien und in seiner Vollkommenheit eine einzige Verlockung war.

Pater Cassian, der am nächsten saß, spitzte die Lippen und stieß einen Pfiff aus, der seinem Stand nicht ganz entsprach.

»Erstaunlich, mein Lieber, höchst erstaunlich!«

James Gregg blinzelte, ansonsten zeigte sich in seinem Gesicht keine Regung.

»Das ist also das berühmte ›Auge Shivas‹! Ich wette, daß sich etliche Geschichten um diesen Stein ranken.«

Royston schnaubte.

»Sie haben verdammt recht, Gregg. Dieser kleine Stein da hat schon vielen Menschen das Leben gekostet.«

»Es heißt, der Stein sei verflucht«, tönte es vom Ende des Tisches.

Alle Blicke richteten sich auf den stillen Bengalen. Jayram lächelte. Er hatte dem Vorschlag des Lords zugestimmt, den Rubin dort zu präsentieren, wo er von jedem der Anwesenden gesehen werden konnte, um so einen Diebstahl unmöglich zu machen, falls doch einer der Gäste mit dem Gedanken spielte, den Stein an sich zu bringen.

»Was wollen Sie damit sagen?« fragte Sir Rupert gereizt. Im Verlauf des Abends war offensichtlich geworden, daß Harvey zu jenen gehörte, denen es mißfiel, mit Einheimischen zusammenzukommen, es sei denn, auf geschäftlicher Basis. Er war es anscheinend nicht gewohnt, Indern auf der gleichen gesellschaftlichen Ebene zu begegnen, und das zeigte er auch.

Doch es war Major Foran, der ihm antwortete.

»Der Inspektor hat völlig recht. Es lastet tatsächlich ein Fluch auf dem Stein, nicht wahr, Chetwynd?«

Der Lord lächelte und spreizte die Hände. »Darin liegt ja gerade die Faszination des Rubins, meine Freunde. Wie könnte es ein berühmtes Juwel geben, das keine Geschichte oder einen Fluch aufzuweisen hätte?«

»Ich glaube, ich wittere eine ganz besondere Geschichte«, sagte Gregg gedehnt, griff nach seinem Brandy und schnupperte daran, bevor er einen Schluck nahm.

»Wollen Sie uns die Geschichte nicht erzählen?« fragte Royston aufmunternd.

Der Gesichtsausdruck des Lords verriet deutlich, daß er diesem Verlangen nur zu gern entgegenkommen wollte.

»Wie Sie sicher alle wissen, wird das ›Auge Shivas‹ als persönliches Geschenk von Savaji Rao III. an Ihre Majestät nach

London geschickt. Da ich der hiesige Repräsentant Ihrer Majestät bin, ist der Stein gestern offiziell in meine Obhut gegeben worden. Ich habe alle Vorbereitungen getroffen, damit der Stein morgen an Bord der SS Caledonia gebracht werden kann, um dann nach London transportiert zu werden.«

»Himmel, wir lesen alle die *Times of India*«, brummte Sir Rupert, doch die anderen ignorierten seinen Sarkasmus.

»Ja, so ist es«, erwiderte der Gesandte trocken. »Der Stein hat eine bemerkenswerte Geschichte. Er ist einer jener beiden Rubine, die die Augen der Statue des Hindugotts Shiva bildeten …«

»Heilsbringer und Zerstörer in einem«, mischte sich Pater Cassiaus ein, dabei schien er mehr zu sich selbst als mit den anderen zu reden. »Eine Gottheit, gütig und grausam zugleich, der Ursprung und die treibende Kraft der vedischen Religion.«

»Man sagt, daß die Statue in dem alten Tempel von Vira-Bhadra in der Region Betul gestanden hat«, fuhr der Gesandte fort. »Vermutlich bestand sie aus purem Gold und war über und über mit Juwelen besetzt; die beiden Rubine bildeten die Augen. Man erzählt sich, daß während der Niederschlagung des Aufstands ein gewisser Colonel Vickers nach Betul geschickt wurde, um die Rebellen zu bestrafen. Er stand in dem Ruf, unbarmherzig zu sein. Ich glaube, er war auch an dem Massaker von Allahabad beteiligt …«

»Worum ging es da?« fragte Gregg. »Ich kenne mich in der hiesigen Geschichte nicht aus.«

»Britische Truppen haben zur Vergeltung bei Allahabad sechstausend Menschen ohne Rücksicht auf Geschlecht oder Alter einfach abgeschlachtet«, erklärte Pater Cassiaus in ruhigem Ton.

»Es war Angst, die die extreme Grausamkeit bewirkt hat, mit der der Aufstand niedergeschlagen wurde«, sagte Major Foran.

»Die einzige Art, wie man diese verdammten Rebellen behandeln muß!« fuhr Sir Rupert auf. »Knüpft ein paar von ihnen auf, dann wird der Rest nicht mehr aus der Reihe tanzen, stimmt's?«

Royston verzog sein Gesicht vor Abscheu. »Nun, in diesem besonderen Fall hat man die Aufständischen vor die Mündungen der Kanonen gebunden und zerfetzt – als abschreckendes Beispiel für die anderen.«

»Eine militärische Notwendigkeit«, erwiderte Major Foran ungehalten, den die Kritik in diesen Worten irritierte.

Der Gesandte schwieg einen Moment, bevor er weiterredete. »Also, es wird behauptet, Vickers habe den Vira-Bhadra-Tempel geplündert. Er soll sich die beiden Rubine angeeignet haben, bevor er befahl, die Statue einzuschmelzen. Das brachte den Pöbel dort so in Rage, daß sie Vickers angriffen. Es gelang ihnen, die Statue zurückzuerobern und sie an einen geheimen Ort zu bringen. Vickers wurde umgebracht, die Rubine waren verschwunden. Gerüchten zufolge ist jedoch nur einer der Steine von den Wächtern des Tempels wiedergefunden worden. Einem Soldaten soll es gelungen sein, das andere Juwel dem sterbenden Vickers zu entreißen. Dieser Soldat wurde ebenfalls getötet. Später gelangte der Stein in die Hände des Fürsten von Baroda.«

Inspektor Ram Jayram räusperte sich höflich.

»Es sollte erwähnt werden, daß der betreffende Fürst nicht Savaji Rao III., sondern sein despotischer Vorgänger war, den er vor einigen Jahren stürzte.«

Chetwynd Miller nickte zustimmend.

»Nach dem Umsturz fand man den Stein in der Schatzkammer des Despoten. Savaji Rao hielt es für eine Geste der Höflichkeit, den Rubin Ihrer Majestät zum Geschenk zu machen, als Zeichen seiner Freundschaft.«

Mit zusammengepreßten Lippen saß Gregg da und starrte den rot funkelnden Stein an.

»Ein Geschenk, so blutrot wie der Glanz des Juwels«, murmelte er. »Die Geschichte zeigt, daß jeder, der Anspruch auf den Stein erhebt, ohne sein rechtmäßiger Eigentümer zu sein, ein schreckliches Ende finden wird.«

Sir Rupert lachte zynisch und zündete seine Zigarre wieder an. »Könnte es sein, daß auch Savaji Rao sich dessen bewußt ist und deshalb den Stein nicht behalten will?«

Lieutenant Tompkins errötete leicht und fragte sich, ob Sir Rupert damit eine Unhöflichkeit gegenüber Ihrer Majestät andeuten wollte, die gleichzeitig Kaiserin von Indien war.* Tompkins war noch ein junger Bursche und dies sein erster Posten in Indien. Alles war neu und verwirrend für ihn, besonders der weitverbreitete Zynismus gegenüber dem Empire unter denjenigen Kameraden, die ihren Dienst in Indien schon länger versahen.

»Mir ist nur *ein* Fluch bekannt, nämlich der, daß es einige Hindus gibt, die den Stein wieder an seinem angestammten Platz sehen wollen«, bemerkte Pater Cassian dazu.

Mit einem höhnischen Lächeln wandte sich Sir Rupert dem Inspektor zu. »Stimmt das?« fragte er. »Glauben Sie auch, der Stein sollte wieder die Statue schmücken? Sie sind doch ein Hindu, oder nicht?«

Jayram erwiderte Sir Ruperts Blick und lächelte höflich. »Ja, in der Tat, ich bin Hindu. Pater Cassian bezieht sich jedoch auf jene Sekte, die man Vira-Bhadra nennt und aus deren Tempel der Stein entwendet wurde. Die Anhänger dieser Sekte verehren Shiva allein in seiner Funktion als Rächer und Hirt der Seelen. Shiva, so wie sie ihn sehen, trägt um den Hals eine Kette aus Schädeln und einen Kranz aus Schlangen. Er ist der böswillige Zerstörer. Ich jedoch bin kein Anhänger jener Sekte.«

Sir Rupert schnaubte, offensichtlich schenkte er dem Inspektor nicht viel Glauben.

»Ein Hindu ist ein Hindu«, höhnte er.

»Ach ja?« Der Polizeichef blieb völlig ungerührt von dieser Beleidigung. »Ich nehme an, Sie sind ein Christ, Sir Rupert?« fuhr er fort.

»Natürlich«, entgegnete dieser. »Was hat das mit all dem hier zu tun?«

* 1877 wurde Königin Victoria von England zur Kaiserin von Indien ausgerufen (Anm. d. Übers.).

»Dann werden Sie doch wohl zweifellos den Bischof von Rom als ›Heiligen Vater‹ der gesamten Kirche anerkennen?«

»Natürlich nicht! Ich gehöre der anglikanischen Kirche an!« fuhr Sir Rupert ihn an.

»Aber ein Christ ist doch ein Christ, Sir Rupert, oder stimmt das etwa nicht?«

Sir Rupert lief rot an, als Pater Cassian in schallendes Gelächter ausbrach. »Da hat er Sie erwischt«, meinte der Priester, nachdem er sich ein wenig beruhigt hatte.

Der Inspektor sah den Pater dankbar lächelnd an. »Ich glaube, es war einer Ihrer Heiligen und Märtyrer aus dem vierten Jahrhundert, Pelagius von Rom, der gesagt hat, daß Etiketten eine Erfindung seien, um die Menschen vor der Last des Denkens zu bewahren. Pelagius war ein großer Freund des Augustinus von Hippo, glaube ich?«

Lächelnd neigte Pater Cassiaus den Kopf. »Sie verfügen über ein großes Wissen, Inspektor.«

Sir Rupert brummte ärgerlich vor sich hin und wollte gerade etwas sagen, als Lord Chetwynd Miller ihm zuvorkam.

»Es ist wahr, daß die Geschichte dieses Fluchs von den Priestern der Vira-Bhadra-Sekte stammt, die immer noch versuchen, den Rubin zurückzugewinnen.«

Royston zündete sich eine neue Zigarre an. »Nun, es ist wirklich ein außergewöhnlicher Stein. Würden Sie mir erlauben, ihn anzufassen, Exzellenz?«

Der Lord lächelte nachsichtig. »Es ist Ihre letzte Chance, denn wenn der Rubin erst einmal London erreicht hat, wird er zweifellos hinter den Türen der königlichen Schatzkammer verschwinden.« Er nahm einen kleinen Schlüssel aus seiner Westentasche, beugte sich vor und öffnete das kleine Schloß, welches zur Sicherung des Kästchens diente.

Als er den Deckel aufklappte, schien das Juwel auf seinem Samtbett noch heller zu funkeln. Er griff hinein und nahm den Stein mit übertriebener Sorglosigkeit aus dem Behältnis. Dann reichte er ihn dem sichtlich gespannten Royston, der den Rubin zwischen Daumen und Zeigefinger nahm und ihn gegen das Licht hielt. Er stieß einen bewundernden Pfiff aus.

»Ich habe in meinem Leben schon einige Edelsteine gesehen, aber dieser hier ist wirklich außergewöhnlich. Auch der Schliff ist absolut perfekt.«

»Sie kennen sich mit Steinen aus, Royston?« erkundigte sich Sir Rupert interessiert.

Royston zuckte mit den Schultern. »Ich möchte nicht den Eindruck erwecken, ich sei ein Experte auf diesem Gebiet, aber ich habe schon mit einigen Steinen gehandelt. Allerdings ist meine Meinung nicht höher oder geringer zu bewerten als die des nächsten Herrn in der Runde.«

Mit diesen Worten gab er den Stein an den Pater weiter, der neben ihm saß. Auch der Priester hielt den Rubin gegen das Licht. Seine Hand zitterte leicht, doch seine Stimme blieb ruhig.

»Er ist schön«, gab er zu. »Aber meiner Meinung nach liegt der eigentliche Wert in der kompletten Statue Shivas. Einzelne Steine besitzen für mich keinen Wert, den billige ich nur dem Gesamtkunstwerk zu, entsprungen aus dem Bemühen und Streben des Menschen, etwas von zeitloser Schönheit zu schaffen.«

Sir Rupert stieß einen verächtlichen Laut aus, um zu zeigen, wie wenig ihn die Worte des Geistlichen beeindruckten, und streckte die Hand nach dem Edelstein aus.

Der Pater aber zögerte, und betrachtete weiter den Stein.

In diesem Moment waren draußen Geräusche und aufgeregte Stimmen zu hören. Der plötzliche Lärm ließ die Männer innehalten. Dann sprang Lieutenant Tompkins auf und eilte zur Tür. Als er sie öffnete, erblickte er Lady Chetwynd Miller, die im Türrahmen stand. Sie war eine zierliche, aber resolute Dame Mitte Fünfzig.

»Entschuldigen Sie bitte die Störung, meine Herren«, sagte sie mit Beherrschtheit. Dann schaute sie ihren Gatten an und fuhr leise fort: »Mein Lieber, Devi Bhadra hat mich davon unterrichtet, daß die Dienstboten in deinem Arbeitszimmer einen Dieb aufgegriffen haben.«

Lord Chetwynd Miller warf dem Inspektor einen überraschten Blick zu, dann erhob er sich und ging ebenfalls zur

Tür. Tompkins trat beiseite, als der Lord beruhigend eine Hand auf den Arm seiner Gattin legte.

»Nun, meine Liebe, es besteht kein Grund zur Besorgnis. Geh zurück in den Salon. Wir werden uns schon um die Angelegenheit kümmern.«

Lady Chetwynd schien widersprechen zu wollen, aber sie lächelte den Herren nur kurz zu, bevor sie sich wieder zurückzog.

»Sagen Sie Devi Bhadra, er soll den Schuft hier ins Eßzimmer führen lassen«, forderte der Gesandte seinen Adjutanten auf.

Mit einem gezwungenen Lächeln wandte er sich dem Inspektor zu. »Es scheint, als ob Ihr Nachrichtendienst recht gehabt hätte. Wir werden wohl einen Gefangenen Ihrer Obhut übergeben müssen.«

Jayram machte eine hilflose Handbewegung. »Juristisch gesehen befinden wir uns hier auf britischem Territorium, Exzellenz. Aber wenn Sie wünschen, daß ich mich darum kümmere … Sehen wir uns den Mann erst einmal an.«

In diesem Moment kehrten Lieutenant Tompkins und Devi Bhadra mit einem stämmigen Sepoy, einem eingeborenen Soldaten aus Forans 8. Infanterie-Regiment, zurück. Sie eskortierten einen Mann ins Eßzimmer.

Der Mann war dünn und trug ein schmutziges *dhoti*, ein Lendentuch, die typische Bekleidung der Hindus. Ein ebenso dreckiger Turban saß auf seinem Kopf, und eine lose sitzende, weite Jacke, die vorne offenstand, zierte seinen Oberkörper. Um den Hals trug er ein Lederband, an dem ein Anhänger mit einem billigen Edelstein hing.

Der Gesandte setzte sich wieder auf seinen Platz und blickte dann mit finsterer Miene auf.

»Schafft den Kerl ins Licht, damit wir ihn besser betrachten können.«

Der Mann war jung und sah gut aus, zeigte aber einen mürrischen Ausdruck. Den Kopf hatte er gesenkt. Devi Bhadra stieß den Mann vorwärts, so daß das Licht der Lampen auf sein Gesicht fiel.

»Ich habe ihn durchsucht, Sahib. Er trägt keine Waffen bei sich.«

»Sprichst du Englisch?« fragte der Lord.

Der Mann antwortete nicht.

Chetwynd Miller nickte Devi Bhadra zu, der daraufhin die Frage auf Gujarati, dem in dieser Region gesprochenen Dialekt, wiederholte.

Keine Antwort – der Gefangene blieb weiterhin stumm.

»Bitte, entschuldigen Sie«, mischte der Inspektor sich ein. »Vielleicht sollten wir es mit Hindi versuchen.«

Doch auch als Devi Bahdra die Frage auf Hindi stellte, erhielt er keine Antwort.

»Sieht so aus, als ob Ihre Vermutung falsch wäre«, bemerkte Royston.

Gemächlich erhob sich Inspektor Jayram und trat vor den Mann. Seine Augen verengten sich zu schmalen Schlitzen, als er den Anhänger betrachtete. Dann, ohne Vorwarnung, ergoß sich ein Wortschwall über den Eindringling. Der Gefangene riß den Kopf hoch und nickte mürrisch.

Jayram drehte sich um, und mit einem entschuldigenden Lächeln erklärte er dem Gesandten: »Der Mann spricht Munda, einen wenig verbreiteten Dialekt, mit dem ich jedoch ein bißchen vertraut bin. Der Gefangene stammt aus dem Distrikt Betul.«

»Betul?« Die Augen des Lords weiteten sich, als er die Bedeutung erfaßte, die in diesem Namen lag.

Jayram deutete auf den Anhänger. »Er trägt das Symbol des Vira-Bhadra-Kults.«

»Tatsächlich? Dieser Schuft!« stieß der Lord hervor.

»Nun, wenn er hinter diesem Kleinod her war, dann hat er Pech gehabt, denn das Juwel befand sich ja hier bei uns«, sagte Gregg gedehnt.

Dann hielt er den Rubin in die Höhe.

Als der Gefangene den Stein sah, sog er scharf die Luft ein und schien sich nach vorn stürzen zu wollen, doch er wurde von dem festen, starken Griff des Sepoy und Devi Bhadras daran gehindert.

»Der Stein ist also der Grund«, stellte Major Foran fest. »Dieser Bettler hat sich hier hereingeschlichen, um den Rubin zu stehlen!«

»Oder, um ihn seinem rechtmäßigen Eigentümer zurückzubringen«, warf Pater Cassian ruhig ein. »Es kommt darauf an, von welcher Seite man die Angelegenheit betrachtet.«

Foran ignorierte die Bemerkung des Paters und fragte Devi Bhadra: »Wie ist es Ihnen gelungen, ihn zu fangen?«

»Eines der Dienstmädchen hörte Geräusche, die aus dem Arbeitszimmer des Sahib kamen«, erwiderte der Majordomus. »Sie rief mich, und ich ging, um nach dem Rechten zu sehen. Der Safe stand offen, und dieser Mann war gerade dabei, aus dem Fenster zu steigen. Es gelang mir, ihn zu packen, und dann rief ich so lange, bis ein Sepoy mir zu Hilfe kam.«

»Fehlt etwas aus dem Safe?«

»Der Mann hatte nichts bei sich, Sahib.«

»Dann war er also hinter dem Stein her«, schloß Gregg mit einiger Genugtuung. »Das ist eine beachtliche Abendunterhaltung, die wir Ihnen zu verdanken haben, Exzellenz.«

Der Gefangene stieß plötzlich eine Flut von Worten hervor. Jayram, der ihnen zu folgen versuchte, nickte ab und zu.

»Der Mann sagt, das ›Auge Shivas‹ sei gestohlen worden und müsse wieder zum Vira-Bhadra-Tempel zurückgebracht werden. Er sei kein Dieb, sondern die Hand seines Gottes, der versuchen würde, sich sein Eigentum zurückzuholen.«

Der Gesandte rümpfte die Nase.

»Wie dem auch sei! Für mich ist er ganz einfach ein Dieb, der den zuständigen Behörden von Baroda zur Bestrafung übergeben wird. Wie Gregg schon bemerkte, war es reine Glückssache, daß sich der Stein gerade zu dem Zeitpunkt, als dieser Kerl den Safe öffnete, hier bei uns im Raum befand.«

Mittlerweile war der Rubin bei Major Foran angelangt, der sich nun dem Gefangenen zuwandte.

»Möchtest du dir vielleicht den Preis betrachten, den du verloren hast?« verhöhnte er ihn.

Niemand war auf das gefaßt, was im nächsten Moment

passierte. Sowohl der Sepoy als auch Devi Bhadra waren für einen Augenblick von dem hell funkelnden Stein in Forans Hand abgelenkt. Nicht so der Gefangene! In dieser Situation hatten sie ihren Griff gelockert, und der muskulöse junge Mann nutzte seine Chance. Mit einem kräftigen Ruck riß er sich von seinen Bewachern los, schnappte den Stein aus der Hand des verdutzten Majors und rannte mit der Behendigkeit eines Berglöwen quer durch den Raum. Noch bevor sich einer der Anwesenden von seiner Überraschung erholt hatte, warf er sich gegen eins der geschlossenen Fenster.

Das Fenster zerbrach unter der Wucht, und der Fremde landete inmitten von Splittern auf der Veranda.

Die unerwartete Aktion des Gefangenen schien die Anwesenden vorübergehend gelähmt zu haben.

Einige Sekunden vergingen. Draußen auf der Veranda rappelte der Mann aus Betul sich auf und versuchte, im Dunkel der Nacht und in dem anhaltenden Regen zu verschwinden.

Es war der Adjutant, der sich als erster von seinem Schrecken erholte. Er entriß dem Sepoy das Lee-Enfield-Gewehr und brachte es in Anschlag. Erst das Krachen des Schusses löste die Gesellschaft aus ihrer Starre.

In Sekundenschnelle rannte Foran durch die Tür nach draußen auf die Veranda. Lord Chetwynd Miller, der sich direkt hinter ihm befand, rutschte aus, prallte mit Sir Rupert zusammen, der gerade aufgestanden war, und riß ihn mit sich zu Boden. Der Lord fiel neben ihm auf die Knie. Besorgt eilte Pater Cassian den beiden zu Hilfe. Der Lord hielt sich an Cassians Arm fest, rutschte aber noch einmal aus. Er murmelte eine Entschuldigung, als er sich ein wenig unsicher erhob. Zu diesem Zeitpunkt war schon alles vorüber.

Der junge Fremde in dem *dhoti* lag mit dem Gesicht nach unten am Boden. Selbst der wolkenbruchartige Regen vermochte den gräßlichen roten Fleck auf seiner schmutzigen Jacke nicht wegzuspülen. Als Foran den Fremden erreicht hatte, bückte er sich und untersuchte ihn, konnte jedoch keinen Pulsschlag mehr feststellen. Seufzend richtete er sich auf und schüttelte den Kopf.

Als Foran in das Eßzimmer zurückkehrte, die Paradeuniform vom Monsunregen durchweicht, wurde die Tür des Eßzimmers aufgestoßen, und Lady Chetwynd stand erneut auf der Schwelle. Die anderen Damen der Gesellschaft drängten sich hinter ihr.

Als der Lord sie sah, eilte er zur Tür und versperrte mit seinem Körper den Damen den Zutritt.

»Meine Liebe, kehre mit deinen Gästen in den Salon zurück. Unverzüglich!« fuhr er seine Gattin an, als sie den Mund zu einem Protest öffnen wollte. »Bitte!« Die ungewöhnliche Schroffheit in seiner Stimme ließ sie stutzen; überrascht starrte sie ihren Mann an. Er zwang sich zu einem Lächeln. »Bitte!« wiederholte er, um einiges sanfter. »Das Ganze wird nicht mehr lange dauern. Mach dir keine Sorgen, niemand von uns ist zu Schaden gekommen.«

Er verschloß die Tür hinter ihnen und drehte sich um. Sein Gesicht war aschfahl.

Foran zeigte den anderen den funkelnden roten Stein, den er in seiner Hand hielt, und meinte gedehnt: »Tja, beinahe wäre der junge Bettler damit verschwunden.«

Der Gesandte lächelte grimmig und wandte sich seinem Majordomus zu.

»Devi Bhadra, schaffen Sie mit dem Sepoy den Leichnam weg! Ich denke, Inspektor Jayram wird nun die Angelegenheit übernehmen wollen. Sind Sie damit einverstanden, Foran?«

Major Foran, der offiziell für die Sicherheit der Residenz zuständig war, signalisierte seine Zustimmung. Daraufhin forderte Devi Bhadra den Sepoy auf, ihm zu folgen, damit sie ihre traurige Pflicht erfüllen konnten.

Lord Chetwynd Miller klopfte seinem Adjutanten auf die Schulter. Der junge Offizier hatte das Lee-Enfield-Gewehr beiseite gelegt und saß nun auf einem Stuhl. Sein Gesicht war weiß wie die Wand, und seine Hand zitterte.

»Verdammt guter Schuß, Tompkins. Hab' noch keinen besseren gesehen.«

Foran goß dem jungen Mann einen großen Brandy ein. »Runter damit, mein Junge!« befahl er mit rauher Stimme.

Der Lieutenant blickte zu ihm auf.

»Entschuldigen Sie«, murmelte er. »Aber ich habe noch nie einen Menschen erschossen. Tut mir leid.«

Er nahm einen tiefen Zug aus seinem Glas und mußte husten.

»Sie haben richtig gehandelt«, bestätigte der Lord. »Sonst wäre uns der Bettler einfach entwischt.«

Er wandte sich Jayram zu und runzelte die Stirn.

Der Inspektor starrte fassungslos auf den Stein, den Foran wieder in das Kästchen zurückgelegt hatte. Als er ihn herausnahm, legte sich seine Stirn in Falten.

»Entschuldigen Sie, Exzellenz«, murmelte er.

Verdutzt beobachteten sie, wie der Inspektor nach einem Messer griff, das auf dem Tisch lag. Dann legte er den Rubin auf die Tischplatte und kratzte mit dem Messer über die Oberfläche des Steins. Es hinterließ eine schmale, weiße Spur.

Major Foran wurde leichenblaß. Er begriff als erster, was diese schmale Spur zu bedeuten hatte.

»Eine Imitation! Das ist nicht das ›Auge Shivas‹! Der Stein ist eine Imitation!« rief er entgeistert.

Der Inspektor nickte zustimmend und beobachtete genau die Gesichter der Anwesenden.

»War der Stein wenigstens anfangs der echte? Ich meine, hat Savaji Rao Ihnen denn auch wirklich den echten Rubin übergeben?« fragte Sir Rupert.

»Wir haben keinen Grund, daran zu zweifeln«, erwiderte Major Foran. Entsetzen schwang in seiner Stimme mit.

Royston hatte inzwischen den Stein vom Tisch genommen und betrachtete ihn ungläubig.

»Der Stein, den wir vorhin bewundert haben, war der echte Rubin«, sagte er leise.

Stirnrunzelnd sah der Gesandte ihn an. »Was meinen Sie damit?«

»Ich meine damit ...« Royston blickte sich nachdenklich um. »Ich will damit sagen, daß dieser Stein hier nicht derjenige ist, den ich noch vor wenigen Minuten in meiner Hand gehalten habe.«

»Wie können Sie sich dessen so sicher sein?« fragte Gregg. »Ich kann keinen Unterschied erkennen.«

Royston hielt den beschädigten Stein gegen das Licht. »Sehen Sie hier ... In diesem Stein ist ein Schatten zu sehen, eine kleine schwarze Stelle, die zeigt, daß er nicht makellos ist. Der Rubin, den ich vorhin in Händen hielt, hatte keinen solchen Makel. Das kann ich beschwören.«

»Wenn dieser Stein hier eine gute, aber wertlose Imitation ist, wo ist der echte Rubin?« wollte Pater Cassian wissen.

Major Foran war aufgesprungen und hatte den Stein an sich genommen. Er schien einem Schlaganfall nahe zu sein, als er ihn betrachtete.

»Eine Imitation, beim heiligen Georg, in der Tat eine Imitation!«

Der Gesandte war wie betäubt.

»Ich wette, dieser Hindu hat den falschen Stein mitgebracht, um ihn gegen den echten auszutauschen. Er muß den echten Rubin noch bei sich tragen«, sagte Lieutenant Tompkins, während er nach Luft rang.

»Entweder befindet sich der Stein bei ihm oder im Garten«, brummte Foran. »Mit Ihrer Erlaubnis, Sir, werde ich Devi Bhadra mit der Suche betrauen.«

»Ja, tun Sie das, Bill«, stimmte der Gesandte zu. Er war sichtlich schockiert. Der Major verschwand, um die nötigen Befehle zu geben. Einen Moment lang herrschte Schweigen, dann erhob der Inspektor die Stimme.

»Entschuldigen Sie, Exzellenz, aber Sie werden den Stein bei dem toten Priester nicht finden.«

Verwirrt blickte Lord Chetwynd Miller in die sanften dunkelbraunen Augen des Polizeichefs.

»Ich verstehe nicht«, sagte er langsam.

Jayram lächelte geduldig.

»Der Priester aus Betul hat nicht den echten Rubin gestohlen, sondern nur die Imitation. Tatsächlich hat der echte Rubin diesen Raum nie verlassen.«

»Sie sollten besser erklären, was Sie damit meinen«, schlug Pater Cassian vor.

»Fest steht, daß der Rubin gestohlen worden ist. Lord Miller hat erklärt, daß es das echte ›Auge Shivas‹ war, das in seine Obhut übergeben wurde. Und Royston versichert uns, daß er den echten Stein in der Hand hielt, bevor wir erfuhren, daß Devi Bhadra diesen Bettler festgenommen hatte. Dann wurde der Hindu-Priester in diesen Raum geführt. Er riß Major Foran den Stein aus der Hand, und der echte Stein verschwand. Mit anderen Worten: Nur dieser Hindu-Priester konnte beide Steine, den echten wie auch die Imitation, gehabt haben.«

Foran kehrte durch das zerbrochene Fenster in das Eßzimmer zurück.

»Man hat nichts bei dem Toten finden können«, teilte er verärgert mit. »Devi Bhadra läßt jetzt den Rasen absuchen.«

»Nach Meinung des Inspektors ist das reine Zeitverschwendung«, bemerkte Gregg mit Nachdruck.

Foran zog eine Augenbraue hoch.

»Jayram glaubt, der Rubin hätte diesen Raum nie verlassen«, erklärte Pater Cassian. »Er meint, der Hindu-Priester hätte sich die Imitation gegriffen, bevor er zu entkommen versuchte.«

Jayram nickte lächelnd.

»Das ist vollkommen richtig«, bestätigte er.

Lord Chetwynd Miller verzog sein Gesicht. »Wie kommen Sie darauf?« fragte er den bengalischen Polizisten.

»Ich benutze meinen gesunden Menschenverstand, Exzellenz«, erwiderte Jayram. »Verfolgen wir die Ereignisse in Gedanken noch einmal zurück. Der Stein, der echte Stein, war hier bei uns. Dann hörten wir Stimmen und Lärm. Der Fremde aus Betul wurde bei seinem erfolglosen Versuch, den Rubin aus Ihrem Arbeitszimmer zu entwenden, gefangengenommen. Erfolglos deshalb, weil der Stein sich hier bei uns befand. Der Gefangene wurde in diesen Raum gebracht und von Devi Bhadra und dem Sepoy festgehalten. Dann riß er sich los, ergriff den Stein, den er für das ›Auge Shivas‹ hielt, und versuchte zu fliehen. Er glaubte, den echten Rubin in Händen zu halten.«

»Klingt einleuchtend«, brummte Sir Rupert. »Außer, daß Sie keinen Beweis dafür haben, daß er nicht doch die Imitation bei sich trug, um sie gegen den echten Rubin auszutauschen.«

»Natürlich habe ich den Beweis. Devi Bhadra hat den Beschuldigten durchsucht. Er versicherte uns, daß er nichts, absolut nichts bei dem Mann gefunden habe. Wenn also der Vira-Bhadra-Priester die Imitation bei sich getragen hätte, dann hätte der Majordomus seiner Exzellenz sie auch gefunden, bevor er den Priester in dieses Eßzimmer brachte.«

»Was wollen sie damit sagen, Jayram? Daß der gute alte Shiva selbst ein bißchen Zauberei ins Spiel gebracht hat, um sein heiliges Auge zurückzubekommen?« fragte Gregg zynisch.

Der Polizeichef zeigte ein dünnes Lächeln.

»Keine Zauberei, Mister Gregg.«

»Was dann?«

»Es ist viel einfacher, als Sie denken. Wir acht saßen am Tisch, als der echte Rubin hereingebracht wurde. Wir betrachteten ihn der Reihe nach. Durch den Vorfall mit dem Vira-Bhadra-Priester wurden wir dabei unterbrochen. Anschließend bemerkten wir, daß es sich um eine Imitation handelt. Die Antwort ist simpel. Einer aus unserer Runde, einer, der hier am Tisch sitzt, ist der Dieb.«

Seine Worte lösten einen Aufruhr aus.

Sir Rupert war aufgesprungen und brüllte los: »Ich werde mich doch nicht beleidigen lassen, noch dazu von einem … einem …«

Jayrams Gesicht strahlte Sanftmut aus.

»Von einem einfachen bengalischen Polizeiinspektor?« ergänzte er hilfsbereit. »Es liegt mir fern, Sie zu beleidigen, Sir Rupert. Ich beabsichtige lediglich, den Stein wiederzufinden.«

Lord Chetwynd Miller ließ sich auf seinen Stuhl zurückfallen und starrte Jayram an.

»Wie wollen Sie das anstellen?«

Der Inspektor hob die Hände und lächelte.

»Da kein Mitglied unserer Gesellschaft, mit Ausnahme von Major Foran –« er verbeugte sich in Richtung des Offiziers, »den Raum verlassen hat, und der Major meiner Überzeugung nach über jeden Zweifel erhaben ist, kann die Antwort nur lauten, daß der Stein sich noch bei der Person befindet, die ihn gestohlen hat. Das scheint doch logisch zu sein, nicht wahr, Eure Exzellenz?«

Lord Chetwynd Miller überlegte einen Moment, dann nickte er widerstrebend.

»In Ordnung. Major Foran, würden Sie bitte einen Ihrer Wachsoldaten auf der Veranda und einen an der Tür postieren?« bat Jayram. »Niemand darf diesen Raum verlassen.«

»Sind Sie absolut sicher, daß ich nicht unter Verdacht stehe?« fragte Foran zynisch.

»Wir sind alle verdächtig«, erwiderte Jayram unbeeindruckt. »Einige jedoch mehr als andere.«

Foran ging zur Tür, rief nach seinen Männern und gab die nötigen Befehle, um sie so zu postieren, wie Jayram es gewünscht hatte.

»Sehr gut«, sagte der Inspektor lächelnd. »Ich denke, wir werden nun mit der Durchsuchung beginnen.«

»Dann wollen wir mit Ihnen anfangen, Sie … Sie impertinenter …«, sagte Sir Rupert grimmig.

Jayram hob eine Hand, und der Baronet verstummte.

»Ich habe nichts dagegen, wenn Major Foran mich durchsucht«, erwiderte er mit einem Lächeln. »Ich glaube aber, wir könnten uns Zeit sparen, wenn wir mit Ihnen beginnen würden. Bedenken Sie, als der Fremde aus Betul hier hereingeführt wurde, waren Sie derjenige, der den Stein in den Händen hielt.«

Royston pfiff leise vor sich hin.

»Bei Gott, das ist wahr! Ich hatte noch den echten Stein. Aber dann reichte ich ihn an Pater Cassiaus weiter und …«

Der Priester schien sich in seiner Haut nicht wohl zu fühlen.

»Ich übergab ihn an Sir Rupert, als der Tumult losbrach.«

Sir Ruperts Gesicht rötete sich vor Zorn. »Ich werde mir

das auf keinen Fall gefallen lassen«, polterte er los. »So ein emporgekommener Fächerschwinger wird mich bestimmt nicht dazu bringen, daß –«

Verärgert trat Major Foran vor ihn hin.

»Dann werde ich Sie dazu bringen, wenn Sie den Anordnungen des Inspektors nicht Folge leisten wollen«, drohte er mit ruhiger Stimme.

Sir Rupert starrte die anderen an, dann gab er nach und begann, seine Taschen auszuleeren.

Lächelnd hob der Polizeichef die Hand. »Einen Moment, Sir Rupert, warten Sie. Es könnte sich als unnötig erweisen.«

Major Foran zögerte und sah den Bengalen erstaunt an.

»Ich dachte ...«, begann er.

»Der Tumult brach los. Unsere Aufmerksamkeit wurde abgelenkt. Als wir unser Augenmerk wieder auf das Juwel richteten, wer hielt es da in den Händen?«

Sie musterten sich gegenseitig.

Gregg rutschte unbehaglich hin und her.

»Ich glaube, das war ich«, gab er zu.

Major Foran nickte zustimmend.

»Ich nahm den Stein von ihm entgegen, und dann stellten wir fest, daß es sich um eine Imitation handelte.«

Gregg erhob sich, und alle schauten ihn mißtrauisch an.

»Sie werden nichts bei mir finden«, sagte er mit einem matten Lächeln. »Machen Sie schon, durchsuchen Sie mich.«

Jayram erwiderte Greggs Lächeln wohlwollend. »Ich bin sicher, daß wir nichts bei Ihnen finden werden. Mister Gregg, haben Sie den Stein aus den Händen von Sir Rupert entgegengenommen?«

Gregg schüttelte verneinend den Kopf und setzte sich abrupt wieder hin.

»Nein, ich habe den Rubin aus dem Kästchen genommen, in das Sir Rupert ihn wieder gelegt hatte, als der Hindu-Priester verhört wurde.«

»Genauso ist es gewesen. Es war der echte Stein, der an unserem Tisch die Runde machte, bis er zu Sir Rupert gelangte, der ihn zurück in das Kästchen legte. Dann nahm

Mister Gregg den Rubin aus dem Schmuckkasten und reichte ihn den anderen weiter. Zu diesem Zeitpunkt handelte es sich bereits um die Imitation.«

Immer wieder ballte Sir Rupert die Hände zu Fäusten und öffnete sie dann wieder. Der Major trat neben ihn.

»Ich sage Ihnen, das ist eine verdammte Unterstellung«, schrie er. »Ich habe den Stein dorthin zurückgelegt, wo ich ihn herausgenommen habe.«

»Ganz genau«, sagte der Inspektor mit Betonung. »Wo Sie ihn herausgenommen haben.«

Keiner der Anwesenden begriff die Worte des Inspektors.

Jayram wandte sich an Foran. »Wenn ich einen Vorschlag machen dürfte, Major? Lassen Sie Pater Cassian von Ihren Soldaten in das Arbeitszimmer bringen. Er soll dort unter Bewachung gehalten werden, bis ich komme. Wir anderen werden hierbleiben.«

Alles Blut wich aus Pater Cassians Gesicht, als er den kleinen bengalischen Inspektor anblickte. Einen Moment lang öffnete und schloß sich sein Mund wie bei einem Fisch. Ungläubig sahen die anderen ihn an. Sein Gesicht zeigte alle Anzeichen von Schuld.

»Das ist eine merkwürdige Bitte«, bemerkte Foran, der als erster seine Fassung zurückgewann. »Sind Sie sicher, daß Pater Cassian der Dieb ist?«

»Üben Sie Nachsicht mit mir. Begnügen wir uns im Moment mit der Feststellung, daß Pater Cassian nicht das ist, was er zu sein vorgibt. Außerdem hat Cassian genau in dem Augenblick, als der Aufruhr begann, den Stein in seinen Händen gehalten. Sir Rupert hatte ihn um den Rubin gebeten, aber unsere Aufmerksamkeit wurde durch Lady Miller, die an der Tür erschien, kurz abgelenkt. Als ich dann mein Augenmerk wieder auf den Stein richtete, war er in seinen Behälter zurückgelegt worden. Als Sir Rupert dies bemerkte, nahm er den Stein heraus, untersuchte ihn und legte ihn wieder zurück. Der einzige Zeitpunkt, zu dem der Stein ausgetauscht werden konnte, war der, als Cassian ihn in Händen hielt und bevor er ihn zurück in das Schmuckkästchen legte.«

Cassian wollte aufstehen, ließ sich dann aber wieder auf den Stuhl zurücksinken. Resignation spiegelte sich auf seinem Gesicht wider.

»Meine Anerkennung. Wenn ich wüßte, was ›ein guter Fang‹ auf Bengali hieße, würde ich es in Ihrer Muttersprache sagen. Wie sind Sie auf mich gekommen, Jayram?«

Der Inspektor seufzte. »Ich vermutete, daß Sie kein katholischer Priester seien. Deshalb stellte ich Ihnen eine Fangfrage und erwähnte Pelagius. Jeder katholische Priester hätte gewußt, daß Pelagius kein Heiliger und Märtyrer aus dem vierten Jahrhundert war, sondern ein Philosoph, der in heftigem Streit mit Augustinus von Hippo lag und schließlich von der römischen Kirche als Ketzer exkommuniziert wurde. Sie jedoch haben das nicht gewußt.«

Cassian zuckte mit den Schultern.

»Ich schätze, man kann nicht alles wissen«, entgegnete er. »Wie ich schon sagte, Sie haben einen guten ...« Er griff mit einer Hand in seine Soutane, doch plötzlich zeigte sich ungläubige Überraschung auf seinem Gesicht. Er durchwühlte seine Tasche, dann sah er den Inspektor fassungslos an.

»Aber das ...«, begann er.

Jayram gab Foran ein Zeichen, und der Major erteilte die notwendigen Anweisungen. Während der vermeintliche »Pater« Cassian weggeführt wurde, herrschte fassungsloses Schweigen. Dann wandte sich Foran wieder dem Polizeichef zu.

»Vielleicht können Sie uns erklären, warum Sie Cassian abführen ließen, um ihn zu durchsuchen. Das hätte man doch auch ohne weiteres hier tun können.«

»Der Grund dafür ist, daß wir den Stein nicht mehr bei ihm finden werden«, antwortete Jayram unbeeindruckt.

Ausrufe des Protests und der Überraschung wurden laut.

»Wollen Sie damit sagen, daß er unschuldig ist?« keuchte der Major.

»O nein, ganz im Gegenteil. Ich weiß, daß er schuldig ist. Als unsere Aufmerksamkeit durch das Hereinführen des

Gefangenen abgelenkt wurde, ließ ›Pater‹ Cassian den echten Rubin verschwinden und legte die Imitation auf den Tisch, damit Sir Rupert sie später dort wegnehmen konnte. Es war die ideale Gelegenheit, um den echten Rubin gegen den falschen auszutauschen. Ohne Zweifel ist Cassian ein professioneller Juwelendieb, der nach Baroda kam, als er hörte, daß Savaji Rao das ›Auge Shivas‹ dem Gesandten übergeben würde, damit dieser es nach England bringen lassen konnte.«

»Sie glauben also, daß Cassian bereits vorgesorgt und sich eine Imitation beschafft hatte?« fragte Royston.

»So ist es. Ich bezweifle allerdings, daß Cassian sein richtiger Name ist, aber das werden wir noch herausfinden.«

»Aber wenn er den Stein nicht hat, was können wir ihm dann anhängen? Und was viel wichtiger ist, wo zur Hölle befindet sich der Rubin?« fragte Major Foran.

»›Pater‹ Cassian kann wegen einer ganzen Reihe von Delikten angeklagt werden«, versicherte ihm der Inspektor. »Reisen mit gefälschten Papieren, Betrug ... Ich bin sicher, wir werden genug finden, um ›Pater‹ Cassian hinter Schloß und Riegel zu bringen.«

»Aber wenn nicht er das echte ›Auge Shivas‹ hat, wer zum Teufel hat es dann?« wiederholte Lieutenant Tompkins die Frage des Majors.

Jayram lächelte müde. »Hätten Sie bitte die Güte und würden den echten Stein auf den Tisch legen, Exzellenz?«

Alle Augen richteten sich auf den Gesandten.

Lord Chetwynd Millers Gesicht wirkte eingefallen und bleich. Er starrte Jayram mit weit aufgerissenen Augen an, wie ein in die Enge getriebenes Tier.

Niemand im Raum bewegte sich mehr, alles schien erstarrt zu sein.

Der Gesandte wollte etwas sagen, blieb aber stumm. Plötzlich wirkte er alt und gebrechlich. Alle außer dem unerschütterlichen Jayram waren von Entsetzen erfüllt, als der Botschafter in die Tasche seines Dinnerjacketts griff, den roten funkelnden Stein herausnahm und ihn schweigend vor sich auf den Tisch legte.

»Wie haben Sie das herausgefunden?« fragte er ausdruckslos.

»Ich denke, Ihr Handeln war eine Art spontane Reaktion. Die Gelegenheit war da, als der Gefangene zu entkommen versuchte. Instinktiv rannten Sie hinter ihm her. Dabei stießen Sie mit Sir Rupert zusammen, und sie beide stürzten. Cassian eilte Ihnen zu Hilfe, denn schließlich mußte er sich seiner Rolle gemäß verhalten. Dabei kam es jedoch zu einem Gedränge. Wie der Zufall es wollte, fiel dabei der Rubin aus Cassians Tasche auf den Boden, ohne daß dieser etwas davon bemerkte. Sie aber sahen es. Sie begriffen sofort, was geschehen war, und gingen erneut zu Boden, absichtlich diesmal, warfen sich über den Stein, um ihn in der Tasche Ihrer Jacke verschwinden zu lassen. Das war in der Tat ein brillantes Manöver, Exzellenz.«

Major Foran starrte den Gesandten ungläubig an. Tompkins, der Adjutant des Lords, war vor Schreck leichenblaß.

»Aber warum nur?« brachte der Major schließlich heraus.

Lord Chetwynd Miller lachte verbittert. »Sie fragen warum? Ich habe mein ganzes Leben der britischen Kolonialregierung in Indien gewidmet. Während zu Hause in England meine Güter mit immer höheren Hypotheken belastet wurden, war es mir in all den Jahren meines Dienstes nicht möglich, auch nur einen Penny zu sparen. Ich bin immer ehrlich gewesen, vielleicht zu ehrlich. Ich habe mich stets geweigert, schmutziges Geld anzunehmen, habe mich aus unsauberen Geschäften herausgehalten und aus jedem Handel, den meine Stellung mir verbot. Und was ist nach all den Jahren ehrlicher und aufopfernder Pflichterfüllung das Ergebnis? Eine kleine Pension, die kaum geeignet ist, meine Frau und mich über Wasser zu halten, geschweige denn die Hypotheken zu bezahlen. Dazu wird ein Brief des Vizekönigs kommen, in dem er meine Arbeit lobt, und vielleicht noch einige Ehrungen, Tand von Ihrer Majestät, wertloses Blech. Das wird die Belohnung für ein Leben im Dienst der Krone sein.«

Major Foran biß sich auf die Lippen und blickte in Jayrams Gesicht, das nichts von seinen Gedanken verriet.

»Und Sie dachten, auf diese Weise Ihre Pension aufzubessern?« fragte der Inspektor den Gesandten.

»Ich hätte damit meine Schulden abzahlen können«, räumte der Gesandte ein. »Ich wäre finanziell abgesichert gewesen und hätte einen sorglosen Lebensabend verbringen können.«

»Aber der Stein gehörte Ihnen nicht«, stellte Sir Rupert fest. Seine Stimme klang schockiert.

»Wem gehört er denn?« fragte der Gesandte mit einem Anflug von Zorn. »Hatte Savaji Rao das Recht, ihn wegzugeben? Hätte die Königin von England und Kaiserin von Indien das Recht, ihn anzunehmen. Seit Colonel Vickers ihn aus der Shiva-Statue im Tempel in Betul herausgebrochen hat, befand sich der Stein stets im Besitz eines Diebes, aber auch nur so lange, bis der nächste Dieb ihn wieder wegnahm.«

»Er ist Eigentum unserer Königin«, stellte Lieutenant Tompkins streng fest. Er war ein junger, unerfahrener Soldat, der zu Vereinfachungen neigte.

»Sie hätte einen Blick darauf geworfen, dann wäre er für immer irgendwo in der königlichen Schatzkammer begraben worden. Niemand hätte gewußt, ob es das echte oder das falsche ›Auge Shivas‹ ist, man hätte lediglich einen schönen roten Stein gesehen. Für mich aber hätte er Überleben bedeutet, Annehmlichkeit und eine gerechte Belohnung für alles, was ich für dieses erbärmliche Empire getan habe!«

Plötzlich breitete Lord Chetwynd Miller hilflos die Arme aus, und ein Schluchzen schüttelte seinen gebrechlichen Körper. Zum ersten Mal erkannten die um den Tisch versammelten Männer, daß der Lord nur noch ein müder alter Mann war.

»Ich muß es meiner Frau gestehen. O Gott, die Schande wird sie umbringen!«

Verlegen beobachteten sie, wie seine Schultern zuckten.

»Ich weiß nicht, was wir tun sollen«, murmelte Major Foran.

»Ich hätte einen Vorschlag«, sagte Ram Jayram.

»Und welchen?«

»Der Rubin war nur für eine kurze Zeit verschwunden. Er

wurde nicht wirklich gestohlen. Was passierte, geschah aus einem plötzlichen Impuls heraus, es war eine übermächtige Versuchung, der nur wenige Männer hätten widerstehen können, wären sie in der gleichen Situation wie seine Exzellenz gewesen. Er erkannte die günstige Gelegenheit und ergriff sie.«

Foran schnaubte.

»Sie hören sich an wie ein Advokat, Jayram«, meinte er. »Was wollen Sie damit sagen?«

Jayram lächelte milde.

»Ein Polizist muß vieles berücksichtigen, Major. Sehen wir es doch einmal so: Der Stein wurde im Safe verwahrt, nachdem Savaji Rao ihn in die Obhut des Gesandten übergeben hatte. Lord Chetwynd Miller trägt demnach die alleinige Verantwortung für den Rubin, bis dieser sicher an Bord des Schiffes nach England gebracht ist. Vielleicht hat seine Exzellenz das Juwel bloß vorsichtshalber in seine Tasche gesteckt, als der Dieb hereingebracht wurde. Ich schlage vor, daß jetzt Sie, Major Foran, den Rubin im Namen des Gesandten in Verwahrung nehmen und dafür Sorge tragen, daß er morgen sicher an Bord der SS Caledonia gelangt. Da Lord Chetwynd in ein paar Monaten aus dem Dienst ausscheiden und nach England zurückkehren wird, wird er die Vertrauensposition, die er jetzt innehat, nicht mehr lange bekleiden. Er hat seine Ehre bereits verloren, warum sollen wir die Schande auch noch publik machen, wenn es ohnehin nicht von Nutzen ist?«

Major Foran nickte zustimmend. »Und Cassian braucht nie zu erfahren, auf welche Weise ihm der Stein abhanden gekommen ist!«

»Völlig richtig«, bekräftigte der Inspektor.

Sir Rupert erhob sich. Auf seinem Gesicht zeigten sich, wenn auch eher widerwillig, Anerkennung und Bewunderung für den Bengalen.

»Eine brillante Lösung! Vergebung – nicht wahr? Eine wahrhaft christliche Lösung.«

Ram Jayram lächelte den Baronet hintergründig an.

»Eine hinduistische Lösung«, korrigierte er milde. »Sicher werden Sie mir zustimmen, daß manchmal die Gerechtigkeit eine strengere Herrin ist als das bloße Gesetz.«

Originaltitel: The Eye of Shiva
Ins Deutsche übertragen von Lothar Woicke

Die Spur der Glocken

Edward D. Hoch

Während des letzten Jahres habe ich es endlich nachgeholt, Edward Hochs ›Ben Snow Stories‹ *zu lesen, und festgestellt, welch ungeheuer faszinierende und mitreißende Lektüre sie bieten. Hoch ist Autor von mehr als siebenhundert Geschichten mit mysteriösem Hintergrund, worunter sich eine ganze Reihe historischer Erzählungen befinden. Den stärksten Seriencharakter haben dabei die Geschichten um Ben Snow, einen Revolverhelden im Wilden Westen, die sich in den Jahren zwischen 1887 und dem beginnenden zwanzigsten Jahrhundert abspielen. Die folgende Geschichte ist – chronologisch gesehen – die früheste Ben Snow Story, obwohl Hoch sie nicht als erste in dieser Serie geschrieben hat.*

Ben Snow war den Spuren schon zwei Tage lang gefolgt, als er den sterbenden Mann nahe der Wasserstelle entdeckte. Er ließ sein Pferd, das den Namen Oats trug, langsam anhalten, während seine rechte Hand auf der Pistole ruhte. Er wußte, daß er möglicherweise in eine Falle ritt. Aber dann sah er die blutige Bandage um die Brust des Mannes und erkannte, daß es Tommy Gonzolas war, ein Halbmexikaner und Pistolenschütze, der Poder von Anfang an begleitet hatte. Gonzolas' Pferd graste auf dem kargen Grün, das es hier fand.

Ben näherte sich langsam, auch dann noch, als er sah, daß Gonzolas mit dem Tod rang. Zwar bot die flache Wüste wenig Deckung für einen Schützen, doch er wußte, daß Poder skrupellos genug war, ihm sogar mit einem Sterbenden eine Falle zu stellen. »Bist du bewaffnet?« fragte er Gonzolas. »Wirf mir deine Waffe herüber!«

Der Mann hob ein wenig den Kopf, machte aber keine Bewegung in Richtung der Pistole, die etwa einen Fuß neben ihm im Sand lag, sondern hielt die Hände weiterhin auf die Brust gepreßt. Ben trat rasch vor und kickte die Waffe außer Reichweite. Dann beugte er sich hinab, um die Wunde anzuschauen.

»Ich werde sterben«, sagte Gonzolas mit erstaunlich klarer Stimme. Er war während des Banküberfalls drüben in Tosco angeschossen worden, und allein aus diesem Grund hatte Ben die Verfolgung Poders durch die Wüste angetreten: Er hatte geglaubt, daß Gonzolas' schwere Verletzung die Flucht der beiden verzögern würde. Doch Poder hatte den Mann mit seiner Pistole zum Sterben an einem Wasserloch zurückgelassen und war ohne ihn weitergeritten.

»Erzähl mir etwas über Poder«, forderte Ben den Liegenden auf. »In welche Richtung ist er geritten? Wie sieht er ohne seine Maske aus?«

Gonzolas wollte lachen, doch sein Mund füllte sich mit Blut. »Du wirst Poder niemals kriegen!« stieß er keuchend hervor. »Das wird keinem gelingen!«

»Komm schon, Gonzolas, er hat dich sterbend zurückgelassen. Du schuldest ihm nichts!«

Aber es war zu spät. Der Kopf des Mexikaners sackte zur Seite, seine Augen fielen zu. Einen Moment lang schien es, als ob er tot sei. Dann, als Ben sich gerade aufrichten wollte, flüsterte Gonzolas seine letzten Worte: »Die Glocken«, sagte er, »lausche den Glocken, und du wirst Poder finden. Oder Poder findet dich.«

Ben wußte nicht, ob diese Worte ihm helfen oder ins Verderben führen sollten. Doch die Glocken waren der einzige Hinweis, den er hatte. Und nachdem er Tommy Gonzolas am Wasserloch begraben und sein Pferd freigelassen hatte, machte er sich auf die Suche nach den Glocken.

Es war am nächsten Tag, als er auf das Mädchen mit dem toten Pferd stieß. Sie trug Arbeitshosen und ein Männerhemd, aber selbst aus der Entfernung gab es keinen Zweifel hinsichtlich ihres Geschlechts. Sie stand hocherhobenen Hauptes in stolzer Haltung da, ihr langes dunkles Haar reichte ihr bis zur Taille, und das Gewehr in ihrer Hand zeigte, daß sie bereit war, sich zu verteidigen. Da es weit und breit jedoch weder eine Stadt noch einen häufig benutzten Weg gab, fühlte Ben sich verpflichtet, ihr seine Hilfe anzubieten. Als er näher herankam, sah er, daß er die richtige Entscheidung getroffen hatte. Das tote Pferd zu ihren Füßen war ein Schecke und ähnelte offensichtlich dem Tier, das Poder bei seiner Flucht aus Tosco geritten hatte.

Sie senkte das Gewehr, während er langsam näher ritt. »Zuerst dachte ich, daß er noch einmal zurückkommen würde«, sagte sie.

»Wer? Was ist hier geschehen?«

»Ein maskierter Mann hat mein Pferd gestohlen.«

Ben stieg ab und trat zu dem toten Tier, um es genauer zu untersuchen. Er sah, daß es durch einen Kopfschuß aus nächster Nähe getötet worden war. »Wie sah er aus?«

»Ich sagte Ihnen doch, daß er eine Maske trug – eine Art Kapuze, die sein ganzes Gesicht bedeckte, mit Löchern für die Augen. Er war eher klein, etwa meine Größe, und er wußte, wie man mit einer Waffe umgeht.«

»Was tun Sie ganz allein hier draußen?«

Sie hob das Gewehr leicht an. »Wer will das wissen?«

Ben lächelte, trat vor und schob den Gewehrlauf sanft beiseite. »Bei dem Mann, der Ihr Pferd gestohlen hat, muß es sich um Poder gehandelt haben, und Poder würde niemals jemanden mit einer geladenen Waffe zurücklassen, mit der dieser ihn dann, während er davonreitet, von hinten erschießen kann. Er hat die Munition mitgenommen, nicht wahr?«

»Sie scheinen ja wirklich alles zu wissen, Mr. …«

»Snow. Ben Snow.«

Sie schien sich ein wenig zu entspannen, als ob die Tatsache, daß sie seinen Namen wußte, ihn weniger gefährlich machte. »Ich bin Amy Forrest. Mein Bruder und ich haben eine kleine Ranch drüben im Tal, etwa vierzig Meilen von hier. Ich habe Ausschau nach verirrten Rindern gehalten.«

»In der Wüste?«

»Manchmal entfernen sie sich so weit von der Herde, besonders die jungen, die es noch nicht besser wissen. Hier in der Nähe gibt es einige Wasserstellen.«

»Ich bin gestern an einer vorbeigeritten.«

»Jedenfalls hörte ich einen Schuß und ritt in diese Richtung. Als der Mann mich kommen sah, zog er die Kapuze übers Gesicht und zielte mit der Waffe auf mich. Sagte, daß sein Pferd sich ein Bein gebrochen habe und er es erschießen mußte. Dann nahm er mein Pferd, entlud mein Gewehr, wie Sie ganz richtig angenommen haben, und ließ mich hier zurück. Ich wünschte, ich hätte sein Gesicht gesehen.«

»Dann wären sie jetzt tot. Noch niemand hat den maskierten Mann, der sich selbst Poder nennt, ohne Maske gesehen. Er hat Banken und Postkutschen in ganz New Mexico ausgeraubt. Normalerweise spricht er dabei kein Wort. Er hatte stets einen Handlanger dabei, der das für ihn erledigte – Tommy Gonzolas. Aber jetzt ist Gonzolas tot.«

»Wie kommt es, daß Sie soviel über diesen Mann wissen?«

»Vor ein paar Tagen hat er drüben in Tosco einen Bankier getötet. Ich war gerade zufällig in der Stadt, und sie haben mich angeworben, ihn zu suchen – als Ein-Mann-Stoßtrupp sozusagen.«

»Warum gerade Sie?«

Er lächelte. »Aus irgendeinem Grund halten sie mich für Billy the Kid.«

»Der ist tot.«

»Erzählen Sie's ihnen nicht. Sie bezahlen mich gut, damit ich Poder zurückbringe – tot oder lebendig.«

»Hat er auch einen Vornamen?«

»Er hat überhaupt keinen Namen, soweit ich weiß. *Poder* ist Spanisch und bedeutet *Kraft* und *Macht*. Er benutzt es als eine Art Pseudonym. Niemand weiß irgend etwas über ihn. Keiner, außer Gonzolas, hat je sein Gesicht gesehen, und Gonzolas ist tot.«

»Da habe ich wohl wirklich Glück gehabt. Können Sie mich zurück zu unserer Ranch bringen? Sie liegt Richtung Norden.«

Er starrte in die öde Landschaft und schien nach einem Hinweis dafür zu suchen, welche Richtung Poder eingeschlagen haben könnte. »Ich weiß nicht. Eigentlich hatte ich vor, Richtung Westen weiterzureiten. Alle Orte, an denen Poder bisher Überfälle begangen hat, liegen westlich von hier. Aber mein Pferd müßte es schaffen, uns beide bis zur nächsten Siedlung zu bringen, wo ich Sie absetzen könnte.«

»Das ist immerhin etwas.«

Er stieg in den Sattel und half ihr, hinter ihm aufzusitzen, wobei ihn ihre Geschmeidigkeit überraschte.

Sie waren kaum angeritten, als er plötzlich in der Ferne ein Geräusch vernahm. Etwas, das wie Glockengeläut klang. »Was ist das?« fragte er.

Sie lauschte und neigte den Kopf nach links. »Sie meinen die Glocken? Das ist die Missionsstation in San Bernardino. Sie ist nur ein paar Meilen von hier entfernt. Bringen Sie mich dorthin?«

»Ich glaube, das tue ich«, entschied Ben. »Ja.«

Die Mission kam in Sicht, als sie den nächsten Hügel erklommen hatten, und Ben schätzte, daß sie ungefähr fünf oder sechs Meilen von der Stelle entfernt sein mußte, an der Poder Amy Forrests Pferd gestohlen hatte. Er ritt die Düne langsam hinunter, bis sie wieder festeren Boden erreichten, dann lenkte er das Pferd zwischen den vereinzelten Kakteen und Büschen verdörrten Wüstengrases hindurch. Die Mission selbst lag in einer kleinen Oase und bestand aus einer weißen Kirche aus getrockneten Lehmziegeln und einem langgestreckten, flachen Gebäude, das sich daran anschloß. Amy erklärte, daß es sich um ein Kloster des Ordens handelte, der die Mission leitete und mit den nötigen Gütern versorgte. »Es gibt dort nur wenige Geistliche. Der Rest sind Laienbrüder, die auf den Feldern arbeiten. Und außerdem leben dort Indianer und Mexikaner, die eine Art Handelsposten außerhalb der Missionsstation betreiben.«

»Das hört sich an, als ob Sie die Station gut kennen«, sagte Ben.

»Wann immer ich hier entlangreite, halte ich an. Natürlich sind im Kloster keine Frauen erlaubt, aber ich mag die Ruhe und den Frieden in der Kirche. Dort ist es immer kühl, selbst an sehr heißen Tagen.«

Er beobachtete, wie mehrere Dutzend Leute aus der Kirche strömten. »Was ist da los?«

»Es ist Sonntag morgen. Sie haben an der Messe teilgenommen.«

»Das habe ich ganz vergessen. Hier draußen erscheint einem ein Tag wie der andere.«

»Sie zelebrieren nur diese eine Messe um zehn Uhr morgens, und das ist der einzige Zeitpunkt, an dem die Glocken läuten. Es ist ein Wunder, daß wir sie überhaupt gehört haben.«

»Vielleicht haben sie uns gerufen ...«, flüsterte Ben.

Neben einer Koppel, auf der die Pferde gehalten wurden, stiegen sie ab, und Amy rannte zum Zaun. »Das ist King«, sagte sie und wies auf ein Tier. »Das ist mein Pferd.«

»Der große Braune?«

»Ja, ganz sicher.«

Ben wandte sich an einen in der Nähe stehenden Indianer, der sich um die Pferde zu kümmern schien.

»Du – wie ist dein Name?«

»Standing Elk. Ich bin ein Pueblo.«

»In Ordnung, Standing Elk. Hast du gesehen, wer den großen braunen Hengst in die Station geritten hat?«

»Nein. Ich kenne das Tier nicht.« Der Indianer trug einen wildledernen Anzug mit Fransen, dazu ein Stirnband, aber keine Federn. Er war kleiner als Ben und schien jünger zu sein.

»Du hast niemanden hier hereinreiten sehen – seit wann, Amy?«

»Ungefähr eine Stunde. Er hat mir das Pferd etwa eine

Stunde, bevor Sie mich entdeckt haben, gestohlen. Natürlich könnte es sein, daß er schneller geritten ist als wir.«

»Ich habe niemanden gesehen«, beharrte Standing Elk.

»In Ordnung«, sagte Ben. »Kommen Sie, Amy. Um Ihr Pferd kümmern wir uns später.«

Vor der Missionskirche stand ein Priester im Sonntagsornat. Er achtete sorgfältig darauf, in dem Schatten zu bleiben, den der Glockenturm der Missionsstation warf. Er war noch jung und hatte helles Haar, und Ben sagte sich, daß seine Haut in der Wüste New Mexikos vermutlich leicht verbrannte.

»Guten Morgen«, begrüßte er Ben. »Willkommen in der Mission von San Bernardino. Und wie geht es dir heute, Amy?«

»Jetzt geht es mir gut, Vater. Das hier ist Ben Snow, Vater Angeles.«

Der Priester beugte sein Haupt zum Gruß, und Ben bemerkte, daß sein Gewand eine Kapuze hatte. »Ich bedauere, daß Sie nicht der Messe beiwohnen konnten, Ben. Wir haben hier nur den einen Gottesdienst um zehn Uhr morgens. Es gibt aber auch an jedem Wochentag eine morgendliche Messe.«

»Ben hat mich aus der Wüste gerettet, Vater. Ein bewaffneter Mann hat mir mein Pferd gestohlen.«

»Ein bewaffneter Mann? Hier in der Nähe?«

»Wir glauben, daß er in diese Richtung geritten ist, Vater«, berichtete Ben. »Er ist ein Mörder und Bankräuber und unter dem Namen Poder bekannt.«

»Kraft«, übersetzte der Priester automatisch. »Ich habe noch nie von ihm gehört.« Er wandte sich Amy zu. »Aber, mein liebes Kind, du mußt sehr erschöpft sein nach einem solchen Erlebnis. Komm herein und laß dich von Mrs. Rodriguez versorgen.«

Amy protestierte, aber Vater Angeles bestand darauf. Ben folgte den beiden und sah zu, wie Amy bei einer dicken Mexikanerin abgeliefert wurde. Dann wartete er, während der Priester sein Feiertagsornat auszog und es verstaute.

»Es ist schön, mitten in der Wüste einen Ort wie diesen zu

finden«, sagte Ben. »Leider sind mir solche Orte nicht so vertraut, wie sie es sein sollten.«

»Woher kommen Sie?« fragte Vater Angeles und strich sich das sandfarbene Haar aus der Stirn.

»Ursprünglich aus dem Mittleren Westen. Aber ich reite schon seit einigen Jahren herum. Eigentlich habe ich kein richtiges Zuhause mehr.« Sie passierten einen Gang, der ins Kloster führte. »Wie viele von Ihnen leben hier?« fragte Ben.

»Vater Reynolds, Vater Canzas und ich. Im Augenblick haben wir nur fünf Laienbrüder bei uns, dazu natürlich einige Leute, die uns bei den täglichen Arbeiten helfen. Mrs. Rodriguez bereitet die Mahlzeiten zu, Luis läutet sonntags die Glocken, Standing Elk versorgt die Pferde, und Pedro Valdez leitet den Handelsposten. Die anderen kehren nur hin und wieder ein, wenn sie gerade in der Gegend sind. Wie Amy.«

Ein Mönch mit jugendlichem Gesicht trat aus der Tür des Klosters, und Vater Angeles stellte ihn vor. »Bruder Abraham, das hier ist Ben Snow, ein Reisender, der bei uns eine Rast eingelegt hat.«

Bruder Abraham verbeugte sich leicht, wie es der Priester getan hatte. »Eine Freude, Sie bei uns zu haben. Ich hoffe, daß Ihr Aufenthalt angenehm sein wird.«

»Ich bin sicher, daß er das sein wird«, erklärte Ben, und der junge Mönch setzte seinen Weg fort.

»Abraham«, sagte Ben. »Ein Name aus dem Alten Testament.«

»Der Name eines Präsidenten«, korrigierte Vater Angeles. »Die Babys, die einst nach Lincoln benannt wurden, entwachsen langsam den Kinderschuhen.«

»Haben Sie irgendwelchen Ärger mit den Indianern hier in der Gegend?«

»Nicht, seit Geronimo sich letzten Sommer ergeben hat. Die Apachen hier waren manchmal eine Plage, aber jetzt geben sie sich friedlich. Die Pueblos waren schon immer unsere Freunde. Viele von ihnen haben sich zum christlichen Glauben bekehren lassen, obwohl sie noch immer an ihren althergebrachten Riten festhalten.«

Er führte Ben durch das Kloster mit seinen nackten, zellenähnlichen Räumen. »Es wirkt fast wie ein Gefängnis«, bemerkte Ben.

»Vielleicht tut es das, aber die Seele ist frei. Die Laienbrüder, wie etwa Abraham, arbeiten auf den Feldern, und wir arbeiten oft an ihrer Seite. Einer von uns liest morgens die Messe, und meist nehmen alle Indianer und Mexikaner des Handelspostens daran teil.«

»Es sind viele Mexikaner hier«, erklärte Ben.

»Die Grenze ist nicht weit entfernt.«

»Kennen Sie einen Mann namens Tommy Gonzolas? Meiner Meinung nach ein Halbmexikaner.«

»Ich glaube, daß er sich hier hin und wieder blicken läßt. Warum fragen Sie? Suchen Sie ihn?«

»Ich habe ihn schon gefunden.«

Auf ihrem Rückweg zur Missionskirche passierten sie ein großes Kruzifix, und Vater Angeles bekreuzigte sich. »Sie tragen Ihre Pistole wie ein Revolverheld, Mr. Snow. Ich hoffe, daß Tommy Gonzolas kein Schaden zugefügt worden ist.«

»Der Schaden war ihm schon zugefügt worden, bevor ich ihn gefunden hatte, Vater. Ich habe ihn in der Wüste begraben.«

»Möge Gott seiner Seele gnädig sein.«

»Er war ein Bankräuber und Mörder, Vater. Er begleitete den Mann namens Poder, den ich verfolge.«

»Den Mann, der Amy Forrests Pferd gestohlen hat.«

»Genau den.«

»Ich weiß nichts über ihn.«

»Hat letzte Woche jemand die Mission verlassen?«

»Es gibt keine Möglichkeit, das festzustellen. Wie ich schon sagte, sie kommen und gehen. Vielleicht weiß Standing Elk mehr als ich – er versorgt die Pferde.«

»Ja. Ich werde noch einmal mit ihm sprechen.«

»Nehmen Sie zuerst an unserem Mittagsmahl teil! Nach einer guten Mahlzeit werden Sie Ihre Fragen mit größerer Weisheit stellen.«

Die Nahrung war einfach, aber wohlschmeckend, und Mrs. Rodriguez schien stolz darauf zu sein, für die Mönche kochen zu dürfen. Ben bedauerte es, daß Amy nicht mit ihnen essen konnte. Die Köchin servierte ihr das Mahl an einem Tisch in der Küche. Nur einer der fünf Laienbrüder war Mexikaner, und da er kein Englisch sprach, unterhielt sich Vater Canzas mit ihm auf spanisch. Der dritte Priester, Vater Reynolds, war im Bürgerkrieg Offizier in der Kavallerie gewesen. Er war nach Westen gekommen, um die Indianer zu vertreiben – und hatte statt dessen Gott gefunden.

»Ich erkannte, daß es wichtiger ist, ihre Seelen zu retten, als ihre Körper zu töten«, sagte er. »Aber Sie werden zu jung sein, um sich an den Krieg erinnern zu können.«

»Ich war sechs, als der endete«, sagte Ben. »Jetzt bin ich achtundzwanzig.«

»Sie sehen älter aus – oder erwachsener, sollte ich besser sagen. Die Ritte in der brütenden Sonne haben Ihr Gesicht gegerbt.«

Bruder Abraham saß ihm gegenüber am Tisch, zwischen Bruder Franklin und Bruder Rudolph. Keiner von ihnen war besonders redselig, aber Abraham schien von allen der stillste zu sein. Ben fragte sich, wie sein bisheriges Leben wohl ausgesehen haben mochte.

Nach dem Mittagessen ging Vater Canzas mit Ben hinüber zum Handelsposten und stellte ihm Pedro Valdez vor, einen gutaussehenden Mann mit Schnurrbart, der das Geschäft mit einigen Hilfskräften leitete. Er scherzte mit Vater Canzas, und der fette Priester schien das offensichtlich freundschaftliche Ritual zu genießen. »Sind Sie ein Freund des Vaters?« fragte er Ben. »Wenn ja, dann gewiß ein neuer Freund, denn ansonsten hätte er längst versucht, Sie zu mästen wie sich selbst.«

Valdez machte noch einige Scherze, bevor Ben seine Frage stellte: »Kennen Sie ein Halbblut namens Tommy Gonzolas? Er soll schon öfter hier gewesen sein.«

»Ich kenne ihn, ja. Ich kenne viele Leute.«

»Er ist vor kurzem gestorben, und ich muß seinen Freunden etwas mitteilen. Er sagte mir, daß er auch hier in der Mission einen Freund hätte.«

Valdez steckte sich einen dünnen mexikanischen Zigarillo an. »Waren Sie bei ihm, als er starb?«

»Das war ich, ja.«

»Ich weiß nichts über ihn. Er hat mit allen hier gesprochen, aber er hatte keine besonderen Freunde.«

Plötzlich fiel Ben das tote Pferd wieder ein. »Wer von den Leuten hier reitet einen Schecken?«

»Pferde dieser Art sind häufig hier; schließlich gibt es noch viele wilde Herden, die sich untereinander vermischen. Vermutlich hat Standing Elk im Augenblick etwa ein halbes Dutzend Schecken in seiner Koppel.«

Ben seufzte. »Ich möchte bloß Tommy Gonzolas' Freund eine Nachricht hinterbringen. Sie sind mir dabei keine große Hilfe.«

»Ich kenne seinen Freund nicht.«

Vater Canzas hatte sich mittlerweile abgesondert und schaute sich jetzt einige Decken und Schmuckstücke an, die von den Indianern zum Kauf feilgeboten wurden. Vermutlich lief der Handel hier nicht sehr erfolgreich, sagte sich Ben, denn nur wenige Leute kannten diesen Platz – die Missionsstation von San Bernardino lag auf keiner der vielbefahrenen Wagenrouten. Er fragte sich, ob die Abgeschiedenheit der Grund dafür war, daß Poder diesen Ort als Zuflucht gewählt hatte.

»Ich suche einen Mann namens Poder«, bekannte Ben schließlich. »Kennen Sie ihn?«

Valdez lächelte, und er schien kurz zu blinzeln. »Die Leute in Tosco bezahlen Sie, damit Sie ihn finden und festnehmen. Ja, Mr. Snow, diese Information ist sogar bis zu uns gedrungen. Ein Indianer berichtete mir erst heute morgen, daß Billy the Kid Poder verfolge – um ihn festzunehmen oder zu töten. Aber sie sind viel zu hochgewachsen, um mit Billy verwechselt zu werden. Er war so klein wie ich. Außerdem ist er tot. Er ist drüben in Fort Sumner begraben, nicht weit von hier, wo Pat Garrett ihm im Haus seiner Freundin zwei Kugeln verpaßt hat.« Valdez betrachtete die brennende Spitze seines Zigarillos. »Billy hätte das Angebot von General Lew Wallace annehmen sollen. Er hat ihm Amnestie angeboten, wenn er New Mexico verläßt. Er hat sich mit Wallace getroffen, wissen Sie, aber sein Angebot hat er ausgeschlagen.«

»Ist diese Geschichte so etwas wie eine verschlüsselte Nachricht für mich?« fragte Ben. »Sollte auch ich mich aus dem Staub machen, solange ich es noch kann?«

Der Mexikaner zuckte mit den Schultern. »Was glauben Sie, wo Sie Poder finden werden? Denken Sie etwa, daß es Vater Canzas ist, der mit einer Maske über dem Gesicht durch die Gegend reitet? Oder eines der Indianerkinder, die hier im Staub spielen? Glauben Sie das wirklich?«

»Ich bin einen langen Weg geritten, um ihn zu finden.«

»Wir alle haben einen langen Weg hinter uns, Mr. Snow.« Valdez wandte sich ab, als hinter ihm plötzlich das Geschrei streitender Kinder ertönte. Er rief ihnen etwas auf spanisch zu, und sie verstummten. Ben drehte sich um und ging hinüber zur Pferdekoppel.

Dort fand er ungefähr zwanzig Pferde vor, aber von Standing Elk war weit und breit nichts zu sehen. Vielleicht nahm er gerade irgendwo sein Mittagessen ein. Ben schlenderte zurück zur Mission und sah gerade noch, wie einer der Mönche Richtung Kloster ging. Da dieser seine Kapuze übergezogen hatte, erkannte Ben nicht, um wen es sich handelte, aber irgend etwas an den Bewegungen des Mannes erregte seine Aufmerksamkeit. Er ging zu schnell, ja, er rannte fast.

Ben schwang sich über die niedrige Klostermauer und schlug die Richtung ein, die der Mönch gewählt hatte. Er wußte, daß es hier zum eigentlichen Kloster ging, und als er durch die Tür schritt, war er sich bewußt, daß er verbotenes Terrain betrat. Diesmal war er nicht in Begleitung von Vater Angeles, der ihm alles zeigte.

Hier drinnen war es dunkel, und man ahnte kaum etwas von der Nachmittagssonne, die draußen schien. Er schritt den Durchgang entlang, vorbei an den leeren Räumen, in denen die Laienbrüder schliefen. Einmal glaubte er, Schritte hinter sich zu hören, und wirbelte mit der Hand an der Waffe herum, aber da war niemand. Er schien allein in dem Gebäude zu sein.

Doch als er um die Ecke bog, erstarrte er.

Direkt vor ihm befand sich eine hölzerne Trennwand, bestehend aus Stäben, die an einen Grill erinnerten. Zwischen den Stäben steckten die Arme eines Mannes. Seine Hände hingen herunter, und auch der restliche Körper war schlaff.

Es war Standing Elk, der Indianer, und er war tot.

Vater Reynolds war der erste, der auf Bens Rufe hin erschien. Er gab dem Toten die letzte Segnung.

»Da ist Blut«, sagte er, als er fertig war.

»Er ist erstochen worden.«

Jetzt erschien auch Vater Angeles, und er war in Begleitung von Bruder Franklin. »Was ist hier geschehen?«

»Standing Elk ist ermordet worden«, sagte Ben. »Ich hätte ahnen müssen, daß etwas passiert.«

»Sie trifft keine Schuld«, entgegnete Vater Angeles.

»Meine Anwesenheit hier war der Grund für diese Tat. Poder hat ihn getötet, bevor Standing Elk mir erzählen konnte, wer mit Amy Forrests Pferd in die Mission gekommen ist.«

»Ich kann einfach nicht glauben, daß derjenige, den Sie suchen, sich hier versteckt«, sagte Vater Reynolds.

»Den Beweis dafür, daß er es tut, sehen Sie vor sich«, entgegnete Ben und wies auf den Toten.

»Glauben Sie, daß einer von uns den Mord begangen hat?«

Ben schüttelte den Kopf. »Wenn Standing Elk es geschafft hat, in dieses Gebäude zu kommen, so kann das gleiche auch jedem anderen Indianer oder Mexikaner gelungen sein. Wer sollte ihn von einem Ihrer Brüder unterscheiden können, wenn er eine Kutte trägt und die Kapuze übergezogen hat?«

»Innerhalb der nächsten hundert Meilen gibt es keinen Sheriff«, erklärte Vater Angeles. »Was sollen wir jetzt tun?«

»Begraben Sie ihn. Ich werde den Leuten in Tosco davon berichten. In dieser Hitze können Sie den Körper nicht lange liegenlassen.«

»Wir werden eine Totenmesse halten«, sagte der Priester und strich sich durch das sandfarbene Haar. »Und da wir ihn hier nicht einbalsamieren können, werden wir ihn tatsächlich bald begraben.«

Die Totenmesse fand am späten Nachmittag statt. Es war Vater Angeles, der die Lesung hielt. Als die Glocken der Mission zum Trauergottesdienst läuteten, füllte sich die Kirche zum zweitenmal an diesem Tag mit den Bewohnern der Oase. Ben saß mit Amy Forrest in einer der hinteren Bänke. Als der Priester geendet hatte, trat ein Indianer vor, der wie Standing Elk dem Stamm der Pueblo angehörte. Sein Name war Running Fox, und er schmückte den einfachen Holzsarg, den Pedro Valdez und seine Assistenten gezimmert hatten, mit einigen Federn und Ketten.

Nachdem alles vorbei war, standen Ben und Amy mit den anderen auf dem kleinen Friedhof hinter der Mission und betrachteten die Gesichter der Trauernden. Aber wie sollten sie Poder erkennen, wenn er wirklich anwesend war? Ben erkundigte sich bei Vater Canzas nach einer Karte des umgebenden Gebiets. »Es ist eine Karte in der Bibliothek«, antwortete der dicke Priester.

Er führte Ben und Amy zu dem mit Büchern angefüllten Raum in der Nähe des Klosters und ließ sie dort allein. Ben betrachtete die Karte und untersuchte die Entfernungen zwischen der Missionsstation und den Orten, an denen Poder seine Überfälle begangen hatte. Unvermittelt stand Bruder Abraham hinter ihm und schaute ihm über die Schulter. »Was machen Sie da?«

Ben sah auf. »Der Mann, den ich suche und der wahrscheinlich auch Standing Elk ermordet hat, hat an jedem dieser Orte ein Verbrechen begangen. Und keiner davon ist mehr als drei Tagesritte von der Mission entfernt.«

Der Mönch nickte schweigend, und schließlich verließ er den Raum. »Wissen Sie etwas über ihn?« wandte sich Ben an Amy. »Irgendwie wirkt er merkwürdig.«

»Ich weiß nur, daß seine Eltern von Apachen getötet wurden, als er gerade zehn war. Seitdem ist er hier.«

Ben wandte sich wieder der Karte zu, und Amy betrachtete die Buchrücken. »Das hier ist eine richtige Bibliothek. Melville, Victor Hugo, Dickens, Hawthorne. Sogar eine Ausgabe von *Ben Hur* haben sie hier.«

»Mich überrascht, daß sie Hugo lesen. Ich habe gehört, daß die Kirche Romane dieser Art nicht gern sieht.«

»Ich glaube nicht, daß jemand außer den Priestern und Laienbrüdern diese Bibliothek kennt. Die meisten der Indianer und Mexikaner können kein Englisch lesen.«

»Glauben Sie, daß Poder deswegen so gut wie nie spricht?« fragte Ben. »Daß er nicht spricht, weil seine Englischkenntnisse begrenzt sind?«

»Ich habe daran gedacht, als Sie mir berichteten, daß normalerweise dieser Gonzolas das Reden übernommen hat. Möglich, daß er es getan hat, weil Poders Sprachkenntnisse mangelhaft sind.«

»Aber er hat mit Ihnen gesprochen, als er Ihnen Ihr Pferd gestohlen hat.«

»Nur ein paar Worte, und durch die Maske konnte ich ihn schlecht verstehen.«

»Es gibt eine andere mögliche Erklärung dafür, warum er so wenig spricht«, sagte Ben ruhig. Der Gedanke daran hatte ihn schon den ganzen Tag beschäftigt. »Haben Sie Ihr Gewehr bei der Hand?«

»Ich habe es bei unserer Ankunft mit in die Küche genommen. Dort ist es vermutlich noch immer.«

»Lassen Sie es uns holen.«

Diese Aufforderung schien sie zu verwirren, aber sie begleitete ihn. Das Gewehr stand in der Ecke, während Mrs. Rodriguez gerade das Abendessen vorbereitete. »Wir essen bald«, sagte sie. »Bleiben Sie in der Nähe.«

»Wir gehen nur nach draußen«, versicherte Ben.

Sie gingen in den Klosterhof, und Ben wies mit der Waffe zum Himmel.

»Ich habe gerade gesagt, daß es eine andere Erklärung

dafür geben könnte, warum Poder so selten spricht: Er könnte eine Frau sein!«

»Ich ...«

»Vielleicht waren Sie gerade auf dem Weg zur Mission, als Ihr Pferd sich ein Bein brach. Sie mußten es erschießen, und als ich auftauchte, fürchteten Sie, daß ich den Schecken als Poders Pferd identifizieren könnte. Also haben Sie die Geschichte mit dem Pferdediebstahl erfunden.«

»Glauben Sie das wirklich?«

»Es gibt eine Möglichkeit, es zu überprüfen. Wenn Ihre Geschichte falsch war, hat er nicht Ihr Gewehr entladen. Statt dessen müßte es jetzt geladen sein.« Er richtete die Waffe himmelwärts und bediente den Abzug.

Es gab einen lauten Knall, als der Schuß sich löste.

Amy Forrest stand da und starrte ihn an. Innerhalb der nächsten Minute bewegte sich keiner von ihnen. Dann sagte Sie: »Ich habe heute nachmittag Munition bei Valdez gekauft und die Waffe geladen. Sie können ihn fragen, wenn Sie mir nicht glauben.«

Er senkte das Gewehr. »Ich glaube Ihnen.«

»Poder ist keine Frau. Ich habe deutlich eine Männerstimme erkannt.« Damit wandte sie sich um und ging ins Haus.

Ben blieb einen Moment lang stehen und sah ihr nach. Dann drehte er sich ebenfalls um und ging in Richtung Handelsposten. Außer ihm waren nur wenige Leute draußen. Er hockte sich in den Schatten einer großen Kaktee und zeichnete Buchstaben in den Sand.

Nach einer Weile trat Vater Angeles zu ihm. »Ich habe einen Schuß gehört«, sagte der Priester. »Und ich habe Amy gesehen. Sie wirkte sehr aufgewühlt.«

»Es ist alles ganz logisch«, erklärte Ben. »Sie hat Standing Elk nicht deswegen getötet, weil er gesehen hat, wer heute morgen auf die Koppel geritten ist, sondern weil er wußte, daß *niemand* angekommen ist. Er wußte, daß es nicht stimmt.«

»Logik führt nicht immer zur Wahrheit«, mahnte der Priester. »Falls Poder wirklich hier ist, so ist er doch auf keinen Fall diese junge Frau.«

Ben hob den Blick und starrte ihn an. »Sie kennen die Wahrheit, nicht wahr, Vater? Poder hat Ihnen gebeichtet.«

»Das hat er nicht, aber selbst wenn es so wäre, dürfte ich es Ihnen nicht sagen.« Er schaute auf die Buchstaben, die Ben in den Sand gezeichnet hatte. »Was ist das?«

»Poder und Pedro besteht aus den gleichen Buchstaben. Eines ist das Anagramm des anderen.«

»Also haben Sie jetzt einen neuen Verdächtigen.«

»Ist Valdez der einzige hier, der Pedro heißt?«

»Ja. Aber überstürzen Sie nichts, Ben!«

Der Priester verabschiedete sich, da Mrs. Rodriguez zum Abendessen gerufen hatte. Ben erhob sich und verwischte die Spuren im Sand. Er erinnerte sich an eines der Bücher in der Bibliothek. Zwar hatte er keine besonders gute Erziehung genossen, aber in seiner Jugend immerhin die Klassiker gelesen. Vielleicht fand er einen Hinweis auf die richtige Antwort in jenem Buch.

Unvermittelt bemerkte er eine Bewegung in der Nähe des Klosters. Er wandte den Blick und entdeckte den Mönch, den er heute nachmittag schon einmal gesehen hatte – kurz bevor er die Leiche Standing Elks entdeckt hatte. Diesmal war er fest entschlossen, den geheimnisvollen Mönch nicht entkommen zu lassen, und er preschte los. Der Mann hatte ihm nachspioniert, soviel war klar, und das wies darauf hin, daß es sich bei ihm tatsächlich um den Gesuchten handelte.

»Halt!« rief Ben, als die verhüllte Gestalt die Tür zum Kloster öffnete und hineinhuschen wollte. Er streckte die Hand aus, bekam den Zipfel der Kapuze zu fassen und zog sie in dem Augenblick herunter, als der Mann durch das Tor verschwinden wollte. Der Fremde drehte den Kopf, und Ben sah, daß er sich nicht geirrt hatte.

Das Gesicht des Mannes war verdeckt – von einer Maske, die nur Schlitze für die Augen freiließ.

»Poder! Endlich habe ich dich!«

Aus den Falten der Kutte tauchte eine Pistole auf. Ben griff danach und versuchte, den Lauf von sich abzuwenden. Ein Schuß löste sich, und die Kugel fuhr haarscharf an seinem

Kopf vorbei, so daß er seinen Griff für einen Moment lockerte. Poder nutzte die Gelegenheit und schlug die Waffe mit voller Wucht gegen Bens Schläfe.

Für einen Augenblick verlor Ben jede Orientierung und spürte, wie ein scharfer Schmerz durch seinen Kopf fuhr. Dann brach er zusammen. Während er fiel, griff er nach dem maskierten Gesicht, steckte einen Finger in einen der Augenschlitze und zog die Maske mit sich. Vielleicht würde er im letzten Augenblick seines Lebens das Gesicht des Mörders sehen.

Er sah es tatsächlich – Poders Gesicht.

Doch es war das Gesicht eines Mannes, der ihm nie zuvor begegnet war.

Als er langsam wieder zu Bewußtsein kam, erkannte Ben Amy und Vater Angeles, die neben ihm knieten. »Wer war es?« fragte Amy. »Wer hat Sie so zugerichtet?«

»Poder.«

»Haben Sie sein Gesicht gesehen?«

»Ja.« Er versuchte aufzustehen. Sein Kopf schmerzte, aber ansonsten war er unverletzt. Seine Pistole steckte immer noch im Holster. »Ich muß ihn suchen.«

»Er wird Sie töten«, sagte Amy.

»Als er eben die Gelegenheit dazu hatte, hat er's auch nicht getan.«

»Er ist geflohen, weil er uns kommen sah.«

Ben lehnte sich an die Wand, bis er sich sicherer auf den Füßen fühlte, und machte dann ein paar Schritte. Er wollte die Sache jetzt beenden. »Sie zwei bleiben hier!« forderte er.

»Wissen Sie, wer er ist?« fragte Vater Angeles.

»Ich weiß es.«

Damit ließ er sie stehen und ging hinüber zur Kirche. Drinnen fand er eine Leiter und stieg sie empor, bis er den Glockenturm erreichte, der etwa fünfzig Fuß über dem Erdboden lag.

Poder wartete schon auf ihn. Er stand hinter den zwei

Glocken der Missionsstation, das Gesicht Ben und den Rücken dem Himmel zugewandt.

»Ich wußte, daß Sie hier sein würden«, sagte Ben. »Ihr Name ist Luis, nicht wahr? Ich erinnere mich, wie Vater Angeles heute morgen sagte, ›Luis läutet sonntags die Glocken‹. Ich dachte, daß ich bei Standing Elks Beerdigung alle Leute aus der Mission sehen würde. Aber natürlich habe ich Sie auch da nicht gesehen, weil Sie die Glocken geläutet haben.«

»Sie hätten nicht herkommen sollen«, sagte Poder.

»Ich werde dafür bezahlt, Sie zurückzubringen.«

»Gonzolas hat es Ihnen gesagt, nicht wahr? Ich habe befürchtet, daß jemand ihn finden könnte, bevor er stirbt, aber ich habe es nicht über mich gebracht, ihn zu töten.«

»Er hat mir gesagt, daß ich Sie finden würde, wenn ich die Glocken höre. Ich habe das nicht so wörtlich genommen, wie ich es hätte tun sollen. Ich dachte, daß er damit nur sagen wollte, daß Sie hier in der Mission sind. Aber Sie haben einen entscheidenden Fehler gemacht: Sie haben Amys Pferd gestohlen.«

»Ich mußte es nehmen.«

»Ich weiß. Ihre Zeit wurde knapp. Sie müssen einen ganz schönen Schrecken bekommen haben, als Ihr Schecke sich verletzte. Aber dann sahen Sie Amy und nahmen ihr Pferd. Ich habe darüber nachgedacht und mich gefragt, warum Sie das getan haben. Sie waren nur fünf Meilen von der Mission entfernt – kein anstrengender Fußmarsch für einen Mann, der Schlimmeres gewohnt ist. Warum hätten Sie es riskieren sollen, von jemandem gesehen zu werden, auch wenn Sie maskiert waren, und diesen Zeugen dann am Leben zu lassen?«

»Ich habe noch niemals eine Frau getötet!«

»Aber warum überhaupt dieses Risiko eingehen, wenn Sie die Entfernung in gut achtzig oder neunzig Minuten hätten zu Fuß zurücklegen können? Warum – wenn Sie nicht aus irgendeinem Grund zu einem bestimmten Zeitpunkt in der Mission sein mußten? Ich habe mich gefragt, welche Pflicht es wohl war, die Sie gerufen hat. Da war natürlich die Messe um zehn Uhr morgens. Konnte Poder einer der drei Priester der

Mission sein? Nein, denn sie halten täglich eine Messe ab. Poder hingegen konnte es sich erlauben, einen Dreitagesritt nach Tosco zurückzulegen und die gleiche Zeit für den Rückweg aufzuwenden. Also konnte er keiner der Priester sein und auch keiner der Laienbrüder, die täglich auf den Feldern arbeiten. Auch Mrs. Rodriguez kam nicht in Frage, weil sie täglich die Mahlzeiten zubereitet. Aber die Indianer und Mexikaner kommen und gehen, wie es ihnen paßt, und sicher würde es nicht auffallen, wenn einer von ihnen bei der Messe fehlt. Nur eine Person hat am Sonntagmorgen eine Pflicht zu erledigen, aber die Woche über frei: Luis, der sonntags die Glocken läutet. Alle hätten sich gefragt, wo Luis ist, wenn die Glocken nicht geläutet hätten.«

Poder machte eine leichte Bewegung zur Seite, und Ben sah die Pistole in seiner Hand. Er trat einen Schritt nach rechts, so daß die Glocken sie voneinander trennten. »Zieh!« forderte Poder. »Die Zeit des Redens ist vorbei!«

Aber Ben sprach weiter: »Ich glaube, es war der Blick von hier oben, mit dem alles begann. Wenn man von hier oben hinunterschaut und all die Menschen nur als kleine Punkte sieht, vermittelt das ein Gefühl der Macht. Der Glöckner von Notre Dame war eine bemitleidenswerte, mißgestaltete Kreatur, bis er vom Glockenturm auf die Straßen von Paris schaute und eine gottähnliche Überlegenheit verspürte – unschlagbar, ausgestattet mit aller Macht. Die Maske und das Schweigen, mit dem Sie sich umgaben, rundeten das Bild ab – und führten dazu, daß bald alle von Ihnen sprachen.«

»Zieh, verdammt!« rief Poder und feuerte seine Pistole ab. Die Kugel prallte an der Glocke ab, und es gab ein lautes metallisches Geräusch, das lange nachhallte.

Ben zog seine Waffe.

Eine ganze Weile starrte er vom Turm hinab auf die Erde – und auf die winzige Gestalt, die dort lag und zu der jetzt Vater Angeles und Amy rannten. Der Priester kniete im Staub nieder und sprach ein Gebet für Luis' Seele, und Ben schaute zu.

Er konnte die Macht spüren, die man hier oben empfand, die Macht, die auch Luis gespürt hatte. Aber schließlich richtete er seinen Blick in die Weite der Wüste und des Horizonts, und er fühlte sich wieder unbedeutend und klein.

Originaltitel: The Trail of the Bells
Ins Deutsche übertragen von Karin Schmidt

Mr. Boodles geheimnisvoller Tod

Amy Myers

In einem der Briefe, die ich nach der Veröffentlichung des ersten Bandes erhielt, wurde ich gefragt, warum ich die Auguste-Didier-Geschichten von Amy Myers unerwähnt gelassen habe. Vielleicht erinnern Sie sich, daß ich die zeitliche Grenze für meine Sammlung von geheimnisvollen historischen Geschichten auf cirka 1870 gesetzt hatte, und zwar hauptsächlich deshalb, weil nach diesem Datum die Sherlock-Holmes-Geschichten ein weiteres komplettes Buch gefüllt hätten! Aber wahrscheinlich hätte ich dennoch die zahlreichen ausgezeichneten Kriminalgeschichten miteinbeziehen sollen, die gegen Ende des neunzehnten Jahrhunderts spielen. Einige der besten dieser Geschichten sind die um den Meisterkoch Auguste Didier, der nebenbei knifflige Kriminalfälle löst. Die Romanreihe, die 1986 mit ›Murder in Pug's Parlour‹ *(dt.:* Mord im Dienstbotenzimmer*) begonnen wurde, umfaßt inzwischen acht Bände. Alle Romane sind in einem humorvollen Stil und mit einem bemerkenswerten Sinn für das Parodieren viktorianischer Werte geschrieben, und die Kriminalfälle sind sehr gut durchdacht. Hier also für die vielen Fans von Auguste Didier seine allererste Kurzgeschichte.*

»Geld? Mein lieber Mr. Didier!«

Gervase Budd war schockiert. Die Unterbrechung seines ausschweifenden Redeflusses kränkte ihn über alle Maßen. Die Weste mit dem chinesischen Weidenmotiv über der Rundung von Mr. Budds Bäuchlein zitterte vor Erregung. »Mein Partner, Mr. Boodle, kümmert sich um solche Details.«

Hatte er etwa durch seine Erkundigungen über finanzielle

Dinge versehentlich irgendein ungeschriebenes Gesetz übertreten, fragte sich Auguste, ein Gesetz, daß zwar jedem Gentleman, der dieses Heiligtum betrat, bekannt war, nicht jedoch solch einfachen Chefköchen wie ihm? Als dieses ehrwürdige Verlagshaus an ihn herangetreten war, hatte Mr. Budd ihm zu verstehen gegeben, daß, wenn bereits das sechzehnte Jahrhundert so glücklich gewesen wäre, die Firma Boodle, Budd & Farthing hervorzubringen, Mr. William Shakespeare nicht länger nach einem Verleger hätte suchen müssen, der keinerlei Zweifel über den Urheber seiner Werke hätte aufkommen lassen und darüber hinaus seiner Witwe eine erheblich höhere finanzielle Belohnung überlassen hätte als sein zweitbestes Bett. Konnte es an der Schwelle zum zwanzigsten Jahrhundert einen besseren Ort geben, um Augustes zehnbändiges Opus *Dinner mit Didier* unsterblich zu machen?

»Soll ich das mit Mr. Boodle besprechen?« Auguste sah ihn vorsichtig an. Er hatte eine gewisse Herzlichkeit in Mr. Budds Tonfall vernommen, die er von den untergeordneten Köchen kannte, wenn sie ihm versicherten, die Entrees seien bestens gelungen, obwohl dies bei weitem nicht der Fall war.

»Ah, Mr. Popple, kommen Sie herein, bitte, kommen Sie«, dröhnte Gervase Budd – erleichtert? –, als ein wild dreinblickender junger Mann von etwa zwanzig Jahren auftauchte, dessen Haar so grauenvoll frisiert war, als wolle er den Eindruck eines von ständigen Ausschweifungen geprägten und bereits doppelt so langen Lebens vermitteln. »Mr. Didier, darf ich Ihnen Mr. Clarence Popple vorstellen, unseren transpiräh«, Mr. Budd wischte sich mit einem dekorativen roten Seidentuch über die Augenbrauen – »*ins*pirierenden Dichter.«

»Ein Dichter überlebt alles, außer einem Druckfehler«, feixte Clarence selbstgefällig.

»Ach ja, ich erinnere mich, daß unser lieber Oscar dies einmal bemerkte«, murmelte Mr. Budd.

Clarence stierte ihn böse an. »Mr. Budd erweist mir die Ehre, meine Gedanken über das Leben zu veröffentlichen.«

»Eine weise Entscheidung.« Auguste wählte die Diplomatie, doch insgeheim dachte er, die Gedanken dieses jungen Mannes würden genauso essentiell für das Leben sein wie Francatellis Meisterstücke für die Suppenküche.

Gervase Budd erhob sich, sein dunkler Gehrock teilte sich über seinem Wanst in zwei Hälften. »Wie wäre es mit einem Glas Portwein, Gentlemen, während wir auf Ihre zukünftigen Co-Autoren warten?«

Er schwenkte eine geschliffene Glaskaraffe mit demselben Pathos wie Maskelyne und Devant ihre magischen Mysterien vorführen würden. Augustes Stimmung sank. Er hatte eine gewisse Abneigung dagegen, seinen Gaumen noch vor dem ersten großen Abenteuer des Tages, nämlich dem Mittagessen, zu ruinieren, und so betrachtete er das Glas, dessen Inhalt Mr. Budd offensichtlich für himmlischen Nektar hielt, ohne jegliche Begeisterung.

»Ich werde meine Ode an einen goldenen Karpfen rezitieren«, verkündete Clarence Popple.

Zumindest zeigte er der Haute Cuisine gegenüber eine gewissen, Wertschätzung, dachte Auguste nachsichtig. Der Karpfen war der König der Fische, ein Fisch von bemerkenswerter Kraft und Langlebigkeit. Doch als Clarence fortfuhr, kam es Auguste in den Sinn, daß er möglicherweise nicht ›Karpfen‹ sondern ›Harfe‹ gesagt hatte.

»Meine Muse, sie besingt ...«

Auguste verlor sogleich das Interesse, Mr. Budd dagegen behielt sein strahlendes Lächeln bei, obwohl seine Augen einen glasigen Ausdruck annahmen, der eines zum Verzehr angerichteten Karpfens durchaus würdig gewesen wäre. Erst beim Eintritt eines dritten Autors wurde er ruckartig wieder lebendig. Allerdings hatte Mr. Budd weniger gelangweilt als besorgt ausgesehen, dachte Auguste. Er schien ausgesprochen beunruhigt zu sein. Weshalb?

»Ah, Miss Mellidew«, begrüßte Gervase die neu Eingetroffene.

Auguste stand eifrig auf, um die Königin der weit verbreiteten Buchreihe kennenzulernen, die Autorin von (neben anderen wunderbaren Romanen) *Cecilia in der Sahara*

(3 Bände, Crow-8°-Format, illustrierter Deckel, Heart & Whitestock, London, 1875), der in gewaltigen Mengen von Mudies Exklusiver Bücherkollektion verschlungen wurde und damit einen Markt für jedes Wort erschuf, das in der Folge von Millicent Mellidew niedergeschrieben wurde. Mochten mehrbändige Romane allgemein an Popularität verlieren, so doch nicht, wenn ihr Name darauf stand.

»Liebe Miss Mellidew, oder darf ich Cecilia sagen?«

Mr. Budds neckischer Charme war verschwendet, denn Miss Mellidew war bei ihrem Eintritt in dieses maskuline Heiligtum sichtlich aufgewühlt und außerdem wesentlich älter als Cecilia.

»Ich bin entzückt, Sie kennenzulernen, Miss Mellidew«, sagte Auguste offenherzig, während sie nervös eine Locke mausgrauen Haares zurückschob, die sich unter ihrem reichverzierten, altmodischen Hut hervorgestohlen hatte. Das künstliche Rotkehlchen, das ihn zierte, griente Auguste bedrohlich an, als lehne es sich dagegen auf, daß sein Nest ungeachtet des fehlenden Komforts auf ihrem Kopf befestigt worden war. »Selbstverständlich kenne ich *Cecilia*. Dürfen wir auf eine Fortsetzung hoffen?«

Mr. Budd strahlte, denn er wertete dies als einen persönlichen Tribut an seinen Scharfsinn, mit dem er Miss Mellidew davon überzeugen wollte, den Verleger zu wechseln.

»Oh!« Millicent Mellidew schnappte nach Luft. »Ich schätze männliche Leser ganz besonders.« Sie lächelte unsicher. »Doch ich befürchte, Lambkin ist der Meinung, daß seine Cecilia sich auf traurige Weise verändert hat.«

Augustes Meinung nach konnte jegliche Veränderung der albernen Cecilia nur zu ihrem Vorteil sein, denn die Jahre des Frönens der arabischen Küche dürften ihren Tribut gefordert haben, und das sogar von der großartigen Statur des Scheichs Achmed des Glänzenden, der seiner geliebten Cecilia als Lambkin bekannt war.

»Niemals«, versicherte Gervase Budd dem Preis, der sich so nah in seiner Reichweite befand. »Der wahre Triumph der Schönheit über die Zeit.«

Miss Mellidew sah ihrem künftigen Verleger direkt in die Augen. »Vorausgesetzt, daß sie gerecht belohnt wird«, flüsterte sie bescheiden. »Welche Bedingungen schlagen Sie vor?«

Auguste hätte beinahe applaudiert. Clarence war weniger beherrscht. »Bravo, Miss Mellidew«, rief er vor Begeisterung.

Mr. Budd war keineswegs bestürzt. »Großzügige, meine Liebe, sehr großzügige. Dessen können Sie sich sicher sein. Ah, da sind Sie ja, General.«

Das Treffen war für zwölf Uhr anberaumt worden, und jetzt war es Viertel nach zwölf. Kein Wunder, daß es so lange gedauert hatte, Mafeking zu befreien, dachte Auguste unerschütterlich, wenn die Organisation derart schleppend funktionierte.

»Natürlich, ich bin ein Mann der Armee, Sir.« General Eric Proudfoot-Padbury, ein großer, schlanker Mann um die Fünfzig, dessen Schnurrbart so sorgfältig gekräuselt war, daß er die Zierde jedes Gedenktellers hätte sein können, starrte auf die Versammlung.

»Möchten Sie ein Glas Portwein, General?«

»Das Zeug rühr' ich nicht an. Brandy und Soda.«

Düsternis breitete sich erneut über Mr. Budds joviales Gesicht, als er widerwillig ein Schränkchen öffnete, eine Flasche hervorholte, eine kleine Menge daraus eingoß und die Flasche entschlossen zurückstellte. Der General grunzte. »Ich hoffe, das Geld fließt bei Ihnen besser als der Alkohol, Budd. Sie haben mir gesagt, meine Memoiren würden ein wichtiger Beitrag für die Historie sein. *Die Zeit marschiert im Trommelschlag*«, teilte er Miss Mellidew selbstgefällig mit. Von Clarence und Auguste nahm er keinerlei Notiz. Dichter waren nur diese Burschen, die nicht für das Militär taugten, und bescheidene Köche, ebenso wie Putzer, zählten gar nicht erst.

»Natürlich«, säuselte Gervase Budd, setzte sich hin und legte die Hände mit Besitzergeste auf seinen Schreibtisch – ein nutzloser Versuch, anzudeuten, daß er mit allem einverstanden sei, mit der Firma, ihren zukünftigen Autoren und der ganzen Welt.

»Der alte Boodle hat immer noch die Hand auf der Kasse, was?«

Gervase Budd sprang auf. »Sie kenne Mr. Boodle?« Seine Stimme verriet eine gewisse Wachsamkeit. »Ja, in der Tat, Boodle, Budd & Farthing können sich nach wie vor glücklich schätzen, ihn in ihren Diensten zu haben.«

»Wer ist Mr. Boodle?« fragte Auguste.

»Mr. Boodle ist *der* Mr. Boodle«, erklärte Mr. Budd ihm ehrfurchtsvoll. »Ich bin sein Juniorpartner.« Mr. Budds Körperumfang und sein Alter straften diese Aussage sofort Lügen. »Mein Vater hat den Verlag gegründet. Ich betrachte mein kleines Büro gerne als den Tempel der Kunst, aber geleitet werden wir von dem Geschäftssinn und der Weisheit Mr. Boodles.«

»Und Mr. Farthing?« fragte Millicent.

»Unser guter Mr. Farthing hat sich aus dem Geschäft zurückgezogen, nachdem er sein Schäflein im Trockenen hatte.« Gervase Budd kicherte über seinen kleinen Witz, hörte aber damit auf, als keiner es ihm nachtat. »Mr. Boodle hat auch ein fröhliches Gemüt.« Eine Spur von Trotz war in seiner Stimme zu hören. »Als ich als ungeschliffener Bursche von zwanzig Jahren durch dieses Portal trat, wurde ich von Mr. Boodles gütiger Hand geleitet. Und diese Hand hat glücklicherweise seitdem das Steuer gehalten.«

»Dann freue ich mich darauf, die Einzelheiten des Vertrages mit Mr. Boodle zu besprechen«, sagte Auguste entschlossen. Verhandlungen mit Verlegern würden letztendlich nicht anders sein als Verhandlungen mit Schlachtern. Die Qualität des gelieferten Fleisches mußte den Preis bestimmen.

»Sie können versichert sein, Mr. Didier, daß wir hier bei Boodle, Budd & Farthing unsere Verpflichtungen für die Zukunft kennen. Das Essen von heute ernährt Englands Herren und Mütter von morgen.«

»Bravo«, rief Miss Mellidew kühn, von Gefühlen überwältigt. »Ich bin froh, daß Sie den Frauen ihren rechtmäßigen Platz zugestehen. Das ist es, was ich an einem Verleger suche. Ich habe nämlich manchmal den Eindruck, daß weibliche

Romanciers nicht so hoch angesehen sind, wie sie es verdienen. Ich hoffe doch, daß sie Frauen in keiner Weise herabsetzen, Mr. Budd?«

»Gewiß nicht, meine Liebe«, versicherte er ihr inbrünstig. »Sehen Sie, unsere Rezeptionistin ist eine Dame, Miss Violet Watkins. Zweifellos haben Sie sie bei Ihrer Ankunft gesehen, zusammen mit unserem unschätzbaren Portier, Mr. Wallace.«

»Die Bourgeoisie«, erklärte Clarence träge. Offensichtlich hatte er beschlossen, daß er sich lange genug dem Gespräch ferngehalten hatte. »Meine Poesie wird ihr Leben bereichern.«

»Das wird sie, das wird sie, Mr. Popple«, versicherte Mr. Budd ihm.

»Ich habe sie *Gedichte für die Nachwelt* genannt.«

»Ah.« Mr. Budds Gesicht überschattete sich wieder. »Und darf ich nach Ihrem geplanten Titel fragen, Miss Mellidew?«

»*Mildred und der Missionar*.«

»Ah.« Gervase Budd sah jetzt noch bedrückter aus. »Eine Geschichte von Leidenschaft und enttäuschter Romanze?« fragte er ohne große Hoffnung.

»Ein Priester, der hin- und hergerissen ist zwischen Liebe und Pflicht.«

»Meine liebe Miss Mellidew!« erwiderte Mr. Budd mit feuchten Augen. »Dürfte ich Ihnen dennoch einen anderen Titel vorschlagen?«

»Nein.«

»Meine Memoiren«, dröhnte der General, da Mr. Budd keinerlei Interesse an *Die Zeit marschiert im Trommelschlag* zeigte, »drehen sich um die Niederlage in Isandhlwana.«

Mr. Budd wurde bleich vor Schreck. »Ich dachte, Sie führten das Kommando in Rorke's Drift«, rief er aus, da die Verkaufsaussichten sich vor seinem geistigen Auge in Luft auflösten.

»Überschätzt«, schnarrte sein künftiger Autor. »Nun Isandhlwana, der Sudan …« Er trompetete weiter, während Budd ihn mit wachsender Bestürzung anblickte. Der General schien eine besorgniserregende Tendenz zu haben, bei jeder Niederlage der britischen Armee in den letzten Jahren dabeigewesen zu sein.

»Und Sie, Mr. Didier«, fieberhaft wandte sich Budd an Auguste. »Dürfen wir auf einen flüchtigen Blick auf die von den Berühmtheiten bevorzugten Gerichte hoffen, vielleicht das des Prinzen von Wales oder gar Ihrer Majestät persönlich?«

»Ich bedaure, das ist nicht möglich«, erwiderte Auguste liebenswürdig. »Mein Berufsethos, Sie verstehen.«

»Ah, aber ihr Vorschuß ...«

»Wie hoch ist denn der Vorschuß, Mr. Budd?« fragte Miss Mellidew. Auguste bemerkte, daß in Miss Mellidews Stimme, obwohl sie so schüchtern war, immer dann eine gewisse Forschheit trat, wenn von Geld die Rede war.

»Oh, Mr. Boodle hat da ein äußerst demokratisches System angeordnet«, verkündete Mr. Budd mit nervösem Stolz. »Hier bei Boodle, Budd & Farthing erhält jeder Autor den gleichen Vorschuß, damit die bereits etablierten Autoren unsere jüngeren, unerfahrenen Autoren ermutigen.«

Während Auguste noch über seine eigene Reaktion auf dieses recht erstaunliche Konzept (das den Schlachtern völlig unbekannt war) nachdachte, sah er, wie Clarence Popples gelangweilter Blick sich belebte, angesichts der Möglichkeit, eine Summe einzustreichen, die weit über den Erwartungen der aussichtsreichsten Poeten lag. Miss Mellidew dagegen hegte offensichtlich starke Zweifel an Mr. Boodles geistiger Gesundheit, und der General blickte entschieden frostiger drein. Demokratie wurde in der britischen Armee selten praktiziert.

»Wieviel?« fragte letzterer.

»Mr. Boodle wird ...«

»Wieviel?« Miss Mellidews Stimme wurde plötzlich schrill. Mr. Budd gab sich geschlagen. »Fünfundzwanzig Pfund.« Er blickte auf die steinernen Gesichter und räusperte sich. »Ich werde mit Mr. Boodle sprechen ...«

»Ich bin weit davon entfernt, dem zuzustimmen«, verkündete Miss Mellidew. »*Mildred und der Missionar* ist genausoviel wert wie Lambkin.«

»Kunst, Miss Mellidew, ist nun einmal Kunst. Und selbstverständlich wird es Tantiemen geben«, fügte Mr. Budd schmeichlerisch hinzu.

»Was mich anbelangt«, Auguste beschloß, eine Allianz mit dem Missionar einzugehen, »so erwarte ich einen Vorschuß, der ausreicht, um die beträchtlichen Ausgaben zu decken, die diese Arbeit mit sich bringt.« In der Tat gewährte sein Junggesellendasein ihm nicht den Luxus, Trüffel zum Experimentieren zu kaufen. Die Integrität von *Dinner mit Didier* durfte nicht durch einen Mangel an Qualität kompromittiert werden.

»Wann werden wir mit Mr. Boodle sprechen?« fragte der General grimmig.

»Mr. Boodle ist ein äußerst vernünftiger …« Gervase unterbrach seinen unglücklichen Wortschwall. Auf der Straße, direkt unter seinem Fenster, war ein zuerst dumpfes Gemurmel plötzlich zu einem enormen Spektakel von schreienden Stimmen und lautem Türklopfen angestiegen, das in diesem ruhigen, georgianischen Londoner Viertel unüblich war. »Was mag das sein?«

Auguste ging ans Fenster und blickte angestrengt auf die Straße hinab.

»Wie es scheint, versucht dort unten eine große Menschenmenge, in Ihr Gebäude zu gelangen«, sagte er interessiert. »Ich denke, Sie sollten dem nachgehen, Mr. Budd.«

»Nein!« Gervase Budds Gesicht war bleich. »Ich bin sicher, es sind bloß einige Leute, die *Steadfasts letztes Gefecht* kaufen wollen. Eine sehr beliebte neue Veröffentlichung. Von Mr. Arnold Hope.« Seine Stimme verstummte, als vier künftige Autoren ihn ungläubig anstarrten. »Unser bestverkaufter Schriftsteller. Zur Zeit«, fügte er hinzu.

Clarence stellte sich neben Auguste; jede Spur von Trägheit war von ihm verschwunden. »Warten Sie, bis ich Arnold davon erzähle«, grinste er. »Er wird mich zum Essen ins Ritz ausführen.«

»*Steadfasts letztes Gefecht* scheint sowohl Damen als auch Herren aller Altersstufen zu gefallen«, bemerkte Auguste, als er Sonnenschirme und Gehstöcke wie Reihen von Gerste im Wind schwanken sah.

»Sie verlangen, den alten Boodle zu sprechen«, schrie Clarence hocherfreut, als Miss Mellidew sich mit den Ellenbogen zwischen ihn und Auguste drängte.

»Mr. Boodle?« Gervase Budd lachte leise. »Du liebe Zeit, wie konnte ich das nur vergessen? Es ist Mr. Boodles Geburtstag«, verkündete er triumphierend. »Zweifellos sind dies seine Bewunderer, die ihm ihre Ehre erweisen wollen.«

Der General setzte seine ganze Autorität ein, indem er Auguste und Miss Mellidew just in dem Moment beiseite stieß, als es einigen Leuten gelang, ihre Ehre in Form von verdorbenem Obst zu erweisen, das auf die Fensterscheiben vor ihm spritzte. Er zog sich hastig zurück. Hinter ihnen flog die Tür auf und eine entsetzte Miss Violet Watkins, Verzweiflung von ihrem ordentlichen braunen Knoten bis zu den auf ihren Schuhen zitternden Knöpfen, schlitterte auf den Schreibtisch ihres Vorgesetzten zu.

»Ich bin wirklich loyal, Mr. Budd«, informierte sie Ihren Vorgesetzten mit tränenerstickter Stimme. »Seid dreißig Jahren bin ich loyal. Aber jetzt bestehen unsere Autoren darauf, sofort mit Mr. Boodle zu sprechen. Sie versuchen einen Aufruhr, Mr. Budd. Mr. Wallace kann sie nicht zurückhalten. Mr. Boodle lehnt es ab, sie zu sehen, da er mit den jährlichen Tantiemenabrechnungen beschäftigt ist. Aber jetzt werden sie ausfallend. Was soll ich nur tun, Mr. Budd?«

Gervase Budd war sofort Herr der Situation. »Mr. Boodle muß um jeden Preis herausgehalten werden. Bitten Sie Mr. Simmonds von der Druckerei, Mr. Jones von der Abonnementabteilung und Mr. Carling vom Lektorat, Mr. Wallace zu Hilfe zu kommen.« Das rote Seidentaschentuch mußte wieder in Aktion treten.

»Oh ...« Miss Watkins Geheul hätte Cecilia mitten in der Sahara alle Ehre gemacht, als der Lärm sich unten noch verstärkte.

»Vorwärts, Budd. Wir stehen hinter dir«, verkündete der General. Sein Rückzug war beendet, denn die Ehren einer neuen Schlacht tauchten in seinem Blickfeld auf.

»Nein!« Gervases Schrei war herzzerreißend.

»Dann erlauben Sie mir, für Sie zu gehen«, erbot sich Auguste sofort und eilte zur Tür. Doch Mr. Budd war noch schneller. Er kam dem General zuvor, und plötzlich fand Auguste sich zu seiner eigenen Überraschung mit Mr. Budd draußen vor der Tür, während die anderen drei noch im Raum waren. Augustes' Überraschung wuchs, als Mr. Budd die Tür abschloß. Er fing Augustes erstaunten Blick auf und versuchte sich in Nonchalance.

»Zu ihrer eigenen Sicherheit«, erklärte er leichthin. »Ich möchte nicht, daß sie mit Mr. Boodle verwechselt werden.«

»Sie meinen, die Ehrenbezeugungen könnten die falsche Person treffen?«

Gervase sah verdutzt drein.

»Es ist doch Mr. Boodles Geburtstag«, erinnerte Auguste ihn mit bedeutungsvoller Stimme. Er mußte nun schon schreien, damit man ihn trotz des Radaus unten verstehen konnte. Die Worte ›Polizei‹, ›das Gesetz‹, ›sofort handeln‹ und ›Forderungen‹ waren zwischen anderen, weniger höflichen, zu hören.

»Glückwünsche«, brabbelte Gervase wirr und folgte Auguste widerwillig an der geheiligten Tür vorbei und treppab in Richtung Chaos. »Sie sind gekommen, um Mr. Boodle ihre Glückwünsche zu überbringen.« Seine Stimme klang verzweifelt.

Unter ihnen, auf der Treppe, die sich durch vier Stockwerke des Boodle-Gebäudes emporwand, konnte Auguste Miss Watkins sehen, die mit ausgebreiteten Armen versuchte, den Weg zu blockieren. Die anstürmende Menge von Mr. Boodles Bewunderern überquerte den Treppenabsatz des ersten Stockwerkes und hielt inne, als sie die Stärke der Verteidigungslinie bemerkte.

»Mr. Boodle arbeitet«, quiekte Miss Watkins. »Und zwar an *Ihren* Tantiemenabrechnungen. Er darf nicht gestört werden.

Die Beträge werden Sie …« sie zögerte einen Moment, dann fuhr sie entschlossen fort, »*morgen* erhalten.«

Von hinten konnte Auguste die kräftige Statur von Mr. Wallace sehen, der bereits die Zaghafteren aus der Menge zum Gehen bewegte. Die scheinbar unorganisierte Gruppe grollte zuerst, dann wurde aus dem Grollen ein Murmeln, und schließlich zog sie sich Stück für Stück hinter das geheiligte Portal des Boodle-Gebäudes zurück.

»Wie mir scheint, fehlt ihnen die Macht einer organisierten Einheit«, beobachtete Auguste. »Könnte das etwa meine Rolle sein?«

Mr. Budd warf ihm einen flüchtigen Blick voller Abneigung zu. »Bitte scherzen Sie nicht, Mr. Didier.« Gereizt machte er sich wieder auf den Weg nach oben. Auguste folgte ihm. Gewiß würde *Dinner mit Didier* eine wesentlich abenteuerlichere Erfahrung werden, als er es bislang angenommen hatte, entschied er, als er den Krach hinter der Tür von Mr. Budds Büro hörte.

»Also wirklich, Mr. Budd …« Die Tür wurde geöffnet, und hinter ihr erschien eine hysterische Miss Mellidew. »Ich bin eine unverheiratete Frau. Mich mit zwei Herren einzuschließen, das ist wohl kaum die Handlungsweise, die man von seinem künftigen Verleger erwarten darf.«

»Ich bin sicher, Mr. Popple und der General sind ebenso galant wie Lambkin – äh – Scheich Achmed der Glänzende.« Gervase Budd bemühte sich, seine weltmännische Höflichkeit wiederzugewinnen.

Es mißlang ihm. Miss Mellidew warf dem Bohemien Clarence und General Proudfoot-Padbury einen eiskalten Blick zu. Einen noch kälteren Blick richtete sie auf Mr. Budd.

»Ich möchte Sie daran erinnern, daß Lambkin ein echter Gentleman war. Er war beinahe Engländer, in Oxford erzogen, bestens vertraut mit Shakespeare und Keats, ein ehemaliger Offizier der britischen Armee und Träger des Viktoriakreuzes, bevor er zurückkehrte in sein Heimatland, in seine geliebte Wüste.«

»Der Malefizkerl hatte mehrere Frauen. Das ist in der britischen Armee gar nicht erlaubt«, knurrte der General.

Miss Mellidews Gesicht überzog sich mit Röte. »Das ist es, was Lambkin und Cecilia auseinanderbrachte. Trotz Lambkins aufrichtiger, leidenschaftlicher und unvergänglicher Liebe zu Cecilia wurde er gezwungen, nach muslimischem Gesetz zu heiraten. Dennoch blieb er für Cecilia der Inbegriff der Ritterlichkeit. Und ich freue mich«, fügte sie spitz hinzu, »daß Sie mein kleines Buch gelesen haben, General.«

»Meine Frau«, prustete der General kläglich. »Ich habe nur mal kurz darin geblättert. Ich dachte, es sei Jorrocks.«

»Man sollte«, intonierte Clarence mit Begeisterung, »in seinem Leben alles erleben, alles lesen und jeden kennenlernen.«

»Und auch Mr. Boodle. *Jetzt*«, verkündete der General entschlossen.

»Ich muß zugeben, auch ich bin etwas neugierig, Mr. Budd«, bestätigte Auguste.

»Erlauben Sie mir zunächst, Sie mit unseren anderen ergebenen Mitarbeitern bekannt zu machen«, sagte Gervase Budd hastig, indem er seine Fassung zurückerlangte. »Dann werde ich mich erkundigen, ob sich Mr. Boodle davon überzeugen läßt, uns einen Moment zu widmen.«

»Tun Sie das«, grunzte der General.

»Das Verlagsgeschäft«, fuhr Mr. Budd fort, »steht zur Zeit unter einem schlechten Stern. Der Markt wird durch diese billigen Sixpence-Büchlein ziemlich durcheinandergebracht. Mr. Jones von der Abonnementabteilung hat mir versichert, daß der Niedergang des Marktes abzusehen ist.«

»Tatsächlich? Ich habe gehört, daß das neue Nettobuchabkommen, das von den Buchhändlern so energisch gefordert wird, ein Beweis für die Sicherheit des Marktes sei«, sagte Auguste verschmitzt.

»Es ist eine Verbesserung«, räumte Mr. Budd hastig ein, »aber nur ein Tropfen im Ozean. Wir haben einen langen Weg vor uns, Mr. Didier, einen sehr langen Weg.«

»Trotz Arnold Hopes *Steadfasts letztes Gefecht*?« fragte Clarence unschuldig und blinzelte Auguste ziemlich unpoetisch zu. »Ich bin sicher, er wird äußerst bekümmert sein, wenn er von Ihrem Pessimismus erfährt.«

»Ach, Mr. Popple, natürlich, Sie sind *sehr eng* mit ihm befreundet. Selbstverständlich wollte ich von einer schlechten Zukunft für Bücher nicht auf die Qualität von Mr. Hopes Bücher schließen lassen.«

»Für romantische Bücher wird es immer einen Markt geben«, erinnerte Miss Mellidew ihn in strengem Tonfall.

»Genauso wie für Essen«, pflichtete Auguste ihr bei. Tatsächlich hatte letzteres seiner Meinung nach den Vorrang.

»Miss Mellidew, darf ich mir erlauben, voranzugehen ...« Gervase setzte diesem unbequemen Gespräch der zukünftigen Autoren über die Marktlage hastig ein Ende und strebte geschäftig der Tür zu. Im Vorbeigehen stieß er die Tür des anderen Büros im vierten Stock des schmalen Boodle-Gebäudes auf. »Der Sitzungssaal, in dem Mr. Boodle, die Mitarbeiter und ich zusammenkommen, um über die Führung des Unternehmens zu beraten. Wir sind stolz auf unser demokratisches System.«

Der Raum schien nach Augustes Eindruck nicht übermäßig oft benutzt zu werden. Er lag im Halbdunkel, da der Schatten des gegenüberliegenden Hauses ihm das Licht nahm, und auf dem großen Tisch war deutlich eine Staubschicht zu sehen. Das Portrait von Mr. Budd senior starrte angewidert darauf herab, und sein Sohn schloß eilig die Tür und stieg die Treppe zum dritten Stock hinab. Hier befand sich die geheiligte Tür von Mr. Boodle, wie sich an dem verzierten Namensschild erkennen ließ. Oder was Auguste davon erkennen konnte, denn Mr. Budd stand direkt vor der Tür, und nur mit Mühe konnte man sich an seinem Bauch vorbei durch den engen Gang zwängen. Nun, da Mr. Boodles Privatsphäre gerettet war, führte Gervase Budd seine Herde weiter hinunter zu einem der beiden Büros in der zweiten Etage.

»Mr. Simmonds, Druckerei«, rief er und stieß die Tür auf. Er hätte die Funktion des Büros kaum kundtun müssen. Die beiden Tische waren mit Fotos, Linealen und Stapeln von Manuskripten und Korrekturfahnen übersät. Eine Remington-Schreibmaschine thronte auf dem einen Tisch, an dem anderen arbeitete fieberhaft ein Mann mit leicht ergrautem Haar, Schnurrbart und Monokel. Er warf ihnen einen knappen Blick zu, bevor er sich wieder der Arbeit zuwandte. »Crown-acht-Format«, murmelte er hintergründig. »Pergament, ich brauche Pergament, Mr. Budd. Nur das beste für die Autoren von Boodle, Budd & Farthing.«

»Sie sollen es bekommen, Mr. Simmonds«, strahlte sein Vorgesetzter. »Darf ich Ihnen vier neue Autoren vorstellen?«

Mr. Simmonds neigte den Kopf. »Ich hoffe doch, daß Sie alle von einer Schreibmaschine Gebrauch machen?« fragte er mit hoher, bebender Stimme.

»Meine Handschrift ist mustergültig«, teilte Millicent Mellidew ihm mißmutig mit. »Ich halte nichts von solch modernen Erfindungen.«

»Und ich bin ein Dichter«, sagte Clarence seelenvoll. »Mein Stift ist meine Poesie.«

»Meine Frau ist meine Schreibmaschine«, dröhnte der General von der Tür her, wo Mr. Budd ihn festhielt, damit der reibungslose Arbeitsablauf von Boodle, Budd & Farthing nicht unterbrochen würde. »Alle Farthings sind perfekt in diesen Dingen.«

Mr. Budd schrak auf. »Farthings?« wiederholte er vorsichtig. »Sir, haben Sie die Farthing-Familie erwähnt?«

»Das habe ich, Sir. Meine Frau ist die Schwester von William Farthing.«

Auguste bemerkte deutlich, wie der General seinen Triumph genoß (einen der wenigen in seiner Laufbahn), und wie sehr er auf eine Gelegenheit gewartet hatte, dies einfließen zu lassen. Generäle wurden schließlich nicht durch Zufall Generäle.

»Ah.« Gervase sammelte sich wieder und rieb sich mit etwas erzwungener Jovialität die Hände. »Wie geht es dem guten Mr. Farthing?«

»Tot. Ohne daß Mr. Boodle ihm sein Geld ausgezahlt hätte«, sagte der General grimmig.

»Es tut mir außerordentlich leid, von seinem Ableben zu

erfahren«, brabbelte Gervase. »Ich hatte eine hohe Meinung von Mr. Farthing, und dasselbe gilt«, fügte er taktlos hinzu, »für Mr. Boodle.«

»Dann kann er auch auszahlen, was er Farthings Erben schuldig ist.«

Alles in allem versprach die Zusammenarbeit mit Mr. Boodle sehr temperamentvoll zu werden, dachte Auguste amüsiert.

»Ich dachte als nächstes an Mr. Jones von der Abonnement- und Verkaufsabteilung«, verkündete Mr. Budd fröhlich und strebte gemächlich, jeglichen Widerspruch ausschließend, die Treppe hinunter, dem Raum auf der ersten Etage zu.

»Moodie's haben einen erstklassigen Auftrag für Mr. Hopes nächstes Werk erteilt.« Mr. Jones dunkles Haar und die Koteletten, die beinahe in dem hohen, weißen Leinenkragen verschwanden, waren fast alles, was sie von ihrem Aussichtspunkt hinter Mr. Budd, der in der Tür stehengeblieben war, erkennen konnten. Er war geradezu versunken in Geschäftsbücher und Aktenordner, die die uralte Reputation und Verläßlichkeit von Boodle, Budd & Farthing widerspiegelten.

»Wunderbar. Und wir werden die stolzen Verleger von Miss Mellidews nächstem Roman sein.«

»Wie schön.« Mr. Jones schien bereits den nötigen Schriftverkehr dafür einzuleiten, da er schon wieder hinter seinen Büchern verschwand. Sein Benehmen ließ darauf schließen, daß die Verkäufe um so höher waren, je schneller er an die Arbeit zurückging. Miss Mellidew schien, wie Auguste bemerkte, nicht ganz so begeistert über ihre Aussichten zu sein. Seinen Blick auf Mr. Jones' Kragen gerichtet, bemerkte er auch noch einen weiteren interessanten Punkt.

Mr. Budd schlug die Tür zu und strahlte. »Und nun kehren wir zum Allerheiligsten zurück. Zum Lektorat.« Beinahe auf Zehenspitzen ging er an der diskret gekennzeichneten Toilette vorbei und die Treppe hinauf, zurück zum nächsten Stockwerk und zu dem Raum gegenüber von Mr. Simmonds' Büro. Er klopfte an, eine Geste der Höflichkeit, die er sich bei den anderen Mitarbeitern gespart hatte.

»Die Muse darf nicht ohne Vorwarnung gestört werden«, flüsterte er. Die Muse antwortete nur allzu bereitwillig in Gestalt von Mr. Catling, dem jüngsten der drei Untergebenen, seinem schwungvollen roten Haarschnitt und Schnurrbart nach zu urteilen.

»Ich glaube, ich habe hier ein kleines Juwel, Mr. Budd.« Wie es schien, war Mr. Catling genausowenig von seiner Arbeit abzulenken wie seine beiden Kollegen.

»Ausgezeichnet, ausgezeichnet. Mr. Boodle wird hocherfreut sein über die guten Nachrichten«, strahlte Mr. Budd glücklich. »Und hiermit«, schloß er mit einiger Erleichterung, »ist die Besichtigung unseres kleinen Königreiches komplett, mit Ausnahme des Archivkellers.«

»Was ist mit Boodle?« fragte Miss Mellidew im Namen von Mildred.

»Zuerst Mittagspause«, erklärte Mr. Budd fest. »Ich dachte, wir speisen im *Romanos* ...« Clarences Gesicht hellte sich vor Begeisterung auf, »... aber vielleicht möchten Sie lieber Ihre Zeit mit der Besprechung der näheren Details der Veröffentlichung verbringen.«

»Nein«, widersprach der General knapp.

»Sollen wir in mein Büro zurückkehren?« schlug Mr. Budd in lautem Ton vor, wobei er vorgab, den General überhört zu haben. »Einen Sherry vielleicht, und, wenn Sie möchten, könnten wir ein Stück Pastete dazu einnehmen.«

»*Romanos*«, meinte Clarence.

»Ich stimme dem zu«, sagte Auguste, der langsam anfing, sich köstlich zu amüsieren. »Der Autor von *Dinner mit Didier* sollte doch gewiß nicht mit einem einfachen Stück Pastete abgespeist werden?«

Gervase Budd war in Gedanken mit dem Mittagessen beschäftigt und vernachlässigte vorübergehend seine Pflicht als Hirtenhund. Erst als sie wieder in seinem Büro angelangt war, stellte er fest, daß ein Mitglied seiner Herde verschwunden war. Sein Blick wurde glasig vor Schreck.

»Wo ist Miss Mellidew?« schrie er hysterisch.

Der General hustete vor Überraschung, und Clarence kicherte.

»Ich denke, sie hat sich vielleicht für einen Moment zurückgezogen«, besänftigte Auguste ihn taktvoll. »Ich bin sicher, sie ist in wenigen Minuten wieder da.«

Das war sie auch, jedoch in einem Zustand, den Gervase keineswegs begrüßte. Die Tür flog auf, und Millicent stürzte in den Raum hinein.

»Er ist tot!« quiekte sie. Augustes Reflexe erstarrten.

»Tot. Meine liebe Dame, wer ist tot?« kreischte Gervase Budd mit erbleichtem Gesicht.

»Mr. Boodle.«

»Wie – wo?« fragte Auguste drängend, da Gervase Budd vor Schreck sprachlos war.

»In seinem Büro. Ich öffnete die Tür, um mit ihm zu sprechen, und da war er. Tot.«

»Meine liebe Miss Mellidew.« Gervase erholte sich allmählich. »Das muß ein Irrtum sein. Nur eine Täuschung durch das Licht, nichts weiter. Mr. Boodle ist bei bester Gesundheit.«

»Er ist tot, Mr. Budd.« Ihre Stimme bebte, doch es lag keine Unsicherheit darin.

Auguste stand auf. »Ich schlage vor, wir sehen nach, Mr. Budd.«

»Nein, nein. Sie sind offensichtlich in den falschen Raum gegangen, meine Dame«, protestierte Mr. Budd.

»Was spielt denn der Raum für eine Rolle?« erwiderte Auguste ungeduldig.

»Es war Mr. Boodles Zimmer, und er ist *tot*«, wiederholte Millicent hartnäckig. Vielleicht dachte sie daran, daß Cecilia weitaus besser behandelt worden wäre als ihre Schöpferin, wenn sie, einer Ohnmacht nahe, die Entdeckung einer Leiche kundgetan hätte.

»Das kann nicht sein«, entgegnete Gervase selbstzufrieden.

»Ich werde nachsehen«, wiederholte Auguste und ging zur Tür.

»Nein«, kreischte Mr. Budd und schleuderte seine ganze Körperfülle quer durch den Raum, um ihn aufzuhalten.

»Sind Sie verrückt, Sir? Lassen Sie uns durch«, kommandierte der General. »Haben Sie denn kein Interesse am Wohlergehen Ihres Partners?«

»Nein. Ich meine, ja. Aber es kann nicht Mr. Boodle sein«, klagte Gervase.

»Ich verlange, daß Sie Hilfe herbeirufen.« Hysterie überkam Miss Mellidew.

»Es gibt keine Leiche.«

»Treten Sie bitte beiseite, Mr. Budd«, befahl Auguste. »Wenn Miss Mellidew sich geirrt hat, dann werde ich dies rasch bestätigen können.«

»Mr. Boodle kann nicht tot sein.«

»Aus dem Weg, Budd«, befahl der General erneut mit demselben Effekt, als habe er den Buren befohlen, die Belagerung von Ladysmith aufzugeben.

»Er kann nicht tot sein. Er kann es nicht sein.«

»Warum nicht?«

»Weil er schon tot ist.«

»Blödsinn, Mann«, knurrte der General.

»Erklären Sie uns das, Mr. Budd«, bat Auguste ruhig.

»Es *gibt* keinen Mr. Boodle«, jammerte sein Partner. »Mr. Boodle ist vor zwanzig Jahren verstorben.«

»Sind Sie nicht ganz bei Trost, Sir?« explodierte der General.

»Mr. Boodle starb 1880.«

»Aber ...«

Als er keine Alternative mehr sah, sackte Gervase Budd in sich zusammen. »Mr. Boodle – ein sehr guter Mann – ein paar geringfügige Schwächen – wie wir alle sie haben. Mr. Arnold Hope entdeckte kleine Diskrepanzen – äußerst unerfreulich – erpreßte den armen Mr. Boodle, damit er seine Bücher als große Werke herausbrachte und entsprechend dafür warb. Er war erfolgreich –« fügte er hinzu. »Bücher verkauft – Boodle, ein Mann von Integrität – so unerträglich, daß er sich gezwungen sah, diese Gefilde zu verlassen – mit den Erträgen des Herbstprogramms – hat alles verloren – hat sich erschossen – schlimm für Boodle, schlimm für Boodle, Budd & Farthing –

warum es jemand erzählen? Deshalb machte ich jedermann glauben, daß Mr. Boodle immer noch die Firma leite.« Mr. Budd sah sich hoffnungsvoll in der Runde um. »Brillante Idee.«

»Aber …«

»Ich meine …« Dieses Mal war es Clarence, der Miss Mellidew unterbrach. »Sie wollen doch nicht etwa sagen, daß all diese Lügengeschichten über Mr. Boodle und seine Autorentantiemen völlig aus der Luft gegriffen waren?«

»Aber …«

»Es sind schlechte Zeiten für das Verlagsgeschäft«, sagte Gervase bedauernd. »Schien mir das beste. Armer alter Boodle. Seit zwanzig Jahren unter der Erde.«

»Entschuldigung, wenn ich Sie korrigieren muß«, kreischte Miss Mellidew entschieden, »aber Mr. Boodle liegt nicht in seinem Grab; er liegt in seinem Büro und ist erst seit kurzer Zeit tot.«

»Das kann nicht sein, gute Dame«, strahlte Gervase, der nun, da alles erklärt war, sehr erleichtert wirkte.

»Ich fürchte, Sie übersehen den springenden Punkt, Mr. Budd«, fuhr Auguste scharf dazwischen. »Ganz unabhängig von Mr. Boodle behauptet Miss Mellidew, doch immerhin eine Leiche gesehen zu haben.«

»Das habe ich auch, ich …«

»Und das werde ich *jetzt* untersuchen.«

»Zum Teufel, ich komme mit Ihnen, Sir«, bellte der General.

»Zum Teufel, ich auch«, erklärte Clarence enthusiastisch. Das Verlagswesen war offenbar erheblich spannender als das Schreiben von Sonetten in einer Dachkammer.

Auguste wünschte, er könne diese jugendliche Begeisterung teilen. Alexis Soyer mußte sich nie mit Leichen herumschlagen, während er seine *Gastronomische Erquickung* schrieb, noch war Eliza Acton mitten in *Der modernen Kochkunst* über eine Leiche in ihrer Küche gestolpert. Weder war Mrs. Marshalls Kochschule mit unerwarteten Todesfällen gewürzt, noch wurde Brillat-Savarin mitten in seinem philosophischen Gedankenfluß durch die Nachricht unterbrochen, daß er sich einen Detektivhut aufzusetzen habe. Auguste hoffte, daß Miss Mellidew sich einfach geirrt hatte und der Mann lediglich etwas benommen war, doch als er seine Hand auf den bislang unangetasteten Knauf von Mr. Boodles Tür legte, fühlte Auguste, wie sein Herz ungewöhnlich heftig schlug. Das Leben war nicht einfach, und der Tod war noch vertrackter.

Hinter ihm hörte er den General und Clarence atmen, und hinter diesen lauerten der widerstrebende und kreidebleiche Mr. Budd und Miss Mellidew. Im Raum herrschte völlige Stille. Bücher mit schweren Ledereinbänden starrten düster durch die Glastüren der Bücherschränke, dunkelblaue Samtvorhänge schirmten Mr. Boodle vor direkter Sonneneinstrahlung ab. In einer Ecke befand sich eine Standuhr, die verstummt war, als ob sie bei Mr. Boodles Ableben ihre Tätigkeit für immer beendet hätte.

Das Dunkelbraun des Teppichs, der den Fußboden bedeckte, wurde von zwei Fellbrücken belebt. Da die Tigerjagd vermutlich nicht zu Mr. Boodles Sportleidenschaften gehört hatte, hatte er sich mit den Fellen zweier Bulldoggen zufriedengegeben.

Gervase Budd folgte der Richtung von Augustes Blick. »Mr. Boodles treue Freunde, Albert und Victoria«, erklärte er schwach. »Mr. Boodles war immer zu einem Scherz aufgelegt.«

Auguste hörte ihn kaum. Hatte er je Zweifel an Miss Mellidews Beobachtung gehegt, so hatten diese sich nun in Luft aufgelöst. Auf dem Teppich vor dem Kamin lag ein korpulenter, älterer Mann halb auf der Seite, die Hälfte seines Gesichts dem Boden zugewandt; an der sichtbaren Schläfe war eine klaffende Wunde zu sehen.

»Ich habe ihn bewegt«, sagte Miss Mellidew mit bebender Stimme. »Ich dachte, er sei noch am Leben, wissen Sie. Aber dann – da war kein Puls mehr zu fühlen.« Von der Erinnerung überwältigt, sank sie in einen ledernen Sessel. Auguste kniete sich vor den Leichnam. Millicent Mellidew hatte recht gehabt.

Leicht zitternd stand er wieder auf und wünschte sich, daß auch Männer das Privileg hätten, in Sessel zu sinken und sich behutsam mit Riechsalz wiederbeleben zu lassen. Oder besser noch mit Cognac.

»Miss Watkins« – die er zusammen mit dem respektgebietenden Wallace in der Tür entdeckte –, »bitte rufen Sie Scotland Yard an und fragen Sie nach Inspektor Egbert Rose und einen Polizeiarzt.«

»Polizei?« kreischte Mr. Budd.

»Mr. Boodle ist keines natürlichen Todes gestorben«, antwortete Auguste ruhig.

»Ein Unfall. Ich meine, der arme Boodle hat Selbstmord begangen, indem er sich auf die Ecke des Kamingitters geworfen hat, oder was meinen Sie?« schnaubte der General verächtlich.

Auguste antwortete nicht. Vielleicht *war* es ein Unfall, sagte er sich fest und kämpfte gegen den kleinen Plagegeist in ihm an, der ihn dazu gebracht hatte, nach Egbert zu senden. Auf der Brustseite des Hemdes waren keine Blutflecken, die eventuell aus einer anderen Quelle als der Wunde an der Schläfe gekommen sein konnten.

Clarence war nervös an seine Seite getreten und blickte auf die Leiche herab. Seine Augen weiteten sich. Sein Mund blieb offen stehen. »Das ist ja Arnold! Das ist überhaupt nicht Boodle.« Clarence war nun nicht mehr der selbstbewußte junge Mann, den nichts erschüttern konnte, sondern hatte sich in den verängstigten Zwanzigjährigen verwandelt, der er in seinem Inneren war. Der General fing ihn kurzerhand auf, als er ohnmächtig wurde, und lud ihn verächtlich in dem Sessel neben Miss Mellidew ab. Sie warf einen vorsichtigen Blick auf die Leiche und wedelte mit ihrem Riechsalz unter Clarences Nase. Das Salz tat seine Wirkung, und er gelangte wieder zu Bewußtsein.

»Was haben Sie ihm getan?« schrie Clarence den unglücklichen Mr. Budd an.

Gervase Budd zuckte zurück. »Ich?« blökte er. »Ich habe nichts getan. Warum sollte ich unserem beliebtesten Autor etwas antun? Unserem bestverkauften Autor«, fügte er bedrückt hinzu, als die schreckliche Wahrheit sich in seinem Bewußtsein niederschlug.

»Sie haben ihn nicht gemocht, Budd. Er hat sie erpreßt, wie er mir erzählt hat. Er muß das mit Boodle gewußt haben. Deshalb hat er mit Ihnen weitergemacht. Er wollte die Protestaktion heute morgen organisieren, wenn Sie nicht mehr Tantiemen herausrücken würden. Jetzt weiß ich, warum er nicht da war. Weil er zuerst zu Ihnen kam.«

Gervase warf einen äußerst angewiderten Blick auf seinen angehenden Dichter.

»Stimmt es, daß Arnold Hope Sie erpreßt hat?« fragte Auguste ernst.

»Warum sonst sollte ich die grauenvollen Gedichte dieses lieben Jungen veröffentlichen?« wimmerte Gervase.

Clarence wurde wieder ohnmächtig, doch schon bei Augustes nächster Frage öffnete er schnell wieder ein Auge. Auguste hatte eingehend in seiner Erinnerung nach alten Skandalen geforscht, über die er dank Egbert besondere Kenntnis besaß. »Hat Hope England nicht zur gleichen Zeit von Oscar Wildes Verhandlung verlassen, und war es nicht mehr oder weniger aus demselben Grund?«

»Oh!«

»Es tut mir leid, Miss Mellidew.« Auguste wandte sich bei ihrem schwachen Ausruf sofort zu ihr um. »Ich habe vergessen, daß eine Dame anwesend ist.«

»Wenn Sie glauben, ich sei sein Geliebter gewesen – ja das war ich«, kreischte Clarence. »Ich habe ihn geliebt. Und er hat mich geliebt.« Miss Mellidews Gesicht nahm eine noch kränklichere Farbe an.

»Das nächste Werk des lieben Arnold«, bemerkte Gervase beiläufig, »sollte mit *Mein Neffe, mein Freund* betitelt werden, ein humorvolles Buch über Reisen durch den Kontinent mit seinem jungen Freund Clarence, einem ungebildeten und närrischen jungen Mann, den er in den Feinheiten des Lebens unterrichten konnte. Man könnte beinahe sagen, der junge Mann sollte lächerlich gemacht werden.«

»Das ist nicht wahr«, schrie Clarence. »Arnold würde niemals so etwas tun. Unsere Liebe ist – war – zu heilig.«

»Heilig?« Miss Mellidew saß kerzengerade, auf ihren blassen Wangen hatten sich vor Ärger rote Flecken gebildet. »Wie können Sie nur den Namen der Liebe entweihen, Sie – Sie – *Krimineller*.« Sie brach in Tränen aus.

»Das war ja klar, daß *Sie* so etwas sagen würden«, griente Clarence.

Es war bemerkenswert, wie wenig Mitleid für den jungen Arnold Hope gezeigt wurde, dachte Auguste. Clarence erging sich in Selbstgefälligkeit, Miss Mellidew in Selbstgerechtigkeit, und der General zeigte sich betont gleichgültig. Selbst die Leiche eines Fremden hätte Mitleid und Schrecken auslösen müssen, aber hier schien nichts dergleichen spürbar zu sein. Und wenn es so war, dann nur deshalb, weil die Anwesenden nicht an die Leiche dachten, sondern lediglich an ihre eigene Situation. Er beschloß, Clarences Kommentar im Moment außer acht zu lassen, denn er mußte ihn im Lichte der ersten Reaktionen seiner künftigen Mitautoren noch einmal überdenken. Inzwischen kam er beharrlich auf die Tatsachen zurück. »Wenn Mr. Hope gekommen war, um Sie zu sehen, Mr. Budd, was machte er dann hier, in Mr. Boodles Zimmer?«

»Er hat mir nur einen kurzen Besuch abgestattet«, brabbelte Gervase, der sein Ausweichmanöver bemerkte und tief verabscheute. »Und dann kam er hierher, fiel zu Boden und starb«, spottete Clarence.

»Ich fürchte, mein Portwein ist ein wenig stark«, meinte Gervase Budd kläglich. »Zweifellos hat er Mr. Hope nicht gutgetan. Es ist der beste Port.«

»Ein Unfall ist gut möglich«, sagte Auguste diplomatisch. »Aber wir dürfen auch andere Möglichkeiten nicht ausschließen. Deshalb schlage ich vor, daß wir uns nach unten begeben, die Vordertüren verschließen, bis die Polizei kommt, und ihr gesamtes Personal bitten, hier mit uns zusammenzukommen.«

»Oh. Das könnte schwierig werden.« Budd sah verlegen drein.

»Dieser arme Kerl ist tot, Budd. Sie können's sich ja wohl leisten, ihre Leute für ein Weilchen von der Arbeit zu befreien?« dröhnte der General. »Das ist ja wohl das mindeste, Mann.«

»Ich glaube, Mr. Budd meint, daß es gar kein Personal gibt«, erklärte Auguste. »Ist es nicht so?«

Gervase Budd nickte trübsinnig.

»Sind die etwa *alle* vor zwanzig Jahren gestorben?« kreischte Miss Mellidew.

»Guter Himmel, Sie haben doch nicht etwa die ganze Meute umgebracht, oder?« schnarrte der General.

»Das habe ich nicht«, antwortete Mr. Budd würdevoll.

»Wir haben sie doch gesehen«, betonte Clarence.

»Ich glaube eher, wir haben immer denselben Mann gesehen.« Auguste sah Mr. Budd an, der beleidigt nickte. »Mr. Simmonds, Mr. Jones und Mr. Carling waren einfach nur Mr. Wallace in Verkleidung, der rasch die Außentreppe benutzte, die für den Fall eines Brandes vorgesehen ist, und durch die Fenster kletterte.« Er hatte auf ihrem Rundgang bemerkt, daß zwar Haare und Schnurrbart jedes Mal von anderer Farbe waren, die drei Herren jedoch alle einen kleinen Tintenfleck auf derselben Stelle ihres hohen, weißen Leinenkragens hatten.

»Sie führen den ganzen Laden hier allein?« fragte der General überrascht.

»Kein Geld für Gehälter«, erklärte Mr. Budd jämmerlich. »Es sind harte Zeiten für das Verlagsgeschäft. Miss Watkins und Mr. Wallace – überaus loyal.« Seine Stimme verlor sich, da er dies als den geeigneten Moment erachtete, um die Gruppe der angehenden Autoren aus Mr. Boodles entweihtem Büro zu führen.

Eine kurze Überprüfung, nachdem alle hinausgegangen waren, zeigte Auguste, daß niemand durch Mr. Boodles geschlossenes und, dem Geruch des Raumes nach zu urteilen, seit Jahren ungeöffnetes Fenster hereingekommen war. Er zwang sich, einen letzten Blick auf die Leiche zu werfen, bevor er den Raum verließ. Beim Kochen mußte man immer die Zutaten auswählen, die miteinander harmonierten. Bei der Ermittlungsarbeit dagegen suchte man nach denen, die dies nicht taten. Und hier gab es zwei: die Leiche und der Ort.

Warum war Arnold Hope hierhergekommen? Um Mr. Boodle zu treffen? Von allen Leuten mußte Hope am ehesten gewußt haben, daß dieser Raum nicht benutzt wurde. Oder hatte Gervase Budd auch ihn belogen? Hatte hier in diesem Zimmer ein Streit mit Budd stattgefunden? Und war es ein Unfall oder Mord? Ließ seine eigene Angst vor einem Mord ihn etwas vermuten, was gar nicht geschehen war? fragte Auguste sich. Gott sei Dank, bald würde Egbert hiersein, um die Last der Verantwortung von ihm zu nehmen. Dann regte sich sein Gewissen. Wie oft hatte Egbert ihm gesagt, daß der Anblick eines plötzlich Verstorbenen häufig redselige Zungen löste, die später wieder an Eloquenz verloren. Jetzt war die Zeit, zu lenken und zu lauschen. Später würde es Egberts Sache sein, darüber zu urteilen.

Die Angestellten von Boodle, Budd & Farthing (Miss Watkins und Mr. Wallace) saßen nervös auf den Kanten ihrer Stühle. Sie waren den Kontakt mit Autoren, vor allem zukünftigen Autoren nicht gewohnt – wenn es auch inzwischen unwahrscheinlich war, daß diese vier mit ihrem Glanz zum Frühjahrsprogramm beitragen würden.

»Während wir warten«, begann Auguste streng, »sollten wir sowohl unsere eigenen als auch Mr. Hopes Ankunftszeiten feststellen. Für wann war Ihre Verabredung mit ihm vorgesehen, Mr. Budd?« Er achtete darauf, daß sein Tonfall genau das richtige Maß an Autorität enthielt.

»Für elf Uhr«, antwortete Gervase unglücklich. »Er war pünktlich.«

»Fünf Minuten zu früh«, korrigierte Miss Watkins hilfsbereit.

»Haben Sie ihn zu Mr. Budds Büro begleitet, Miss Watkins?«

»Das erlauben die Personalanordnungen nicht.« Sie wich dem Blick ihres Arbeitgebers aus für den Fall, daß er aus ihrer Bemerkung auf einen Vorwurf schließen sollte.

»Und um welche Zeit ging er fort, Mr. Budd?«
»Kurz bevor Sie kamen«, war die teilnahmslose Antwort.
»Und das war Viertel vor Zwölf.«
Miss Watkins nickte energisch, offenbar froh über die Gelegenheit, Auguste als Verdächtigen auszuschließen.
»Ich hatte ein äußerst angenehmes Gespräch mit Mr. Hope«, fügte Gervase hoffnungsvoll hinzu.
Clarence lachte triumphierend. »Er hat etwas anderes behauptet.« Rache ist süß, aber unklug.
»*Wann* hat er etwas anderes behauptet, Mr. Popple?« fragte Auguste. Clarence sah sich mit wildem Blick um, als zöge er eine weitere Ohnmacht in Betracht.
»Ich meinte, der liebe Arnold hat nicht *erwartet*, daß es eine angenehme Zusammenkunft würde.«
»Nein. Er beabsichtigte, den Autoren die Wahrheit über Mr. Boodle zu erzählen, wenn Sie sich aus moralischen Gründen geweigert hätten, sein nächstes Buch zu veröffentlichen, nicht wahr?«
Manchmal konnte auch Raten zum Erfolg führen, wie Mr. Budds Schweigen bestätigte.
»Und um welche Zeit kamen Sie an, Mr. Popple?« setzte Auguste seinen Angriff fort.
»Das müßten Sie eigentlich wissen. Sie waren doch hier.«
»Etwa zehn Minuten nach Ihnen, Mr. Didier«, sagte Mr. Budd, der jetzt, da er nicht mehr im Scheinwerferlicht stand, vor Hilfsbereitschaft strotzte.
»Ich glaube nicht«, erklärte Miss Watkins. »Mr. Wallace, ich erinnere mich genau, daß dieser junge Mann noch vor Mr. Didier hier war. Ich habe ihn zunächst sogar für Mr. Didier gehalten.«
Auguste fühlte sich keineswegs geschmeichelt. Die Herren Wallace, Simmonds, Jones und Catling stimmten ihr jedoch zu. »Sie haben wie immer recht, Miss Watkins.«
»Wo waren Sie also, Mr. Popple?«
»Auf dem Klosett«, erklärte Clarence laut und deutlich. Miss Mellidew errötete angesichts dieser unkonventionellen Freimütigkeit, dann blickte sie verwirrt drein.

»Aber …« sie hielt inne.

»Ja, Miss Mellidew?« fragte Auguste sanft.

»Ach, nichts.« Sie schürzte die Lippen.

»Bitte. Es ist notwendig, daß wir offen zueinander sind, ungeachtet der äußeren Umstände.«

Millicent schloß ihre Augen und flüsterte: »Als ich kam, ging ich zur Toilette.«

»Und wann war das?«

»Sie kam direkt nach Ihnen«, sagte Miss Watkins eifrig.

»Einen Moment, meine Dame.« Der General hatte seinen Verstand eingeschaltet. »Sie sind auch nach dem Rundgang im Haus auf die Latrine gegangen.«

»Das stimmt, Sir.« Miss Mellidew sah aus, als würde sie gleich in Tränen ausbrechen. »Ich bin in einer sehr nervösen Verfassung.«

Der General fragte nicht weiter, murmelte jedoch etwas über Armeemanöver und gutes Training. Miss Mellidew sorgte sich um ihre literarische Zukunft. Gervase Budd tat dasselbe.

»Und Sie, General, sind zuletzt gekommen. Es war schon beinahe Viertel nach zwölf, wenn ich mich recht entsinne.«

»Noch früher«, sagte Wallace schroff.

»Wo waren Sie also, Sir?«

»Wo zum Teufel glauben Sie denn, daß ich war?« knurrte der General, da er sich durchschaut sah. »Auf der Latrine.«

Miss Mellidew gab sich entrüstet; ihre Ehre war beinahe wiederhergestellt.

»Die Zeiten zwischen ihren einzelnen Ankünften im Gebäude und ihren Eintritt in Mr. Budds Büro haben Sie also alle in …« Auguste zögerte. Wie sollte er sich taktvoll ausdrücken? Er gab den Versuch auf. »… haben Sie alle in derselben Toilette im ersten Stockwerk verbracht. Mr. Popple war von, sagen wir, 11 Uhr 40 bis etwa 11 Uhr 55 dort, Miss Mellidew von 11 Uhr 50 bis gegen 12 Uhr 10 und der General von 12 Uhr 05 bis gegen 12 Uhr 15.«

»Sie sind ungehörig, Sir«, keuchte Miss Mellidew.

»Es ist, milde ausgedrückt, sehr ungewöhnlich, daß keiner

von Ihnen die anderen bemerkt hat«, fuhr Auguste fort, ohne auf sie zu achten. »Theoretisch hätte jeder von Ihnen Zeit gehabt, in Mr. Boodles Büro zu gehen, wie es Mr. Budd tat, da wir nur seine Aussage darüber haben, um welche Zeit Arnold Hope ihn verließ.« Ein heftiger Protest entfuhr dem unglücklichen Verleger. »Nun, Miss Watkins, Mr. Wallace, können Sie mir sagen, wo Sie waren?«

Das konnten sie. »Hier«, sagten sie unisono. »Bis diese fürchterliche Meute kam«, fügte Miss Watkins als Solobeitrag hinzu.

»Und dann?«

»Mr. Wallace hielt sie zurück, während ich zu Ihnen kam, und als ich wieder zurück war, hielt ich sie auf. Ich habe sie festgehalten«, sagte sie mit bescheidenem Stolz.

»Und nachdem sie gegangen waren?«

»Ich blieb unten, während Mr. Wallace ...« sie brach ab und errötete.

»Seine Amateurstückchen zum besten gab«, bellte der General.

Mr. Wallace verschränkte seine Arme gleichzeitig für die Herren Simmonds, Jones und Catling.

»Und Sie waren allein hier?«

»Ja.« Miss Watkins wurde sich plötzlich ihrer prekären Lage bewußt. »Aber man hätte mich gesehen, wenn ich zu Mr. Boodles Zimmer hinaufgegangen wäre«, rief sie erschrocken.

»Beruhigen Sie sich, Miss Watkins. Wir haben an der Tür jedes Raumes gestanden. Sie hätten in keinem Fall ungesehen an uns vorbeigehen können.«

»Aber Wallace«, betonte Clarence. »Er hätte zu Mr. Boodles Zimmer hinaufgehen und den armen Arnold umbringen können, bevor wir zu Mr. Simmonds kamen.«

Mr. Steven Wallace richtete sich auf. »Ich, junger Mann, war Soldat, ein Feldwebel in der aufblühenden Armee Ihrer Majestät, bis meine angeschlagene Gesundheit es erforderlich machte, daß ich meinen Beruf aufgab. In den Diensten von Boodle, Budd & Farthing habe ich Zufriedenheit gefunden, selbst wenn diese es mit sich bringen, daß ich wie ein verdammter Clown durch die Fenster hüpfe, Entschuldigung, meine Damen. Aber ich bin fünfundvierzig Jahre alt, und derartige Faxen lassen mir keine Zeit, die Treppen hinaufzurennen und alte Herren wie Mr. Boodle umzubringen.«

»Aber es war doch gar nicht Mr. Boodle«, wimmerte Clarence.

»Oder wen auch immer«, ergänzte Mr. Wallace. Er setzte sich in Siegerpose.

»Es ist gewiß unwahrscheinlich«, unterbrach Auguste die Stille, die nach Mr. Wallaces Rede eingetreten war, »daß Mr. Wallace irgendeinen Grund für den Mord hatte – abgesehen von dem Wohlergehen von Boodle, Budd & Farthing. Doch ich denke, daß es für einige von uns hier weniger altruistische Gründe gegeben hat, Mr. Hope zu ermorden – einmal vorausgesetzt, daß diese schreckliche Tat wirklich verübt wurde. Sie zum Beispiel, Mr. Popple. Es ist gut möglich, daß Sie sahen, wie Mr. Hope aus Mr. Budds Büro kam, und zu einem persönlichen Gespräch mit ihm in Mr. Boodles Zimmer gingen, da Sie ja wußten, das es leer steht.«

»Nein, das habe ich nicht«, schrie Clarence. »Und selbst wenn, was würde das ändern? Er liebte mich.«

»Hah!« raunte Mr. Budd.

»Ja, Mr. Budd?« Auguste wandte sich an ihn.

»Normalerweise«, fuhr Mr. Budd fort, »würde ich eine solche grausame und obszöne Angelegenheit niemals der Öffentlichkeit preisgeben, aber wie Sie gesagt haben, Mr. Popple, drohte Mr. Hope mir damit, meinen Autoren von dem armen Mr. Boodle zu berichten. Mr. Hope erwähnte mir gegenüber, daß Sie den Inhalt seines Romanes kannten. Er hätte Ihnen gestern davon erzählt.«

»Blödsinn. Sie lügen. Ich war es nicht. *Sie* war es«, keifte Clarence.

Miss Mellidew wurde blaß. »Gütiger Gott! Junger Mann, weshalb sollte ich wohl mehr Grund haben, Mr. Boodle zu ermorden, als der General hier?«

»Ich, Madam? Ich könnte Sie schon aus geringerem Grund erschießen.«

»Das würde uns kaum weiterhelfen«, ging Auguste entschlossen dazwischen. »Und Sie hatten wirklich Gelegenheit, Mr. Hope zu ermorden. Und auch einen Grund dafür.«

»Habe den Kerl nie in meinem Leben gesehen.«

»Nicht Mr. Hope. Aber Sie mußten annehmen, daß es sich um Mr. Boodle handelte. Sie wußten ja nichts davon, daß Mr. Boodle vor zwanzig Jahren gestorben ist.«

»Verdammt, Sir«, stotterte der General.

»Mr. Boodle hatte über Mr. Farthings Anteil am Geschäft verfügt, nehme ich an, und Ihrer Gattin ihre Rechte daran verweigert.« Der General machte eine finstere Miene, doch er widersprach nicht.

»*Sie* war es«, rief Clarence wieder. »Warum hören Sie denn nicht auf mich?«

»Ich habe nur die Leiche entdeckt. Wie können Sie von einer unverheirateten Dame nur so etwas behaupten, junger Mann?« Miss Mellidew brach in Tränen aus.

»Stimmt, Sie haben es bei ihrer zweiten Abwesenheit verkündet. Aber schon vorher bot sich Ihnen die gleiche Gelegenheit, in Mr. Boodles Zimmer zu gehen, wie den Herren«, sagte Auguste unerbittlich.

»Weshalb sollte ich Mr. Boodle töten wollen?« schluchzte sie. »Ich war gekommen, um einen neuen Verleger zu finden. Weshalb sollte ich mit seinem Buchhalter streiten wollen?«

»Nicht Mr. Boodle.« Auguste zögerte, dann wagte er sich vor. Ein reizbares Rotkehlchen, eine interessante Verwendung der Vergangenheitsform dort, wo sie nicht angebracht war – für sich genommen unbedeutende Details, die jetzt jedoch von erheblicher Relevanz waren. »Aber vielleicht hatten Sie einen Grund, Mr. Arnold Hope umzubringen.«

»Natürlich hatte sie einen, die alte Krähe. So wie er über sie gelacht hat«, höhnte Clarence.

»Ich denke«, sagte Auguste, »Sie könnten zufällig einen Streit zwischen Mr. Popple und Mr. Hope mit angehört haben, als Sie auf dem Weg nach oben zu Mr. Budds Büro waren und die Stimmen erkannten. Es war ein Streit, aus dem sich die Art ihrer Beziehung deutlich erkennen ließ. Sie sahen Mr. Popple sehr erzürnt aus dem Zimmer gehen und ergriffen die Gelegenheit, Mr. Hope Ihre Meinung zu sagen.«

»Ich bin keine Kämpferin für moralische Lauterkeit, Mr. Didier, was auch immer ich mit angehört haben mag oder nicht.« Tränen rannen über ihr Gesicht, und Miss Watkins bekundete ihre weibliche Solidarität, indem sie dienstbeflissen ein Taschentuch hervorzog.

»Selbst dann nicht«, fragte Auguste, »wenn ein Held sich als solch bittere Enttäuschung entpuppt?«

»Oh.« Eine behandschuhte Hand legte sich über ihr Gesicht.

»Er war Lambkin, nicht wahr? Scheich Achmed der Glänzende, und Sie waren Cecilia?«

Sie richtete sich zu ihrer vollen Größe auf. »Sie mögen es vielleicht nicht glauben, aber ich war einmal ein hübsches Mädchen.«

»Und die Geschichte von Cecilia ist Ihre eigene?«

»Ja.«

»Und die vier Frauen?«

»Nur eine Frau. In Balham, wie er mir sagte. Ich habe ihm geglaubt. Aber heute habe ich die Wahrheit erfahren. Der Lambkin, dessen Bild ich all diese Jahre wie einen Schatz gehütet habe, war ein entarteter Mensch. Als Mr. Popple ging, eilte ich in das Zimmer, um ihn zur Rede zu stellen.« Sie machte eine Pause, dann fuhr sie fort. »Er verspottete mich, und, was noch schlimmer war, er spottete auch über Cecilia und über den Glänzenden. Er hat mein liebstes Kind besudelt.« Sie senkte den Kopf.

»Also haben Sie ihn getötet«, rief Clarence. »Meinen Arnold. Meinen Geliebten.«

»Da ist immer noch Mildred, liebe Dame.« Gervase mischte sich hastig ein, für den Fall, daß noch nicht alles verloren sei.

»Nein.« Ihr Kopf schoß hoch. »Es war ein Unfall. Ich stand an Mr. Boodles Schreibtisch. Lambkin saß dahinter. Er sagte … er sagte, er wolle mir eine Kostprobe dessen geben, was ich all die Jahre vermißt hätte. Ich dachte, er wolle mich angreifen, womöglich sogar küssen. Ich konnte es nicht ertragen. Ich zog meine Hutnadel heraus, die Stütze der weiblichen Verteidigung, wie meine Mutter es mich einst gelehrt hat. Bleib von mir weg, drohte ich ihm, als er um den Schreibtisch herum auf mich zukam.

Er sah mich an, erschrak, und dann passierte es. Doch weiß ich nicht recht, *was* eigentlich passierte. Es gab ein lautes Geräusch, und plötzlich fiel er gegen mich. Ich trat beiseite, er stöhnte und stürzte nieder. Dabei stieß er an die Ecke des Kamingitters. Ich hielt die Hutnadel immer noch in der Hand, und voller Grauen wurde mir klar, daß ich ihn damit gestochen hatte. Aber er hatte auch eine Wunde am Kopf. Mein Scheich war tot. Ich konnte keinen Puls fühlen. Was für eine furchtbare Situation, Mr. Didier. Sogar Mildred hat niemals etwas so Schlimmes erleben müssen.«

»Miss Watkins«, sagte Auguste ruhig, während sie sich vor Schluchzen krümmte, »könnten Sie sich um Miss Mellidew kümmern?« Schnell rannte er die Treppe wieder hinauf. Wer wollte ihre Geschichte bezweifeln? Aber trotzdem schwamm immer noch irgendein Klümpchen in dieser Sauce hollandaise.

Er blickte sich in Mr. Boodles Büro um und versuchte, den Anblick der Leiche und Albert und Victoria zu vermeiden, deren Augen ihm überall hin zu folgen schienen. Sie verspotteten ihn, der ganze Raum verspottete ihn, denn er wußte, daß hier die Antwort vergraben lag.

Als Miss Mellidew hier gestanden hatte – vorsichtig stellte er sich neben die Leiche – und er über sie *gefallen* war, war er da schon tot gewesen? Und wenn ja, wie konnte das geschehen sein? Er trat hinter Mr. Boodles Schreibtisch und stellte sich vor, er sei Arnold Hope. Nein, nicht Arnold Hope. Er versetzte sich in Mr. Boodle, wie er damit beschäftigt war, die Forderungen unverschämter Autoren abzuweisen, er, der solchen Erpressern wie Hope ausgeliefert war.

Mr. Boodle war immer zu einem Scherz aufgelegt.

Die Köpfe der Bulldoggen ... In Gedanken stand Auguste plötzlich in seiner Küche und bereitete das vorzüglichste Mahl des Landes zu: den Schweinskopf ... Er füllte ihn mit den leckeren Zutaten; durch seine Kunst simulierte er Lebendigkeit.

Er war Mr. Boodle, ein Mann, auf dem große Probleme lasteten und der dennoch für einen Scherz aufgelegt war. Er streckte seine Hände nach vorne, so wie Mr. Budd es an seinem eigenen Schreibtisch getan hätte. Als er aufstand, ertasteten seine Finger zwei Knöpfe. Er drückte. Er zog. Und plötzlich ertönte ein gewaltiges Knurren im Raum, das Knurren von Hunden. Er rannte um den Schreibtisch herum, gerade noch rechtzeitig, um zu sehen, wie Alberts Kopf, vollgepumpt mit Luft, sich aufbäumte und mit den Zähnen fletschte. Ein beängstigender Anblick. Wäre er ein erschrockener Arnold Hope gewesen, dann hätte er bei einer solchen Monstrosität leicht stolpern und mit dem Kopf voran in Miss Mellidews Hutnadel fallen können. Das Gewicht seines fallenden Körpers hätte schließlich die Luft aus Albert wieder herausgedrückt.

Er befand sich in einer Welt der Illusion, sagte sich Auguste, doch wie alle Illusionen mußte es auch für diese eine praktische Erklärung geben. Zweifellos würden Egberts Männer eine mechanische Vorrichtung im Schreibtisch finden, mit der sich das Knurren produzieren ließ, ebenso wie Kolben, komprimierte Luft oder Gasrohre, um Alberts Luftzufuhr zu steuern. Vielleicht sogar einen primitiven elektrischen Kontakt.

Gerade wollte er sich an die Untersuchung machen, als er unten an der Tür ein Klopfen hörte, dann Schritte und vertraute Stimmen. Egbert war eingetroffen. Als Auguste die Tür erreichte, kam der Inspektor bereits die Treppe heraufgerannt. Er sah hoch und erblickte den wartenden Auguste.

»Unfall, Auguste?«

»Mord. Es gibt Motiv, Mittel und Gelegenheit.«

»Sie haben den Mörder bereits, oder?«

»Ich denke, ja.«

Ein schwacher Schrei von Miss Mellidew war von unten zu hören. Er klang panisch vor Schreck.
»Wer ist es?«
»Ein Herr namens Boodle. Mr. Boodle.«

Originaltitel: Murdering Mr. Boodle
Ins Deutsche übertragen von Renate Kunze

Die Phantom-Pistole

Jack Adrian

Jack Adrian (Jahrgang 1945) arbeitet als Journalist und Herausgeber. Er zeichnet sich durch ein enzyklopädisches Wissen in den Bereichen der Kriminalliteratur und der Phantastischen Literatur aus. Als Schriftsteller veröffentlichte er unter dem Pseudonym Jack Hamilton Teed ›The Blood of Dracula‹ *(1977) und weitere Geschichten, deren genaue Anzahl wahrscheinlich nie exakt bestimmt werden kann – so viele sind es. Als Herausgeber trug er mehrere wertvolle Anthologien zusammen, darunter* ›The Art of the Impossible‹ *(1990, zusammen mit Robert Adey),* ›Detective Stories from the Strand‹ *und* ›Strange Tales from the Strand‹ *(beide 1991),* ›The Oxford Book of Historical Stories‹ *(1994, zusammen mit Michael Cox) sowie Sammlungen weniger bekannter Geschichten von Edgar Wallace, Domfort Yates, Sapper, E. F. Benson, A. M. Burrage und Rafael Sabatini. Seine Kurzgeschichten sind weniger bekannt. Um so mehr bereitet es große Freude, diese Geschichte um ein ›unmögliches Verbrechen‹ wieder aufleben zu lassen. Sie spielt im nebligen London des Jahres 1912 und beschert uns ein Wiedersehen mit dem berühmten Aufklärer des Unmöglichen, Mr. H. …*

In jener frostigen Novembernacht stieg von der Themse Nebel auf, eine wabernde und wirbelnde Masse, die sich unerbittlich durch die schmutzigen Straßen von Londons Zentrum kämpfte. Sie pulsierte wie ein lebendiges Wesen, wurde vorwärts geschoben aus eigenem, unbarmherzigem Antrieb – denn eigentlich war es windstill. Große Nebelbänke wogten durch die City, und Ruß und Rauch aus Hunderttausenden von Schornsteinen färbten das schleichende Gebilde dunkel. Innerhalb einer Stunde von dem Augenblick an, wo die schwachen Ausläufer des Wasserdunstes ihr Kommen angekündigt hatten, hatte sich der Nebel wie ein schmutzigbraunes Leichentuch über die Stadt gelegt.

Hier, im Herzen der Metropole, in High Holborn, vermischte sich das gedämpfte Rattern der alten Zweispänner mit den rauhen Motorengeräuschen der neumodischen, petroleumgetriebenen Taxis. Das Gepolter des kriechenden Verkehrs in den engen Gassen wurde immer leiser und schließlich gänzlich vom Nebel erstickt, während das gedämpfte gelbe Licht der Straßenlaternen die Szenerie eher verfinsterte denn erhellte. Auf den durch glitschigen Tau glatt gewordenen Bürgersteigen kauerten Figuren, die sich, nur schwach wahrnehmbar, fast gespenstisch durch das Dunkel schlurfend vorwärts tasteten. Gewissermaßen eine Armee von soeben erst Erblindeten, die wegen des scharfen, würgenden Gestankes von Ruß und Rauch dauernd niesen und husten mußten.

Doch nur etwa vierzig Meter von der Hauptverkehrsstraße entfernt, entlang einer engen Seitengasse, die sich wahrscheinlich seit Dr. Johnsons Tagen nicht verändert hatte, zischten und brummten Natriumlaternen, und mächtige elektrische Kugellampen durchdrangen den trüben Dunst. Denn auf einer kurzen Wegstrecke, die jedoch ausreichte, die verwitterte, ehemals goldbehangene Eingangshalle des Weltpalastes des Varietés zu offenbaren, verkündete ein großes Plakat mit zehn Zentimeter großen scharlachroten Buchstaben, daß man hier, und nur hier, Zeuge der atemberaubenden Taten des Großen Golconda werden konnte – seines Zeichens Illusionist *extraordinaire*!

Im Innern des Theaters war die Atmosphäre ähnlich giftig wie draußen, aber der Nebel war hier eine Mischung aus dem beißenden Gestank von Billigzigarren und dem aromatischen Geruch von Larangas, Corona-Coronas und Hoyos de Monterrey. Denn der Einfallsreichtum des Großen Golconda und die erstaunliche Vielfalt all seiner verblüffenden Zauberkunststücke faszinierten die Reichen wie die Armen.

Der Große Golconda war in gewissem Sinne ein Demokrat. Standhaft hatte er sich geweigert, in den protzigen Palästen aufzutreten, die in Haymarket und der Shaftesbury Avenue – wie an der Perlenschnur aufgereiht – nebeneinander standen. Vielmehr bevorzugte er die kleineren Säle in den Außenbezirken. Und so, egal wann und wo er erschien, mußten reiche Männer, Herzöge, Fürsten, hochwohlgeborene Ladies und sogar (so flüsterte man sich zu) Mitglieder der Königlichen Familie den ungewohnten Weg vom Glanz und Glitter in Londons West End zu weniger vornehmen Winkeln der Stadt auf sich nehmen. Entschädigt wurden sie durch die ungewöhnlich freudige Erfahrung, den halben Preis für das doppelte Vergnügen zu zahlen. Denn der Große Golconda war – und dies ist gewiß – ein Magier und Illusionist von außergewöhnlichen Fähigkeiten. Es ging sogar das Gerücht, daß Gesandte von Maskelyne und Devant – deren Ruf als Zauberer um die Welt ging – bestrebt waren, seine Geheimnisse mit unfaßbaren Mengen Geld zu erkaufen und, wenn diese Offerten zurückgewiesen wurden, sogar so weit gingen, es mit noch skrupelloseren Methoden zu versuchen.

Sei es nun wahr oder nicht, der Große Golconda – engstirnig wie er war – trat lediglich auf den Bühnen fast baufälliger Musikhallen auf, und trotzdem versammelten sich Männer und Frauen der unterschiedlichsten sozialen Schichten, um ihn zu sehen und ihm zuzujubeln.

Aber heute war eine besondere Nacht. Der Große Golconda wollte sich von der Bühne zurückziehen. Heute sollte im wahrsten Sinne des Wortes seine Abschiedsvorstellung sein.

Ungewöhnlicherweise begann die Show unmittelbar mit der eigentlichen Aufführung. Normalerweise traten der Große Golconda und sein Assistent Mephisto erst in der letzten halben Stunde des ersten und der letzten halben Stunde des zweiten Teils auf – als Höhepunkt des Abends. Denn nichts konnte ihre Nummer überbieten.

Heute jedoch saß das Publikum – sichtlich unruhig bei dem Gedanken, als zweifelhafte Vorspeise Jongleure, Komödianten, Soubretten und Baritone zu sich nehmen zu müssen, die ›Komm in den Garten, Marie‹ schmetterten – in gespannter Erwartung, als endlich der Vorhang aufging. Was man sah, war eine völlig leere Bühne mit einem schwarzen Tuch im Hintergrund, von dessen Mitte aus zwei riesige Augen starrten, die in Grün und Gold gewoben waren.

Für einige Sekunden herrschte absolute Stille, rein gar nichts bewegte sich – weder auf der Bühne noch im Auditorium. Dann verdunkelten sich die Lichter, und die glühende Gestalt des Großen Golconda wurde sichtbar, der – mit seinem schwarzen Seidenhut und langen wehenden Mantel, die Arme vor der Brust verschränkt – langsam aus der Dunkelheit über der Bühne hinabstieg, gleichsam in der Luft schwebend. Gleichzeitig traten zwei weitere Golcondas, gewandet wie der eben beschrieben, aus der rechten und linken Kulisse in die Mitte der Bühne. Kurz bevor sie sich trafen, erhellte ein weißer Blitz die Szenerie, und mit einem lauten Knall und in einer roten Rauchwolke schienen die drei Gestalten zu verschmelzen.

Und dann stand er da, der Große Golconda, und lächelte boshaft. Das Publikum tobte.

Von da an folgte in den nächsten zwanzig Minuten Wunder auf Wunder.

Weiße Pferde galoppierten über die Bretter und verschwanden in einem gleißenden Feuerwerk; Tauben, Pfaue und Paradiesvögel flogen und flatterten umher, sie kamen scheinbar aus der kleinen Prozellanvitrine, die auf einer Empore stand; ein Mädchen in Pailletten-Trikotage drehte Pirouetten in der Luft, nachdem ihr Mephisto, der Assistent des Großen Golconda, den Kopf abgesägt hatte. Dabei trug sie ihren Kopf unter dem Arm, kletterte ein Seil hoch und verschwand langsam, wie das Lächeln der Cheshire-Katze, ungefähr zehn Meter über dem Boden.

Ein Teil der Aufführung war offensichtlich der ewige Kampf zwischen dem Großen Golconda und seinem Assistenten Mephisto. Letzterer machte deutlich, daß er Dinge auf seine Art erledigen wolle, versagte jedoch jedes Mal wie der

Lehrling vor dem Herrn. Der Große Golconda aber rettete den Trick – wie auch immer er ausgeklügelt war – auf ruhige und trotzdem sensationelle Weise in der letzten Sekunde. Schließlich war Mephisto so aufgebracht über die Erfolge des Großen Golconda, daß er ihn niederschlug, ihn in eine gut einen Meter hohe Kiste aus Eichenholz quetschte und einschloß, um sie dann mit einer langen Axt in kleine Stücke zu hacken.

Triumphierend drehte er sich zum Publikum um, seine kalkweiße, clownähnliche Visage (die Blässe verstärkt durch das hautenge schwarze Kostüm, das er trug und das lediglich Gesicht, Nacken und Unterarme entblößte) starrte teuflisch – und wurde begrüßt von tosendem Gelächter, als Golconda plötzlich aus der Seitenkulisse auftauchte und ihm auf die Schulter klopfte.

Dann wurde die Bühne für den letzten Akt geräumt. Mephisto sollte mit einem Revolver auf Golconda feuern, der die Kugel mit den Zähnen auffangen würde.

Gäste aus dem Publikum wurden an die Bühnenfront gebeten, um den Revolver Kaliber .45 sowie die sechs Kugeln zu untersuchen und ihre Echtheit zu bestätigen. Unter ihnen befand sich ein knapp fünfzigjähriger schlanker, schnurrbärtiger Herr im Gehrock und mit Melone, der ob seiner professionellen Art und Weise, wie er mit der Waffe umging – er öffnete die Trommel, nahm die Patrone heraus und prüfte sie mit den Zähnen – offensichtlich mehr über Feuerwaffen wußte. Der Große Golconda bemerkte dies.

»Sie, Sir!«

Die schmale Gestalt erwiderte den Ruf mit einem kurzen Kopfnicken.

»Sie scheinen sich mit Pistolen auszukennen, Sir.«

»Das sollte ich auch«, gab der Mann zu.

»Darf ich wissen, welchen Beruf sie ausüben, Sir?«

»Dürfen Sie. Ich bin Inspektor bei Scotland Yard.«

Der Große Golconda war sichtlich erfreut. Näher betrachtet, war er jünger, als der Mann von Scotland Yard vermutet hatte – vielleicht Mitte Dreißig. Was er zusätzlich registrierte, war die entfernte Ähnlichkeit zwischen dem Großen Golconda und seinem Assistenten Mephisto, der nun neben ihm stand, sein Gesicht eine starre weiße Maske.

»Und ihr Name, Sir?«

»Hopkins. Stanley Hopkins.«

Der Große Golconda verbeugte sich.

»Ein Name, der mir aus den Zeitungen nicht unbekannt ist, Sir. In der Tat ein Name, der einen – ha, ha – verzaubern kann. Und was ist Ihre professionelle Meinung über den Revolver, Inspektor?«

Die Patronen noch in der Hand, feuerte Hopkins die Waffe trocken ab. Der Bolzen traf mit einem lauten ›Klick‹ auf, die Trommel drehte sich.

»Ganz und gar authentisch.«

»Gee-*nau!*«

Mit einer wallenden Bewegung seines Umhangs übergab der Große Golconda den Revolver an seinen Assistenten Mephisto und geleitete die Leute aus dem Publikum von der Bühne.

Die Lichter wurden dunkler. Zwei Scheinwerfer tauchten die beiden Künstler in zwei unterschiedliche Lichtsäulen. Sie standen am hinteren Ende der Bühne, gegen das schwarze Tuch gewandt, ungefähr drei Meter voneinander entfernt.

Um sie herum herrschte völlige Finsternis. Von seinem Platz aus schaute Hopkins gespannt zu.

Mephisto, der nun schwarze Handschuhe trug und die Waffe beidhändig hielt, hob die Arme langsam bis über den Kopf. Hopkins, der der Bewegung folgte, konnte den Revolver kaum ausmachen, der jetzt über dem Lichtschein war, der Mephisto umgab – dann huschte Licht über den Lauf, als der Assistent seine Hände wieder in den hellen Lichtpunkt senkte, seine Arme gerade ausgestreckt. Der Revolver zeigte direkt auf den Großen Golconda.

Es erschien Hopkins, daß der Gesichtsausdruck des Großen Golconda – der bis dahin nur hochmütiges Amüsement gezeigt hatte – plötzlich wechselte. Leichte Verwunderung trat auf seine Züge.

Hopkins schaute auf den rechten Teil der Bühne, konnte

aber außer Dunkelheit nichts erkennen. In eben jenem Augenblick war das seltsam gedämpfte Knallen des Schusses zu hören, und Hopkins sah, als sich sein Blick wieder dem Großen Golconda zuwandte, wie der Illusionist aufschrie, die Arme in die Luft warf und dann zu Boden stürzte.

Verblüffte Stille machte sich breit.

Sogar von dort, wo er saß, konnte der Mann von Scotland Yard deutlich sehen, daß sich um den Mund des großen Golconda rote Flecken bildeten, die vorher nicht dagewesen waren.

Dann brach Panik aus.

Mr. Robert Adey, der Manager der Empire Music Hall, sah aus, als würde ihn sogleich der Schlag treffen. Sein Gesicht war hochrot, sein Mund stand offen, sein Backenbart zuckte aufgeregt.

Er stotterte: »Das ... das hätte nicht passieren *dürfen*.«

»Es ist aber passiert«, erwiderte Inspektor Hopkins trocken.

Sie standen auf der Bühne des mittlerweile geräumten Theaters. Obwohl alle Bühnenlichter eingeschaltet waren und die Kristalleuchter über dem Auditorium brannten, hing eine trostlose Atmosphäre über dem Ort; die Bühnenkulissen lagen tief im Schatten, und oben konnte man die Balken, Streben und Sparren kaum erahnen.

Seit dem schockierenden Tod des Großen Golconda – dessen Leiche unter dem Teppich lag, auf den er gefallen war – war kaum eine Stunde vergangen. Während dieser Zeit hatte sich eine erstaunliche Tatsache ergeben: Obwohl der Große Golconda erschossen worden war, konnte sein Assistent Mephisto (man hatte ihn in seinem Ankleidezimmer in Gewahrsam genommen) nicht der Täter sein. Darüber gab es anscheinend keinen Zweifel.

Aber auch sonst kam niemand als Täter in Frage.

Adey – mit einem leichten West-Midland-Dialekt in seiner Stimme – stammelte: »Das ... ist vollkommen unerklärlich!«

»Wir schreiben das Jahr 1912«, ertönte eine scharfe Stimme hinter ihm. »*Nichts* ist unerklärlich.«

Adey wandte sich um. Der Mann, der gerade gesprochen hatte – eine große, dünne, fast ausgemergelte Person von etwa sechzig Jahren, mit einer hohen Stirn, dunklem Haar mit grauen Strähnen, einer Hakennase und Augen, die alles, was sie betrachteten, scheinbar durchdrangen, auf das genaueste prüften, ja, gewissermaßen sezierten –, hatte Hopkins auf die Bühne begleitet, nachdem das Theater geräumt worden war. Adey wußte nicht, mit wem er es zu tun hatte.

»Ein Kollege von Ihnen?« flüsterte er dem Scotland Yard Mann zu.

»Nur ein Freund«, sagte Hopkins, »ein ganz alter Freund. Wir sind beide sehr am Unmöglichen interessiert – weshalb wir auch heute Nacht hier sind. Die Illusionen des Großen Golconda hatten sicherlich ...« Er schaute zu seinem Freund. »... einige interessante Aspekte.«

»Obwohl viele, wie ich mir vorstellen kann, mit Hilfe gewisser kinematographischer Kniffe realisiert wurden«, sagte der ältere Mann. »Das Mädchen in dem Pailletten-Trikot zum Beispiel – nur ein lebensechtes Bild, darauf könnte ich wetten.«

Adey nickte unsicher.

»Selbstverständlich weiß ich nur wenig davon, wie der Große Golconda seine Tricks aufführte. Magier sind normalerweise äußerst verschlossen. Und dieser ganz besonders. Er bestand darauf, daß alle Kulissen während seiner Aufführung für nichts und niemanden zugänglich waren, so daß kein Mensch – selbst die Bühnenarbeiter nicht – sehen konnten, was er gerade tat. Immer wieder versuchten von Neugier gepeinigte Leute, seiner Tricks habhaft zu werden. Er hatte zwar einige Hilfskräfte, um irgendwelche Requisiten auf der Bühne aufzubauen, aber die eigentliche Aufbauarbeit wurde von ihm und seinem Bruder geleistet.«

»Mephisto«, sagte Hopkins.

»Ja. Der richtige Name der Brüder lautet Forbes-Semphill. Golconda ist ... *war* Rupert, Mephisto Ernest. Sie sind Zwillinge – aber keine eineiigen. Rupert war der ältere, um fünfzehn Minuten ...« Adeys Stimme wurde zu einem besorgten Murmeln. »Und damit war der Grundstock für den ganzen Streit gelegt.«

»Der Grund, warum sich der Große Golconda von der Bühne zurückziehen wollte?« fragte der hagere Mann. »Die Baronetswürde und zweihunderttausend Pfund?«

Adey starrte ihn mit offenem Mund an.

»Wie zum Teufel können Sie das wissen?«

»Nun«, sagte Hopkins schelmisch, »mein Freund hier pflegt, seine Finger immer am Puls der Zeit zu haben – nicht wahr, Mr. H.?«

Der ältere Herr gestattete sich ein dünnes Lächeln.

»Nun erzählen *Sie* uns alles über die Baronetswürde und das Geld«, sagte der Beamte von Scotland Yard.

Adey zuckte mit den Schultern.

»Rupert und Ernest hatten vor Jahren Krach mit ihrer Familie. Sie verließen das elterliche Heim – irgendwo in Schottland, soviel ich weiß –, um niemals wieder«, er lächelte schwach, »ihren Fuß über die Schwelle zu setzen. Aber kürzlich ist ihr Vater verstorben, und Rupert wurde Haupterbe: Titel, Ländereien und Geld. So einfach ist das, obwohl es der Allgemeinheit nicht bekannt war.«

»Gehe ich recht in der Annahme«, sagte der ältere Herr, »daß Ernest seinen Bruder nicht mochte?«

»Ernest *haßte* Rupert. Er machte keinen Hehl aus dieser Sache. Ein Grund, warum ihre Aufführungen so toll waren – Ernest vermittelte dem Publikum diesen Haß. Rupert hatte nichts dagegen. Er sagte, das wäre das Salz in der Suppe des Ganzen. Ich selbst verstehe es zwar nicht, aber es schien zu funktionieren.«

»Zweifellos könnte die neue Wiener Schule der Psychoanalyse dies erklären«, sagte der ältere Mann trocken, »aber zum jetzigen Zeitpunkt bin ich sehr viel mehr daran interessiert, warum Mephisto, heute abend ohne ersichtlichen Grund schwarze Handschuhe übergestreift hatte, um den Revolver abzufeuern.«

»Ja, das hat er«, sagte Adey überrascht. »Aber wie ...?«

»Es ist nicht das erste Mal, daß wir der Show des Großen Golconda beigewohnt haben. Wie Mr. Hopkins schon andeutete, war seine Aufführung stets eine sehr ungewöhnliche, und ich hatte schon immer großes Interesse an den sensationelleren Aspekten der populären Kultur.« Die Augen des hageren alten Mannes nahmen einen entrückten, introvertierten Ausdruck an. »Bei früheren Anlässen feuerte Mephisto den Revolver immer mit bloßer Hand ab. Daß er es diesmal nicht tat, scheint mir ein Umstand von besonderer Bedeutung zu sein.«

»Aber die *Waffe*, Mr. H.!« sagte Hopkins heftig. »Wir wissen inzwischen, was normalerweise hätte geschehen sollen. Der richtige Revolver wird dem Publikum gezeigt. Er ist durch und durch echt. Aber in dem Moment, wo Golconda den Revolver an Mephisto weitergibt – man erinnere sich an die wallende Bewegung seines Umhangs –, hat er ihn schon gegen eine andere Waffe vertauscht. Eine, die mit Platzpatronen geladen ist. Den scharfen Revolver hat er in seinem Mantel versteckt. Mephisto feuert die unechte Waffe ab, und der Große Golconda gibt vor, die Kugel, die er bereits im Mund hat, mit den Zähnen aufgefangen zu haben. So einfach ist das!«

»Mit Ausnahme der Tatsache, daß er dieses Mal tot umfällt – mit einer Kugel im Schädel.«

»Aus einer Phantom-Pistole!« explodierte Hopkins. »Aus der Waffe, die Mephisto in seinen Händen hielt, wurde der Schuß nicht abgegeben – hätte nicht abgegeben werden *können*. Die richtige Waffe befand sich immer noch in den Falten von Golcondas Umhang! Sie wurde auch nicht von jemandem aus den Seitenkulissen abgefeuert, denn die waren gesperrt. Auch nicht durch den Vorhang hinten, denn es gibt kein Loch. Und aus dem Publikum kann sie auch nicht gekommen sein, weil die Kugel in einer geraden Linie durch Golcondas Mund in den Schädel eindrang!«

An dieser Stelle unterbrach ihn Adey aufgeregt:

»Es ist, wie ich schon sagte – unerklärlich! In der Tat, geradezu *unmöglich*!«

Der hagere alte Mann warf ihm einen amüsierten Blick zu.

»Was meine Erfahrungen anbetrifft, Mr. Adey, so stellen sich jene Umstände, die am Anfang bizarr und unerklärlich erscheinen, am Ende als die banalsten heraus.«

»Das ist ja alles schön und gut«, erwiderte der Manager ungehalten, »aber Fakten bleiben Fakten! Das ganze Publikum hat Mephisto beobachtet. Als Golconda tot umfiel, senkte Mephisto bloß den Revolver und stand mit offenem Mund da. Nehmen wir einmal an, er hätte eine zweite Waffe gehabt. Was hat er mit ihr gemacht? Verflucht, Sir, er hat sich nicht einen Zentimeter von der Stelle bewegt, wo er stand, und er hat auch keine heftige Bewegung gemacht, als ob er etwas wegwerfen würde. Wir haben die komplette Bühne abgesucht. Wir haben ihn sogar einer Leibesvisitation unterzogen – nicht, daß es unbedingt notwendig gewesen wäre, denn sein Kostüm war so hauteng, daß man keinen Knopf hätte verstecken können, ohne daß er eine Beule verursacht hätte.«

»Vielleicht«, sagte der ältere Mann, »mußte er sie gar nicht wegwerfen.«

»Mußte sie nicht wegwerfen?« Adeys Stimme hob sich zu einem empörten Quieken. »Sie werden mir gleich erzählen, daß er sie in seinen Mund gestopft und gegessen hat.«

»Ohne Frage eine ungeheuerliche, geradezu unglaubliche Vermutung«, sagte der hagere Mann streng. Er wandte sich dem Beamten von Scotland Yard zu. »Aber Hopkins, Sie werden sich sicherlich an den Fall des widerwärtigen italienischen Racheengels Pronzini erinnern, der genau das getan hat.«

Hopkins nickte verständnisvoll. Der ältere Mann begann, die Bühne auf und ab zu schreiten und den schwarzen Vorhang zu begutachten.

»Sehen Sie, wie schwarz er ist«, murmelte er und zeigte in Richtung Vorhang. »Wie schwarz …« Er wandte sich wieder Adey zu. »Abgesehen von der Tatsache mit den Handschuhen, gibt es noch irgend etwas, auf das Sie gern unsere Aufmerksamkeit lenken würden?«

»Noch irgend etwas?«

»Irgend etwas Ungewöhnliches.«

Adeys Gesicht nahm einen perplexen Ausdruck an.

»Nun … nein, ich denke nicht.«

»Die Tatsache, wann die eigentliche Aufführung des Großen Golconda begann, zum Beispiel.«

»Oh, in der Tat, ja. Direkt am Anfang, meinen Sie? Das war ungewöhnlich. Darüber hatten sie auch einen kleinen Disput. Es war Mephistos Idee – beginne die Show und beende sie, hat er gesagt. Golconda hat schließlich sein Einverständnis erklärt.«

»Sonst nichts?«

»Nicht daß ich wüßte …«

»Ich bemerkte, daß sie heute abend beide im hinteren Teil der Bühne standen. Führten sie die Nummer normalerweise nicht vorne am Bühnenrand vor?«

»Nun, ja. Jetzt, wo Sie es sagen …«

»Bitte sehen Sie es mir nach«, eine gewisse Schärfe mischte sich in die Stimme des alten Mannes, »aber Ihre Beobachtungsgabe scheint mir etwas beschränkt zu sein.«

»Sie glauben also, daß Mephisto Golconda getötet hat?« fragte Hopkins.

»Ich bin davon überzeugt.«

»Dann sollten wir uns mal mit ihm unterhalten.«

Der ältere Mann lächelte kühl. »Das wird nicht notwendig sein. Haben Sie eine Stehleiter?« fragte er Adey. »Bringen Sie sie her.«

»Stehleiter?« murmelte Hopkins. »Denken Sie, daß es oben etwas zu sehen gibt?«

»Selbstverständlich. Da muß es etwas geben. Eine zweite Waffe. Golconda ist von einer Kugel getötet worden. Und gewöhnlicherweise werden Kugeln aus Pistolen abgefeuert. Golcondas Revolver konnte unmöglich etwas abfeuern, höchstens Lärm machen. Also …«

Der Scotland-Yard-Mann unterbrach ihn. »Aha! Aber, Moment, Mr. H. Die beiden waren Meister der Illusion, nicht wahr?«

»Natürlich.«

»Aber wenn man der Sache auf den Grund geht, ihren Illusionen meine ich, ist am Ende alles Schwindel. Ausgedacht. Konstruiert.«

»Da haben Sie recht.«

»Also hätte Mephisto noch nicht einmal eine Waffe benötigt. Er ist ein kluger Bursche. Er hätte eine Art Waffe bauen können, die eine Kugel abfeuert und ...« Er hielt inne, als wäre ihm plötzlich ein Gedanke gekommen. »Ja, erinnern Sie sich an die Sache mit dem Colonel, der die Tiger erlegte. *Er* hatte eine spezielle Schießvorrichtung.«

»Richtig, ein Luftgewehr, das von einem deutschen Mechaniker konstruiert worden war, der trotz seiner Blindheit geniale Erfindungen machte.« Der alte Mann zeigte ein saures Lächeln. »Aber hier schießen Sie weit am Ziel vorbei, mein lieber Hopkins. Es dreht sich nicht darum, welche Waffe es war, sondern wo sie ist. Das ist der Kern des Problems. Wir haben überall gesucht, und hier, wo wir stehen, gewissermaßen alles auf den Kopf gestellt. Und da wir aus unseren Überlegungen alle magischen Einflüsse streichen sollten, kann die unumstößliche Schlußfolgerung, zu der wir gelangen, nur lauten: Die Waffe – was auch immer es sein mag – muß *über* uns sein.«

Hopkins schlug sich mit der geballten Faust in die Hand. »Aber das kann nicht sein! Mephisto stand die ganze Zeit stocksteif da. Wir *wissen*, daß er nichts in die Luft geworfen hat.«

»Wie ich vorhin schon bemerkt habe, hat er das vielleicht auch gar nicht nötig gehabt ...«

Inzwischen war die Leiter mit ihren schweren Rollen in die Mitte der Bühne geschoben worden. Ein Bühnenarbeiter kletterte nach oben in die Dunkelheit.

»Schauen Sie einfach nach allem, was Ihnen auch nur annähernd unnatürlich erscheint«, wies ihn der alte Mann an.

Nach weniger als einer Minute stieß der Bühnenarbeiter einen erregten Schrei aus. »Irgend etwas ist hier um einen der Sparren gewickelt – ja, es ist ein Gummiband!«

»Machen Sie es los, und lassen Sie es fallen.«

Sekunden später fiel ein kleines Objekt durch die Luft und schwang wieder nach oben, als das Band seinen Tiefpunkt erreicht hatte. Der alte Mann reckte sich und fing es, bevor es außer Reichweite fliegen konnte. Er drehte sich zu den anderen um, die ihn verblüfft beobachteten.

»Was sehen Sie?«

Hopkins runzelte die Stirn. »Nichts.«

Der alte Mann öffnete seine Hand. »Kommen Sie näher.«

Der Mann von Scotland Yard trat einen Schritt vor, sein Gesichtsausdruck nahm Verwunderung an. In der Hand des hageren alten Mannes – deutlich zu sehen gegen das Weiß seiner Haut – lag eine trommellose, schwarz lackierte Miniaturpistole, die vielleicht zehn Zentimeter von Kimme zu Korn maß. Der alte Mann drückte gegen den Bogen des Magazins, und der Schlitten fuhr nach vorne und enthüllte einen zwei Zentimeter langen Hohlraum.

»Eine Williamson-Derringer-Pistole, mit der nur ein Schuß abgefeuert werden kann – aber genug, um einen Mann zu töten«, sagte der alte Mann trocken. »Geben Sie mir die falsche Pistole.«

Er hielt die Schreckschuß-Pistole in der linken Hand, die Derringer in der rechten und hob beide an, um ein imaginäres Ziel anzuvisieren. Von der Seite war lediglich die Masse des Schreckschuß-Revolvers zu sehen. Dann drückte er beide Waffen ab und öffnete seine rechte Hand. Die Derringer am Ende des gespannten Gummibandes – völlig unsichtbar gegen den schwarzen Vorhang im Hintergrund – flog nach oben in die Dunkelheit und wickelte sich um den Sparren, an dem das Gummiband befestigt war.

Adey schaute völlig verdutzt.

»Aber wie haben Sie … was ließ Sie …?« stammelte er.

»Wenn drei Veränderungen in einer Routinevorführung vorgenommen werden – die schwarzen Handschuhe, die Umstellung sowohl des eigentlichen Aktes als auch der Figuren auf der Bühne«, sagte der alte Mann ein klein wenig gereizt, »ist man geneigt, den Braten zu riechen. Um es einmal im übertragenen Sinne zu sagen: Dann ist es nur noch eine Angelegenheit einfacher Deduktion. Beobachtungsgabe – die leider weiten Teilen der Bevölkerung gänzlich fehlt – gepaart mit Intuition. Glauben Sie mir, es gibt wirklich keine Kombination von Ereignissen, für die – wie unerklärlich sie oberflächlich betrachtet auch erscheinen mögen – der Verstand des Menschen keine Erklärung finden könnte.«

Er begann wieder, die Bühne auf und ab zu schreiten, die Hände fest auf dem Rücken verschränkt.

»Mephisto band die Derringer an den Sparren und ließ sie gerade weit genug herunterhängen, daß sie sich in Reichweite seines ausgestreckten Armes befand. Man konnte sie nicht sehen, weil er sie schwarz lackiert und direkt vor den schwarzen Vorhang gehängt hatte. Dann wurde auch noch das Licht gedämpft. Trotzdem bestand die Möglichkeit, daß einer der anderen Künstler etwas hätte sehen können. Deshalb überredete er seinen Bruder, die Show mit dem eigenen Auftritt zu beginnen. So kam es schließlich zum Höhepunkt der Aufführung. Die beiden Scheinwerfer erleuchteten die Umgebung nur in einem bestimmten Bereich. Mephisto hob die Arme, in der einen Hand bereits die Schreckschuß-Pistole, bis seine Hände jenseits der erleuchteten Fläche waren. Er hatte sich selbst perfekt in Position gebracht – kein Zweifel, daß er die komplette Sequenz bis zum Umfallen geprobt hatte –, und die Derringer war nun nur noch wenige Zentimeter von seiner rechten Hand entfernt. Wenn seine Hände bloß gewesen wären, hätte man vielleicht bemerkt, daß er noch etwas anderes festhielt, aber geschickterweise hatte er sich schwarze Handschuhe übergezogen und sich so doppelt abgesichert. Dann ergriff er die Derringer, zog sie an dem Gummiband nach unten und drückte sie gegen die Seite der viel größeren Waffe, während er seine Arme wieder nach unten bewegte. Er hielt jetzt nicht eine, sondern *zwei* Waffen – wobei eine für die Blicke des Publikums im wahrsten Sinne des Wortes unsichtbar war. Außer für den Mann, auf den sie gerichtet war.«

»Ja!« rief Hopkins. »Aus diesem Grunde hat Golconda auch so überrascht geschaut. Ich dachte, er hätte etwas *hinter* Mephisto gesehen.«

»Mephisto feuerte die Derringer ab, ließ die Waffe los, die dann nach oben gezogen wurde. Alle Augen richteten sich auf Golconda, der zu Boden stürzte. Die Derringer wickelte sich um den Sparren, an dem das Gummiband festgebunden war. Zweifellos glaubte Mephisto, den Beweis in dem allgemeinen Durcheinander nach der Tat beseitigen zu können. Was er jedoch nicht miteinberechnet hatte, war die Anwesenheit eines Beamten von Scotland Yard, der sich sofort der Vorgänge annehmen und ihn in seinem Ankleideraum in Gewahrsam nehmen würde. Und in der Zwischenzeit deutete nichts darauf hin, daß er seinen Bruder kaltblütig ermordet hatte. Es schien«, schloß der alte Mann, »als wäre der Große Golconda wirklich mit einer Phantom-Pistole erschossen worden.«

»Und da Mephisto der nächste in der Erbfolge war«, sagte Hopkins, »wäre er Baron geworden und hätte das nette kleine Vermögen abgestaubt. Gute Arbeit, Mr. H. In der Tat, gute Arbeit!«

Originaltitel: The Phantom Pistol
Ins Deutsche übertragen von Reto Recktenwald

Das Abenteuer der verängstigten Gouvernante

Basil Copper

1929 erkundigte sich der junge August Derleth schriftlich bei Sir Arthur Conan Doyle, ob es noch weitere Geschichten um Sherlock Holmes geben werde. Als Doyle antwortete, daß keine neuen Erzählungen folgen würden, beschloß Derleth, selbst einige zu schreiben. Um jedoch nicht des Plagiats beschuldigt zu werden, erfand er sein eigenes Pendant zu Holmes und Watson: Solar Pons und Dr. Lyndon Parker. Pons agierte von seiner Wohnung in der Londoner Pread Street aus, und die Geschichten sind alle in den zwanziger Jahren unseres Jahrhunderts angesiedelt. Da sie damit zu Derleths' Zeit spielen, werden sie nicht als historische Detektivgeschichten eingeordnet. Nach Derleths' Tod wurden die Solar-Pons-Geschichten von dem britischen Schriftsteller Basil Copper fortgeführt. Copper ist ein äußerst produktiver Verfasser von Detektivgeschichten, in deren Mittelpunkt der in Los Angeles lebende Detektiv Mike Faraday steht. Copper schreibt aber auch Horrorgeschichten, und er hat die beiden von ihm bevorzugten Gattungen in den beeindruckenden Schauerromanen ›Necropolis‹ *(1977) und* ›The Black Death‹ *(1991) gekonnt vermischt. Mittlerweile hat Copper sechs Bände mit Geschichten um Solar Pons verfaßt – und damit vermutlich mehr als Derleth selbst. Seine Geschichten sind im allgemeinen länger und bedrohlicher als die des Pons-Erfinders, und sie ähneln mehr den Geschichten um Sherlock Holmes. Nach meiner letzten Kurzgeschichten-Sammlung haben sich einige Leser darüber beschwert, daß die Anthologie mit dem späten neunzehnten Jahrhundert endete und damit Storys des frühen zwanzigsten Jahrhunderts ausgespart wurden. Ich habe das aus einem bestimmten Grund getan, denn laut meiner Definition handelt es sich nur dann um eine historische Kurzgeschichte, wenn deren Handlung zeitlich vor der Geburt des Autors angesiedelt ist. Nun, die meisten der Geschichten um Solar Pons spielen in den frühen zwanziger Jahren, und da Basil Copper erst 1924 geboren wurde, können wir sie gerade noch als ›historisch‹ betrachten. Enden wir diesmal also mit einem schwungvollen Tribut an Sherlock Holmes!*

I

»Wachen Sie auf, Parker! Es ist sechs Uhr, und wir haben dringende Angelegenheiten zu erledigen.«

Ich kam langsam zu mir und erkannte im Schein der Nachttischlampe Solar Pons' scharfgeschnittenes Gesicht, das über mir zu schweben schien.

»Verflixt, Pons!« murmelte ich verärgert. »Sechs Uhr! Etwa morgens?«

»Abends gewiß nicht, mein lieber Freund, denn dann wäre wohl kaum einer von uns im Bett!«

Noch immer schläfrig, setzte ich mich auf.

»Es ist also etwas passiert?«

Solar Pons nickte, und sein Gesicht wurde ernst.

»Es geht sozusagen um Leben und Tod, Parker. Und da Sie sich in den letzten Jahren als gewissenhafter Chronist meiner kleinen Abenteuer erwiesen haben, ging ich davon aus, daß Sie auch diesmal dabeisein wollen – trotz der ungewöhnlich frühen Stunde.«

»Da irren Sie sich nicht, Pons«, sagte ich. »Geben Sie mir nur ein paar Minuten, damit ich mir etwas überziehen kann, dann werde ich Ihnen ins Wohnzimmer folgen.«

Pons rieb seine sehnigen Hände in unterdrückter Aufregung heftig aneinander.

»Ausgezeichnet, Parker. Ich wußte, daß ich mich auf Sie verlassen kann. Mrs. Johnson bereitet uns gerade ein wenig Tee zu.«

Mit dieser ermutigenden Bemerkung verließ er den Raum.

Es war ein bitterkalter Morgen Anfang Februar, und ich verlor keine unnötige Zeit mit der Garderobe. Was für ein Anliegen mochte der Besucher, der uns um diese Zeit in unserem Quartier in der Praed Street 7B aufsuchte, wohl haben?«

Ich zweifelte nicht daran, daß es einen solchen Besucher gab, der uns eine mysteriöse oder tragische Geschichte zu erzählen hatte, ansonsten hätte Pons mich nicht zu so früher Stunde geweckt. Und während ich meine Krawatte knotete und mein zerzaustes Haar vor dem Spiegel glättete, schweiften meine Gedanken in diese und jene Richtung.

Doch als ich unser gemütliches Wohnzimmer betrat, in dem bereits ein wärmendes Feuer flackerte, konnte ich meine Überraschung nicht verbergen: In Pons' Lehnsessel, direkt vor dem Kamin, saß eine blonde junge Frau von hohem, schlankem Wuchs. Der einzige Hinweis darauf, daß es einen ernsten, dringlichen Grund für ihren Besuch gab, war die Blässe ihres hübschen Gesichts. Als ich eintrat, machte sie Anstalten, sich zu erheben, doch eine Handbewegung meines Partners ließ sie wieder zurücksinken.

»Dies ist mein alter Freund und Kollege, Dr. Lyndon Parker, Miss Helstone. Ich vertraue ihm wie keinem anderen Menschen, und er ist mir eine unschätzbare Hilfe.«

Pons' Worte klangen so aufrichtig, daß ich spürte, wie mir die Röte der Verlegenheit in die Wangen stieg. Ich stammelte einen Gruß, als mir die junge Frau ihre kühle Hand reichte.

»Ein bitterkalter Morgen, Miss Helstone.«

»Damit mögen Sie recht haben, Dr. Parker, doch ich muß gestehen, daß ich zu aufgewühlt bin, um die Kälte zu spüren.«

»Tatsächlich?«

Ich betrachtete sie genauer. Es schien ihr nicht schlechtzugehen, doch mein geschultes Auge ließ mich erkennen, daß die Fassade der Ruhe nur ihrer äußersten Selbstbeherrschung zu verdanken war. Darunter spürte man die mühsam unterdrückte Anspannung, die darauf hinwies, daß irgend etwas nicht stimmte.

Gleich darauf hörte man gemessene Schritte auf der

Treppe, und das freundliche, frisch gewaschene Gesicht unserer Hauswirtin Mrs. Johnson erschien in der Tür. Sie trug ein Tablett mit Tee-Utensilien, und als ich zu ihr trat, um ihr behilflich zu sein, stieg der aromatische Duft warmen, frisch gebutterten Toasts in meine Nase.

»Ich habe mir erlaubt, eine Kleinigkeit für die junge Dame zurechtzumachen.«

»Ausgezeichnet, Mrs. Johnson«, erklärte Pons und rieb sich die schlanken Hände. »Wie stets ist Ihre Aufmerksamkeit geradezu mustergültig.«

Unsere Wirtin sagte nichts, doch die leichte Röte ihrer Wangen zeigte, daß das wohlverdiente Kompliment angekommen war. Sie beeilte sich, den Tee einzuschenken, und nachdem sie Miss Helstone mit freundlichem Lächeln eine Tasse gereicht hatte, zog sie sich still zurück.

»Möchten Sie nicht ein wenig näher ans Feuer rücken, Miss Helstone?«

»Ich sitze hier ausgezeichnet, Mr. Pons.«

»Sie kommen von außerhalb der Stadt, wie ich sehe?«

»Das ist richtig, Mr. Pons.«

Pons nickte und stellte seine Tasse mit einem leise klirrenden Geräusch auf den Unterteller zurück, das in der Stille des Wohnzimmers deutlich zu hören war.

»Ich sehe einigen Schlamm und Schmutz an Ihren Schuhen, was mir sagt, daß Sie einen langen Weg auf einer nicht gepflasterten Straße zurückgelegt haben.«

»Vom Bahnhof bis hier ist es ein weiter Weg, und leider habe ich zu dieser frühen Morgenstunde keine Fahrgelegenheit gefunden.«

»Gewiß, Miss Helstone. Gehe ich richtig in der Annahme, daß Ihr Aufenthaltsort nicht mehr als eine Stunde stadtauswärts liegt? Surrey vielleicht?«

Unsere junge Klientin, die ihren Tee in kleinen Schlucken trank, konnte ihre Überraschung nicht verbergen.

»Das ist korrekt, Mr. Pons. Clitherington, ein kleiner Ort Richtung Redhill.«

Solar Pons neigte den Kopf und ließ mir ein kleines

Lächeln zukommen, während er sich in seinem Sessel vorbeugte.

»Der leichte, sandige Boden ist unverkennbar, Parker. Ohne Zweifel haben Sie, genau wie ich, ein wenig davon an der rechten Stiefelette der jungen Dame bemerkt?«

Ich räusperte mich und schluckte den Happen Toast hinunter, den ich gerade im Mund hatte.

»Nun, wo Sie darauf hinweisen, gewiß, Pons.«

»Es ist ohne Zweifel eine ernste Angelegenheit, welche Sie um diese frühe Stunde zu uns führt, Miss Helstone, und Sie haben mir bereits mitgeteilt, daß es sozusagen um Leben und Tod geht. Obwohl Sie sich Mühe geben, ruhig zu wirken, sind Sie offensichtlich aufgewühlt. Bitte beruhigen Sie sich, und fühlen Sie sich sicher. Sie sind hier unter Freunden.«

Die junge Frau holte tief Luft.

»Es ist gut, das zu wissen, Mr. Pons. In den letzten ein oder zwei Tagen war die Situation tatsächlich nahezu unerträglich. Und die Angelegenheiten im Haus ...«

»Sie leben bei Ihren Eltern?« unterbrach Pons.

Die junge Frau machte eine Pause und verzog ein wenig den Mund, was entzückend unschuldig wirkte.

»Ich muß Sie um Verzeihung bitten, Mr. Pons. Meine Schilderung der Situation ist wohl nicht besonders verständlich, und ich sollte die Geschichte ganz von vorn beginnen. Ich bin als Gouvernante im ›Priory-House‹ in Clitherington angestellt, dem Heim von Mr. Clinton Basden.«

Solar Pons legte seine Fingerspitzen aufeinander und sah unsere schöne Klientin aufmerksam an.

»Soweit ich weiß, Miss Helstone, fährt morgens um vier Uhr dreißig kein Zug von Clitherington nach London.«

Miss Helstone lächelte, und es wirkte tatsächlich so, als ob sie sich etwas beruhigt hätte.

»Das ist korrekt, Mr. Pons. Ich bin mit dem Milchzug gekommen. Diesem Zug sind stets zwei Waggons für Bahnpersonal angeschlossen, das in die Stadt fährt, und ich habe ein leeres Abteil gefunden.«

»Diese bemerkenswerte Maßnahme zeigt, daß Ihr Anliegen tatsächlich ungewöhnlich dringlich sein muß. Bitte fahren Sie fort.«

»Mein vollständiger Name ist Helen Jane Helstone, und ich stamme aus einer ehrbaren Familie, die ursprünglich im Westen des Landes angesiedelt war. Vor einigen Jahren wurden meine Eltern bei einem Aufstand in Indien getötet, und nachdem ich meine Schulausbildung in England beendet hatte, war ich darauf angewiesen, meinen Lebensunterhalt selbst zu verdienen. Da ich die Gesellschaft von Kindern mag, wurde ich Gouvernante. In einigen Jahren, wenn ich etwas älter bin, möchte ich eine Ausbildung zur Lehrerin machen.«

»Wie alt sind Sie jetzt, Miss Helstone?«

»Ich bin vor kurzem einundzwanzig geworden, Mr. Pons.«

Solar Pons nickte und blickte gedankenverloren das Mädchen an, dessen Gesicht mittlerweile wieder eine frischere Farbe angenommen hatte. Damit war die junge Dame noch hübscher als zuvor, und ich genoß ihren Anblick. Als ich jedoch Pons' leicht amüsierten Blick auf mir spürte, wandte ich mich wieder meinem Tee und Toast zu.

»Ich gebe Ihnen diese Information, Mr. Pons, damit Sie die Umstände und meine Lage besser beurteilen können.«

»Sie erzählen Ihre Geschichte äußerst umsichtig, Miss Helstone.«

»Ich war bereits in zwei Anstellungen tätig, einmal in Cornwall und zum anderen in Cumberland, wo ich mehrere Jahre gelebt habe. Aber dann beschloß ich, näher nach London zu ziehen. Als ich Mr. Basdens Anzeige in der Zeitung las, erschien mir das Angebot geradezu ideal. Surrey entsprach durchaus meinen Vorstellungen, und so beeilte ich mich, auf die Anzeige zu antworten.«

»Wann war das«, fragte Pons.

»Es ist ein wenig mehr als drei Monate her.«

Unsere Besucherin machte erneut eine kleine Pause und trank von ihrem Tee. Ihr Gesicht wirkte dabei so nachdenklich, als ob sie ihre nächsten Worte genau überlegte, aber es entging meinem geschulten Auge nicht, daß ihre Atmung sich normalisiert hatte und sie insgesamt viel ruhiger wirkte als zuvor.

»Etwas war außerordentlich merkwürdig an meiner Anstellung, Mr. Pons. Ich habe seitdem schon oft darüber nachgedacht.«

»Um was handelt es sich dabei, Miss Helstone?«

»Unter anderem ist die Stelle ungewöhnlich gut bezahlt, wobei meine Pflichten, nun ja, ein wenig ungewöhnlich sind.«

Pons nickte und kniff die Augen zusammen.

»Bitte erklären Sie das ein wenig genauer.«

»Nun, da ist zum einen die Höhe des Gehalts. Es liegt bei fünfhundert Pfund im Jahr, zahlbar vierteljährlich und im voraus.«

Pons holte erstaunt Luft, und ich starrte ihn mit offenem Mund an.

»Das ist wahrhaft königlich für diese Zeiten, Miss Helstone. Ich könnte mir vorstellen, daß nicht wenige junge Damen an dieser Anstellung interessiert waren.«

»So ist es. Sie haben förmlich Schlange gestanden. Ich traf damals sogar im Zug mehrere Personen, die sich ebenfalls um die Stelle bewarben. Offensichtlich war die Anzeige seit mehr als einer Woche täglich in der Zeitung.«

»Was höchst bedeutsam ist, Parker«, erklärte Pons, rätselhaft wie die Sphinx, und dann fuhr er damit fort, Miss Helstones Gesicht aufmerksam zu betrachten.

Unsere Klientin fuhr geradezu atemlos mit ihrer Schilderung fort. Pons schien ihr Vertrauen gewonnen zu haben, so daß sie es nicht mehr für nötig hielt, sich irgendwelche Beschränkungen aufzuerlegen.

»Meine Hoffnungen schwanden, Mr. Pons, das können Sie sich gewiß vorstellen, doch als der Zug in Clitherington hielt, kehrte meine Zuversicht erstaunlicherweise zurück. Ich hatte, wie gesagt, eines der Mädchen sagen hören, daß die Anzeige schon eine ganze Weile in der Zeitung sei. Offenbar waren die zukünftigen Arbeitgeber in der Auswahl äußerst wählerisch, da bisher keine junge Dame ihre Zustimmung gefunden hatte.«

»Und da Sie bereits zweimal in ähnlichen Positionen tätig gewesen waren, schöpften Sie Hoffnung?«

»Genauso war es. Doch meine Zuversicht sank, als wir schließlich bei dem Haus ankamen. Man hatte einen großen Wagen zur Haltestelle gesandt, der die Bewerberinnen abholte, und er fuhr uns zu einem riesigen, düsteren Herrenhaus. Es lag auf einem Grundstück, dessen Hauptportal abgesperrt und von äußerst kräftigen Männern bewacht wurde.«

»In der Tat merkwürdige Umstände«, sagte Pons und blickte mich rätselhaft an.

»Das kann man wohl sagen«, erwiderte Miss Helstone. »Doch während das Grundstück mit den riesigen Rhododendren und den Piniengruppen in dem trostlosen Dezemberwetter äußerst düster wirkte, war das Innere des Herrenhauses luxuriös und angenehm eingerichtet und zeugte von Geschmack und Großzügigkeit. Es war offensichtlich, daß der unbekannte Arbeitgeber sehr wohlhabend war.«

»Und zudem äußerst wählerisch, wenn er soviel Zeit darauf verwandte, eine Gouvernante für seine Kinder auszusuchen. Wie viele Kinder sind es übrigens?«

»Zwei, Mr. Pons. Ein Junge und ein Mädchen, neun beziehungsweise zwölf Jahre alt. Doch als wir in einen kostspielig eingerichteten Salon geführt wurden, sank meine Hoffnung, denn in dem Raum befanden sich bereits zwanzig bis dreißig junge Damen.«

»Das hört sich ja geradezu nach dem Büro eines Theaterproduzenten an, Pons«, bemerkte ich.

Solar Pons lächelte schwach. »Ah, aus Ihrer Bemerkung höre ich den Genußmenschen, Parker. Denjenigen, der das Nachtleben, den Wein und die Schönheiten der Chormädchen zu schätzen weiß.«

»Himmel, Pons!« stammelte ich. »Was soll Miss Helstone von mir denken?«

»Daß Sie keinen Scherz auf Ihre Kosten vertragen, mein lieber Freund. Aber wir schweifen vom Thema ab.«

Miss Helstone lächelte zögernd über diesen kleinen Disput und zeigte zwei Reihen strahlend weißer Zähne.

»Nun, Dr. Parkers Bemerkung schätzt die Situation durchaus nicht falsch ein«, erklärte sie ernsthaft. »Tatsächlich wirkte es fast wie in einer Theateragentur, allerdings nicht so schäbig. Doch am ungewöhnlichsten war die Vorgehensweise. Als ich mich setzte, erschien eine schwarzgekleidete Frau mit harten Gesichtszügen und forderte das erste Mädchen auf, mit ihr zu kommen. Die beiden verschwanden hinter einer großen Flügeltür, doch in weniger als einer Minute war das Mädchen wieder da und schüttelte verärgert den Kopf.«

Miss Helstone stellte ihre Tasse ab und lehnte sich in ihrem Stuhl vor, wobei sie meinen Partner unverwandt ansah.

»Mr. Pons, innerhalb von fünf Minuten verschwanden fünf der Bewerberinnen hinter der Flügeltür und kamen unverzüglich wieder heraus, und an ihren ärgerlichen Gesichtern war deutlich abzulesen, daß keine von ihnen die Stelle bekommen hatte. Was ich jedoch erst später erfuhr und was noch ungewöhnlicher war: Jede von ihnen erhielt eine Fünf-Pfund-Note für ihre Bemühungen, eine freie Bahnfahrkarte nach London und wurde mit dem Wagen zur Station gebracht.«

Solar Pons klatschte leicht in die Hände und durchbrach damit die Stille, die augenblicklich im Raum herrschte.

»Ausgezeichnet«, sagte er. »Die Geschichte wird von Minute zu Minute interessanter, Miss Helstone! Natürlich sind Sie noch nicht am Ende angelangt.«

»Natürlich nicht, Mr. Pons! Verständlicherweise wurde ich immer verwirrter, als die Minuten verstrichen und ein Mädchen nach dem anderen wieder herauskam. Diejenigen von uns, die noch nicht an der Reihe gewesen waren, rückten auf und machten damit Platz für die zahlreichen Neuankömmlinge. Hin und wieder hörte man laute Ausrufe hinter der Tür, und während ich näher und näher auf diese zurückte, wurde mir klar, daß bisher keines der Mädchen den Vorstellungen des mysteriösen Inserenten entsprochen hatte. Zu diesem Zeitpunkt kannte ich natürlich noch nicht den Namen des Mannes, da er in der Anzeige nicht genannt wurde.«

»Ich verstehe. Angegeben war eine Schließfachnummer.«

»Genau, Mr. Pons.«

Auf Pons' stumme Aufforderung hin erhob ich mich und füllte erneut die Teetassen.

»Ich war bis auf drei Plätze zur Tür vorgerückt, als ein Mädchen herauskam, das mit mir aus London angereist war. Die junge Frau war verärgert, und ihre Wangen waren stark gerötet. Sie trat zu mir und sagte ein paar Worte, bevor die Frau, welche die nächste Bewerberin hereinholte, zurückkam. Ich erfuhr, daß das Mädchen nicht nach irgendwelchen Referenzen gefragt worden war, man hatte ihr überhaupt keine Fragen gestellt. Eine große dunkelhaarige Frau hatte an einem Tisch gesessen und jemanden angeschaut, der sich, verborgen hinter einem Wandschirm, ebenfalls in dem Raum aufhielt. Dieser Unbekannte mußte eine spezielle Methode haben, die Kandidaten zu begutachten, doch auch in diesem Fall, wie in allen Fällen zuvor, mußte die Antwort ein Nein gewesen sein, denn die Frau hatte nur genickt und der Bewerberin mitgeteilt, daß das Vorstellungsgespräch beendet sei. Meine Informantin sagte mir, daß man sie nur nach ihrem Namen und ihrer Adresse gefragt habe – und ob sie wirklich Waise sei. Und es war offensichtlich, daß es sich sogar bei diesen Fragen um bloße Formalitäten gehandelt hatte.«

»Waise, Miss Helstone?«

Solar Pons hatte die Augen leicht zusammengekniffen, und auf seinem Gesicht lag der wachsame Ausdruck, den ich von ihm kannte, wenn er kurz vor einer großen Entdeckung stand.

»Ja, Mr. Pons. Das war eine der Voraussetzungen, die in der Anzeige genannt wurden. Ich habe sie übrigens hier in meiner Handtasche. Eine weitere Forderung an die Bewerberin war, daß sie alleinstehend oder Witwe sein müsse.«

»Das klingt höchst ungewöhnlich, Pons«, warf ich ein.

»Nicht wahr, Parker?«

Solar Pons blickte auf den Zeitungsausschnitt, den Miss Helstone ihm gereicht hatte, und las die Anzeige mit offensichtlichem Interesse.

»Hören Sie sich das an, Parker.«

Er glättete das Papier auf dem Tisch vor sich und las laut vor:

JUNGE GOUVERNANTE GESUCHT FÜR ZWEI KLEINE KINDER EINES WOHLHABENDEN WITWERS IN SURREY. GROSSZÜGIGES HERRENHAUS, ENTSPRECHENDE UMGEBUNG. DISKRETION VORAUSSETZUNG, VIELE VERGÜNSTIGUNGEN. GEHALT 500 PFUND PER ANNUM. KEINE BEWERBERINNEN ÜBER DREISSIG. BEWERBUNGEN SCHRIFTLICH UND MIT ZWEI REFERENZEN. DIESE POSITION IST AUSSCHLIESSLICH EINE OFFERTE FÜR VERWAISTE JUNGE DAMEN.

BOX 990

Solar Pons runzelte die Stirn und schaute mich fragend an.

»Außerordentlich, nicht wahr? Ich bin Ihnen wirklich zu Dank verpflichtet, Miss Helstone. Diese Anzeige ist mir damals nicht aufgefallen, obwohl ich sonst dazu neige, ungewöhnliche Dinge aus der Zeitung auszuschneiden. Einige Dinge in diesem Inserat sind bemerkenswert, Parker.«

»In der Tat, Pons. Allein die Voraussetzung, daß die Bewerberinnen verwaist sein müssen, ist äußerst merkwürdig.«

»Und sie sagt uns eine ganze Menge«, erklärte Pons trocken. »Zusammen mit den genannten hervorragenden Bedingungen weist sie in eine bestimmte Richtung. – Wie verlief Ihre Vorstellung, Miss Helstone?«

Unsere Besucherin stellte ihre Teetasse ab und wischte sich mit einem kleinen, mit Spitze verzierten Taschentuch über den Mund. Den Toast, den ich ihr eben hatte anbieten wollen, wies sie dankend ab.

»Das war das Ungewöhnlichste von allem, Mr. Pons. Innerhalb von dreißig Minuten nach meiner Ankunft in Priory-House waren dreißig Bewerberinnen abgewiesen worden. Und nun war also ich an der Reihe. Ich betrat einen großen Raum, an dem das einzig Bemerkenswerte ein rundes, hochgelegenes Fenster war, und der dadurch eher dunkel und schattig wirkte. Unter dem Fenster stand ein Schreibtisch und darauf eine brennende Lampe, welche mit ihrem Licht den davor plazierten Stuhl beleuchtete.

Eine dunkelhaarige, gutaussehende Frau mit mitteleuropäischem Akzent bat mich, auf diesem Stuhl Platz zu nehmen, und stellte mir dann die bekannten Fragen. Natürlich fiel mir der große, dunkle Wandschirm rechts neben dem Schreibtisch auf, und außerdem entdeckte ich einen Spiegel, der so ausgerichtet war, daß eine Person hinter dem Wandschirm die Besucherinnen sehen konnte. Der Spiegel reflektierte ein bärtiges Männergesicht – mit Augen, deren Blick mehr als eindringlich war.«

2

Es folgte eine lange Pause, die ich dazu nutzte, meine Teetasse erneut zu füllen. Miss Helstone lehnte sich in ihrem Stuhl zurück und streckte die Hände aus, um sie am Kaminfeuer zu wärmen.

»Zwischen den beiden muß irgendein Zeichen ausgetauscht worden sein, denn plötzlich lächelte mich die Frau am Tisch erleichtert an, und ganz so, als ob sie selbst die Entscheidung getroffen hätte, informierte sie mich darüber, daß ich die Stelle antreten könne. Sie bat mich an einen anderen Tisch in der Ecke und forderte mich auf, ein Dokument zu unterzeichnen. Mir blieb gerade genug Zeit, zu sehen, daß ich damit mein Alter und meine Referenzen bestätigte sowie die Tatsache, daß ich Waise sei, bevor sich ganz in der Nähe leise eine Tür schloß. Ich war sicher, daß der Mann hinter dem Wandschirm den Raum verlassen hatte, und als wir zum Schreibtisch zurückkehrten, entdeckte ich tatsächlich, daß der Platz hinter dem Schirm leer war.

Solar Pons rieb sich die Hände. »Bewundernswert, Miss Helstone. Die Sache scheint mir vielversprechend. Nebenbei möchte ich nicht unerwähnt lassen, daß das Dokument, welches Sie unterzeichnet haben, rechtlich gesehen keine Bedeutung hat.«

Das Mädchen lächelte.

»Ich bin froh, das von Ihnen zu hören, Mr. Pons. Doch im Augenblick ist das meine geringste Sorge. Sie können sich gewiß vorstellen, wie enttäuscht und verärgert die jungen Damen im Vorzimmer waren, als sie erfuhren, daß die Position besetzt sei. Ich war sehr erstaunt, als Mrs. Dresden, die dunkelhaarige Frau, von der ich später erfuhr, daß sie die Wirtschafterin war, mir mitteilte, daß ich meine Aufgabe sofort antreten solle. Doch ich konnte sie davon überzeugen, daß ich zuvor noch einmal meine bisherigen Arbeitgeber aufsuchen müsse, um diese über meine neue Tätigkeit zu informieren und mein Gepäck abzuholen. Doch selbst dieses Zugeständnis wurde mir nur unter der Bedingung gemacht, daß mich ein Chauffeur des Hauses fuhr, damit man auf diese Weise Zeit spare.«

»Und das alles erschien Ihnen nicht merkwürdig, Miss Helstone?«

»Natürlich tat es das, Mr. Pons, aber das Gehalt war so fürstlich, daß ich nicht zögerte. Ich war einfach entsetzlich aufgeregt.«

»So verließen Sie Priory-House, ohne die Kinder kennengelernt zu haben, um die Sie sich später kümmern sollten?«

»So ist es. Man teilte mir mit, daß die Kinder verreist seien und erst am nächsten Montag wieder zurückkommen würden.

Als ich später wieder ankam, stellte ich fest, daß das gesamte Gelände von Männern bewacht wurde, wie ich sie schon zuvor am Tor entdeckt hatte. Ich begriff, daß ich mich hier nicht so frei würde bewegen können, wie ich es von meinen bisherigen Anstellungen gewohnt war.«

»Lernten Sie den geheimnisvollen Mr. Basden kennen?«

»Direkt, nachdem ich ankam. Er war ein äußerst unauffällig wirkender, eher kleiner Mann, Engländer offensichtlich, und schien, wie ich damals glaubte, ein wenig besorgt wegen der großen Anzahl fremdländisch wirkender Angestellter auf seinem Besitz.«

Solar Pons legte die Fingerspitzen gegeneinander und starrte mich düster an.

»Erscheint Ihnen das nicht ebenfalls merkwürdig, Parker?«

»Möglicherweise hatte er in Indien gedient.«

Solar Pons schüttelte lächelnd den Kopf.

»Soweit ich verstanden habe, deutete die junge Dame an, daß es sich um Zentraleuropäer gehandelt habe.«

»Das ist richtig, Mr. Pons. Es gab noch einige andere ungewöhnliche Umstände. Zum Beispiel wurde ich von der Wirtschafterin aufgefordert, meine eigene Kleidung in meinem Zimmer zu lassen. Statt dessen wurde ich mit neuer Garderobe ausgestattet. Es handelte sich um sehr teure Kleidung, und ich hatte nichts dagegen.«

»Aha«, warf ich ein.

»Aber dann forderte mich Mrs. Dresden auf, mein Haar zu einer bestimmten Frisur aufzustecken, und überreichte mir einige wertvolle Schmuckstücke, die ich tragen sollte. Ich war ein wenig besorgt und fragte, was geschehe, wenn ich eines dieser kostbaren Stücke verlieren würde, aber man beruhigte mich und sagte mir, ich solle mir keine Sorgen machen, denn Mr. Basden sei ein sehr wohlhabender Mann. Anschließend führte man mich durch einige Räume des Hauses und teilte mir mit, daß ich wie ein Familienmitglied behandelt werden würde.«

»Am Abend dinierte ich mit Mr. Basden, und erneut hatte ich den Eindruck, daß er wegen irgend etwas, das in seinem Haus vor sich ging, beunruhigt war. Er sprach wenig, auch tags darauf. So kam es, daß ich, zwei Tage nachdem ich die Stelle angetreten hatte, noch immer kaum mehr über meinen Posten wußte als zu dem Zeitpunkt, als ich das Haus zum ersten Mal betreten hatte. Auch etwas anderes fiel mir auf: Ich konnte mich fast im ganzen Haus frei bewegen, nur das Betreten eines etwas abseits gelegenen Flügels war mir untersagt. Mitgeteilt wurde mir dies von Mrs. Dresden, die sagte, daß es sich hier um Privaträume handele.

Trotzdem entging mir nicht, daß in dem Haus etwas Ungewöhnliches vor sich ging, Mr. Pons. In einer Nacht hörte ich Stimmen und Geräusche und entdeckte einige Frauen, die Medizin trugen und wie Krankenschwestern aussahen. Eines Morgens traf ich auf der Treppe einen großen, dunkelhaarigen Mann, der eine schwarze Tasche trug. Er wirkte sehr ernst, und ich hatte den Eindruck, daß es sich um einen Arzt handeln müsse.«

Solar Pons beugte sich vor, und mit seinen tiefliegenden Augen schaute er das hochgewachsene hübsche Mädchen eindringlich an.

»Was befindet sich Ihrer Meinung nach in dem Flügel, Miss Helstone?«

»Offensichtlich eine kranke Person. Natürlich habe ich nicht gefragt.«

Solar Pons lehnte sich zurück und schloß halb die Augen.

»Und den bärtigen Mann, den Sie damals während des Vorstellungsgespräches entdeckten, haben Sie seitdem nicht wieder gesehen?«

»Nein, Mr. Pons. Ich erlebte eine weitere Überraschung, als die beiden Kinder ankamen, die ich erziehen sollte. Sie waren gutaussehend, gewiß, aber ihre Stimmen waren irgendwie gedämpft und dunkel, und Mrs. Dresden erklärte mir, daß sie erkältet seien. Irgendwie wirkten sie merkwürdig und schüchtern, und ich war äußerst erstaunt, als ich herausfand, daß keines von beiden auch nur ein Wort Englisch sprach.«

Solar Pons lachte leise in sich hinein.

»Ausgezeichnet, Miss Helstone.«

Das Mädchen blickte meinen Freund mit leuchtenden Augen an.

»Und was hinzukommt, Mr. Pons, ich bin davon überzeugt, daß auch ihr Vater des Englischen nicht mächtig ist.«

»Die Geschichte wird immer besser, Parker.«

Miss Helstone starrte meinen Gefährten verblüfft an.

»Ich kann Ihnen nicht folgen, Mr. Pons.«

»Das macht überhaupt nichts, Miss Helstone. Was geschah als nächstes in diesem ungewöhnlichen Haus?«

»Nun, es war offensichtlich, daß ich nicht damit anfangen konnte, die Kinder zu unterrichten. Als ich dies Mrs. Dresden gegenüber erwähnte, antwortete sie, daß die Kinder ohnehin von einem Lehrer unterrichtet würden, der ihre Muttersprache spreche. Ich solle den beiden nur Gesellschaft leisten, Spaziergänge auf dem weiten Gelände mit ihnen machen, sie auf Fahrten mit dem Automobil begleiten und auf ihr Benehmen achten.«

»Eine ungewöhnliche Aufgabenstellung – und eine, die ein Gehalt von fünfhundert Pfund mehr als rechtfertigt, Parker«, sagte Pons mit einem fast verträumt wirkenden Gesichtsausdruck. »Eine Konstellation, die einen nachdenklich stimmt, nicht wahr?«

»Meine Worte, Pons.«

»Und Sie werden meine Verwirrung erst recht verstehen, Mr. Pons, wenn Sie hören, daß die Spaziergänge nicht tagsüber unternommen wurden, sondern vornehmlich nachts – auf dem mit Flutlicht beleuchteten Gelände von Priory-House.«

Mein Gefährte kniff die Augen zu schmalen Schlitzen zusammen und lehnte sich erneut vor. Auf seinem Gesicht lag ein gespannter Ausdruck.

»Das Gelände wurde mit Flutlicht angestrahlt? Wie oft fanden diese Spaziergänge statt?«

»Ungefähr dreimal die Woche. Zwischen zehn Uhr abends und Mitternacht.«

»Eine ungewöhnliche Zeit für kleine Kinder, Parker.«

»Irgend etwas stimmt da nicht.«

»Zumindest in diesem Fall übertreiben Sie nicht, lieber Freund.«

»Die letzten drei Monate waren eine merkwürdige Zeit für mich, Gentlemen«, erklärte unsere Besucherin, deren Blässe mittlerweile wieder ihrer natürlichen Lebhaftigkeit gewichen war, denn ihre Augen leuchteten, und Mimik und Gestik wirkten äußerst lebendig.

»Hin und wieder nahm ich die Mahlzeiten zusammen mit meinem Arbeitgeber ein, begleitete die Kinder im Wagen oder auf Spaziergängen, las und spielte Patiencen. Ich fand bald heraus, daß es mir nicht erlaubt war, mich allein außerhalb der Tore zu bewegen, und ich erfuhr, daß die Kunstschätze in dem Haus so wertvoll seien, daß Mr. Basden Angst vor Dieben habe. Ich für meinen Teil glaube, er fürchtet, daß sich irgendwelche kriminellen Elemente an seine Angestellten heranmachen könnten, um auf diese Weise leichteres Spiel zu haben, denn er besteht darauf, daß niemand, der das Grundstück verläßt, dies allein und ohne Begleitung tut.«

»Ein weiterer merkwürdiger Umstand, der den Betrachter ins Grübeln bringt«, bemerkte Solar Pons.

»So ungewöhnlich also sah mein Leben bis vor wenigen Wochen aus«, fuhr Miss Helstone fort. »Die Menschen im Haus waren freundlich zu mir und behandelten mich zuvorkommend, aber ich fühlte mich eingeschränkt, manchmal fast eingeschlossen. Der Zugang zu dem abgeschotteten Flügel war mir immer noch verwehrt, nachts bemerkte ich des öfteren Krankenpersonal, aber nichts von diesen Vorgängen wurde mir erklärt, und ich hielt es für unpassend, danach zu fragen. Aber da war noch ein weiterer merkwürdiger Umstand: Mein Arbeitgeber selbst raucht nicht, zumindest habe ich ihn nie rauchen sehen, doch mehrfach roch ich im Kinderzimmer deutlich Zigarrenrauch, wenn ich die beiden zu Spaziergängen abholte. Bei einer Gelegenheit lag eine halbgerauchte Zigarre auf dem Fensterbrett, und das Mädchen sah ganz so aus, als ob es sich irgendwie unwohl fühlte. Ich für meinen Teil glaube, daß der bärtige Mann etwas mit alldem zu tun haben muß.«

Solar Pons schaute das Mädchen fragend an.

»Glauben Sie, daß er der richtige Vater der beiden ist und nicht Mr. Basden?«

Miss Helstone wirkte erstaunt.

»Genau daran habe ich gedacht. Sehen Sie, Mr. Basden ähnelt den zweien ganz und gar nicht, und der Mann mit dem Bart sah ebenfalls irgendwie fremdartig aus.«

»Möglicherweise liegen Sie damit gar nicht so falsch, Miss Helstone«, fuhr Pons fort. »Sie haben uns bisher ein äußerst faszinierendes Durcheinander geschildert. Aber sprachen Sie vorhin nicht von Leben und Tod?«

Das Mädchen schluckte, und sein Blick wirkte plötzlich verzweifelt.

»Während der letzten vierzehn Tage sind wir auf unseren Spaziergängen außerhalb des Geländes von einigen merkwürdigen, ebenfalls bärtigen Männern in einem Automobil angesprochen worden. Sie sprachen zuerst die Kinder an, und als ich dazukam, wirkten sie plötzlich äußerst aufgeregt. Ich könnte schwören, daß sie alle dieselbe Sprache gesprochen haben. Gestern hat ein großer schwarzer Wagen versucht, uns auf einer Spazierfahrt auf der Straße bei Clitherington abzudrängen. Unser Chauffeur jedoch gab Gas und fuhr zum Haus zurück, so schnell er konnte. Der Zwischenfall hat uns alle äußerst beunruhigt, das können Sie mir glauben.«

»Hat man Mr. Basden über den Vorfall informiert?«

»Unverzüglich. Er wirkte sehr bleich und beunruhigt und hat sich sofort bei mir wegen des Vorkommnisses entschuldigt.«

Solar Pons zupfte an seinem rechten Ohrläppchen und schaute mich verwundert an.

»Womit wir in der Chronologie bei den frühen Morgenstunden des heutigen Tages angekommen wären, Miss Helstone.«

»Letzte Nacht unternahm ich mit den Kindern einen Spaziergang auf dem Gelände. Die beiden schlafen tagsüber viel, und ihre Eltern scheinen nichts gegen die nächtlichen Ausflüge zu haben. Wir verließen das vom Flutlicht erhellte Gelände und folgten der Biegung der Einfahrt. Es war gegen Mitternacht oder etwas später, wir wollten gerade wieder umkehren, als ein Schuß fiel. Es war wahrlich ein Schock, Mr. Pons. Das Geschoß prallte etwa einen Fuß oberhalb meines Kopfes an einem Baumstamm ab. Gleichzeitig hörte ich kehlige Schreie, und ich rief den Kindern zu, daß sie rennen sollten, so schnell sie konnten.«

»Äußerst lobenswert, Miss Helstone«, warf ich ein.

»Doch in ihrer Panik machten sie unglücklicherweise einen

Fehler: Sie rannten in Richtung der Stimmen«, fuhr das Mädchen fort. »Natürlich mußte ich ihnen folgen; ich war ja schließlich für sie verantwortlich. Wir alle verirrten uns in der Dunkelheit und wußten bald nicht mehr, wo wir waren. Ich hörte noch zwei weitere Schüsse und wieder die kehligen Stimmen der Männer, die die Kinder zuvor schon auf der Straße angesprochen hatten. Ich fürchtete mich so sehr, Mr. Pons, daß ich mich versteckte. Ich muß mehrere Stunden im Gebüsch verbracht haben.

Tatsächlich befand ich mich auf mir unbekanntem Gelände, es war dunkel und kalt, und ich wußte nicht, was ich tun sollte. Ich war verzweifelt. Ich hatte diejenigen im Stich gelassen, für die ich verantwortlich war, und ich wußte nicht, was mit ihnen geschehen war. Es war mir unmöglich, Mr. Basden gegenüberzutreten. In der Hecke, die das Gelände umgibt, fand ich ein kleines, unbewachtes Tor; möglicherweise waren die fremden Männer durch eben dieses Törchen hereingekommen. Jedenfalls, Mr. Pons, um die lange und verwirrende Geschichte endlich zu einem Abschluß zu bringen: Ich rannte fort von meiner Arbeitsstelle und nahm den Milchzug. Vor mehreren Monaten habe ich in der Zeitung einen Artikel über Sie gelesen, in dem Sie als der beste Detektiv des ganzen Landes gefeiert wurden. Was also lag näher, als herzukommen und mein Schicksal in Ihre Hände zu legen?«

3

Hier machte unsere Klientin eine Pause und blickte Pons so bittend an, daß ich nicht weiter schweigen konnte. »Machen Sie sich bitte keine Sorgen, junge Dame«, sagte ich beruhigend, und Pons schaute mich mißbilligend an.

»Obwohl mir Parkers sentimentale Art, die Dinge zu formulieren, mißfällt, möchte auch ich Ihnen mein Mitgefühl aussprechen, Miss Helstone. Und ich zögere nicht, Ihnen zu sagen, daß ich den Fall übernehme.«

»Oh, vielen Dank, Mr. Pons.«

Helen Helstone erhob sich und schüttelte dankbar Pons' Hand. Dieser sah mich fragend an.

»Sind Sie frei, Parker?«

»Gewiß doch. Ich muß nur kurz meinen Vertreter anrufen.«

»Ausgezeichnet.«

Er wandte sich an Miss Helstone.

»Wir müssen es arrangieren, Sie so schnell wie möglich nach Pirory-House zurückzubringen, Miss Helstone.«

»Ich soll zurückgehen?«

»Es ist die einzige Möglichkeit. Wir alle möchten wissen, was dort vorgefallen ist, und ich muß gestehen, daß mich seit langem keine Geschichte so fasziniert hat. Parker und ich werden Sie natürlich begleiten.«

»Wie wollen wir das bewerkstelligen?« fragte ich. »In Anbetracht der Tatsache, daß das Anwesen so gründlich bewacht ist?«

»Nur keine Aufregung«, forderte Pons. »Wir haben Miss Helstone in den frühen Morgenstunden auf der Straße getroffen, als wir dort gerade entlangfuhren, haben sie mit zu uns genommen und begleiten sie jetzt wieder zu ihrem Arbeitgeber. Dieser Basden wird uns begrüßen müssen. Wenn auf seinem Grundstück tatsächlich so ungewöhnliche Dinge vor sich gehen, wird er nicht darauf verzichten wollen, zu erfahren, wie gut die Außenwelt darüber informiert ist.«

»Selbstverständlich, Pons. Soweit kann ich Ihnen folgen.«

Pons wandte sich an unsere Besucherin.

»Sind Sie bereit, Miss Helstone?«

»Wenn die Gentlemen mich begleiten, Mr. Pons.«

»Dem steht nichts im Wege.«

Das Mädchen schaute zweifelnd auf seinen feuchten Mantel und die verschmutzten Stiefeletten.

»Allerdings möchte ich gern um eine Stunde Zeit bitten. Ich würde sie nutzen, um in den Geschäften ein paar Dinge für mich zu besorgen.«

»Gewiß, Miss Helstone. Aber versprechen Sie mir, innerhalb einer Stunde wieder zurück zu sein.«

Unsere Besucherin errötete und blickte abwechselnd zu Pons und mir.

»Gewiß, Gentlemen. Ich habe mich wieder beruhigt und möchte ebenso wie Sie wissen, was in Clitherington vor sich geht.«

»Ausgezeichnet.«

Pons schaute auf seine Armbanduhr.

»Es ist jetzt Viertel nach acht. Sagen wir, Sie sind allerspätestens um zehn Uhr zurück.«

»Ich werde hier sein, Mr. Pons.«

Nachdem ich unsere Besucherin noch bis zur Tür begleitet hatte, kehrte ich ins Wohnzimmer zurück, wo Pons vor dem Kamin auf und ab ging, heftig an seiner Pfeife sog und blaue Rauchwolken produzierte.

»Das übertrifft alles«, sagte ich. »Ich habe noch nie eine so außergewöhnliche Geschichte gehört.«

»Tatsächlich? Was halten Sie davon? Lassen Sie uns unsere Eindrücke austauschen.«

»Nun«, begann ich vorsichtig. »Ich weiß kaum, womit ich anfangen soll. Es ist höchst außergewöhnlich, daß die junge Dame für ihre eher nominellen Pflichten ein derart hohes Gehalt bezieht.«

»Damit haben Sie bereits die Crux der ganzen Angelegenheit genannt. Unbeabsichtigt möglicherweise, aber auf jeden Fall treffsicher.«

»Also mache ich Fortschritte«, erwiderte ich. »Nichtsdestoweniger muß ich zugeben, daß mich die gesamte Schilderung eher verwirrt hat. Die Kinder, die eine andere Sprache sprechen als ihr Vater, ihre ungewöhnlichen nächtlichen Exkursionen, der abgetrennte Hausflügel, die Wachen, die das gesamte Anwesen umgeben, die mit Flutlicht beleuchteten Wege. Und wer ist dieser bärtige Mann, der hinter dem Wandschirm gesessen hat?«

Solar Pons nahm die Pfeife aus dem Mund und schaute mich eindringlich an.

»Ja, wer ist er, Parker? Sie haben die wichtigsten Punkte bewundernswert klar herausgestellt, mein lieber Freund, und ich erkenne, daß meine kleinen Unterrichtsstunden über die Logik der detektivischen Arbeit nicht ganz umsonst gewesen sind.«

»Dann lassen Sie mich jetzt Ihre Sicht der Dinge hören, Pons!«

»Es ist unsinnig, eine Theorie aufzustellen, wenn man noch nicht genug Informationen hat. Doch ich erkenne ein paar Eigenarten, die eigentlich aus sich selbst heraus erklärbar und verständlich sein müßten. Es ist offensichtlich, warum Miss Helstone eingestellt wurde, doch ich möchte zum jetzigen Zeitpunkt keine weiteren Spekulationen zum besten geben.«

»Für mich ist es alles andere als offensichtlich«, entgegnete ich ein wenig verärgert.

»Nur die Ruhe, Parker, ich bin sicher, daß Sie selbst auf die Lösung kommen werden, wenn Sie Ihre kleinen grauen Zellen ein wenig bemühen.«

Damit mußte ich mich zufriedengeben, denn Pons verabschiedete sich, um irgendeine persönliche Angelegenheit zu klären, über die er mir nichts Genaueres sagte. Ich hatte gerade mit meinem Vertreter telefoniert, als ich Pons' Schritte wieder auf der Treppe hörte.

»Ich habe ein Automobil gemietet, lieber Freund. Wenn Sie nun noch die Freundlichkeit besäßen, zu der Garage gleich um die Ecke zu gehen und sich dort mit der Bedienung des Wagens vertraut zu machen, könnten wir unsere kleine Expedition in die Wildnis von Surrey beginnen. Ah, da ist ja auch Miss Helstone.«

Der Schritt unserer jungen Klientin war leicht, und als Mrs. Johnson sie erneut ins Wohnzimmer bat, bemerkte ich, daß sie irgendwie verändert wirkte.

»Ich bin bereit, Mr. Pons.«

Pons blickte sie wohlwollend an.

»Ausgezeichnet. Wir müssen nur noch ein paar kleine Vorbereitungen treffen. Ich habe mir bereits einen Plan darüber zurechtgelegt, wie wir am besten vorgehen. Parker, Sie werden dabei Ihren Revolver benötigen.«

»Revolver, Pons?«

»Gewiß. Ich glaube nicht, daß die Gefahr uns *in* dem Haus erwartet. Aber die Gentlemen, die sich unerlaubt Einlaß auf das Gelände verschafft haben, scheinen mir von einem anderen, weitaus gefährlicheren Kaliber zu sein. Gibt es übrigens in Clitherington ein einigermaßen empfehlenswertes Gasthaus, Miss Helstone?«

»Das *Roebuck* hat einen recht guten Ruf, Mr. Pons.«

»Ausgezeichnet. Dann werden wir das zu unserem Hauptquartier machen, Parker.«

Ich holte meinen Revolver und packte ihn in die Reisetasche. Als ich mit dem Wagen von der Garage zurückkehrte, standen Pons und Miss Helstone unten in der Tür und unterhielten sich mit Mrs. Johnson. Pons hatte sich warm eingepackt, denn der Tag versprach unangenehm kalt zu werden.

In der Stadt herrschte der übliche Verkehr, aber ich glaube, ich machte meine Sache recht gut, denn ich nahm nur ein einziges Mal an einer großen Kreuzung die falsche Abzweigung. Wenig später befanden wir uns auf dem Weg nach Surrey. Der Motor des Wagens summte gleichmäßig, und auf den Rücksitzen unterhielten sich Pons und Miss Helstone leise miteinander.

Gegen Mittag erreichten wir Clitherington, und der Rauch aus den Kaminen einiger mit roten Schindeln gedeckter Häuser, die sich in dem kleinen Ort zusammendrängten, empfing uns. Wie Miss Helstone uns bereits gesagt hatte, war das *Roebuck* ein gemütliches, etwas altmodisches Haus mit großzügigen Kaminen und gut geschultem, freundlichen Personal. Nachdem wir unser Gepäck abgegeben hatten, setzten Pons, Miss Helstone und ich mich auf einen wärmenden Drink in der Lounge zusammen, wobei Pons uns die Feinheiten seines Plans erläuterte.

Während wir an einem seitlich gelegenen Tisch unsere Getränke genossen, blickte Pons aufmerksam auf einen großen, ausgezehrt wirkenden Mann in einem dunklen Anzug, der eben den Raum verließ.

»Mein Gedächtnis läßt mich im Stich«, murmelte Pons. »Es

hat eine Zeit gegeben, da hätte ich sofort gewußt, wer dieser Mann ist. Auf jeden Fall ein Doktor. Und, wenn mich nicht alles täuscht, einer aus der Harley Street. Haben Sie ihn sich nicht angesehen?«

Ich schüttelte den Kopf.

»Ich habe gerade überlegt, ob ich mir noch etwas bestellen soll. Ist die Sache denn wichtig?«

»Möglicherweise nicht, aber der Name liegt mir auf der Zunge.«

»Vielleicht fällt er Ihnen später wieder ein. Und in der Zwischenzeit ...«

»In der Zwischenzeit gibt es einiges zu tun«, unterbrach Pons, leerte sein Glas und erhob sich. Dann lächelte er unsere junge Begleiterin an.

»Und nun, Miss Helstone, werden wir versuchen, das Geheimnis zu lüften.«

4

Eine etwa zwanzigminütige Fahrt über eine rauhe, nicht ausgebaute Straße, deren Spuren Pons ja bereits an den Stiefeletten unserer Klientin festgestellt hatte, brachte uns zu einer hohen Mauer, die über mehrere hundert Meter parallel zur Straße verlief.

»Das ist die Mauer, die das Anwesen umgibt«, sagte unsere Begleiterin ein wenig bedrückt.

»Machen Sie sich keine Sorgen«, entgegnete Pons beruhigend. »Ich würde Sie nicht dazu auffordern, das Haus noch einmal zu betreten, wenn ich es nicht für nötig hielt. Und, wie ich bereits erwähnte, stellen die Bewohner des Hauses meines Erachtens keine Bedrohung für Sie dar. Der Schuß kam von den Männern, die sich Einlaß auf das Gelände verschafft haben, die Bedrohung kommt also von außen.«

Miss Helstone lächelte erleichtert.

»Gewiß, Mr. Pons, Sie haben recht. Aber was um Himmels willen können diese Männer von mir gewollt haben?«

»Um das herauszufinden, sind wir hier. Fahren Sie in Richtung des Tores, Parker.«

Als wir näher heranfuhren, eröffnete sich uns tatsächlich ein bedrückender Anblick: Die Wolken hingen tief und dunkel, und es war so kalt, als ob es jeden Moment schneien würde. Die Straße führte schnurgerade an der Mauer entlang, die von einem großen Eisentor unterbrochen wurde, welches eine dunkle, von Bäumen gesäumte Auffahrt begrenzte.

Ich hielt an der Auffahrt und drückte auf die Hupe, und gleich darauf erschien ein dunkelhaariger Mann mit einem mürrischen Gesichtsausdruck.

»Öffnen Sie das Tor!« rief ich laut, um das Motorengeräusch zu übertönen. »Und informieren Sie den Hausherrn, daß Miss Helstone zurück ist.«

Während ich sprach, beugte Miss Helstone sich aus dem hinteren Seitenfenster vor, und ich bemerkte, wie der Unterkiefer des Wachmannes vor Überraschung förmlich herunterklappte.

»Einen Augenblick, Sir, ich muß nur eben im Haus Bescheid geben«, sagte er mit einem fremdländischen Akzent.

Er rief irgend etwas, und ein zweiter Mann, den ich bisher nicht gesehen hatte, rannte hastig den Weg zum Haus zurück. Ich schaltete den Motor ab, und wir warteten etwa zehn Minuten. Die ganze Zeit über schwieg Pons, und doch empfand ich seine Gegenwart als äußerst beruhigend. Der Torwächter – denn offenbar war es die Aufgabe des Mannes, das Tor zu bewachen – stand mit gekreuzten Armen hinter dem Portal und starrte vor sich hin.

Dann waren plötzlich rasche Schritte zu hören, und der zweite Mann tauchte wieder auf, hinter sich eine große, dunkelhaarige Frau, die Miss Helstone sofort als Mrs. Dresden, die Wirtschafterin, identifizierte. Es folgte ein kurzes Gespräch in einer mir unbekannten Sprache, dann öffnete der erste Mann das Tor. Ich fuhr hindurch, und nachdem Mrs.

Dresden sich uns vorgestellt hatte, nahm sie neben Pons und Miss Helstone im Fond des Wagens Platz.

»Mein armes Kind«, sagte sie bewegt und umarmte das Mädchen. »Wir haben schon befürchtet, daß Ihnen etwas Schreckliches zugestoßen ist.«

»Diese Gentlemen haben mich auf der Straße aufgenommen und mich mit in ihr Londoner Heim genommen«, erklärte Miss Helstone. »Ich war erschöpft und habe offenbar zusammenhanglose Dinge geredet, fürchte ich. Doch heute morgen habe ich die Situation erklärt, und die Herren waren so freundlich, mich zurückzubringen.«

Ich beobachtete Mrs. Dresden im Rückspiegel, während ich die gewundene Auffahrt entlangfuhr, und bemerkte, wie sie Pons scharf anblickte.

»Das war sehr freundlich von den beiden, meine Liebe. Mr. Basden war fast krank vor Sorge, wie ich Ihnen versichern kann. Die Kinder sind übrigens in Sicherheit.«

»Gott sei Dank, Mrs. Dresden, ich habe mir solche Sorgen gemacht. Was soll Mr. Basden nur von mir denken? Und was haben diese Männer bloß gewollt?«

Die Wirtschafterin zögerte, und ihr Gesichtsausdruck wirkte einen Moment lang unentschlossen.

»Machen Sie sich deswegen keine weiteren Sorgen, Miss Helstone. Mr. Basden wird es Ihnen erklären. Er wartet schon auf Sie. Und gewiß will er auch diesen Gentlemen seinen Dank aussprechen.«

Ich fuhr noch ein Stück weiter, und unvermittelt mündete die Auffahrt in einen großen Vorplatz. Ich war darauf vorbereitet gewesen, ein imposantes Gebäude zu sehen, doch das, was sich unseren Augen an diesem dunklen Wintermorgen darbot, war eine gotische Ungeheuerlichkeit, für die es keine Worte gab, mit Ecktürmen wie bei einem französischen Château und zahllosen Zinnen auf den umlaufenden Mauern. All das war umgeben von riesigen Gruppen düsterer Rhododendren und vereinzelten, traurig wirkenden Statuen, die in der feuchtkalten Winterluft zu weinen schienen.

Ich parkte den Wagen vor einer prächtigen Treppe, auf der

uns ein kräftiger Mann erwartete. Ich fühlte mich ein wenig unsicher, aber Pons kletterte selbstsicher aus dem Automobil und schaute sich aufmerksam und interessiert um.

»Sie haben nicht übertrieben, Miss Helstone. Priory-House ist tatsächlich ein bemerkenswertes Stück Architektur.«

Unsere Klientin schwieg, ergriff aber Pons' Arm, als wir der Wirtschafterin folgten und die Treppe erklommen. Vor dem beeindruckenden Portal blieb Mrs. Dresden stehen.

»Wen soll ich melden?«

»Mein Name ist Bassington«, antwortete Pons mit klarer, freundlicher Stimme. »Und dies ist mein Freund Mr. Tovey.«

»Ein lächerlicher Name, Pons«, flüsterte ich, als Mrs. Dresden eingetreten war und wir ihr langsam folgten.

»Möglicherweise ist er das, aber ein anderer ist mir im Moment nicht eingefallen. Er verärgert Sie doch nicht? Immerhin ist es der Name eines begabten Musikers.«

»Wie Sie meinen«, entgegnete ich resigniert. »Ich hoffe nur, daß ich ihn nicht vergesse.«

Man führte uns in eine riesige Halle, die schwarz und weiß gefliest war. Dort warteten wir, während Mrs. Dresden und unsere Klientin die Marmortreppe ins nächste Stockwerk erklommen.

Ich schaute mich neugierig um, und mir entging nicht das rege Treiben im Haus; offenbar hatte Miss Helstones Rückkehr einige Aufregung verursacht. Gleich darauf hörte ich die erleichtert klingende Stimme eines Mannes. Die Abläufe im Herrenhaus selbst funktionierten augenscheinlich reibungslos, und während mir die ungewöhnliche Geschichte, die wir in den Morgenstunden gehört hatten, wieder ins Gedächtnis kam, nahm ich die großartigen Eindrücke auf, die sich mir boten.

Wir warteten etwa zehn Minuten. Pons beobachtete schweigend die dunkel gekleideten Männer, die hin und wieder durch die Halle gingen, als plötzlich ein Mann die Treppe herunterkam. Seiner Erscheinung und dem sicheren Auftreten nach mußte es sich um Mr. Basden handeln, den Herrn dieses ungewöhnlichen Haushalts.

»Mr. Bassington?« fragte er mit zitternder Stimme. »Für die Rettung unserer kleinen Miss Helstone stehe ich tief in Ihrer Schuld. Ich war verzweifelt vor Sorge. Mr. Tovey, nicht wahr? Kommen Sie in den Salon, Gentlemen. Miss Helstone wird gleich folgen, nachdem sie Hut und Mantel abgelegt hat.«

Er führte uns in einen großen, mit Pinienholz getäfelten Raum samt Marmorkamin, in dem ein wärmendes Feuer brannte.

»Bitte nehmen Sie Platz, Gentlemen. Darf ich Ihnen Kaffee anbieten oder vielleicht eine stärkere Erfrischung?«

»Das ist sehr freundlich von Ihnen, Mr. Basden«, entgegnete Pons. »Aber ich für meinen Teil habe im Moment keine Wünsche.«

Lächelnd lehnte ich ebenfalls ab und beobachtete dann Basden, der sich mit Pons unterhielt. Er wirkte auf mich alles andere als entspannt und schaute sich, obwohl wir allein im Raum waren, ständig nach allen Seiten um, als ob er beobachtet würde.

»Und wie geht es den Kindern?«

Mr. Basden wirkte einen Moment lang fassungslos, aber hatte sich gleich darauf wieder in der Gewalt.

»Oh, recht gut, Mr. Bassington. Sie sind mit dem Schrecken davongekommen und zum Haus zurückgerannt. Aber ich bin mir nicht sicher, ob ich verstanden habe, wie Sie Miss Helstone begegnet sind …«

»Wir haben sie in den frühen Morgenstunden, als wir auf dem Weg zurück nach London waren, am Straßenrand gefunden – vom Regen durchnäßt und nahezu bewußtlos. Wir haben sie in den Wagen gelegt, und da mein Freund hier Arzt ist, haben wir uns entschlossen, sie mit nach London in mein Haus zu nehmen, wo meine Frau sich ihrer angenommen hat. Heute morgen, nachdem sie sich ein wenig erholt hatte, hat sie uns ihre Geschichte erzählt, und daraufhin haben wir sie natürlich sofort zurückgefahren.«

Basden befeuchtete seine Lippen.

»Ich verstehe. Wie ich vorhin schon sagte, bin ich Ihnen zu

außerordentlichem Dank verpflichtet. Gibt es irgendeine Möglichkeit, wie ich Ihnen Ihre Unannehmlichkeiten …«

Pons hob mit unmißverständlicher Geste eine Hand.

»Kein Wort mehr davon, Mr. Basden! Aber den Schilderungen habe ich entnommen, daß eine nicht ungefährliche Bande um Ihren Besitz herum ihr Unwesen treibt. Wäre es nicht besser, die Polizei davon in Kenntnis zu setzen?«

Ein Ausdruck höchsten Erschreckens glitt über Basdens Gesicht, doch er versuchte, sich nichts anmerken zu lassen.

»Wir hatten schon eine Menge Ärger mit Dieben, Mr. Bassington«, erklärte er leicht verlegen. »Doch mittlerweile wissen meine Angestellten, wie sie mit dem Problem umzugehen haben. Wir haben auch mehrfach die Polizei gerufen, doch die Schurken hatten ihre Spuren verwischt. Die ganze Nachbarschaft leidet hin und wieder unter solchem Gesindel.«

»Nun, wenn es so ist, verstehe ich«, antwortete Pons mit entwaffnendem Lächeln. »Ich bin froh, daß es sich um nichts Schlimmeres gehandelt hat. Dann werden wir uns also auf den Weg machen, nachdem wir uns von unserer jungen Freundin verabschiedet haben.«

»Gewiß, Mr. Bassington. Und noch einmal tausend Dank für all Ihre Bemühungen.«

Wir waren gerade auf dem Weg in die Halle, als unsere Klientin die Treppe herunterkam. Die Sorge und Anstrengung der letzten Nacht hatten deutliche Spuren auf ihrem Gesicht hinterlassen.

»Wollen Sie sich schon verabschieden, Gentlemen? Ich hatte gehofft, daß Sie zum Lunch bleiben würden.«

»Wir müssen uns auf den Rückweg nach London machen, Miss Helstone. Aber ich bin sicher, daß wir Sie in guten Händen zurücklassen.«

Basden, der im Hintergrund stand, strahlte, und einer der dunkel gekleideten Männer hielt das Portal für uns geöffnet.

Pons ergriff Miss Helstones Hand und beugte sich in einer Geste charmanter Höflichkeit tief darüber. Obwohl ich direkt neben ihm stand, konnte ich die Worte nur schwer verstehen, die er dem Mädchen zuhauchte.

»Haben Sie keine Angst, Miss Helstone. Sie befinden sich nicht in Gefahr. Der Doktor und ich werden uns in nächster Nähe des Besitzes aufhalten. Sehen Sie zu, daß Sie sich heute gegen acht Uhr abends draußen zeigen.«

»Auf Wiedersehen, Gentlemen. Und vielen Dank.«

Miss Helstones Gesicht zeigte Erleichterung, als sie und Basden sich verabschiedeten. Letzterer schüttelte uns nur kurz die Hände, und dann sahen die beiden von der Treppe vor dem Portal aus zu, wie wir davonfuhren. Ich hatte schon zuvor bemerkt, daß vor dem Herrensitz noch weitere Automobile standen, und Pons zeigte großes Interesse an einem glänzenden Rolls-Royce Silver Ghost, der direkt neben der Treppe geparkt war. Sobald wir durch die eiserne Eingangspforte an den Wächtern vorbeigerollt waren und uns auf dem Weg Richtung Clitherington befanden, verlor Pons alle Zurückhaltung, die er bisher gezeigt hatte.

»Ausgezeichnet, Parker, Sie haben Ihren Part gut gespielt. Was halten Sie von Priory-House?«

»Das Gebäude übertrifft selbst die Vorstellung, die ich mir nach Miss Helstones Schilderung davon gemacht habe. Und ich halte alles dort für eine ausgeklügelte Fassade.«

»Hervorragend, Parker. Sie werden besser und besser. Wenn Basden wirklich der Hausherr ist, verspeise ich meinen Hut. Halten Sie bitte dort in der kleinen Einbuchtung. Ich beabsichtige, ein kleines Gespräch mit dem Besitzer des Rolls-Royce zu führen, wenn er hier vorbeikommt.«

»Aber woher wollen Sie wissen, daß er hier entlangfährt?« protestierte ich.

»Weil der Gentleman, wenn ich mich nicht sehr irre, im selben Hotel wohnt wie wir. Ich vermute allerdings, daß er in Priory-House bleiben würde, wenn er wüßte, daß wir hier auf ihn warten.«

»Wovon reden Sie um Himmels willen, Pons?«

Pons ließ sich zu keiner Antwort herab, und so lenkte ich den Wagen in eine kleine Ausbuchtung nahe der Mauer, vor der die Straße eine leichte Kurve umschrieb. Wir warteten kaum zehn Minuten, als Pons, der die Straße die ganze Zeit über im Rückspiegel aufmerksam beobachtet hatte, einen Ausruf des Erstaunens von sich gab.

»Ah, da ist ja unser Mann! Starten Sie bitte den Motor und wenden Sie das Gefährt so, daß wir die Straße blockieren.«

Ich war verblüfft, folgte aber den Anweisungen, und wenige Sekunden später kam der große graue Wagen mit lautem Hupen vor uns zum Stehen. Ein offensichtlich wütender Mann kletterte hinter dem Lenkrad hervor, und ich erkannte in ihm den hochgewachsenen Herrn, auf den uns Pons in der Bar des *Roebuck* aufmerksam gemacht hatte.

Pons sprang eifrig vom Beifahrersitz und sah dem empörten Mann freudestrahlend entgegen.

»Guten Morgen, Sir Clifford. Sir Clifford Ayres, nicht wahr? Wie geht es Ihrem Patienten?«

Der Unterkiefer des Mannes klappte herunter, und er blickte Pons empört an, während sich seine bisher weißen Wangen vor Ärger röteten.

»Wie können Sie es wagen, die Straße zu blockieren, Sir? Soweit ich es beurteilen kann, kennen wir uns nicht. Und ich neige gewiß nicht dazu, die Privatangelegenheiten meiner Patienten mit Fremden zu diskutieren.«

»Kommen Sie, Sir Clifford, Sie sind wirklich bemerkenswert begriffsstutzig für jemanden aus der Harley Street. Wenn Sie mich auch vergessen haben, so erinnern Sie sich doch gewiß an Ihren Kollegen Dr. Parker?«

Sir Clifford gab ein leises, kollerndes Geräusch wie ein Truthahn von sich und trat, leichenblaß im Gesicht, hastig vor, als ob er Pons schlagen wolle.

»Bei Gott, Sir, wenn dies ein Scherz sein soll, gefällt er mir nicht. Meine Anwesenheit hier ist äußerst vertraulich. Wenn Sie Journalist sind, werden Sie es bereuen, etwas davon in der Presse verlauten zu lassen. Ich werde dafür sorgen, daß Sie ausgepeitscht werden und im Gefängnis landen. Machen Sie die Straße frei, oder ich werde unverzüglich zur Polizei fahren.«

Pons schmunzelte und bedeutete mir, den Wagen von der Straße zu fahren.

»Nun gut, offenbar paßt es nicht in Ihre Pläne, sich an den Empfang des Prinzen im letzten Monat zu erinnern, Sir Clifford, aber das macht nichts. Wir werden uns gewiß wiedersehen. Guten Tag, Sir!«

Damit tippte er höflich an seinen Hut und sah zu, wie Ayres, der kurz vor einem Schlaganfall zu stehen schien, in den Wagen stieg und davonfuhr. Als er sich wieder neben mich setzte, lachte er laut.

»Sir Clifford ist bekannt für sein ungezügeltes Temperament und seine schlechten Manieren, und heute ist er augenscheinlich in Hochform. Entweder er hat mich tatsächlich nicht erkannt oder er täuscht es vor, weil sein Auftrag hier es erforderlich macht. Aber unter diesen Umständen verstärkt sich mein Verdacht bezüglich der Identität seines Patienten natürlich gewaltig.«

»Was geht hier eigentlich vor, Pons?« fragte ich, während wir fuhren. »Ich muß gestehen, daß mir die Sache immer verwirrender vorkommt.«

»Alles zu seiner Zeit, mein lieber Freund. Ich muß meinen Bruder Bancroft anrufen, wenn wir wieder im Gasthof sind, und ich muß mir eine Zeitung von heute kaufen. Wenn ich mich nicht irre, liegt ein ereignisreicher Abend vor uns.«

Und mit diesen obskuren Äußerungen mußte ich mich vorerst zufriedengeben. Wir nahmen ein sehr gutes Lunch im *Roebuck* ein, und obwohl Pons offensichtlich nach Sir Clifford Ausschau hielt, konnte er den hochgewachsenen Doktor nirgendwo entdecken. Wir waren beim Dessert angelangt, als Pons das Schweigen brach.

»Kommen Sie, Parker, ich brauche Ihre Hilfe. Sie wissen sicherlich mehr über Sir Clifford als ich. Was ist sein Spezialgebiet?«

»Um ehrlich zu sein, habe ich den Mann nie zuvor getroffen«, sagte ich, »obwohl Sie glaubten, daß er mich kennen müßte. Ich bewege mich nicht in so erhabenen Kreisen. Als ein einfacher Allgemeinmediziner …«

»Parker, seien Sie nicht zu bescheiden! Meine Bemerkung zielte lediglich darauf ab, ihn darüber zu informieren, daß Sie ein Kollege sind. Auf dem Empfang, den ich erwähnte, wurden wir einander vorgestellt, aber es waren viele Leute anwesend, und wir haben nur ein paar Sekunden miteinander gesprochen. Vorhin habe ich das Wagnis unternommen, mich auf die allgemeine Vergeßlichkeit der Mediziner zu verlassen, und bin davon ausgegangen, daß er sich nicht an mich erinnert.«

»Kommen Sie, Pons«, protestierte ich, »werden Sie nicht unverschämt.«

Solar Pons schmunzelte zufrieden.

»Sie lassen sich zu leicht aus der Ruhe bringen, lieber Freund. Sie müssen versuchen, in diesen Dingen gelassener zu bleiben. Aber Sie haben immer noch nicht meine Frage beantwortet.«

»Sir Clifford? Natürlich kenne ich seine Arbeit. Er ist einer der besten Spezialisten für Herzkrankheiten und Schlaganfälle im Land.«

»In der Tat, das finde ich höchst interessant. Möglicherweise ist die Sache nicht so kompliziert, wie ich gedacht hatte. Wenn Sie mich jetzt entschuldigen, ich muß Bancroft anrufen. Wir treffen uns zum Kaffee in der Lounge.«

5

»Nun, Parker, lassen Sie uns die Einzelheiten zusammenfügen. Zusätzlich zu den anderen Dingen, über die wir bereits gesprochen haben, haben wir hier in diesem kleinen Ort einen Herzspezialisten angetroffen, der jemanden in Priory-House behandelt. Erscheint Ihnen diese Information nicht sehr vielversprechend?«

Solar Pons saß in einem bequemen Lederstuhl in der Bar des *Roebuck* und betrachtete mich durch eine Wolke blauen Pfeifenrauchs. Es war früher Abend, und draußen war es ruhig, nur das gelegentliche Rumpeln eines Wagens oder das gleichmäßige Brummen eines Automobilmotors drang durch die schweren Vorhänge herein.

»Gewiß, Pons. Der Kranke in dem abgeschotteten Flügel hat ein Herzleiden.«

»Das stimmt. Aber warum?«

Pons' Stirn war nachdenklich gerunzelt, und während er an seinem rechten Ohrläppchen zupfte, fixierte er einen bestimmten Punkt an der Decke.

»Ich verstehe die Frage nicht ganz, Pons.«

»Das macht nichts. Die Dinge werden immer klarer, und ich denke, daß ich noch an diesem Abend zu einer Lösung gelangen werde.«

»Sie überraschen mich, Pons.«

Solar Pons schaute mich an, und sein Blick wirkte äußerst amüsiert.

»Das habe ich schon oft von Ihnen gehört. Ich habe mittlerweile mit meinem Bruder Bancroft gesprochen, und er konnte mir einige interessante Informationen über die Vorgänge in Osteuropa geben.«

»Es erstaunt mich, daß Sie sich gerade jetzt, wo die Zeit drängt, für Osteuropa interessieren.«

»Warum erstaunt es Sie? Aber wir wollen jetzt nicht näher darauf eingehen. Ich beschäftige mich mit Osteuropa, weil mich die Zeitungsberichte der letzten Tage geradezu dazu auffordern. Offenbar sieht es in Dresdania zur Zeit nicht besonders gut aus. Ihre Hoheit hat das Land verlassen, und es gibt Bemühungen, während ihrer Abwesenheit die Regierung des Landes zu stürzen. Bancroft ist äußerst besorgt.«

»Ich muß gestehen, daß mich Ihre Gedankengänge einigermaßen befremden, Pons.«

»Möglicherweise wird dies die Sache klären.«

Pons reichte mir einen Stapel Zeitungen, darunter die *Times* und den *Daily Telegraph.* Ich schaute sie mit steigender Verwirrung durch. In mehreren Fällen hatte Pons Überschriften oder Artikel angestrichen. Mein Blick fiel auf den Leitartikel der *Daily Mail*: PRINZ MIRKO APPELLIERT AN DIE BEVÖLKERUNG, RUHE ZU BEWAHREN. Offenbar waren die Dinge im Staat Dresdania tatsächlich in gefährliche Unordnung geraten.

»Ich muß zugeben, daß die Vorgänge auf dem Balkan die Welt seit einiger Zeit zunehmend beschäftigen«, bemerkte ich. »Dort scheint alles beständig im Umbruch zu sein, und sicherlich hat unser Auswärtiges Amt großes Interesse daran, daß der Frieden dort nicht gefährdet wird. Aber ich kenne mich nur unzulänglich in diesen Fragen aus ...«

Solar Pons schmunzelte, legte den Kopf schief und schaute mich an.

»Sehen Sie wirklich nicht die Verbindung? Nun ja, eigentlich gibt es auch keinen Grund dafür, warum Sie sie sehen sollten. Aber bald wird es auch Ihnen klarwerden. Also: Haben Sie Ihren Revolver griffbereit?«

»Er befindet sich in der Reisetasche in meinem Zimmer.«

»Gut. Wären Sie so freundlich, ihn zu holen? Es ist durchaus möglich, daß wir ihn noch in dieser Nacht brauchen werden.«

Er machte eine Pause und starrte mich düster an.

»Ich hoffe bei Gott, daß wir rechtzeitig kommen, Parker. Möglicherweise ist sie bereits tot oder so krank, daß sie die Dokumente nicht mehr unterzeichnen kann.«

»Um Himmels willen, Pons!« rief ich. »Wenn Miss Helstone durch unsere Nachlässigkeit etwas zugestoßen sein sollte ...«

Zu meiner Verwunderung brach Pons in Gelächter aus.

»Machen Sie sich keine Sorgen, lieber Freund, ich habe nicht von Miss Helstone gesprochen. Sie sind auf der vollkommen falschen Fährte.«

Er blickte auf seine Armbanduhr.

»Es ist jetzt sechs Uhr. Wir haben genug Zeit. Der Abend ist schön, und ich denke, wir werden zu Fuß gehen. Es wird ausreichen, wenn wir gegen acht das Herrenhaus erreichen.«

Es war ein langer und einsamer Spaziergang. Am klaren Himmel stand der Mond, und es war bitterkalt. Während Pons und ich, beide dick vermummt, auf dem Grasstreifen seitlich der Straße entlanggingen und der Wind durch die kahlen Äste der Zweige pfiff, kam mir in den Sinn, wie wütend und ängstlich Miss Helstone gewesen sein mußte, als sie am Morgen genau diesen Weg entlanggerannt war, um den frühen Milchzug zu erreichen, der sie zu Solar Pons bringen sollte.

Es war kurz vor acht, als wir die hohe Mauer erreichten, die das Grundstück von Priory-House umgrenzte. Pons' Augen glänzten im Mondlicht, und seine ganze Gestalt schien Kraft und Entschlossenheit auszustrahlen.

»Nun, Parker«, flüsterte er und sah sich aufmerksam um, »werden wir uns das Seitentor anschauen, von dem Miss Helstone gesprochen hat. Ich habe so ein Gefühl, daß es uns an diesem Abend noch von Nutzen sein wird.«

»Ich sehe keine Möglichkeit, wie wir auf das Grundstück kommen sollen. Basdens Leute werden vermutlich auch diesen Eingang bewachen.«

»Wir müssen es riskieren. Und ich wage zu behaupten, daß ich es mit ein wenig Hilfestellung von Ihnen schaffen würde, über diese Mauer zu gelangen. Aber egal, was kommt, wir *müssen* uns Einlaß verschaffen!«

Ich folgte Pons, als er von der Straße abbog, und wir gingen etwa eine Viertelmeile an der Mauer entlang, geschützt von den tiefhängenden Ästen der Bäume, die von der anderen Seite herüberwuchsen.

»Wir müssen jetzt vorsichtig sein«, flüsterte Pons. »Es kann nicht mehr weit sein. Ich habe mich von Miss Helstone genauestens über die Lage dieser Pforte informieren lassen, und nach ihren Beschreibungen müßten wir bald dort sein.«

Noch während er sprach, sahen wir Mondlicht durch eine Öffnung in der Mauer schimmern, und es bedurfte nur weniger Schritte, bis wir das entsprechende Tor erreichten. Ich schaute Pons an, aber auch ihm war bereits aufgefallen, was ich gesehen hatte. Das Portal war leicht geöffnet. Ich zog meinen Revolver, und wir bewegten uns so leise wie möglich vorwärts. Pons untersuchte kurz das Schloß und die Kette.

»Unsere Freunde befinden sich bereits auf dem Gelände«, flüsterte er. »Die Kette ist durchgesägt worden, was einigen Lärm verursacht haben dürfte. Meiner Meinung nach spielen

Basdens Angestellte das Spiel mit. Was meine Schlußfolgerungen nur unterstützt.«

»Ich wünschte, ich wüßte, über was um Himmels willen Sie eigentlich reden, Pons«, murmelte ich verärgert.

Solar Pons lächelte dünn.

»Halten Sie den Revolver griffbereit, guter Freund, und folgen Sie mir!«

Er verschwand leise durch das kleine Tor in der massiven Wand, und ich folgte ihm schnell in die Dunkelheit der dicht wuchernden Büsche.

Doch je weiter wir gingen – vorsichtig auf unsere Schritte achtend und darauf, uns so geräuschlos wie möglich fortzubewegen –, desto vereinzelter standen die Bäume und Sträucher, und bald fanden wir uns auf der Grünfläche wieder, welche die große Auffahrt begrenzte, die wir noch am Morgen entlanggefahren waren. Der Himmel wurde von einem merkwürdigen Licht beleuchtet, und nachdem wir einer Biegung gefolgt waren, wobei wir uns noch immer so nah wie möglich am Gebüsch hielten, tauchte plötzlich die Fassade von Priory-House vor uns auf, dessen Umrisse durch das eingeschaltete Flutlicht deutlich zu erkennen waren.

»Die kleine Scharade scheint Erfolg zu haben«, erklärte Pons trocken. »Nun behalten Sie bitte alles genau im Auge, Parker. Sie sind ein exzellenter Schütze, und ich möchte nicht, daß die Männer, die vor uns das Tor durchschritten haben, uns jetzt überraschen.«

Ich duckte mich wie mein Begleiter und schaute mich besorgt um. Hier unter den Bäumen konnte uns hoffentlich niemand entdecken, während wir zwischen den blattlosen Zweigen hindurch einen guten Ausblick auf das Haus und die umgebende Rasenfläche hatten. Als wir uns gerade häuslich niedergelassen hatten, sah ich, wie Miss Helstone in Begleitung zweier Kinder die Treppe vor dem Portal hinabstieg.

»Ah, heute sind sie früher dran«, erklärte Pons zufrieden, dem die drei Gestalten natürlich nicht entgangen waren. »Scheint so, als ob man davon ausgeht, daß noch etwas geschieht. Wenn ich Sie wäre, würde ich den Revolver schon einmal entsichern.«

Ich folgte Pons' Ratschlag, wobei mich seine Bemerkungen nicht weniger verwirrten als zuvor. Nachdem sie eine kleine Pause am Fuß der Treppe gemacht hatte, schritt unsere Klientin nun über den Rasen in unsere Richtung, während die Kinder lärmend um sie herumrannten. Das Flutlicht warf lange Schatten der drei Gestalten auf den Rasen.

Ich wollte mich gerade in eine etwas bequemere Position bringen, als mein Begleiter unvermittelt meinen Arm packte, woraufhin ich beinah die Balance verlor.

»Dort drüben, Parker! Wir sind gerade rechtzeitig gekommen, um eine Tragödie zu verhindern.«

Ich schaute in die Richtung, in die er wies, und sah, wie die Büsche auf der anderen Seite der Auffahrt sich bewegten. Und dann erblickte ich, was Pons' scharfe Augen schon vor mir entdeckt hatten. Ein schlanker, bärtiger Mann mit olivfarbener Haut, der auf dem Boden kniete und sich über einen schwarzen, rechteckigen Gegenstand beugte, der im Flutlicht schimmerte, als er ihn bewegte. Blitzschnell erhob sich Pons und rannte in Richtung Seitenstreifen, weg von der Gestalt in den Büschen. Ich folgte ihm auf dem Fuß, und wir überquerten weiter unten den Weg.

»Ihre Beute, Parker«, rief Pons in dem Augenblick, als der bärtige Mann sich in unsere Richtung umwandte. Dann ertönte ein Schuß, und ich hörte die Kugel zwischen den nackten Ästen entlangsirren. Mit erstaunlicher Beherrschung, ja fast kühl, zielte ich ebenfalls und betätigte den Abzug. Das Gewehr des Mannes ging in die Luft los, während er nach hinten sackte.

Plötzlich war die Nacht voller Rufe und Lärm, und mehrere kräftige Personen tasteten sich durch die Büsche. Ich sah, daß Miss Helstone wie erstarrt stehenblieb, während die Kinder davonrannten. Ich ließ mich zu Boden fallen, als weitere Schüsse ertönten. Dann war Pons unvermittelt neben mir und zog mich hoch.

»Wir müssen zu der jungen Dame, Parker!«

Eine Gruppe dunkler Gestalten hatte sich von der Terrasse gelöst und rannte über den Rasen, und ich hörte ein schrilles Pfeifen. Miss Helstones Gesicht war leichenblaß, als wir auf sie zugingen. Nur die Kinder trennten uns noch. Das Gesicht des kleinen Mädchens war verzerrt. Ich sah ein Messer blitzen und war erstaunt, als Pons das Mädchen mit der flachen Hand zu Boden schlug. Das Messer fiel ins Gras, und ich richtete den Lauf meines Revolvers auf den kleinen Jungen, der in einer fremden, kehligen Sprache offenbar irgendwelche Befehle rief. Widerwillig ließ er seiner Hand die Pistole entgleiten.

»Was hat das alles zu bedeuten, Mr. Pons?«

Helen Helstones Gesicht war weiß, und ihre Augen waren weit aufgerissen.

»Daß die Scharade jetzt vorbei ist, Miss Helstone. Sie sind jetzt sicher und brauchen nichts mehr zu befürchten.«

»Ich verstehe nicht, Mr. Pons. Die Kinder ...«

Solar Pons schüttelte lächelnd den Kopf und trat zu dem kleinen Mädchen, um ihm aufzuhelfen. Sie war unverletzt und trat ihm als Dank für seine Hilfe gegen das Schienbein.

»Keine Kinder, sondern Liliputaner, Miss Helstone«, entgegnete Pons ernst. »Offensichtlich dazu da, um Sie zu beschützen. Das muß man dem Prinzen lassen: Immerhin dafür hat er gesorgt.«

»Was ist hier nur los, Pons?« murmelte ich, während uns unvermittelt ein Ring dunkler Gestalten einkreiste. Weitere Personen erschienen und hielten drei einfach gekleidete Männer mit Bärten fest, von denen einer verwundet war und ein blutgetränktes Taschentuch auf sein Handgelenk preßte. Ein hochgewachsener Mann löste sich aus der Gruppe, die von der Terrasse gekommen war. Seine Augen funkelten, und er schien daran gewöhnt, Befehle zu erteilen.

»Lassen Sie den Revolver fallen!« forderte er mich auf. »Sie werden feststellen, daß es ein Kinderspiel war, auf das Gelände zu kommen, verglichen mit den Schwierigkeiten, die Sie haben werden, es wieder zu verlassen.«

Solar Pons lächelte freundlich.

»Ganz im Gegenteil. Ich möchte Sie wirklich bitten, keine Dummheiten zu machen. Informieren Sie einfach Prinz Mirko darüber, daß wir hier sind und eine Tragödie verhindert haben.«

Der Gesichtsausdruck des großen Mannes zeigte Verwirrung. Sein Englisch war nahezu perfekt, aber vor lauter Aufregung machte er Fehler in der Aussprache.

»Wer sind Sie?«

»Mein Name ist Solar Pons. Geben Sie bitte dem Prinzen meine Karte, und teilen Sie ihm mit, daß das Britische Auswärtige Amt über unsere Anwesenheit hier informiert ist und ihn persönlich für das Wohlergehen von Miss Helstone und uns verantwortlich machen wird.«

Einen Augenblick stand der hochgewachsene Mann schweigend da und studierte die Karte, die Pons ihm gegeben hatte, während das Flutlicht seinen hellen Schein über die dramatische Szene ergoß und die Gesichter der Anwesenden wie graue, erstarrte Masken erscheinen ließ.

»Nun gut«, sagte der Mann schließlich und senkte seine Pistole. »Gehen wir also alle ins Haus.«

6

»Ich glaube, Sie schulden mir eine Erklärung, Mr. Pons.«

Die Stimme des Mannes zitterte, als er einen Schritt nach vorn machte und Solar Pons geradezu entrüstet anschaute. Der große, prächtig ausgestattete Raum war voll von Menschen; außer uns befanden sich eine Anzahl bewaffneter Wächter darin und die festgenommenen Personen. Nur Solar Pons schien sich wirklich wohl zu fühlen, und so stand er da, eine elegante, schlanke Erscheinung, und sah unseren Gastgeber nachdenklich an.

»Im Gegenteil, Mr. Basden, Sie sind es, der sich hier erklären muß.«

»Ich weiß nicht, wovon Sie reden.«

»Oh, kommen Sie, Mr. Basden, falls das wirklich Ihr richtiger Name ist. Schüsse, ein geradezu mörderischer Angriff, Bedrohungen, bewaffnete Wächter. Ganz zu schweigen von der Gefahr, in der sich Miss Helstone befunden hat, eine britische Bürgerin. Die Britische Regierung wäre ganz und gar nicht einverstanden über eine Balkan-Enklave auf ihrem eigenen Gebiet.«

Basden trat zurück, sein Gesicht wurde bleich, und er sah aus, als ob er ersticken müsse.

»Bitte beruhigen Sie sich«, sagte Pons, »ich nehme an, daß Sie ein Schauspieler sind, für diese Rolle gemietet, aber im Augenblick aufgrund der außerordentlichen Situation ein wenig überfordert. Wenn Sie jetzt so freundlich wären, Prinz Mirko zu bitten, hinter dem Schirm dort in der Ecke hervorzutreten, können wir endlich zu den wichtigen Dingen kommen.«

Pons warf einen spöttischen Blick in Richtung des erwähnten Wandschirms, und nun, da er meine Aufmerksamkeit darauf gerichtet hatte, entdeckte auch ich die kleinen blauen Rauchwolken, die dahinter emporstiegen.

»Wie geht es Ihrer Königlichen Hoheit heute abend gesundheitlich, Prinz?«

Ein ärgerliches Brummen ertönte, und der Wandschirm wurde so heftig zur Seite gestoßen, daß er umkippte. Ein riesiger Mann mit dichtem Bart stand vor uns, und seine Augen blitzten vor Wut.

»Das ist der Gentleman, den ich bei meinem Vorstellungsgespräch gesehen habe, Mr. Pons«, erklärte Miss Helstone erstaunt.

»Erlauben Sie mir, Ihnen Seine Hoheit, Prinz Mirko von Dresdania, vorzustellen«, sagte Pons. »Ihr wirklicher Arbeitgeber und der Initiator dieser ausgeklügelten Farce.«

Mirko hatte sich ein wenig beruhigt.

»Wohl kaum eine Farce, Mr. Pons«, sagte er ruhig und betrachtete meinen Freund eingehend mit seinen braunen Augen. »Unglücklicherweise sind Sie bis in die innersten Geheimnisse Dresdanias vorgedrungen, und es kann sein, daß der Preis, den Sie dafür zahlen müssen, hoch ist.«

»Ich denke nicht«, entgegnete Pons gelassen. »Mein Bruder Bancroft bekleidet eine hohe Position im Auswärtigen Amt. Wenn uns irgend etwas zustoßen sollte, wird bald eine militärische Abordnung unseres Landes hier sein ...«

Er brach ab und schaute auf seine Armbanduhr.

»In der Tat bleibt Ihnen nur eine Stunde, mir eine zufriedenstellende Erklärung für diese Vorgänge zu geben.«

Der Blick, mit dem Prinz Mirko Pons ansah, bezeugte deutlich, daß er nicht anders konnte: Er mußte seinem Gegenüber Bewunderung für seinen ausgeklügelten Plan zollen.

»Sie erweisen mir einen schlechten Dienst, Mr. Pons«, erklärte er ruhig. »Ich möchte Ihnen keinerlei Schaden zufügen, und ich habe mein Bestes getan, Miss Helstone zu beschützen.«

»Nachdem Sie sie zuvor in Lebensgefahr gebracht haben.«

Mirko zuckte mit seinen beeindruckenden Schultern.

»Politik, Mr. Pons. Dresdania muß für uns an erster Stelle stehen. Meine Bemerkung, daß Sie möglicherweise einen hohen Preis zahlen müßten, sollte nicht heißen, daß ich Ihnen physisch drohe. Sie sollte bedeuten, daß der Balkan bald in Flammen stehen wird, falls meine Bemühungen scheitern. Lassen Sie uns mit offenen Karten spielen, oder haben Sie etwas dagegen?«

»Keinesfalls«, entgegnete Solar Pons. »Wer von uns beiden soll anfangen?«

Der Prinz lächelte düster und ging zu einer Tür auf der anderen Seite des Raumes. Er sagte etwas in einer fremden Sprache zu dem Mann, der die Wachen anführte, und sie zogen sich mit ihren Gefangenen aus dem Salon zurück.

»In der Bibliothek können wir uns bequemer unterhalten, Mr. Pons. Möchten Sie, die Dame und der Doktor nicht nebenan Platz nehmen? Ah, und da ist ja auch Sir Clifford Ayres, den Sie wohl schon kennen.«

Der hochgewachsene Arzt erhob sich aus einem Lehnsessel in der Bibliothek und kam quer durch den Raum auf uns zu. Er streckte steif die rechte Hand aus, und Verlegenheit spiegelte sich in seinen Zügen.

»Ich muß mich für mein unhöfliches Verhalten entschuldigen, Mr. Pons, Dr. Parker, aber der Grund dafür war meine ärztliche Schweigepflicht. Natürlich konnte ich mich daran erinnern, Mr. Pons, daß wir uns auf dem Empfang begegnet sind.«

»Freundlich von Ihnen, das zuzugeben«, entgegnete Pons glatt, während wir Platz nahmen. »Dies hier ist wirklich eine unglückliche Angelegenheit, aber mir scheint, als ob sich die Dinge zum Besseren wenden würden. Wie geht es dem Mann, den Dr. Parker angeschossen hat?«

»Er ist tot, Mr. Pons«, antwortete der Prinz.

Er bedeutete mir, mich wieder zu setzen, als ich mich erheben wollte.

»Sie brauchen sich deswegen keine Vorwürfe zu machen, Dr. Parker. Krenko war einer der hinterhältigsten Schurken, die die Welt je gesehen hat. Sie haben dem Staat Dresdania heute abend einen großen Dienst erwiesen, und ich kann Ihnen nicht genug dafür danken.«

Ich räusperte mich.

»Es ist gut, das zu hören. Ansonsten würde die Sache mein Gewissen äußerst belasten. Aber da gibt es noch ein kleines Problem: die Polizei …«

Pons lächelte.

»Das ist allerdings das geringste Problem, Parker. Denken Sie bitte daran, daß Sie mit diesem Schuß Miss Helstones Leben gerettet haben.«

»Auf Ihre Veranlassung. Ich durchschaue immer noch nicht alles.«

»Dabei ist die Angelegenheit so einfach, wenn man erst einmal den Schlüssel hat. Ich bin sicher, daß Prinz Mirko mich korrigieren wird, wenn ich etwas Falsches sage, aber es war für mich vom ersten Moment an klar, daß Miss Helstone hier nicht als Gouvernante angestellt war. Es waren nicht ihre gewiß hervorragenden Kenntnisse in der Erziehung und Betreuung von Kindern, für die sie die fünfhundert Pfund pro Jahr erhalten sollte.«

»Für was dann, Pons?«

»Für eine Maskerade, mein lieber Freund. Für ihre außergewöhnliche Ähnlichkeit mit Prinzessin Sonia, der Herrscherin von Dresdania. In dem Moment, als ich das Bild der Prinzessin in der Zeitung sah, war für mich alles klar. Das Gespräch mit Mr. Basden – er ist ein Schauspieler, den Sie zu diesem Zweck angestellt haben, nicht wahr? –, der Mann hinter dem Wandschirm, der die eigentliche Entscheidung traf, und die ungewöhnliche Art und Weise, in der man gerade Miss Helstone aus einer Unzahl von Bewerberinnen aussuchte, obwohl sie noch nicht einmal die Sprache beherrschte, die ihre Schützlinge sprachen – das alles war deutlich genug.

In Wirklichkeit ist sie dazu engagiert worden, eine abwesende Person zu verkörpern. Zu diesem Zweck mußte sie sogar ihre Frisur ändern, wertvollen Schmuck anlegen und kostbare Kleidung tragen – und sich spätabends im Schein des Flutlichts außerhalb des Hauses zeigen. Das Ganze wirkte von vornherein wie eine Inszenierung, Parker.«

Prinz Mirko lächelte trocken und studierte eingehend die Spitze seiner Zigarre.

»Ich begreife jetzt, warum man Mr. Pons den besten Detektiv Englands nennt«, erklärte er Sir Clifford.

Mit weit aufgerissenen Augen wandte sich Helen Helstone Pons zu.

»Sie haben recht, Mr. Pons. So, wie Sie es jetzt darstellen, ist es wirklich ganz klar und einleuchtend. Aber so habe ich es bisher nicht betrachtet.«

»Gewiß, Miss Helstone. Es gab auch keinen Grund dafür. Aber zumindest die Tatsache, daß er Sie nicht ungeschützt gelassen hat, während sie sozusagen als Lockvogel fungierten, spricht für den Prinzen.«

»Das alles war eine bedauerliche Notwendigkeit«, warf Prinz Mirko ein. »Diktiert durch die Erfordernisse der Staatsräson.«

»Und eine höchst originelle Methode«, fuhr Pons grüblerisch fort. »Sie sehen wirklich wie Kinder aus, aber sie stellen eine tödliche Gefahr dar.«

Er zog eine Grimasse und rieb sich das Kinn. Prinz Mirkos Lächeln wurde breiter.

»Es sind die Zhdanov-Zwillinge, die sonst als Artisten im Zirkus und Varieté auftreten. Junge und Mädchen. Ihr Spezialgebiet ist die Darstellung von Kindern, und beide beherrschen Jiu-Jitsu sowie den Umgang mit Messer und Pistole. Sie hatten wirklich Glück, daß die beiden Sie nicht zuerst erschossen – und Ihnen anschließend Fragen gestellt haben. In Operationen des Geheimdienstes haben wir schon mehrfach mit ihnen zusammengearbeitet.«

»Aber woher wußten Sie das alles, Pons?«

»Für den geschulten Geist war es kein allzugroßes Problem, dahinterzukommen. Mir war schon bald klar, daß es sich um Liliputaner handeln mußte. Die tiefen Stimmen, die Tatsache, daß sie nachts aufbleiben durften, was wirklichen Kindern nicht erlaubt sein würde, ihr ungewöhnliches Verhalten, als der Anschlag auf Miss Helstone verübt wurde.«

Er lächelte breit.

»Sie erinnern sich gewiß daran, daß die beiden beim Mordversuch an Miss Helstone in Richtung der Gefahr liefen. Dieses Verhalten war für mich eindeutig. Abgesehen davon, daß der männliche Zwilling in seinem Zimmer heimlich Zigarren rauchte. – Die Dame vermutete übrigens, daß Sie der wirkliche Vater der beiden sind, Prinz.«

Der bärtige Mann verbeugte sich spöttisch in Richtung unserer hübschen Klientin.

»Das alles war natürlich höchst verantwortungslos, und ich werde dafür sorgen, daß die Verantwortlichen einen Verweis erhalten.«

»Was Ihre Gefangenen angeht, Prinz«, unterbrach Pons unvermittelt, als ob ihm dieser Gedanke eben gekommen sei, »gehe ich davon aus, daß Sie auf britischem Boden kein dresdanisches Schnellverfahren ausüben werden.«

»Gewiß nicht, Mr. Pons«, antwortete Prinz Mirko. »Abgesehen davon hat Dr. Parker durch sein Eingreifen bereits den gefährlichen Kopf unschädlich gemacht. Und mit der Gefangennahme der anderen dürfte die Bedrohung für Dresdanias innere Sicherheit ebenfalls vorüber sein.«

»Wenn Sie so freundlich sein könnten, die Sache auch für uns ein wenig verständlicher zu machen«, forderte ich ärgerlich.

»Gewiß werde ich das, mein lieber Freund. Wenn Sie sich die Mühe gemacht hätten, die Zeitungen heute morgen gründlich zu lesen, wären Ihnen die Probleme der inneren Sicherheit Dresdanias nicht entgangen. Es geht um Prinzessin Sonia, nicht wahr?«

Mirko nickte ernst.

»Ihre Königliche Hoheit hielt sich für einen kurzen Urlaub inkognito in England auf. Wie Sie wissen, ist sie erst achtunddreißig Jahre alt. Zu unserem Erstaunen und allergrößten Entsetzen befand sie sich erst drei Tage in England, als sie einen Schlaganfall erlitt, von dem sie schwerste Lähmungen davontrug. Das alles geschah vor vier Monaten. Als sie sich soweit davon erholt hatte, daß man ihr eine Reise zumuten konnte, brachten wir sie aus der kleinen privaten Klinik nahe Epsom in dieses Herrenhaus, das zur Dresdanischen Botschaft gehört. Sie wurde von unserem eigenen Personal betreut, und wir sorgten dafür, daß sie die allerbeste medizinische Versorgung erhielt.«

An dieser Stelle verbeugte sich Sir Clifford, erfreut über die Anerkennung seiner Dienste.

Solar Pons wandte sein hageres, aufmerksames Gesicht dem Prinzen zu.

»Und wie geht es Ihrer Königlichen Hoheit im Augenblick?«

»Sehr viel besser, Gott sei Dank. Ohnehin war es eine ungewöhnliche Erkrankung für einen Menschen in so jungen Jahren. Doch Sir Clifford hat mir versichert, daß sie sich wieder vollständig erholen wird. In ein paar Tagen wird sie soweit sein, daß sie einige wichtige Staatsdokumente unterzeichnen kann.«

»Ich bin immer noch nicht sicher, daß ich alles verstehe, Pons«, sagte ich.

»Offenbar ist Ihnen die politische Situation auf dem Balkan nicht vertraut, Doktor«, erklärte der Prinz.

Er hob eine Hand.

»Und eigentlich gibt es auch keinen Grund dafür, warum es so sein sollte. Aber die innere Stabilität Dresdanias ist lebensnotwendig in einem so unruhigen Teil der Welt. Abtrünnige Elemente versuchen seit langem, gegen den Thron zu opponieren und die Herrschaft zu stürzen. Der Gefährlichste von ihnen war Krenko; er schreckte weder vor Bombenattentaten, Mord, Folter noch irgendeiner Form der politischen Schurkerei zurück. Wie Sie wissen, ist die Prinzessin Witwe und hat allein regiert, wobei ich sie, im Hinblick auf die Zukunft ihres Sohnes, unterstützt habe. Er ist vierzehn und damit bald in einem Alter, in dem er selbst Pflichten übernehmen kann. Doch Prinzessin Sonia fürchtet sich davor, ihm demnächst sein Amt zu übergeben, denn die letzten zehn Jahre waren nicht nur turbulent, sondern gefährlich. Vermutlich haben die Zustände in ihrer Heimat sie so geschwächt, daß sie den Schlaganfall erlitten hat. Ihre medizinischen Ratgeber haben ihr jedenfalls schon vor Monaten Ruhe verordnet, deswegen ist sie nach England gekommen.

Aber in der ersten Woche ihres Aufenthaltes hier erfolgte ein Attentat auf sie – zu einem Zeitpunkt, an dem sie schon krank war. Für die Sicherheit des Landes und vor allen Dingen des jungen Kronprinzen war es notwendig, ihren gesundheitlichen Zustand zu verschweigen. Der Kronprinz ist übrigens noch immer nicht über die Krankheit seiner Mutter informiert.«

»Daher also die Maskerade!« warf ich ein.

Ich schaute Pons voller Bewunderung an.

»Und Sie haben all dies sozusagen auf den ersten Blick erkannt?«

»Wohl kaum, Parker. Aber nachdem ich alle Fäden in der Hand hielt, war es nicht mehr besonders schwierig, sie zu verknüpfen.«

Prinz Mirko schaute entschuldigend zu Miss Helstone.

»Ich muß gestehen, daß ich damals, als ich die Anzeige aufgab, nicht wirklich daran glaubte, daß wir mit diesem Unternehmen Erfolg haben würden. Nachdem sich unzählige Damen vorgestellt hatten, war ich kurz davor, zu verzweifeln, aber dann sah ich Miss Helstone und erkannte auf den ersten Blick ihre ungewöhnliche Ähnlichkeit mit der Prinzessin.«

Damit wies er auf eine Fotografie in einem schweren Rahmen, die auf einem Klavier in der Ecke der Bibliothek stand.

»Ich entschloß mich, den Versuch zu wagen. Es war ein Akt der Verzweiflung, aber die einzige Möglichkeit, die mir blieb. Es war notwendig, daß sich die Prinzessin in gutem Gesundheitszustand zeigte, deswegen also das Schauspiel mit Flutlicht und den nächtlichen Spaziergängen. Wir hatten erfahren, daß Krenko mit einer Gruppe Gleichgesinnter in England angekommen war, und wir wußten, daß er entweder einen Anschlag auf das Leben der Prinzessin verüben würde, in welchem Falle wir versuchen wollten, ihn zu fangen und unschädlich zu machen, oder er würde seinen politischen Auftraggebern in der Heimat mitteilen, daß es der Prinzessin gutgehe und sie in der Lage sei, ihre normalen Pflichten zu erfüllen. Beide Möglichkeiten wären uns zupasse gekommen, denn während die Prinzessin lebt, brauchen wir keinen Umsturzversuch in der Heimat zu fürchten – Sonia ist äußerst beliebt beim Volk. Alles, was wir wollten, war, den Zustand stabil zu halten, bis die Prinzessin sich soweit erholt hatte, daß sie die Staatsdokumente hinsichtlich der Thronfolge ihres Sohnes unterzeichnen konnte. Aber Krenko entwischte uns und verübte einen Anschlag auf sie – und wir wußten, daß er es noch einmal versuchen würde.«

»Zu welchem Zweck Sie das Schauspiel mit den Wachen, die überall auf dem Grundstück patrouillierten, veranstalteten, aber gleichzeitig das Seitentor unbewacht ließen«, sagte mein Freund. »Und für den Fall, daß die Dinge eine tragische Entwicklung nahmen, benötigten Sie eine Waise.«

»Genau, Mr. Pons. Wir hofften auch, daß die Anwesenheit eines so hervorragenden Herzspezialisten in der Gegend keine besondere Aufmerksamkeit erregen würde – Sir Clifford bestand darauf, sich im Gasthaus einzuquartieren, wo er nicht auf den gewohnten englischen Komfort zu verzichten brauchte –, aber wir hatten natürlich nicht mit Ihren außergewöhnlichen Fähigkeiten gerechnet.«

»Sie sind zu freundlich, Prinz Mirko.«

Pons blickte auf seine Armbanduhr.

»Es ist an der Zeit, meinen Bruder Bancroft anzurufen, es sei denn, Sie wünschen eine militärische Intervention.«

Mirko nickte nachdenklich, und der Rauch seiner Zigarre stieg in Kringeln zur Decke auf.

»Es wäre hilfreich, wenn Sie ihn nach dem Namen eines verantwortungsbewußten Beamten von Scotland Yard fragen könnten, der diese Angelegenheit mit Fingerspitzengefühl regelt – in Zusammenarbeit mit Ihrem Inwärtigen und unserem Auswärtigen Amt, Mr. Pons.«

»Inspektor Stanley Heathfield ist der Mann, den Sie suchen«, erklärte Pons und schaute Miss Helstone und mich vielsagend an. »Wenn Sie mich bitte entschuldigen würden.«

Er schritt zur Tür.

»Mir scheint, Prinz Mirko, daß Miss Helstone unter Ihrem Dach beträchtlicher Gefahr ausgesetzt war. Glauben Sie nicht, daß jetzt, wo ihre Aufgabe vorzeitig beendet wurde, eine Entschädigung angemessen wäre?«

»Das habe ich nicht vergessen, Mr. Pons«, entgegnete Mirko ernst. »Ein Scheck meiner Regierung über zwanzigtausend englische Pfund wird an eine Bank ihrer Wahl ausgezahlt werden.«

»Zwanzigtausend Pfund!«

Helen Helstones Gesicht spiegelte Ungläubigkeit, während sie zwischen Pons und mir hin und her schaute.

»Sie haben es sich wahrlich verdient, verehrte junge Lady«, murmelte Pons.

»Und für die Sicherheit des Staates ist es kein hoher Betrag«, fügte Prinz Mirko hinzu.

»Ich weiß kaum, was ich sagen soll, Mr. Pons.«

»Nehmen Sie das Geld, Miss Helstone. Ich gehe davon aus, daß auch Mr. Basden versorgt sein wird?«

»Ganz gewiß, Mr. Pons«, entgegnete Mirko. »Obwohl er

sicherlich ein hervorragender Schauspieler ist, kann man ihn kaum als Idealbesetzung für ein Stück betrachten, in welches jederzeit die Realität einbrechen kann. Sein Verhalten in schwierigen Situationen war nicht immer problemlos. Und obwohl wir ihm eine gründliche Einführung in unsere Sprache gegeben haben, hat er unter Druck alles vergessen, was wir ihm beigebracht haben.«

Wenige Minuten später kam Solar Pons von seinem Telefonat zurück.

»Ausgezeichnet!« Er rieb sich die Hände. »Inspektor Heathfield und einige ausgesuchte Beamte werden hier sein, sobald Zugfahrplan und Automobil es zulassen. Unsere Aufgabe hier wird bis dahin abgeschlossen sein, Parker. Ich gehe davon aus, daß Sie uns begleiten wollen, Miss Helstone?«

»Wenn Sie mir ein paar Minuten geben, meine Sachen zu packen, Mr. Pons?«

»Gewiß. Und ich muß noch einmal betonen, daß absolute Diskretion nötig ist hinsichtlich der Dinge, die Sie heute abend in diesem Raum gehört haben.«

»Sie haben mein Wort, Mr. Pons.«

Mirko sah meinen Freund bewundernd an.

»Mr. Pons, Sie hätten Diplomat werden sollen.«

»Das überlasse ich meinem Bruder«, entgegnete mein Begleiter. »Aber ich denke, daß es unter den gegebenen Umständen besser gewesen wäre, wenn Sie unser Auswärtiges Amt ins Vertrauen gezogen hätten.«

»Möglicherweise wäre es das«, stimmte Prinz Mirko zu und betrachtete eingehend die glühende Spitze seiner Zigarre.

Sir Clifford Ayres erhob sich und schüttelte uns steif die Hände.

»Ich wünsche Ihrem Patienten eine rasche und vollständige Erholung. Und Ihnen meinen herzlichen Glückwunsch«, sagte mein Freund.

»Vielen Dank. Gute Nacht, Mr. Pons. Gute Nacht, Doktor.«

»Gute Nacht, Sir Clifford.«

Wir warteten in der Halle, und wenig später kam Miss Helstone die Treppe hinab. Ihr Gesicht zeigte noch immer die Spuren der nächtlichen Aufregung – und ihres unerwarteten Glücks. Prinz Mirko nahm das Blatt entgegen, auf dem ihre Adresse stand, und studierte diese mit rätselhaftem Gesichtsausdruck im Licht des Kronleuchters.

»Dresdania ist Ihnen dankbar, junge Lady.«

Er deutete einen Handkuß an und verbeugte sich anschließend in unsere Richtung. Der Wagen der Prinzessin wartete draußen, um uns zurückzufahren.

»Eine beachtliche Leistung, Pons«, sagte ich, als wir uns auf dem Weg nach Clitherington befanden.

»Ein nicht uninteressanter Fall, mein lieber Freund«, sagte er zustimmend.

Dann lächelte er in Richtung unserer hübschen Mandantin.

»Auf dem Balkan erledigen sie die Dinge anders, doch im nachhinein betrachtet, hat sich die Sache für Miss Helstone gelohnt. Vorausgesetzt, daß sie das Geld richtig anlegt, wird sie eine wohlhabende Frau sein, wenn sie eines Tages heiratet.«

Und damit zündete er zufrieden seine Pfeife an.

Originaltitel: The Adventure of the Frightened Governess
Ins Deutsche übertragen von Karin Schmidt

Copyright-Vermerk

sion of the author and the author's agent, Deborah Owen Literary Agency.

›Ordeal by Fire‹, © 1995 by Mary Pulver Kuhfeld. Original story, first published in this anthology. Printed by permission of the author.

›The Chapman and the Tree of Doom‹, © 1995 by Kate Sedley. Original story, first published in this anthology. Printed by permission of the author and the author's agent, David Grossman Literary Agency.

›The Murder of Innocence‹, © 1995 by Paul C. Doherty. Original story, first published in this anthology. Printed by permission of the author.

›Cassandra's Castle‹, © 1975 by J. F. Peirce. First published in *Ellery Queen's Mystery Magazine*, May 1987. Reprinted by permission of the author.

›Man's Inherited Death‹ by Keith Heller © 1987 by Davis Publications. First published in *Ellery Queen's Mystery Magazine*, March 1987. Reprinted by permission of the author.

›The Curse of the Connecticut Clock‹, © 1979 by S. S. Rafferty. First published in *Fatal Flourishes* (New York: Avon Books, 1979) and reprinted in *Cork of the Colonies* (New York: International Polygonics 1984). Reprinted by permission of the author.

›The Scent of Murder‹, © 1958 by Theodore Mathieson. First published as ›Captain Cook, Detective‹ in *Ellery Queen's Mystery Magazine* October 1958, and reprinted in *The Great ›Detectives‹* (New York: Simon & Schuster, 1960). Reprinted by permission of the author.

›The Inn of the Black Crow‹ by William Hope Hodgson. First published in *The Red Magazine*, October 1, 1915. Copyright expired in December 1965. No record of copyright renewal.

›The Spirit of the '76‹, © 1976 by Lillian de la Torre. First published in *Ellery Queen's Mystery Magazine*, January 1977. Reprinted by permission of the author's agent, David Higham Associates (UK) and Harold Ober Associates (US).

›Deadly Will and Testament‹, © 1995 by Ron Burns. Original

story, first published in this anthology. Printed by permission of the author and the author's agent, The Mitchell J. Hamilburg Agency.

›The God of the Hills‹ by Melville Davisson Post. First published in *Country Gentleman*, September 1927, and reprinted in *The Methods of Uncle Abner* (Boulder, Colorado: The Aspen Press, 1975) and *The Complete Uncle Abner* (San Diego, California: Univerity of California, 1977). Copyright expired, December 1980. No record of copyright renewal.

›The Admiral's Lady‹, © 1995 by Joan Aiken Enterprises Ltd. Original story, first published in this anthology. Printed by permission of the author.

›The Eye of Shiva‹, © 1995 by Peter Berresford Ellis. Original story, first published in this anthology. Printed by permission of the author and the author's agent, A. M. Heath & Co.

›The Trail of the Bells‹, © 1985 by Edward D. Hoch. First published in *Ellery Queen's Mystery Magazine*, April 1985. Reprinted by permission of the author.

›Murdering Mr. Boodle‹, © 1995 by Amy Myers. Original story, first published in this anthology. Printed by permission of the author.

›The Phantom Pistol‹, © 1989 by Jack Adrian. First published in *Felonious Assaults*, edited by Bill Pronzini and Martin H. Greenberg (New York: Ivy Books, 1989). Reprinted by permission of the author.

›The Adventure of the Frightened Governess‹, © 1995 by Basil Copper. This is a complete and unabridged version of the story originally published in an edited version in *Some Uncollected Cases of Solar Pons* (New York: Pinnacle Books, 1980). This version is printed by permission of the author.